U0038150

日本人必說15000字！

あいうえお かきくけこ

日文單字快記辭典

さしすせそ たちつてと

隨身背誦｜強化實力

胡傳乃／編著

笛藤出版

な 409	た 303	さ 198	か 82	あ 9
ナ na	タ ta	サ sa	カ ka	ア a

に 424	ち 332	し 213	き 123	い 28
ニ ni	チ chi	シ shi	キ ki	イ i

ぬ 430	つ 345	す 261	く 148	う 47
ヌ nu	ツ tsu	ス su	ク ku	ウ u

ね 433	て 361	せ 274	け 160	え 59
ネ ne	テ te	セ se	ケ ke	エ e

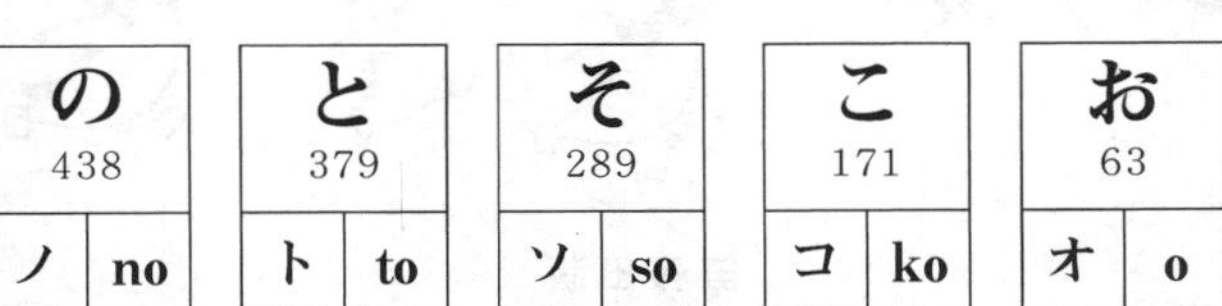

の 438	と 379	そ 289	こ 171	お 63
ノ no	ト to	ソ so	コ ko	オ o

	わ 598 ワ wa	ら 584 ラ ra	や 560 ヤ ya	ま 517 マ ma	は 444 ハ ha
		り 587 リ ri		み 530 ミ mi	ひ 465 ヒ hi
		る 592 ル ru	ゆ 567 ユ yu	む 540 ム mu	ふ 483 フ hu
		れ 593 レ re		め 546 メ me	へ 500 ヘ he
ん ン n	を 604 ヲ o	ろ 596 ロ ro	よ 573 ヨ yo	も 551 モ mo	ほ 506 ホ ho

前言

日語初學者的好幫手！無痛增加單字量
一本既可查、也可讀的字典，幫您贏在起跑點！

單字是學習語言最重要的基礎。累積足夠單字量，不論在會話、聽力、閱讀、寫作、檢定…等各方面，一定能更加得心應手，事半功倍！

為幫助日語初學者迅速提升單字力，本書按照あいうえお順序編排單字，解說簡短易懂，並例舉豐富短句示範實際用法，強化活用能力。每個字彙標記重低音調與詞性，無論是確認發音或是查詢、背誦單字，所有資訊一次到位、快速記憶！收錄15,000多個基本必備單字，皆為日本人生活必說常用詞，不只字彙量多、實用性高，收錄範圍也很廣泛，除了生活常用詞外，還包括敬語、謙讓語、俗語、男性用語、女性用語、數學、物理、化學、音樂、輕蔑語…等等。

排版清晰減輕眼睛負擔。書末附上漢字筆畫索引，不會唸也查得到。還有初學者最易混淆的動詞、形容詞、助動詞活用表，不小心忘記了便可隨時翻閱，熟能生巧習慣成自然。另外，常令日語學習者頭痛的單位量詞也貼心整理收錄於本書中。是初學者全方位增強日語力不可或缺的實用單字書！

使用說明

一、本詞典的詞目按日語五十音圖順序排列。

二、詞目

1. 除外來語詞目用片假名書寫外，其他詞目一律用平假名書寫。

2. 活用詞的詞幹和詞尾中間用「・」號隔開，如：た・べる，よ・い。

3. 有漢字的詞目，漢字寫在【　】號內，置於音調調號之後。漢字有兩種或兩種以上寫法時，分別寫出，中間用「・」號隔開，如：【明(あ)く・空(あ)く】。

4. 外來語詞目的外來語原文寫在【　】號內，置於音調調號之後。英語以外的外來語標明其語種，如：【俄 tundra】。

三、音調

1. 音調用⓪、①、②、③……表示，置於假名詞目和漢字詞目或外來語原文之間。

2. 本詞典絕大部分詞目都標注音調，只有極個別無法查找音調的詞目，或助詞、助動詞、接尾詞等沒有音調的詞目不標注音調。

3. 鑒於目前已有很多日語教科書對日語音調調號的使用方法進行了介紹，本詞典對此就不加以說明了。

四、詞性

1. 詞性寫在（　）號內，置於詞目之後。
2. 一個單詞具有幾種詞性，但詞義相同時，詞性同時寫出，中間用「・」號隔開，如：（名・自サ）。
3. 一個單詞具有幾種詞性，且因詞性不同而詞義不同時，各詞性單獨表示，前置詞性序號〔一〕、〔二〕、〔三〕……

五、詞解

1. 一個單詞有幾個詞解時，分別用詞解序號❶、❷、❸……表示。
2. 一個詞解有幾種不同說法時，分別寫出，中間用逗號隔開。
3. 詞解需要注解的，注解部分寫在（　）號內，置於詞解前或詞解後。
4. 一詞條的詞解與另一詞條的詞解完全相同時，標箭頭「↓」，表示參看另一詞條。
5. 本詞典設如下詞解略語：

(敬)敬語　(謙)謙語
(俗)俗語　(蔑)輕蔑語
(書)書信用語　(男)男人用語
(婦)婦女用語　(兒)幼兒語
(老)老人用語　(數)數學
(理)物理　(化)化學
(電)電學　(生)生物學
(音)音樂　(軍)軍事
(佛)佛教

六、例證

1. 普通例證前加「☆」號，慣用語、諺語例證前加「★」號。
2. 詞目在例證中出現時，用「～」號表示。活用詞在例證中詞尾有變化時，用「～」號表示其詞幹部分。
3. 例證中出現的難讀單詞，予以注音。
4. 例證後附中文譯文。例證與譯文中間用「／」號隔開。譯文有兩種或兩種以上譯法時，分別寫出，中間用句號隔開，不設序號。

七、標點

1. 例證和譯文分別使用日文和中文標點，但例證最後的標點略去。
2. 正文中出現的所有省略號簡寫為「…」。

八、附錄

本詞典正文後附有動詞、助動詞、形容詞、形容動詞活用表，日語常用漢字檢字表，漢字詞索引。日語常用漢字檢字表和漢字詞索引的用法，請參閱各表前的說明。

總目錄

あ

ア・あ

[A]

あ①(感)❶(表示驚訝)啊，唉呀。☆~、きみか/啊，是你呀！❷(打招呼聲)喂。☆~君、ちょっと/喂，你過來(你等一下)。

ああ①(感)❶呀，唉呀。☆~、こまった/唉呀。真是沒辦法！❷(表示同意)是啊，是的。☆~、承知しました/是的，我知道了。

ああ⓪(副)那樣，那麼。☆~いう人はきらいだ/我討厭那種人。☆~したことが時々ある/那種事常有。

アース①【earth】(名・自他サ)地球，接地。☆~線/地線。

アール①【法 are】(名)公畝。

あい①【愛】(名)愛，愛情。☆祖国への~/對祖國的愛。☆~を告白する/傾吐愛慕之情。

あいいれな・い①-⓪【相容れない】(連語)不相容，不合。☆あのふたりは~仲だ/他們倆不合。★氷炭~/水火不容。

あいかわらず⓪【相変らず】(副)仍舊，依然。☆父は~元気です/我父親的身體仍然很好。

あいきょう③【愛嬌】(名)❶可愛，討人喜歡。☆~のある娘/可愛的姑娘。❷熱情，殷勤。☆客に~を振(ふ)りまく/熱情對待顧客。

あいこく⓪【愛国】(名)愛國。

あいさつ①【挨拶】(名・自サ)❶致意，寒暄，問候。☆頭を下げて~する/點頭致意。☆毎朝の~/每天早晨的寒暄。❷致詞。☆開会の~をする/致開幕詞。❸回答。☆知らせたのに何の~もない/通知他了，但沒有任何回音。❹通知，打招呼。☆来ないなら、ひとこと~をすべきだ/如果不來，最好打個招呼。

あいじょう⓪【愛情】(名)❶愛情。☆~を打ち明ける/傾訴

あ

心中的愛意。❷熱愛，喜愛。☆母の～／母親的愛。☆仕事に～を持つ／熱愛工作。

あいず①【合図】(名・自サ)信號。☆手まねで～をする／用手勢打信號。☆～の旗／信號旗。

アイスキャンデー④【ice-candy】(名)冰棒。

アイスクリーム⑤【ice-cream】(名)雪糕，冰淇淋。

アイスホッケー④【ice-hockey】(名)冰球。☆～をする／打冰球。

あい・する③【愛する】(他サ)❶(對異性)愛，愛戀。☆～夫を失った／失去了心愛的丈夫。❷熱愛，愛好。☆音楽を～／愛好音樂。

あいそ③【愛想】(名)❶親切，和藹。☆～がいい／和藹可親。☆～がない／冷淡。不熱情。☆～を言う／說奉承話。❷招待，款待。☆何の～もできませんで、失礼いたしました／對不起，怠慢了。

あいだ⓪【間】(名)❶中間，之間。☆学生の～で人気(にんき)がある／在學生之中受歡迎。❷期間，時候。☆病気で長い～入院していた／因病長期住院。❸間隔，距離。☆一定の～を置(お)いて木を植える／隔一定的距離種樹。❹(人與人的)關係。☆ふたりの～がうまくいかない／兩個人的關係不好。

あいだがら⓪【間柄】(名)(人與人的)關係，交情。☆犬猿(けんえん)の～／雙方勢不兩立。

あいつ⓪【彼奴】(代)那傢伙，那小子。

あいつ・ぐ①【相次ぐ】(自五)相繼，一個接一個。☆両親は～・いで世を去った／父母相繼去世。

あいて③【相手】(名)❶伙伴，同伴。☆ダンスの～をする／做舞伴兒。☆～にしない／不理睬。☆結婚の～／對象。❷對方，對手，敵方。☆～の要求／對方的要求。☆会社を～に交渉する／跟公司進行交涉。

アイデア③【idea】(名)想法，念頭，主意。☆いい～だ／是個好主意。

あいにく⓪【生憎・合憎】(副)不湊巧，偏偏。☆～留守(るす)だった／偏巧不在家。☆お～さま／對不起。不湊巧。

あいぼう③⓪【相棒】(名)伙伴，同伙。

あいま③⓪【合間】(名)間歇，間隙。☆勉強の～を見て絵を描く／利用學習的空閒時間畫畫兒。

あいまい⓪【曖昧】(形動)曖昧，模糊。☆～な返事／含糊的回答。

あいらし・い④【愛らしい】(形)可愛的。

アイロン⓪【iron】(名)熨斗。☆～をかける／熨(衣服)。

あ・う①【合う】(一)(自五)❶合適，適合，一致，相稱。☆この仕事は私の性(しょう)に～・っている／這個工作適合我的性情。☆口に～・わない／不合口味。★気が～／情投意合。合得來。❷準，對，正確。☆あなたの時計は～・っていない／你的錶不準。❸合算，上算。☆百円では～・わない／一百日元不合算。(二)(接尾)(接動詞連用形後)互相…。☆なぐり～／互相毆打。☆話し～／交談。

あ・う①【会う・逢う・遭う・遇う】會見，遇見，遭遇。☆人に～／遇見人。★ひどい目に～／倒楣。遭殃。

あえて①【敢えて】(副)❶敢，敢於。☆～危険を冒(おか)す／敢於冒險。❷(下接否定語)毫(不)，(未)必。☆～反対はしない／我未必反對。

あえん①⓪【亜鉛】(名)鋅。

あお①【青】(名)藍，青，綠。☆～信号／綠燈。

あおあおと③【青々と】(副)蔚藍，翠綠。☆～した木の葉／翠綠的樹葉。

あお・い②【青い】(形)❶青的，藍的，綠的。☆空がどこまでも～／晴空萬里。☆～目／藍眼睛。❷蒼白。☆顔色が～／臉色蒼白。

あお・ぐ②【仰ぐ】(他五)❶仰，仰望。☆空を～／仰望天空。❷尊，拜。☆師と～／尊之為師。❸請求。☆教えを～／求教。

あお・ぐ②【扇ぐ・煽ぐ】(他五)扇。☆扇子(せんす)で～／搧扇子。

あおじろ・い⓪④【青白い】(形)❶青白。❷蒼白。☆～顔／蒼白的臉。

あおぞら③【青空】(名)青天，晴空。

あおにさい③【青二才】(名)小毛頭，黄口小兒。

あおみ③【青味】(名)❶發青，發藍，發綠。❷青色，藍色，綠色。☆～を帯びる／帶青色。

あおむけ⓪【仰むけ】(名)仰，仰面。☆～に寝る／仰臥。

あおもの②【青物】(名)青菜，蔬菜。

あお・る②【煽る】(一)(自五)擺動。☆戸が～・っている／門在搖晃。(二)(他五)❶扇，吹動。☆炉の火を～／煽爐火。❷煽動，鼓動。☆学生を～・って事を起す／煽動學生鬧事。

あか①【赤】(名)紅，紅色。★～の他人(たにん)／陌生人。

あか②【垢】(名)污垢。☆～を流す／洗澡。

あかあかと③【赤々と】(副)通紅，鮮紅。

あかあかと③【明々と】(副)亮堂堂。☆～灯(ひ)をともす／亮堂堂地點著燈。

あか・い⓪【赤い】(形)紅的。

あかじ⓪【赤字】(名)赤字，逆差。

アカシア⓪②【acacia】(名)洋槐，刺槐。

あか・す⓪【明かす】(他五)❶說出，說穿。☆秘密を～／說出秘密。❷過（夜）。☆テントで一夜(いちや)を～・した／在帳篷裏過了一夜。

あかちゃん①【赤ちゃん】(名)嬰兒。

あかつき⓪【暁】(名)拂曉，天亮。

あかとんぼ③①【赤蜻蛉】(名)紅蜻蜓。

あかみ⓪【赤味】(名)紅色。☆～がさす／發紅。

あかみ⓪【赤身】(名)瘦肉。

あが・める③【崇める】(他下一)崇拜，敬仰。

あからさま③⓪(形動)明顯，露骨。☆～に言う／公然地說。

あかり⓪【明り】(名)❶光，亮。❷燈。☆～をつける／點燈。

あがる⓪【上がる】(自五)❶上，升，登。☆階段を～／上樓梯。☆岸(きし)に～／登岸。❷上升，提高。☆物価が～／物價上漲。❸入學。☆来年学校に～／明年上學。❹進入（室內）。☆どうぞお～・りください／請進。❺（敬）吃，喝。❻（謙）來，去。☆お迎えに～／去迎接。❼結束，停止。☆雨が～・った／雨停了。❽得到，獲得。☆だいぶ利益が～・った／獲利不小。❾緊張，怯場。☆試験場で～・った／在考場上怯場了。

あかる・い⓪【明るい】(形)❶明亮。❷快活，明朗。☆彼は性格が～／他性格開朗。❸熟悉，通曉。☆法律に～／精通法律。

あかるみ⓪【明るみ】(名)明亮處。☆～に出る／暴露出來。

あかんぼう⓪【赤ん坊】(名)嬰兒。

あき①【秋】(名)秋，秋天。

あき⓪【明き・空き】(名)❶空隙，間隙。☆箱にはまだ～がある／箱子還有空地方。❷空閒，閒暇。☆時間の～がない／抽不出空兒。

あき②【飽き・厭き】(名)厭膩。★～が来る／膩煩。

あきかぜ③【秋風】(名)秋風。

あきち⓪【空地】(名)空地。

あきばれ⓪【秋晴】(名)秋高氣爽。

あきや⓪【空家】(名)空房子。

あきらか②【明らか】(形動)❶明顯，清楚，明確。☆〜に不利(ふり)だ／明顯不利。❷明亮。☆月が〜な夜／月光皎潔的夜晚。

あきら・める④【諦める】(他下一)死心，斷念，想開。☆この病気は治(なお)らないものと〜・めている／這病不能好了，我已經死心了。

あ・きる②【飽きる・厭きる】(自上一)厭膩。☆〜ほど食べる／吃夠了。吃膩了。

あき・れる⓪【呆れる】(自下一)吃驚，發愣。☆事の成行(なりゆ)きに〜／對情況的發展感到吃驚。

あ・く⓪【明く・開く】(自五)開。☆窓が〜・いている／窗戶開著。☆戸が〜・かない／門開不開。

あ・く⓪【明く・空く】(自五)空，閒。☆手が〜／閒著。騰出手。☆席が〜・いている／座位空著。

あく①②【悪】(名)惡，惡習，壞事，壞人。☆〜の道に踏み込む／走上邪路。

あくい①②【悪意】(名)惡意。

あくじ①【悪事】(名)壞事。☆〜をはたらく／幹壞事。★〜千里を走る／壞事傳千里。

あくしつ⓪【悪質】(名・形動)劣質，惡劣，惡性。☆〜な業者(ぎょうしゃ)／奸商。

あくしゅ①【握手】(名・自サ)握手。☆〜をかわす／握手。

アクセサリー①③【accessory】(名)❶附件，附屬品。❷(婦女用)首飾，服飾用品。

アクセント①【accent】❶重音，音調。❷重點。

あくび⓪【欠伸】(名)呵欠。☆〜をする／打呵欠。☆〜をかみころす／忍住呵欠。

あくひつ⓪【悪筆】(名)拙劣的字，字寫得不好。

あくま①【悪魔】(名)惡魔，魔鬼。

あくまで①②【飽く迄】(副)始終，堅決，到底，徹底。☆〜反対する／堅決反對。☆〜戦う／鬥爭到底。

あくむ①②【悪夢】(名)惡夢。

あぐら⓪【胡座】(名)盤腿。☆〜をかく／盤腿坐。

あくる⓪【明くる】(連体)下，次，翌。☆〜日／翌日，第二天。

あけがた⓪【明け方】黎明，拂曉。

あげく⓪【挙句・揚句】(名)結果，最後。☆いろいろ考えた〜、學校をやめることにした／認真考慮後，決定退學。★〜のはて／最後。

あけっぱなし⓪【明けっ放し・開けっ放し】(一)(名)敞開。☆窓を〜にする／把窗戶敞開。

〔二〕(形動)直率，坦率。☆～な性格／直率的性格。

あ・ける⓪【明ける・開ける・空ける】(他下二)❶開，打開，穿開。☆ドアを～／開門。☆穴(あな)を～／鑽孔。❷空出，倒出，留出。☆一行～・けて書く／空一行寫。☆家を～／騰出房子。不在家。☆水を～／把水倒掉。

あ・ける⓪【明ける】(自下二)❶天亮。☆夜が～／天亮。❷過年。☆～・けて数(かぞ)えて五十になる／過了年虛歲就五十了。☆～・けましておめでとう／新年好。❸期滿。☆休暇が～・けた／假期滿了。

あげる⓪【上げる・挙げる・揚げる】(他下二)❶舉起，抬高，提高。☆手を～／舉手。☆温度を三〇度に～／把溫度提高到三〇度。❷舉，舉行，列舉，推舉。☆例を～／舉例。☆国を～／舉國。☆結婚式を～／舉行婚禮。☆候補者を～／推舉候選人。❸(向空中)放。☆風船(ふうせん)を～／放汽球。❹得到，獲得。☆大きな成果を～・げた／取得了很大成果。❺完成。☆仕事を～／完成工作。❻(用油)炸。☆てんぷらを～／炸魚(蝦)。❼放(聲)。☆歓声を～／放聲歡呼。❽嘔吐。☆船に酔(よ)って～／暈船嘔吐。❾逮捕。☆犯人を～／逮捕犯人。❿讓…上學。☆娘を大学に～／讓女兒上大學。⓫竭盡。☆全力を～／竭盡全力。⓬讓到。☆お客さまを書斎(しょさい)に～／把客人讓到書房裏。⓭(從船上)卸貨。☆船荷(ふなに)を～／卸船上的貨。⓮("やる"的自謙語)給。☆君に～・げよう／給你吧。⓯("てやる"的自謙語)給…做…。☆教えて～・げましょう／我來教你吧。

あご②【顎】(名)下巴。★～がひあがる／吃不下飯。★～で使う／頤指氣使。指使(人)。

アコーデオン④②【accordion】(名)手風琴。

あこが・れる⓪【憧れる】(自下二)憧憬，嚮往。☆自由に～／嚮往自由。

あさ②【麻】(名)麻，大麻。

あさ①【朝】(名)朝，早晨。☆～から晩まで／從早到晚。

あさ・い⓪【浅い】(形)❶淺的。☆～海／淺海。❷(程度，時日，學識，關係等)淺。☆日が～／日子尚淺。☆思慮が～／思慮膚淺。

あさがお②【朝顔】(名)牽牛花。

あざけ・る③【嘲る】(他五)嘲笑，譏諷。

あさせ⓪【浅瀬】(名)淺灘。☆～に乗り上げる／擱淺。

あさって②【明後日】(名)後天。

あさね②【朝寝】(名・自サ)睡早覺，起得晚。☆～坊(ぼう)／早晨睡懶覺(的人)。

あさはん⓪【朝飯】(名)(『あさごはん』的非鄭重説法)早飯。

あさばん①【朝晩】(名)早晚。

あさひ①②【朝日】(名)朝陽，旭日。☆～がのぼる／旭日東升。

あさまし・い④【浅ましい】(形)❶卑鄙，無恥。☆～行為／卑鄙的行為。❷悲慘，可憐。

あざむ・く③【欺く】(他五)❶欺騙。☆人を～／騙人。❷勝過。☆花を～美人／閉月羞花般的美女。

あさめし⓪②【朝飯】(名)早飯。☆～前(まえ)／早飯前。輕而易舉。

あざやか②【鮮やか】(形動)❶鮮明，鮮艶。☆～な色／鮮艶的顏色。❷美妙，漂亮。

あざらし②【海豹】(名)海豹。

あし②【足・脚】(名)❶腳。☆～のゆび／腳指頭。❷腿。☆～が長い／腿長。❸(器物的)腿兒。❹腳步，速度。☆～が速い／走(跑)得快。★～を洗う／洗手不幹。

あし①【蘆・葦・芦】(名)蘆葦。

あじ⓪【味】(名)❶味，味道。☆～をつける／調味。❷趣味，風味。☆～のない絵／沒趣味的畫。❸滋味，體會。☆貧乏の～を知らない／不知貧困的滋味。★～をしめる／占便宜。嚐到甜頭。★～なことをやる／幹得漂亮。

あしあと③【足跡】(名)足跡，腳印兒。

あしおと④③【足音】(名)腳步聲。

あした③【明日】(名)明天。

あしなみ⓪④【足並み】(名)步伐，步調。☆～をそろえる／步調一致。

あしば③【足場】(名)❶建築架。☆～を組む／搭鷹架。❷(站立，行走時的)站腳處。❸立足點。❹交通情況。

あしぶみ④③【足踏み】(名)❶踏步。❷停滯不前。

あしもと④③【足下・足元・足許】(名)❶腳下。☆～にご用心(ようじん)／留神腳下。★～の明るいうちに／趁天還沒黑。★～から鳥が立つ／事出突然。★～を見る／乘人之危。★～に火がつく／災難臨頭。

あしら・う③(他五)❶招待，對待，應付。❷配合，點綴。

あじわい⓪【味わい】(名)味道，滋味，風味。

あじわ・う⓪【味わう】(他五)❶品嚐，玩味，欣賞。☆酒を～／品酒。☆名作を～／欣賞名作。❷嚐受，體驗。☆人生の苦しみを～・った／飽嚐了人生的艱辛。

あす②【明日】(名)明天。

あずか・る③【預る】(他五)❶收存，保管。☆荷物を～／保管行李。❷承擔，處理。☆留守(るす)を～／替人看家。☆けんかを～／調停紛爭。❸保留，不發表。☆なまえはしばらく～・っておく／名字暫不公佈。

あずか・る③【与る】(自五)❶參與。☆相談に～／參與磋商。❷蒙，受。☆おほめに～／承蒙誇獎。

あずき③【小豆】(名)小豆，紅豆。☆～色／豆沙色。

あずける③【預ける】(他下一)寄存，存放。☆金を銀行に～／把錢存到銀行裏。

アスファルト③【asphalt】(名)瀝青，柏油。

あせ①【汗】(名)汗。☆～をかく／出汗。☆～を流す／洗澡。（喻拼命工作）流汗。

あぜ②【畦・畔】(名)田埂。

アセチレン⓪③【acetylene】(名)乙炔，電石氣。

あせ・る②【焦る】(自五)著急，焦急。☆そう～な／別那麼著急。

あ・せる②⓪【褪せる】(自下一)褪色。☆色の～・せた洋服／褪色的西服。

あそこ⓪【彼処】(代)那兒，那裏。

あそば・す⓪【遊ばす】(他五)❶讓…玩耍。❷使…閒著。☆金を～・しておく／把錢放著不用。

あそび⓪【遊び】(名)遊戲，玩耍。

あそ・ぶ⓪【遊ぶ】(自五)❶玩，遊戲。☆トランプをして～／玩撲克牌。❷閒，賦閒。☆彼は～・んで暮している／他遊手好閒。❸閒置不用。☆機械が～・んでいる／機器閒著。

あだ②【仇】(名)仇，仇恨。☆～を討つ／報仇。☆恩を～でかえす／恩將仇報。

あたい⓪【価・値】(名)價錢，價格，價值。

あたい・する⓪【値する】(自サ)值，值得。☆一見(いっけん)に～／值得一看。

あた・える⓪【与える】(他下一)❶給予，授予。☆便宜(べんぎ)を～／給予方便。❷使蒙受。☆損害を～／使其蒙受損害。

あたかも①②【恰も】(副)❶恰似，如同。☆～昨日の事のようだ／如同昨天的事。❷正好，恰值。☆時～昭和十六年／時值昭和十六年。

あたたか・い④【暖かい・温かい】(形)❶溫暖，溫和。❷和睦。☆～家庭／和睦的家庭。★ふところが～／手頭寬裕。

あたたま・る④【暖まる・温まる】(自五)暖和，取暖。☆スープが～・った／湯熱了。☆ストーブにあたって～／在爐邊烤火取暖。

あたた・める④【暖める・温める】(他下一)暖，温，熱，燙。☆御飯を～／熱飯。

あだな⓪【諢名・仇名】(名)外號，綽號。☆～をつける／取外號。

あたま③【頭】(名)❶頭，腦袋。★～が低い／謙虛。★～がさがる／佩服。★～をさげる／點頭。鞠躬。認輸。佩服。★～をはねる／揩油。占便宜。❷頭腦，腦筋。★～をひねる／絞盡腦汁。❸頭腦，首領。

あたらし・い④【新しい】(形)新，新鮮，新式。

あたり①【辺り】(一)(名)附近，周圍。(二)(接尾)大約，左右。☆この次の日曜～に出発するかもしれない／大約下個星期天前後出發。

あたり⓪【当たり】(接尾)平均，每。☆一日～千円／每天一千日元。

あたりまえ⓪【当り前】(形動)❶當然，應該。☆～のことです／是理所當然的事。❷普通，一般。☆～の料理／普通飯菜。

あた・る⓪【当(た)る】(自五)❶打，撞，擊，碰。☆石が頭に～・った／石頭打到頭了。❷中，對。☆弾(たま)が胸に～・った／子彈射中胸膛。☆たからくじで三等に～・った／彩票中三等獎。☆天気予報は～・らなかった／天氣預報不準。❸(光、風、雨等)照，吹，淋。☆日が～／太陽照射。❹中毒。☆ふぐに～／吃河豚中毒。☆暑さに～／中暑。❺抵抗，抵擋。☆敵に～／抵抗敵人。❻對照，查對。☆原本に～／查對原本。❼合，相當。☆中国の省は日本の県に～／中國的省相當於日本的縣。❽位於。☆駅の南に～／位於火車站南面。❾值…之際。☆新年に～・って…／值此新年之際…。❿擔當，擔任。☆当番に～／值日。⓫撒野，發脾氣。☆彼は私にばかりつらく～／他只對我發脾氣。⓬成功，受歡迎。☆今年は水瓜が～・った／今年西瓜暢銷。⓭烤火。☆火に～／烤火。

あちこち③(代)到處，各地。

あちら⓪【彼方】(代)❶那邊，那裏。❷那個。☆～をください／請把那個給我。❸他，那位。☆～はどなたですか／他是誰。

あつ・い⓪【厚い】(形)❶厚。☆～本／厚書。❷深厚。☆～・

くお礼中しあげます／深表謝意。

あつ・い②**【暑い】**(形)(天氣)熱。☆～夏／炎熱的夏天。

あつ・い②**【熱い】**(形)❶熱。☆～お茶が飲みたい／想喝杯熱茶。❷熱烈。☆彼女と～・くなる／和她打得火熱。

あっか⓪**【悪化】**(名・自サ)惡化。☆病気が～した／病情惡化了。

あつかい⓪**【扱い】**(名)❶操作，使用。☆機械の～が悪い／機械的操作方法不好。❷處理。☆事務の～／事務的處理。❸對待，待遇。☆客の～がいい／待客態度好。

あつか・う⓪**【扱う】**(他五)❶操作，使用。☆～・いなれた機械／用慣了的機械。❷處理。☆事件を～／處理事件。❸對待，招待。☆客として～／以客相待。

あっかん⓪**【悪漢】**(名)惡棍，壞蛋。

あつぎ⓪**【厚着】**(名)多穿，穿得多。

あつくるし・い⑤**【暑苦しい】**(形)悶熱，酷熱。

あっけ③**【呆気】**(名)發愣，發呆。☆～にとられる／目瞪口呆。☆～ない／不盡興。不過癮。短促。簡單。

あっこう③**【悪口】**(名)惡語，壞話。

あつさ⓪**【厚さ】**(名)厚度，厚薄。

あつさ①**【暑さ・熱さ】**(名)熱度，暑氣。☆～あたり／中暑。☆～しのぎ／消暑。解暑。★～寒さも彼岸(ひがん)まで／熱到秋分，冷到春分。

あっさり③(副・自サ)❶素淨，清淡。☆～した料理／清淡的菜。❷爽快，坦率。☆～した人／坦率的人。❸簡單，輕易。☆～と断(ことわ)られた／被一口拒絕。

あっしゅく⓪**【圧縮】**(名・他サ)壓縮。

あっせん⓪**【斡旋】**(名・他サ)斡旋，調停，介紹。☆就職を～する／介紹工作。

あっち③**【彼方】**(代)→あちら

あつで⓪**【厚手】**(名・形動)厚，厚實。☆～のコート／厚實的大衣。

あっとう⓪**【圧倒】**(名・他サ)壓倒。☆～的(てき)／壓倒的。絕對的。

あっぱく⓪**【圧迫】**(名・他サ)壓迫。

あつまり④③**【集まり】**集合，集會，集團。☆客の～が悪い／客人來的不多。

あつま・る③**【集まる】**(自五)集聚，集中，匯合。☆同情が～／都寄予同情。

あつみ⓪**【厚み】**(名)厚度。

あつ・める③【集める】(他下一)召集，收集，集中。☆切手を～／集郵。☆資金を～／籌集資金。

あつらえ③【誂え】(名)定做(的東西)。☆～か、できあいか／是定做的還是現成的。

あつら・える④【誂える】(他下一)❶定做。❷點(菜)。

あつりょく②【圧力】(名)壓力。☆～を加える☆～をかける／施加壓力。

あて⓪【当て】(名)❶目的，目標。☆～もなく歩く／信步而行。❷依靠，指望，期待。☆君を～にするよ／就指望你了。☆～がはずれる／期待落空。

あて【当て・充て・宛】(接尾)❶每，平均。☆ひとり～三百円／每人三百日元。❷寄給…。☆父～の手紙／寄給父親的信。

あてさき⓪【当て先・宛先】(名)收信人地址。☆～不明／收信人地址不明。

あてな⓪【宛名・当て名】(名)收信人姓名(地址)。

あてはま・る④【当て嵌まる】(自五)適合，適用。☆この規則に～／適合這一規則。

あては・める④【当て嵌める】(他下一)適用，應用，套用。☆この公式を～／套這個公式。

あ・てる⓪【当てる】(他下一)❶打，擊。☆馬にむちを～／揮鞭驅馬。❷安，放，貼。☆手をひたいに～／把手放在腦門上。☆受話器(じゅわき)を耳に～／把聽筒貼著耳朵。❸晒，吹，淋，烤。☆布団(ふとん)を日に～／晒被子。❹中(奬)，(猜)對。☆くじで特等を～・てた／抽中了特等獎。❺指名。☆生徒に～・てて答えさせる／叫學生回答。❻作為，充當。☆このお金は本代(ほんだい)に～／這筆錢是買書用的。❼寄給。☆父に～・てた手紙／給父親的信。

あと①【後】(名)❶後，後面。☆～をふりむく／回頭看。☆故郷を～にする／離開故鄉。❷以後，後來。☆食事の～で相談しよう／飯後再商量吧。❸此外，其餘。☆～は皆で分ける／剩下的大家分。

あと①【跡】(名)❶痕跡，遺跡。☆手術の～がある／有手術的刀痕。★～を絶つ／絕跡。❷行蹤，下落。☆～をつける／跟蹤。

あとかたづけ③【後片付け】(名)收拾，善後處理。☆食事の～をする／飯後收拾碗筷。

あとさき①【後先】(名)前後，先後。☆話の～が合わない／説話前後不符。☆～の考えもなく／也不慎重考慮。

あとしまつ③【後始末】(名)收拾，善後處理。

あとのまつり①【後の祭り】(名)馬後炮。

あとまわし③【後回し】(名)推辭，緩辦。☆厄介(やっかい)なことは～にしよう／難辦的事先不辦吧。

あともどり③【後戻り】❶返回，往回走。☆車が～する／車往回倒。❷後退，倒退。

あな②【穴・孔】(名)洞，穴，孔，眼兒。☆～をあける／穿孔。挖洞。★～があれば入りたい／羞得無地自容。

アナウンサー③【announcer】(名)播音員。

アナウンス②③【announce】(名・他サ)播音，廣播。

あなた②【貴方】(代)你，您。☆～がた／你們。

あなど・る③【侮る】(他五)輕侮，看不起。

あに①【兄】(名)兄，哥哥。☆～嫁(よめ)／嫂子。

あね⓪【姉】(名)姐姐。

あの⓪【彼の】(連体)那個。☆～人／那個人。他。

あのかた④③【彼方】(代)(敬)他，那位。

アパート②(名)公寓，公共住宅。

あば・く②【暴く・発く】(他五)❶掘，挖。❷揭發。☆罪(つみ)を～／揭發罪行。

あばた⓪【痘痕】(名)麻子。★～もえくぼ／情人眼裏出西施。

あばらぼね⓪【肋骨】(名)肋骨。

あばらや③【荒屋・荒家】(名)❶破房子。❷(謙)寒舍。

あば・れる⓪【荒れる】(自下一)亂鬧，胡鬧。

あひる⓪【家鴨】(名)鴨子。

あ・びる⓪【浴びる】(他上一)❶洗浴，淋。☆シャワーを～／洗淋浴。❷晒，照。☆朝日(あさひ)を～／晨光照耀。❸受，蒙，遭。☆拍手を～／博得掌聲。☆非難を～／遭到譴責。

あぶ①【虻】(名)虻，牛虻。★～蜂(はち)取らず／雞飛蛋打。兩頭落空。

あぶな・い⓪【危ない】(形)❶危險。❷靠不住。☆その話はどうも～／那話可靠不住。

あぶなく⓪【危なく】(副)險些，差一點，好容易。☆～助かった／好歹得救了。

あぶら⓪【油・脂】(名)油，脂。☆～をさす／上油。★～に水／水火不相容。★～を売る／磨蹭。偷懶。★～をしぼる／懲治。教訓。★～が乗る／上膘，肥胖(指動物)。起勁兒。

あぶらあげ③【油揚げ】(名)❶油炸(的東西)。❷油炸豆腐。

あぶらえ③【油絵】(名)油畫。

あぶらっこ・い⑤【油っ濃い】・

脂っ濃い】(形)油膩的。
あぶらな③【油菜】(名)油菜。
あぶらむし③【油虫】(名)蚜蟲。
あぶ・る②【炙る】(他五)烤，烘。☆魚を～／烤魚。
あふ・れる③【溢れる】(自下一)❶溢出。☆水が～・れた／水溢出來了。❷充滿，洋溢。☆よろこびに～／充滿喜悅。
あべこべ⓪(名・形動)相反，顛倒。☆まったく～の方向／完全相反的方向。
アベック②【法avec】(名)❶情侶。❷(兩人)成對。
あほう①②【阿房・阿呆】(名)傻瓜，笨蛋，蠢貨。☆この～／你這個笨蛋！
あま①【尼】(名)❶尼姑，修女。❷臭娘們。
あま①【海女】(名)海女。
あま①【亜麻】(名)亞麻。
あま・い⓪【甘い】(形)❶甜。☆なにか～ものが食べたい／想吃點甜的東西。❷(口味)淡。☆～みそしる／淡醬湯。❸甜蜜。☆～思い出／甜蜜的回憶。❹寬容，不嚴厲。☆あの先生は点が～／那個老師給分寬。❺天真。☆～考え方／天真的想法。
あま・える⓪【甘える】(自下一)❶撒嬌。☆母親に～／跟媽媽撒嬌。❷(用「…にあまえて」的形式)趁…之機。☆おことばに～・えてそうさせていただきます／承您盛情厚意，就拜託您了。
あまがさ③【雨傘】(名)雨傘。
あまがっぱ③【雨合羽】雨衣，雨斗篷。
あまぐ②【雨具】(名)雨具。
あま・す②【余す】(他五)餘，剩，留。☆千円ぐらい～・したいんです／想留下一千日元左右。★～ところなく／全部。
あまだれ⓪【雨垂れ】(名)(從屋簷流下的)雨水，雨滴。★～石を穿(うが)つ／水滴石穿。
アマチュア②【amateur】(名)業餘(愛好者)。
あまど②【雨戸】(名)防雨板，木板套窗。
あまのがわ③【天の川】(名)天河，銀河。
あまみ⓪【甘味】(名)甜味兒。☆～をつける／加甜味兒。
あまもよう③【雨模様】(名)要下雨的樣子。
あまやか・す⓪【甘やかす】(他五)寵，慣，嬌養。☆子供を～／嬌養孩子。
あまやどり③【雨宿り】(名・自サ)避雨。
あまり③【余り】(一)(名)餘，剩餘。☆食事の～を犬にやる／把剩的飯餵狗。(二)(副)太，過分。☆～食べるとおなかをこわす／吃得太多肚子會不舒服。☆～おいしくない／不太好吃。

あまり【余り】(接尾)餘，多。☆十年～／十餘年。

あま・る②【余る】(自五)❶餘，剩餘。☆料理が～・ってしまった／菜剩下了。☆部屋が一つ～・っている／剩下一個房間。❷超過。☆私の力に～／我不能勝任。

あみ②【網】(名)網，羅網。☆～を打つ／撒網。☆～にかかる／落網。

アミノさん⓪③【アミノ酸】(名)氨基酸。

あみぼう②【編み棒】(名)織針。毛衣針。

あみもの②【編み物】(名)編織，編織品，毛線活兒。☆～をする／織東西。

あ・む①【編む】(他五)❶編，織。☆セーターを～／織毛衣。❷編輯。☆詩集を～／編詩集。☆日程を～／編制日程。

あめ①【雨】(名)雨。

あめ⓪【飴】(名)糖果。

あめあがり③【雨上がり】(名)雨停。☆～の空／雨後的天空。

あめもよう③【雨模様】(名)→あまもよう

あやし・い⓪【怪しい】(形)❶奇怪，可疑。☆～男／奇怪的人。❷靠不住。☆あすの天気は～／明天的天氣靠不住。

あやし・む③【怪しむ】(他五)懷疑，覺得奇怪。☆人から～・まれる／被人懷疑。

あやつ・る③【操る】(他五)❶操，掌握。☆日本語を自由に～／說一口流利的日語。☆人形(にんぎょう)を～／操縱木偶。

あやまち④③【過ち】(名)錯誤，過失。

あやまり④③【誤り】(名)錯誤。☆～を犯す／犯錯誤。★弘法(こうぼう)にも筆の～／智者千慮，必有一失。

あやま・る③【誤る】(自他五)弄錯，貽誤。☆方向を～／弄錯方向。☆後世(こうせい)を～／貽誤後世。

あやま・る③【謝る】(自五)道歉，賠禮，謝罪。☆彼に～べきだ／應該向他賠不是。

あやめ⓪【菖蒲】(名)菖蒲，馬藺，馬蓮。

あゆ①【鮎・年魚】(名)香魚。

あゆみ③【歩み】(名)❶腳步，步伐。☆～をそろえる／步伐整齊。❷歷程，進程。

あゆ・む②【歩む】(自五)❶走，步行。☆いばらの道を～／走艱苦的道路。❷前進，進展。

あら①(感)(婦)唉呀！唉喲！

あら・い⓪【荒い】(形)❶凶猛。☆波が～／波濤洶湧。❷粗暴，粗野。☆言葉づかいが～／說話粗野。

あ

あら・い⓪【粗い】(形)❶粗糙。☆細工が～／工藝粗。❷稀疏。☆網の目が～／網眼大。

あら・う⓪【洗う】(他五)洗。☆せっけんで手を～／用肥皂洗手。★足を～／洗手不幹。改邪歸正。

あらかじめ⓪【予め】(副)預先，事先。☆～通知する／預先通知。

あらかた⓪【粗方】(副)大體，大致，多半。

あらし①【嵐】(名)風暴，暴風雨。☆～のような拍手／暴風雨般的掌聲。

あら・す⓪【荒らす】(他五)❶糟塌，破壞。☆トラックが道を～・した／卡車毀壞了道路。❷使…荒蕪。☆畑を～／使田地荒蕪。❸搶劫，偷盜。

あらすじ⓪【粗筋】(名)概略，梗概。☆小説の～／小說的梗概。

あらそい③【争い】(名)糾紛，爭吵。

あらそ・う③【争う】(他五)❶鬥爭，競爭，爭奪。☆首席を～／爭第一。★先を～／爭先。❷爭論，爭辯。

あらた①【新た】(形動)新，重新。☆～に設(もう)ける／新設。

あらたま・る④【改まる】(自五)❶改，變，改變。☆風俗が～・った／風俗變了。☆年が～・った／新年開始了。❷鄭重，嚴肅。☆～・った顔／嚴肅的表情。❸(病情)惡化。☆病勢(びょうせい)が～／病情惡化。

あらためて③【改めて】(副)❶再，再次，另行。☆～お知らせします／另行通知。❷重新。☆～問題を提起する／重新提出問題。

あらた・める④【改める】(他下一)❶改，改變，改正。☆誤りを～／改正錯誤。❷正(容)，端正(態度)。☆態度を～／端正態度。

あらた・める④【改める・検める】(他下一)查，驗，檢查。☆切符を～／驗票。

あらなみ⓪【荒浪】(名)激浪，怒濤。

アラビア⓪【Arabia】(名)阿拉伯。☆～数字／阿拉伯數字。

あらまし⓪(一)(名)梗概，概要。☆規則の～／規則的概要。(二)(副)大致，大體。☆～こんな具合だ／大體是這樣一種情況。

あらゆる③(連体)一切，所有。☆～問題／所有問題。

あられ⓪【霰】(名)霰，米雪。☆～が降る／下霰。

あらわ・す③【表わす・現わす】(他五)❶現出，呈現，顯現。☆本性を～／現出本性。❷表示，表達。☆ことばでは～・せない／難以用語言表達。

あらわ・す③【著わす】(他五)著，著作。☆本を～／著書。

あらわれ④⓪【現われ】(名)❶表現。❷結果。☆努力の～／努力的結果。

あらわ・れる④【現われる】(自下一)❶出現，顯現。☆空に雲が～・れた／天空出現雲彩。❷暴露，被發現。☆悪事が～／壞事敗露。

あらんかぎり②④【有らん限り】(連語)一切，全部。☆～の力を出す／拿出全部力量。

あり⓪【蟻】(名)螞蟻。

ありあま・る⓪④【有り余る】(自五)有餘，過多。☆～才能／無窮的才能。

ありあり③(副)明顯，清清楚楚。☆～と目にうかぶ／歷歷在目。

ありあわせ⓪【有り合わせ】(名)現成，現有。☆～の金／現有的錢。

ありか①③【在り処】(名)下落。☆犯人の～が知れない／不知犯人的下落。

ありかた③④【在り方】(名)應有的狀態。

ありがた・い④【有り難い】(形)難得的，寶貴的，值得感謝的。☆これは～雨だ／這是一場難得的好雨。

ありがとう②【有難う】(感)謝謝。

ありさま②⓪【有り様】(名)樣子，情況。

ありつ・く⓪(自五)（好容易）得到，找到。☆職(しょく)に～／找到工作。

ありったけ⓪【有りったけ】(副)一切，全部。

ありのまま⑤【有りの儘】(名・形動・副)如實，實事求是。☆～に言う／如實地說。

ありふ・れる⓪【有り触れる】(自下一)普通，常有。☆ごく～・れた物／極為平常的東西。

あ・る①【有る・在る】(自五)❶有。☆机の上に本が～／桌子上有書。❷在。☆ペンはそこに～／鋼筆在那裏。❸持有，具有。☆彼は才能が～／他有才能。❹舉行，發生。☆入学式は講堂で～／入學典禮在禮堂舉行。☆今朝(けさ)地震が～・った／今天早晨發生地震了。

ある①【或る】(連体)某。☆～日／有一天。

あるいは②【或いは】(一)(接)或，或者。☆ペン～筆(ふで)／鋼筆或者毛筆。(二)(副)也許，或許。☆夜になって～一雨(ひとあめ)有るかもしれません／夜裏或許有雨。

あるかぎり③【有る限り】(副)

全，都，所有。☆～の力／全力。

アルカリ⓪【荷alkali】(名)鹼。☆～性(せい)／鹼性。

ある・く②【歩く】(自五)走，歩行。☆道を～／走路。☆～・いて五分とかからない／歩行用不了五分鍾。

アルコール⓪【荷alcohol】(名)酒，酒精，乙醇。☆～中毒／酒精中毒。

アルゴン①【argon】(名)氬。

あるじ①【主】(名)主人，家長，老板。

アルバイト③【徳Arbeit】(名・自サ)工讀，副業。

アルバム①⓪【album】(名)影集。

アルプス②①【Alps】(名)阿爾卑斯山。

アルミ⓪(名)→アルミニウム

アルミニウム④【aluminium】(名)鋁。

あれ⓪【彼れ】(代)❶那，那個，那時，那件事。❷他，她。

あれ①(感)哎呀！

あれ⓪【荒れ】(名)❶風暴，暴風雨。❷(皮膚)皸裂。

あれこれ②【彼是】(名)(副)這個那個，種種。☆～と考える／多方考慮。

あ・れる⓪【荒れる】(自下一)❶起風浪，鬧天氣。☆海が～／海上風浪大。❷荒蕪，荒廢。☆畑が～・てしまった／田地荒蕪了。❸(皮膚)皸裂。❹粗野。❺粗糙。

アレルギー③【徳Allergie】(名)變態反應，過敏性反應。

あわ②【泡】(名)泡，泡沫。☆このせっけんは～が立つ／這個肥皂起泡。★～を食う／驚慌。

あわ①【粟】(名)粟，小米。

あわ・い②【淡い】(形)淡，淺，微弱。

あわせ③【袷】(名)夾衣。

あわせて②【合わせて】(副)❶共計，加在一起。☆～二〇人／共計二十人。❷併，同時。

あわ・せる③【合わせる】❶合併，合計，加在一起。☆力を～／協力。☆三と五を～／三加五。❷對，對照。☆時計を～／對錶。❸配合，調合。☆薬を～／配藥。

あわ・せる③【会わせる】(他下一)引見，介紹。☆友人を社長に～／向經理引見朋友。

あわただし・い⑤【慌しい】(形)慌張，匆忙，不安定。

あわてもの⓪【慌て者】(名)冒失鬼。

あわ・てる⓪【慌てる】(自下一)❶驚慌，慌張。☆すこしも～・てない／一點也不驚慌。❷匆忙，急忙。☆～・てかけつける／匆忙趕到。

あわび①【鮑】(名)鮑魚。★～の片思(かたおも)い／單相思。

あ

あわれ①【哀れ】(名・形動)❶可憐，憐憫。☆～を催(もよお)す／令人同情。❷悲慘。☆～な姿／悲慘的樣子。❸情趣。☆旅の～／旅愁。旅行的情趣。

あわれみ④⓪【哀れみ】(名)同情，憐憫。

あわれ・む③【哀れむ】(他五)同情，憐憫，憐愛。★同病相～／同病相憐。

あん①【案】(名)❶案，方案，計劃。☆～を練(ね)る／草擬方案。❷想法，主意。☆いい～を出す／出個好主意。❸意料，預料。☆～に相違する／出乎意料。★～のじょう／果然。不出所料。

あん①【餡】(名)餡兒，豆沙餡兒。

あんい①【安易】(名・形動)❶簡單，容易。❷安逸，悠閑。☆～な生活／安逸的生活。

あんいつ⓪【安逸】(名・形動)安逸。☆～をむさぼる／貪圖安逸。

あんか①【安価】(形動)❶廉價。❷淺薄，虛假。☆～な物／便宜貨。☆～な同情／虛假的同情。

あんがい①⓪【案外】(形動・副)意外，出乎意料。☆～な成績／出乎意料的成績。☆～寒い／特別冷。

あんき⓪【暗記】(名・他サ)背，記住。

アンケート③【法enquête】(名)調查，測驗，徵詢意見。☆～を取る／進行民意測驗。

あんけん③⓪【案件】(名)案件。

あんこ①【餡こ】(名)❶豆沙餡兒。❷填塞物，瓤兒。☆まくらの～／枕頭瓤兒。

あんごう⓪【暗号】(名)暗號，密碼。☆～表／密碼表。☆～電報／密碼電報。

あんこく⓪【暗黒】(名・形動)黑暗。

あんさつ⓪【暗殺】(名・他サ)暗殺。

あんざん⓪【暗算】(名・他サ)心算。

あんじ⓪【暗示】(名・他サ)暗示。☆～を得る／得到暗示。

あん・じる⓪③【案じる】(他上一)❶想出。☆一計を～／想出一計。❷擔心，掛念。☆事の成行(なりゆ)きを～／擔心事態的發展。

あんしん⓪【安心】(名・形動)(自サ)安心，放心。

あんず⓪【杏】(名)杏子。

あんせい⓪【安静】(名・形動)安靜。

あんぜん⓪【安全】(名・形動)安全，保險。☆～かみそり／安全刮鬍刀。安全剃刀。

あんだ⓪①【安打】(名・自サ)(棒球)安打，安全打。

あんてい⓪【安定】(名・自サ)安

定，穩定。

アンテナ⓪【antenna】(名)天線。

あんな⓪(連体)那樣。☆～事／那種事。

あんない③【案内】(名・他サ)❶嚮導，帶路。☆ご～いたします／我給您做嚮導。❷通知，邀請。☆結婚の～を出す／發結婚通知。☆～状(じょう)／通知書。請帖。

あんば⓪【鞍馬】(名)(體)鞍馬。

あんばい③【塩梅・按配】(名)(菜的)鹹淡，口味。☆～を見る／嚐鹹淡。❷情形，(身體)狀況。☆～が悪い／身體不舒服。

アンパイア③⓪【umpire】(名)裁判員。

アンバランス④【umbalance】(名・形動)不平衡，不均衡。

あんぴ①【安否】(名)❶安否，安危。❷起居。

アンペア③【ampere】(名)安培。☆～計／安培計。

あんまり⓪(副・形動)→あまり

あんみん⓪【安眠】(名・自サ)安眠。☆～剤(ざい)／安眠藥。

あんらく①⓪【安楽】(名・形動)安樂，舒適。☆～椅子／安樂椅。☆～死／安樂死。

イ・い

[I]

い①【医】(名)醫，醫學，醫生。☆～を業(ぎょう)とする／以行醫為業。☆漢方(かんぽう)～／中醫。

い①【易】(名)易，容易。☆～より難(なん)に進む／由易到難。

い①【威】(名)威。★虎の～を借(か)る狐／狐假虎威。

い⓪【胃】(名)胃。☆～が悪い／胃口不好。

い⓪【異】(名・形動)❶異，不同。★～を立てる／標新立異。提出異議。❷奇特，奇異。

い①【意】(名)❶意，心意。★～に介(かい)しない／不介意。★～を決(けっ)する／決意。❷意思，意義。☆語句(ごく)の～を知る／懂詞語的意思。

い①【井】(名)井。★～の中の蛙(かわず)／井底之蛙。

い【位】(接尾)位。☆第一～／第一名。☆十～の数／十位數。

いあわ・せる④【居合わせる】(自下一)在座，在場。

いあん⓪【慰安】(名・他サ)安慰。

い・い①【良い・好い】(形)(只用於終止形和連體形)❶好，良好，美好。☆～天気／好天氣。☆景色が～／景色優美。❷行，可以。☆～ですか／可以嗎？好了嗎？❸恰當，適當。☆それはちょうど～／那個正合適。☆～ところへ来た／來的正合適。❹(用"…にいい"的形式)(對…)有好處，有效，適於。☆健康に～／對健康有益。☆この薬はかぜに～／這個藥治感冒有效。❺(用作反語)不好。☆～気味(きみ)だ／活該！★～子になる／裝好人。★～年をして／那麼大年紀了(居然…)。

いいあ・う③【言い合う】(自他五)❶議論。❷爭吵，口角。

いいあらわ・す⑤【言い表す】

(他五)表達。

いいえ③(感)（用於否定的回答）不，不是。☆～、私の本です／不，是我的書。

いいお・く③【言い置く】(他五)留言，留話。☆何か～ことはないか／沒有要留下的話嗎?

いいおと・す④【言い落す】(他五)（該說的話）忘記說，漏說。

いいかえ・す③【言い返す】(自他五)❶反覆說，重複說。☆何度も～・した／反覆說了好幾遍。❷頂嘴，還嘴。☆負(ま)けずに～／不服氣地頂嘴。

いいか・える④【言い替える】(他下一)❶換句話說。❷換個話題。

いいかげん⓪【好い加減】〔一〕(形動)❶適當，恰當。☆～な溫度／適當的溫度。☆冗談も～にしろ／別淨開玩笑。❷馬虎，敷衍，不負責任。☆仕事を～にする／工作不負責任。〔二〕(副)相當，很。☆～暑いね／真夠熱的。

いいかた⓪【言い方】(名)說法。

いいか・ねる④【言い兼ねる】(他下一)礙口，難以啟口，不好意思說。

いいき①【好い気】(形動)洋洋得意，沾沾自喜。

いいきか・せる⑤【言い聞かせる】(他下一)說給…聽，囑咐，勸說。

いいだ・す③【言い出す】(他五)說出。

いいつか・る④【言い付かる】(他五)被吩咐，被命令。

いいつけ⓪【言い付け】(名)吩咐，命令。

いいつ・ける④【言い付ける】(他下一)❶命令，吩咐。❷告狀，告發。❸說慣，常說。

いいつたえ⓪④【言い伝え】(名)傳說。

いいつた・える⑤【言い伝える】(他下一)❶傳說。❷轉告。

いいなお・す④【言い直す】(他五)重說，改說。

いいなか①【好い仲】(名)（男女）相好，相愛。

いいなずけ⓪【許嫁】(名)未婚夫，未婚妻。

いいのこ・す④【言い残す】(他五)❶沒說完。❷留言，留話。

いいは・る③【言い張る】(他五)硬說，堅持說。☆彼は責任は自分にあると～・った／他堅持說責任在於自己。

いいぶん⓪①【言い分】❶主張，意見。☆双方の～をきく／聽取對方的主張。❷牢騷，不滿。☆～があるなら言え／有意見就說。

いいよう⓪【言い様】(名)說法，措詞。☆妙な～／奇怪的說法。

い

いいわけ⓪【言い訳】辯解，辯白。☆そんな～は聞きたくない／那種辯解我不想聽。

いいわた・す④【言い渡す】(他五)❶宣布，宣告，宣判。☆無罪(むざい)を～／宣判無罪。❷命令，吩咐。

いいん①【委員】(名)委員。

いいん①【医院】(名)私人診所。

い・う⓪【言う】(他五)❶說，講。☆もう一度～・ってください／請再說一遍。☆お礼を～／道謝。☆～までもない／不用說。毫無疑問。❷叫，稱。☆私は山田と～ものです／我叫山田。

いえ②【家】(名)❶房屋。☆～を建てる／蓋房子。❷家，家庭。☆～を出る／離家出走。出門。

いえがら④⓪【家柄】(名)❶門第，家世。❷名門。

いえで③【家出】(名・自サ)❶離家出走。❷出家(為僧)。

いえども②【雖も】(接助)雖然，即使。☆子供と～知っている／雖說是孩子也知道。

い・える⓪【言える】(自下一)能說，可以說。

イオン①【ion】(名)離子。

いか⓪【烏賊】(名)烏賊，墨魚。

いか①【以下】(名)以下。☆百円～／一百日元以下。☆～次号(じごう)／下期續登。

いがい①【以外】(名)以外。

いがい①⓪【意外】(形動)意外。☆～な出来事(できごと)／意外事件。

いかいよう②【胃潰瘍】(名)胃潰瘍。

いかが②【如何】(副・形動)如何，怎麼樣。☆もう一つ～／再來一個怎麼樣?

いがく①【医学】(名)醫學。

いか・す②【生かす・活かす】(他五)❶弄活，讓活下去。☆あいつは～・しておけない／不能讓他活命。❷活用，有效利用。☆時間を～／有效利用時間。

いかなる②【如何なる】(連体)如何的，怎樣的，什麼樣的。☆～理由があろうとも許せない／不管有什麼理由都不能允許。

いかに②【如何に】(副)如何，怎樣。☆～して作るか／怎樣做呢?

いかにも②【如何にも】(副)❶無論如何。☆～してなりとげたい／無論如何也想完成。☆～残念だ／真遺憾。❸的確，果然。☆～そうだ／的確是那樣。

いかめし・い④【厳めしい】(形)嚴肅，威嚴，莊嚴。

いかり⓪【錨・碇】(名)錨，碇。☆～をおろす／拋錨。☆～をあげる／起錨。

い

いかり③⓪【怒り】(名)怒，憤怒。

いか・る②⓪【怒る】(自五)憤怒，生氣。

いかん②【如何】(名・副)如何，怎樣。☆要(よう)は君の態度～だ／關鍵在於你的態度如何。

いかん⓪【移管】(名・他サ)移交。

いかん⓪【遺憾】(名・形動)遺憾，可惜。☆～千万(せんばん)／萬分遺憾。☆～ながら／遺憾的是。☆～なく／完全。充分。

いがん⓪②【胃癌】(名)胃癌。

いき⓪【行き】(名)去，去時，去路。☆～の切符／去時的車票。

いき⓪【生き】(名)❶生，活。☆～証人(しょうにん)／活證人。❷鮮度。☆～のいい魚／新鮮的魚。

いき①【息】(名)❶呼吸，氣息。☆あらい～をする／喘粗氣。☆～を殺す／屏息。憋住氣。❷步調。☆～が合う／步調一致。合得來。

いき⓪【粋】(名・形動)漂亮，瀟洒。☆～な女／俏女人。☆～ななりをしている／打扮得瀟洒。

いき①【意気】(名)意氣，氣概，氣勢。☆～さかん／意氣風發。精神抖擻。

いぎ①【意義】(名)意義，意思。

いぎ①【異議】(名)異議，不同意見。☆～あり／有異議。

いきいき③【生き生き】(副・自サ)生動，生氣勃勃。☆目が～する／目光炯炯。

いきうつし⓪【生き写し】(名)活像，一模一樣。☆父親に～／長得跟父親一模一樣。

いきおい③【勢い】(名)❶勢，勢力。☆火の～が弱(よわ)まった／火勢減弱了。❷氣勢，勁頭。☆水が～よく流れる／水滾滾而流。❸趨勢，形勢。☆自然の～／自然的趨勢。☆～の(おもむ)くところ／大勢所趨。

いきがい②⓪【生き甲斐】(名)生存的意義。

いきかえり⓪【行き帰り】(名)往返，來回。

いきかえる⓪【生き返える】(自五)復活，甦醒過來。

いきぐるし・い⑤【息苦しい】(形)憋，悶，憋氣。☆～・くて眠れなかった／悶得睡不著覺。

いきごみ④【意気込み】(名)幹勁，勁頭。

いきご・む③【意気込む】(自五)起勁兒，勁頭足。☆～・んで答える／興致勃勃地回答。

いきさつ⓪【経緯】(名)(事情的)經過，原委，內幕。

いきちがい⓪【行き違い】(名)↓

ゆきちがい

いきなり⓪(副)突然，冷不防。

いきのこ・る⓪【生き残る】(自五)倖存，沒死，保住性命。☆～った人／倖存者。

いきもの②③【生き物】(名)生物，動物，有生命力的東西。☆言葉は～だ／語言是有生命力的。

い・きる②【生きる・活きる】(自上一)❶活，生活，生存。☆八十まで～／活到八十歳。❷生動，有生氣。☆文章が～・きている／文章很生動。❸有效，有價值，有意義。☆この法律はいまだに～・きている／這條法律至今仍有效。

いきわた・る④【行き渡る】(自五)→ゆきわたる

い・く⓪【行く】(自五)→ゆく

いく【幾】(接頭)幾，多少。☆～人(にん)／多少人。

いくえ①【幾重】(名)幾層，幾重。☆～にも／好多層，重重。

いくさ③【軍・戦】(名)戰爭，戰鬥。

いくじ①⓪【育児】(名・自サ)育兒。

いくじ①【意気地】(名)志氣，魄力，要強心。☆～がない／沒志氣。懦弱。☆この～なし／你這個窩囊廢！

いくせい⓪【育成】(名・他サ)培養，培育，扶植。☆後継者を～する／培養接班人。☆事業を～する／扶植事業。

いくた①【幾多】(副)許多，無數。

いくつ①【幾つ】(名)❶幾個，多少。☆あと～あるか／還有幾個？❷幾歲。☆今年～ですか／今年幾歲了？

いくどうおん①⓪【異口同音】(名)異口同聲。

いくぶん⓪【幾分】(一)(名)幾分，一部分。☆経費の～かを負担する／負擔一部分經費。(二)(副)稍微，多少。☆～らくになった／稍微輕鬆些了。

いくら①【幾ら】(名)多少，多少錢。☆残りは～あるか／還剩下多少？☆これは～ですか／這個多少錢？(副)(用〃いくら…ても〃等形式)無論怎麼…也…。☆～呼んでも返事がない／無論怎麼叫也沒人答應。

いくらか①⓪【幾らか】(副)多少，稍微，有點兒。☆昨日より～涼しい／比昨天稍微涼快些。

いけ②【池】(名)池，池子。

いけがき②【生垣】(名)樹籬。

いけど・る③⓪【生捕る】(他五)活捉。

いけな・い⓪(連語)❶不好，不對，不該。☆～子／壞孩子。☆それは～ね／那可不好啊。❷不行，不許，不准。☆行っ

い

ては～／不許去。❸不行，沒希望。☆病人はもう～／病人已經不行了。

いけばな②【生花】(名)鮮花，插花。

い・ける②【生ける】(他下一)生，插，栽（花等）。☆花を花瓶に～／把花插在花瓶裏。

いけん①【意見】(一)(名)意見，見解。(二)(名・他サ)勸告，規勸，提意見。☆いくら～をしても効目(ききめ)がない／怎麼勸也沒用。

いげん⓪【威厳】(名)威嚴。

いご①【以後】(名)以後，今後。☆～は注意しなさい／今後要注意。

いこう①【以降】(名)以後。

いこう⓪【意向】(名)意向，打算，意圖。

イコール②【equal】(名)等號，等於。

いころ・す③⓪【射殺す】(他五)射殺。

いざ①(感)喂，唉。★～という時／一旦有事之時。★～鎌倉(かまくら)／緊要關頭。

いざかや③⓪【居酒屋】(名)小酒館。

いさぎよ・い④【潔い】(形)❶純潔，清高。❷乾脆，果斷，毫不留戀。☆～・く辞任する／果斷地辭職。

いささか②【些か】(副)些微，有點兒。

いさまし・い④【勇ましい】(形)❶勇敢，勇猛。☆～・く戦う／奮勇戰鬥。❷雄壯。☆～歌声／雄壯的歌聲。❸活潑，有生氣。

いさ・む⓪②【勇む】(自五)振作，振奮，奮勇。

いさ・める⓪③【諫める】(他下一)勸告，勸戒。

いし②【石】(名)❶石頭，岩石。❷寶石，鑽石。

いし①【意志】(名)意志。☆～が強い／意志堅強。

いし①【意思】(名)意思，意圖，心意。

いじ②【意地】(名)❶心術，用心。☆～が悪い／心術不良。❷意志，志氣，好強。☆～がない／沒志氣。不好強。❸固執，倔強。☆～を張る／固執己見。❹物慾，食慾。☆～が汚(きた)ない／貪婪。嘴饞。

いじ①【維持】(名・他サ)維持。

いしき①【意識】(名・他サ)意識，知覺，認識，覺悟。☆～を失う／失去知覺。

いしずえ⓪③【礎】(名)❶基石。❷基礎。

いしだん⓪【石段】(名)石階。

いじ・める⓪【苛める】(他下一)欺負，虐待，折磨，糟蹋。☆弟を～／欺負弟弟。

いしゃ⓪【医者】(名)醫生，大夫。☆～にかかる☆～に見て

い

もらう／請醫生看病。

いじゅう⓪【移住】(名・自サ)遷居。

いじゅつ①【医術】(名)醫術。

いしょう①【衣装・衣裳】(名)（出門或儀式穿的）衣服，服裝。☆花嫁(はなよめ)～／新娘禮服。★馬子(まご)にも～／人是衣裳馬是鞍。

いじょう①【以上】(名)❶（包括所提數量）以上。☆六歳～／六歲以上。❷以上，前面。☆～のとおり／如上。❸超出，更多。☆予想～／出乎預料。☆収入～／超過收入。☆これ～言う必要はない／無須再多說。❹既然。☆約束した～、実行する／既然說定了，就要實行。

いじょう⓪【異常】(名・形動)異常，不正常。☆～なし／正常。

いしょく①【衣食】(名)衣食。☆～住(じゅう)／衣食住。

いじ・る②【弄る】(他五)弄，擺弄，玩弄。

いじわる③【意地悪】(名・形動)使壞，刁難，壞心眼。

いす⓪【椅子】(名)❶椅子。❷地位，職務，交椅。

いずみ⓪①【泉】(名)泉，泉水，泉源。

イスラムきょう⓪【イスラム教】(名)伊斯蘭教。

いずれ⓪【何れ・孰れ】(一)(代)哪，哪個。☆～の道をとるべきか／該選擇哪條路呢？(二)(副)❶不久，最近，改天。☆～また参ります／改天再來。❷反正，早晚。☆～そんなことだろう／反正是那麼回事。

いせい⓪【威勢】(名)❶威勢，威風，威力。❷勁頭，朝氣。

いせき⓪【遺跡】(名)遺跡，古跡。

いぜん①【以前】(名)以前，過去。☆十年～／十年以前。

いぜん⓪【依然】(副・形動)依然，仍舊。

いそがし・い④【忙しい】(形)忙，忙碌。

いそ・ぐ②【急ぐ】(自五)急，急忙，著急。☆道を～／趕路。☆～・いで書く／急忙寫。★～・がば回れ／欲速則不達。

いた①【板】(名)板，板子。

いた・い②【痛い】(形)❶疼，痛，疼痛。❷痛苦，難受。

いだい⓪【偉大】(形動)偉大。

いたく⓪【委託】(名・他サ)委託。☆～販売(はんばい)／代銷。代售。

いだ・く②【抱く】(他五)抱，摟，懷抱。☆希望を～／懷著希望。

いたしかた⓪【致し方】(名)方法，辦法。☆～なく／沒辦法。不得已。

いた・す⓪②【致す】(他五)❶（

謙）做，幹，致力。☆私が～・します／我來做。❷招致，造成。☆不徳(ふとく)の～所(ところ)／無德所致。

いたずら⓪【悪戯】(名・形動)淘氣，惡作劇。☆～な子供／淘氣的孩子。

いたずら⓪【徒ら】(副・形動)徒然，白白，無益。☆～に年を取る／虛度光陰。

いただき⓪【頂】(名)頂部，上部。☆山の～／山頂。

いただく⓪【頂く・戴く】(他五)❶頂，戴。☆雪を～富士(ふじ)／頂峰積雪的富士山。❷("もらう"的謙語)領取。☆これは先生に～・いた本です／這是老師給的書。❸吃，喝。☆もう十分～・きました／已經吃飽了。❹推戴。☆田中氏を会長に～・いている／推戴田中先生為會長。❺("…てもらう"的謙語)請…做…。☆先生に本を買って～／請老師(幫我)買書。

いたち⓪③【鼬】(名)鼬鼠，黃鼠狼。★～の最後屁(さいごっぺ)／最後一招。

いたみ③【痛み・傷み】(名)❶疼，痛。☆～がとまった／止住了疼痛。☆～どめ／鎮痛劑。❷悲痛，痛苦。☆胸の～／內心的痛苦。❸損傷，損壞。☆荷物の～がひどい／貨物損壞嚴重。❹（食物）腐爛。

いた・む②【痛む・傷む】(自五)❶疼，痛。☆傷(きず)が～／傷口疼。❷悲痛，痛苦。❸損壞，破損。☆～・んだ部品(ぶひん)／壞了的零件。❹（食物）腐爛。

いた・む②【悼む・傷む】(他五)悼念，哀悼。

いた・める③【炒める】(他下一)炒。

いた・める③【痛める・傷める】(他下一)❶使疼，使痛苦。☆腹を～・めた子／親生的孩子。❷損壞，破壞。

いた・る⓪②【至る】(自五)至，到。☆事ここに～／事到如今。☆～処(ところ)／到處。各處。

いたれりつくせり③-③【至れり尽くせり】(連語)無微不至，盡善盡美。

いたわ・る③【労る】(他五)❶體貼，關心，照顧。☆病人(びょうにん)を～／照顧病人。❷安慰，慰勞。

いち②【一】(名)❶一，一個。★～を聞いて十を知る／聞一知十。★～から十まで／全部。一切。從頭到尾。❷第一。☆世界～／世界第一。❸最初，首先。☆～からやりはじめよう／從頭做起吧。

いち①【市】(名)集市，市場。☆

い

～に行く／趕集。

いち①【位置】(名・自サ)❶位置，地位。❷位於。☆市(し)の中央に～する／位於市中心。

いちいたいすい④【一衣帯水】(名)一衣帶水。

いちいち②【一一】(副)一一，逐個，詳細，全部。☆～説明する／一一說明。

いちおう⓪【一応】(副)❶大致，大體。☆～できあがった／大體上完成了。❷一次，一下。☆～調べてみよう／查一下看看。❸暫且，姑且。☆～承諾(しょうだく)した／暫且答應了。

いちがいに②【一概に】(副)一概。☆そう～は言えないが／雖不能一概這麼說，但…。

いちがつ④【一月】(名)一月，正月。

いちご⓪①【苺・莓】(名)草莓。

いちざ②【一座】(名・自サ)❶在座的人，大家。☆～を笑わせる／逗大家樂。❷(一個)劇團。❸一尊。☆～の仏像(ぶつぞう)／一尊佛像。❹上座。❺一次。☆～の説法(せっぽう)／一次講經。❻同座，同席。

いちじ②【一時】(名)❶當時，那時。❷一段時間，一個時期。❸一時，暫時，臨時。☆～の現象／暫時的現象。❹一次。☆～ばらい／一次付款。❺一點鐘。☆午後～／下午一時。

いちじく②【無花果】(名)無花果。

いちじつ④⓪【一日】(名)❶一日，一號，初一。❷一日，一天。★～千秋／一日千秋。❸某日。

いちじるし・い⑤【著しい】(形)顯著的，明顯的。

いちだい②【一代】(名)一代，一生。

いちだいじ③【一大事】(名)一件大事。

いちだん②【一段】(名)❶一段，一節。❷一級，一階。

いちだんと⓪【一段と】(副)更加，越發。

いちだんらく③【一段落】(名・自サ)一個段落。☆～をつげる／告一段落。

いちど③【一度】(名)一次，一回。

いちどう③【一同】(名)大家，全體。☆出席者～／與會者全體。

いちどきに③【一時に】(副)↓いちどに

いちどに③【一度に】(副)同時，一次，一下子。☆～食べられない／一次吃不完。

いちにち④【一日】(名)❶一日，一天。☆～のびる／延長一天。☆～中(じゅう)／整天。終日。❷某日。☆秋の～／秋天的某日。

いちねん②【一年】(名)一年。☆

い

～中(じゅう)／整年。終年。☆～生(せい)／一年級學生。一年生(植物)。

いちば③①【市場】(名)市場，集市，商場。☆青物(あおもの)～／菜市場。

いちばん②【一番】(名)❶第一，頭一個。☆～の問題／第一個問題。☆～電車／頭班電車。❷最。☆～好きだ／最喜歡。❸最好。☆かぜは寝ているのが～だ／感冒最好躺著休息。

いちぶ②【一部】(名)❶一部分。❷(書刊等)一部，一冊，一套。

いちぶぶん③【一部分】(名)一部分。

いちまい②【一枚】(名)(紙等)一張，(衣服等)一件，(被褥等)一床，(木板等)一塊。

いちみ②【一味】(名)(幹壞事的)一伙，一幫。

いちみゃく⓪【一脈】(名)一脈。★～相通(あいつう)じる／一脈相通。

いちめん⓪②【一面】(名)❶一面，一方面。☆～の真理／一面之理。❷一片。☆～の火の海／一片火海。❸(報紙的)第一版。

いちもうさく③【一毛作】(名)單作，一年一熟。

いちもくさんに③【一目散に】(副)一溜煙地。☆～逃げだした／一溜煙跑了。

いちもん②【一文】(名)一文(錢)。☆～なし／身無分文。

いちや②【一夜】(名)一夜。☆～づけ／醃一晚。臨陣磨槍。

いちやく⓪【一躍】(名・副・自サ)一躍。

いちゅう⓪①【意中】(名)意中，心意。☆～の人／意中人。☆～をさぐる／試探心意。

いちょう⓪【胃腸】(名)胃腸。

いちょう⓪【銀杏】(名)銀杏。

いちよう⓪【一様】(形動)❶一樣，同樣。☆大きさが～でない／大小不一樣。❷一概，一律。☆～に賛成する／一致贊成。

いちらん⓪【一覧】(名・他サ)一覽。☆～表(ひょう)／一覽表。☆～払(ばらい)／見票即付。

いちりつ⓪【一律】(名)一律。

いちりづか③【一里塚】(名)里程碑。

いちりゅう⓪【一流】(名)❶第一流，頭等。☆～ホテル／一流飯店。❷一個流派，獨特風格。

いちれい⓪【一礼】(名・自サ)行個禮。

いちれい⓪【一例】(名)一個例子。☆～をあげる／舉個例子。

いちろう⓪【一浪】(名)第一次沒考上大學(的人)。

い

いつ①【何時】(代)何時，什麼時候。☆〜来たか／什麼時候來的?☆〜のまにか／不知不覺地。☆〜までも／永遠。

いっか①【一家】(名)一家。

いつか①【何時か】(副)❶以前，曾經。☆〜会ったことがある／曾經見過。❷遲早，早晚，改日，不久。☆また〜電話する／改天再給你電話。❸不知不覺。☆〜日も暮れていた／不知不覺地天黑了。

いつか③⓪【五日】(名)❶(每月的)五日，五號。❷五天。

いっかい⓪【一階】(名)一樓，樓下。

いっかん⓪【一貫】(名・自サ)一貫。☆〜した政策／一貫的政策。

いっき①【一気】(名)一氣，一口氣。☆〜に飲みほした／一飲而盡。

いっき①【一揆】(名)(日本古代農民)起義，暴動。

いっけん⓪【一見】(名・副・他サ)(他サ)❶一見，一看。☆〜の価値がある／值得一看。★百聞(ひゃくぶん)〜にしかず／百聞不如一見。❷乍看。☆〜役者のようだ／乍看像個演員。

いっけん①【一軒】(名)❶一棟。❷一家，一戶。

いっこ①【一個】(名)一個。

いっこう⓪【一向】(副)全然，絲毫，一點也。☆〜に平気だ／毫不在乎。☆〜に便りがない／杳無音信。

いっこう⓪③【一行】(名)❶一個行動。☆一言(いちげん)〜／一言一行。❷一行(人)。☆〜十人／一行十人。

いっこう⓪【一考】(名・他サ)考慮一下。☆〜を要(よう)する／值得思考。

いっこく④【一刻】(名)一刻。☆〜も早く／立刻。★〜を争う／爭分奪秒。

いっさい①③【一切】(一)(名)一切，全部。(二)(副)(下接否定語)一概，完全。☆酒は〜飲まない／一滴酒都不喝。

いっさく【一昨】(接頭)前(天，年等)。☆〜日(じつ)／前天。☆〜年(ねん)／前年。☆〜夜(や)／前天晚上。

いつしか①【何時しか】(副)❶不知不覺地。☆〜日もくれた／不知不覺地天也黑了。❷遲早，早晚。

いっしゅ①【一種】(名)一種。

いっしゅう⓪【一周】(名・他サ)一周，轉一周。☆世界〜旅行／環球旅行。

いっしゅう⓪【一週】(名)一周，一星期。☆〜間(かん)／一個星期。

いっしゅん⓪【一瞬】(名)一瞬，一剎那。

いっしょ⓪【一緒・一所】(名)一

同，一起。☆～に写真をとる／一起照相。

いっしょう⓪【**一生**】(名)一生，終生。

いっしょうがい③【**一生涯**】(名)一生，畢生，一輩子。

いっしょうけんめい⑤【**一生懸命**】(副・形動)拼命。☆～勉強する／拼命學習。

いっしょけんめい④【**一所懸命**】(副・形動)↓いっしょうけんめい

いっしん③【**一心**】(名)一心，專心。☆～不乱(ふらん)／專心致志。

いっすい⓪【**一睡**】(名・自サ)睡一覺。☆～の暇もない／連睡一會兒的工夫都沒有。

いっする⓪③【**逸する**】(自他サ)失去，錯過。☆好機(こうき)を～／錯過良機。

いっせい⓪【**一斉**】(名)一齊，同時。☆～にスタートを切った／一齊起跑了。

いっせき④【**一石**】(名)一石。★～二鳥(にちょう)／一箭雙鵰。★～を投(とう)ずる／引起風波。

いっそ⓪(副)寧可，莫若。☆～死んでしまいたい／倒不如一死。☆～の事／寧可。莫若。

いっそう⓪【**一層**】(副)更加，越發。☆～悪くなった／更加惡化了。

いっそう⓪【**一掃**】(名・他サ)一掃，清除。☆敵を～した／清除了敵人。

いっそくとび④③【**一足飛び**】(名)一躍，一步登天。☆～大学教授になった／一步登天當了大學教授。

いったい⓪【**一体**】(副)究竟，到底。☆これは～何だろう／這究竟是什麼？

いったい⓪【**一帯**】(名)❶一帶。☆東京～に雪が降った／東京一帶下雪了。❷一條。☆～の山脈／一條山脈。

いったん⓪【**一旦**】(副)❶一旦，萬一。☆～事ある時／一旦有事之時。❷既然。☆～決めたからにはやり抜く／既然決定了就要幹到底。❸暫且，先。☆～帰国する／暫時回國。

いっち⓪【**一致**】(名・自サ)一致。☆言行が～しない／言行不一致。

いっちょくせん③【**一直線**】(名)❶一條直線。❷筆直，一直。☆東へ～に進む／一直往東走。

いつつ②【**五つ**】(名)五，五個，五歲。

いっつい⓪【**一対**】(名)一對。

いってい⓪【**一定**】(名・自他サ)一定。☆収入が～していない／收入不固定。

いつでも①③【**何時でも**】(副)無論何時，經常，總是。

いってん③【一点】(名)❶一點。☆紅(こう)～／(比喩眾多男性中唯一的女性)萬綠叢中一點紅。☆～ばり／專事。一味。❷一點(也)，絲毫。☆～の雲もない／萬里無雲。❸一分。☆～を取る／得一分。❹(作品等)一件。☆美術品～／一件美術作品。

いっとう⓪③【一等】(名)一等，頭等。☆～賞(しょう)／一等獎。☆～親(しん)／直系親屬。

いっぱい【一杯】(一)①(名)❶一杯，一碗。☆お茶を～飲んだ／喝了一杯茶。★☆～食う／上當。受騙。★～食(く)わす／欺騙。❷(飲少量的酒)一杯酒。☆～やる／喝杯酒。(二)⓪(副)❶滿，充滿。☆腹～食べた／吃得飽飽的。❷全部，整個。☆明日～は忙しい／明天整天都忙。

いっぱく⓪【一泊】(名・自サ)❶住一夜。☆～旅行／住一宿的旅行。❷(船在港口)停一夜。

いっぱん⓪【一般】(名)一般，普通。

いっぴん⓪【一品】(名)❶一品，第一。❷一種，一樣。☆料理～／一道菜。☆～料理／單點菜。經濟小菜。

いっぷく④【一服】(名・自他サ)❶一服藥。☆～盛(も)る／下毒藥。❷喝杯茶。☆～どうぞ／請喝茶。❸抽支煙，休息一下。☆ここで～しよう／在這裏休息一會兒吧。

いっぺん③【一片】(名)❶一片，一張。❷(下接否定語)絲毫，一點也。☆～の良心もない／毫無良心。

いっぺん③⓪【一遍】(名)❶一遍，一回。❷(下接〃に〃)同時，一下子。☆～には覚えきれない／一下子記不住。

いっぽ①【一歩】(名)一步。☆～も歩けない／一步也走不動。☆～もゆずらない／寸步不讓。

いっぽう③【一方】(名)❶一方，一方面。☆～的(てき)／單方面。☆～にかたよる／偏向一方。❷(接動詞連體形後)一直，越來越。☆物価は上がる～だ／物價一個勁兒地上漲。

いっぽん①【一本】(名)❶(表示細長物品的數量)一枝，一根，一條，一棵，一瓶。❷(柔道，劍術)一本，一分，一擊。★～参る／挨一下。輸一著。

いつまでも①【何時までも】(副)永遠。

いつも①【何時も】(副)❶經常，總是。☆～働いている／經常幹活。❷平常，平日。☆～と様子が違う／與平常情況不同。

いつわり④⓪【偽り】(名)偽，假，虛假。☆～を言う／說謊。

いつわ・る③【偽る】(他五)❶冒充，撒謊，偽造。☆なまえを～／冒名。❷欺騙。☆人を～／騙人。

イデオロギー③【徳 Ideologie】(名)思想體系，意識形態。

いてん⓪【移転】(名・自サ)❶遷移，搬家。❷(權利等的)轉讓，轉移。

いでん⓪【遺伝】(名・自サ)遺傳。☆～子(し)／遺傳因子。

いと①【糸】(名)❶線，紗，絲。❷(樂器的)弦。

いと①【意図】(名・他サ)意圖，企圖，打算。

いど①【井戸】(名)井。☆～端会議(ばたかいぎ)／(婦女)湊在一起聊天。

いど①【緯度】(名)緯度。

いと・う②【厭う】(他五)❶厭，厭惡。☆世(よ)を～／厭世。☆苦労を～・わない／不辭勞苦。❷保重，珍惜。

いどう⓪【移動】(名・自他サ)移動，轉移。

いどう⓪【異動】(名・自他サ)(人事)變動，調動。

いとぐち②【緒・糸口】(名)頭緒，線索。☆～が見つかる／找到線索。

いとこ②①【従兄弟・従姉妹】(名)堂兄弟，堂姊妹，表兄弟，表姊妹。

いとな・む③【営む】(他五)經營。☆生活を～／謀生。

いとま③⓪【暇】(名)❶暇，閒暇。☆応接(おうせつ)に～がない／應接不暇。❷休假。☆～をもらう／請假。❸告辭。☆～を告(つ)げる／告辭。❹解雇。❺離婚。

いど・む②【挑む】(他五)❶挑戰。☆敵に～／向敵人挑戰。❷挑逗，調情。

いとも①【最も】(副)非常，格外。

いな①【否】(感)否，不。☆賛成か～か／是否贊成。

いない【以内】(接尾)以內。

いなか⓪【田舎】(名)❶鄉下，農村。☆～者(もの)／鄉下人。鄉下佬。❷故鄉，老家。

いながらに⓪【居ながらに】(副)坐在家裏，坐著不動。

いなご⓪【蝗】(名)蝗蟲。

いなさく⓪【稲作】(名)❶種稲子。❷稲子收成，稲子長勢。

いなずま②⓪【稲妻】(名)閃電。☆～が光る／閃電。

いなびかり③【稲光】(名)閃電。

いな・む②【否む】(他五)❶拒絕。❷否定。☆～・めない事実／不可否認的事實。

いなや①【否や】(副)(多上接〃や〃或〃が〃)立刻，馬上。☆聞くや～飛び出した／一聽馬上就

い

跑出去了。

いにしえ⓪【古】(名)古時，往昔。

いにん⓪【委任】(名・他サ)委任，委託。

いぬ②【犬】(名)❶犬，狗。☆～小屋(ごや)／狗窩。★～と猿の仲／水火不相容。❷走狗，爪牙。

いね①【稲】(名)稻，稻子。

いねむり④③【居眠り】(名・自サ)瞌睡，打盹兒。

いのいちばん①②【いの一番】(名)第一，最先。

いのこ・る③【居残る】(自五)（別人走後）留下不走，加班。☆ひとり～・って仕事をかたづけた／一個人留下處理工作。

いのしし③【猪】(名)野豬。

いのち①【命】(名)命，生命，壽命，命根子。☆～の恩人／救命恩人。☆～をかける／拚命。不要命了。

いのちがけ⓪⑤【命懸け】(名)拚命，豁出去。☆～で働く／拚命幹活。

いのり③【祈り】(名)祈禱，禱告。

いの・る②【祈る】(他五)❶祈禱。☆神に～／向神祈禱。❷祝願。☆ご成功を～／祝您成功。

いはい⓪【位牌】(名)牌位，靈位。

いばら⓪【茨・荊・棘】(名)荊棘。☆～の道／艱苦的道路。

いば・る②【威張る】(自五)驕傲，吹牛，說大話，擺架子，耍威風。☆あまり～な／別吹牛。☆～・って歩く／大搖大擺地走。

いはん⓪【違反】(名・自サ)違反，違犯。

いびき③【鼾】(名)鼾聲。☆～をかく／打鼾。

いびつ⓪【歪】(名・形動)歪，歪斜。☆～な字／歪斜的字。

いひょう⓪【意表】(名)意表，意料。☆～をつく☆～に出る／出人意料。

いぶかし・い④【訝しい】(形)奇怪，可疑。

いぶき①【息吹】(名)❶呼吸。❷氣息，氣氛。

いふく①【衣服】(名)衣服。

いぶくろ②【胃袋】(名)胃。

いぼ①【疣】(名)疣，瘊子。☆～ができる／長疣子。

いほう⓪【違法】(名)違法。

いま①【今】(一)(名)❶現在，目前，當今。☆～がチャンスだ／現在是個機會。❷立刻，馬上。☆～帰る／馬上就回去。❸剛剛，方才。☆会議は～始まった／會剛開始。☆～の人はだれですか／剛才那個人是誰？(二)(副)再，更。☆～一ついかがですか／再來一個怎麼樣?

いま②①【居間】(名)起居間。

いまいまし・い⑤【忌忌しい】(形)可恨，可惡，討厭。

いまごろ⓪【今頃】(名)現在，這時候。☆去年の～／去年的這個時候。

いまさら①⓪【今更】(副)到現在，事到如今。☆～どうしようもない／現在已毫無辦法。

いまし・める⓪④【戒める】(他下一)戒，勸戒。

いまだに⓪【未だに】(副)仍然，尚未。☆～独身だ／仍未結婚。

いまに①【今に】(副)不久，將來，早晚。☆～みていろ／走著瞧吧!

いまにも①【今にも】(副)馬上，眼看。☆～雨が降りだしそうだ／眼看就要下雨了。

いままで③【今迄】(副)至今，從前。☆～にない豊作／空前的大豐收。

いみ①【意味】(名・他サ)❶意思，含義。☆ことばの～／詞義。❷意圖，動機。❸意義，價值。☆～のない仕事／沒有意義的工作。❹意味著。☆同意を～する／意味著同意。

い・む①【忌む】(他五)❶忌，忌諱。❷厭惡，憎惡。

いむしつ②【医務室】(名)醫務室。

イメージ①【image】(名)形象，印象。

いも②【芋・薯】(名)薯類。★～を洗うよう／擁擠不堪。

いもうと④【妹】(名)妹妹。

いや①(感)呀，哎呀。☆～、まいった／呀，受不了!

いや①【否】(感)不，不是。☆～、知っているよ／不，我知道。

いや②【嫌・厭】(形動)討厭，厭煩，不願意。☆～なやつ／討厭的傢伙。

いやいや⓪【否否・厭厭】(副)無奈，勉強，不得已。☆～引き受ける／勉強接受。☆～ながら／勉勉強強。

いやく①【医薬】(名)醫藥。

いやけ⓪【嫌気】(名)厭煩，厭膩。☆～がさす／感到厭膩。

いやし・い⓪【卑しい・賤しい】(形)❶卑賤，寒微。☆～職業／下賤的職業。❷卑鄙，下流。☆～行(おこな)い／卑鄙行為。❸寒酸。☆～身なり／寒酸的打扮。❹嘴饞。

いやしくも②【苟も】(副)❶既然。☆～学生なら／既然是個學生。❷如果，萬一。☆～そんな事をすれば／如果做了那種事。

いやし・める④⓪【卑しめる・賤しめる】(他下一)輕視，鄙視。

いやに②【嫌に・厭に】(副)太，過於，非常。☆～早起(はやお)

い

きだね／起得過早。

いよいよ②【愈】(副)❶越發，更加。☆風が～はげしくなる／風越刮越大。❷終於。☆～試合が始まる／比賽終於開始了。❸最後關頭。☆～となる／到最後關頭。❹真的，確實。

いよく①【意欲】(名)熱情，積極性。☆～が足りない／熱情不足。

いらい①【以来】(名)❶以來，以後。❷今後，將來。

いらい⓪【依頼】(名・自他サ)❶依賴，依靠。☆～心／依賴心。❷委託，請求。

いらいら①【苛苛】(副・自サ)❶焦急，急躁。☆～と歩きまわる／急得亂轉。❷刺痛。

いらだ・つ③【苛立つ】(自五)著急，焦躁。☆気が～／心裏煩躁。

いらっしゃ・る④(自五)(敬)來，去，在。☆先生が～・った／老師來了。☆明日お宅に～・いますか／明天您在家嗎？☆よく～・いました／歡迎歡迎！☆遊びに～・い／請來玩。

いり⓪【入り】(名)❶收入。☆～が少ない／收入少。❷進入。☆～☆客の～が悪い／不上座兒，生意不好，客人不多。☆仲間(なかま)～／入伙。☆日の～／日落。☆梅雨(つゆ)の～／入梅。進入梅雨期。❸容量。☆二リットル～のびん／容量為兩公升的瓶子。❹加入，帶有。☆コーヒー～の牛乳／加咖啡的牛奶。❺費用，開支。☆～がかさむ／開支增加。

いりぐち⓪【入口】(名)入口，門口，門戶。

いりひ⓪【入り日】(名)落日，夕陽。

いりょう⓪①【医療】(名)醫療。☆～費／醫療費。

いりよう⓪【入り用】(名・形動)需要，需要的費用。☆いくらご～ですか／您需要多少錢？

いりょく①【威力】(名)威力。

い・る⓪【居る】(自上一)❶(人，動物)有，在。☆父は今書斎(しょさい)に～／父親現在在書房裏。❷居住，滯留。☆ずっと東京に～／一直住在東京。❸坐。☆いても立ってもいられない／坐立不安。❹(作補助動詞用，表示動作、作用、狀態的進行或繼續)正在…；…著。☆本を読んで～／正在讀書。☆ドアが開いて～／門開著。

い・る⓪【入る】(自五)進入。☆夜に～／入夜。☆手に～／到手。☆実(み)が～／果實成熟。★念(ねん)が～／仔細。周到。★気に～／稱心。看中。

い・る⓪【要る・入る】(自五)

い

要，需要。☆お金が～／需要錢。

いる⓪【射る】(他上一)射，擊。☆的(まと)を～／打靶。擊中要害。

い・る①【煎る・炒る】(他五)煎，炒。

いるい①【衣類】(名)衣服，衣裳。

いれかえ⓪【入れ替え・入れ換え】(名)❶換，更換。☆部品の～をする／換零件。❷(電影院等)換場。❸(列車)編組。

いれか・える④【入れ替える・入れ換える】(他下一)換，更換。☆へやの空気を～／換換室內的空氣。☆心を～／改邪歸正。洗心革面。

いれかわ・る④【入れ替わる・入れ換わる】(自五)交換，交替。

いれちが・う④【入れ違う】(自五)❶裝錯。❷(一來一往)錯過。交錯。☆～・って会えなかった／來去之間錯過了，沒能見到面。

いれば⓪【入歯】(名)假牙，義齒。☆～をする／鑲牙。

いれもの⓪【入れ物】(名)容器。

い・れる⓪【入れる】(他下一)❶裝入，放進。☆ビンに水を～／把水裝入瓶內。❷容納。☆千人を～講堂／容納一千人的禮堂。❸包括。☆先生を～・れて十人です／包括老師共十人。❹繳納。☆家賃(やちん)を～／繳納房租。❺加進，插入。☆挿絵(さしえ)を～／加插圖。★口を～／插嘴。★手を～／加工。修改。❻泡，沖。☆お茶を～／泡茶。❼開，點。☆スイッチを～／打開開關。❽傾注。★力を～／用力。★心を～／用心。★念を～／仔細。小心。

いろ②【色】(名)❶色，顏色。☆～があせる／褪色。❷臉色，神色。★～をなす／變色。❸情景，樣子。☆秋の～が深くなった／秋色已深。❹女色，色情。☆～をこのむ／好色。❺種類。

いろいろ⓪【色色】(副・形動)各種各樣。

いろっぽ・い④【色っぽい】(形)(女性)嫵媚，嬌艷。

いろど・る③【彩る】(他五)❶上色，著色。❷化妝，打扮。❸裝飾，點綴。

いろめがね③【色眼鏡】(名)❶有色眼鏡。❷偏見，成見。

いろり⓪【囲炉裏】(名)地爐。

いろんな⓪【色んな】(連体)各種各樣的。

いわ②【岩】(名)岩，岩石。

いわい②【祝い】(名)❶祝，祝賀。❷賀禮，祝賀活動。

いわ・う②【祝う】(他五)祝賀，

慶祝。☆正月を～／祝賀新年。

いわし⓪【鰯】(名)沙丁魚。

いわば②⓪【言わば】(副)說起來，可以說。☆富士山(ふじさん)は～日本のシンボルだ／富士山可以說是日本的象徵。

いわゆる③②【所謂】(連体)所謂。

いわれ⓪【謂れ】(名)❶緣故，理由。❷來歷，由來。

いわんや②【況や】(副)何況。☆～子供においてをや／何況小孩子呢。

いん①【印】(名)印，圖章。☆～をおす／蓋章。

いんかん③⓪【印鑑】(名)印，圖章。

インキ①⓪【荷inkt】(名)↓インク

いんき⓪【陰気】(形動)❶陰沉，陰暗。☆～なへや／陰暗的屋子。❷陰鬱，鬱悶。☆～な性格／憂鬱的性格。

インク①【ink】(名)墨水，油墨。

いんさつ⓪【印刷】(名・他サ)印刷。☆～所(じょ)／印刷廠。

いんしょう⓪【印象】(名)印象。

いんしょく①【飲食】(名・自サ)飲食。☆～店／飲食店。

インスタントラーメン⑦【インスタント老麵】(名)速食麵。

いんぜい⓪【印税】(名)版稅。印花稅。

いんそつ⓪【引率】(名・他サ)帶領，率領。

インターナショナル⑤【International】(名)國際，國際歌。

いんたい⓪【引退】(名・自サ)引退，退職。

インタビュー③①【interview】(名・自サ)❶會見。❷採訪。☆首相に～する／採訪首相。

インチ①【inch】(名)英寸。

いんちき⓪①(名・形動)欺騙，搞鬼。☆～な商品／冒牌貨。

いんちょう①【院長】(名)院長。

インテリ⓪(名)知識分子。★青白(あおじろ)き～／白面書生。

イントネーション④【intonation】(名)語調。

いんねん⓪③【因縁】(名)❶因緣，關係。❷由來，來歷。❸藉口。★～をつける／找疵煩。尋釁。

いんばい⓪【淫売】(名・自サ)賣淫。☆～婦(ふ)／妓女。

インフルエンザ⑤【influenza】(名)流行性感冒。

インフレ⓪(名)(〝インフレーション〟之略)通貨膨脹。

いんぼう⓪【陰謀】(名)陰謀，密謀。

いんよう⓪【引用】(名・他サ)引用。

いんりょう③【飲料】(名)飲料。

いんりょく①【引力】(名)引力。

ウ・う

[U]

う①【鵜】(名)鸕鶿，魚鷹。★～のまねをする鳥／東施效顰。

ういういし・い⑤【初初しい】(形)天真的，幼稚的。

ウイスキー②【whisky】(名)威士忌。

ウイルス①【拉virus】(名)病毒。

ウインク②【wink】(名・自サ)使眼色，送秋波。

ウインタースポーツ⑦【winter sports】(名)冬季運動。

ウインドー②【window】(名)窗，櫥窗，陳列窗。

ウール①【wool】(名)羊毛，毛織品。

うえ⓪②【上】(名)❶上，上面。☆山の～／山上。❷年長，長輩，上司，上級。☆私より年が三つ～だ／比我大三歲。☆会社の～の人／公司領導人。❸(地位，程度等)高，強，好。☆腕前(うでまえ)はずっと～だ／本領要高得多。❹之後。☆見た～で決める／看後決定。❺而且。☆品物がいい～に値段が安い／質量好而且便宜。物美價廉。❻既然。☆かくなる～は是非(ぜひ)もない／既然如此也就沒辦法了。

うえ②①【飢え】(名)饑餓。☆～をしのぐ／充饑。

うえき⓪【植木】(名)栽種的樹，盆栽。☆～鉢(ばち)／花盆。

うえした②【上下】(名)❶上下。❷顛倒。☆箱を～にする／把箱子顛倒過來。

うえじに④⓪【飢え死に】(名・自サ)餓死。

う・える②【飢える】(自下一)❶饑餓。❷渴求。☆知識に～／渴求知識。

う・える⓪【植える】(他下一)❶栽，種，種植。☆木を～／種(栽)樹。❷移植，培育。☆種痘(しゅとう)を～／種牛痘。❸嵌入。活字(かつじ)を～／排字。

うお⓪【魚】(名)魚。☆~釣(つり)/釣魚。☆~をとる/打魚。捕魚。

うかい⓪【迂回】(名・自サ)迂迴，繞行。

うがい⓪【嗽】(名・自サ)漱口。☆~薬/漱口藥。

うかうか①(副・自サ)馬馬虎虎，糊里糊塗。☆~と日を暮らす/糊里糊塗地混日子。

うかが・う⓪【伺う】(他五)(謙)❶請教，聽取，打聽。☆ご意見を~・いたい/我想聽聽您的意見。☆ちょっとお~・いしますが/請問。❷拜訪，訪問。☆何時に~・いましょうか/幾點去拜訪您?

うかが・う⓪【窺う】(他五)窺伺，窺視，偷看。☆顔色を~/察言觀色。☆チャンスを~/伺機。

うか・ぶ⓪【浮かぶ】(自五)❶漂，浮。☆船が海に~/船浮在海上。❷浮現，湧上。☆心に~/湧上心頭。

うか・べる⓪【浮かべる】(他下一)❶浮，泛。☆船を~・べて遊ぶ/泛舟遊玩。❷露出，現出。☆涙を~/含淚。☆先生の教えを心に~/老師的教誨浮現在腦海裡。

うか・る②【受かる】(自五)考上，及格。☆大学に~/考上大學。☆試験に~/考試及格。

うき①【雨季】(名)雨季。

うきあが・る④【浮き上がる】(自五)❶浮出，漂起。❷出現，浮現。❸脫離。☆国民から~・った政治/脫離國民的政治。

うきうき③①【浮き浮き】(副・自サ)興高采烈，喜氣洋洋。

うきぐも⓪③【浮雲】(名)浮雲。

うきだ・す③【浮き出す】(自五)❶浮出，漂出。❷凸出，浮現。☆模様を~・しにする/使圖案凸出。

うきな⓪②【浮名】(名)豔聞，醜聞。☆~を流す/豔聞遠揚。

うきぶくろ③【浮き袋】(名)❶救生圈，救生袋。❷魚鰾。

うきぼり⓪【浮彫】(名)浮雕。

うきめ①⓪【憂目】(名)痛苦，煩惱，不幸。☆~にあう/遭到不幸。

うきよ⓪②【浮世】(名)人世，塵世。☆~の常(つね)/人世之常。☆~絵(え)/(江戶時代的)風俗畫。

う・く⓪【浮く】(自五)❶浮，漂。☆空に雲が~・いている/天上飄著雲彩。❷鬆動，搖晃。★歯が~/牙活動。(吃酸東西)倒牙。(感到)肉麻。❸(心情)愉快。★~・かぬ顔/愁眉苦臉。★気が~/高興。❹剩餘，結餘。☆費用が五千円～・いた／費用結餘了五千日元。☆～・いた時間で絵をかく／用剩下的時間畫畫。❺輕佻。★～・いたうわさ／豔聞。

うぐいす②【鶯】(名)黃鶯，黃鵬。

うけ②【受け】(名)❶評價，聲譽。☆～がよい(わるい)／受(不受)歡迎。❷守勢。☆～にまわる／轉為守勢。❸接受，承諾。

うけあ・う③【受け合う・請け合う】(他五)❶承擔，負責。☆工事を～／承攬工程。❷保證，擔保。☆品質は～・います／品質我擔保。

うけい・れる⓪【受け入れる】(他下一)收，接受，採納。☆意見を～／採納意見。

うけおい③⓪【請負】(名)承包，承攬。☆～契約／承包合同。

うけお・う③⓪【請負う】(他五)承包，承攬。☆道路工事を～／承包修路工程。

うけたまわ・る⓪⑤【承る】(他五)(謙)❶聽。❷聽從，接受。❸聽說，傳聞。

うけつ・ぐ⓪【受け継ぐ】(他五)繼承，接替。☆父の事業を～／繼承父業。

うけつけ⓪【受付】(名)❶接受，受理。☆～時間／受理時間。❷傳達室，接待室，問事處。☆～でたずねてください／請到服務處打聽。

うけつ・ける⓪【受け付ける】(他下一)❶接受，受理。☆申込みは十日から～／報名由十號開始受理。❷(多用否定形表示病人吃不下藥、食物等)吃得下。☆薬も～・けない／連藥也吃不下了。

うけと・める⓪【受け止める】(他下一)❶接住。☆ボールを～／接住球。❷阻止，擋住。

うけとり⓪【受取・請取】(名)❶收，領。❷收據，收條。☆～を書く／開收據。

うけと・る⓪【受け取る】(他五)❶收，領。☆手紙を～／收信。❷理解，領會。☆～・りにくい話だ／難以理解的話。

うけみ③②【受身】(名)❶被動，守勢。☆敵は～になってしまった／敵人轉為守勢了。❷(語法)被動。

うけもち⓪【受け持ち】(名)擔任，擔當。☆～の先生／班主任老師。

うけも・つ⓪【受け持つ】(他五)擔任，擔當。

う・ける②【受ける】(他下一)❶接。☆酒を杯(さかずき)に～／用酒杯接酒。❷受，蒙。☆教育を～／受教育。❸接受。☆注文を～／接受訂貨。☆試験を～／參加考試。❹繼承。☆父のあとを～／繼承父業。❺

朝，向。☆南を～へや／朝南的房間。❻受歡迎。☆この小説はきっと～に違いない／這部小說一定會受歡迎。

うご①【雨後】(名)雨後。★～のたけのこ／雨後春筍。

うごか・す③【動かす】(他五)❶開動，發動。☆車を～／開車。❷移動，推動，搖動，調動。☆重い石を～／搬動重石。☆～・せない証拠(しょうこ)／確鑿的證據。❸打動，感動。☆心を～／打動人心。

うごき③【動き】(名)❶動，行動，動作。❷動向，動態，變動。☆政局の～／政局的動態。

うご・く②【動く】(自五)❶動，轉動，搖動，動搖，變動。☆～な／別動。☆世の中が激しく～／社會劇烈變動。❷行動，活動。☆陰(かげ)で～・いている／暗中活動。

うごめか・す④【蠢かす】(他五)使…蠕動。★鼻を～／得意洋洋。

うごめ・く③【蠢く】(自五)蠕動，蠢動，扭動。

うさぎ⓪【兎】(名)兔子。

うし⓪【牛】(名)牛。★～の歩み／步伐緩慢。

うじ①【氏】(名)❶氏族。❷姓氏。❸家世，門第。

うじ②【蛆】(名)蛆。☆～がわく／生蛆。

うじうじ①(副・自サ)猶猶豫豫，磨磨蹭蹭。☆～した態度／猶豫的態度。

うしな・う⓪【失う】(他五)丟失，失掉，喪失。☆興味を～／失去興趣。

うしろ⓪【後ろ】(名)後，後面，背後。☆～を振りむく／回頭看。

うしろかげ④③【後影】(名)後影，背影。

うしろだて⓪【後楯】(名)後盾，靠山。

うしろむき⓪【後向き】(名)背向，向後。☆～に座る／背著身子坐。

うす①【臼】(名)臼，磨。

うず①【渦】(名)漩兒，漩渦。☆～をまく／打漩兒。☆～にまきこまれる／被捲入漩渦。

うす・い⓪【薄い】(形)❶薄。❷淡，淺，稀，少。

うすぎ⓪【薄着】(名・自サ)穿得少。☆～をしてかぜをひいた／因穿得少而感冒了。

うすきみわる・い⑥【薄気味悪い】可怕，害怕。

うず・く②【疼く】(自五)劇痛。

うずくま・る④【蹲る】(自五)蹲。

うすぐら・い⓪【薄暗い】(形)微暗，暗，暗淡。

うすで⓪【薄手】(名・形動)薄。☆～のきじ／薄布料。

うずまき②【渦巻き】(名)漩渦。

うずま・く③【渦巻く】(自五)❶打漩渦，翻滾。❷混亂，糾纏。

うずま・る⓪【埋まる】(自五)埋，埋沒。

うす・める⓪【薄める】(他下一)稀釋。☆水で～／用水稀釋。

うず・める⓪【埋める】(他下一)❶埋，填。☆宝を庭に～／把寶物埋在院子裡。❷充滿，填補。

うずも・れる⓪【埋れる】(自下一)被埋，被埋沒。☆～・れた才能／被埋沒的才能。

うずら⓪【鶉】(名)鵪鶉。

うすら・ぐ③【薄ぐ】(自五)稀薄，淡薄，減輕，減弱。☆寒さが～・いだ／寒冷緩和了。☆記憶が～・いだ／記憶模糊了。

うす・れる⓪③【薄れる】(自下一)淡薄，減弱。☆興味が～／興趣減弱。

うそ①【嘘】(名)謊言，謊話。☆～をつく／說謊。☆～を言え／胡說！★～から出たまこと／弄假成真。

うそつき②【嘘つき】(名)說謊（的人）。

うた②【歌】(名)歌，歌曲。

うた・う⓪【歌う】(他五)唱，歌唱。☆うたを～／唱歌。

うたがい⓪【疑い】(名)懷疑，疑問。

うたがいぶか・い⑥【疑い深い】(形)多疑，疑心大。

うたが・う⓪【疑う】(他五)懷疑。☆実験の成功を～／懷疑實驗的成功。

うたがわし・い⓪【疑わしい】(形)可疑，靠不住。

うたごえ③⓪【歌声】(名)歌聲。

うたたね⓪【転た寝】(名)打盹兒，打瞌睡。

うだつ⓪①【梲】(名)梲，樑上短柱。★～があがらない／永無出頭之日。

うだ・る②【茹だる】(自五)❶煮熟。❷蒸籠似的（悶熱）。

うち⓪【家】(名)❶房子，房屋。☆～を建てる／蓋房子。❷家，家庭。☆～へ帰る／回家。

うち⓪【内】(名)❶內，中，裡。☆～から見える／從裡面能看見。☆三日の～に終わる／三天內結束。☆クラスの～で彼は一番背が高い／在班裡他個子最高。❷自己（所屬的）。☆～の学校／我們學校。

うちあげ⓪【打ち上げ】(名)❶發射。❷（演出等）結束。

うちあ・ける⓪【打ち明ける】(他下一)吐露真情。☆身の上を～／述說自己的身世。

うちあ・げる⓪【打ち上げる】(他下一)❶發射。☆花火(はなび)を～／放焰火。❷打上來。

❸結束。

うちあわせ⓪【打ち合わせ】(名)商量，協商。☆〜会／籌備會。

うちあわ・せる⓪【打ち合わせる】(他下一)商量，協商。

うちおと・す⓪【打ち落とす】(他五)打落，砍下。☆敵機(てっき)を〜／擊落敵機。

うちか・つ⓪【打ち勝つ】(自五)戰勝。☆敵に〜／戰勝敵人。

うちがわ⓪【内側】(名)內側。

うちき⓪【内気】(名・形動)靦腆，羞怯。☆〜な娘／靦腆的姑娘。

うちき・る⓪【打ち切る】(他五)停止，截止。☆交渉を〜／停止交涉。

うちくだ・く⓪④【打ち砕く】(他五)打碎，打破，粉碎。

うちけし⓪【打ち消し】(名)否定，取消。☆〜の助動詞／否定助動詞。

うちけ・す⓪【打ち消す】(他五)否定，取消。☆事実は〜・せない／事實不可否定。

うちこ・む⓪【打ち込む】(他五)❶打進，射入。☆くぎを〜／釘釘子。❷埋頭，專心。☆文学に〜／熱衷於文學。

うちころ・す⓪④【打ち殺す・撃ち殺す】(他五)打死，槍殺。

うちじに⓪【討ち死に】(名・自サ)戰死，陣亡。

うちたお・す⓪④【打ち倒す】(他五)打倒，打敗，推翻。

うちだ・す⓪【打ち出す】(他五)❶打出。❷提出。☆新方針を〜／提出新方針。❸開始打，打起來。

うちた・てる⓪④【打ち立てる】(他下一)建立，樹立。☆基礎を〜／打下基礎。

うちと・ける⓪【打ち解ける】(自下一)融洽，無拘束，無隔閡。☆〜けて話し合う／親密交談。

うちなら・す⓪④【打ち鳴らす】(他五)打響，敲響。

うちみず②【打ち水】(名・自サ)灑水，潑水。

うちやぶ・る⓪【打ち破る】(他五)打破，打敗。

うちゅう①【宇宙】(名)宇宙。

うちょうてん②【有頂天】(名・形動)欣喜若狂，得意洋洋。

うちよ・せる⓪【打ち寄せる】(自下一)湧來，沖來，逼進。☆波が〜／波浪沖來。

うちわ②【団扇】(名)團扇。

うちわ⓪【内輪】(名)❶家裡，內部。☆〜揉(も)め／內訌。❷謹慎，保守。☆〜の見積り／留有餘地的估計。

うちわけ⓪【内訳】(名)細目。☆〜書／明細表。

う・つ①【打つ】(他五)❶打，擊，拍，敲。☆ボールを〜／擊(打)球。☆手を〜／拍手。☆電報を～／打電報。☆時計が3時を～・った／鐘打三點了。❷打動，感動。☆心を～／打動人心。❸灑，投，擲。☆水を～／灑水。☆網を～／撒網。❹釘，扎。☆釘を～／釘釘子。❺下（圍棋）。☆碁を～／下（圍棋）。❻做記號。☆句点(くてん)を～／打句號。

う・つ①【打つ・撃つ】(他五)射擊。☆鉄砲を～／放槍。

う・つ①【打つ・討つ】(他五)❶討伐，攻擊。☆不意を～／突然襲擊。☆仇(あだ)を～／報仇。❷斬。☆首を～／斬首。

うっかり③(副・自サ)不留神，無意中，漫不經心。☆～約束を忘れた／不經心忘了約會。

うつくし・い④【美しい】(形)美麗，漂亮，優美，高尚。

うつし③【写し】(名)抄寫，臨摹，抄本，副本。

うつ・す②【写す】(他五)❶抄寫，繕寫，摹寫。☆手本(てほん)を～／臨摹字帖。❷寫作，繪畫，拍照。☆写真を～／照相。

うつ・す②【映す】(他五)映，照，放映。☆映画を～／放映電影。

うつ・す②【移す】(他五)❶移，挪，遷，移動。☆みやこを～／遷都。❷傳染。☆病気を～／傳染疾病。

うっそう⓪【鬱蒼】(形動)繁茂。☆～たる森林／茂密的森林。

うったえ⓪③(名)❶訴訟，控告。❷申訴，訴苦。

うった・える⓪④【訴える】(他下一)❶訴諸。☆武力(ぶりょく)に～／訴諸武力。❷起訴，控告。❸申訴。☆不満を～／表示不滿。

うっとうし・い⑤【鬱陶しい】(形)❶鬱悶，陰鬱。☆～天気～／陰沉的天氣。❷討厭，麻煩。

うっとり③(副・自サ)出神，陶醉。☆～見とれる／看得出神。

うつぶ・せる④【俯せる・うつ伏せる】(一)(自下一)俯臥，伏。(二)(他下一)扣放，倒置。☆バケツを～／把水桶扣過來。

うつむ・く⓪③【俯く】(自五)俯首，低頭。

うつむ・ける⓪【俯ける】(他下一)俯首，低頭。☆顔を～／低頭。

うつりかわり⓪【移り変り】(名)變遷，變化。☆季節の～／季節的變化。

うつりぎ③【移り気】(名・形動)性情易變，見異思遷。

うつ・る②【写る】(自五)照。☆このカメラはよく～／這個照相機照得好。

うつ・る②【映る】(自五)映，照。☆目に~/映入眼簾。☆山が湖に~・っている/山映照在湖面上。

うつ・る②【移る・遷る】(自五)❶遷，移，變遷。☆本社が東京に~/總公司遷到東京。❷染上。

うつわ⓪【器】(名)❶器皿，容器。❷能力，才幹。☆大臣の~/大臣的才能。

うで②【腕】(名)❶胳膊。☆~を組む/挽著胳膊。☆~ずもう/扳手腕。❷本事，能耐，手藝。☆~を磨(みが)く/練本領。

うでぐみ④③【腕組み】(名・自サ)抱著胳膊。

うでくらべ③【腕比べ】(名・自サ)比力氣，比本事。

うでどけい③【腕時計】(名)手錶。

うでまえ⓪③【腕前】(名)本事，能耐，才幹。

うてん①【雨天】(名)雨天。

うど①【独活】(名)土當歸。★~の大木(たいぼく)/(大而無能的人)大草包。

うと・い②【疎い】(形)❶疏遠。❷生疏，不了解。☆世事(せじ)に~/不諳世事。

うとうと①(副・自サ)迷迷糊糊。

うどん⓪【饂飩】(名)麵條。☆~を打つ/壓(拉)麵條。

ウナ①(名)加急電報，急電。☆~電/急電。

うなが・す③【促す】(他五)❶催促。❷促進，促使。

うなぎ⓪【鰻】(名)鰻魚。☆~のぼり/直線上昇。

うなさ・れる⓪【魘される】(自下一)魘。☆悪い夢を見て~・れた/被惡夢魘住了。

うなず・く③【頷く】(自五)點頭(表示同意)。

うなだ・れる⓪【項垂れる】(自下一)低頭，垂頭。

うな・る②【唸る】(自五)❶呻吟，哼哼。❷(動物)低嘯。❸轟鳴，鳴鳴響。❹喝采，叫好。★~ほど/有的是。多得很。

うに①【海胆・雲丹】(名)海膽，海膽醬。

うぬぼ・れる⓪【自惚れる・己惚れる】(自下一)驕傲，自負，自命不凡。

うね②【畝・畦】(名)壟。

うねうね①(副・自サ)蜿蜒，曲折，起伏。

うね・る②(自五)彎曲，蜿蜒，起伏。

うのみ③【鵜呑み】(名)整吞，囫圇吞棗。

うは①【右派】(名)右派。

うば①【乳母】(名)乳母，保姆。☆~車/嬰兒車。

うば①【姥】(名)老太婆。

うば・う②【奪う】(他五)奪，搶奪，剝奪。☆目を～／奪目。☆自由を～／剝奪自由。

うま②【馬】(名)馬。☆～に乗る／騎馬。★～が合う／合得來。★～の耳に念仏(ねんぶつ)／對牛彈琴。★～は～づれ／物以類聚。

うま・い②【旨い・甘い】(形)❶好，妙，棒，漂亮。☆日本語が～／日語棒。☆～考え／好主意。❷可口，好吃。❸順利，如意。☆～・く行く／(事情進展)順利。★～汁(しる)を吸う／占便宜。

うまみ③【旨味・甘味】(名)❶美味。❷妙處。

うま・る⓪【埋まる】(自五)❶(被)埋上。❷填滿。❸填補，彌補。

うまれ⓪【生まれ】(名)出生，出生地，出身。

うまれつき⓪【生まれつき】(名)(副)天生，先天，與生俱來。

うま・れる⓪【生まれる】(自下一)生，產，出生，誕生。

うみ①【海】(名)海。

うみ②【膿】(名)膿。

うみなり⓪④【海鳴り】海鳴。

うみの⓪【生みの】(連体)親生的，生身的。☆～親／生身父母。

うみべ③【海辺】(名)海邊。

う・む⓪【生む・産む】(他五)❶生，產。☆男の子を～・んだ／生了個男孩。☆卵(たまご)を～／下蛋。產卵。❷產生。

う・む①【倦む】(自五)疲倦，厭倦。

う・む①【熟む】(自五)成熟。

う・む①【膿む】(自五)化膿。

うむ①【有無】(名)❶有無。❷可否。☆～を言わせず／不容分說。

うめ⓪【梅】(名)梅。☆～の実(み)／梅子。

うめあわ・せる⑤【埋め合わせる】(他下一)補償，彌補。☆赤字を～／彌補赤字。

うめ・く②【呻く】(自五)呻吟。

うめた・てる④【埋め立てる】(他下一)填，填埋。☆海を～／填海造地。

うめぼし⓪【梅干】(名)鹹梅干。

う・める⓪【埋める】(他下一)❶埋，填。☆穴を～／填洞。❷填補，彌補。☆赤字を～／彌補赤字。❸對(涼水)。

うも・れる⓪【埋もれる】(自下一)→うずもれる

うやうやし・い⑤【恭しい】(形)恭恭敬敬，彬彬有禮。

うやま・う③【敬う】(他五)尊敬，愛戴。

うやむや⓪【有耶無耶】(名・形動)含糊，曖昧。

うよく①【右翼】(名)右翼。

うら②【裏】(名)❶後面，反面，背後。☆紙の～／紙的背面。

☆～で操(あやつ)る／在背後操縱。❷裡面，內幕。☆政界の～／政界的內幕。❸衣服裡子。

うらがえ・す③【裏返す】(他五)翻，翻過來。

うらがき⓪④【裏書き】(名・自他サ)❶背書，背簽。☆小切手(こぎって)に～をする／在支票背面簽字。❷證實。☆犯行(はんこう)を～する／證明犯罪。

うらぎり④【裏切り】(名)背叛，叛變。☆～者(もの)／叛徒。

うらぎ・る③【裏切る】(他五)❶背叛，叛變。❷辜負，違背。☆期待を～／辜負期待。

うらぐち⓪【裏口】(名)後門。☆～入学する／走後門入學。

うらづ・ける④【裏付ける】(他下一)證明，證實。

うらどおり③【裏通り】(名)小巷，胡同。

うらない③【占い】(名)占卦，算命(先生)。

うらな・う③【占う】(他五)占卦，算命。

ウラニウム③【uranium】(名)→ウラン

うらぼん⓪②【盂蘭盆】(名)盂蘭盆會。

うらみ③【恨み・怨み】(名)怨，恨。☆～を買う／招致怨恨。

うらみ③【憾み】(名)遺憾，缺陷。

うら・む②【恨む・怨む】(他五)恨，怨恨。

うらめし・い④【恨めしい】(形)恨，可恨。

うらもん⓪【裏門】(名)後門。

うらやまし・い⑤【羨ましい】(形)令人羨慕。☆君の幸運が～／你的幸運令人羨慕。

うらや・む③【羨む】(他五)羨慕，嫉妒。

うららか②【麗か】(形動)❶晴朗，明媚。❷快活。

ウラン①【徳Uran】(名)鈾。

うり①【瓜】(名)瓜。★～二つ／一模一樣。

うりあげ⓪【売上げ】(名)銷售額。

うりかい②【売り買い】(名・他サ)買賣，生意。

うりかけ⓪【売り掛け】(名)賒銷。

うりきれ⓪【売り切れ】(名)賣完，脫銷。☆本日の切符～／今天的票已售完。

うりき・れる④【売り切れる】(自下一)賣完。☆全部～・れた／全部售完。

うりこ⓪【売子】(名)售貨員。

うりこえ③⓪【売り声】(名)叫賣聲。

うりこ・む③【売り込む】(他五)❶出賣，推銷，兜售。❷出名。

うりさば・く④【売り捌く】(他五)推銷，兜售。

うりだ・す③【売り出す】(他五)❶開始賣，發售。❷甩賣，賤賣。❸出名。

うりつ・ける④【売り付ける】(他下一)強行推銷。

うりて⓪【売り手】(名)賣主，賣方。

うりば⓪【売り場】(名)櫃台，售貨處。☆切符～／售票處。

うりはら・う④【売り払う】(他五)賣掉，賣光。

うりもの⓪【売り物】(名)❶賣的東西，商品。❷招牌，幌子。☆親切を～にする／打著熱情的幌子。❸(演員的)拿手好戲。

うりょう①【雨量】(名)雨量。

うりわた・す④【売り渡す】(他五)出賣。

う・る⓪【売る】(他五)賣，出賣。☆野菜を～／賣菜。☆目方(めかた)で～／按分量賣。★油を～／偷懶。磨蹭。

うる①【得る】〔一〕(他下一)得到，獲得。☆利益を～／獲得利益。〔二〕(接尾)能，可以。☆有り～／可能有。

うるう②【閏】(名)閏。☆～年(どし)／閏年。☆～月(づき)／閏月。

うるおい③⓪【潤い】(名)❶濕潤，滋潤，光潤。☆肌(はだ)に～がある／皮膚光潤。❷風趣，情趣。❸補益，貼補。

うるお・う③【潤う】(自五)❶潤，滋潤。❷受惠，沾光，寬裕。

うるお・す③【潤す】(他五)❶潤，滋潤。❷使受惠，使沾光。

うるさ・い③【煩い・五月蠅い】(形)❶討厭，麻煩。❷吵鬧。❸嘴碎，愛挑剔。

うるし⓪【漆】(名)漆。

うるわしい②【麗しい・美しい】(形)❶美麗，美好。❷晴朗，爽朗。

うれい②【憂い】(名)憂，憂愁。

うれえ③⓪【憂え】(名)→うれい

うれ・える③【憂える】(他下一)憂愁，擔憂，擔心。☆前途を～／為前途而憂慮。

うれし・い③【嬉しい】(形)高興，歡喜。☆君に会えて～／見到你我很高興。

うれだか⓪【売れ高】(名)銷售額。

うれのこり⓪【売れ残り】(名)❶剩貨，滯銷貨。❷嫁不出去(的女人)。

うれゆき⓪【売れ行き】(名)銷路。☆～が良い／銷路好。

う・れる⓪【売れる】(自下一)❶暢銷，好賣。☆～品物／暢銷貨。❷出名。☆名が～／出名。

う・れる②【熟れる】(自下一)熟，成熟。☆よく～・れたバナナ／熟透了的香蕉。

うろうろ①(副・自サ)徘徊，轉來轉去。☆道がわからず～した／迷了路轉來轉去。

うろこ⓪①【鱗】(名)鱗，魚鱗。☆～を落す／去鱗。

うろた・える⓪④【狼狽える】(自下一)慌張，驚慌。

うろつ・く⓪(自五)徘徊，轉來轉去。☆町を～／在街上轉來轉去。

うわき⓪【浮気】(名・形動)❶見異思遷。❷愛情不專一，亂搞男女關係。

うわぎ⓪【上着】(名)外衣，上衣。

うわさ⓪【噂】(名・他サ)❶風聲，傳聞。❷閒談，談論。★～をすれば影がさす／說曹操曹操到。

うわべ⓪【上辺】(名)表面，外表。☆～をつくろう／裝飾門面。

うわまわ・る④【上回る】(自五)超過。☆予想を～／超過預料。

うわむき⓪【上向き】(名)❶朝上，向上。❷外表，表面。❸(物價)看漲。

うわやく⓪【上役】(名)上司，上級。

うん①(感)嗯。☆～、分かった／嗯，知道了。

うん①【運】(名)運氣。☆～がよい／運氣好。★～が向(む)く／走運。

うんえい⓪【運営】(名・他サ)經營，管理，領導。

うんが①【運河】(名)運河。

うんきゅう⓪【運休】(名)(交通工具)停開。

うんこう⓪【運行】(名・自サ)運行。

うんざり③(名・副・自サ)厭煩，膩煩。

うんそう⓪【運送】(名・他サ)運輸，搬遷。

うんちん①【運賃】(名)運費。

うんでい⓪【雲泥】(名)天壤。★～の差／天壤之別。

うんてん⓪【運転】(名・他サ)開動，駕駛。☆車を～する／開車。

うんと⓪①(副)多多地，大大地，用力地。

うんどう⓪【運動】(名・自サ)運動。☆物体の～／物體的運動。☆～会／運動會。☆～場／運動場。☆選挙～／選舉運動。

うんぱん⓪【運搬】(名・他サ)搬遷。

うんめい①【運命】(名)命運。☆～論／宿命論。

うんゆ①【運輸】(名)運輸。

うんよう⓪【運用】(名・他サ)運用。

え

エ・え

[E]

え⓪【柄】(名) 柄，把兒。☆包丁(ほうちょう)の～／菜刀柄。

え①【絵】(名) 畫，圖畫，繪畫。☆～をかく／畫畫兒。

え①【餌】(名) 餌。☆～をあさる／覓食。

え①(感) ❶(表示同意) 唉，嗯。❷(表示疑問) 嗯？❸(表示驚訝) 哎呀！

え【重】(接尾) 重，層。☆一(ひと)～／單層，單衣。

えいえん⓪【永遠】(名・形動) 永遠，永恒。

えいが①⓪【映画】(名) 電影。☆劇(げき)～／故事片。☆～館／電影院。

えいき①【鋭気】(名) 銳氣，朝氣。

えいきゅう⓪【永久】(名) 永久。☆～に変わらない／永恒不變。

えいきょう⓪【影響】(名・自サ) 影響。☆～を受ける／受影響。☆～力／影響力。

えいぎょう⓪【営業】(名・自サ) 營業。

えいご⓪【英語】(名) 英語。

えいこう⓪【栄光】(名) 光榮。

えいしゃ⓪【映写】(名・他サ) 放映。☆～機／放映機。

えいせい⓪【衛生】(名) 衛生。☆～に気をつける／注意衛生。

えいせい⓪【衛星】(名) 衛星。☆人工～／人造衛星。

えいゆう⓪【英雄】(名) 英雄。

えいよう⓪【栄養】(名) 營養。

ええ①(感) 哎，嗯。☆～、そうです／嗯，是的。

ええと⓪(感) (一時想不起來思考時發出的聲音) 嗯。☆～、何だったかな／嗯—，是什麼來著。

えがお①⓪【笑顔】(名) 笑臉，笑容。☆～を見せない／不露笑臉。

えかき③【絵かき】(名) 畫家。

えが・く②【描く】(他五)畫，描繪。☆花を～／畫花。

えがた・い③【得難い】(形)難得的，寶貴的。

えき①【液】(名)液體。

えき①【駅】(名)火車站。

えきたい⓪【液体】(名)液體。

えきり①⓪【疫痢】(名)痢疾。

えくぼ①【靨】(名)笑靨，酒窩。★あばたも～／情人眼裡出西施。

えぐ・る②【抉る】(他五)剜，挖。☆リンゴのしんを～／剜蘋果核。

えこひいき③【依怙贔屓】(名・他サ)偏向，偏袒。☆誰にも～しない／不偏向任何人。

えさ②⓪【餌】(名)餌，飼料。☆小鳥に～をやる／餵小鳥。

えしゃく①【会釈】(名・自サ)點頭，行禮，打招呼。☆軽く～する／輕輕點點頭。

エスカレーター④【escalator】(名)自動扶梯。

エスペラント④【Esperanto】(名)世界語。

えだ⓪【枝】(名)樹枝。

エチケット①【etiquette】(名)禮貌，禮節。

エチルアルコール④【徳Äthyl-alkohol】(名)乙醇，酒精。

エチレン①【徳Athy-len】(名)乙烯。

エックスせん⓪【X線】(名)X光，X射線。

えつらん⓪【閲覧】(名・他サ)閱覽。☆～室／閱覽室。

えて②①【得手】(名・形動)擅長，拿手。

エネルギー③【徳Energie】(名)❶能，能量。☆～源(げん)／能源。☆省(しょう)～／節約能源。❷精力。

えのぐ⓪【絵具】(名)顏料，顏色。

えはがき②【絵葉書】(名)美術明信片。

えび⓪【蝦・海老】(名)蝦。☆車(くるま)～／對蝦。★～で鯛(たい)を釣る／蝦米釣大魚。一本萬利。

えびすがお③⓪【恵比須顔】(名)笑臉。

エピソード③【episode】(名)插曲，軼事。

エプロン①【apron】(名)圍裙。

えほん②【絵本】(名)連環畫，圖畫書。

え・む①【笑む】(自五)❶微笑。❷(花)開。

えもの③⓪【獲物】(名)獵獲物，戰利品。

えら⓪【鰓】(名)鰓。

エラー①【er-ror】(名・自サ)失誤，失策。

えら・い②【偉い・豪い】(形)❶偉大，了不起。☆～人／偉人。☆それが彼の～ところだ／這就是他了不起的地方。❷

地位高，身分高。❸嚴重，厲害。☆きょうは～さむさだ／今天冷得厲害。

えら・ぶ②【選ぶ】(他五)選，挑選。☆私を代表に～・んだ／選我當代表。

えり②【襟・衿】(名)（衣服）領子。☆～巻(ま)き／圍巾。

エリート②【法elite】(名)精華，尖端人物。☆～意識／優越感。特權思想。

える①【得る】(二)(他下一)得，獲得。☆賞(しょう)を～／得獎。(二)(接尾)（接動詞連用形後）能，可以。☆ありえない／不可能有。

エレベーター③【美elevator】(名)電梯。

エロ①(名・形動)色情，黃色。

えん①【円】(名)❶圓。☆～をかく／畫圓。❷（日本貨幣單位）日元。

えん①【縁】(名)❶緣，緣分，關係。☆～がある／有緣分。☆兄弟の～を切る／斷絕兄弟關係。❷（日本建築的）廊檐。

えんかい⓪【沿海】(名)沿海。

えんかい⓪【宴会】(名)宴會。

えんかつ⓪【円滑】(名・形動)順利，圓滿。

えんがわ⓪【縁側】(名)（日本建築的）廊檐。

えんがん⓪【沿岸】(名)沿岸。

えんき⓪【延期】(名・他サ)延期。

えんぎ①【演技】(名・自サ)❶演技。❷表演。

えんぎ⓪【縁起】(名)❶緣起，由來。❷吉凶之兆。☆～が悪い／不吉利。

えんきょく⓪【婉曲】(形動)婉轉，委婉。

えんげい⓪【園芸】(名)園藝。

えんげい⓪【演芸】(名)曲藝。

えんげき⓪【演劇】(名)劇，戲劇。☆～界／戲劇界。

えんこ①【縁故】(名)❶親友。☆京都には～がない／在京都無親無故。❷關係。

えんご①【掩護】(名・他サ)掩護。

えんご①【援護】(名・他サ)援救，救濟。

えんし⓪【遠視】(名)遠視（眼）。

エンジニア③【engi–neer】(名)工程師。

えんしゅう⓪【円周】(名)圓周。☆～率(りつ)／圓周率。

えんしゅう⓪【演習】(名・他サ)演習。

えんじゅく⓪【円熟】(名・自サ)成熟，老練。

えんしゅつ⓪【演出】(名・他サ)演出，導演。☆劇を～する／導演戲劇。☆～家／導演。

えんじょ①【援助】(名・他サ)援助。

えん・じる⓪【演じる】(他上一)

え

表演，扮演。

エンジン①【engine】(名)引擎，發動機。

えん・ずる⓪③【演ずる】(他サ)→えんじる

えんせい⓪【遠征】(名・自サ)遠征。

えんぜつ⓪【演説】(名・自サ)演說，演講。

エンゼル①【angel】(名)安琪兒，天使。

えんそ①【塩素】(名)氯，氯氣。

えんそう⓪【演奏】(名・他サ)演奏。☆～会／演奏會。

えんそく⓪【遠足】(名・自サ)遠足，郊遊。

えんだん⓪【演壇】(名)講壇。

えんだん⓪【縁談】(名)婚事，提親，說媒。

えんちゃく⓪【延着】(名・自サ)（列車等）誤點。

えんちょう⓪【延長】(名・自他サ)延長。

えんとつ⓪【煙突】(名)煙囱。

えんばん⓪【円盤】(名)鐵餅。☆～投(な)げ／擲鐵餅。

えんぴつ⓪【鉛筆】(名)鉛筆。

えんまん⓪【円満】(形動)圓滿。

えんりょ⓪【遠慮】(名・自他サ)❶客氣。☆どうぞご～なく／請不必客氣。❷廻避，謝絕。☆たばこはご～ください／請勿吸煙。

お

オ・お

[O]

お①【尾】(名)尾巴。

お①【緒】(名)❶細繩，細帶。☆げたの～が切れた／木屐帶兒斷了。❷弦。☆琴(こと)の～／琴弦。

お【小】(接頭)小，稍微。☆～川(がわ)／小河。

お【御】(接頭)表示尊敬、鄭重、優雅。☆～宅(たく)／您家。☆本当に～美しいこと／真漂亮！

お【雄・壮】(接頭)雄，牡。☆～牛／公牛。

オアシス②①【oasis】(名)綠洲。

おい⓪【甥】(名)侄兒，外甥。

おい⓪①【老い】(名)老，老人。

おい①(感)喂。☆～、早く来いよ／喂，快點兒來！

おいか・ける④【追い掛ける】(他下一)追，追趕。

おいこ・す③【追い越す】(他五)趕過，超過。

おいし・い⓪【美味しい】(形)好吃，可口。

おいだ・す③【追い出す】(他五)趕走，驅逐，解雇。

おいつ・く③【追い付く】(自五)❶追上，趕上。☆先発(せんぱつ)の人に～／趕上先出發的人。❷來得及。☆今さら後悔しても～・かない／現在後悔也來不及了。

おいつ・める④【追い詰める】(他下一)追逼，窮追。

おいて⓪①【於て】(連語)在，於。☆東京に～開催する／在東京召開。

おいで⓪【お出で】(連語)(通常下接〃になる〃、〃なさる〃、〃です〃等，為〃出る〃、〃行く〃、〃来る〃、〃居る〃的敬語)去，來，在。☆どちらへ～になるんですか／您到哪兒去？☆お父様はお宅に～ですか／您父親在家嗎？

おいぬ・く③【追い抜く】(他五)

超過，超過。☆ドイツを～・いた／超過了德國。

おいはら・う④【追い払う】(他五)趕走，驅逐，解雇。

お・いる②【老いる】(自上一)老，年老。

お・う⓪【追う・逐う】(他五)❶追，趕，追趕。☆牛を～／趕牛。☆蝿を～／轟蒼蝿。❷按照，遵循。☆順(じゅん)を～って話す／按順序講。

お・う⓪①【負う】(他五)❶背，背負。☆弟を～／背弟弟。❷擔負。☆責任を～／負責任。❸負，蒙受。☆傷を～／負傷。

おう①【王】(名)王，大王。

おうえん⓪【応援】(名・他サ)❶幫助，援助。❷聲援，助威。☆～団／啦啦隊。

おうぎ③【扇】(名)扇子。☆～であおぐ／搧扇子。

おうこく⓪①【王国】(名)王國。☆野球～／棒球王國。

おうごん⓪【黄金】(名)黃金。☆～時代／黃金時代。

おうさま⓪【王様】(名)國王，大王。

おうしゅう⓪【押収】(名・他サ)扣押。

おうじょう①【往生】(名・自サ)❶(佛)往生。❷死。❸屈服，服輸。❹為難，沒辦法。

おう・じる⓪③【応じる】(自上一)❶應，響應，答應，接受。☆挑戦に～／接受挑戰。☆質問に～／回答提問。❷按照。☆需要に～／按需要。

おうしん⓪【往診】(名・自サ)出診。

おう・ずる⓪【応ずる】(自サ)→おうじる

おうせ①【逢瀬】(名)幽會。

おうせつ⓪【応接】(名・自サ)應接，接待。☆客に～する／接待客人。☆～間(ま)／客廳。

おうたい⓪【応対】(名・自サ)應對，應酬，接待。

おうだん⓪【横断】(名・他サ)橫斷，貫穿，橫渡。

おうちゃく④③【横着】(名・形動・他サ)❶偷懶，耍滑。❷狡滑，刁鑽。❸厚臉皮。

おうふく⓪【往復】(名・自サ)往返，來回。☆～切符／往返車票。

おうへい①【横柄】(形動)傲慢無理，妄自尊大。

おうべい⓪【欧米】(名)歐美。

おうぼ⓪【応募】(名・自サ)應募，應徵。☆志願兵に～する／應募參加志願兵。

おうよう⓪【応用】(名・他サ)應用。☆実生活に～する／應用於實際生活中。

おうらい⓪【往来】(名・自サ)❶往來，來往。☆人の～が激しい／來往的人川流不息。❷街道，馬路。

お

おうりょう⓪【横領】(名・他サ)侵吞，貪污。

お・える⓪【終える】(他下一)結束，完成。☆宿題を～／做完作業。

おお【大】(接頭)❶大，多，廣。☆～男(おとこ)／大漢。☆～通(どお)り／大街。❷很，非常。☆～よろこび／非常高興。❸大體。☆～ざっぱ／粗略。❹(倫次)高。☆～兄／長兄。

おおあたり③【大当り】(名・自サ)❶中頭彩。❷非常成功。❸大豐收。

おおあな⓪【大穴】(名)❶大虧空。❷大冷門。

おおあめ③【大雨】(名)大雨。

おお・い②①【大い】(形)多。☆人口が～／人口多。

おおい③⓪【覆い】(名)罩子，覆蓋物。☆ベッドの～／床罩。

おおいに①【大いに】(副)很，非常，大大地。☆～飲む／痛飲。

おおいばり③【大威張り】(名)非常傲慢，滿不在乎。

おおいり④⓪【大入り】(名)滿座，觀眾多。

おお・う②⓪【覆う・被う】(他五)蓋，蒙，掩蓋，遮蔽。☆顔を～／掩面。☆欠点を～／掩蓋缺點。

おおうつし③【大写し】(名・他サ)(電影)特寫。

おおうりだし③【大売出し】(名)大賤賣，大減價。

おおがかり③【大掛り】(形動)大規模。

おおかぜ④③【大風】(名)大風。

おおかた⓪【大方】(一)(副)大概，大約。☆～そんなことだろう／大概是那麼回事吧。(二)(名)❶多半，大部分。☆出席者の～は男だ／出席者多半是男人。❷一般，大家。☆～の評判／一般的評論。

おおがた⓪【大形・大型】(名)大型。

おおかみ①【狼】(名)狼。

おおがら⓪【大柄】(名・形動)❶大塊頭。❷大花樣，大花紋。

おおき・い③【大きい】(形)大，巨大，宏偉。☆～部屋／大房間。☆損害が～／損失大。☆ぼくより～子／比我大的孩子。☆～・くなる／長大。變大。

おおきさ⓪【大きさ】(名)大小，尺寸。

おおきな①【大きな】(連体)大的。☆～荷物／大行李。☆～事を言うな／別說大話。

おおく①【多く】(一)(名)許多，多數。☆～の人／多數人。(二)(副)多半，大部分。☆この本は～学生が読む／學生多半讀這本書。

おおぐい①【大食い】(名)能吃，飯量大。

お

おおぐち【大口】(名)❶①大口，大嘴。☆〜をあける／張開大口。❷①大話。☆〜をたたく／說大話。吹牛。❸⓪大宗，巨額。☆〜の寄付(きふ)／巨額捐款。

おおくら⓪【大蔵】(名)國庫。☆〜省／財政部。

おおげさ⓪【大袈裟】(形動)誇大，誇張。☆〜な態度／誇張的態度。

オーケストラ③【orchestra】(名)管弦樂(團)。

おおごえ③【大声】(名)大聲。

おおざっぱ③(形動)❶草率，粗枝大葉。❷大略，粗略。

おおさわぎ③【大騒ぎ】(名・自サ)大吵大鬧，轟動一時。

おおし・い③【雄雄しい・男男しい】(形)英勇，雄壯。

おおすじ⓪③【大筋】(名)梗概，要點。

おおせ⓪【仰せ】(名)❶吩咐，命令。❷(敬)話。☆〜ごもっとも／您說得很對。

おおぜい③【大勢】(名)很多人。☆〜いる／有很多人。☆〜の前に立つ／站在眾人面前。

おおそうじ③【大掃除】(名・他サ)大清掃。

おおぞら③【大空】(名)天空。

おおて⓪【大手】(名)(交易)大宗，大戶頭。☆〜五社／五家大公司。

おおで⓪①【大手】(名)手臂。☆〜を広げる／伸開雙臂。★〜を振る／大搖大擺。無所顧忌。

おおどおり③【大通り】(名)大街，大道。

オートバイ③【autobike】(名)摩托車。

オートメーション④【automation】(名)自動化，自動裝置。

オーバー①【overcoat】(名)大衣。

おおはば⓪④【大幅・大巾】(形動)廣泛，大幅度。☆〜な値上(ねあ)げ／大幅度漲價。

おおまか⓪【大まか】(形動)粗略，大略。

おおまちがい③【大間違い】(名)大錯，嚴重錯誤。

おおみず④①【大水】(名)大水，洪水，水災。

おおみそか③【大晦日】(名)除夕，大年三十。

オーム①【ohm】(名)歐姆。(電阻單位)

おおむかし③【大昔】(名)古代，上古，遠古。

おおむぎ⓪③【大麦】(名)大麥。

おおむね⓪【概ね】(名・副)大概，大致，大體。

おおめ⓪【大目】(形動)寬恕，寬容。☆〜に見る／寬容。原諒。

おおめだま③【大目玉】(名)❶大眼珠。❷申斥。★〜をくう／

受申斥。

おおもじ⓪【大文字】(名)(歐美文字的)大寫字母。

おおやけ⓪【公】(名)❶公，公家，公共。☆～の物／公物。❷公開，發表。☆内容を～にする／公布内容。

おおやすうり④③【大安売り】(名)大賤賣，大減價。

おおゆき④⓪【大雪】(名)大雪。

おおよそ⓪【大凡】(名・副)大體，大概，大致。

おおよろこび③【大喜び】(名・自サ)非常高興，興高采烈。

オール①⓪【oar】(名)槳。

おおわらい③【大笑い】(名・自サ)大笑。

おおわらわ③【大童】(形動)拼命，忙得不可開交。☆売りこみに～だ／拼命推銷。

おか⓪【丘・岡】(名)山崗，小山。

おかあさん②【お母さん】(名)媽媽，母親。

おかえし⓪【お返し】(名)❶回禮，謝禮。❷(買東西時)找回的錢。❸回報，報答。

おかげ⓪【お陰】(名)❶托福，多虧。☆先生の～で大学に入った／托老師的福進了大學。❷因為，由於。☆あんなことを言った～でひどい目にあった／因為說了那種話而倒了楣。

おかし・い③【可笑しい】(形)❶可笑，滑稽。☆何が～のか／有什麼可笑的！❷奇怪。❸可疑。

おか・す⓪【犯す】(他五)犯。☆罪(つみ)を～／犯罪。

おか・す⓪【侵す】(他五)侵犯。☆人権を～／侵犯人權。

おか・す⓪【冒す】(他五)冒，冒犯，冒稱。☆雨を～／冒雨。

おかず⓪(名)(餐桌上的)菜。

おかた⓪【御方】(名)(敬)位。☆あの～／那位。他。

おが・む②【拝む】(他五)❶拜，叩拜。❷懇求。❸("見る"的謙語)瞻仰，拜謁。

おがわ⓪【小川】(名)小河。

おき⓪【沖】(名)(離岸較遠的)海面，湖面。☆～に出る／出海。

おき【置き】(接尾)隔。☆二時間～／隔兩小時。

おきあが・る⓪【起き上がる】(自五)起來。

おきか・える④【置き換える】(他下一)調換，替換。

おきどけい③【置時計】(名)座鐘。

おきどころ⓪③【置き所・置き処】(名)放置處。☆～を忘れた／忘記放在什麼地方了。

おきな⓪②【翁】(名)老翁。

おぎな・う③【補う】(他五)補，補充。☆損失を～／彌補損失。

おきまり②【お決り】(名)老套，

老習慣。

おきもの⓪【置物】(名)陳設品，裝飾品，擺設。

お・きる②【起きる】(自上一)❶起來，起床。☆早く～・きなさい／快起來！❷發生。☆困ったことが～・きた／發生了一件為難的事。

おきわす・れる⑤【置き忘れる】(他下一)❶忘記放的地方。❷忘記拿。

お・く⓪【置く】(他五)❶放，置。☆荷物をここに～・いてください／請把行李放在這裏。❷扔下，留下，丢下，落下。☆子どもを家に～・いてでかけた／把孩子留在家裏出門去了。☆手紙を～・いて行った／留下一封信就走了。☆カバンを電車の中に～・いて來た／把手提包忘在電車裏了。❸設置，設立。☆事務所を～／設辦事處。❹雇用。☆女中(じょちゅう)を～／雇女佣人。❺隔。☆二日～・いてから訪ねる／隔兩天再去拜訪。❻(接動詞連用形加〃て〃後)表示繼續保持某種狀態。☆電灯をつけて～／把電燈開著。❼(接動詞連用形〃て〃後)表示預先做好某種準備。☆前もって断(ことわ)って～／先打個招呼。

お・く⓪【措く・擱く】(他五)❶中止，擱下。☆筆を～／擱筆。❷除…之外。☆彼を～・いて適任者はない／除了他之外沒有適合的人選。

おく①【奥】(名)裏邊，深處，盡頭。☆お客様を～へ通す／把客人請到裏面。☆心の～／內心深處。☆手紙の～に／在信的最後。

おく①【億】(名)億。☆～を数える／數以億計。

おくがい②【屋外】(名)室外。

おくさま①【奥様】(名)(〃おくさん〃的敬重表現)太太，夫人。

おくさん①【奥さん】(名)太太，夫人。

おくじょう①【屋上】屋頂。★～屋を架(か)す／屋上架屋。頂樓加蓋。

おくそこ⓪【奥底】(名)深處。

おくち①【奥地】(名)內地。

おくない②【屋内】(名)室內。

おくのて③【奥の手】(名)絕招。

おくば①【奥歯】(名)臼齒。★～に物がはさまったよう／吞吞吐吐。含糊其辭。

おくび⓪【噯気】(名)嗝兒。☆～が出る／打嗝兒。★～にも出さない／隻字不提。

おくびょう③②【臆病】(名)膽小，膽怯。☆～者(もの)／膽小鬼，懦夫。

おくぶか・い④【奥深い】(形)(也讀作〃おくふかい〃)❶深，深邃，幽深。☆森の～所

お

／森林的幽深處。❷深遠，深奥。☆~哲理／深奥的哲理。

おくめん②⓪【臆面】(名)羞怯，害臊。☆~もなく／厚臉皮，恬不知恥。

おくゆかし・い⑤【奥床しい】(形)幽雅，文雅，高雅。

おくゆき④⓪【奥行き】(名)縱深，深度。

おくりかえ・す④【送り返す】(他五)送回，寄回。

おくりがな⓪【送り仮名】(名)（訓讀漢字時寫在漢字後的假名）送假名。

おくりだ・す④【送り出す】(他五)送出，寄出，輸送。

おくりとど・ける⑥【送り届ける】(他下一)送到。

おくりもの⓪【贈り物】(名)禮物，贈品。☆誕生日の~をする／送生日禮物。

おく・る⓪【送る】(他五)❶送（人）。☆客を~／送客。❷寄（物）。☆家へ金を~／寄錢回家。❸度（日）。☆なまけて日を~／苟且偷生。

おく・る⓪【贈る】(他五)贈，贈送，授與。

おく・れる⓪【後れる・遅れる】(自下一)❶晚，遲，耽誤。☆開演が五分~・れた／開演晚了五分鐘。☆学校に~／上學遲到。☆バスに~／沒趕上汽車。❷落後。☆~・れた国／落後國家。☆時代に~／落後於時代。❸慢。☆この時計は五分~・れている／這個錶慢五分鐘。

おけ①【桶】(名)木桶。

おける②⓪【於ける】(連語)❶在，於。☆法廷に~証言／在法庭上的證言。❷對於。☆芸術の人生に~は…／藝術對於人生…。

おこ・す②【起す・興す】(他五)❶扶起。☆ころんだ子供を~・してやる／把跌倒的孩子扶起來。❷叫醒，喚醒。☆あしたの朝は六時に~・してください／請明早六點叫我起來。❸翻起。☆はたけを~／翻地。❹發起，發動。☆戦争を~／發動戰爭。❺引起，惹起。☆事故を~／引起事故。❻振興，興辦。☆産業を~／振興產業。

おこ・す②【起す・熾す】(他五)生（火）。☆火を~／生火。

おごそか②【厳か】(形動)莊嚴，莊重，嚴肅。

おこた・る③⓪【怠る】(自他五)疏忽，怠慢。

おこない⓪【行い】(名)❶行動，行為。❷品行。☆~が悪い／品行不好。

おこな・う⓪【行う】(他五)做，幹，實行，進行。☆卒業式を~／舉行畢業典禮。

おこり③【起り】(名)❶起源，由來。❷原因，起因。

おごり⓪【奢り】(名)❶奢侈，奢華。❷請客。☆今日は私の～です／今天我請客。

おごり⓪【驕り・傲り】(名)驕傲。

おこりっぽい⑤【怒りっぽい】(形)愛生氣，好發脾氣。

おこ・る②【怒る】(自五)❶發怒，生氣。❷責備，申斥。☆父に～・られた／被父親責備了。

おこ・る②【起こる】(自五)起，發生。☆事故が～／發生事故。

おこ・る②【起こる・興る】(自五)興起，興旺。☆国が～／國家興盛。

おこ・る②【起こる・熾る】(自五)燃起，著旺。☆火が～・っている／火苗旺了。

おご・る⓪【奢る】(一)(自五)奢侈。★口が～／口味高。講究吃。(二)(他五)請客。☆今日は僕が～よ／今天我請客。

おご・る⓪【驕る・傲る】(自五)驕傲，傲慢。

おさえつ・ける②⑤【押さえ付ける】(他下一)❶按住，壓住。❷壓制，鎮壓。

おさ・える③【押さえる・抑える】(他下一)❶按，壓。☆腕を～・えて離さない／按住胳膊不放。❷抓住。☆要点を～／抓住要點。❸抑制，控制。☆値段を～／控制價格。❹壓制，鎮壓。☆暴動を～／鎮壓暴動。❺扣壓，扣留。☆財産を～／扣留財產。❻阻止，防止。☆侵入軍を～／阻擋入侵軍。

おさな・い③【幼い】(形)❶幼小，年幼。❷幼稚。

おさななじみ④【幼馴染】(名)幼時的朋友。

おさま・る③【収まる・治まる】(自五)安定，平靜，平息。☆天下が～／天下太平。☆風が～・った／風停了。

おさま・る③【収まる・納まる】(自五)❶容納。☆箱の中にうまく～／正好裝到箱子裏。❷(被)繳納。☆税金が～・った／稅金繳納了。❸心滿意足，安居。☆校長に～／心滿意足地當了校長。

おさ・める③【収める・治める】(他下一)❶統治，治理。☆国を～／治國。❷平定，平息。☆紛争を～／平息紛爭。

おさ・める③【収める・納める】(他下一)❶收下，收藏。☆どうかお～・めください／請收下。❷得到，獲得。☆勝ちを～／獲勝。❸繳納。☆税金を～／納稅。

おさ・める③【修める】(他下一)修，治，學。☆身を～／修身。☆医学を～／學醫。

おさらい⓪【お浚い】(名・他サ)復習，溫習。

おし⓪【啞】(名)啞巴。

おじ⓪【伯父・叔父】(名)伯父，叔父，舅父，姑父，姨父。

おしあ・う③【押し合う】(自五)擁擠。

おし・い②【惜しい】(形)❶可惜，遺憾。☆～ところで☆～・くも／真可惜。真遺憾。❷珍惜，愛惜，捨不得。☆誰でも命は～／誰都愛惜生命。

おじいさん②【お祖父さん】(名)爺爺，祖父，外祖父。

おじいさん②【お爺さん】(名)老爺爺，老公公。

おしいれ⓪【押し入れ】(名)（日式）壁櫥。

おしうり⓪【押し売り】(名・他サ)強賣。

おしえ⓪【教え】(名)教，教育，教導，教義。

おしえご③⓪【教え子】(名)弟子，學生。

おし・える⓪【教える】(他下一)❶教，教授。☆数学を～／教數學。❷告訴，指點。☆道を～／告訴路怎麼走。❸教導，教誨。

おじぎ⓪【お辞儀】(名・自サ)行禮，鞠躬。

おしきり⓪【押し切り】(名)❶鍘，切斷。❷鍘刀。❸騎縫印。

おしき・る③【押し切る】(他五)排除，不顧。

おじけ⓪【怖じ気】(名)害怕，恐懼，膽怯。

おじ・ける⓪【怖じける】(自下一)害怕，膽怯。

おしこ・む③【押し込む】(一)(自五)闖入。(二)(他五)塞進。

おしこ・める④【押し込める】(他下一)❶塞進。❷關進，禁閉，監禁。

おじさん⓪【伯父さん・叔父さん】(名)伯父，叔父，姑父，舅父，姨父。

おしつ・ける④【押し付ける】(他下一)❶按住，壓住。❷強制，強迫，強加。☆自分の意見を人に～な／不要把自己的意見強加於人。

おしどり②【鴛鴦】(名)鴛鴦。

おしはか・る④【推し量る】(他五)推測，猜測。

おしべ①【雄蕊】(名)雄蕊。

おしボタン③【押釦】(名)按鈕，電鈕。

おしぼり②【お絞り】(名)（為顧客準備的）濕毛巾。

おし・む②【惜しむ】(他五)❶愛惜，珍惜。☆名(な)を～／愛惜名譽。❷惋惜。☆別れを～／惜別。

おしめ②【襁褓】(名)尿布，褯子。

おしゃべり②【お喋り】(名・自

お

サ・形動)❶饒舌，多嘴，愛說話，喋喋不休。❷閒談，聊天。

おしゃれ②【お洒落】(名・自サ・形動)打扮，好打扮，愛俏皮。☆~をする／打扮。☆~な人／愛漂亮的人。

おしょう①【和尚】(名)和尚。

おじょうさん②【お嬢さん】(名)❶(敬)女兒，姑娘，令嫒。❷姑娘，小姐。

おしょく⓪【汚職】(名)貪污。

おしよ・せる④【押し寄せる】(自下一)湧來，蜂擁而來。

おしろい⓪【白粉】(名)粉，香粉。☆~をつける／擦粉。

お・す⓪【押す】(他五)❶推。☆車を~／推車。❷按，壓。☆ベルを~／按電鈴。❸蓋(章)。☆はんこを~／蓋印。❹冒，不顧。☆病(やまい)を~・して出席する／抱病參加。★念を~／叮囑。

お・す⓪【推す】(他五)❶推薦，推選。☆彼を会長に~／推舉他為會長。❷推測，猜想。☆経験から~・せば／從經驗上推測。

おす②【雄】(名)雄，公。

おせじ⓪【お世辞】(名)恭維(話)，奉承(話)。☆~がうまい／會奉承人。

おせち②【お節】(名)年節菜，節日食品。

おせん⓪【汚染】(名・自他サ)污染。

おそ・い⓪【遅い】(形)❶慢，遲緩。☆この電車は~／這個電車慢。❷晚，遲，來不及。☆今夜は帰りが~・くなる／今天晚上回來得晚。☆後悔してももう~／後悔也來不及了。

おそ・う②⓪【襲う】(他五)❶襲擊。☆敵を~／襲擊敵人。❷(突然)衝到，闖到。☆友人の家を~・った／闖到朋友家。❸承襲，繼承。

おそかれはやかれ⑥⑤【遅かれ早かれ】(副)遲早，早晚。

おそらく②【恐らく】(副)恐怕，大概，或許。☆~雨だろう／恐怕要下雨。

おそれ③【恐れ】(名)恐懼，害怕。☆~をいだく☆~をなす／感到恐懼。

おそれ③【虞】(名)恐怕會，有…之可能，有…之危險。☆大雨の降る~がある／恐怕要下大雨。

おそれい・る②【恐れ入る】(自五)❶真對不起，不勝感激，實在不敢當。☆~・りますがもうしばらくお待ちください／實在對不起，請再稍等一下。❷佩服，服輸。❸吃驚，出乎意料。

おそ・れる③【恐れる】(自下一)❶害怕，畏懼。❷擔心。

おそろし・い④【恐ろしい】(形)

❶可怕的。❷驚人的，非常的。

おそわ・る⓪【教わる】(他五)受教，學習。☆田中先生から日本語を～・った／跟田中老師學了日語。

オゾン①【ozone】(名)臭氧。

おたがいさま⓪⑥【お互い様】(名)彼此彼此，都一樣。☆苦しいのは～です／說困難彼此都一樣。

おたく⓪【御宅】(名)❶您家，府上。❷您，您那裏。

おだ・てる⓪【煽てる】(他下一)捧，奉承。☆僕を～なよ／別捧我。

おだやか②【穏やか】(形動)❶平穩，平靜。☆～な海／風平浪靜的海面。❷妥當，穩妥。❸溫和，安詳。

おだわらひょうじょう⑤【小田原評定】(名)馬拉松式的討論，議而不決的會議。

おちあ・う⓪【落ち合う】(自五)碰頭，相會，會合。☆駅で～／在車站碰頭。☆二つの川が～／兩條河會合。

おちい・る⓪③【陥る】(自五)❶陷入。☆穴に～／陷入洞穴。❷陷落。

おちつき⓪【落ち着き】(名)❶沉著，冷靜。☆～のある人／沉著的人。❷（器物等）平穩，穩定。

おちつ・く⓪【落ち着く】(自五)❶定居，落戶。☆京都に～／在京都定居。❷沉著，冷靜。☆～・いた態度／從容的態度。☆～・いて話す／沉著講述。❸平靜，平息。☆事件が～・いた／事件平息了。❹有頭緒，有著落。☆交渉は一応～・いたようだ／談判基本上有了眉目。❺諧調，調和。☆この家具はこの部屋には～・かない／這個家具跟這間屋子不相稱。❻素淨，不花俏。☆～・いた着物／素淨的衣服。

おちど②①【落度】(名)錯誤，過失，不是。☆こちらにも～がある／我也有錯。

おちぶ・れる⓪【落ちぶれる】(自下一)淪落，沒落，落魄，衰敗。☆乞食(こじき)にまで～・れた／竟淪為乞丐。

おちゃ⓪【お茶】(名)茶，茶葉。☆～をいれる／泡茶。★～をにごす／搪塞。支吾。

お・ちる②【落ちる】(自上一)❶落，掉。☆月が～・ちた／月亮西沉了。☆川に～／掉到河裏。☆雷が～／打雷。❷塌，倒塌。☆橋が～・ちた／橋塌了。❸脫落，脫漏。☆色が～／褪色。☆二字～・ちている／漏掉兩個字。❹下降，降低。☆能率が～／效率降低。❺落入，陷入。☆人の手に～／落入別人手中。❻落選，落第，不及格。☆大学に～・ちた／沒考上大學。

おつ①【乙】(名)乙。★甲～なし／不相上下。伯仲之間。

おつ⓪【乙】(形動)別緻，風趣。☆～な料理／別有風味的菜。☆～なことを言うね／說話風趣。

おっか・ける④【追っ掛ける】(他下一)→おいかける

おっくう③【億劫】(形動)懶得，嫌麻煩。☆外出するのが～だ／懶得出門。

おっしゃ・る③【仰る】(他五)(敬)說，講，叫，稱。

おっと⓪【夫】(名)丈夫。

おっとせい③【膃肭臍】(名)海狗。

おつり⓪【お釣り】(名)找的零錢。☆五〇円の～です／找給您五十日元。

おてんば⓪【お転婆】(名・形動)野丫頭，瘋丫頭，輕浮姑娘。

おと②【音】(名)音，聲，聲音。

おとうさん②【お父さん】(名)爸爸，父親。

おとうと④【弟】(名)弟弟。

おとがい⓪【頤】(名)頤，下巴。★～を解く／解頤。大笑。★～が落ちる／很好吃。冷得打顫。

おどか・す⓪【威かす・嚇かす・脅かす】(他五)威脅，嚇唬。

おど・ける⓪(自下一)說笑話，開玩笑，逗樂子。

おとこ③【男】(名)男人，男子。☆～らしい／像個男子漢。★～をあげる★～が立つ／露臉。★～をさげる★～がすたる／丟臉。

おとさた⓪②【音沙汰】(名)音信，消息。☆～がない／沒有音信。

おとしあな③【落し穴】(名)陷阱，圈套。

おとしい・れる⑤⓪【陥れる】(他下一)❶陷害。☆人を～／陷害人。❷攻陷。❸使…陷入…。

おとしだま⓪【お年玉】(名)壓歲錢。

おとしぬし③④【落し主】(名)失主。

おとしもの⑤④【落し物】(名)失物。

おと・す②【落とす】(他五)❶扔，投。☆爆弾を～／扔炸彈。❷去掉，除掉。☆垢(あか)を～／除掉污垢。❸丟失，丟掉。☆財布(さいふ)を～・した／把錢包遺失了。❹漏掉，遺漏。☆一字～・した／漏掉一個字。❺降低。☆品質を～／降低品質。❻攻陷。☆敵陣を～／攻克敵陣。

おど・す⓪【威す・嚇す・脅す】(他五)威脅，嚇唬。

おとずれ⓪④【訪れ】(名)訪問，

來臨。☆春の~を待つ／等待春天的來臨。

おとず・れる④⓪【訪れる】(自下一)❶訪問，拜訪。☆友人を~／拜訪朋友。❷來臨。☆春が~・れた／春天來了。

おととい③【一昨日】(名)前天。

おととし②【一昨年】(名)前年。

おとな⓪【大人】(名)大人。

おとなし・い④【大人しい】(形)老實，溫順。

おとめ②⓪【少女・乙女】(名)少女，處女。

おとも②【お供・お伴】(名)❶隨從，陪伴（的人）。❷接客的汽車。

おどり⓪【踊り】(名)舞蹈，跳舞。

おどりあが・る⑤【踊り上がる】(自五)跳起，躍起。

おと・る②⓪【劣る】(自五)劣，次，不如。☆どの国にも~・らない／不次於任何國家。

おど・る⓪【踊る】(自五)❶跳舞。❷跳躍，跳動。☆胸が~／心情激動。

おとろ・える④【衰える】(自下一)衰弱，衰退，衰亡。☆体力が~／體力衰弱。

おどろか・す④【驚かす】(他五)驚動，震動，嚇唬。☆世界を~／震驚世界。

おどろ・く③【驚く】(自五)驚恐，害怕。☆~べきことがたくさんある／令人吃驚的事很多。

おなか⓪【お中・御腹】(名)肚子。☆~がすいた／肚子餓了。☆~をこわす／拉肚子。

おなじ⓪【同じ】(形動)❶相同，同樣。☆~高さ／同樣高度。❷同一個。☆~人／同一個人。

おに②【鬼】(名)鬼，魔鬼。

おにぎり②【お握り】(名)飯糰。☆~をにぎる／握飯糰。

おにごっこ③【鬼ごっこ】(名)捉迷藏。

おの①【斧】(名)斧頭。

おのおの②【各・各各】(名・副)各，各自。

おのずから⓪【自ずから】(副)自然，自然而然。

おのれ⓪【己れ】(名)自己。

おば⓪【伯母・叔母】(名)伯母，嬸母，姑母，姨母，舅母。

おば⓪【小母】(名)大娘，大嬸，阿姨。

おばあさん②【お祖母さん】(名)祖母，奶奶，姥姥。

おばあさん②【お婆さん】(名)老奶奶，老婆婆，老大娘。

おばけ②【お化け】(名)妖怪，妖精。

おはよう⓪【お早う】(感)早安，早上好。☆皆さん~／大家早！

おび①【帯】(名)帶子，腰帶。★

～に短し襷(たすき)に長し／派大用場不足，派小用場有餘。高不成低不就。

おびただし・い⑤【夥しい】(形)❶大量，無數。❷(常用“…ことおびただしい”的形式)很，非常。☆歩きにくいこと～／極難走。

おひとよし⓪【お人好し】(名・形動)老好人，老實人。

おびやか・す④【脅かす】(他五)威脅，恫嚇。

おひる②【お昼】(名)❶晝，白天。❷中午。❸午飯。

お・びる②⓪【帯びる】(他上一)❶佩帶，攜帶。☆刀を～／帶刀。❷帶有，含有。☆赤みを～／帶紅色。❸肩負，擔負。☆任務を～／擔負任務。

オフィス①【office】(名)❶辦公室，辦事處。☆～ガール／女辦事員。❷官廳，政府機關。

おぶ・う②(他五)背。☆赤んぼうを～／揹嬰兒。

おふくろ⓪【お袋】(名)母親，媽媽。

オブザーバー③【observer】(名)觀察員。

おぶさ・る③(自五)❶被…背著。❷依靠。☆友だちに～／依靠朋友。

オペラ①【opera】(名)歌劇。

おぼえ③②【覚え】(名)❶記憶。☆～がいい／記性好。☆どこかで会った～がある／記得在什麼地方見過。❷自信，信心。❸感覺。❹信任，器重。

おぼえがき⓪【覚え書】(名)❶記錄。❷(外交上的)備忘錄。

おぼ・える③【覚える】(他下一)❶記，記住，記憶。☆単語を～／記單字。❷學會，掌握。☆こつを～／掌握竅門。❸感到，覺得。☆手にいたみを～／手覺得疼。

おぼつかな・い⑤⓪【覚束無い】(形)沒把握，靠不住。

おぼ・れる⓪【溺れる】(自下一)❶溺水，淹死。❷沉溺，迷戀。☆酒色に～／沉溺酒色。

おぼろ⓪【朧】(形動)朦朧，模糊。☆～に見える／隱約可見。

おまいり⓪【お参り】(名・自サ)參拜(神社等)。

おまえ⓪【お前】(代)你。

おまけに⓪(接)而且。

おまちどうさま⓪【お待ち遠様】(連語)讓您久等了。

おまつり⓪【お祭り】(名)祭祀，節日，廟會。☆～さわぎ／嘈雜，吵鬧。

おまもり⓪【お守り】(名)護身符。

おめかし②【お粧し】(名・自サ)打扮，化妝。

おめでとう⓪(感)恭喜。☆新年～ございます／新年好!

おめにかか・る【お目に掛か

る】(連語)(〃会う〃的謙語)會見，拜會。

おも①【主】(形動)主要，重要。☆～な新聞／主要報紙。

おも・い⓪【重い】(形)❶重，沉。❷重要，重大。☆責任が～／責任重大。❸沉重，嚴重。☆～病気／重病。

おもい②【思い】(名)❶思，思想，思考。☆～にふける／沉思。☆～もよらない／萬萬沒想到。❷心願，願望。☆～がかなう／如願以償。❸心情，感覺。☆楽しい～をする／覺得愉快。❹懷念，思念。☆～を祖国にはせる／想念祖國。❺愛慕，戀慕。❻仇恨。

おもいがけな・い⑥【思いがけない】(形)意外，沒想到，出乎意料。

おもいきって②【思い切って】(副)下決心，斷然，堅決。

おもいきり⓪②【思い切り】〔一〕(名)斷念，死心。☆～がよい／想得開。達觀。〔二〕(副)盡量，縱情。☆～歌う／縱情歌唱。

おもいき・る②⓪【思い切る】(他五)死心，斷念。

おもいこ・む⓪【思い込む】(自五)❶沉思，深思。❷深信，堅信。

おもいだ・す⓪【思い出す】(他五)想起，想到。☆死んだ父を～／想起死去的父親。

おもいた・つ④②【思い立つ】(他五)起…念頭，想起要…，決心要…。☆旅行をしようと～／想起要去旅行。

おもいちがい⓪【思い違い】(名・他サ)想錯，誤解，誤會。

おもいつき⓪【思い付き】(名)❶想起。❷主意，打算。☆それはよい～だ／那是個好主意。

おもいつ・く⓪【思い付く】(他五)想到，想起。☆君との約束を～・いた／想起了和你的約會。

おもいで⓪【思い出】(名)❶回憶。☆昔の～／往昔的回憶。❷紀念。

おもいのこ・す⓪⑤【思い残す】(他五)遺憾，遺恨，牽掛。

おもいのほか⓪【思いの外】(副)意外，沒想到。☆～金がかかった／沒想到花了這麼多錢。

おもいやり⓪【思い遣り】(名)同情，關心，體貼。

おも・う②【思う】(他五)❶思，想，思考。☆私もそう～／我也這麼想。❷認為，看做。☆彼を学者だと～／把他看做是個學者。❸感覺，覺得。☆寒いと～／覺得冷。❹懷念，思念，回憶。☆こいびとを～／思念戀人。❺打算，想要。☆日本へ行きたいと～／想要去

お

日本。❻預料，估計，想像。☆結果は～・った通りだ／結果正如所預料的。❼相信，確信。☆彼は来るだろうと～／我相信他會來的。

おもうぞんぶん⓪②【思う存分】(副)盡量，盡情。☆～にする／為所欲為。☆～遊ぼう／痛痛快快地玩吧。

おもおもし・い⑤【重重しい】(形)❶沉重，笨重。❷莊重，嚴肅。

おもかげ②③【面影】(名)面影，面貌。☆彼女の～が目に浮ぶ／她的面影浮現在眼前。☆昔の～／昔日的景象。

おもくるし・い⑤【重苦しい】(形)沉重，沉悶，陰鬱。

おもさ⓪【重さ】(名)重量，輕重。☆～をはかる／稱重量。

おもしろ・い④【面白い】(形)❶滑稽，可笑。☆しぐさが～／動作可笑。❷有趣，有意思。☆～本／有趣的書。❸愉快，快活。☆一日～・く遊んだ／愉快地玩了一天。

おもた・い⓪【重たい】(形)↓おもい

おもちゃ②【玩具】(名)玩具。☆～で遊ぶ／玩玩具。

おもて③【表】(名)❶表面，外表。☆～を飾る／裝飾外表。❷正面，前面。☆紙の～／紙的正面。❸外邊，室外。☆～で遊びなさい／請到外邊玩。

おもてだ・つ④【表立つ】(自五)公開，表面化。

おもてどおり④【表通り】(名)大街，大馬路。

おもてむき⓪【表向き】(名・副)❶表面(上)，外表(上)。☆～の理由／表面上的理由。❷公開，正式。☆～にする／公開發表。

おもに①【主に】(副)主要，多半。

おもみ⓪【重み】(名)❶重量。❷重要性。❸威嚴，莊重。

おもむき④⓪【趣】(名)❶旨趣，意思。☆お手紙の～／來函的內容。❷風趣，情趣。☆～のない／無情趣的文章。❸韻味，風格。

おもむ・く③【赴く・趣く】(自五)❶赴，前往。☆京都に～／赴京都。❷趨向，趨於。☆大勢の～ところ／大勢所趨。

おもり⓪【重り・錘】(名)❶秤砣，砝碼。❷(釣魚用的)鉛墜。❸(壓東西的)重物。

おもわく②⓪【思惑】(名)❶想法，意圖。❷(社會上對某人的)看法，評論。❸期待，願望。❹(商業)投機。☆～買(が)いをする／看漲買進。

おもわず②【思わず】(副)不禁，不由得。☆～笑い出す／不由得笑起來。

おもん・じる⓪④【重んじる】

(他上一)❶重視，注重。❷尊重，敬重。

おや②【親】(名)❶雙親，父母。❷(表示主體)母，主，總。☆~会社／總公司。☆~船／主船。

おやおもい③【親思い】(名)孝順父母(的人)。

おやこ①【親子】(名)父子，母子，父母子女。

おやすみ⓪【お休み】(名)❶睡覺，休息。☆~なさい／(晚上分手時的寒暄語)再見。您休息吧。❷休假，放假。☆あしたは~です／明天放假。

おやつ②【お八つ】(名)(午後的)點心，零食。

おやゆずり③【親譲り】(名)父母遺傳，父母遺留。☆~の財産／父母遺留下來的財產。

おやゆび⓪【親指】(名)大拇指。

およ・ぐ②【泳ぐ】(自五)❶游泳。☆海で~／在海裏游泳。❷擠過，穿過。☆人ごみの中を~／穿過人群。❸混，鑽營。☆世の中を~／在社會上混。

およそ⓪【凡そ】(一)(名)大概，概略。☆計画の~／計劃的大概情況。(二)(副)❶大約，大概。☆今から~千年前／距今大約一千年前。❷完全，全然。☆~意味のない話だ／毫無意義的話。

および⓪①【及び】(接)及，與，和。

およぶ⓪【及ぶ】(自五)❶達到，及於。☆被害が全国に~／災害波及全國。☆参観者は十万人に~／参觀者達十萬人。❷比得上，趕得上。☆彼に~者はいない／沒有人能比得上他。❸(多用否定式)來不及，辦不到。☆後悔しても~・ばない／後悔也來不及了。❹(用"…には及ばない"的形式)用不著，不必。☆わざわざ来るには~・ばない／用不著特意來。

およぼ・す⓪【及ぼす】(他五)帶來，使…受到。☆農作物に被害を~／給農作物帶來災害。

おり②【折】(名)時候，時機。☆寒さの~どうぞお大事に／值此寒冷時節，請多保重。

おり②【檻】(名)檻，欄，籠。☆ライオンを~に入れる／把獅子關進獸欄裏。

おりおり⓪②【折折】(名・副)❶應時。☆四季~の花／四季應時的花。❷時常，常常。☆~見かける／常見面。

おりかえ・す⓪【折り返す】(一)(他五)折回，翻折。☆袖口(そでぐち)を~／折袖口。(二)(自五)❶折回，返回。☆途中から~／中途返回。❷反覆。☆~・して練習する／反覆練習。

おりがみ②【折り紙】(名)❶折紙。☆～をして遊ぶ／折紙玩。❷保證書。☆～をつける／保證。打包票。☆～つき／名副其實。

おりから②【折から】(名)正逢，時值。☆～の雨で中止になった／遇雨而中止。☆お寒さの～／時值寒冬。

おりひめ②【織り姫】(名)❶織女，紡織女工。❷織女星。

おりもの⓪②【織物】(名)紡織品。

お・りる②【降りる・下りる】(自上一)❶(從高處)下，降，下來。☆階段を～／下樓梯。☆幕(まく)が～・りた／幕降落了。❷(從交通工具上)下來。☆電車を～／下電車。❸(由上級)批准，發下。☆旅券が～・りた／護照批下來了。

オリンピック④【Olympic】(名)奧林匹克。

お・る①【折る】(他五)❶折，折疊。☆紙を～／疊紙。☆指を～／屈指。❷折，折斷。☆木の枝を～／折樹枝。

お・る⓪①【居る】(自五)↓いる(居る)

お・る①⓪【織る】(他五)織，紡織。☆布を～／織布。

オルガン⓪【organ】(名)風琴。

おれ⓪【俺】(代)(男人對同輩或晚輩的自稱)我。

おれい⓪【お礼】(名)❶感謝，謝意。❷酬謝，謝禮。

お・れる②【折れる】(自下一)❶折，疊，折疊。☆この椅子は足が～ようになっている／這個椅子的腿可以折疊。❷斷，折斷。☆鉛筆の芯が～・れた／鉛筆心斷了。★骨が～／骨折。吃力。艱苦。❸拐，轉彎。☆右に～／向右拐。❹讓步。☆先方が～・れた／對方讓步了。❺挫折，消沉。★気が～／情緒消沉。

オレンジ②【orange】(名)橘子。☆～ジュース／橘子汁。

おろか①【愚か】(形動)愚蠢，糊塗。

おろか①(副)不用說，豈止。☆金は～、命まで奪われた／不用說錢，連命都喪失了。

おろしうり③【卸し売り】(名・他サ)批發。☆～市場／批發市場。

おろ・す②【降ろす・下ろす】(他五)❶降下，取下，拿下，卸下。☆手を～／放下手。☆車から荷物を～／從車上卸貨。❷讓…下(車船)。☆乗客を～／讓乘客下車。❸(從身上)打下。☆虫を～／打蟲子。❹初次用。☆新しい洋服を～／穿第一次穿的新西服。❺(用菜板)擦碎。☆大根を～／擦蘿蔔泥。❻取出(存款

お

）。☆貯金を～／取出存款。❼上（鎖）。☆錠(じょう)を～／上鎖。

おろ・す②【卸す】(他五) 批發。☆6がけで小売に～／以六折批發給零售商。

おろそか②【疎か】(形動) 疏忽，馬虎，草率。☆仕事を～にする／工作馬虎。

おわり⓪【終わり】(名) 結束，終了。

おわ・る⓪【終わる】(自五) 終了，結束，完結。☆会議は五時に～／會議五點結束。

おん【御】(接頭) 表示敬意(比〝お〟鄭重)。☆あつく～礼申し上げます／深表謝意。

おん①【恩】(名) 恩，恩情。☆～に報いる／報恩。☆～を仇(あだ)で返す／恩將仇報。

おんがえし③【恩返し】(名・自サ) 報恩，報德。

おんがく①⓪【音楽】(名) 音樂。

おんきゅう⓪【恩給】(名) 養老金，撫恤金。

おんし①【恩師】(名) 恩師。

おんしつ⓪【温室】(名) 溫室。☆～育ち／嬌生慣養(的人)。

おんしらず③【恩知らず】(名・形動) 忘恩負義(的人)。

おんじん⓪③【恩人】(名) 恩人。☆命の～／救命恩人。

オンス①【ounce】(名) 盎司。

おんせん⓪【温泉】(名) 溫泉。

おんたい⓪【温帯】(名) 溫帶。

おんちゅう⓪【御中】(名) 公啟。☆文部省～／文部省啟。

おんど①【温度】(名) 溫度。

おんどく⓪【音読】(名・自サ) ❶音讀。❷朗讀。

おんな③【女】(名) ❶女，女人，婦女。❷情婦。

おんならし・い⑤【女らしい】(形) 像女人，女人般的。

カ・か

[KA]

か〔一〕(副助)❶(接疑問詞後)表示不肯定。☆どこ～で会った／在什麼地方見過。❷也許，似乎。☆早過ぎたの～まだ誰も来ていない／似乎來得太早，還一個人都沒來。〔二〕(関助)(用〃…か…か〃的形式表示)或者。☆賛成～反対～はっきりしなさい／贊成還是反對，請明確表態。☆行ける～どう～分からない／不知能不能去。〔三〕(終助)❶(表示疑問)嗎？☆本当です～／真的嗎？❷表示反問。☆そんな事があるもの～／哪有那種事！

か【下】(接尾)下。☆支配～／統治下。☆戦時～／戰時。

か【化】(接尾)化。☆民主～／民主化。

か【家】(接尾)家，…的人。☆政治～／政治家。☆愛妻～／疼愛妻子的人。

か【箇・個】(接尾)個。☆3～月／三個月。☆5～年計画／五年計劃。

か①【科】(名)科，専業。☆理～／理科。☆数学～／數學専業。

か①【課】(名)❶課。☆第一～／第一課。❷科。☆庶務～／總務科。

か⓪【蚊】(名)蚊子。

が〔一〕(格助)❶表示動作、狀態、性質等的主體。☆春～来た／春天來了。☆本～ある／有書。❷表示願望、好惡、巧拙、可能等的對象。☆金～ほしい／想要錢。☆テニス～すきだ／愛打網球。☆日本語～分かる／懂日語。❸構成定語。☆わ～国／我國。〔二〕(接助)❶(表示逆接)可是，然而。☆薬を飲んだ～なおらない／吃了藥，可是不見好轉。❷連結相關連的兩個句子。☆

食ってみた～、予想どおりの味だった／嚐了，味道和預想的一樣。〔三〕(終助)表示願望、惋惜或委婉。☆あしたも晴れてくれるといい～／明天要是也晴天就好了。

が⓪①**【我】**(名)❶我，自己。❷己見。★～を張る／固執己見。★～が強い／固執。個性強。

が⓪**【蛾】**(名)蛾。

かあさん①**【母さん】**(名)❶媽媽。❷(丈夫對孩子稱妻子)孩子的媽。

ガーゼ①**【徳Gaze】**(名)紗布。

カーテン①**【curtain】**(名)幕，帘，窗帘。

カード①**【card】**(名)❶卡，卡片。❷紙牌，撲克牌。

ガール①**【girl】**(名)少女，姑娘。☆～フレンド／女朋友。☆バス～／公共汽車女服務員。

かい①**【貝】**(名)貝，貝殼。

かい①**【会】**(名)會，會議。☆同窓～／校友會。☆～を催す／開會。

かい①**【回】**(名)回，次。

かい①**【櫂】**(名)槳。

かい⓪**【甲斐】**(名)效果，價值，意義。☆努力した～がない／白努力了。

かい【階】(接尾)(樓房的)層。☆3～(がい)／三層。

かい【界】(接尾)界。☆文芸～／文藝界。

がい①**【害】**(名)害，害處，危害。☆健康に～がある／對健康有害。

がい【外】(接尾)外，之外。☆予想～／預料之外。

がい【街】(接尾)街，區。☆商店～／商業區。

かいい・れる④**【買い入れる】**(他下一)購入，買進。

かいいん⓪**【会員】**(名)會員。

かいいん⓪**【海員】**(名)海員，船員。

かいか①**【階下】**(名)樓下，一樓。

がいか①**【外貨】**(名)❶外幣，外匯。❷外國貨。

かいかい⓪**【開会】**(名・自サ)開會。

かいがい①**【海外】**(名)海外，國外。

かいかく⓪**【改革】**(名・他サ)改革。

かいかつ⓪**【快活】**(形動)快活，爽快。

かいがら④⓪**【貝殼】**(名)貝殼。

かいがん⓪**【海岸】**(名)海岸，海濱。☆～線／海岸線。

かいぎ①③**【会議】**(名・自サ)會議。☆～室／會議室。

かいきゅう⓪**【階級】**(名)❶階級。❷軍階，軍銜。

かいきょう⓪**【海峡】**(名)海峽。

かいぎょう⓪**【開業】**(名・自他サ)開業，營業。☆～医／(私人)開業醫生。

かいぐん①【海軍】(名)海軍。

かいけい⓪【会計】(名・他サ)❶會計，帳目。❷算帳，付款。☆お～をしてください／請算帳。

かいけつ⓪【解決】(名・自他サ)解決。

かいけん⓪【会見】(名・自サ)會見，接見。☆記者～／記者招待會。

がいけん⓪【外見】(名)外表，表面。

かいこ①【蚕】(名)蠶。

かいこ⓪【解雇】(名・他サ)解雇。

かいご①【悔悟】(名・他サ)悔悟，悔過。

かいごう⓪【会合】(名・自サ)集會，聚會。

がいこう⓪【外交】(名)外交。

がいこく⓪【外国】(名)外國。☆～語／外語。

かいこ・む③【買い込む】(他五)買進，購買。

かいさい⓪【開催】(名・他サ)召開，舉辦。☆展覧会を～する／舉辦展覽會。

かいさつ⓪【改札】(名・自サ)剪票。☆～係(がかり)／剪票員。☆～口／剪票口。

かいさん⓪【解散】(名・自他サ)解散。

かいさんぶつ③【海産物】(名)海產品。

かいし⓪【開始】(名・自他サ)開始。

がいし①【外資】(名)外資。☆～を導入する／引進外資。

がいして①【概して】(副)大概，一般，通常。☆～言えば／一般說來。

かいし・める④【買い占める】(他下一)全部買下，囤積。☆米を～／囤積米。

かいしゃ⓪【会社】(名)公司。☆～員／公司職員。☆株式～(がいしゃ)／股份公司。☆合弁(ごうべん)～(がいしゃ)／(中外)合資企業。

かいしゃく①【解釈】(名・他サ)解釋，理解。

がいしゅつ⓪【外出】(名・自サ)外出，出門。☆一家そろって～した／全家人一起出門了。

かいじょ①【解除】(名・他サ)解除。☆契約を～する／解除合同。

かいしょう⓪【解消】(名・自他サ)解除，取消。

かいじょう⓪【会場】(名)會場。

かいじょう⓪【海上】(名)海上。

かいじょう⓪【階上】(名)樓上。

がいしょう⓪【外相】(名)外相，外交部長。

がいしょく⓪【外食】(名・自サ)在外面吃飯。

かいしん①【改心】(名・自サ)改悔，悔改。

かいじん⓪【灰燼】(名)灰燼。☆

～に帰する／化為灰燼。

がいじん⓪【外人】(名)外國人。☆～浴(よく)／海水浴。

かいすい⓪【海水】(名)海水。☆～浴(よく)／海水浴。

かいすうけん③【回数券】(名)回數票。

かい・する③【介する】(他サ)❶介。☆意に～／介意。❷通過。☆人を～・して／通過別人…。

かい・する③【解する】(他サ)❶理解，懂得。❷解釋，解答。

かい・する③【会する】(自サ)❶集合，會合。❷會面。

がい・する③【害する】(他サ)傷害，危害，殺害。☆人を～／害人。

かいせい⓪【改正】(名・他サ)改正，修改。

かいせい⓪【快晴】(名)晴朗。

かいせき⓪【解析】(名・他サ)解析。☆～幾何(きか)／解析幾何。

かいせつ⓪【解説】(名・他サ)解說，講解。

かいぜん⓪【改善】(名・他サ)改善，改進。

がいせん⓪【凱旋】(名・自サ)凱旋。

かいそう⓪【海草】(名)海草。

かいそう⓪【海藻】(名)海藻。

かいぞう⓪【改造】(名・他サ)改造，改組。

かいぞく⓪【海賊】(名)海賊。☆～版(ばん)／海盜版。盜印版。

かいたく⓪【開拓】(名・他サ)開拓，開墾，開闢。

かいだく⓪【快諾】(名・他サ)欣然答應。

かいだし⓪【買い出し】(名)採購，購買。

かいだめ⓪【買い溜め】(名・他サ)囤積。

かいだん⓪【会談】(名・自サ)會談。

かいだん⓪【階段】(名)樓梯，階梯。☆～をあがる／上樓梯。☆～教室／階梯教室。

かいだん⓪【怪談】(名)鬼怪故事。

かいちゅう⓪【懐中】(名・自サ)❶懷中，懷裏。☆～電灯／手電筒。☆～時計／懷錶。❷錢包。☆～がさびしい(とぼしい)／手頭沒錢。

がいちゅう⓪【害虫】(名)害蟲。

かいちょう⓪【会長】(名)會長。

かいちょう⓪【快調】(名・形動)順利，良好。☆万事～に進んでいる／一切進展順利。

かいづか⓪①【貝塚】(名)貝塚。

かいつけ⓪【買い付け】(名)❶經常去買。☆～の店／常去買東西的商店。❷收購，採購。

かいつま・む⓪【掻い摘む】(他五)概括，扼要。☆～・んで話す／概括地說。

かいて⓪【買い手】(名)買主，買方。☆～市場／買方市場。

かいてい⓪【改定】(名・他サ)修改。

かいてい⓪【改訂】(名・他サ)修訂，改訂。☆~版／修訂版。

かいてき⓪【快適】(形動)舒適，舒服。

かいてん⓪【回転】(名・自サ)轉，旋轉，周轉。☆45~レコード／45轉唱片。☆~椅子／旋轉椅。☆資金の~／資金的周轉。

かいてん⓪【開店】(名・自他サ)❶開設，開張。❷(商店)開門。

ガイド①【guide】(名)嚮導，導遊。☆~ブック／旅行指南。

かいとう⓪【回答】(名・自サ)回答，答覆。

かいとう⓪【解答】(名・自サ)解答，答案。☆正しい(まちがった)~／正確(錯誤)的答案。

かいとう⓪【快刀】(名)快刀。

かいどう①【海棠】(名)海棠。

かいどう③⓪【街道】(名)大道，公路。

がいとう⓪【街灯】(名)街燈，路燈。

がいとう⓪【街頭】(名)街頭。

がいとう⓪【外套】(名)外套，大衣。

がいとう⓪【該当】(名・自サ)相當，適合，符合。☆第2条に~する／符合第二條。☆~者／符合者。

かいどく⓪【買い得】(名)(買得)便宜，上算。☆お~の品(しな)／便宜貨。

かいぬし⓪【買い主】(名)買主，買方。

がいねん①【概念】(名)概念。

かいばしら③【貝柱】(名)❶干貝。❷(貝類的)閉殼肌。

かいはつ⓪【開発】(名・他サ)❶開發，開闢。❷啟發。☆~教育／啟發式教育。❸研制，發展。☆新製品の~／新產品的研製。

かいばつ⓪①【海抜】(名)海拔。

かいひ⓪【会費】(名)會費。

かいひ①⓪【回避】(名・他サ)迴避，推卸。

かいびゃく⓪①【開闢】(名)開天闢地。☆~以来／有史以來。

がいぶ①【外部】(名)外部。

かいふく⓪【回復】(名・自他サ)❶恢復，康復。❷挽回，收復。

がいぶん⓪【外聞】(名)❶被人知道，人言物議。☆~をはばかる／害怕被人知道。❷名聲，體面。☆~が悪い／不體面。

かいほう①【介抱】(名・他サ)護理，服侍，照顧。

かいほう⓪【快方】(名)逐漸痊癒，見好。☆~に向かう／見好。

かいほう⓪【開放】(名・他サ)開放，敞開，公開。

かいほう⓪【解放】(名・他サ)解放，釋放。
かいぼう⓪【解剖】(名・他サ)解剖，剖析，分析。
がいむ①【外務】(名)❶外務，外交。☆～大臣／外務大臣。外交部長。☆～省／外務省。外交部。❷外勤。☆～員／外勤人員。
かいもく⓪【皆目】(副)(下接否定語)完全，全然。☆～分からない／全然不懂。
かいもど・す④【買い戻す】(他五)買回。
かいもの⓪【買い物】(名・自サ)❶買東西。☆～に行く／去買東西。❷買的東西。❸買得便宜。☆これはなかなかの～だ／這買得可真便宜。
かいよう⓪①【潰瘍】(名)潰瘍。☆胃(い)～／胃潰瘍。
がいらい⓪【外来】(名)外來。☆～語／外來語。☆～患者／門診病人。
かいらく①⓪【快楽】(名)快樂。
かいらん⓪【回覧】(名・他サ)傳閱。☆書類を～する／傳閱文件。
かいり①【海里・浬】(名)海里，浬。
かいりょう⓪【改良】(名・他サ)改良。
かいろ①【回路】(名)電路，回路，線路。☆集積～／集成電路。
がいろ①【街路】(名)街道，馬路。☆～樹／路旁林蔭樹。☆～灯／路燈。
かいわ⓪【会話】(名・自サ)會話。
かいん①【下院】(名)下院，眾議院。
か・う⓪【買う】(他五)❶買。☆野菜を～／買菜。☆高くて～・えない／太貴買不起。❷招致，引起。☆うらみを～／招致怨恨。❸器重，贊許。☆その才能を～／稱讚其才能。❹主動承擔。☆仲裁を～・って出る／主動出面調停。
か・う①【飼う】(他五)飼養。
カウンター①⓪【counter】(名)❶櫃台，服務台。❷收款處。
かえ・す①【返す・還す】(他五)❶返還，歸還，退還。☆借金を～／還借款。☆贈物を～／退還禮物。☆もとの場所へ～／送回原處。☆もとの姿に～／恢復原狀。❷回答，報答。☆恩を～／報恩。☆～言葉がない／無言以對。
かえ・す①【反す】(他五)翻。☆新聞のうらを～／翻過報紙的背面。★手のひらを～／翻臉不認人。
かえ・す①【帰す】(他五)讓…回去。☆弟を郷里に～／打發弟弟回鄉下。
かえ・す①【孵す】(他五)孵，孵化。

かえすがえす④【返す返す】(副)❶反覆，再三。❷實在，太。

かえだま⓪【替え玉】(名)替身。☆～を使う／找人代替。

かえって①【却って】(副)反而，反倒。☆～損をした／反而吃了虧。

かえで⓪【楓】(名)楓樹。

かえり③【帰り】(名)歸，回來，回去。☆～がおそい／回來得晚。

かえりがけ⓪【帰りがけ】(名)回去時，歸途。

かえり・みる④【顧みる】(他上一)❶回頭看。❷回顧。☆昔を～／回顧往昔。❸反省。☆わが身を～／反省自己。❹照顧，顧及。☆家庭を～暇がない／無暇顧及家庭。

か・える⓪【代える・換える・替える】(他下一)❶換，替換，更換。☆着物を～／換衣服。☆こぎってを現金に～／把支票換成現金。❷代替。☆書面をもってごあいさつに～／以書面代替發言。

か・える⓪【変える】(他五)改變，變更，變動。☆計画を～／改變計劃。

かえ・る①【帰る】(自五)回來，回去。☆毎晩遅く～／每天晚上回來得晚。☆お～・りなさい／你回來了。

かえ・る①【返る・還る】(自五)返回，恢復。☆もとに～／恢復原狀。

かえ・る⓪【孵る】(自五)孵，孵化。☆卵が～・った／蛋孵化了。

かえる⓪【蛙】(名)蛙，青蛙。

かお⓪【顔】(名)❶臉，面孔。☆～を洗う／洗臉。☆～を合せる／見面。❷表情，神色。☆不思議そうな～をする／現出詫異的神色。❸臉面，面子。☆合わせる～がない／沒臉見人。★～が売れる／出名。有名。★～がきく／有勢力。吃得開。★～がそろう／人員到齊。★～が立つ／臉上光彩。★～が広い／交際廣。★～から火が出る／（羞得）滿臉通紅。臉上火辣辣的。★～に泥を塗る／往臉上抹黑。★～をつぶす／丟臉。

かおいろ⓪【顔色】(名)❶臉色，氣色。☆～が悪い／氣色不好。❷神色，眼色，☆人の～をうかがう／看人眼色。

かおく①【家屋】(名)房屋。

かおだち⓪【顔立ち】(名)容貌，長相。

かおつき⓪【顔付き】(名)❶容貌，長相。❷表情，神色。

かおなじみ③【顔馴染】(名)❶面熟，見過面。❷熟人，相識。

かおぶれ⓪【顔触れ】(名)成員，名單，班底。

かおみしり③【顔見知り】(名)見過面，認識(的人)。

かおり⓪【薫り・香り】(名)芳香，香氣。

かお・る⓪【薫る・香る】(自五)有香味，散發香味。☆菊が～／菊花飄香。

がか⓪【画家】(名)畫家。

かかあ②【嚊】(名)老婆。★～天下／老婆當家。

かか・える⓪【抱える】(他下一)❶抱，夾。☆頭を～／抱頭。☆こわきに～／夾在腋下。❷承擔，負擔，扶養。☆三人の子供を～／扶養三個孩子。☆たくさんの仕事を～／擔負很多工作。❸雇用。☆運転手を～／雇用司機。

かかく①⓪【価格】(名)價格。

かがく①【化学】(名)化學。

かがく①【科学】(名)科學。☆～者／科學家。

かか・げる⓪③【掲げる】(他下一)❶掛，懸掛。☆国旗を～／掛國旗。❷舉起，打著。☆プラカードを～／舉著標語牌。❸刊登，登載。☆新聞はこの記事を～・げた／報上登載了這則消息。

かかし⓪【案山子】(名)稻草人。

かかと⓪【踵】(名)腳後跟。

かがみ③【鏡】(名)鏡子。☆～を見る／照鏡子。

かがみ③【鑑】(名)❶模範，榜樣。❷借鑒。

かが・む⓪【屈む】(自五)❶彎腰。☆腰の～・んだ老人／彎腰老人。❷蹲。☆道ばたに～／蹲在路旁。

かがやかし・い⑤【輝かしい】(形)光輝，輝煌。

かがやか・す④【輝かす】(他五)使…放光輝，炫耀。

かがや・く③【輝く】(自五)❶放光，閃耀。☆太陽が～／太陽放光芒。☆彼の目は喜びに～・いた／他的眼裏閃爍著喜悅的光。☆～勝利／輝煌的勝利。❷充滿，洋溢。☆希望に～生活／充滿希望的生活。

かかり①【係・掛】(名)擔任…工作(的人)。☆会計の～をする／擔任會計工作。☆～を呼んで来い／叫主管人員來！☆出納(すいとう)～(がかり)／出納員。

かかり①【掛り】(名)❶費用，開銷。❷(房屋等的)構造，結構。

かかりあい⓪【掛り合い】(名)❶瓜葛，關係。☆ぼくには何の～もない事だ／跟我毫無關係。❷連累，牽連。☆～になる／受牽連。

かがりび③【篝火】(名)篝火。

かかる②【斯かる】(連体)如此，這樣。☆～情勢下で／在這種形勢下。

かか・る②【掛る・懸る】(自五)

❶掛，懸掛。☆壁に絵が〜・っている／牆上掛著畫。❷（鍋等）放在…上。☆ガスに鍋が〜・っている／瓦斯爐上有鍋子。❸陷入，落入。☆わなに〜／落入圈套。❹濺上，淋上。☆火の粉(こ)が体に〜／火星落到身上。❺需要，花費。☆金が〜／需要錢。❻架設。☆川には橋が〜・っている／河上架著橋。❼著手，開始。☆仕事に〜／開始工作。❽上鎖。☆ドアに鍵が〜・っている／門上著鎖。❾掛（來電話）。☆電話が〜・ってきた／打電話來了。❿（與某人、某事）發生關係。☆医者に〜／請醫生看病。★お目に〜／拜見。會見。★気に〜／掛念。擔心。⓫上演。☆芝居(しばい)が〜／戲劇上演。

かか・る②【罹かる】(自五)患（病）。☆病気に〜／患病。

かかわらず③【拘わらず】(連語)不管，不論，儘管，雖然。☆病気にも〜出かけた／雖然有病，還是出去了。

かかわ・る⓪③【拘わる・関わる・係わる】(自五)❶有關係。☆生死に〜／生死攸關。❷拘泥。☆つまらぬことに〜な／別拘泥於瑣碎小事。

かき②【垣】(名)圍牆，籬笆，柵欄。

かき⓪【柿】(名)柿子。

かき①【牡蠣】(名)牡蠣。

かき①【火気】(名)煙火。☆〜厳禁／嚴禁煙火。

かき①【夏季・夏期】(名)夏季，暑期。

かぎ②【鉤】(名)鉤。

かぎ②【鍵】(名)❶鑰匙，鎖。☆〜をかける／上鎖。❷關鍵。☆勝敗の〜／勝敗的關鍵。

がき②【餓鬼】(名)小淘氣，小兔崽子。☆〜大将(だいしょう)／孩子頭。

かきあ・げる⓪【書き上げる】(他下一)❶寫完。❷列舉，一一寫出。

かきあつ・める⓪⑤【掻き集める】(他下一)搜到一起，搜羅，湊集。

かきあらわ・す⓪⑤【書き表す】(他五)寫出，描寫。

かきい・れる⓪【書き入れる】(他下一)填寫，記入。

かきうつ・す⓪④【書き写す】(他五)抄寫，謄寫。

かきおき⓪【書き置き】(名・自サ)❶留言，留字。❷遺囑，遺書。

かきか・える⓪【書き替える】(他下一)重寫，改寫。

かきことば③【書き言葉】(名)書面語。

かきこ・む⓪【書き込む】(他五)填寫，記入。

かきそこな・う⑤⓪【書き損う】(他五)寫錯，寫壞。

かきだ・す⓪③【書き出す】(他五)❶開始寫。❷摘錄。❸寫出，標出。

かきつけ⓪【書き付け】(名)❶記錄，字條，便條。❷帳單，單據。

かきつ・ける⓪【書き付ける】(他下一)❶寫上，記上。☆自分の名前を~/寫上自己的名字。❷寫慣，寫熟。

かぎつ・ける④【嗅ぎ付ける】(他下一)❶聞出，嗅到。❷探出。

かきとめ⓪【書留】(名)掛號(信件)。☆大切な物は~にする/重要的東西用掛號寄。☆~料金/掛號費。

かきと・める⓪【書き留める】(他下一)寫下，記下。☆ノートに~/記在筆記本上。

かきとり⓪【書き取り】(名・自サ)聽寫，默寫。

かきと・る⓪【書き取る】(他五)聽寫，記錄，記下來。

かきなお・す⓪【書き直す】(他五)重寫，改寫。

かきぬ・く⓪③【書き抜く】(他五)摘錄。☆重要なところを~/摘錄重要的地方。

かきね②③【垣根】(名)圍牆，籬笆，柵欄。

かきのこ・す⓪④【書き残す】(他五)❶沒寫完。☆2ページ分~・した/有兩頁沒寫完。❷(為後人)寫下。☆遺言を~/寫下遺言。❸漏寫。

かきま・ぜる⓪【掻き交ぜる】(他下一)攪拌。

かきまわ・す⓪【掻き回す】(他五)❶攪拌，攪亂，亂翻。❷搗亂，擾亂。

かきもの②③【書き物】(名)❶寫東西。☆~をする/寫東西。❷寫的東西。

かきゅう⓪【下級】(名)下級。

かぎょう①【課業】(名)功課，作業。

かぎょう①【家業】(名)家業，祖業。☆~を継ぐ/繼承祖業。

かぎょう①【稼業】(名)職業，行業。

かぎり③①【限り】(名)❶限度，極限。☆~もなく広い海/一望無際的大海。☆申し込みは今月末~/報名到本月底截止。☆できる~/盡可能。☆あらん~/所有。一切。❷在…的範圍內。☆私の知る~では彼は悪い人ではない/就我所知，他不是個壞人。❸只要。☆仕事がある~は帰らない/只要有工作就不回去。

かぎりな・い④【限りない】(形)無限，無比，極大，無止境。

かぎ・る②【限る】(他五)❶限，限定，限於。☆日を~・って注文する/限期定貨。☆入場者は成人入場。❷最好。☆疲れたら寝るに～／累了最好睡一覺。❸(用〝…とはかぎらない〞的形式)未必，不一定，不見得。☆金持ちが幸福とは～・らない／有錢未必幸福。

か・く⓪【欠く】(他五)❶欠，缺，缺乏。☆常識を～／缺乏常識。❷損壞(一部分)。☆茶碗を～／把碗碰了一個缺口。

か・く①【書く】(他五)❶寫，寫作。☆字を～／寫字。❷畫。☆絵を～／畫畫。

か・く①【掻く】(他五)❶搔，撓，摟，耙。☆かゆいところを～／搔癢。❷砍，切，削。☆首を～／砍頭。❸攪拌。☆からしを～／攪拌芥末。❹做某動作。★汗を～／出汗。反潮。★恥(はじ)を～／丟臉。★あぐらを～／盤腿坐。★いびきを～／打鼾。★うらを～／將計就計。

かく①【斯く】(副)如此，這樣。☆～のごとし／如此。

かく【各】(接頭)各。☆～方面／各方面。

かく②【角】(名)❶角。❷四方形。☆肉を～に切る／把肉切成方塊。

かく①【核】(名)❶(果實、細胞、原子等的)核。❷核武器。☆～の傘／核保護傘。☆～実験／核試驗。

か・ぐ⓪【嗅ぐ】(他五)聞，嗅。☆においを～／聞味。

かぐ①【家具】(名)家具。

がく①【学】(名)學問，知識。☆～のある人／有學問的人。

がく【額】(名)❶①額，數額。☆予算の～／預算額。❷⓪匾額。☆～を掛ける／掛匾額。

がくい①②【学位】(名)學位。

がくえん⓪【学園】(名)(多指私立的)學校，學園。

かくぎ①②【閣議】(名)內閣會議。

がくげい②⓪【学芸】(名)學術和藝術，文藝。☆～会／文藝聯歡會。

かくご②①【覚悟】(名・自他サ)決心，精神準備。☆～をきめる／下決心。

かくさ①【格差】(名)差別，差距。

かくざとう③【角砂糖】(名)方糖。

かくじ①【各自】(名)各自。

がくし①【学士】(名)學士。

がくし⓪【学資】(名)學費。

かくじつ⓪【確実】(形動)確實，準確，可靠。

がくしゃ⓪【学者】(名)學者。

かくしゅ①【各種】(名)各種。

がくしゅう⓪【学習】(名・他サ)學習。

がくじゅつ⓪②【学術】(名)學

術。

かくしん⓪【革新】(名・他サ)革新。

かくしん⓪【確信】(名・他サ)確信，堅信。

かく・す②【隠す】(他五)隱藏，隱瞞，遮掩。☆姿を～／躲藏起來。☆真相を～／隱瞞真相。

がくせい⓪【学生】(名)學生。

かくせいき③【拡声器】(名)擴音器，揚聲器，話筒。

がくせつ⓪【学説】(名)學説。

かくだい⓪【拡大】(名・他サ)擴大。

かくち①【各地】(名)各地。

かくちょう⓪【拡張】(名・他サ)擴張，擴大，擴充。

がくちょう⓪【学長】(名)（大學）校長。

かくてい⓪【確定】(名・自他サ)確定，決定。

カクテル①【美cocktail】(名)雞尾酒。

かくど①【角度】(名)角度。

かくとく⓪【獲得】(名・自他サ)獲得，取得。

かくにん⓪【確認】(名・他サ)確認，判明，證實。

がくねん⓪【学年】(名)❶學年。❷年級。☆高～／高年級。

がくは⓪【学派】(名)學派。

かくば・る③【角張る】(自五)❶有棱角，成方形。☆～・った顔／四方臉。❷生硬，拘謹。☆～・らないで気楽に話しなさい／別拘束，隨便説。

がくふ⓪【楽譜】(名)樂譜。

がくぶ①⓪【学部】(名)（綜合大學的）學院，系。☆理～／理學院。☆日本語～／日語系。☆～長／院長。系主任。

がくぶち⓪【額縁】(名)鏡框，畫框。

かくべつ⓪【格外】(副・形動)❶格外，特別。☆ことしの暑さは～だ／今年夏天特別熱。❷例外。

かくほ①【確保】(名・他サ)確保。

かくめい⓪【革命】(名)革命。

がくもん②【学問】(名・自サ)學問，學業，知識。

がくゆう⓪【学友】(名)校友，同學。

かくりつ⓪【確立】(名・自他サ)確立，確定。

かくりょう②⓪【閣僚】(名)閣僚，閣員。

がくりょく②⓪【学力】(名)學力。

がくれき⓪【学歴】(名)學歷。

かく・れる③【隠れる】(自下一)隱藏，躲藏。

かくれんぼう③【隠れん坊】(名)捉迷藏。☆～をして遊ぶ／捉迷藏玩。

かけ②【賭け】(名)打賭，賭錢。

かけ②【掛け】(名)賒，賒帳。☆

〜で売る／賒銷。

かげ①【陰】(名)❶陰暗處，陰涼處。☆木の〜で本を読む／在樹蔭下看書。❷背後，暗地。☆〜で操(あやつ)る／在背後操縱。

かげ①【影】(名)❶影，影子。☆池に山の〜が映る／山影倒映池中。❷形象，景象。☆〜を隠す／躲藏。★見る〜もない／面目全非。

がけ⓪【崖】(名)懸崖，絕壁。

がけ【掛け】(接尾)❶(接數詞下表示幾)折，成，倍。☆8〜で売る／八折出售。☆二つ〜の大きさ／大一倍。❷順便，臨…時。☆帰り〜に本屋に寄る／回來時順便到書店。☆寝〜に一杯やる／臨睡時喝一杯。❸坐。☆3人〜のベンチ／坐三個人的長椅。❹穿著，戴著。☆げた〜で散歩する／穿著木屐散步。❺付出，豁出去。☆命〜で働く／拼命幹活。

かけあ・う⓪【掛け合う】(自五)❶互相潑(水)，互相掛(電話)。☆水を〜／互相撩水。❷交涉，洽商。☆値段を〜／講價錢。

かけあし②【駆け足】(名)跑步，快跑。☆〜でやってきた／跑著來了。

かけい⓪【家計】(名)家計，家庭生活。

かけうり⓪②【掛け売り】(名・他サ)賒銷，賒帳。

かけがえ⓪【掛け替え】(名)代替(的東西)。☆〜のない物／最寶貴的東西。

かけがね②【掛け金】(名)門鈎，窗鈎。☆〜をかける／掛上窗鈎。

かげき⓪【過激】(形動)過激。☆〜派／激進派。

かげき①【歌劇】(名)歌劇。

かげぐち②【陰口】(名)暗中說壞話，中傷。☆〜をきく／背地裡說壞話。

かけごえ②③【掛け声】(名)吆喝聲，喝采聲，空喊。☆〜をかける／吆喝。

かけごと②【賭け事】(名)賭博。

かけこ・む⓪【駆け込む】(自五)跑進。☆家に〜／跑進家裡。

かけざん②【掛け算】(名)乘法。

かけじく②【掛け軸】(名)掛軸。

かけず②【掛け図】(名)掛圖。

かけだし⓪【駆け出し】(名)新手，生手，初出茅廬。

かけだ・す⓪【駆け出す】(自五)❶開始跑。❷跑出去。

かけつ⓪【可決】(名・他サ)通過(決議等)。☆満場一致で〜する／全場一致通過。

かげつ【か月・箇月】(接尾)(幾)個月。☆3〜／三個月。

かけつ・ける⓪【駆け付ける】(自下一)跑到，趕到。☆病院に～・けた／趕到了醫院。

かけどけい③【掛け時計】(名)掛鐘。

かけとり②【掛け取り】(名)討帳(的人)。

かけね②【掛け値】(名)❶謊價。☆お客に～を言う／對顧客報謊價。❷誇張。☆～のないところを言う／毫不誇張地說。

かけはし②【掛け橋】(名)❶浮橋，吊橋。❷(作為媒界的)橋樑。☆中日友好の～になる／成為中日友好的橋樑。

かけひき②⓪【駆け引き】(名・自サ)❶(戰場上的)進退，戰略。❷(商場上的)討價還價。❸策略，手腕。

かけぶとん③【掛け布図】(名)被子。

かげぼうし①【影法師】(名)人影，影子。

かけまわ・る⓪【駆け回る】(自五)❶到處亂跑。☆運動場を～／在運動場亂跑。❷奔走。

かけもち⓪【掛け持ち】(名・他サ)兼，兼任。

かけもの②【掛け物】(名)字畫。

かけよ・る⓪【駆け寄る】(自五)跑近，跑到跟前。

かけら⓪【欠けら】(名)碎片，破片，碴。

か・ける⓪【欠ける】(自下一)❶出缺口，出鏬口。☆茶碗が～・けた／碗有缺口了。❷缺少，不足。☆メンバーが一人～・けた／成員缺一人。❸(月亮)缺，虧。

か・ける②【駆ける】(自下一)跑。

か・ける【掛ける・懸ける・架ける】[一]②(他下一)❶掛，懸掛。☆壁に絵を～／往牆上掛畫。❷戴，蓋，蒙。☆めがねを～／戴眼鏡。☆ふとんを～／蓋被子。❸架設，鋪設。☆橋を～／架橋。❹澆，撒。☆花に水を～／給花澆水。☆塩を～／撒鹽。❺花費。☆時間を～／花時間。❻搭，繫，捆。☆肩に手を～／把手搭在肩上。☆ボタンを～／扣扣子。❼稱。☆米を秤に～／用秤稱米。❽坐，放。☆椅子に～／坐在椅子上。☆腰を～／坐下。☆鍋をこんろに～／把鍋放在爐子上。❾上鎖。☆ドアに鍵を～／鎖上門。❿掛(電話)。☆電話を～／掛電話。⓫徵(稅)。☆税金を～／徵稅。⓬懸(賞)。☆賞金を～／懸賞。⓭乘。☆3に2を～／3乘以2。⓮開動。☆ラジオを～／打開收音機。☆ブレーキを～／煞車。⓯熨。☆洋服にアイロンを～／熨西服。⓰設(計謀)。☆わなを～／設圈套。⓱提交。☆裁判に～／提交審判。⓲使蒙受。☆人に面倒を～／給人添麻煩。(二)(接尾)(接動詞連用形後)❶剛開始。☆言い～・けてやめた／剛開始說又停了。❷正在。☆夕食を食べ～・けたところへ客が来た／正在吃晚飯時客人就來了。❸中斷。☆建て～・けた家／蓋了一半的房子。

か・ける②【賭ける】(他下一)賭。☆金を～／賭錢。

かげん⓪【加減】(名・他サ)❶加減。☆～乗除(じょうじょ)／加減乘除。❷程度，情況。☆ちょうどいい～に煮えている／煮得正合適。☆お風呂の～を見る／看看洗澡水熱不熱。❸(身體健康的)情況。☆お～は如何ですか／你身體怎麼樣？❹調節。☆ガスの火を～する／調節瓦斯的火力。

かこ①【過去】(名)過去。

かご⓪【籠】(名)籠子，籃子，簍子，筐子。

かご⓪【駕籠】(名)轎，肩輿。☆～をかつぐ／抬轎。

かこい⓪【囲い】(名)❶圍牆，柵欄。❷儲藏，貯藏。

かこ・う⓪【囲う】(他五)❶圍，圈。☆庭をへいで～／用牆把院子圍起來。❷儲藏，貯藏。☆野菜を～／儲藏蔬菜。❸納(妾)。☆女を～／納妾。

かこう⓪【下降】(名・自サ)下降。

かこう⓪【火口】(名)(火山的)噴火口。

かこう⓪【加工】(名・他サ)加工。☆～賃(ちん)／加工費。

かごう⓪【化合】(名・自サ)化合。☆～物(ぶつ)／化合物。

かこうがん②【花崗岩】(名)花崗岩。

かこ・む⓪【囲む】(他五)圍，包圍。☆括弧で～／用括號括起來。

かごん⓪【過言】(名)誇大，言過其實。

かさ①【傘】(名)傘。☆～をさす／打傘。

かさ①【笠】(名)笠，斗笠。☆電灯の～／燈傘。燈罩。

かさ②【嵩】(名)體積，容積。★～にかかる／盛氣凌人。

かさい⓪①【火災】(名)火災。

かさかさ①(副・自サ)❶沙沙(響)。❷乾燥，乾巴巴。

かざ・す⓪【翳す】(他五)遮上，罩上。☆火に手を～・して暖を取る／把手罩在火上取暖。☆手を～・して眺める／手搭涼棚眺望。

かさな・る⓪【重なる】(自五)❶重疊，重覆。☆時計の針が～・った／錶針重疊在一起了。❷(事情，日期等)趕到一起，碰到一起。☆日曜と祭日が～・った／星期天和節日重疊到同一日。

かさねがさね④【重ね重ね】(副)

❶屢次，再三。☆～の火災／屢遭火災。❷衷心。☆～お礼を申しあげます／衷心感謝。

かさねて⓪【重ねて】(副)再次，重覆。☆～言うまでもない／無須重説。

かさ・ねる⓪【重ねる】(他下一)❶套，重疊。☆本を～／把書重疊起來。☆靴下を２枚～・ねてはく／兩雙襪子套著穿。❷反覆，重覆。☆版を～／再版。☆失敗を～／屢遭失敗。

かさ・む②⓪【嵩む】(自五)增大，增多。☆費用が～／費用增多。

かざむき⓪【風向き】(名)❶風向。❷勢頭，形勢。❸心情，情緒。

かざり⓪【飾り】(名)裝飾(品)。☆～のない人／純樸的人。

かざりけ⓪【飾り気】(名)好裝飾，好打扮。☆～のない態度／坦率的態度。

かざりまど④【飾り窓】(名)櫥窗。

かざ・る⓪【飾る】(他五)❶裝飾，修飾，裝潢。☆部屋を～／裝飾屋子。❷掩飾。☆あやまちを～／掩飾錯誤。

かさん⓪【加算】(名・他サ)❶加法。❷加上。

かざん①【火山】(名)火山。

かし⓪【河岸】(名)❶河岸。❷魚市。❸(做某事的)地方。☆～を変える／換個地方。

かし⓪【貸し】(名)❶借，借的東西。❷貸方。

かし①【樫】(名)橡樹，槲樹。

かし①【カ氏】(名)華氏。☆～温度計／華氏溫度計。

かし①【菓子】(名)點心，糕點，糖果。☆～屋／點心舖。

かじ①【舵】(名)舵。☆～を取る／掌舵。

かじ①【火事】(名)火災，失火。☆～だ／失火了！

かじ①【家事】(名)❶家務(事)。❷家裡的事。

かしうり⓪【貸し売り】(名・他サ)→かけうり

かしかた⓪【貸し方】(名)貸方，債主。

かしかり②③【貸し借り】(名・他サ)借貸。☆～なし／兩不欠。

かしきり⓪【貸し切り】(名)包租。☆～バス／包的公共汽車。

かしこ・い③【賢い】(形)聰明，伶俐，乖。☆～子／聰明的孩子。乖孩子。

かしこま・る④【畏まる】(自五)❶畢恭畢敬。❷正襟危坐。❸知道。☆～・りました／知道了。

かししつ⓪【貸し室】(名)出租的房間。

かしだ・す③【貸し出す】(他五)出借，借出。☆図書を～／出借圖書。

かしつ⓪【過失】(名)過失，錯誤。

かじつ①【果実】(名)果實。☆～がなる／結果。

かしつけ⓪【貸し付け】(名)出借，出租，貸款。

かじとり②【舵取り】(名)掌舵(的人)。

かしま⓪【貸し間】(名)(老)↓かししつ

かしゃ①【貨車】(名)貨車。

かしや⓪【貸家】(名)出租的房子。

かじや⓪【鍛冶屋】(名)鐵匠。

かしゅ①【歌手】(名)歌手，歌唱家。

かじゅ①【果樹】(名)果樹。☆～園(えん)／果園。

かしょ①【箇所】(名)地方，處。

がしょう①⓪【賀正】(名)恭賀新年。

がじょう⓪【賀状】(名)❶賀信。❷賀年片。

かしら③【頭】(名)❶頭，腦袋。❷頭目，首領。❸頭一個，第一個。☆～文字(もじ)／(開頭的)大寫字母。☆この子を～に二人いる／有兩個孩子，這個孩子是老大。

かしら【か知ら】(終助)(婦)❶表示疑問。☆今何時～／現在幾點鐘?❷表示請求、希望。☆早く来てくれない～／希望他早點兒來。

かじりつ・く④②【齧り付く】(自五)❶咬，啃，咬住。☆パンに～／啃麵包。❷摟住，纏住，固守。☆机に～／伏案苦讀。

かじ・る②【齧る】(他五)❶咬，啃。❷一知半解，稍微知道一點。

かしわ⓪【柏】(名)槲樹。

か・す⓪【貸す】(他五)❶借給，借出。☆金を～／借錢給。☆手を～／幫助。☆力を～／協力。❷租給，出租。☆土地を～／出租土地。

かす①【粕・糟】(名)糟粕，酒糟。

かす①【滓】(名)渣滓。☆人間の～／人類的渣滓。

かず①【数】(名)❶數，數目。☆～をかぞえる／數數兒。★～を知らない／不計其數。❷很多。☆～ある中で／在很多之中。❸上數，數得著。☆物の～には入らぬ／不算數。數不上。

ガス①【荷gas・瓦斯】(名)❶氣體。❷瓦斯。☆～をつける／點瓦斯。☆～こんろ／瓦斯爐。☆～ストーブ／瓦斯烤爐。☆～マスク／防毒面具。

かすか①【微か・幽か】(形動)微微，隱約。☆～に見える／隱約可見。

かすがい⓪【鎹】(名)❶鋦子。❷

門上的扣吊。★子は～／孩子是父母的連心鎖。

かずかず①【数数】(名・副)很多，種種。☆～の作品／很多作品。

カステラ⓪【葡Castella】(名)蛋糕。

かずのこ⓪【数の子】(名)乾青魚子。

かすみ⓪【霞】(名)❶霞，雲靄。❷(眼睛)朦朧。☆目に～がかかる／視力模糊。

かす・む⓪【霞む】(自五)❶有雲霧，生雲靄。❷(眼睛)朦朧。☆目が～／眼睛朦朧。

かす・める⓪③【掠める】(他下一)❶掠奪，竊取。❷欺騙，瞞過。☆親の目を～／背著父母。❸掠過，擦過。☆銃弾が頭を～／子彈從頭邊擦過。

かすり③⓪【絣】(名)碎白點花紋。

か・する②【化する】(自他サ)❶化為，成為。☆焦土と～／化為焦土。❷感化，同化。☆人を～／感化人。

か・する②【架する】(他サ)架設，建築。☆橋を～／架橋。

か・する②【課する】(他サ)❶課。☆税金を～／課以稅款。❷佈置。使做某事。☆宿題を～／指派作業。

かす・る②【掠る・擦る】(他五)❶掠過，擦過。❷抽頭，揩油。

かぜ⓪【風】(名)風。☆～が吹く／刮風。☆～が強い／風大。★～を食らう／聞風(而逃)。

かぜ⓪【風邪】(名)感冒，傷風。☆～を引く／感冒。

かぜあたり③⓪【風当り】(名)❶風勢。☆～が強い／風大。❷(世人的)非難，譴責。☆世間の～が強い／世人的責難強烈。

かせい⓪【火星】(名)火星。

かせい⓪【加勢】(名・自サ)❶援助，幫助。❷援助者，援軍。

かせい⓪【苛性】(名)苛性。☆～カリ／苛性鉀。☆～ソーダ／苛性鈉。

かせい⓪【家政】(名)家政，家務事。

かぜい⓪【課税】(名・自サ)課稅，徵收賦稅。

がせい①【賀正】(名)→がしょう

かせき⓪【化石】(名)化石。

かせぎ①③【稼ぎ】(名)❶做工，幹活。☆～に行く／去做工。❷工資，工錢。☆～が悪い／賺錢少，工資少。

かせ・ぐ②【稼ぐ】㈠(自五)做工。★～に追い付く貧乏なし／勤勞的人不受窮。㈡(他五)❶掙錢，賺錢。☆生活費を～／賺生活費。❷爭取，贏得。☆点数を～／爭取分數。☆時間を～／爭取時間。贏得時間。

か

かぜぐすり③⓪【風邪薬】(名)感冒藥。

カセット②【cassette】(名)❶盒式錄音帶。❷盒式膠卷。

かぜとおし⓪⑤【風通し】(名)通風。☆~が悪い/通風不好。

かぜむき⓪【風向き】(名)→かざむき

かせん⓪【化繊】(名)化纖。

かせん①【河川】(名)河川。

かそう⓪【仮想】(名・自サ)假想。

かそう⓪【火葬】(名・自サ)火葬。☆~場(ば)/火葬場。

かそう⓪【仮装】(名・自サ)化裝。☆~行列/化裝遊行。

かぞえどし③【数え年】(名)虛歲。

かぞ・える③【数える】(他下二)❶數,計算。☆人数(にんずう)を~/數人數。❷列舉,枚舉。☆~・えきれない/不勝枚舉。

かぞく①【家族】(名)家族,家屬。☆~計画/計劃生育。

ガソリン⓪【gasoline】(名)汽油。☆~スタンド/加油站。

かた【片】(接頭)❶(一對中的)一個,一方。☆~手/一隻手。☆~道/單程。☆~思い/單相思。❷偏僻。☆~田舍/偏僻鄉村。❸不全,零星,簡短。☆~時(とき)/片刻。☆~言(こと)/隻言片語。

かた【方】[一]②①(名)(人的敬稱)人,位。☆この~/這一位。☆お客様は男の~です/客人是一位男的。[二](接尾)❶表示兩方中一方的人。☆相手~/對方。❷父~/父方。❷表示做某事的人。☆会計~/會計員。❸(接動詞連用形後表示)方法。☆読み~/讀法。

かた②【片・方】(名)處理,解決。☆~がつく/得到解決。☆~をつける/加以解決。

かた②【形】(名)❶形,形狀。☆~がくずれる/變形,走樣。❷痕跡。☆足の~がつく/留下腳印。❸抵押。☆家屋を~におく/以房產作抵押。

かた②【型】(名)❶型,樣式。☆古い~/舊式。❷模型,模子。☆鍵の~を取る/壓製鑰匙模子。❸動作,姿勢。☆踊りの~を覚える/學舞蹈的動作。❹慣例,常規。☆~の如く/照例。

かた①【肩】(名)肩,肩膀。☆荷物を~にかつぐ/把行李扛在肩上。★~で息をする/呼吸困難。★~で風を切る/大搖大擺。耀武揚威。★~の荷がおりる/卸下重擔。★~を並べる/並駕齊驅。★~を持つ/袒護。

がた【方】(接尾)❶(表示複數的敬語)們。☆あなた~/您

們。☆先生~/老師們。❷方，方面。☆敵~/敵方。❸表示大約。☆千円~/一千日元左右。❹時候，時刻。☆日ぐれ~/傍晚時分。

がた【型】(接尾)型。☆最新~/最新型。

がた①(名)(機器等)騒動。☆~がくる/(機器)喀噠喀噠響。☆~がきたモーター/破舊電動機。

かた・い⓪【堅い・固い・硬い】(形)❶硬。☆~石/堅硬的石頭。❷堅固。☆守備が~/防守堅固。❸堅定，堅決。☆~決心/堅定的決心。❹嚴厲。☆~・く戒める/嚴加訓誡。❺頑固。☆頭が~/腦筋頑固。❻呆板，拘謹，生硬。☆~文章/生硬的文章。❼緊。☆この靴は~/這雙鞋很緊。☆~握手/緊緊的握手。❽正派，可靠。☆~店/講信用的店舗。❾有把握。☆合格が~/及格是有把握的。

かた・い⓪【難い】(形)難。☆実行は~/實行難。☆想像するに~・くない/不難想像。

かだい⓪【課題】(名)課題，題目，問題。☆作文の~/作文題目。

がた・い【難い】(接尾)(接動詞連用形之後)難以…。☆理解し~/難以理解。

かたいじ⓪④【片意地】(名・形動)固執，倔強，執拗。☆~な人/固執的人。☆~を張る/固執己見。

かたいなか③【片田舎】(名)偏僻的鄉村。

かたうで⓪④【片腕】(名)❶一隻手。❷膀臂，助手。

かたおもい③【片思い】(名)單相思。

かたがき⓪④【肩書】(名)頭銜，官銜，地位。☆何の~もない/沒有任何頭銜。

かたかけ②【肩掛け】(名)披肩，披巾。

かたがた②⓪【旁】(一)(接尾)順便。☆散歩~買物をする/散步時順便買東西。(二)(接)順便。

かたがた②【方方】(名)諸位，各位。

かたかな②③【片仮名】(名)片假名。

かたがみ⓪【型紙】(名)(印花或剪裁用的)紙型，紙樣。

かたがわ⓪【片側】(名)一側，一旁。

かたき③【敵】(名)敵手，仇人，冤家，對頭。☆~を討(う)つ/報仇。

かたぎ⓪【気質】(名)氣質，性情，脾氣。

かたくな⓪【頑な】(形動)頑固，固執。

かたくりこ④【片栗粉】(名)太白

粉，藕粉。

かたくるし・い⑤【堅苦しい】(形)拘謹，古板，嚴格。

かたこと⓪④【片言】(名)❶不完整的話。☆幼児が～を言う／幼兒牙牙學語。❷隻言片語。

かたじけな・い⑤【忝ない】(形)不勝感謝。

かたすみ③【片隅】(名)一角，角落，一隅。

かたち⓪【形】(名)❶形狀，樣子。☆～が変わる／變形。❷形式。☆ほんの～ばかりですが／(謙辭)只是一點小意思。❸容貌，姿態。

かたちづく・る⑤【形作る】(他五)形成，構成，組成。

かたづ・く③【片付く】(自五)❶(被)收拾，整理。☆部屋はきちんと～・いている／房間收拾得很整齊。❷(被)解決，處理。☆宿題が～・いた／作業做完了。

かたづ・ける④【片付ける】(他下二)❶收拾，整理。☆引き出しの中を～／收拾抽屜裡的東西。❷解決，處理。☆紛争を～／解決紛爭。

かたっぱし⑤④【片っ端】(名)一端，一頭。☆仕事を～から片付ける／將工作一一處理完。

かたつむり③【蝸牛】(名)蝸牛。

かたて③⓪【片手】(名)一隻手。☆～で持つ／用一隻手拿。

かたな③②【刀】(名)刀。☆～を抜く／拔刀。

かたはし④⓪【片端】(名)❶一端，一頭。❷一星半點。

かたほう②【片方】(名)一方，一側。☆道の～／道路的一側。☆～の目／一隻眼。

かたまり⓪【塊・固まり】(名)❶塊，疙瘩。☆肉の～／肉塊兒。❷堆，群。☆学生の～／一群學生。❸極端…的人。☆欲の～／貪得無厭的人。

かたま・る⓪【固まる】(自五)❶凝固，凝結。☆砂糖が～／砂糖結塊。❷聚集，聚合。☆子供が～・って遊ぶ／孩子們聚在一起玩。❸鞏固，確定。☆基礎が～・った／基礎鞏固了。

かたみ⓪【形見】(名)遺物。

かたみ①【肩身】(名)面子，體面。★～が広い／有面子。體面。

かたみち⓪【片道】(名)單程。☆～乗車券／單程票。

かたむき④⓪【傾き】(名)❶傾斜。❷傾向，趨向。☆不勉強の～がある／有不愛學習的傾向。

かたむ・く③【傾く】(自五)❶偏，歪，傾斜。☆家が～・いた／房子傾斜了。❷傾向，偏於。☆反対に～／傾向於反對。❸衰落。

かたむ・ける④【傾ける】(他下二)❶使…傾斜。☆首を～／歪著頭。❷傾注。☆全力を～／傾注全力。❸傾覆。☆身代(しんだい)を～／傾家蕩産。

かた・める⓪【固める】(他下一) ❶使…凝結，使…堅硬。☆石膏を～／使石膏凝固。❷鞏固，加強。☆基礎を～／鞏固基礎。❸集中，歸總。☆荷物を一か所に～／把行李集中到一起。★嘘(うそ)で～／謊話連篇。

かためん⓪【片面】(名) 一面。

かたよ・る③【偏る】(自五) ❶偏，偏於一方。☆西に～／偏西。❷偏袒，偏頗，不公正。☆～・った処分／不公正的處分。

かた・る⓪【語る】(他五) 講，談，說。☆経験を～／講述經驗。★～に落ちる／不打自招。

かた・る⓪【騙る】(他五) ❶騙，騙取。❷冒，冒充。☆他人の名を～／冒充他人姓名。

カタログ⓪【catalogue】(名) 商品目錄。

かたわ②【片輪】(名) ❶殘廢。❷不全面，不完整。

かたわら④⓪【傍ら】(名) ❶旁，旁邊。☆道の～／路旁。❷一邊…一邊…。☆仕事の～、勉強する／一邊工作一邊學習。

かだん①【花壇】(名) 花壇，花圃。

かだん⓪【果断】(形動) 果斷，斷然。☆～な人間／果斷的人。

かち②【勝ち】(名) 勝，贏。☆～に乗じる／乘勝。★早いが～／先下手為強。

かち①【価値】(名) 價值。

がち③【勝ち】(接尾) 往往，常常，容易。☆彼は病気～だ／他常生病。☆忘れ～／健忘。

かちかち①(副) ❶滴答滴答。☆時計が～鳴る／鐘錶滴答滴答響。❷堅硬。☆～に凍る／凍得很結實。❸生硬，死板。☆～の頭／死腦筋。

かちき③【勝ち気】(名・形動) 好勝，要強，剛強。

かちく⓪【家畜】(名) 家畜。

かちと・る⓪【勝ち取る】(他五) 奪取，獲得。☆最後の勝利を～／奪取最後的勝利。

かちぬき⓪【勝ち抜き】(名) 淘汰賽，擂台賽。

かちまけ①②【勝ち負け】(名) 勝負。

かちょう⓪【課長】(名) 科長。

がちょう⓪【鵞鳥】(名) 鵝。

か・つ①【勝つ】(自五) ❶勝，戰勝。☆敵に～／戰勝敵人。❷克服，克制。☆困難に～／克服困難。

かつ①【且つ】(副・接) ❶且…且，一邊…一邊。☆～飲み～食う／邊喝邊吃。❷且，並且，而且。☆必要～十分／必要且充分。

がつ③【月】(接尾)月。☆三～／三月。

かつあい⓪【割愛】(名・他サ)❶割愛，捨棄，作罷。❷分給，讓給。

かつお⓪【鰹】(名)鰹魚。

かつおぶし⓪【鰹節】(名)乾鰹魚，木松魚。

かっか①【閣下】(名)閣下。

がっか⓪【学科】(名)學科。

がっかい⓪【学会】(名)學會。

がっかい⓪【学界】(名)學術界。

かっかざん③【活火山】(名)活火山。

がっかり③(副・自サ)❶精疲力盡。❷灰心，頹廢，洩氣，掃興。

かっき⓪【活気】(名)生氣，活力，活躍。

がっき⓪【学期】(名)學期。

がっき⓪【楽器】(名)樂器。

がっきてき⓪【画期的】(形動)劃時代。

がっきゅう⓪【学級】(名)班，班級。☆～委員／班會委員。

かっきり③(副)❶正好。☆～五時だ／五點整。❷截然。

かつ・ぐ②【担ぐ】(他五)❶擔，挑，扛，背。☆荷物を～／扛行李。❷推舉。☆委員長に～／推舉為委員長。❸欺騙。☆また～・がれた／又上當了。❹迷信。

かっけ③【脚気】(名)腳氣。

かっこ①【括弧】(名・他サ)括弧，括號。☆～をつける／打括號。

かっこ①【確固】(形動)堅定。

かっこう【格好・恰好】(一)⓪(名)樣子，形狀，姿勢，打扮，情況。☆歩く～が父親に似てきた／走路的姿勢越來越像他父親了。☆～が悪い／不體面。☆～をつける／使…像個樣子。使…不失體面。(二)⓪(形動)合適，適當。☆～な家／合適的房子。(三)(接尾)大約。☆四〇～の男の人／四十歲上下的男人。

がっこう⓪【学校】(名)學校。

かっこく①⓪【各国】(名)各國。

かっさい⓪【喝采】(名・自サ)喝采，歡呼，叫好。

がっさく⓪【合作】(名・自他サ)合作。

がっさん⓪【合算】(名・他サ)合計，共計。

かつじ⓪【活字】(名)活字，鉛字。☆～を拾う／撿字。☆～を組む／排版。

かっしゃ①【滑車】(名)滑車，滑輪。

がっしゅく⓪【合宿】(名・自サ)集訓。

がっしょう⓪【合唱】(名・他サ)合唱，齊唱。

がっしょう⓪【合掌】(名・自サ)合掌，合十。

かっしょく⓪【褐色】(名)褐色。

かっすい⓪【渇水】(名・自サ)枯水。☆～期／枯水期。

かっせき⓪【滑石】(名)滑石。

かっせん⓪①【合戦】(名・自サ)會戰，戰役，戰鬥。

かっそう⓪【滑走】(名・自サ)滑行。☆～路／(飛機的)跑道。

がっそう⓪【合奏】(名・他サ)合奏。

がっちり③(副・自サ)❶結實，牢固。☆～した体格／健壯的體格。❷花錢仔細。☆～屋(や)／精打細算的人。

かつて①【曽て】(副)曾，曾經。

かって⓪【勝手】(一)(名)❶廚房。❷生活，生計。☆～が苦しい／生活困難。❸情況，情形。❹方便。☆～が悪い／不方便。(二)(形動)隨便，任性。☆～にしろ／隨你的便！

がってん③【合点】(名・自サ)同意，認可。☆～だ／答應你了。★～が行かない／莫名其妙。

かつどう⓪【活動】(名・自サ)活動，工作。☆課外～／課外活動。

かっぱ⓪【河童】(名)❶(日本傳說中的一種想像的動物，水陸兩棲，貌似幼兒)河童。❷善於游泳的人。★陸に上がった～／虎落平陽。★～の川流れ／淹死會水性的。

かっぱ⓪【合羽】(名)防雨斗篷，雨衣。

かっぱつ⓪【活発】(形動)活潑，活躍。☆～な少年／活潑的少年。

かっぱら・う⓪【掻払う】(他五)偷，盜竊。

かっぱん⓪【活版】(名)鉛版。

カップ①【cup】(名)❶杯子，茶杯。❷獎杯。

がっぺい⓪【合併】(名・自他サ)合併。☆二つの会社を～する／將兩個公司合併。☆～症／併發症。

かっぽう⓪【割烹】(名)烹飪，烹調。☆～着(ぎ)／烹飪服。

かつやく⓪【活躍】(名・自サ)活躍。

かつよう⓪【活用】(名・他サ)❶有效利用，實際應用。❷(日語語法上用言和助動詞的)詞尾變化，活用。

かつら⓪【鬘】(名)假髮。

かつら⓪【桂】(名)桂樹，蓮香樹。★～を折る／折桂。及第。

かて②①【糧】(名)糧食，食糧。☆心の～／精神食糧。

かてい⓪【仮定】(名・自サ)假定，假設。

かてい⓪【家庭】(名)家庭。

かてい⓪【過程】(名)過程。

かてい⓪【課程】(名)課程。

カテゴリー②【徳 kategorie】範疇，範圍。

がてら(接尾)同時，順便。☆花

見~歩いて行く/賞櫻花時順便走著去。

がてん②①【合点】(名・自サ)理解，領會，明白。☆~がいかない/難以理解。

かど①【角】(名)❶角，稜，拐角。☆~の店は花屋です/拐角的店舗是花店。❷稜角，不圓滑。★~が立つ/有稜角。不圓滑。★~が取れる/沒稜角。圓滑。

かど①【過度】(名・形動)過度。

かとう⓪【下等】(名・形動)下等，低級，卑劣。

かどう①【花道】(名)花道，插花術。

かどう⓪【稼動・稼働】(名・自他サ)❶勞動。☆~人口/勞動人口。❷(機器等)開動，運轉。☆~時間/運轉時間。

かどぐち②【門口】(名)門口。

かとりせんこう④【蚊取線香】(名)蚊香。

かな⓪【仮名】(名)(日本字母)假名。

かなあみ⓪【金網】(名)鐵絲網。

かない①【家内】(名)❶家庭，家中。☆~工業/家庭工業。❷家屬，家裡人。❸內人，妻子。

かな(終助)❶(自言自語地)表示疑問。☆先生はきょう休み~/老師今天休息嗎?❷(男)表示質疑。☆一人で乗って来たの~/你是一個人乘車來的?❸(接否定式後)表示願望。☆早く夏休みにならない~/暑假怎麼還不快到呀!

かな・う②【適う・叶う・敵う】(自五)❶適合，合乎。☆理想に~/合乎理想。☆心に~/稱心。❷達到，實現。☆願いが~・った/願望實現了。❸比得上，敵得過。☆彼に~ものか/哪能比得上他!

かなえ⓪【鼎】(名)鼎。

かな・える③【適える・叶える】(他下一)滿足。☆子供たちの願いを~・えてやる/滿足孩子們的願望。

かなぐ⓪【金具】(名)小五金。

かなし・い⓪【悲しい】(形)悲傷，悲痛，悲哀，傷心。

かなしみ⓪④【悲しみ】(名)悲傷，悲痛，悲哀，傷心。

かなし・む③【悲しむ】(他五)悲痛，痛心。☆子供の死を~/為孩子的死而悲痛。

かなた①②【彼方】(名)那邊，遠處。☆山の~/山的那邊。

かなづち④③【金槌】(名)❶鐵錘。☆~頭(あたま)/死腦筋。老頑固。❷不會游泳(的人)。

かな・でる③【奏でる】(他下一)奏，演奏。

かなぼう⓪【金棒】(名)鐵棍。★鬼に~/如虎添翼。

かなめ⓪【要】(名)❶扇軸。❷要點，關鍵。

かなもの⓪【金物】(名)五金。☆〜屋／五金店。

かならず⓪【必ず】(副)一定，必定，必然。☆九時に〜まいります／九點一定來。

かならずしも④【必ずしも】(副)(下接否定)未必，不一定。☆〜楽観はできない／未必能夠樂觀。

かなり①(副・形動)相當，很。☆〜寒い／相當冷。

カナリヤ⓪【西canaria】(名)金絲雀。

かなわな・い②【敵わない】(連語)❶敵不過，比不上。☆若いものには〜／比不上年輕人。❷受不了。☆あつくて〜／熱得受不了。

かに⓪【蟹】(名)螃蟹。

かにゅう⓪【加入】(名・自サ)加入，參加。

かね⓪【金】(名)❶錢，金錢。☆金を払う／付款。☆〜をもうける／賺錢。★〜がものをいう／錢能通神。★〜に目がない／利令智昏。❷金屬。

かね⓪【鐘】(名)鐘。☆〜をつく／敲鐘。

かねかし④③【金貸し】(名)貸款，放債(的人)。

かねづかい③【金遣い】(名)花錢。☆〜が荒い／亂花錢。

かねづまり⓪③【金詰り】(名)錢緊，銀根緊。

かねづる⓪【金蔓】(名)生財之道，給錢的人。

かねて①【予て】(副)事先，以前，早已。

かねめ⓪【金目】(名)❶(折合成錢的)價值。❷價錢。☆〜の物／值錢的東西。

かねもうけ③⑤【金儲け】(名・自サ)賺錢。☆〜がうまい／會賺錢。

かねもち④③【金持ち】(名)有錢人，富人，財主。

か・ねる【兼ねる】(一)②(他下一)兼。☆首相が外相を〜／首相兼外相。(二)(接尾)(接動詞連用形後)不能，礙難，不好意思。☆決め〜／難以決定。☆申し〜／不好意思開口。

かねん⓪【可燃】(名)可燃。☆〜性／可燃性。

かのう⓪【化膿】(名・自サ)化膿。

かのう⓪【可能】(名・形動)可能。

かのじょ①【彼女】(名)❶她。❷女朋友，情人。

かば①【河馬】(名)河馬。

カバー①【cover】(名・他サ)❶套子，罩子。☆椅子の〜／椅子套。❷補償，彌補。☆損失を〜する／彌補損失。

かば・う②【庇う】(他五)庇護，袒護，保護。

かばん⓪【鞄】(名)提包，皮包。☆～をさげる／提皮包。

かはんすう④②【過半数】(名)過半數。

かひ①【可否】(名)❶可否。❷贊成與否。

かび⓪【黴】(名)霉，霉菌。☆～が生える／發霉。長醭。

かひつ⓪【加筆】(名・自サ)修改，潤色。

がびょう⓪【画鋲】(名)圖釘。

か・びる⓪【黴びる】(自上一)發霉，生霉。

かびん⓪【花瓶】(名)花瓶。

かびん⓪【過敏】(名・形動)過敏。

かぶ【株】(一)⓪(名)❶(植物的)株，棵，根，殘株。☆菊の～をわける／分菊花的根。❷股票，股份。☆～を買う／買股票。☆～が上がる／股票漲價。(二)(接尾)❶株，棵。☆一～の桜／一棵櫻花。❷(股份的)股。☆一万～買った／買了一萬股。

かぶ⓪【蕪】(名)蕪菁。

かぶ①【下部】(名)下部，下級，下層。☆～構造／經濟基礎。

カフェイン②【徳kaffein】(名)咖啡因。

かぶか⓪【株価】(名)股票行情，股票價格。

かぶき⓪【歌舞伎】(名)歌舞伎。

かぶけん⓪②【株券】(名)股票。

かぶしき②⓪【株式】(名)股份，股票。☆～会社(がいしゃ)／股份公司。

かぶ・せる③【被せる】(他下一)❶戴，蓋，蒙，套，罩。☆子供に帽子を～／給孩子戴帽子。❷推諉。☆人に罪を～／嫁禍於人。

カプセル①【徳kapsel】(名)❶膠囊。❷(宇宙飛船的)密封艙。

かぶと①【兜・冑・甲】(名)盔。★～を脱ぐ／投降。認輸。

かぶぬし②⓪【株主】(名)股東。

かぶ・る②【被る】(一)(他五)❶戴，蓋，蒙。☆帽子を～／戴帽子。❷澆，沖。☆頭から水を～／從頭上澆水。❸蒙受，承擔。☆人の罪を～／替別人承擔罪過。(二)(自五)❶(膠卷)曝光。☆フィルムが～ってしまった／膠卷曝光了。❷(船)搖晃。❸(戲)散場。

かぶ・れる⓪【気触れる】(自下一)❶(由生漆、膏藥等引起的)皮膚炎。☆漆(うるし)に～・れた／被漆咬了。❷(受不良影響而)著迷，熱中。☆西洋文化に～／熱中於西洋文化。

かべ⓪【壁】(名)❶牆，壁。★～に耳あり／隔牆有耳。❷障礙，隔閡。

かへい①【貨幣】(名)貨幣。

かべしんぶん③【壁新聞】(名)牆

報，壁報，大字報。

かべん⓪①【花弁】(名)花瓣。

カボチャ⓪【南瓜】(名)南瓜。

かま⓪【釜】(名)鍋。★同じ～の飯を食う／生活在一起。同甘共苦。

かま⓪【窯】(名)窯，爐。

かま⓪【罐】(名)鍋爐。

かま⓪【竈】(名)灶。

かま①【鎌】(名)鐮刀。

がま⓪【蝦蟇】(名)蛤蟆。

かま・う②【構う】(自他五)❶(常用否定式)管，顧，介意。☆私に～・わないでくれ／別管我。☆服装に～・わない／不講究穿戴。☆どんなに高くても～・いません／多麼貴也沒關係。❷招待，照料。☆何のお～・いもいたしません／沒有很好招待。❸調戲，逗弄。☆子供を～／逗弄孩子。

かまえ①②【構え】(名)❶構造，格局，様式。☆家の～／房子的構造。❷姿勢，架勢。☆～が悪い／姿勢不好。❸(精神)準備。☆敵を迎える～／迎敵的準備。

かま・える③【構える】(他下一)❶修築，修建。☆邸宅を～／修建公館。❷成立，設立。☆事務所を～／設立事務所。❸☆擺架子。☆偉そうに～／擺大架子。☆銃を～／作放槍的姿勢。❹捏造，假裝。☆口実を～／製造藉口。☆病気を～／裝病。

かまきり①【蟷螂】(名)螳螂。

がまぐち⓪【蝦蟇口】(名)小錢包。

がまし・い(接尾)像…似的。☆催促～／催促般的。☆押しつけ～／強制性的。

かます③【叺】(名)草包，草袋。

かまたき④③【罐焚き】(名)司爐，燒鍋爐的。

かまど⓪【竈】(名)灶，爐灶。★～を分ける／分家。另起爐灶。

かまぼこ⓪【蒲鉾】(名)魚糕。

がまん①【我慢】(名・他サ)❶忍耐，忍受，克制。☆痛くて～できない／疼得忍耐不住。☆小便を～する／憋著小便。❷將就，湊合。☆コーヒーがないので，お茶で～してください／沒有咖啡，將就著喝點茶吧。❸饒恕，原諒。☆今度だけは～してやる／只能原諒你這一次。

かみ①②【神】(名)神，上帝。

かみ②【紙】(名)紙。

かみ②【髪】(名)髮，頭髮。☆～をかる／理髮。☆～をすく／梳髮。☆～をおろす／削髮(為僧)。

かみ①【上】(名)❶上部，上方，上邊，上游，上文。☆舟で～へ行く／乘船往上游去。☆～にのべたとおり／如上文所

述。❷天子，君王。❸朝廷，官府。❹京城。

かみ①【加味】(名・他サ)❶調味，加佐料。❷加進，採納。

かみきりむし④【髪切り虫】(名)天牛。

かみき・る⓪【噛み切る】(他五)咬斷，咬破。

かみきれ④③【紙切れ】(名)紙片，紙條。

かみくず③【紙屑】(名)廢紙，碎紙。☆~籠(かご)／廢紙簍。

かみくだ・く⓪④【噛み砕く】(他五)❶咬碎，嚼爛。❷詳細說明。

かみざ⓪【上座】(名)上座。

かみさま①②【神様】(名)❶(敬)神，上帝。❷(某方面的)能手，大王。

かみしばい③【紙芝居】(名)拉洋片。

かみし・める⓪【噛み締める】(他下一)❶咬緊，咬住。❷細嚼，用力嚼。❸玩味，細心領會。

かみそり④③【剃刀】(名)剃刀，刮臉刀。☆安全~／安全剃刀。☆電気~／電動剃刀。

かみだな⓪【神棚】(名)神龕。

かみだのみ③【神頼み】(名)求神保佑。★苦しい時の~／急時抱佛脚。

かみつ・く⓪【噛み付く】(他五)❶咬，咬住。❷反噬，反咬一口。

かみづつみ③【紙包み】(名)❶紙包。❷(用紙包的)一袋錢。

かみなり④③【雷】(名)雷。☆~が鳴る／打雷。☆~が落ちる／落雷。雷擊。

かみのけ③【髪の毛】(名)頭髮。

かみはんき③【上半期】(名)上半年。

かみやすり③【紙鑢】(名)砂紙。

か・む①【噛む】(他五)❶咬。☆蛇に~・まれた／被蛇咬了。❷嚼。☆よく~・んで食べなさい／請好好嚼了吃。❸(流水)沖擊，沖刷。

か・む⓪【★む】(他五)擤。☆鼻を~／擤鼻涕。

ガム①【gum】(名)口香糖。

かめ①【亀】(名)龜。★~の甲より年の功／薑是老的辣。

かめ②【瓶】(名)瓶，缸，罎，甕。

かめい⓪【加盟】(名・自サ)加盟，參加。☆~国／加盟國。

かめい⓪【仮名】(名)假名，化名。☆~を使う／化名。

カメラ①【camera】(名)照相機。☆~マン／攝影師。

かめん⓪【仮面】(名)假面具。

かも①【鴨】(名)❶野鴨。❷容易上當的人，冤大頭。

かもい②⓪【鴨居】(名)門楣。

かもく⓪【科目】(名)❶科目，項目。❷學科。

かもしれな・い【かも知れな

い】(連語)也許，可能。☆雨が降る～/也許要下雨。

かも・す②【醸す】(他五)❶釀，釀造。☆酒を～/釀酒。❷釀成，造成。☆物議(ぶつぎ)を～/引起物議。

かもつ①【貨物】(名)貨物。☆～船/貨船。☆～列車/貨運列車。

かもめ⓪【鷗】(名)海鷗。

かや⓪【蚊帳】(名)蚊帳。

がやがや①(副・自サ)吵嚷，喧鬧。

かやく⓪【火薬】(名)火藥。

かゆ⓪【粥】(名)粥。

かゆ・い②【痒い】(形)癢。★～ところに手が届く/無微不至。

かよ・い⓪【通い】(名)❶往來。❷通勤。☆住込みか～か/是住宿還是通勤?❸工作。☆どちらにお～ですか/你在哪兒工作?

かよ・う⓪【通う】(自五)❶往來，通行。☆バスが～・っている/通汽車。❷通勤，通學。☆歩いて工場に～/步行上班。❸流通，循環。❹(心心)相印。

かよう⓪【斯様】(形動)如此，這樣。

がようし②【画用紙】(名)圖畫紙。

かようび②【火曜日】(名)星期二。

から(一)(格助)❶自，從，由。☆八時～一〇時まで/從八點到十點。☆東～昇る/從東方昇起。☆日本人の先生～教わる/跟日本老師學習。☆日本酒は米～作る/日本酒是用米做的。❷(表示被動的主體)被，受，由。☆皆～反対される/遭到大家的反對。❸(接數量詞後表示)以上，起碼。☆一千万円～の借金/一千萬日元以上的借款。(二)(接助)因為。☆寒い～窓をしめてくれ/天冷，請關上窗戶。

から②【空】(名)❶空。☆～の箱/空箱子。❷空虛，虛假。☆～念仏(ねんぶつ)/空談。

から②【殻】(名)殼，皮。☆卵の～/雞蛋殼兒。

がら⓪【柄】(名)❶身材，身量，體格。☆～が大きい/身材魁梧。❷人品，品格，身分。☆～が悪い/人品不好。❸花紋，圖案。☆派手な～/鮮豔的花紋。

がら①【殻】(名)❶雞骨架，雞骨頭。❷煤渣，煤核。

がら①【瓦落】(名)(行情)暴跌。

カラー①【collar】(名)(西服、襯衣等的)領子。

カラー①【color】(名)彩色。☆～フィルム/彩色膠卷。

がらあき⓪【がら明き・がら空

き】(名)空空，空蕩蕩。☆～のバス／空蕩蕩的公共汽車。

から・い②【辛い】(形)❶辣。❷嚴，嚴格。☆あの先生は点が～／那個老師給分嚴。

から・い②【鹹い】(形)鹹。

からいばり③【空威張り】(名)逞假威風，虚張聲勢。

からか・う③(他五)戲弄，嘲弄，調戲。

からかさ③【唐傘】(名)油紙傘。

からから①(副)❶極乾燥，乾透。☆喉が～だ／嗓子乾得要命。❷空蕩蕩，空空。☆財布が～になった／錢包空空的。❸(乾、硬物相撞聲)嘩啦嘩啦。❹(男人大笑聲)哈哈。

がらがら(一)⓪(形動)空空，空蕩蕩。☆～の電車／空蕩蕩的電車。(二)④(副)❶(硬物相撞聲)嘎啦嘎啦。☆～と戸があいた／門嘎啦嘎啦地開了。❷直爽，爽快。☆～した人／心直口快的人。

がらがらへび⑤【がらがら蛇】(名)響尾蛇。

がらくた⓪(名)廢品，破爛。

からし⓪【芥子】(名)芥末。

からして(連語)❶從…來說，從…上看。☆名前～おもしろい／首先名字就很有意思。❷就因為。

から・す⓪【枯らす】(他五)使…乾枯。☆木を～／使樹木枯萎。

から・す⓪【涸らす】(他五)使…乾涸。☆資源を～／耗盡資源。

から・す⓪【嗄らす】(他五)使聲音嘶啞。☆声を～・して叫ぶ／聲嘶力竭地喊。

からす①【烏・鴉】(名)烏鴉。

ガラス⓪【荷glas】(名)玻璃。☆～をはめる／鑲玻璃。☆～切き／玻璃刀。☆すり～／毛玻璃。

からだ⓪【体】(名)❶身體。☆～を鍛える／鍛鍊身體。❷體格，體質，身材。☆～の丈夫な人／體格健壯的人。

からだつき③【体付き】(名)體形，身材。

からっぽ⓪【空っぽ】(形動)空，空虛。

からつゆ②【空梅雨】(名)少雨的梅雨期。

からて⓪【空手】(名)❶空手。☆～で帰る／空著手回來。❷(由沖繩傳入的一種)日本武術。

からとう⓪【辛党】(名)好喝酒的人。

からには(接助)既然。☆やる～，りっぱにやれ／既然做了就要好好做！

からは(接助)→からには

からまつ②【唐松・落葉松】(名)落葉松。

からま・る③【絡まる】(自五)❶

纏繞。❷糾纏，糾葛。

からまわり③【空回り】(名・自サ)❶空轉。❷空談，空喊。❸空忙。

がらみ【搦み】(接尾)❶左右，上下。☆五十～の男／五十歲左右的男人。❷包括在內，連…在一起。☆荷物～／連行李一起。

からみつ・く②⓪【絡み付く】(自五)❶纏上，絆住。☆蔓(つる)が垣根に～／蔓爬在籬笆上。❷糾纏。

から・む②【絡む】(自五)❶纏，纏繞。☆へちまが竹垣に～・んでいる／絲瓜纏在竹籬上。❷糾纏，胡攪蠻纏。☆よく～奴だ／是個胡攪蠻纏的傢伙。

がらりと②③(副)❶(突然間完全改變貌)突然，完全。☆態度が～変った／態度一下子完全變了。❷嘩啦一聲。☆～戸があいた／門嘩啦一聲開了。

がらんと⓪(副)空蕩蕩。☆～した教室／空蕩蕩的教室。

かり⓪【仮】(名)❶臨時。☆～の措置／臨時的措施。☆～停留所／臨時車站。❷假，偽。☆～の名／假名字。

かり①【狩】(名)❶打獵，狩獵。☆山に～に出掛けた／上山打獵去了。❷採集，觀賞。☆潮干(しおひ)～(がり)／趕海(退潮時捕魚、拾貝)。☆紅葉～(がり)／賞紅葉。

かり⓪【借り】(名)❶借的東西，借款，欠債，賒帳。☆～をこしらえる／欠債。☆～を返す／還債。☆彼に～がある／欠他的債。❷要報答的恩情，要報復的怨仇。

かり①【雁】(名)雁。

カリ①【荷kali】(名)("カリウム"的略語)鉀。☆～肥料／鉀肥。

かりい・れる④【刈り入れる】(他下一)收割，收獲。☆麦を～／收割小麥。

かりい・れる④【借り入れる】(他下一)借來，租入。

カリウム②【荷kalium】(名)鉀。

カリキュラム②【curriculum】(名)全部課程的教學計劃。

かりき・る③【借り切る】(他五)包租。☆バスを一台～／包一輛公共汽車。

かりだ・す③【借り出す】(他五)❶借出。☆図書館から本を～／從圖書館借書。❷開始借。

かりと・る③【刈り取る】(他五)❶割，收割。☆稲を～／割稲子。❷鏟除，除掉。

かりに⓪【仮に】(副)❶暫時，姑且。☆～使ってみる／暫時用用看。❷如果，假若，即使。☆～雨なら／如果下雨。

かりにも③【仮にも】(副)❶如果，假如，既然。☆～選手であるからには／既然是一名選

か

手。❷千萬，無論如何。☆～恩を忘れてはならない／千萬不能忘恩。

かりぬい⓪【仮縫い】(名・他サ)（做衣服時）試樣子。☆コートの～をする／試大衣樣子。

がりばん⓪【がり版】(名)謄寫版，蠟版。

カリフラワー④【cauliflower】(名)菜花，花椰菜。

かりゅうど①【狩人】(名)獵人。

かりょく⓪①【火力】(名)火力。☆～発電／火力發電。

か・りる⓪【借りる】(他上一)❶借。☆金を～／借錢。❷租。☆家を～／租房子。❸借助。☆他人の助けを～／借助於別人的幫助。

か・る⓪【刈る】(他五)割，剪。☆草を～／割草。☆頭を～／剪髮。

か・る⓪①【駆る】(他五)❶驅，駕駛。☆車を～／驅車。❷驅逐，趕走。☆牛を～／趕牛。❸驅使。☆好奇心に～・られる／被好奇心所驅使。

か・る①【狩る】(他五)❶獵取，捕獲。☆うさぎを～／打兔子。❷搜尋，搜捕。

が・る(接尾)（按五段動詞變化）❶覺得，感覺。☆寒(さむ)～／覺得冷。❷自以為。☆偉(えら)～／自以為了不起。

かる・い⓪【軽い】(形)❶輕。☆体重が～／體重輕。❷輕微。☆～病気／輕微病痛。❸輕鬆，簡單。☆～音楽／輕鬆的音樂。❹輕浮，輕率。☆口が～／口風不緊。

かるがるし・い⑤【軽軽しい】(形)輕率，輕易。☆～ふるまい／輕率的舉動。

かるがると③【軽軽と】(副)輕而易舉地。☆～持ち上げる／毫不費力地搬起。

カルシウム③【荷calcium】(名)鈣。

カルスト①【徳karst】(名)岩溶。喀斯特。☆～地形／喀斯特地形。岩溶地形。

カルタ①【葡carta】(名)（日本式）的紙牌。☆～をとる／玩紙牌。

カルテ①【徳karte】(名)病歷。

カルテル①【徳kartell】(名)卡特爾（企業連合）。

かるわざ⓪【軽業】(名)❶雜技。❷冒險的事。

かれ①【彼】(代)❶他。❷男朋友，情人。

かれい①【鰈】(名)鰈魚。

カレー⓪【curry】(名)咖喱。☆～粉(こ)／咖喱粉。☆～ライス／咖喱飯。

ガレージ①【garage】(名)車庫。

かれき⓪【枯木】(名)枯木，枯樹。★～に花／枯樹開花。枯木逢春。★～も山のにぎわい／有勝於無。

かれくさ⓪【枯草】(名)枯草，乾草。

かれこれ①【彼此】(副)❶這個那個，多方，種種。☆〜言う／說三道四。❷大約，將近。☆もう〜六時だ／已快六點了。

かれは⓪【枯れ葉】(名)枯葉。

かれら①【彼等】(代)他們。

か・れる⓪【枯れる】(自下一)枯萎，凋謝。☆花が〜・れてしまった／花枯死了。

か・れる⓪【涸れる】(自下一)乾涸，枯竭。☆井戸が〜・れた／井枯竭了。

か・れる⓪【嗄れる】(自下一)嘶啞。☆声が〜・れた／聲音沙啞了。

カレンダー②【calendar】(名)日曆。

かろうじて⓪②【辛うじて】(副)好容易，勉強。☆〜合格した／勉強及格了。

カロリー①【法calorie】(名)❶卡，卡路里。❷(食物放出的)熱量。☆〜の高い食品／熱量高的食品。

かろん・じる④【軽んじる】(他上一)❶輕視，瞧不起。☆人を〜／瞧不起人。❷忽視，不重視，不惜。☆命を〜／不惜生命。

かわ②【川・河】(名)河，河流。

かわ②【皮】(名)皮，殼，外皮。

かわ②【革】(名)皮革。

かわ②【側】(名)方面，一方。☆われわれの〜／我方。☆こちらの〜／這一邊。

がわ⓪【側】(名)❶方面，一方。☆消費者の〜／消費者方面。❷旁邊，周圍。☆井戸の〜／井旁。

かわい・い③【可愛い】(形)❶可愛，好玩，討人喜歡。❷小巧。

かわいが・る④【可愛がる】(他五)喜愛，疼愛。☆子供を〜／疼愛孩子。

かわいそう④【可哀そう】(形動)可憐。☆〜な子供／可憐的孩子。

かわいらし・い⑤【可愛らしい】(形)可愛，好玩。

かわか・す③【乾かす】(他五)曬乾，晾乾，烤乾，弄乾。☆火で〜／用火烤乾。着物を〜／把衣服曬乾。

かわかみ⓪【川上】(名)上游，上流。

かわぎし⓪【川岸】(名)河岸。

かわ・く②【乾く】(自五)乾，乾燥。☆着物が〜・いた／衣服乾了。

かわ・く②【渇く】(自五)渴。☆のどが〜／口渴。

かわざんよう③【皮算用】(名)如意算盤。★取らぬ狸(たぬき)の〜／打如意算盤。

かわしも⓪【川下】(名)下游，下流。

かわ・す⓪【交す】(他五)交，交叉，交換。☆手紙を～／互相通信。

かわ・す⓪【躱す】(他五)躲開，閃開。☆身を～／閃開身子。

かわず⓪【蛙】(名)蛙。★井の中の～／井底之蛙。

かわせ⓪【為替】(名)匯兌，匯款，匯票。☆～料／匯費。☆～レート／匯價。

かわべ③⓪【川辺】(名)河邊。

かわや⓪【厠】(名)厠所。

かわら⓪【瓦】(名)瓦。

かわら⓪【川原・河原】(名)河灘。

かわり⓪【代り・替り】(名)❶代替，代理。☆人の～に行く／代替別人去。❷表示交換條件。☆英語を教えてもらう～に日本語を教えてあげましょう／你教我英語，我教你日語吧。❸(常用"おかわり"的形式)再來一碗，再來一盤，再來一杯。☆ご飯のお～をどうぞ／請再來一碗飯。

かわり⓪【変り】(名)變，變化，異常。☆何の～もない／沒有任何變化。沒有任何異常。お宅の皆様お～ありませんか／你家裏人都好嗎？

かわりあ・う④【代り合う】(自五)輪班，輪流。☆～・って看護をする／輪流護理病人。

かわりだね④【変り種】(名)❶變種。❷奇特的人，怪物。

かわりもの⓪【変り者】(名)怪人。

かわ・る⓪【代る・替る】(自五)❶代替，代理。☆あの人に～人はない／沒有人代替他。❷更換，更迭。☆クラス担任が～・った／班主任換了。

かわ・る⓪【変る】(自五)❶變，變化。☆時代が～・った／時代變了。❷特殊，與衆不同。☆～・った人／古怪的人。

かわるがわる④【代る代る】(副)輪流。☆～荷物を持つ／輪流著拿行李。

かん①【缶】(名)罐，罐頭。☆～をあける／開罐頭。☆～ビール／罐裝啤酒。

かん①【巻】(名)卷。☆～を追う／逐卷。☆～を措(お)く／釋卷。

かん⓪【勘】(名)直感，直覺，靈感，理解力。☆～が鋭い／頭腦敏銳。☆～がいい／理解力強。～がある／有靈感。

かん①【棺】(名)棺材。★～を蓋(おお)って事定まる／蓋棺論定。

かん①【感】(名)❶感，感覺。☆隔世(かくせい)の～がある／有隔世之感。❷感動，感激。☆～に堪えない／不勝感激。

かん①⓪【燗】(名)燙酒，溫酒。☆～をつける／燙酒。いい～だ／酒燙得正合適

かん⓪【癇】(名)脾氣，肝火。☆～が高ぶる／肝火旺。脾氣暴躁。☆～にさわる／觸怒。
かん①【漢】(名)漢朝。
かん①【間】〔一〕(名)❶間，中間。☆その～／其間。❷機會。☆～に乗じる／乘機。❸間隙，隔閡。☆～を生ずる／產生隔閡。★～髪を容れず／間不容髮。〔二〕(接尾)☆日米～／日美之間。☆二年～／兩年間。
かん【官】〔一〕①(名)官，國家，政府。☆～を辞する／辭官。～の命令／政府的命令。〔二〕(接尾)官。☆外交～／外交官。
かん【観】(接尾)觀。☆人生～／人生觀。
がん①【雁】(名)雁。
がん①【癌】(名)癌。
がん①【願】(名)願。☆～をかける／許願。

ガン①【gun】(名)槍。☆スプレー～／噴漆槍。
かんおけ③【棺桶】(名)棺材。
かんがえ③【考え】(名)❶思考，考慮。☆～にふける／沉思。❷思想，想法，意見，主意。☆君の～は正しい／你的想法是正確的。いい～／好主意。❸打算。☆私はすぐ行く～だ／我打算馬上去。
かんがえかた⑥⓪【考え方】(名)想法，見解，觀點。
かんがえこと⑥【考え事】(名)❶思考，考慮。❷愁事，心事。
かんがえこ・む⓪⑤【考え込む】(自五)沉思。
かんがえだ・す⓪【考え出す】(他五)❶想出，想起。❷開始想。
かんがえちがい⑤【考え違い】(名)想錯，誤解。
かんがえつ・く⓪⑤【考え付く】(他五)想到，想出。

かんがえなお・す⓪【考え直す】(他五)重新考慮，另打主意。
かんがえもの⑥⑤【考え物】(名)❶值得考慮的問題，難題。❷謎。
かんが・える④【考える】(他下一)❶想，考慮，思考，思索。☆よく～・えて物を言え／好好考慮考慮再說話！❷認為，以為。☆彼を恩人と～／認為他是恩人。
かんかく⓪【間隔】(名)間隔。☆一定の～をおく／隔一定的間隔。
かんかく⓪【感覚】(名・他サ)感覺。☆～が鋭（するど）い／感覺敏銳。
カンガルー③【kangaroo】(名)袋鼠。
かんかん(副)❶①（日光、火勢強烈貌）火辣辣地。☆日が～と照る／太陽火辣辣地照射。

❷⓪勃然（大怒）。☆～に怒る／勃然大怒。

かんき①【寒気】(名)寒氣，寒冷。

かんきょう⓪【環境】(名)環境。☆～汚染／環境汚染。

がんぐ①【玩具】(名)玩具。

かんけい⓪【関係】(名・自サ)❶關係。☆密接な～がある／有密切的關係。☆～を断(た)つ／斷絕關係。❷有關…。☆～方面／有關方面。❸參與。☆事業に～する／參與事業。❹部門，機構，方面。☆教育～／教育方面。❺兩性關係。

かんげい⓪【歓迎】(名・他サ)歡迎。☆～を受ける／受歡迎。心から～する／衷心歡迎。

かんげき⓪【感激】(名・自サ)感激，感動。

かんけつ⓪【簡潔】(名・形動)簡潔。

かんげんがく③【管弦楽】(名)管弦樂。

かんご①【看護】(名・他サ)看護，護理。☆～婦(ふ)／護士。

がんこ①【頑固】(名・形動)頑固。

かんこう⓪【刊行】(名・他サ)出版，發行。☆～物(ぶつ)／刊物。

かんこう⓪【観光】(名・他サ)觀光，遊覽，旅遊。☆～地／旅遊區。～バス／遊覽車。

かんこく⓪【勧告】(名・他サ)勸告。

かんごく⓪【監獄】(名)監獄。

かんさつ⓪【観察】(名・他サ)觀察。

かんさつ⓪【鑑札】(名)執照。

かんし⓪【監視】(名・他サ)監視。

かんじ⓪【感じ】(名)❶感覺。☆指(ゆび)の～がなくなった／手指失去了感覺。❷印象。☆いやな～／討厭的印象。❸反應。☆～のにぶい人／反應遲鈍的人。

かんじ①【幹事】(名)幹事。

かんじ⓪【漢字】(名)漢字。

がんじつ⓪【元日】(名)元旦。

かんしゃ①⓪【感謝】(名・他サ)感謝。

かんじゃ⓪【患者】(名)患者。

かんしゃく⓪④【癇癪】(名)肝火，火氣。☆～を起こす／動肝火。

かんじやす・い⑤【感じ易い】(形)敏感，過敏，多愁善感。

かんしゅう⓪【慣習】(名)習慣，慣例。☆～を守る／遵守慣例。

かんしゅう⓪【監修】(名・他サ)監修，主編。

かんしゅう⓪【観衆】(名)觀眾。

かんしょ①【甘蔗】(名)甘蔗。

かんしょ①【甘薯】(名)甘薯。

がんしょ①【願書】(名)申請書。

☆入学～／入學申請書。

かんしょう⓪【干渉】(名・自サ)干涉。

かんしょう⓪【感傷】(名)感傷，多愁善感。

かんしょう⓪【観賞】(名・他サ)觀賞。

かんしょう⓪【鑑賞】(名・他サ)鑑賞，欣賞。

かんじょう③【勘定】(名・他サ)❶算，計算。☆～が早い／算得快。金を～する／點鈔票。❷帳，帳目，算帳，結帳，付款。☆～が合う／帳目相符。お～を願います／請給我算帳。～を締める／結帳。❸考慮，估計。☆天候のことは～に入れてなかった／天氣情況沒考慮進去。

かんじょう⓪【感情】(名)感情。☆～に走る／感情用事。～を害する／傷害感情。

がんじょう⓪【頑丈】(形動)堅固，結實，健壯。☆体は～だ／身體健壯。

かんじょうだか・い⑥【勘定高い】(形)専打經濟算盤，吝嗇。

かんじ・る⓪【感じる】(自他上一)❶感覺，覺得。☆痛みを～／覺得疼。❷感動，感想。☆何を言っても～・じない／說什麼也無動於衷。

かんしん⓪【感心】(名・形動・自サ)佩服，令人欽佩。☆～な生徒／令人佩服的學生。

かんしん⓪【関心】(名・自サ)關心，感興趣。☆文学に～を持つ／對文學感興趣。

かんじん⓪【肝心・肝腎】(名・形動)重要，緊要，關鍵。

かんすい⓪【完遂】(名・他サ)完成。

かんすう③【関数・函数】(名)函數。

かん・する③【関する】(自サ)有關，關於。☆名誉に～問題／有關名譽的問題。

かん・ずる⓪【感ずる】(自他サ)→かんじる

かんせい⓪【完成】(名・自他サ)完成。

かんぜい⓪【関税】(名)關稅。☆～をかける／徵收關稅。

かんせつ⓪【間接】(名)間接。

かんせん⓪【幹線】(名)幹線。☆～道路／公路幹線。

かんせん⓪【感染】(名・自サ)感染。

かんぜん⓪【完全】(名・形動)完全，完善，完美，圓滿。☆～無欠／完美無缺。

かんそ①【簡素】(形動)簡樸，樸素。☆～化／簡化。精簡。

かんそう⓪【感想】(名)感想。

かんそう⓪【乾燥】(名・自他サ)乾燥。☆空気が～する／空氣乾燥。無味(むみ)～な講義／枯燥無味的課。

かんそう⓪【歓送】(名・他サ) 歡送。☆～会／歡送會。
かんぞう⓪【肝臓】(名) 肝臟。
かんそく⓪【観測】(名・他サ) 觀測，觀察。
かんそん⓪【寒村】(名) 荒村。
かんたい⓪【寒帯】(名) 寒帶。
かんたい⓪①【艦隊】(名) 艦隊。
かんたく⓪【干拓】(名・他サ) 排水造地，填海造地。☆～地／海埔新生地。
かんたん⓪【感嘆】(名・自サ) 感嘆。☆～符／感嘆號。
かんたん⓪【簡単】(形動) 簡單，容易。
かんだん⓪【歓談】(名・自サ) 暢談。
がんたん⓪【元旦】(名) 元旦。
かんだんけい③【寒暖計】(名) 溫度計。
かんちがい③【勘違い】(名・他サ) 誤會，認錯，想錯。
がんちく⓪【含蓄】(名) 含蓄。
かんちょう①⓪【官庁】(名) 官廳，政府機關。
かんちょう⓪【干潮】(名) 退潮。
かんつう⓪【姦通】(名・自サ) 通姦。
かんつう⓪【貫通】(名・自他サ) 貫通，穿透。
かんづめ④③【缶詰】(名) ❶罐頭。❷禁錮。
かんてい⓪【官邸】(名) 官邸。
かんてん⓪③【寒天】(名) ❶寒天。❷洋菜。
かんてん③⓪【観点】(名) 觀點。
かんでん⓪【感電】(名・自サ) 觸電。☆～死(し)／觸電死亡。
かんでんち③【乾電池】(名) 乾電池。
かんど①【感度】(名) 靈敏度。
かんどう⓪【感動】(名・自サ) 感動。☆深く～した／深受感動。☆～詞／感嘆詞。
かんとく⓪【監督】(名・他サ) 監督。☆工事の～／工程監工。試験の～／考試監考。映画の～／電影導演。☆野球の～／棒球領隊。
かんどころ③⓪【勘所】(名) 關鍵，要點。☆～をおさえる／抓住要點。
かんな③【鉋】(名) 刨子。☆板に～をかける／刨木板。☆～くず／刨花。
カンナ①【canna】(名) 美人蕉。
かんない①【管内】(名) 管轄區內。
かんなん①【艱難】(名) 艱難。
かんにん①【堪忍】(名・自サ) ❶忍耐，容忍。★～袋(ぶくろ)の緒(お)が切れる／忍無可忍。❷原諒，饒恕。☆～してください／請原諒我吧。
カンニング⓪【cunning】(名・自サ)（考試）作弊，作小抄。
かんぬき④⓪【閂】(名) 門閂。
かんぬし①【神主】(名)（神社的）主祭，神官。

かんねん①【観念】㈠(名)觀念。☆時間の～がない／沒有時間的觀念。☆～論／唯心論。☆～形態／意識形態。㈡(名・自他サ)斷念，死心，聽天由命。☆～しろ／你死心吧！★～のほぞを固める／斷念。

かんのう⓪【官能】(名)❶官能，器官功能。❷性慾，肉慾，肉感。☆～を刺激する／刺激肉慾。

かんのん⓪【観音】(名)觀音。

かんぱ①【寒波】(名)寒流。

カンパ①【俄 kampanya】(名・他サ)捐款，募捐。

かんぱい⓪【乾杯】(名・自サ)乾杯。

かんばし・い④⓪【芳しい】(形)❶芳香。❷好，聲譽好。☆成績が～・くない／成績不好。

かんばつ⓪【旱魃】(名)乾旱，旱災。

がんば・る③【頑張る】(自五)❶堅持，努力，奮鬥，加油。☆あくまで～／堅持到最後。☆～・れ／（聲援聲）加油！❷頑固，固執己見。☆彼が～・ったので結論が出なかった／由於他固執己見，沒得出結論。❸（在某處）不動，不走。☆彼は入口に～・っている／他站在門口不走。

かんばん⓪【看板】(名)❶牌子，招牌，幌子。☆～をだす／掛招牌。☆慈善を～にする／打著慈善的招牌。❷閉店。☆もう～です／已經關門。

かんぱん⓪③【甲板】(名)甲板。

かんぴ①【官費】(名)官費，公費。☆～で留学する／公費留學。

かんびょう①【看病】(名・他サ)看護，護理。☆病人を～する／護理病人。

かんぶ①【幹部】(名)幹部。

かんぶつ⓪【乾物】(名)乾菜。

かんぶん⓪【漢文】(名)漢文。

かんぺい⓪【観兵】(名)閱兵。☆～式／閱兵式。

かんべん①【勘弁】(名・他サ)原諒，寬恕，容忍。

かんぼう⓪【感冒】(名)感冒。

かんぼう⓪【官房】(名)辦公廳。☆～長官／（日本内閣的）官房長官。

かんぽう①【官報】(名)❶政府公報。❷公務電報。

かんぼく⓪①【灌木】(名)灌木。

かんまん⓪【干満】(名)（海潮的）漲落。

かんむり⓪④【冠】(名)❶冠。❷鬧情緒。☆彼はお～だ／他在鬧情緒。☆～をまげる／鬧情緒。不高興。

かんめい⓪【感銘・肝銘】(名・自サ)銘感，感動。☆深く～する／深受感動。

かんもん⓪【喚問】(名・他サ)傳

訊。☆証人を～する／傳訊證人。

かんゆう⓪【**勧誘**】(名・他サ)勸誘，勸說。

かんよう⓪【**慣用**】(名・他サ)慣用。☆～句(く)／慣用語。

がんらい①【**元来**】(副)原來，本來。

かんらん⓪【**観覧**】(名・他サ)觀看，參觀。

かんり①【**管理**】(名・他サ)管理。☆品質～／品質管理。

がんり①【**元利**】(名)本息，本利。

かんりゃく⓪【**簡略**】(形動)簡略。

かんりゅう⓪【**寒流**】(名)寒流，寒潮。

かんりょう⓪【**官僚**】(名)官僚。

かんれい⓪【**寒冷**】(名)寒冷。☆～前線／冷鋒。

かんれき⓪【**還暦**】(名)花甲。滿六十歲。

かんれん⓪【**関連**】(名・自サ)關聯，有關。☆～事項／有關事項。

かんろく⓪①【**貫禄**】(名)威嚴。

き

キ・き

[KI]

き①【木・樹】(名)❶樹，樹木。☆松の～／松樹。☆～を植える／植樹。★～に竹をつぐ／牛頭不對馬嘴。❷木，木頭。☆～で箱を作る／用木頭做箱子。

き⓪【気】(名)❶氣，空氣。☆山の～／山氣。❷氣味。☆～の抜けたビール／走了氣的啤酒。❸氣息，呼吸。☆～がつまるような氛囲気／令人窒息的氣氛。❹氣氛。☆不安の～／不安的氣氛。❺心情，情緒。☆～が晴れる／心情舒暢。☆～が落ち着かない／心神不定。❻脾氣，性情，氣質。★～が合う／情投意合。★～が短い／性情急躁。★～が荒い／脾氣暴躁。❼打算，心意，念頭。★彼女に～がある／對她有意。☆やる～がない／不想幹。❽氣度，氣量。★～が小さい／氣量小。心胸狹窄。❾精神，頭腦，神志，意識。☆～を失う／失去知覺。☆～がくるう／精神失常。★～がきく／機靈。★～をつける／注意，擔心，警覺。★～をつけ／（口令）立正！★～に掛かる／擔心。

き⓪①【黄】(名)黃，黃色。

き①【奇】(名)奇，奇異，稀奇。☆何の～もない／沒什麼稀奇的。不足為奇。

き【生】㈠①(名)純粹，原封。☆～のまま／純粹。☆ウイスキーを～で飲む／喝（不加水的）純威士忌。㈡(接頭)純粹，未加工。☆～糸(いと)／生絲。☆～娘／處女。天真的姑娘。

き【機】㈠①(名)機會，時機。☆～に乗ずる／乘機。☆～をうかがう／伺機。㈡(接尾)❶機械。☆洗濯～／洗衣機。❷飛機。☆旅客(りょかっ)～／

客機。❸（飛機的數量）架。☆二～／兩架。

き【期】［一］①（名）期，時期，時機。☆再会の～／再會之期。［二］（接尾）期，屆。☆第5～卒業生／第五屆畢業生。

き【記】［一］①（名）記錄。☆思い出の～／回憶錄。［二］（接尾）（記事文）記。☆探険～／探険記。

き【忌】［一］①（名）服喪，喪期。☆～が明ける／服喪期滿。［二］（接尾）（逝世）周年，忌辰。☆3周～／三周年忌辰。

き【器】（接尾）器具，器皿，器官。☆消火～／滅火器。☆呼吸～／呼吸器官。

きあつ⓪【気圧】（名）氣壓。

きあん⓪【起案】（名・他サ）起草，草擬。

ぎあん⓪【議案】（名）議案。

キー①【key】（名）❶鑰匙。❷（鋼琴、打字機等的）鍵。❸（解決問題的）關鍵。

きいっぽん②【生一本】［一］（名）純粹，原封。☆灘(なだ)の～／純正灘（大阪灣北岸產的清酒）。［二］（形動）純真，耿直。☆～な性質／耿直的性格。

きいと①【生糸】（名）生絲。

きいろ⓪【黄色】（名・形動）黃色。

きいろ・い⓪【黄色い】（形）❶黃色。❷尖叫的（聲音）。☆～声／尖叫聲。

ぎいん①【議員】（名）議員。

ぎいん①【議院】（名）❶國會，議會。❷（日本的國會大廈）國會議事堂。

きうけ⓪【気受け】（名）（對某人的）印象，感覺。☆～がいい／給人的印象好。人緣好。

きうつり②④【気移り】（名・自サ）不專心，見異思遷。

きうん①【気運】（名）形勢，趨勢，景象。

きうん①【機運】（名）時機。

きえ①【帰依】（名・自サ）皈依。☆仏道に～する／皈依佛法。

きえい⓪【気鋭】（名・形動）有作為，朝氣蓬勃。☆新進～／年輕有為。

き・える⓪【消える】（自下一）❶消失。☆姿が～・えた／身影消失了。❷（燈、火等）熄火。☆電灯が～・えた／電燈熄了。❸（雪等）融化。☆雪が～・えた／雪融化了。

きおく⓪【記憶】（名・他サ）記憶。☆～力(りょく)が良い／記憶力強。

きおくれ④⓪【気後れ】（名・自サ）畏縮，打顫，膽怯。

きおん⓪【気温】（名）氣溫。

きか②【帰化】（名・自サ）歸化，入籍。☆日本に～する／入日本籍。

きか②①【幾何】（名）幾何。☆～学／幾何學。

きかい②【機会】(名)機會。

きかい②【機械】(名)機械，機器。

きかい②【器械】(名)器械。☆～体操／器械體操。

ぎかい①【議会】(名)議會，國會。

きがえ⓪【着替え】(名・自サ)❶換衣服。❷換的衣服。

きか・える③【着替える】(他下一)換衣服。☆着物を～／換衣服。

きがかり④②【気掛り】(名・形動)擔心，掛念，惦念。

きかく⓪【企画】(名・他サ)計劃，規劃。

きかざ・る③【着飾る】(他五)打扮，裝飾。

きか・せる⓪【聞かせる】(他下一)給…聽，讓…聽。

きがね⓪【気兼ね】(名・自サ)客氣，拘束，顧慮。☆～をしないでください／請不必拘束。

きがる⓪【気軽】(形動)輕鬆，爽快。☆～に引き受けた／爽快地接受了。

きかん②【機関】(名)❶發動機。☆～室／機房。機艙。☆～区／機務區。☆内燃～／內燃機。❷機關，機構，組織。☆～紙(し)／機關報。

きかん②【期間】(名)期間，期限。☆～が過ぎた／過期了。☆有効～／有效期限。

きかん②【器官】(名)❷器官。

きかん⓪【基幹】(名)基礎，骨幹。☆～産業／基礎工業。

きかん⓪【帰還】(名・自サ)歸來，返回。

きかん②【汽缶】(名)汽鍋，鍋爐。

きき①②【危機】(名)危機。☆経済～を招く／引起經濟危機。★～一髪(いっぱつ)／千鈞一髮。

ききあわ・せる⑤【聞き合せる】(他下一)❶打聽，詢問。❷多方了解。

ききい・る③【聞き入る】(他五)傾聽，用心聽。

ききい・れる④【聞き入れる】(他下一)聽從，採納，答應。

ききかえ・す③【聞き返す】(他五)❶再問。❷反問。

ききぐるし・い⑤【聞き苦しい】(形)❶難聽，不中聽，不堪入耳。❷（因聲音小）聽不清楚。

ききこみ⓪【聞き込み】(名)探聽，偵察。

ききこ・む③【聞き込む】(名)❶聽到。❷探聽，偵察。

ききずて⓪【聞き捨て】(名)充耳不聞，聽之任之。

ききちがい⓪【聞き違い】(名・他サ)聽錯。

ききちが・える⑤④⓪【聞き違える】(他下一)聽錯。

ききつ・ける④【聞き付ける】(他下一)❶聽慣，耳熟。❷（

偶爾）聽到。

ききつた・える⑤【聞き伝える】(他下一)傳聞，聽說。

ききて⓪【聞き手】(名)聽者，聽眾。

ききなが・す④【聞き流す】(他五)充耳不聞，當耳邊風。

ききめ⓪【利き目・効き目】(名)效力，效果。☆～が早い／見效快。

ききもの⓪【聞き物】(名)值得聽。

ききもら・す④【聞き漏らす】(他五)❶聽漏，沒聽到。❷忘了問。

ききゅう⓪【危急】(名)危急。★～存亡の秋(とき)／危急存亡之秋。

ききょ②①【起居】(名・自サ)起居。☆～を共(とも)にする／共同生活。

きぎょう①⓪【企業】(名)企業。☆～合同(ごうどう)／托拉斯。☆～連合(れんごう)／卡特爾。

ぎきょう⓪【義俠】(名)俠義。

ぎきょうだい②【義兄弟】(名)❶拜把兄弟，乾兄弟。❷內兄，內弟，大伯，小叔，姐夫，妹夫。

ぎきょく⓪【戯曲】(名)戲劇，劇本。

ききわけ⓪【聞き分け】(名)聽話，懂事。☆～のよい子／聽話的孩子。

ききわ・ける④【聞き分ける】(他下一)❶聽懂，聽出來。☆彼女の声を～・けた／聽出她的聲音來了。❷聽話，懂事。

ききん②【飢饉】(名)❶飢餓，飢荒。❷缺乏。☆水～／水荒。

ききん②【基金】(名)基金。

ききんぞく②【貴金属】(名)貴金屬。

き・く⓪【利く・効く】(一)(自五)❶有效，生效。☆薬が～／藥生效。❷好使，頂用，靈敏。☆手が～・かない／手不好使。☆鼻が～／鼻子好用。嗅覺靈敏。★気が～／機靈。心眼快。❸能夠，禁得住。☆洗濯が～／耐洗。☆修理が～／可以修理。(二)(他五)(用"口をきく"的形式)說。☆口を～／說話。搭腔。斡旋。

き・く⓪【聞く】(他五)❶聽，聽見。☆音楽を～／聽音樂。❷聽從。☆親の言いつけを～／聽從父母的囑咐。❸問，打聽。☆道を～／問路。

きく②【菊】(名)菊花。

きぐらい②【気位】(名)派頭，架子。☆～が高い／派頭大。架子大。

きくらげ②【木耳】(名)木耳。

きぐろう②【気苦労】(名・自サ)操心，勞神。

ぎけい⓪【義兄】(名)❶盟兄。❷大伯，內兄，姐夫。

きげき①【喜劇】(名)喜劇。

き

ぎけつ⓪【議決】(名・他サ)表決，通過。☆予算が～された／預算通過了。☆～権／表決權。

きけん⓪【危険】(名・形動)危險。☆身の～／生命危險。

きけん⓪【棄権】(名・他サ)棄權。

きげん①【紀元】(名)紀元，公元。☆～前(ぜん)／公元前。☆一新～を画した／開闢了一個新紀元。

きげん①【起原・起源】(名)起源。

きげん①【期限】(名)期限。

きげん⓪【機嫌】(名・形動)❶情緒，心情。☆～がいい／高興。☆～が悪い／不高興。★～を取る／討好。奉承。❷(多前加"ご")高興。☆なかなかご～な様子／非常高興的樣子。❸起居，安否。☆ご～はいかがですか／您好嗎?

きこう⓪【気候】(名)氣候。

きこう⓪【起工】(名・自サ)開工，動工。☆～式／開工典禮。

きこう⓪【寄港】(名・自サ)(航海途中在某港口)停泊。

きこう⓪【寄稿】(名・他サ)投稿。

きこう⓪②【機構】(名)機構。

きこう②【機甲】(名)裝甲。☆～部隊／裝甲部隊。

きごう⓪【記号】(名)記號，符號。☆～をつける／標記號。☆化学～／化學符號。

きこ・える⓪【聞える】(自下一)❶聽得見，能聽見。☆波の音が～／聽得見波濤聲。❷聽來像是…。☆皮肉(ひにく)に～／聽來像是挖苦人。❸聞名，出名。☆世に～・えた人／有名的人。

きこく⓪【帰国】(名・自サ)歸國，回國。

きごころ②④【気心】(名)脾氣，性情。

ぎごちな・い④(形)笨拙，生硬，不靈活。

きこつ⓪【気骨】(名)骨氣，氣節。

きこり③【樵】(名)樵夫。

きざ①②【気障】(形動)❶裝腔作勢，裝模作樣，令人討厭。❷(花樣，顏色等)花俏，刺眼。

きさい⓪【鬼才】(名)奇才。

きさき⓪②【后】(名)皇后。

ぎざぎざ⓪①(名・形動)鋸齒紋。

きさく⓪【気さく】(形動)坦率，爽快。☆～な人／直爽的人。

きざし⓪【兆】(名)徵兆，預兆，苗頭。

きざ・む⓪【刻む】(他五)❶切碎，剁碎。☆肉を～／剁肉。❷雕刻。❸銘記。❹(鐘錶)計時。

きさん⓪【起算】(名・自サ)算

起，開始算。☆その日から～する／從那一天算起。

きし②【**岸**】(名)岸。

きじ⓪【**雉**】(名)雉雞，野雞。

きじ①【**記事**】(名)（報紙、雜誌等的）報導，消息。

きじ①【**生地**】(名)❶布料，衣料。❷本色，本來面目。

ぎし①【**技師**】(名)工程師。

ぎし①【**義歯**】(名)假牙。☆～を入れる／鑲牙。

ぎじ①【**議事**】(名)議事，討論。☆～日程／議事日程。☆～録／討論記錄。

ぎしき①【**儀式**】(名)儀式，典禮。

きしつ⓪【**気質**】(名)氣質，性情，脾氣。

きじつ①【**期日**】(名)日期，期限。☆～を守る／遵守期限。

きし・む②【**軋む**】(自五)嘎吱嘎吱響。

きしゃ②【**汽車**】(名)火車。

きしゃ②【**記者**】(名)記者。☆～会見／記者招待會。

ぎしゅ①【**技手**】(名)技術員。

きしゅく⓪【**寄宿**】(名・自サ)寄宿，寄居。☆～舎／宿舍。☆～生／寄宿生。

きじゅつ①【**奇術**】(名)魔術，戲法，幻術。☆～師／魔術家。

ぎじゅつ①【**技術**】(名)技術。☆～者／技術人員。

きじゅん⓪【**基準**】(名)基準，標準。

きじゅん⓪【**規準**】(名)準則，標準，規範。

きしょう⓪【**気性**】(名)性情，脾氣，稟性。

きしょう⓪【**気象**】(名)氣象。☆～台／氣象台。

きじょう⓪【**机上**】(名)桌子。★～の空論／紙上談兵。

きじょう⓪【**気丈**】(形動)剛強，剛毅。

ぎしょう⓪【**偽証**】(名・他サ)偽證。☆～罪／偽證罪。

ぎじょう⓪【**儀仗**】(名)儀仗。☆～兵／儀仗兵。儀仗隊。

キス①【**kiss**】(名・自サ)接吻。

きず⓪【**傷**】(名)❶傷，疤。☆～を負(お)う／負傷。❷毛病，污點，瑕疵。

きすう②【**奇数**】(名)奇數，單數。

きずきあ・げる⑤⓪【**築き上げる**】(他下一)築成，建起。

きず・く②【**築く**】(他五)築，建築，建立。☆基礎を～／打基礎。

きずぐち⓪②【**傷口**】(名)傷口。

きずつ・く③【**傷付く**】(自五)受傷。☆～・いた足／受了傷的腿。☆心が～／心靈受到創傷。

きずつ・ける④【**傷付ける**】(他下一)傷，傷害，損壞，敗壞。☆手を～・けた／傷了手。☆自尊心を～／傷害自尊心。☆

名を～／敗壞聲譽。
きずな①⓪【絆・紲】(名)紐帶，枷鎖，羈絆。
きずもの⓪【傷物・疵物】(名)❶殘品，瑕疵品。❷失貞的姑娘。
き・する②【期する】(他サ)❶期待，期望。☆再会を～／期待再會。❷確信，堅信。☆必勝を～／堅信必勝。❸決心。❹以…為期限。☆来春を～／以明年春天為期限。
き・する②【帰する】〔一〕(自サ)化為，歸於。☆水泡に～／化為泡影。〔二〕(他サ)把…歸於。☆罪を人に～／歸咎於人。
きせい⓪【気勢】(名)氣勢，聲勢。
きせい⓪【帰省】(名・自サ)歸省，省親，回鄉。
きせい⓪【既製】(名)現成。☆～品／成品。☆～服／成衣。

きせい⓪【寄生】(名・自サ)寄生。☆～虫／寄生蟲。
きせい⓪【規制】(名・他サ)限制，管制，約束。☆交通～／交通管制。☆デモ隊を～する／限制示威遊行。
ぎせい⓪【犠牲】(名)犧牲，犧牲品。☆～者／犧牲者。
きせき⓪【奇跡】(名)奇跡。
ぎせき⓪【議席】(名)議席。
きせつ②【季節】(名)季節。☆～風／季風。
きぜつ⓪【気絶】(名・自サ)暈倒，昏厥。
き・せる⓪【着せる】(他下一)❶給…穿，蓋上，蒙上，包上。☆子供にきれいな着物を～／給孩子穿上漂亮的衣服。❷使…蒙受。☆人に罪を～／嫁禍於人。
キセル⓪【柬khsier・煙管】(名)煙袋，煙斗。
きせん⓪【汽船】(名)輪船。

きそ②【起訴】(名・他サ)起訴。☆～状／起訴書。
きそ②【基礎】(名)基礎，地基。
きそ・う②【競う】(自五)競爭，比賽。☆腕(うで)を～／比本領。☆～・って申し込む／爭先報名。
きそう⓪【起草】(名・他サ)起草，草擬。
きぞう⓪【寄贈】(名・他サ)捐贈，捐獻，贈送。
ぎそう⓪【偽装・擬装】(名)(他サ)偽裝。
きそく②【規則】(名)規則，規章。
きぞく①【貴族】(名)貴族。
きた②【北】(名)❶北，北方。❷北風。
ギター①【guitar】(名)吉他，六弦琴。☆～をひく／彈吉他。
きたい⓪【気体】(名)氣體。
きたい⓪【期待】(名・他サ)期待，期望。

ぎだい⓪【議題】(名)議題。

ぎたいご⓪【擬態語】(名)擬態語。

きた・える③【鍛える】(他下一)❶鍛，鍛造。☆鉄を～／鍛鐵。❷鍛錬。☆体を～／鍛錬身體。

きたく⓪【帰宅】(名・自サ)回家。

きた・す⓪②【来たす】(他五)帶來，引起，招致。

きだて⓪【気立て】(名)心地，心眼兒，性情，脾氣。☆～のいい娘／心地善良的姑娘。

きたな・い③【汚い】(形)❶髒，不乾淨。☆台所が～／廚房不乾淨。❷骯髒，卑劣。☆～言葉／卑劣的語言。❸吝嗇。☆金に～人／吝嗇的人。❹草率。☆字が～／字跡潦草。

きたならし・い⑤【汚らしい】(形)顯得髒，令人作嘔。

きた・る②【来る】(連体)下一次。☆～日曜日／下個星期天。

きち②【吉】(名)吉。☆おみくじは～と出た／抽籤抽了個吉。☆大(だい)～／大吉。

きち②①【基地】(名)基地。☆軍事～／軍事基地。☆中継～／中繼站。轉播站。

きちがい③【気違い】(名)❶瘋子，發瘋，精神失常。☆彼は～になった／他瘋了。他精神失常了。❷迷，狂熱者。☆野球～／棒球迷。

きちょう⓪【帰朝】(名・自サ)(出國的日本人)回國，回日本。

きちょう⓪【貴重】(形動)貴重，寶貴。☆～品／貴重物品。

ぎちょう①【議長】(名)❶(會議的)主席。☆大会の～をつとめる／當大會主席。❷(議會的)議長。☆衆議院～／眾議院議長。

きちょうめん④⓪【几帳面】(形動)規規矩矩，一絲不苟，認真仔細。☆～な人／規規矩矩的人。

キチン②【kitchen】(名)廚房。☆ダイニング～／食堂兼廚房。

きちんと②⓪(副)❶整整齊齊。☆部屋を～片付けてください／請把房間收拾得整整齊齊的。❷好好地，牢牢地。☆ドアを～しめなさい／請把門關好。❸恰當，正好，準時。☆八時に～集まる／八點準時集合。

きつ・い⓪(形)❶嚴厲，厲害。☆寒さが～／冷得厲害。☆～酒／烈性酒。❷吃力，累人。☆～仕事／吃力的工作。❸緊，瘦小。☆靴が～／鞋擠腳。☆帯を～・くしめる／把帶子繫緊。

きつえん⓪【喫煙】(名・自サ)吸煙。☆～厳禁／嚴禁吸煙。

きづか・う③【気遣う】(他五)擔心，惦念。

きっかけ⓪【切っ掛け】(名)開端，引子，機會，契機。☆交渉の~をつかむ/抓住談判的機會。

きっかり③(副)整，正好。☆~1万円/一萬日元整。

きづ・く②【気付く】(自五)❶察覺，發覺。❷甦醒。

きつけ③⓪【気付け】(名)甦醒。☆~薬(ぐすり)/醒藥，興奮劑。

きづけ⓪【気付け】(名)轉交(信件)。☆木村次郎様~平井一夫様/木村次郎先生轉交平井一夫先生。

きっさてん③⓪【喫茶店】(名)茶館，咖啡館。

ぎっしり③(副)(装得)滿滿的。☆日程が~詰っている/日程安排得滿滿的。

きっすい⓪【生っ粋】(名)純粹。☆~の江戸っ子/道地的東京人。

きっすい⓪【喫水】(名)(船舶等)吃水。☆~線/吃水線。

きっちり③(副・自サ)正好，恰好。☆5時~/五點整。☆~した服/正合身的衣服。

きつつき②【啄木鳥】(名)啄木鳥。

きって③⓪【切手】(名)郵票。☆~収集/集郵。

きっての(接尾)(接名詞後構成連體詞)頭號的，首屈一指的。☆町内~美人/街道上首屈一指的美人。

きっと⓪【屹度】(副)一定。☆彼は~来る/他一定會來。

きつね⓪【狐】(名)狐狸。

きっぱり③(副・自サ)乾脆，斷然。☆~と断る/斷然拒絕。

きっぷ⓪【切符】(名)票。☆映画の~/電影票。☆~を切る/剪票。☆~売場/售票處。☆往復~/往返票。☆片道~/單程票。

きっぽう⓪【吉報】(名)喜報，喜訊，佳音。

きづま⓪【気褄】(名)(對方的)心情，情緒。★~を合わす/逢迎。迎合。

きづまり④②【気詰り】(名・形動)感到拘束。

きづよ・い③⓪【気強い】(形)❶剛強，堅強。❷膽子大，心裏踏實。☆連れがあるので~/因為有伴，所以心裏踏實。

きてい⓪【規定】(名・他サ)規定。☆~に従う/按規定。

きてい⓪【規程】(名)規程，規章。

ぎてい⓪【議定】(名・他サ)議定。☆~書/議定書。

きてき⓪【汽笛】(名)汽笛。

きてん⓪【機転・気転】(名)機智，機靈。☆~が利く/機靈。心眼快。

き

き

きと②【帰途】(名)歸途。☆～につく／踏上歸途。

きど①【木戸】(名)❶城門。❷柵門。❸(戲院、摔交場等的)出入口。❹入場費。☆～御免／免費入場。

きどう⓪【軌道】(名)軌道。☆仕事が～に乗る／工作步上軌道。

きどう⓪【機動】(名)機動。☆～部隊／機動部隊。

きどうらく②【着道楽】(名)講究穿戴。☆彼女は～だ／她講究衣著打扮。

きとく⓪【危篤】(名)危篤，病危。

きとく⓪【奇特】(名・形動)可嘉，令人欽佩。☆～な人／令人欽佩的人。

きど・る⓪【気取る】(自五)❶擺架子，裝腔作勢。❷冒充，以…自居。

きなが⓪【気長】(形動)慢性子，有耐心。

きにいり⓪【気に入り】(名)稱心，喜愛，喜歡。☆お～の人／心上人。

きにい・る⓪【気に入る】(連語)稱心，中意，喜歡。☆～・った人が見つからない／找不到中意的人。

きにゅう⓪【記入】(名・他サ)記入，填寫。

きぬ①【絹】(名)綢子，絲綢。☆～糸(いと)／絲線。☆～織物(おりもの)／絲織品。綢緞。

きぬけ⓪【気抜け】(名・自サ)❶失神，發呆。❷洩氣，沮喪。

きね①【杵】(名)杵。

きねづか②⓪【杵柄】(名)杵柄。★昔取った～／老行家。老把式。

きねん⓪【記念】(名・他サ)紀念。☆～切手／紀念郵票。☆～写真／紀念相片。☆～碑(ひ)／紀念碑。☆～日(び)／紀念日。

きのう②【昨日】(名)昨天。

きのう①⓪【機能】(名)機能。

きのこ①【菌・蕈・茸】(名)蘑菇。☆～狩(が)り／採蘑菇。

きのどく④③【気の毒】(名・形動)❶可憐，悲慘。☆～な生活／悲慘的生活。❷可惜，遺憾。☆それはお～です／那太遺憾了。❸對不起，過意不去。☆お～さま／對不起。

きのぼり②【木登り】(名・自サ)爬樹。

きば①【牙】(名)犬齒，獠牙。★～をとぐ／磨刀霍霍。

きばつ⓪【奇抜】(形動)奇特，離奇。

きば・む②【黄ばむ】(自五)發黃。

きばや⓪【気早】(形動)性急。

きばらし④⓪【気晴らし】(名・自サ)消遣，解悶。

きはん⓪①【規範】(名)規範。

きばん⓪【基盤】(名)基礎。

きび①【黍・稷】(名)黍子，黃米，玉蜀黍。

きびし・い③【厳しい】(形)❶嚴，嚴格，嚴厲，嚴肅。☆〜先生／嚴格的老師。❷厲害，嚴酷，殘酷。☆〜現実／殘酷的現實。

きびす⓪【踵】(名)腳踵，腳後跟。☆〜を返す／往回走。

きひん⓪【気品】(名)品格，氣派。☆〜が高い／品格高雅。

きびん⓪【機敏】(形動)機敏，敏捷。

きふ①⓪【寄付】(名・他サ)捐，捐贈，捐助，捐款。☆〜金／捐款。

きふう②⓪【気風】(名)風氣，風尚，習氣。

きぶん①【気分】(名)❶心情，情緒。☆〜がすぐれない／心境不佳。❷身體情況。☆〜が悪い／身體不舒服。❸氣氛，空氣。

きぼ①【規模】(名)規模。

きぼう⓪【希望】(名・他サ)希望，願望。

きぼね⓪【気骨】(名)操心，勞神。★〜が折れる／操心。勞神。

きほん⓪【基本】(名)基本，基礎。☆〜給／基本工資。

きまえ⓪【気前】(名)（在金錢、財物上的）氣派，氣度。☆〜がいい／大方。慷慨。☆〜を見せる／顯示氣派。顯示大方。

きまぐれ⓪④【気紛れ】(名・形動)❶沒準脾氣，心血來潮。☆あいつは〜だ／那傢伙沒準性子。☆一時の〜／一時心血來潮。❷反覆無常。☆〜な天気／變化無常的天氣。

きまじめ②【生真面目】(名・形動)一本正經，過分認真，死心眼。

きまず・い⓪③【気まずい】(形)（彼此的關係）不融洽，不舒暢，有隔閡，難為情。

きまま⓪【気儘】(名・形動)隨便，任性。☆勝手〜にふるまう／為所欲為。

きまり⓪【決まり・極まり】(名)❶決定，規定，規則。☆〜を守る／遵守規則。❷習慣，常規，慣例。☆朝は散歩が私の〜だ／早晨散步是我的習慣。❸歸結，了結，結束。☆仕事に〜をつける／結束工作。❹收拾，整頓。☆家の中はまだ〜がついていない／家裏還沒收拾好。★〜が悪い／害羞。不好意思。

きま・る⓪【決まる・極まる】(自五)❶定，決定，規定，一定。☆無罪に〜／定為無罪。☆値段はまだ〜・っていない／價格還沒有定下來。❷(用"…にきまっている"的形式)

一定，必定，當然。☆夏は暑いに～・っている／夏天當然要熱。

きみ⓪【君】㈠(代)你。㈡(名)君主。

きみ⓪【黄身】(名)蛋黃。

きみ⓪【黄味】(名)黃色。☆～を帯びる／帶黃色。

きみ②【気味】(名)❶心情，情緒。☆～が悪い／令人不快。覺得可怕。☆いい～だ／活該！❷有點…的樣子。☆かぜ～で休む／因有點感冒而休息。

きみじか⓪【気短】(形動)性急，急性子。☆彼は～だ／他是個急性子。

きみつ⓪【機密】(名)機密。

きみょう①【奇妙】(形動)奇妙，奇怪。

ぎむ①【義務】(名)義務。

きむずかし・い⓪⑤【気難しい】(形)愛挑剔，難侍候，不和悅。☆～老人／難侍候的老人。

きむすめ②【生娘】(名)處女。

き・める⓪【決める】(他下一)❶定，決定，規定。☆当番を～／定值日生。★心を～／下決心。拿定主意。❷認為，以為。☆うまく行くと～・めている／認為事情能進展順利。

きも②【肝・胆】(名)❶肝。❷內臟。❸膽子，膽量。★～がふとい／膽量大。★～をつぶす／嚇破膽。❹內心。★～に銘(めい)ずる／銘刻心中。

きもいり④【肝煎】(名)介紹，關照，斡旋。☆田中先生の～で就職した／由田中老師介紹找到了工作。

きもち⓪【気持ち】(名)情緒，心情，心境，心思，心意，感情。☆～がいい／心情舒暢。☆相手の～を考える／考慮對方的感情。☆ほんの～です、どうぞお収め下さい／這是一點小意思，請收下。

きもったま④⑤【肝っ玉】(名)膽子，膽量。

きもの⓪【着物】(名)❶衣服。❷和服。

ぎもん⓪【疑問】(名)疑問。☆～符(ふ)／問號。

ギヤ①【gear】(名)齒輪。

きゃく⓪【客】(名)❶客人。☆～をもてなす／招待客人。❷顧客，主顧。

きやく⓪【規約】(名)規約，規章，章程。☆党の～をつくる／制定黨章。

ぎゃく⓪【逆】(名)逆，反，倒。☆考え方が～だ／想法相反。☆～に言えば／反過來說。

きゃくあし⓪【客足】(名)顧客數量。☆～がつく／顧客多。☆～がにぶる／顧客少。

ぎゃくたい⓪【虐待】(名・他サ)虐待。

ぎゃくてん⓪【逆転】(名・自サ)逆轉，反轉。

きゃくほん⓪【脚本】(名)腳本，劇本。☆~家／劇作家。

きゃくま⓪【客間】(名)客廳。

ぎゃくもどり③【逆戻り】(名・自サ)倒退，往回走，開倒車。

きやす・い⓪【気安い】(形)不客氣，不拘束，隨便。

きやすめ④⓪【気休め】(名)(一時的)安心，寬慰，安慰，慰藉。☆~を言う／說寬心話。

きゃっかん⓪【客観】(名)客觀。☆~性／客觀性。☆~的／客觀的。

きゃっこう⓪【脚光】(名)(舞台上的)腳燈，腳光。★~を浴びる／登場。上演。引人注目。

キャッシュ①【cash】(名)現金，現款。

キャッチ①【catch】(名・他サ)❶接受，抓住，捕捉。❷(棒球)接球，捕手。

キャバレー①【法cabaret】(名)夜總會。

キャベツ①【cabbage】(名)甘藍，高麗菜。

キャラメル⓪【caramel】(名)牛奶糖。

ギャング①【gang】(名)強盜集團，暴力集團。

キャンデー①【candy】(名)糖果。

キャンプ①【camp】(名・自サ)野營，露營。☆湖畔で~する／在湖畔露營。

キャンペーン③【campaign】(名)政治性宣傳活動。

きゅう①【九】(名)九。

きゅう①【弓】(名)弓，提琴等的弓。

きゅう①【級】(名)❶級，等級。☆~があがる／升級。❷班級，年級。

きゅう⓪【急】(名・形動)❶急，緊急，急迫。☆~な用事／急事。☆~を告げる／告急。❷突然。☆雨が~に降り出す／突然下起雨來。❸陡，陡峭。☆~な坂(さか)／陡坡。❹快速。☆~な流れ／急流。

きゅう【旧】[一]①(名)舊。☆~に復(ふく)する／復舊。[二](接頭)舊。☆~思想／舊思想。☆~正月／舊曆新年。春節。

きゅうえん⓪【休演】(名・自サ)停演。

きゅうか⓪【休暇】(名)假，休假。☆~を取る／請假。

きゅうかざん③【休火山】(名)休火山。

きゅうかんちょう⓪【九官鳥】(名)八哥，九官鳥。

きゅうきゅう⓪【救急】(名)急救，搶救。☆~車／救護車。☆~病院／急救醫院。

ぎゅうぎゅう①(副)滿滿地，緊

緊地，狠狠地。☆～締める／緊緊地繫上。☆～の目に合わせる／狠狠地痛斥他一頓。

きゅうぎょう⓪【休業】(名・自サ)休業，停業。☆本日～／今日休業。☆臨時～／臨時停業。

きゅうくつ①【窮屈】(形動)❶窄小，瘦小。☆～な部屋／窄小的房間。❷死板，不靈活。☆そう～に考えるなよ／別想得那麼死板。❸拘束，不自由。☆先生の前は～だ／在老師面前覺得拘束。❹(物資等)缺乏。☆生活は～だ／生活不寬裕。

きゅうけい⓪【休憩】(名・自サ)休息。

きゅうげき⓪【急激】(形動)急劇。

きゅうこう⓪【休校】(名・自サ)(學校)放假，停課。

きゅうこう⓪【休講】(名・自サ)(教師)停講。

きゅうこう⓪【急行】(名・自サ)❶急往，趕赴。❷快車。☆～券／快車票。

きゅうごしらえ③【急拵え】(名・他サ)趕製，趕造。

きゅうさい⓪【救済】(名・他サ)救濟。

きゅうじ①【給仕】(名)侍者，服務員，打雜人員。

きゅうしき⓪【旧式】(名・形動)舊式，老式。

きゅうじつ⓪【休日】(名)假日，休息日。

きゅうしゅう⓪【吸収】(名・他サ)吸收。

きゅうしょ③⓪【急所】(名)❶(身體的)致命處。❷要害，關鍵。

きゅうじょ①【救助】(名・他サ)救助，拯救，搶救，救護，救濟。

きゅうじょう⓪【宮城】(名)("皇居"的舊稱)皇宮。

きゅうしょうがつ③【旧正月】(名)舊曆年，春節。

きゅうしょく⓪【求職】(名・自サ)求職，找工作。

きゅうしょく⓪【給食】(名・自サ)(學校、工廠等)供給伙食。☆～費(ひ)／伙食費。

きゅうじん⓪【求人】(名)招工，招人。☆～広告／徵人廣告。

きゅうす⓪【急須】(名)小茶壺。

きゅうすう③【級数】(名)級數。

きゅう・する③【窮する】(自サ)窘迫。☆返事に～／無法回答。★～すれば通(つう)ず／窮極智生。船到橋頭自然直。

きゅうせき⓪①【旧跡】(名)古蹟。☆名所～／名勝古蹟。

きゅうせん⓪【休戦】(名・自サ)停戰。☆～協定／停戰協定。

きゅうそく⓪①【休息】(名・自サ)休息。☆～を取る／休息。

きゅうそく⓪【急速】(形動)迅

速。

きゅうだい⓪【及第】(名・自サ)考中，及格，合格。☆試験に～した／考試及格了。☆～点／及格分數。

きゅうだん⓪【糾弾】(名・他サ)譴責，抨擊，聲討。

きゅうち①【窮地】(名)窘境，困境。

きゅうちょう⓪【級長】(名)班長。

ぎゅうにく⓪【牛肉】(名)牛肉。

ぎゅうにゅう⓪【牛乳】(名)牛奶。☆～をしぼる／擠牛奶。☆～瓶(びん)／牛奶瓶。

きゅうねん⓪【旧年】(名)（年初寒暄用語）去年。

きゅうば⓪【急場】(名)危急，緊急情況。

きゅうはく⓪【窮迫】(名・自サ)窮困，窘迫。

きゅうびょう⓪【急病】(名)急病。☆～にかかる／患急病。

ぎゅうほ①【牛歩】(名)牛步，爬行。☆～戦術／（會議表決問題等的）拖延戰術。

きゅうむ①【急務】(名)急務。☆刻下の～／當務之急。

きゅうめい⓪①【究明】(名・他サ)究明，查明，弄清。

きゅうめい⓪【救命】(名)救生。☆～ブイ／救生圈。☆～ボート／救生艇。

きゅうやく⓪【旧約】(名)舊約。☆～聖書／舊約全書。

きゅうゆ⓪【給油】(名・自サ)加油。☆自動車に～する／給汽車加油。

きゅうゆう⓪【旧友】(名)舊友，老友。

きゅうゆう⓪【級友】(名)同班生。

きゅうよ①【給予】(名・他サ)❶供給，供應。❷薪金，薪水。

きゅうよう⓪【休養】(名・自サ)休養。

きゅうよう⓪【急用】(名)急事。

きゅうり①【胡瓜】(名)黃瓜。

きゅうりゅう⓪【急流】(名)急流。

きゅうりょう①③【給料】(名)工資，薪金。☆～が安い／工資低。☆～をもらう／領工資。☆～日／發薪日。

きゅうれき⓪【旧暦】(名)舊曆，陰曆。

きよ①【寄与】(名・自サ)貢獻，有用，有助於。☆業界に～する／貢獻於同業界。

きよ・い②【清い】(形)❶清，清潔。❷純潔。

きょう①【今日】(名)今天。

きよう①【器用】(形動)巧，靈巧。☆手先(てさき)が～だ／手巧。

ぎょう①【業】(名)❶業，職業，行業。☆父の～をつぐ／繼承父業。❷學業。❸事業。

ぎょう①【行】(名)❶（寫字的）

行。☆〜を改める／另起一行。☆一〜をあける／空一行。❷(佛)修行。

きょうあく⓪【凶悪】(名・形動)凶惡。☆〜犯／凶犯。

きょうい①【脅威】(名・他サ)威脅。

きょうい①【驚異】(名)驚異，驚奇。

きょういく⓪【教育】(名・他サ)教育。☆〜を受ける／受教育。

きょういん①⓪【教員】(名)教員。

きょうえい⓪【競泳】(名・自サ)游泳比賽。☆〜種目／游泳比賽項目。

きょうおう⓪【供応・響応】(名・他サ)招待，款待。

きょうか①⓪【強化】(名・他サ)強化，加強。☆〜合宿／強化集訓。

きょうか①【教化】(名・他サ)教化，教導。

きょうか①【教科】(名)教科，教學，教學科目。☆〜書／教科書。

きょうが①【恭賀】(名)恭賀。☆〜新年／恭賀新年。

きょうかい⓪【協会】(名)協會。

きょうかい⓪【教会】(名)教會，教堂。

きょうかい⓪【境界】(名)境界，邊界。☆〜を定める／劃定界線。☆〜線／邊界線。

ぎょうかい⓪【業界】(名)業界，同業界。☆〜紙／同業界報。

きょうがく⓪【共学】(名・自サ)同校，同班。☆男女〜／男女同校。

きょうかつ⓪【恐喝】(名・他サ)恐嚇，威嚇。

きょうかん⓪【凶漢】(名)暴徒。

きょうき①【狂気】(名)發瘋，瘋狂。

きょうき①【凶器】(名)凶器。

きょうぎ①③【協議】(名・他サ)協議，協商。

きょうぎ①【競技】(名・自サ)比賽，競賽，競技。☆〜種目／比賽項目。☆〜場／比賽場。☆陸上〜／田徑賽。

ぎょうぎ⓪【行儀】(名)禮貌，禮節，規矩。☆〜が悪い／沒有禮貌。

きょうきゅう⓪【供給】(名・他サ)供給，供應。

ぎょうぎょうし・い⑤【仰仰しい】(形)誇大，誇張。☆〜・く言いたてる／極力誇張。

きょうぐう⓪③【境遇】(名)境遇，處境。

きょうくん⓪【教訓】(名・他サ)教訓。

ぎょうけつ⓪【凝結】(名・自サ)凝結，凝固。

きょうけん⓪【狂犬】(名)狂犬。☆〜病／狂犬病。恐水病。

きょうけん⓪【強権】(名)強權。

きょうげん③【狂言】(名)❶狂言。❷戲言。❸詭計，騙局。❹狂言劇（日本的一種古典戲劇，分〝能狂言〞和〝歌舞伎狂言〞）。

ぎょうこ⓪①【凝固】(名・自サ)凝固。

きょうこう⓪【強行】(名・他サ)強行。

きょうこう⓪【恐慌】(名)❶恐慌。❷（經濟）危機。☆金融～／金融危機。

きょうこく⓪①【強国】(名)強國。

きょうさい⓪【恐妻】(名)懼內，怕老婆。☆～家／怕老婆的人。

きょうざい⓪【教材】(名)教材。

きょうさく⓪【凶作】(名)歉收。

きょうざまし③⓪【興醒まし】(名・形動)掃興，敗興。

きょうざめ⓪④【興醒め】(名・形動・自サ)掃興，敗興。

きょうざ・める④【興醒める】(自下一)掃興，敗興。

きょうさん⓪【共産】(名)共產。☆～主義／共產主義。☆～党／共產黨。

きょうさん⓪【協賛】(名・自サ)贊助。

きょうし①【教師】(名)教師。

ぎょうじ①③【行事】(名)儀式，活動。☆年中(ねんちゅう)～／一年中例行的慶祝活動。

きょうしつ⓪【教室】(名)教室。

ぎょうしゃ①【業者】(名)❶工商業者。❷同業者。

きょうじゅ①⓪【教授】(名・他サ)❶教授。☆助～／副教授。❷教授，講授。

きょうしゅく⓪【恐縮】(名・自サ)惶恐，對不起，過意不去。☆ご心配いただき～しました／讓您掛心，甚感不安。☆～ですがタバコの火を貸してください／對不起，請借我個煙火。

きょうしゅつ⓪【供出】(名・他サ)（向國家）交售，交納。☆米を～する／交售稻米。

きょうしょ①【教書】(名)（總統的）諮文。

きょうしょう⓪【協商】(名・自サ)❶協商，協議。❷協約。☆三国～／三國協約。

きょうじょう⓪【教条】(名)教條。☆～主義／教條主義。

きょうしょく⓪【教職】(名)教師的職務。☆～につく／當教師。任教。

きょうじん⓪③【狂人】(名)瘋子。

きょうしんしょう⓪【狭心症】(名)狹心症，心絞痛。

きょうせい⓪【強制】(名・他サ)強制，強迫。

きょうせい⓪【矯正】(名・他サ)矯正。

ぎょうせい⓪【行政】(名)行政。

ぎょうせき⓪【業績】(名)業績，成就，成績。

きょうそう⓪【競争】(名・自サ)競爭，競賽。

きょうそう⓪【競走】(名・自サ)賽跑。☆百メートル～／百米賽跑。☆～車／賽車。

きょうぞう⓪【胸像】(名)胸像，半身的彫刻像。

きょうそうきょく③【協奏曲】(名)協奏曲。

きょうぞん⓪【共存】(名・自サ)共存，共處。☆平和～／和平共處。

きょうだい①【兄弟・姉妹】(名)兄弟姐妹。

きょうだい⓪【強大】(形動)強大。

きょうたん⓪【驚嘆】(名・自サ)驚嘆。

きょうだん⓪【教壇】(名)講壇，講台。☆～に立つ／執教。當教師。

きょうちょう⓪【強調】(名・他サ)強調。

きょうちょう⓪【協調】(名・自サ)協調。

きょうつう⓪【共通】(名・形動・自サ)共同。☆～語／(一國通用的)普通話。(操不同語言的人之間的)通用語。

きょうてい⓪【協定】(名・自サ)協定。☆～を結ぶ／締結協定。

ぎょうてん③⓪【仰天】(名・自サ)非常吃驚。☆びっくり～／大吃一驚。

きょうとう⓪【教頭】(名)(日本中小學的)教導主任。

きょうどう⓪【共同】(名・自サ)共同。☆～声明／聯合聲明。

きょうどう⓪【協同】(名・自サ)協同，合作。☆～組合／合作社。

きょうばい⓪【競売】(名・他サ)拍賣。

きょうはく⓪【脅迫】(名・他サ)脅迫，威脅。☆～状／恐嚇信。

きょうはく⓪【強迫】(名・他サ)強迫，強逼，逼迫。

きょうふ①⓪【恐怖】(名・他サ)恐怖，恐懼。

きょうほ①【競歩】(名・自サ)競走。

きょうほう⓪【凶報】(名)噩耗。

きょうぼく①⓪【喬木】(名)喬木。

きょうみ①③【興味】(名)興趣，興味。☆歴史に～を持つ／對歷史感興趣。

ぎょうむ①【業務】(名)業務，工作。

きょうゆ①⓪【教諭】(名)教師，教員。

きょうよう⓪【教養】(名)教養，修養，教育。☆～のある人／有教養的人。

きょうらく⓪【享楽】(名・他サ)

享樂。☆~主義／享樂主義。

きょうり①【郷里】(名)家鄉，故鄉，老家。

きょうりゅう①⓪【恐竜】(名)恐龍。

きょうりょく①⓪【協力】(名・自サ)協作，合作。

きょうりょく⓪【強力】(名・形動)大力，強有力。

きょうれつ⓪【強烈】(形動)強烈。

ぎょうれつ⓪【行列】(名・自サ)行列，隊伍，排隊。☆~をつくる／排隊。☆一時間も~した／排了一個小時的隊。

きょうわ⓪①【共和】(名)共和。☆~国／共和國。

きょえい⓪【虚栄】(名)虛榮。☆~心／虛榮心。

ギョーザ⓪【餃子】(名)餃子。☆~をつくる／包餃子。

きょか①【許可】(名・他サ)許可，允許，批准。☆~が下りた／許可下來了。批准了。☆~証／許可證。

ぎょかい⓪【魚介】(名)魚介。☆~類／魚介類。

きょがく⓪【巨額】(名)巨額。

ぎょかく⓪【漁獲】(名・他サ)捕魚，漁獲。☆~高(だか)☆~量／漁獲量。

ぎょぎょう①⓪【漁業】(名)漁業。

きょく①⓪【曲】(名)❶曲調，樂曲。☆美しい~／優美的曲調。❷趣味，風趣。☆~がない／無趣。

きょく①【局】(名)❶(官廳、報社等的)局，司，部，處。☆交通~／交通局。☆編集~／編輯部。❷郵局，電報局，電台。☆電報をうちに~へ行く／到電報局去打電報。❸(圍棋等的)盤。❹局勢，局面。☆~に当たる／當局。

きょく①【極】(名)極，極限，極度。☆絶望の~自殺した／極度絕望而自殺。

きょくがい②【局外】(名)局外。☆~中立／局外中立。

きょくげい⓪②【曲芸】(名)雜技。☆~師／雜技演員。☆~団／雜技團。

きょくげん②③【極限】(名)極限。

ぎょくせき⓪【玉石】(名)玉和石。☆~混交(こんこう)／玉石不分。

きょくせつ⓪【曲折】(名・自サ)曲折，波折。

きょくせん⓪【曲線】(名)曲線。☆~美／曲線美。

きょくたん③【極端】(名・形動)極端。

きょくど①【極度】(名)極度，極點，非常。

きょくとう⓪【極東】(名)遠東。

きょくば⓪【曲馬】(名)馬戲。☆~団／馬戲團。

きょくぶ①【**局部**】(名)❶局部。❷陰部。

きょくりょく②【**極力**】(副)極力，盡力，盡量。

きょこう⓪【**挙行**】(名・他サ)舉行。

きょしき①⓪【**挙式**】(名・自サ)舉行儀式，舉行婚禮。

きょじゃく⓪【**虚弱**】(名・形動)(身體)虛弱。

きょじゅう⓪【**居住**】(名・自サ)居住。☆〜権/居住權。

ぎょしょく⓪【**漁色**】(名)漁色。☆〜家/色鬼。

きょしん①⓪【**虚心**】(名・形動)虛心。

きょせい⓪【**虚勢**】(名)虛勢。☆〜を張る/虛張聲勢。

きょぜつ⓪【**拒絶**】(名・他サ)拒絕。

ぎょせん⓪【**漁船**】(名)漁船。

きょだい⓪【**巨大**】(形動)巨大。

ぎょっと⓪(副・自サ)嚇一跳。

きょどう⓪【**挙動**】(名)舉動，舉止。☆〜不審/行跡可疑。

きょねん①【**去年**】(名)去年。

きょひ①【**巨費**】(名)巨款。

きょひ①【**拒否**】(名・他サ)拒絕，否決。☆〜権/否決權。

ぎょふ①【**漁夫**】(名)漁夫。★〜の利/漁人之利。

きょまん⓪①【**巨万**】(名)巨額。☆〜の富/巨額財富。

きよ・める③【**清める**】(他下一)洗淨，弄乾淨。☆身を〜/淨身。

きょよう⓪【**許容**】(名・他サ)容許，允許，寬容。

ぎょらい⓪【**魚雷**】(名)魚雷。

きよらか②【**清らか**】(形動)清澈，潔淨，純潔。

きょり①【**距離**】(名)距離。

きょりゅう⓪【**居留**】(名・自サ)居留，僑居。☆〜地/僑居地。

きょろきょろ①(副)(自サ)四處張望，瞪大眼睛。

ぎょろぎょろ①(副・自サ)目光炯炯，瞪大眼睛。

きよわ⓪【**気弱**】(名・形動)懦弱，心軟。

きらい⓪【**嫌い**】(名・形動)討厭，厭惡，不喜歡。☆母は魚が〜だ/媽媽不愛吃魚。

きら・う⓪【**嫌う**】(他五)❶討厭，厭惡，不喜歡，不願意。☆いなかを〜/不喜歡農村。❷忌，忌諱。☆お茶は湿気を〜/茶葉忌潮。❸(用"きらわず"的形式)不分。☆相手〜・わず/不分對手。

きらきら①(副・自サ)閃爍，閃耀，閃閃，耀眼。☆星が〜光っている/星星閃閃發光。

ぎらぎら①(副・自サ)(詞義比"きらきら"強)閃爍，閃耀，刺眼。☆〜する夏の太陽/夏天的烈日。

きらく⓪【**気楽**】(形動)輕鬆，舒滴，安閒。☆一日を～に過ごす／度過輕鬆愉快的一天。

きらめ・く③【煌く】(自五)閃爍，閃耀，閃閃發光。

きらり②③(副)一閃，一晃，閃耀。

きり⓪【桐】(名)桐，梧桐。

きり①【錐】(名)錐子。

きり⓪【霧】(名)霧，霧氣。☆～がかかる／起霧。☆～が晴れる／霧散。☆～が深い／霧濃。

きり②【切り】(名)❶段落。☆仕事に～がついた／工作告一段落了。❷限度，止境。☆上を見たら～がない／往上比是無止境的。

きり(副助)❶只，僅。☆これ～残っていない／只剩下這個。❷一…就再也…。☆持って行った～返さない／拿去之後就再也沒還。

ぎり②【義理】(名)情理，情義，情面，人情。★～を欠く／欠情。★～を立てる／盡情義。盡禮。

きりあ・げる⓪【切り上げる】(他下一)❶結束，截止，告一段落。☆仕事を～／結束工作。❷把零數作為1進一位。❸升值。☆円を～／將日元升值。

きりうり⓪【切り売り】(名・他サ)切開賣，零賣。☆西瓜の～／西瓜切塊零賣。

きりおと・す⓪【切り落とす】(他五)砍掉，切掉，剪掉。☆腕を～／砍掉胳膊。

きりか・える⓪【切り換える】(他下一)轉換，改換，變換。☆電話を別の部屋に～／把電話轉到別的房間去。

きりかぶ②【切株】(名)（樹、莊稼等割後的）樹樁子，殘株，餘茬，根茬。

きりがみ②【切紙】(名)剪紙。☆～細工(ざいく)／剪紙工藝。

きりきざ・む⓪【切り刻む】(他五)切碎，剁碎。

きりぎりす③【螽斯】(名)蟋蟀。

きりくず・す⓪④【切り崩す】(他五)❶砍低，削平，鑿開。❷破壞，瓦解，離間。

きりころ・す⓪【切り殺す】(他五)砍死。

きりさ・げる⓪【切り下げる】(他下一)降低，貶值。☆平価を～／貨幣貶值。

きりす・てる⓪【切り捨てる】(他下一)❶砍掉，切掉。❷砍死。❸（將零數）捨去。

キリスト⓪【葡christo】(名)基督，耶穌。

きりだ・す⓪【切り出す】(他五)❶採伐後運出。❷開口，說出。☆用件を～／說出要辦的事。

きりつ⓪【起立】(名・自サ)起立。☆～、礼／起立，敬禮！

き

きりつ⓪①【規律・紀律】(名)紀律，秩序，規律。☆〜を守る／守紀律。☆〜を破る／破壞紀律。☆〜正しい生活／有紀律的生活。有規律的生活。

きりつ・ける⓪【切り付ける】(他下一)❶砍上，砍傷。❷刻上。

きりつ・める⓪【切り詰める】(他下一)❶剪短。☆枝を〜／修剪樹枝。❷削剪，壓縮，節約。☆出費を〜／節約開支。

きりと・る⓪【切り取る】(他五)剪下，切下，砍下。☆胃を半分〜／把胃割去一半。

きりぬき⓪【切り抜き】(名)剪下(的東西)。☆新聞の〜／剪報。

きりぬ・く⓪【切り抜く】(他五)剪下，切下。☆重要記事を〜／剪下重要新聞。

きりぬ・ける⓪【切り抜ける】(他下一)❶殺出，突圍。❷擺脫，突破，克服。

きりはな・す⓪【切り離す・切り放す】(他五)切開，分割，割裂。

きりひら・く⓪【切り開く】(他五)❶開闢，開墾，開創。☆自分の道を〜／開闢自己的道路。❷殺出，突破。☆敵の囲みを〜／突破敵人的包圍。

きりふき④②【霧吹き】(名)噴霧，噴霧器。

きりふだ②【切り札】(名)王牌。★最後の〜を出す／拿出最後的王牌。

きりまわ・す⓪【切り回す】(他五)❶亂砍。❷掌管，操持，料理。☆ひとりで〜／一個人料理。

きりもり②⓪【切り盛り】(名)❶分盛(給每個人)。❷掌管，操持，料理。☆家事の〜がうまい／會料理家務。

きりょう①【器量】(名)❶才能，才幹，器量。❷容貌，姿色。☆〜がいい／容貌美麗。

きりょく①【気力】(名)氣力，精力，元氣，魄力。

きりん⓪【麒麟】(名)❶長頸鹿。❷傑出人物。☆〜児／麒麟兒。❸麒麟。

き・る①【切る・伐る・斬る・截る】(他五)❶切，割，剪，砍，斬，殺，伐。☆野菜を〜／切菜。☆髪を〜／剪髮。☆木を〜／伐木。★首を〜／斬首。撤職。解雇。❷斷開，斷絕。☆電話を〜／掛上電話。☆スイッチを〜／關上開關。★手を〜／斷絕關係。❸突破。☆百メートル競走に10秒を〜・った／百米競賽突破十秒大關。☆元(もと)を〜・って売る／虧本出售。❹去掉水分。☆水を〜／弄乾。❺限定(日期)。☆日限を〜／限期。❻帶頭。☆先頭を〜／領先。☆彼はまず口を～・った／他首先開了口。❼洗牌。☆トランプを～／洗撲克牌。❽☆轉動。☆ハンドルを右へ～／向右轉方向盤。❾削球。☆球(たま)を～／(乒乓球等之)削球。❿(接動詞連用形後表示)完結，極度。☆読み～／讀完。☆弱り～／衰弱已極。

きる⓪【着る】(他上一)❶穿。☆洋服を～／穿西服。❷承受，承擔。☆恩を～／蒙恩。☆人の罪を～／背黑鍋。

きれ②【切れ・布】(名)布料，衣料。

きれ②【切れ】(名)❶(刀等的)快鈍。☆～が悪い／(刀)鈍。❷(切成的)片。☆木の～／木片。☆ふた～の肉／兩片肉。

きれあじ②⓪【切れ味】(名)(刀等的)快鈍。☆～がいい／(刀)快。

きれい①【奇麗・綺麗】(形動)❶美麗，漂亮。☆～な花／漂亮的花。❷乾淨，清潔。☆～な水／清水。乾淨的水。❸完全。☆～に忘れた／忘光了。❹公正，正派，光明正大。

ぎれい⓪【儀礼】(名)禮節，禮儀。☆～的(てき)／禮節性的。

きれはし④⓪【切れ端】(名)(剪下的)碎片，碎塊。

きれめ③【切れ目】(名)❶斷開處，裂縫，縫隙。❷斷絕，中斷。❸段落。

き・れる②【切れる】(自下一)❶斷，中斷，斷絕。☆縄が～・れた／繩子斷了。☆息が～／斷氣。☆連絡が～・れた／聯繫中斷了。❷用盡，賣光。☆品が～／商品售完。❸(期限)到，滿。☆契約の期限が～・れた／合同期滿。❹虧，不足。☆元(もと)が～／虧本。☆目方(めかた)が～／份量不足。❺精明，能幹。☆よく～男／精明強幹的人。❻鋒利，快。☆この包丁はよく～／這把菜刀很鋒利。

キロ①【法kilo】(名)❶千。❷公斤。❸公里。

きろく⓪【記録】(名・他サ)記錄，記載。☆～をとる／做記錄。☆新～をつくる／創造新記錄。☆～をやぶる／打破記錄。☆～映画／記錄片。☆～係／記錄員。

ぎろん①【議論】(名・自他サ)議論，討論，爭論，辯論。

きわ②【際】(名)❶邊，緣，端，旁。☆橋の～を歩く／在橋邊走。❷時候。☆今わの～／臨終時。

きわだ・つ③【際立つ】(自五)顯著，顯眼，突出。☆～・って違っている／顯著不同。

きわど・い③【際どい】(形)❶危險萬分。☆～ところで勝った

／険些輪了。❷猥褻，下流。

きわま・る③【窮まる・極まる】(自五)❶極其，達到極點。☆無礼～態度／極其無禮的態度。☆～ところを知らない／沒有止境。❷困窘。☆進退～／進退維谷。

きわめて②【極めて】(副)極，非常。

きわ・める③【窮める・極める・究める】(他下一)❶達到頂點。☆惨状を～／慘絶人寰。☆山頂を～／登上山頂。❷追究，查明。☆真相を～／查明真相。

きん①【金】(名)❶金，黃金。☆～の指輪／金戒指。☆～メダル／金質獎章。金牌。☆～準備／黃金儲備。❷金錢。

ぎん①【銀】(名)銀，白銀。☆～のカップ／銀杯。

きんあつ⓪【禁圧】(名・他サ)禁止，鎮壓。

きんいつ⓪【均一】(名)一様，均等。☆～料金／費用均等。

きんえん⓪【禁煙】(名・自サ)❶禁煙。☆車内～／車內禁煙。❷戒煙。

きんか①【金貨】(名)金幣。

ぎんか①⓪【銀貨】(名)銀幣。

ぎんが①【銀河】(名)銀河。

きんがく⓪①【金額】(名)金額。

きんがん⓪【近眼】(名)近視，近視眼。☆～鏡／近視眼鏡。

きんきゅう⓪【緊急】(名・形動)緊急。

きんぎょ①【金魚】(名)金魚。

きんきん⓪【近近】(副)不久，近日。☆～出直してくる／過兩天再來。

きんけん⓪【勤倹】(名)勤儉。

きんげん⓪【金言】(名)金言，箴言，格言。

きんこ①【金庫】(名)❶金庫，保險櫃。❷(國家或團體的)金庫，國庫。

きんこう⓪【均衡】(名・自サ)均衡，平衡。

きんこう⓪【近郊】(名)近郊，郊區。

ぎんこう⓪【銀行】(名)銀行。

きんこんしき③【金婚式】(名)金婚式。

ぎんこんしき③【銀婚式】(名)銀婚式。

きんさく⓪【金策】(名・自サ)籌款。

きんし⓪【近視】(名)近視。

きんし⓪【禁止】(名・他サ)禁止。

きんじつ①⓪【近日】(名)近日，不久。

きんしゅ⓪【禁酒】(名・自サ)❶禁酒。❷戒酒。

きんじょ①【近所】(名)近處，附近，鄰居。

きん・じる⓪【禁じる】(他上一)→きんずる

きん・ずる⓪③【禁ずる】(他サ)

❶禁止。❷禁忌，戒除。❸抑制，控制。

きんせい①【近世】(名)近世。

きんせい⓪【金星】(名)金星。

きんせい⓪【均整】(名)匀整，匀稱。

きんせん①【金銭】(名)金錢，錢財。☆～ずく／專為錢，只憑錢。

きんぞく①【金属】(名)金屬。

きんぞく⓪【勤続】(名・自サ)（在一個單位）連續工作。☆～年数／連續職齡。

きんだい①【近代】(名)近代，現代。

きんちゃく④③【巾着】(名)錢包。

きんちょう⓪【緊張】(名・自サ)緊張。

きんにく①【筋肉】(名)肌肉，筋肉。☆～労働／體力勞動。

きんねん①【近年】(名)近年。

きんば①【金歯】(名)金牙。☆～を入れる／鑲金牙。

きんぱく⓪【緊迫】(名・自サ)緊迫，緊急，緊張。

きんべん⓪【勤勉】(形動)勤勉，勤勞，勤奮。☆～家／勤勉的人。

きんまんか⓪【金満家】(名)財主，富翁。

ぎんみ①③【吟味】(名・他サ)❶玩味，欣賞。❷斟酌，考慮，選擇。

きんみつ⓪【緊密】(形動)緊密，密切。

きんむ①【勤務】(名・自サ)工作。☆会社に～している／在公司工作。☆～先(さき)／工作單位。☆夜間～／夜班。

きんもつ⓪【禁物】(名)禁忌（的事物）。

きんゆ⓪【禁輸】(名)禁運。

きんゆう⓪【金融】(名)金融，銀根，通融資金。☆～界／金融界。☆～が逼迫(ひっぱく)している／銀根緊，金融緊迫。

きんよう⓪③【金曜】(名)星期五。☆～日(び)／星期五。

きんり①【金利】(名)利息，利率。

きんりょく①【金力】(名)金錢的力量。☆～万能／金錢萬能。

きんろう⓪【勤労】(名・自サ)勞動。☆～者／勞動者。☆～奉仕(ほうし)／義務勞動。

ク・く

[KU]

く⓪①【九】(名)九。

く①【区】(名)區。☆千代田～／千代田區。☆～の財政／區的財政。☆～役所／區政府。

く①【句】(名)❶短語，詞組。☆慣用～／慣用語。❷俳句。☆～をつくる／作俳句。❸(詩歌等的)段落。

く①【苦】(名)苦，痛苦，苦惱，勞苦。☆…が～になる☆…を～にする／擔心。憂慮。苦惱。☆～もなく／很容易。很簡單。不費力。

ぐあい⓪【具合・工合】(名)❶情況，狀況。☆機械の～が悪い／機器有毛病。☆脈の～が変だ／脈膊不正常。☆病人はどんな～ですか／病人病情怎麼樣?❷方便與否，合適與否。☆断わるのは～が悪い／拒絕是不合適的。❸方法。☆どんな～にやるか／怎麼做呢?

くい①【杭】(名)樁子。☆～を打つ／打樁子。★出る～は打たれる／樹大招風。出頭的椽子先爛。

くい①【悔い】(名)悔恨，懊悔。☆～を残す／後悔。遺恨。

くいいじ⓪④【食い意地】(名)貪吃，嘴饞。☆～が張る／貪吃。嘴饞。

くいき①【区域】(名)區域。

くいき・る⓪【食い切る】(他五)❶咬斷。❷吃光。

くいしば・る⓪【食いしばる】(他五)(以"歯を食いしばる"的形式使用)★歯を～／咬緊牙關。咬牙忍耐。

くいしんぼう①③【食いしん坊】(名)貪吃(的人)，嘴饞(的人)，饞鬼。

クイズ①【美 quiz】(名)智力測驗。☆～番組／智力測驗節目。

くいちが・う⓪【食い違う】(自五)不一致，有分歧。☆意見が

～／意見不一致。

くいつ・く⓪【食い付く】(自五) ❶咬住，咬上。❷（魚）上鈎。❸上鈎，著迷。☆金もうけの話をしたらすぐ～・いてきた／提起賺錢的事馬上就上鈎了。

くいどうらく③【食い道楽】(名) 講究吃（的人）。

くいと・める⓪【食い止める】(他下一) 阻擋，制止，控制。☆被害を～／控制災害。

くいもの④③【食い物】(名) ❶食物，食品。❷剝削的對象。☆娘を～にする／靠剝削女兒為生。

く・いる②【悔いる】(他上一) 悔恨。☆罪を～／悔罪。

く・う①【食う】(他五) ❶吃。☆肉を～／吃肉。★～や～・わず／吃了上頓沒下頓。食不果腹。★～か～・われるか／你死我活。❷糊口，生活。☆彼はペンで～・っている／他以寫作為生。❸咬，叮。☆蚊に～・われた／被蚊子叮了。❹打敗，擊敗。☆優勝候補を～／擊敗決賽對手。❺費，耗費，花費。☆金を～／花錢。☆時間を～／費時間。❻侵佔，侵犯，吞併。☆地盤を～・われる／地盤被侵佔。★人を～／目中無人。❼遭受，蒙受。☆大目玉(おおめだま)を～／挨了一頓責罵。❽受騙，上當。☆一杯～／上了大當。

くうかん⓪【空間】(名) 空間。

くうき①【空気】(名) ❶空氣。☆～を吸う／呼吸空氣。☆タイヤに～を入れる／給輪胎打氣。❷空氣。氣氛。☆緊張した～につつまれる／籠罩著緊張的氣氛。

ぐうぐう①(副) ❶（打鼾聲）呼呼，呼嚕呼嚕。❷（肚子餓得）咕嚕咕嚕。

くうぐん⓪【空軍】(名) 空軍。

くうこう⓪【空港】(名) 機場。

くうしゅう⓪【空襲】(名・他サ) 空襲。

ぐうすう③【偶数】(名) 偶數。

くうぜん⓪【空前】(名) 空前。☆～絶後／空前絶後。

ぐうぜん⓪【偶然】(副・形動) 偶然。☆～出会った／偶然相遇。

くうそう⓪【空想】(名・他サ) 空想，幻想，假想。

ぐうたら⓪(名・形動) 遊手好閒，吊兒郎當。

くうちゅう⓪①【空中】(名) 空中。

クーデター③【法 coupd'État】(名) 政變。

くうはく⓪【空白】(名) 空白。

くうふく⓪【空腹】(名) 空腹，餓。

くうぼ①【空母】(名) 航空母艦。

くうゆ⓪【空輸】(名・他サ) 空

運。

クーラー①【cooler】(名)空調器。☆ルーム～／室内空調器。☆カー～／汽車空調器。

くうろ①【空路】(名)空路，航線，乗飛機。☆～パリに到着した／乗飛機抵達巴黎。

くうろん⓪【空論】(名)空論，空談。★机上の～／紙上談兵。

ぐうわ⓪【寓話】(名)寓言。

くえな・い②【食えない】(連語)❶不能吃。❷吃不下飯。❸狡猾，奸狡，難對付。☆～奴／滑頭。

く・える②【食える】(自下二)❶能吃，可以吃。❷好吃，值得一吃。❸能生活，能過下去。

くき②【茎】(名)莖，梗，稈。☆麦の～／麥稈。

くぎ⓪【釘】(名)釘子。☆～を打つ／釘釘子。☆～を抜く／拔釘子。★～を差す／叮囑。說好。

くぎづけ⓪【釘付け】(名・他サ)釘住，釘死，固定住。

くぎ・る②【区切る・句切る】(他五)❶（對文章）加句讀，分段落。❷分開，劃分。

くく②【九九】(名)九九乘法表。☆～を暗誦する／背誦九九乘法表。

くく・る⓪【括る】(他五)❶捆，綁，扎。☆犯人を～／捆綁犯人。☆首を～／上吊。❷總括，總結。★高(たか)を～／不以為然。不當回事。

くぐ・る②【潜る】(自五)❶鑽過，穿過。☆わきの門を～／鑽進旁邊的門。❷潛（水）。☆水に～／潛水。❸鑽漏洞。☆法の網を～／鑽法律的漏洞。

くけい⓪【矩形】(名)矩形。

くさ②【草】(名)草。☆～を刈(か)る／割草。☆～を取る／除草。★～の根を分けて探す／仔細尋找。

くさ・い②【臭い】(形)❶臭。☆肉が～・くなった／肉臭了。☆★～飯を食う／坐牢。★～物に蓋をする／掩蓋醜事。★～物身知らず／自己看不見自己的缺點。❷可疑。☆どうもこの男が～なあ／覺得他很可疑。❸（接名詞後表示）有…氣味，有…派頭。☆学者～／學究派頭。❹（接形容動詞詞幹後）加強語氣。☆めんどう～／很麻煩。

くさき②【草木】(名)草木。

くさとり④③【草取り】(名)除草，拔草，除草機。

くさばな④②【草花】(名)草花，開花的草。

くさはら⓪④【草原】(名)草原，草地。

くさび⓪【楔】(名)楔子。

くさみ③【臭み】(名)❶臭味。❷裝腔作勢，矯揉造作。

くさむら⓪④【叢】(名)草叢。

くさら・す③【腐らす】(他五)使…腐爛。★気を～／令人沮喪。

くさり⓪【鎖】(名)鎖鏈。

くさ・る②【腐る】(自五)❶爛，腐爛，腐敗。☆肉が～・った／肉臭了。☆～ほどある／有的是。很多。★～・っても鯛(たい)／瘦死的駱駝比馬大。❷灰心，洩氣。☆そんなに～な／別那麼灰心喪氣的。

くし②【串】(名)(串穿食物用的)竹籤，鐵籤。

くし②【櫛】(名)梳子。☆髪を～ですく／用梳子梳頭。

くじ②①【籤】(名)籤。☆～を引く／抽籤。☆～に当る／中彩。☆～で決める／抽籤決定。

くじ・く②【挫く】(他五)❶挫，扭，擰。☆足を～／扭了腳。❷挫傷，打擊。☆出端(でばな)を～／挫其銳氣。

くじ・ける③【挫ける】(自下一)❶挫，扭，擰。❷沮喪，消沉。☆心が～／心情沮喪。

くじゃく⓪【孔雀】(名)孔雀。

くしゃみ②【嚔】(名)噴嚔。

くじょう⓪【苦情】(名)不平，不滿，牢騷，抱怨。☆～を訴(うった)える／抱怨。

くじら⓪【鯨】(名)鯨魚。

くしん②【苦心】(名・自サ)苦心，費心。

くず①【屑】(名)❶碎片，碎渣。❷廢物，破爛。☆人間の～／沒用的人。廢物。

くずかご②【屑籠】(名)紙簍子，果皮箱。

くすくす②①(副)(竊笑貌)嗤嗤。☆～笑う／嗤嗤地笑。

ぐずぐず①(副・自サ)❶磨蹭，磨磨蹭蹭。❷嘟嘟嚷嚷。

くすぐった・い⓪【擽ったい】(形)❶癢癢，發癢。❷害羞，難為情。

くすぐ・る⓪【擽る】(他五)❶胳肢。❷逗人笑。

くず・す②【崩す】(他五)❶拆卸，毀掉，粉碎。☆山を～／開山。把山鏟平。❷弄亂，攪亂。☆字を～・して書く／寫草字。❸換零錢，找零錢。☆千円札を百円硬貨に～／把一千日元紙幣換成一百日元硬幣。

ぐずつ・く⓪(自五)❶磨蹭，拖拉。❷(天氣)時陰時晴。

くずてつ⓪【屑鉄】(名)碎鐵，廢鐵。

くすのき②【楠・樟】(名)樟樹。

くすぶ・る③【燻る】(自五)❶(無火)乾冒煙❷煙燻，燻黑。❸悶悶度日。❹久不晉級。❺糾纏不休。

くずや②【屑屋】(名)收破爛的。

くすり⓪【薬】(名)藥。☆～を飲む／吃藥。

くすりゆび③【薬指】(名)無名

指。

ぐず・る②(自五)❶嘮叨，抱怨。❷找碴。

くず・れる③【崩れる】(自下一)❶倒塌，崩潰。☆壁が～・れた／牆倒了。❷變形，走樣，零亂。☆隊伍が～・れた／隊伍亂了。☆姿勢が～／姿勢不端正。❸(天氣)變壞。❹(行情)下跌。❺(錢)找得開。

くせ②【癖】(名)❶習慣，習氣，脾氣，毛病。☆悪い～が直らない／壞毛病改不掉。❷(頭髮等)鬈曲，彎曲。❸(衣服上打的)褶子。

くせに(接助)雖然…可是。

くせもの⓪【曲者】(名)❶壞人，可疑的人。❷難惹的人。❸要當心的事。

くそ【糞】(一)②(名)❶糞，屎。☆～をする／拉屎。❷(耳，眼，鼻等的)分泌物。☆目～／眼屎。(二)②(感)(表示輕蔑、罵人)媽的，見鬼。☆～、覚えていろ／媽的，走著瞧！(三)(接頭)❶(表示輕蔑、罵人)臭，混帳。☆～ばばあ／臭老婆子。臭娘兒們。☆～ぼうず／禿驢。❷過分。☆～まじめ／過分認真。一本正經。(四)(接尾)加強輕蔑的語氣。☆へた～／太拙劣。

くだ①【管】(名)管，管子。☆ゴムの～／橡皮管。★～を巻く／(酒後)絮絮叨叨說醉話。

ぐたい⓪【具体】(名)具體。

くだ・く②【砕く】(他五)❶弄碎，打碎。★心を～／煞費苦心。絞盡腦汁。❷挫敗，摧毀。❸淺顯易懂地說明。

くだ・ける③【砕ける】(自下一)❶碎，破碎。❷和藹，平易近人。❸(氣勢)衰減。❹淺顯易懂。

ください③【下さい】(〃くださる〃的命令形)❶請給我。☆紙を一枚～／請給我一張紙。❷請(對方做某動作)。☆話して～／請說。☆ご覧～／請看。

くださ・る③【下さる】(他五)❶(長輩，上級)給(我、我們)。☆これは先生の～・った本です／這是老師給我的書。❷(作補助動詞用)表示長輩、上級為我、我們做某動作。☆手紙を書いてくださいました／給我寫了信。

くだ・す⓪【下す・降す】(他五)❶下，下達，做出。☆手を～／下手。☆命令を～／下命令。☆解釈を～／做解釋。❷降，降低。☆官を～／降職。❸打敗。☆敵を～／打敗敵人。❹派遣。☆使者を～／派遣使者。❺把…排出體外。☆腹を～／瀉肚。☆虫を～／驅蟲。

くたび・れる④【草臥れる】(自下二)❶疲乏，疲勞。❷穿舊，用舊。

くだもの②【果物】(名)水果。☆〜屋／水果店。

くだらな・い⓪【下らない】(形)無聊，無謂，無價值。

くだり⓪【下り】(名)❶下，降。❷(交通工具等)下行。

くだりざか⓪【下り坂】(名)下坡，下坡路。

くだ・る⓪【下る】(自五)❶下，下降。☆坂を〜／下坡。☆気温が〜／氣溫下降。❷下，下達。☆命令が〜／下命令。❸投降。☆敵に〜／向敵人投降。❹瀉肚。☆腹が〜／瀉肚。❺少於，低於。☆千人を〜・らない／不下千人。

くち⓪【口】(名)❶口，嘴。☆〜をあける／張嘴。☆〜を漱(すす)ぐ／漱口。★あいた〜が塞がらない／目瞪口呆。❷說話，言語。★〜がうまい／嘴甜。★〜が重い／寡言。★〜が堅い／嘴緊。★〜が軽い／嘴快。★〜にする／吃。說。★〜を揃える／異口同聲。★〜を出す／插嘴。★〜を叩く／信口開河。❸口味。★〜がおごる／口味高。★〜に合う／合口味。❹出入口，門口。❺(器物的)口，嘴。❻工作單位。☆〜をさがす／找工作。

ぐち⓪【愚痴】(名)牢騷，怨言。☆〜をこぼす／發牢騷。

くちうら⓪【口裏】(名)口氣，口吻。☆〜をあわせる／統一口徑。

くちおし・い④【口惜しい】(形)→くやしい

くちかず⓪【口数】(名)❶人數，家口。❷話，言語。☆〜が多い／話多。愛說話。

くちがね⓪【口金】(名)(器物上的)金屬蓋兒，金屬口兒。

くちぎたな・い⑤【口汚い】(形)❶嘴饞。❷嘴髒，說話下流。

くちぐせ⓪【口癖】(名)口頭語，口頭禪。

くちぐち②【口口】(名)❶異口同聲。☆〜に言う／異口同聲地說。❷各出入口。

くちぐるま③⓪【口車】(名)花言巧語。★〜に乗る／上花言巧語的當。★〜に乗せる／用花言巧語騙人。

くちげんか③【口喧嘩】(名)吵架，吵嘴。

くちごたえ③【口答え】(名・自サ)頂嘴，頂撞。

くちさき⓪【口先】(名)嘴巴，口頭。☆〜がうまい／嘴巧。能說善道。

くちだし⓪【口出し】(名・自サ)插嘴，多嘴。

くちなし⓪【梔】(名)(植)梔子。

くちばし⓪【嘴】(名)鳥嘴，喙。★〜が黄色い／黃口小兒。乳臭未乾。★〜を入れる／插嘴。

くちび⓪【口火】(名)導火線，起因。☆戦争の〜／戰爭的導火線。★〜を切る／開端。開頭。

くちびる⓪【唇】(名)嘴唇。

くちぶえ③⓪【口笛】(名)口哨。☆〜を吹く／吹口哨。

くちぶり⓪【口振り】(名)口氣，口吻。

くちべに⓪【口紅】(名)口紅。

くちまね⓪【口真似】(名)模仿別人說話。

くちょう⓪【口調】(名)聲調，語調，腔調。

くつ②【靴】(名)鞋。

くつう②⓪【苦痛】(名)痛苦。

くつがえ・す③【覆す】(他五)弄翻，推翻，打倒。

くつがえ・る③【覆る】(自五)翻，覆滅，被推翻。

くっきり③(副・自サ)清楚，鮮明。

くつした④②【靴下】(名)襪子。

ぐっすり③(副)酣睡貌，熟睡貌。☆〜眠る／酣睡。

ぐったり③(副・自サ)精疲力盡，渾身無力。

くっつ・く③(自五)❶粘上，附著。❷合上，挨上，觸到。❸跟隨。❹(男女)搞在一起。

くっつ・ける④(他下一)❶粘上，貼上。❷靠近，挨上。❸拉攏。❹撮合。

ぐっと①⓪(副)❶使勁，一口氣。☆〜飲み込む／一下子吞下去。❷非常，越發，更加。☆〜寒くなった／更冷了。❸深受感動。☆〜来る／深受感動。

くつろ・ぐ③【寛ぐ】(自五)❶休息。❷舒適，舒暢。❸輕鬆，隨便。

くてん⓪②【句点】(名)句號。☆〜を打つ／標句號。

くど・い②(形)❶囉嗦，絮叨。❷(色彩)太艷，(味道)過濃。

くど・く②【口説く】(自五)❶說服，勸說。❷發牢騷。❸追求(女人)。

くに⓪②【国】(名)❶國，國家。❷國土，領土。❸地區，地方。❹家鄉，故鄉。

くね・る②(自五)❶彎曲。❷(性情)乖僻。

くば・る②【配る】(他五)❶分配，分發，分送。☆新聞を〜／送報。❷部署，安排。★気を〜／留神。注意。★心を〜／關心。關懷。

くび⓪【首・頸】(名)❶頭，腦袋。★〜を横に振る／搖頭。拒絕。★〜を竪に振る／點頭。同意。❷脖子，脖頸。❸撤職，解雇。☆〜にする／撤職。解雇。☆~になる／被撤職。被解雇。☆~を切る／斬首。解雇。

くびかざり③【首飾り】(名)項鍊。

くびきり④⓪【首切り・首斬り】(名・他サ)❶斬首。❷撤職，解雇。

くふう⓪【工夫】(名・他サ)❶辦法，竅門。☆~をこらす／想辦法。找竅門。❷設法，想辦法。☆お金を~する／設法籌款。

くべつ①【区別】(名・他サ)區別，辨別。

くぼ・む⓪【窪む】(自五)窪，凹，塌陷。

くま②【熊】(名)熊，狗熊。

くまで③⓪【熊手】(名)耙子。

くまなく③【隈無く】(副)到處，普遍，全都。

くみ②【組】(名)❶組。❷班，班級。❸套，付。❹排版。

くみあい⓪【組合】(名)❶工會。☆労働~／工會。☆~員／工會會員。❷合作社。

くみあ・う⓪【組み合う】(自五)❶合伙，合作。❷搭在一起，編在一起。❸扭打，扭成一團。

くみあわせ⓪【組合わせ】(名)❶編組，搭配，配合。❷(數)組合。

くみあわ・せる⓪【組合わせる】(他下一)❶交叉起來，搭在一起。❷編組，搭配，配合。

くみたて⓪【組み立て】(名)❶結構，構造，組織。❷裝配。☆~工場／裝配工廠。

くみた・てる⓪【組み立てる】(他下一)裝配，組裝，組織。☆自動車を~／裝配汽車。

く・む⓪【汲む】(他五)❶打(水)，舀(水)。❷斟。☆酒を~／斟酒。☆お茶を~／倒茶。❸體諒。☆気持を~／體諒心情。

く・む①【組む】(一)(自五)❶合伙，聯合。☆彼と~んで仕事をする／和他合夥工作。❷扭在一起。★四(よ)つに~／兩人扭在一起。(二)(他五)❶交叉。☆腕を~／挽臂。❷編制，組成。☆番組を~／編排節目。❸排(版)。☆活字を~／排版。

くめん①⓪【工面】(名・他サ)❶設法，籌措。☆金を~する／籌措款項。☆~がつく／籌措到錢。❷(個人的)經濟情況。☆~がいい／手頭寬裕。

くも①【蜘蛛】(名)蜘蛛。

くも①【雲】(名)雲。☆~が晴れた／雲消散了。

くもり③【曇り】(名)❶陰天。☆~のち晴れ／陰轉晴。❷模糊，朦朧。☆~ガラス／毛玻璃。❸(心情等)不舒暢，陰鬱。❹內疚，虧心。

くも・る②【曇る】(自五)❶陰。☆朝から～ってきた／從早晨起天陰了。❷模糊，朦朧。❸憂鬱，暗淡。

くやし・い③【悔しい・口惜しい】(形)遺憾，氣憤，可恨。☆また負けて～／又輸了，真窩囊。

くや・む②【悔む】(他五)❶後悔，悔恨。❷哀悼。

くよくよ①(副・自サ)煩惱，愁悶，想不開。

くら②【蔵・倉・庫】(名)倉，倉庫。

くら②【鞍】(名)鞍，鞍子。

くら・い⓪【暗い】(形)❶(光線)暗，黑暗。☆この部屋は～／這個屋子暗。❷(顏色)暗，深。☆～赤色／深紅色。❸(事物)黑暗，暗淡。☆～政治／黑暗政治。❹(心情等)沉重，陰鬱。☆性格が～／性格憂鬱。❺生疏，陌生。☆歴史に～／不懂歷史。

くらい⓪【位】(名)❶地位，職位。☆～が高い／地位高。❷品格，格調。❸位，位數。☆百の～／百位數。

くらい【位】(副助)❶大約，左右。☆10分～かかる／大約要十分鐘。❷像…那樣。☆今日～忙しい日はなかった／沒有像今天這麼忙的。❸一點點，些許。☆それ～の事で驚いてはいけない／就那麼點兒事可不該大驚小怪的。❹(下接"なら"表示)與其…不如。☆途中でやめる～ならいっそしない方がいい／與其半途而廢不如乾脆不做。

ぐらい【位】(副助)→くらい(副助)

グラウンド②⓪【ground】(名)運動場，操場。

くらげ⓪【水母・海月】(名)水母，海蜇。

くらし⓪【暮らし】(名)生活，生計。☆～が立たない／吃不飽。無法糊口。

くらしむき⓪【暮し向き】(名)家境，家道，生活。

くら・す⓪【暮らす】(自他五)生活，度日，過活。☆こんな安い給料ではとても～・せない／這麼低的薪水根本無法生活。

クラス①【class】(名)❶班，班級。☆～メート／同班同學。❷等級，階級。

グラス①【glass】(名)❶玻璃杯。❷眼鏡。❸望遠鏡。

クラブ①【club】(名)❶俱樂部。❷(撲克)梅花。

グラフ①【graph】(名)❶圖表，圖解。☆折れ線～／曲線圖表。❷畫報。

くらべ⓪【比べ】(名)比較，比賽。☆かけ～／賽跑。☆せい～／比個兒。

くらべもの⓪【比べ物】(名)可比的東西。☆〜にならない／不能比。不能相提並論。

くら・べる⓪【比べる】(他下一)❶比，比較。❷比，比賽。☆力を〜／比力氣。

くら・む⓪【眩む】(自五)眼花，眩暈。☆欲に目が〜／利令智昏。

グラム①【法gramme】(名)克，公分。☆ミリ〜／毫克。☆キロ〜／公斤。

くらやみ⓪【暗闇】(名)漆黑，黑暗，暗處。

くり②【栗】(名)栗子。

くりあ・げる⓪【繰り上げる】(他下一)提前。

くりあわ・せる⓪【繰り合わせる】(他下一)安排，調配。☆時間を〜・せて集会に参加する／抽出時間參加集會。

クリーニング②【cleaning】(名)洗衣服，乾洗。☆〜店／洗衣店。

クリーム②【cream】(名)❶油。☆〜色／奶油色。米黄色。❷奶油狀製品。

くりい・れる⓪【繰り入れる】(他下一)轉入，滾入。

くりかえ・す⓪③【繰り返す】(他五)反復，重覆。☆噴火を〜／多次噴火。

クリスチャン②【Christian】(名)基督教徒。

クリスマス③【Christmas, Xmas】(名)聖誕節。☆〜ツリー／聖誕樹。

くりぬ・く⓪【刳り貫く】(他五)挖，挖通，挖出。

くりの・べる⓪【繰り延べる】(他下一)延期，推遲。

くりひろ　げる⓪【繰り広げる】(他下一)展開，開展，進行。

グリンピース④【greenpeas】(名)青豆。

くる①【来る】(自カ)❶來，來到，到來。☆歩いて〜／徒步來。☆春がきた／春天來了。❷引起，造成。☆不注意からきた事故／由於疏忽引起的事故。❸(用〃とくると〃、〃ときたら〃的形式)提到，說到。☆あの人ときたら全く問題にならない／至於他那完全不成問題。❹(用〃てくる〃的形式)回來。☆お湯を汲んで〜／去打水(打水來)。❺(用〃てくる〃的形式)起來，一直…。☆雨が降ってきた／下起雨來。☆今までしゃべってきた／一直說到現在。

くる・う②【狂う】(自五)❶瘋，發瘋。☆気が〜／發瘋。❷失常，出毛病。☆この時計は〜・っている／這個錶不準。❸沉溺，著迷。☆ばくちに〜／對賭博著迷。

グループ②【group】(名)群，小組，團體。

くるくる①(副・自サ)❶團團轉。❷圓溜溜。❸一層層地。

❹不停地。

ぐるぐる①(副・自サ)❶滴溜溜地（轉）。❷一層層地，一圈圈地（纏）。

くるし・い③【苦しい】(形)❶痛苦，難受。☆息が～／呼吸困難。❷困難，艱難。☆～仕事／艱苦的工作。

くるしみ⓪【苦しみ】(名)痛苦，苦惱，困苦。

くるし・む③【苦しむ】(自五)❶痛苦，苦惱。❷吃苦，費力。❸苦於，難以。☆理解に～／難以理解。

くるし・める④【苦しめる】(他下一)❶使痛苦，欺負，虐待，折磨。☆動物を～／虐待動物。❷使為難，使操心。

くるま⓪【車】(名)❶車，汽車。☆～に乗る／乘車。☆～を降りる／下車。☆～代(だい)／車費。❷輪，車輪。

くるまえび③【車海老・車蝦】(名)對蝦。

くるみ③⓪【胡桃】(名)核桃。

ぐるみ(接尾)連，帶，全部。☆皮～食べる／帶皮吃。☆家族～／全家人。

くるり②③(副)❶（突然改變方向、方針貌）一下子，突然，完全。☆～と向きを変える／突然改變方向。☆方針も～と変わった／方針也全變了。❷（徹底圍上貌）團團。☆～と取り囲む／團團圍住。

くれ⓪【暮れ】(名)❶日暮，黄昏，傍晚。❷年終，歲末。

クレーン②【crane】(名)起重機。

くれぐれも②③【呉呉】(副)懇切地，衷心地。

クレヨン②【法crayon】(名)蠟色，蠟筆。

く・れる⓪【暮れる】(自下一)❶日暮，天黑。❷季末，年終。❸想不出，沒辦法。☆途方に～／不知如何是好。

く・れる⓪【呉れる】(他下一)❶給（我，我們）。☆それをぼくに～・れ／把那個給我。❷（用"てくれる"的形式）為（我，我們）做。☆母がこれを買って～・れた／媽媽給我買了這個。

くろ①【黒】(名)❶黑，黑色。❷犯罪，嫌疑犯。

くろ・い②【黒い】(形)❶黑，黑色。❷髒，骯髒。❸壞，不正當。

くろう①【苦労】(名・形動・自サ)❶辛苦，勞苦。❷擔心，操心。

くろうと①【玄人】(名)行家，內行。

クロール②【crawl】(名)爬泳，自由式。

くろざとう③【黒砂糖】(名)紅糖。

くろじ⓪【黒字】(名)盈餘，順差。

くろしお⓪【黒潮】(名)黑潮。

くろず・む③【黒ずむ】(自五)發黑。

くろまつ⓪②【黒松】(名)日本黑松。

くろんぼう⓪【黒ん坊】(名)❶(蔑)黑人，黑種人。❷皮膚黑的人。❸黑穗。

くわ①【桑】(名)桑，桑樹。

くわ⓪【鍬】(名)鋤，鎬。

くわ・える⓪③【加える】(他下一)❶加，添，增加。☆もう少し水を～／再稍添點兒水。❷給予，施加。☆打撃を～／予以打擊

くわ・える⓪【銜える】(他下一)銜，叼。★指を～／垂涎。眼饞。

くわし・い③【詳しい】(形)❶詳細。☆～・く説明する／詳細說明。❷熟悉，精通。☆法律に～／精通法律。

くわ・す②【食わす】(他五)↓くわせる

くわ・せる③【食わせる】(他下一)❶餵，給吃。❷扶養，贍養。☆家族を～／養家。❸欺騙，詐騙。☆一杯～／欺騙。❹給予，予以。☆けんつくを～／予以痛斥。

くわだ・てる④【企てる】(他下一)計劃，企圖，圖謀。

くわわ・る⓪③【加わる】(自五)❶參加，加入。☆競技に～／參加比賽。❷增加，增添。☆責任が～／責任加重。

くん【君】(接尾)(接姓名下，對同輩或晚輩表示輕微的敬意)君。☆井上～／井上君。☆王～／小王。

ぐん①【郡】(名)(行政區劃單位)郡。

ぐん①【軍】(名)❶軍隊。❷戰爭。❸(軍隊編制單位)軍。

くんかい⓪【訓誡】(名・他サ)訓戒，教訓。

ぐんかん⓪【軍艦】(名)軍艦。

ぐんぐん①(副)迅速，用力。

くんじ⓪【訓示】(名・他サ)訓示。

ぐんじ①【軍事】(名)軍事。☆～基地／軍事基地。☆～費／軍費。

くんしゅ①【君主】(名)君王。

ぐんしゅう⓪【群衆】(名)群眾。

ぐんしゅく⓪【軍縮】(名)裁軍。☆～会議／裁軍會議。

くんしょう⓪【勲章】(名)勳章。

ぐんじん⓪【軍人】(名)軍人。

ぐんたい①【軍隊】(名)軍隊。☆～に入る／入伍。

ぐんとう⓪【群島】(名)群島。

くんどく⓪【訓読】(名・他サ)訓讀。

ぐんび①【軍備】(名)軍備。☆～を拡張する／擴張軍備。

くんれん①【訓練】(名・他サ)訓練。

け

ケ・け

[KE]

け⓪【毛】(名)毛，毛髮，羽毛。☆羊の～を刈る／剪羊毛。☆ブラシの～／刷子毛。★～が生えた／比…稍好些。

け【気】(一)⓪(名)感覺，氣氛，氣味，味道。☆病気の～がある／覺得不舒服。☆火の～のない部屋／沒熱氣的屋子。☆子供っ～／孩子氣。(二)(接尾)❶成分，味道。☆塩～がない／沒鹹味。☆油～が多い／太油了。❷感覺，心情，意願。寒～／覺得冷。☆食い～／食慾☆眠(ねむ)～／睡意。

け【家】(接尾)(表示家族)家。☆将軍～／(幕府時代)將軍家。☆石原～／石原家。

け(終助)(以"たっけ"或"だっけ"的形式)表示回憶或疑問。☆学生時代はあの先生にずいぶんしかられたっ～／記得學生時代挨了那位老師不少的叱責。☆行ったっ～／去了嗎?

げ①⓪【下】(名)❶下，下等。★～の～／最下等。不夠格。❷下卷，下冊。

げ【気】(接尾)感覺，樣子，神態，情形。☆悲し～な声／悲哀的聲音。☆おとな～がない／不像大人樣。

けい①【刑】(名)刑，刑罰。☆～に服する／服刑。☆五年の～に処せられた／被處五年徒刑。

けい①【計】(名)❶計，計劃。★一年の～は元旦にあり／一年之計在於春。❷合計，總計。☆～五千円／共計五千日元。

けい【形】(接尾)形。☆球～／球形。

けい【系】(接尾)❶系，系統。☆太陽～／太陽系。☆神経～の病気／神經系統的疾病。❷血統。☆日～の米人(べいじん)／日本血統的美國人。

げい①【芸】(名)❶技藝，技巧，

技術。❷演技。❸曲藝，雜技。

けいい①【敬意】(名)敬意。

けいえい⓪【経営】(名・他サ)經營。

けいおんがく③【軽音楽】(名)輕音樂。

けいか⓪【経過】(名・自サ)經過，過程。

けいかい⓪【警戒】(名・他サ)警戒。

けいかく⓪【計画】(名・他サ)計劃。☆～を立てる／訂計劃。☆～経済／計劃經濟。

けいかん⓪【警官】(名)警察。☆婦人～／女警察。

けいき①【契機】(名)契機，轉機，開端，起因。

けいき①【計器】(名)儀器，儀表。

けいき⓪【景気】(名)❶景氣，行情，市況。☆～が悪い／不景氣。❷繁榮。☆空(から)～／虛假繁榮。❸氣氛，勁頭。☆～がいい／氣氛活躍。☆～をつける／振作精神。

けいぐ①【敬具】(名)（書）謹具，謹啟。

けいけん⓪【経験】(名・他サ)經驗，體驗。

けいげん⓪【軽減】(名・自他サ)減輕。

けいこ①【稽古】(名・他サ)❶練習，學習。☆ピアノの～をする／練鋼琴。❷排練，排演。

けいご⓪【敬語】(名)敬語。

けいこう⓪【傾向】(名)傾向，趨勢。

けいこう⓪【携行】(名・他サ)攜帶，帶去。

けいこう⓪【蛍光】(名)❶螢火蟲的光。❷螢光。☆～灯(とう)／日光燈。

けいこく⓪【警告】(名・他サ)警告。

けいさい⓪【掲載】(名・他サ)登載。

けいざい①【経済】(名)經濟。☆～家／經濟專家。節儉的人。吝嗇的人。☆～界／經濟界。

けいさつ⓪【警察】(名)❶警察。☆～署／警察署。❷（〝警察署〟的略語）警察署。

けいさん⓪【計算】(名・他サ)計算，運算。

けいし⓪【軽視】(名・他サ)輕視。

けいし①【警視】(名)（日本警察職稱之一，位於〝警視正〟之下，〝警部〟之上）警視。☆～庁／（東京都警察署）警視廳。☆～総監／（東京都警視廳長官）警視總監。

けいじ①【刑事】(名)❶刑事。☆～事件／刑事案件。☆～犯／刑事犯。❷刑警，刑事警察，便衣警察。

けいじ⓪【掲示】(名・他サ)揭示，布告。☆～板／布告欄。

け

けいしき⓪【形式】(名)❶形式。☆~にこだわる/拘泥形式。❷方式，手續。☆規定の~を踏む/履行規定的手續。

けいじじょうがく④【形而上学】(名)形而上學。

けいしゃ⓪【傾斜】(名・自サ)❶傾斜。❷坡度，斜坡，傾斜面。❸傾向於。

げいしゃ⓪【芸者】(名)藝妓。

げいじゅつ⓪【芸術】(名)藝術。

けいしょう⓪【敬称】(名)敬稱。

けいしょう⓪【景勝】(名)名勝，風景優美。☆~の地/風景區。

けいじょう⓪【計上】(名・他サ)計入，列入，計算在內。

けいせい⓪【形成】(名・他サ)形成。☆~外科/整形外科。

けいせい⓪【形勢】(名)形勢，局勢。

けいそ①【珪素】(名)硅。

けいぞく⓪【継続】(名・自他サ)繼續。☆~的/繼續地，連續地。

けいそつ⓪【軽率】(形動)輕率，草率，冒昧。

けいたい⓪【形態・形体】(名)形態，形式。

けいたい⓪【携帯】(名・他サ)攜帶。☆~品/攜帶物品。

けいだい①【境内】(名)（神社、寺院的）院內。

けいてき⓪【警笛】(名)（汽車的）喇叭，警笛。

けいと⓪【毛系】(名)毛線。☆~でセーターを編む/用毛線織毛衣。

けいど①【経度】(名)經度。

けいとう⓪【系統】(名)❶系統。❷血統。❸體系。

げいのう①⓪【芸能】(名)文娛，娛樂，表演藝術。☆~界/表演藝術界。☆~番組/娛樂節目。文藝節目。

けいば⓪【競馬】(名)賽馬。☆~場/賽馬場。

けいはつ⓪【啓発】(名・他サ)啟發。

けいばつ①【刑罰】(名)刑罰。

けいひ①【経費】(名)經費。

けいび①【警備】(名・他サ)警備，戒備。

けいひん⓪【景品】(名)❶（商店送給顧客的）贈品。❷（送給與會者的）禮品，紀念品。

けいふく⓪【敬服】(名・自サ)佩服，敬佩，欽佩。

けいべつ⓪【軽蔑】(名・他サ)輕蔑，輕視，瞧不起。

けいほう⓪【警報】(名)警報。

けいむしょ③⓪【刑務所】(名)監獄。☆~に入る/入獄。

けいやく⓪【契約】(名・他サ)契約，合同。☆~を結ぶ/訂立合同。☆仮(かり)~/草約。臨時合同。

けいゆ⓪①【経由】(名・自サ)經由，經過，途經。

けいよう⓪【形容】(名・他サ)形容。☆～詞／形容詞。☆～動詞／形容動詞。

けいり①【経理】(名・他サ)❶經營管理。❷會計工作。

けいりゃく①⓪【計略】(名)計策，計謀。☆～に乗る☆～にかかる／中計。中圈套。

けいれい⓪【敬礼】(名・自サ)敬禮。☆最～／最敬禮。

けいれき⓪【経歴】(名)經歷，履歷。

けいろ⓪【毛色】(名)❶毛色。❷性情，脾氣。☆～の変った人／性情古怪的人。

けいろう⓪【敬老】(名)敬老。☆～の日／敬老日。

ケーキ①【cake】(名)西式糕點。

ケース①【case】(名)❶箱，盒，套，袋。❷場合，事例。❸子彈殼。❹（語法）格。

ケーブル①【cable】(名)電纜。☆海底～を敷く／鋪設海底電纜。☆～カー／纜車。

ゲーム①【game】(名)❶遊戲，娛樂。❷比賽。❸（比賽的）一局。

けが②【怪我】(名・自サ)❶傷，受傷。☆手に～をした／手受傷了。☆～人(にん)／受傷的人。❷過失，過錯。★～の功名(こうみょう)／僥倖成功。歪打正著。

げか⓪【外科】(名)外科。☆～医／外科醫生。

けがわ⓪【毛皮】(名)毛皮，皮毛，皮貨。

げき①【劇】(名)劇，戲劇。☆～を演ずる／演戲。☆～映画／故事片。

げきか⓪【激化】(名・自他サ)激化，加劇。

げきじょう⓪【劇場】(名)劇場，戲院。☆野外～／露天劇場。

げきぞう⓪【激増】(名・自サ)激增，猛增。

げきだん⓪【劇団】(名)劇團。

げきむ①⓪【劇務・激務】(名)繁重的任務。

げきれい⓪【激励】(名・他サ)激勵，鼓勵，鞭策。

げきれつ⓪【激烈】(形動)激烈。

げこ①【下戸】(名)不會喝酒的人，酒量小的人。

けさ①【今朝】(名)今天早晨。

けさ⓪【袈裟】(名)袈裟。

げざい⓪【下剤】(名)瀉藥。

けし⓪【罌粟】(名)罌粟。

げし⓪①【夏至】(名)夏至。

けしいん⓪【消印】(名)❶注銷印。❷郵戳。

けしからん④【怪しからん】(連語)不像話，豈有此理。

けしき①【景色】(名)風景，景色。

けしき①【気色】(名)❶神色，表情。❷兆頭，預兆。

けしゴム③⓪【消しゴム】(名)橡皮擦。

げしゃ⓪①【下車】(名・自サ)下車。

げしゅく⓪【下宿】(名・自サ)家庭公寓，低級旅館，寄宿。

げじゅん⓪①【下旬】(名)下旬。

げじょ①【下女】(名)女傭人。

けしょう②【化粧】(名・自サ)❶化妝，打扮。☆～室／化妝室。盥洗室。厠所。☆～石鹸／香皂。❷裝飾，裝潢。

け・す⓪【消す】(他五)❶熄滅。☆火を～／滅火。❷關閉。☆電灯を～／關電燈。❸消除，除掉，解除。☆姿を～／消失。☆黒板の字を～／擦掉黑板上的字。❹殺掉，幹掉。

げすい⓪【下水】(名)❶污水，髒水。❷下水道。

けず・る⓪【削る】(他五)❶削，刮，刨。☆鉛筆を～／削鉛筆。☆かんなで板を～／用刨子刨木板。❷削減，刪掉。☆経費を～／削減經費。

けた⓪【桁】(名)❶樑架。❷位，位數。★～が違う／相差懸殊。☆三～の数字／三位數。

げた⓪【下駄】(名)木屐。☆～をはく／穿木屐。★～をはかせる／(比實際)抬高，虛誇。

けだか・い③【気高い】(形)高雅，高尚，崇高。

けだし①【蓋し】(副)蓋，大概，總之。

けたたまし・い⑤(形)(聲音)尖，喧囂，嘈雜。

けだもの⓪【獣】(名)❶獸類。❷禽獸，畜牲。☆この～め／你這個畜牲！

けだる・い③【気怠い】(形)懶散，倦怠，懶洋洋。

けち①(名・形動)❶吝嗇，小氣。☆～な人／吝嗇鬼。❷下賤，卑劣。☆～な根性／劣根性。❸寒酸，簡陋。☆～な服／寒酸的衣服。❹蕭條，不景氣。★～をつける／挑毛病，說喪氣話。

けちくさ・い④【けち臭い】(形)❶吝嗇，小氣。❷寒酸，簡陋。❸狹隘。

けちんぼう①【けちん坊】(名)吝嗇鬼。

げつ【月】(接尾)月。☆今(こん)～／本月。☆来～／下月。

けつい①②【決意】(名・自他サ)決意，決心，下決心。

けつえき②【血液】(名)血液。☆～型(がた)／血型。

けっか⓪①【結果】(名)❶結果。☆手術の～／手術的結果。❷結果實。☆リンゴの～期／蘋果的結果期。

けっかく⓪【結核】(名)結核。☆肺(はい)～／肺結核。

けっかん⓪【欠陥】(名)缺陷。

けっかん⓪【血管】(名)血管。

けつぎ①②【決議】(名・他サ)決議，決定。

げっきゅう⓪【月給】(名)月薪，

薪水，工資。

けっきょく【結局】(一)④(名)結局，結果。(二)⓪(副)結局，結果，究竟，到底。

けっきん⓪【欠勤】(名・自サ)缺席。☆～届(とどけ)／請假條。

げっけい⓪【月経】(名)月經。

けっこう【結構】(一)⓪③(名)結構，構造，佈局。☆文章の～／文章的結構。(二)①(形動)❶好，漂亮。☆～なお土産／很好的禮物。❷行，可以。☆お金はいつでも～です／錢什麼時候都可以。❸夠了，足夠。☆もう～です／夠了。不用了。不要了。(三)①(副)相當，基本上。☆これで～間に合う／這就相當管用。

けつごう⓪【結合】(名・自他サ)結合。☆～組織／結締組織。

けっこん⓪【結婚】(名・自他サ)結婚。☆～式をあげる／舉行婚禮。

けっさく⓪【傑作】(一)(名)傑作。(二)(形動)滑稽，可笑，古怪。☆～なやつだ／真是個活寶。

けっさん①【決算】(名・他サ)❶決算。❷結算，結帳，清帳。

けっして⓪【決して】(副)(下接否定語)決，絕，一定。☆もう～しません／絕不再幹。

げっしゃ⓪【月謝】(名)(每月的)學費。

けっしょう⓪【決勝】(名)決勝。☆～戦／決賽。☆～線／終點線。☆～点／終點。

けっしょう⓪【結晶】(名・自サ)結晶，成果，結果。

けっしょく⓪【欠食】(名・自サ)缺食，吃不飽。☆～児童／缺食兒童。

げっしょく⓪【月食】(名)月蝕。☆皆既(かいき)～／月全食。☆部分～／月偏食。

けっしん①③【決心】(名・自サ)決心，決意。

けっ・する⓪【決する】(自他サ)❶決，決定。☆雌雄(しゆう)を～／決一雌雄。☆意を～／決意，決心。❷決口，決堤。

けっせい⓪【結成】(名・他サ)結成，組成。

けっせき⓪【欠席】(名・自サ)缺席。☆～裁判／缺席審判。☆～届(とどけ)／請假條。

けっそく⓪【結束】(名・自他サ)❶團結。❷捆，捆扎。

けったく⓪【結託】(名・自サ)勾結，串通，合謀。

けつだん⓪【決断】(名・自サ)決斷，果斷，決心。☆～がつかない／猶豫不決。

けってい⓪【決定】(名・他サ)決定。☆～権／決定權。☆～的／決定性的。☆～板／(書刊的)定本。

けってん③⓪【欠点】(名)缺點，毛病。☆～を改める／改正缺點。

けっとう⓪【血統】(名)血統。

げっぷ⓪【月賦】(名)按月付款，分期付款。

けつぼう⓪【欠乏】(名・自サ)缺乏，缺少。

けつまつ⓪【結末】(名)結果，結局，收場。☆～がつく／（被）解決。結束。☆～をつける／解決。結束。

げつまつ⓪【月末】(名)月末。

げつよう⓪③【月曜】(名)星期一。☆～日(び)／星期一。

けつれつ⓪【決裂】(名・自サ)決裂，破裂。

けつろん⓪②【結論】(名・自サ)結論。☆～をくだす／下結論。

げどく⓪【解毒】(名・自サ)解毒。☆～剤／解毒劑。

けとば・す⓪【蹴飛ばす】(他五)❶踢開。❷拒絕。

けなげ①⓪【健気】(形動)❶勇敢，堅毅，剛強。❷令人欽佩，值得稱讚。

けな・す⓪【貶す】(他五)貶，貶低。

げねつ⓪【解熱】(名・他サ)解熱，退燒。☆～剤／退燒藥。

けねん①⓪【懸念】(名・他サ)擔心，擔憂，憂慮。

けはい②①【気配】(名)跡象，氣息，動靜。

けびょう⓪【仮病】(名)假病。☆～を使う／裝病。

げひん②【下品】(形動)下流，卑鄙，庸俗。

けむ・い⓪【煙い】(形)(煙)嗆人，醺人。

けむし③【毛虫】(名)毛毛蟲。

けむたが・る④【煙たがる】(自五)❶嗆得慌。❷望而生畏，敬而遠之。

けむり⓪【煙・烟】(名)煙。☆～を吐く／冒煙。☆～となる／化為灰燼。化為泡影。★火のないところに～が立たない／無風不起浪。

けむ・る⓪【煙る】(自五)❶冒煙。❷迷茫，朦朧。

けもの⓪【獣】(名)→けだもの

けら⓪【螻蛄】(名)螻蛄。

けらい①【家来】(名)家臣。

げらく⓪【下落】(名・自サ)跌落，下跌，降低。

けり②(名)結尾，結局。☆～がつく／完結。☆～をつける／結束。

げり⓪【下痢】(名・自サ)瀉肚，腹瀉。

ゲリラ①【guerrilla】(名)游擊，游擊隊。☆～戦／游擊戰。

け・る①【蹴る】(他五)❶踢。☆石を～／踢石頭。❷拒絕。☆要求を～／拒絕要求。

けれど(一)(接助)❶（表示轉折）可是，但是，然而。☆買いたい～金がない／想買，可是沒有錢。❷不表示轉折，只起連接上下句的作用。☆私は井上です～お父さんは御在宅ですか／我是井上，你父親在家嗎？㈡(終助)❶表示委婉。☆ちょっとお願いしたい事があるんです～／我有件事想求求你，不知…。❷表示願望。☆こんな時にあの人が居てくれるといいんだ～／這時要是有他在就好了。㈢①(接)表示轉折)可是，但是。☆これは非常に便利なものです。～、少し値段が高すぎます／這個很方便，但價錢有點兒太貴。

けれども→けれど

けわし・い③【険しい】(形)❶險峻，陡峭。❷險惡，艱險。❸嚴厲，可怕。

けん①【券】(名)券，票。☆～を買う／買票。☆入場～／入場券。☆乗車～／車票。

けん①【件】(名)❶事，事情。☆例の～／那件事。❷(量詞)件，起，樁。☆二～／三件。

けん【軒】(接尾)所，棟，家。☆三～の家／三棟房子。

けん①【県】(名)縣。☆日本には43の～がある／日本有四十三個縣。☆奈良～／奈良縣。

けん①【兼】(名)兼。☆首相～外相／首相兼外相。

けん【権】㈠①(名)權，權力。☆兵馬の～／兵馬之權。㈡(接尾)權。☆選挙～／選舉權。

けん【圏】(接尾)區，區域，範圍。☆首都～／首都區域。☆勢力～／勢力範圍。

げん①【言】(名)言，話。☆～を左右にする／支吾其詞。☆～を待たない／自不待言。

げん①【弦】(名)弦。☆バイオリンの～が切れた／小提琴的弦斷了。

げん①【減】(名)減，減少。☆二割の～／減少兩成。

げん①【厳】(形動)嚴，嚴格，嚴厲，嚴肅。☆警戒を～にする／嚴加警戒。

げん【現】(接頭)現。☆～内閣／現任内閣。

けんあく⓪【険悪】(形動)險惡。

けんい①【権威】(名)❶權威。☆数学の～／數學權威。❷權勢，威嚴，威信。☆父親は～がない／父親沒有威嚴。

げんいん⓪【原因】(名・自サ)原因，起因。☆人手不足が～している／起因於人手不足。

げんえき⓪①【現役】(名)現役。☆～の将校／現役軍官。☆～の選手／現役選手。

けんえつ⓪【検閲】(名・他サ)檢查，審查，審閱。☆出版物を～する／檢查出版物。

けんえん⓪【犬猿】(名)犬和猿。★～の仲★～もただならぬ／(關係)水火不相容。

けんか⓪【喧嘩】(名・自サ)口角，爭吵，吵嘴，打架。☆～

早(ばや)い／愛吵架。☆~別れ／不歡而散。☆夫婦~(げんか)／兩口子吵架。★~を売る／找碴打架。

げんか①【原価】(名)❶原價。❷成本。☆~を割る／虧本。

けんかい⓪【見解】(名)見解。

げんかい⓪【限界】(名)界限，限度，範圍。

けんがく⓪【見学】(名・他サ)參觀。

げんかく⓪【厳格】(形動)嚴格。

げんかん①【玄関】(名)門口。

げんき①【元気】(名・形動)❶精神，精力，朝氣。☆~よく／精力充沛地。☆~がない／沒精神。☆~を出す／鼓起幹勁。❷(身體)結實，健康。☆どうかお~で／祝你健康。請多保重。❸元氣。

けんきゅう⓪【研究】(名・他サ)研究。☆~所／研究所。

げんきゅう⓪【言及】(名・自サ)提到，談到。

けんきょ①【検挙】(名・他サ)逮捕，拘捕。

けんきょ①【謙虚】(名・形動)謙虛。

げんきん③【現金】(一)(名)現金。☆~の持合せがない／沒帶現款。(二)(形動)勢利眼，唯利是圖。☆~な奴／勢利眼的人。

げんきん⓪【厳禁】(名・他サ)嚴禁。☆火気~／嚴禁煙火。

けんけつ⓪【献血】(名・自サ)捐血。☆~者／捐血者。

けんげん③【権限】(名)權限。

げんご①【言語】(名)語言。

けんこう⓪【健康】(名・形動)健康。☆~診断／健康檢查。

げんこう③⓪【原稿】(名)原稿，稿子。☆~用紙／稿紙。☆~料／稿酬。

げんこう⓪【言行】(名)言行。☆~一致／言行一致。

げんこう⓪【現行】(名)現行。☆~犯／現行犯。

げんこつ⓪【拳骨】(名)拳頭。

けんさ①【検査】(名・他サ)檢查，檢驗。

げんざい①【現在】(名)❶現在，目前，此時。❷(語法)現在時。

げんさく⓪【減作】(名)(農作物)減產，歉收。

けんさつ⓪【検察】(名・他サ)檢察。☆~官／檢察官。

けんざん⓪【験算・検算】(名・他サ)驗算。

けんじ①【検事】(名)檢察官。☆~総長／最高檢察長。

げんし①【原子】(名)原子。☆~爆弾／原子彈。☆~番号／原子序數。☆~力／原子能。

げんし①【原始】(名)原始。

けんしき⓪【見識】(名)❶見識，見解，見地。❷氣度，品格。☆~が高い／見識高。架子大。☆～張(ば)る／擺架子。妄自尊大。裝有見識。

けんじつ⓪【堅実】(名・形動)堅實，踏實，可靠，穩重。

げんじつ⓪【現実】(名)現實。

けんしゅう⓪【研修】(名・他サ)進修。☆～生／進修生。

けんじゅう⓪【拳銃】(名)手槍。

げんじゅう⓪【厳重】(形動)嚴重，嚴格，嚴厲。

げんしゅく⓪【厳粛】(形動)嚴肅，莊嚴。

けんしょう⓪【懸賞】(名)❶懸賞。❷獎金，獎品。

けんじょう⓪【謙譲】(名・形動)謙讓，謙遜。

げんしょう⓪【現象】(名)現象。

げんしょう⓪【減少】(名・自他サ)減少。

げんじょう⓪【現状】(名)現狀。

げん・じる⓪【減じる】(自他上一)減少，減去，降低。

けんしん⓪【献身】(名・自サ)獻身，捨身。

げんすい①【元帥】(名)元帥。

げんすいばく③【原水爆】(名)原子彈和氫彈。

げん・ずる⓪③【減ずる】(自他サ)→げんじる

げんせい⓪【原生】(名)原生，原始。☆～動物／原始動物。☆～林／原始林。

げんぜい⓪【減税】(名・他サ)減稅。

けんせつ⓪【建設】(名・他サ)建設，建築，修建。

けんぜん⓪【健全】(形動)健全，健康，堅實，穩固。

げんせん⓪【源泉】(名)源泉。

げんそ①【元素】(名)元素。☆～記号／元素符號。

げんそう⓪【幻想】(名・他サ)幻想，空想。

けんそく⓪【検束】(名・他サ)❶管束，看管。❷拘留。

げんそく⓪【原則】(名)原則。

けんそん⓪【謙遜】(名・形動・自サ)謙遜，謙虛。

げんだい①【現代】(名)現代。

けんち①【見地】(名)❶見地，觀點，立場。❷檢查建築用地。

げんち①【現地】(名)❶現場，實地。☆～調査／實地調查。❷當地，本地。☆～住民／當地居民。

けんちく⓪【建築】(名・他サ)建築，建築物。☆～現場／建築工地。

けんちょ①【顕著】(形動)顯著，明顯。

けんちょう①【県庁】(名)縣政府。

けんてい⓪【検定】(名・他サ)檢定，審定。☆教科書～制度／教科書審定制度。

げんてい⓪【限定】(名・他サ)限定。☆～版(ばん)／限定出版部數的圖書。

げんど①【限度】(名)限度。☆～

を越える／超越限度。

けんとう③【見当】(名)❶(大約的)方向，方位。☆駅はこの～に当る／火車站大約在這個方向。❷估計，預料，推測。★～がつく／有頭緒。有眉目。❸大約。☆四十～の人／四十歲上下的人。

けんとう⓪【拳闘】(名)拳擊。

けんとう⓪【健闘】(名・自サ)奮鬥，拼搏。

けんとう⓪【検討】(名・他サ)討論，研討，研究。

けんどう①【剣道】(名)劍術。

げんどう⓪【言動】(名)言行。

げんに①【現に】(副)實際，確實。☆～この目で見た／親眼看到了。

げんに①【厳に】(副)嚴格，嚴厲。

けんにん⓪【兼任】(名・他サ)兼任，兼職。

げんば⓪【現場】(名)現場。

げんばく⓪【原爆】(名)原子彈。☆～症／放射病。

けんびきょう⓪【顕微鏡】(名)顯微鏡。

けんぶつ⓪【見物】(名・他サ)參觀，遊覽，觀光。☆～席／看台。☆～人(にん)／觀眾。

けんぶん⓪【見聞】(名・他サ)見聞，見識。

げんぶん⓪【原文】(名)原文。

けんぼう⓪【健忘】(名)健忘。☆～症／健忘症。

けんぽう①【憲法】(名)憲法。

けんまく①【見幕・剣幕・権幕】(名)氣勢洶洶。

げんみつ⓪【厳密】(形動)嚴密，嚴格。☆～に言えば／嚴格地說。

けんめい⓪【賢明】(形動)賢明，高明。

けんめい⓪【懸命】(形動)拼命。

げんめい⓪【言明】(名・他サ)言明，明言。

げんめつ⓪【幻滅】(名・自サ)幻滅。

けんもほろろ①(形動)極其冷淡。

けんやく⓪【倹約】(名・他サ)節省，節約，節儉。

けんり①【権利】(名)權利。

げんり①【原理】(名)原理。

げんりょう③【原料】(名)原料。

けんりょく①【権力】(名)權利。☆～者／掌權者。

げんろう⓪【元老】(名)元老。

げんろん⓪①【言論】(名)言論。

コ・こ

[KO]

こ【小】(接頭)❶小。☆～鳥／小鳥。❷近，將近，差不多。☆～一時間／將近一個小時。❸稍微，有點兒。☆～ぎれいな所／挺乾淨的地方。❹表示輕蔑。☆～利口(りこう)／小聰明。

こ【故】(接頭)已故。☆～中村正夫氏／已故中村正夫氏。

こ【個・箇】(接尾)個。☆リンゴ五～／五個蘋果。

こ【戸】(接尾)戶。☆一～当りの所得／每戶的平均收入。☆一～建ての家／獨門獨戶的住宅。

こ【湖】(接尾)湖。☆火口～／火口湖。

こ⓪**【子・児】**(名)❶孩子，小孩。☆～を産(う)む／生孩子。☆男の～／男孩兒。★い い～になる／裝好人兒。❷姑娘。❸仔，崽，卵，雛。☆牛の～／牛犢。❹利息。★元(もと)も～もなくす／本利全光。雞飛蛋打。

こ①**【弧】**(名)弧，弧形。

こ①**【粉】**(名)粉，粉末。☆米を～にひく／把米磨成粉。★身を～にする／拼命。忘我。

ご【御】(接頭)（多接於漢語詞彙前）❶表示尊敬。☆～両親／您父母。☆～存じの通り／如您所知。❷表示自謙。☆～説明申し上げます／我來向你說明。

ご【後】(接尾)後，以後。☆その～／以後。☆帰国～／回國後。

ご【語】〔一〕①(名)詞，單詞。☆～の意味／單詞的詞義。〔二〕(接尾)詞，語。☆反対～／反義詞。☆中国～／中國語。

ご①**【碁】**(名)圍棋。☆～を打つ／下圍棋。

こ・い①**【濃い】**(形)濃，深，稠，密。☆味が～／味道濃。

☆~緑／深綠。☆~ひげ／濃密的鬍鬚。

こい①【恋】(名・自サ)戀愛，愛情。★~は思案の外(ほか)／愛情是不可思議的。

こい①【鯉】(名)鯉魚。

こい①【請い・乞い】(名)請求，乞求。☆~を入れる／答應請求。

こい①【故意】(名)故意。

ごい①【語彙】(名)詞彙。

こいし⓪【小石】(名)小石頭，石子兒，碎石。

こいし・い③【恋しい】(形)愛慕，思念，想念，懷念。☆~人／情人。☆故郷が~／思念故鄉。

こいつ⓪(代)這個，這東西，這小子，這傢伙。☆~はすばらしい／這東西真好。☆~め／你這個小子！

こいのぼり③【鯉幟】(名)(端午節掛的)鯉魚旗。

こいびと⓪【恋人】(名)戀人，情人，(戀愛的)對象。

こいぶみ⓪①【恋文】(名)情書。

コイル①【coil】(名)線圈。

コイン①【coin】(名)硬幣。

こ・う①【請う・乞う】(他五)請求，乞求。☆教えを~／請教。☆許しを~／求饒。

こう⓪【斯う】(副)這樣，這麼。☆ぼくは~だと思う／我認為是這樣的。

こう【好】(接頭)好，優秀。☆~青年／好青年。

こう【校】(接尾)❶校，學校。☆一流~／一流學校。☆出身~／畢業學校。❷(學校數)所。☆三~／三所學校。

こう【工】(接尾)工。☆修理~／修理工。

こう【港】(接尾)港。☆神戸~／神戶港。

こう【項】(一)①(名)項，項目。☆この~／這一項。☆同類の~／同類項。(二)(接尾)項。☆第三~／第三項。

こう①【甲】(名)❶(甲、乙的)甲。❷(天干之一)甲。❸第一。☆~乙なし／不分上下。❹甲冑，鎧甲。❺甲殼。☆かめの~／龜甲。❻(手、腳的)背。☆手の~／手背。

こう①【功】(名)❶功，功勞。☆~を立てる／立功。❷功效，成效。☆~を奏する／奏效。

こう①【効】(名)效，效果。☆~を奏する／奏效。

ごう【号】(一)①(名)號，雅號，別名。(二)(接尾)❶(接車、船等名稱後)號。☆ひかり~／光號。❷(表示事物的序數)號。☆創刊~／創刊號。☆三~車／三號車廂。☆台風五~／五號台風。☆六~活字／六號鉛字。

ごう①【郷】(名)❶(日本舊行政區劃之一)鄉。❷鄉，鄉土。

★～に入(い)っては～に従え／入鄉隨俗。

ごう①【業】(名)❶(佛)業，罪孽。☆～が深い／罪孽深重。❷生氣，憤怒。☆～が煮える☆～を煮やす／生氣。焦躁。

こうあつ⓪【高圧】(名)高壓。☆～線／高壓線。

こうあん⓪【公安】(名)公安。

こうあん⓪【考案】(名・他サ)設計，研製。☆～者／發明者。

こうい①【好意】(名)好意。☆ご～を感謝します／感謝您的好意。

こうい①【行為】(名)行為，行徑，舉動。

ごうい①【合意】(名・自サ)同意，意見一致。

こういしょう③【後遺症】(名)後遺症。

こういってん①③【紅一点】(名)(萬綠叢中)一點紅，(多數男性中)唯一的女性。

こういん⓪①【工員】(名)工人。

こういん⓪①【光陰】(名)光陰。★～矢の如し／光陰似箭。

ごういん⓪【強引】(形動)強行，強制，強硬。

こうう①【降雨】(名)降雨。☆～量／降雨量。☆人工～／人工降雨。

ごうう①【豪雨】(名)大雨，暴雨。

こううん⓪①【幸運・好運】(名・形動)幸運，好運。☆～にも入賞した／很幸運地得了獎。☆～児／幸運兒。

こうえい⓪【光栄】(名・形動)光榮。

こうえき⓪【公益】(名)公益。

こうえき⓪【交易】(名・自サ)交易，貿易。

こうえん⓪【公園】(名)公園。

こうえん⓪【公演】(名・自サ)公演，演出。

こうえん⓪【講演】(名・自サ)講演，演講，報告。

こうえん⓪【後援】(名・他サ)後援，聲援，支援，贊助。

こうおつ①【甲乙】(名)❶甲乙。❷優秀。☆～がつけがたい／不分上下。

こうか①【効果】(名)效果。

こうか①【降下】(名・自サ)下降，降落。

こうか①【硬貨】(名)硬幣。

ごうか①【豪華】(形動)豪華。☆～版(ばん)／特別精裝本。

こうかい⓪【公開】(名・他サ)公開，對外開放。☆～状／公開信。

こうかい①【後悔】(名・自他サ)後悔。★～先に立たず／後悔莫及。

こうかい①【航海】(名・自サ)航海。

こうがい⓪①【口外】(名・他サ)洩漏，對外人講。

こうがい⓪【公害】(名)公害。

こうがい①【郊外】(名)郊外。

ごうがい⓪【号外】(名)號外。

こうがく⓪①【工学】(名)工學，工程學。☆～部／(綜合大學的)工學院。☆～製図／工程製圖。

こうがく⓪【光学】(名)光學。

こうがく⓪【向学】(名)好學。☆～心／好學心。求知慾。

ごうかく⓪【合格】(名・自サ)合格，及格。

こうかつ⓪【狡猾】(形動)狡猾。

こうかん⓪【交換】(名・他サ)交換。☆プレゼントを～する／交換禮物。☆～手(しゅ)／話務員。☆～台／(電話)總機。

こうかん⓪【交歓】(名・自サ)聯歡。☆～会／聯歡會。

ごうかん⓪【強姦】(名・他サ)強姦。

こうき①【好奇】(名)好奇。☆～心／好奇心。☆～の目／好奇的眼光。


こうき①【後期】(名)後期。

こうき①【光輝】(名)光輝。

こうき①【高貴】(名・形動)高貴，尊貴，貴重。

こうぎ①【広義】(名)廣義。

こうぎ①③【抗議】(名・自サ)抗議。☆～文／抗議書。

こうぎ③【講義】(名・他サ)課，講課。☆～をきく／聽課。☆～をする／講課。

こうきゅう⓪【公休】(名)公休。☆～日／公休日。

こうきゅう⓪【高級】(名・形動)高級。☆～品／高級品。

こうきょ①【皇居】(名)皇宮。

こうきょう⓪【公共】(名)公共。☆～福祉(ふくし)／公共福利。☆～施設／公共設施。

こうきょう⓪【好況】(名)景氣，繁榮。

こうきょう⓪【交響】(名)交響。☆～楽／交響樂。☆～曲／交響曲。


こうぎょう①【工業】(名)工業。☆重(じゅう)～／重工業。☆軽(けい)～／輕工業。

こうぎょう①【鉱業】(名)礦業。

こうぎょう⓪【興行】(名・他サ)演出，上演。

こうきん⓪【拘禁】(名・他サ)拘禁，拘留，拘押。

ごうきん⓪【合金】(名)合金。

こうくう⓪【航空】(名)航空。☆～路／航線。☆～便(びん)／航空信。☆～母艦／航空母艦。

こうけい①⓪【光景】(名)光景，情景，景象。

こうげい①【工芸】(名)工藝。☆～品／工藝品。

ごうけい⓪①【合計】(名・他サ)合計，共計，總計。

こうけいき③【好景気】(名)景氣，繁榮。

こうげき⓪【攻撃】(名・他サ)❶攻擊，進攻。❷抨擊，譴責。

ごうけつ⓪【豪傑】(名)❶豪傑，

好漢。❷豪爽，豪邁。☆～風／豪邁風度。☆～笑い／放聲大笑。

こうけつあつ④【高血圧】(名)高血壓。

こうけん⓪【貢献】(名・自サ)貢獻。

こうげん⓪【高原】(名)高原。

こうご⓪【口語】(名)口語。☆～体／口語體。☆～文／白話文。

こうご①【交互】(名)交互，交替。

こうこう①【孝行】(名・形動・自サ)孝順。☆親(おや)～／孝順父母。☆～息子／孝子。

こうこう⓪【高校】(名)高中。☆～生／高中生。

こうこう⓪【膏肓】(名)膏肓。★病(やまい)～に入(い)る／病入膏肓。

こうごう③【皇后】(名)皇后。

ごうごう③⓪【轟轟】(形動)轟轟，隆隆，轟隆。

こうごうしい・い⑤【神神しい】(形)神聖，莊嚴。

こうごうせい③【光合成】(名)光合作用。

こうこく⓪【広告】(名・他サ)廣告。☆～を出す／出廣告。☆～料／廣告費。☆～欄／廣告欄。

こうこつ⓪【恍惚】(形動)❶恍惚。☆～の人／恍惚的人。神志不清的人。❷出神。☆～として眺める／出神的望著。

こうこつぶん④【甲骨文】(名)甲骨文。

こうさ⓪【交差】(名・自サ)交叉。☆～点／十字路口。

こうさ①⓪【考査】(名・他サ)❶考查，考核。❷考試，測驗。

こうざ⓪【口座】(名)戶頭。

こうざ⓪【講座】(名)講座。

こうさい⓪【公債】(名)公債。

こうさい⓪【交際】(名・自サ)交際，交往。☆～家／善於交際的人。

こうさく⓪【工作】(名・他サ)❶（學校的學科）手工。☆～道具／工作工具。❷（土建等）工程。☆橋の補強～／橋樑的加固工程。❸（為達某目的而）工作，活動。☆～員／秘密工作人員。☆裏面(りめん)～／幕後活動。☆～機械／工作母機。機床。

こうさく⓪【耕作】(名・他サ)耕作，耕種。

こうさつ⓪【考察】(名・他サ)考察，研究。

こうさん⓪【降参】(名・自サ)❶投降。❷認輸，折服。

こうざん①【鉱山】(名)礦山。

こうし①【公私】(名)公私。

こうし①【公使】(名)公使。

こうし⓪【格子】(名)格子，方格。☆～戸(ど)／格子門。☆～縞(じま)／方格花紋。

こうし①**【講師】**(名)講師。

こうし①**【行使】**(名・他サ)行使。☆権利を～する／行使權利。

こうじ①**【工事】**(名・自サ)工程，施工。☆～現場／工地。

こうじ⓪**【麹】**(名)麯子。☆～菌／麯霉。

こうしき⓪**【公式】**(名)❶公式。☆～主義／教條主義。❷正式。☆～試合／正式比賽。

こうしつ⓪**【皇室】**(名)皇室。

こうじつ⓪**【口実】**(名)口實，藉口。☆～をさがす／找藉口。

こうしゃ①**【公社】**(名)（日本政府出資的公用事業）公司。☆専売～／國營專賣公司。

こうしゃ①**【校舎】**(名)校舍。

こうしゃ①**【後者】**(名)後者。

ごうしゃ①**【豪奢】**(名・形動)豪華，奢華。

こうしゃく⓪①**【公爵】**(名)公爵。

こうしゃく⓪①**【侯爵】**(名)侯爵。

こうしゃほう⓪③**【高射砲】**(名)高射炮。

こうしゅ①**【攻守】**(名)攻守。

こうしゅ①⓪**【絞首】**(名)絞首。☆～刑／絞刑。☆～台／絞架。

こうしゅう⓪**【公衆】**(名)公眾。☆～電話／公用電話。☆～便所／公共厠所。

こうしゅう⓪**【講習】**(名・他サ)講習，學習。☆～会／講習會。

こうしょう⓪**【交渉】**(名・自サ)❶交涉，談判。☆平和～／和談。❷關係，聯繫，往來。☆彼と～がある／跟他有來往。

こうしょう⓪**【公傷】**(名)公傷。

こうじょう⓪③**【口上】**(名)言詞，口信。☆～がうまい／善於辭令。☆～を伝える／傳口信。☆前(まえ)～／開場白。☆～書(しょ)／談判記錄。

こうじょう③⓪**【工場】**(名)工廠。

こうじょう⓪**【向上】**(名・自サ)提高。☆～心／進取心。上進心。

こうじょう⓪**【交情】**(名)交情。

ごうじょう⓪**【強情】**(名・形動)倔，拗，執拗，固執。☆～なやつだ／是個倔東西。☆～を張る／頑固。

こうじょうせん⓪**【甲状腺】**(名)甲狀腺。

こうしょく⓪**【公職】**(名)公職。☆～につく／就公職。

こうしょく⓪**【好色】**(名)好色。☆～漢／好色之徒。色鬼。

こうしょく⓪**【黄色】**(名)黄色。☆～人種／黃種人。

こう・じる⓪③**【講じる】**(他上一)→こうずる(講)

こう・じる⓪③**【高じる】**(自上一)→こうずる(高)

こうしん⓪【行進】(名・自サ)行進，前進，遊行。☆デモ～／示威遊行。☆～曲／進行曲。

こうしん⓪【更新】(名・自他サ)更新，革新，刷新。

こうしん⓪【後進】(名・自サ)❶後輩，晚輩。❷後進，落後。☆～国／落後國家。❸(車船等)後退。☆～ギヤ／倒車檔。

こうすい⓪【香水】(名)香水。☆～をつける／洒香水。

こうずい①⓪【洪水】(名)洪水，大水。

こう・ずる⓪③【講ずる】(他サ)❶講，講授。☆大学で文学を～／在大學講授文學。❷採取，講求。☆手段を～／採取辦法。

こう・ずる⓪③【高ずる・嵩ずる】(自サ)加劇，加重。☆病気が～／病情加重。

こうせい⓪【公正】(名・形動)公正，公平，公道，公允。

こうせい⓪【攻勢】(名)攻勢。☆～に出る☆～を取る／採取攻勢。

こうせい⓪【厚生】(名)厚生，福利。☆～施設／福利設施。☆～年金／養老金。☆～省／厚生省。

こうせい⓪【恒星】(名)恒星。

こうせい①【後世】(名)後世，後代，將來。

こうせい⓪【更正】(名・他サ)更正，改正，修改。

こうせい⓪【更生】(名・自他サ)❶更正。☆自力(じりき)～／自立更生。❷重新做人。☆悪から～する／改惡從善。悔過自新。❸再生，翻新☆～品／再生品。☆～服／翻新的衣服。

こうせい⓪【校正】(名・他サ)校對。☆～刷(ず)り／校樣。

こうせい⓪【構成】(名・他サ)構成，組成，結構。

ごうせい⓪【合成】(名・他サ)合成。☆～纖維／合成纖維。☆～洗剤／合成洗滌劑。

ごうせい①【豪勢】(形動)奢侈，奢華。

こうせいぶっしつ⑤【抗生物質】(名)抗菌素，抗生素。

こうせき⓪【功績】(名)功績。

こうせき⓪【鉱石】(名)礦石。☆～ラジオ／礦石收音機。

こうせつ⓪【降雪】(名)降雪。☆～量／降雨量。

こうせつ⓪【公設】(名)國營，公營。☆～市場／公營市場。

こうせん⓪【光線】(名)光線。

こうせん⓪【交戦】(名・自サ)交戰。☆～国／交戰國。

こうぜん⓪【公然】(副・形動)公然，公開。☆～の秘密／公開的秘密。

こうそ①【酵素】(名)酶，酵素。

こうそ①【控訴】(名・自サ)上訴。☆～審／上訴審。

こ

こうそう⓪【構想】(名・他サ)構想，構思。☆〜がいい／構思好。

こうぞう⓪【構造】(名)構造。

こうそく⓪【拘束】(名・他サ)約束，束縛，拘留。☆〜力／約束力。

こうそく⓪【高速】(名)高速。☆〜道路／高速公路。

こうそく⓪【校則】(名)校規。

こうぞく⓪【皇族】(名)皇族。

こうぞく⓪【航続】(名・自サ)續航。☆〜距離／續航距離。

こうそくど③【高速度】(名)高速度。

こうたい⓪【交替・交代】(名・自サ)交替，輪換，輪流。☆三〜制の勤務／三班制的工作。☆〜で休憩する／輪流休息。

こうたい⓪【抗体】(名)抗體，免疫體。

こうたい⓪【後退】(名・自サ)後退，倒退，衰退。

こうだい⓪①【広大・宏大】(形動)廣大，廣闊，宏大。

こうたいごう③【皇太后】(名)皇太后。

こうたいし③【皇太子】(名)皇太子。

こうだん⓪【公団】(名)（日本政府經營的一種特殊的公用事業團體）公團。☆住宅〜／住宅公團。房地產公司。

こうだん⓪【講談】(名)說評書，講故事。☆〜師／說書藝人。

こうだん⓪【講壇】(名)講壇。

こうだんし③【好男子】(名)❶美男子。❷好漢。

こうち①⓪【拘置】(名・他サ)拘留。☆〜所／拘留所。

こうち①【耕地】(名)耕地。

こうちゃ⓪①【紅茶】(名)紅茶。

こうちょう⓪【好調】(名・形動)順利，情況良好。

こうちょう⓪【校長】(名)校長。

こうちん①【工賃】(名)工錢。

こうつう⓪【交通】(名・自サ)❶交通。☆〜機関／交通工具。交通機關。☆〜事故／交通事故。☆〜渋滞(じゅうたい)／交通阻塞。☆〜巡査／交通警察。❷往來，交往。

こうつごう③【好都合】(名・形動)方便，順利，合適，恰好。

こうてい⓪【公定】(名)公定，法定。☆〜歩合(ぶあい)／公定利率。法定比值。

こうてい⓪①【工程】(名)（工程）進度，工序，工藝。

こうてい⓪【肯定】(名・他サ)肯定，承讓。

こうてい⓪【校訂】(名・他サ)校訂。☆〜版／教訂版。

こうてい⓪③【校庭】(名)校園。

こうてい⓪【皇帝】(名)皇帝。

こうてき⓪【好適】(名・形動)適合，適宜，恰好。

こうてきしゅ③【好敵手】(名)好對手，勁敵。

こうてつ⓪【鋼鉄】(名)鋼鐵。

こうてつ⓪【更迭】(名・自他サ)更迭，更換，調動。

こうてん⓪【好転】(名・自サ)好轉。

こうてん⓪【後天】(名)後天。☆～性／後天性。☆～的(てき)／後天性的。

こうとう⓪【口頭】(名)口頭。☆～試問／口試。

こうとう⓪【高等】(名・形動)高等，高級。☆～学校／高中。☆～裁判所／高級法院。

こうとう⓪【高騰】(名・自サ)（物價）上漲，騰貴。

こうどう⓪【行動】(名・自サ)行動。☆軍事～／軍事行動。

こうどう⓪【講堂】(名)禮堂。

ごうとう⓪【強盗】(名)強盜。☆～を働く／當強盜。搶劫。

ごうどう⓪【合同】(名・自他サ)❶聯合，合併。❷（數）全等。

こうとく⓪【公徳】(名)公德。

こうどく⓪【購読】(名・他サ)訂閱。☆～者／訂閱者。

こうない①【坑内】(名)礦井內，井下。☆～作業／井下作業。

こうない①【校内】(名)校內。☆～放送／校內廣播。

こうない①【構内】(名)院內。

こうなん⓪【後難】(名)後患。

こうにゅう⓪【購入】(名・他サ)購入，買進。

こうにん⓪【公認】(名・他サ)公議，（官方）承議。

こうにん⓪【後任】(名)後任。

こうねつ⓪【高熱】(名)高溫，高燒。

こうねつひ④【光熱費】(名)煤電費。

こうのう⓪【効能】(名)效能，效力。☆薬の～が現れた／藥見效了。☆～書き／藥效說明書。

こうば③【工場】(名)工廠。☆町(まち)～／街道工廠。

こうはい⓪【後輩】(名)❶後輩，晚輩。❷下級生，晚到職的同事。

こうばい③【勾配】(名)❶坡度，斜度。❷傾斜，坡。☆～をつける／使其傾斜。

こうばい⓪【公売】(名・他サ)拍賣。

こうばい⓪【購買】(名・他サ)購買，收購。☆～力／購買力。

こうばいすう③【公倍数】(名)公倍數。

こうはん⓪【公判】(名)公審。☆～廷／公審法庭。

こうはん⓪【後半】(名)後半。☆～期／下半年。

こうばん⓪【交番】(名)❶派出所。❷輪流，交替。☆～制／輪班制。

ごうばん⓪【合板】(名)(也読″ごうはん″)膠合版。

こうひ①【工費】(名)工程費。

こうひ①【公費】(名)公費，公款。☆～を乱費する／濫用公款。

こうひょう⓪【公表】(名・他サ)公布，發表。

こうひょう⓪【好評】(名)好評。☆～を博する／博得好評。

こうびん⓪【後便】(名)下次的信，下次郵寄。

こうふ①⓪【公布】(名・他サ)公布，頒布。

こうふ①⓪【交付】(名・他サ)交付，發給。

こうふく⓪【幸福】(名・形動)幸福。

こうふく⓪【降伏・降服】(名・自サ)投降。☆無条件～／無條件投降。

こうぶつ①⓪【好物】(名)愛吃的東西。☆大～／最愛吃的東西。

こうぶつ⓪①【鉱物】(名)礦物。

こうふん⓪【興奮・亢奮・昂奮】(名・自サ)興奮，激動。

こうぶんしょ③【公文書】(名)公文。

こうべ①⓪【首・頭】(名)首，頭。

こうへい⓪【公平】(名・形動)公平，公道。☆不～／不公平。

こうほ⓪【候補】(名)候補（人），候選（人）。

こうぼ①【公募】(名・他サ)招募，招收，徵集。

こうぼ①【酵母】(名)酵母。

こうほう⓪①【公報】(名)公報。

こうほう⓪【広報】(名)宣傳。

ごうほう⓪【合法】(名・形動)合法。☆非～／非法。

こうま⓪【小馬】(名)小馬。

ごうまん⓪【傲慢】(名・形動)傲慢。☆～無理／傲慢無禮。

こうみょう⓪①【功名】(名)功名。☆～を立てる／立功。★怪我の～／歪打正著。

こうみょう⓪①【巧妙】(形動)巧妙。

こうみょう⓪①【光明】(名)光明。

こうみん⓪【公民】(名)公民。☆～権／公民權。

こうむ①【公務】(名)公務，公事。☆～員／公務員。

こうむ・る③【被る・蒙る】(他五)蒙，蒙受，遭受，招致。☆損害を～／蒙受損失。☆ご免を～／失陪，謝絕。

こうめい⓪【公明】(名・形動)公正，光明。☆～正大／光明正大。

ごうめいがいしゃ⑤【合名会社】(名)無限公司。

こうもく⓪【項目】(名)項目。

こうもり①【蝙蝠】(名)蝙蝠。

ごうもん⓪【拷問】(名・他サ)拷問，刑訊。

こうやく⓪【公約】(名・自他サ)公約，諾言。

こうやくすう③④【公約数】(名

公約數。☆最大～／最大公約數。

こうゆう⓪【校友】(名)校友。☆～会／校友會。

こうよう⓪【公用】(名)❶公用。☆～語／公用語。通用語。❷公事，公務。☆～で出張する／因公出差。

こうよう⓪【効用】(名)❶用處，用途。❷效能，功能，功效。

こうよう⓪【紅葉】(名・自サ)紅葉，霜葉，葉子變紅。

こうようじゅ③【広葉樹】(名)闊葉樹。

こうら③⓪【甲羅】(名)甲，殼，甲殼。☆亀の～／龜甲。☆～を干(ほ)す／晒太陽。

こうらく⓪①【行楽】(名)遊覽，遊玩。☆～客／遊客。☆～地／遊覽地。

こうり⓪【小売】(名・他サ)小賣，零售。☆～店／小賣店。☆～商／零售商。

こうり①【公理】(名)公理。

こうり①【行李】(名)❶行李。❷柳條箱。

こうり①【高利】(名)高利。☆～貸(がし)／高利貸。

ごうり①【合理】(名)合理。☆～化／合理化。

こうりつ⓪【公立】(名)公立。☆～学校／公立學校。

こうりつ⓪①【効率】(名)效率。

こうりつ⓪【高率】(名)高率。

コウリャン①⓪【高粱】(名)高粱。

こうりゅう⓪【勾留】(名・他サ)拘留，收審。

こうりゅう⓪【拘留】(名・他サ)拘留，拘役。

こうりゅう⓪【交流】(名・自サ)❶交流。☆経験を～する／交流經驗。☆人事～／人事交流。❷交流(電)。

こうりょ①【考慮】(名・他サ)考慮。☆～の余地はない／沒有考慮的餘地。

こうりょう③①【香料】(名)香料。

こうりょう⓪【綱領】(名)綱領，綱要。

こうりょく①【効力】(名)效力，效能，效果。

こうれい⓪【恒例】(名)慣例，常規。

こうれい⓪【高齢】(名)高齡。

ごうれい⓪【号令】(名・自サ)號令，命令，口令。

こうろ①【航路】(名)航線。☆～標識／航標。☆定期～／定期航線。

こうろう⓪【功労】(名)功勞，功勛，功績。☆～者／功臣。

こうろん①⓪【口論】(名・自サ)口角，爭吵。

こうわ⓪【講和・媾和】(名・自サ)講和，媾和。☆～条約を結ぶ／締結和約。

こえ①【声】(名)❶(人或動物發

音器官發出的）聲，聲音，嗓音。☆小さい〜で話す／小聲說。☆〜をあげて泣く／放聲大哭。☆〜をかける／（打）招呼。搭話。★〜を揃(そろ)える／異口同聲。❷（物體振動聲的文學表現）聲，聲音。☆秋の〜／秋聲。☆松の〜／松濤。❸話，語言。☆神の〜／神的話。❹意見，主張。☆反対の〜／反對的呼聲。

こえ②【肥】（名）肥，肥料。☆〜をやる／施肥。

ごえい⓪【護衛】（名・他サ）護衛，警衛，保衛。

こ・える②【肥える】（自下一）❶肥，胖，肥胖。☆丸々と〜・えた赤ん坊／胖嘟嘟的娃娃。❷肥沃。☆〜・えた土地／肥沃的土地。❸富有。☆ふところが〜／手頭富裕。★目が〜／眼力好。有眼力。★口が〜／口味高。

こ・える⓪【越える】（自下一）過，越過，超過，渡過。☆川を〜／過河。☆百万を〜／超過百萬。

コークス①【徳koks】（名）焦炭。☆〜炉／煉焦爐。

コース①【course】（名）❶道路，路線。❷跑道，泳道。❸課程，學科。❹程序，順序。❺方針。

ゴーストップ④【go-stop】（名）交通信號燈，紅綠燈。

コーチ①【coach】（名・他サ）❶教練員。❷教練，指導。

コート①【coat】（名）上衣，外衣，大衣。☆レーン〜／雨衣。

コート①【court】（名）球場。☆テニス〜／網球場。

コード①【cord】（名）（電）軟線，繞性線。

コーナー①【corner】（名）❶角，拐角。❷（貼相片的）相角。❸（足球、棒球）角球。❹（商店的）專櫃。

コーヒー③【荷koffie・珈琲】（名）咖啡。

コーラ①【cola】（名）（一種清涼飲料）可樂。☆コカ〜／可口可樂。

コーラス①【chorus】（名）合唱，合唱隊，合唱曲。

こおり⓪【氷】（名）冰。☆〜が張る／結冰。☆〜が溶けた／冰化了。☆〜砂糖(ざとう)／冰糖。

こおりつ・く④【凍り付く】（自五）凍結，凍上。

こお・る⓪【凍る】（自五）結冰，結凍。

ゴール①【goal】（名）❶終點，決勝點。☆〜イン／到達終點。❷球門。☆〜キーパー／守門員。❷踢進球門。達到目的。

コールタール④【coaltar】（名）煤焦油。

コールテン⓪【corded velveteen・コール天】(名)燈芯絨，條絨。
こおろぎ①【蟋蟀】(名)蟋蟀。
こがい①【戸外】(名)戶外。
ごかい⓪【沙蚕】(名)沙蠶。
ごかい⓪【誤解】(名・他サ)誤解，誤會。☆人に～される／被人誤會。☆～を解く／消除誤會。
コカイン②【cocaine】(名)可卡因，古柯鹼。
ごがく①⓪【語学】(名)語言學，外語。
こかげ①②【木陰】(名)樹蔭。☆～で休む／在樹蔭下休息。
こがす②【焦がす】(他五)燒焦，烤糊。
こがた⓪【小型・小形】(名)小型。
こがたな④③【小刀】(名)小刀。
ごがつ①【五月】(名)五月。
こがね①⓪【黄金】(名)❶黃金，金子。❷金黃色。

こがら⓪【小柄】(名・形動)❶身材矮小。❷小花紋，碎花紋。
こがらし②【木枯し・凩】(名)（秋末冬初刮的）寒風。
こが・れる③【焦れる】(自下一)❶渴望，嚮往。❷思慕，戀慕。
ごきげん⓪【御機嫌】(名・形動)❶（"きげん"的敬語）情緒，心情，起居。☆～よう／（相會時）您好！（分別時）祝您平安！❷高興。☆大分～だ／很高興。❸（俗語）極好。☆～な映画／極好的影片。
こぎって②【小切手】(名)支票。☆～を切る／開支票。
ごきぶり⓪(名)蟑螂。
こきゅう⓪【呼吸】(名・自他サ)❶呼吸。☆～が苦しい／呼吸困難。❷步調。★～が合う／步調一致。合得來。❸竅門，要領。☆～を覚える／掌握要領。

こきゅう②⓪【胡弓】(名)胡琴。
こきょう①【故郷】(名)故鄉。
こぎれい②①【小奇麗】(形動)乾淨俐落，整潔。
こ・ぐ①【漕ぐ】(他五)❶划（船等）。❷蹬（自行車等）。
ごく①【極】(副)極，最。
ごく①【獄】(名)監獄。
ごく①【語句】(名)語句，詞語。
こくえい⓪【国営】(名)國營。
こくえん⓪【黒鉛】(名)石墨。
こくおう③②【国王】(名)國王。
こくがい②【国外】(名)國外。
こくぎ①②【国技】(名)❶國技。❷（日本的）相撲。
こくご⓪【国語】(名)國語。
こくさい⓪【国際】(名)國際。☆～連合／聯合國。☆～主義／國際主義。
こくさい⓪【国債】(名)國債，公債。
こくさん⓪【国産】(名)國產。☆～品／國產品。

こ

こくじ⓪**【国字】**(名)❶一國之文字。❷假名。❸日本人自製的漢字。
こくしょ①**【酷暑】**(名)酷暑。
こくじょう⓪**【国情】**(名)國情。
こくじん⓪**【黒人】**(名)黑人。
こくせい⓪**【国勢】**(名)國勢。☆～調査／人口普查。
こくせき⓪**【国籍】**(名)國籍。
こくそ①⓪**【告訴】**(名・他サ)起訴，控告。☆～状／起訴書。
こぐち⓪**【小口】**(名)❶少量，小額。☆～の取引／零星交易。❷截面，横切面。
こくてい⓪**【国定】**(名)國家規定。☆～教科書／國家審定的教科書。☆～公園／(日本的)國定公園。
こくてつ⓪**【国鉄】**(名)國營鐵路。
こくてん⓪③**【黒点】**(名)(太陽)黑子。
こくでん⓪**【国電】**(名)日本國營鐵路電車。
こくど①**【国土】**(名)國土。
こくない②**【国内】**(名)國內。
こくはく⓪**【告白】**(名・他サ)坦白，自由，吐露。
こくはつ⓪**【告発】**(名・他サ)告發，檢舉。
こくばん⓪**【黒板】**(名)黑板。
こくひ①**【国費】**(名)公費。☆～留学生／公費留學生。
こくび①⓪**【小首】**(名)頭，腦袋。☆～をかしげる／歪頭思考。覺得奇怪。
こくびゃく②⓪**【黒白】**(名)❶黑白。❷是非。
こくふく⓪**【克服】**(名・他サ)克服，戰勝。
こくべつ⓪**【告別】**(名・他サ)告別，辭行。☆～式／告別儀式。遺體告別式。
こくほう⓪**【国宝】**(名)國寶。
こくぼう⓪**【国防】**(名)國防。☆～色(しょく)／草綠色。
こくみん⓪**【国民】**(名)國民。☆～所得／國民收入。☆～性／國民性。☆～総生産／國民生產總值。
こくむ①**【国務】**(名)國務。☆～省／(美國)國務院。☆～長官／(美國)國務卿。☆～大臣／國務大臣。
こくめい⓪**【国名】**(名)國名，國號。
こくもつ②**【穀物】**(名)穀物，糧食。
こくゆう⓪**【国有】**(名)國有。
ごくらく④⓪**【極楽】**(名)極樂世界，天堂。☆～往生(おうじょう)／極樂往生。突然死去。★聞いて～見て地獄／看景不如聽景。
こくりつ⓪**【国立】**(名)國立。
こくりょく②**【国力】**(名)國力。
こくるい②**【穀類】**(名)穀類。
こくれん⓪**【国連】**(名)聯合國。☆～軍／聯合國軍。☆～事務

総長／聯合國秘書長。☆～総会／聯合國大會。

ごくろう②【御苦労】(名)（敬）辛苦。☆～さま／您辛苦了。

こけ②【苔】(名)苔蘚，綠苔，地衣。★～が生える／生苔。陳舊。

ごけ⓪【後家】(名)寡婦。

こけい⓪【固形】(名)固體。

こげちゃ②【焦茶】(名)深棕色，咖啡色。

こげつ・く⓪【焦げ付く】(自五)❶燒焦，烤糊，糊到…上。❷（貸款）收不回來。❸（行情）固定不動。

こ・げる②【焦げる】(自下一)糊，燒焦。☆ご飯が～・げた／飯糊了。

ここ⓪【此処】(代)❶此處，這裡。☆～に置いてください／請放到這兒。❷現在，如今，最近。☆事～に至る／事到如今。☆～二、三日／最近兩三天。這兩三天。

ここ①【個個・箇箇】(名)各個，每個，各自。☆～別別（べつべつ）／各自。

ごご①【午後】(名)午後。

ココア②①【cocoa】(名)可可。

こごえ⓪【小声】(名)小聲。

こご・える⓪【凍える】(自下一)凍僵。☆手が～・えた／手凍僵了。

ここち⓪【心地】(名)感覺，心情，心境。☆～よい／舒服。心情愉快。

こごと⓪【小言】(名)❶申斥，責備。☆～を食う☆～を言われる／受責備。❷牢騷，怨言。☆～を言う／責備。發牢騷。

ここのか④【九日】(名)❶九日，九號。☆来月の～／下月九號。❷九天。☆～目／第九天。

ここのつ②【九つ】(名)❶九個。❷九歲。

ここら②【此処ら】(代)這兒，這一帶。

こご・る⓪【凝る】(自五)凝固，凝結，凍結。

こころ②【心】(名)❶心，內心，心裡。☆冷たい～／冷酷的心。☆～から感謝する／衷心地感謝。❷心腸，心地。☆～のやさしい人／心地善良的人。❸心胸，胸懷。☆～が大きい／心胸寬。度量大。❹心情，心緒，情緒。☆～が乱れる／心緒亂。❺精神，靈魂，心靈。☆～の糧（かて）／精神食糧。❻心思，想法。☆～を打ち明ける／說出心裡話。❼意志，決心。☆～を決める／下決心。❽感情。☆～ない仕打ち／不近人情的做法。★～に刻む／牢記。銘記。★～にもない／並非出自本意。違意。無奈。★～を鬼にする／狠著心。橫下心。

こころあたり④【心当り】(名)猜想，估計，線索，頭緒。☆～がある／猜想得到。有了線索。

こころえ③【心得】(名)❶心得，體會，經驗，知識。☆いささか茶道の～がある／懂得一點兒茶道知識。❷須知，注意事項。☆受験の～／考試須知。

こころ・える④【心得る】(他下一)❶懂得，明白，理解。❷答應，應允。

こころおきなく⑥【心置無く】(副)無隔閡，沒顧慮。☆～語り合う／彼此暢所欲言。

こころおぼえ④【心覚え】(名)❶記憶。☆全然～がない／全然記不得。❷備忘錄。

こころがけ⑤⓪【心掛け】(名)❶留心，注意。❷努力，用心。❸為人，人品。

こころが・ける⑤【心掛ける】(他下一)留心，注意，記在心裡。

こころがまえ④【心構え】(名)思想準備，精神準備。

こころがわり④【心変り】(名・自サ)變心。

こころざし⓪⑤【志】(名)❶志，志向，志願。☆～を立てる／立志。☆～を得る／得志。★事～と違う／事與願違。❷好意，厚意。❸心意，小意思。☆ほんの～です／(送禮時的客套話)這是一點小意思。

こころざ・す④【志す】(自五)立志。☆学に～／立志於學。

こころづよ・い⑤【心強い】(形)膽子壯，心裡踏實。

こころな・い④【心無い】(形)無情，不體諒人，沒同情心。

こころならずも④【心ならずも】(副)無奈，不得已。

こころのこり④【心残り】(名)❶遺憾。❷戀戀不捨。

こころぼそ・い⑤【心細い】(形)❶心中不安，沒把握，膽怯。❷孤獨，寂寞，沮喪，失望。

こころみ④③【試み】(名)嘗試。

こころ・みる④【試みる】(他上一)試試，嘗試。

こころもち【心持ち】(一)⓪⑤(名)心情，情緒，感覺。(二)⓪(副)稍微，有點兒。

こころやす・い⑤【心安い】(形)❶親密，熟識。☆～友だち／知心朋友。❷安心，放心。

こころよ・い④【快い】(形)高興，愉快，爽快。

ここん①【古今】(名)古今。

ござ②【茣蓙】(名)草蓆，蓆子。☆～を敷く／鋪蓆子。

ございます④【御座います】(連語)❶(〃ある〃的敬語)有，在。❷(〃です〃的敬語)是。

こさく⓪【小作】(名)租種，佃耕。☆～人(にん)／佃戶。☆～

料／地租。

こさめ⓪【小雨】(名)小雨。

こさん⓪【古参】(名)老手，老資格。☆～兵／老兵。

こし⓪【腰】(名)❶腰。☆～を伸ばす／伸腰。❷下半部。☆障子の～／紙拉門的底部。❸粘度。☆この餅は～が強い／這個年糕很粘。★～が強い／粘度強。態度強硬。★～が低い／謙虛。和藹。★～を掛ける★～を下ろす／坐下。

こじ①【孤児】(名)孤兒。

こじ①【故事】(名)典故。

ごし【越し】(接尾)❶隔著。☆窓～／隔著窗戶。❷經過，歷時。☆5年～／歷時五年。

ごじ⓪【誤字】(名)錯字。

こしかけ④③【腰掛け】(名)❶凳子，板凳。❷暫時棲身之處。

こしか・ける④【腰掛ける】(自下一)坐下。

こじき③【乞食】(名)乞丐。☆～をする／討飯。

こしつ⓪【個室】(名)單人房間。

ごじつ①⓪【後日】(名)❶日後，將來。❷事後。

ゴシック②【Gothic】(名)黑體字，粗體字。❷哥德式（建築）。

こじつ・ける⓪(他下一)牽強附會。

ゴシップ②【gossip】(名)閒話。☆政界～／政界閒話。

こしぬけ⓪【腰抜け】(名)❶癱瘓，癱子。❷膽怯，軟弱，膽小鬼。

ごじゅう②【五十】(名)五十，五十歲。☆～音図(おんず)／五十音圖。

こじゅうと②【小舅・小姑】(名)大伯，小叔，大舅子，小舅子，大姑，小姑，小姨子。

ごしゅきょうぎ③【五種競技】(名)五項全能運動。

こしょう⓪【故障】(名・自サ)故障，毛病。☆機械が～した／機器故障了。

こしょう②【胡椒】(名)胡椒。

ごしょう①【後生】(名)❶來世，來生。❷(多用"後生だから"的形式表示懇求)我求求你，你積德修好。☆～だから許してくれ／你積德修好，饒了我吧。★～大事／特別珍重。極為重視。

こしら・える⓪【拵える】(他下一)❶做，製造。☆洋服を～／做西服。☆子供を～／生孩子。❷化妝，打扮。☆顔を～／化妝。❸籌措。☆金を～／籌措資金。❹捏造，編造。☆口実を～／製造藉口。

こじ・る②【抉る】(他上一)❶剜，挖。☆穴を～／挖窟窿。❷撬。☆ふたを～・てあける／把蓋撬開。

こじ・れる③【拗れる】(自下一)❶彆扭，執拗。❷惡化，複雜化。

こじん①【個人】(名)個人。

こじん①【故人】(名)❶故人，舊友。❷死者。

こ・す⓪【越す・超す】(自五)❶越過，度過，超過，逾過，勝過。☆千人を～／超過千人。❷搬家，遷移。☆新居に～／遷入新居。❸來，去。☆どちらへお～・しですか／您上哪兒去？

こ・す⓪【漉す・濾す】(他五)過濾。

こす・い②【狡い】(形)❶狡猾，狡詐。❷吝嗇。

こすい⓪【湖水】(名)湖泊。

こすい⓪【鼓吹】(名・他サ)❶鼓吹，提倡，宣傳。❷鼓勵，鼓舞。

こずえ⓪【梢】(名)樹梢。

コスチューム③【costume】(名)❶服裝，裝束。❷婦女服裝。❸戲裝，古裝。

コスト①【cost】(名)❶成本，生產費。☆～アップ／提高成本。☆～ダウン／降低成本。❷價格，價錢。

コスモス⓪①【cosmos】(名)❶宇宙，世界。❷大波斯菊。

コスモポリタン④【cosmopolitan】(名)世界主義者。

こす・る②【擦る】(他五)擦，揉，搓，蹭。

こせい①【個性】(名)個性。☆～が強い／個性強。

こせがれ②【小倅】(名)❶(蔑)小子，小兎崽子，小傢伙。❷(謙)小兒，犬子。

こせき⓪【戸籍】(名)戶籍，戶口。

こぜに⓪【小銭】(名)零錢，小額資金。

ごぜん①⓪【午前】(名)午前。

こそ(係助)(表示強調)正是，才是，就是，倒是。☆私～失礼しました／倒是我失禮了。

こぞう②【小僧】(名)❶小和尚。❷小伙計，學徒的。❸毛頭小子，小傢伙。

ごそう⓪【護送】(名・他サ)❶護送。❷押送，押解。

こそこそ①(副・自サ)❶偷偷摸摸，鬼鬼祟祟。❷嘀嘀咕咕。

ごそごそ①(副・自サ)喀吱喀吱(響)。

ごぞんじ②【御存じ・御存知】(名)(〃存じ〃的敬語)知道，認識。

こたい⓪【固体】(名)固體。

こだい①【古代】(名)古代。

こたえ②【答え】(名)❶回答，答覆。❷解答，答案。

こた・える③【答える】(自下一)❶回答，答覆。☆質問に～／回答問題。❷解答。

こた・える③【応える】(自下一)❶響應，反應，報答。☆ご恩に～／報答恩情。❷影響，刺激。☆身に~寒さ／刺骨的寒冷。☆胸に~／打動心靈。

こた・える③【堪える】(自下一)❶忍耐，忍受。☆とても~・えられない／實在不能忍受。❷維持。

こだかい③【小高い】(形)稍高。

ごたごた①(名・副・自サ)❶糾紛，紛爭。❷亂七八糟，雜亂無章。

こだち①⓪【木立】(名)樹林，樹叢。

こたつ⓪【火燵】(名)被爐。

こだま⓪【木霊】(名)回聲，回響。

こだわ・る③【拘る】(自五)拘泥。☆形式に~／拘於形式。

ごちそう⓪【御馳走】(名・他サ)❶酒席，餚饌，飯菜。☆~さま(でした)／(吃完飯時的客套話)我吃飽了。叨擾您啦。承蒙您款待了。☆~になる／被請吃飯。☆なんの~もありません／沒什麼好吃的。❷請客，款待。☆今夜は私が~する／今晚我請客。

ごちゃごちゃ①(副・自サ)亂七八糟，雜亂無章。

こちょう⓪【誇張】(名・自サ)誇張，誇大。

こちら⓪【此方】(代)❶這裡，這邊。❷這個。❸這位。❹我，我們。

こつ【骨】(名)❶②骨灰，遺骨。❷⓪竅門，秘訣，要領。☆~を覚える／掌握要領。

こっか①【国家】(名)國家。

こっかい⓪【国会】(名)國會。☆~議事堂／(日本的)國會大廈。

こづかい①【小使】(名)勤雜工。

こづかい①【小遣】(名)零用錢，零花錢。☆~銭(せん)／零用錢。

こっかく⓪【骨格】(名)骨骼。

こっき⓪【国旗】(名)國旗。

こっきょう⓪【国境】(名)國境，國界。☆~線／國境線。

コック①【cock】(名)栓，閥門。☆水道の~／水龍頭。

コック①【荷kok】(名)廚師。

こっくり③(名・副・自サ)❶點頭，同意。❷打盹兒。

こっけい⓪【滑稽】(名・形動)滑稽，可笑，詼諧。

こっこ①【国庫】(名)國庫。

ごっこ(接尾)(兒童)模仿…的遊戲。☆鬼~／捉迷藏。

こっこう⓪【国交】(名)國交，邦交。☆~断絶／斷絕邦交

こっこく⓪④【刻刻】(副)時時刻刻，每時每刻。

こつこつ①(副)勤奮，刻苦，孜孜不倦。

ごつごつ①(副・自サ)❶不柔軟，不平滑，凹凸不平。❷生硬。☆~した文章／生硬的文章。

こっそり③(副)悄悄地，偷偷

地。

こっち③【此方】(代)❶這邊，這裡，這兒。☆～へいらっしゃい／請到這邊來。❷我，我們。

こづつみ②【小包】(名)❶小包。❷包裹，郵包。☆～を送る／寄郵包。

こっとう⓪【骨董】(名)骨董，古玩。☆～屋／古玩店。

コットン①【cotton】(名)❶棉花，棉布。❷棉紙。

コップ⓪【荷kop】(名)玻璃杯，杯子。

こて⓪【鏝】(名)❶(瓦工用的)抹子。❷熨斗。❸烙鐵。❹燙髮鉗。

こてい⓪【固定】(名・自他サ)固定。

こてん⓪【古典】(名)典。

ごてん①【御殿】(名)❶府第，府邸。❷豪華住宅。

こと②【事】(名)❶事，事情，事實，事件，事務，工作。☆だいじな～を忘れていました／忘記了一件重要的事。★～ある時／一旦有事。★～志と違う／事與願違。★～だ／糟了！★～によると／或許。說不定。★～もあろうに／偏偏。竟然。★～を分けて／詳細地。❷(用〝ことがある〟形接動詞連体形後表示)常常，時常，有時。☆学校に遅れる～がある／有時上學遲到。❸(用〝ことがある〟形接動詞過去形後表示)曾…過。☆日本に行った～がある／去過日本。❹(用〝ことができる〟的形式)會，能，可以。☆英語を話す～ができる／會說英語。❺(用〝ことにする〟的形式)決定。☆たばこをやめる～にした／決定戒煙。❻(用〝ことになる〟的形式)決定，規定。☆彼は行く～になった／決定由他去。❼(用〝ことはない〟的形式)不必，用不著。☆心配する～はない／不必擔心。❽(用〝ないことには〟的形式)如果不…☆用心しない～には危ないよ／如果不注意可危險。

こと①【琴】(名)古琴，箏。

ごと【毎】(接尾)每。☆日～の務め／每天的工作。

ごと(接尾)連同，連，帶。☆皮～食べる／連皮吃。

ことがら④⓪【事柄】(名)事情，情況。☆どういう～ですか／什麼事?

ごとき【如き】(助動)如，像，如同。☆おまえ～者／像你這樣的人。

こどく⓪【孤独】(名・形動)孤獨，孤單。☆～感／孤獨感。

ことごとく③【悉く・尽く】(副)所有，一切，全部。

ことごとに③【事毎に】(副)事

事，總是。

ことさら②⓪【殊更】(副)❶故意，特意。❷特別，格外。

ことし⓪【今年】(名)今年。

ことづけ④⓪【言付け】(名)口信，囑託。

ことづ・ける④【言付ける】(他下一)托…帶口信，托…捎東西。☆手紙を～／托人捎信。

ことづて④⓪【言伝】(名)❶傳說，傳聞。☆～に聞く／傳聞。❷口信。☆～を頼む／托人捎口信。

こととて(接助)因為，由於。

ことな・る③【異なる】(自五)不同。☆習慣が～／習慣不同。

ことに①【殊に】(副)特別，格外，尤其。☆～むずかしい／特別難。

ごとに【毎に】(副助)→ごと(毎)

ことのついで⓪【事の序で】(連語)順便，就便。

ことのほか⓪③【殊の外】(副)特別，格外，意外。

ことば③【言葉】(名)❶詞，單詞，詞語。☆この～の意味が分からない／不明白這個詞的意思。❷話，語言。☆あの人の～には刺(とげ)がある／他的話裡帶刺兒。☆～で言い表せない／用言語難以表達。★～に余る／難以用言語形容。★～を返す／回答。還口。頂嘴。

ことばづかい④【言葉遣い】(名)措詞，說法。

こども⓪【子供】(名)孩子，兒童，小孩兒。☆～ができた／有了孩子。懷了孕。☆～を生(う)む／生孩子。☆～心(ごころ)／童心。☆～連(づ)れ／帶孩子(去)。

ことり⓪【小鳥】(名)小鳥。

ことわざ④⓪【諺】(名)諺語，俗語，常言。

ことわ・る③【断る】(他五)❶預先通知，事先請示。☆先生に～・って帰りました／向老師打招呼後回去了。❷拒絕，謝絕。☆面会を～／拒絕會面。❸道歉。❹解雇。

こな②【粉】(名)粉，粉末，麵兒。

こなごな⓪【粉粉】(形動)粉碎，稀爛。

こな・す⓪(他五)❶弄碎。❷消化。❸做完。處理。☆仕事を～／做完工作。❹賣掉，賣完。❺掌握，運用自如。☆英語を自由に～／熟練地掌握英語。❻輕視，小看。

こなた①②【此方】(代)這邊，這兒，這方面。

こなミルク③【粉ミルク】(名)奶粉。

こな・れる⓪(自下一)❶消化。❷熟練，嫻熟。❸練達，世故。

こにもつ②【小荷物】(名)❶小件

行李。❷托運的行李。

こ・ねる②【捏ねる】(他下一)❶揣，和，揉合。☆粉を〜／和麵。❷搬弄。☆だだを〜／(小孩)纏人。☆理屈を〜／強詞奪理。

この⓪【此の】(連体)這，這個。☆〜ごろ／最近。☆〜外(ほか)／此外。

このあいだ⑤⓪【此の間】(名)上次，前幾天。☆〜の日曜日／上個星期天。

このうえ④【此の上】(名)❶此外，再，更。☆〜言うことはない／沒有再說的必要。☆〜もない／無上。非常。❷既然如此，事至如今。

このかた【此の方】[一]②(名)以來。☆二十年〜／二十年來。[二]④③(代)這位。☆〜が井上先生です／這位是井上先生。

このかん③【此の間】(名)其間，這期間。

このごろ②⓪【此の頃】(名)近來，最近。☆〜の天候／最近的天氣。

このは①【木の葉】(名)樹葉。

このへん⓪②【此の辺】(名)這裡，這兒，這一帶。

このまし・い④【好ましい】(形)令人喜愛，令人滿意。

このまま④【此の儘】(名)就這樣，按現在這樣。☆〜では卒業できない／就這樣是畢不了業的。

このみ③【好み】(名)❶喜愛，嗜好。☆私の〜にぴったりだ／正合我的口味。❷流行，時興。

この・む②【好む】(他五)愛好，喜歡，願意。

このんで②【好んで】(副)喜歡，願意，甘願，常常。☆何を〜そんなことをしたのか／何苦做那件事呢?

こば・む②【拒む】(他五)❶拒絕。❷阻止，阻擋。

コバルト②⓪【cobalt】(名)❶鈷。❷天藍色。

こばん【小判】(名)❶⓪小張(紙)。❷①日本古時的橢圓形金幣。

ごはん①【御飯】(名)❶米飯。❷飯。☆〜ですよ／開飯了!

ごばん⓪【碁盤】(名)圍棋盤，棋盤。

ごび⓪①【語尾】(名)詞尾。

コピー①【copy】(名)❶抄本，副本，複印件。❷拷貝。❸(廣告的)底稿。☆〜ライター／廣告撰稿人。

こびと⓪【小人】(名)侏儒，身材矮小的人。

こ・びる②【媚びる】(自上一)諂媚，阿諛。

こぶ②【瘤】(名)瘤，腫包，疙瘩。

こぶ①【昆布】(名)(〝こんぶ〟的口語形式)昆布，海帶。

ごぶ①【五分】(名)❶五分，半寸。❷百分之五。❸二分之一，不相上下。☆実力は～～だ／實力不相上下。

こふう①②【古風】(名・形動)老式，舊式，陳舊。

ごぶさた⓪【御無沙汰】(名・自サ)久未拜訪，久未問候，久未通信。

こぶし①⓪【拳】(名)拳頭。

こぶん①【子分】(名)❶部下，黨羽。❷義子，乾兒子。

ごぼう⓪【牛蒡】(名)牛蒡。☆～ぬき／連根拔。一下子拔出。一個個拔出。一個個超過。

こぼ・す②【零す】(他五)❶洒，撒，掉，落。☆涙を～／落淚。❷發牢騷。☆愚痴を～／發牢騷。

こぼ・れる③【零れる】(自下一)溢出，洒落。☆水が～・れた／水洒了。

こぼんのう②④【子煩悩】(名・形動)疼愛孩子(的人)。

こま⓪①【駒】(名)❶(將棋)棋子。❷馬。

こま⓪①【齣】(名)❶(電影、小說等的)場面，片斷。☆映画のひと～／電影的一個鏡頭。❷(大學的)一堂課。

こま①【独楽】(名)陀螺。

ごま⓪【胡麻】(名)芝麻。☆～油(あぶら)／香油。★～を擂(す)る／拍馬屁。

コマーシャル②【commercial】(名)(廣播、電視中的)商業廣告。

こまか①②【細か】(形動)❶小，細小。❷詳細，周到。

こまか・い③【細かい】(形)❶細，細小。☆～砂／細沙。❷詳細，細緻。

ごまか・す③【誤魔化す】(他五)❶欺騙，搗鬼，舞弊。☆勘定を～／做假帳。❷敷衍，蒙混。☆ことばを～／含糊其詞。

こまごま③【細細】(副・自サ)❶詳細，細緻。❷零碎，瑣碎。

こま・る②【困る】(自五)❶為難，難為，困難。☆返事に～／難於回答。☆～・った男／難對付的人。給人添麻煩的人。❷貧困。☆生活に～／生活貧困。❸不行。☆勉強しなくては～／不學習可不行。

ごみ②【芥・塵】(名)垃圾，灰塵。☆～をすてる／倒垃圾。☆～箱(ばこ)／垃圾箱。

こみあ・う⓪【込み合う】(自五)擁擠。

ごみごみ①(副・自サ)雜亂，骯髒。

コミュニケ⓪【法communiqué】(名)(外交)公報，聲明。☆共同～／聯合聲明。

コミュニスト③【communist】(名)共產主義者。

コミュニズム③【communism】

(名)共産主義。

こ・む【込む・混む】(一)①(自五)❶擁擠。☆~・んだ電車/擁擠的電車。❷複雜，精緻，費事。☆手の~・んだ細工/精巧的工藝品。(二)(接尾)❶(接動詞連用形後表示)進入。☆吹き~/吹入。❷(接動詞連用形後表示)動作的繼續和深入。☆考え~/沉思。

ゴム①【荷 gom】(名)橡膠，橡皮。☆~消し☆消し~/橡皮擦。

こむぎ②⓪【小麦】(名)小麥。

こめ②【米】(名)米，大米，稻米。☆~をとぐ/淘米。

こ・める②【込める】(他下一)❶裝填。☆弾を~/裝子彈。❷傾注，集中(精神、力量等)。❸包括在內。

ごめん⓪【御免】(名)❶允許，許可。☆~をこうむる/承蒙許可。☆~なさい/對不起。請原諒。(叫門時)有人嗎?❷免職。☆お役~になる/被免職。❸拒絕。☆そんな事は~だ/那種事我可不幹。

こもり②【子守】(名)看孩子(的人)。☆~歌/搖籃曲，催眠曲。

こも・る②【籠る】(自五)❶閉門不出。☆家に~/閉居家中。❷(煙氣等)不流通，充滿。☆煙が~/充滿煙霧。❸充滿，包含(情意等)。☆意味の~・った話/意味深長的話。

こもん①【顧問】(名)顧問。

こや⓪【小屋】(名)❶小房，窩棚，棚子。☆芝居~(ごや)/戲棚子。❷畜舍。☆犬~(ごや)/狗窩。

こやし③【肥し】(名)肥料。

こや・す②【肥やす】(他五)❶育肥。☆豚を~/把豬養肥。★私腹を~/中飽私囊。❷提高…能力。☆目を~/飽眼福。有鑑賞力。

こゆう⓪【固有】(名・形動)固有，特有。☆~名詞/專有名詞。

こゆび⓪【小指】(名)小指。

こよう⓪【雇用】(名・他サ)雇用。☆~者/雇主。☆~保險/失業保險。

ごよう②【御用】(名)❶事情。☆何の~ですか/你有什麼事?❷公事，公務。❸御用。☆~学者/御用學者。❹(古代捉人時用語)逮捕。☆~だ/你(被)逮捕了!

こよみ③【暦】(名)曆書，日曆。☆~をくる/翻日曆。

こら①(感)(自傲或生氣時的搭話聲)喂!☆~、何をしているんだ/喂!你在幹什麼?

こらい①【古来】(副)古來，自古以來。

こらえしょう④③【堪え性】(名)

耐性。☆〜がない／沒有耐性。

こら・える③【堪える】(他下一)忍，忍耐，忍受。☆痛みを〜／忍痛。

ごらく⓪【娯楽】(名)娛樂。

こらし・める④【懲らしめる】(他下一)懲戒，教訓，整治。

こら・す⓪【懲らす】(他五)懲戒。

こら・す②【凝らす】(他五)凝，集中。☆思いを〜／凝思。

ごらん【御覧】(一)⓪(名)看。☆〜ください／請看。(二)(補動)試試看。☆食べて〜／嚐嚐看。

こりこう②【小利口】(形動)小聰明。

こりごり③【懲り懲り】(名・自サ)❶吃夠苦頭，再也不敢。☆もう〜だ／我可吃夠苦頭了。☆借金は〜だ／再也不敢借錢了。❷叫人頭疼。☆子供のいたずらには〜した／小孩子淘氣真叫人頭疼。

こりつ⓪【孤立】(名・自サ)孤立。

こりゃ①(感)❶喂。☆〜、よく聞け／喂，你好好聽著！❷哎呀。☆〜驚いた／哎呀，嚇了一跳。

こ・りる②【懲りる】(自上一)接受教訓，吃夠苦頭，再也不敢嘗試。

こ・る①【凝る】(自五)❶凝固。❷(肌肉等)酸痛。☆肩が〜／肩膀酸痛。❸熱中，入迷。☆宗教に〜／狂信宗教。❹講究，精緻。☆〜・った図案／精緻的圖案。

コルク①【荷kurk】(名)軟木。☆〜の栓(せん)／軟木塞。

ゴルフ①【golf】(名)高爾夫球。

これ⓪【此れ】(代)❶此，這，這個。❷(謙)此人，這個人。

これから⓪④【此れから】(名・副)❶今後，將來，從現在起。❷從此，由此，從這裡起。

コレクション②【collection】(名)搜集，收藏(品)。

これぐらい⓪【此位】(名)這個程度，這麼一點點。

これだけ④⓪【此れ丈】(名・副)❶只有這個，只有這些。❷這麼點兒，這麼些，這麼。

これはこれは⓪(感)哎呀。☆〜、ありがとう／哎呀，太謝謝了。

これほど⓪④【此れ程】(副)如此，這麼，這種程度。

これまで③【此れ迄】(名)❶過去，以往，迄今。❷到此為止。❸到這種程度，到這種地步。

コレラ①【荷cholera】(名)霍亂。

ころ①【頃】(名)❶時候，時期。☆去年の春の〜／去年春天的時候。❷時機，機會。☆〜を見計らう／找機會。

ごろ【頃】(接尾)(時間)…前後，…左右。☆6時～／六點左右。

ころが・す⓪**【転がす】**(他五)❶滾動，轉動。❷弄倒。❸駕馭。

ころが・る⓪**【転がる】**(自五)❶滾動，轉動。❷倒下，躺下。❸放著，扔著。

ころ・げる⓪**【転げる】**(自下一)→ころがる

ころころ①(副)❶(滾動貌)嘰里咕嚕。❷(笑聲)格格。❸胖乎乎。圓滾滾。

ごろごろ①(副・自サ)❶(滾動貌)嘰里咕嚕。☆～と転がってきた／嘰里咕嚕地滾過來。❷(擬聲)轟隆轟隆，咕嚕咕嚕。☆雷が～鳴っている／雷隆隆作響。❸(形容多)到處都是，到處都有。❹無所事事。

ころ・す⓪**【殺す】**(他五)❶殺，殺死，殺害。☆人を～／殺人。❷抑制，忍住。☆息(いき)を～／摒息。

ころ・ぶ⓪**【転ぶ】**(自五)❶滾動。☆ボールが～／球滾動。❷跌倒。☆つまずいて～んだ／被絆倒了。★～・ばぬ先の杖(つえ)／未雨綢繆。防範未然。

ころり②③(副)❶(滾動、倒下貌)咕嚕一下。☆～とたおれてしまった／咕嚕一下倒了。❷簡單地，輕易地，一下子。☆～と相手を負かした／一下子就把對手打敗。❸突然。☆～と死んだ／突然死去。

ごろり②③(副)(倒下、横臥貌)一骨碌。☆～とねそべった／一骨碌地躺下了。

こわ・い②**【恐い・怖い】**(形)可怕，害怕。

こわが・る③**【怖がる・恐がる】**(他五)怕，害怕。☆蛇を～／害怕蛇。

こわごわ⓪**【怖怖】**(副)戰戰兢兢，提心吊膽。

こわ・す②**【壊す】**(他五)❶弄壞，毀壞，弄碎。❷損害，傷害。❸破壞。

こわ・れる③**【壊れる・毀れる】**(自下一)❶壞，碎，倒塌。☆テレビが～・れた／電視機壞了。❷失敗，破裂。☆計画が～・れた／計劃吹了。

こん【今】(接頭)今，本。☆～学期／本學期。

こん①**【紺】**(名)藏青，深藍。

こんかい①**【今回】**(名)這次，這回。

こんがらが・る⓪⑤(自五)混亂，複雜化，漫無頭緒。

こんき⓪**【根気】**(名)耐性，耐力，毅力。

こんきょ①**【根拠】**(名)根據。☆～地／根據地。

コンクール③**【法concours】**(名)

比賽會，競演會，會演。
コンクリート④【concrete】(名)混凝土。
こんげつ⓪④【今月】(名)本月，這個月。
こんご①⓪【今後】(名)今後。
コンサート①【concert】(名)音樂會，演奏會。
こんざつ①【混雑】(名・自サ)擁擠，混亂。☆客で店が～した／店内顧客擁擠。
こんじき⓪【金色】(名)金色。
こんしゅう⓪【今週】(名)本週。
こんじょう①【根性】(名)❶根性，秉性，脾氣。❷骨氣。❸耐性，毅力。
コンセント③(名)插座。
こんだて④⓪【献立】(名)❶食譜，菜單。❷計劃，安排，方案。
こんだん⓪【懇談】(名・自サ)懇談，暢談。
こんちゅう⓪【昆虫】(名)昆蟲。

コンツェルン①【徳 konzern】(名)康采恩。壟斷的聯合企業。
コンディション③【condition】(名)❶條件。❷狀態，情況。
コンテスト①【contest】(名)比賽會。☆美人～／選美大會。
こんど①【今度】(名)❶這次，這回。❷下次。
こんどう⓪【混同】(名・自他サ)混同，混淆。
コントロール④【control】(名・他サ)❶控制，操縱，管理。❷(棒球)控球力。
こんな⓪(連体)這樣，這麼。
こんなん①【困難】(名・形動)困難。
こんにち①【今日】(名)今日，今天，現在。☆～は／你好！
こんばん①【今晩】(名)今晚，今夜。☆～は／晚上好！
コンピューター③【computer】(名)電子計算機。

こんぶ①【昆布】(名)昆布，海帶。
コンベヤー③【conveyor】(名)傳送帶，傳送機。
こんぽん③【根本】(名)根本。
コンマ①【comma】(名)❶逗點，逗號。❷小數點。☆～以下／小數點以下。不夠格的人。
こんもり③(副・自サ)❶繁茂，茂密。❷鼓起，冒尖。
こんや①【今夜】(名)今夜，今晚。
こんやく⓪【婚約】(名・自サ)婚約，訂婚。
こんらん⓪【混乱】(名・自サ)混亂。
こんろ①【焜炉】(名)爐灶。☆ガス～／煤氣爐灶。

サ・さ

[SA]

さ⓪①**【差】**(名)❶差，差別，差距。☆貧富の～がひどい／貧富相差懸殊。❷差，差數。☆その～を求める／求其差。

さ①**【左】**(名)左。☆～のとおり／如左。如下。☆～に掲げる事項／下列事項。

さ(感)❶(勸誘、催促聲)喂。☆～、帰ろう／喂，咱們回家吧。❷(表示驚慌、著急)哎呀。☆～、どうしよう／哎呀，怎麼辦?❸(表示遲疑)嗯。☆～、何でしたかね／嗯，是什麼來著?

さ(接尾)(接形容詞及形容動詞詞幹下)表示程度。☆高(たか)～／高度。☆大胆～／膽量。

さ(終助)❶表示強烈主張。☆そんな事あたりまえ～／那件事是理所當然的。❷表示質問、反駁。☆どこへ行ったの～／究竟是到哪兒去了?❸表示輕微的判斷。☆それは君のまちがい～／那是你的錯嘛。❹(用"とさ"、"ってさ"的形式表示)聽說，說是。☆やっぱりあの人も行ったんだって～／聽說他最後還是去了。

さ(間助)表示輕微的叮嚀或調整語調。☆あなただって～そう思うでしょう／就是你呀，也這麼想的吧。

ざ⓪①**【座】**(名)❶座，座位。☆～につく／就座。❷地位，職位。❸底座。❹劇院，劇團。

さあ①(感)❶(表示勸誘、催促)喂。☆～、始めよう／來，咱們開始吧。❷(表示遲疑、躊躇)嗯。☆～、私にできるかどうか／這，我行嗎?

サーカス①**【circus】**(名)❶馬戲，馬戲團。❷雜技，雜技團。

サークル①**【circle】**(名)❶圓，圓周，圓圈。❷小組，團體。☆

文学～／文學小組。

ざあざあ①(副)嘩嘩。☆～雨が降る／雨嘩嘩地下。

サージ①【serge】(名)（布料）嗶嘰。

サービス①【service】(名・自サ)❶服務。☆～がいい／服務態度好。☆～料／服務費。❷接待，招待。❸減價，奉送。☆これは～です／這是贈品。這個不要錢。❹發球，開球。

サーブ①【serve】(名・自サ)發球。

さい①【才】(名)才能，才華，才智，天才。

さい①【采・賽・骰子】(名)骰子。

さい①【際】(名)時候。

さい【最】(接頭)最。☆～短距離／最短距離。

さい【再】(接頭)再，再次，重新。☆～放送／重播。

さい【歳】(接尾)歳，年歳。☆七〇～／七十歳。

さい【際】(接尾)節，祭禮。☆文化～／文化節。

ざい【在】(接頭)在。☆～京／在京。

ざい【剤】(接尾)劑。☆錠(じょう)～／片劑。藥片。

ざいあく①⓪【罪悪】(名)罪惡。

さいかい⓪【再開】(名・自他サ)再開，重開，恢復。☆交渉を～する／恢復談判。

さいがい⓪【災害】(名)災害。

ざいかい⓪【財界】(名)金融界，經濟界。

ざいがく⓪【在学】(名・自サ)在校，上學。

さいきん⓪【細菌】(名)細菌。

さいきん⓪【最近】(名)最近。

さいく③⓪【細工】(名・他サ)❶工藝（品）。☆象牙～／象牙工藝品。☆～が良い／工藝精細。❷要花招兒，弄虛作假。

サイクリング①【cycling】(名)自行車旅行。☆～道路／自行車專用道。

サイクル①【cycle】(名)❶周期。❷頻率，周波。❸自行車。

さいけつ①⓪【採決】(名・他サ)表決。

さいげつ①【歳月】(名)歳月。

さいけん⓪【再建】(名・他サ)重建。

さいご①【最後】(名)最後，最終。☆～通牒／最後通牒。

さいご①【最期】(名)臨終，死亡，末日。

ざいこ⓪【在庫】(名)庫存。

さいこう⓪【最高】(名)最高。

さいさん⓪【採算】(名)核算。☆～が合う☆～が取れる／合算。上算。

ざいさん⓪①【財産】(名)財産。☆～家／財主。富翁。

さいし①【妻子】(名)妻子兒女。

さいじつ⓪【祭日】(名)節日。

さいして①【際して】(連語)當…

さ

時，…之際。☆非常時に～／值此緊急關頭。

さいしゅう⓪【採集】(名・他サ)採集。

さいしゅう⓪【最終】(名)最終，最後。

さいしょ⓪【最初】(名)最初，首先，開頭，開始。

さいじょう⓪【最上】(名)最高，最好，無上。

サイズ①【size】(名)❶尺寸，大小。❷身材。

さいせい⓪【再生】(名・自他サ)再生，重生，新生，更生。

ざいせい⓪【財政】(名)❶財政。❷(個人的)經濟情況。

さいぜん⓪【最善】(名)❶最善，最好。❷全力。☆～を尽くす／竭盡全力。

さいそく①【催促】(名・他サ)催促。

サイダー①【cider】(名)汽水。

さいだい⓪【最大】(名)最大。

さいたく⓪【採択】(名・他サ)❶通過，採納。☆決議を～する／通過決議。❷選擇，選定。

ざいたく⓪【在宅】(名・自サ)在家。

さいちゅう①【最中】(名)正在…中，正在…時。☆試合の～／正在比賽時。

さいてい⓪【最低】(名・形動)最低。☆～限／最低限度。

さいてん⓪【採点】(名・他サ)評分。☆～簿／記分冊。

さいなん③【災難】(名)災難。

さいのう①⓪【才能】(名)才能，才幹。

さいばい⓪【栽培】(名・他サ)栽培，種植，養植。

ざいばつ⓪【財閥】(名)財閥。

さいはん⓪【再版】(名・他サ)再版，第二版。

さいばん①【裁判】(名・他サ)審判，審理。☆～官／法官。☆～所／法院。

さいふ⓪【財布】(名)錢包。

さいほう⓪【裁縫】(名・自サ)裁縫，縫紉，針線活兒。

さいほう⓪③【西方】(名)❶西方。❷西天，西方淨土。

さいぼう⓪【細胞】(名)❶細胞。❷基層組織。

さいまつ⓪【歳末】(名)年末，年底，年終。☆～大売り出し／年底大拍賣。

ざいむ①【財務】(名)財務。

ざいもく⓪【材木】(名)木材。

さいよう⓪【採用】(名・他サ)採用，錄用。

ざいりゅう⓪【在留】(名・自サ)僑居。☆～民／僑民。☆～外人／外國僑民。☆～邦人／日本僑民。

ざいりょう③【材料】(名)材料。

さいるい⓪【催涙】(名)催淚。☆～ガス／催淚瓦斯。☆～弾／催淚彈。

さいれい⓪①【祭礼】(名)祭禮，

祭祀儀式。

サイレン①【siren】(名)警笛。☆～を鳴らす／鳴警笛。

さいわい⓪【幸い】(一)(名・形動)幸福，幸運。☆不幸中の～／不幸中的大幸。(二)(副)好在，幸而，幸虧。☆～彼は家にいました／好在他在家裡。(三)(自サ)有利，起作用。☆天気が～して、米がよくできた／風調雨順，稲米豐收了。

サイン①【sign】(名・自サ)❶簽字，署名。❷暗號，信號，記號。

さえ(副助)❶甚至，就連。☆子供に～分かる／就連小孩子都懂。❷(用"…さえ…ば"的形式)只要。☆これ～あればいい／只要有這個就行。

さえぎ・る③【遮る】(他五)遮蔽，遮掩，遮擋，阻擋。

さえず・る③【囀る】(自五)(鳥)囀，鳴，叫。

さ・える②【冴える】(自下一)❶寒冷。❷清晰，鮮明。❸敏銳，熟練，高超。❹興奮。

さお②【竿】(名)❶竹竿，竿子。❷釣竿。❸秤桿，桿秤。❹船篙。

さか②①【坂】(名)坡，坡路。☆～道／坡路。

さかい②【境】(名)界線，交界，境界，境地。

さか・える③【栄える】(自下一)繁榮，興旺，昌盛。

さかき⓪【榊】(名)❶楊桐。❷(統稱神社院內的)常綠樹。

さかさ⓪【逆さ】(名・形動)("さかさま"的略語)→さかさま

さかさま⓪【逆様】(名・形動)逆，倒，顛倒，相反。

さが・す⓪【捜す】(他五)找，尋找，尋求。

さかずき④⓪【杯】(名)酒杯。

さかな⓪【魚】(名)魚，魚類。

さかな⓪【魚・肴】(名)酒菜，酒肴。

さかのぼ・る④【溯る・遡る】(自五)❶溯，逆流而上。❷追溯，回溯。

さかば⓪③【酒場】(名)酒館，酒吧。

さかみち②【坂道】(名)坡路。

さかもり④⓪【酒盛り】(名)酒席，筵席。

さかや⓪【酒屋】(名)酒館，酒店，酒家。

さから・う③【逆らう】(自五)❶逆，頂。☆風に～／頂風。❷違逆，抗拒。☆親に～／違抗父母。

さかり⓪【盛り】(名)❶旺盛，最盛時期。❷壯年，精力充沛。❸(動物)發情

さがり③【下がり】(名)❶下降，降落。☆物価のあがり～／物價的漲落。❷(時刻)超過。☆昼～／過中午。

さかりば⓪【盛り場】(名)鬧市，

さ

繁華街，熱鬧場所。

さが・る②【下がる】(自五)❶下降，降低。☆温度が～／溫度下降。★頭が～／佩服。❷後退。❸懸掛。❹（時代）推移，進展。

さかん⓪【盛ん】(形動)❶繁榮，興盛，盛行。☆野球が～だ／棒球盛行。❷積極，熱烈，大力。☆雨が～に降っている／雨一個勁兒地下。❸健壯。★老いてますます～だ／老當益壯。

さかん⓪【左官】(名)瓦匠。

さき⓪【先】(名)❶尖兒，尖端。☆鉛筆の～／鉛筆尖兒。❷前面，前方。☆～を歩く／走在前頭。❸對方。☆～は紳士だ／對方是個紳士。❹將來，前途。☆～のことを考える／考慮將來的問題。❺以前，過去。☆三年～にこんな事があった／三年前發生這樣的事。❻先，首先，最先。☆～に金を払う／先付款。❼去處，目的地。☆訪問～／訪問地。❽下文，以後的情況。☆話の～／故事的下文。

さぎ⓪【鷺】(名)鷺。

さぎ①【詐欺】(名)欺詐，欺騙。☆～師／騙子。

さきおととい⑤【一昨昨日】(名)大前天。

さきおととし④【一昨昨年】(名)大前年。

さきごろ③②【先頃】(名)前幾天，不久以前。

さきだ・つ③【先立つ】(自五)❶領先，帶頭。☆人に～・って働く／帶頭幹活。❷當先，先行。☆～物は金／凡事錢當先。❸先死。☆親に～／比父母先死。❹在…之前。☆試合に～・って開会式がある／比賽前舉行開幕式。

さきばらい③【先払い】(名・他サ)❶先付，預付。☆代金を～する／預付貨款。❷對方付款，收貨人付款。☆料金～電話／對方付費的電話。

さきぼう⓪②【先棒】(名)❶抬前槓（的人）。❷走狗，爪牙。

さきほど⓪【先程】(副)剛才，方才。

さぎょう①【作業】(名・自サ)作業，工作，操作，勞動。☆～時間／工作時間。☆～服／工作服。☆単純～／簡單勞動。

さく【昨】(接頭)昨，去，上一。☆～十日／昨天十號。☆～秋／去年秋天。☆～シーズン／上一次賽季。

さく②①【策】(名)策，策略，方案。☆万全の～／萬全之策。

さく①②【柵】(名)柵欄。

さく⓪②【作】(名)❶作品，創作。❷收成，年成。

さ・く⓪【咲く】(自五)（花）開。

さ

さ・く①【裂く・割く】(他五)❶撕開，切開，割開。❷分裂。❸撥出。

さくいん⓪【索引】(名)索引。

さくがら⓪【作柄】(名)❶收成，年成。❷作品品質。

さくじつ②【昨日】(名)昨日。

さくしゃ①⓪【作者】(名)作者。

さくしゅ①【搾取】(名・他サ)榨取，剝削。

さくせい⓪【作成】(名・他サ)寫，做，草擬，製定。☆計画を～する／做計劃。☆試験問題の～／出試題。

さくせい⓪【作製】(名・他サ)製作，製造。

さくせん⓪【作戦】(名)❶作戰。❷戰術，戰略。

さくねん⓪【昨年】(名)去年。

さくばん②【昨晩】(名)昨晚。

さくひん⓪【作品】(名)作品。

さくぶん⓪【作文】(名)作文。

さくもつ②【作物】(名)莊稼，作物，農作物。

さくや②【昨夜】(名)昨夜，昨晚。

さくら⓪【桜】(名)❶櫻花，櫻樹。❷粉紅色。❸馬肉。

さくらんぼう⓪【桜ん坊・桜桃】(名)櫻桃。

さくりゃく②【策略】(名)策略，計策。☆～に乗る／中計。

さぐ・る⓪【探る】(他五)❶探，摸。❷探聽，偵察。❸探求，尋找。

ざくろ①【石榴・柘榴】(名)石榴。☆～鼻(ばな)／酒糟鼻。

さけ⓪【酒】(名)酒。☆強い～／烈性酒。☆～に強い／能喝酒。酒量大。☆～によう／喝醉酒。☆～を断つ／戒酒。☆～を注(つ)ぐ／斟酒。

さけ①【鮭】(名)鮭魚，大馬哈魚。

さけのみ④③【酒飲み】(名)酒鬼，酒徒。

さけび③【叫び】(名)喊叫，呼聲，喊叫聲。☆～声(ごえ)／呼聲。喊叫聲。

さけ・ぶ②【叫ぶ】(自五)❶喊，叫，呼，喊叫。❷呼籲。

さ・ける②【裂ける】(自下一)裂，裂開，破裂。

さ・ける②【避ける】(他下一)避，避開，躲避，逃避。☆風雨を～／避風雨。☆人目を～／避人眼目。

さ・げる②【下げる】(他下一)❶降低。☆物価を～／降低物價。★頭を～／鞠躬。佩服。認輸。★男を～／丟臉。❷吊，掛，懸，配戴。☆看板を～／掛招牌。❸提。拎。☆かばんを～／拎提包。❹提取。☆貯金を～／提取存款。❺撤下。☆お膳を～／撤飯桌。

さこく⓪【鎖国】(名・自サ)鎖國，閉關自守。

ささ⓪【笹】(名)細竹，矮竹。

さ

ささい①【些細・瑣細】(形動)細小，細微，瑣碎。
ささえ③②【支え】(名)支柱，支架，支撐(物)。
ささ・える③⓪【支える】(他下一)❶支，支撐。☆棒で～／用棍子支撐著。❷支撐，維持，支持。☆一家の暮しを～／維持一家的生活。❸阻止，阻擋。
ささ・げる⓪【捧げる】(他下一)❶捧，捧舉。❷獻，貢獻，獻給。
さざなみ⓪【漣・細波・小波】(名)微波，細浪，漣漪。
ささやか②【細やか】(形動)❶小，細小，微小。☆～な家／小房子。❷簡單，簡陋，微薄。☆～な贈物／微薄的禮物。
ささや・く③【囁く】(自五)耳語，私語，嘀咕。
ささ・る②【刺さる】(自五)扎，扎進，刺入。☆指にとげが～・った／手指頭扎刺了。
さじ②【匙】(名)匙子，湯匙。★～を投げる／不可救藥。斷念。
さしあ・げる⓪【差し上げる】(他下一)❶舉起。❷(敬)給，贈送。
さしあたり⓪【差し当たり】(副)目前，當前，暫且。
さしい・る⓪【差し入る】(自五)射進，射入。
さしい・れる⓪【差し入れる】(他下一)❶裝進，放入。❷(給被拘留的人)送東西。
さしえ②【挿絵】(名)插圖。
さしおさ・える⓪【差し押える】(他下一)❶按住。❷扣押，沒收，查封。
ざしき③【座敷】(名)❶鋪草墊子的房間。❷(日本式)客廳。
さしこ・む⓪【差し込む】(一)(自五)❶射入。❷劇痛。(二)(他五)插入，扎進。
さしころ・す⓪【刺し殺す】(他五)刺死，刺殺。
さしさわり⓪【差し障り】(名)❶障礙，妨礙，故障。❷得罪人，冒犯人。
さしず①【指図】(名・他サ)指示，吩咐，命令。
さしせま・る⓪【差し迫る】(自五)迫近，逼近。☆年の瀬(せ)が～／年關迫近。
さしだしにん⓪④【差出人】(名)發信人，寄件人。
さしだ・す⓪【差し出す】(他五)❶寄，發。☆手紙を～／寄信。❷伸出，拿出，交出。☆手を～／伸出手。☆名刺を～／拿出名片。❸提交，提出。☆願書を～／提出申請書。
さしつかえ⓪【差し支え】(名)妨礙，障礙，不方便。☆べつに～はない／沒什麼妨礙。
さしつか・える⓪【差し支え

る】(妨礙，障礙，影響，不方便。☆勉強に～／影響學習。

さしと・める⓪【差し止める】(他下一)❶禁止，不准。❷停止，中斷。

さしの・べる⓪【差し延べる・差し伸べる】(他下一)伸出。

さしひか・える⓪⑤【差し控える】㈠(自下一)❶等候。❷在身旁侍候。㈡(他下一)節制，抑制，緩辦。

さしひき⓪②【差し引き】(名・自他サ)❶扣除，減去。☆支出を～する／扣除支出。❷結算，結算結果。☆～3万円の損だった／結算結果，賠了三萬日元。❸漲落，升降。

さしひ・く⓪【差し引く】(他五)扣除，減去。

さしみ③【刺身】(名)生魚片。

さしょう⓪【査証】(名・他サ)(護照的)簽証。

ざしょう⓪【座礁】(名・自サ)觸礁，擱淺。

さ・す①【差す】(自五)❶呈現，露出。☆赤みが～／泛紅。❷(潮水等)上漲，湧來。☆潮が～／漲潮。

さ・す①【差す・射す】(自五)照射，映照。☆日が～／日光照射。

さ・す①【刺す】(他五)❶刺，扎，穿。☆とげを～／扎刺。❷螫，叮，咬。☆蚊に～・された／被蚊子叮了。❸縫綴。❹(棒球)出局。

さ・す①【指す・差す】(他五)❶指，指示，指出。☆6時を～・している／指著六點。☆この語の～意味／這個詞所指的意思。☆先生に～・された／被老師指名了(叫了)。★後ろ指を～・される／被人背後指責。❷朝，向，往。☆西を～・して行く／往西走。❸下(象棋)。☆将棋を～／下象棋。❹打(傘)。☆かさを～／打傘。

さ・す①【差す・注す】(他五)點，滴，注入。☆目薬を～／點眼藥。☆機械に油を～／給機器上油。★水を～／潑冷水。挑撥離間。

さ・す①【差す・挿す】(他五)❶插。☆花瓶に花を～／把花插在花瓶裡。❷佩帶。☆腰に刀を～／腰上帶刀。

さ・す①【差す・鎖す】(他五)鎖(門)，關(門)。☆戸を～／鎖門。

さすが⓪【流石】(副)❶就連，甚至。☆～のぼくも参った／就連我也受不了。❷到底，畢竟，果然，的確，不愧為。☆北海道は～寒い／北海道的確很冷。☆～は日本一だ／不愧是日本第一。

さずか・る③【授かる】(自五)被授予，獲得。☆学位を～／獲得學位。

さず・ける③【授ける】(他下一)授予，傳授。☆勲章を～／授予勳章。

さす・る⓪【摩る・擦る】(他五)摸，搓，撫摸。

ざせき⓪【座席】(名)座位。☆～につく／就座。☆～を取っておく／佔座位。☆～指定／對號入座。

さ・せる⓪(他下一)❶令，叫，使。☆子供に勉強を～／叫孩子學習。❷讓，允許。☆本人の好きなように～／隨本人的便。

さ・せる(助動)(接一段、カ変動詞未然形後)（令，叫，使，讓，允許。☆学生に調べ～／讓學生調查。☆本人を来～・せてください／讓他本人來吧。

さぞ①【嘸】(副)想必，一定。

さそい⓪【誘い】(名)❶勸誘，引誘。❷邀請。

さそ・う⓪【誘う】(他五)❶勸誘，邀請，會同。☆友人を～・って散歩に行く／邀朋友去散步。❷引誘，誘惑。☆悪の道に～・われる／被誘入歧途。❸引起。☆涙を～／引人落淚。

さそく⓪【左側】(名)左側。☆～通行／左側通行。

さだま・る③【定まる】(自五)❶定，決定，定下。☆方針が～・った／方針已定。❷固定，穩定，安定。☆天気が一向に～・らない／天氣總不穩定。

さだめし②【定めし】(副)想必，一定。

さだ・める③【定める】(他下一)❶決定，制定，規定，確定。☆目標を～／確定目標。❷平定。❸奠定。❹評定。

ざだん⓪【座談】(名・自サ)座談。☆～会／座談會。

さち①【幸】(名)❶幸福，幸運。❷（山、海出產的）美味食品。☆海の～山の～／山珍海味。

さつ⓪【札】(名)紙幣，鈔票。

さつ【冊】(接尾)冊。☆3～／三冊。

ざつ【雑】(一)①(名)雜，混雜。☆～収入／雜項收入。(二)⓪(形動)❶混亂，雜亂。❷粗糙，草率。

さつえい⓪【撮影】(名・他サ)攝影，拍照。

ざつおん⓪【雑音】(名)雜音，噪音。☆～を入れる／亂插嘴。

さっか①⓪【作家】(名)作家。☆女流～／女作家。

ざっか⓪【雑貨】(名)雜貨。

サッカー①【美 soccer】(名)足球。

さっかく⓪【錯覚】(名・他サ)❶錯覺。❷誤會，弄錯。

さっき①【先】(副)剛才。

さっきょく⓪【作曲】(名・自他サ)作曲，譜曲。

サック①【sack】(名)❶套，袋，帽，囊。☆鉛筆の～／鉛筆帽。❷避孕套。

ざっくばらん①(形動)坦率，心直口快。

さっさと①③(副)趕快，趕緊，急忙。

ざっし⓪【雑誌】(名)雜誌。

さつじん⓪【殺人】(名)殺人。

さっ・する⓪③【察する】(他サ)❶推測，觀察，判斷。❷體諒。

ざつぜん⓪【雑然】(形動)雜亂，亂七八糟。

さっそう⓪【颯爽】(形動)颯爽。英勇。

ざっそう⓪【雑草】(名)雜草。

さっそく⓪【早速】(副)火速，立刻，馬上。

ざつだん⓪【雑談】(名・自サ)閒談，閒聊，聊天。

さっと①⓪【颯と】(副)忽然，突然，忽地，唰地。

ざっと⓪(副)❶大致，大約。☆～1年はかかりそうだ／大約需要一年時間。❷粗略地，簡單地。☆～目を通した／略微看了一下。❸嘩地，唰唰地。

さっとう⓪【殺到】(名・自サ)湧來，蜂擁而至。

ざっとう⓪【雑踏】(名・自サ)擁擠，混亂，人山人海。

さつばつ⓪【殺伐】(形動)充滿殺機，殺氣騰騰。

さっぱり①(副・自サ)❶爽快，俐落。☆～した気性の人／性格爽直的人。❷清淡。☆この料理は～としている／這個菜很清淡。❸全然，徹底。☆～と忘れてしまった／全忘光了。❹(下接否定語)絲毫，一點也。☆～分からない／一點也不懂。❺不好，糟糕。☆会話の方は～だ／會話根本不行。

さつまいも⓪【薩摩芋】(名)甘薯，地瓜。

ざつよう⓪【雑用】(名)❶雜事，瑣事。❷各種用途。

さて①【偖・扨】(一)(接)(承接上文或轉換話題)那麼，其次，另外，且說。(二)(副)一旦，果真。(三)(感)那麼，這可。

さては①(一)(接)而且，還有。(二)(副)原來是，一定是，那麼說。

さと⓪【里】(名)❶村子，村莊。❷鄉下，鄉間。❸娘家。

さと・い②【聡い】(形)❶聰明，伶俐。❷敏感，敏銳。

さといも⓪【里芋】(名)芋頭。

さとう②【砂糖】(名)砂糖。☆～黍(きび)／甘蔗。☆～大根／甜菜。☆角～(ざとう)／方糖。

さどう①⓪【茶道】(名)茶道。

さと・す⓪②【諭す】(他五)教

さ

導，教誨，曉諭，告誡。

さと・る⓪②【悟る】(他五)❶悟，醒悟，覺悟，理解。☆言外の意を～／領會言外之意。❷發現，察覺。☆陰謀を～／發現陰謀。❸(佛)悟道，開悟。

さなか①【最中】(名)正當中，最盛期，最高潮。

さなぎ⓪【蛹】(名)蛹。

サナトリウム④【sanatorium】(名)結核病療養院。

さね①【実・核】(名)❶核，仁。☆杏子の～／杏仁核。❷籽。

さは①【左派】(名)左派。

さば⓪【鯖】(名)青花魚。

さば・く②【捌く】(他五)❶銷售，推銷。❷妥善處理，操縱。❸解開，理開。☆系のもつれを～／把亂線理開。

さば・く②【裁く】(他五)❶裁判，審判。❷排解，調停。

さばく⓪【砂漠】(名)沙漠。

さはんじ②【茶飯事】(名)常有的事，家常便飯。

さび②【錆】(名)鏽。☆～がつく／生鏽。★身から出た～／自作自受。自食惡果。

さびし・い③【寂しい・淋しい】(形)❶寂寞，孤單，凄涼，無聊。☆～生活／寂寞的生活。❷空寂，冷清，荒涼。☆～山道／空寂的山路。❸空虛，不滿足，少點什麼。☆口が～／想吃點什麼。☆懐が～／手頭緊。

さびつ・く⓪【錆び付く】(自五)❶(金屬器具)生鏽後卡住。❷長滿了鏽，完全生鏽。

さ・びる②【錆びる】(自上一)❶生鏽。❷(聲音)沙啞。

さび・れる③⓪【寂れる】(自下一)蕭條，冷落，衰微。

ざぶとん②【座蒲団・座布団】(名)坐墊。

さべつ①【差別】(名・他サ)差別，區別，歧視。☆～待遇／區別對待。歧視。☆人種～／種族歧視。

さほう①【作法】(名)❶禮節，禮貌。☆礼儀～／禮貌。禮儀。

サボタージュ③【法 sabotage】(名・自サ)❶怠工。❷偷懶。

サボテン⓪【西 sapoten・仙人掌】(名)仙人掌。

サボ・る②(自五)偷懶，曠職，逃學。☆仕事を～／曠職。

さま【様】(接尾)❶(接在人名、稱呼下)表示尊敬。☆田中～／田中先生。☆お客～／客人。❷構成敬語。☆ご苦労～／您辛苦了。

さまざま③⓪【様様】(形動)各種各樣，形形色色。

さま・す②【冷ます】(他五)❶冷卻，降溫。☆～・してから飲みなさい／涼了再喝。❷降低，減少。☆興(きょう)を～／掃興。

さま・す②【覚ます・醒ます】(他五)❶叫醒，弄醒。☆目を～／睡醒。❷醒酒。☆酔(よ)いを～／醒酒。❸喚醒，使…覺醒。

さまた・げる⓪④【妨げる】(他下一)妨礙，阻礙，阻撓，打攪。

さまよ・う③【さ迷う・彷徨う】(自五)彷徨，徘徊，流浪。

さみだれ⓪【五月雨】(名)梅雨。

さむ・い②【寒い】(形)冷，寒冷。☆今日は～／今天冷。

さむがり④③【寒がり】(名)怕冷(的人)。☆～屋(や)／怕冷的人。

さむらい⓪【侍】(名)❶武士。❷有骨氣的人，剛毅的人。

さめ⓪【鮫】(名)鯊魚。

さ・める②【冷める】(自下一)❶冷涼。☆お風呂が～・めた／洗澡水涼了。❷(熱情、興趣等)降低，減退。☆熱が～・めた／熱情減退了。

さ・める②【覚める・醒める】(自下一)❶睡醒。☆夢から～／從夢中醒來。❷醒酒。☆酒の酔いが～・めた／酒醒了。❸醒悟，覺悟。

さ・める②【褪める】(自下一)褪色，掉色。

さや①【莢】(名)豆莢。☆～をむく／剝豆莢。

さや①【鞘】(名)❶刀鞘，劍鞘。❷套，盒，筆帽。☆鉛筆の～／鉛筆套。❸差價。★～を取る★～を稼ぐ／賺差價。

さゆう①【左右】(名・他サ)❶左右，兩旁，附近。❷左右，支吾。☆言を～にする／支吾其詞。❸左右，支配，操縱，控制。☆国の運命を～する／左右國家之命運。

さよう①【作用】(名・自サ)作用，起作用。

さよう⓪【然様・左様】〔一〕(副・形動)那樣。〔二〕(感)對，是的。

さようなら④⓪(感)再見。

さよなら③⓪(感)→さようなら

さら⓪【皿】(名)碟子，盤子。

さらいげつ②⓪【再来月】(名)下下月。

さらいしゅう⓪【再来週】(名)下下週。

さらいねん⓪【再来年】(名)後年。

さら・う⓪【復習う】(他五)復習，溫習。

さら・う⓪【浚う・渫う】(他五)淘，疏浚，疏通。

さら・う⓪【攫う】(他五)❶攫取，奪走。❷獨佔。

さらさら①(副・自サ)❶颯颯，唰唰，嘩嘩。❷鬆散，乾爽。

ざらざら①(副・自サ)粗糙，不光滑。☆～した肌(はだ)／粗糙的皮膚。

さら・す⓪【晒す】(他五)❶曬。

さ

❷風吹雨打。❸暴露。❹示眾。❺漂白。

サラダ①【salad】(名)(西餐涼拌菜)沙拉。☆～オイル／沙拉油。

さらに①【更に】(副)❶更，更加，進一步。☆雨が～はげしく降る／雨下得更大了。❷再，又，重新。☆～4ページふやす／再增加四頁。❸(下接否定語)絲毫，一點也。

サラリー①【salary】(名)工資，薪水。☆～マン／薪水階級者。

さ・る①⓪【去る】(自五)❶離去，離開。☆世を～／去世。❷過去。☆危機が～・った／危機過去了。❸消失。☆痛みが～／疼痛消失。❹離，距。☆今を～2千年／距今兩千年。

さる①【然る】(連体)❶那樣的。❷某。☆～所に／在某處。

さる①【猿】(名)猿，猴子。

ざる②【笊】(名)笊籬。笸籮。

ざる(助動)(文語助動詞"ざり"的連體形，接動詞未然形後表示)不。☆もてなしは至ら～はなかった／招待甚周。☆そうせ～を得ない／不得不那麼做。

さ・れる(助動)❶表示被動。☆採用～／被採用。❷("する"的敬語)表示敬意。☆お食事を～／用餐。

サロン①【法salon】(名)❶客廳，大廳。❷沙龍，社交集會。❸美術展覽會。❹酒吧。

さわがし・い④【騒がしい】(形)❶吵鬧，喧囂。❷不穩定，不平靜。

さわが・す③【騒がす】(他五)↓さわがせる

さわが・せる④【騒がせる】(他下一)騷擾，轟動。☆世間を～／轟動社會。

さわぎ①【騒ぎ】(名)❶吵鬧，喧囂。❷騷動，騷亂，事件。❸(用"どころのさわぎではない"的形式)豈止，哪裏談得上。☆今は旅行どころの～ではない／現在哪裏談得上旅行。

さわ・ぐ②【騒ぐ】(自五)❶吵鬧，吵嚷。☆酒を飲んで～／喝了酒胡鬧。❷騷動，鬧事。☆賃金の値上げで～／為提高工資而鬧事。❸慌張，著忙，不安。☆心が～／心裏不安。❹(多用被動式)誇讚，吹捧，轟動。☆昔はずいぶん～・がれたものだ／曾轟動一時。

さわやか②【爽やか】(形動)❶爽快，清爽，爽朗。❷鮮明，嘹亮，清楚。

さわら⓪【鰆】(名)鰆，馬駮魚。

さわ・る⓪【触る】(自五)❶觸，摸，碰。❷觸怒，觸犯。❸參與。

さわ・る⓪【障る】(自五)妨礙，影響，有害。☆勉強に～／影響學習。

さん⓪【三】(名)❶三。❷三壘手。

さん①【産】(名)❶分娩，生孩子。❷財產。❸生產，出產。

さん①【酸】(名)❶酸味。❷(化)酸。

さん(接尾)(接在人名或其他用語後)表示尊敬、客氣、親愛。☆田中～／田中先生。☆ご苦労～／您辛苦了。

さん【山】(接尾)山。☆富士～／富士山。

さんか①⓪【参加】(名・自サ)參加，加入。

さんか⓪【酸化】(名・自サ)氧化。☆～物／氧化物。

さんかく①【三角】(名)三角。☆～関係／三角關係。☆～形／三角形。☆～定規(じょうぎ)／三角尺(板)。

さんがつ①【三月】(名)三月。

さんぎいん③【参議員】(名)參議院。

さんきゃく④⓪【三脚】(名)三腳架。☆～架／三腳架。

さんぎょう⓪【産業】(名)產業，工業。☆基干～／基礎工業。☆第一次～／第一產業。

ざんぎょう⓪【残業】(名・自サ)加班。☆～手当(てあて)／加班費。加班津貼。

サングラス③【sunglasses】(名)墨鏡，太陽眼鏡。

ざんげ③①【懺悔】(名・他サ)懺悔，悔罪。

さんご①【珊瑚】(名)珊瑚。☆～礁(しょう)／珊瑚礁。

さんこう⓪【参考】(名・他サ)參考。☆～書／參考書。☆～になる／可供參考。

ざんこく⓪【残酷・残刻・惨酷】(名・形動)殘酷。

さんさい⓪【山菜】(名)野菜。

さんざし⓪【山査子】(名)山楂。

さんざん③⓪【散散】(副・形動)❶狠狠地，凶狠地。☆～負かした／讓他一敗塗地。❷狼狽，淒慘。☆～な目にあう／吃足苦頭。

さんじ①【惨事】(名)慘事，慘禍，慘案。

さんじ①【産児】(名)❶生育，生孩子。☆～制限／節育。❷(生下來的)嬰兒。

さんしゅつ⓪【産出】(名・他サ)出產，生產。

さんじゅつ⓪【算術】(名)算術。

さんしょう⓪【参照】(名・他サ)參照，參閱，參看。

さんしょう⓪【山椒】(名)花椒。

さんしょく①⓪【三色】(名)❶三種顏色。❷三原色。

さんすう③【算数】(名)❶算術。❷計數。

さん・する③【産する】(自他サ)

さ

❶出產，生產。❷分娩，生孩子。
さんせい⓪【賛成】(名・自サ) 贊成，贊同，同意。
さんそ①【酸素】(名) 氧，氧氣。☆～ボンベ／氧氣瓶。
サンタクロース⑤【Santa Claus】(名) 聖誕老人
サンダル⓪①【法saudale】(名) 涼鞋。
さんたん⓪③【惨憺】(形動) ❶慘淡。❷淒慘，悲慘。
さんだん③①【算段】(名・他サ) 籌措，籌集，張羅。
さんだんとび⓪【三段跳び】(名) 三級跳遠。
さんち①【山地】(名) 山地。
さんち①【産地】(名) 產地。
サンドイッチ④【sandwich】(名) 三明治，夾肉麵包。
サンドペーパー④【sandpaper】(名) 砂紙。
さんにんしょう③【三人称】(名) 第三人稱。
ざんねん③【残念】(形動) ❶遺憾，可惜，抱歉。❷懊悔，悔恨。
さんぱい⓪【参拝】(名・自サ) 參拜。
さんぱい⓪【惨敗】(名・自サ) 慘敗，大敗。
さんばし⓪【桟橋】(名) ❶棧橋，碼頭。❷(建築工地登高用的)臨時腳架。
さんぱつ⓪【散髪】(名・自サ) 理髮，剪髮。☆～屋／理髮店。
さんび①【賛美】(名・他サ) 讚美，頌揚。
さんぴ①【賛否】(名) 贊成與否。
さんぶつ⓪【産物】(名) ❶產品，物產。❷產物，結果。
サンプル①【sample】(名) 樣品，貨樣。
さんぶん⓪【散文】(名) 散文。
さんぽ⓪【散歩】(名・自サ) 散步。
さんま⓪【秋刀魚】(名) 秋刀魚。
さんまん⓪【散漫】(形動) 散漫，渙散。
さんみゃく⓪【山脈】(名) 山脈。
さんよう⓪③【算用】(名・他サ) 計算，算帳。☆～が合わない／計算不對。☆～数字／阿拉伯數字。
ざんりゅう⓪【残留】(名・自サ) 殘留。
さんりんしゃ③【三輪車】(名) 三輪車。
さんれつ⓪【参列】(名・自サ) 參加，出席。
さんろく⓪【山麓】(名) 山麓，山腳。

シ・し

[SHI]

し①【子】(名)孔子。☆～曰(いわ)く／子曰。

し①【士】(名)士。☆好学の～／好學之士。

し①【四】(名)四。★～の五の言う／說三道四。

し①【市】(名)市。☆～の中心にある／位於市中心。

し①【史】(名)史，歷史。☆～に名を留(とど)める／名載史冊。☆日本～／日本史。

し①【死】(名)死。☆生と～／生和死。☆～の商人／軍火商。☆～の灰／放射性塵埃。

し①【師】(名)❶師，先生。☆山田博士を～と仰(あお)ぐ／拜山田博士為師。❷師，軍隊。☆問罪の～を起こす／興師問罪。

し⓪【詩】(名)詩。☆～を作る／作詩。

し【氏】〔一〕①(代)他。☆～は京都の出身だ／他出生於京都。〔二〕(接尾)氏，先生。☆藤原～／藤原氏。☆井上～／井上先生。

し【紙】(接尾)❶紙。☆アート～／銅版紙。❷報。☆日刊～／日報。☆機関～／機關報。

し【視】(接尾)視，看待。☆重要～／重視。☆度外～／置之度外。

し(接助)❶既…又…，又…又…，也…也…。☆頭もいい～気立てもいい／既聰明脾氣又好。❷因為。☆水道もない～、不便な所ですよ／由於沒有自來水，所以很不方便。

じ①【字】(名)字。☆～を書く／寫字。☆～が汚い／字跡潦草。

じ①【辞】(名)辭，詞。☆開会の～／開幕詞。

じ【地】(名)❶⓪當地。☆～の人／當地人。❷①土地，地面。☆～を均(なら)す／平整土地。

❸⓪（紡織品的）質地。☆～が粗い／質地粗。❹①（圍棋）佔的空地。❺⓪天生，本來。☆～の声／本嗓。真嗓音。★～が出る★～を出す／露出真象。❻⓪皮膚，肌理。❼⓪（小説等會話以外的）敘述部分。❽①（與妓女相對而言的）良家婦女。☆～の女／良家婦女。

じ【時】（接尾）時，點。☆9～／九點。

じ【次】〔一〕（接頭）次，下，第二。☆～年度／下一年度。〔二〕（接尾）次，回。☆第二～／第二次。

しあい⓪【試合】（名）比賽。☆～に勝つ／比賽獲勝。☆～に出る／參加比賽。

しあが・る③【仕上がる】（自五）完成，做完。

しあげ⓪【仕上げ】（名・他サ）❶做完，完成。❷做的結果。❸收尾，最後加工。

しあ・げる③【仕上げる】（他下一）❶做完，完成。❷收尾，最後加工。

しあさって③【明明後日】（名）大後天。

しあわせ⓪【幸せ・仕合せ】（名・形動）❶幸福，幸運。❷僥倖，走運，運氣。

しあん①【思案】（名・自サ）❶主意，辦法，考慮，思量。★～に暮れる／不知所措。❷擔心，憂慮。

しあん⓪【試案】（名）試行方案。

しいく①⓪【飼育】（名・他サ）飼養。☆～係（がかり）／飼養員。

シーズン①【season】（名）季節。☆～オフ／淡季。

シーソー①【seesaw】（名）蹺蹺板。☆～ゲーム／拉鋸戰。

しいたけ①【椎茸】（名）香菇，香蕈。

しいた・げる④⓪【虐げる】（他下一）虐待，欺凌，欺侮。

シーツ①【sheet】（名）床單。

しいて①【強いて】（副）強迫，強逼，勉強。

ジープ①【美 jeep】（名）吉普車。

し・いる②【強いる】（他下一）強迫，強逼，逼迫。

しい・れる③【仕入れる】（他下一）❶採購，購入。❷取得，弄到。

しいん⓪【子音】（名）子音，輔音。

じえい⓪【自衛】（名・自サ）自衛。

ジェットき③【ジェット機】（名）噴射式飛機。

しお②【塩】（名）鹽。

しお②【潮】（名）❶潮，潮汐，潮水。☆～が引く／退潮。☆～が差す／漲潮。❷海水。❸時機，機會。

しおかげん③【塩加減】（名）❶調鹹淡味。❷鹹淡。☆～をみる

/嗜鹹淡。☆~がよい/鹹淡適中。

しおから・い④【塩辛い】(形)鹹。

しおくり⓪【仕送り】(名・自他サ)寄生活補貼,寄生活費。

しおどき④⓪【潮時】(名)❶漲潮時,落潮時。❷時機,機會。

しおひ③【潮干】(名)退潮,落潮。☆~狩(がり)/當落潮時在淺灘捕捉魚貝等的活動。

しおみず②【塩水・潮水】(名)❶鹽水。❷海水。

しおり⓪③【栞】(名)❶書籤。❷指南,入門。

しお・れる⓪【萎れる】(自下一)❶枯萎,蔫。❷沮喪,洩氣。

しか②【鹿】(名)鹿。

しか(副助)(下接否定語)只,僅。☆私~知らない/只有我知道。

シガー①【cigar】(名)雪茄煙。

しかい⓪【司会】(名・自他サ)主持會議。☆~者/司儀。會議主席。會議主持人。

しかい②⓪【視界】(名)❶視野,眼界。❷見識,知識面。

しがい①【市街】(名)市街,繁華區。

しがい⓪【死骸】(名)屍體。

じかい①【次回】(名)下次,下回,下屆。

しかえし⓪【仕返し】(名)❶改做,重做。❷報復,報仇,回擊。

しかく③【四角】(名・形動)❶四角形,方形。❷生硬,死板。

しかく⓪【資格】(名)資格。

じかく⓪【自覚】(名・自サ)自覺,覺悟,認識。

しかけ⓪【仕掛け】(名)❶正在做,未完成。❷裝置,構造,規模。

しか・ける③【仕掛ける】(他下一)❶開始,著手,準備。❷裝設,設置。❸挑釁,找碴。

しかし②【併し・然し】(接)然而,但是,可是,不過。

しかしながら④【併し乍ら・然し乍ら】(接)然而,但是。

しかた⓪【仕方】(名)做法,方法,辦法。☆勉強の~/學習方法。☆~がない/沒有辦法。☆眠くて~がない/睏得要命。

しがつ③【四月】(名)四月。

じかに①【直に】(副)❶直接,親自。❷貼身。☆~着る/貼身衣物。

しかばね⓪【屍・尸】(名)屍體,死屍。

しがみつ・く②(自五)❶緊緊抱住,緊緊摟住。❷墨守,死守,戀棧。

しか・める⓪【顰める】(他下一)皺眉,顰蹙。

しかも②【而も】(接)❶而且,並且。❷而,卻。

しか・る⓪【叱る】(他五)斥責,

責備。☆先生に～・られた／被老師批評了。

しがん①【志願】(名・自他サ) 志願，自願，報名。☆工学部を～する／報考工學院。

じかん①【次官】(名) 次官，次長，副部長。☆外務～／外交部副部長。

じかん⓪【時間】(名) ❶時間，工夫。☆～をかける／花上時間。豁出時間。☆～をかせぐ／爭取時間。❷時間，時刻，時候。☆～ですよ／時間到了。☆～表／時刻表。課程表。☆～割(わり)／課程表。❸小時，鐘頭。☆3～／三小時。❹課，課時。☆数学の～／數學課。

しき②【式】(名) ❶儀式，典禮。❷式樣，樣式，方式。❸算式，公式。

しき②【四季】(名) 四季。

しき②【指揮】(名・他サ) 指揮。

じき①【時期】(名) 時期。

じき①【時機】(名) 時機，機會。☆～を見る／伺機。找機會。

じき①【磁気】(名) 磁性。

じき①【磁器】(名) 瓷器。

じき⓪【直】(一)(名) ❶直接。☆～輸出／直接出口。❷直接交易。(二)(副) ❶立刻，馬上。☆もう～正月だ／馬上就到新年了。❷很近，就在眼前。☆～隣にある／就在旁邊。❸很容易。

しきい⓪【敷居】(名) 門檻。★～が高い／不好意思登門。難以登門。

しきさい⓪【色彩】(名) ❶色彩，彩色。❷色彩，傾向。

しきじょう⓪【色情】(名) 色情。

しきたり⓪【仕来り】(名) 常例，慣例，規矩。

しきち⓪【敷地】(名)（建築等）佔地，用地，地皮。

じきに⓪【直に】(副) 立即，馬上。

しきふ⓪【敷布】(名) 褥單，床單。

しきぶとん③【敷布団】(名) 褥子。

しきもう⓪【色盲】(名) 色盲。

しきもの⓪【敷物】(名) 鋪的東西。

しきゅう⓪【支給】(名・他サ) 支付，發給

しきゅう⓪【至急】(名) ❶急，加急，火急。☆～便(びん)／快信。☆～電報／加急電報。❷火速，趕快。☆～おいで下さい／請趕快來。

しきょ②【死去】(名・自サ) 死去，去世，逝世。

しきょう⓪②【市況】(名) 市場情況，行情。

しぎょう⓪【始業】(名・自サ) ❶上班，開始工作。❷開學，開始上課。☆～式／開學典禮。

じぎょう①【事業】(名) ❶事業。

❷企業，實業。☆～家／企業家。實業家。

しきょく②⓪【支局】(名)支局，分社。

しきり⓪【仕切り】(名・他サ)❶隔開，間壁。☆部屋の～をする／把房間隔開。❷清算，結帳。☆月末に～をする／月末結帳。

しきりに⓪【頻りに】(副)頻頻，再三，屢次。

しき・る②【仕切る】(他五)❶隔，隔開。❷結帳，清帳。

しきん②【資金】(名)資金。☆～を調達する／籌措資金。☆回転～／周轉資金。

し・く⓪【敷く】(他五)❶鋪，撒，墊。☆布団を～／鋪被褥。★亭主を尻に～／欺壓丈夫。❷鋪設。☆鉄道を～／鋪設鐵路。❸發佈，實施。☆戒厳令を～／發佈戒嚴令。

じく②⓪【軸】(名)軸。

じくうけ④【軸承け・軸受け】(名)軸承。

しぐさ⓪【仕種・仕草】(名)❶動作，舉止，做法，態度。❷(演員的)做派，身段，表情。

ジグザグ①⓪【法 zigzag】(名・形動)鋸齒形，〃之〃字形，彎彎曲曲。☆～デモ／〃之〃字形示威遊行。

しくしく②(副・自サ)❶抽抽搭搭地(哭)。❷隱隱約約地(疼)。

しくじ・る③(他五)❶砸鍋，搞壞，失敗。☆試験を～／考試考壞了。❷被解雇。☆会社を～／被公司解雇。

しくみ⓪【仕組み】(名)❶構造，結構。❷計劃，安排。❸(小說等的)情節。

しく・む②【仕組む】(他五)❶構築，裝配。❷計劃，籌劃。❸構思，編寫。

じくもの②【軸物】(名)畫軸，字畫。

しぐれ⓪【時雨】(名)(秋冬之交的)陣雨。

しけ②【時化】(名)❶風暴，暴風雨。❷打不著魚。❸(生意)蕭條，(戲院)不賣座。

しけい②⓪【死刑】(名)死刑。

しげき⓪【刺激】(名・他サ)刺激，使…興奮。

しげみ③【茂み・繁み】(名)草叢，樹叢，草木繁茂處。

しげ・る②【茂る・繁る】(自五)繁茂，茂密。

しけん②【試験】(名・他サ)❶考試，測驗。☆～を受ける／應考。☆入学～／入學考試。❷試驗，實驗。

しげん①【資源】(名)資源。

じけん①【事件】(名)事件。

じこ①【自己】(名)自己，自我。☆～紹介／自我介紹。

じこ①【事故】(名)事故。

しこう⓪【思考】(名・他サ)思

し

考。☆～力／思考力。

しこう⓪【施行】(名・他サ)施行，實施。

じこう①【事項】(名)事項。

じこう⓪【時効】(名)時效。☆～になる☆～にかかる／失效。

じごう①【次号】(名)（雜誌等的）下一期。☆以下～／下期待續。

じこく①【時刻】(名)時刻，時間。☆～表／時刻表。

じごく③【地獄】(名)❶地獄。☆交通～／交通阻塞。☆試験～／考試難關。★～で仏に会う／絕處逢生。★～の沙汰も金次第／有錢能使鬼推磨。❷（火山的）噴火口。

しごと⓪【仕事】(名)❶工作，幹活。☆～にならない／沒法工作。幹不了活。☆～場(ば)／工作場所。車間。❷工作，職業。☆～を見つける／找工作。❸（物）功。☆～率／功率。

しこみ⓪【仕込み】(名)❶訓練，教導，教育。❷採購，買進。

しこ・む②【仕込む】(他五)❶訓練，教育。❷採購，買進。❸裝入。

しこり⓪【痼】(名)❶（肌肉）緊縮，發硬。硬疙瘩。❷（思想）疙瘩，隔閡。

しさ①【示唆】(名・他サ)啟發，啟示。

しさい①⓪【子細・仔細】(名)❶內情，詳情。❷緣故，緣由。❸（下接否定語）妨礙，障礙。❹（下接〝に〟構成副詞）仔細，詳細。☆～に報告する／詳細報告。

しざい①⓪【私財】(名)個人財產，私有財產。

しざい①【資材】(名)資材，材料，器材。

しさく⓪【思索】(名・自サ)思索。☆～にふける／沉思。

じさく⓪【自作】(名・他サ)❶自製。❷自己寫作。❸自耕。☆～農／自耕農。

しさつ⓪【視察】(名・他サ)視察，考察。☆～団／考察團。

じさつ⓪【自殺】(名・自サ)自殺。☆～未遂(みすい)／自殺未遂。

じさん⓪【持参】(名・他サ)帶來，帶去，自備。

しし①【獅子】(名)獅子。☆～舞(まい)／獅子舞。

しじ①【支持】(名・他サ)❶支持，擁護。❷支撐，維持。

しじ①【指示】(名・他サ)指示。☆～薬／指示劑。

じじつ①【事実】(一)(名)事實。(二)(副)實際上，事實上。

ししゃ①②【死者】(名)死者。

ししゃ①【支社】(名)❶分公司，分行，分店。❷（神社的）分社。

ししゃ①【使者】(名)使者。

じしゃく①【磁石】(名)❶磁石，磁鐵。❷指南針。❸磁鐵礦。

ししゅう⓪【刺繡】(名・他サ)刺繡。

しじゅう①【始終】(一)(名)原委，顛末，全過程。(二)(副)始終，經常，不斷。

じしゅう⓪【自習】(名・自サ)自習，自學。

じしゅう⓪【自修】(名・自サ)自修，自學。

ししゅつ⓪【支出】(名・他サ)支出，開支。

ししゅんき②【思春期】(名)青春期。

じしょ①【地所】(名)土地，地皮，地產。

じしょ①【辭書】(名)辭典。☆〜を引く/查辭典。

ししょう⓪【支障】(名)故障，障礙。

ししょう⓪【死傷】(名・自サ)死傷，傷亡。☆〜者/死傷者。

ししょう①②【師匠】(名)❶師傅，師父，老師傅。❷老師。

しじょう⓪①【市場】(名)市場，交易所。☆〜に出まわる/上市。

じじょう⓪【事情】(名)❶情況，狀況。❷緣故，理由。

ししょく⓪【試食】(名・他サ)品嚐。

じしょく⓪【辭職】(名・自サ)辭職。

じじょでん②【自敘伝】(名)自傳。

しじん⓪【詩人】(名)詩人。

じしん①【自身】(名)自身，自己，本身。

じしん⓪【自信】(名)自信，信心，把握。

じしん⓪【地震】(名)地震。

しずか①【静か】(形動)❶靜，寂靜，平靜，安靜，清靜，肅靜，寧靜。☆〜にしなさい/肅靜！安靜！❷文靜，穩重。☆〜な子/文靜的孩子。❸輕輕，慢慢。☆〜に歩く/輕輕地走。

しずく③【雫】(名)水滴，水點。

しずけさ③【静けさ】(名)寂靜。

システム①【system】(名)系統，體系，機構，組織。

しずま・る③【静まる・鎮まる】(自五)❶安靜，平靜。❷平息，平靜下來。❸平定，平復。❹(痛)止住。☆痛みが〜・った/痛止住了。

しず・む⓪【沈む】(自五)❶沉，沉入，沉沒。❷降落。❸陷入。❹消沉，沉悶。

しず・める⓪③【沈める】(他下一)使…沉入。

しず・める⓪③【静める・鎮める】(他下一)❶使…安靜，使…平靜。❷平定，平息。❸止，鎮。☆痛みを〜/止痛。

しせい⓪【姿勢】(名)❶姿勢。❷態度。☆〜を正(ただ)す/端正姿勢。端正態度。
しせい⓪【施政】(名)施政。☆～方針／施政方針。
じせい⓪【時世】(名)時世，時代。
じせい⓪【時勢】(名)時勢，形勢，時務。☆～にうとい／不識時務。
しせつ①【使節】(名)使節。
しせつ①②【施設】(名)設施，設備。
じせつ①【時節】(名)❶時節，季節。❷時機，機會。❸時勢，形勢。☆～柄(がら)／鑑於目前局勢。鑑於這種季節。
しせん⓪【視線】(名)視線。
しぜん⓪【自然】〔一〕(名)自然，天然。☆～の法則／自然規律。☆～科学／自然科學。〔二〕(形動)自然。☆～な動作／自然的動作。
じぜん⓪【事前】(名)事前。
じぜん⓪【慈善】(名)慈善。

しそう⓪【思想】(名)思想。☆～犯／政治犯。
じぞう②【地蔵】(名)地藏菩薩。
じそく①⓪【時速】(名)時速。
じぞく⓪【持続】(名・自他サ)持續，繼續。
しそこな・う④【為損う】(他五)做錯，做壞，失敗。
しそん①【子孫】(名)子孫。
じそん⓪【自尊】(名)自尊。☆～心／自尊心。
した⓪②【下】(名)❶下，下面，底下。☆木の～／樹下。❷裏邊。☆～にシャツを着る／裏邊穿著襯衫。❸小，少，低。☆君より二つ～です／比你小兩歲。❹部下。☆～の者／部下。
した②【舌】(名)❶舌，舌頭。★～が肥える／口味高。講究吃。★～を出す／嘲笑。★～を巻く／咋舌。驚訝。❷話，說話。★～が長い／話多。饒舌。

しだ①【羊歯】(名)羊齒。
したい⓪【死体】(名)屍體。
しだい【次第】〔一〕⓪(名)❶次序，順序，程序。☆式の～／儀式的程序。❷情形，情況。☆事の～／事情的經過。〔二〕(接尾)❶全憑，要看。☆何事も人～だ／事在人為。❷聽任，任其。☆言いなり～になる／唯命是從。任人擺佈。❸立即，馬上。☆荷が着き～送金する／貨一到立即匯款。
じたい①【自体】(名)❶自身，本身。☆法律～／法律本身。❷究竟，原來，說來。☆～どうしたのだ／究竟這是怎麼回事？
じたい①【事態】(名)事態。
じたい①【辞退】(名・他サ)辭退，謝絕。
じだい⓪【時代】(名)時代。☆～劇／☆～遅れ／過時，落伍。

歴史劇。

しだいに⓪【次第に】(副)逐漸。

した・う⓪②【慕う】(他五)❶愛慕，敬仰。☆彼女がひそかに~青年／她心中愛慕的青年。❷想念，懷念，思念。☆祖国を~／懷念祖國。❸追隨，跟隨。

したうけ⓪【下請け】(名)轉包(人)，承包(人)。

したが・う⓪【従う】(自五)❶跟，跟隨。☆先生に~・って歩く／跟著老師走。❷服從，聽從。☆教えに~／聽從教導。❸按照，仿效。☆実力に~／按實力。❹伴隨，隨著。☆年を取るに~／隨著年齡的增長。❺順，沿。☆川に~・って山を下る／沿河下山。

したが・える⓪【従える】(他下一)❶率領，帶領。☆部下を~／率領部下。❷征服，使…服從。☆敵を~／征服敵人。

したがき⓪【下書き】(名)草稿，底稿。

したがって⓪【従って】(接)因而，所以。

したぎ⓪【下着】(名)內衣，襯衣。

したく⓪【支度・仕度】(名・自サ)❶準備，預備。☆夕食の~をする／準備晚飯。❷裝束，打扮。

じたく⓪【自宅】(名)自宅，自己家。

したじ⓪【下地】(名)❶底子，基礎。❷素質。❸醬油。❹牆底。

したし・い③【親しい】(形)❶親近，親密，親切。☆~間柄／親密的關係。❷熟悉。☆国民の耳目に~／國民經常耳聞目睹。❸(血緣關係)近。☆~緣者／近親。

したしみ④⓪【親しみ】(名)❶親近，親密。❷愛情。

したし・む③【親しむ】(自五)❶親近，親密。❷愛好，喜好。

したじゅんび③【下準備】(名)初步準備。

したしらべ③⓪【下調べ】(名・他サ)❶預先調查。❷預習。

したず⓪【下図】(名)草圖。

したた・る③【滴る】(自五)滴，滴落。

したづみ⓪【下積み】(名)❶裝在底下(的東西)，壓在底下(的東西)。❷居於人下，受人壓迫。

したて⓪【仕立て】(名)❶裁縫，縫紉。☆~屋／裁縫店。❷預備，準備。☆特別~の列車／專車(火車)。❸培養，造就。☆弟子(でし)の~／培養弟子。

した・てる③【仕立てる】(他下一)❶縫，縫製。☆ズボンを~／做褲子。❷培養。☆弟子を

～／培養弟子。❸準備，預備。☆車を～／準備車。❹喬裝，裝扮。☆悪者に～・てあげる／裝扮成壞人。

したまち⓪【下町】(名)（城市中靠近海河低畦地的）工商業區。

したまわ・る④【下回る】(自五)低於。☆去年を～／低於去年。

したよみ⓪【下読み】(名・他サ)預讀，預習。

しだん①【師団】(名)師。☆～長／師長。

じだんだ②【地団太・地団駄】(名)跺腳，頓足。☆～(を)踏む／跺腳，頓足。

しち②【七】(名)七。

しち②【質】(名)❶當，典當。☆カメラを～に入れる(置く)／當相機。☆～屋／當鋪。❷質，抵押(品)。☆～に取る／作為抵押。

じち①【自治】(名)自治。

しちがつ④【七月】(名)七月。

しちめんちょう⓪【七面鳥】(名)火雞。

しちょう②【市長】(名)市長。

しちょう⓪【視聴】(名・他サ)❶視聽，看和聽。❷注意，注目。☆～を集める／引人注目。❸收看（電視）。☆～率／收視率。☆～覚教育／視聽教育。

じちょう①【次長】(名)次長，副長官，副…長。

じちょう⓪【自重】(名・自サ)❶自重，慎重。❷保重。

しちょうそん②【市町村】(名)市、鎮、村。

しつ【室】(接尾)室。☆応接～／會客室。

しつ②⓪【質】(名)❶質，質量。❷品質，素質。

じつ②【実】(名)❶實，實質。☆名を捨てて～を取る／捨名取實。❷真實，實際。☆～の親／親生父母。☆～を言う／說真的。❸誠實，誠意。☆～のある人／有誠意的人。

じつえん⓪【実演】(名・他サ)❶實地表演。❷（電影、電視演員等在劇院）登台表演。

じっか⓪【実家】(名)娘家，出生的家。

しっかく⓪【失格】(名・自サ)失去資格。

しっかり③【確り】(副・自サ)❶緊緊，結實，牢固。☆～握る／緊緊握住。☆～した研究／堅實的研究。❷健壯，強壯。☆年はとっても足は～している／雖上了年紀，但腿腳還很硬朗。❸好好地。☆～やれ／好好幹！❹可靠，穩重。☆～した人／穩重的人。

じっかん③【十干】(名)天干。

じっかん⓪【実感】(名・他サ)實感，真實感。

しっき③⓪**【湿気】**(名)濕氣。

しつぎ②**【質疑】**(名・自サ)質疑，質問。

しっきゃく⓪**【失脚】**(名・自サ)喪失地位，下台。

しつぎょう⓪**【失業】**(名・自サ)失業。☆～者／失業者。

じっきょう⓪**【実況】**(名)實況。☆～放送／實況廣播。

じつぎょう⓪**【実業】**(名)實業。☆～家／實業家。

しっくり③(副・自サ)相稱，調和，協調，融洽。

じっくり③(副・自サ)沉著地，仔細地，慢慢地。

しっけ③⓪**【湿気】**(名)潮，濕氣。☆～を嫌う／怕潮。

しつけ⓪**【仕付け・躾】**(名)教育，教養，管教。

しっけい③**【失敬】**㈠(名・形動・自サ)❶失禮，沒禮貌。☆～な奴／沒禮貌的傢伙。㈡(名・自サ)（我）先走，告辭。☆じゃあこれで～／那我先走了。㈢(名・他サ)偷，悄悄拿走。☆ペンを一本～した／拿走了一枝鋼筆。

しつげん⓪**【失言】**(名・自サ)失言。

じっけん⓪**【実験】**(名・他サ)實驗，試驗。☆～台／試驗台。

じつげん⓪**【実現】**(名・自他サ)實現。

しつこ・い③(形)❶頑固，執拗，糾纏不休。❷（味、色等）濃，濃艷。

しっこう⓪**【執行】**(名・他サ)執行。☆～猶予／緩刑。

じっこう⓪**【実行】**(名・他サ)實行，實踐。

じっさい⓪**【実際】**㈠(名)實際，事實。☆～上／實際上。㈡(副)的確，確實。☆～難しいもんだ／確實很難。

じつざい⓪**【実在】**(名・自サ)實在，實際存在。

じっし⓪**【実施】**(名・他サ)實施，實行。

じっしつ⓪**【実質】**(名)實質，實際。☆～賃金／實際工資。

じっしゅう⓪**【実習】**(名・他サ)實習。

じっしゅきょうぎ④**【十種競技】**(名)十項全能運動。

じつじょう⓪**【実情・実状】**(名)實情，真情。

しっ・する⓪**【失する】**㈠(他サ)失掉，喪失。㈡(自サ)過於。

じっせき⓪**【実績】**(名)實績，實際成績。

じっせん⓪**【実践】**(名・他サ)實踐。

しっそ①**【質素】**(形動)樸素，儉樸，簡陋。☆～な生活／儉樸的生活。

しっそう⓪**【疾走】**(名・自サ)快跑，疾馳。

しったい⓪**【失態・失体】**(名)出

醜，丟臉，失體面。

じったい⓪【実体】(名)實體，實質，本質。

じったい⓪【実態】(名)實態，實情，實際情況。

じっち⓪【実地】(名)❶實地，現場。❷實地，實際。

しっと⓪【嫉妬】(名・他サ)嫉妒。☆～心／嫉妒心。

しつど②【湿度】(名)濕度。

じっと⓪(副・自サ)❶目不轉睛。☆～見つめる／凝視。❷一動不動。☆～座っている／一動不動地坐著。

しつない②【室内】(名)室內。

じつに②【実に】(副)真，實在，的確，非常。

じつは②【実は】(副)其實，實際上。

しっぱい⓪【失敗】(名・自サ)失敗，做錯，做壞。★～は成功のもと／失敗是成功之母。

しっぴつ⓪【執筆】(名・自サ)執筆，寫作，撰稿。

じつぶつ⓪【実物】(名)實物。☆～取引／實物交易。現貨交易。

しっぽ③【尻尾】(名)❶尾，尾巴。❷末端，末梢。☆大根の～／蘿蔔根。★～を出す／露出馬腳。★～をつかむ／抓住把柄。

しつぼう⓪【失望】(名・自サ)失望。

しっぽうやき⓪【七宝焼】(名)景泰藍。

しつぼく⓪【質朴】(名・形動)質樸，樸實。

しつめい⓪【失明】(名・自サ)失明。☆中途～／後天失明。

しつもん⓪【質問】(名・自サ)問，質問，問題。

じつよう⓪【実用】(名・他サ)實用。☆～新案特許／實用發明專利。

じつりょく⓪【実力】(名)❶實力。❷武力。☆～行使／訴諸武力。採取實際行動。

しつれい②【失礼】(名・形動・自サ)❶失禮，不禮貌。☆～な男／不禮貌的人。❷告辭，再見。☆じゃこれで～／那麼，我告辭了。❸不能奉陪，不能參加。☆今日は頭が痛いので～します／我今天頭疼，不能出席。❹對不起，請原諒。☆～ですが、どなたですか／請問，您貴姓?

じつれい⓪【実例】(名)實例。

しつれん⓪【失恋】(名・自サ)失戀。

して(一)⓪(接)而，可是，那麼。☆～話はどうなったのか／那麼，事情怎麼樣了?(二)(格助)❶(表示方法)用，以，由。☆ふたり～見る／兩個人一起看。❷(接"を"後表示使役的對象)使，令，讓。☆私を～言わしめれば／如果讓我說的話。〔三〕(接助)而，並且。★任重く～道遠し／任重而道遠。〔四〕(副助)加強語氣。☆一瞬に～消える／轉瞬即逝。〔五〕(連語)（表示時間的）經過，過去。☆一週間ほど～退院する／過一週左右出院。

してい⓪【指定】(名・他サ)指定。☆～席／對號座。

してい②【師弟】(名)師徒，師生。

してき⓪【指摘】(名・他サ)指摘，指出。☆欠点を～する／指出缺點。

してき⓪【私的】(形動)私人，個人。☆～な生活／私生活。

してき⓪【詩的】(形動)富有詩意，詩一般的。

してつ⓪【私鉄】(名)私營鐵路。

しては(連語)❶(接〃に〃後)按…來說。☆十二月に～暖かすぎる／以十二月來說，過於暖和了。❷(接〃と〃後)作為。☆私と～そんな事をするわけにはいかない／我不能做那種事。

しても(連語)(接〃に〃、〃と〃後)即使，就連。☆あるに～／即使有。

してや・る⓪(他五)❶給（別人）做，為（別人）做。☆友人に忠告～／給朋友忠告。❷欺騙。☆～・ったり／可給他騙了個不亦樂乎。☆彼に～・られた／上了他的當了。❸做得好，做得漂亮。

してん⓪【支店】(名)支店，分號，分行，分公司。

じてん⓪【字典】(名)字典。

じてん⓪【辞典】(名)辭典。

じてん⓪【事典】(名)事典。

じてんしゃ②【自転車】(名)自行車。

しどう⓪【指導】(名・他サ)指導，領導，教導。☆～者／領導人。領袖。

じどう⓪【自動】(名)自動。☆～制御／自動控制。☆～販売機／自動販賣機。

じどう⓪【児童】(名)兒童。

じどうしゃ②【自動車】(名)汽車。

しと・げる③【為遂げる】(他下一)做完，完成。

しとしと②(副)（雨聲）淅瀝淅瀝。

しと・める③【仕留める】(他下一)（用武器）打死，殺死。

しとやか②【淑やか】(形動)文靜，安詳，端莊。

しな⓪【品】(名)❶東西，物品。❷商品，貨物。❸質量。☆～が悪いペン／品質差的鋼筆。

しない①【市内】(名)市內。

しな・う②【撓う】(自五)（柔軟而）彎曲，有彈性。

しなぎれ⓪【品切れ】(名)脫銷，缺貨，賣光。

し

し

しなだ・れる⓪④(自下一)偎，偎依。

しな・びる⓪【萎びる】(自上一)枯萎，乾癟。☆野菜が～・びた／蔬菜枯萎了。

しなもの⓪【品物】(名)❶東西，物品。❷商品，貨物。

しなやか②(形動)柔軟，柔韌，有彈性。

じならし②【地均し】(名・自他サ)❶平整地面。❷平地工具。❸事前準備。

シナリオ②⓪【scenario】(名)電影劇本。

じなん①【次男】(名)次子。

しにめ⓪【死目】(名)臨終，臨死。

しにものぐるい⑤【死物狂い】(名)拼命，不要命，不顧死活。☆～になって働く／拼死拼活地工作。

しにん⓪①【死人】(名)死人。★～に口なし／死人不能爭辯。死人不能作證。

し・ぬ⓪【死ぬ】(自五)死。

じぬし⓪【地主】(名)地主。

しの・ぐ②【凌ぐ】(他五)❶凌駕，勝過，超過。☆アメリカを～／超過美國。❷避，躲避。☆雨露(うろ)を～／避風雨。❸忍耐，忍受，熬過。☆飢えを～／忍飢。❹克服，抵禦。☆寒さを～／禦寒。

しの・ぶ⓪②【忍ぶ】[一](自五)❶躲藏，隱藏。☆物陰に～／躲在隱蔽處。[二](他五)❶忍耐，忍受。☆恥(はじ)を～／忍辱。❷避開，逃遁。☆人目を～／避人眼目。偷偷。悄悄。

しの・ぶ⓪【偲ぶ】(他五)回憶，懷念，想念，緬懷。☆昔を～／緬懷往昔。

しば⓪【芝】(名)(舖草坪用的)短草。☆～を植える／舖草坪。舖草皮。

しば⓪【柴】(名)柴，柴火。

しはい①【支配】(名・他サ)支配，統治。☆～者／統治者。☆～人(にん)／經理。

しばい⓪【芝居】(名)❶戲，劇，戲劇。❷把戲，花招。

しばしば①【屢】(副)屢次，再三，經常。

しはつ⓪【始発】(名)❶始發。☆～駅／起站。❷始發，頭班。☆バスの～は五時だ／頭班公共汽車五點開。

しばふ⓪【芝生】(名)草坪，草地，草皮。

しはらい⓪【支払い】(名)支付，付款。☆～人(にん)／付款人。

しはら・う③【支払う】(他五)支付，付款。☆月給を～／發工資。

しばらく②【暫く】(副)❶暫且，不久，一會兒。☆～お待ちください／請稍等一會兒。❷許久，好久。☆～ですね／好久不見了！

しば・る②【縛る】(他五)❶縛，捆，綁，扎。☆荷物を縄で～／用繩子捆行李。❷束縛，拘束，限制。☆仕事に～・られる／受工作的束縛。

ジバン⓪【襦袢】(名)→ジュバン

じばん⓪【地盤】(名)❶地盤，地基。❷地盤，根據地，勢力範圍。

しはんき②【四半期】(名)季度。☆第二～／第二季。

しひ⓪①【私費】(名)私費。☆～留学生／自費留學生。

じひ⓪①【慈悲】(名)慈悲。

じび①【耳鼻】(名)耳鼻。☆～咽喉科／耳鼻喉科。

じびき③【字引】(名)詞典。☆～を引く／查詞典。

じびきあみ③⓪【地引網】(名)拖曳網。

じひびき②【地響き】(名)❶地面震動。❷地聲。

じひょう⓪【辞表】(名)辭呈。

じびょう①【持病】(名)❶老病，宿疾。❷老毛病。

しび・れる③【痺れる】(自下一)❶痲木。☆足が～・れた／腿痲木了。❷陶醉，出神。

しぶ・い②【渋い】(形)❶澀。☆～柿／澀柿子。❷(不滑潤)發澀，滯澀。☆戸が～／門發澀，不滑了。❸不高興，不痛快。☆～顔／板著臉。❹淡雅，雅緻。☆～色／淡雅的顏色。❺吝嗇，(出錢)不痛快。

しふく⓪【私服】(名)便衣，便服。☆～刑事／便衣警察。

しぶみ③【渋味】(名)❶澀味。❷雅緻，古雅，老練。

しぶ・る②【渋る】(一)(自五)不流暢，不順利。☆売れ行きが～／銷路不暢。(二)(他五)不捨得，不痛快。☆出資を～／不捨得出錢。

じぶん⓪【自分】(名)自己。☆～勝手(かって)／任性。擅自。☆～自身／自己本人。

じぶん①【時分】(名)❶時候，時刻，時節。❷時機。

しべ①②【蕊】(名)花蕊。

しへい①【紙幣】(名)紙幣。

しべつ⓪【死別】(名・自サ)死別。

じへん①【事変】(名)❶(不宣而戰)事變。❷事件，變故，騷亂。

じべん⓪【自弁】(自・他サ)自備，自己負擔。☆交通費は各自～のこと／交通費自己負擔。

しほう②【四方】(名)四方，四周，四海，天下。☆～八方(はっぽう)／四面八方。

しほう⓪【司法】(名)司法。☆～官／法官。檢察官。

しぼう⓪【死亡】(名・自サ)死亡。☆～率／死亡率。

しぼう⓪【志望】(名・他サ)志願。☆進学を～する／志願升學。

しぼう⓪【脂肪】(名)脂肪。

じほう⓪【時報】(名)❶報時。☆正午の～/報時中午十二點。☆❷時報。☆工業～/工業時報。

しぼ・む⓪【萎む・凋む】(自五)枯萎，凋萎。

しぼ・る②【絞る・搾る】(他五)❶搾，擠。☆牛乳を～/擠牛奶。❷擰。☆雑巾(ぞうきん)を～/擰抹布。❸剝削，敲詐，勒索。☆金を～・りとる/勒索錢財。❹申斥。☆先生に～・られた/挨老師訓斥了。❺縮小。☆レンズを～/縮小光圈。❻拚命弄出。★知恵を～/絞盡腦汁。★声を～/拼命喊叫。

しほん⓪【資本】(名)資本。☆～家/資本家。☆～主義/資本主義。☆独占～/壟斷資本。

しま②【島】(名)島，島嶼。

しま②【縞】(名)條紋。☆～模様(もよう)/條紋圖案。

しまい①【仕舞・終い】(名)❶末尾，最後。❷結束，終了。❸賣完，賣光。

しまい①【姉妹】(名)姊妹。☆～都市/姊妹市。

しま・う【終う・仕舞う】(一)⓪(自五)結束，完了。(二)⓪(他五)❶結束，做完。☆仕事を～/結束工作。☆店を～/關店。❷收拾，整理。☆道具を～/收拾工具。❸收入，放入。☆箱に～/收入箱內。(三)(補動)(接動詞連用形加"て"後)❶表示完了。☆読んで～・った/讀完了。❷表示無法挽回。☆茶碗を割って～・った/把碗打破了。

しまうま⓪【縞馬】(名)斑馬。

しまぐに②【島国】(名)島國。

しまじま②【島島】(名)❶各個島嶼。❷許多島嶼。

しまつ①【始末】(一)(名)❶始末，原委，經過，情況。☆事の～を語る/談事情的經過。❷(不好的)結果，結局，地步，下場。☆なんだこの～は/這是怎麼搞的？(二)(名・他サ)收拾，處理，應付，解決。☆～に負えない/難以處理。★～をつける/處理。解決。(三)(形動・自他サ)節儉，節約。☆～屋(や)/節儉的人。

しまつしょ③②【始末書】檢討書，悔過書。

しまった②(感)糟糕，糟了。

しまり①【締り】(名)❶嚴，嚴緊，緊張。☆口に～がない/嘴不嚴。❷管束，管理，監督。☆～をつける/加以管束。❸節儉，儉樸。☆～屋(や)/儉樸的人。❹關門。

しま・る②【閉まる・締まる】(自五)關閉，緊閉。☆ドアがひとりでに～/門自動關閉。

しま・る②【締まる】(自五)❶緊，嚴緊。☆縄が～・った／繩子勒緊了。❷緊張。☆～・った顔つき／緊張的神色。❸節約，節儉。☆彼女はなかなか～・っている／她很節儉。❹(行情)堅挺。

じまん⓪【自慢】(名・他サ)驕傲，自大，自誇。

しみ⓪【染み】(名)❶污垢，污點，污跡。☆～がつく／沾上污垢。❷老人斑。

じみ②【地味】(形動)樸素，儉樸，質樸，素淨。

しみこむ③【染み込む】(自五)❶滲入。❷銘刻。

しみじみ③【沁沁】(副)❶深切，痛切。❷仔細，認真。❸感慨地，懇切地。

しみず⓪【清水】(名)泉水，清泉。

じみち⓪【地道】(形動)踏實，勤懇。

し・みる⓪【染みる・滲みる】(自上二)❶滲，浸，湮。☆インクが紙に～／墨水滲到紙上。❷沾染，染上。☆悪習に～／染上惡習。❸刺痛。☆寒さが身に～／寒氣刺骨。☆薬が傷に～／藥刺痛傷口。❹銘刻。☆身に～／銘刻在心。

し・みる⓪【凍みる】(自上一)凍，結凍。

じ・みる【染みる】(接尾)(接名詞後構成上一段活用動詞)❶沾上，沾污。☆垢～・みたシャツ／沾上污垢的襯衫。❷好像，像…似的。☆子供～／像孩子似的。

しみん①【市民】(名)市民。

じむ①【事務】(名)事務，辦公。☆～員／辦事員。☆～室／辦公室。☆～所／辦事處。☆～用品／辦公用品。

しむ・ける③【仕向ける】(他下一)❶對待。❷動員，促使。❸發送(貨物)。

しめい①【氏名】(名)姓名。

しめい①【使命】(名)使命。

しめい⓪【指名】(名・他サ)指名，提名。☆～手配(てはい)／通緝。

しめきり⓪【締切】(名)❶截止，期滿。❷封閉，封死。

しめき・る⓪【締め切る】(他五)❶截止。❷關閉，封閉。

しめくく・る⓪【締め括る】(他五)❶繫緊，扎緊。❷管理，管束。❸總結，結束。

しめ・す⓪【示す】(他五)❶出示。☆学生証を～／出示學生證。❷指示。☆方向を～／指示方向。❸表示，顯示，表現。☆誠意を～／表示誠意。

しめ・す⓪【湿す】(他五)弄濕。

しめた①(感)好極了，太好了。

しめつ・ける⓪【締め付ける】(他下一)❶扎緊，勒緊。❷嚴加管束。

しめっぽ・い⓪④【湿っぽい】(形)❶潮濕，濕潤。❷陰鬱。

しめり⓪【湿り】(名)❶潮濕，濕氣。❷久旱初雨。☆よいお～です／真是一場好雨。

しめりけ⓪【湿り気】(名)潮氣，濕氣，水分。

し・める②【占める】(他下一)佔，居，佔有。☆首位を～／佔第一位。

し・める②【締める】(他下一)❶繫(緊)，擰(緊)，勒(緊)。☆ネクタイを～／繫領帶。☆ボルトで～／用螺絲栓緊。❷結算。☆帳面を～／結帳。❸管束，監督。❹縮減，節約。

し・める②【閉める】(他下一)關，關閉。☆窓を～／關窗。

し・める②【絞める】(他下一)掐，勒，扼。☆手で首を～／用手掐脖子。

しめ・る⓪【湿る】(自五)潮濕，返潮。

じめん①【地面】(名)❶地面，地上。❷土地，地皮。

しも②【下】(名)❶下，下邊。❷下游。❸下半身，陰部。❹部下，臣民。❺大小便，月經。

しも②【霜】(名)霜。

しも(副助)❶加強語氣。☆だれ～知っている／誰都知道。❷(下接否定語時表示部分否定)未必，不一定。☆必ず～正しくない／未必正確。

じもと③【地元】(名)當地，本地。☆～民／當地居民。

しもはんき③【下半期】(名)下半年。

しもやけ⓪【霜焼け】(名)凍瘡，凍傷。

しもん⓪【指紋】(名)指紋。

しもん⓪【諮問】(名・他サ)諮詢。

しゃ【車】(接尾)車。☆自家用～／自用車。☆小型～／小型車。

しや①【視野】(名)❶視野。❷眼光，眼界，見識。

じゃ①(接)那麼。☆～、また／那麼，再見。

ジャーナリスト④【journalist】(名)記者，新聞工作者。

ジャーナリズム④【journalism】(名)新聞出版界。

ジャーナル①【journal】(名)❶期刊，周刊。❷日記。

シャープペンシル④【sharp pencil】(名)自動鉛筆。

しゃいん①⓪【社員】(名)公司職員。

しゃかい①【社会】(名)社會。☆～に出る／出社會。☆～科学／社會科學。☆～主義／社會主義。☆～福祉／社會福利。

じゃがいも⓪【じゃが芋・馬鈴薯】(名)馬鈴薯，土豆。

しゃが・む⓪(自五)蹲，蹲下。

しゃが・れる⓪【嗄れる】(自下一)(聲音)沙啞，嘶啞。

しゃく②【尺】(名)❶尺。❷尺寸，長短。☆～を取る／量尺寸。

しゃく⓪【酌】(名)斟酒。☆客の～をする／給客人斟酒。

しゃく⓪【癪】(名・形動)❶生氣，發怒。☆～にさわる／生氣。令人生氣。❷可惡，氣人。☆～な奴／可惡的傢伙。

しゃくし①【杓子】(名)杓子。☆～定規／死規矩。墨守成規。

しやくしょ②【市役所】(名)市政府。

じゃぐち⓪【蛇口】(名)水龍頭。

じゃくてん③【弱点】(名)弱點。

しゃくど①【尺度】(名)尺度。

しゃくほう⓪【釈放】(名・他サ)釋放。☆身柄を～する／釋放。☆仮～／假釋。

しゃくや⓪【借家】(名)租房。☆～人(にん)／房客。

しゃくよう⓪【借用】(名・他サ)借用，租用，租賃。

しゃげき⓪【射撃】(名・他サ)射擊。

ジャケツ⓪【jacket】(名)毛線外套。

しゃこ①【車庫】(名)車庫。

しゃこう⓪【社交】(名)社交，交際。☆～ダンス／交際舞。

じゃこう⓪【麝香】(名)麝香。☆～鹿(じか)／麝。

しゃざい⓪【謝罪】(名・自他サ)謝罪，賠罪，道歉。

しゃさつ⓪【射殺】(名・他サ)槍殺，打死，擊斃。

しゃし①【奢侈】(名)奢侈。☆～品／奢侈品。

しゃじく⓪【車軸】(名)車軸。★～を流す／傾盆(大雨)。

しゃじつ⓪【写実】(名・他サ)寫實。☆～主義／寫實主義。

しゃしょう⓪【車掌】(名)乘務員，售票員。

しゃしん⓪【写真】(名)照相，照片，相片。☆～をとる／照相。

ジャズ①【美jazz】(名)爵士樂。☆～バンド／爵士樂隊。

ジャスミン⓪①【jasmine】(名)茉莉花。☆～ティー／茉莉花茶。

しゃせい⓪【写生】(名・他サ)寫生。☆～画／寫生畫。

しゃせつ⓪【社説】(名)社論。

しゃぜつ⓪【謝絶】(名・他サ)謝絕，拒絕。☆面会～／謝絕會客。

しゃたく⓪【社宅】(名)公司住宅，員工宿舍。

しゃだん⓪【社団】(名)社團。☆～法人／社團法人。

しゃだん⓪【遮断】(名・他サ)隔斷，截斷，隔絕。☆交通が～された／交通被隔絕了。☆～機／(鐵路的)橫道欄杆。

しゃちこば・る④【しゃちこ張る】(自五)拘束，拘謹，緊張。

しゃちょう⓪【社長】(名)社長，

（公司）經理。

シャツ①【shirt】(名)襯衫，襯衣。

しゃっかん⓪【借款】(名)（國際間）借款。☆対日～／對日借款。

じゃっかん⓪【若干】(名・副)若干。

ジャッキ①【jack】(名)千斤頂。

しゃっきん③【借金】(名・自サ)借錢，借款，欠債，負債。☆～を返す／還債。

シャッター①【shutter】(名)❶（照相機）快門。❷百葉窗。

しゃどう⓪【車道】(名)車道。

シャフト①【shaft】(名)❶軸，車軸。❷長柄，長把。

しゃぶ・る⓪(他五)吸吮，含。☆あめを～／含糖果。

しゃべ・る②【喋る】(自他五)❶說，講，談。❷饒舌，喋喋不休，能說會道。❸說出，洩漏。

シャベル①【shovel】(名)鐵鍬，鏟子。

シャボンだま⓪【シャボン玉】(名)❶肥皂泡。❷曇花一現（的東西）。

じゃま⓪【邪魔】(名・形動・他サ)❶妨礙，打擾。☆勉強の～をするな／別打擾別人學習。❷訪問，拜訪。☆これからお～してよろしいですか／現在去打擾您可以嗎?

しゃみせん⓪【三味線】(名)日本三弦琴。★～をひく／彈三弦琴。支吾搪塞。

ジャム①【jam】(名)果醬。

しゃめん①【斜面】(名)斜面。

しゃもじ①【杓文字】(名)（盛米飯用的扁平）飯杓。

じゃり⓪【砂利】(名)❶沙礫，碎石。❷（俗）小孩。

しゃりん⓪【車輪】(名)車輪。

しゃれ⓪【洒落】(名)❶俏皮話。❷（穿戴打扮）漂亮、瀟灑。❸打扮，好打扮，講究穿戴。

しゃれい⓪【謝礼】(名)謝禮，報酬。

しゃ・れる⓪【洒落る】(自下一)❶（打扮得）漂亮，瀟灑。❷說俏皮話，詼諧。❸別緻，雅緻。❹自大，狂妄。

じゃ・れる②【戯れる】(自下一)❶（貓狗等）嬉戲，耍鬧。❷（男女）調情。

シャワー①【shower】(名)淋浴。☆～を浴びる／洗淋浴。

ジャンク①【戎克】(名)（中國式）帆船。

ジャングル①【jungle】(名)密林，熱帶原始森林。

じゃんけん⓪【じゃん拳】(名)划拳。☆～ぽん／（划拳聲）

ジャンパー①【jumper】❶運動服上衣，工作服上衣。❷跳躍運動員。

シャンパン③【法 champague】

し

(名)香檳酒。

ジャンプ①【jump】(名・自サ)❶跳躍。❷(物價)暴漲。

シャンプー①③【shampoo】(名・自サ)❶洗髮。❷洗髮粉，洗髮精。

しゅ①【主】(名)❶主，主要。☆勉強を~にする/以學習為主。☆~たる目的/主要目的。❷主人。❸君主。❹(基督教)主。

しゅ⓪【朱】(名)朱，紅色，紅筆。★~に交われば赤くなる/近朱者赤。★~を入れる/(用紅筆)批改(文章)。

しゅ①【種】(名)❶種，種類。☆この~の人間/這種人。❷(生)種，物種。☆~の起原/物種起源。

しゅう【州】[一]①(名)(行政區劃)州。☆~の法律/州的法律。[二](接尾)州。☆フロリダ~/佛羅里達州。

しゅう【洲】(接尾)洲。☆アジア~/亞洲。☆七大~/七大洲。

しゅう【周】(接尾)周，圈。☆湖を一~する/繞湖一圈。☆十~年/十周年。

しゅう【週】[一]①(名)週，每週，一週。☆次の~/下週。☆~に二回/每週兩次。[二](接尾)週。☆第二~/第二週。

しゆう⓪【私有】(名・他サ)私有。☆~財産/私有財產。

しゆう①【雌雄】(名)❶雌雄，公母。❷雌雄，優劣。★~を決する/決一雌雄。

じゅう①【十】(名)十。★一から~まで/從頭到尾。一五一十。全部。

じゅう【中】(接尾)❶全，整個。☆世界~/全世界。☆一年~/一整年。一年到頭。❷其間，之內。☆今年~に完成する/今年內完成。

じゅう①【銃】(名)槍。

じゆう②【自由】(名・形動)自由，隨便，隨意。☆~形(がた)/自由式(游泳)。☆~席/散席。

しゅうい①【周囲】(名)周圍，四周。

じゅういちがつ⑥【十一月】(名)十一月。

しゅうかい⓪【集会】(名・自サ)集會。

しゅうかく⓪【収穫】(名・他サ)收穫。☆~高/收穫量。

しゅうがく⓪【修学】(名・自サ)修學，學習。☆~年限/修學年限。☆~旅行/見習旅行。

しゅうがく⓪【就学】(名・自サ)就學。☆~率/就學率。

じゅうがつ④【十月】(名)十月。

しゅうかん⓪【習慣】(名)習慣。

しゅうかん⓪【週間】(名)週，星期，禮拜。☆二~/兩個星

週。

期。☆交通安全～／交通安全

しゅうかん⓪【週刊】(名)週刊。☆～誌／週刊雜誌。

しゅうき①【周忌】(名)（死者的）周年忌日。☆三～／三周年忌日。

しゅうき①【周期】(名)周期。

しゅうぎ①【祝儀】(名)❶慶祝儀式。❷喜封，禮金。❸小費。

しゅうぎいん③【衆議院】(名)眾議院。

じゅうきょ①【住居】(名)住所，住宅。☆～を移す／搬家。

しゅうきょう①【宗教】(名)宗教。

しゅうぎょう⓪【修業】(名・自サ)修業，學習。

しゅうぎょう⓪【終業】(名・自サ)❶下班，收工。☆～時間／下班時間。❷結業。☆～式／結業式。

しゅうぎょう⓪【就業】(名・自サ)❶就業。❷上班，工作。☆～時間／工作時間。

じゅうぎょう⓪【従業】(名)工作。☆～員／工作人員。職員。員工。

しゅうきん⓪【集金】(名・他サ)收款，收的款。

じゅうぐん⓪【従軍】(名・自サ)從軍，隨軍。☆～記者／隨軍記者。

しゅうげき⓪【襲撃】(名・他サ)襲擊。

しゅうごう⓪【集合】(名・自他サ)集合。

じゅうこうぎょう③【重工業】(名)重工業。

じゅうごや⓪【十五夜】(名)❶（農曆）望月之夜。❷仲秋之夜。

しゅうさい⓪【秀才】(名)❶秀才。❷高材生，有才華的人。

じゅうさつ⓪【銃殺】(名・他サ)槍斃，槍決。

しゅうし①【修士】(名)碩士。

しゅうし①【収支】(名)收支。

しゅうし①【終始】(副・自サ)❶始終，一貫。❷始終保持。☆優勢に～する／始終保持優勢。

じゅうし⓪【重視】(名・他サ)重視。

じゅうじ①【十字】(名)十字。☆～を切る／（在胸前）劃十字。☆～架(か)／十字架。☆～路(ろ)／十字路口。

じゅうじ①【従事】(名・自サ)從事。☆農業に～する／從事農業。

しゅうじつ⓪【終日】(名)終日。

じゅうじつ⓪【充実】(名・自サ)充實。

しゅうしゅう⓪【収集・蒐集】(名・他サ)收集，搜集。

じゅうじゅん⓪【柔順】(形動)溫順，順從，老實。

じゅうしょ①【住所】(名)住所，

住址。☆~不定／住址不定。

じゅうしょう⓪【重症】(名)重病。☆~患者／重病患者。

じゅうしょう⓪【重傷】(名)重傷。☆~を負(お)う／受重傷。

しゅうしょく⓪【就職】(名・自サ)就業。☆~口(ぐち)／工作單位。☆~難／就業難。

しゅうしん①⓪【終身】(名)終身。☆~刑／無期徒刑。

しゅうしん①【修身】(名)修身。

しゅうしん⓪【就寝】(名・自サ)就寢。

しゅうじん⓪【囚人】(名)囚犯。囚徒。

じゅうしん⓪【重心】(名)重心。

ジュース①【deuce】(名)(球賽差一分決定勝負時出現的平局)輪換發球。

ジュース①【juice】(名)汁，果汁。☆オレンジ~／橘子汁。

しゅうせい⓪【修正】(名・他サ)修正，修改，改正。☆~案／修正案。☆~主義／修正主義。

しゅうせい①⓪【終生・終世】(名・副)終生。

しゅうせい⓪【習性】(名)習性。

しゅうせき⓪【集積】(名・自他サ)集積，集聚。☆~回路／集成電路。

しゅうせん⓪【終戦】(名)❶戰争結束。❷第二次世界大戰結束。☆~後／(第二次世界大戰)戰後。

しゅうぜん⓪【修繕】(名・他サ)修繕，修理。

じゅうたい⓪【重態・重体】(名)病危，病篤。

じゅうたい【渋滞】(名・自サ)停滞，遲滯。☆交通~／交通阻塞。

じゅうだい⓪【重大】(形動)重大，重要，嚴重。

じゅうたく⓪【住宅】(名)住宅。☆~街☆~地／住宅區。☆~難／房荒。

しゅうだん⓪【集団】(名)集團，集體。☆~生活／集體生活。

じゅうたん①【絨毯】(名)地毯。

しゅうち⓪①【周知】(名・他サ)周知，眾所周知。

しゅうちゃく⓪【執着】(名・自サ)❶執著，固執。❷留戀，迷戀，貪戀。

しゅうちゃく⓪【終着】(名)❶最後到達。❷終點。☆~駅／終點站。

しゅうちゅう⓪【集中】(名・自サ)集中。

しゅうてん⓪【終点】(名)終點。

じゅうてん③【重点】(名)重點。

しゅうでんしゃ③【終電車】(名)(當天的)末班電車。

しゅうと⓪【舅】(名)❶公公。❷岳父，丈人。

しゅうと⓪【姑】(名)❶婆婆。❷岳母。

じゅうどう①【柔道】(名)柔道。
しゅうとく⓪【習得】(名・他サ)學會，學好，掌握。
しゅうとめ⓪【姑】(名)→しゅうと(姑)
じゅうなん⓪【柔軟】(形動)柔軟，靈活。☆～体操／柔軟體操。
じゅうにがつ⑤【十二月】(名)十二月。
じゅうにし③【十二支】(名)地支，十二支。
しゅうにゅう⓪【収入】(名)收入。☆臨時～／臨時收入。外快。
しゅうにん⓪【就任】(名・自サ)就任，就職。☆～式／就職典禮。
じゅうにん⓪【重任】(一)(名)重任。(二)(名・自サ)連任。
じゅうにんといろ①-①【十人十色】(名)人各不相同，一個人一個樣。
じゅうにんなみ⓪【十人並】(名・形動)（才幹、容貌等）一般，普通。
しゅうねん①⓪【執念】(名)執拗，固執。☆～深(ぶか)い／執拗。不甘罷休。
しゅうバス⓪【終バス】(名)末車，末班車。
しゅうはすう③【周波数】(名)頻率。
じゅうはちばん④【十八番】(名)拿手，拿手戲。
しゅうはつ⓪【終発】(名)末班車，發末班車。
しゅうばん⓪【週番】(名)按週輪流的值班，值週。☆～制／值週制。
じゅうはん⓪【重版】(名・他サ)重版，再版。
じゅうびょう⓪【重病】(名)重病。
しゅうぶん⓪【秋分】(名)秋分。
じゅうぶん③【十分・充分】(副・形動)十分，充分，足夠。
しゅうへん⓪①【周辺】(名)周圍，四周。
しゅうまつ⓪【週末】(名)周末。☆～旅行／周末旅行。
じゅうみん③⓪【住民】(名)居民。☆～登録／戶口登記。
しゅうや①【終夜】(名)徹夜，通宵。☆～運転／通宵行駛。
じゅうやく⓪【重役】(名)❶重任，重要職務。❷董事。☆～会議／董事會。
しゅうよう⓪【収容】(名・他サ)❶收容，容納。❷拘留，監禁。
しゅうよう⓪【修養】(名・自サ)修養，涵養。
じゅうよう⓪【重要】(名・形動)重要。☆～視(し)／重視。
じゅうらい①【従来】(名)從來，歷來，從前，以往。
しゅうらく⓪①【集落】(名)村

落，部落。

しゅうり①【修理】(名・他サ)修理。☆～工／修理工。

しゅうりょう⓪【終了】(名・自他サ)❶終了，結束。❷完成，做完。

じゅうりょう③【重量】(名)重量。☆～挙げ／舉重。

じゅうりょく①【重力】(名)重力。

しゅうれっしゃ③【終列車】(名)(當天的)末班火車。

しゅうわい⓪【収賄】(名・自他サ)收賄，受賄。

しゅえい⓪【守衛】(名)守衛。

しゅえん⓪【主演】(名・自サ)主演。

しゅかく②【主客】(名)❶賓主。❷主體和客體。❸主語和賓語。❹主次，本末。☆～転倒／本末倒置。喧賓奪主。

しゅかん⓪【主観】(名)主觀。

しゅぎ①【主義】(名)主義，主張，信念。

しゅぎょう⓪【修行】(名・自サ)❶(佛)修行。❷練武，練功夫。

じゅぎょう①【授業】(名・自サ)授課，講課。☆～を受ける／聽課。☆～料／學費。

しゅくが②【祝賀】(名・他サ)祝賀，慶祝。☆～会／慶祝會。

じゅくご⓪【熟語】(名)❶複合詞。❷由兩個或兩個以上的漢字組成的漢語詞。❸成語，慣用語。

しゅくじつ⓪【祝日】(名)節日。

しゅくしゃ②【宿舎】(名)❶宿舍。❷旅館。

しゅくしょう⓪【縮小】(名・自他サ)縮小，裁減。☆軍備～／裁軍。

じゅく・す②【熟す】(自五)❶熟，成熟。❷熟練。

しゅくだい⓪【宿題】(名)❶課外作業。❷有待解決的問題。

じゅくたつ⓪【熟達】(名・自サ)熟練。

しゅくちょく⓪【宿直】(名・自サ)值夜。

しゅくてん⓪【祝典】(名)慶典，慶祝儀式。

しゅくでん⓪【祝電】(名)賀電。

じゅくどく⓪【熟読】(名・他サ)熟讀，細讀，精讀。

しゅくはく⓪【宿泊】(名・自サ)住宿，投宿，下榻。

しゅくぼう⓪【宿望】(名)宿願。

しゅくめい⓪【宿命】(名)宿命。☆～論／宿命論。

じゅくれん⓪【熟練】(名・自サ)熟練。

しゅげい①【手芸】(名)手工藝。☆～品／工藝品。

じゅけん⓪【受験】(名・自他サ)投考，報考，應考。☆～票／准考證。

しゅご①【主語】(名)主語。

しゅこう②⓪【趣向】(名)趣旨，

想法，主意。☆～を変える／改變主意。★～を凝(こ)らす／講究。下工夫。

しゅさい⓪【主催】(名・他サ)主辦，舉辦。☆～者／主辦者。

しゅざい⓪【取材】(名・自サ)❶取材。❷採訪。☆～班／採訪組。

しゅし①【種子】(名)種子。

しゅし①【主旨】(名)主旨。

しゅし①【趣旨】(名)趣旨，宗旨。

しゅじ①【主事】(名)主事，主任。☆事務～／事務主任。

じゅし①【樹脂】(名)樹脂。☆合成～／合成樹脂。

しゅじゅ①【種種】(名・形動)種種，各種。

しゅじゅつ①【手術】(名・他サ)手術。☆～台／手術台。

しゅしょう⓪【主唱】(名・他サ)主倡，倡導。

しゅしょう⓪【首唱】(名・他サ)首倡。

しゅしょう⓪【首相】(名)首相。

じゅしょう⓪【受賞】(名・自サ)得獎，獲獎。☆～者／得獎者。

しゅしょく⓪【主食】(名)主食。

しゅじん①【主人】(名)❶主人。❷店主，老板。❸家長。❹丈夫。

じゅしん⓪【受信】(名・他サ)❶(無線電、電報、電話等的)接受，收聽。☆海外放送を～する／收聽國外廣播。☆～アンテナ／接受天線。☆電報の～人／電報的收報人。❷(郵件)收信，收件。

しゅじんこう②【主人公】(名)主人。

じゅず②【数珠】(名)(佛)念珠，數珠。

しゅせき⓪【主席】(名)主席。

しゅせき⓪【首席】(名)首席，第一名。☆～で卒業した／以第一名畢業。☆～奏者／首席演奏者。

しゅぞく①【種族】(名)種族。

しゅたい⓪【主体】(名)❶主體，核心。❷主動。☆～性／主動性。☆～的／主動地。

しゅだい⓪【主題】(名)主題。

じゅだく⓪【受諾】(名・他サ)承諾，答應，接受。

しゅだん①【手段】(名)手段。

じゅちゅう⓪【受注】(名・他サ)接受訂貨。

しゅちょう⓪【主張】(名・他サ)主張。

しゅつえん⓪【出演】(名・自サ)演出，出場。☆～者／出場演員。

しゅっか⓪【出荷】(名・他サ)(貨物)上市。☆～量／上市量。

しゅつがん⓪【出願】(名・自他サ)申請。

しゅっきん⓪【出勤】(名・自サ)

出勤，上班。☆八時に～する／八點上班。

しゅっけ⓪**【出家】**(名・自サ)（佛）出家。

しゅっけつ⓪**【出欠】**(名)出缺席，出席和缺席。☆～をとる／點名。

しゅっけつ⓪**【出血】**(名・自サ)出血。☆～大サービス／虧本大減價。

しゅつげん⓪**【出現】**(名・自サ)出現。

じゅつご⓪**【述語】**(名)述語。

じゅつご⓪**【術語】**(名)專業用語。

しゅっさつ⓪**【出札】**(名・自サ)（火車站）售票，賣票。☆～口／售票窗口。

しゅっさん⓪**【出産】**(名・自他サ)生育，生孩子。☆～予定日／預産期。

しゅっしょ⓪①**【出所・出処】**(名)出處。☆～不明／出處不明。

しゅっしょ⓪①**【出所】**(名・自サ)❶出獄。❷（去研究所等）上班。

しゅっしょう⓪**【出生】**(名・自サ)出生。☆～届(とどけ)／報出生戶口。

しゅつじょう⓪**【出場】**(名・自サ)出場，參加。☆アジア大会に～する／參加亞運會。

しゅっしん⓪**【出身】**(名)❶出身。☆農民～／農民出身。❷（在某地）出生。☆大連～／大連出生。❸（在某校）畢業。☆東大～／東京大學畢業。☆～校／畢業學校。

しゅっせ⓪**【出世】**(名・自サ)發跡，成名，出息。☆～作／成名作。

しゅっせい⓪**【出生】**(名・自サ)→しゅっしょう

しゅっせき⓪**【出席】**(名・自サ)出席。☆～をとる／點名。☆～簿／點名簿。

じゅっちゅう⓪**【術中】**(名)計策，圈套。

しゅっちょう⓪**【出張】**(名・自サ)出差。☆～所(じょ)／（駐外地）辦事處。

しゅってい⓪**【出廷】**(名・自サ)出庭。☆証人として～した／以證人身分出庭。

しゅっとう⓪**【出頭】**(名・自サ)❶（被傳喚而）前往，前來，前去。❷出人頭地。

しゅっぱつ⓪**【出発】**(名・自サ)出發，動身，啟程。☆～点／出發點。

しゅっぱん⓪**【出帆】**(名・自サ)啟航，起錨，開船。

しゅっぱん⓪**【出版】**(名・他サ)出版。☆～社／出版社。

しゅっぴ⓪**【出費】**(名・自サ)❶費用，開銷。❷支出，開支。

しゅっぴん⓪**【出品】**(名・自他サ)展出產品，展出作品。

しゅつぼつ⓪【出没】(名・自サ)出沒。

しゅつらん⓪【出藍】(名)青出於藍而勝於藍。★～のほまれ／青出於藍而勝於藍。

しゅつりょく②【出力】(名)(電)輸出，輸出功率。

しゅと②①【首都】(名)首都。☆～圏(けん)／(以東京車站為中心半徑一〇〇公里以內的地區)首都圈。首都地區。

しゅとう⓪【種痘】(名・自サ)種痘，種牛痘。

じゅどう⓪【受動】(名)被動。☆～態／被動態。

しゅとして①②【主として】(副)主要地。

ジュニア①【junior】(名)少年。☆～選手／少年運動員。

しゅにん⓪【主任】(名)主任。

しゅのう⓪【首脳】(名)首腦，領導。☆～部／領導幹部。

ジュバン⓪【襦袢】(名)(和服的)襯衣。

しゅび①【守備】(名・他サ)守備，守節，防守。

しゅび①【首尾】(名)❶首尾，始終。☆～一貫した主張／始終不渝的主張。❷過程，情況，結果。☆～よく／順利地。成功地。圓滿地。

しゅふ①【主婦】(名)主婦，家庭婦女。

しゅみ①【趣味】(名)❶趣味，風趣，情趣。❷興趣。❸愛好。

じゅみょう⓪【寿命】(名)壽命。

しゅもく①⓪【種目】(名)項目。

じゅもく①【樹木】(名)樹木。

しゅやく⓪【主役】(名)主角。☆～を演ずる／扮演主角。

しゅよう⓪【主要】(名・形動)主要。

じゅよう⓪【需要】(名)需要，需求。

しゅらん⓪【酒乱】(名)耍酒瘋。

じゅりつ⓪【樹立】(名・自他サ)樹立，建立。

しゅりゅう⓪【主流】(名)主流。

しゅりょう⓪【狩猟】(名・自サ)狩獵，打獵。

じゅりょう⓪【受領】(名・他サ)收領，領取。☆～証／收據。

しゅりょく①【主力】(名)主力。

しゅるい①【種類】(名)種類。

しゅろ⓪【棕櫚】(名)棕櫚。

じゅわき②【受話器】(名)(電話)聽筒。☆～をとる／拿起聽筒。

しゅわん①⓪【手腕】(名)手腕，才能，才幹，本領。☆～家／有才能的人。

しゅん⓪【旬】(名)❶(季節性食物)最鮮美的時候。❷最好時機。

じゅん【純】(一)①(形動)純，純粹，純真，純潔。☆～な心／純潔的心。(二)(接頭)純。☆～理論／純理論。

じゅん⓪【順】(名)順序，次序。

☆～を追う／按順序。

じゅん【準】(接頭)準，候補，非正式。☆～決勝／準決賽。☆～会員／非正式會員。

じゅんい①**【順位】**(名)名次。

じゅんえん⓪**【順延】**(名・他サ)順延。☆雨天～／遇雨順延。

じゅんおう⓪**【順応】**(名・自サ)↓じゅんのう

じゅんかい⓪**【巡回】**(名・自サ)❶巡迴。❷巡視，巡邏。

しゅんかん⓪**【瞬間】**(名)瞬間。

じゅんかん⓪**【循環】**(名・自サ)循環。☆～小数／循環小數。☆市内～バス／市內環行公共汽車。

じゅんけつ⓪**【純潔】**(名・形動)純潔。

じゅんさ①⓪**【巡査】**(名)警察。☆交通～／交通警察。

じゅんじゅんけっしょう⑤**【準準決勝】**(名)（體）複賽。

じゅんじゅんに③**【順順に】**(副)❶依次，逐個。❷逐漸，循序漸進。

じゅんじょ①**【順序】**(名)順序，次序，程序。☆～立(だ)てる／有步驟。有系統。☆～不同／不按次序。沒有次序。☆～よく／有條理地。有系統地。

じゅんじょう⓪**【殉情】**(名)殉情。

じゅんじょう⓪**【純情】**(名・形動)純真，天真。

じゅんしん⓪**【純真】**(名・形動)純真。

じゅんすい⓪**【純粋】**(名・形動)❶純粹。❷純真，單純。❸專心致志，一心一意。

じゅんちょう⓪**【順調】**(名・形動)順利，良好。☆～に回復した／順利地康復了。

じゅんとう⓪**【順当】**(形動)❶理應，理所當然。☆～な結果／理所當然的結果。❷正常。☆～に行けば負けるはずはない／在正常情況下是不會輸的。

じゅんに⓪**【順に】**(副)❶依次，順次。❷正常地，有秩序地。

じゅんのう⓪**【順応】**(名・自サ)順應，適應。☆～性／適應性。

じゅんばん⓪**【順番】**(名)❶順序，次序。❷輪班，輪流。

じゅんび①**【準備】**(名・他サ)準備，預備。☆外貨～高／外匯存底。

しゅんぶん⓪**【春分】**(名)春分。

じゅんれい③**【巡礼】**(名・自サ)巡禮，朝拜聖地。

しょ【諸】(接頭)諸，各。☆～問題／諸問題。

しょ【所】(接尾)所。☆研究～／研究所。

しょ【書】(一)①(名)❶筆跡。☆空海の～／空海之墨跡。❷書法。☆～を習う／學習書法。❸書，書籍。☆～を著わす／著書。❹書信。☆友に～を送

る／給朋友寄信。㈡(接尾)書。☆参考～／参考書。☆申込～／申請書。

しょ①【緒】(名)緒，頭緒，開端。☆～に就(つ)く／就緒。

じょ⓪【序】(名)❶序，序文。❷開始。❸次序。

しょう【正】(接頭)正，整。☆～一時に出発／一點整出發。

しょう【升】(接尾)升(日本的一升約為1.8公升)。

しょう【症】(接尾)症，症狀。☆失眠～／失眠症。

しょう【小】㈠①(名)小。☆～の月／小月。★大は～を兼ねる／大可兼小。㈡(接頭)小。☆～都会／小城市。

しょう【章】㈠①(名)章。☆～を改めて述べる／改章敘述。㈡(接尾)章。☆第二～／第二章。

しょう①【性】(名)❶性情，性格。☆～が合わない／性情不合。❷質量，成色。☆～のいい布地(ぬのじ)／質地好的衣料。❸性質。☆～の悪い風邪／惡性感冒。

しょう①【妾】(名)妾。☆～を蓄(たくわ)える／納妾。

しょう①【省】(名)❶(日本內閣的)省，部。☆外務～／外務省。外交部。❷(中國的行政區劃)省。☆遼寧～／遼寧省。

しょう①【商】(名)❶商業。❷商人。❸(數學)商，商數。

しょう①【賞】(名)獎，獎金。☆～を与える／授獎。☆ノーベル～／諾貝爾獎金。

しょ・う⓪【背負う】(他五)→せおう

しよう⓪【私用】(名・他サ)❶私事。☆～で出かける／出去辦私事。❷挪用，盜用。☆公金を～する／挪用公款。

しよう⓪【使用】(名・他サ)使用。☆～者／使用者。用戶。雇主。☆～人(にん)／雇員。☆～料／使用費。

しよう⓪【飼養】(名・他サ)飼養。

しよう⓪【仕様】(名)方法，辦法。☆解決の～がない／沒有解決的辦法。☆面白くて～がない／非常有趣。

しよう①【姿容】(名)姿容，容貌。

じょう【状】(接尾)❶狀，形狀。☆糊(のり)～／漿糊狀。❷信，書，帖。☆紹介～／介紹信。☆招待～／請帖。

じょう【畳】(接尾)(表示草墊子的數量)張。☆八～の間／八張榻榻米大的房間。

じょう【上】㈠①(名)上，上等。☆～の～／最上等。㈡(接尾)上，方面。☆法律～／法律上。法律方面。

じょう【錠】㈠⓪(名)鎖，鎖

頭。☆～をおろす☆～を掛ける／上鎖。〔二〕(接尾)（藥片）片。☆一回三～服用のこと／一次服三片。

じょう【条】〔一〕①(名)條。☆～を追って審議する／逐條審議。〔二〕(接尾)條。☆第四～／第四條。

じょう【場】〔一〕①(名)場，場所。☆～に満ちる／滿場。〔二〕(接尾)場。☆駐車～／停車場。

じょう⓪**【情】**(名)❶情，感情，情意。☆～が深い／情意深。☆～のこもった手紙／充滿情誼的信。❷性情。☆～がこわい／固執。倔強。❸真情，實情。☆～を明(あ)かす／吐露真情。❹愛情，情欲。☆～を通じる／私通。通敵。❺情理，常情。

じょう⓪**【滋養】**(名)滋養，營養。

じょうい①**【上位】**(名)上位。☆～三名には賞品を贈る／前三名發給獎品。☆女性～／婦女地位高。

じょういん⓪**【上院】**(名)上議院。☆～議員／上議院議員。

じょういん⓪**【乗員】**(名)❶乘務員。❷乘客。

しょうう①**【小雨】**(名)小雨。☆～決行／小雨照常進行。

じょうえい⓪**【上映】**(名・他サ)上映，放映。

じょうえん⓪**【上演】**(名・他サ)上演，演出。

しょうか⓪**【消化】**(名・自他サ)❶消化。❷消化，理解，掌握。❸處理，用完，賣掉。

しょうか⓪**【消火】**(名・自サ)消滅，滅火。☆～栓／消防栓。

しょうが⓪**【生姜】**(名)薑。

しょうかい⓪**【紹介】**(名・他サ)介紹。☆自己～／自我介紹。☆～状／介紹信。

しょうかい⓪**【照会】**(名・他サ)詢問。查詢。☆～状／詢問函。

しょうがい①⓪**【生涯】**(名)❶生涯，生活。☆教育家としての～／教育家的生涯。❷一生，終生，畢生。☆～忘れられない／終生難忘。

しょうがい⓪**【傷害】**(名・他サ)❶受傷。❷傷害，加害。

しょうがい⓪**【障害・障碍】**(名)障礙。☆～にぶつかる／遇到障礙。☆～競走／障礙賽跑。

しょうがく⓪**【小学】**(名)小學。☆～生／小學生。

しょうがくきん⓪**【奨学金】**(名)獎學金，助學金。

しょうがつ④**【正月】**(名)❶正月。❷新年。☆目の～をする／飽眼福。

しょうがっこう③**【小学校】**(名)小學校。

しょうかん⓪**【償還】**(名・他サ)

償還。☆～期限／償還期限。

しょうき①⓪【正気】(名・形動)意識，理智，精神正常，神志清醒。☆～を失う／不省人事。失去理智。☆～に返る／甦醒過來。

しょうぎ⓪①【将棋】(名)（日本）象棋。☆～を指す／下象棋。☆～倒(だお)し／一個壓一個地倒下去。

じょうき①【蒸気】(名)蒸汽，蒸氣。☆～機関／蒸汽機。☆～船／汽船。

じょうぎ①【定規】(名)❶尺，規尺。☆三角～／三角板。☆雲彩～／雲形規。曲線板。☆丁字～☆T～／丁字尺。❷尺度，標準。

じょうきげん③【上機嫌】(名・形動)情緒很好，非常高興。

じょうきゃく⓪【乗客】(名)乘客，旅客。☆～心得(こころえ)／旅客須知。

しょうきゅう⓪【昇級】(名・自サ)升級。☆部長に～した／晉升為部長。

しょうきゅう⓪【昇給】(名・自サ)提薪，加薪。

じょうきゅう⓪【上級】(名)上級，高級。☆～生／高級生。

しょうきょう⓪【商況】(名)商情。

しょうぎょう①【商業】(名)商業。

じょうきょう⓪【上京】(名・自サ)進京。

じょうきょう⓪【状況・情況】(名)狀況，情況。

しょうきょく⓪【消極】(名)消極。☆～性／消極性。

しょうきん⓪【賞金】(名)獎金。

しょうきん⓪【奨金】(名)獎金，獎勵金。

しょうきん⓪【償金】(名)賠款。

しょうぐん⓪【将軍】(名)❶將軍。❷（征夷大）將軍。☆～家(け)／將軍門第。幕府。

じょうげ①【上下】(名・自他サ)❶上下。❷（身份、地位等）高低。❸（火車等）上行和下行。❹漲落，升降。

じょうけい⓪【情景】(名)情景。

しょうけん⓪①【証券】(名)證券。☆～取引所／證券交易所。☆有価～／有價證券。

しょうげん③⓪【証言】(名・他サ)證言，證詞，作證。

じょうけん③⓪【条件】(名)條件。☆～付(つき)／附帶條件。有條件的。

しょうこ⓪【証拠】(名)證據。

しょうご①【正午】(名)正午。

じょうご①【上戸】(名)能喝酒（的人）。

じょうご①【漏斗】(名)漏斗。

しょうこう①【将校】(名)將校，軍官。

しょうこう①⓪【商工】(名)工商。☆～業／工商業。

しょうこく⓪【小国】(名)小國。

じょうこく⓪【上告】(名・他サ)❶上告。❷上訴。☆～審／第三審。

しょうこり④③【性懲り】(名)（吃了苦頭後的）教訓。☆～もなく／不接受教訓。沒記性。

しょうさい⓪【詳細】(名・形動)❶詳請。❷詳細。

じょうざい⓪【錠剤】(名)片劑，藥片。

しょうさん⓪【硝酸】(名)硝酸。

しょうさん⓪【勝算】(名)獲勝的可能性。

しょうさん⓪【称賛・賞賛】(名・他サ)稱讚。

しょうじ⓪【障子】(名)紙拉門，紙拉窗。

しょうじき④③【正直】(名・形動)老實，誠實。

じょうしき⓪【常識】(名)常識。☆非～／沒有常識。不懂道理。


しょうしつ⓪【焼失】(名・自他サ)焼毀，焚焼。

しょうしゃ①【商社】(名)商社，貿易公司。

じょうしゃ⓪【乗車】(名・自サ)乘車。☆～券／車票。

じょうしゅ①⓪【情趣】(名)情趣，風趣。

じょうじゅ①【成就】(名・自他サ)成就，成功，完成，實現。

しょうしゅう⓪【召集・招集】(名・他サ)召集，召開。

しょうじゅう⓪【小銃】(名)步槍。☆自動～／自動步槍。

じょうじゅん⓪①【上旬】(名)上旬。

しょうしょ⓪【証書】(名)證書，字據。☆卒業～／畢業證書。☆借用～／借據。☆～を作成する／立字據。

しょうじょ①【少女】(名)少女。

しょうしょう①【少少】(副)稍稍，稍微，少許，一點兒。


しょうじょう⓪【症状】(名)症狀。

しょうじょう⓪【賞状】(名)獎狀。

しょうしょく⓪【少食・小食】(名・形動)飯量小。☆～家／飯量小的人。

じょうしょく⓪【常食】(名)主食。

しょう・じる⓪【生じる】(一)(自上一)❶生，生出。☆木の芽が～・じた／樹發芽了。❷發生，產生。(二)(他上一)產生，引起，造成。

じょう・じる⓪③【乗じる】(一)(自上一)乘，趁。☆すきに～／乘虛。(二)(他上一)（數）乘。☆3に2を～／3乘以2。

しょうしん⓪【昇進】(名・自サ)升級，晉升。☆部長に～した／晉升為部長。

しょうしん⓪【正真】(名)真正。

☆～の品物／真貨。☆～正銘／真正。地地道道。

じょうず③【上手】(名・形動)好，高明，擅長，拿手。☆彼は日本語が～だ／他日語很好。★好きこそ物の～なれ／有愛好才能進步。有愛好才能精通。

しょうすう③【小数】(名)小數。☆～点／小數點。☆循環～／循環小數。

しょうすう③【少数】(名)少數。

しょう・する③【称する】(他サ)❶稱為，叫做，號稱。❷假稱，偽稱。❸稱讚，稱頌。

しょう・する③【賞する】(他サ)❶觀賞，欣賞。☆月を～／賞月。❷稱讚，讚賞。

しょう・ずる⓪③【生ずる】(自他サ)↓しょうじる

じょう・ずる⓪③【乗ずる】(自他サ)↓じょうじる

じょうせい⓪【情勢・状勢】(名)形勢，情勢。

しょうせつ⓪【小説】(名)小說。

じょうぜつ⓪【饒舌】(名・形動)饒舌，喋喋不休。☆～家／健談的人。

しょうせん⓪【商船】(名)商船。

しょうそう⓪【少壮】(名・形動)少壯。☆～気鋭／年輕有為。

しょうぞう⓪③【肖像】(名)肖像。☆～画／肖像畫。

しょうそく⓪【消息】(名)消息，信息。☆～筋(すじ)☆～通／消息靈通人士。

しょうたい①③【正体】(名)❶原形，真面目。☆～を現す／現出原形。❷知覺，神志。☆～を失う／失去知覺。☆～もなく酔う／醉得不省人事。

しょうたい①【招待】(名・他サ)邀請，請客。☆～状／請帖。

じょうたい⓪【状態】(名)狀態，狀況，情形。

しょうだく⓪【承諾】(名・他サ)承諾，應允。

じょうたつ⓪【上達】(名・自サ)❶進步，長進。☆～が早い／進步快。❷上達。☆下意～／下情上達。

じょうだん③【冗談】(名)玩笑，笑話，戲言。☆～をたたく☆～を言う／開玩笑。

しょうち⓪【承知】(名・他サ)❶知道，了解，清楚。☆ご～の通り／如您所知。❷答應，同意，應允。☆二つ返事で～した／一口答應了。❸饒恕，原諒。☆悪口を言うと～しないぞ／罵人可不饒你！

しょうちゅう③【焼酎】(名)燒酒，白酒。

じょうちょ①【情緒】(名)❶情緒。❷情趣，風趣。

しょうちょう⓪【象徴】(名・他サ)象徵。

しょうちん⓪【消沈・銷沈】(名・自サ)消沉。☆意気～／

意志消沉。心灰意冷。

じょうてい⓪**【上程】**(名・他サ)（將議案向會議）提出。

じょうでき⓪**【上出来】**(形動)做得好，成績好，品質好。

しょうてん①**【商店】**(名)商店。☆～街／商店街。商業區。

しょうてん①**【焦点】**(名)焦點。☆～距離／焦距。☆問題の～／問題的焦點。

じょうと①**【譲渡】**(名・他サ)（將權利、財產等）轉讓，出讓。

しょうとう⓪**【消灯】**(名・自サ)熄燈。☆～時間／熄燈時間。

しょうどう⓪**【唱道】**(名・他サ)倡導，提倡。

しょうどう⓪**【衝動】**(名)衝動。

じょうとう⓪**【上等】**(名・形動)上等，高級。

しょうどく⓪**【消毒】**(名・他サ)消毒。

しょうとつ⓪**【衝突】**(名・自サ)❶衝突。❷相撞，碰撞。☆武力～／武力衝突。☆～事故／撞車（船）事故。

じょうない①**【場内】**(名)場內。☆～禁煙／場內禁煙。

しょうに①**【小児】**(名)小兒。☆～科／小兒科。☆～病／兒科病。（思想、行動等）幼稚病。☆～麻痺(まひ)／小兒痲痺症。

しょうにゅう⓪**【鐘乳】**(名)鐘乳。☆～石／鐘乳石。☆～洞(どう)／石灰岩洞。

しょうにん⓪**【承認】**(名・他サ)承讓，通過，批准。

しょうにん①**【商人】**(名)商人。☆死の～／軍火商。

しょうにん⓪**【証人】**(名)❶證人，見證人。❷保人，保證人。

じょうにん⓪**【常任】**(名)常任，常務。☆～理事／常務理事。

じょうねつ⓪①**【情熱】**(名)熱情。☆～家／熱情奔放的人。

しょうねん⓪**【少年】**(名)少年。☆非行～／不良少年。

しょうのう⓪**【笑納】**(名・他サ)笑納。

じょうば【乗馬】㊀⓪(名・自サ)騎馬。☆～靴／馬靴。㊁①(名)騎的馬。

しょうはい⓪**【勝敗】**(名)勝敗，勝負。☆～は時の運／勝敗全靠時運。勝敗在天。

しょうはい⓪**【賞杯・賞盃】**(名)獎杯。

しょうはい⓪**【賞牌】**(名)獎牌，獎章。

しょうばい①**【商売】**(名・自サ)❶買賣，生意，交易。❷職業，行業，專業。

しょうばつ①**【賞罰】**(名)賞罰，獎懲。

じょうはつ⓪**【蒸発】**(名・自サ)❶蒸發。❷失蹤。☆人間～／人失蹤。

し

じょうはんしん③【上半身】(名)上半身。

しょうひ⓪【消費】(名・他サ)消費，消耗。

しょうび①【焦眉】(名)燃眉。☆～の急／燃眉之急。

しょうひょう⓪【商標】(名)商標。☆登録～／註冊商標。

しょうひん⓪①【商品】(名)商品，貨物。☆～切手☆～券／商品券。禮券。

しょうひん⓪【賞品】(名)獎品。

じょうひん③【上品】(一)(名)高級品，上等品。(二)(形動)高尚，文雅，典雅。

しょうぶ①【勝負】(一)(名)勝負，輸贏。(二)(名・自サ)比賽，競賽。

じょうぶ⓪【丈夫】(形動)❶健康，健壯。❷堅固，結實。

じょうぶ①【上部】(名)上部，上級，上層。☆～の決定／上級的決定。☆～構造／上層建築。

しょうふく⓪【承服・承伏】(名・自サ)服從，聽從。

しょうふだ④⓪【正札】(名)價格標籤，價格標牌。☆～値段／明碼實價。☆～付き／明碼實價。惡名昭著。貨真價實。☆～付きの悪党／名副其實的壞蛋。

しょうぶん⓪①【性分】(名)脾氣，體性，性格。

しょうべん③【小便】(名)小便，尿。☆～が近い／頻尿。☆～くさい／幼稚。不成熟。

じょうほ①【譲歩】(名・自サ)讓步。

しょうぼう⓪【消防】(名)消防。☆～車／消防車。救火車。☆～士／消防隊員。

じょうほう⓪【情報】(名)情報，消息，信息。

しょうみ①【正味】(名)❶淨，淨重，淨剩。❷批發價。

しょうみ①【賞味】(名・他サ)品嚐。

じょうむ①【常務】(名)常務。☆～取締役／常務董事。

じょうむいん③【乗務員】(名)乘務員。

しょうめい⓪【証明】(名・他サ)證明。☆～書／證明書。

しょうめい⓪【照明】(名・他サ)照明。

しょうめつ⓪【消滅】(名・自他サ)❶消滅，消失。❷失效。

しょうめん③【正面】(名)❶正面。❷對面。❸直接，面對面。

しょうもう⓪【消耗】(名・自他サ)❶消耗，損耗。❷疲勞，疲乏。

じょうやく①⓪【条約】(名)條約。☆～を結ぶ／締結條約。

しょうゆ⓪【醤油】(名)醬油。

しょうよ①【賞与】(名)獎賞，獎金。

じょうよ①【**剰余**】(名)剩餘。☆～価値／剩餘價值。☆～金(きん)／餘款。盈餘。

しょうよう⓪【**商用**】(名)商務。

じょうよう⓪【**乗用**】(名)乘用。☆～車／轎車。

しょうらい①【**将来**】(名)將來。☆～性／發展前途。

しょうり①【**勝利**】(名・自サ)勝利。☆大～／大勝。

じょうりく⓪【**上陸**】(名・自サ)登陸，上岸。

しょうりゃく⓪【**省略**】(名・他サ)❶省略，從略。

じょうりゅう⓪【**上流**】(名)❶(河的)上流，上游。❷(社會的)上流，上層。

しょうりょう⓪③【**少量**】(名)少量。

しょうりょう⓪③【**小量**】(名)度量小，氣量小。

じょうりょく⓪【**常緑**】(名)常綠。☆～樹／常綠樹。

しょうれい⓪【**奨励**】(名・他サ)獎勵，鼓勵。☆～金／獎金。

じょうれん⓪【**常連**】(名)❶老伙伴，老搭檔。❷(劇場、飯店等的)常客，熟客。

じょうろ①【**如雨露**】(名)噴壺。

じょおう②【**女王**】(名)女王，女皇。☆～蜂(ばち)／蜂王。

ジョーカー①【**joker**】(名)(撲克)大王，大鬼，大令。

ショート①【**short**】〔一〕(名)(棒球)游擊手。〔二〕(名・自サ)(電)短路。

ショービニズム④【**法chauvinisme**】(名)沙文主義。

じょがい⓪【**除外**】(名・他サ)除外。☆～例／例外。

じょがくせい②【**女学生**】(名)女學生。

しょかん⓪【**所感**】(名)感想。☆年頭～／新年感想。

しょかん⓪【**書簡・書翰**】(名)書簡，書信。

しょき①【**所期**】(名)預期，期待。☆～の目的／預期的目的。

しょき①【**初期**】(名)初期。

しょき①【**書記**】(名)❶書記，文書，記錄員。❷(政黨、工會等的)書記。☆～長／總書記。☆～局／書記處。

しょき①⓪【**暑気**】(名)暑氣，暑熱。☆～あたり／中暑。☆～払い／去暑。

しょきゅう⓪【**初級**】(名)初級。

じょきょうじゅ②【**助教授**】(名)副教授。

しょく【**色**】(接尾)❶色。☆天然～／天然色。❷色彩。☆地方～／地方色彩。

しょく⓪①【**食**】(名)❶食，食欲，飯量。☆～が進む／食欲旺盛。☆～が細い／飯量小。❷食物。❸頓，餐。☆一日に三～食べる／一天吃三頓飯。

しょく⓪②【職】（名）❶職務。☆〜を離れる／離職。❷職業，工作。☆〜を求める／找工作。❸技術，手藝。☆手に〜がある／有手藝。

しょくいん②【職員】（名）職員。

しょくえん②【食塩】（名）食鹽。

しょくぎょう②【職業】（名）職業，工作。☆〜病／職業病。

しょくじ⓪【植字】（名・自サ）排字。☆〜工／排字工。

しょくじゅ⓪【植樹】（名・自サ）植樹。

しょくぜん⓪【食膳】（名）飯桌，餐桌。

しょくたく⓪【食卓】（名）飯桌，餐桌。☆〜につく／就席。

しょくどう⓪【食堂】（名）食堂，餐廳。☆〜兼居間／餐廳兼起居室。☆〜車／餐車。

しょくにく⓪【食肉】（名）❶食用肉。❷食肉。☆〜類／食肉類。

しょくにん⓪【職人】（名）工匠，手藝人。☆〜気質（かたぎ）／手藝人氣質。

しょくば③⓪【職場】（名）工作單位，工作崗位，車間。

しょくばい⓪②【触媒】（名）觸媒，催化劑。

しょくひ⓪【食費】（名）飯錢，伙食費。

しょくひん⓪【食品】（名）食品。

しょくぶつ②【植物】（名）植物。

しょくみん⓪【植民】（名・自サ）殖民。☆〜地／殖民地。

しょくむ①②【職務】（名）職務。☆〜給／職務工資。

しょくもつ②【食物】（名）食物。

しょくよう⓪【食用】（名）食用。☆〜油／食用油。

しょくよく⓪②【食欲】（名）食欲。

しょくりょう②⓪【食料】（名）食物，食品。☆〜品／食品。

しょくりょう②⓪【食糧】（名）食糧，糧食。

しょくん①【諸君】（名）諸君，諸位，各位。

しょけい⓪【処刑】（名・他サ）處決，處死。

じょげん⓪【助言】（名・自サ）❶意見，勸告，建議。❷（從旁）指教，出主意。

じょこう⓪【徐行】（名・自サ）徐行，慢行。

しょこく①【諸国】（名）各國。

しょさい⓪【書斎】（名）書房。

しょざい⓪【所在】（名）❶所在。☆〜地／所在地。❷住處，下落。☆〜が知れない／不知下落。❸各地，到處。❹要做的事。☆〜ない／無所事事。無聊。

じょさい⓪【如才】（名）疏忽，馬虎，漏洞。☆〜ない／圓滑。周到。機敏。

じょさんぷ②【助産婦】（名）助產士，接生員。

しょし①【初志】(名)初志，初衷。☆～を貫徹する／貫徹初衷。

しょじ①【所持】(名・他サ)持有，攜帶。☆～品／攜帯品。所帯物品。

じょし①【女子】(名)女子。

じょし①【女史】(名)女士。

じょし⓪【助詞】(名)助詞。

じょしゅ⓪【助手】(名)❶助手，幫手。❷助教。

しょじょ①【処女】(名)處女。

じょじょに①【徐徐に】(副)徐徐，漸漸，慢慢。

しょしん⓪【初心】(名)❶初志，初衷。☆～忘るべからず／勿忘初志。❷初學。☆～者／初學者。

しょ・する②【処する】(自他サ)❶處，處理，處置。☆世に～道／處世之道。❷處分，處罰。☆死刑に～／處死刑。

じょせい⓪【女性】(名)女性。

しょせき①【書籍】(名)書籍。

じょせつ⓪【序説】(名)緒論。

じょせつ⓪【除雪】(名・自サ)除雪。☆～車／除雪車。

しょせん⓪【所詮】(副)反正，畢竟，終究，結局。

じょそう⓪【助走】(名・自サ)助跑。☆～路／助跑跑道。

じょそう⓪【除草】(名・自サ)除草。☆～器／除草機。

じょそう⓪【除霜】(名・他サ)❶（為保護作物）防霜。❷（冰箱）除霜。

しょぞく⓪【所属】(名・自サ)所屬，附屬，屬於。

しょたい②①【所帯・世帯】(名)家，家庭。☆～主(ぬし)／家長。戶主。☆～持ち／成家（的人）。操持家務。☆～持ちがいい／會過日子。

しょだい⓪①【初代】(名)第一代，第一任。☆～の大統領／第一任總統。

しょち①【処置】(名・他サ)❶處置，處理，措施。❷治療。

しょちゅう⓪【暑中】(名)暑期，盛夏，伏天。☆～見舞(みまい)／暑期問候（的信）。☆～休暇／暑假。

じょちゅう⓪【女中】(名)女僕，女佣人，女服務員。

しょちょう⓪【所長】(名)所長。

しょっき⓪【食器】(名)餐具。☆～棚(だな)／碗櫥。

ショック①【徳 Schock】(名)休克。

ショック①【Shock】(名)衝撃，打撃，震動。

しょっけん⓪【食券】(名)餐券，飯票。

しょっこう⓪【職工】(名)工人。

しょっちゅう①(副)經常，總是。

しょてん①⓪【書店】(名)書店。

しょとう⓪【初等】(名)初等。

しょとう⓪【初頭】(名)初，初

期，開頭。
しょどう①⓪【書道】(名)書法。
じょどうし②【助動詞】(名)助動詞。
しょとく⓪【所得】(名)所得，收入。☆～税／所得稅。☆国民～／國民收入。
しょにち⓪【初日】(名)第一天。
しょにん⓪【初任】(名)初次任職。☆～給／剛參加工作的工資。
じょのくち⓪【序の口】(名)❶開始，開端。❷(相撲的)最低等級。
しょばつ①⓪【処罰】(名・他サ)處罰，懲罰，懲辦。
しょはん⓪【初犯】(名)初犯。
しょはん⓪【初版】(名)初版。
しょぶん①【処分】(名・他サ)❶處分，處罰。❷處理。
じょぶん⓪【序文】(名)序文。
しょほ①【初歩】(名)初步。
じょまく⓪【除幕】(名)揭幕。☆～式／揭幕儀式。
しょみん①【庶民】(名)庶民，平民，百姓。
しょむ①【庶務】(名)庶務，總務。☆～課／總務科。
しょめい⓪【署名】(名・自サ)署名，簽名，簽字。
じょめい⓪【除名】(名・他サ)除名。☆～処分／開除處分。
しょめん⓪①【書面】(名)❶書面，文件。❷書信。
しょもつ①【書物】(名)書籍。
じょや①【除夜】(名)除夕。
じょやく⓪【助役】(名)副手。☆村の～／副村長。☆駅の～／副站長。
しょゆう⓪【所有】(名・他サ)所有。☆～権／所有權。☆～制／所有制。
じょゆう⓪【女優】(名)女演員。
しょよう⓪【所要】(名)需要。☆～時間／需要時間。
しょり①【処理】(名・他サ)處理。☆熱～／熱處理。
じょりゅう⓪【女流】(名)女流。☆～作家／女作家。
じょりょく①⓪【助力】(名・他サ)幫助，協助，援助。
しょるい①【書類】(名)文件，資料。☆～ばさみ／文件夾。
じょろう②【女郎】(名)妓女。☆～屋／妓院。
じょろん⓪【序論】(名)序論。
しょんぼり③(副・自サ)無精打采，垂頭喪氣，孤零零地。
しら(終助)(婦)不知。☆有るか～／不知有沒有？
しら①(名)裝不知道。★～を切る／裝不知道。裝糊塗。
じらい①⓪【地雷】(名)地雷。
しらが③【白髮】(名)白髮。☆～染(ぞめ)／染髮劑。
しらかば②⓪【白樺】(名)白樺。
しらかみ②【白紙】(名)❶白紙。❷空白紙。
しら・ける③【白ける】(自下一)

❶褪色，變白。❷掃興，敗興。

しらさぎ②【白鷺】(名)白鷺。

しらじらし・い⑤【白白しい】(形)❶佯裝不知。❷顯而易見(的謊言)。☆～うそをつく/瞪著眼睛撒謊。

しらずしらず④【知らず知らず】(副)不知不覺，不由得。

しらせ⓪【知らせ】(名)❶通知，消息。☆いい～/好消息。❷前兆，預兆。☆虫の～/預感。

しら・せる⓪【知らせる】(他下一)通知，告訴。

しらばく・れる⑤(自下一)裝糊塗，裝不知道。

しらべ③【調べ】(名)❶調查。❷審查，詢問。❸檢查，清點。❹曲調，調子。

しら・べる③【調べる】(他下一)查，調查，檢查。

しらみ⓪【虱】(名)虱子。☆～つぶし/一個不漏。

しらんかお②【知らん顔】(名)假裝不知，若無其事的樣子。

しらんぷり②【知らん振り】(名)裝不知道。

しり②【尻】(名)❶屁股，臀部。★～が青い/乳臭未乾。★～が重い/屁股沉重。不愛動。★～が軽い/輕率。輕挑。★～が長い/久坐不走。★～が割れる/露馬腳。★～に敷く/欺壓(丈夫)。★～に付く/跟隨。模仿。★～に火が付く/火燒眉毛。★～の穴が小さい/度量小。★～を持ちこむ/追究責任。❷後頭，後邊。❸末尾，末端。❹底部。❺後果，結尾。

しりあい⓪【知り合い】(名)相識，熟人，朋友。

しりあ・う③【知り合う】(自五)相識，認識，結識。

シリーズ①【series】(名)❶連續，一系列。❷叢書。❸(棒球)聯賽。☆ワールド～/世界棒球錦標賽。

しりおし④③【尻押し】(名・他サ)❶推屁股，從後面推。❷援助，撐腰。

じりき⓪【自力】(名)自力。☆～更生/自力更生。

しりごみ④③【尻込み】(名・自サ)❶後退，倒退。❷躊躇，畏縮。

じりじり①(副・自サ)❶逐漸(逼近)。❷(太陽)火辣辣。❸焦急，焦躁。

しりぞ・く③【退く】(自五)❶退，後退。❷退下，退出，退職。

しりぞ・ける④【退ける】(他下一)❶斥退，令退下。❷擊退。❸拒絕。❹撤銷，排除。

しりつ①⓪【私立】(名)私立。

しりつ①【市立】(名)市立。

じりつ⓪【自立】(名・自サ)自立，獨立。

しりょ①【思慮】(名)思慮，考慮。☆～ある行動／慎重的行動。

しりょう①⓪【資料】(名)資料。☆～を集める／收集資料。

しりょく①【視力】(名)視力。☆～検査／視力檢查。

シリンダー②【Cylinder】(名)汽缸。

し・る⓪【知る】(他五)❶知道，曉得。☆あの人は何でも～・っている／他什麼都知道。❷認識，熟識。☆彼を～／認識他。❸懂得。☆英語を～・っている／懂英語。❹理解，領會。☆この苦労を～人がない／沒人理解這個辛苦。❺體驗，經歷。☆戦争を～・らない世代／沒經歷過戰爭的一代。❻感覺，覺察。☆身の危険を～／意識到有生命危險。❼管，干預。☆おれの～・ったことか／與我無關！★～・らぬが仏／耳不聽心不煩。

しる①【汁】(名)❶汁，汁液。☆トマトの～／蕃茄汁。❷湯，醬湯。★うまい～を吸う／佔便宜。

シルクロード④【Silk Road】(名)絲綢之路。

しるし⓪【印・標・徴】(名)❶記號，符號，信號。☆～をつける／畫上記號。❷證據，證明。☆受け取った～に印鑑を押す／蓋印作為收到的證據。❸象徵。☆愛の～／愛情的象徵。❹表示，心意。☆ほんのお～です／(送禮時的客套話)這是一點小意思。❺徵兆，預兆。★雪は豊年の～／瑞雪兆豐年。❻效驗，效果。☆～が現われる／見效。

しる・す⓪【記す・印す】(他五)❶記，寫，記載。❷記住。❸畫記號。

しれい⓪【司令】(名・他サ)司令，指揮。☆～部／司令部。

じれい⓪【辞令】(名)❶辭令。☆外交～／外交辭令。❷任免書，任免令。

じれった・い④【焦れったい】(形)令人焦急的。

し・れる⓪【知れる】(自下一)❶被…知道，被…發現。☆すぐ世間に～・れた／立即被世人所知曉。❷知道，明白。☆名の～・れた人／知名人士。★高が～／沒什麼了不起的。❸(用"知れた"的形式表示)不用說，理所當然。☆～・れた事さ／當然嘍。那還用說。★かも～・れない／也許。說不定。

じ・れる②【焦れる】(自下一)著急，焦急。

しれわた・る④【知れ渡る】(自

五）人所共知。

しれん①【試練】(名)考驗，磨練。☆幾多の～にたえた／經過了多次考驗。

ジレンマ②【德 Dilemma】(名)❶進退維谷。❷雙關論法。

しろ①【白】(名)❶白，白色。❷清白，無罪。❸白東西，白種人。

しろ⓪【城】(名)城，城堡。

しろ・い②【白い】(形)白，白色。★～目で見る／冷眼相看。

しろうと①【素人】(名)❶外行，門外漢。❷業餘愛好者。❸（相對妓女來説）良家婦女。

しろくじちゅう④【四六時中】(名)一天到晚，整天，始終。

しろくろ①【白黒】(名)❶黑白。❷是非。☆～テレビ／黑白電視。

じろじろ①(副)目不轉睛，直盯盯地。

しろっぽ・い④【白っぽい】(形)❶發白。❷有些外行，不太内行。

しろみ①②【白身・白味】(名)（肉、魚、蛋等的）白色部分。☆卵の～／蛋白。☆～の魚／白肉魚。

しろめ①②【白目】(名)❶白眼珠。❷冷淡的目光，輕蔑的目光。☆～で人を見る／瞧不起人。

しろもの⓪④【代物】(名)❶東西。❷（蔑）傢伙。☆やっかいな～／難對付的傢伙。❸美人。☆たいした～だ／真是個大美人。

じろりと②(副)目光鋭利。☆私を～にらんだ／瞪了我一眼。

しわ⓪【皺】(名)皺紋，皺褶，褶子。

しわけ⓪【仕分け・仕訳】(名・他サ)❶區分，分開。❷（簿記）分類，分項。

しわざ⓪【仕業】(名)幹的事，搞的鬼。☆だれの～だ／誰幹的？

しわす⓪【師走】(名)臘月。

しん【新】(接頭)新。☆～制度／新制度。

しん①【心】(名)心，內心，本心。☆～から尊敬する／打從心眼裏尊敬。

しん①【心・芯】(名)❶中心，核心。☆鉛筆の～／鉛筆心。☆リンゴの～／蘋果核。☆～まで腐っている／腐朽透頂。❷本質，根本。☆やせているが、～が強い／雖然瘦，但體質壯。

しん①【信】(名)❶信，相信，信任。☆～を置く／置信。❷信仰。☆～を起こす／產生信仰心。

しん①【真】(名)❶真，真正，真實。☆～の友／真正的朋友。❷真理。❸楷書。

じん【人】(接尾)人。☆日本～／日本人。

じん①【陣】(名)陣，陣地。☆背水の～／背水之陣。☆～を敷く☆～を取る／佈陣。

しんあい⓪【親愛】(名・形動)親愛。

しんあん⓪【新案】(名)新設計，新發明。☆～特許／發明專利。

しんい①【真意】(名)❶真意，本意，真心。❷真正的意思。

じんいん⓪【人員】(名)人員。☆～整理／裁減人員。

しんえい⓪【新鋭】(名・形動)❶新秀，後起之秀，新生力量。☆スポーツ界の～／體育界的新秀。☆～部隊／生力軍。❷新式，先進。☆～の武器／新式先進武器。

しんか①【進化】(名・自サ)進化。☆～論／進化論。

しんがい①【心外】(形動)❶意外。❷遺憾。

しんがい⓪【侵害】(名・他サ)侵害，侵犯。

しんがお⓪【新顔】(名)新人。

しんがく⓪【進学】(名・自サ)升學。

じんかく⓪【人格】(名)人格。☆～者／人格高尚的人。☆～化／人格化。擬人化。☆二重～／雙重人格。

しんかん⓪【新刊】(名)新刊，新出版。☆～案内／新書介紹。☆～書／新書。

しんき①【新規】(名・形動)❶新規定。❷新，重新。☆～採用／新採用。☆商売を～に始める／新開張作買賣。☆～まき直し／重新另作。

しんぎ①【審議】(名・他サ)審議。☆～末了／審議未完。☆～会／審議會。

しんきげん③【新紀元】(名)新紀元。

しんきゅう⓪【進級】(名・自サ)升級。☆二年に～する／升二年級。

しんきゅう⓪【針灸・鍼灸】(名)針灸。

しんきょう⓪【心境】(名)心境。

しんく①【真紅・深紅】(名)深紅。

しんぐ①【寝具】(名)寢具。

しんくう⓪【真空】(名)真空。☆～管／真空管。電子管。☆～ポンプ／真空幫浦。

じんぐう③【神宮】(名)❶神宮。❷伊勢神宮。

シングルス①【singles】(名)單打。

しんけい①【神経】(名)❶神經。☆～質／神經質。☆～衰弱／神經衰弱。❷精神，感覺。☆～戦／精神戰。☆無(む)～／感覺遲鈍。

しんげき⓪【進撃】(名・自サ)進攻，攻擊。

しんげき⓪【新劇】(名)新劇，話劇。

しんけん⓪【真剣】(名・形動)❶真刀，真劍。❷認真，嚴肅。

じんけん⓪【人絹】(名)人造絲。

じんけん⓪【人権】(名)人權。☆～侵害/侵犯人權。

じんけんひ③【人件費】(名)人事費。

しんこう⓪【信仰】(名・他サ)信仰。☆～心が厚い/信仰虔誠。

しんこう⓪【進行】(名・自他サ)❶前進，行進。❷進行，進展，推進。❸(病情)惡化。

しんごう⓪【信号】(名・自サ)信號，打信號。☆～灯/信號燈。☆～弾/信號彈。☆～無視/闖紅燈。☆赤～/紅燈。停止信號。危險信號。

じんこう⓪【人口】(名)人口。☆～調査/人口調查。

じんこう⓪【人工】(名)人工。☆～衛星/人造衛星。☆～呼吸/人工呼吸。

しんこく⓪【申告】(名・他サ)申報。☆～書/申報單。

しんこく⓪【深刻】(形動)❶深刻。❷嚴重。

しんこん⓪【新婚】(名)新婚。☆～旅行/新婚旅行。

しんさ①【審査】(名・他サ)審查。

しんさい⓪【震災】(名)震災。

しんさつ⓪【診察】(名・他サ)診察，診斷，看病。

しんざん①⓪【新参】(名)新來(的人)。☆～者/新手。

しんし①【紳士】(名)紳士，君子。☆～協定/君子協定。☆～服/男裝。☆～用トイレ/男廁所。

じんじ①【人事】(名)人事。☆～異動/人事調動。☆～課/人事科。

しんしき⓪【新式】(名・形動)新式。☆～のクーラー/新式空調機。

しんしつ⓪【寝室】(名)寝室。

しんじつ①【真実】(名・形動)真實，實在，事實。☆～味/真實性。

しんじゃ①③【信者】(名)信徒。

じんじゃ①【神社】(名)神社。

しんじゅ⓪【真珠】(名)珍珠。

じんしゅ⓪【人種】(名)人種，種族。☆～差別/種族歧視。☆白色～/白種人。

しんじゅう⓪【心中】(名・自サ)一同自殺，殉情，情死。

しんしゅつ⓪【進出】(名・自サ)進入，打入，侵入，向…發展。☆政界に～する実業家/打入政界的實業家。

しんしゅん⓪【新春】(名)新春，新年。

しんしょう①【身上】(名)家產，家業，財產。

しんじょう①⓪【身上】(名)❶身

世，履歴。❷（人的）長處，優點。

しん・じる⓪③【信じる】（他上一）❶信，相信。❷信仰，信奉。❸信任，信賴。

しんしん①⓪【心身・身心】（名）身心。

しんしん⓪【新進】（名）新出現，初露頭角。☆～気鋭／新生有為。初露鋒芒。

しんすい⓪【心酔】（名・自サ）酔心，仰慕。☆西洋文化に～する／酔心於歐美文化。

しんすい⓪【浸水】（名・自サ）浸水，進水，水淹。

しんすい⓪【進水】（名・自サ）（新船）下水。☆～式／下水典禮。

しん・ずる③【信ずる】（他サ）↓しんじる

しんせい⓪【申請】（名・他サ）申請。☆～書／申請書。

しんせい⓪【新制】（名）新制，新制度。☆～大学／新制大學。

じんせい①【人生】（名）人生。☆～観／人生觀。

しんせき⓪【親戚】（名）親戚。

しんせつ⓪【新設】（名・他サ）新設。

しんせつ①【親切】（名・形動）親切，懇切，好意，熱情。☆～な人／熱情的人。

しんせん⓪【新鮮】（形動）新鮮。☆～な魚／新鮮的魚。

しんぜん⓪【親善】（名）親善，友好。☆～試合／友誼比賽。

しんそう⓪①【真相】（名）真相。

しんぞう⓪【心臓】（名）❶心臓。❷臉皮，膽量。★～が強い／臉皮厚。膽子大。

じんぞう⓪【人造】（名）人造。☆～繊維／人造纖維。☆～湖／人工湖。

じんぞう⓪【腎臓】（名）腎臟。☆～結石／腎結石。

しんぞく①⓪【親族】（名）親屬。☆直系～／直系親屬。

じんそく⓪【迅速】（形動）迅速。

しんたい①【身体】（名）身體。

しんたい①【進退】（名・自サ）❶進退。★～谷（きわ）まる／進退維谷。❷去留。

しんだい①【身代】（名）財產，家產，家業。

しんだい⓪【寝台】（名）床，床舖，（火車的）臥舖。☆～車／臥車。☆～券／臥舖票。

じんたい①【人体】（名）人體。

しんだん⓪【診断】（名・他サ）診斷。☆～書／診斷書。☆企業～／企業分析。

しんちく⓪【新築】（名・他サ）新建。☆～祝い／慶祝新居落成。

しんちゅう①【心中】（名）心中。

しんちゅう⓪【真鍮】（名）黄銅。

しんちょう⓪【身長】（名）身長。

しんちょう⓪【慎重】（名・形動）慎重，謹慎。

しんちょう⓪【新調】(名・他サ)❶新做(的衣服)。☆洋服を～する／做新西服。❷新曲調。

しんちょく⓪【進捗】(名・自サ)進展。

しんちんたいしゃ⑤【新陳代謝】(名・自サ)新陳代謝。

しんてい⓪【進呈】(名・他サ)贈送，奉送。

しんてん⓪【進展】(名・自サ)進展，發展。

しんてん⓪【親展】(名)親展，親啟。

しんどう①【神道】(名)神道。

しんどう⓪【振動】(名・自他サ)振動，擺動，搖動。

しんどう⓪【震動】(名・自サ)震動。

じんどう①【人道】(名)人道。☆～主義／人道主義。

しんにゅう⓪【侵入】(名・自サ)侵入，入侵，闖入。

しんにゅう⓪【新入】(名)新加入。☆～生／新生。

しんねん①【新年】(名)新年。☆新年おめでとうございます／新年好！

しんのう③【親王】(名)親王。

しんぱい⓪【心配】(名・形動・自他サ)擔心，操心，掛念，不安，害怕。☆～の種(たね)／令人擔心的事。☆何も～なことはない／沒有任何擔憂。

しんぱん⓪①【新版】(名)新版。

しんぱん⓪【審判】(名・他サ)❶審判。❷裁判。☆～官／裁判員。

しんぴ①【神秘】(名・形動)神秘，奧秘。

じんぶつ①【人物】(名)❶人物。❷人品，人格。❸人材。

しんぶん⓪【新聞】(名)報，報紙。☆～社／報社。☆～をとる／訂報。

しんぽ①【進歩】(名・自サ)進步。

しんぼう①【辛抱】(名・自サ)耐性，忍耐，忍受。☆～強(づよ)い／有耐性。☆～人(にん)／耐心的人。能忍耐的人。

シンボル①【symbol】(名)❶象徵。❷符號，記號。

しんまい⓪【新米】(名)❶(當年收的)新米。❷新手，生手。

しんみつ⓪【親密】(名・形動)親密，密切。

しんみょう①⓪【神妙】(名・形動)❶神妙，奇妙。❷馴服，老老實實。❸令人敬佩。

じんみん③【人民】(名)人民。

しんめ⓪【新芽】(名)新芽，嫩芽。

じんめい⓪【人命】(名)人命，性命。☆～救助／救命。

しんや①【深夜】(名)深夜。

しんやく⓪【新約】(名)❶新契約，新合同。❷新約全書。

しんゆう⓪【親友】(名)好友，至

し

交。☆無二の～／莫逆之交。

しんよう⓪【信用】(名・他サ)❶信，相信。☆君の言葉を～する／相信你的話。❷信用，信任，信譽。☆～貸(が)し／信用貸款。

しんらい⓪【信頼】(名・他サ)信賴，相信，可靠。

しんり①【心理】(名)心理。☆～学／心理學。

しんり①【真理】(名)真理。

しんりゃく⓪【侵略】(名・他サ)侵略。

しんりょく⓪【新緑】(名)新綠。

じんりょく①【尽力】(名・自サ)盡力，出力，幫助。

しんりん⓪【森林】(名)森林。

しんるい①⓪【親類】(名)親屬，親戚。★遠い～より近くの他人／遠親不如近鄰。

じんるい①【人類】(名)人類。

しんれき⓪【新暦】(名)新曆，陽曆，公曆。

しんろ①【針路】(名)航向。

しんろ①【進路】(名)前進的道路。

じんろく⓪【甚六】(名)笨蛋，傻瓜。☆総領の～／(嘲罵長子)傻老大。

しんわ⓪【神話】(名)神話。

ス・す

[SU]

すⓄ【洲】(名)洲，沙洲，沙灘。☆三角～／三角洲。

すⓄ①【巣】(名)❶巢，窩。☆鳥の～／鳥窩。☆蜘蛛(くも)の～／蜘蛛網。☆愛の～／(新婚夫婦的)小家庭。❷巢穴，賊窩。☆賊の～／匪巢。

す①【酢・醋】(名)醋。

すⓄ【鬆】(名)❶(蘿蔔等內部的)小孔。☆大根に～が入(はい)った／蘿蔔空了心。❷(鑄件等的)沙眼，氣孔。

ずⓄ【図】(名)❶圖，圖形，圖表。☆～を書いて説明する／畫圖說明。❷(不堪入目的)情景，醜態。☆見られた～ではない／不堪入目的醜態。❸心願，企圖。★～にあたる／正中下懷。如願以償。★～に乗る／得意忘形。

ずⓄ【頭】(名)頭。★～が高い／傲慢。趾高氣揚。

ずあんⓄ【図案】(名)圖案。

すい①【粋】(名・形動)❶精華，精髓。☆文化の～／文化之精髓。❷很懂事，通達事理。★～をきかす／知趣。體貼人。❸風流，好嫖。

ずい①【髄】(名)❶髓，骨髓。❷精髓。

すいあ・げる④【吸い上げる】(他下一)❶往上吸，抽上來。❷侵吞，吸吮。

すいい①【推移】(名・自サ)推移，發展，變遷。

ずいいⓄ①【随意】(名・形動)隨意，隨便。

ずいいち①Ⓞ【随一】(名)第一。☆文壇～の酒豪／文壇首屈一指的酒仙。

すいえいⓄ【水泳】(名・自サ)游泳。☆寒中～／冬泳。

すいかⓄ【西瓜】(名)西瓜。

すいがいⓄ【水害】(名)水災。

すいがらⓄ【吸い殻】(名)煙蒂，煙頭。

ずいき①【随喜】(名・自サ)感激。☆〜の涙をこぼす／流出感激的眼涙。感激涕零。

すいきゅう⓪【水球】(名)水球。

すいぎゅう③⓪【水牛】(名)水牛。

すいぎん⓪【水銀】(名)水銀。

すいくち⓪【吸い口】(名)嘴，吸嘴。

すいこう⓪【遂行】(名・他サ)完成，貫徹，執行。

すいこ・む③【吸い込む】(他五)吸入，吸進，吸收。

すいさい⓪【水彩】(名)水彩。☆〜絵具／水彩顏料。☆〜画／水彩畫。

すいさつ⓪【推察】(名・他サ)❶推察，推測，推想。❷體諒，同情。

すいさん⓪【水産】(名)水產。☆〜業／水產業。☆〜物(ぶつ)／水產品。

すいし⓪【水死】(名・自サ)淹死，溺死。

すいじ⓪【炊事】(名・自サ)炊事，做飯。☆〜係(がかり)／伙食料理人員。☆〜場(ば)／伙房。

すいじゃく⓪【衰弱】(名・自サ)衰弱。☆神経〜／神經衰弱。

すいじゅん⓪【水準】(名)水準，水平。☆生活〜／生活水平。☆〜器／水平儀。☆〜儀／水準儀。

すいじょう⓪【水上】(名)水上。☆〜競技／水上運動。

すいじょうき③【水蒸気】(名)水蒸氣。

すいしん⓪【推進】(名・他サ)推進，推動。☆〜器／推進器。

すいすい①(副)❶輕盈地，輕快地。❷流利地，順利地。

すいせい⓪【水星】(名)水星。

すいせい⓪【彗星】(名)彗星。

すいせん⓪【水仙】(名)水仙。

すいせん⓪【推薦】(名・他サ)推薦。☆〜状／推薦信。

すいそ①【水素】(名)氫。☆〜爆弾／氫彈。

すいそく⓪【推測】(名・自サ)推測，估計，預想。

すいちょく⓪【垂直】(名・形動)垂直。☆〜線／垂直線。

すいつ・く③【吸い付く】(自五)❶吸住，粘上。☆釘が磁石に〜・いた／釘子被磁鐵吸住了。❷糾纏，纏住。

すいつ・ける④【吸い付ける】(他下一)❶吸住。❷(吸煙)對火，點火。❸吸慣(某種香煙)。

スイッチ②【switch】(名)開關，電門，電閘。☆〜をいれる／開電門。☆〜を切る／關電門。

すいてい⓪【推定】(名・他サ)推定，推斷，判斷。

すいとう⓪【水筒】(名)(旅行用)水壺。

すいとう⓪【水稲】(名)水稲。

すいとう⓪【出納】(名・他サ)出納。☆~係(がかり)/出納員。

すいどう⓪【水道】(名)❶自來水(管)。☆~を引く/安自來水。☆~の栓(せん)をひねる/擰水龍頭。☆~料/水費。

すいとりがみ④【吸い取り紙】(名)吸墨紙。

すいと・る③【吸い取る】(他五)❶吸，吸收。☆水を~/吸水。❷吸吮，榨取。

すいばく⓪【水爆】(名)氫彈。☆~実験/氫彈試驗。

すいはんき③【炊飯器】(名)電鍋。☆電気~/自動電鍋。

ずいひつ⓪【随筆】(名)隨筆。

すいふ①【水夫】(名)水手。

すいぶん①【水分】(名)水分。

ずいぶん①【随分】(一)(副)很，非常，相當。☆~寒い/很冷。(二)(形動)太過分，太不像話。☆あなたも~ね/你也太不像話了!

すいへい⓪【水平】(名・形動)水平。☆~線/水平線。☆~面/水平面。

すいへい①【水兵】(名)海軍。☆~服/海軍服。

すいほう⓪【水泡】(名)水泡。★~に帰する/化為泡影。

すいみつ⓪【水蜜】(名)水蜜桃。☆~桃(とう)/水蜜桃。

すいみん⓪【睡眠】(名・自サ)睡眠。☆~剤/安眠藥。

スイミング②【swimming】(名)游泳。☆~プール/游泳池。

すいようび③【水曜日】(名)星期三。

すいよく⓪【水浴】(名・自サ)冷水浴。

すいり①【水利】(名)❶水利。❷水運，航運。❸供水，用水。

すいり①【推理】(名・他サ)推理。☆~小説/推理小說。偵探小說。

すいりょう③⓪【推量】(名・他サ)推測，推想。

すいりょく①⓪【水力】(名)水力。☆~発電所/水力發電站。

すいれん①【水練】(名)練習游泳。★畳(たたみ)の上の~/紙上談兵。

すいろ①【水路】(名)❶水渠。❷航道，航線。❸泳道。

す・う⓪【吸う】(他五)吸，吸入，吸收。☆空気を~/吸氣。☆スープを~/喝湯。

すう①【数】(名)❶數，數目，數量。☆~的優勢/數量上的優勢。☆~をたのんで/憑數量。❷定數，命運。☆勝敗の~/勝敗之命運。

すうがく⓪【数学】(名)數學。

すうき①【数奇】(名・形動)不幸，不遇，坎坷。

すうじ⓪【数字】(名)數字。

ずうずうし・い⑤【図図しい】

（形）厚臉皮，厚顏無恥。

すうせい⓪【趨勢】（名）趨勢。

スーツ①【suit】（名）（用同一衣料做的）成套西服，套裝。☆～ケース／（旅行用）手提衣箱。

スーパーマーケット⑤【super-market】（名）超級市場。

すうはい⓪【崇拝】（名・他サ）崇拜。☆～者／崇拜者。

スープ①【soup】（名）湯。

ズームレンズ④【zoomlens】（名）可變焦距鏡頭。

すうりょう③【数量】（名）數量。

すえ⓪【末】（名）❶末，末尾，末端。☆年の～／年末。☆～の妹／小妹妹。❷將來，未來，前途。☆～が頼(たの)もしい／前途有望。❸結果，之後。☆考えた～決めた事だ／考慮之後決定的事。❹細枝末節。❺子孫，後裔。

すえつ・ける④【据え付ける】（他下一）安，安裝。

すえっこ⓪【末っ子】（名）么兒，么女。

す・える⓪【据える】（他下一）❶擺，安放。☆机を～／放桌子。❷讓坐…上，使就…職。☆彼を会長に～／讓他當會長。❸使…不動。★腰を～／沉下心來。坐著不動。★目を～／目不轉睛。

す・える②【饐える】（自下一）（食物）餿。

ずが①【図画】（名）畫，圖畫。

スカート②【skirt】（名）裙子。

スカーフ②【scarf】（名）圍巾，領結。

すがお①【素顔】（名）❶（演員）沒化妝的臉，（婦女）不施脂粉的臉。❷實況，本來面貌。

すか・す⓪【透かす】（他五）❶透過。☆ガラスを～・して見る／透過玻璃看。❷留出空隙，留出間隔。

すか・す⓪【空かす】（他五）空，餓。☆腹を～／空腹。餓著肚子。

すがすがし・い⑤【清清しい】（形）清爽，爽快，涼爽，清新。

すがた①【姿】（名）❶姿態，姿勢，身段。☆～が美しい／姿態優美。❷身影，蹤跡。☆～を消す／消失蹤跡。❸裝束，打扮。☆花嫁～／新娘打扮。❹面貌，狀態，情形。☆昔の～／昔日的景象。

すがたみ③【姿見】（名）穿衣鏡。

ずがら⓪【図柄】（名）（紡織品上的）圖案，花紋，花樣。

すが・る⓪【縋る】（自五）❶扶，拄，靠，憑。☆杖(つえ)に～・って歩く／拄著拐杖走。❷依靠，依附。☆人の情けに～／靠人憐憫。

すき②【好き】（名・形動）❶愛，愛好，喜歡。☆野球が～だ／愛打棒球。☆彼女の～な人／她的心上人。★～こそ物の上手なれ／有愛好才有進步。❷隨便，隨意。☆～なことを言う／隨便亂説。信口開河。☆～にしやがれ／隨你的便！

すき⓪【隙・透き・空き】(名)❶縫隙，空隙，間隙。☆戸の～／門縫。❷空閒。☆～を見て出かける／抽空出門。❸漏洞，疏忽。☆～に乗ずる／乘機。

すき⓪【鋤】(名)鋤，鋤頭。

すき⓪【犂】(名)犁。

すぎ⓪【杉】(名)杉。

すぎ【過ぎ】(接尾)❶過，超過。☆七時～／過七點。❷過分，過度。☆飲み～／喝得太多。

スキー②【ski】(名)滑雪。

すきかって③【好き勝手】(名・形動)隨心所欲。

すききらい②③【好き嫌い】(名)❶好惡，喜好和厭惡。❷挑剔。☆食べ物に～が多い／吃東西挑剔。

すきこの・む④【好き好む】(他五)喜好，愛好。

すきずき②【好き好き】(名)各有所好，愛好不同。★蓼(たで)食う虫も～／人各有所好。

ずきずき①(副・自サ)一跳一跳地(疼)。

すきとお・る③【透き通る】(自五)❶透明。❷清澈，澄清。❸清脆。

すきま⓪【隙き間】(名)❶縫，縫隙。☆～風／賊風。❷空閒。☆～を見て手つだう／抽空幫忙。

すきやき⓪【鋤焼】(名)（日式火鍋）雜素燒。

す・ぎる【過ぎる】(一)②(自上一)❶過，通過，經過，越過，過去。☆～・ぎた事／過去的事。☆約束の時間を～・ぎた／過了約會的時間。☆東京を～・ぎた／過了東京。❷超過，勝過。☆親に～・ぎた子／勝過父母的子女。❸過度，過分。☆贅沢(ぜいたく)が～／奢侈過度。❹(否定式接〃に〃後表示)只不過。☆二万円に～・ぎない／只不過兩萬日元。(二)(接尾)過度，過分。☆長～／過長。☆言い～／説得過火。

ずきん②【頭巾】(名)頭巾。

す・く①②【好く】(他五)（多用否定式和被動態）愛，愛好，喜好。☆～・かない奴／討厭的傢伙。☆～・いて～・かれる／相愛。

す・く⓪【空く】(自五)❶空，餓。☆電車は～・いていた／電車空。☆腹が～／肚子餓。❷空閒。☆手が～／空閒。

す・く⓪【透く】(自五)❶有縫隙，有間隙。☆戸と柱の間が～・いている／門和柱子間有縫。★胸が～／心情舒暢，心裏痛快。❷透明。☆～・いて見える／透明可見（內部）。

す・く⓪【梳く】(他五)梳。☆髪を～／梳頭。

す・く⓪【鋤く】(他五)鋤，犁。☆畑を～／鋤地。翻地。犁地。

すぐ①【直ぐ】(一)(副)❶立即，馬上。☆～行く／馬上就去。❷（距離）很近。☆～そこにある／就在跟前。❸易，容易。☆～怒る／易發火。愛生氣。(二)(形動)❶直，筆直。☆～な道／筆直的道路。❷正直，耿直。☆心～なる者／耿直的人。

すくいぬし③【救い主】(名)❶救星。❷救世主。

すく・う⓪【救う】(他五)救，拯救，挽救，救濟。☆命を～／救命。

すく・う⓪【掬う】(他五)撈，抄，撇，捧，舀。☆清水を手で～・って飲む／用手捧泉水喝。☆足を～／抄起腿。

すく・う②【巣くう】(自五)❶築巢，搭窩。❷（壞人）盤踞。

スクール②【school】(名)學校。☆～バス／校車。

すくすく②(副)(長得)很快，茁壯(成長)，長勢很好。

すくな・い③【少ない】(形)少。

すくなからず④⓪【少なからず】(副)❶不少，很多。❷很，非常。☆～驚いた／大吃一驚。

すくなくとも②【少なくとも】(副)至少，起碼，最低。

スクリーン③【screen】(名)銀幕，影壇。☆～の女王／影壇女王。

スクリュー③②【screw】(名)螺旋槳。

すぐ・れる③【勝れる・優れる】(自下一)優秀，傑出，卓越。☆～・れた才能／卓越的才能。☆健康が～・れない／健康不佳。

ずけい⓪【図形】(名)圖形。

スケート②【skate】(名)❶冰鞋，冰刀。❷滑冰。☆～靴／冰鞋。☆～リンク／滑冰場。☆ローラー～／輪式溜冰鞋。

スケール②【scale】(名)❶規模。☆～が大きい／規模大。❷尺，卷尺。

すげか・える④【すげ替える】(他下一)更換。

スケジュール③【美 schedule】(名)日程，日程表。

スケッチ②【sketch】(名・他サ)❶速寫，素描，寫生（畫）。☆～ブック／寫生簿。❷草圖，畫稿。

すご・い②【凄い】(形)❶可怕，驚人，厲害。☆～顔をしている／面容可怕。❷非常，好得很，了不起。☆～わねえ／真不簡單！

ずこう⓪【図工】(名)(學校課程)圖畫和手工。

すこし②【少し】(副)少許，稍微，一點兒，有點兒。☆~休みましょう／稍休息一會兒吧。

すこしも②⓪【少しも】(副)(下接否定語)一點也(不)，絲毫也(不)。☆~寒くない／一點也不冷。

すご・す②【過ごす】(他五)❶過，度過。☆楽しい一日を~・しました／度過了愉快的一天。❷過度，過量。☆酒を~／飲酒過量。

すごすご①(副)無精打采，垂頭喪氣。

スコップ②【荷 schop】(名)鏟子，小鏟。

すこぶる③【頗る】(副)頗，很，相當，非常。

すさまじ・い④【凄まじい】(形)❶可怕，驚人。❷猛烈，厲害。❸荒唐，不像話。

すし②①【鮨・鮓・寿司】(名)❶醋拌生魚片。❷用米飯、魚肉、醋、蔬菜等材料做的一種日本食品。

すじ①【筋】(名)❶筋。☆~が吊(つ)る／抽筋。❷條紋，紋理。☆手の~／手紋。❸血統，門第。☆学者の~／書香門第。❹條理，道理。★~が立つ／有條理。合乎道理。❺素質。☆~がいい／素質好。❻情節，梗概。☆劇の~／戲劇的情節。❼方面。☆確かな~からの情報／來自可靠方面的情報。

すじがき⓪④【筋書】(名)❶情節，梗概，概要。❷計劃，安排。

すしづめ⓪【鮨詰】(名)擁擠不堪，塞得滿滿。☆~の部屋／擠滿了人的屋子。

すじみち①②【筋道】(名)❶條理，道理，情理。★~が立つ／有道理。有條理。❷程序，步驟。★~を踏む／按程序。

すじむかい③【筋向い】(名)斜對面。

すじょう⓪【素姓・素性】(名)❶出身，門第，血統。❷來歷，經歷，身分。❸生性，稟性。

ずじょう⓪【頭上】(名)頭上。

すす①【煤】(名)❶煤煙。❷灰塵。☆~を払う／掃灰塵。

すず⓪【鈴】(名)鈴，鈴鐺。

すず①【錫】(名)錫。

すずかぜ②【涼風】(名)涼風。

すすき⓪【薄・芒】(名)芒。☆~の穂／芒穗。

すずき⓪【鱸】(名)鱸魚。

すす・ぐ⓪【漱ぐ】(他五)漱口。☆口を~／漱口。

すす・ぐ⓪【濯ぐ】(他五)洗涮，漂洗。

すす・ぐ⓪【濯ぐ・雪ぐ】(他五)洗刷，洗雪。☆汚名(おめい)を

～／洗刷污名。

すずし・い③【涼しい】(形)❶涼快，涼爽。❷明亮，清澈。★～顔／満不在乎的樣子。若無其事的樣子。

すす・む⓪【進む】(自五)❶前進，進展，進步。☆行列が～／隊伍向前進。☆仕事は順調に～・んでいる／工作順利進展。❷升入，晉升。☆大学に～／升大學。❸先進。☆～・んだ技術／先進的技術。❹(錶)快。☆私の時計は五分～・んでいる／我的錶快五分。❺加重，增強。☆病勢が～／病情惡化。☆食が～／食欲旺盛。★気が～／起勁。主動想做(某事)。❻主動地，自願地。☆～・んでやる／主動地做。

すず・む②【涼む】(自五)乘涼，納涼。☆木陰(こかげ)で～／在樹蔭下乘涼。

すずむし②【鈴虫】(名)(昆蟲)鈴蟲，金鐘兒，金鈴子。

すずめ⓪【雀】(名)麻雀。★～の涙／一點點。微乎其微。★～百まで踊り忘れず／本性難移。

すす・める⓪【進める】(他下一)❶進，推進，增進，發展，使前進。☆食欲を～／增進食欲。☆時計を五分～／把錶撥快五分鐘。❷提升，提高。☆文化を～／提高文化。☆彼を課長に～／把他提升為科長。

すす・める⓪【勧める・奨める】(他下一)❶勸，讓，敬。☆酒を～／勸酒。敬酒。❷勸告，建議。☆入会を～／勸入會。

すす・める⓪【薦める】(他下一)推薦，推舉。

すずらん②【鈴蘭】(名)鈴蘭，君影草。

すずり③【硯】(名)硯，硯台。

すす・る⓪【啜る】(他五)❶啜，呷，喝。☆茶を～／喝茶。❷抽吸。☆鼻を～／抽鼻涕。

すそ⓪【裾】(名)❶(衣服的)下擺，底擺，褲腳。❷山腳，山麓。❸(河的)下游。

すその⓪【裾野】(名)山麓。

スター②【star】(名)明星。☆映画～／電影明星。

スタート②【start】(名・自サ)出發(點)，起跑，開始。☆～を切る／出發。起跑。開始。☆～ライン／起跑線。出發點。

スタイル②【style】(名)❶姿勢，姿態。❷式樣，風格。❸文體。

スタジアム②③【stadium】(名)❶運動場。❷棒球場。

スタジオ⓪②【studio】(名)❶(藝術家的)工作室。❷(電影的)攝影室，攝影棚。❸播音室，錄音室。

すだ・つ②【巣立つ】(自五)❶出

窩，離巢。❷畢業，自立。

スタッフ②【staff】(名)陣容，班底，人員。

すだれ⓪【簾】(名)簾子。

すた・れる⓪【廃れる】(自下二)❶被廢棄。❷過時，不時興。❸衰微，衰落。

スタンド⓪【stand】(名)❶看台，觀覽席。❷台燈。❸（站著吃喝的）酒吧，飲食店。❹銷售站。☆ガソリン〜／加油站。

スタンプ②【stamp】(名)❶（橡皮）圖章。❷郵戳。❸紀念戳☆〜インキ／印台油。☆〜台／印台。

スチーム②【steam】(名)❶蒸氣。❷暖氣（設備）。

スチール②【steel】(名)鋼鐵，鋼鐵製品。

ずつ【宛】(副助)❶每，各。☆十人〜が一組になる／每十人為一組。☆一人三〇〇円〜出す／每人各出三百日元。❷一點一點。☆すこし〜食べる／一點一點地吃。

ずつう⓪【頭痛】(名)❶頭疼。☆〜がする／頭疼。❷煩惱，憂慮。☆〜の種／煩惱的根源。

すっかり③(副)全，完全，全部。☆〜忘れた／全忘了。

すっきり③(副・自サ)❶舒暢，痛快。☆胸の中が〜した／心情舒暢。❷乾淨俐落。☆〜とした服装／乾淨利落的打扮。☆まだ病気が〜しない／病還沒痊癒。

ズック①【荷 doek】(名)帆布，帆布鞋。

すっと①⓪(副・自サ)❶迅速地，倏地。❷爽快，痛快。

ずっと⓪(副)❶…得很，…得多。☆〜いい／好得多。❷一直。☆彼とは〜一緒だ／和他一直在一起。❸一直，徑直。☆〜奥へお通りください／請一直往裏走。

すっぱ・い③【酸っぱい】(形)酸。

すっぽん⓪【鼈】(名)鼈。★月と〜／天壤之別。

すで②①【素手】(名)空手，赤手空拳。

すてき⓪【素敵】(形動)極好，極漂亮。☆〜に／（作副詞用）非常。

ステッキ②【stick】(名)手杖。

すでに①【既に】(副)已，已經，業已。☆〜知っている／已經知道了。

すてね⓪【捨て値】(名)極低廉的價格。

す・てる⓪【捨てる】(他下二)扔掉，拋棄，遺棄，放棄。☆命を〜／捨身。不顧生命。

ステレオ⓪【stereo】(名)立體聲。☆〜テープ／立體聲錄音帶。

ステンレス②【stainless】(名)不鏽鋼。

す

スト②(名)(″ストライキ″的略語)罷工，罷課。☆ゼネ～／總罷工。☆ハン～／絕食。☆～破り／破壞罷工。工賊。

ストーブ②【stove】(名)爐子，烤爐。☆ガス～／煤氣烤爐。

すどおり②【素通り】(名・自サ)過而不入，過而不停。☆家の前を～する／過家門而不入。

ストーリー②【story】(名)❶故事，小說。❷(故事、小說等的)情節，梗概。

ストッキング②【stocking】(名)長筒襪。

ストップ②【stop】(名・自サ)❶停止，中止。☆～／站住！停下！☆～ウォッチ／秒錶。☆ゴー～の信号／交通信號燈。❷車站。☆バス～／公車站。

ストライキ③【strike】(名・自サ)罷工，罷課。

すな⓪【砂】(名)沙，沙子。

すなお①【素直】(形動)❶坦率，直率，純樸，天真，誠懇。☆～に忠告を聞く／誠懇地聽取勸告。❷老實，聽話，溫順。☆～な子／聽話的孩子。❸大方，工整，純正。☆～な字／工整的字。

スナップ②【snap】(名)子母扣，暗扣。

すなはま⓪【砂浜】(名)沙灘。

すなわち②【即ち】(接)即，就是。☆江戸～現在の東京／江戸就是現在的東京。

すね②【臑・脛】(名)脛，小腿。★親の～をかじる／靠父母生活。

ずのう①⓪【頭脳】(名)❶頭腦，腦筋。☆～労働／腦力工作。❷首腦，領導人。

スパイ②【spy】(名・他サ)間諜，特務，偵探，偵察。☆敵情を～する／偵察敵情。

すばしこ・い④(形)敏捷，靈活。

すはだ①【素肌・素膚】(名)❶不施脂粉的皮膚，本來的皮膚。❷露出的皮膚。❸不穿襯衣，貼身(穿外衣)。

スパナ②【spanner】(名)扳子，扳手。

すばらし・い④【素晴らしい】(形)❶極好，極美，極優秀。❷盛大，宏偉。❸非常。

ずばり②③(副)❶喀嚓一聲(切斷)。❷一針見血，開門見山。

スピーカー②【speaker】(名)擴音器。

スピーチ②【speech】(名)講話，演說，致詞。

スピード⓪【speed】(名)速度。☆～を出す／加快速度。☆～を落す／降低速度。☆～違反／超速駕駛。

スフ①(名)(″ステープルファイバー″的略語)人造纖維，人造棉。

スプーン②【spoon】(名)羹匙，湯匙。

スプリング③【spring】(名)❶彈簧。❷春天。❸跳躍。

スプレー③【spray】(名)噴霧器，香水噴子。

すべ②①【術】(名)方法，手段。

スペクトル②【法spectre】光譜。

すべすべ①(副・自サ)光滑，溜滑，滑溜。

すべて①【凡て・総て】(名・副)全部，一切，總共，共計。

すべりだい③【滑り台】(名)滑梯。

すべ・る②【滑る】(自五)❶滑，滑動。❷滑溜，發滑。❸不及格，沒考上。❹失言，說漏嘴。★口が～／失言。說漏嘴。

スポークスマン⑤【spokesman】(名)發言人。

スポーツ②【sports】(名)體育，運動。☆～マン／運動員。

すぼ・める⓪【窄める】(他下一)縮小，收縮，收攏。☆傘を～／折攏傘。

ズボン②【法jupon】(名)褲子。

スポンジ⓪【sponge】(名)海綿。

スマート②【smart】(形動)漂亮，瀟灑，時髦。

すまい②①【住居】(名)家，寓所，住處。

すま・す②【済ます】(他五)❶做完，結束。☆儀式を～／結束儀式。❷還清。☆借金を～／還清債。❸將就，湊合。☆これで～・そう／用這個將就著吧。

すま・す②【澄ます】(他五)❶澄清。❷集中精神。★心を～／專心。★耳を～／側耳(細聽)。❸裝模作樣，若無其事。

すまな・い②【済まない】(形)對不起。

すみ②【炭】(名)炭，木炭。☆～を焼く／燒炭。

すみ②【墨】(名)❶墨，墨汁。☆～を磨(す)る／磨墨。☆筆に～をつける／蘸墨。☆～を打つ／打墨線。★～と雪／天壤之別。❷(烏賊等的)墨液。❸黑色。☆～衣(ころも)／黑袈裟。❹黑灰。☆なべの～／鍋底黑灰。

すみ①【隅・角】(名)角，角落，犄角。★～に置けない／不可輕視。

ずみ【済み】(接尾)訖，完畢。☆検査～／驗訖。☆売約～／已售出。

すみえ②【墨絵】(名)水墨畫。

すみか①②【住処・住家】(名)❶家，住處。❷窩，巢穴。

すみこ・む⓪【住み込む】(自五)住進(雇主家或工作單位)。

すみずみ①②【隅隅】(名)各個角落，所有地方，各地。

すみつ・く⓪【住み着く】(自五)定居，安家，落戶。

すみっこ①【隅っこ】(名)角，角落。

すみにく・い④【住み難い】(連語)❶住不慣，住不服，不宜居住。❷（世道）不好過，待不下去。

すみび②【炭火】(名)炭火。

すみません④【済みません】(連語)對不起，勞駕。

すみやか②【速やか】(形動)快，迅速，及時。

すみよ・い③【住みよい】(連語)❶適合居住。❷（世道）好過，生活美滿。

すみれ⓪【菫】(名)菫菜，紫蘿蘭。☆~色／深紫色。

すみわた・る⓪④【澄み渡る】(自五)晴朗，萬里無雲。

す・む①【住む・棲む】(自五)❶住，居住。★住めば都(みやこ)／地以久居為安。❷棲息。

す・む①【済む】(自五)❶完了，結束。☆試験が~・んだ／考試結束了。❷可以解決，過得去。☆金で~問題ではない／不是用金錢可以解決的問題。☆百円で~／有一百日元就可以。

す・む①【澄む】(自五)❶澄清，清澈。❷晶瑩，明亮。❸清脆。❹清靜，寧靜。

スムーズ②【smooth】(形動)順利，流暢，光滑。

すもう⓪【相撲】(名)相撲，摔跤。☆~を取る／摔跤。

すもも⓪【李】(名)李子。

すやすや①(副)（睡得）香甜。

すら(副助)連，甚至。☆子供で~知っている／連小孩子都知道。

スライド②⓪【slide】(名・自サ)❶幻燈（機）。❷計算尺。❸（工資）浮動。

ずら・す②(他五)挪，錯。☆机を右へ~／把桌子往右挪。☆日どりを一日~／把日期錯開一天。

すらすら①(副)流利地，流暢地，順利地。

スラム①【slum】(名)貧民窟。☆~街／貧民窟。

ずらりと②③(副)成排地，一大串。

すり①【掏摸】(名)扒手。

すりか・える⓪【擦り替える】(他下一)偷換，頂替。

すりガラス③【磨りガラス】(名)毛玻璃。

すりき・れる⓪【擦り切れる】(自下一)磨斷，磨破。

スリッパ②①【slipper】(名)拖鞋。☆~をはく／穿拖鞋。

すりもの②【刷り物】(名)印刷品。

す・る①【掏る】(他五)扒竊。☆財布を~・られた／錢包被扒。

す・る①【刷る】(他五)印刷。

す・る①【擦る・摩る】(他五)

擦，劃。☆マッチを～／劃火柴。

する⓪【為る】(一)(他サ)❶做，幹，搞。☆自分で～／自己做。☆研究を～／搞研究。❷當，做。☆彼女は通訳をしている／她當翻譯。❸呈(某種形狀、顏色)☆青い顔をしている／臉色發青。❹(用"…を…にする"的形式或接形容詞連用形後表示)使…成為，使…變為。☆子供を医者に～／讓孩子當醫生。❺(用"…にする"或"…ことにする"的形式表示)決定。☆ぼくはビールにする／我(決定)喝啤酒。☆今度は行くことに～／這次決定去。(二)(自サ)❶(價錢)值。☆百円～／值一百日元。❷(時間)過去。☆あと三年したら／再過三年的話。❸感覺，覺得。☆寒けが～／覺得冷。☆音が～／(覺得)有聲音。☆においが～／(覺得)有氣味。

ずる・い②【狡い】(形)狡猾，狡詐，奸狡。

するする①(副)❶迅速，敏捷。❷光滑，滑溜。

すると⓪(接)❶於是。❷那麼，那麼說，這麼說。

するど・い③【鋭い】(形)❶快，鋒利。❷尖銳，銳利。❸敏銳，靈活。❹激烈，猛烈。

ずれ②(名)偏差，偏離，差異，分歧，不一致。

すれちが・う⓪【擦れ違う】(自五)擦過，錯過，岔過。

す・れる②【擦れる・摩れる】(自下一)❶磨，摩擦。❷磨破，磨損。❸油滑，世故。

ず・れる②(自下一)❶錯位，移動。❷偏離，背離。

スローガン②【slogan】(名)標語，口號。

すわり⓪【座り】(名)穩定性。☆この花瓶は～が悪い／這個花瓶不穩。

すわ・る⓪【座る】(自五)❶坐，跪坐。☆きちんと～／端坐。❷(職位)當，做。☆社長のいすに～／當經理。❸固定不動。☆船が～／船擱淺。★肝が～／有膽量。★腰が～／專心致志。一直任某職。★目が～／眼睛發直。

すん①【寸】(名)❶(日本)寸(三・〇三公分)。❷尺寸，長短。

すんか①【寸暇】(名)寸暇，片刻。☆～を惜しむ／分秒必爭。

すんげき⓪【寸劇】(名)短劇。

ずんずん①(副)飛快，迅速。

すんぽう⓪【寸法】(名)❶尺寸，尺碼。☆～をとる／量尺碼。❷(俗)安排，打算，計劃。

セ・せ

[SE]

せ⓪①**【背】**(名)❶背，脊背，後背。☆～を伸ばす／伸腰。☆山を～にする／背靠山。❷山脊。☆山の～／山脊。❸個子，身高。☆～が高い／個子高。

せ⓪**【瀬】**(名)❶淺灘。❷急流。❸機會，時機。★浮かぶ～がない／沒有出頭之日。❹立足點。★立つ～がない／處境因難。

ぜ(終助)（表示輕蔑或促使對方注意，男人用語）啊，啦，呀，吧。☆じゃ頼む～／那麼，拜託你啦。

せい【製】(接尾)製造。☆日本～／日本製造。

せい【生】(一)①(名)生，生存，生命，人生。☆この世に～を受ける／降生於世。(二)(接尾)（學）生。☆新入～／新生。☆三年～／三年級。

せい①**【姓】**(名)姓，姓氏。

せい①**【性】**(名)❶性，性別。❷性欲。❸性，本性，性格。

せい①**【背】**(名)個子，身高。

せい①**【精】**(名)❶精力。★～を出す／努力。賣力氣。❷精華。☆～を取る／取其精華。❸妖精。❹精液。

せい①**【正】**(名)❶正，正道。❷正數，正號，正電。❸正本。❹正式。❺正職。

せい①**【所為】**(名)❶原因，緣故，由於。☆努力した～で合格した／由於努力所以考上了。☆天気の～か体がだるい／也許是天氣的關係，身體酸軟無力。❷過錯，過失。☆人の～にする／歸罪於人。

ぜい①**【税】**(名)稅。☆～をかける／課稅。☆～を納める／納稅。

せいい①**【誠意】**(名)誠意。

せいいく⓪**【生育】**(名・自他サ)生長，發育，培育。☆～期／

生長期。

せいう①【晴雨】(名)晴雨。☆～兼用の傘／晴雨兩用傘。☆～計／晴雨表。氣壓計。

せいおん①【清音】(名)清音。

せいか⓪【成果】(名)成果。

せいか⓪①【生家】(名)出生之家。

せいか①【青果】(名)蔬菜水果。

せいかい⓪【政界】(名)政界。

せいかい⓪【正解】(名)正解，正確的解答，正確的解釋。

せいかく⓪【性格】(名)❶性格，脾氣。❷性質，特性。

せいかく⓪【正確】(名・形動)正確，準確。

せいかく⓪【精確】(名・形動)精確，準確。

せいかつ⓪【生活】(名・自サ)生活。☆～様式／生活方式。☆～難／生活困難。☆～費／生活費。

せいがん⓪【請願】(名・他サ)❶請願。❷請求，申請。

ぜいかん⓪【税関】(名)海關。

せいき①【世紀】(名)世紀。

せいぎ①【正義】(名)正義。

せいきゅう⓪【請求】(名・他サ)請求，要求，索取。

せいきょ①【逝去】(名・自サ)逝世，去世。

せいぎょ①【制御】(名・他サ)控制，操縱，駕馭。

ぜいきん⓪【税金】(名)稅款，捐稅。☆～がかかる／要課稅。☆～を納める／納稅。

せいけい⓪【生計】(名)生計，生活。☆～を立てる／謀生。

せいけつ⓪【清潔】(名・形動)❶清潔，乾淨。❷廉潔，公正。❸清秀。

せいけん⓪【政権】(名)政權。

せいげん③【制限】(名・他サ)限制，限度，界線。☆～速度／最高速限。☆産児～／節制生育。

せいご①【正誤】(名)❶正誤。❷勘誤。☆～表／勘誤表。

せいこう⓪【成功】(名・自サ)成功，成就。★失敗は～のもと／失敗是成功之母。

せいこう⓪【精巧】(名・形動)精巧，精緻。

せいこう⓪【製鋼】(名・自サ)煉鋼。☆～所／煉鋼廠。

せいざ⓪【星座】(名)星座。

せいさい⓪【制裁】(名・他サ)制裁。☆法の～を受ける／受到法律制裁。

せいさく⓪【政策】(名)政策。☆～を立てる／制定政策。

せいさく⓪【制作】(名・他サ)創作，製作（繪畫、雕刻等藝術品）。☆共同～／共同創作。

せいさく⓪【製作】(名・他サ)❶製作，製造。❷攝製（影片），編製（節目），排演（戲劇）。☆～所(じょ)／製造廠。（電影）製片廠。

せ

せいさん⓪【生産】(名・他サ)生産。☆～性／生産率。☆～手段／生産資料。☆～様式／生産方式。☆～力／生産力。☆国民総～／國民生産總額。

せいさん⓪【成算】(名)把握。

せいさん⓪【清算】(名・他サ)❶清算，結算，結帳。❷清算，了結，結束。

せいし①【生死】(名)生死。☆～を共にする／生死與共。

せいじ⓪【政治】(名)政治。☆～家／政治家。☆～犯／政治犯。

せいしき⓪【正式】(名・形動)正式，正規。

せいしつ⓪【性質】(名)❶性質，特性。❷性格，性情，脾氣。

せいじつ⓪【誠実】(名・形動)誠實，老實。

せいしゅ⓪【清酒】(名)清酒，日本酒。

せいしゅく⓪【静粛】(名・形動)肅靜。☆～に願います／請肅靜。

せいしゅん⓪①【青春】(名)青春。☆～期／青春期。

せいじゅん⓪【清純】(名・形動)純潔，純真。

せいしょ⓪【清書】(名・他サ)謄清，謄寫。

せいしょ①【聖書】(名)❶聖書。❷聖經。

せいじょう⓪【正常】(名・形動)正常。

せいしょく⓪【生殖】(名・自サ)生殖，繁殖。☆～器／生殖器。

せいしん①【精神】(名)精神。☆～病／精神病。

せいじん①⓪【成人】(名)成人。☆～教育／成人教育。☆～の日／成人節。

せいじん①【聖人】(名)聖人。

せいず⓪【製図】(名・他サ)製圖，繪圖。☆～器械／製圖儀器。☆～板／製圖板。

せい・する③【制する】(他サ)❶制止，禁止。❷抑制，節制。❸控制。❹制定。

せいぜい①【精精】(副)❶最多，充其量。❷盡量，盡可能。

せいせいどうどう⓪③-③【正正堂堂】(形動)堂堂正正，正大光明。

せいせき⓪【成績】(名)成績。☆～表／成績表。

せいぞう⓪【製造】(名・他サ)製造。☆～元(もと)／生産廠。

せいぞん⓪【生存】(名・自サ)生存。☆～競争／生存競爭。

せいたい⓪【声帯】(名)聲帶。☆～模写(もしゃ)／口技。

せいだい⓪【盛大】(形動)盛大，隆重。

ぜいたく④③【贅沢】(名・形動)❶奢侈，奢華。☆～三昧(ざんまい)／窮奢極欲。❷奢望，過分的要求。

せいちょう⓪【成長】(名・自サ) ❶成長，發育。❷增長，發展。☆経済～率／經濟成長率。

せいてい⓪【制定】(名・他サ)制定。

せいてつ⓪【製鉄】(名)煉鐵。☆～所(じょ)／煉鐵廠。鋼鐵廠。

せいてん③⓪【晴天】(名)晴天。

せいと①【生徒】(名)學生（多指中學生）。

せいど①【制度】(名)制度。

せいとう⓪【正当】(名・形動)正當，公正，合理。☆～防衛／正當防衛。

せいとう⓪【政党】(名)政黨。☆～政治／政黨政治。

せいどく⓪【精読】(名・他サ)精讀，細讀。

せいとん⓪【整頓】(名・自他サ)整頓，整理，收拾。

せいねん⓪【成年】(名)成年。

せいねん⓪【青年】(名)青年。

せいねんがっぴ⑤【生年月日】(名)出生年月日。

せいのう⓪【性能】(名)性能。

せいは①【制覇】(名・自サ)稱霸。☆世界～／稱霸世界。

せいはんたい③【正反対】(名・形動)正相反。

せいび①【整備】(名・自他サ)整備，維修，修配，保養。☆～工場／修配廠。

せいひん⓪【製品】(名)製品，產品。

せいふ①【政府】(名)政府。

せいふく⓪【制服】(名)制服。

せいふく⓪【征服】(名・他サ)征服，克服，戰勝。

せいぶつ①⓪【生物】(名)生物。

せいぶん①【成分】(名)成分。

せいべつ⓪【性別】(名)性別。

せいぼ⓪【歳暮】(名)歲暮，年末。☆お～／年終禮品。

せいぼ①【聖母】(名)聖母。

せいほう⓪【製法】(名)製法。

せいぼう⓪【制帽】(名)制帽（學校、機關等規定的）。

ぜいほう⓪①【税法】(名)稅法。

せいほうけい③【正方形】(名)正方形。

せいほく⓪【西北】(名)西北。

せいほん⓪【製本】(名・他サ)裝訂。

せいまい⓪【精米】(名・他サ)❶（碾好的）大米，精米。❷碾米。☆～所(じょ)／碾米廠。

せいみつ⓪【精密】(名・形動)精密，精細，細緻。

せいむ①【政務】(名)政務。

ぜいむ①【税務】(名)稅務。☆～署／稅務局。

せいめい①③【生命】(名)生命。☆～線／生命線。☆～保険／人壽保險。

せいめい⓪【声明】(名・自他サ)聲明。☆共同～／聯合聲明。

せいめい①③【姓名】(名)姓名。

せいもん⓪【正門】(名)正門。

せいやく⓪【制約】(名・他サ)❶制約，限制。❷（必要）條件。

せいやく⓪【製薬】(名)製造藥品。

せいゆ⓪【製油】(名・他サ)煉油。☆~所(じょ)／煉油廠。

せいよう①【西洋】(名)西洋，歐美。☆~料理／西餐。

せいよう⓪【静養】(名・自サ)靜養，休養。

せいり①【生理】(名)❶生理。❷月經，例假。☆~休暇／經期休假。☆~日(び)／月經期。

せいり①【整理】(名・他サ)❶整理，清理，收拾。❷裁減。☆人員~／裁減人員。

せいりつ⓪【成立】(名・自サ)成立，組成，達成，通過。☆法案が~した／法案通過了。

ぜいりつ⓪【税率】(名)税率。

せいりょう⓪【清涼】(名・形動)清涼。☆~飲料水／清涼飲料。

せいりょく①【勢力】(名)勢力。☆~圏／勢力範圍。☆~家／有勢力的人。

せいりょく①【精力】(名)精力。☆~家／精力充沛的人。

せいれき⓪【西暦】(名)西曆，公曆。

せいれつ⓪【整列】(名・自サ)排隊。

セーター①【sweater】(名)毛衣。

セーラー①【sailor】(名)船員，水手，水兵。☆~服／水兵服。水兵式女校服。

セールス①【sales】(名)推銷。☆~マン／推銷員。

せお・う②⓪【背負う】(他五)❶背。☆赤ん坊を~／背嬰兒。❷擔負，背負。☆一家を~／扶養一家人。

せかい①②【世界】(名)世界。☆~観／世界觀。

せか・す②【急かす】(他五)催，催促。

せか・せる③【急かせる】(他下一)→せかす

ぜがひでも①【是が非でも】(副)務必，一定，無論如何。

せが・む②(他五)哀求，央求，纏磨。

せがれ⓪【伜】(名)❶（謙）犬子，小兒。❷（蔑稱男孩），小兔崽子，小東西。

せき【隻】(接尾)（船、箭、鳥等）只。☆5~の船／五隻船。

せき【石】(接尾)❶鑽。☆17~の腕時計／17鑽的手錶。❷（晶體管收音機等的）管。☆8~2バンドラジオ／8管兩波段收音機。

せき①⓪【席】(名)❶座，座位，席位。☆~に着(つ)く／就座。☆~を立つ／離座。退席。☆~を譲(ゆず)る／讓座。☆~をとる／佔座位。❷聚會，宴席。

せき②【咳】(名)咳嗽。☆～が出る☆～をする／咳嗽。

せき①【籍】(名)❶籍。☆～がある／在籍。❷戶籍。☆～を入れる／報戶口。❸書籍。

せき①【積】(名)面積，體積，(數)積。

せき①【堰】(名)堤壩。☆～を切る／決堤。

せきがいせん③⓪【赤外線】(名)紅外線。

せきこ・む⓪【急き込む】(自五)著急，焦急。

せきじ⓪【席次】(名)❶座次，位次。☆～を決める／安排座次。❷名次。☆～が下がる／名次下降。

せきじゅうじ③【赤十字】(名)紅十字。

せきじょう⓪【席上】(名)席上，會上。

せきずい②【脊髓】(名)脊髓。

せきせつ⓪【積雪】(名)積雪。

せきた・てる⓪【急き立てる】(他下一)催，催促。

せきたん③【石炭】(名)煤，煤炭。☆～ガス／煤氣。

せきつい③⓪【脊椎】(名)脊椎。

せきどう⓪【赤道】(名)赤道。

せきにん⓪【責任】(名)責任。☆～者／負責人。

せきのやま⑤【関の山】(名)至多，充其量。

せきばく⓪【寂寞】(名・形動)寂寞，凄涼，冷落。

せきはん③⓪【赤飯】(名)(日本慶祝時吃的，用紅豆摻糯米做的)紅豆飯。

せきひ⓪【石碑】(名)石碑。

せきひん⓪【赤貧】(名)赤貧。★～洗うが如し／赤貧如洗。

せきべつ⓪【惜別】(名)惜別。

せきめん⓪【石棉】(名)石棉。☆～スレート／石棉瓦。

せきめん⓪【赤面】(名・自サ)臉紅，害羞，慚愧。

せきゆ⓪【石油】(名)石油。☆～こんろ／煤油爐。☆～ストーブ／煤油烤爐。☆～タンク／油船，油罐。☆～輸送パイプ／輸油管。

せきり①⓪【赤痢】(名)赤痢，痢疾。

せ・く①【急く】(自五)急，著急。☆気が～／著急。

せけん①【世間】(名)❶世上，人世，社會，世人。☆～知らず／不懂世故。閱歷淺。沒見過世面。☆～並(な)み／一般。普通。平常。☆～話(ばなし)／聊天。家常話。☆～離(ばな)れ／不同一般，與眾不同。

せこ①【世故】(名)世故。

せじ①【世事】(名)世事。

せじ⓪【世辞】(名)(多用"おせじ"的形式)奉承，恭維，拍馬屁。☆～者(もの)／會奉承的人。

せすじ⓪①【背筋】(名)脊樑。

ゼスチュア①【gesture】(名)手勢，姿勢，姿態。

ぜせい⓪【是正】(名・他サ)改正，糾正，矯正。

せせらぎ⓪(名)小溪，淺灘。

せそう⓪②【世相】(名)世態。

せたい②①【世帯】(名)→しょたい

せだい①⓪【世代】(名)❶世代。☆～交代(こうたい)／世代交替。❷輩，一代(人)。☆若い～／年輕的一代。

せたけ①【背丈】(名)身高。

せちがら・い④【世知辛い】(形)❶處世難，日子不好過。❷小氣，斤斤計較。

せつ①【切】(形動)❶懇切，誠懇。❷迫切，痛切。

せつ①【節】(名)❶時候，時節。❷(詩、文的)節。❸貞節，節操。❹(語法)分句。

せつ⓪①【説】(名)❶學説。❷傳説。❸説法，見解，主張。

ぜつえん⓪【絶縁】(名・自サ)❶斷絶關係。❷(電)絶緣。☆～体／絶緣體。

せっかい①【石灰】(名)石灰。☆～岩／石灰岩。☆～洞／石灰岩洞。

せつがい⓪【雪害】(名)因降雪蒙受的損害。

せっかく⓪【折角】(副)❶難得，好不容易。❷特意地。❸努力，好好地。

せっかち①(名・形動)性急，急躁。

せつがん⓪【接岸】(名・自サ)(船、颱風)靠岸。

せっき⓪【石器】(名)石器。

せっきょう③①【説教】(名・自サ)説教，教誨，教訓。

せっきょく⓪【積極】(名)積極。☆～性／積極性。

せっきん⓪【接近】(名・自サ)接近。

せっく③⓪【節句】(名)節日。

セックス①【sex】(名)性，性欲，性交。

せっけい⓪【設計】(名・他サ)設計。☆～図／設計圖。

ぜっけい⓪【絶景】(名)絶景。

せっけっきゅう③【赤血球】(名)紅血球。

せっけん⓪【石鹼】(名)肥皂。☆化粧～／香皂。☆粉～／洗衣粉。☆～をつける／抹肥皂。

せつげん⓪【節減】(名・他サ)節省。

せつごう⓪【接合】(名・自他サ)接合，接上。

せっこう⓪【石膏】(名)石膏。

ぜっこう⓪【絶交】(名・自サ)絶交，斷交。

ぜっこう⓪【絶好】(名)絶好，極好，最好。

ぜっさん⓪【絶賛】(名・他サ)高度讚揚，讚不絶口。

せっし①【摂氏】(名)攝氏。

せつじつ⓪【切実】(形動)迫切，

痛切，懇切，切身。

せっしょう①【折衝】(名・自サ)交涉，談判。

せっしょう①【殺生】(一)(名・他サ)殺生。☆～禁断／禁止漁獵。(二)(名・形動)殘酷，殘忍，狠毒。

せっしょく⓪【接触】(名・自サ)❶接觸。❷來往，交往。

ぜっしょく⓪【絶食】(名・自サ)斷食，不吃東西。☆～療法／飢餓療法。

せっ・する⓪③【接する】(一)(自サ)❶接觸，接近。❷接到，得到。❸連接。❹接待。❺遇上，碰到。❻(數學)相切。(二)(他サ)連接、接上，靠近。☆踵(くびす)を～／接踵(而來)。

せっ・する⓪③【節する】(他サ)❶節省，節約。❷節制。

ぜっ・する⓪③【絶する】(自サ)絕，盡。☆言語に～／難以形容。☆古今に～／空前絕後。☆想像を～／難以想像。

せっせと①(副)不停地，一個勁兒地，孜孜不倦地。

せっせん⓪【接戦】(名・自サ)❶短兵相接的戰鬥。❷(比賽)勢均力敵，激烈。

せつぞく⓪【接続】(名・自他サ)接續，連接。☆～詞／連接詞。☆～助詞／接續助詞。

ぜったい⓪【絶対】(名・副)絕對。☆～多数／絕對多數。

せつだん⓪【切断・截断】(名・他サ)切斷，割斷，截斷。

せっち①【設置】(名・他サ)設置。

せっちゃく⓪【接着】(名・自他サ)粘著，粘結。☆～剤／粘著劑。

せっちゅう⓪【折衷・折中】(名・他サ)折衷。☆～主義／折衷主義。☆和洋～／日西合璧。

ぜっちょう③【絶頂】(名)極點，最高峰。☆人気～／紅極一時。紅得發紫。

セット①【set】(名)(一)❶一套，一組，一副。☆コーヒー～／一套咖啡用具。❷布景。☆オープン～／外景布景。❸(無線電)接收機。☆テレビ～／電視機。❹(比賽)局，盤。☆第1～／第一局。(二)(名・他サ)❶安裝，裝配。☆テーブルを～する／安放桌子。❷調節，調整。☆5時に鳴るように時計を～する／把鐘調到五點響。

せっとう③⓪【窃盗】(名)盜竊，偷竊。☆～をはたらく／行竊。☆～犯／竊盜犯。

せっとく⓪【説得】(名・他サ)說服。

せつな①⓪【刹那】(名)刹那。

せつな・い③【切ない】(形)難過，難受，苦惱。

せつなる①【切なる】(連体)殷切。

せつに①【切に】(副)懇切，殷切。

せっぱく⓪【切迫】(名・自サ)❶迫近，逼近。❷緊迫，緊張。

せっぱつま・る①【切羽詰まる】(自五)萬不得已，走投無路。

せつび①【設備】(名・他サ)設備，設置。

せっぷく⓪【切腹】(名・自サ)剖腹自殺。

せつぶん⓪【節分】(名)立春的前一天。

ぜつぼう⓪【絶望】(名・自サ)絶望。

ぜつむ①②【絶無】(名・形動)絶無，絶對沒有。

せつめい⓪【説明】(名・他サ)説明，解釋。

ぜつめつ⓪【絶滅】(名・自他サ)消滅，滅絶，根絶。

せつやく⓪【節約】(名・他サ)節約，節省。

せつりつ⓪【設立】(名・他サ)設立，成立，創立。

せつわ⓪【説話】(名)民間傳説，民間故事。

せとぎわ⓪④【瀬戸際】(名)關頭。☆生死の～／生死關頭。

せとびき⓪【瀬戸引き】(名)搪瓷製品。

せともの⓪【瀬戸物】(名)陶瓷，瓷器，陶器。

せなか⓪【背中】(名)背，後背，脊背。☆～合わせ／背靠背。不和。

ぜに①【銭】(名)❶金屬貨幣。❷錢。★安物買いの～失い／便宜沒好貨。

ぜひ①【是非】(一)(名)是非，好壞。★～に及ばぬ★～もない／不得已。沒辦法。無可奈何。(二)(副)務必，一定。

せびろ⓪【背広】(名)西服。

せぼね⓪【背骨】(名)脊柱，脊樑骨。

せま・い②【狭い】(形)窄，狹窄，窄小。☆心が～／心胸狹窄。

せまくるし・い⑤【狭苦しい】(形)太狹窄，非常擠。

せま・る②【迫る・逼る】(一)(自五)❶迫近，逼近，臨近。☆真に～／逼真。☆夕暮が～／天色將晚。❷緊迫，急迫。☆息が～／呼吸急促。❸縮短，縮小。☆距離が～／距離縮短。(二)(他五)強迫，逼迫。☆辞職を～／逼迫辭職。

せみ⓪【蟬】(名)蟬。

セミナー①【seminar】(名)(大學的)研究班，討論會。

ゼミナール③【徳Seminar】(名)↓セミナー

せむし③⓪【佝僂】(名)佝僂，駝背。

せめ②【責め】(名)❶責任，任

務。☆その～は君にある／其責任在你。☆～を負って辞職する／引咎辭職。☆～をふさぐ／設法完成任務。❷拷打，折磨。☆水火の～にあう／遭嚴刑拷打。

せめて①(副)最少，最低，至少，哪怕。☆～もう一度お会いしたい／至少想再見一面。

せ・める②【責める】(他下一)❶責備，責難。❷拷打，折磨。❸催促，逼迫。

せ・める②【攻める】(他下一)攻，進攻，攻打。

セメント⓪【cement】(名)水泥。

ゼラチン②⓪【法gélatine】(名)動物膠，明膠，水膠。

せり②【競り】(名)❶競爭。❷拍賣。☆～に出す／拿去拍賣。

せりふ⓪②【台詞・科白】(名)❶台詞，道白。❷說法，論調，口頭禪。

せる(助動)(接五段動詞、サ変動詞後表示使役)使，令，讓，叫。☆読ま～／讓讀。☆勉強さ～／讓學習。

セルロイド③【celluloid】(名)賽璐珞，假象牙。

セレナーデ③【德Serenade】(名)小夜曲。

ゼロ①【法zéro】(名)零。

セロハン①【cellophane】(名)玻璃紙。

セロリ①【selery】(名)芹菜。

せろん①⓪【世論】(名)輿論。☆～調査／輿論調查。民意測驗。

せわ②【世話】(名・他サ)❶照顧，照料，照看。☆子供の～をする／看孩子。❷斡旋，推薦，介紹。☆いいお嫁さんをお～しましょう／我給你介紹個好對象吧。❸幫助，關照。☆余計なお～だ／你少管閒事！★～がない／省事。簡單。★～が焼ける／麻煩人。★～を焼く／幫助。照料。

せわし・い③【忙しい】(形)忙，忙碌，匆忙。

せん①【千】(名)千。☆～に一つの誤りもない／萬無一失。

せん①【栓】(名)❶栓，塞子，蓋子。☆瓶の～を抜く／拔瓶塞子。❷開關。☆ガスの～／瓦斯開關。

せん①【線】(名)❶線。☆～を引く／畫線。☆～の太い人／有器量的人。❷交通線。❸路線，方向。

ぜん【全】(接頭)全。☆～人類／全人類。

ぜん【前】(接頭)前。☆～校長／前校長。

ぜん【膳】㈠⓪(名)❶飯桌。❷（擺在飯桌上的）飯菜。㈡(接尾)（表示碗數和筷子數）碗，雙。☆三～食べました／吃了三碗飯。☆箸二～／兩雙筷子。

ぜん①【**善**】(名)善，好事。★～は急げ／好事不宜遲。

ぜんあく①【**善悪**】(名)善惡，好壞。

せんい①【**繊維**】(名)纖維。

ぜんい①【**善意**】(名)善意。

せんいん⓪【**船員**】(名)船員。

ぜんいん①⓪【**全員**】(名)全體人員。

ぜんえい⓪【**前衛**】(名)❶前衛，先鋒。☆～部隊／先鋒隊。☆～絵画／先鋒派繪畫。❷（球賽的）前鋒。

せんえき①⓪【**戦役**】(名)戰役，戰爭。

ぜんか①【**前科**】(名)前科。☆～者(もの)／有前科的人。

せんかい⓪【**旋回**】(名・自サ)❶盤旋，回旋。❷（飛機）轉彎，改變航向。

ぜんかい⓪【**全快**】(名・自サ)痊癒。

ぜんき①【**前期**】(名)前期。

せんきょ①【**占拠**】(名・他サ)佔據，佔領。

せんきょ①【**選挙**】(名・他サ)選舉。☆～区／選區。☆～権／選舉權。☆被～権／被選舉權。

せんきょう⓪【**宣教**】(名・自サ)傳教。☆～師／傳教士。牧師。

ぜんきん⓪③【**前金**】(名)預付款。

せんげつ①【**先月**】(名)上月。

ぜんげつ①【**前月**】(名)前一個月。

せんけん⓪【**先見**】(名)先見。☆～の明／先見之明。

せんけん⓪【**先遣**】(名・他サ)先遣。☆～部隊／先遣部隊。

せんげん⓪③【**宣言**】(名・他サ)宣言，宣告，宣布。

ぜんけん⓪【**全権**】(名)全權。☆～大使／全權大使。

せんご①⓪【**戦後**】(名)戰後，二次世界大戰後。

ぜんご①【**前後**】〔一〕(名)前後。★～を忘れる／忘乎所以。失去理智。〔二〕(名・自サ)❶相繼，先後。☆～して到着／先後到達。❷顛倒。☆順序が～した／順序顛倒了。〔三〕(接尾)左右。☆6時～／六點左右。

ぜんご①【**善後**】(名)善後。☆～処置／善後處理。

せんこう⓪【**専攻**】(名・他サ)專攻，專業。☆数学を～する／專攻數學。☆あなたの～は何ですか／你的專業是什麼?

せんこう⓪【**選考・銓衡**】(名・他サ)選拔，挑選（人材）。

せんこう①【**線香**】(名)香，線香。☆～をあげる／燒香。

ぜんごう③【**前号**】(名)上一期（刊物）。

せんこく⓪【**宣告**】(名・他サ)宣

告，宣判。☆不治を～される／被宣告為不治之症。

ぜんこく①【全国】(名)全國。

せんさい⓪【先妻】(名)前妻。

せんざい⓪【洗剤】(名)洗滌劑，洗衣粉。

ぜんさい⓪【前菜】(名)冷盤。

せんさく⓪【穿鑿】(名・他サ)❶鑿穿，追根究底。❷說三道四，說長道短。

せんし①【先史】(名)史前。

せんし①【戦士】(名)戰士。

せんし⓪【戦死】(名・自サ)戰死，陣亡。☆～者／陣亡者。

せんじ①【戦時】(名)戰時。

ぜんし①【全紙】(名)❶全開紙，整張紙。❷（報紙的）整個版面。❸所有報紙。

せんじつ⓪④【先日】(名)日前，前幾天。

ぜんじつ④⓪【前日】(名)前一天。

せんしゃ①【戦車】(名)坦克。

ぜんしゃ①【前者】(名)前者。

せんしゅ①【選手】(名)選手。☆～権試合／錦標賽。

せんしゅう⓪【先週】(名)上週，上星期。

せんじゅう⓪【先住】(名・自サ)原住。☆～民／土著居民。

ぜんしゅう⓪【全集】(名)全集。

せんしゅつ⓪【選出】(名・他サ)選出。

せんじゅつ⓪①【戦術】(名)戰術。☆人海～／人海戰術。

ぜんしょ①【善処】(名・他サ)妥善處理。

せんしょう⓪【戦勝】(名・自サ)戰勝。☆～国／戰勝國。

せんじょう⓪【戦場】(名)戰場。

ぜんしょう⓪【全勝】(名・自サ)全勝。☆～優勝／以全勝獲得冠軍。

ぜんしょう⓪【全焼】(名・自サ)全部燒毀，燒光。

せんしん⓪【先進】(名)先進。☆～国／先進國家。

せんしん⓪【専心】(名・自サ)專心。☆鋭意～／專心致志。

ぜんしん⓪【全身】(名)全身。

ぜんしん⓪【前進】(名・自サ)前進。

せんす⓪【扇子】(名)扇子。

センス①【sense】(名)❶感覺，感受。❷常識，判斷力。

せんすい⓪【潜水】(名・自サ)潛水。☆～艦／潛水艇。☆～夫／潛水員。☆～服／潛水衣。

せんせい③【先生】(名)先生，老師。

せんせい⓪【宣誓】(名・他サ)宣誓。

せんせい⓪【専制】(名)專制。

ぜんせい①【全盛】(名)全盛。

せんせん⓪【宣戦】(名・自サ)宣戰。

せんせん⓪【戦線】(名)戰線。

せんぜん⓪③【戦前】(名)❶戰前。❷第二次世界大戰前。☆

〜派／戰前派。

ぜんせん⓪【前線】(名)❶前線。❷（氣象）鋒線。☆寒冷〜／冷鋒。

ぜんぜん⓪【全然】(副)❶（下接否定語）全然，絲毫，一點也。❷非常，十分，完全。

せんぞ①【先祖】(名)祖先。☆〜代代／祖祖輩輩。世世代代。☆〜返(がえ)り／（生物）隔代遺傳。

せんそう⓪【戰争】(名・自サ)❶戰爭。☆〜犯罪人／戰犯。☆核〜／核戰爭。❷激烈的競爭。☆受験〜／升學競爭。

ぜんそう⓪【前奏】(名)前奏，序幕。☆〜曲／前奏曲。

ぜんそう⓪【禅僧】(名)禪僧。

ぜんそく⓪【喘息】(名)哮喘，氣喘。☆気管支〜／支氣管哮喘。

ぜんそくりょく④③【全速力】(名)全速，最大速度。

センター①【center】(名)中心。☆技術〜／技術中心。☆〜ライン／中心線。

せんたい①⓪【船隊】(名)船隊。

ぜんたい【全体】(一)⓪(名)全體，整體，總體。☆〜主義／極權主義。(二)①(副)❶本來，原來。❷究竟，到底。

せんたく⓪【洗濯】(名・他サ)洗衣服。☆〜板／洗衣板。☆〜機／洗衣機。

せんたく⓪【選択】(名・他サ)選擇。☆〜科目／選修科。

せんだって⑤⓪【先だって】(副)前幾天。

せんだん⓪【船団】(名)船隊。

センチ①【centi】(名)厘米。☆〜メートル／厘米。

ぜんち①【全治】(名・自サ)痊癒。

せんちょう①【船長】(名)船長。

ぜんちょう⓪【前兆】(名)前兆，先兆，預兆，徵兆。

せんてい⓪【選定】(名・他サ)選定。

ぜんてい⓪【前提】(名)前提。

せんてん⓪【先天】(名)先天。☆〜的／先天性的。

せんてん⓪【旋転】(名・自サ)旋轉。

せんでん⓪【宣伝】(名・他サ)宣傳。☆〜カー／宣傳車。☆〜戦／宣傳戰。☆〜屋／好吹噓的人。

ぜんと①【前途】(名)前途。☆〜有望／有前途。

せんとう⓪【先頭】(名)先頭，前例。☆〜を切る／打頭。領頭。

せんとう⓪【戦闘】(名・自サ)戰鬥。☆〜機／戰鬥機。

せんとう①【銭湯】(名)（營業的）澡堂，浴池。

せんどう⓪【煽動】(名・他サ)煽動，鼓動。

ぜんどう⓪【善導】(名・他サ)教

導，引向正路。

ぜんどう⓪【蠕動】(名・自サ)蠕動。

せんにゅうかん③【先入観】(名)先入之見，成見。

ぜんにん⓪【前任】(名)前任。

せんぬき④③【栓抜き】(名)瓶蓋起子。

せんねん⓪【専念】(名・自サ)❶埋頭，專心致志。☆研究に～する／埋頭研究。❷渴望，一心盼望。

ぜんねん⓪【前年】(名)前一年。

ぜんのう⓪【全納】(名・他サ)繳齊，繳清。

ぜんのう⓪【前納】(名・他サ)預付。☆家賃を～する／預付房租。

せんばい⓪【専売】(名・他サ)專賣。☆～特許／專利權。

せんぱい⓪【先輩】(名)❶先輩，前輩。❷(比自己)先畢業的同學，上級生。❸(比自己)先到工作單位的同事。

せんぱい⓪【戦敗】(名)戰敗。☆～国／戰敗國。

せんぱく①【船舶】(名)船舶。

せんばつ⓪【選抜】(名・他サ)選拔。☆～試験／選拔考試。

せんぱつ⓪【先発】(名・自サ)先出發，先動身。☆～隊／先遣隊。

せんばん⓪【旋盤】(名)車床。

せんぱん⓪【戦犯】(名)戰犯。

ぜんはん⓪【前半】(名)前半，上半。☆～戦／(比賽的)前半場。

ぜんぱん⓪【全般】(名)全面，全體，整個。

せんび①【戦備】(名)戰備。

ぜんぶ①【全部】(名)全部，全體，所有。

せんぷうき③【扇風機】(名)電扇。☆～をかける(とめる)／開(關)電扇。

ぜんぷく⓪【全幅】(名)全面，最大限度。☆～の信頼／完全信任。

せんぶん⓪【線分】(名)線段。

せんべい①【煎餅】(名)(一種日本點心)脆餅乾。☆～布団／又薄又硬的被褥。

せんべつ⓪【餞別】(名・自サ)臨別贈送的禮品。

せんぽう⓪【先方】(名)❶對方。❷那裏，目的地。

ぜんぽう⓪【前方】(名)前方。

ぜんまい⓪【発舞】(名)發條，彈簧。☆～秤(ばかり)／彈簧秤。

せんむ①【専務】(名)❶專職。❷(〝專務取締役〟的略語)常務董事。

せんめい⓪【鮮明】(名・形動)鮮明，清晰，明朗。

ぜんめつ⓪【全滅】(名・自他サ)全毀，滅絕。

せんめん⓪【洗面】(名・他サ)洗臉。☆～器／洗臉盆。☆～所(じょ)／盥洗室。

ぜんめん③【全面】(名)全面。

ぜんめん③【前面】(名)前面。

せんもん⓪【専門】(名)專門，專業。☆~家／專家。☆~学校／專科學校。☆~店／專用品商店。

ぜんもん⓪【前門】(名)前門。★~の虎、後門の狼／前門拒虎，後門進狼。

ぜんや①【前夜】(名)前夜，前夕。☆革命の~／革命的前夜。☆~祭(さい)／節日的前一天晚上舉行的慶祝活動。

せんやく⓪【先約】(名)前約。

せんよう⓪【専用】(名・他サ)專用。☆~車／專用車。☆国産品を~する／專用國產品。

ぜんら①【全裸】(名)全裸。

せんり①【千里】(名)千里。☆~眼(がん)／千里眼。有遠見的人。☆~の駒(こま)／千里駒。優秀人材。

せんりつ⓪【旋律】(名)旋律。

せんりゃく①⓪【戦略】(名)戰略。

ぜんりゃく①【前略】(名・他サ)❶(引用文章時)前略。❷(寫信時)略去寒暄語。

せんりょ①【千慮】(名)千慮。★~の一失／千慮一失。★~の一得／千慮一得。

せんりょう⓪【占領】(名・他サ)❶佔領，佔據。❷佔用，佔有。

せんりょう③【染料】(名)染料。

ぜんりょう⓪【善良】(名・形動)善良。

せんりょく①【戦力】(名)戰鬥力。

ぜんりょく⓪①【全力】(名)全力。

ぜんりん⓪【善隣】(名)善鄰，睦鄰。☆~友好／睦鄰友好。

せんれい⓪【先例】(名)先例。☆~がない／沒有先例。

せんれい⓪【洗礼】(名)洗禮。

せんれん⓪【洗練】(名・他サ)❶洗練，精練❷高雅，講究。

せんろ①【線路】(名)鐵軌，軌道。☆~を敷く／鋪鐵軌。

ソ・そ

[SO]

そ①【祖】(名)祖先，始祖。☆医学の～／醫學之祖。

そ①【疎】(名)❶稀疏。❷疏遠。

ぞ〔一〕(終助)(男)❶表示自我叮囑和確認。☆今日は負けない～／今天可不能輸啊！❷強調個人意志。☆いいか、なげる～／喂，我扔了！❸(接推量形後)表示反問。☆そんな事を誰が信じよう～／誰會相信那種事。〔二〕(副助)❶強調某事物。☆彼～まさしく救国の英雄／他才是救國之英雄。❷接疑問詞後表示不定。☆だれ～に頼もう／求求誰吧。

そあく⓪【粗悪】(形動)粗劣。☆～品／劣等貨。

ぞい【沿い】(接尾)沿著。☆海岸～に走る／沿海邊跑。

そいつ⓪【其奴】(代)(蔑)❶那傢伙，那小子。❷那個東西。

そう【総】(接頭)總。☆～収入／總收入。

そう【艘】(接尾)艘，只，條。☆3～の船／三艘船。

そう⓪(副)那樣，那麼。☆私も～思う／我也那麼想。

そう①(感)❶是，是的。☆～～、その通りだ／是的，是的，是那樣。❷是嗎。☆ああ、～／啊，是嗎？

そ・う⓪【沿う】(自五)❶沿，順。☆道に～・って走る／沿著路跑。❷按照，遵循。

そ・う⓪【添う】(自五)❶增添，添加。☆趣が～／增添情趣。❷跟隨，隨從。★影の形に～如く／如影隨形。

そ・う⓪【副う】(自五)符合，滿足。☆目的に～わない／與目的不符。☆ご希望に～／滿足您的要求。

そう①【僧】(名)僧。☆出家(しゅっけ)して～になる／出家為僧。

そう①【相】(名)相，相貌。☆～を見る／看面相。

そう①【層】(名)層。☆～をなす／成層。☆知識～／知識份子階層。

ぞう①【象】(名)象。

ぞう①【像】(名)像。☆～を写す／畫像。照像。

ぞう①【増】(名)増加。☆5万円の～／増加五萬日元。

ぞう①【蔵】(名)收藏。☆東山氏の～／東山氏藏。

そうあたり③【総当り】(名)❶循環賽。☆～制／循環賽制。❷（抽籤）全部有彩。

そうあん⓪【草案】(名)草案。

そうあん⓪【創案】(名・他サ)發明。☆～者／發明者。

そうい⓪【相違】(名・自サ)不同，差異，分歧。☆～点／不同點。

そうい①【創意】(名)創見，獨創精神。

そういん⓪【僧院】(名)寺院。

そういん⓪①【総員】(名)全體。

ぞういん⓪【増員】(名・自サ)増加人員。

ぞうえん⓪【造園】(名・自サ)營造庭園。

ぞうえん⓪【増援】(名・他サ)増援。☆～部隊／増援部隊。

ぞうお①【憎悪】(名・他サ)憎惡，憎恨。

そうおう⓪【相応】(名・形動・自サ)相稱，適合。☆身分不～／與身分不相稱。

そうおん①【騒音】(名)噪音。

ぞうか①【造化】(名)造化。

ぞうか⓪【造花】(名)假花，紙花，絹花。

ぞうか⓪【増加】(名・自他サ)増加。

そうかい⓪【掃海】(名・他サ)掃海，掃雷。☆～艇／掃雷艇。

そうかい⓪【総会】(名)全會，大會，全體會議。☆国連～／聯合國大會。

そうがく⓪①【総額】(名)總額。

ぞうがく⓪【増額】(名・他サ)増額，増加。

そうかつ⓪【総括】(名・他サ)總括，總結。☆～責任者／總負責人。☆～質問／綜合質疑。

そうかん⓪【壮観】(名)壯觀。

そうかん⓪【送還】(名・他サ)送還，遣返。☆捕虜を～する／遣返俘虜。

そうかん⓪【創刊】(名・他サ)創刊。

そうかん⓪【総監】(名)總監。☆警視～／警視總監（東京都警視廳長官）。

ぞうがん⓪③【象眼・象嵌】(名・他サ)鑲嵌。

そうがんきょう⓪【双眼鏡】(名)雙筒望遠鏡。

そうぎ①【争議】(名)爭議，糾紛。☆労働～／勞資糾紛。

そうぎ①【葬儀】(名)葬禮。

ぞうき⓪【雑木】(名)雜木。☆～林(ばやし)／雜木林。

ぞうき①【**臓器**】(名)內臟。
そうきゅう⓪【**早急**】(副・形動)火速，趕緊。緊急。☆～に解決したい／希望火速解決。
そうきゅう①【**送球**】(名・自サ)傳球。
そうきゅう⓪【**蒼穹**】(名)蒼穹。
ぞうきゅう⓪【**増給**】(名・自サ)增加工資。
そうきょ①【**壮挙**】(名)壯舉。
そうぎょう⓪【**創業**】(名・自サ)創業，創建，創立。
そうぎょう⓪【**操業**】(名・自サ)(工廠)開工，作業。☆～短縮／縮短作業時間。☆～度／開工率。
ぞうきょう⓪【**増強**】(名・他サ)增加，加強。
そうきょういく③【**早教育**】(名)早期教育。
そうきょくせん④【**双曲線**】(名)雙曲線。
そうきん⓪【**送金**】(名・自サ)匯款，寄錢。
ぞうきん⓪【**雑巾**】(名)抹布。☆～をしぼる／擰抹布。
そうぐ①【**装具**】(名)❶化妝用具。❷(武裝時)身上的裝備。
そうぐう⓪【**遭遇**】(名・自サ)遭遇，遭到。
そうくずれ③【**総崩れ**】(名)總崩潰，全線潰退，徹底失敗。
そうくつ⓪【**巣窟**】(名)巢穴。
そうけ①【**宗家**】(名)宗家，正宗。☆表千家の～／(茶道)表千家之正宗。
ぞうげ③⓪【**象牙**】(名)象牙。☆～の塔／象牙塔。
そうけい⓪【**早計**】(名)(想法)過急，輕率。
そうけい⓪①【**総計**】(名・他サ)總計。
ぞうけい⓪【**造形・造型**】(名・自サ)造型。☆～美術／造型藝術。
ぞうけい⓪【**造詣**】(名)造詣。☆～が深い／造詣深。
そうけだ・つ④【**総毛立つ**】(自五)毛骨悚然。
そうけん⓪【**送検**】(名・他サ)送交檢察院。
そうげん⓪【**草原**】(名)草原。
ぞうげん⓪【**増減**】(名・自他サ)增減。
そうこ①【**倉庫**】(名)倉庫。
そうご①【**相互**】(名)相互，互相。☆～銀行／互濟銀行。
そうこう⓪【**走行**】(名)行車，行駛。☆～距離／行車距離。
そうこう③【**操行**】(名)操行。
そうこう⓪【**装甲**】(名)裝甲。☆～車／裝甲車。
そうごう③【**相好**】(名)表情，神色。☆～をくずす／笑逐顏開。
そうごう⓪【**総合・綜合**】(名・他サ)綜合。☆～大学／綜合大學。

そうさ①【捜査】(名・他サ)❶搜查。❷尋找，查找。

そうさ①【操作】(名・他サ)❶操作，操縱。❷籌措（資金）。

ぞうさ⓪③【造作】(名)痲煩，費事。☆～ない／簡單。容易。

そうさい⓪【相殺】(名・他サ)相抵，抵消。

そうさい⓪【総裁】(名)總裁。

そうざい③【総菜・惣菜】(名)家常菜。

そうさく⓪【捜索】(名・他サ)搜索，搜查，尋找。

そうさく⓪【創作】(名・他サ)❶創作。❷創造。❸捏造，編造。

そうざん①【早産】(名・他サ)早產。☆～児／早產兒。

ぞうさん⓪【増産】(名・他サ)增產。

そうし①⓪【創始】(名・他サ)創始。☆～者／創始人。

そうじ⓪【相似】(名・自サ)相似。☆～形／相似形。

そうじ⓪【掃除】(名・他サ)掃除，清掃，打掃。☆大(おお)～／大掃除。☆電気～機／吸塵器。

そうしき⓪【葬式】(名)葬禮。

そうして⓪【然して】(接)❶又，而且。❷然後，於是。

そうじて①⓪【総じて】(副)總之，一般說來。

そうしゃ①【走者】(名)❶（接力賽的）賽跑運動員。☆第一～／第一棒。☆最終～／最後一棒。❷（棒球）跑壘員。

そうしゃ⓪【操車】(名・自サ)（鐵路）調車。☆～場／調車場。

そうじゅう⓪【操縦】(名・他サ)❶操縱，駕馭。❷駕駛（飛機）。☆～士／飛機駕駛員。

そうしょ⓪①【叢書・双書】(名)叢書。

ぞうしょ⓪【蔵書】(名)藏書。☆～家／藏書家。

ぞうしょう⓪【蔵相】(名)財政部長。

そうしょく⓪【装飾】(名・他サ)裝飾。

ぞうしょく⓪【増殖】(名・自他サ)增殖。☆～炉／擴大再生核燃料反應爐。

そうしん⓪【送信】(名・自サ)（無線電）發射，發送，發報。☆～機／發射機。發報機。

ぞうしん⓪【増進】(名・自他サ)增進。☆食欲～／增進食慾。

そうしんぐ③【装身具】(名)（佩帶在身上的）裝飾品。

ぞうすい⓪【増水】(名・自サ)漲水。☆～期／氾濫時期。

そうすう③【総数】(名)總數。

そうすかん④【総すかん】(名)萬人嫌。☆～を食う／遭大家厭惡。

そう・する③【奏する】(他サ)❶上奏。❷演奏。❸奏效，見效。

そうせいじ③【双生児】（名）雙胞胎。

ぞうせん⓪【造船】（名・自サ）造船。☆～所（じょ）／造船廠。

そうぞう⓪【創造】（名・他サ）創造。☆～力／創造力。

そうぞう⓪【想像】（名・他サ）想像。☆～力／想像力。

そうぞうし・い⑤【騒騒しい】（形）吵鬧，嘈雜，喧囂。

そうぞく⓪①【相続】（名・他サ）繼承。☆～税／遺產稅。☆～人／繼承人。☆～権／繼承權。

そう・だ（助動）❶（接句末表示）聽說，據說。☆午後から雨になる～／聽說下午有雨。❷（接動詞連用形後或形容詞、形容動詞詞幹後表示）好像，似乎，就要。☆雪でも降り～／好像要下雨。☆うれし～・な顔／像是很高興的樣子。

そうたい⓪【相対】（名）相對。

そうだい⓪【壮大】（形動）雄壯，宏偉。

そうだい⓪【総代】（名）總代表，全體的代表。

ぞうだい⓪【増大】（名・自他サ）增大，增多。

そうだか⓪③【総高】（名）總額。

そうだん⓪【相談】（名・自サ）商量，商談，磋商。

そうち①【装置】（名・他サ）裝置，設備。

そうちょう⓪【早朝】（名）清早，清晨。

そうちょう①【総長】（名）❶總長。❷私立綜合大學校長。

ぞうちょう⓪【増長】（名・自サ）❶滋長，越來越甚。❷自大傲慢。

そうで⓪【総出】（名）全體出動。

そうてい⓪【装訂・装丁】（名・他サ）裝訂，裝幀。

ぞうてい⓪【贈呈】（名・他サ）贈給。

そうとう⓪【相当】（一）（名・自サ）❶相稱，適合。❷相當，相等，等於。（二）（副・形動）相當，頗，很。

そうどう①【騒動】（名・自サ）騷動，騷亂，鬧事。

そうとく⓪【総督】（名）總督。

そうどく①【瘡毒】（名）梅毒。

そうなめ⓪【総嘗め】（名）❶使全部受害。☆火が村を～にした／火把整個村子燒毀了。❷全部擊敗。

そうなん⓪【遭難】（名・自サ）遭難，遇難。

ぞうに③⓪【雑煮】（名）（日本新年食品）年糕湯。

そうにゅう⓪【挿入】（名・他サ）插入。

そうねん⓪【壮年】（名）壯年。

そうは①【争覇】（名・自サ）❶爭霸。❷爭冠軍。☆～戦／冠軍賽。

そうは①【走破】（名・自サ）跑

完。

そうば⓪【相場】(名)❶行市，行情，市價。☆株式～／股票行市。☆為替(かわせ)～／外匯行情。❷倒把，投機買賣。❸(用"…と相場がきまっている"的形式)一般說來，向來如此，理所當然。

そうばん⓪【早晩】(副)早晚，遲早。

そうふ①【送付・送附】(名・他サ)發送，寄送。

そうべつ⓪【送別】(名・自サ)送別，送行。☆～会／歡送會。

ぞうほ①⓪【増補】(名・他サ)增補(書籍)。☆～版／增訂版。

そうほう①【双方】(名)雙方。

そうほん⓪【草本】(名)草本。

そうほんざん③【総本山】(名)(佛)總本山。

そうまとう⓪【走馬灯】(名)走馬燈。

そうむ①【総務】(名)總務。☆～課／總務科。☆～部／總務處。

そうめい①⓪【聡明】(名・形動)聰明。

そうめん①【素麺・索麺】(名)掛麵。

ぞうもつ⓪【臓物】(名)(可供食用的魚，雞、豬、牛等的)內臟，下水。

そうゆ⓪【送油】(名・他サ)輸油。☆～管／輸油管。

そうり①【総理】(名)❶總理，總管。❷總理大臣。☆～大臣／總理大臣。

ぞうり⓪【草履】(名)草鞋。☆～虫／草履蟲。

そうりつ⓪【創立】(名・他サ)創立。☆～者／創立人。

そうりょ①【僧侶】(名)僧侶。

そうりょう③①【送料】(名)運費，郵費，郵資。

そうりょう⓪【総領】(名)長子，長女，老大。☆～息子／大兒子。☆～の甚六(じんろく)／傻老大。

そうりょうじ⓪【総領事】(名)總領事。

ぞうわい⓪【贈賄】(名・自サ)行賄。☆～罪／行賄罪。

そえもの⓪【添え物】(名)❶附件，附加物。❷贈品。❸可有可無的東西，無關緊要的東西。☆あの重役は～さ／那個董事是可有可無的。

そ・える⓪【添える】(他下一)添，附，附加，附帶。☆景品(けいひん)を～／附帶贈品。★口を～／(替別人)美言。說好話。

そえん⓪【疎遠】(名・形動)疏遠。☆～な親戚／不太往來的親戚。

ソース①【sauce】(名)調味汁，辣醬油。

ソーセージ①③【sausage】(名)香腸，灌腸，臘腸。

ソーダ①【荷soda】(名)❶鈉鹽。❷純鹼，蘇打，碳酸鈉。❸汽水。

そかい⓪【疎開】(名・自サ)疏散。☆強制～／強制疏散。

そがい⓪【阻害・阻碍】(名・他サ)阻礙。

そがい⓪【疎外】(名・他サ)疏遠，不理睬。

そがん①【訴願】(名・自サ)請願，（向政府部門）請求（撤銷對自己的不當處分）。

そく【足】(接尾)（鞋、靴等）雙。☆靴2～／兩雙鞋。

そ・ぐ①【殺ぐ・削ぐ】(他五)❶削，削尖，削掉。☆竹を～／削竹子。❷削減，減少。☆気勢を～／挫傷鋭氣。

ぞく⓪【俗】(一)(名)❶風俗，習俗。❷俗人，在家人。(二)(形動)❶通常，通俗。☆～に言う藪蛇(やぶへび)だ／這就是通常所說的自討苦吃。❷庸俗，粗俗，低級。☆～な人間／庸俗的人。

ぞく⓪【賊】(名)❶賊，盜賊。❷叛賊，逆賊。

ぞくあく⓪【俗悪】(名・形動)低級，庸俗。

そくい①②【即位】(名・自サ)即位，登基。

そくざ①【即座】(名)馬上，立即，立刻。

そくし⓪【即死】(名・自サ)當場死亡。

そくじ①【即時】(名)當即，立即，即刻。

そくじつ⓪【即日】(名)即日，當日，當天。

ぞくしゅう⓪【俗習】(名)習俗，風俗習慣。

ぞくしゅつ⓪【続出】(名・自サ)不斷發生，連續發生。

そくしん⓪【促進】(名・他サ)促進。

そく・する③【即する】(自サ)符合，結合，適應，按照。

ぞく・する③【属する】(自サ)屬於。

そくせき⓪【即席】(名)❶即席，當場，立即。☆～料理／快餐。便餐。❷現湊，臨時湊合。

ぞくぞく①(副・自サ)❶（冷得）哆嗦，打冷戰。❷（嚇得）出冷汗，發抖。❸（高興得）手舞足蹈。

ぞくぞく①【続続】(副)連續，不斷，紛紛。

そくたつ⓪【速達】(名)快郵，快遞，快信。

そくてい⓪【測定】(名・他サ)測定，測量。

そくど①【速度】(名)速度。

そくばい⓪【即売】(名・他サ)當場出售。☆展示～会／展銷會。

そくばく⓪【束縛】(名・他サ)束縛，約束，限制。

ぞくはつ⓪【続発】(名・自サ)連續發生。

そくりょう⓪②【測量】(名・他サ)測量。

そくりょく②【速力】(名)速度。

ソケット②【socket】(名)插座。

そこ⓪【其処】(代)❶那兒，那裏。☆～は何ですか／那兒是什麼地方？❷（指前文中所提到的地點、事項）那兒，那一點。☆～が大切だ／那一點很重要。

そこ⓪【底】(名)❶底，底子。☆靴の～／鞋底。❷邊際，極限。☆～をつく／用光。（物價）跌到底。☆～が知れない／無限。不可估量。❸內心深處。★～を割る／開誠佈公。（價格）跌破最低大關。

そこい②【底意】(名)內心，用意，企圖。☆～なく／坦率地。

そこいじ⓪【底意地】(名)心眼。☆～が悪い／壞心眼。

そこう⓪【素行】(名)品行。

そこく①【祖国】(名)祖國。

そこここ②【其処此処】(名)這兒那兒，到處。

そこそこ⓪(副)❶匆匆，匆忙，草草。☆朝食も～に出掛けた／匆忙吃了早飯就出去了。❷大約、左右。☆四十～／四十歲左右。

そこぢから③⓪【底力】(名)潛力。

そこで⓪【其処で】(接)❶因此，於是。❷那麼。

そこな・う【損なう】(一)③(他五)❶損壞，毀壞，破壞。☆器物を～／損壞器具。❷損傷，傷害。☆健康を～／損害健康。(二)(接尾)❶（接動詞連用形後表示動作）失敗，失去機會。☆やり～／做錯。做壞。☆聞き～／沒聽到。❷險些。☆死に～／險些死了。

そこぬけ⓪【底抜け】(名)❶沒底，掉底。❷極端，無止境。☆～のお人よし／老好人。❸吊兒郎當的人。❹（飲酒）海量。

そこね⓪【底値】(名)最低價。

そこ・ねる③【損ねる】(他下一)損害，損傷。

そこひ⓪【底翳】(名)內障。☆白～／白內障。

そこびえ⓪【底冷え】(名)透心寒。

そこら②【其処ら】(名)❶那裏，那一帶。❷那種程度。❸普通。☆～の店では買えない／在一般的商店買不到。

そざつ⓪【粗雑】(形動)粗糙，草率。

そし①【阻止】(名・他サ)阻止。

そし①【素子】(名)❶元件，零件。❷成分，要素。

そじ⓪【素地】(名)❶底子，質地。❷基礎，素養。

そしき①【組織】(名・他サ)組織，機構，團體。☆～労働者／加入工會的工人。

そしつ⓪①【素質】(名)素質，資質，天資。

そして⓪(接)❶而，而且。❷然後，於是。

そしな⓪【粗品】(名)（謙）微薄的禮品。

そしょう⓪【訴訟】(名・自サ)訴訟。☆～を起す／起訴。☆刑事～／刑事訴訟。

そせん①【祖先】(名)祖先。

そそう①【粗相】(名・自サ)疏忽，差錯。

そそ・ぐ⓪②【注ぐ】(一)(自五)注，注入，流入。☆川の水が海に～／河水流入海中。(二)(他五)❶注入，灌入，倒入。☆花に水を～／澆花。❷流（淚）。☆涙を～／流淚。❸傾注，集中。☆心血を～／傾注心血。

そそ・ぐ⓪②【雪ぐ・濯ぐ】(他五)❶洗刷，漱。❷雪（恥）。

そそっかし・い⑤(形)冒失，輕率，馬虎。

そそのか・す④【唆す】(他五)唆使，挑唆，慫恿。

そそ・る⓪②(他五)引起。

そだち③【育ち】(名)❶生長，成長，發育。☆～がおそい／長得慢。❷教育，教養。☆～がよい／有教養。★氏(うじ)より～／門第高不抵教養好。

そだ・つ②【育つ】(自五)❶生長，發育。❷成長，進步。

そだ・てる③【育てる】(他下一)❶養育，撫養。❷培養，教育。

そち①【措置】(名・他サ)措施，處置，處理。

そちら⓪【其方ら】(代)❶那邊。❷那個。❸那位。❹你，你那裏。

そつ⓪(名)❶過失，疏忽。☆～がない／很周到。無懈可擊。❷浪費，白費。

そつぎょう⓪【卒業】(名・自サ)畢業。☆～式／畢業典禮。☆～証書／畢業證書。☆～論文／畢業論文。

ソックス①【socks】(名)短襪。

そっくり③(一)(副)全部，完全。(二)(形動)❶一模一樣。❷原封不動。

そっけな・い④(形)冷淡，無情，不客氣。

そっこう⓪【速効】(名)速效。

ぞっこう⓪【続行】(名・他サ)繼續進行。

そっこく⓪【即刻】(副)即刻。

そっち③(代)❶那邊，那兒。❷你。

そっちのけ⓪(名)扔在一邊，丟開不管。☆宿題を～で遊ぶ／不做作業去玩。

そっちゅう③【卒中】(名)中風，腦溢血。

そっちょく⓪【率直】(形動) 率直，直率，直爽。

そっと⓪(副) ❶悄悄地，輕輕地。❷偷偷地，暗中。

ぞっと⓪(副・自サ) 哆嗦，毛骨悚然。☆～しない/不怎麼樣。不令人佩服。

そで⓪【袖】(名) 袖子。★～にすがる/哀求。乞求。★～にする/不理睬。拋棄。★～を絞る/涙滿襟。涙如泉湧。★～を連ねる/連袂。共同行動。

そでぐち⓪【袖口】(名) 袖口。

★～を引く/暗中提示。

そてつ⓪【蘇鉄】(名) 蘇鐵，鐵樹。

そでなし⓪【袖無し】(名) ❶坎肩，背心。❷無袖(的衣服)。

そでのした⑤【袖の下】(名) 賄賂。

そと①【外】(名) ❶外面，外邊。❷室外。❸外部，表面。

そとがわ⓪【外側】(名) 外側。

そとまわり③【外回り】(名) ❶周圍，外圍。❷外勤。❸外側，外圈。

そとみ⓪【外見】(名) 外觀，外表。

そなえ③②【備え】(名) 準備，防備，戒備。★～あれば、憂えなし/有備無患。

そなえつ・ける⑤⓪【備え付ける】(他下一) 備置，裝設，安裝。

そな・える③【備える】(他下一) ❶準備，備置。☆部屋に電話が～・えてある/房間裏備有電話。❷防備，預防。☆台風に～/預防颱風。❸具備。☆徳と才を身に～/才德兼備。

そな・える③【供える】(他下一) 供，上供，奉獻。

ソナタ①【sonata】(名) 奏鳴曲。

そなわ・る③【備わる】(自五) 具備，備有，設有。

その⓪【其の】(連体) 其，那個。

そのうえ④⓪【其の上】(接) 又，而且，並且，加之。

そのうち⓪【其の内】(副) ❶不久，過幾天。❷一會兒。

そのかわり⓪【其の代】(接) 代之，可是，另一方面。

そのくせ⓪【其の癖】(接) 儘管…可是，雖然…但是。

そのご⓪【其の後】(名) 其後，之後，以後，後來。

そのじつ⓪【其の実】(副) 其實。

そのた②【其の他】(名) 其他，其餘，此外，另外。

そのば⓪③【其の場】(連語) ❶現場，當時。❷當場，立即。

そのひぐらし④【其の日暮し】(連語) ❶勉強糊口，吃上頓沒下頓。❷得過且過，過一天算一天。

そのへん⓪【其の辺】(連語) ❶那邊，那一帶。❷那些，那方面。❸那種程度。

そのほか②【其の外】(名)此外。
そのまま④⓪【其の儘】(副)就那樣，照原樣，完全一樣。
そのみち⓪【其の道】(連語)❶那方面。❷女色方面。
そのもの【其の物】〔一〕④③(名)那個東西，其本身。☆～ずばり／一針見血。直截了當。〔二〕(接尾)❶本身。☆計画～／計劃本身。❷非常。☆真剣～／非常認真。
そば①【側・傍】(名)❶旁邊，附近。☆～から口を出す／從旁插嘴。❷(用"そばから"接動詞連体形後表示)剛…就…，隨…隨…。☆教わる～から忘れる／隨學隨忘。
そば①【蕎麦】(名)蕎麥。☆～粉(こ)／蕎麥麵粉。☆～を打つ／做蕎麥麵條。☆～屋／蕎麵舖。
そばかす③【雀斑】(名)雀斑。
そばづえ③⓪【側杖】(名)連累，牽連。☆～をくう／受牽連。
そび・える③【聳える】(自下一)聳立，矗立，屹立。
そひん⓪【粗品】(名)→そしな
そふ①【祖父】(名)祖父。
ソファー①【sofa】(名)沙發。☆～ベッド／沙發床。
ソプラノ⓪【意soprano】(名)女高音(歌唱家)。
そぶり①⓪【素振り】(名)舉止，態度，表情。
そぼ①【祖母】(名)祖母。
そぼく⓪【素朴】(名・形動)❶樸素，樸實。❷單純，純樸。
そまつ①【粗末】(形動)❶粗劣，簡陋。☆～な着物／粗布衣裳。❷疏忽，簡慢，粗暴。☆お～さまでした／怠慢了。❸浪費。☆物を～にする／糟蹋東西。
そま・る⓪【染まる】(自五)❶染，染上。❷沾染。
そむ・く②【背く】(自五)❶背，違背，違反。❷背叛，違抗。❸背離，離開。
そむ・ける③【背ける】(他下一)背過，轉過，避開。☆目を～／移開視線。
そめもの⓪【染物】(名)染布，染的布。☆～をする／染布。☆～屋／染布房。
そ・める⓪【染める】(他下一)染，染色。☆手を～／著手。☆筆を～／開始寫。☆頬を～／兩頰通紅。
そもそも①【抑】〔一〕(接)❶究竟。❷說來。〔二〕(副)最初，起始。根本。
そや①【粗野】(名・形動)粗野。
そよう⓪【素養】(名)素養。
そよかぜ②【微風】(名)微風。
そよ・ぐ②【戦ぐ】(自五)輕輕搖動。
そよそよ①(副)(風吹動貌)微微，輕輕，徐徐。
そよふ・く②③【そよ吹く】(自

五)微風輕拂。

そら①(感)(表示驚嚇或提醒對方)喂，哎呀。

そら①【空】(名)❶天，天空，空中。❷天氣。❸(置身於其中的)空間。☆旅の～／旅途。❹心情，心境。☆生きた～もなかった／不想活。☆うわの～／心不在焉。❺虛假，謊言。☆～を言う／說謊。☆～を使う／裝糊塗。裝不知道。❻背誦。☆～で歌う／背著唱。

そらいろ⓪【空色】(名)❶天藍色。❷天氣，天色。

そら・す②【反らす】(他五)(身體)向後仰。☆胸を～／挺胸。

そら・す②【逸らす】(他五)❶岔開，移開。☆目を～／移開視線。❷錯過，失掉。☆チャンスを～／錯過機會。❸偏離。☆まとを～／沒中靶。☆人を～・さない／不得罪人。

そらぞらし・い⑤【空空しい】(形)❶裝糊塗，佯作不知。❷假惺惺。

そらに②③【空似】(名)(非親屬而)面貌相似。

そらまめ②【空豆】(名)蠶豆。

そらもよう③【空模様】(名)❶天氣，天色。❷形勢，氣氛。

そり②【反り】(名)❶翹，彎曲。❷彎度。★～が合わない／性情不合。

そり①【橇】(名)雪橇。

そりゅうし②【素粒子】(名)基本粒子，元質點。

そ・る①【反る】(自五)❶翹，彎曲。❷(身體)向後彎。☆胸が～／挺胸。

そ・る①【剃る】(他五)剃，刮。☆頭を～／剃頭。☆顔を～／刮臉。

それ①(感)喂。☆～行け／喂，去吧！★～見たことか／你看怎麼樣(我說的對吧)！

それ⓪【其れ】(代)❶那，那個，那個東西。❷那件事。❸那時。❹他，那個人。

それから⓪(接)❶其次，另外，還有。❷然後，以後，後來。

それくらい⓪(名)(也說"それぐらい")那麼些，那種程度，那麼一點兒。

それぞれ②(名)各個，每個，各自，分別。

それだから③(接)因此，所以。

それだけ⓪【其れ丈】(副)❶就那些，只那些。❷唯獨那個。❸相應地。

それだけに④(接)正因為如此。

それで⓪(接)❶因此，所以。❷那麼，後來。

それでは③(接)那麼，那麼說，那樣的話。

それでも③(接)可是，儘管如此。

それどころか③(副・接)豈止如

此，恰恰相反。

それとなく④（副）暗中，委婉地，不露痕跡地。

それとも③（接）或，或者，還是。

それなのに③（接）盡管如此。

それなら③（接）那麼，那樣的話。

それに⓪（接）而且，再加上。

それにしても⑤（接）盡管如此。

それほど⓪（副）那麼，那樣，那種程度。

そ・れる②【逸れる】（自下二）（目標、方向、話題等）偏離。☆話がわき道へ～・れた／話偏離了正題。

ソロ①【solo】（名）獨唱，獨奏。

そろい【揃い】（一）②（名）❶一起，一塊兒。☆お～でお出掛け／一起出門。❷成套，一樣，清一色。☆～の衣裝／清一色的衣服。（二）（接尾）套，組，副。☆着物ひと～／一套衣服。

ぞろい【揃】（接尾）全都是，清一色。☆傑作～／全都是傑作。

そろ・う②【揃う】（自五）❶齊全，齊備，聚齊。☆条件が～／條件齊備。❷相同，一致。☆足並が～／步調一致。

そろ・える③【揃える】（他下一）使…一致，使…齊全。☆教材を～／備齊教材。☆声を～・えて歌う／齊聲歌唱。

そろそろ①（副）❶慢慢，徐徐，漸漸。☆～と歩く／慢慢走。❷快要，就要，該要。☆～出掛けよう／該動身了。☆もう～12時だ／快十二點了。

ぞろぞろ①（副）❶一大群，成群結隊。☆子供が～ついてくる／跟來一大群孩子。❷拖拉著。☆帯を～とひきずる／拖拉著長長的衣帶。

そろばん⓪【算盤・十露盤】（名）算盤。☆～をはじく／打算盤。斤斤計較。☆～が合わない／不合算。☆～ずく／斤斤計較。打小算盤。☆～だかい／吝嗇。會打小算盤。

ぞろり②③（副）❶一大串，一大堆。❷（衣著）華麗。

そわそわ①（副・自サ）心神不定，坐立不安。

そわつ・く⓪（自五）心神不定，坐立不安。

そん①【損】（一）（名・自他サ）吃虧，損失，賠帳。（二）（形動）不利，吃虧。

そんえき①【損益】（名）損益，盈虧。☆～勘定／損益帳戶。

そんがい⓪【損害】（名）損害，損失。

そんけい⓪【尊敬】（名・他サ）尊敬。☆～語／尊他語。

そんざい⓪【存在】（名・自サ）❶存在。❷人物。☆偉大な～／偉大人物。

ぞんざい③【存在】（形動）草率，

粗魯，不禮貌。

ぞんじ⓪【存じ・存知】(名) 知道，了解。☆ご～ですか／您知道嗎？

そんしつ⓪【損失】(名) 損失。

そん・する③【存する】(一)(自サ) ❶存在。❷生存。❸在於，全憑。(二)(他サ) 保持，保存。

そんだい⓪【尊大】(名・形動) 自大，妄自尊大。

そんちょう⓪【尊重】(名・他サ) 尊重。☆他人の意見を～する／尊重他人的意見。

そんとく①【損得】(名) 得失，損益。

そんな⓪(連体) 那麼，那樣。☆～に／那樣地。

そんなら③(接) 那麼。

ぞんぶん③⓪【存分】(副) 盡量，盡情，充分。☆思う～に食べる／盡情地吃。

そんぼう⓪【存亡】(名) 存亡。★危急～の秋(とき)／危急存亡之秋。

そんもう⓪【損耗】(名・自他サ) 損耗，消耗，損失。

そんらく①⓪【村落】(名) 村落。

タ・た

[TA]

た(助動)（接用言、助動詞連用形後）❶表示過去。☆きのう雨が降っ～／昨天下雨了。❷表示完了。☆今やっと勉強が終っ～ところです／剛剛學習完。❸表示動作、狀態的繼續。☆めがねを掛け～人／戴眼鏡的人。❹表示回想。☆明日は君の誕生日だっ～ね／明天是你的生日吧。❺表示輕微的命令。☆さあ、どい～／喂，躲開！

た①【他】(名)❶他，其他，別的。☆～の例／別的例子。☆その～／其他。❷別人，他人。☆己れを責め、～を責めない／責己不責人。❸別處，他處。☆居を～に移す／移居他處。

た①【田】(名)水田，稻田。☆～を耕す／耕田。☆～を作る／種稻田。☆～を植える／插秧。

だ(助動)❶（表示斷定）是。☆あれは本～／那是書。❷(接"撥音便"及が行"い音便"動詞連用形後)詞義同助動詞"だ"。☆本を読ん～／讀書了。

ダース【打】(接尾)打。☆ビール半～／半打（六瓶）啤酒。

タービン①【turbine】(名)渦輪機。☆蒸気～／汽輪機。

ターミナル①【terminal】(名)（航空、鐵路、汽車的）終點站。☆バス～／汽車終點站。☆～デパート／（電車、地鐵的）終點站百貨大樓。☆～ビル／機場中心大樓。

タール①【tar】(名)焦油。

た・い【度い】(助動)（接動詞、助動詞連用形後表示說話人的願望）想，打算，希望。☆食べ～／我想吃。

タイ①【tie】(名)❶（"ネクタイ"的略語）領帶。☆ノー～／不繫領帶。☆～ピン／領帶夾。❷

（音）連結線。❸平局，平記錄。☆3対3の～になった／三比三打成平局。☆日本～記録／平日本記錄。

たい①【対】(名)❶對，比。☆中国～日本の試合／中國對日本的比賽。☆3～1で勝った／以三比一獲勝。❷對立，相反。☆苦の～は楽／苦的反面是樂。❸對等，同等。

たい①【体】(名)❶身體。☆～をかわす／閃開身子。❷體裁，形式。☆～をなしていない／不像樣子。❸體，本質。☆名は～を表わす／名稱表現本質。❹(作量詞用，表示佛像、屍體的數量)尊，具。☆死体2～／兩具屍體。

たい①【隊】(名)隊，隊伍，隊列。☆～を組む／結隊。

たい①【鯛】(名)鯛魚，加級魚。

だい①【大】(一)①(名)❶大。☆声を～にして叫ぶ／大聲喊。☆～の月／大月。☆～の男／男子漢。❷很，非常。☆～の好物(こうぶつ)／非常愛吃的東西。(二)(接頭)❶大。☆～会社／大公司。❷非常。☆～すき／非常喜歡。(三)(接尾)❶(接名詞後表示與該物大小相同)大。☆鶏卵～の石／雞蛋大的石頭。❷大學。☆私～／私立大學。☆女子～／女子大學。

だい【代】(一)⓪(名)❶代，輩。☆祖父の～からここに住んでいる／從祖父那一代起就住在這裏。❷費用，貨款。☆お～はいくらですか／多少錢？☆薬～／藥費。(二)(接尾)❶代，年代。☆古生～／古生代。❷表示一個年齡檔。☆20～の青年／二十幾(20～29)歲的青年。

だい【台】(一)①(名)台，台子，台座，高台。☆～の上に置く／放到台子上。(二)(接尾)(表示車輛、機器等的單位)台，輛，架。☆テレビ3～／三台電視機。☆バス2～／兩輛公共汽車。

だい【題】(一)①(名)❶題，題目。☆卒業論文の～／畢業論文的題目。❷問題。☆先生が～を出す／老師提出問題。(二)(接尾)道題。☆2～解けなかった／兩道題沒能解出來。

だい【第】(接頭)第。☆～25回卒業式／第二十五屆畢業典禮。

たいい①【大意】(名)大意。

たいい①【体位】(名)❶體格。❷姿勢，身體位置。

たいい①【退位】(名・自サ)退位。

たいいく①【体育】(名)體育。

だいいち①【第一】(一)(名)❶第一。☆～印象／第一個印象。最初印象。☆～義／第一義。

た

本旨。☆～次産業／第一產業。☆～人者(にんしゃ)／最高權威。❷首要，最重要。㈡首先。

たいいん⓪【退院】(名・自サ)出院。

たいおう⓪【対応】(名・自サ)❶對應。❷調和，協調。❸適應，相應。

たいおん⓪①【体温】(名)體溫。☆～計／溫度計。

たいか①【大家】(名)❶大家，名門，富戶。❷大家，權威。☆書道の～／書法大家。

たいか⓪【耐火】(名)耐火。☆～煉瓦(れんが)／耐火磚。

たいか①【滞貨】(名)❶滯銷貨。❷(車站等)積壓的貨物。

たいか①【退化】(名・自サ)退化，倒退。

だいか⓪【代価】(名)❶代價。❷價格，價錢。☆～を支払う／付款。

たいかい⓪【大会】(名)大會。

たいがい⓪【大概】㈠(名)❶大概，概略，梗概。☆～の説明／概略的說明。❷一般，差不多，大部份。☆～の学生／大部份的學生。㈡(副)❶大概，大體，差不多。☆～大丈夫だろう／基本上沒問題吧。❷適當，適度。☆冗談も～にしろ／開玩笑也要適可而止。

たいがい⓪【対外】(名)對外。☆～貿易／對外貿易。

たいかく⓪【体格】(名)體格。

たいがく⓪【退学】(名・自サ)退學。☆～処分／開除學籍處分。

だいがく⓪【大学】(名)大學。☆～生／大學生。☆～出(で)／大學畢業。☆～院／研究所。

たいかん⓪【耐寒】(名)耐寒。

たいかん⓪【戴冠】(名)加冕。☆～式／加冕典禮。

たいがん⓪【対岸】(名)對岸。★～の火事／隔岸之火。

だいかん③⓪【大寒】(名)大寒。

たいき①【大気】(名)大氣。

たいき①【大器】(名)大器。★～晚成／大器晚成。

たいき①⓪【待機】(名・自サ)待機，伺機，待命。

だいぎし③【代議士】(名)眾議院議員。

たいぎご⓪【対義語】(名)❶對義詞。❷反義詞。

たいきゃく⓪【退却】(名・自サ)退卻。

たいきゅう⓪【耐久】(名)耐久。☆～力／耐久力。

たいきょう⓪【胎教】(名)胎教。

たいぎょう⓪【大業】(名)大業。

たいぎょう⓪【怠業】(名・自サ)怠工。

たいきょく⓪【大局】(名)大局。

たいきん⓪【大金】(名)巨款。

たいきん⓪【退勤】(名・自サ)下班。

だいきん⓪**【代金】**(名)貨款。☆〜を支払う／付款。

だいく①**【大工】**(名)木匠，木工。☆日曜〜／業餘木匠。

たいぐう⓪**【待遇】**(名・他サ)❶待遇。☆この会社は〜がよい／這家公司待遇好。❷招待，服務。☆あの旅館は〜が悪い／那家旅館服務不好。

たいくつ⓪**【退屈】**(名・形動・自サ)無聊，寂寞，厭倦。

たいぐん⓪**【大軍】**(名)大軍。

たいぐん⓪**【大群】**(名)大群。

たいけい⓪**【大系】**(名)大全。☆近代文学〜／近代文學大全。

たいけい⓪**【大計】**(名)大計。☆百年の〜／百年大計。

たいけい⓪**【体系】**(名)體系，系統。☆〜的／有系統的。

たいけつ①⓪**【対決】**(名・自サ)❶對質，對證。❷對抗，較量，決戰。

たいけん⓪**【体験】**(名・他サ)體驗，經驗。

たいげん③⓪**【大言】**(名・自サ)大言，大話。☆〜を吐く／說大話。☆〜して恥じない／大言不慚。☆〜壮語／說大話。

たいこ⓪**【太鼓】**(名)鼓。☆〜を打つ／打鼓。

たいご①**【隊伍】**(名)隊伍。☆〜を組む／排隊。

たいこう⓪**【対抗】**(名・自サ)對抗，抗衡。

たいこう⓪**【対校】**(名)學校對學校。☆〜試合(じあい)／校際比賽。

たいこう⓪**【退校】**(名・自サ)❶退校，放學。❷退學。

だいこう⓪**【代行】**(名・他サ)代行。

たいこく⓪**【大国】**(名)大國。

だいこくばしら⑤**【大黒柱】**(名)棟樑，頂樑柱。

たいこばし⓪**【太鼓橋】**(名)拱橋。

たいこばら⓪**【太鼓腹】**(名)大肚子。

たいこばん⓪**【太鼓判】**(名)❶大圖章。❷可靠的保證。

だいこん⓪**【大根】**(名)蘿蔔。☆〜役者／拙劣的演員。☆〜おろし／蘿蔔泥。(磨蘿蔔等的用具。)

たいさ⓪**【大佐】**(名)上校。

たいさ①**【大差】**(名)相差懸殊。

たいざい⓪**【滞在】**(名・自サ)停留，逗留。

だいざい⓪**【題材】**(名)題材。

たいさく⓪**【大作】**(名)大作，傑作，巨著。

たいさく⓪**【対策】**(名)對策。

だいさく⓪**【代作】**(名・他サ)代作，代寫。

たいさん⓪**【退散】**(名・自サ)❶散去。❷逃走，逃散。

たいし①**【大使】**(名)大使。☆〜館／大使館。

たいし①**【太子】**(名)❶皇太子。

❷聖德太子。

たいじ⓪**【退治】**(名・他サ)❶消滅，撲滅。☆蚊を~する／消滅蚊子。❷討伐，征服。☆海賊を~する／討伐海盜。

だいじ【大事】〔一〕③①(名)❶大事，大事件。☆~を取る／慎重行事。❷大事業。〔二〕③⓪(形動)重要，寶貴，保重，愛惜。☆体を~にする／保重身體。☆~ない／不要緊。沒關係。

だいじ⓪**【題字・題辞】**(名)題字，題詞。

だいしきょう③**【大司教】**(名)大主教。

たいした①(連体)很，非常，了不起。☆~ものだ／真了不起！

たいしつ⓪**【体質】**(名)體質。

たいして①(副)（下接否定語）不太，不怎麼。☆~勉強しない／不太用功。

たいしゃ①**【大赦】**(名)大赦。

たいしゃ①**【代謝】**(名・自サ)代謝。☆新陳~／新陳代謝。

たいしゃ⓪**【退社】**(名・自サ)❶退職，辭職。❷下班。

たいしゃく①**【貸借】**(名・他サ)❶借貸。❷借方和貸方。

たいしゅう⓪**【大衆】**(名)大眾，群眾。

たいじゅう⓪**【体重】**(名)體重。

たいしゅつ⓪**【退出】**(名・自サ)退出，退下。

たいしょ①**【対処】**(名・自サ)處理，應付，對付。

だいしょ⓪**【代書】**(名・他サ)代書，代筆，代寫。

たいしょう①**【大将】**(名)❶大將，上將。❷首領，頭目。☆餓鬼(がき)~／孩子王。❸（暱稱）老兄。

たいしょう⓪**【大勝】**(名・自サ)大勝，大捷。

たいしょう⓪**【対称】**(名)❶（圖形）對稱。❷第二人稱。

たいしょう⓪**【対象】**(名)對象。

たいしょう⓪**【対照】**(名・他サ)對照，對比。

たいじょう⓪**【退場】**(名・自サ)退場，退席。

だいしょう①**【大小】**(名)❶大小。❷大刀和小刀。

だいしょう⓪**【代将】**(名)（美國軍銜）准將。

だいしょう⓪**【代償】**(名)❶代償。❷賠償。

だいじょうぶ③**【大丈夫】**〔一〕(形動)不要緊，沒關係。☆病人はもう~だ／病人已不要緊了。〔二〕(副)一定，沒錯。☆~成功するよ／一定能成功。

たいしょく⓪**【大食】**(名・自サ)能吃，大食量。☆無芸~／飯桶。

たいしょく⓪**【退職】**(名・自サ)退職。☆~金／退職金。☆定年~／退休。

たいしん⓪【耐震】(名)抗震。

たいじん⓪【対人】(名)對人。☆～関係／跟別人的關係。

たいじん⓪【退陣】(名・自サ)❶撤退。❷撤出（某陣營）。❸下台，下野。

だいじん①【大臣】(名)大臣。☆外務～／外務大臣。

だいず⓪①【大豆】(名)大豆。

だいすう③【代数】(名)代數。

だいすき①【大好き】(形動)非常喜歡。

たい・する③【対する】(自サ)❶對，對於。☆政治に～関心／對政治的關心。❷對待。☆親切な態度で客に～／熱情待客。❸對比，對照。❹對面，相對。

たい・する③【体する】(他サ)體會，理解。

たいせい⓪【大勢】(名)大勢。

たいせい⓪【体制】(名)體制。

たいせい⓪【態勢】(名)姿態，陣勢，準備。☆～をととのえる／做好準備。

たいせいよう③【大西洋】(名)大西洋。

たいせき①【体積】(名)體積。

たいせき⓪【退席】(名・自サ)退席，退場。

たいせき⓪【堆積】(名・自他サ)堆積。

たいせつ⓪【大切】(形動)❶重要，要緊，寶貴。☆～な命／寶貴的生命。❷珍惜，愛惜。☆体を～にする／愛護身體。☆～に使う／仔細使用。

たいせん⓪【大戦】(名)大戰。☆第二次世界～／第二次世界大戰。

たいせん⓪【対戦】(名・自サ)❶作戰，交鋒。❷比賽。☆～成績／比賽成績。

たいそう①【大層】(副・形動)很，非常。

たいそう⓪【体操】(名)體操。☆ラジオ～／廣播體操。☆柔軟～／柔軟體操。

たいだ①【怠惰】(名・形動)懶惰。☆～な生活／懶惰的生活。

だいたい⓪【大体】(一)(名)概要，大概。☆事件の～／事件的概要。(二)(副)❶大體，大致。☆～分かった／基本上明白了。❷本來，根本。

だいたい⓪【大隊】(名)大隊，營。☆～長／營長。

だいだい③【橙】(名)酸橙。☆～色／橙黃色。

だいだい①【代代】(名)代代，世代。

だいだいてき⓪【大大的】(形動)大大地。

だいたすう③④【大多数】(名)大多數。

たいだん⓪【対談】(名・自サ)對談，交談。

だいたん③【大胆】(名・形動)❶

た

大膽，勇敢。☆~不敵／勇敢無敵。❷魯莽，不合常規。☆~な服装／奇装異服。

だいち①【大地】(名)大地。

たいちょう⓪【体調】(名)身體情況。

たいちょう⓪【退庁】(名・自サ)（機關）下班。

だいちょう①【大腸】(名)大腸。☆~カタル／腸炎。

だいちょう①【台帳】(名)❶底帳，總帳。❷劇本，腳本。

たいてい⓪【大抵】(副・形動)❶大抵，大體，差不多。❷適當地。❸普通，一般。

たいてき⓪【大敵】(名)大敵。

たいど①【態度】(名)態度。

たいとう⓪【対等】(形動)對等，平等，同等。

たいとう⓪【台頭】(名・自サ)抬頭，興起。

たいどう⓪【胎動】(名・自サ)❶胎動。❷前兆，萌芽。

だいどう③⓪【大道】(名)❶大道，大街。☆~演説／街頭演說。❷大道，道德。

だいとうりょう③【大統領】(名)總統。

たいとく⓪【体得】(名・他サ)❶體會，體驗。❷領會，掌握。

だいどころ⓪【台所】(名)❶廚房。❷財政，經濟狀況。☆一家の~を預かる／掌管一家的財政。

タイトル①【title】(名)❶標題，題目。❷職稱，頭銜。❸（電影）字幕。❹冠軍，錦標。☆~マッチ／錦標賽。

だいなし⓪【台無し】(名)毀掉，斷送，垮台，吹了。

ダイナマイト④【dynamite】(名)炸藥。

だいなん③⓪【大難】(名)❶大難。❷大困難。

たいにん⓪【大任】(名)重任。

たいにん⓪【退任】(名・自サ)離任，退職。

だいにん⓪【代人】(名)代理，代理人。

だいにん⓪【代任】(名・自サ)代理，代辦。

ダイニング①【dining】(名)吃飯，就餐。☆~キッチン／廚房兼餐室。☆~ルーム／餐室。

たいのう⓪【滞納】(名・他サ)滯納，拖欠。

だいのう⓪①【大脳】(名)大腦。

だいのう⓪【大農】(名)❶大規模農業。❷豪富農家。

たいはい⓪【大敗】(名・自サ)大敗，慘敗。

たいはい⓪【頽廃・退廃】(名・自サ)頹廢，墮落。

だいばかり③【台秤】(名)台秤。

たいばつ⓪【体罰】(名)體罰。

たいはん③⓪【大半】(名)大半，多半，大部份。

たいひ⓪【対比】(名・他サ)對

比，對照。

たいひ①⓪【退避】(名・自サ)退避，躲避，疏散。

たいひ①⓪【待避】(名・他サ)待避。☆～線／錯車線。會讓線。

タイピスト③【typist】(名)打字員。

たいびょう①【大病】(名)大病。

だいひょう①⓪【大兵】(名)身材魁梧(的人)。☆～肥満／彪形大漢。

だいひょう⓪【代表】(名・他サ)代表。☆～作／代表作。☆～団／代表團。☆～番号／(電話)總機號碼。

タイプ①【type】(一)(名)型，類型。(二)(名・他サ)打字，打字機。

だいぶ⓪【大分】(副)很，甚，相當。

たいふう③【台風】(名)颱風。

だいぶつ⓪④【大仏】(名)大佛。

だいぶぶん③【大部分】(名)大部份。

タイプライター④【typewriter】(名)打字機。

たいへいよう③【太平洋】(名)太平洋。

たいへん⓪【大変】(一)(名)大事件，事變。(二)(副・形動)❶很，非常。❷嚴重，不得了。

だいべん③【大便】(名)屎，大便。☆～をする／拉屎。

だいべん⓪【代弁】(名・他サ)❶替人賠償。❷代辦，代理。❸代言，替人辯解。

たいほ①【退歩】(名・自サ)退步，後退。

たいほ①【逮捕】(名・他サ)逮捕。☆～状／逮捕證。

たいほう⓪【大砲】(名)炮，大炮。☆～を撃つ／放炮。

たいぼう⓪【待望】(名・他サ)期待，盼望。

たいぼう⓪【耐乏】(名)忍受艱苦，艱苦樸素。

たいぼく⓪【大木】(名)大樹。★うどの～／(喻體大無用的)大草包。

だいほん⓪【台本】(名)腳本。

たいま①【大麻】(名)大麻。

タイマー①【timer】(名)❶記時員。❷秒錶。❸定時器。

たいまい⓪【玳瑁】(名)玳瑁。

たいまい①【大枚】(名)巨款。

たいまつ①⓪【松明・炬火】(名)松明，火炬。

たいまん⓪【怠慢】(名・形動)怠慢，懈怠，玩忽。

だいみょう③【大名】(名)(日本封建時代的諸侯)大名。

タイミング⓪【timing】(名)時機。

タイム①【time】(名)❶時間。❷(比賽中)暫停。☆～を要求する／要求暫停。

だいめい⓪【題名】(名)題名，標題。

だいめいし③【代名詞】（名）代詞，代名詞。

たいめん③⓪【体面】（名）體面，面子。☆～を保つ／保持體面。

たいめん⓪【対面】（名・自サ）會面，見面，相會。☆初（しょ）～／初次見面。

たいもう⓪【大望】（名）❶大志。❷奢望，野心。

だいもく⓪④【題目】（名）題目，標題。

タイヤ⓪①【tire】（名）輪胎，外胎。

ダイヤ①（名）❶鑽石。❷（列車）時刻表。❸（撲克）方塊。

たいやく⓪【大役】（名）重任。

たいやく⓪【大約】（副）大約。

ダイヤグラム④【diagram】（名）列車時刻表。

ダイヤモンド④【diamond】（名）鑽石，金鋼石。

ダイヤル①⓪【dial】（名）❶（收音機、儀表等的）刻度盤。❷（電話）撥號盤。

たいよう⓪【大洋】（名）大洋。

たいよう⓪【大要】（名）大要。

たいよう①【太陽】（名）太陽。

だいよう⓪【代用】（名・他サ）代用。☆～品／代用品。

たいら⓪【平ら】（形動）❶平，平坦。☆～な道／平坦的道路。❷（用〝おたいらに〟的形式表示）隨便坐，盤腿坐。☆どうぞお～に／請隨便坐。

だいら【平】（接尾）平地，平原。☆松本～／松本平原。

たいら・げる④⓪【平らげる】（他下一）❶平定，平息。❷（俗）吃光。

だいり⓪【代理】（名・他サ）代理。☆～店／代銷店。☆～人／代理人。

だいりき④⓪【大力】（名）大力，大力士。

たいりく①⓪【大陸】（名）大陸。

だいりせき③【大理石】（名）大理石。

たいりつ⓪【対立】（名・自サ）對立。

たいりゃく⓪【大略】（名）大略，梗概。

たいりゅう⓪【対流】（名）對流。☆～圏／對流層。

たいりょう③⓪【大量】（名）❶大量。❷（寛宏）大量。

たいりょう⓪【大漁】（名）漁業豐收。

たいりょう⓪【大猟】（名）狩獵豐收。

たいりょく①【体力】（名）體力。

たいりん⓪【大輪】（名）大朵（花）。☆～の菊／大朵菊花。

タイル①【tile】（名）瓷磚。☆～張（ば）りの浴室／鑲瓷磚的浴室。

だいろっかん①【第六感】（名）第六感，直覺。☆～が働く／靈機一動。

たいわ⓪【対話】(名・自サ)對話，會話，交談。

たうえ③【田植】(名)插秧。

たえがた・い④【堪え難い】(形)難以忍受。☆～苦痛／難以忍受的痛苦。

たえしの・ぶ①④【堪え忍ぶ】(自五)忍受，忍耐。

たえず①【絶えず】(副)不斷地，不停地。

たえだえ③⓪【絶え絶え】(副・形動)❶幾乎斷絕。❷斷斷續續。

たえま③【絶え間】(名)間隙，縫隙。☆～ない／不間斷。

た・える②【絶える】(自下一)斷，絕，斷絕。☆息が～／斷氣。☆子孫が～／絕後。

た・える②【堪える・耐える】(自下一)❶忍受，忍耐。☆痛みに～／忍受疼痛。❷耐，經受，經得住。☆高温に～／耐高溫。☆試練に～／經得起考驗。❸值得。☆聞くに～・えない／不堪入耳。☆感謝に～・えない／不勝感激。

だえん⓪【楕円】(名)橢圓。

たお・す②【倒す】(他五)❶放倒，弄倒。☆花瓶を～／把花瓶弄倒。❷打倒，推翻。☆敵を～／打倒敵人。❸殺死，打死。❹打敗，擊敗。❺賴帳，賴債。☆借金を～／賴帳不還。

タオル①【towel】(名)毛巾。

たお・れる③【倒れる】(自下一)❶倒下，倒塌。☆家が～・れた／房子倒了。❷倒閉，倒台。☆商店が～／商店倒閉。❸病倒。☆過労で～・れた／因過度勞累病倒了。❹(也寫做〝仆れる〞、〝斃れる〞)死。

たか①②【高】(名)❶金額。☆損害の～／損失的價值。❷(最大)限度，(最高)程度。☆～が百円くらいのものだ／充其量不過一百多(日)元的東西。★～が知れる／沒什麼了不起的。★～をくくる／沒放在眼裏。不當一回事。

たか⓪【鷹】(名)鷹。

だか【高】(接尾)量，數量。☆生産～／產量。☆売上げ～／銷售額。

だが①(接)可是，但是。

たか・い②【高い】(形)❶高。☆～山／高山。❷(價錢)貴。☆値段が～／價錢貴。❸(地位、能力、程度等)高。☆位が～／地位高。❹(聲音等)高，大。

たかい⓪【他界】(名・自サ)去世，逝世。

たがい⓪【互い】(名)互相，相互，雙方，彼此。☆～に知らせる／互相通知。☆お～さま／彼此彼此。

だかい⓪【打開】(名・他サ)打開，解決。☆危機を～する／克服危機。☆～策／解決辦法。

たがいちがい④【互い違い】(名)交替，交錯。

たがいに⓪【互いに】(副)互相，相互。

たかく⓪【多角】(名)❶多角。☆〜形／多邊形。❷多方面，多種。☆〜経営／多種經營。☆〜貿易／多邊貿易。☆〜化／多樣化。

たがく⓪【多額】(名・形動)高額，巨額。

たかさ①【高さ】(名)高度。

だがし⓪②【駄菓子】(名)粗點心。

たかしお⓪【高潮】(名)海嘯。

たかだい⓪【高台】(名)高地，高崗。

たかだか【高高】(副)❶③高高地。❷⓪至多，充其量。

たかとび④⓪【高跳び】(名)跳高。☆走り〜／跳高。☆棒〜／撐竿跳。

たかとび④⓪【高飛び】(名・自サ)逃跑。

たかね②【高値】(名)高價。

たかね⓪【高嶺】(名)高峰。☆〜の花／高不可攀的東西。

たかは⓪【鷹派】(名)鷹派。

たかひく①⓪【高低】(名)❶高低，高矮。❷高低不平，凹凸不平。❸不公平。

たかびしゃ⓪【高飛車】(形動)強硬(態度)，高壓(手段)。

たかぶ・る③【高ぶる】(自五)❶興奮。❷高傲，傲慢。

たかま・る③【高まる】(自五)提高，增高，高漲。

たかみ①【高み】(名)高處。

たか・める③【高める】(他下一)提高。☆品質を〜／提高質量。

たがや・す③【耕す】(他五)耕。☆畑を〜／耕地。

たから③【宝】(名)寶，寶貝，寶物，財寶。☆〜籤(くじ)／彩票。獎券。☆〜物／寶物。★〜の持ち腐(ぐさ)れ／空藏美玉。

だから①(接)因此，所以。

たが・る(助動)(接動詞連用形後表示第三者)想，希望。☆読み〜／想讀。

だかん⓪【兌換】(名・他サ)兌換。☆〜券／兌換券。

たき⓪【滝】(名)瀑布。

だきあ・う③【抱き合う】(他五)互相擁抱。

だきあ・げる④【抱き上げる】(他下一)抱起。

だきあわせ⓪【抱き合わせ】(名)(好壞貨)搭配出售。

たきぎ⓪【薪】(名)柴，木柴。

だきこ・む③【抱き込む】(他五)❶摟在懷裏。❷拉攏，籠絡。

だきし・める④【抱き締める】(他下一)摟住，抱緊。

だきつ・く③【抱き付く】(自五)抱住，摟住。

たきつ・ける④【焚き付ける】(他下一)❶生火，點火。❷挑撥，煽動。

たきび⓪【焚火】(名)❶焚燒落葉。❷篝火，爐火。

だきょう⓪【妥協】(名・自サ)妥協。

たぎ・る②【滾る】(自五)❶沸騰，滾開。❷(急流)翻滾。❸(感情)激動。

た・く⓪【炊く】(他五)❶燒(飯)。☆御飯を～/燒飯。❷(方言)煮，燒。

た・く⓪【焚く】(他五)焚，燒。☆火を～/燒火。☆風呂を～/燒洗澡水。☆香を～/燒香。

たく⓪【宅】(名)❶家，住宅。☆お～はどちらですか/您家在哪兒?❷(妻子稱自己的丈夫)我丈夫。

だ・く⓪【抱く】(他五)❶抱，摟。❷抱，懷有。❸懷抱。❹孵。

たくあん②【沢庵】(名)醃蘿蔔。

たぐい②⓪【類】(名)類。☆この～の品/這類東西。☆～ない/無與倫比。☆～まれな人物/罕見的人物。

たくさん【沢山】(一)⓪(副)很多，許多。(二)③(形動)夠了，足夠。

タクシー①【taxi】(名)出租汽車。計程車。

たくじしょ③【托児所】(名)托兒所。

たくじょう⓪【卓上】(名)桌上。☆～カレンダー/桌曆。

だくてん③⓪【濁点】(名)濁音符號。

たくまし・い④【逞しい】(形)❶健壯，魁偉。❷堅強，旺盛。

たくみ⓪①【巧み】(名・形動)巧，巧妙。☆～に売り込む/巧妙地推銷。

たくら・む③【企む】(他五)❶企圖，打算。❷陰謀，策劃。

たぐ・る②【手繰る】(他五)❶扯(線)。❷追溯。

たくわえ③⓪【蓄え・貯え】(名)儲備，儲存，積蓄。

たくわ・える④⓪【蓄える・貯える】(他下一)❶儲備，儲存，積蓄。☆食糧を～/儲備糧食。❷留(鬍鬚、頭髮)。

たけ②【丈】(名)❶高矮，長短。❷一切，全部。

たけ⓪【竹】(名)竹子。☆～の子(こ)/竹筍。

だけ【丈】(副助)❶只，僅。☆私～が知っている/只有我一個人知道。❷儘，儘量。☆できる～/儘量。儘可能。☆ある～の金/所有的錢。❸(用"だけに"、"だけあって"的形式表示)正因為，不愧為，無怪乎。❹(用"だけのことはある"的形式表示)值得，沒白…。❺(用"だけでなく"的形式表示）不僅…而且…。❻（用"…ば…だけ"的形式表示）越…越…

たげい⓪【多芸】（名・形動）（多才）多藝。☆～多才／多才多藝。★～は無芸／樣樣通，樣樣鬆。

だげき⓪【打撃】（名）打擊。

たけだけし・い⑤【猛猛しい】（形）❶凶猛，勇猛。❷厚顔無恥。

だけつ⓪【妥結】（名・自サ）妥協，達成協議。

たけのこ⓪【竹の子・筍】（名）竹筍。★雨後の～／雨後春筍。

た・ける②【長ける】（自下一）擅長。☆世故に～／老於世故。

たこ①【凧】（名）風箏。☆～を上げる／放風箏。

たこ①【蛸】（名）章魚。

たこ①【胼胝】（名）胼胝，繭子，繭皮。

だこう⓪【蛇行】（名・自サ）蜿蜒，彎彎曲曲。

たこく①【他国】（名）❶他國。❷他鄉。

たさい⓪【多才】（名）多才。☆多芸～／多才多藝。

たさい⓪【多彩】（名・形動）❶五彩繽紛。❷豐富多彩。

たさつ⓪【他殺】（名）他殺。

ださん⓪【打算】（名・自サ）算計，盤算，計較。☆～的／自私自利。

たし⓪【足し】（名）❶補貼，補助。❷益處，好處，幫助。

だしいれ①②【出し入れ】（名・他サ）❶存取，出納。❷取出和放入。

たしか①【確か】㈠（形動）❶確實，確切，可靠。☆～な証拠／可靠的證據。❷準確，正確。☆この時計は～ですか／這個錶準嗎?㈡（副）大概，差不多。☆～1万円でした／大概是一萬日元。

たしか・める④【確かめる】（他下一）確認，弄清，查明。

たしざん②【足し算】（名）加法。

だししぶ・る⓪【出し渋る】（他五）捨不得拿出。

たしつ⓪【多湿】（名・形動）潮濕，濕潤。

たじつ①【他日】（名）他日，改日。

たしなみ④⓪【嗜み】（名）❶愛好，修養。❷謹慎。❸留心。

たしな・む③【嗜む】（他五）❶愛好。❷通曉，熟悉。❸謹慎。

だしもの②【出し物】（名）（演出的）節目。

たしゅ①【多種】（名）多種。☆～多様／多種多樣。

たしょう⓪【多少】㈠（名）多少。☆～を問わず／不論多少。㈡（副）多少，稍微。☆～名の知れた人／稍微有些名氣的人。

たじょう⓪【多情】（名・形動）❶

多情善感。❷多情，輕佻。

たじろ・ぐ③(自五)退縮，畏縮。

だしん⓪【打診】(名・他サ)❶扣診。❷試探，探詢。

た・す⓪【足す】(他五)❶加，添，續。☆2に3を～／二加三。☆もう少し水を～・しなさい／再稍添點兒水。❷辦，做。☆用を～／辦事。解手。

だ・す【出す】(一)①(他五)❶拿出，取出。☆ポケットから金を～／從口袋裡掏出錢。❷伸出。☆足を～／伸腿。☆舌を～／伸舌頭。❸提出，交出。☆宿題を～／交作業。❹郵，寄，發。☆手紙を～／寄信。❺出，產，出產。☆この山は鉄を～／這座山產鐵。❻派出，打發。☆車を～／出車。☆使いを～／派人。❼發生，產生。☆火事を～／失火。☆芽を～／發芽。❽發表，刊登，出版。☆新聞に広告を～／在報上登廣告。❾露出，出現。☆顔を～／露面。出席。❿鼓起，打起。☆勇気を～／鼓起勇氣。☆スピードを～／加快速度。⓫開辦。☆店を～／開店。⓬提供，供給。☆資金を～／投資。☆学資を～／供給學費。(二)(接尾)(接動詞連用形後)開始，起來。☆雨が降り～・した／下起雨來了。

たすう②【多数】(名)多數。☆～を占める／占多數。☆～決／多數表決。

たすか・る③【助かる】(自五)❶得救，獲救。❷得到幫助。❸省力，省事，省錢。

たすき⓪③【襷】(名)❶束和服長袖的帶子。❷斜披在肩上的布帶。☆赤～のデモ隊／斜披紅布帶的遊行隊伍。

たすけ③【助け】(名)幫助，援助，救助。

たすけぶね④【助け船】(名)❶救生船。❷幫助，援助。☆～を出す／給予援助。

たす・ける③【助ける・救ける】(他下一)❶幫助。☆父の仕事を～／幫助父親工作。❷救，搭救，救助。☆溺(おぼ)れる人を～・けた／救出了溺水的人。

たずさ・える④【携える】(他下一)❶攜帶。❷攜手，偕同。

たずさわ・る④【携わる】(自五)參加，參與，從事。

たず・ねる③【訪ねる】(他下一)訪問，拜訪。☆友だちを～／拜訪朋友。

たず・ねる③【尋ねる】(他下一)❶問，打聽，詢問。☆道を～／問路。❷找，尋找。☆父のゆくえを～／尋找父親的下落。❸尋求，探求。☆原理を～／探求原理。

たぜい②【多勢】(名)很多人。☆～に無勢(ぶぜい)／寡不敵眾。

たそがれ⓪【黄昏】(名)❶黄昏，傍晚。❷暮年。

ただ①【唯・只】(一)(副)唯，只，僅。☆～ひとり／僅一人。☆～運を天にまかせる／只好聽天由命。(二)(名)❶白給，免費。☆修理代は1年間～です／免費修理一年。❷普通，平常。☆彼は～の人物ではない／他可不是個一般人物。(三)(接)但是，然而。☆あれは面白いよ、～少しあぶないね／那很有意思，可就是有點兒危險。

だだ①【駄駄】(名)撒嬌。☆～をこねる／撒嬌。纏磨人。

ただい⓪【多大】(形動)很大，巨大，很多，極多。

だたい⓪【堕胎】(名・自サ)墮胎，打胎。

ただいま【只今】(一)②(副)❶現在。☆～会議中です／現在正在開會。❷馬上，立即。☆～参ります／我馬上去。❸剛才，剛剛。☆～出かけた／剛出去。(二)②④(感)(由外面回家時的寒喧語)我回來了。

たた・える③⓪【称える】(他下一)稱贊，誇獎，表揚。

たた・える③⓪【湛える】(他下一)❶裝滿，充滿。❷浮現，洋溢。

たたかい⓪【戦い】(名)❶戰爭，戰鬥。❷鬥爭。❸比賽，競賽。

たたか・う⓪【戦う】(自五)❶戰鬥，作戰。❷鬥爭。❸競賽。

たたき③【叩き・敲き】(名)❶敲，打(的人或物)。☆太鼓～／鼓手。❷用菜刀拍鬆軟的魚、雞肉。

たたき③【三和土】(名)三合土，水泥地。

たたきあ・げる⓪⑤【叩き上げる】(自下一)熬出來，鍛鍊出來。

たたきうり③【叩き売り】(名)拍賣，賤賣，廉價推銷。

たたきおこ・す②⑤【叩き起こす】(他五)叫醒。

たた・く②【叩く・敲く】(他五)❶敲，打，拍。☆戸を～／敲門。☆手を～／拍手。❷攻擊，駁斥。☆彼の意見を～／攻擊他的主張。❸徵求，詢問。☆専門家と意見を～／徵求專家的意見。❹還價，壓價，殺價。☆～・いて買う／殺價買。❺說，講。☆減らず口を～／強嘴。

ただごと⓪【只事・唯事・徒事】(名)平常的事，普通的事。

ただし①【但し】(接)但，但是。

ただし・い③【正しい】(形)❶對，正確。☆～意見／正確的意見。❷正當，正直。☆～行い／正當的行為。❸端正，整齊。☆姿勢が～／姿勢端正。

ただしがき⓪【但し書き】(名)但書。

ただ・す②【正す】(他五)❶端正，改正，糾正。☆姿勢を～／端正姿勢。❷辨別，明辨。☆是非を～／辨別是非。

ただ・す②【糺す】(他五)追究，查明。☆罪を～／追究罪責。

ただ・す②【質す】(他五)詢問。

たたずまい③(名)樣子，景象。

たたず・む③【佇む】(自五)佇立。

ただちに①【直ちに】(副)❶立即，馬上。❷直接，親自。

だだっこ②①【駄駄っ児】(名)撒嬌的孩子，磨人精。

ただでさえ①(副)平時就，本來就。

ただならぬ④【徒ならぬ】(連語)不尋常，不一般。

ただのり⓪【只乗り】(名)白坐車，坐蹭車。

たたみ⓪【畳】(名)草墊子。★～の上の水練／紙上談兵。

たた・む⓪【畳む】(他五)❶折疊，折疊。☆布団を～／疊被。❷合上，關閉。☆傘を～／合上傘。☆店を～／關店。❸藏(在心裡)。

ただもの⓪【只者・徒者】(名)普通人，一般人。

ただよ・う③【漂う】(自五)❶漂，漂浮，飄盪。☆風に～／隨風飄盪。☆菊の香りが～・っている／菊花飄香。❷露出，充滿，洋溢。

たた・る②【祟る】(自五)❶作祟。❷產生惡果。☆ゆうべの徹夜が～・って頭が痛い／昨夜的通宵引起頭疼。

ただ・れる⓪【爛れる】(自下一)❶爛，潰爛。☆傷口が～・れた／傷口爛了。❷沉溺。

たち【達】(接尾)(表示人等的複數)們。☆子供～／孩子們。

たち①【質】(名)❶性格，脾氣，天性。❷體質。❸品質，性質。

たちあ・う⓪【立ち会う】(自五)❶在場，到場。☆開票に～／到場監督開票。❷角逐，格鬥。

たちあが・る⓪【立ち上がる】(自五)❶起立，站起來。❷升起。❸奮起，振作起來。❹開始，著手。

たちい②①【立ち居】(名)起居。☆～振舞(ふるまい)／動作。舉止。

たちい・る⓪【立ち入る】(自五)❶進入。☆～・り禁止／禁止入內。❷介入，干預，干涉。❸深入。

たちうお②【太刀魚】(名)帶魚，刀魚。

たちうち⓪④【太刀打ち】(名)❶廝殺。❷競爭，較量。

たちうり⓪【立ち売り】(名・他

サ）站著賣。

たちおうじょう③【立ち往生】（名・自サ）❶站著死。❷（列車等）中途拋錨，被困途中。❸呆立（台上）。

たちおく・れる⓪【立ち後れる・立ち遅れる】（自下一）❶晚走，晚動身。❷動手晚，錯過時機。❸落後。

たちおよぎ③【立ち泳ぎ】（名・自サ）踩水。

たちかえ・る⓪【立ち返る】（自五）❶返回，回來。❷恢復。☆正気に～／甦醒過來。

たちぎき⓪【立ち聞き】（名・他サ）偷聽。

たちげいこ③【立ち稽古】（名）排練（劇）。

たちこ・める⓪【立ち籠める】（自下一）（煙，霧等）籠罩，瀰漫。

たちさ・る⓪【立ち去る】（自五）走開，離去。

たちしょうべん③【立ち小便】（名）（男人）隨地小便。

たちどま・る⓪【立ち止まる】（自五）站住，止步。

たちなら・ぶ⓪【立ち並ぶ】（自五）❶並列，排列。❷並肩，匹敵。☆～ものがない／沒有能與之匹敵的。

たちの・く⓪【立ち退く】（自五）撤走，撤離，搬出。

たちのぼ・る⓪【立ち上ぼる】（自五）（煙等）冒，升起。

たちば③【立場】（名）❶立腳之地。❷立場，觀點。❸處境。

たちふさが・る⓪【立ち塞がる】（自五）擋住，攔住，堵住。

たちまち⓪【忽ち】（副）❶突然，忽然。❷一會兒，轉瞬間。

たちまわり⓪【立ち回り】（名）❶轉來轉去。❷武打，格鬥。❸打架。

たちむか・う⓪【立ち向かう】（自五）❶面對，面臨。❷對抗，反抗。❸前往。

たちゆ・く①⓪【立ち行く】（自五）維持。

だちょう⓪【駝鳥】（名）駝鳥。

たちよ・る⓪【立ち寄る】（自五）❶靠近，挨近。❷順便去，中途去。

た・つ①【立つ】（自五）❶立，站。☆山の上に～／站在山上。☆ポストが～・っている／立著郵筒。★角（かど）が～／生硬。有稜角。★居ても～・っても居られない／坐立不安。❷站起來。☆椅子から～／從椅子上站起來。❸升，起，冒。☆ほこりが～／起灰塵。☆煙（けむり）が～／冒煙。☆波が～／起浪。☆風が～／起風。❹處於，佔。☆優位に～／佔優勢。❺當，做，充當。☆案内に～／當嚮導。❻刺，扎，射中。☆指にとげが～・っている／手上扎了刺。

❼離開，動身，出發。☆席を～／離開座位。☆日本を～／離開日本。☆旅に～／去旅行。❽感情激動。★気が～／激動。激奮。★腹が～／生氣。❾設立，開設。☆市(いち)が～／開市。☆会社が～／設立公司。❿有用，中用。☆筆が～／文筆好。★腕が～／技藝高超。★役に～／有用。★歯が～・たない／咬不動。敵不過。幹不了。⓫（門等）關閉。☆戸が～・っている／門關著。⓬（洗澡水）熱。☆ふろが～／洗澡水熱了。⓭維持，保住。☆くらしが～・たない／生活過不下去。★顔が～／臉上光彩。★面目が～／保住面子。★義理が～／盡了情份。⓮（季節、新年）到來。☆年～／新年到來。⓯確定，確立。☆計画が～／計劃確定了。⓰明確，分明。☆証拠が～／證據確鑿。⓱得商數。☆6を3で割ると2が～／六除以三得二。

た・つ①**【建つ】**(自五)建，蓋。☆寮が～・った／宿舍蓋好了。

た・つ①**【経つ】**(自五)過，過去。☆月日(つきひ)の～のは早いものだ／日子過得真快。☆二か月～・った／過去了兩個月。

た・つ①**【絶つ・断つ】**(他五)斷，斷絕。☆外交関係を～／斷絕外交關係。☆酒を～／戒酒。☆命を～／斷送生命。

た・つ①**【裁つ】**(他五)裁，剪，剪裁。☆スカートを～／裁裙子。

た・つ①**【断つ・截つ】**(他五)切斷，截斷。☆紙を～／裁紙。

たつ⓪**【辰】**(名)(地支)辰。

たつ⓪**【竜】**(名)龍。

だっかん⓪**【奪還】**(名・他サ)奪回，收復。

だっきゃく⓪**【脱却】**(名・他サ)擺脫，拋棄。

たっきゅう⓪**【卓球】**(名)乒乓球。☆～台／乒乓球台。

たっしゃ⓪**【達者】**(名・形動)❶健康，健壯。☆お～ですか／你身體好嗎？☆口が～だ／嘴能講。❷精通，熟練。☆英語が～だ／精通英語。

だっしゅつ⓪**【脱出】**(名・自サ)逃出。

たつじん⓪**【達人】**(名)❶高手，能手。❷達觀的人。

だっすい⓪**【脱水】**(名・自サ)脫水。☆～機／脫水機。☆～症状／脫水症狀。

たっ・する⓪③**【達する】**(一)(自サ)❶達，達到，到達。☆一億円に～／達到一億日元。☆目的地に～／到達目的地。❷精通。☆書道に～／精通書法。(二)(他サ)❶達到，實現，完成。☆望みを～／實現願望。❷下達（命令，通知）。

だっ・する⓪③【脱する】(名・自他サ)❶逃出，逃離。❷脫離，離開。❸脫漏，漏掉。❹脫稿。❺除掉，去掉。

たつせ①【立つ瀬】(名)處境，立腳點。☆～がない／處境困難。

たっせい⓪【達成】(名・他サ)達到，完成。

だつぜい⓪【脱税】(名・自サ)逃稅，漏稅。

だっせん⓪【脱線】(名・自サ)❶（火車等）脫軌，出軌。❷（行動、說話）脫離常軌，脫離本題。

だっそう⓪【脱走】(名・自サ)逃走，開小差。☆～兵／逃兵。

たった⓪(副)只，僅。☆～いま／剛剛。剛才。

だったい⓪【脱退】(名・自サ)脫離，退出。

タッチ①【touch】(名・自サ)❶觸，碰，接觸。❷涉及，參與。❸筆觸，筆致。❹（樂器、打字機的）彈法，指法。❺觸感。

たって(接助)❶即使。❷雖說，儘管。

だって㈠(接)（申述理由）因為，但是。㈡(副助)❶即使，就連，哪怕。☆子供～知っている／就連孩子也知道。❷（接疑問詞後）也，都，無論。☆誰～知らない／誰也不知道。☆どこへ～行ける／哪兒都能去。

たっと・い③【尊い・貴い】(形)↓とうとい

たっと・ぶ③【尊ぶ・貴ぶ】(他五)↓とうとぶ

たづな⓪【手綱】(名)韁繩。

たつのおとしご⑥【竜の落し子】(名)海馬。

たっぴつ⓪【達筆】(名・形動)字寫得好。

たっぷり③㈠(副)充分，足夠，足足。☆時間はまだ～ある／還有足夠的時間。㈡(副・自サ)寬綽，寬大。☆～した上着／寬大的外衣。

だつらく⓪【脱落】(名・自サ)❶脫落，漏掉。❷脫離，脫隊。

たて【立て】(接尾)（接動詞連用形後表示）剛，剛剛。☆生み～の卵／剛下的蛋。

たて①【盾】(名)盾，擋箭牌。

たて①【縦】(名)縱，豎。

だて【建て】(接尾)房屋的建築式樣。☆3階～／三層建築。☆2戸～／住兩戶的住宅。

たてうり⓪【建て売り】(名)為出售而建造（的房屋）。☆～住宅／樣品屋。

たてかえ⓪【立て替え】(名・他サ)墊付（的款）。

たてか・える⓪【立て替える】(他下一)墊付（款項）。

たてがき⓪【縦書】(名)豎寫。

たてか・ける⓪【立て掛ける】(他下一)把…靠在…上。☆梯子を壁に〜/把梯子靠在牆上。

たてぐ②【建具】(名)(日本房屋的)門、窗、拉門、隔扇的總稱。

たてごと②【竪琴】(名)豎琴。

たてこ・む⓪【立て込む】(自五)❶擁擠。❷繁忙。

たてこも・る⓪【立て籠る】(自五)❶閉門不出。❷據守,固守。

たてつぼ②【建て坪】(名)建築面積。

たてなおし⓪【建て直し】(名)改建,重建。

たてふだ②④【立て札】(名)告示牌。

たてまえ②【建て前】(名)方針,原則。

たてもの②③【建物】(名)房屋,建築物。☆工場の〜/廠房。

た・てる②【立てる】(他下一)❶立,豎,立起。☆柱を〜/立起柱子。❷冒,掀起,揚起。☆煙を〜/冒煙。☆波を〜/掀起波浪。❸訂立,制定。☆志を〜/立志。☆方針を〜/制定方針。❹建立,樹立。☆手がらを〜/立功。☆新学説を〜/創立新學說。❺維持。☆生計を〜/維持生活。❻關閉。☆戸を〜/關門。❼傳播。☆うわさを〜/散佈謠言。☆名を〜/揚名。❽燒熱。☆ふろを〜/燒洗澡水。❾派遣。☆使者を〜/派遣使者。❿推舉。☆候補者を〜/推舉候選人。⓫尊敬,尊重。☆先輩を〜/尊重前輩。⓬扎。☆指にとげを〜・てた/指頭上扎了刺。⓭響起。☆声を〜/出聲。

た・てる②【建てる】(他下一)❶建造。❷建立,創建。

た・てる②【点てる】(他下一)點茶。☆茶を〜/點茶。

だとう⓪【妥当】(名・形動・自サ)妥當,妥善。

だとう⓪【打倒】(名・他サ)打倒,打敗。

たとえ⓪②【仮令・縦令】(副)即使,縱令,不論,哪怕。

たとえ②【譬え・喩え】(名)比喻,例子。☆〜を引いて説明する/舉例說明。

たとえば②【例えば】(副)例如,比如。

たと・える③【譬える・喩える】(他下一)比喻,比方。☆〜・えて言えば/比方說。☆美人を花に〜/把美人比喻成花。

たどたどし・い⑤【辿辿しい】(形)(動作)笨拙,(步履)蹣跚,(語言)結結巴巴。

たどりつ・く⓪②【辿り着く】(自五)好容易走到。

たど・る②【辿る】(他五)❶走路，走艱難的路。☆家路(いえじ)を～／踏上歸途。❷追蹤。☆犯人の足跡を～・って行く／追蹤犯人。❸追尋，追溯。☆記憶を～／追憶。❹走向。☆発展の一途を～・っている／走上日益發展的道路。

たどん⓪【炭団】(名)煤球。

たな⓪【棚】(名)❶擱板。★～から牡丹餅(ぼたもち)／天上掉下餡餅來。❷棚，架。☆藤～／藤蘿架。

たなあげ④⓪【棚上げ】(名・他サ)❶(把問題)擱置起來。❷暫存不賣。

たなばた⓪【棚機・七夕】(名)❶織女星。❷七夕，乞巧節。

たに②【谷】(名)谷，山谷。

たにがわ⓪【谷川】(名)溪流，溪澗，山澗。

たにし①【田螺】(名)田螺。

たにそこ⓪【谷底】(名)谷底。

たにま⓪【谷間】(名)山谷，峽谷。

たにん⓪【他人】(名)❶別人，他人。☆～行儀(ぎょうぎ)／外道。多禮。❷(非親屬的)外人。★赤の～／陌生人。❸(沒關係的)局外人。

たにんずう②【多人数】(名)許多人，人數多。

たぬき①【狸】(名)❶狸，貉。❷老奸巨滑(的人)。

たね①【種】(名)❶種籽，核兒。❷種，品種。❸原因，根源。❹原料，材料。❺題材，話題。

たねまき②【種蒔】(名)播種。

たねん⓪【多年】(名)多年。☆～草(そう)／多年生草本植物。

だの(副助)(表示並列的示例)…啦…啦。☆お菓子～くだもの～、ずいぶん食べたね／點心啦，水果啦，吃了真不少。

たのし・い③【楽しい】(形)快樂，愉快，高興。

たのしみ④③【楽しみ】(名)愉快，快樂，樂趣。

たのし・む③【楽しむ】(自他五)❶快樂，享樂。❷盼望，期待。❸欣賞。

たのみ①③【頼み】(名)❶請求，懇求。❷信賴，依靠。★～の綱(つな)／唯一的依靠。

たの・む②【頼む】(他五)❶請求，懇求。☆借金を～／請求借款。❷請，雇。☆医者を～／請大夫。❸依靠，依仗。☆権勢を～／依仗權勢。❹委託，托付。☆女中に赤んぼうを～／托女佣人看孩子。

たのもし・い④【頼もしい】(形)❶可靠。❷有前途，有希望。

たば①【束】(名)束，把，捆。☆一～の花／一束鮮花。★～になってかかる／群起而攻之。

だは①【打破】(名・他サ)❶打破，破除。☆悪習を～する／破除

た

惡習。❷打敗。☆敵を~する／打敗敵人。

だば①【駄馬】(名)❶駑馬。❷駄馬。

たばこ⓪【葡tabaco】(名)煙草，香煙。

たはた①【田畑】(名)水田和旱田。

たば・ねる③【束ねる】(他下一)❶捆，扎，束。☆髪を~／束髮。❷管理，治理。

たび【度】(一)②(名)❶次，回。☆この~／這次。❷每次，每回。☆見る~に思い出す／每次看都想起來。(二)(接尾)每次，回。☆ひと~／一次。

たび②【旅】(名)旅，旅行。☆~の空／旅途。★~の恥はかき捨て／旅途中的醜事無所謂。★かわいい子には~をさせよ／要讓孩子出門鍛鍊。

たび①【足袋】(名)(日本式的)布襪子。

たびかさな・る⑤⓪【度重なる】(自五)重覆，反覆，再三，履次。

たびだ・つ③【旅立つ】(自五)出發，啟程，動身。

たびたび⓪【度度】(副)多次，屢次，再三。

たびびと⓪②【旅人】(名)旅行者。

だぶだぶ①(副・自サ)❶(衣服)又肥又大。❷(人)肥胖鬆懈。❸(液體)晃蕩，滿滿地。

ダブル①【double】(名)❶雙。☆~ベッド／雙人床。☆~幅(はば)／雙幅。❷雙排扣。☆~の上着／雙排扣上衣。❸(球賽)雙打。

ダブ・る②(自五)❶重覆，重疊。☆今度の日曜日は祭日と~っている／這個星期天和節日碰到一起了。❷(電影等)疊印。❸(棒球)雙殺，並殺。❹留級。

たぶん⓪【他聞】(名・自サ)別人聽見。

たぶん【多分】(一)①(副)大概，恐怕，差不多。(二)⓪(形動)❶很，頗，相當。❷很多。

たべごろ③【食べ頃】(名)正好吃的時候。

たべざかり③【食べ盛り】(名)(青少年)正能吃的時候。

たべすぎ⓪【食べ過ぎ】(名)吃得過多。

たべもの④③【食べ物】(名)食物，吃的東西。

た・べる②【食べる】(他下一)❶吃。❷生活。

たべん⓪【多弁】(名・形動)話多，愛說話，能言善道。

たほう②【他方】(一)(名)其他方面。(二)(副)另一方面。

たぼう⓪【多忙】(名・形動)繁忙，忙碌。

たぼう⓪【多望】(名・形動)有

望，大有希望。

たま⓪(副)❶偶爾，偶然。❷突然。

たま②【玉・珠・球・弾】(名)❶玉，玉石，寶石，珍珠。❷球。❸子彈。❹圓球，泡兒。❺電燈泡。❻硬幣。❼眼鏡片。

たまご②⓪【卵】(名)❶卵。☆魚の～／魚子。☆～を産む／產卵。下蛋。❷雞蛋。❸幼稚，未成熟者。

たましい①【魂】(名)❶魂，靈魂。★一寸の虫にも五分(ごぶ)の～／匹夫不可奪其志。★三つ子の～百まで／稟性難移。❷精神，精力。☆～をこめる／聚精會神。

だま・す②【騙す】(他五)❶騙，欺騙。❷哄(孩子)。

たまたま⓪【偶・偶偶】(副)偶爾，有時，碰巧。

たまつき④②【玉突き】(名)撞球。

たまに⓪(副)→たま(副)

たまねぎ③⓪【玉葱】(名)洋葱。

たまもの④⓪【賜物】(名)❶賜物，賞賜。❷結果。☆苦心の～／苦心努力的結果。

たまらな・い⓪【堪らない】(形)受不了，不得了，了不得。☆機械が～／機器受不了。☆寒くて～／冷得不得了。

たまり⓪【溜り】(名)❶積存處，集中地。☆水～／水坑。❷休息處。

たまりか・ねる⑤【堪り兼ねる】(自下一)受不了，忍受不住。

だまりこ・む⓪【黙り込む】(自五)一言不發，保持沉默。

たま・る⓪【溜る】(自五)❶積存，積攢。☆道に水が～・っている／路上有積水。❷積壓。☆仕事が～／工作積壓。

たま・る⓪【堪る】(自五)(下接否定語或反語)忍受，受得了。☆負けて～か／輸了還得了！☆こう寒くては～・らない／這麼冷，真受不了。

だま・る②【黙る】(自五)❶沉默，不說話，不作聲。☆～・って座っている／沉默地坐著。❷不管。☆～・っていられない／不能不管。

たまわ・る③【賜る】(他五)❶賜，賜予，賞賜。❷蒙賜，得到賞賜。

たみ①【民】(名)❶人民，百姓。❷臣民。

ダム①【dam】(名)水壩，水庫。

たむ・ける③【手向ける】(他下一)❶(向神佛、死者)獻，貢獻。❷臨別贈禮。

たむし③⓪【田虫】(名)頑癬。

ため②【為】(名)❶利益，好處。☆からだの～になる／對身體有好處。❷為了。☆祖国の～に尽す／為祖國盡力。❸因為。☆病気の～に休む／因病

た

休息。❹對…來說。☆ぼくの～には恩師に当たる人だ／對我來說他是恩師。

だめ②【駄目】(名)❶無用，白費，白搭。☆いくらやっても～だ／怎麼幹也沒用。❷不許，不行。☆来ては～だ／不許來。❸不會，不行。☆私は中国語はまるで～だ／我中國話根本不行。❹壞，差，不行。☆～な奴／差勁貨。

ためいき③【溜息】(名)嘆氣，嘆息。☆～をつく／嘆氣。

ためし③【例し】(名)❶實例，先例。❷經驗。

ためし③【試し】(名)❶試，嘗試。❷(以〃ためしに〃的形式作副詞用)試試，試著。☆～にやってみる／試試看。

ため・す②【試す】(他五)試，試驗。☆刀の切れ味を～／試試刀快不快。

ためら・う③【躊躇う】(自五)躊躇，猶豫。

た・める⓪【溜める】(他下一)積，蓄，積攢。

た・める②【矯める】(他下一)❶矯正，改正。❷瞄準。

ためん②①【他面】(名)❶其他方面，另一方面。❷(作副詞用)從另一方面看。

たも・つ②【保つ】(他五)守，保，保持，維持。

たもと③【袂】(名)❶(和服)袖子，袖兜。❷山腳。❸側，旁。

たや・す②【絶やす】(他五)❶消滅，滅絕，根除。❷斷，斷絕。

たやす・い⓪③【容易い】(形)容易。

たゆ・む②【弛む】(自五)鬆懈，鬆弛，弛緩。

たよう⓪【多用】(名)繁忙。

たよう⓪【他用】(名)❶他用，其他用途。❷其他事情。

たより①【便り】(名)信，音信，消息。☆花の～／花訊。☆風の～／風聞。聽說。

たより①【頼り】(名)❶依靠，依仗，依賴。❷門路，線索，關係。

たよりな・い④【頼りない】(形)❶不可靠，沒把握。❷無依靠。

たよ・る②【頼る】(自五)依賴，依靠，借助。

たら(助動)(過去助動詞〃た〃的假定形)如果，要是。☆もし雨が降っ～試合はやめます／如果下雨比賽就停止。

たら(副助)(有時用〃ったら〃的形式)❶(表示輕微的指責或親暱)這個…啊。☆この時計っ～もうこわれちゃった／這個錶啊，已經壞了。☆君っ～またまちがえちゃった／你這個人啊，又搞錯了。❷太，非常，過於。☆おもしろいっ～

ないんだ／太有趣了。

たら(終助)（催促對方按自己的要求做）啊，呀。☆早くしてっ～、おそいなあ／快點兒呀，來不及了。

たら①【鱈】(名)鱈魚。

たらい⓪【盥】(名)盆。

だらく⓪【堕落】(名・自サ)墮落。

だらけ(接尾)滿是，淨是，全是。☆どろ～／淨是泥。☆欠点～／淨是缺點。

だら・ける⓪③(自下一)❶懶散，偷懶。❷鬆懈，不整齊。

だらし⓪(名)整齊，謹慎。

だらし・い(接尾)…的樣子。☆貧乏っ～／窮酸相。

だらしな・い④(形)❶不撿點，不整齊，沒規矩，吊兒郎當。❷沒出息，不爭氣。

たら・す②【垂らす】(他五)❶垂，吊。❷滴，流。

たら・す②【誑す】(他五)欺騙，引誘，勾引。

たらず【足らず】(接尾)不足，不到。☆1時間～／不到一小時。

タラップ②【荷trap】(名)舷梯。

たらふく②【鱈腹】(副)（吃、喝得）飽飽地，足足地。

たり(接助)❶又…又…，時而…時而…。☆見～聞い～した事／所見所聞的事情。❷（舉一例暗示其他）什麼的。☆うそをつい～などしてはいけない／撒謊什麼的可不行。❸表示輕微的命令或勸誘。☆どい～、どい～／躲開，躲開！

ダリア①【dahlia】(名)大麗花，西番蓮。

たりき⓪【他力】(名)他人之力，外力。☆～本願（ほんがん）／全靠外力。

たりょう⓪【多量】(名・形動)大量。

た・りる⓪【足りる】(自上一)❶足，夠，足夠。❷值得。☆信賴するに～男／值得信賴的人。

たる(助動)(文語助動詞"たり"的連体形)作為。☆学生～者／作為一個學生。

た・る⓪【足る】(自五)("足りる"的文語、方言形)❶足，夠，足夠。❷值得。❸滿足

たる⓪②【樽】(名)木桶。

だる・い②(形)懶倦，發酸。

だるま⓪【達磨】(名)❶（佛）達磨。❷不倒翁。❸圓形的東西。

たる・む⓪【弛む】(自五)鬆，鬆弛，鬆懈。

たれ②【垂れ】(名)作料汁。

だれ①【誰】(代)誰。

た・れる②【垂れる】〔一〕(自下一)❶垂，下垂。❷滴，流。〔二〕(他下一)❶垂，使下垂，懸掛。❷垂(範)，示(教)。

だ・れる②(自下一)❶疲塌，鬆

懈。❷厭膩，厭煩。
タレント①【talent】(名)(電視、廣播中受歡迎的)演員，歌唱家，播音員，學者，文化人。
タワー①【tower】(名)塔。☆東京～／東京塔。
たわいな・い④(形)❶不省人事。❷輕而易舉，一下子就。❸無聊，不足道。❹天真，孩子氣。
たわ・ける③【戯ける】(自下一)胡鬧，瞎鬧。
たわむ・れる④【戯れる】(自下一)❶玩耍，玩弄。❷開玩笑，鬧著玩。❸調戲，挑逗。
たわら③【俵】(名)稻草包，草袋子。
たわわ⓪①(形動)彎彎的。
たん①【単】(名)(球賽)單打。
たん⓪【痰】(名)痰。☆～を吐く／吐痰。
だん【団】(接尾)團。☆代表～／代表團。

だん①【段】(名)❶樓梯，台階。❷段，層，節，格。❸(文章)段落。❹(印刷品的)欄。❺(柔道、圍棋等)段位。❻級別，程度。❼時候。
だん①【壇】(名)壇，台。☆～にのぼる／登台。
だん①【談】(名)談話。
だんあつ⓪【弾圧】(名・他サ)彈壓，鎮壓，壓制。
たんい①【単位】(名)❶單位。☆長さの～／長度單位。☆行政～／行政單位。❷學分。
たんいつ⓪【単一】(名・形動)❶單一。❷單獨。❸簡單。
たんか①【担架】(名)擔架。
たんか①【単価】(名)單價。
たんか①【短歌】(名)(由三十一個假名組成的日本和歌)短歌。
だんか⓪【檀家】(名)施主。
タンカー①【tanker】(名)油輪，油船。

だんかい⓪【段階】(名)❶階段。❷等級。
だんがい⓪【弾劾】(名・他サ)彈劾。
だんがい⓪【断崖】(名)懸崖。
たんがん⓪【嘆願】(名・他サ)請求，請願。☆～書／請願書。
だんがん⓪【弾丸】(名)彈丸，槍彈，炮彈，子彈。
たんき①【短気】(名・形動)性急，急性子。★～は損気(そんき)／急性子吃虧。
たんき①【短期】(名)短期。☆～大学／短期大學。
だんぎ③①【談義】(名)❶講經，講道。❷說教，教訓。❸冗長無聊的話。
たんきゅう⓪【探求・探究】(名・他サ)探求，探究。
タンク①【tank】(名)❶坦克。❷(裝水、油、煤氣等的)罐，槽，箱。
だんけつ⓪【団結】(名・自サ)團

結。☆～は力なり／團結就是力量。

たんけん⓪【探険・探検】(名・他サ)探險。☆～家／探險家。

たんげん①⓪【単元】(名)單元。

だんげん③【断言】(名・他サ)斷言。

タンゴ①【tango】(名)探戈。

たんご⓪【単語】(名)單詞。

たんご①【端午】(名)端午。☆～の節句／端午節。

だんこ①【断固・断乎】(副)斷然，堅決。

だんご⓪【団子】(名)❶飯糰。❷丸子。★花より～／好看的不如好吃的。

たんこう⓪【炭坑】(名)煤井。

たんこう⓪【炭鉱】(名)煤礦。

だんこう⓪【断交】(名・自サ)斷交，絕交。

だんこう⓪【断行】(名・他サ)斷然實行，堅決實行。

だんこう⓪【団交】(名)團體交涉。

だんごう③【談合】(名・自サ)商議，商量，協商。

たんこうぼん⓪【単行本】(名)單行本。

ダンサー①【dancer】(名)❶舞女。❷舞蹈家。

たんさく⓪【単作】(名)（農作物）單季，一茬。

たんさん⓪【炭酸】(名)碳酸。☆～ガス／二氧化碳。

だんし①【男子】(名)❶男子。❷男孩。❸男子漢。

だんじて⓪【断じて】(副)絕，絕對，堅決，一定。

たんじゅう⓪【短銃】(名)手槍。

たんしゅく⓪【短縮】(名・他サ)縮短。

たんじゅん⓪【単純】(名・形動)❶單純，簡單。❷純，單一。❸無條件，無限制。

たんしょ①【短所】(名)短處，缺點。

だんじょ①【男女】(名)男女。☆～共学／男女合校。

たんじょう⓪【誕生】(名・自サ)誕生，出生。☆～日(び)／生日。

たんす⓪【箪笥】(名)衣櫃。

ダンス①【dance】(名)跳舞。☆～を踊る／跳舞。☆～パーティー／舞會。☆～ホール／舞廳。☆社交～／交際舞。

たんすい⓪【淡水】(名)淡水。☆～魚／淡水魚。

たんすう③【単数】(名)單數。

だんせい⓪【男性】(名)男性。

だんせい⓪【弾性】(名)彈性。

だんぜつ⓪【断絶】(名・自他サ)斷絕。

たんそ①【炭素】(名)碳。

だんたい⓪【団体】(名)團體，集體。☆～競技／團體比賽。

だんだん【段段】〔一〕①(名)樓梯，台階，階梯。〔二〕⓪(副)漸漸，逐漸。

だんち⓪【団地】(名)集體住宅區。

たんちょう⓪【丹頂】(名)丹頂鶴。☆〜鶴(づる)/丹頂鶴。

たんちょう⓪【単調】(名・形動)單調。

たんてい⓪【探偵】(名・他サ)偵探。☆〜小説/偵探小說。

だんてい⓪【断定】(名・他サ)斷,判斷。

たんでん⓪【炭田】(名)煤田。

たんとう⓪【担当】(名・他サ)擔當,擔任。☆〜者/擔任者。負責人。

だんとう⓪【暖冬】(名)(比往年)暖和的冬天。

だんどう⓪【弾道】(名)彈道。☆大陸間〜弾/洲際彈道飛彈。

たんどく⓪【単独】(名・形動)單獨,獨自。☆〜行動/單獨行動。

たんどく⓪【耽読】(名・他サ)耽讀。

だんどり④⓪【段取り】(名)安排,程序,步驟,計劃,方法。

だんな⓪【旦那・檀那】(名)❶(佛)施主,檀越。❷(商店的)主人,老板。❸(商店的)男主顧。❹丈夫。❺(稱男長者)先生,大人,老爺。

たんなる①【単なる】(連体)僅,只,僅僅。

たんに①【単に】(副)單,僅,只。

たんにん⓪【担任】(名・他サ)擔任,擔當。☆学級〜/班主任。

たんねん①【丹念】(形動)仔細,細心,精心。

だんねん⓪【断念】(名・他サ)斷念,死心。

たんのう⓪【胆嚢】(名)膽囊。

たんのう⓪①【堪能】[一](名・形動)擅長。☆書に〜だ/擅長書法。[二](名・自サ)足夠,充分,滿足。

たんぱ①【短波】(名)短波。

たんぱく①【蛋白】(名)蛋白。☆〜質/蛋白質。

だんぱん①【談判】(名・自サ)談判,交涉,協商。

ダンピング①【dumping】(名・他サ)傾銷,甩賣。

ダンプカー③【dumptruck】(名)翻斗車,自卸卡車。

たんぼ⓪【田圃】(名)田地。☆〜道(みち)/田間小路。

たんぽ①【担保】(名)抵押。

だんぼう⓪【暖房】(名)暖氣,採暖。☆〜装置/採暖設備。☆〜費/暖氣費。

だんボール③【段ボール】(名)(包裝用)瓦楞紙。

たんぽぽ①【蒲公英】(名)蒲公英。

だんまつま③【断末魔】(名)臨終,臨終時的痛苦。

たんもの①⓪【反物】(名)❶(成

套的）和服衣料。❷布匹，綢緞。

だんやく⓪【弾薬】（名）彈藥。

だんゆう⓪【男優】（名）男演員。

だんらく⓪④【段落】（名）段落。

だんらん⓪【団欒】（名・自サ）團欒，團聚，團圓。

だんりゅう⓪【暖流】（名）暖流。

たんりょ①【短慮】（名・形動）❶淺慮，淺見。❷急性子。

たんりょく①【胆力】（名）膽力，膽量。

だんりょく①⓪【弾力】（名）彈力，彈性。

たんれん①【鍛練】（名・他サ）鍛鍊。

だんろ①【暖炉】（名）壁爐。

だんろん⓪【談論】（名・自サ）談論。☆～風発／談笑風生。

だんわ⓪【談話】（名・自サ）談話。

チ・ち

[CHI]

ち

ち①【地】(名)❶地，大地，陸地，土地，地面。☆～の果(は)て／天涯海角。★足が～に着かない／不踏實。定不下心來。★一敗～に塗(まみ)れる／一敗塗地。❷地點，地區。☆景勝の～／風景區。❸地位，立場。☆～を変える／改變立場。❹領土。☆～を接する／接壤。❺下面，下部。☆天～無用(むよう)／(貨物包裝上寫的)切勿倒置。

ち⓪【血】(名)❶血，血液。☆傷口から～が出る／傷口出血。★～が上がる★～がのぼる／血往上湧。頭腦發脹。★～が沸く／熱血沸騰。★～も涙もない／冷酷無情。★～を吐く思い／沉痛。★～を見る／見血。有傷亡。❷血統。★～を受ける／繼承血統。★～を分ける／至親骨肉。

ち①【智・知】(名)❶智力，智慧。❷智謀，計策。

ちあん①⓪【治安】(名)治安。

ちい①【地位】(名)地位。

ちいき①【地域】(名)地域，地區。

ちいく①【知育】(名)智育。

ちいさ・い③【小さい】(形)❶小。☆～家／小房子。❷少。☆被害が～／損失少。❸幼小。☆～むすこ／小兒子。❹細小，瑣碎。☆～事／小事。

ちいさな①【小さな】(連体)小的。

チーズ①【cheese】(名)乳酪，乾酪。

チーム①【team】(名)(運動)隊。☆野球～／棒球隊。

ちえ②【知恵・智慧】(名)智慧。☆～者(しゃ)／智者。智多星。☆～袋(ぶくろ)／全部智慧。智囊。☆～負け／聰明反被聰明誤。

チェーン①【chain】(名)鏈子，鏈條。☆自転車の～がはずれた／自行車脫鏈了。

チエス①【chess】(名)國際象棋。

チェック①【check】〔一〕(名)❶支票。❷(衣料的)格子，花格。〔二〕(名・他サ)檢查，核對，加記號。

チエロ①【cello】(名)大提琴。

ちえん⓪【遅延】(名・自サ)遲延，遲誤。

チエンジ①【change】(名・自他サ)兌換，交換，更換。

ちか②【地下】(名)地下。

ちか・い②【近い】(形)❶(距離、時間、關係等)近。☆駅に～／離火車站近。☆～将来／不久的將來。☆～親戚／近親。❷近似，近於。☆詐欺(さぎ)に～行為／近於詐欺的行為。❸近視。☆目が～／眼睛近視。

ちかい⓪②【誓い】(名)誓言，誓詞，誓約。

ちかい⓪【地階】(名)❶地下室。❷一樓，一層。

ちがい⓪【違い】(名)❶差，差別，區別，不同。❷差錯，錯誤。

ちがいな・い④【違いない】(形)一定，肯定。☆中国人に～／一定是中國人。

ちか・う⓪②【誓う】(他五)立誓，起誓，發誓。☆～・ってそんなことはしない／發誓不做那種事。

ちが・う⓪【違う】(自五)❶不同，不一致，不一樣，不相符。☆意見が～／意見不一致。❷錯，錯誤，不對。☆番号が～・っている／號碼不對。❸扭(筋)，錯(骨)。

ちが・える⓪【違える】(他下一)❶弄錯，搞錯。❷交叉，交錯。❸使…不同，使…不一樣。❹扭(筋)，錯(骨)。

ちかく【近く】〔一〕②⓪(名)❶附近。☆学校の～／學校附近。❷接近，將近。☆3年～／近三年。〔二〕②(副)最近，不久，即將，快要。☆～日本に行く／不久將去日本。

ちかく⓪【知覚】(名・他サ)❶知覺。☆～がなくなる／失去知覺。❷察覺，認識。

ちかく⓪②【地殼】(名)地殼。

ちかごろ②【近頃】(名・副)近來，近日，最近。

ちかしつ②【地下室】(名)地下室。

ちかぢか⓪②【近近】(副)不久，最近。

ちかづき⓪④【近付き】(名)❶交往，相識。❷熟人，朋友。

ちかづ・く③⓪【近付く】(自五)❶挨近，靠近，臨近。❷接近，親近，交往。

ちかづ・ける④⓪【近付ける】(他下一)❶挨近，靠近，湊近。❷接近，親近。

ちかてつ⓪【地下鉄】(名)地鐵。

ちかみち②【近道】(名)❶近道，小路。❷捷徑。

ちかめ②【近目】(名)近視眼。

ちかよ・る⓪③【近寄る】(自五)靠近，挨近，湊近，接近。

ちから③【力】(名)❶力，力量，力氣，體力。☆～が強い／力氣大。有勁。☆～がいる／吃力。☆～を入れる／用力。使勁。☆～をあわせる／同心協力。☆～をつくす／盡力。❷能力，實力，學力。❸氣力，幹勁，勁頭。❹努力。❺財力。❻效力。❼武力，暴力。❽權力。

ちからいっぱい④【力一杯】(副)竭盡全力。

ちからしごと④【力仕事】(名)粗重工作，體力勞動。

ちからずく⑤⓪【力ずく】(名)❶極力，竭盡全力。❷強迫，憑力量，靠暴力。

ちからぞえ④⓪【力添え】(名・自サ)幫助，援助，支援。

ちからづ・ける⑤【力付ける】(他下一)鼓勵，鼓舞。

ちからづよ・い⑤【力強い】(形)❶強而有力。❷有依靠，有仗恃。

ちからもち③⑤【力持ち】(名)有力氣(的人)，大力士。

ちかん⓪②【痴漢】(名)流氓，色狼。

ちき②①【知己】(名)知己。

ちきゅう⓪【地球】(名)地球。

ちぎ・る②【千切る】(他五)❶揪下，摘取。❷撕碎，掐碎，弄碎。

ちぎ・る②【契る】(他五)海誓山盟。

ちぎ・れる③【千切れる】(自下一)❶破，破碎。❷被撕掉，被揪下。

チキン②【chicken】(名)❶雞。❷雞肉。☆～ライス／雞肉炒飯。

ちく②①【地区】(名)地區。

ちくおんき③【蓄音機】(名)唱機，留聲機。

ちくご⓪【逐語】(名)逐字逐句。☆～訳／逐字翻譯。直譯。

ちくじ②【逐次】(副)逐次，依次。

ちくしょう③【畜牲】(名)❶畜牲，動物，獸類。❷(罵人)畜牲。

ちくせき⓪【蓄積】(名・他サ)積蓄，累積，儲備。

ちくでん⓪【逐電】(名・自サ)逃跑，潛逃。

ちくでんき③【蓄電器】(名)電容器。

ちくでんち③【蓄電池】(名)蓄電池。

ちくば②【竹馬】(名)竹馬。★～の友／青梅竹馬之交。

ちくび②【乳首】(名)乳頭。

ちくわ⓪【竹輪】(名)筒狀魚卷。

ちけい⓪【地形】(名)地形。

ちけん⓪【地検】(名)地方檢察廳。

ちこく⓪【遅刻】(名・自サ)遲到。

ちさい⓪【地裁】(名)地方法院。

ちじ①【知事】(名)（日本都道府縣的行政長官）知事。

ちしき①【知識】(名)知識。

ちしつ⓪①【地質】(名)地質。

ちしゃ⓪【萵苣】(名)萵苣。

ちしゃ②①【知者・智者】(名)智者。★~も千慮に一失／智者千慮，必有一失。

ちじょう⓪【地上】(名)❶地上，地面。❷人世，人間。☆~の楽園／人間樂園。

ちじょう⓪【痴情】(名)痴情，色情。

ちじょく⓪【恥辱】(名)恥辱。

ちじん⓪【知人】(名)相識，熟人。

ちず①【地図】(名)地圖。

ちすじ⓪【血筋】(名)❶血脈。❷血統。★~は争えない／有其父必有其子。

ちせい②⓪【知性】(名)智力，智能，理智。

ちたい⓪②【地帯】(名)地帶，地區。

ちだるま②【血達磨】(名)渾身是血。血人。

ちち②【父】(名)父親。

ちち②【乳】(名)❶乳，奶。❷乳房。

ちちおや⓪【父親】(名)父親。

ちちくさ・い④【乳臭い】(形)❶奶味，乳臭。❷幼稚，乳臭未乾。

ちちくび②【乳首】(名)→ちくび

ちぢま・る⓪【縮まる】(自五)縮，縮小，縮短，收縮。

ちぢ・む⓪【縮む】(自五)❶縮，縮小，縮短。❷縮入，縮回。❸畏縮。❹出褶，起皺紋。

ちぢ・める⓪【縮める】(他下一)❶縮，縮小，縮短。☆日程を~／縮短日程。❷縮回，蜷曲。❸減少，削減。❹弄皺。

チッキ①【check】(名)❶（托運的）快件行李。❷托運單，行李票。

ちつじょ②①【秩序】(名)秩序。

ちっそ①【窒素】(名)氮。☆~肥料／氮肥。

ちっとも③(副)（下接否定語）❶絲毫，一點也（不）。❷一會兒也（不）。

チップ①【tip】(名)小費。

ちっぽけ③(名・形動)小，很小。

ちてき⓪【知的】(形動)❶理智的，智慧的，聰明的。☆~能力／智力。❷知識的。☆~労働／腦力勞動。

ちてん②⓪【地点】(名)地點。

ちどめ⓪③【血止め】(名)止血，止血劑。

ちどり①【千鳥】(名)白頸鶴。

ちなまぐさ・い⓪⑤【血腥い】(形)❶血腥。❷殘酷，流血。
ちなみに⓪①【因に】(接)順便(說一下)，附帶(提一下)。
ちな・む②【因む】(自五)因，由於，關於。☆生まれた年に～んで名をつける/以出生那一年而起的名字。
ちのう①⓪【知能】(名)智能，智力，智慧。☆～検査/智力測驗。☆～指数/智商。☆～犯/智能犯。
ちばなれ②【乳離れ】(名・自サ)斷奶。
ちび①(名・形動)❶矮子。❷小孩子，小傢伙。
ちぶさ①【乳房】(名)乳房。
チフス①【荷typhus】(名)傷寒。
ちへいせん②⓪【地平線】(名)地平線。
ちほう②【地方】(名)地方。
ちまき①⓪【粽】(名)粽子。☆～笹(ざさ)/粽葉。
ちまた⓪①【巷】(名)❶歧路，岔道。❷鬧市，繁華街。❸社會，民間。❹地方，場所。
ちまなこ②⓪【血眼・血目】(名)❶充血的眼睛。❷拼命。
ちまみれ④②【血塗れ】(形動)渾身是血。
ちまよ・う③【血迷う】(自五)發瘋，激昂。
ちみ①【地味】(名)土質。
ちめい⓪【地名】(名)地名。
ちめい⓪【知名】(名・形動)知名，有名，出名。
ちめい①⓪【致命】(名)致命。
ちゃ⓪【茶】(名)茶。☆～を入れる/泡茶。☆～をつぐ/倒茶。☆～を摘む/採茶。☆～を立てる/(茶道泡茶方式)點茶。
チャーター①【charter】(名・他サ)租，包租。
チャーミング①【charming】(形動)迷人，有魅力。
ちゃいろ⓪【茶色】(名)茶色。
ちゃか・す②【茶化す】(他五)❶嘲弄，開玩笑。❷欺騙，搪塞，矇混。
ちゃく【着】(接尾)❶到達。☆東京～/到達東京。❷(到達的順序)名。☆2～/第二名。❸(衣服)件，套。☆背広1～/一套西裝。
ちゃくえき⓪【着駅】(名)(列車的)到達站。
ちゃくじつ⓪【着実】(名・形動)踏實，牢靠，穩健。
ちゃくしゅ①⓪【着手】(名・自サ)著手，動手，開始。
ちゃくしょく⓪【着色】(名・自サ)著色，上顏色。
ちゃくせき⓪【着席】(名・自サ)就座，入席。
ちゃくちゃく⓪【着着】(副)逐步地，穩步地，一步一步地。
ちゃくりく⓪【着陸】(名・自サ)著陸。

チャコ①【chalk】(名)滑石。

チャック①【chuck】(名)拉鏈。

ちゃっこう⓪【着工】(名・自サ)動工，開工。☆～式／開工典禮。

ちゃづつ⓪【茶筒】(名)茶葉筒。

ちゃのま⓪【茶の間】(名)❶茶室。❷餐室，起居間。

ちゃぶだい⓪【卓袱台】(名)矮飯桌。

ちゃめ①【茶目】(名・形動)淘氣，頑皮，惡作劇。☆～っ子／小淘氣。☆お～さん／淘氣包。

ちゃわん⓪【茶碗】(名)茶碗，飯碗。☆～蒸し／蒸蛋。

ちゃん(接尾)表示親膩。☆おばあ～／奶奶。

チャンス①【chance】(名)機會。☆～をのがす／錯過機會。

ちゃんちゃらおかし・い⑦(形)笑死人，可笑之至。

ちゃんと⓪(副)❶整齊，整整齊齊。❷端正，規矩。❸好好地，牢牢地。❹全然，完全。

チャンネル①【channel】(名)頻道。

ちゃんばら⓪(名)❶格鬥。❷（戲劇）武打。☆～映画／武打影片。

チャンピオン①③【champion】(名)❶冠軍，優勝者。❷最高權威。

ちゅう【中】〔一〕①(名)中，中央，中等，中間。〔二〕(接尾)❶中，裏。☆空気～／空氣中。❷正在…。☆会議～／開會中。❸…之中，…之內。☆今月～／在本月之內。

ちゅう⓪①【注】(名)注，注解，注釋。☆～をつける／加注。

ちゅうい①【注意】(名・自サ)❶注意，小心，留神，謹慎，警惕。❷提醒，勸告，批評，警告。

ちゅうい①【中位】(名)中等。

ちゅうい①【中尉】(名)中尉。

チューインガム③⑤【chewinggum】(名)口香糖。

ちゅうおう③【中央】(名)中央。

ちゅうかい⓪【仲介】(名・他サ)居間，斡旋，調停。

ちゅうがえり③【宙返り】(名・自サ)翻筋斗。

ちゅうかく⓪【中核】(名)中心，核心。

ちゅうがく①【中学】(名)初中。☆～生／國中生。

ちゅうがっこう③【中学校】(名)初級中學。

ちゅうかん⓪【中間】(名)中間。☆～子／（物）介子。

ちゅうきゅう⓪【中級】(名)中級。

ちゅうけい⓪【中継】(名・他サ)❶中繼。☆～所／中繼站。☆～貿易／轉口貿易。❷轉播。☆実況～／實況轉播。☆～局／轉播站。

ち

ちゅうけん⓪【中堅】(名)中堅。

ちゅうげん⓪③【忠言】(名)忠言。

ちゅうこ①【中古】(名)❶(史)中古。❷半新。☆～品／二手貨。☆～車／二手車，中古車。

ちゅうこく⓪【忠告】(名・他サ)忠告，勸告。

ちゅうさ⓪【中佐】(名)(軍)中校。

ちゅうさい⓪【仲裁】(名・他サ)仲裁，調停，調解，說和。☆喧嘩を～する／勸架。☆～人／調停人。

ちゅうざい⓪【駐在】(名・自サ)駐，駐在。☆東京～の特派員／駐東京特派記者。☆～所／派出所。

ちゅうし⓪【中止】(名・他サ)中止。☆ストを～する／中止罷工。

ちゅうし⓪【注視】(名・他サ)注視，注目。

ちゅうじつ⓪①【忠実】(名・形動)忠實。

ちゅうしゃ⓪【注射】(名・他サ)注射，打針。☆～液／注射液。☆予防～／預防注射。

ちゅうしゃ⓪【駐車】(名・自サ)停車。☆有料～場／收費停車場。

ちゅうしゃく⓪④【注釈】(名・他サ)注釋，注解。

ちゅうしゅう⓪①【中秋・仲秋】(名)中秋。☆～の名月／中秋明月。

ちゅうじゅん①⓪【中旬】(名)中旬。

ちゅうしょう⓪【中傷】(名・他サ)中傷，誹謗，誣蔑。

ちゅうしょう⓪【抽象】(名・他サ)抽象。☆～的／抽象的。

ちゅうじょう①【中将】(名)中將。

ちゅうしょうきぎょう⑤【中小企業】(名)中小企業。

ちゅうしょく⓪【昼食】(名)午飯。

ちゅうしん⓪【中心】(名)中心。☆～地／中心地。☆～点／中心點。

ちゅうすう⓪【中枢】(名)中樞。

ちゅうせい①【中世】(名)中世。

ちゅうせい⓪【中性】(名)中性。☆～子／中子。

ちゅうせい⓪【忠誠】(名・形動)忠誠。

ちゅうぜい⓪【中背】(名)中等身材。☆中肉(ちゅうにく)～／不胖不瘦，中等身材。

ちゅうせん⓪【抽籤・抽選】(名・自サ)抽籤。☆～で決める／抽籤決定。

ちゅうたい⓪【中退】(名・自サ)中途退學。

ちゅうたい⓪【中隊】(名)連，中隊。☆～長／連長。

ちゅうだん⓪【中断】(名・自他

サ)中斷。

ちゅうちょ①【躊躇】(名・自サ)躊躇。

ちゅうと⓪【中途】(名)中途。

ちゅうとう⓪【中等】(名)中等。

ちゅうどう⓪【中道】(名)❶中途，半途。❷中道，中庸。☆~を歩む／走中間道路。

ちゅうどく①【中毒】(名・自サ)中毒。☆食(しょく)~／食物中毒。

ちゅうとはんぱ④【中途半端】(名・形動)❶不完整，半途而廢。❷不明朗，曖昧模糊。☆~な態度／曖昧的態度。

ちゅうにく⓪【中肉】(名)不胖不瘦。☆~中背(ちゅうぜい)／不胖不瘦，中等個兒。

ちゅうねん⓪【中年】(名)中年。

ちゅうは①【中波】(名)中波。

ちゅうぶ①【中部】(名)中部。

チューブ①【tube】(名)❶管，筒。❷內胎，裏胎。❸管樂器。

ちゅうぶう⓪【中風】(名)中風。

ちゅうふく⓪【中腹】(名)山腰。

ちゅうぶらりん⓪【宙ぶらりん】(名・形動)❶懸空，吊在空中。❷不上不下，懸而未決。❸曖昧，模稜兩可。

ちゅうぶる⓪【中古】(名)半新。☆~の自動車／中古汽車。

ちゅうもく⓪【注目】(名・自他サ)注目，注視。

ちゅうもん①⓪【注文】(名・他サ)❶訂購，訂貨，訂做。☆料理を~する／叫菜。❷要求。

ちゅうや①【昼夜】(名)❶晝夜，白天和晚上。❷(作副詞用)晝夜，日夜。☆~兼行／日夜兼程。晝夜不停。

ちゅうりつ⓪【中立】(名・自サ)中立。☆~国／中立國。

チューリップ①③【tulip】(名)鬱金香。

ちゅうりゅう⓪【中流】(名)❶中流，中游。❷中等，中層。☆~階級／中產階級。

ちゅうわ⓪【中和】(名・自サ)❶中和。☆~反応／中和反應。❷中正而溫和。

ちょ①【著】(名)著，著作。

ちょ①【緒】(名)緒，開端。☆~につく／就緒。

ちよ①【千代】(名)千代，萬年，永遠。☆~に八千代に／千秋萬代。

ちょいちょい①(副)❶有時。❷常常，時常。

ちょいと(一)⓪(副)稍微，有點兒。☆~参ったな／可真有點沒辦法啊。(二)①(感)(女性與親近的人打招呼)喂。

ちょう【超】(接頭)超。☆~満員／大暴滿。

ちょう【丁】(接尾)❶(線裝書的)張。☆上巻十~裏(うら)／上巻第十張背面。❷(豆腐)塊。☆豆腐2~／豆腐兩塊。

❸（飯菜）碗，碟，份。☆ギョーザ1～／餃子一份。

ちょう【長】(接尾)長。☆委員～／委員長。

ちょう【調】(接尾)❶調，音調，曲調。☆ハ～／C調。❷（詩的）格律。☆七五～の詩／五七言詩。❸（作品的）格調，風格。☆翻訳～の文体／翻譯格調的文體。

ちょう【挺】(接尾)❶（表示槍等細長物品的單位）支，桿，把，塊。☆銃3～／三支槍。☆はさみ1～／一把剪刀。❷（人力車、轎等）輛，頂。☆かご1～／一頂轎。

ちょう①【腸】(名)腸。

ちょう①【蝶】(名)蝴蝶。

ちょうあい①【寵愛】(名・他サ)寵愛。

ちょうい①【弔意】(名)哀悼之意。

ちょういん⓪【調印】(名・他サ)簽字，簽訂。☆～式／簽字儀式。☆仮(かり)～／草簽。

ちょうえき⓪【懲役】(名)徒刑。☆～3年／三年徒刑。☆無期～／無期徒刑。

ちょうえつ⓪【超越】(名・自サ)超越，超出。

ちょうか⓪【超過】(名・自サ)超過。☆～勤務／加班。

ちょうかい⓪【懲戒】(名・他サ)懲戒，懲罰。

ちょうカタル③【腸カタル】(名)腸炎。

ちょうかん⓪【長官】(名)（機關的行政首長）長官。

ちょうかん⓪【鳥瞰】(名・他サ)鳥瞰，俯瞰。☆～図／鳥瞰圖。

ちょうかん⓪【朝刊】(名)早報。

ちょうき①【長期】(名)長期。

ちょうきょう⓪【調教】(名・他サ)訓（獸）。☆～師／馴獸師。

ちょうきょり③【長距離】(名)長距離。☆～電話／長途電話。

ちょうこう⓪【徴候】(名)徵候，徵兆，跡象。

ちょうこう⓪【聴講】(名・他サ)聽講，聽課。☆～生／旁聽生。

ちょうこうぜつ③【長広舌】(名)雄辯，長篇大論。

ちょうこく⓪【彫刻】(名・他サ)雕刻。

ちょうさ①⓪【調査】(名・他サ)調查。

ちょうざい⓪【調剤】(名・自サ)調劑，配藥。

ちょうざめ①【蝶鮫】(名)鱘魚。

ちょうし⓪【銚子】(名)酒壺。☆～をつける／燙酒。

ちょうし⓪【調子】(名)❶調子，音調。❷聲調，語調，腔調。❸狀態，情況。❹風格，格調。❺勢頭，勁頭。★～がつく／起勁兒。★～に乗る／得意忘形。（工作）上軌道。

ちょうじ⓪【弔辞】（名）悼辭。

ちょうじ①【寵児】（名）寵兒。

ちょうじゃ③①【長者】（名）財主，富翁。

ちょうしゅ①【聴取】（名・他サ）❶聽取。❷收聽。☆放送を～する／收聽廣播。

ちょうじゅ①【長寿】（名・形動）長壽。

ちょうしゅう⓪【徴収】（名・他サ）徵收。

ちょうしゅう⓪【聴衆】（名）聽眾。

ちょうしょ①【長所】（名）長處。

ちょうじょ①【長女】（名）長女。

ちょうじょう③【頂上】（名）❶山頂，頂峰。❷頂點，極點。

ちょうしょく⓪【朝食】（名）早飯。

ちょうしん⓪【長身】（名）高個子。

ちょうしん⓪【聴診】（名・他サ）聽診。☆～器／聽診器。

ちょう・ずる⓪③【長ずる】（自サ）❶成長。❷年長。❸長於，擅長。

ちょうせい⓪【調整】（名・他サ）調整，調節，協調。☆微～／微調。

ちょうぜい⓪【徴税】（名・自サ）徵稅。

ちょうせつ⓪【調節】（名・他サ）調節。☆受胎～／節育。

ちょうせん⓪【挑戦】（名・自サ）挑戰。☆～に応ずる／接受挑戰。

ちょうせんにんじん⑤【朝鮮人参】（名）人參，高麗參。

ちょうだい⓪【頂戴】（名・他サ）❶領受，收到，得到。☆お褒めの言葉を～した／受到誇獎。☆お目玉（めだま）を～する／受申斥。☆～物（もの）／別人給的東西。❷吃，喝。☆もう十分に～致しました／已經吃得很飽了。❸請。☆ちょっと手伝って～／請幫幫忙。❹請給我。☆おやつを～／請給我點心吃。

ちょうたつ⓪【調達】（名・他サ）❶籌措，籌辦，籌備。❷供應，供給。

ちょうちょう⓪①【蝶蝶】（名）蝴蝶。

ちょうちょう①【町長】（名）鎮長。

ちょうちょう①【長調】（名）大調。

ちょうちん③【提灯】（名）燈籠。☆～持ち／替人吹噓，給人捧場（的人）。

ちょうつがい③【蝶番】（名）（門、窗的）合葉或鉸鏈。

ちょうづめ④③【腸詰め】（名）香腸，臘腸，灌腸。

ちょうてい⓪【調停】（名・他サ）調停，調節。

ちょうてい⓪③【朝廷】（名）朝

廷。
ちょうど⓪【丁度】(副)❶正，正好，整整。❷正像，好像，恰似。
ちょうなん③①【長男】(名)長子。
ちょうは①【長波】(名)長波。
ちょうば③【帳場】(名)帳房。
ちょうば⓪【跳馬】(名)跳馬。
ちょうはつ⓪【挑発】(名・他サ)挑撥，挑動，挑釁。
ちょうばつ①⓪【懲罰】(名・他サ)懲罰。
ちょうふく⓪【重複】(名・自サ)重覆。
ちょうぶつ⓪【長物】(名)無用之物。☆無用の～／無用之物。
ちょうへい⓪【徴兵】(名・自他サ)征兵。
ちょうへん⓪【長編】(名)長篇。☆～小説／長篇小說。
ちょうぼ⓪【帳簿】(名)帳，帳本，帳簿。

ちょうほう①【重宝】(名・形動・他サ)❶寶物，寶貝，珍寶。❷便利，方便，適用。❸珍惜，愛惜。
ちょうほうけい③⓪【長方形】(名)長方形，矩形。
ちょうほんにん③⓪【張本人】(名)罪魁，禍首，肇事者。
ちょうみ①【調味】(名・自サ)調味。☆～料／調料。佐料。
ちょうむすび③【蝶結び】(名)蝴蝶結。
ちょうめ【丁目】(接尾)(街的分段單位)段。☆銀座4～／銀座大街四段。
ちょうめん③【帳面】(名)筆記本，帳本。☆～をつける／記帳。☆～面(づら)／帳面(上的數字)。
ちょうや①【朝野】(名)朝野。
ちょうり①【調理】(名・他サ)烹調，烹飪。☆～法／烹飪法。☆～師／廚師。☆～場／廚房。
ちょうりょく①【張力】(名)張力。
ちょうれい⓪【朝礼】(名)朝會。
ちょうわ⓪【調和】(名・自サ)調和，諧調，和諧。
チョーク①【chalk】(名)粉筆。
ちょきん⓪【貯金】(名・自サ)儲蓄，存款。☆～通帳／存摺。☆～を出す☆～を引きだす☆～をおろす／提取存款。
ちょくご①②【直後】(名)剛…之後，…之後不久。☆終戦～の混乱期／戰爭剛結束不久的混亂時期。
ちょくご⓪【勅語】(名)敕語，詔敕。
ちょくせつ⓪【直接】(副・形動・自サ)直接。
ちょくせん⓪【直線】(名)直線。☆～を引く／劃直線。☆～コース／直線跑道。
ちょくぜん⓪【直前】(名)❶跟

前，眼前。❷即將，就要，正要。☆発車～／正要發車的時候。

ちょくちょく①(副)經常，時常。

ちょくつう⓪【直通】(名・自サ)❶直通。☆～電話／直通電話。❷直達。☆～列車／直達列車。

ちょくめん⓪【直面】(名・自サ)面臨，面對。☆困難に～する／面臨困難。

ちょくりゅう⓪【直流】(名・自サ)直流。☆～発電機／直流發電機。

ちょくれつ⓪【直列】(名)串聯。☆～回路／串聯電路。

チョコレート③【chocolate】(名)巧克力。

ちょさく⓪【著作】(名・自他サ)著作，著述，寫作。☆～権／著作權。版權。

ちょしゃ①【著者】(名)著者。

ちょじゅつ⓪【著述】(名・他サ)著述，寫作。

ちょしょ①【著書】(名)著作。

ちょすい⓪【貯水】(名・自サ)貯水，蓄水。☆～池／蓄水池。水庫。

ちょぞう⓪【貯蔵】(名・他サ)儲藏，儲存。

ちょちく⓪【貯蓄】(名・他サ)儲蓄，積蓄。

ちょっかく⓪④【直角】(名)直角。☆～三角形／直角三角形。

ちょっかん⓪【直感】(名・他サ)直感，直覺。

チョッキ⓪【葡jabue】(名)西服背心。

ちょっけい⓪【直径】(名)直徑。

ちょっと①⓪【一寸】(一)(副)❶稍微，一點兒，有點兒。☆～変ですね／有點兒奇怪。❷暫且，一會兒。☆～お待ち下さい／請稍等一會兒。❸(下接否定語)不太，難以，不大容易。☆～直らない／不大容易修理好。❹頗，相當。☆～重い病気／相當重的病。(二)(感)喂。☆～、どこへ行くの／喂，你到哪兒去？

ちょめい⓪【著名】(名・形動)著名，有名。

ちょろちょろ①(副・自サ)❶(流水)潺潺，涓涓。❷徐徐(燃燒)。❸(亂竄貌)出溜出溜。

ちらか・す⓪【散らかす】(他五)弄亂，弄得亂七八糟。☆部屋を～／把屋子弄得亂七八糟。

ちらか・る⓪【散らかる】(自五)零亂，亂七八糟。

ちら・す⓪【散らす】(他五)❶弄亂，弄得亂七八糟。❷驅散，使…散開。❸散布，傳播。❹渙散，散慢。❺消(腫)。

ちらちら①(副・自サ)❶紛紛，飄飄。❷閃閃，一閃一閃。❸

時隱時現，若有若無。❹（眼睛）發花。

ちらつ・く⓪（自五）❶飄落，紛飛。❷閃爍。❸時隱時現。

ちらっと②（副）稍微，一閃，一晃。

ちらば・る⓪【散らばる】（自五）❶分散，分布。❷零亂，零散。

ちらほら①（副・自サ）稀稀落落，零零星星。

ちり⓪【塵】（名）❶塵土，塵埃，灰塵，垃圾。★～も積もれば山となる／積塵成山。積少成多。❷塵世，世俗。❸少許，絲毫。

ちり①【地理】（名）地理。

ちりがみ⓪【塵紙】（名）手紙，衛生紙。

ちりぢり⓪【散り散り】（名）四散，分散，離散。

ちりとり④③【塵取り】（名）灰撮子，土簸箕。

ちりば・める④【鏤める】（他下一）鑲，鑲嵌。

ちりめん⓪【縮緬】（名）縐綢。

ちりょう⓪【治療】（名・他サ）治療，醫治。

ちりょく①【智力・知力】（名）智力。

ちりれんげ③【散蓮華】（名）瓷羹匙，瓷調羹。

ち・る⓪【散る】（自五）❶（花）謝，落。❷分散，離散，消散。❸零亂，紛亂。

ちん【賃】（接尾）費，錢。☆手間（てま）～／手工錢。☆運～／運費。

ちんあげ④⓪【賃上げ】（名）加薪，提高工資。

ちんぎん①【賃金】（名）工資。

ちんさげ④【賃下げ】（名）減薪，降低工資。

ちんじ①【珍事】（名）稀奇事，離奇事。

ちんじ①【椿事】（名）奇禍，意外事故。

ちんしゃ①【陳謝】（名・他サ）道歉。

ちんじゅつ⓪【陳述】（名・他サ）陳述，述說。

ちんじょう⓪【陳情】（名・他サ）請願。☆～書／請願書。

ちんちょうげ③【沈丁花】（名）瑞香。

ちんでん⓪【沈澱】（名・自サ）沉澱。

ちんば①【跛】（名）❶瘸子，跛腳。❷不成對，不成雙。

チンパンジー③【chimpanzee】（名）黑猩猩。

ちんぴら⓪（名）❶（蔑）小崽子。❷阿飛，癟三，小流氓。

ちんぼつ⓪【沈没】（名・自サ）沉沒。

ちんもく⓪【沈默】（名・自サ）沉默。

ちんれつ⓪【陳列】（名・他サ）陳列。

ツ・つ

[TSU]

つ①【**津**】(名)津，渡口，碼頭。

ツァー①【**俄 tsar**】(名)沙皇。

つい①(**副**)❶（表示時間、距離很近）就，剛，剛剛。☆～この間／就在前幾天。☆～そこです／就在那兒。❷無意中，不由得，不知不覺。☆～笑い出してしまった／不由得笑了起來。

つい【**対**】〔一〕⓪(**名**)成對，成雙。☆～の着物／成套的衣服。〔二〕(**接尾**)雙。☆一～の茶碗／一對茶碗。

ついおく⓪【**追憶**】(**名・他サ**)追憶，回憶。

ついか⓪【**追加**】(**名・他サ**)追加。

ついきゅう⓪【**追及**】(**名・他サ**)❶追，追趕。❷追究。

ついきゅう⓪【**追求**】(**名・他サ**)追求，追逐。

ついきゅう⓪【**追究**】(**名・他サ**)追究，探求。

ついく⓪【**対句**】(**名**)對偶（句）。

ついしけん④【**追試験**】(**名**)補考。

ついしん⓪【**追伸**】(**名**)又及，再啟。

ついせき⓪【**追跡**】(**名・他サ**)追蹤，跟蹤。

ついたち④③【**朔・一日**】(**名**)（每月的）一日，一號。

ついたて⓪④【**衝立**】(**名**)屏風。

ついて①【**就いて**】(**連語**)(用〝について〞的形式)❶就，關於，就…而言。☆この件に～／關於這件事。❷每。☆一人に～千円／每人一千日元。

ついで⓪【**次いで**】(**接**)接著，隨後，其次。

ついで⓪【**序で**】(**名**)❶次序，順序。❷方便，順便，得便，就便，機會。☆お～の節／有機會的時候。得便的時候。☆～がない／沒有機會。

ついでに⓪【序でに】(副)順便，就便。

ついては①【就いては】(接)因此，所以。

ついとう⓪【追悼】(名・他サ)追悼。☆~会／追悼會。

ついに①【遂に】(副)終於。

ついほう⓪【追放】(名・他サ)❶開除。☆公職~／開除公職。❷驅逐，清除。❸流放，充軍。

ついや・す⓪③【費やす】(他五)❶費，花費，耗費，用掉。❷浪費，白費。

ついらく⓪【墜落】(名・自サ)墜落。

つう【通】(一)①(名)通，精通。☆中国~／中國通。☆~の人／精通的人。(二)(接尾)(書信、文件)封，件，份。☆一~の手紙／一封信。

つうか①【通貨】(名)通貨。☆~収縮／通貨緊縮。☆~膨脹／通貨膨脹。

つうか⓪①【通過】(名・自サ)❶通過，經過。❷(火車等)通過，不停。❸(議案等)通過，批准。

つうがく⓪【通学】(名・自サ)通學，上學。☆~生／通學生。

つうきん⓪【通勤】(名・自サ)通勤，上班。

つうこう⓪【通行】(名・自サ)通行。☆~券／通行證。☆~止め／禁止通行。☆~人／行人。☆右側~／右側通行。

つうじ⓪【通じ】(名)❶理解，領會。☆~が早い／理解得快。❷大小便，大便。☆~がない／大便不通。

つうじて⓪【通じて】(副)總地來看，一般來說。

つうしょう⓪【通商】(名・自サ)通商，貿易。☆~産業省／通商産業省。

つうじょう⓪【通常】(名)通常，普通，一般。☆~郵便物／普通郵件。☆~国会／國會定期會議。

つう・じる⓪【通じる】(自上一)→つうずる

つうしん⓪【通信】(名・自サ)❶通信。❷通訊。☆~衛星／通訊衛星。☆~教育／函授教育。

つうじん③⓪【通人】(名)❶內行，行家。❷通情達理的人，懂世故的人。

つう・ずる⓪③【通ずる】(一)(自サ)❶通，通往。☆電話が~・じない／電話打不通。☆ローマに~道／通往羅馬的道路。❷理解，明白，懂。☆彼にはユーモアが~・じない／他不懂幽默。❸通曉，精通。☆中国語に~・じている／通曉中國話。❹通敵，裏通。☆敵に~／通敵。❺私通，通姦。☆女中と~／和女佣人通姦。❻

往來，交往。☆隣国と～／與鄰國交往。❼通用。☆全体に～規則／通用全體的規則。〔二〕(他サ)❶開通。☆新道を～／開通新路。❷溝通，聯繫，使…理解。☆意思を～／溝通思想。☆誼(よし)みを～／聯絡友情。❸通過。☆テレビを～・じて知らせる／通過電視通知。❹在整個期間，在整個範圍內。☆一年を～・じてあたたかい／一年四季溫暖。

つうぞく⓪①【通俗】(名・形動)通俗。☆～小說／通俗小說。

つうたつ⓪①【通達】(名・他サ)❶通知，通告，傳達，下達。❷通達，通曉。

つうち⓪【通知】(名・他サ)通知。

つうちょう⓪【通帳】(名)摺子。☆預金～／存摺。

つうちょう⓪【通牒】(名・他サ)❶通知。❷通牒。☆最後～／最後通牒。

つうねん⓪【通年】(名)全年，一整年。

ツーピース③【two piece dress】(名)（上下身成套的）套服。

つうやく①【通訳】(名・他サ)（口頭）翻譯。☆同時～／同聲傳譯。

つうよう⓪①【通用】(名・自サ)❶通用。☆世界中で～する／在全世界通用。❷有效。☆～期間／有效期。❸常用。☆～門☆～口(ぐち)／便門。

つうれい⓪①【通例】(名)❶通例，常例，慣例。❷通常。

つうろ①【通路】(名)❶通路，通道。❷道路。

つうわ⓪【通話】(名・自サ)（電話）通話。☆～中／佔線。正在通話。☆～料／電話費。

つえ①【杖】(名)手杖，拐杖。

つか②【柄】(名)柄，把。☆刀の～／刀把兒。

つか②【塚】(名)❶塚，墳。❷土堆。

つかい⓪【使い】(名)去辦事（的人），去買東西（的人）。☆子供を～にやる／叫孩子去辦事。

つかいこ・む④【使い込む】(他五)❶盜用，竊用，挪用。☆公金を～／挪用公款。❷用慣，用熟。☆～・んだ道具／用慣了的工具。

つかいさき⓪【使い先・遣い先】(名)❶去辦事的地方。❷錢的用途。

つかいすて⓪【使い捨て】(名)用完就扔掉，一次性使用。☆～のライター／用完即丟的打火機。

つかいて⓪【使い手】(名)❶使用者，用主。❷會使用的人。❸亂花錢的人。

つかいで⓪【使いで】(名)耐用，（錢）經花。

つ

つかいな・れる⑤【使い慣れる】(自下一)用慣，使慣。

つかいはしり④【使い走り】(名)跑腿兒。

つかいみち⓪【使い道】(名)用處，用途。

つかいもの⓪【使い物】(名)❶有用的東西。❷贈品，禮品。

つかいわ・ける⑤【使い分ける】(他下一)❶分別使用。❷靈活運用。

つか・う⓪【使う】(他五)❶使，用，使用，使喚。☆鉄を～・って作る／用鐵做。☆人を～／使喚人。❷花，花費。☆金をむだに～／亂花錢。❸玩弄，要弄。☆手品(てじな)を～／變戲法。❹做某些特定的事。☆弁当を～／吃飯盒。☆湯を～／洗澡。☆手水(ちょうず)を～／洗手。洗臉。☆賄賂(わいろ)を～／行賄。

つが・う⓪【番う】(自五)❶成對。❷交尾。

つか・える⓪【使える】(自下一)❶能用，可以使用。❷能幹。❸(劍術等)高超。

つか・える③【支える】(自下一)❶堵塞，阻塞。❷積存，積壓。❸被佔用，有人用著。

つか・える⓪【仕える】(自下一)侍候，侍奉。

つか・える③【痞える】(自下一)(胸部)憋悶，堵得慌。

つかさど・る④【司る・掌る】(他五)執掌，掌管，管理。

つかま・える⓪【摑まえる・捕まえる】(他下一)❶抓住，揪住。❷捕捉，逮住。

つかま・せる④【摑ませる】(他下一)❶行賄。❷騙人購買(偽劣商品)。

つかま・る⓪【摑まる】(自五)❶抓住，揪住。☆つりかわに～／抓住(車上的)吊環。❷被捕獲，被逮住。

つかみあい⓪【摑み合い】(名)扭打，揪打。

つかみかか・る⓪⑤【摑み掛かる】(自五)抓住，揪住。

つか・む②【摑む】(他五)抓，抓住，揪住。

つか・る⓪【漬かる・浸かる】(自五)❶浸，泡，淹。❷醃好，醃透。

つかれ③【疲れ】(名)累，乏，疲勞，疲倦。

つか・れる③【疲れる】(自下一)❶累，乏，疲勞。❷用舊，用乏。☆～・れた油／(用過的)乏油。

つき【付き・就き】(接助)❶關於。☆この点に～／關於這一點。❷因為。☆雨天に～／因雨。❸每，每個。☆一人に～百円／每人一百日元。

つき【付き】(接尾)❶様子。☆顔～／臉形。神色。☆目～／眼神。❷帶，附帶。☆条件～／

附有條件。☆風呂～の部屋／有浴室的房間。❷所屬，附屬。☆社長～の秘書／經理的專屬秘書。

つき②【月】(名)❶月，月亮，月球。★～とすっぽん／天壤之別。❷月。☆大(だい)の～／大月。

つき②【付き】(名)❶粘性。☆～の悪い糊(のり)／不粘的漿糊。❷著火，引火。☆～の悪いライター／打不著火的打火機。❸運氣。☆～が回ってくる／轉運。

つぎ②【次】(名)下，次，下次，下一個。

つぎ⓪【継ぎ】(名)補釘。

つきあい⓪【付き合い】(名)❶交際，交往，來往。❷陪，陪伴。

つきあ・う③【付き合う】(自五)❶交際，交往，來往。❷陪，陪伴。

つきあたり⓪【突き当たり】(名)❶碰上，撞上，衝突。❷盡頭。☆～の店／盡頭的鋪子。

つきあた・る④【突き当たる】(自五)❶碰上，撞上，衝突。❷走到盡頭。❸遇上，碰到。☆困難に～／碰到困難。

つぎあわ・せる⑤【継ぎ合わせる】(他下一)接上，粘上，焊上，縫上。

つきおと・す④【突き落とす】(他五)推掉，推下去。

つきかえ・す③【突き返す】(他五)❶推回去。❷退回，退還。

つぎき⓪【接木】(名・他サ)嫁接，接枝。

つぎこ・む③【注ぎ込む】(他五)❶注入，倒入。❷投入。

つきさ・す③【突き刺す】(他五)❶扎，刺，插，扎入。❷刺痛，打動（心弦）。

つきずえ③⓪【月末】(名)月末。

つきそい⓪【付き添い】(名)服侍，護理，照料（的人）。☆～人(にん)／護理人。

つきそ・う⓪【付き添う】(自五)服侍，照料，護理。☆病人に～／護理病人。

つきだ・す③【突き出す】(他五)❶推出。❷伸出，突出。❸扭送。

つぎた・す③【継ぎ足す】(他五)接上，補上，添上。

つきづき②【月月】(名)月月，每月。

つぎつぎ⓪【次次】(副)接連不斷，一個接一個。

つきつ・ける④【突き付ける】(他下一)❶擺在眼前，放在面前。❷提出，遞交。

つきつ・める④【突き詰める】(他下一)❶追究，追問。❷苦思冥想。

つき・でる③【突き出る】(自下一)❶突出，伸出。❷扎出，扎透。

つ

つきとお・す③【突き通す】(他五)❶扎透，刺透，穿通。❷貫徹，堅持到底。

つきとば・す④【突き飛ばす】(他五)猛撞，撞倒，推到一邊。

つきと・める④【突き止める】(他下一)查明，査清。

つぎに②【次に】(副)其次，接著，下面。

つきはじめ③【月初め】(名)月初。

つきばらい③【月払い】(名)分月付款。

つきひ②【月日】(名)❶月亮和太陽。❷月日，日期。❸歲月，時光。

つきみ③【月見】(名)賞月。

つきみそう⓪【月見草】(名)月見草，夜來香。

つぎめ⓪【継目】(名)接頭，接縫，接口。

つきもの②【付き物】(名)附屬品，離不開的東西，避免不了的事。☆刺身にわさびは～だ／生魚片離不開芥末。

つきやぶ・る④【突き破る】(他五)❶扎破，撞破，戳破。❷突破，衝破。

つきやま⓪【築山】(名)假山。

つきよ②【月夜】(名)月夜。★～に提灯(ちょうちん)／畫蛇添足。

つ・きる⓪②【尽きる】(自上一)盡，完，到頭，終了。

つ・く①②【着く】(自五)❶到，到達。☆東京に～／抵達東京。❷觸到，夠著。☆頭が天井に～／頭碰到天棚。

つ・く①②【就く】(自五)❶就。☆席に～／就座。☆床に～／就寢。☆職に～／就職。❷跟，跟隨。☆先生に～・いて習う／跟老師學。❸沿著，順著。

つ・く①②【付く】(自五)❶沾，附。☆手に泥が～／手上沾的泥。❷帶有，配有。☆風呂の～・いた部屋／有浴室的房間。❸生，長，增添。☆肉が～／長肉。❹跟，跟隨，陪同。☆母に～・いて行く／跟著媽媽去。❺(感覺器官)感到。☆耳に～／聽到。❻値，合，相當於。☆一個百円に～／一個値一百日元。❼有結果，確定下來。☆決心が～・いた／拿定主意了。☆目鼻(めはな)が～／有眉目。

つ・く①②【舂く・搗く】(他五)舂，搗。☆もちを～／舂年糕。

つ・く⓪【突く・吐く】(他五)吐，嘆，說。☆ためいきを～／吸氣。☆うそを～／説謊。

つ・く⓪【突く・衝く・撞く】(他五)❶扎，刺，戳。☆針で～／用針扎。❷打，敲，撞，拍。☆鐘を～／敲鐘。☆まりを～

／拍球。❸冒，頂，冲。☆風雨を～／冒著風雨。☆鼻を～／(味道)冲鼻。❹乘，抓，攻。☆弱点を～／攻擊弱點。☆不意を～／出其不意。❺支，撐。☆杖を～・いて歩く／拄著拐杖走。

つ・く①②【付く・点く】(自五)(燈、火)點著，點燃。☆電気が～・いている／燈點著。

つ・ぐ⓪【次ぐ】(自五)❶次於。☆東京に～／次於東京。❷接著，在…之後。☆地震に～・いで／地震後。

つ・ぐ⓪【注ぐ】(他五)注，倒，斟。☆酒を～／斟酒。

つ・ぐ⓪【継ぐ・接ぐ】(他五)❶繼，繼承。☆王位を～／繼承王位。❷接，連接。☆骨を～／接骨。❸補，縫補。☆やぶれた所を～／補破了的地方。❹續，添加。☆炭を～／續炭。

つくえ⓪【机】(名)桌子。

つく・す【尽す】(一)②(他五)❶盡，竭盡。☆全力を～／竭盡全力。❷盡力。☆国に～／為國盡力。(二)(接尾)(接動詞連用形)盡，完。☆焼き～／燒光。

つくづく③【熟】(副)❶仔細，細心。❷痛切，深切。❸實在，切實。

つぐな・う③【償う】(他五)❶賠償，補償。❷抵罪，贖罪。

つく・ねる③【捏ねる】(他下一)捏，團弄。

つぐ・む②【噤む】(他五)閉口，緘口。

つくり③【作り・造り】(名)❶購造，樣式。❷化妝，打扮。❸裝作，假裝。❹(關西方言)生魚片。

つくりあ・げる⓪⑤【作り上げる】(他下一)❶做完，完成。❷捏造，編造。

つくりか・える⓪⑤【作り替える】(他下一)❶另做，重做。❷改做。

つくりごえ④【作り声】(名)假嗓子，模仿…的聲音。

つくりばなし④【作り話】(名)假話，虛構的事。

つくりもの⑤④【作り物】(名)❶莊稼，農作物。❷人造品，仿製品。

つく・る②【作る】(他五)❶做，製造。☆ご飯を～／做飯。❷栽培，培育。☆米を～／種稻子。❸化妝，打扮。❹組織，創辦，制定。❺寫，寫作。❻假裝，虛構，編造。

つくろ・う③【繕う】(他五)❶修理，修補。❷整理，裝飾。

つけ【付け】(接助)(用“につけ”的形式)不論…還是…，…也罷…也罷。

つけ【付け】(一)②(名)❶帳，帳單。❷欠帳，掛帳。☆～で買う／賒購。☆この店は～がきく／這家店舗可賒購。(二)(接尾)(接動詞連用形後)經常，習慣。☆買い～の店／常去買東西的店舗。

づけ【付け】(接尾)表示日期。☆三月一日～のお手紙／三月一日的來信。

つけあが・る⓪【付け上がる】(自五)翹尾巴，得意忘形。

つけくわ・える⓪【付け加える】(他下一)補充，增補，添加。

つけこ・む⓪【付け込む】(自五)❶乘機。❷記帳，下帳。

つけた・す⓪【付け足す】(他五)附加，補充。

つけもの⓪【漬物】(名)鹹菜。醃漬物。

つ・ける②【付ける・附ける】(他下一)❶塗，抹，擦，粘。☆傷に薬を～／給傷口抹藥。❷安，安裝，接上。☆取手(とって)を～／安把手。❸寫上，記上。☆日記を～／記日記。☆名前を～／寫上名字。❹養成，學會，掌握。☆いい習慣を～／養成好習慣。★身に～／掌握。❺附加，添加。☆条件を～／附加條件。❻定(價)。☆値段を～／定價。❼派，使…跟隨。☆護衛を～／派警衛跟隨。❽跟隨，跟蹤。☆彼のあとを～／跟蹤他。❾注意，注目。★気を～／注意。★目を～／注視。❿起(名)，打(分)。☆名前を～／起名。☆点数を～／評分。⓫長，增長。☆知恵を～／長智慧。

つ・ける②【点ける】(他下一)點，開。☆火を～／點火。☆テレビを～／打開電視機。

つ・ける⓪【漬ける】(他下一)醃，漬。

つ・ける⓪【漬ける・浸ける】(他下一)浸，泡。☆シャツを水に～／把襯衣泡在水裡。

つ・ける②【就ける・着ける】(他下一)請…就(座、任、職、師)。☆客を案内して席に～／引導客人入席。☆先生に～・けて習わせる／請他從師學習。

つ・ける②【着ける】(他下一)❶穿上，佩戴。☆学生服を～／穿學生服。❷(車、船)停靠，開到。☆車を玄関に～／把車開到大門口。

つ・げる⓪【告げる】(他下一)告，告訴。☆別れを～／告別。

っこ(接尾)(接動詞連用形後)❶相互。☆助け～する／互相幫助。❷比，比賽。☆かけ～／賽跑。☆にらめ～／(兒童遊戲)互相凝視賭笑。

つごう【都合】(一)⓪(名)❶情況，方便與否，合適與否。☆

つ

〜が良い(悪い)／方便(不方便)。合適(不合適)。❷順利與否。☆〜よく／順利。湊巧。(二)⓪(名・他サ)安排(時間)，籌措(資金)。☆何とか〜する／設法安排。設法籌措。(三)①(副)合計，總共。☆〜二十人／總共二十人。

つじ⓪【辻】(名)❶十字路口。❷街頭。

つじつま⓪①【辻褄】(名)條理，道理，情理。☆話の〜が合わない／前言不搭後語。

つた②【蔦】(名)常春藤，爬山虎。

づたい【伝い】(接尾)沿著。

つた・う⓪【伝う】(自五)順，沿。

つた・える⓪【伝える】(他下一)❶傳，傳給，傳授，傳達，轉告。❷傳導。❸傳播。

つたわ・る⓪【伝わる】(自五)❶傳，流傳，傳播。❷傳達。❸導，傳導。❹沿著，順著。

つち②【土】(名)❶土，泥土，土地。❷地面，地上。

つち②【槌】(名)錘子。

つちか・う③【培う】(他五)培養，培育，培植。

つつ⓪②【筒】(名)筒。

つつ(接助)(接動詞、助動詞連用形後)❶一邊…一邊…，一面…一面…。❷雖然，可是。❸(用〃つつある〃的形式)正在…。

つっかえ・す③【突っ返す】(他五)❶推回。❷退回。

つっかか・る④【突っ掛かる】(自五)❶撞上，碰上。❷衝撞。❸頂嘴，頂撞。❹反抗。

つっか・ける④【突っ掛ける】(他下一)趿拉(鞋)。

つづき⓪【続き】(名)❶繼續。❷連續。❸銜接，連接。

つっき・る③【突っ切る】(他五)橫斷，橫穿。

つつ・く②(他五)❶戳，碰。❷叮，啄。❸(用筷子)夾。❹挑唆，挑撥。❺挑剔。❻欺負，虐待，折磨。

つづ・く⓪【続く】(自五)❶繼續，連續。❷連通，相連。❸接著，跟著。❹次於。

つづけざま⓪【続け様】(名)連續，接連。

つづ・ける⓪【続ける】(他下一)❶繼續，連續。❷連接。

つっけんどん③【突慳貪】(形動)冷淡，簡慢，粗暴。

つっこ・む③【突っ込む】(一)(自五)❶衝入，闖入。❷深入。(二)(自他)❶插入，塞入。❷刺入，扎透。❸追究，追問。❹投身，埋頭。

つつじ②【躑躅】(名)杜鵑，映山紅。

つつしみ④⓪【慎み・謹み】(名)謹慎，慎重，謙恭，禮貌。

つつしみぶか・い⑥【慎み深

い】(形)謙虚謹慎，很有禮貌。

つつし・む③【慎む・謹む】(他五)❶謹慎，慎重。☆身を～／謹言慎行。❷節制。☆酒を～／少喝酒。

つつしんで③【謹んで】(副)謹。☆～新年のお祝いを申し上げます／恭賀新喜。

つった・つ③【突っ立つ】(自五)❶直立，聳立。❷挺立。❸呆立。

つつぬけ⓪【筒抜け】(名)❶洩露(秘密)。❷耳邊風。❸暢通。

つっぱ・る③【突っ張る】(一)(自五)抽筋，疼痛。(二)(他五)❶撐住，頂住，支住。❷固執己見，猛烈反駁。❸(相撲)用力猛推。

つつみ③【包み】(名)包，包裹，包袱。

つつみ③【堤】(名)❶堤壩。❷蓄水池。

つづみ③【鼓】(名)日本鼓。

つつ・む②【包む】(他五)❶包，裹。❷包圍。❸籠罩，充滿。❹隱藏，遮掩。

つづら⓪【葛】(名)青藤。

つづ・る⓪②【綴る】(他五)❶縫補。❷裝訂。❸拼寫。❹寫，作。

って(一)(格助)❶(同表示引用的“と”)表示說話、思惟的內容。☆知らない～言ったよ／說是不知道。❷(“という”的口語形式)叫做，說是。☆山田さん～人／一個叫山田的人。❸(“といって”的口語形式)說是。☆映画を見に行く～出かけましたよ／說是去看電影，出去了。(二)(係助)❶(“というのは”、“というものは”的口語形式)提示主題。☆あなた～ひどい人だわ／你這個人可真夠嗆！❷(重覆對方部分話語作為自己講話的主題)你說，你問。☆どうするか～、ぼくにだって分からないよ／(你說)怎麼辦？我也不知道。(三)(終助)(“ということだ”的口語形式)聽說，據說。☆妹も行きたい～／說是妹妹也想去。

つて②【伝・伝手】(名)❶門路，引線，媒介。☆～を求める／找門路。❷傳聞，聽說。☆～に聞く／聽說。

つと⓪①(副)❶一動不動。❷突然。

つど①【都度】(名)每次，每逢，隨時。☆帰省の～／每逢回鄉。☆その～知らせる／隨時通知。

つどい②⓪【集い】(名)集會。

つど・う②【集う】(自五)集會，聚會。

つとま・る③【勤まる】(自五)勝任。

つとめ③【勤め】(名)工作，職業。☆～に出る／參加工作。

つとめ③【務め】(名)義務，職責，任務。

つとめぐち⓪③【勤め口】(名)（要找的）工作，職業。

つとめさき⓪⑤【勤め先】(名)工作單位。

つとめて②【努めて】(副)努力，盡量，竭力。

つと・める③【勤める】(自下二)工作，做事。☆会社に～・めている／在公司工作。

つと・める③【務める】(他下二)擔任，擔當，扮演。☆案内役を～／當嚮導。☆主役を～／扮演主角。

つと・める③【努める】(自下二)努力，盡力。☆解決に～／盡力解決。

つな②【綱】(名)❶繩子，繩索，纜繩。❷依靠，命脈。☆命の～／命根子。

つながり⓪【繋がり】(名)❶聯繫，關係。❷連接。

つなが・る⓪【繋がる】(自五)❶連接，連繫，有關係。❷被綁在…上，被纏住。

つな・ぐ⓪【繋ぐ】(他五)❶繫，拴，綁。☆犬を～／拴狗。❷連，接。☆手を～・いで歩く／手拉著手走。❸維持，延續。☆命を～／維持生命。

つなひき④②【綱引き】(名)拔河。

つなみ⓪【津波】(名)海嘯。

つなわたり③【綱渡り】(名)❶（雜技）走鋼絲。❷冒險。

つね①【常】(名)❶常，常事，常情。☆世の～／人世之常。☆～ならぬ／無常。❷平常，普通。❸常常，經常。

つねに①【常に】(副)經常。

つね・る②【抓る】(他五)掐，擰。

つの②【角】(名)角，犄角。

つの・る②⓪【募る】〔一〕(自五)越來越厲害，激化。〔二〕(他五)❶募，募集。❷徵求。

つば②①【唾】(名)唾沫，唾液，口水。☆～を吐く／吐唾沫。

つば①【鍔】(名)❶（刀、劍的）護手。❷帽檐。❸鍋沿。

つばき③【唾】(名)→つば(唾)

つばき①【椿】(名)山茶。

つばさ⓪①【翼】(名)翼，翅膀。

つばめ⓪【燕】(名)燕子。

つぶ①【粒】(名)粒，顆粒。

つぶ・す⓪【潰す】(他五)❶弄壞，弄碎。☆声を～／喊破嗓子。★顔を～／丟臉。★胆を～／嚇破膽。❷（回爐）熔化。❸浪費，消磨。❹宰，殺。

つぶぞろい③【粒揃い】(名)❶顆粒整齊。❷一個賽一個，都是好樣的。

つぶて⓪③【礫・飛礫】(名)飛石，石子兒。★闇夜(やみよ)の～／無的放矢。

つぶや・く③【呟く】(自五)嘟

嚷，嘰咕。

つぶより⓪【粒選り】(名・他サ)精選，挑選。

つぶ・る⓪【瞑る】(他五)瞑，閉目。☆目を～／閉眼。死。裝沒看見。

つぶ・れる⓪【潰れる】(自下一)❶壓碎，擠破。❷倒塌。❸倒閉，破產。❹失去功能。☆鋸の目が～・れた／鋸齒鈍了。☆耳が～・れた／耳朵聾了。❺(時間)浪費，(機會)錯過。

つべこべ①(副)強辯，講歪理。

つぼ⓪【坪】(名)(日本的舊面積、體積單位)坪。

つぼ⓪【壺】(名)❶壺，罐，壇子。❷窪坑。❸要點，關鍵。❹企圖。★思う～にはまる／正中下懷。落入圈套。

っぽ・い(接尾)表示具有某種傾向。☆水～／水分多。☆忘れ～／健忘。

つぼみ③【蕾】(名)花蕾，蓓蕾。

つぼ・む⓪【窄む】(自五)❶(尖端)細，收縮。❷萎縮，凋謝。

つぼ・む②⓪【蕾む】(自五)(花)打苞，含苞。

つま①【妻】❶妻，妻子。❷(生魚片等的)配碼，配菜。

つまこ①【妻子】(名)妻和子。

つまさき⓪【爪先】(名)腳尖。

つまし・い③【倹しい】(形)節儉，樸素。

つまず・く⓪【躓く】(自五)❶絆倒，跌倒。❷受挫折，栽跟斗。

つまみ⓪【抓み】(名)❶撮，捏。☆ひと～の塩／一撮鹽。❷鈕，抓手。☆ラジオの～／收音機的旋鈕。❸酒餚，下酒菜。

つま・む⓪【抓む・撮む・摘む】(他五)❶捏，撮。❷掐，摘。❸吃。

つまようじ③【爪楊枝】(名)牙籤。

つまらな・い③(形)❶沒價值，不足道。❷無用。❸無聊，沒趣。

つまり①【詰まり】(副)總是，究竟，即，就是說。

つま・る②【詰まる】(自五)❶擠滿，塞滿。☆人がぎっしり～っている／人擠得滿滿的。❷堵塞，不通。☆鼻が～っている／鼻子不通氣。❸窮困，窘迫。☆金に～／缺錢。☆答えに～／答不上話來。❹縮短。☆日が～／天短。日期迫近。

つまるところ②【詰まる所】(副)總之，歸根究底。

つみ①【罪】(一)(名)❶罪，罪行，罪惡。❷罪過，罪責。❸壞心眼兒。★～がない／天真。純潔。(二)(形動)狠心腸，不近人情。

づみ【積み】(接尾)裝載。☆三トン～のトラック／載重三噸的卡車。

つみあ・げる④【積み上げる】(他下一)❶堆起，疊起。☆本を～／把書疊起來。❷積累起來。

つみおろし⓪【積み降し】(名)裝貨和卸貨，裝卸。

つみかさな・る⑤【積み重なる】(自五)堆積，累積。

つみかさ・ねる⑤【積み重ねる】(他下一)❶堆起，疊起。❷積累。

つみき⓪【積み木】(名)積木。

つみこ・む③【積み込む】(他五)(往車、船裏)裝貨。

つみだ・す③【積み出す】(他五)(用車、船)裝運，運出。

つみた・てる④【積み立てる】(他下一)積蓄，積攢，積累。

つみびと⓪【罪人】(名)罪人。

つみぶか・い④【罪深い】(形)罪大，罪惡深重。

つ・む⓪【摘む】(他五)採，摘，掐。☆花を～／摘花。

つ・む⓪【積む】(他五)❶堆積。❷積累，積攢。❸裝載。

つむ・ぐ②【紡ぐ】(他五)紡。☆糸を～／紡紗。

つむじ⓪【旋毛】(名)(毛髮的)旋兒。★～をまげる／倔強。找麻煩。

つむじかぜ③⑤【旋風】(名)旋風。

つめ⓪【爪】(名)❶爪。❷指甲，趾甲。❸(彈琴的)撥子。

づめ【詰め】(接尾)❶裝。瓶～／瓶裝。☆ビール一ダース～の箱／裝一打啤酒的箱子。❷連續，一直。☆立ち～／一直站著。❸全憑，光靠。☆規則～／全憑規章。❹派在…地方工作。☆支店～／在分公司工作。

つめあわせ⓪【詰め合わせ】(名)混裝。

つめいん⓪【爪印】(名)指印。

つめえり⓪【詰め襟】(名)(衣服的)立領。

つめきり④③【爪切り】(名)指甲剪。

つめこみしゅぎ⓪【詰め込み主義】(名)填鴨式，灌輸式(教學)。

つめこ・む⓪【詰め込む】(他五)❶裝滿，塞滿。❷灌輸。

つめた・い⓪【冷たい】(形)❶冷，涼。☆～風／冷風。❷冷淡，冷冰冰。☆～人／冷冰冰的人。

つ・める②【詰める】(一)(自下一)待命，守候，值勤，上班。☆本部に～／在本部值勤。(二)(他下一)❶裝，裝入。☆箱に菓子を～／往盒裡裝點心。❷填，塞，堵。☆あなに石を～／往坑裡填石頭。❸縮短，縮小。☆着物の丈(たけ)を

〜／剪短衣服的身長。❹節約，節省。☆経費を〜／節約開支。❺連續，不停，不間斷。☆〜・めて働く／不停地工作。❻屏（息）。☆息を〜／屏息。

つもり⓪【積り】(名)❶打算，意圖。❷估計，預計。❸就當作，就算是。☆死んだ〜で働く／拼命幹活。❹（宴會時）最後一杯酒。☆これでお〜ですよ／這是最後一杯酒。

つも・る⓪②【積もる】㈠(自五)❶積，堆積。❷積累，積攢。★ちりも〜・れば山となる／積塵成山。積少成多。㈡(他五)❶估計。❷推測，猜測。

つや⓪【艶】(名)❶光澤，光亮。☆肌に〜がある／皮膚有光澤。❷豔聞，豔情。☆〜っぽい話／風流話。❸趣味，風趣。☆〜のない話／沒趣的話。

つや①【通夜】(名)❶徹夜祈禱。❷徹夜守靈。

つやつや①③(副)油光，油亮。

つゆ⓪②【梅雨】(名)梅雨，梅雨期。☆〜に入る／入梅。☆〜が明ける／出梅。

つゆ①【露】㈠(名)❶露水。❷淚水。❸短暫。㈡(副)絲毫，一點也。

つゆあけ④⓪【梅雨明け】(名)出梅。

つゆいり⓪【梅雨入り】(名)入梅。

つゆくさ②【露草】(名)鴨跖草。

つよ・い②【強い】(形)❶強，有勁，有力量。☆〜チーム／強隊。❷強壯，健壯，結實。☆体が〜／身體健壯。❸堅強，剛強。☆意志が〜／意志堅強。❹強烈，厲害。☆風が〜／風大。☆〜酒／烈性酒。❺擅長，棒。☆語学に〜／擅長外語。❻對…有抵抗力。☆寒さに〜／耐寒。☆病気に〜／抗病力強。

つよがり④③【強がり】(名)逞強，裝硬漢。

つよき③【強気】(名・形動)❶強硬，堅強，剛強。☆〜に出る☆〜を出す／採取強硬態度。❷（行情）看漲，堅挺。

つよごし⓪【強腰】(名)強硬態度。

つよさ①【強さ】(名)強度。

つよび⓪【強火】(名)旺火。

つよま・る③【強まる】(自五)增強，強大起來。

つよみ③【強み】(名)❶強，強度。❷長處，優點。

つよ・める③【強める】(他下一)加強，增強。

つら②【面】(名)❶（含貶意）臉，臉面，嘴臉。☆どの〜さげて／有什麼顏面。★〜から火が出る／（羞得）面紅耳赤。❷表面。

つらあて④【面当て】(名)❶指桑罵槐，說諷刺話。❷賭氣，刁難。

つら・い⓪【辛い】(形)❶痛苦，辛苦，難過，難受。☆貧乏は～/貧窮是痛苦的。☆～仕事/艱辛的工作。❷苛刻，無情。☆～仕打ち/無情的態度。

づら・い【辛い】(接)難，不便。☆読み～/難讀。

つらな・る③【連なる】(自五)❶連接，連綿，綿延，成行。❷列席，參加。❸與…有關。

つらぬ・く③【貫く】(他五)❶貫穿，貫通，穿過。❷貫徹，堅持到底。

つら・ねる③【連ねる】(他下一)連，連接，排列。☆軒(のき)を～・ねて立ち並ぶ/鱗次櫛比。☆名を～/聯名。

つらのかわ⑤【面の皮】(名)臉皮，面皮。☆いい～だ/活該！(自嘲)真是丟人現眼了！★～が厚い/臉皮厚。★～千枚張り/厚顏無恥。

つらら⓪【氷柱】(名)冰柱，冰溜，冰凌。

つり⓪【釣り】(名)❶釣魚。❷找的零錢，找頭。☆お～を下さい/請找錢。☆五〇〇円のお～です/找您五百日元。

つりあい⓪【釣り合い】(名)平衡，均衡。☆～を取る/保持平衡。

つりあ・う③【釣り合う】(自五)❶平衡，均衡。❷般配，相稱，勻稱，調合。

つりいと⓪③【釣り糸・吊糸】(名)❶釣魚線。❷吊東西的繩。

つりがね⓪【吊り鐘・釣り鐘】(名)吊鐘。

つりがねそう⓪【吊り鐘草】(名)風鈴草。

つりかわ⓪【吊り革】(名)(電車、汽車上的)吊環，吊帶。

つりざお⓪③【釣り竿】(名)釣竿，魚竿。

つりせん⓪②【釣り銭】(名)找的零錢。

つりばし⓪【吊り橋】(名)吊橋。

つりばり③⓪【釣り針】(名)魚鉤。

つりわ⓪【吊り輪・吊り環】(名)(體操)吊環。

つ・る⓪【釣る】(他五)❶釣(魚)。❷引誘，勾引，誘騙。

つ・る⓪【吊る】(他五)吊，掛，懸，架。

つ・る⓪【攣る】(自五)抽筋，痙攣。

つる①【鶴】(名)鶴。

つる②【蔓】(名)❶蔓，藤。❷線索，門路。❸眼鏡腿。

つる②【鉉】(名)(鍋，壺等的)提樑，提把。

つる③【弦】(名)弓弦。

つるぎ③**【剣】**(名)劍。

つるくさ②⓪**【蔓草】**(名)蔓草。

つる・す⓪**【吊るす】**(他五)吊，懸，掛。

つるつる①(副・自サ)溜光，溜滑，光滑。

つるはし②①**【鶴嘴】**(名)鎬。洋鎬。

つるべ⓪**【釣瓶】**(名)吊桶。

つるりと③②(副)溜滑，光滑。

つれ⓪**【連れ】**(名)伴兒，伙伴，伴侶。

づれ【連れ】(接尾)領著，帶著。☆子供～／領著孩子。

つれこ⓪**【連れ子】**(名)(前夫或前妻)帶來的孩子。

つれて⓪**【連れて】**(連語)(接〃に〃後)隨著。

つ・れる⓪**【連れる】**(他下一)帶，領，帶領。

つわもの⓪**【兵】**(名)❶士兵，戰士，勇士。❷幹將，能手。

ツンドラ⓪**【俄 tundra】**(名)凍土帶。

つんぼ①**【聾】**(名)聾子。

テ・て

[TE]

て(接助)(接動詞型、形容詞型活用詞的連用形後，但在〃が〃、〃ば〃、〃な〃、〃ま〃行五段活用動詞或〃ない〃後時變為〃で〃)❶(表示繼起)…之後。☆切手をはっ〜ポストに入れる／貼上郵票後投入郵筒。❷(表示原因、理由)因為。☆かぜを引い〜会社を休んだ／因感冒沒上班。❸(表示轉折)但，卻。☆知ってい〜言わない／知道，但卻不說。❹(表示狀態、方法)…著，…地。☆歩い〜行く／走著去。❺(表示並列)而且，同時。☆安く〜おいしい／既便宜又好吃。❻(表示請求)請。☆ちょっと待っ〜ね／請稍等一會兒。❼(表示詢問)嗎。☆もうごらんになっ〜／您看過了嗎?❽下接各種補助動詞。☆すわっ〜いる／坐著。☆置い〜ある／放著。☆貸し〜やる／借給。

て【手】(接頭)❶表示用手拿的或身邊的物品。☆〜おの／手斧。斧頭。❷表示用手做的。☆〜編み／手編。❸表示親手做的。☆〜料理／親手做的菜。❹加強語氣。☆〜ごわい／相當厲害。

て【手】(接尾)❶幹…的人。☆話し〜／講話的人。☆売り〜／賣方。❷(表示方向、地點)邊，方。☆右〜／右方。❸表示狀態、傾向。☆うす〜の紙／薄紙。

て①**【手】**(名)❶手，手掌，胳膊。☆〜をあげる／舉手。★〜に入れる／弄到手。❷(幹活的)人，人手。☆〜が足りない／人手不足。❸方法，手段。☆〜を尽す／想盡辦法。☆うまい〜／好辦法。❹能力，本領。☆私の〜にあまる／我勝任不了。❺關係。★〜

を切る／斷絶關係。❻筆跡，手筆。☆これは父の〜だ／這是父親的手筆。❼手中的牌或棋。〜が悪い／手裏的牌不好。手氣不好。❽（器物的）把兒。☆ひしゃくの〜／勺子把兒。❾種，類。☆この〜はもう売り切れです／這種貨已售完。

で（格助）❶（表示地點）在。☆教室〜勉強する／在教室裡學習。❷（表示方法、手段）用，以。☆ペン〜書く／用鋼筆寫。☆自転車〜行く／乘自行車去。❸（表示原因、理由）因為，由於。☆病気〜休んだ／因病休息。❹（表示材料）用，拿。☆この椅子は木〜できている／這個椅子是用木頭做的。❺（表示依據）按，憑，靠。☆時間〜賃金を計算する／按時間計算工資。❻（表示條件、狀態）用，以。☆二時間〜仕上がった／用兩個小時的時間做完了。☆みんな〜行く／大家一起去。☆三対一〜勝った／以三比一獲勝。

で（助動）（〝だ〟的連用形）❶表示中頓。☆きょうは三日〜、月曜日だ／今天是三號，星期一。❷下接〝ある〟、〝あります〟、（〝ございます〟）表示判斷。☆駅はあちら〜ございます／火車站在那邊。

で（接）❶那麼。☆〜、どうしたの／那麼，怎麼樣了？❷所以。☆〜、彼は来なかった／所以他沒來。

で⓪【出】（名）❶出來。☆日の〜／日出。❷出場，上場。☆〜を待つ／等待出場。❸外出，出門。☆人の〜が多い／來的人很多。❹出身。☆貴族の〜／貴族出身。❺往外出的情況。☆水道の〜がよい／自來水很旺。❻上市。☆今年は桃の〜が早い／今年桃子上市早。

であ・う⓪②【出会う】（自五）相遇，遇見，碰見。

てあか③【手垢】（名）手垢。

てあき③【手明き・手空き】（名）閒著（的人）。

てあし①【手足】（名）❶手腳。❷部下。

であし⓪【出足】（名）到場人數（的多少）。☆客の〜が悪い／觀眾數量少。

てあたりしだい⑤【手当り次第】（副）順手，遇到什麼就…。☆〜に本を読む／碰到什麼書就看什麼書。

てあつ・い⓪③【手厚い】（形）❶殷勤，熱情。❷優厚。

てあて①【手当】（名）❶津貼。❷治療，醫治。

てあぶり②【手焙り】（名）手爐。

てあみ⓪③【手編み】（名）手編，手織。

てあら・い⓪【手荒い】(形)粗暴，不仔細。
てあらい②【手洗い】(名)❶洗手間。❷廁所。
てあわせ②【手合わせ】(名・自サ)比賽，較量。
てい①【丁】(名)(天干)丁。
ていあん⓪【提案】(名・他サ)提案，建議。
ティー①【tea】(名)茶。☆～パーティー／茶會。茶話會。
ディーセル①【徳 Diesel】(名)柴油機。
ていいん⓪【定員】(名)定員。
ていえん⓪【庭園】(名)庭園。
ていおう③【帝王】(名)帝王。☆～切開(せっかい)／剖腹産。
ていおん⓪【低温】(名)低溫。
ていおん⓪【定温】(名)恒溫。
ていか①⓪【低下】(名・自サ)❶低下。❷下降，降低。
ていか⓪【定価】(名)定價。☆～表／價目表。
ていがく⓪【定額】(名)定額。
ていがく⓪【停学】(名)停學(處分)。
ていかん⓪【定款】(名)章程。
ていき①【定期】(名)定期。☆～券／月票。☆～預金／定期存款。
ていき①【提起】(名・他サ)提起，提出。
ていぎ③①【定義】(名・他サ)定義，下定義。
ていきあつ③【低気圧】(名)❶低氣壓。❷不高興。
ていきゅう⓪【低級】(名・形動)低級，下流，下等。
ていきゅう⓪【定休】(名)定期休息(日)。☆～日(び)／公休日。
ていきゅう⓪【庭球】(名)網球。
ていきょう⓪【提供】(名・他サ)提供，供給。
ていけい⓪【梯形】(名)梯形。
ていけい⓪【提携】(名・自サ)合作，協作。
ていけつ⓪【締結】(名・他サ)締結，簽定。
ていけん⓪【定見】(名)定見，主見。
ていげん⓪【低減】(名・自他サ)減低，降低，下降。
ていげん⓪【逓減】(名・自他サ)遞減。
ていこう⓪【抵抗】(名・自サ)❶抵抗，反抗。❷阻力，電阻。☆～器／電阻器。
ていこく⓪【定刻】(名)準時，按時，正點。
ていこく①【帝国】(名)帝國。☆～主義／帝國主義。
ていさい⓪【体裁】(名)様子，外表，體面。☆～が悪い／不體面。
ていさつ⓪【偵察】(名・他サ)偵察。
ていし⓪【停止】(名・自他サ)停止。

ていじ①【丁字】(名)丁字。☆～定規／丁字尺。

ていじ⓪【呈示】(名・他サ)出示。

ていじ⓪【提示】(名・他サ)提出，出示。

ていしゃ⓪【停車】(名・自サ)停車。☆～場／車站。

ていしゅ①【亭主】(名)❶主人，老板。❷丈夫。☆～関白(かんぱく)／丈夫專横。

ていじゅう⓪【定住】(名・自サ)定居，落戶。

ていしゅつ⓪【提出】(名・他サ)提出，提交。

ていしょう⓪【提唱】(名・他サ)提倡。

ていしょく⓪【定食】(名)套餐，客飯。

ていしょく⓪【定職】(名)固定的職業。

ていしょく⓪【停職】(名)停職。

ていすう③【定数】(名)❶常數。❷定額，定員。

てい・する③【呈する】(他サ)❶呈，贈送。❷呈現。

ていせい⓪【帝政】(名)帝制。

ていせい⓪【訂正】(名・他サ)訂正，更正。☆～広告／更正啟事。

ていせつ⓪【定説】(名)定論。

ていせつ⓪①【貞節】(名・形動)貞節。

ていせん⓪【停戦】(名・自サ)停戰。☆～協定／停戰協定。

ていそ①【定礎】(名)奠基。☆～式／奠基典禮。

ていそ①【提訴】(名・他サ)起訴，控訴。

ていそう⓪【貞操】(名)貞操。

ていそう⓪【逓送】(名・他サ)遞送，傳遞，郵遞。

ていぞう⓪【逓増】(名・他サ)遞增。

ていぞく⓪【低俗】(名・形動)下流，庸俗。

ていそくすう④【定足数】(名)法定人數。

ていた・い③【手痛い】(形)厲害，嚴重，沉重。

ていたい⓪【停滞】(名・自サ)❶停滯。❷積壓。

ていたく⓪【邸宅】(名)公館。

ていたらく③【体たらく】(名)(難看的)樣子。

ていだん⓪【梯団】(名)(軍)梯隊。

でいたん⓪【泥炭】(名)泥煤。

ていち①⓪【定置】(名・他サ)定置，放在一定位置。

ていちゃく⓪【定着】(名・自他サ)❶固定。❷定居。❸(照相)定影。

ていちょう⓪【低調】(名・形動)❶低調。❷不活躍，不興旺。❸低級，庸俗。

ていちょう⓪【鄭重・丁重】(名・形動)鄭重，殷勤，誠懇。

て

ていでん⓪【停電】（名・自サ）停電。

ていど①⓪【程度】（名）程度，水平。

ていとう⓪【抵当】（名）抵押。

ていねい①【丁寧】（名・形動）❶有禮貌，恭恭敬敬。❷仔細，周到，謹慎。

ていねん⓪【定年・停年】（名）退休年齡。

ていのう⓪【低能】（名・形動）低能。☆～児／低能兒。

ていはく⓪【碇泊・停泊】（名・自サ）停泊。

ていひょう⓪【定評】（名）定評。

ていぼう⓪【堤防】（名）堤，堤防，堤壩。

ていほん⓪①【定本】（名）定本，標準本。

ていめい⓪【低迷】（名・自サ）❶低垂，瀰漫。❷淪落，沉淪。

ていやく⓪【締約】（名・自サ）締約，締結。

ていよく①③【体よく】（副）委婉地，體面地。

ていらく⓪【低落】（名・自サ）跌落，下跌。

ていり①【低利】（名）低利率。

ていり①【定理】（名）定理。

でいり⓪【出入り】（名・自サ）❶出入，進出。☆～口／出入口。❷常來往。❸收支。❹糾紛，爭吵，風波。

ていりつ⓪【定律】（名）定律。

ていりゅうじょ⓪【停留所】（名）（汽車、電車的）車站。

ていれ③【手入れ】（名・他サ）❶修理，收拾，修改。❷搜捕。

ていれい⓪【定例】（名）定例，慣例。☆～閣議／內閣例會。

ていれん⓪【低廉】（名・形動）低廉，便宜。

ていろん⓪【定論】（名）定論。

てうえ⓪【手植え】（名）親手種植。

てうす⓪【手薄】（名・形動）❶（人手）不足。❷（錢、物）缺少。❸薄弱，不充分。

デー【day】（接尾）節，日。☆交通安全～／交通安全日。

データ①【data】（名）資料，材料，數據。

デート①【date】（名・自サ）（男女）約會。

テープ①【tape】（名）❶帶，紙帶，布條。☆～を切る／剪彩。通過（賽跑的）終點線。❷卷尺。❸電報收報紙條。❹錄音帶。

テーブル⓪【table】（名）桌子，餐桌。

テーマ①【徳 Thema】（名）主題，題目。

ておい②【手負い】（名）受傷。

ておくれ②【手遅れ・手後れ】（名）耽誤，為時已晚。

ておけ⓪【手桶】（名）帶提把的水桶。

ておし⓪【手押し】（名）手推，手押。☆～車／手推車。

ておち③⓪【手落ち】(名)疏漏，疏忽，過失。

でか・い②(形)(俗)大的。

てがかり②【手掛り】(名)❶(攀登時)手的地方。❷線索。

でか・ける⓪【出掛ける】(自下一)出門，出去。

てかげん②【手加減】(名・自他サ)❶手法，竅門，門道。❷斟酌，酌情。❸用手估量。

てかご①【手籠】(名)提籃。

てかず①②【手数】(名)→てすう

てかせ①【手枷・手桎・手械】(名)手銬。☆～をはめる／戴手銬。

でかせぎ⓪【出稼ぎ】(名)外出做工。

てがた⓪【手形】(名)票據。

でかた③【出方】(名)態度。

てがた・い⓪③【手堅い】(形)❶踏實，靠得住。❷(行情)穩定。

デカダンス③【法décadence】(名)頽廢，頽廢派。

てかてか①(副・自サ)光滑，光溜，發亮。

てがみ⓪【手紙】(名)信，書信。☆～を出す／寄信。

てがら③【手柄】(名)功，功勞。☆～を立てる／立功。

てがる⓪【手軽】(形動)簡單，簡便，輕鬆。☆～な食事／便飯。

てき⓪【敵】(名)❶敵人。❷敵手，對手。

でき⓪【出来】(名)❶質量。☆この洋服は～が悪い／這件西裝做得不好。❷成績。☆～のいい生徒／學習成果好的學生。❸收成。❹(交易)成交。

できあい⓪【溺愛】(名・他サ)溺愛。

できあい⓪【出来合い】(名)現成。☆～の服／現成的衣服。成衣。

できあが・る⓪【出来上がる】(自五)❶做好，做完。❷天生，生就。

てきおう⓪【適応】(名・自サ)適應，適合。

てきがいしん③【敵愾心】(名)同仇敵愾。

てきかく⓪【的確】(形動)正確，準確，確切。

てきかく⓪【適格】(名・形動)具備資格。

てきごう⓪【適合】(名・自サ)適合。

できごころ③【出来心】(名)(一時的)惡念，歹意，衝動。

できごと②⓪【出来事】(名)事件。

てきざい⓪【適材】(名)適當的人材。

できし⓪【溺死】(名・自サ)溺死，淹死。

てきしゅ①【敵手】(名)❶敵人。❷對手。

てきしゅつ⓪【剔出】(名・他サ)摘除，切除。
てきしゅつ⓪【摘出】(名・他サ)❶取出，摘出。❷指出。
テキスト①【text】(名)❶教材，教科書。❷原文。
てき・する③【適する】(自サ)適合，適於。☆教師に～・した人／適合當老師的人。
てき・する③【敵する】(自サ)❶敵對，對抗。❷匹敵，比得上。
てきせい⓪【適正】(名・形動)適當，公平，合理。
てきせい⓪【適性】(名)（做某種工作的）適應性，素質。☆～檢查／測驗個性是否適合。
てきせい⓪【敵性】(名)敵對性。
☆～国家／敵對國家。
てきせつ⓪【適切】(名・形動)適當，恰當，妥當。
できそこない⓪【出来損い】(名)❶做壞，沒做好。❷殘廢。❸（罵人）廢物。
てきたい⓪【敵対】(名・自サ)敵對。
できだか②⓪【出来高】(名)❶產量，收獲量。❷成交額。
できたて⓪【出来立て】(名)剛做好。☆～のほやほや／剛出鍋熱騰騰（的食品）。
てきちゅう⓪【的中】(名・自サ)❶打中，擊中。❷猜中，應驗。
てきど①【適度】(形動)適度，適當，適中。
てきとう⓪【適当】(形動)❶適當。❷隨便，馬馬虎虎。
てきにん⓪【適任】(名・形動)勝任，適合（做某項工作）。
できばえ⓪【出来映え・出来栄え】(名)做的結果。☆この絵の～はよくない／這幅畫畫得不好。
てきぱき①(副・自サ)爽快俐落。
てきはつ⓪【摘発】(名・他サ)檢舉，揭發。
てきびし・い④【手厳しい】(形)嚴厲，厲害。
できぶつ⓪【出来物】(名)出色人物，才德兼備的人。
てきほう⓪【適法】(名・形動)合法。
てきほんしゅぎ⑤【敵本主義】(名)聲東擊西。
てきめん⓪【覿面】(形動)立刻，立即。☆～にきく／立即生效。☆効果～／立竿見影。
できもの④③【出来物】(名)疙，疙瘩。
てきよう⓪【摘要】(名)摘要，提要。
てきよう⓪【適用】(名・他サ)適用，應用。
で・きる②【出来る】(自上一)❶能，會，可以。☆運転が～／會開車。☆～だけ／盡量。盡可能。❷出現，產生，形成。

て

☆手に豆が～・きた／手上起了泡。❸建成，建立。☆店が何軒も～・きた／開了好幾家店。❹做完，完成。☆宿題が～・きた／作業做完了。❺出産，生産。☆米がたくさん～／盛産稲米。❻生（孩子）。☆子供が～／有孩子。❼有才能，有修養。☆よく～・きた人／很有才能的人。❽成績好。☆クラスで一番～／在班上成績最好。❾（男女）搞在一起。搭上。☆ふたりは～・きたらしい／兩個人好像搞上了。

てぎれ③【手切れ】(名)❶斷絶關係。❷（斷絶關係時給對方的）贍養費。☆～金／贍養費。

てきれい⓪【適齢】(名)適齡。

てぎわ③【手際】(名)❶手法，技巧。❷手腕，本領。

てきん⓪【手金】(名)定金。

でく①【木偶】(名)木偶。

テクシー①(名)（俗）徒步。

てくせ③【手癖】(名)盗癖。☆～が悪い／愛偷東西。手不老實。

てくだ①【手管】(名)花招，詭計。

てぐち①【手口】(名)（做壞事的）手法，手段。

でぐち①【出口】(名)出口。

てくてく①(副)（步行貌）一步一步地。

テクニック①【technique】(名)技術，技巧，手法。

でくのぼう③【木偶の坊】(名)木頭人，笨蛋，蠢貨。

てくばり②【手配り】(名・自サ)部署，佈置，準備。

てくび①【手首】(名)手腕。

でくわ・す⓪【出くわす】(自五)偶遇，碰見。

てこ①【梃子・梃】(名)撬棍，槓桿。

てごころ②【手心】(名)❶要領。❷適當照顧。

でこぼこ⓪【凸凹】(名・形動・自サ)❶凹凸不平。❷不均衡。

てごろ⓪【手頃】(名・形動)❶（大小、粗細等）合手。☆～の石を拾う／撿一塊合手的石頭。❷（與自己的條件）適合，合適。

てごわ・い③【手強い】(形)厲害，難對付。

デザート②【dessart】(名)（正餐後吃的）水果、點心等甜食。

てざいく②【手細工】(名)手工藝。

デザイナー②【designer】(名)（服裝、建築的）設計師。

デザイン②【design】(名・自他サ)❶圖案。❷設計。

でさか・る⓪【出盛る】(自五)❶（季節性商品）大量上市。❷（出來買東西、遊覽等的）人多。

てさき③【手先】(名)❶手指頭。

❷手邊，手頭。❸走狗，爪牙。

でさき③【出先】(名)去處，去的地方。☆~机関/駐外機構。

てさぐり②【手探り】(名)摸，摸索。

てさげ③【手提げ】(名)手提袋，手提包。

てざわり②【手触り】(名)手觸摸時的感覺。

でし②【弟子】(名)弟子。

てしお①③【手塩】(名)❶小碟子。☆~皿(ざら)/小碟，接碟。❷(用"てしおにかけて"的形式)親手(扶養)。

てしごと②【手仕事】(名)手工活，手工副業。

てした③⓪【手下】(名)手下，部下，幫手。

てじな①【手品】(名)❶魔術，戲法。☆~師(し)/魔術師。騙子。❷騙術，詭計。

でしゃば・る③(自五)❶出風頭。❷多管閒事，多嘴多舌。

てじゅん⓪①【手順】(名)程序，步驟。☆~を踏む/按程序。

てじょう⓪①【手錠】(名)手銬。☆~をかける/戴手銬。

で・す(助動)("だ"的敬語，表示斷定)是。☆これは本~/這是書。

てすう②⓪【手数】(名)費事，費心，麻煩。☆~のかかる仕事/費事的工作。☆~を省く/省事。☆お~をかけてすみません/給您添麻煩了，對不起。☆~料/手續費。

てずから①【手ずから】(副)親手。

てすき③【手透き・手隙】(名)空閒。

でずき③【出好き】(名・形動)喜歡出門(的人)。

です・ぎる⓪【出過ぎる】(自上一)❶太往前。☆テーブルは前に~・ぎている/桌子太靠前了。❷出得過多。☆このお茶は~・ぎた/這茶太濃。❸越分，多管閒事。

デスク①【desk】(名)❶辦公桌。❷(報社的)總編輯。

てすじ①【手筋】(名)❶手紋，掌紋。❷方法，手段。❸素質，天份。

テスト①【test】(名・他サ)❶考試，測驗。❷試驗，檢查。

てすり③【手摺り】(名)欄杆，扶手。

てせい⓪【手製】(名)手製品，自製品。

てぜま⓪【手狭】(名・形動)窄，狹窄。

てそう②【手相】(名)手相。☆~を見る/看手相。

でそろ・う⓪【出揃う】(自五)出齊，到齊，來齊。

てだし①【手出し】(名・自サ)❶動手。❷插手，參與，干涉。

でだし⓪【出出し】(名)開頭，開始。

てだすけ②【手助け】(名)幫助，幫忙。

てだて①【手立て】(名)方法，辦法，手段。

でたらめ⓪【出鱈目】(名・形動)荒唐，胡扯，胡說八道。☆～な奴／胡來的傢伙。

てぢか⓪【手近】(名・形動)❶手邊，眼前，近旁。☆すぐ～にある／就在跟前。❷常見，淺近。☆～な問題／常見的問題。

てちがい②【手違い】(名)差錯。

てちょう⓪【手帳】(名)手冊，雜記本。

てつ⓪【鉄】(名)鐵。☆～の規律／鐵的紀律。

てつ①【轍】(名)轍。★前車の～を踏む／重蹈覆轍。

てっかい⓪【撤回】(名・他サ)撤回，撤消，收回。

でっか・い③(形)(〃でかい〃的強調式)大的。

てっかく⓪【的確】(形動)→てきかく(的確)

てつがく②⓪【哲学】(名)哲學。☆～者／哲學家。

てつかず③②【手付かず】(名)還沒用過，尚未動手。☆宿題は～のままだ／作業還沒做。

てつかぶと③【鉄兜】(名)鋼盔。

てづかみ②【手摑み】(名)用手抓。

てつき①【手付き】(名)手的姿勢，手的動作。

てっき⓪【鉄器】(名)鐵器。

デッキ①【deck】(名)❶甲板。❷連接火車車廂的過道處。

てっきょう⓪【鉄橋】(名)鐵橋。

てっきん⓪【鉄筋】(名)鋼筋。☆～コンクリート／鋼筋混凝土。

てつけ③【手付け】(名)定金。

てっこう⓪【鉄鉱】(名)鐵礦。☆～石／鐵砂。鐵礦石。

てっこう⓪【鉄鋼】(名)鋼鐵。

てつじょうもう③【鉄条網】(名)鐵絲網。☆電気～／電網。

てっ・する⓪③【徹する】(自サ)徹，貫徹，徹底。☆寒さが骨身に～／寒風刺骨。☆夜を～／徹夜。

てっ・する⓪③【撤する】(他サ)撤，撤退，撤回。

てっせい⓪【鉄製】(名)鐵製。

てっせん⓪【鉄線】(名)鐵絲。☆有刺～／帶刺鐵絲。鐵蒺藜。

てっそく⓪【鉄則】(名)鐵的原則。

てったい⓪【撤退】(名・他サ)撤退。

てつだい③【手伝い】(名)幫助，幫忙，幫手。

てつだ・う③【手伝う】(他五)幫助，幫忙。

でっちあ・げる⑤【でっち上げる】(他下一)❶捏造，編造。❷

拼湊出。

てっつい⓪【鉄槌】(名)❶鐵錘。❷鏈球。❸嚴厲的訓誡。

てつづき②【手続き】(名)手續。☆入学の～をする／辦理入學手續。

てってい⓪【徹底】(名・自サ)徹底，透徹，貫徹。

てつどう⓪【鉄道】(名)鐵道，鐵路。☆～を敷く／舖鐵軌。

てっとうてつび⑤【徹頭徹尾】(副)❶徹頭徹尾，從頭到尾，始終。❷完完全全。

てっとりばや・い⑥【手っ取り早い】(形)❶迅速，敏捷。❷簡單，簡便，省事。

てっぱい⓪【撤廃】(名・他サ)撤銷，廢除。

でっぱ・る⓪③【出っ張る】(自五)凸出，突出。

てっぱん⓪【鉄板】(名)鐵板。

てっぴつ⓪【鉄筆】(名)鐵筆。

てつびん⓪【鉄瓶】(名)鐵壺。

でっぷり③(副・自サ)肥胖，胖嘟嘟。

てっぺい⓪【撤兵】(名・自サ)撤兵。

てっぺん③【天辺】(名)頂，頂點，頂峰。☆山の～／山頂上。

てつぼう⓪【鉄棒】(名)❶鐵棒，鐵棍。❷單槓。

てっぽう⓪【鉄砲】(名)槍。☆～を撃つ／放槍。

てっぽうだま⓪【鉄砲玉】(名)槍彈，子彈。

てづまり②【手詰り】(名)❶束手無策。❷手中沒錢。

てつめんぴ③【鉄面皮】(名)厚臉皮。

てつや⓪【徹夜】(名・自サ)徹夜，通宵。

てづる①【手蔓】(名)❶門路。❷線索，頭緒。

てどり③【手取り】(名)❶用手纏線。❷（扣除稅款等）純收入，實收額。

テトロン①【tetoron】(名)特多隆（聚酯纖維）。

てなおし②【手直し】(名・他サ)修訂，修改，修理。

でなお・す⓪【出直す】(自五)❶再來，重來。❷重新開始，從頭做起。

てなみ①⓪【手並】(名)本事，本領，能耐。

てならい②【手習い】(名)❶習字。❷學習。

てな・れる③【手慣れる】(自下一)❶用慣。❷熟練。

テニス①【tennis】(名)網球。

てにてに①【手に手に】(副)每人手中。

てにもつ②【手荷物】(名)隨身行李。

てぬかり②【手抜かり】(名)疏忽，疏漏。

てぬぐい⓪【手拭】(名)手巾。

てぬる・い⓪③【手緩い】(形)❶

寛鬆，不嚴。❷遲鈍。

てのうち②①【手の内】(名)❶手掌。❷手腕，本領。❸用心，企圖。❹勢力範圍。

てのうら④①【手の裏】(名)↓てのひら

てのこう①【手の甲】(名)手背。

てのひら②①【掌】(名)手掌。

てば(一)(副助)❶(用於提示被對方引起的話題)提起，說起。☆海っ～、きのうは随分荒れたね／說起海呀，昨天的浪可真不小。❷(用於提示不愉快的話題)提起，說起。☆あの人っ～、また約束を破ったわ／他呀，又失約了！(二)(終助)(以焦急的口吻使對方理解自己的心情)我不是說…。☆だめだっ～／我不是說不行了嗎！不行就是不行！

では①(接)那麼。☆～行ってきます／那麼我走了。

デパート②(名)百貨公司。

てはい②①【手配】(名・自他サ)❶籌備，安排，佈置。❷(逮捕犯人的)部署，指令。

ではいり⓪【出入り】(名・自サ)❶出入。☆人の～が激しい／人的出入很頻繁。❷(數字的)出入，差額。☆二、三名の～がある／差兩三名。

てばこ⓪①【手箱】(名)(裝化妝品、裝飾品的)小匣子。

てはじめ②【手初め・手始め】(名)開始，開頭。

てはず①【手筈】(名)程序，步驟，準備。

てばた⓪【手旗】(名)手旗。☆～信号を送る／打旗語。

てばな①【手鼻】(名)用手擤鼻涕。☆～をかむ／用手擤鼻涕。

てばなし②【手放し】(名)❶撒手，放手。❷露骨，無顧忌。

てばな・す③【手放す】(他五)❶撒手，放手。❷賣掉，轉讓。❸擱下，撒手不管。

てばなれ②【手離れ】(名・自サ)❶(孩子)獨立自主。❷(產品)製成(成品)。

てばや・い③【手早い】(形)迅速，敏捷，俐落。

てびき①【手引き】(名・他サ)❶啟蒙，指導。❷嚮導，引路。❸推薦，介紹，門路。❹入門，初階。

てひど・い③【手酷い】(形)嚴厲，厲害，無情。

てびょうし②【手拍子】(名)用手打拍子。☆～を取る／用手打拍子。

でぶ①(名・形動)(俗)胖，胖子。

てぶくろ②【手袋】(名)手套。☆～をはめる／戴手套。

てぶそく②【手不足】(名・形動)人手不足。

てぶら⓪【手ぶら】(名・形動)空著手。☆～で行く／空著手去。

てぶり①【手振り】(名)手勢。

デフレーション③【deflation】(名)通貨緊縮，物價下跌。

てほどき②【手解き】(名・他サ)啟蒙，入門。

てほん②【手本】(名)❶字帖，畫帖，法帖，範本。❷標準，範例。❸模範，樣板，榜樣。

てま②【手間】(名)(工作需要的勞力和時間)工夫。☆～がかかる仕事／費事的工作。

デマ①(名)謠言，謠傳。☆～を飛ばす／散佈謠言。

てまえ⓪【手前】(一)(名)❶自己跟前，靠近自己這邊。☆東京の一つ～の駅で降りる／在東京的前一站下車。❷當著…的面，為不失…的體面。☆お客さまの～おこるわけにもいかなかった／當著客人的面沒能發脾氣。❸能耐，本事。❹(茶道的)禮法。(二)(代)❶(謙)我。❷(蔑)你。

でまえ⓪【出前】(名)(飯館往叫菜的客人家)送菜(的伙計)。☆～持ち／送菜的伙計。

てまえみそ④【手前味噌】(名)自誇。★～を並べる／自吹自擂。自賣自誇。

でまかせ⓪【出任せ】(名・形動)信口開河。

てまちん②【手間賃】(名)工錢。

てまど・る③【手間取る】(自五)費工夫，費時間。

てまね①【手真似】(名・他サ)手勢，打手勢。

てまねき②【手招き】(名・他サ)招手。

てまわし②【手回し】(名)❶手搖，用手轉動。❷佈置，安排，準備。

てまわりひん⓪④【手回り品】(名)隨身用的物品。

でまわ・る⓪【出回る】(自五)上市。☆桃が～・り出した／桃子開始上市了。

てみじか⓪【手短】(形動)簡短，簡略。

でみせ⓪【出店】(名)❶分店，支店。❷攤販。

てむか・う③【手向う】(自五)(以武力)反抗，對抗。

でむかえ⓪【出迎え】(名)迎接。☆母を駅まで～に行く／到火車站去接母親。

でむか・える⓪【出迎える】(他下一)接，迎接。☆兄を空港に～／到機場接哥哥。

でむ・く⓪【出向く】(自五)前去，前往。

ても(接助)(接〝が〟、〝な〟、〝ば〟、〝ま〟行五段活用動詞和〝ない〟後時変為〝でも〟)儘管，即使，縱使。☆雨が降っても決行する／即使下雨也照常進行。☆苦しくても我慢しなさい／即使難受也請忍耐一下。

でも(副助)❶就連…也。☆小さな子どもでも分かる／就連小孩子也明白。❷即使，縱使。☆病気~今日は休むわけにはいかない／即使有病今天也不能休息。❸（舉例提示）什麼的。☆お茶~飲もうか／喝點茶什麼的好嗎？❹（接疑問詞後）無論，不管。☆だれ~知っている／誰都知道。

でも①(接)❶不過，但是。☆~、かまいません／不過，沒關係。❷（表示申辯）不過。☆~、今日は電車の故障で遅れたのです／不過今天是由於電車發生故障才晚來的。

デモ①(名)示威，遊行。☆~行進／示威遊行。☆~隊／遊行隊伍。

デモクラシー④【democracy】(名)民主，民主主義，民主政治，民主政體。

てもち③【手持ち】(名)❶手提，手拿。☆~カバン／手提包。☆~❷隨身攜帶，手中保存。☆~品／隨身物品，手頭存貨。☆~外貨／外匯儲備。

てもと③【手元】(名)❶手頭，手裏，身邊。☆今~にない／現在手裏沒有。❷手法，手的動作。☆~が狂う／失手。❸手頭的錢。☆~が不如意(ふにょい)になる／手頭不寬裕。❹筷子。

てもなく①【手もなく】(副)簡單，容易，不費事。

てら②【寺】(名)寺院，佛寺。

てら・う⓪②【衒う】(他五)炫耀，誇耀，顯示。

てらしあわ・せる⓪【照らし合わせる】(他下一)對照，核對。

てら・す②【照らす】(他五)❶照，照亮，照耀。❷對照，按照，參照。

テラス①【法 terrasse】(名)❶陽台，涼台。❷台地，高地。❸花壇。

てらせん②⓪【寺錢】(名)（賭博場）抽頭。☆~を取る／抽頭。

テラマイシン③【terramycin】(名)土黴素。

てり②【照り】(名)❶（日）照，曬。❷（天）晴。❸光澤。

てりかえ・す⓪【照り返す】(自他五)反射，反照。

デリケート③【delicate】(形動)❶纖細，敏感。❷微妙。☆~な問題／微妙的問題。

てりつ・ける⓪【照り付ける】(自下一)毒曬，曝曬。

てりょうり②【手料理】(名)自家做的菜，親手做的菜。

て・る①【照る】(自五)❶照，照耀。❷晴天。☆降っても~・っても／不管晴天下雨。

でる①【出る】(自下一)❶出，出現，出來，出去。☆日が~／日出。❷離開。☆家を~／離家。❸出發。☆この急行は何時に~か／這趟快車幾點開？

❹超出。☆予算を出ない／不超過預算。❺出席，出場，參加。☆会に～／出席會議。☆試合に～／參加比賽。❻出版，刊登。☆毎日～新聞／每天發行的報紙。❼畢業。☆大学を～／大學畢業。❽來到，通到。☆まっすぐ行けば駅に～／一直走就能走到火車站。❾得，得出。☆結果が出た／結果出來了。❿發生。☆熱が～／發燒。☆火が出た／起火了。⓫出產。☆茶が～／產茶。⓬流出，溢出。☆水が～／水流出。⓭找到。☆落し物が出た／失物找到了。⓮賣出，銷出。☆この品はよく～／這種貨暢銷。⓯採取…態度。☆向こうがどんな態度に～か／對方採取什麼態度？⓰增加。☆速力が～／速度加快。⓱發給，拿出。☆今日ボーナスが出た／今天發獎金了。☆御馳走がたくさん出た／上了很多菜。⓲支出，開銷。☆今月は随分出た／這個月開銷很大。⓳來自，出自。☆この語は中国語から出ている／這個詞出自中國語。⓴（味道等）沖泡出，煮出。☆このお茶は出ない／這個茶泡不出味來。㉑給與。☆暇が～／給假，解雇。離婚。★～杭（くい）は打たれる／樹大招風。出頭的椽子先爛。★～所へ～／到（法院等）評理的地方去（評理）。

デルタ①【delta】（名）三角洲。

てるてるぼうず⑤【照る照る坊主】（名）（為祈禱明天天晴掛在屋簷下的小紙人）掃晴娘。

てれかくし③【照れ隠し】（名）遮羞，解嘲。

てれくさ・い④【照れ臭い】（形）害羞，羞答答，難為情。

でれでれ①（副・自サ）❶懶散，邋遢。❷（對女人）黏糊。

テレビ①（名）電視，電視機。☆カラー～／彩色電視。☆～ドラマ／電視劇。☆～カメラ／電視攝影機。

てれや②【照れ屋】（名）靦腆的人，容易害羞的人。

て・れる②【照れる】（自下一）害羞，靦腆。

テロ①（名）恐怖。

テロリスト③【terrorist】（名）恐怖份子。

てわけ③【手分け】（名・自サ）分頭（做）。

てわた・す③【手渡す】（他五）親手交給，遞交。

てん①【天】（名）❶天，天空。❷天堂，天國。❸天道，天理。❹天命。❺上帝，蒼天。❻（貨物的）上部。

てん【点】〔一〕⓪（名）❶點。❷標點。❸分數，得分。❹點，方面。☆すべての～において／

在各方面。(二)(接尾)❶分。☆六〇～／60分。❷件。☆衣類三～／三件衣服。
てん【展】(接尾)展覽。☆書道～／書法展覽。☆個(こ)～／個人作品展覽。
でん①【電】(名)電報。☆ウナ～／急電。
でんあつ⓪【電圧】(名)電壓。
でんい①【電位】(名)電位。
てんいむほう①⓪【天衣無縫】(名・形動)❶天衣無縫，完美無缺。❷天真爛漫。
てんいん⓪【店員】(名)店員。
でんえん⓪【田園】(名)田園。
てんか①【天下】(名)天下。
てんが①【典雅】(名・形動)典雅，雅緻。
でんか①【伝家】(名)傳家，家傳。★～の宝刀を抜く／拿出絕招。
でんか①【殿下】(名)殿下。
でんか①【電荷】(名)電荷。
でんか⓪【電化】(名・自他サ)電氣化。
てんかい⓪【展開】(名・自他サ)展開，開展。
てんかい⓪【転回】(名・自他サ)❶回轉，轉變。❷廻旋，旋轉。
てんがく⓪【転学】(名・自サ)轉學。
てんかふん③⓪【天花粉】(名)痱子粉，爽身粉。
てんから①(副)根本，全然，壓根兒。
てんかん⓪【転換】(名・自他サ)轉換，轉變。☆気分～／散散心。
てんかん⓪③【癲癇】(名)癲癇，羊癲瘋。
てんき①【天気】(名)❶天，天氣。❷晴天，好天氣。
でんき⓪【伝記】(名)傳記。
でんき①【電気】(名)❶電，電氣。☆～回路／電路。☆～机関車／電氣機車。☆～スタンド／枱燈。❷電燈。
でんきゅう⓪【電球】(名)電燈泡。☆～が切れた／燈絲斷了。
てんきょ⓪【転居】(名・自サ)遷居，搬家。
てんきん⓪【転勤】(名・自サ)調動工作。
てんぐ⓪【天狗】(名)❶(一種想像的妖怪)天狗。❷自誇，自負，翹尾巴。
てんぐさ⓪①【天草】(名)石花菜。
てんけい⓪【典型】(名)典型。
てんけん⓪【点検】(名・他サ)檢點，檢查。
でんげん③⓪【電源】(名)電源。
てんこ①【点呼】(名・他サ)點名。☆～を取る／點名。
てんこう⓪【天候】(名)天氣。
てんこう⓪【転向】(名・自サ)❶轉向，轉變。❷背叛。☆～者

／叛徒。☆～派／投降派。

てんこう⓪【転校】(名・自サ)轉學。

てんごく①【天国】(名)天國。

でんごん⓪③【伝言】(名・他サ)傳話，口信。

てんさい⓪【天才】(名)天才。

てんさい⓪【天災】(名)天災。

てんさい⓪【甜菜】(名)甜菜。

てんさく⓪【添削】(名・他サ)刪改，修改，批改。

てんさんぶつ③【天産物】(名)天然產物。

てんし①【天子】(名)天子。

てんし①【天使】(名)天使。

てんし①【天資】(名)天資。天賦。

てんじ⓪【点字】(名)點字，盲文。

てんじ⓪①【展示】(名・他サ)展示，陳列。

でんし①【電子】(名)電子。

でんじしゃく③【電磁石】(名)電磁鐵。

でんしゃ①⓪【電車】(名)電車。

てんじょう⓪【天井】(名)天棚，天花板。

てんしょく①【天職】(名)天職。

でんしん⓪【電信】(名)電信，電報。☆～かわせ／電匯。☆～柱(ばしら)／電線桿。

テンス①【tense】(名)（語法）時，時態。

てんすう③【点数】(名)❶分數。❷（物品的）件數。

でんせつ⓪【伝説】(名)傳說。

でんせん⓪【伝染】(名・自サ)傳染。☆～病／傳染病。

でんせん⓪【電線】(名)電線。

てんたい⓪【天体】(名)天體。

でんたく⓪【電卓】(名)計算器。

でんたつ⓪【伝達】(名・他サ)傳達，轉達。

てんち①【天地】(名)❶天地。❷世界，宇宙。❸（貨物等的）上下。☆～無用(むよう)／切勿倒置。

てんち⓪【転地】(名・自サ)易地。☆～療養／易地療養。

でんち①【電池】(名)電池。

でんちゅう⓪【電柱】(名)電線桿。

てんで⓪(副)❶（下接否定語）完全，根本。❷（俗）非常，特別。

てんてき⓪【天敵】(名)天敵。

でんでんむし③(名)蝸牛。

テント①【tent】(名)帳篷。☆～をはる／搭帳篷。

てんとう⓪【店頭】(名)店面，門市。

てんとう⓪【転倒】(名・自サ)摔倒，跌倒。

でんとう⓪【伝統】(名)傳統。

でんとう⓪【電灯】(名)電燈。

でんどう⓪【伝道】(名・他サ)傳教。☆～師／傳教士
でんどう⓪【電動】(名)電動。☆～機／電動機。

てんとうむし③【天道虫】(名)瓢蟲。

てんとりむし④【点取り虫】(名)(一味爭取分數的)分數迷。

てんにょ①【天女】(名)天女，天仙。

てんにん⓪【転任】(名・自サ)轉任，調職。

でんねつ⓪【電熱】(名)電熱。☆～器／電熱器。

てんねん①⓪【天然】(名)天然，自然。☆～色映画／彩色影片。☆～痘(とう)／天花。

てんのう③【天皇】(名)天皇。

てんのうせい③⓪【天王星】(名)天王星。

でんば⓪【電場】(名)電場。

でんぱ①【伝播】(名・自サ)傳播。

でんぱ①【電波】(名)電波。

てんばい⓪【転売】(名・他サ)轉賣，轉售。

てんばつ①【天罰】(名)天罰，報應。

でんぴょう⓪【伝票】(名)單據，發票。☆～を切る／開發票。

てんびん⓪【天秤】(名)天平。☆～にかける／用天平秤。權衡。☆～棒／扁擔。

てんぷく⓪【転覆】(名・自他サ)❶(車、船等)翻。❷顛覆，推翻。

てんぷら⓪【葡 tempero・天麩羅】(名)❶油炸裹麵食品。☆海老(えび)の～／炸蝦。❷冒牌。☆～大学生／冒牌大學生。

てんぶん①⓪【天分】(名)天份，天資，天賦。

でんぶん⓪【電文】(名)電文。

でんぷん⓪【澱粉】(名)澱粉。

てんぼう⓪【展望】(名・他サ)展望，瞭望，眺望。

でんぽう⓪【電報】(名)電報。☆～を打つ／打電報。☆～用紙／電報紙。

てんめつ⓪【点滅】(名・自他サ)忽亮忽滅。

てんもん⓪【天文】(名)天文。☆～台／天文台。

てんやわんや④(副・自サ)混亂，亂七八糟。

でんらい⓪【伝来】(名・自サ)❶(從外國)傳入。❷祖傳。

てんらく⓪【転落・顛落】(名・自サ)❶掉下，滾下。❷墮落，淪落。

てんらん⓪【展覧】(名・他サ)展覽。☆～会／展覽會。

でんり⓪①【電離】(名・自サ)電離。☆～層／電離層。

でんりゅう⓪【電流】(名)電流。

でんりょく①⓪【電力】(名)電力。☆～計／電錶。

でんわ⓪【電話】(名・自サ)電話，打電話。☆～を引く／安裝電話。☆～を掛ける☆～する／打電話。☆～番号／電話號碼。☆～ボックス／電話亭。

ト・と

[TO]

と

と(一)(格助)❶和，與，同，跟。☆兄〜妹／哥哥和妹妹。☆困難〜戦う／與困難作鬥爭。☆昔〜違う／跟從前不同。❷成，為。☆夜半から雨は雪〜なった／從半夜起雨轉為雪了。★塵(ちり)も積(つも)れば山〜なる／積土成山。❸(表示說、想等動作的內容)叫，為。☆太郎〜名付けた／取名叫太郎。☆もうだめだ〜思う／我認為已經不行了。❹(表示狀態、比喻)像，如。☆山〜積まれる／堆積如山。☆にこにこ〜笑う／嘻嘻地笑。(二)(接助)❶如果，要是，假如。☆君が行く〜喜ばれるぜ／要是你去，會受歡迎的。❷一…就…。☆年を取る〜記憶が鈍(にぶ)る／一上年紀記憶就減退。❸(接推量形後)無論，不管。☆誰が何と言おう〜／無論誰怎麼說。☆雨が降ろう〜、風が吹こう〜／不管刮風還是下雨。

と⓪【戸】(名)門。★人の口に〜は立てられぬ／眾口難防。

と①【途】(名)途。☆帰宅の〜につく／踏上歸途。

と①【都】(名)❶首都。❷都市。❸東京都。☆〜の水道局／東京都自來水公司。

と①【徒】(名)徒，輩，人。☆忘恩の〜／忘恩之徒。☆学問の〜／有學問的人。

と①【斗】(名)斗。★胆(たん)、〜のごとし／膽大如斗。

ど⓪【度】(名)❶度，度數。☆30〜の角／30度角。❷度，程度。☆〜を過ごす／過度。★〜を失う／失度。慌神。❸次，回，遍。☆3〜／三次。

ドア①【door】(名)門。

どあい⓪【度合】(名)程度。

とあみ⓪【投網】(名)旋網。☆〜を打つ／撒旋網。

とある②(連体)某，某個。

とい⓪【問い】(名)❶問，提問題。❷問題。

とい①【樋】(名)❶水管。❷導水管。

といあわせ⓪【問い合わせ】(名)打聽，詢問。

といあわ・せる⑤【問い合わせる】(他下一)打聽，詢問。

といかえ・す③【問い返す】(他五)❶重問，再問。❷反問。

といか・ける④【問い掛ける】(他下一)問，打聽。

といき⓪①【吐息】(名)嘆氣。☆～をつく/嘆氣。☆青息(あおいき)～/長噓短嘆。

といし⓪【砥石】(名)磨石。☆～で研(と)ぐ/用磨石磨。☆研削(けんさく)～/砂輪。

といた⓪【戸板】(名)門板。

といただ・す④【問い質す】(他五)追問，盤問。

どいつ①(代)(蔑)哪個，哪個傢伙。

といつ・める④【問い詰める】(他下一)追問，盤問，追究。

トイレ①(名)(″トイレット″的略語)厠所。

トイレット①③【toilet】(名)❶化妝室。❷厠所，洗手間。☆～ペーパー/衛生紙。

と・う⓪【問う】(他五)❶問，打聽。❷追究(責任)，問(罪)。❸(用″…を問わず″的形式)不問，不管。☆昼夜を～・わず/不分晝夜。

とう【頭】(接尾)(表示大動物的量詞)頭，匹。☆牛5～/五頭牛。

とう【等】(接尾)❶等，等等。☆牛馬～の家畜/牛馬等家畜。❷等，等級。☆1～/一等。

とう①【疾う】(副)❶很早。☆～から知っている/早就知道。☆～の昔/很早以前。❷快，趕快。☆～せよ/快點！

とう①【党】(名)❶黨。☆～を結成する/建黨。☆～規約/黨章。❷同伙，同伴。☆～を組む/結伙。

とう①【塔】(名)塔。

とう①【薹】(名)苔。★～が立つ/生苔。好時候已過。

とう①【当】(名)❶當，妥當。☆～を得る/得當。❷該，這個。☆～の本人/他本人。

とう①【糖】(名)糖，糖分。☆尿に～が出る/尿中含糖。

どう①【同】(接頭)❶同。☆～民族/同民族。❷表示姓名、年月等的相同部分。☆木村一郎、～二郎/木村一郎，木村二郎。❸該。☆～校/該校。

どう①【如何】(副)如何，怎麼。☆君は～思うか/你覺得怎麼樣？

どう①【銅】(名)銅。

どう①【堂】(名)堂，殿堂。★～に入(い)る/登堂入室。

どう①**【胴】**(名)胴體，軀體。

どう①**【動】**(名)動。☆静中～あり／靜中有動。

とうあん⓪**【答案】**(名)答案，答卷，卷子。☆～を採点する／改考卷。☆～用紙／考卷。☆模範～／標準答案。

どうい⓪**【同意】**(名・自サ)❶同意，贊成。❷同義。☆～語／同義詞。

どうい⓪**【胴衣】**(名)棉背心。☆救命～／救生衣。☆防弾～／防彈背心。

どういう①(連体)什麼樣的。☆～意味／什麼意思。

とういす①⓪**【籐椅子】**(名)籐椅。

とういそくみょう①**【当意即妙】**(形動)機敏，隨機應變。

どういたしまして①**【どう致しまして】**(連語)不用謝，不敢當，哪兒的話。

とういつ⓪**【統一】**(名・他サ)統一。☆～行動／統一行動。

どういつ⓪**【同一】**(名・形動)同一，同樣。☆～視(し)／一視同仁。

とういん⓪**【党員】**(名)黨員。

どういん⓪**【動員】**(名・他サ)動員，發動，調動。

とうえい⓪**【倒影】**(名)倒影。

どうおん⓪**【同音】**(名)同音。☆～異義語／同音異義詞。☆異口(いく)～／異口同聲。

とうか①**【灯火】**(名)燈火。

とうか①⓪**【投下】**(名・他サ)❶投下。☆爆弾～／投擲炸彈。❷投入(資金)。

どうか①(副)❶請。☆～おかまいなく／請不要費心。❷設法，想辦法。☆～してください／請給想想辦法。❸奇怪，不正常。☆今日の君は～している／你今天有點反常。❹(用"…かどうか"的形式)是否…，…不…。☆事実か～／是否屬實。☆やれるか～明日お返事します／能不能做，明天答覆。

どうか①⓪**【銅貨】**(名)銅幣。

どうが⓪**【動画】**(名)動畫片。

とうかい⓪**【倒壊・倒潰】**(名・自サ)倒塌，坍塌。

とうがい①**【当該】**(連体)該，有關。

とうかく⓪**【倒閣】**(名・他サ)倒閣。☆～運動／倒閣運動。

どうかすると①(連語)有時，動不動。☆～雪が降る／有時下雪。☆～風邪を引く／動不動就感冒。

どうかせん⓪**【導火線】**(名)導火線。

とうがらし③**【唐辛子】**(名)辣椒。

とうかん⓪**【投函】**(名・他サ)(把信)投入郵筒。

とうがん③**【冬瓜】**(名)冬瓜。

どうかん⓪**【同感】**(名・自サ)同

感。☆私もあなたと全く〜です／我也和你有同感。

とうき①【冬季・冬期】(名)冬季。☆〜オリンピック／冬季奧運會。

とうき①⓪【投機】(名)投機。

とうき①【陶器】(名)陶器。

とうき①⓪【登記】(名・他サ)登記，註冊。☆〜所／登記處。註冊處。

とうき①【騰貴】(名・自サ)漲價。

とうぎ①【討議】(名・他サ)討論。

どうき①【同期】(名)同期。

どうき⓪①【動機】(名)動機。

どうき①【銅器】(名)銅器。

どうぎ⓪【同義】(名)同義。☆〜語／同義詞。

どうぎ③【胴着】(名)❶棉背心。❷(擊劍用)護身衣。

どうぎ①【動議】(名)動議。

どうぎ①【道義】(名)道義。

とうきび③【唐黍】(名)玉蜀黍。

とうきゅう⓪【投球】(名・自サ)(棒球)投球。

とうきゅう⓪【等級】(名)等級。☆〜をつける／定等級。

とうぎゅう⓪【闘牛】(名)鬥牛。☆〜士／鬥牛士。

どうきゅう⓪【同級】(名)❶同等級。❷同班。☆〜生／同班同學。

どうきゅう⓪【撞球】(名)撞球。

どうきょ⓪【同居】(名・自サ)❶同居。❷住在一起。

どうきょう⓪【同郷】(名)同鄉。

どうぎょう⓪【同業】(名)同業，同行。☆〜組合／行會。同業公會。☆〜者／同行業者。

とうきょく①【当局】(名)當局。

どうぐ③【道具】(名)❶工具，器具。☆〜箱(ばこ)／工具箱。❷傢俱。❸道具。❹工具，手段。

どうくつ⓪【洞窟】(名)洞穴。

とうげ③【峠】(名)❶山巔，山嶺。☆〜の茶屋／山嶺上的茶館。❷頂點，高峰。☆寒さも今が〜だろう／現在已是最冷了吧。❸(病)危險期。☆病状も〜を過ぎた／病情已過了危險期。

とうけい⓪【東経】(名)東經。

とうけい⓪【統計】(名・他サ)統計。☆〜を取る／做統計。

どうけい⓪【憧憬】(名・自サ)憧憬，嚮往。

とうけつ⓪【凍結】(名・自他サ)❶凍結。❷(資金等)凍結。

どうけん⓪【同権】(名)同權，平等。☆男女〜／男女平等。

とうこう⓪【投降】(名・自サ)投降。

とうこう⓪【投稿】(名・自サ)投稿。

とうこう⓪【登校】(名・自サ)上學。

とうごう⓪【等号】(名)等號。

とうごう⓪【統合】(名・他サ)合併，統一，集中。

どうこう①(副)這麼那麼，這樣那樣。☆いまさら～言っても始まらない／事到如今說什麼也沒用。

どうこう⓪【同好】(名)同好。☆～の士／同好之士。☆～会／同好會。

どうこう⓪【同行】(名・自サ)同行。☆～者／同行者。

どうこう⓪【動向】(名)動向。

とうざ⓪【当座】(名)❶當場，當時。❷眼前，一時，暫時。☆～預金／活期存款。

どうさ①⓪【動作】(名)動作。

とうざい①【東西】(名)❶東西。☆～南北／東西南北。☆～文化／東西方文化。❷方向。☆～を失う／迷失方向。不知所措。❸事理。☆～を弁ぜず／不通事理。

とうさく⓪【盗作】(名・他サ)剽竊（的作品）。

とうさん⓪【倒産】(名・自サ)倒閉，破產。

とうさん①【父さん】(名)❶爸爸，父親。❷（妻子稱自己的丈夫）他爸爸。

どうさん⓪【動産】(名)動產。

とうし⓪【投資】(名・自サ)投資。

とうし①【闘志】(名)鬥志。☆～を燃やす／鬥志旺盛。

とうじ⓪【冬至】(名)冬至。

とうじ①【当時】(名)當時。

とうじ①【当事】(名)當事。☆～者／當事人。

とうじ⓪【悼辞】(名)悼詞。

とうじ⓪【答辞】(名)答詞。

とうじ⓪【湯治】(名・自サ)溫泉療養。

どうし①⓪【同士・同志】(名)們，之間。☆男～／男人之間。☆弱い者～／弱者們。

どうし①⓪【同志】(名)同志，志同道合的人。

どうし①【同氏】(名)該氏，該人。

どうし⓪【動詞】(名)動詞。

どうじ①⓪【同時】(名)同時。☆～に出発する／同時出發。☆～通訳／同步翻譯。

どうしうち③【同士討ち】(名)內訌，同室操戈。

とうじつ①⓪【当日】(名)當日，當天。

どうじつ【同日】❶⓪同一天。★～の談（だん）ではない／不可同日而語。❷①當天，那天。

どうして①(副)❶為什麼。☆～分からないんだろう／為什麼不明白？❷怎樣，如何。☆～食べたらいいか分からない／不知怎樣吃好。❸其實，反倒。☆おとなしそうに見えるが～なかなか気が強い／看上去老實，其實個性很強。❹（強烈否定對方的話）哪裏。☆

～、～、からきしだめですよ／哪裏哪裏，根本不行啊。

どうしても④(副)❶怎麼也，無論如何。☆～分からない／怎麼也不明白。❷一定，非…不可。☆～やりとげる／非完成不可。

とうしゃ⓪【謄写】(名・他サ)❶謄寫。❷油印。☆～版(ばん)／油印機。謄寫鋼版。

とうしゅ①【投手】(名)（棒球）投手。

とうしゅ①【党首】(名)政黨領袖。

とうしょ①【当初】(名)當初。

とうしょ⓪【投書】(名・自他サ)❶投書。☆～欄／讀者來信欄。❷投稿。

とうしょ①【島嶼】(名)島嶼。

とうじょう⓪【登場】(名・自サ)❶登場。❷上市。

どうじょう⓪【同情】(名・自サ)同情。☆～心／同情心。

どうしょくぶつ④【動植物】(名)動植物。

どう・じる⓪【動じる】(自上一)動搖，心慌。☆物に～・じない／鎮定自若。

とうしん⓪【投身】(名・自サ)（為自殺）投河（海、井），跳樓（火山口）。

とうしん⓪【答申】(名・他サ)回答（上級的）諮詢，向（上級）提出報告。

とうしん⓪【等身】(名)等身。☆～大／等身大。與真人大小一樣。

とうじん⓪【蕩尽】(名・他サ)蕩盡（財產）。

どうじん⓪【同人】(名)❶同人，志同道合的人。☆～雑誌／同人雜誌。❷該人，同一個人。

とうすい⓪【陶酔】(名・自サ)陶醉。☆～境(きょう)／陶醉之境。

どう・ずる⓪③【動ずる】(自サ)↓どうじる

どうせ⓪(副)反正，橫豎，無論如何。☆人間は～死ぬのだ／人總歸是要死的。

とうせい①【当世】(名)當今。

とうせい⓪【統制】(名・他サ)統制。☆言論を～／限制言論自由。

どうせい⓪【同姓】(名)同姓。

どうせい⓪【同性】(名)同性。☆～愛／同性戀。

どうせい⓪【同棲】(名・自サ)同居。

どうぜい①【同勢】(名)同行的人。☆～十二人／一行十二人。

どうせき⓪【同席】(名・自サ)同席，同座。

とうせつ①【当節】(名)當今，現今。

とうせん⓪【当選】(名・自サ)當選。☆～者／當選人。

とうせん⓪【当籤】(名・自サ)中

彩，中獎。

とうぜん⓪【当然】(副・形動)當然，理所當然。

どうぜん⓪【同然】(名)和…一樣。☆ただも~の値段／（便宜得）如同白給一樣的價錢。

どうぞ①(副)請。☆~よろしく／請多關照。

とうそう⓪【逃走】(名・自サ)逃走，逃跑。

とうそう⓪【凍瘡】(名)凍瘡。

とうそう⓪【痘瘡】(名)天花。

とうそう⓪【闘争】(名・自サ)鬥爭。

どうそう⓪【同窓】(名)同窗，同學。☆~会／同學會。校友會。

どうぞう⓪【銅像】(名)銅像。

とうた①【淘汰】(名・他サ)淘汰。

とうだい①【当代】(名)❶當代，現代。❷當時，那個時代。

とうだい⓪【灯台】(名)燈塔。

どうたい⓪【導体】(名)導體。

とうたつ⓪【到達】(名・自サ)到達。

とうだん⓪【登壇】(名・自サ)登台，登上講壇。

とうち①【当地】(名)本地。

とうち①【統治】(名・他サ)統治。

とうちゃく⓪【到着】(名・自サ)到達，抵達。

どうちゃく⓪【同着】(名)同時到達（終點）。

どうちゃく⓪【撞着】(名・自サ)矛盾。★自家~／自相矛盾。

どうちゅう①【道中】(名)旅途，路上。☆~御無事で／祝你一路平安。

どうちょう⓪【同調】(名・自サ)贊同，同一步調。

とうちょく⓪【当直】(名・自サ)值班。

とうてい⓪【到底】(副)（下接否定語）怎麼也，無論如何。☆~間に合わない／怎麼也來不及。

どうてい⓪【道程】(名)❶路程。❷過程。

とうてき⓪【投擲】(名・自サ)投擲。☆~競技／投擲比賽。

どうでも①③⓪(副)❶無論如何。☆~見たいものだ／無論如何也想看看。❷怎麼都。☆~いい／怎麼都行。

とうてん①⓪【読点】(名)逗點。☆~を打つ／打逗點。

とうと・い③【尊い・貴い】(形)尊貴，高貴，寶貴，珍貴。

とうとう①【到頭】(副)終於，到底。

とうとう⓪③【滔滔】(形動)滔滔，滔滔不絕。

どうとう⓪【同等】(名)同等。

どうどう⓪【同道】(名・自サ)同路。

どうどう⓪【堂堂】(副・形動)❶堂堂，堂皇，宏偉，凜凜。☆

正正～／堂堂正正。☆～たる風格／儀表堂堂。☆威風～／威風凜凜。❷公然。☆～と盗みを働く／公然行竊。

どうどうめぐり⑤【堂堂巡り・堂堂回り】(名)❶繞行佛堂祈禱。❷相同的議論來回兜圈子。❸議員依次到台前投票。

どうとく⓪【道徳】(名)道德。

とうと・ぶ③【尊ぶ】(他五)尊敬，尊重。

とうどり④⓪【頭取り】(名)❶長，頭頭。❷(銀行)行長。❸(劇場)後台總管。

とうなん⓪【東南】(名)東南。

とうなん⓪【盗難】(名)被盜，失盜。

とうに①【疾うに】(副)老早，早就。

どうにか①⓪(副)好歹，總算，勉強。☆～汽車に間に合った／好歹趕上了火車。❷設法，想辦法。☆～ならないか／有沒有什麼辦法？

どうにも⓪①(副)❶實在，的確。☆～困ったものだ／實在為難。❷(下接否定語)怎麼也，無論如何也。☆～ならない／怎麼也不行。

とうにゅう⓪【投入】(名・他サ)❶扔進，倒入。❷投入。

とうにゅう⓪【豆乳】(名)豆奶，豆漿。

どうにゅう⓪【導入】(名・他サ)導入，傳入，輸入，引進。

とうにょうびょう⓪【糖尿病】(名)糖尿病。

とうにん①【当人】(名)本人。

とうねん①【当年】(名)❶今年。❷當年，那時候。

どうねん【同年】❶⓪(名)同年，當年。❷⓪同庚，同歲。

どうねんぱい③【同年輩】(名)年歲相仿。

とうは①【党派】(名)黨派。

とうは①【踏破】(名・自サ)走遍。

とうばん①【当番】(名)值日，值班，值勤。

どうはん⓪【同伴】(名・自他サ)同伴，同行，陪同，偕同。

とうひ①【当否】(名)當否，合適與否，正確與否。

とうひょう⓪【投票】(名・自サ)投票。☆～箱(ばこ)／投票箱。☆～用紙／選票。☆無記名～／無記名投票。

とうふ③【豆腐】(名)豆腐。

どうふう⓪【同封】(名・他サ)附在信內，隨信附寄。

どうぶつ⓪【動物】(名)動物。☆～園／動物園。

どうぶるい③【胴震い】(名)戰，發抖，打顫。

とうぶん⓪【当分】(副)目前，最近，暫時。

とうぶん⓪【等分】(名・他サ)等分，平分，均分。

とうべん①【答弁】(名・自サ)答

辯，回答。

とうへんぼく③【唐変木】(名)蠢貨，糊塗蟲。

とうぼう⓪【逃亡】(名・自サ)逃亡，逃跑。

どうほう⓪【同胞】(名)同胞。

とうほく⓪【東北】(名)東北。

とうほん⓪①【謄本】(名)❶副本。抄本。❷戸口謄本。

どうみゃく①【動脈】(名)動脈。

とうみん⓪【冬眠】(名・自サ)冬眠。

とうめい⓪【透明】(名・形動)透明。

どうめい⓪【同盟】(名・自サ)同盟，聯盟，結盟。☆~国／同盟國。☆非~国／不結盟國家。

とうめん③⓪【当面】(名・副・自サ)當前，目前，面臨。

どうも①(副)❶真，太，實在。☆~すみません／實在對不起。❷有點，總覺得。☆~おかしい／有點奇怪。❸(下接否定語)總是，怎麼也。☆~覚えられない／怎麼也記不住。

とうもろこし③【玉蜀黍】(名)玉米，玉蜀黍。

とうや①【陶冶】(名・他サ)陶冶。☆~性／可塑性。

とうやく⓪【投薬】(名・自サ)投藥，下藥。

どうやら①⓪(副)❶好歹，好容易。☆~できた／好容易做完了。❷似乎，好像，總覺得。☆~雪になりそうだ／好像要下雪。

とうゆ⓪【灯油】(名)❶燈油。❷煤油。

とうゆ⓪【桐油】(名)桐油。

とうよう①【東洋】(名)東洋，東方，亞洲。

どうよう⓪【同様】(形動)同樣，一樣。

どうよう⓪【童謡】(名)童謠。

どうよう⓪【動揺】(名・自サ)❶搖動，搖晃，顛簸。❷動搖，動盪不安。

どうらく④③【道楽】(名・自サ)❶愛好，嗜好。❷放蕩，吃喝嫖賭。☆~息子／敗家子。花花公子。

どうらん⓪【動乱】(名)動亂。

どうり③【道理】(名)道理。

どうりで①【道理で】(副)怪不得。☆~元気がなかった／怪不得沒精神。

どうりょう⓪【同僚】(名)同僚，同事。

どうりょく①【動力】(名)動力。

どうるい⓪【同類】(名)同類，同伙。

どうろ①【道路】(名)道路，公路。☆~標識／路標。☆高速~／高速公路。☆有料~／收費公路。

とうろう⓪【灯籠】(名)燈籠。☆~流し／(盂蘭會的最後一天)

放水燈。

とうろく⓪【登録】(名・他サ)登記，註冊。☆～商標／註冊商標。

とうろん①【討論】(名・自他サ)討論。

どうわ⓪【童話】(名)童話。

とうわく⓪【当惑】(名・自サ)困惑，為難。

とえはたえ①②【十重二十重】(名)重重，層層。

とお①【十】(名)❶十，十個。❷十歳。

とおあさ⓪【遠浅】(名)淺灘。

とお・い⓪【遠い】(形)❶遠。☆駅から～／離火車站遠。❷久，長遠。☆～昔／很久以前。❸疏遠。☆～親類／遠親。❹差距大。☆理想から～／與理想相距很遠。❺模糊，不清。☆目が～／眼花。

とおえん⓪【遠縁】(名)遠親。

とおか⓪【十日】(名)❶十日，十號。❷十天。

とおからず③【遠からず】(副)不久，最近。

とおく③【遠く】(名)遠處。

とおざ・かる④【遠ざかる】(自五)❶遠離，遠去。❷疏遠。

とおざ・ける④【遠ざける】(他下一)❶躲開，避開。❷疏遠。❸節制。

どおし【通し】(接尾)(接動詞連用形後)一直，總是。☆すわり～／一直坐著。

とお・す①【通す】(他五)❶讓…通過。☆ちょっと～・してください／請讓我過去。☆車は～・さない／不准車輛通行。❷把…讓到…。☆お客さんを応接間に～／把客人請到客廳。❸通過。☆予算を～／通過預算。❹堅持，貫徹，固執。☆生涯独身で～／一輩子不結婚。☆我意を～／固執己見。❺通，通過，透過，穿過。☆鉄道を～／通鐵路。☆光を～／透光。☆針に糸を～／穿針引線。☆目を～／過目。☆彼を～・して交渉する／通過他進行交涉。☆夜(よ)を～／通宵。徹夜。❻通知，說妥，取得聯繫。☆先生に～・してある／已通知了老師。

トースター①【toaster】(名)烤麵包爐。

トースト①【toast】(名)烤麵包。

トーチ①【torch】(名)❶火炬，火把。❷奧林匹克火炬。

トーチカ①【俄 tochka】(名)碉堡，堡壘。

トーナメント①【tournament】(名)淘汰賽。

とおで⓪【遠出】(名・自サ)遠遊，出遠門。

とおまわし③⑤【遠回し】(名)委婉，拐彎抹角。

とおまわり③【遠回り】(名)繞

遠，繞道。

ドーム①【法dome】(名)圓屋頂。

とおり【通り】(名)❶③大街，馬路。☆～に面している／面臨大街。❷③通行，來往，流通。☆人の～が少ない／來往的人少。☆風の～が悪い／通風不好。☆～のいい声／宏亮的嗓音。❸①像，如，按…，照…。☆計画の～に行う／按計劃進行。☆その～／你說的對。

どおり【通り】(接尾)❶…路，…大街。☆銀座～／銀座大街。❷如，像，按，照。☆君の考え～にしたまえ／請按你想的做。❸大約，左右。☆九分(くぶ)～完成した／完成了大約九成。

とおりあめ④【通り雨】(名)陣雨。

とおりいっぺん⑥【通り一遍】(名・形動)泛泛，膚淺，表面應酬。

とおりがかり⓪【通り掛かり】(名)路過。

とおりかか・る⓪⑤【通り掛かる】(自五)路過，通過。

とおりがけ⓪【通り掛け】(名)路過時順便。

とおりこ・す⓪【通り越す】(他五)❶通過，越過，渡過。❷超過，超越。

とおりす・ぎる⑤⓪【通り過ぎる】(自上一)走過，通過。

とおりぬ・ける⓪⑤【通り抜ける】(自下一)穿過，穿越。

とおりみち③【通り道】(名)❶通路，通道。❷經過的路。

とお・る①【通る】(自五)❶通行，通過，穿過。☆学校の前を～／從學校前面通過。❷通，開通。☆汽車が～／通火車。☆電話が～／通電話。❸通，暢通。☆鼻が～／鼻子透氣。❹通過，及格，合格。☆法案が～・った／法案通過了。☆試験に～・った／考試及格了。❺通順，有條理。☆筋の～話／有條理的話。❻通用，行得通。☆そんな言いわけは～・らないよ／那種理由講不通。❼被請進屋裏。☆客間に～／被請進客廳。❽透過。☆明りの～・らぬカーテン／不透光的窗帘。❾(聲音)宏亮。☆よく～声／宏亮的聲音。❿聞名。☆名の～・った人／知名人士。

とか(副助)❶(表示列舉或例示)…啦…啦。☆肉～野菜～／肉啦，蔬菜啦。❷(表示不確切的傳聞)什麼的。☆中村～いう人／一個叫什麼中村的人。

とかい⓪【都会】(名)都市，城市。☆大～／大城市。

どがいし②【度外視】(名・他サ)置之度外。

とかく⓪【兎角】(副・自サ)❶常

常，往往，動不動。☆～かぜを引きやすい／動不動就感冒。❷總之，反正。☆～この世は住みにくい／總之這世道不好過。❸這個那個，種種。☆～のうわさ／種種流言。☆～するうちに／做這做那的工夫。不知不覺地。

とかげ⓪【蜥蜴】(名)蜥蜴。

とか・す②【梳かす】(他五)梳。☆髮を～／梳頭。

とか・す②【溶かす・解かす・熔かす】(他五)❶溶解，溶化。❷熔化。

どか・す⓪【退かす】(他五)挪，挪開，拿開。

とが・める③【咎める】(他下一)❶責備，責怪。❷盤問。

とがら・す③【尖らす】(他五)❶磨尖，削尖。❷抬高(嗓門)。❸使…過敏，使…緊張。

とが・る②【尖る】(自五)❶尖，銳。☆～・った針／鋒利的針。❷過敏，敏銳。☆神経が～／神經過敏。❸生氣，不高興。

とき②【時】(名)❶時間。☆～を稼ぐ／爭取時間。★～は金なり／時間就是金錢。❷時，時候。☆家を出た～／出門的時候。❸時期，時代，季節。☆若い～／年輕時期。☆桜の～／櫻花盛開的時節。❹時機，機會。☆～を待つ／等待時機。☆～にあう／遇上機會。❺場合，情況。☆非常の～／非常時期。❻當時。☆～の政府／當時的政府。

とき①【鴇・鴾・朱鷺】(名)朱鷺。

どき①⓪【土器】(名)陶器。

ときおり⓪【時折】(副)有時，偶爾。

ときたま⓪【時たま】(副)有時，偶爾。

どぎつ・い⓪(形)極強烈。☆～広告／醒目的廣告。

ときどき⓪【時時】(副)❶常常，時常。❷有時，偶爾。

どきどき①(副・自サ)(心)怦怦跳，撲通撲通。

ときとして②【時として】(副)有時，偶爾。

ときならぬ④【時ならぬ】(連体)意外的，不合時節的。

ときに②【時に】㈠(副)❶有時，偶爾。☆～間違えることがある／有時出錯。❷當時，那時。☆～彼が五歳のことであった／那時他五歳。㈡(接)(轉換話題)可是，不過。☆～、あの問題はどうなったか／可是，那個問題怎麼樣了?

ときには②【時には】(副)有時，偶爾。

どぎも⓪【度胆・度肝】(名)膽子。★～を抜く／嚇破膽。

どきょう①【度胸】(名)膽量。

とぎれとぎれ④【跡切れ跡切れ】(形動)斷斷續續。

とぎ・れる③【跡切れる】(自下一)中斷，間斷，斷絕。

と・く①【解く】(他五)❶解開，拆開。❷解除，廢除，消除。❸解，解答，解釋。

と・く①【溶く・解く】(他五)溶，溶化。

と・く①【説く】(他五)❶說明，解釋。❷說服，勸說。

とく⓪【得】(名・形動)❶利益，賺頭，賺錢。☆5万円の～をした／賺了五萬日元。❷合算，便宜，有利。☆買った方が～だ／買了上算。☆～な地位／有利地位。

とく⓪【徳】(名)❶德，品德，道德。❷恩德。❸利益，好處。★早起きは三文(さんもん)の～／早起好處多。

と・ぐ①【研ぐ・磨ぐ】(他五)❶磨，研磨。☆包丁を～／磨菜刀。❷擦亮。☆鏡を～／把鏡子擦亮。❸淘。☆米を～／淘米。

ど・く⓪【退く】(自五)躲開，讓開。☆危いから～・いてください／危險，請躲開。

どく②【毒】(名)❶毒，毒藥。☆～を盛る／下毒藥。☆～を仰ぐ／服毒。❷有毒，有害。☆体に～だ／對身體有害。

とくい②⓪【得意】(一)(名)顧客，主顧。(二)(名・形動)❶得意，心滿意足。❷驕傲，得意忘形。❸擅長，拿手。☆歌が～だ／唱歌拿手。歌唱得好。

とくいく②【徳育】(名)德育。

とくがく⓪【篤学】(名・形動)篤學，好學。☆～の士／篤學之士。

どくがく⓪【独学】(名・自他サ)獨學，自學。

どくガス⓪【毒ガス】(名)毒氣。

とくぎ①【特技】(名)特長，拿手技術。

どくさい⓪【独裁】(名・自サ)獨裁，專政。

とくさく⓪【得策】(名)上策。

とくさん⓪【特産】(名)特產。☆～物(ぶつ)／特產。

とくし⓪【特使】(名)特使。

どくじ①⓪【独自】(形動)獨自，獨特。☆～性／獨特性。

どくしゃ①【読者】(名)讀者。

どくじゃ①【毒蛇】(名)毒蛇。

どくしゃく⓪【独酌】(名・自サ)獨酌，自斟自飲。

とくしゅ①⓪【特殊】(名・形動)特殊，特別。

どくしょ①⓪【読書】(名・自サ)讀書。

どくしょう⓪【独唱】(名・自サ)獨唱。

とくしょく⓪【特色】(名)特色。

どくしん⓪【独身】(名)獨身。

とくせい⓪【特性】(名)特性。

どくせん⓪【独占】(名・他サ)❶獨佔。❷壟斷。☆～資本／壟斷資本。

どくそう⓪【独奏】(名・他サ)獨奏。☆～会／獨奏會。

どくそう⓪【独創】(名・他サ)獨創。☆～性／獨創性。

とくそく⓪【督促】(名・他サ)督促，催促。

とくたいせい③【特待生】(名)(成績優秀的)公費生。

どくだん⓪【独断】(名・他サ)獨斷，專斷。☆～専行／獨斷專行。

とくちょう⓪【特徴】(名)特徵。

とくてい⓪【特定】(名・他サ)特定。☆～の人／特定的人。

とくてん⓪【特典】(名)優惠。

とくてん⓪③【得点】(名・自サ)得分。

とくでん⓪【特電】(名)專電。

どくとく⓪【独特】(形動)獨特。

どくどく①(副)(液體流出)嘩嘩地流。

どくどくし・い⑤【毒毒しい】(形)❶好像有毒。❷惡毒，凶惡。❸濃艷，刺眼。

とくに①【特に】(副)特別，尤其。

とくは⓪【特派】(名・他サ)特派。☆～員／特派記者。

どくは①【読破】(名・他サ)讀完。

とくばい⓪【特売】(名・他サ)特價出售。☆～場／特價品售貨處。☆～品／特價品。

とくべつ⓪【特別】(副・形動)特別，特殊，格外。☆～機／專機。

どくへび③【毒蛇】(名)↓どくじゃ

どくぼう⓪【独房】(名)單人牢房。

とくむ①②【特務】(名)特務，特別任務。

どくむし②【毒虫】(名)毒蟲。

とくめい⓪【匿名】(名)匿名。☆～の手紙／匿名信。

とくやく⓪【特約】(名・自サ)特約。☆～店／特約商店。

どくやく⓪【毒薬】(名)毒藥。

とくよう⓪【徳用・得用】(名・形動)經濟實用，物美價廉。☆～品／經濟實惠品。

とくり①【徳利】(名)酒壺。

どくりつ⓪【独立】(名・自サ)獨立。☆～採算制／獨立核算制。☆～独歩(どっぽ)／自立更生。獨樹一幟。

どくりょく⓪【独力】(名)獨自的力量。

とげ②【刺・棘】(名)刺。☆バラの～／薔薇的刺。☆指に～が刺さる／指頭扎了刺。☆～のある言葉／帶刺的話。

とけい⓪【時計】(名)鐘錶。

とけこ・む⓪【溶け込む】(自五)❶溶化，溶解，溶入。❷融洽。

と・ける②【溶ける・融ける・解ける】(自下一)化，溶化，溶解。

と・ける②【溶ける・熔ける】(自下一)熔化。

と・ける②【解ける】(自下一)❶開，解開。☆靴の紐(ひも)が〜・けている／鞋帶鬆了。❷消，消除，解除。☆怒りが〜・けた／消氣了。❸解決，解開。☆難しい問題が〜・けた／難題解開了。

と・げる②【遂げる】(他下一)取得，達到，完成，實現。☆思いを〜／如願以償。

ど・ける⓪【退ける】(他下一)挪開，移開。

どけん⓪【土建】(名)土木建築。

とこ【床】(名)❶床，被窩。☆〜につく／就寢。☆〜をとる／舖被。☆〜をあげる／疊被。❷榻榻米的襯墊。❸苗床。❹河床。❺("床の間"的略語)壁龕。

とこ②【所】(名)處，地方。☆この〜／這個地方。

どこ①【何処】(代)何處，哪裏。

とこう⓪【渡航】(名・自サ)出洋，出國。☆海外〜／到海外去。

どこか①【何処か】(代)某處，哪兒。☆〜で会ったような気がする／好像在哪兒見過。

どことなく④【何処と無く】(副)❶不知什麼地方，哪兒。❷總覺得，不知為什麼。

とことん③(名)最後，到底。☆〜まで追究する／追究到底。

とこなつ⓪【常夏】(名)❶常夏。☆〜の国／四時常夏的地方。❷(植)石竹。

とこのま⓪【床の間】(名)壁龕。

とこや⓪【床屋】(名)理髮廳，理髮師。

ところ⓪③【所】(名)❶地方，地點，地區。☆景色のいい〜／風景美麗的地方。❷住所，住址。☆友達の〜に遊びに行く／去朋友家玩。❸點，處，地方，部份。☆おわりの〜／結束的部份。❹當地。☆〜の風習／當地的風俗習慣。❺內容，情況。☆彼の言う〜はただしい／他說的對。❻時候。☆いい〜に来たね／來得正是時候。☆ここの〜／這幾天。這一兩週。這一兩個月。☆今日の〜は許してやろう／今天就饒你一回吧。❼程度。☆これくらいの〜で許してください／請原諒，我只能做到這個程度。❽(接動詞過去式)剛剛。☆帰って来た〜だ／剛回來。❾(接動詞進行式)正在。☆本を読んでいる〜です／正在看書。❿(接動詞現在式)正要。☆今出掛ける〜です／正要出門。

どころ【所】(接尾)❶值得…的地

方。☆見～／値得一看的地方。精彩處。❷產…的地方。☆米～／產米的地方。❸們。☆幹部～／幹部們。

どころ【所】(副助)(下接否定語)豈止，遠非，哪談得上。☆それ～じゃない／絕非那樣而已。☆落ち着いて勉強する～ではない／根本談不上靜下心來學習。☆痛い～の騷ぎじゃない／豈止是疼。

ところえがお⓪④【所得顔】(名)得意洋洋。

ところが【所が】(一)③(接)可是，然而。(二)(接助)便，果然，果真。

どころか(接助)豈止，非但，慢說，哪裏談得上。☆もうかる～損ばかりしている／哪裏談得上賺錢，淨賠錢。

ところがき⓪【所書き】(名)住址，地址。

ところで【所で】(一)③(接)(用於轉換話題)可是。(二)(接助)即使，縱使。

ところどころ④【所所】(名)處處，到處，有些地方。

ところばんち⓪④【所番地】(名)地址，門牌號碼。

どざえもん⓪【土左衛門】(名)淹死鬼，浮屍。

とさか⓪【鶏冠】(名)雞冠。

とざ・す②⓪【閉ざす・鎖す】(他五)❶鎖。❷封鎖，封閉。

とざん①⓪【登山】(名・自サ)登山。☆～家／登山家。登山運動員。

とし②【年・歳】(名)❶年，歲。☆～の暮れ／年底。☆～を越す／過年。❷年齡，歲數。☆～を取る／上年紀。☆～を食っている／長得年輕。★～は薬／人老經驗多。

とし①【都市】(名)都市。

としうえ⓪④【年上】(名)年長，歲數大。☆彼より3つ～だ／比他大三歲。

としお・いる④【年老いる】(自上一)年老，上年紀。

としこし④⓪【年越し】(名・自サ)❶過年。❷除夕。☆～蕎麦(そば)／除夕吃的蕎麥麵條。

とじこ・める⓪④【閉じ込める】(他下一)❶把…關在…裏。☆大雪で旅館に～・められた／被大雪困在旅館裏。

とじこも・る⓪【閉じ籠もる】(自五)閉門不出。☆家に～・って勉強する／悶在家裏用功。

としごろ⓪【年頃】(名)❶年紀，年齡。❷(多指女子結婚的年齡)適齡期。

としした⓪④【年下】(名)年紀小。☆兄より2つ～／比哥哥小兩歲。

としつき②【年月】(名)❶年月，歲月，光陰。❷多年來。

として(一)(格助)作為。☆日本人~は背が高い方だ／作為一個日本人，個子算是高的。〔二〕(副助)(下接否定語)都，沒有…不…的。☆ひとり~泣かぬ者はなかった／沒有一個人不哭的。〔三〕①(接)假如，假定。☆買う~いくらかかるか／假如買的話，要多少錢？

どしどし①(副)❶連續不斷地。❷儘管，不客氣地。

としと・る③【年取る】(自五)年老，上年紀。

としのせ⓪【年の瀬】(名)年關。

とじまり②⓪【戸締り】(名)關門，鎖門。

どしゃ①【土砂】(名)土和沙，沙土。☆~崩れ／坍方。

どしゃぶり⓪【土砂降り】(名)(大雨)如注，傾盆。

としょ①【図書】(名)圖書。☆~館／圖書館。

とじょう⓪【途上】(名)途中，路上。☆発展~国／發展中國家。

どじょう⓪【泥鰌】(名)泥鰍。

どじょう⓪【土壌】(名)土壤。

としょく⓪【徒食】(名・自サ)吃閒飯。☆無為~／遊手好閒。

としより④③【年寄】(名)老人，老年人，老頭。

と・じる②【閉じる】〔一〕(他上一)❶關，閉，合上。☆口を~／閉嘴。☆本を~／合上書。❷結束。☆会議を~／結束會議。〔二〕(自上一)❶關，閉。❷結束。

と・じる②【綴じる】(他上一)❶訂，訂上。☆書類を~／把文件訂起來。❷縫上。

としん⓪【都心】(名)市中心。

どじん⓪【土人】(名)土著，當地人。

どしんと②③(副)撲通。☆~ぶつかった／撲通一聲撞上了。

どすぐろ・い⓪④【どす黒い】(形)烏黑，紫黑。

どせい⓪【土星】(名)土星。

とぜつ⓪【杜絶・途絶】〔一〕(名・自サ)中斷，斷絕。〔二〕(名・他サ)杜絕。

とそ①【屠蘇】(名)屠蘇酒。

どそく⓪【土足】(名)不脫鞋，穿著鞋。☆~厳禁／嚴禁穿鞋進來。

どだい⓪【土台】〔一〕(名)❶基座，地基。❷基礎。〔二〕(副)本來，根本，完全。

とだ・える③【途絶える】(自下一)斷絕，中斷，間斷。

とだな⓪【戸棚】(名)櫥，櫃。☆食器~／碗櫥。

とたん⓪【途端】(名)剛一…就…。☆駆け出した~石につまずいた／剛一跑就被石頭絆倒了。

トタン⓪【葡 tutanaga】(名)鍍鋅鐵板，白鐵板。

どたんば⓪【土壇場】(名)❶刑

場，法場。❷最後關頭。❸絕境。

とち⓪【土地】(名)❶土地，土壤。☆~を耕す／耕地。❷當地。☆~の人／當地人。❸地皮。❹領土。

とちゅう⓪【途中】(名)途中，中途，路上。

どちゅう⓪【土中】(名)土中。

とちょう①【都庁】(名)東京都政府。

どちら①(代)❶哪邊，哪面。❷哪裏。❸哪一個。❹哪一位。

とっか⓪【特価】(名)特價。☆~販売／特價出售。☆~品／特價品。

とっきゅう⓪【特急】(名)❶特快(列車)。❷火速，趕快。

とっきょ⓪【特許】(名・他サ)❶專利。☆~権／專利權。❷(政府授與公司、銀行的)特權。☆~会社／特許公司。

とっく⓪【疾っく】(副)早就，很久以前。

とつ・ぐ②【嫁ぐ】(自五)出嫁。

ドック①【dock】(名)船塢。

とっけい⓪【特恵】(名)特惠，最惠。☆~関税／特惠關稅。

とつげき⓪【突撃】(名・自サ)衝鋒。

とっけん⓪【特権】(名)特權。

とっこう⓪【特効】(名)特效。☆~薬／特效藥。

とっさ⓪①【咄嗟】(名)瞬間，一剎那，一眨眼。

とつじょ①【突如】(副)突然。

とつぜん⓪【突然】(副)突然。

どっち①(代)("どちら"的簡慢說法)→どちら

どっちつかず④【どっち付かず】(名・形動)曖昧，模稜兩可。

どっちみち⓪【どっち道】(副)反正，總之，總而言之。☆~同じことだ／反正都一樣。

とっつき⓪【取っ付き】(名)❶開始，開頭。❷第一個，頭一個。❸第一印象。

とって③⓪【取っ手】(名)把，把手，拉手。

とっておき⓪【取って置き】(名)珍藏。☆~の品物／珍藏品。

どっと①⓪(副)❶哄堂，哄然。☆~笑う／哄堂大笑。❷滾滾，蜂擁。☆洪水が~おしよせる／洪水滾滾而來。❸突然(病倒)。☆~床につく／突然臥床不起。

とっとき⓪【取っとき】(名)→とっておき

とつにゅう⓪【突入】(名・自サ)❶衝進，闖入。❷進入。❸捲入。

とっぱ①⓪【突破】(名・他サ)❶突破，衝破。❷超過。

とっぱつ⓪【突発】(名・自サ)突發，突然發生。☆~的な症状／突發性症狀。

とっぴ⓪【突飛】(形動)離奇，古怪。

トップ①【top】(名)❶第一，首位，最高。☆～会談／最高層會談。☆～を切る／走在最前頭。帶頭。❷(接力賽)第一棒。❸頭條新聞。

とて(一)(副助)❶(接體言下表示不例外)也，就連。☆先生～できないだろう／老師也不會吧。❷(提起話題)說是，說起。☆京都へ～旅立った／說是到京都去，走了。☆恋愛～特に経験したことはない／說起戀愛來，也沒有談過。(二)(接助)❶(上接終止形，下與否定語或反問語相呼應)即使…也…，即便…也…，雖然。☆今から勉強した～間に合わない／即便現在開始用功也來不及了。☆金があるから～幸福だとは限らない／雖然有錢，但未必幸福。❷(接體言，特別是多接於"こと"之後表示原因)因為，由於。☆休日のこと～どこも人出が多い／由於是假日，各處人都很多。

どて⓪【土手】(名)堤坊，河堤。

とてつもな・い⑤【途轍もない】(形)❶不合道理，豈有此理。❷特別，出奇，不尋常。☆～大物(おおもの)／龐然大物。

とても⓪【迚も】(副)❶很，非常。☆～きれいだ／非常漂亮。❷怎麼也，無論如何也。☆～だめだ／怎麼也不行。

どてら⓪【褞袍】(名)和服棉袍。

とどうふけん⑤【都道府県】(名)(日本的一級行政區劃)都道府縣。

とど・く②【届く】(自五)❶到，到達。☆荷物が～・いた／貨物到了。❷達到，夠得著。☆手が～・かない／手夠不著。❸達到，實現。☆願いが～・いた／如願以償。❹周到，周密。☆世話が～／照顧得周到。

とどけ③【届け】(名)報告書，申請書，登記書，請假條。

とどけさき⑤⓪【届け先】(名)投遞處，發送地點。

とどけ・でる⓪【届け出る】(他下一)申報，呈報，登記。

とど・ける③【届ける】(他下一)❶送，送到。❷申報，呈報。

ととの・う③【整う・調う】(自五)❶整齊，端正。❷具備，齊備，完備。❸談好，商妥。

ととの・える④【整える・調える】(他下一)❶整理，整頓，收拾。❷調整。❸籌備，準備，備齊。❹達成，談妥。

とどのつまり①(副)結局，到頭來，歸根到底。

とどま・る③【止まる・留まる】(自五)❶停，停下，停止。☆～ところを知らない／無止境。❷留，停留。

とど・める③【止める・留める】（他下一）❶停下，停住，止住，阻止。☆馬を～／停下馬。❷留下，留住。☆名を～／留名。❸止於，限於。☆問題点をあげるに～／只限於提出問題。

とどろ・く③【轟く】（自五）❶轟響，轟鳴。❷（威名）四震，（臭名）遠揚。❸興奮，激動。

とない①【都内】（名）東京都內，東京都中心。

とな・える③【称える】（他下一）稱呼，稱為，叫做。

とな・える③【唱える】（他下一）❶念，誦。❷高呼，高喊。❸提倡，倡導。

トナカイ②【馴鹿】（名）馴鹿。

どなた①【何方】（代）哪位。

となり⓪【隣】（名）❶鄰居，隔壁。❷鄰，鄰近。☆～の国／鄰國。

となりあわせ④【隣合わせ】（名）比鄰，緊挨著。

となりきんじょ④【隣近所】（名）左鄰右舍，街坊鄰居。

どな・る②【怒鳴る】（自五）❶大聲喊叫。❷申斥，斥責。

とにかく①【兎に角】（副）❶總之，好歹，不管怎樣。❷姑且，暫且不管。

との①【殿】（名）❶老爺，大人。❷（女人敬稱男人）先生。

との（連語）❶說，稱。☆8時につく～電報がありました／來電報說八點到。❷（下接〃こと〃、〃はなし〃）據說，聽說，說是。☆英語の勉強をしたい～ことでした／說是想學英語。

どの【殿】（接尾）（接姓名、身分之下表示敬意）先生。☆平井太郎～／平井太郎先生。

どの①【何の】（連体）哪個。

どのくらい⓪①【何の位】（副）多少。☆～あるか／有多少？

とは（係助）所謂，所說的。☆友人～誰のことか／你所說的朋友是指誰？

とば②【賭場】（名）賭場。

とはいえ【とは言え】（連語）雖說，話雖這麼說。☆春～まだ風は冷たい／雖說已是春天，但風還是很涼。☆～見捨ててもおけまい／話雖這麼說，但也不能置之不理。

とばく⓪【賭博】（名）賭博。

とば・す⓪【飛ばす】（他五）❶放。☆風船を～／放氣球。❷刮跑。吹走。☆風に帽子を～・された／帽子被風刮跑了。❸驅，駕。☆飛行機を～／開飛機。☆車を～・して駆けつけた／驅車趕來了。❹散佈。☆デマを～／散佈謠言。❺濺，噴。☆泥を～／濺泥。❻派遣。☆急使を～／派遣急使。❼跳過，越過。☆～・して読む／跳著讀。❽左遷，調轉。☆支局に～・された／被調到分店工作。

とび①【鳶】(名)鳶，老鷹。

とびあが・る④【飛び上がる】(自五)❶飛起。❷跳起。❸越級晉升。

とびある・く④【飛び歩く】(自五)東奔西跑，到處奔波。

とびいし⓪【飛び石】(名)（稍有間隔的）踏腳石。☆～連休／隔日連休。

とびいた⓪【飛び板】(名)（跳水）跳板。☆～飛び込み／跳板跳水。

とびいり⓪【飛び入り】(名)❶（異己份子）混進。❷（局外人）臨時加入，中途加入。

とびお・きる④【飛び起きる】(自上一)（躺著的人一躍）跳起。

とびお・りる④【飛び降りる・飛び下りる】(自上一)跳下。

とびかか・る④【飛び掛かる】(自五)猛撲過去。

とびこ・える④【飛び越える】(他下一)❶跳過。❷飛過，飛越。

とびこ・す③【飛び越す】(他五)❶跳過。❷越級晉升。

とびこみ⓪【飛び込み】(名)❶跳進，跳入。☆～自殺／撞車自殺。❷跳水。☆～台／跳台。

とびこ・む③【飛び込む】(自五)❶跳進，跳入。❷跑進，闖進。❸參加，投入。

とびだ・す③【飛び出す】(自五)❶起飛，飛起來。☆飛行機が～／飛機起飛。❷跳出，跑出。☆子供が路地(ろじ)から～／小孩子從巷子裏跑出來。❸突出，鼓出。☆目玉が～／眼球鼓出。

とびた・つ③【飛び立つ】(自五)❶飛起，飛走。❷跳起。

とびち・る③【飛び散る】(自五)❶飛散。❷跑散，四散。❸飄落。

とびつ・く③【飛び付く】(自五)❶撲過來。☆犬が～／狗撲過來。❷（被吸引而）追，趕。☆流行に～／趕時髦。

とび・でる③【飛び出る】(自下一)→とびだす

とびの・る③【飛び乗る】(自五)跳上（交通工具）。

とびばこ⓪【跳び箱】(名)跳箱。

とびはな・れる⑤【飛び離れる】(自下一)❶跳離，閃開。❷遠離，遠隔。❸(以〝とびはなれて〟的形式作副詞用)非常，格外。

とびひ⓪【飛火】(名)❶(飛散的)火星。❷擴展，牽連。❸水泡疹，黃水瘡。

とびまわ・る④【飛び回る】(自五)❶飛翔，飛來飛去。❷跑來跑去。❸東奔西走，到處奔波。

どひょう⓪【土俵】(名)❶土袋子。❷(相撲)摔角場。

どひょういり⓪【土俵入り】(名)(相撲力士)上場儀式。

どひょうぎわ⓪【土俵際】(名)❶(相撲)摔角場界線。❷緊急關頭。

とびら⓪【扉】(名)❶門扉。❷扉頁。

どびん⓪【土瓶】(名)(陶製的)茶壺。

とふ①【塗布】(名・他サ)擦，塗抹。

と・ぶ⓪【飛ぶ・跳ぶ】(自五)❶飛，飛行，飛翔。☆鳥が空を～／鳥在天空飛翔。❷飄，飄落。☆木の葉が～／樹葉飄落。❸跳，跳躍。☆蛙が～／青蛙跳。❹飛濺，飛揚。☆ほこりが～／塵土飛揚。❺傳播，流傳。☆デマが～／謠言流傳。❻快跑，飛跑。☆病院へ～・んで行った／跑到醫院去。❼(順序、號碼等)不銜接。☆番号が～／跳號。❽跑掉，逃跑。☆犯人が海外に～／犯人逃往海外。❾斷。☆ヒューズが～・んだ／保險絲燒斷了。❿(價格)波動大。☆株価が～／股票價格波動大。

どぶ⓪【溝】(名)水溝，污水溝，下水道。

どぶん②(副)撲通。☆～と飛び込んだ／撲通一聲跳進去了。

とほ①【徒歩】(名)徒步。

とほう⓪【途方】(名)❶手段，方法，辦法。☆～に暮れる／束手無策。❷條理，道理。☆～もない／毫無道理。出奇。☆～もなく大きい／大得出奇。

どぼく①【土木】(名)土木。☆～工事／土木工程。

とぼ・ける③【惚ける・恍ける】(自下一)❶發呆，遲鈍。❷裝糊塗，假裝不知。❸開玩笑，鬧滑稽。

とぼし・い⓪③【乏しい】(形)❶缺乏，不足。❷貧困，貧乏。

とぼとぼ①(副)無精打彩，有氣無力。

とま⓪①【苫】(名)苫席，草苫子。

どま②【土間】(名)沒鋪地板的房間。

トマト①②【tomato】(名)番茄，西紅柿。

とまり⓪【止り・留り】(名)❶停止，停留。❷到頭，盡頭。☆安値の～／最低價格。

とまり⓪【泊り】(名)❶住宿，過夜。❷值宿。❸住處，旅館。❹碼頭，停泊處。

とまりこ・む④【泊り込む】(自五)投宿，住進。

とま・る⓪【止まる・停まる・留まる】(自五)❶停，停留。☆日本に1週間～／在日本待一週。❷停，停止，停住。☆時計が～・っている／錶停了。

☆鳥が木の枝に～／鳥停在樹枝上。❸斷，中斷，不通。☆電気が～／斷電。❹固定。☆釘で～／用釘子釘住。❺抓住。☆つりかわに～／抓住（電車上的）吊環。❻引起感官的注意。★目に～／映入眼帘。看中。★耳に～／聽到。在耳邊迴響。★心に～／銘記心間。★高く～／高傲。

とま・る⓪【泊まる】（自五）❶投宿，住宿，過夜。☆旅館に～／住旅館。❷住宿。❸停泊。☆船が港に～・っている／船在港口停泊。

どまんじゅう②【土饅頭】（名）土網，圓形墳墓。

どまんなか②【ど真ん中】（名）正中間，正當中。

とみ①【富】（名）財富，財産。

とみに①【頓に】（副）頓時。

どみん⓪【土民】（名）土著。

と・む①【富む】（自五）❶富，富裕。❷富有，豐富。☆経験に～／富有經驗。

とむら・う⓪③【弔う】（他五）吊喪，吊唁，祭奠。

とめがね⓪【止金】（名）（將兩個部份密合一起的）金屬卡子。

とめど⓪【止め処】（名）止境，限度。☆～がない／無止境。

と・める⓪【止める・停める・留める】（他下一）❶停，止，停止，停住。☆車を～／停車。☆足を～／止步。❷關，關閉。☆ラジオを～／關收音機。❸禁止，制止，阻止。☆けんかを～／拉架。❹固定住。☆髪をピンで～／用髮夾夾住頭髮。❺注（目），留（心）。★目に～／注視。★心に～／留心。記在心上。

と・める⓪【泊める】（他下一）❶留宿。☆客を～／留客住宿。❷停靠（船舶）。

とも〔一〕（接助）❶不管，儘管，即使，無論。☆どんな事があろう～動いてはいけない／無論發生什麼事也不能動搖。☆つらく～我慢しよう／即使難受也忍耐一下吧。❷（表示限度）最…，至…。☆少なく～1万円はある／最少也有一萬日元。〔二〕（終助）當然，一定。☆行く～／當然去。☆いい～いい～／當然可以，當然可以。〔三〕（接尾）❶都，全部。☆3人～女だった／三個人都是女的。❷連…一起，包括…在內。☆運賃～5千円／包括運費五千日元。

とも【共】（接頭）共同，一起。☆～かせぎ／雙職工，夫婦都工作。☆～だおれ／兩敗俱傷。

とも②【友】（名）友，朋友。

とも①【供・伴】（名）❶伴兒，伴侶。❷陪同，隨從。

ども【共】（接尾）（表示複數，有輕蔑之意，接第一人稱表示自謙）們。☆わたくし～／我們。

ともあれ①（連語）❶總之，反正，無論如何，不管怎樣。❷姑且不說。

ともかく①【兎も角】（副）→とにかく

ともかせぎ③⑤【共稼ぎ】（名）雙職工，夫婦都工作。

ともぐい⓪【共食い】（名・自サ）同類相殘。

ともしび③⓪【灯・灯火】（名）燈，燈火。

とも・す⓪②【点す】（他五）點（燈）。

ともすると①（副）→ともすれば

ともすれば①（副）往往，動輒，動不動。

ともだおれ⓪⑤【共倒れ】（名）兩敗俱傷，同歸於盡。

ともだち⓪【友達】（名）朋友。

ともづな⓪【纜】（名）纜，纜繩。

ともども②⓪【共共】（副）共同，相互，彼此。

ともな・う③【伴う】（自他五）❶帶，帶領。☆生徒を～・って行く／帶著學生去。❷跟隨，隨同。☆先生に～・って行く／跟著老師去。❸帶有，伴隨。☆その手術には危険が～／那個手術帶有危險性。❹相稱。☆収入に～・わない生活／和收入不相稱的生活。

ともに⓪①【共に】（副）❶共同，一起。❷同時，既…又…。

どもり①【吃り】（名）口吃（的人），結巴（的人）。

とも・る⓪②【点る・灯る】（自五）點著（燈火）。

ども・る②【吃る】（自五）口吃，結巴。

とやかく①【兎や角】（副）種種，多方，這個那個地。

どやどや①（副）蜂擁（而入）。

どよう②⓪【土用】（名）❶立夏、立秋、立冬、立春前的十八天。❷（立秋前的十八天）伏天，三伏天。

どよう⓪【土曜】（名）星期六。☆～日／星期六。

どよめ・く③（自五）❶響徹雲霄。❷吵嚷，騷然。

とら⓪【虎】（名）❶虎。❷醉鬼。

とら⓪【寅】（名）寅。

どら⓪①【銅鑼】（名）鑼。

ドライアイス④【dry ice】（名）乾冰。

ドライクリーニング⑤【dry cleaning】（名）乾洗。

ドライバー②（名）❶司機，駕駛員。❷（高爾夫球遠距離用）球棒。❸螺絲刀。

ドライブ②【drive】（名・自サ）（駕車）兜風，旅行，遊玩。

ドライミルク④【dry milk】（名）奶粉。

とら・える③【捕える】（他下一）捕，捉，抓住，逮住。☆とんぼを～／捕蜻蜓。☆機会を～

と

／抓住時機。

トラクター②【tractor】(名)拖拉機。

トラスト②【trust】(名)托拉斯。

トラック②【truck】(名)卡車。

とらのこ⓪【虎の子】(名)珍寶，心愛之物。

とらのまき⓪【虎の巻】(名)❶秘傳兵書。❷秘笈。❸講義的藍本，自修參考書。

トラブル②【trouble】(名)糾紛，摩擦，風波。

トラベラー②【traveler】(名)旅行者。☆～ズチェック／旅行支票。

トラホーム③【徳Trachom】(名)沙眼。

ドラマ①②【drama】(名)戲劇。☆テレビ～／電視連續劇。

ドラム①【drum】(名)鼓，大鼓。☆～缶(かん)／汽油桶。

どらむすこ③【どら息子】(名)敗家子。

トランク②【trunk】(名)❶皮箱，手提箱。❷(轎車車尾的)行李箱。

トランシーバー④【transceiver】(名)近距離用攜帶式無線電通話機。

トランジスター④【transistor】(名)半導體，晶體管。☆～ラジオ／半導體收音機。

トランプ②【trump】(名)撲克牌。☆～をする／玩撲克牌。☆～を切る／洗撲克牌。

とり⓪【鳥】(名)❶鳥。❷雞。

とり⓪【酉】(名)酉。

とりあ・う⓪【取り合う】(他五)❶互相拉著(手)。❷互相爭奪。❸理睬，搭理。

とりあえず③【取り敢えず】(副)❶急忙，趕忙。❷馬上，立刻。❸先，首先，暫且。

とりあ・げる⓪【取り上げる】(他下一)❶拿起，舉起。❷奪取，剝奪。❸沒收，徵收。❹接生。❺提出，提起。❻採納，理睬。

とりあつかい⓪【取り扱い】(名)❶辦理，處理。❷使用，操作。❸對待，接待。

とりあつか・う⓪【取り扱う】(他五)❶辦理，處理，經辦。❷使用，操作。❸對待，接待。

とりあつ・める⓪⑤【取り集める】(他下一)收集，搜集。

とりあわせ⓪【取り合わせ】(名)❶配，配合。❷收集，湊合，拼合。

とりあわ・せる⓪⑤【取り合わせる】(他下一)❶配，配合。❷收集，搜集。

とりい⓪【鳥居】(名)(神社前的)牌坊。

とりいそぎ⓪【取り急ぎ】(副)匆忙，趕緊。

とりい・る⓪【取り入る】(自五)討好，巴結，奉承，拍馬屁。

とりいれ⓪【取り入れ】(名)❶收割，收穫。❷採用，吸收。

とりい・れる⓪【取り入れる】(他下一)❶收割，收穫。❷收進，拿進。❸採納，吸收，引進。

とりうちぼう④⓪【鳥打帽】(名)鴨舌帽。

トリウム②【Thorium】(名)釷。

とりえ③【取柄】(名)長處。

とりかえ⓪【取り替え・取り換え】(名)換，更換。

とりかえし⓪【取返し】(名)❶取回，收回。❷挽回，挽救。

とりかえ・す⓪【取り返す】(他五)❶取回，奪回。❷挽回，挽救，恢復。

とりか・える⓪【取り替える・取り換える】(他下一)❶換，更換。❷交換。

とりかか・る⓪【取り掛かる】(自五)著手，開始。☆工事に～/動工。

とりかご⓪【鳥籠】(名)鳥籠。

とりかこ・む⓪【取り囲む】(他五)圍，圍攏，包圍。

とりかわ・す⓪【取り交わす】(他五)交換，互換。

とりき・める⓪【取り決める・取り極める】(他下一)定，決定。

とりくみ⓪【取組】(名)❶(相撲)扭在一起。❷對手。☆いい～/好對手。

とりく・む⓪【取り組む】(自五)❶(兩人)扭在一起。❷同…較量，同…比賽。❸致力於…，埋頭…。

とりけし⓪【取り消し】(名)取消，撤銷，廢除。

とりけ・す【取り消す】(他五)取消，撤銷，廢除。

とりこ③⓪【虜】(名)俘虜。

とりこ・す⓪【取り越す】(他五)提前。

とりこや⓪【鳥小屋】(名)雞窩。

とりこわ・す⓪④【取り壊す】(他五)拆，拆除。

とりしまり⓪【取締まり】(名)❶取締，管理，約束。❷(〃取締役〃的略語)董事。

とりしま・る⓪【取り締まる】(他五)取締，管理，監督。

とりしらべ⓪【取調べ】(名)❶調查。❷審訊，審問，查問。

とりしら・べる⓪【取り調べる】(他下一)❶調查。❷審訊，審問。

とりすが・る⓪【取り縋る】(自五)❶緊靠，偎靠。❷央求，哀求。

とりだ・す⓪【取り出す】(他五)取出，拿出，挑出。

とりたて⓪【取り立て】(名)❶徵收，催收。❷提拔。❸剛摘下，剛捕獲，剛取得。

とりた・てる⓪【取り立てる】(他下一)❶徵收，催繳。❷提出，提及。❸提拔，提升。

とりつぎ⓪【取り次ぎ】(名)❶傳達，轉達。❷代辦，代購，代銷。☆～店／經銷處。

とりつ・ぐ⓪【取り次ぐ】(他五)❶傳達，轉達。❷回話。❸代辦，代購，代銷。

とりつ・ける⓪【取り付ける】(他下一)❶安，安裝。❷經常購買。❸取得，達成。

とりで⓪③【砦】(名)城堡，堡壘。

とりと・める⓪【取り留める】(他下一)保住(性命)。

とりどり⓪②【取り取り】(形動)各種各樣。

とりの・ける⓪【取り除ける】(他下一)❶除掉，去掉。❷保存，留下。

とりのぞ・く⓪【取り除く】(他五)除掉，消除。

とりはから・う⓪【取り計らう】(他五)處理，安排，照顧。

とりはず・す⓪【取り外す】(他五)❶摘下，卸下，拆卸。❷沒抓住，錯過。

とりはだ⓪【鳥肌】(名)❶雞皮疙瘩。❷粗糙的皮膚。

とりひき①②【取り引き】(名・自他サ)交易。

とりま・く⓪【取り巻く】(他五)❶圍，圍繞，包圍。❷捧場，奉承。

とりま・ぜる⓪【取り混ぜる・取り交ぜる】(他下一)摻混，摻在一起。

とりも・つ⓪【取り持つ】(他五)❶拿，握。❷應酬，接待。☆客を～／款待客人。❸調停，斡旋。☆縁を～／介紹對象。

とりもど・す⓪【取り戻す】(他五)取回，收回，奪回，恢復。

とりもなおさず⑤①【取りも直さず】(副)即，就是，簡直是。

とりや・める⓪【取り止める】(他下一)停止，中止，取消。

どりょう①⓪【度量】(名)❶度量。❷度量，心胸，胸襟。

どりょく①【努力】(名・自サ)努力。

とりよ・せる⓪【取り寄せる】(他下一)❶拉近，拉到跟前。❷令寄來，令送來，郵購。

ドリル②【drill】(名)❶鑽，鑽頭，鑽孔機。❷鑿岩機。❸訓練，練習。

とりわけ①【取り分け】(副)特別，尤其，格外。

と・る⓪【取る・採る・執る・捕る】(他五)❶取，拿，執，握，把。☆本を～／拿書。☆手に～・って見る／拿在手裏看。☆手を～／拉著手。☆筆を～／執筆。❷分，撥，移。☆おかずを小皿に～／往小碟裏分菜。❸除掉。☆草を～／除草。❹吃。☆食事を～／吃飯。❺攝取。☆栄養を～／攝取營養。❻叫，定。☆料理を～／叫菜。❼訂閱，訂購。☆

新聞を～／訂報。❽取得，得到。☆60点を～／得六十分。❾收，領。☆勘定を～／收款。❿沒收，奪取，佔領。☆領土を～／奪取領土。☆命を～／奪去生命。⓫擺，鋪，佈。☆床(とこ)を～／鋪床。☆陣を～／佈陣。⓬花費，耗費。☆手間を～／費工夫。⓭採，摘，砍。☆きのこを～／採蘑菇。☆柴を～／砍柴。⓮保存，留下。☆この書類は～・っておこう／這個文件保存著吧。⓯脫，摘。☆帽子を～／脫帽子。⓰偷，竊取。☆泥棒に金を～・られた／錢被小偷偷去了。⓱捕，捉。☆魚を～／捕魚。⓲承擔，擔負。☆責任を～／承擔責任。⓳請（假）。☆暇を～／請假。辭職。⓴提取，製造。☆大豆から油を～／用大豆榨油。㉑娶。☆嫁を～／娶媳婦。㉒抄，記。☆ノートを～／記筆記。㉓聘請。☆師匠を～／請師傅。㉔操作。☆舵(かじ)を～／掌舵。㉕堅持。☆自説を～・ってゆずらない／堅持自己的主張不讓步。㉖掙，賺。☆月に20万円～／每月掙20萬日元。㉗提出，抽出。☆給料から生活費を～／從工資裏提出生活費。㉘上(年紀)。☆年を～／上年紀。㉙接(客)。留(客)。☆客を～／接客。㉚繼承。☆跡(あと)を～／繼承家業。㉛選擇，挑選。☆私はこの作品を～／我選這個作品。㉜取(型)。☆靴の型を～／畫下鞋樣。㉝奉承，討好。☆機嫌を～／奉承。㉞數，量，測定。☆数を～／數數。☆寸法を～／量尺寸。㉟解釋，理解，領會。☆文字どおりに～／按字面理解。㊱調整。☆歩調を～／統一步調。㊲採取。☆処置を～／採取措施。㊳玩。☆トランプを～／玩撲克牌。㊴摔角。☆すもうを～／摔角。㊵採用，錄用。☆新入社員を5名～／採用五名新職員。

と・る①【撮る】(他五)拍，照，攝。☆写真を～／照相。

ドル①【dollar】(名)❶美元。❷錢。☆～箱／錢櫃。搖錢樹。出錢的人。

どれ①[一](代)❶哪個。☆～もこれも／全都…。哪個都…。❷誰。❸哪裏。❹何時。❺多少。☆～ほど／多少。多麼。怎樣。[二](感)(提醒或催促對方)喂，噯。☆～～見せてごらん／喂喂，給我看看。

どれい⓪【奴隷】(名)奴隸。

トレーニング②【training】(名)訓練，練習。

ドレス①【dress】(名)女西服，女禮服。

と・れる②【取れる】(自下一) ❶脫落，掉下。☆ボタンが～・れた／扣子掉了。❷產，出產。☆この地方は石炭が～／這個地方產煤。❸消失，消解。☆熱が～・れた／燒退了。❹被理解為…，被解釋為…。☆反対の意味に～／被理解為相反的意思。

どろ②【泥】(名) 泥，泥土。❷小偷。

とろう⓪【徒労】(名) 徒勞。

トロール②【trawl】(名) 拖網。☆～船／拖網船。

とろび⓪【とろ火】(名) 文火，慢火。

トロフィー②①【trophy】(名) 獎杯，優勝杯。

どろぼう⓪【泥棒・泥坊】(名) 賊，小偷。

どろまみれ③【泥塗れ】(名) 滿是泥，全是泥。

トロリーバス⑤【trolley bus】(名) 無軌電車。

トン①【ton】(名) 噸。

とんカツ⓪【豚カツ】(名) 炸豬排。

どんかん⓪【鈍感】(名・形動) 不敏感，感覺遲鈍。

どんぐり⓪①【団栗】(名) 橡子，橡實。☆～眼(まなこ)／大圓眼睛。★～の背比べ／半斤八兩。

どんす①【緞子】(名) 緞子。

どんぞこ⓪【どん底】(名) 最底層。

とんだ⓪(連体) ❶意外的，萬萬沒想到的。❷嚴重的。

とんち⓪【頓智】(名) 智慧，機智，機敏。

とんちゃく①【頓着】(名・自サ) 介意，在意，講究。

とんでもな・い⑤(形) ❶出乎意料。❷荒唐，不像話，豈有此理。❸(否定對方的說法) 哪裏的話。

どんと①⓪(副) 咚地(一聲)。

とんとん①③(二一)(名) 相等，平衡。(二)(副) ❶(擬聲) 咚咚。❷順利。

どんどん①(副) ❶(擬聲) 咚咚，嘩嘩，隆隆。❷接二連三，連續不斷。❸迅速，順利。

どんな①(連体) 哪樣的，怎樣的，什麼樣的。

どんなに①(副) 如何，怎樣，多麼。

とんにく⓪【豚肉】(名) 豬肉。

トンネル⓪【tunnel】(名) 隧道，地道。

とんび①【鳶】(名) →とび

どんぶり⓪【丼】(名) ❶大碗，海碗。❷大碗蓋飯。❸(工人圍在腰前的) 大口袋。

とんぼ⓪【蜻蛉】(名) 蜻蜓。

とんぼがえり④【蜻蛉返り】(名・自サ) 翻筋斗。

とんま①【頓馬】(名・形動) 蠢，

傻，痴呆。

とんや⓪【問屋】(名)批發商，批發店。

どんよく①⓪【貪欲】(名・形動)貪婪，貪慾。

どんより③(副・自サ)❶陰沈沈。❷混濁，不明亮。

ナ・な

[NA]

な〔一〕(感)①（喚起對方的注意或促使對方同意自己的觀點）喂，是吧。☆～、聞いてくれよ／喂，你聽著。〔二〕(終助)❶(接動詞終止形後表示禁止)不准，不要。☆どこへも行く～／哪兒也不要去。☆二度とする～／別再做了。❷（接動詞連用形後表示輕微的命令或請求）請，吧。☆早くし～／快做吧。☆もうお休み～／休息一會兒吧。❸(表示感嘆，有時發音為〃なあ〃)啊，呀。☆今日はいい天気だ～あ／今天天氣真好啊！

な⓪【名】(名)❶名，名字。☆～をつける／命名。❷名稱。☆花の～／花的名稱。❸名聲，名譽。★～を売る／沽名。★～を成す／成名。★～を残す／留名。❹名義，名目。❺口實，藉口。

な①【菜】(名)❶蔬菜，青菜。❷油菜。

なあて⓪【名宛】(名)收信(件)人姓名(地址)。☆～人(にん)／收信(件)人。

な・い①【無い】(形)❶(〃ある〃的否定語)無，沒有。☆金が～／沒有錢。❷（接形容詞、形容動詞連用形後表示否定）不。☆早く～／不早。☆好きでは～／不喜歡。

な・い(助動)（接動詞、助動詞未然形後表示否定）不，沒。☆行か～／不去。☆雨が降ら～・かった／沒下雨。

ない【内】(接尾)內。☆予算～／預算內。

ないい①【内意】(名)❶內心的想法。❷內部的打算。

ないえん⓪【内縁】(名)（非正式的婚姻關係）姘居。

ないか①⓪【内科】(名)內科。

ないかい⓪【内海】(名)內海。

ないがい【内外】〔一〕①(名)❶內

外，裏外。❷國內外。㈡(接尾)上下，左右。☆千円～／一千日元左右。

ないかく①【内閣】(名)內閣。☆～総理大臣／內閣總理大臣。☆～官房長官／內閣官房長官。

ないがしろ③⓪【蔑ろ】(形動)蔑視，輕視。☆親を～にする／瞧不起父母。

ないし①【乃至】(接)❶至，乃至。❷或，或者。

ないしょ③⓪【内緒・内証】(名)❶秘密。☆～にする／保密。☆～話／悄悄話。❷生活，生計。☆～が苦しい／生活困難。

ないじょ①【内助】(名・他サ)內助。★～の功／內助之功。妻子的功勞。

ないしょく⓪【内職】(名・自サ)❶(學生或家庭婦女的)副業，搞副業。❷(上課或開會時)做別的事。

ないしん⓪③【内心】(名)❶內心，心中。❷(數)內心。

ないせい⓪【内政】(名)內政。

ないせん⓪【内線】(名)❶內線。❷(電話)內線，分機。

ないぞう⓪【内蔵】❷內裝。☆露出計～のカメラ／內裝曝光表的照相機。

ないぞう⓪【内臓】(名)內臟。

ないち①【内地】(名)❶(遠離海岸的)內地。❷國內。❸(對殖民地而言的)本國。

ナイトクラブ④【night club】(名)夜總會。

ないない⓪③(名・副)暗地，私下，秘密。

ナイフ①【knife】(名)小刀。

ないぶ①【内部】(名)內部。

ないふく⓪【内服】(名・他サ)內服，口服。☆～薬／內服藥。

ないよう⓪【内容】(名)內容。

ないらん⓪【内乱】(名)內亂。

ないりく①【内陸】(名)內陸。☆～国／內陸國家。☆～性気候／大陸性氣候。

ナイロン①【nylon】(名)尼龍。

な・う①【綯う】(他五)搓，捻。☆なわを～／搓繩。

なえ①【苗】(名)❶苗，秧。❷稻秧。

なえぎ③⓪【苗木】(名)苗木，樹苗。

なえどこ⓪【苗床】(名)苗床，秧田。

なお①【猶・尚】㈠(副)❶猶，尚，還，仍。❷更。㈡(接)又，再者。

なおさら⓪①【尚更】(副)更加，越發。

なお・す【直す】㈠②(他五)❶修理，修繕。❷修改，訂正。❸改正，校正。❹更改，變更。❺折合，換算。㈡(接尾)(接動詞連用形後)重做。☆建て～／重建。☆読み～／

重讀。

なお・す②【直す・治す】(他五)治，治療。☆病気を～／治病。

なお・る②【直る】(自五)❶修好，修復。❷復原。❸改正過來。☆癖(くせ)が～・った／毛病改正過來了。

なお・る②【直る・治る】(自五)(病)好，痊癒。☆病気が～・った／病好了。

なか①【中】(名)❶中，裏，中間，當中，內部。☆箱の～／箱子裏。☆忙しい～をありがとう／在百忙之中打擾您了，謝謝。❷其中。☆～には反対の者もあった／其中也有反對的人。❸中等。☆～の品／中等貨。

なか①【仲】(名)關係，交情。☆～がいい／關係好。

なが・い②【長い】(形)長，長久，長遠。★～目で見る／從長遠看。

ながい②③【長居】(名・自サ)(在別人家)久坐。

ながいき④③【長生き】(名・自サ)長生，長壽。

ながいす⓪【長椅子】(名)長椅子，長沙發。

なかがい②⓪【仲買】(名・他サ)經紀。☆～人(にん)／經紀人。

ながぐつ⓪【長靴】(名)靴子。

なかごろ②⓪【中頃】(名)❶(時間的)中間，中期。❷(場所的)中間，中部。

ながさ①⓪【長さ】(名)長度。

ながし【流し】(名)❶③(廚房、井旁的)洗碗池，水池子。❷①(出租汽車等)沿街攬客。☆～のタクシー／沿街攬客的出租汽車。

なが・す②【流す】(一)(他五)❶流，放。☆涙を～／流淚。☆下水を～／排放污水。❷沖，沖洗，沖走。☆汗を～／(洗澡)沖汗。☆豪雨が橋を～・した／大雨把橋沖毀了。★水に～／付之東流。❸傳播。☆デマを～／散佈流言。☆音楽を～／播放音樂。❹流放，放逐。☆孤島に～・された／被放逐到孤島上。❺當死。☆質草(しちぐさ)を～／把典當的東西當死。❻使…流產。☆会を～／使會議流產。❼墮胎。(二)(自五)(藝人、出租汽車等)沿街攬客。☆タクシーが町を～／出租汽車沿街攬客。

なかでも①【中でも】(副)尤其，特別。

なかなおり③【仲直り】(名・自サ)和好，恢復關係。

なかなか⓪【中中】(副)❶很，相當，非常。☆～遠い／很遠。❷(下接否定語)輕易(不)，(不)容易，怎麼也。☆～できない／怎麼也不會。

ながなが③【長長】(副)冗長，長

な

長地。☆～としゃべる／喋喋不休。

なかにわ⓪④【中庭】(名)中庭，裏院，院子。

なかね②【中値】(名)❶中間價。❷折中價。

ながねん⓪【長年】(名)多年。

なかば②③【半ば】(名)❶半，一半。☆聴衆の～は女性／聽眾有一半是女性。❷中間，中央。☆橋の～に立つ／站在橋中間。❸中途，半途。☆宴～に／在宴會中途。

ながび・く③【長引く】(自五)拖長，拖延。

なかほど②⓪【中程】(名)❶中等。❷中間，當中。❸中途，半途。❹裏面。

なかま③【仲間】(名)❶伙伴，同伙，同伴。❷同類。

なかまいり⑤⓪【仲間入り】(名・自サ)入伙，參加，加入。

なかまはずれ④【仲間外れ】(名)被排斥在外。

なかまわれ⓪【仲間割れ】(名)分裂，拆伙。

なかみ②【中身・中味】(名)內容，裝在裏邊的東西。

なかみせ⓪【仲見せ】(名)（神社、寺院院內的）商店街。

ながめ③【眺め】(名)❶眺望，遠望。❷景色，景致。

なが・める③【眺める】(他下一)❶眺望，遠望。❷凝視，注視。

ながもち④③【長持ち】(名・自サ)耐用，持久。

ながや⓪【長屋】(名)（住多戶人家的）長形房屋，大雜院。

なかやすみ③【中休み】(名・自サ)中間休息。

なかゆび②【中指】(名)中指。

なかよし②【仲良し】(名)要好，相好，好朋友。

ながら(接助)❶（接動詞連用形後）一邊…一邊…。☆歌を歌い～歩く／邊唱邊走。❷（接體言、動詞連用形、形容詞連體形、形容動詞詞幹後）雖然…但是…，盡管…但是…。☆知ってい～知らないふりをする／雖然知道但卻裝作不知。☆体は小さい～、なかなか力がある／雖然身材矮小，但是很有勁。

ながら(接尾)❶照舊，照原樣。☆昔～のやり方／傳統的方法。☆生まれ～／天生。☆皮～食べる／連皮吃。☆涙～に話す／流著淚說。❷都，全部。☆兄弟三人～政治家になった／兄弟三人都成了政治家。

ながらく②【長らく】(副)很久，好久。

なかれ②①【勿れ】(連語)勿，莫。☆驚く～／莫驚。

ながれ③【流れ】(名)❶流，流動。☆車の～／車流。❷水

な

流，河流。❸潮流，趨勢。❹血統，流派。❺流浪，漂泊。❻中止，停止。❼（典當的東西）當死。❽（屋頂的）坡度。

ながれさぎょう④【流れ作業】（名）流水作業。

ながれだま⓪⑤【流れ弾】（名）流彈。

ながれぼし③【流れ星】（名）流星。

なが・れる③【流れる】（自下一）❶流，淌。☆汗が滝（たき）のように～／汗流浹背。❷漂流，飄動。☆雲が～／雲彩飄動。❸（時間）流逝。❹流浪，漂泊。❺傳播，傳開。❻流產。❼作罷，告吹。❽（典當的東西）被當死。

なかんずく②【就中】（副）尤其，特別。

なき②【泣き】（名）哭，哭泣。★～を入れる／哭著求饒。苦苦哀求。

なぎ②【凪】（名）風平浪靜。

なきがお⓪③【泣顔】（名）哭喪臉。

なきがら⓪【亡骸】（名）屍體，遺體。

なきごえ③【泣き声】（名）哭聲。

なきごえ③【鳴き声】（名）鳴聲，叫聲。

なきごと⓪【泣き言】（名）怨言，牢騷話。

なきさけ・ぶ④【泣き叫ぶ】（自五）哭叫，哭喊，哀號。

なきだ・す③【泣き出す】（自五）哭起來。☆～・しそうな空模様／陰沉欲雨的天氣。

なきつ・く③【泣き付く】（自五）❶哭著哀求，哭著糾纏。❷哀求，央求。

な・く⓪【泣く】（自五）哭，哭泣。

な・く⓪【鳴く・啼く】（自五）鳴，叫。

な・ぐ①【凪ぐ】（自五）風平浪靜。

なぐさ・める⓪④【慰める】（他下一）❶安慰，勸慰。❷慰問，慰勞。

なく・す⓪【無くす】（他五）丟，丟失，喪失。

なく・す⓪【亡くす】（他五）喪，死。☆妻を～／喪妻。

なくな・る⓪【無くなる】（自五）❶丟失，遺失。❷盡，用完。

なくな・る⓪【亡くなる】（自五）去世，故去。

なぐりつ・ける②⑤【殴り付ける】（他下一）狠揍，痛打。

なぐ・る②【殴る】（他五）打，揍，毆打。

なげ・く②【嘆く】（自五）❶嘆氣，嘆息。❷嘆，哀嘆。❸憤慨，氣憤。

なげこ・む⓪【投げ込む】（他五）投入，拋入，扔入。

なげす・てる⓪【投げ捨てる・

な

投げ棄てる】(他下一)❶拋棄，扔掉。❷拋開。

なげだ・す⓪【投げ出す】(他五)❶拋出，扔出。❷放棄。❸豁出。☆命を～／豁出命。

なげつ・ける⓪【投げ付ける】(他下一)用力扔。

な・げる②【投げる】(他下一)❶投，扔，拋，擲。☆ボールを～／投球。❷摔。☆相手を床に～／把對方摔到地板上。❸放棄。☆仕事を～／放棄工作。★さじを～／不可救藥。❹提供。☆話題を～／提供話題。❺拋售。

なこうど②【仲人】(名)媒人。

なご・む②【和む】(自五)平靜，溫柔。

なごやか②【和やか】(形動)平靜，溫和，和睦。☆～な雰囲気／和睦的氣氛。

なごり③⓪【名残】(名)❶殘餘，遺痕。❷惜別，依戀。☆～を惜しむ／惜別。戀戀不捨。

なさい(補動)請。☆かけ～／請坐。

なさけ①【情け】(名)❶人情，情面。☆～容赦(ようしゃ)もなく／毫不留情。❷同情，仁慈，慈悲。☆～のある人／仁慈的人。❸愛情，戀情。

なさけな・い④【情け無い】(形)❶無情，冷酷。❷悲慘，可憐。❸可恥。

なさけぶか・い⑤【情け深い】(形)仁慈，熱心腸。

なさ・る②【為さる】(他五)(〝する〞的敬語)做。☆何を～おつもりですか／您打算做什麼?

なし②【梨】(名)梨。

なし①【無し】(名)無，沒有。☆欠席者～／沒有缺席的。

なしと・げる⓪④【為し遂げる】(他下一)完成，達到。

なじみ③【馴染】(名)❶熟識，熟人。❷親密。

なじ・む②【馴染む】(自五)❶熟識，親密。❷熟悉，適應。❸溶化，融合。❹成為熟客。

ナショナリズム④【nationalism】(名)民族主義，國家主義。

ナショナル①【national】(形動)民族的，國家的。

なじ・る②【詰る】(他五)責問，責備，責難。

な・す①【成す】(他五)❶完成，達到。★名を～／成名。❷形成，構成。☆群を～／成群。❸使…成為，把…變為。★災いを転じて福と～／轉禍為福。

な・す①【為す】(他五)做，為。☆事を～／做事。

なす①【茄子】(名)茄子。

なずな⓪【薺】(名)薺菜。

なぜ①【何故】(副)為何，何故，為什麼。

なぜか①【何故か】(副)不知為何，不由得。

なぜならば①【何故ならば】(接)為什麼呢，其原因是。
なぞ⓪②【謎】(名)❶謎，謎語。❷暗示，提示。❸謎，難題。
なぞ(副助)(方言)→など
なぞなぞ⓪【謎謎】(名)謎，謎語。
なだ①【灘】(名)波濤洶湧的遠海。
なだか・い③【名高い】(形)有名，著名，出名。
なたね②【菜種】(名)油菜籽。
なだ・める③【宥める】(他下一)❶勸解，調停，說和。❷平息，使…平靜。
なだらか②(形動)❶平緩，不陡。❷平穩，順利。❸流暢，流利。
なだれ③【雪崩】(名)❶雪崩。☆～のように／雪崩般地。蜂擁。❷斜坡，傾斜。
なだれこ・む④【雪崩込む】(自五)湧入，湧進。

ナチス①【Nazis】(名)納粹黨。
なつ②【夏】(名)夏，夏天。
なついん⓪【捺印】(名・自サ)蓋章。
なつかし・い④【懐かしい】(形)懷念，眷戀，留戀。
なつかし・む④【懐かしむ】(他五)思慕，想念，懷念。
なつ・く②【懐く】(自五)親近，喜歡，馴服。☆彼女には子供たちがよく～／孩子們跟她很親近。
なづ・ける③【名付ける】(他下一)起名，命名。
ナッツ①【nut】(名)（核桃、栗子等）堅果。
ナット①【nut】(名)螺母，螺絲帽。
なっとう③【納豆】(名)（一種發酵的大豆食品）納豆。
なっとく⓪【納得】(名・他サ)理解，領會，同意，認可。☆～が行く／能理解。

なっぱ①【菜っ葉】(名)菜葉。☆～服／藍色工作服。
なつまけ⓪④【夏負け】(名・自サ)夏天體力衰弱。苦夏。
なつみかん③【夏蜜柑】(名)柚子。
なつめ⓪【棗】(名)棗。
なつもの⓪【夏物】(名)夏衣，夏裝。
なつやすみ③【夏休】(名)暑假。
なつやせ⓪【夏痩せ】(名・自サ)夏天體力衰弱。苦夏。
なでしこ②【撫子】(名)（植）瞿麥。
なでつ・ける⓪【撫で付ける】(他下一)❶撫按。❷梳攏（頭髮）。
な・でる②【撫でる】(他下一)❶撫摸，摸弄。❷梳攏（頭髮）。❸安撫，撫慰。
など(副助)❶等，等等。☆本やノート～を買う／買書、筆記本等。❷（表示謙虚或輕視）

什麼的，之類的。☆金～いらない／錢什麼的我不要。

ナトリウム③【natrium】(名)鈉。

なな①【七】(名)七，七個，第七。

ななつ②【七つ】(名)七，七個，七歲。

ななめ②【斜め】(名・形動)❶歪，斜，傾斜。☆帽子を～にかぶる／斜戴著帽子。❷(情緒)不好。☆ご機嫌が～だ／鬧情緒。不高興。

なに①【何】(一)(代)什麼。☆これは～か／這是什麼？(二)(感)❶(吃驚時的反問語)什麼。☆～、自殺したって／什麼？自殺了！❷(否定對方的說法)哪裏，沒什麼。☆～、それでいいんだ／沒什麼，那樣就行。

なにか①【何か】(一)(連語)什麼。☆～ほしい／想吃點什麼。(二)(副)總覺得，不知為什麼。☆～悲しい／總覺得有點難過。

なにかと⓪【何彼と】(副)多方，這個那個地。☆～忙しい／忙這忙那。

なにげな・い④【何気無い】(形)❶無意中。❷若無其事。

なにごと⓪【何事】(名)何事，什麼事。☆うそをつくとは～だ／撒謊這是怎麼回事！

なにしろ①【何しろ】(副)總之，反正，不管怎樣。

なにとぞ⓪【何卒】(副)❶請。☆～よろしくお願い致します／請多關照。❷設法，想辦法。

なにびと⓪【何人】(名)什麼人。

なにぶん⓪【何分】(一)(名)多少，若干，某些。☆～のご配慮を願います／請給予適當的照顧。(二)(副)❶請。☆～よろしく／請多關照。❷只因，畢竟，無奈。☆～若いので失敗も多い／畢竟年輕，所以失誤較多。

なにほど⓪【何程】(副)❶多少，若干。❷無論如何，不管怎樣。

なにも①⓪【何も】(副)❶(下接否定語)全都，什麼也。☆～知らない／什麼也不知道。❷(下接否定語)何必，用不著。☆～そう腹をたてることもないでしょう／又何必那麼生氣呢。

なにもかも④【何も彼も】(連語)一切，全都。

なにもの⓪【何物】(名)什麼東西。

なにもの⓪【何者】(名)誰，什麼人。

なにやら①【何やら】(副)❶什麼。☆～音がする／有什麼聲音。❷總覺得，不知為什麼。☆～おかしい／總覺得有點奇怪。

なにゆえ⓪①【何故】(副)何故，為什麼。

なにより①【何より】(連語)比什麼都(好)。☆~の物/最好的東西。☆健康が~だ/健康是最重要的。

なぬか③⓪【七日】(名)→なのか

なのか③⓪【七日】(名)❶七日，七號。❷七天。

なのはな①【菜の花】(名)油菜花。

なの・る⓪②【名乗る】(自他五)❶自報姓名。❷自稱。❸把…作為自己的姓。☆妻の姓を~/姓妻子的姓。

ナパームだん④【ナパーム弾】(名)凝固汽油彈。

なばかり②【名ばかり】(名)有名無實，徒有其名。

なび・く②【靡く】(自五)❶隨風飄動，順水漂流。❷服從，屈從。

ナプキン①【napkin】(名)餐巾。

なふだ⓪【名札】(名)名牌。

ナフタリン③【naphthaline】(名)樟腦丸。

なぶりもの⑤⓪【嬲り物】(名)玩物，取樂的東西。

なぶ・る②【嬲る】(他五)❶玩弄，嘲弄，戲弄。❷欺負，折磨。

なべ①【鍋】(名)鍋。

なま【生】(一)①(名)❶生，鮮。☆野菜を~で食べる/生吃青菜。☆この肉はまだ~だ/這個肉還是生的。☆~ビール/生啤酒。❷未加工的，自然的。☆~の声/本聲。☆~放送/實況廣播。☆~ゴム/生橡膠。❸不成熟，不充分。☆その考えはまだ~だ/其想法還不成熟。❹("なまビール"的略語)生啤酒。❺("なまいき"的略語)自大，傲慢。❻("げんなま"的略語)現金，現錢。(二)(接頭)❶(下接名詞)不成熟，不充分。☆~物知り/半瓶醋。❷(下接形容詞)稍微，有點。☆~あたたかい/微暖。

なまいき⓪【生意気】(形動)自大，傲慢，狂妄。

なまえ⓪【名前】(名)❶名，姓名，名字。❷名稱。

なまかじり③⓪【生噛り】(名・他サ)一知半解。

なまぐさ・い④【生臭い】(形)腥，羶，血腥。

なまけもの⑤⓪【怠け者】(名)懶漢。

なま・ける③【怠ける】(自下一)懶惰，偷懶。

なまこ③【海鼠・生子】(名)海參。

なます③⓪【膾・鱠】(名)❶醋拌生魚絲。❷醋拌蘿蔔(胡蘿蔔)絲。

なまず⓪【癜】(名)汗斑，白斑病。

なまず⓪**【鯰】**(名)鯰魚。

なまたまご③④**【生卵】**(名)生雞蛋。

なまにえ⓪**【生煮え】**(名)夾生，半生不熟。

なまぬる・い⓪**【生温い】**(形)❶微溫。❷不嚴格，馬馬虎虎。❸優柔寡斷。

なまはんか⓪③**【生半可】**(名・形動)不徹底，不成熟，不充分。☆～な知識／一知半解的知識。

なまびょうほう③**【生兵法】**(名)一知半解的知識，不熟練的技術。

なまフィルム③**【生フィルム】**(名)未拍攝的膠卷。

なまへんじ③**【生返事】**(名)曖昧的回答。

なまほうそう③**【生放送】**(名)實況廣播。

なまみず②**【生水】**(名)生水。

なまめかし・い⑤(形)艷麗，嬌媚，妖艷。

なまやさし・い⓪①**【生易しい】**(形)極容易，輕而易舉。☆～ことではない／可不是件容易事。

なまり③⓪**【訛】**(名)方言，鄉音。☆東北～／東北口音。

なまり⓪**【鉛】**(名)鉛。

なま・る②**【訛る】**(自他五)說方言，發鄉音。

なみ【並】(一)⓪(名)一般，普通，中等。☆～の成績／中等成績。(二)(接尾)❶相同，一樣。☆例年～／和往年一樣。☆世間～の相場／通常的行情。❷每。☆月～の／每月的。

なみ②**【波】**(名)❶波，波浪，波濤。☆～が荒い／波濤洶湧。❷(物理)波。☆光の～／光波。❸波動，起伏。☆成績に～がある／成績有波動。❹浪潮，潮流。☆人の～／人流。❺☆時代の～／時代的潮流。❺皺紋。☆老いの～／老人的皺紋。

なみう・つ③**【波打つ】**(自五)起浪，起伏，波動。

なみがしら③**【波頭】**(名)浪頭，波峰。

なみかぜ②**【波風】**(名)❶風浪。❷風波，糾紛。

なみき⓪**【並木】**(名)街道樹，林蔭樹。

なみじ②**【波路・浪路】**(名)航路。

なみだ①**【涙】**(名)❶淚，眼淚。❷同情。

なみたいてい⓪**【並大抵】**(名・形動)一般，普通。

なみだぐ・む④**【涙ぐむ】**(自五)含淚。

なみだ・つ③**【波立つ】**(自五)❶起波浪。❷(心情)激動。❸起風波，發生糾紛。

なみなみ③(副)滿滿地。

なみなみ⓪【並並】(名)一般，普通，平常。☆～ならぬ／不一般。不尋常。

なみはず・れる⓪【並外れる】(自下一)不一般，不尋常。

なめくじ④③【蛞蝓】(名)蛞蝓。

なめらか②【滑らか】(形動)❶平滑，光滑，滑溜。❷流利，順利。

な・める②【嘗める・舐める】(他下一)❶舔，舐。❷嚐。❸體驗，經歷。❹燒，燃燒。❺輕視，瞧不起。

なや⓪①【納屋】(名)小倉庫，儲藏室。

なやまし・い④【悩ましい】(形)❶痛苦，苦惱，難受。❷妖艷，迷人，誘惑人。

なやま・す③【悩ます】(他五)使…煩惱，困擾，折磨。

なやみ③【悩み】(名)煩惱，苦惱，痛苦。☆～の種／苦惱的根源。

なや・む②【悩む】(自五)苦惱，煩惱，痛苦。

なら①【楢】(名)櫟樹，槲樹，小橡樹。

なら(接助)（接體言或動詞、形容詞連體形後）❶如果，要是。☆君が行く～ぼくも行こう／如果你去我也去。☆雨天～中止する／如果下雨就停止。❷提起，說起。☆その事～彼が詳しい／提起那事，他可熟悉。

なら・う②【習う】(他五)❶學習。❷練習。

なら・う②【倣う】(他五)仿效，仿照，模仿。☆前例に～／仿照前例。☆右へ～・え／(口令)向右看齊！

ならく①⓪【奈落】(名)❶地獄。❷最底層。❸舞台下的地下室。

なら・す②【均す】(他五)❶平整。☆土地を～／平整土地。❷平均。☆～・せば一個百円になる／平均一個一百日元。

なら・す②【生す】(他五)使結（果實）。

なら・す②【馴らす】(他五)馴，馴養。

なら・す②【慣らす】(他五)使習慣，使適應。

なら・す⓪【鳴らす】(他五)❶鳴。☆鐘を～／鳴鐘。☆不平を～／鳴不平。發牢騷。★鼻を～／撒嬌。❷馳名，出名。☆一時は～・した女優／曾紅極一時的女明星。

ならずして①(連語)不到，不足。☆1年～／不到一年。

ならずもの⓪【ならず者】(名)地痞，流氓，無賴。

ならな・い②(連語)❶不許，不准。☆見ては～／不許看。❷不能。☆我慢が～／忍無可忍。❸不得了，受不了。☆暑くて～／熱得受不了。❹不

行，不成，沒辦法。☆どうにも～／毫無辦法。☆

ならば①(連語)如果，假如。☆靜か～／如果安靜。

ならび⓪【並び】(名)❶行，排，排列。☆歯の～／齒列。❷(道路的)同一側，同一排。☆花屋の～の肉屋／和花店並排的肉舖。❸類比。☆～もない／無與倫比。

ならびに⓪【並びに】(接)和，與，及。

なら・ぶ⓪【並ぶ】(自五)❶排，排列。☆1列に～／排成一行。❷並排。☆2人～・んで座る／兩個人並排坐著。❸相比，比得上。☆～者がない／沒有能比得上的。

なら・べる⓪【並べる】(他下一)❶排列。☆椅子を1列に～／把椅子排成一行。❷擺放，陳列。☆店頭に～／擺放在店面。❸羅列，列舉。☆欠点を～／羅列缺點。❹比較。☆2人を～・べてみると／把兩個人一比較。

ならわし④⓪【習わし・慣わし】(名)習慣，習俗，慣例。

なり(接尾)❶形，形狀。☆弓(ゆみ)～／弓形。❷(與其能力相符的)那般，那樣。☆子供には子供～の理屈がある／小孩有小孩的道理。❸任憑。☆いい～放題／聽之任之。

なり(一)(副助)❶(表示並列，並從中做出選擇)或是…或是……也好…也好。☆行く～行かぬ～はっきりしろ／去也罷，不去也罷，快決定！❷(表示舉例)像，比如。☆親～に相談しよう／和父母商量商量吧。(二)(接助)❶(接動詞過去式後表示)保持原樣。☆着た～で寝る／穿著衣服睡。☆行った～帰らない／一去不復返。❷(接動詞、助動詞的連體形後表示)馬上就…。☆顔を見る～しかりつけた／一見面就訓斥。

な・り【也】(助動)(文語)也，是。☆名山～／乃名山也。☆千円～／一千日元整。

なり②【生り】(名)結(果實)。☆～がいい／果實結得好。☆西瓜の一番～／最先結的西瓜。

なり②【形】(名)❶樣子，形狀，打扮。❷身材，個子。

なり⓪【鳴り】(名)❶聲音，響聲。☆～がいい／聲音好聽。❷噪音，嘈雜。

なりあがり⓪【成り上がり】(名)暴發戶，一步登天(的人)。

なりきん⓪【成金】(名)暴發戶。

なりさが・る⓪【成り下がる】(自五)墮落，淪落，落魄。

なりたち⓪【成り立ち】(名)❶步驟，程序，經過。❷組成，構成，成分。

なりた・つ⓪【成り立つ】(自五)❶成立，達成，談妥。☆合意が～／達成協議。❷構成，形成，組成。☆教職員と学生とから～／由教職員和學生組成。❸能維持，站得住。☆商売が～／買賣能維持下去。

なりふり②【形振り】(名)服裝，裝束，打扮。

なりもの⓪【鳴り物】(名)❶樂器。❷伴奏，樂曲。☆～入り／大張旗鼓。

なりゆき⓪【成り行き】(名)❶演變，變遷，趨勢，發展，過程。❷隨市場變動(的價格)。☆～值段／時價。

な・る①【生る】(自五)結(果實)。☆梅が～／結梅子。

な・る①【成る】(自五)❶成，完成，成功。☆～・っていない／不成樣子。不像話。★功～・り名遂(と)ぐ／功成名就。❷構成，組成。☆水素と酸素から～／由氫和氧構成。

な・る①【成る・為る】(自五)❶成為，變成。☆蛙に～／變成青蛙。★ために～／有用。有益。❷當，做，成為。☆大臣と～・った／當了大臣。❸到。☆春に～・った／春天到了。

な・る⓪【鳴る】(自五)❶鳴，響。☆鐘が～／鐘響。★腕が～／技癢。躍躍欲試。❷著名，聞名。☆名声天下に～／名震天下。

なるたけ⓪(副)盡量，盡可能。

なるべく⓪(副)盡量，盡可能。

なるほど⓪【成程】(副)的確，誠然，果然。

なれ②【慣れ】(名)❶熟練，熟習。❷習慣。

なれあ・う⓪【馴れ合う】(自五)❶親密。❷串通，勾結，合謀。❸私通。

ナレーター②【narrator】(名)(廣播、電視的)解說員。

なれそめ⓪【馴れ初め】(名)(男女)發生戀情，開始相處。

なれなれし・い⑤【馴れ馴れしい】(形)親膩，熟不拘禮，嬉皮笑臉。

な・れる②【馴れる】(自下一)(動物)馴服。

な・れる②【慣れる】(自下一)習慣，熟悉，熟練，適應。☆新しい仕事に～・れた／熟悉了新工作。

な・れる②【熟れる】(自下一)❶醃好，釀好，味道出來。☆漬物が～・れた／鹹菜醃好了。❷放腐爛。☆～・れた魚／放臭了的魚。

なわ②【縄】(名)繩子。

なわしろ⓪②【苗代】(名)秧田。☆～田／秧田。

なわとび③④【縄飛び・縄跳び】(名)跳繩。

なん【何】(接頭)幾，多少。☆～

時／幾點。☆～人／多少人。

なん①【何】(代)何，什麼。☆～の本ですか／是什麼書?

なん①【難】(名)❶難，困難。❷災難，苦難。❸責難，責備。❹缺點，毛病。

なんか【何か】㈠①(代)(〃なにか〃的口語形)什麼。☆～ないか／沒什麼嗎?㈡(副助)(〃など〃的口語形)之類，等等，什麼的。☆ぼく～にはわからない／我(這樣的人)不明白。

なんかげつ③【何か月】(名)幾個月。

なんがつ①【何月】(名)幾月。

なんぎ③【難儀】(名・形動・自サ)❶困難。❷麻煩。❸痛苦，苦惱。

なんきつ⓪【難詰】(名・他サ)責難，責問。

なんきょく⓪【南極】(名)南極。

なんきょく⓪【難局】(名)困難局面。

なんざん①【難産】(名・自サ)難產。

なんじ①【何時】(名)幾點。

なんしょく⓪【難色】(名)難色。

ナンセンス①【nonsense】(名・形動)無聊，無意義。

なんだか①【何だか】㈠(副)總覺得，總有點，不知為什麼。☆～心配だ／總有點擔心。㈡(連語)是什麼。

なんちょう⓪【難聴】(名)❶耳背，重聽。❷(廣播)收聽困難。

なんて(副助)❶說什麼…，…之類的話。☆いやだ～言えないよ／不願意之類的話說不得。❷聽說，所謂。☆病気だ～うそだ／說是有病，那是撒謊。❸(表示輕蔑)等等，之類。☆金～欲しくない／錢什麼的我不想要。❹表示意外。☆彼が親切だ～／他還熱情!?

なんて①(連語)❶多麼，何等。☆～親切な人だろう／多麼熱情的人啊!❷特別的，值得一提的。☆～事はない／沒什麼特殊的事。

なんで①【何で】(副)何故，為什麼。

なんでも①【何でも】(副)❶什麼都。☆～ある／什麼都有。❷無論如何，不管怎樣。❸據說。

なんと①【何と】㈠(感)多麼，何等。☆～立派な庭だろう／多麼漂亮的庭院啊!㈡(副)怎樣，如何。☆～したものか／怎麼搞的?

なんど①【何度】(名)❶幾次，多少次。❷(溫度)幾度，多少度。

なんという①(連語)❶叫什麼。☆英語で～か／英語叫什麼?❷多麼，何等。☆～いくじのない奴か／多麼窩囊的傢伙啊！❸特別的，值得一提的。☆～事はない／沒什麼值得一提的事。

なんとか①【何とか】(副)❶設法，想辦法。☆彼を～助けてやりたい／想設法幫助他。❷好歹，總算，勉強。☆～命だけは取り留めた／好歹保住了性命。❸(說)什麼。☆～言ったか／說什麼了嗎?

なんとなく④【何となく】(副)❶總覺得，不由得。❷無意中。

なんとなれば①④【何となれば】(接)因為，原因是。

なんとはなしに⑤【何とは無しに】(副)總覺得，總有點，不知為什麼。

なんとも①⓪【何とも】(副)❶真，實在。☆～申しわけない／實在對不起。❷怎麼也，什麼也。☆ぼくからは～言えない／我沒什麼可說的。❸沒什麼，沒關係。☆～思わない／毫不在意。

なんなく①【難無く】(副)很容易，不費力。

なんなら③【何なら】(副)可能的話，方便的話，需要的話。

なんなりと①【何なりと】(副)無論什麼，不管什麼。

なんにち①【何日】(名)❶幾號，哪一天。❷幾天，多少天。

なんにも⓪【何にも】(副)什麼也，一點也。

なんにん①【何人】(名)幾個人，多少人。

なんねん①【何年】(名)❶幾年，多少年。❷哪一年。

なんぱ⓪【難破】(名・自サ)（船隻）失事，遇難。☆～船／遇難船。

ナンバー①【number】(名)❶號碼，號數。❷（雜誌的）期，號。

ナンバーワン⑤【number one】(名)頭號，第一名。

なんぽう⓪【南方】(名)南方。

なんぼく①【南北】(名)南北。

なんみん③⓪【難民】(名)難民。

なんら①⓪【何等】(副)❶任何。❷絲毫，一點也。

ニ・に

[NI]

に（格助）❶（表示時間、地點）在，於。☆三時〜出発する／三點出發。☆東京〜住む／住在東京。❷（表示動作的方向、目的地）向，往，到。☆北京〜着く／到達北京。☆トラック〜荷物を積む／往卡車上裝貨。❸（表示動作的目的、目標、對象）給，為，向，對。☆父〜手紙を出す／寫信給父親。☆神〜誓う／向神發誓。☆買物〜行く／去買東西。❹（表示原因、理由）因為，由於。☆寒さ〜震える／冷得發抖。❺（表示變化的結果）成，成為。☆水〜なる／變成水。❻（表示並列、添加）和，及，加，加上。☆パン〜ミルク〜卵／麵包、牛奶和雞蛋。❼（表示被動的主體）被，挨，叫。☆先生〜叱られた／被老師罵了。❽（表示使役的對象）使，令，讓。☆生徒〜本を読ませる／讓學生讀書。❾表示比較的標準。☆海〜近い／靠海近。☆母〜似る／像媽媽。❿表示比例。☆週〜二回／每週兩次。⓫構成副詞。☆永遠〜変らない／永遠不變。

に①【二】（名）二，兩。

に①⓪【荷】（名）❶行李，貨物。❷責任，負擔。

にあ・う②【似合う】（自五）相稱，合適，相配。

にあげ③【荷揚げ】（名・自他サ）卸貨。

にいさん①【兄さん】（名）哥哥。

にいづま⓪【新妻】（名）新婦，新娘子。

にうけ③【荷受け】（名）收貨。☆〜人（にん）／收貨人。

にえかえ・る③【煮え返る】（自五）❶（煮得）滾開，沸騰。❷非常生氣。

にえきらな・い④【煮え切らな

い】(形)猶豫，不果斷。

にえた・つ③【煮え立つ】(自五)煮開，沸騰。

に・える⓪【煮える】(自下一)煮熟，煮爛，燒開。

におい②【匂い】(名)❶氣味。❷香味。❸氣息，色彩，風格，情趣。

におい②【臭い】(名)氣味，臭味。

にお・う②【匂う】(自五)❶有香味，飄香。❷顯得鮮艷。

にお・う②【臭う】(自五)發臭，有臭味。

におくり②【荷送り】(名)發貨，送貨。☆~人(にん)／送貨員。

にかい⓪【二階】(名)二樓。★~から目薬／遠水救不了近火。毫無功效。

にが・い②【苦い】(形)❶苦。☆~薬／苦藥。★良薬口に~・し／良藥苦口。❷痛苦。

にが・す②【逃がす】(他五)❶放，放掉。❷讓…跑掉。❸錯過(機會)。

にがつ③【二月】(名)二月。

にがて③【苦手】(名・形動)❶不擅長。☆数学が~だ／不擅長數學。❷難對付(的人)。

にがみ③【苦味】(名)苦味。

にがり③【苦塩・苦汁】(名)(用豆腐做的)鹽滷(汁)。

にかわ⓪【膠】(名)膠。

にきび①【面皰】(名)面疱，粉刺，青春痘。

にぎやか②【賑やか】(形動)熱鬧。

にぎりし・める⑤【握り締める】(他下一)握緊，握住。

にぎりめし⓪【握飯】(名)飯糰。

にぎ・る⓪【握る】(他五)❶握，抓。❷掌握，抓住。

にぎわい③⓪【賑わい】(名)❶熱鬧。❷繁華，興旺。

にぎわ・う③【賑わう】(自五)❶熱鬧。❷繁華，興旺。

にく②【肉】(名)肉。

にく・い②【憎い】(形)❶可憎，可惡，可恨。❷令人欽佩，令人佩服。

にく・い【難い】(接尾)難以。☆書き~／難寫。

にくしん⓪【肉親】(名)骨肉，親人。

にくせい⓪【肉声】(名)直接由口中發出來的聲音。自然嗓音。

にくたい⓪③【肉体】(名)肉體。

にくまんじゅう③【肉饅頭】(名)肉包子。

にく・む②【憎む】(他五)恨，憎恨。

にくよく⓪【肉欲】(名)肉慾。

にくらし・い④【憎らしい】(形)可憎，可惡，可恨。

ニグロ①【Negro】(名)黑人。

にげこうじょう③【逃げ口上】(名)遁辭，藉口。

にげこ・む⓪【逃げ込む】(自五)❶逃入。❷(比賽時甩開對手)

に

領先。

にげだ・す⓪【逃げ出す】(自五)❶逃出。❷逃離，擺脫。

にげまわ・る⓪【逃げ回る】(自五)到處亂跑，四處逃竄。

にげみち②【逃げ道】(名)❶逃路，退路。❷逃避責任的方法。

に・げる②【逃げる】(自下一)❶逃跑。❷逃避(責任)。

にご・す②【濁す】(他五)❶弄渾。❷含糊(其詞)。

ニコチン⓪②【nicotine】(名)尼古丁。

にこにこ①(副・自サ)笑嘻嘻，笑瞇瞇。

にご・る②【濁る】(自五)❶渾濁，污濁。❷不鮮明。❸(發音)嘶啞。❹發濁音。❺起邪念。

にし⓪【西】(名)西。

にし①【螺】(名)螺。

にじ②⓪【虹】(名)虹。

にしかぜ⓪④【西風】(名)西風。

にしがわ⓪【西側】(名)西方，歐美。

にしき①【錦】(名)錦，錦緞。

にしび⓪【西日】(名)夕陽。

にじ・む②【滲む】(自五)❶滲。❷洇。

にじゅう⓪【二重】(名)二重，雙重。☆～国籍／雙重國籍。☆～奏／二重奏。

にじょう⓪【二乗】(名)平方，自乘。

にしん①【鰊・鯡】(名)鯡魚。青魚。

にせ⓪【偽・贋】(名)假，假冒，偽造，贋品。

にせ⓪①【二世】(名)二世，今世與來世，今生與來世。

にせい①【二世】(名)❶二世。❷(日本在美洲移民的)第二代。

にせもの⓪【偽物・贋物】(名)假貨，冒牌貨，偽造品。

に・せる⓪【似せる】(他下一)模仿，仿造。

にちげん②【日限】(名)(限定的)日期，期限。

にちじ②①【日時】(名)日期和時刻。

にちじょう⓪【日常】(名)日常。☆～生活／日常生活。★～茶飯事／家常便飯。

にちぼつ⓪【日没】(名)日落。

にちよう⓪【日用】(名)日用。☆～品／日用品。

にちよう⓪③【日曜】(名)星期日。☆～日／星期日。

にっか⓪【日課】(名)每天要做的工作。

にっき⓪【日記】(名)日記。

ニックネーム④【nickname】(名)綽號。愛稱。

にづくり②【荷作り・荷造り】(名・自他サ)包裝，捆行李。

ニッケル⓪①【nickel】(名)鎳。

にっこう①【日光】(名)日光。☆

～浴／日光浴。

にっしゃびょう⓪【日射病】(名)中暑。

にっしょうき③【日章旗】(名)日本國旗。

にっしょく⓪【日食・日蝕】(名)日蝕。

にっしんげっぽ⑤【日進月歩】(名・自サ)日新月異。

にっすう③【日数】(名)日數。

にっちゅう⓪【日中】(名)白天。

にっちょく⓪【日直】(名)值日。

にってい⓪【日程】(名)日程。

にっとう⓪【日当】(名)日薪，日津貼。

にっぽん③【日本】(名)日本。

にど②【二度】(名)兩次。☆～と／(下接否定語)再。

にな・う②【担う】(他五)❶擔，挑。❷擔負，承擔。

ににんしょう②【二人称】(名)第二人稱。

にぬし①⓪【荷主】(名)貨主。

にねんそう⓪【二年草】(名)二年生草本植物。

にのまい⓪【二の舞】(名)覆轍。★～を踏む／重蹈覆轍。

ニヒリスト③【nihilist】(名)虚無主義者。

ニヒリズム③【nihilism】(名)虚無主義。

にぶ・い②【鈍い】(形)❶鈍。❷遲鈍，遲緩。❸(光)不強，暗淡。❹(聲音)不清晰，不響亮。

にふだ①【荷札】(名)貨籤。

にぶ・る②【鈍る】(自五)❶變鈍，不快。❷變遲鈍。

にほん②【日本】(名)↓にっぽん

にまいめ④【二枚目】(名)美男子。

にもうさく②【二毛作】(名)一年兩熟。

にもつ①【荷物】(名)❶貨物，行李。❷負擔，累贅。

にやにや①(副・自サ)❶(想起可笑的事時)獨笑貌。❷嗤笑貌。

ニュアンス②【法 nuance】(名)細微差別，微妙差異。

にゅういん⓪【入院】(名・自サ)入院，住院。

にゅうえい⓪【入営】(名・自サ)入伍。

にゅうか⓪【入荷】(名・自他サ)進貨，到貨。

にゅうかく⓪【入閣】(名・自サ)入閣。

にゅうがく⓪【入学】(名・自サ)入學。☆～試験／升學考試。

にゅうこく⓪【入国】(名・自サ)入境。

にゅうさつ⓪【入札】(名・自サ)投標。☆～を募る／招標。☆～で落とす／中標。

にゅうしゅ①⓪【入手】(名・他サ)到手，得到。

にゅうしょう⓪【入賞】(名・自サ)得獎，獲獎。

にゅうじょう⓪【入場】(名・自サ)入場。☆～券／門票。入場券。

ニュース①【news】(名)新聞，消息。☆～映画／新聞片。

にゅうちょう⓪【入超】(名)入超。

にゅうでん⓪【入電】(名・自サ)來電(報)。

にゅうとう⓪【入党】(名・自サ)入黨。

にゅうどうぐも⑤【入道雲】(名)積雨雲。

にゅうばい⓪【入梅】(名)入梅，進入梅雨期。

にゅうもん⓪【入門】(名)❶進入門內。❷拜師。❸入門(書)。☆～哲学～／哲學入門。

にゅうよう⓪【入用】(名・形動)❶需要。❷(需要的)費用，開支。

にゅうよく⓪【入浴】(名・自サ)入浴，洗澡。

にゅうりょく⓪【入力】(名・他サ)輸入，輸入功率。

にょう①【尿】(名)尿。

にょうそ①【尿素】(名)尿素。

にょうぼう①【女房】(名)老婆，妻子。

にら②⓪【韮】(名)韮菜。

にらみあ・う⓪【睨み合う】(自五)❶互相瞪眼。❷敵視，敵對。

にら・む②【睨む】(他五)❶凝視，注視，仔細觀察。❷瞪眼，怒目而視。❸盯上，監視。❹估計，推測。

にる⓪【似る】(自上一)像，似，相似。☆母に～／像母親。

にる⓪【煮る】(他上一)煮，燉，熬，焖。

にろくじちゅう④【二六時中】(副)終日，一天到晚。

にわ⓪【庭】(名)院子，庭院，庭園。

にわか①【俄か】(形動)❶突然，忽然。❷立刻，馬上。❸臨時，暫時。

にわかあめ④【俄か雨】(名)陣雨，驟雨。

にわとり⓪【鶏】(名)雞。

にん【人】(接尾)人。☆三～／三人。☆保証～／保證人。

にんい①⓪【任意】(名・形動)任意，隨意，隨便。

にんか①⓪【認可】(名・他サ)許可，批准。

にんき⓪【人気】(名)❶人緣，人望，聲望。☆～がある／人緣好。受歡迎。❷風氣。☆～が悪い／風氣不好。❸商情，行情，市況。

にんき⓪①【任期】(名)任期。

にんぎょう⓪【人形】(名)❶偶人。❷傀儡，木偶。☆～劇／木偶戲。

にんげん⓪【人間】(名)❶人，人類。☆～性／人性。❷人品，為人。❸人間，世上，社會。

にんしき⓪【**認識**】（名・他サ）認識。

にんじょう①【**人情**】（名）❶人情。❷愛情。

にんしん⓪【**妊娠**】（名・自サ）妊娠，懷孕。

にんじん⓪【**人参**】（名）❶胡蘿蔔。❷人參。

にんずう①【**人数**】（名）人數。

にんそう①【**人相**】（名）相貌。

にんたい①【**忍耐**】（名・自サ）忍耐。

にんにく⓪【**大蒜**】（名）大蒜。

にんぷ①【**人夫**】（名）小工。

にんむ①【**任務**】（名）任務。

にんめい⓪【**任命**】（名・他サ）任命。

に

ヌ・ぬ

[NU]

ぬ(助動)（接動詞未然形後表示否定）不，沒。☆何も知ら～／什麼也不知道。

ぬい②①【縫い】(名)❶縫，縫法。☆～がいい／縫得好。❷針腳，縫的縫兒。❸刺繡。

ぬいいと③【縫い糸】(名)（縫紉、刺繡用）線。

ぬいぐるみ⓪【縫いぐるみ】(名)布製玩偶。

ぬいとり⓪【縫い取り】(名・他サ)刺繡。

ぬいばり①【縫い針】(名)針。

ぬいめ③【縫い目】(名)❶縫口。❷針腳。

ぬいもの④③【縫い物】(名)❶縫紉，針線活。❷刺繡，繡花。

ぬ・う①【縫う】(他五)❶縫。❷刺繡，繡花。❸穿過。

ヌード①【nude】(名)裸體，裸體像。

ヌードル①【noodle】(名)雞蛋掛麵。

ぬか②【糠】(名)糠。★～に釘／白費力。不起作用。

ぬかあめ③【糠雨】(名)毛毛雨，牛毛細雨。

ぬか・す⓪【抜かす】(他五)❶遺漏，漏掉。❷跳過。☆一ページ～／跳過一頁。

ぬか・す⓪【吐かす】(他五)說，扯。

ぬかみそ⓪【糠味噌】(名)❶（醃菜用的）米糠醬。★～が腐る／倒胃口。令人作嘔。❷（用米糠醬醃製的）鹹菜。

ぬか・る⓪(自五)泥濘。

ぬか・る⓪【抜かる】(自五)疏忽，粗心大意。

ぬかるみ⓪【泥濘】(名)泥濘。

ぬきうち⓪【抜き打ち】(名)突然，冷不防。

ぬきがき⓪【抜き書き】(名・他サ)摘錄，摘要。

ぬぎす・てる⓪【脱ぎ捨てる】(他下一)❶脫下丟開。❷擺脱。

ぬきだ・す③【抜き出す】(他五)❶拔出，抽出。❷挑出，選出。

ぬきと・る③【抜き取る】(他五)❶拔出，取出，抽出。❷選出。挑出。❸（從行李、郵包等中）竊取。

ぬきん・でる④【抜きんでる】(自下一)傑出，出眾。

ぬ・く【抜く】[一]⓪(他五)❶拔出，抽出。☆栓(せん)を~/拔瓶塞。❷挑出，選出。☆よさそうなのを~・いておけ/把好一點的挑出來。❸去掉，除掉。☆草を~/拔草。❹省掉，節省。☆手を~/省事。❺攻陷。☆敵陣を~/攻陷敵陣。❻竊取。☆財布を~/偷錢包。❼超出，超過。☆先進国を~/超過先進國家。[二](接尾)❶做到底。☆やり~/幹到底。❷完全。☆苦しみ~/非常苦惱。

ぬ・ぐ①【脱ぐ】(他五)脫，脫掉，摘掉。☆靴を~/脫鞋。★一肌(ひとはだ)~/助一臂之力。

ぬぐ・う②【拭う】(他五)❶擦，擦掉。☆汗を~/擦汗。❷消除，洗刷。☆汚名を~/洗刷壞名聲。

ぬけだ・す③【抜け出す】(自五)❶溜走。☆教室から~/從教室溜走。❷擺脫，脫離。❸開始脫落。

ぬけみち⓪【抜け道】(名)❶抄道，近道。❷退路，後路，逃避責任的藉口。

ぬけめ⓪【抜け目】(名)疏忽，漏洞，遺漏。

ぬ・ける⓪【抜ける】(自下一)❶掉，脫落。☆歯が一本~・けた/掉了一顆牙。❷遺漏，漏掉。☆一字~・けている/漏掉一個字。❸消失，減少。☆気の~・けたビール/走了氣的啤酒。☆タイヤの空気が~・けた/輪胎漏氣了。☆疲れがまだ~・けない/疲勞還沒消除。❹脫離，退出。☆同盟から~/退出同盟。❺傻，遲鈍，缺心眼。☆~・けた野郎/傻傢伙。❻穿過，通過。☆この路地を~・けて行きましょう/從這條巷子穿過去吧。

ぬ・げる②【脱げる】(自下一)（穿戴的東西）脫落。☆靴が~・げた/鞋掉了。

ぬし①【主】(名)❶主人。❷物主，所有者。☆~のない自転車/沒主的自行車。☆手紙の~/寫信的人。❸丈夫。☆~ある女/有丈夫的女人。❹老資格。☆あの先生はこの学校の~だ/那位老師是這個學校的資深老師。❺（山林、湖海中的）精靈。

ぬ

ぬすびと⓪【盗人】(名)小偷，竊賊。

ぬすみ③【盗み】(名)盜竊。

ぬす・む②【盗む】(他五)偷，盜竊。★人目(ひとめ)を～／避人耳目。背著人。★暇を～／偷閒。

ぬの⓪【布】(名)布，布匹。

ぬのじ⓪【布地】(名)布料，衣料。

ぬま②【沼】(名)沼澤。

ぬら・す⓪【濡らす】(他五)弄濕，沾濕，浸濕。

ぬり⓪【塗り】(名)❶塗，塗抹，塗漆。❷塗法。❸漆器。

ぬりか・える④【塗り替える】(他下一)重新塗刷。

ぬりた・てる④【塗り立てる】(他下一)❶塗得漂亮。❷濃妝艷抹。

ぬりつぶ・す④【塗り潰す】(他五)全塗上。

ぬ・る⓪【塗る】(他五)❶塗，抹，搽。❷轉嫁。

ぬる・い②【温い】(形)❶微溫，半涼不熱。❷(處理)不嚴，寬大。

ぬるぬる①(副・自サ)滑溜。

ぬるまゆ③【ぬるま湯】(名)溫水。

ぬる・む②【温む】(自五)變溫，變暖。

ぬれぎぬ③⓪【濡れ衣】(名)冤罪，黑鍋。★～を着せる／冤枉人。★～を着せられる／受冤枉。背黑鍋。

ぬれねずみ③⑤【濡れ鼠】(名)落湯雞。

ぬ・れる⓪【濡れる】(自下一)❶濕，淋濕，浸濕。❷偷香竊玉，發生色情關係。

ネ・ね

[NE]

ね(感)(招呼或叮囑)喂。☆~、分かった/喂，明白了?

ね(終助)(有時發作長音"ねえ")❶(表示輕微的感嘆)啊，呀。☆きれいだ~/真漂亮啊。❷表示叮囑、叮問。☆どうだ~、やっぱりだめか/怎麼樣，還是不行?❸表示使對方理解。☆これがいい~/這個好啊。

ね⓪【子】(名)(地支之一)子。

ね⓪【値】(名)價格，價錢。☆い い~/價錢。

ね①【根】(名)❶根。☆木の~/樹根。❷根底。☆歯の~/牙根。❸根源，根據。★~も葉もない/毫無根據。❹根本，本性。☆~が正直なものだ/本性正直。

ね⓪【音】(名)(悅耳的)聲，聲音。☆虫の~/蟲鳴。

ね⓪【寝】(名)睡眠。☆~が足りない/睡眠不足。

ねあがり⓪【値上がり】(名・自サ)漲價。

ねあげ⓪【値上げ】(名・他サ)提價，抬價。

ねあせ⓪【寝汗】(名)盜汗。

ねいす⓪【寝椅子】(名)躺椅。

ねい・る②【寝入る】(自五)❶入睡，睡著。❷熟睡，睡得好。

ねうち⓪【値打ち】(名)價值。

ねえさん①【姉さん・姐さん】(名)❶姐姐。❷(對年輕女性的稱呼)大姐。

ねおき【寝起き】[一]⓪(名)睡醒。☆~が悪い/睡醒後鬧人。[二]①(名・自サ)起居，生活。

ネオン①【neon】(名)❶氖。❷霓虹燈。

ねがい②【願い】(名)❶願望，志願，申請，請求。❷申請書，請願書。

ねがい・でる⓪【願い出る】(他下一)申請，請求。

ねが・う②【願う】(他五)❶(向神佛)祈求，禱告。❷希望，願望。❸請求，懇求。

ねがえ・る②【寝返る】(自五)❶(睡覺或躺著)翻身。❷叛變，投敵。

ねか・す⓪【寝かす】(他五)❶使躺下，使睡覺。❷放倒。❸存放(商品、資金)。❹(擱置麴子等)使之發酵。

ねぎ①【葱】(名)葱。

ねぎ・る②【値切る】(他五)還價，壓價。

ネクタイ①【necktie】(名)領帶。☆～をしめる／繫領帶。

ねぐら⓪【塒】(名)❶鳥窩。❷(俗)我的家。

ねこ①【猫】(名)貓。★～に小判(こばん)／投珠與豬，對牛彈琴。★～の手も借りたい／忙得不可開交。★～も杓子(しゃくし)も／阿貓阿狗，無論什麼人。★～をかぶる／假裝老實。佯作不知。

ねこいらず③【猫要らず】(名)滅鼠藥。

ねこぜ②【猫背】(名)駝背(的人)。

ねごと⓪【寝言】(名)❶夢囈，夢話。❷胡說。

ねこ・む②【寝込む】(自五)❶熟睡。❷臥病。

ねころ・ぶ③【寝転ぶ】(自五)橫臥，(隨便)躺著。

ねさがり⓪④【値下がり】(名・自サ)跌價，降價，落價。

ねさげ⓪【値下げ】(名・他サ)降價，減價。

ねざめ⓪【寝覚め】(名)睡醒。☆～が悪い／醒後難受。感到內疚。

ねじ①【螺子】(名)❶螺絲，螺釘。☆～をしめる／鎖緊螺絲。❷(錶等的)弦。☆時計の～を巻く／上錶的發條。

ねじくぎ②【螺子釘】(名)螺絲釘。

ねじこ・む③⓪【捩じ込む】(他五)❶擰進。❷塞進。

ねしずま・る④【寝静まる】(自五)(入睡後)夜深人靜。

ねじまわし③【螺子回し】(名)螺絲刀。

ねしょうべん④【寝小便】(名・自サ)尿床，夜尿症。

ねじ・る②【捩る】(他五)擰，扭。

ねじ・れる③【捩れる】(自下一)❶扭歪，彎曲。❷乖僻。

ねすご・す③【寝過ごす】(自五)睡過頭，睡超過時間。

ねずみ⓪【鼠】(名)老鼠，耗子。☆～色／灰色。

ねそべ・る③【寝そべる】(自五)俯臥，躺著。

ねた・む②【妬む】(他五)嫉妒，嫉恨，吃醋。

ねだ・る⓪【ねだる】(他五)強求，纏著要，賴著要。

ねだん⓪【値段】(名)價格，價錢，行市。

ねつ②【熱】(名)❶熱，熱度。❷發燒。☆～がある☆～が出る／發燒。❸熱情，熱心，幹勁。☆仕事に～を入れる／熱心工作。

ねつい②①【熱意】(名)熱情，熱忱。

ネッカチーフ④【neckerchief】(名)圍巾。

ねっから①【根っから】(副)❶本來，生來。❷根本，完全。

ねつき⓪【寝付き】(名)入睡，睡著。☆～がいい／容易入睡。

ねっき③①【熱気】(名)❶熱氣，炎熱空氣。❷高燒，高體溫。❸熱情，激情。

ねつ・く②【寝付く】(自五)❶入睡，睡著。❷病倒，臥床不起。

ネックレス①【necklace】(名)項鍊。

ねっしん③①【熱心】(名・形動)熱心，熱情，熱誠。

ねっ・する⓪【熱する】(一)(自サ)❶熱，變熱。❷熱中，激動。(二)(他サ)加熱。

ねったい⓪【熱帯】(名)熱帶。

ねっちゅう⓪【熱中】(名・自サ)熱中，入迷，著迷。

ネット①【net】(名)❶網。❷發網。❸球網。❹淨重。

ねっとう⓪【熱湯】(名)熱水，開水。

ネットワーク④【network】(名)廣播網，電視網。

ねつびょう②【熱病】(名)熱病。

ねづよ・い③【根強い】(形)頑強，頑固，根深蒂固。

ねどこ⓪【寝床】(名)被窩，睡鋪。☆～を取る☆～を敷く／舖被。☆～につく／就寢。

ねなし③⓪【根無し】(名)❶無根。☆～草(ぐさ)／浮萍。❷沒有根據。☆～言(ごと)／沒有根據的話。

ねばねば①【粘粘】(副・自サ)發粘，粘，粘糊糊。

ねばり③【粘り】(名)❶粘，粘性。☆～がつよい／粘性大。☆～気(け)／粘性。❷韌性。

ねばりづよ・い⑤【粘り強い】(形)❶粘性大。❷堅韌，頑強。

ねば・る②【粘る】(自五)❶發粘。❷堅韌，頑強。

ねびえ⓪【寝冷え】(名・自サ)睡覺著涼。

ねびき⓪【値引き】(名・他サ)降價，減價。

ねぶか・い③【根深い】(形)❶根深。❷根深蒂固。

ねぶそく②【寝不足】(名・形動・自サ)睡眠不足。

ねぼう⓪【寝坊】(名・形動・自サ)睡懶覺，貪睡(的人)。

ねぼ・ける③【寝惚ける】(自下一)睡迷糊。

ねまき⓪【寝巻き】(名)睡衣。

ねむ・い⓪【眠い】(形)睏，睏倦，想睡覺。

ねむけ⓪【眠気】(名)睡意，睏倦。

ねむた・い⓪【眠たい】(形)睏倦，想睡覺。

ねむのき①【合歓木】(名)合歡樹，芙蓉樹。

ねむり⓪【眠り】(名)睡覺，睡眠。

ねむ・る⓪【眠る】(自五)❶睡覺，睡眠。❷死。

ねもと③【根元】(名)❶根。❷根本。

ねらい⓪【狙い】(名)❶瞄準。☆～をつける／瞄準。❷目標，目的。☆～がはっきりしない／目的不明確。

ねら・う⓪【狙う】(他五)❶瞄準。❷窺視。☆機会を～／伺機。❸想獲得…，以…為目標。☆優勝を～／想奪取冠軍。

ねりある・く⓪【練り歩く】(自五)遊行。

ねりはみがき④【練り歯磨き】(名)牙膏。

ねる⓪【寝る】(自下一)❶睡覺，就寢。★寝た子を起こす／無事生非。沒事找事。❷躺，臥。❸臥病。❹滯銷。

ね・る①【練る・錬る・煉る】(他五)❶冶煉。❷熬製。❸鍛鍊，磨練。❹揉合。❺推敲。

ねん【年】(一)①(名)年，一年。☆～に一度／一年一次。(二)(接尾)年。☆一九八九～／一九八九年。

ねん①【念】(名)❶念頭，心情，觀念。☆不安の～／不安的心情。❷心願，宿願。☆～が届く／如願以償。❸注意，用心。☆～を押す／叮問。叮囑。提醒。☆～のため／為了慎重起見。

ねんいり④③【念入り】(形動)仔細，細緻，周到。

ねんが①【年賀】(名)賀年，拜年。☆～状／賀年卡片。

ねんがっぴ③【年月日】(名)年月日。

ねんがらねんじゅう①【年がら年中】(副)終年，一年到頭。

ねんかん⓪【年間】(名)❶年間。☆明治～／明治年間。❷一年，全年。☆～計画／全年計劃。

ねんかん⓪【年鑑】(名)年鑑。

ねんがん③【念願】(名)心願，願望。

ねんき⓪【年季・年期】(名)❶（學徒、傭工等的）年限。☆～があける／滿徒。傭工期滿。❷功夫，經驗。☆～を入れる／積累經驗。

ねんきん⓪【年金】(名)退休金，養老金。

ねんげつ①【年月】(名)年月，歲月。

ねんごう③**【年号】**(名)年號。

ねんごろ⓪**【懇ろ】**(形動)❶懇切，誠懇，殷勤。❷親密，密切。

ねんし①**【年始】**(名)❶年初。❷拜年。☆～に行く／去拜年。

ねんじゅう①**【年中】**〔一〕(名)全年，一年。☆～行事(ぎょうじ)／一年中例行的節日或活動。〔二〕(副)始終，一年到頭。

ねんしょう⓪**【燃焼】**(名・自サ)燃燒。

ねんだい⓪**【年代】**(名)年代。

ねんど①**【年度】**(名)年度。

ねんど①**【粘土】**(名)粘土。

ねんねん⓪**【年年】**(名・副)每年，逐年。

ねんまつ⓪**【年末】**(名)年末。

ねんりき④⓪**【念力】**(名)毅力，意志力。★思う～岩をも通す／精誠所至，金石為開。

ねんりょう③**【燃料】**(名)燃料。

ねんれい⓪**【年齢】**(名)年齢。

ノ・の

[NO]

の（格助）❶（構成定語）的。☆誰～本／誰的書。☆母へ～手紙／給母親的信。❷表示定語句的主語。☆頭～いたい時／頭疼的時候。❸表示詢問。☆君も行く～か／你也去嗎？❹表示列舉。☆狭い～きたない～と文句ばかり言う／什麼窄呀，髒呀，淨發牢騷。❺做形式體言。☆安い～がいい／便宜的好。

の【野】（一）①（名）❶野地，原野。❷田地，田野。（二）（接頭）野生。☆～バラ／野薔薇。

のう【能】（名）❶①能力。❷⓪能樂。

のう①【脳】（名）腦，腦子，腦筋。

のういっけつ③【脳溢血】（名）腦溢血。

のうか①⓪【農家】（名）農家，農戶。

のうぎょう①⓪【農業】（名）農業。

のうさぎ②【野兎】（名）野兔。

のうさくぶつ④【農作物】（名）農作物。

のうじょう⓪【農場】（名）農場。

のうそん⓪【農村】（名）農村。

のうち①【農地】（名）農田，農業用土地。

のうはんき③【農繁期】（名）農忙期。

のうふ①【農夫】（名）農夫。

のうべん⓪①【能弁】（名・形動）善辯，雄辯。

のうみそ③【脳味噌】（名）腦，腦筋，腦汁。

のうみん⓪【農民】（名）農民。

のうりつ①⓪【能率】（名）❶效率。❷勞動生產率。

のうりょく①【能力】（名）能力。

のうりん⓪【農林】（名）農林。

ノート①【note】（名・他サ）筆記，記錄。

ノーベルしょう④【ノーベル

賞】(名)諾貝爾獎金。

のが・す②【逃す】(他五)錯過。☆機会を～／錯過機會。

のが・れる③【逃れる】(自下一)❶逃跑。❷逃避，迴避。

のき⓪【軒】(名)屋簷。

の・く⓪【退く】(自五)❶離開，躲開。❷脫離，退出。

のけもの⓪【除け者】(名)被排擠出去的人。

の・ける⓪【退ける】(他下一)挪開，搬開，移開。

の・ける⓪【除ける】(他下一)除掉，去掉。

のこぎり④③【鋸】(名)鋸。☆木を～でひく／用鋸子鋸木頭。

のこ・す②【残す】(他五)❶留下，剩下。❷留存，積攢。❸遺留。

のこらず②【残らず】(副)全部，一個不剩。

のこり③【残り】(名)剩餘，殘餘。☆～の仕事／剩下的工作。

のこりび③【残り火】(名)餘燼。

のこりもの⑤④【残り物】(名)剩下的東西。

のこ・る②【残る】(自五)❶留下。☆家に～／留在家裏。❷剩下，剩餘。☆金が～／剩下錢。❸留傳，遺留。☆名が～／留名。

ノズル①【nozzle】(名)噴嘴。

の・せる⓪【乗せる】(他下一)❶載，裝載。☆客を～／載客。★口車に～／用花言巧語騙人。❷放，擱。☆花瓶を机に～／把花瓶放在桌子上。❸登載，刊登。☆論文を雑誌に～／把論文登在雜誌上。

のぞ・く⓪【除く】(他五)❶除掉，去掉，鏟除。❷除了…，…除外。❸殺掉，幹掉。

のぞ・く⓪【覗く】(一)(他五)❶窺視。❷俯視。❸(大致)看看，瞧瞧。❹窺探(秘密)。(二)(自五)露出(一部分)。

のぞまし・い⓪④【望ましい】(形)希望，最好是…，希望能…。☆来ることが～／希望能來。

のぞみ⓪【望み】(名)❶希望，願望，期望。☆～がかなう／如願以償。❷(好轉的)希望，指望。☆まだ～がある／還有希望。❸眾望。

のぞ・む⓪②【望む】(他五)❶希望，願望，期望，要求。☆成功を～／期望能成功。❷眺望。❸仰慕，景仰。

のぞ・む⓪②【臨む】(自五)❶臨，面，面對。☆海に～／臨海。❷面臨。☆危機に～／面臨危機。❸光臨，出席。❹君臨，統治。

のたう・つ③(自五)(難受得)亂滾。

のち②⓪【後】(名)❶後，之後，以後。☆晴れ～曇り／晴(後)轉

の

陰。❷將來，未來。☆〜のために／為了將來。❸死後，後代，子孫。

のちのち⓪【後後】(名)以後，將來，未來。☆〜のこと／以後的事。

のちほど⓪【後程】(副)過後，隨後，回頭。

ノック①【knock】(名・他サ)❶敲，敲門。☆ドアを〜する／敲門。❷打，打擊。❸(棒球練習)打教練球。❹(拳擊)打倒，打敗。

ノット①【knot】(名)(船速單位)節。

のっと・る③【乗っ取る】(他五)奪取，攻佔。☆旅客機を〜／劫持客機。

のっぽ①(名・形動)(俗)大高個子。

ので(接助)因為，由於。☆心配な〜電話をした／由於不放心才打了電話。

のてん⓪【野天】(名)露天。

のど①【喉】(名)❶喉嚨，咽喉，嗓子。☆〜が渇いた／口渴了。❷嗓音。☆〜がいい／嗓音好。☆〜自慢大会／業餘歌唱比賽大會。

のどか①【長閑か】(形動)❶悠閒，舒適。❷晴朗。

のに(接助)(表示意外的逆接關係)卻，反倒。☆熱がある〜外出した／雖然發燒，但卻出去了。

ののし・る③【罵る】(自五)罵，咒罵。

のば・す②【延ばす・伸ばす】(他五)❶伸展，伸開。☆手を〜／伸手。❷拉長，延長。☆寿命を〜／延長壽命。❸發展，擴大，增加。☆勢力を〜／擴展勢力。❹延長，拖延，推遲。☆期限を〜／延長期限。❺稀釋。❻展平，弄直。❼打倒。

のはら①【野原】(名)原野，野地。

のび②【伸び・延び】(名)❶生長，成長，發展。☆経済の〜／經濟的成長。❷伸懶腰。

のび①【野火】(名)野火。

のびあが・る⓪④【伸び上がる】(自五)踮腳，蹺腳站起。

のびちぢみ⓪③【伸び縮み】(名・自サ)伸縮，伸縮性。

のびのび③【延び延び】(名)拖延，推遲，拖拖拉拉。

のびのび③【伸び伸び】(副・自サ)舒暢，無拘無束，悠閒自得。

の・びる②【伸びる・延びる】(自上一)❶長。☆髪が〜・びた／頭髮長長了。❷擴大，增長，發展。☆売上げが〜／銷售額增加。❸(時間)延長，推遲。☆会期が〜／會期延長。❹舒展。☆しわが〜／皺紋消失。❺(因疲勞或被打)

倒下，不能動彈。❻失去彈性。❼塗得匀，擦得匀。

のべ②【延べ】(名)總計。☆~日数／總日數。

の・べる②【延べる・伸べる】(他下一)❶伸。☆手を~／伸手。❷(時間)延長，拖延，推遲。☆日を~／拖延日期。❸展開。☆床を~／舖被褥。

の・べる②【述べる】(他下一)陳述，敘述，述說，發表。☆礼を~／道謝。

ノベル①【novel】(名)長篇小說。

のぼ・せる⓪【逆上せる】(自下一)❶上火，頭暈，頭昏腦漲。❷沖昏頭腦，暈頭轉向。❸熱中，沉溺，迷戀。☆ダンスに~／對跳舞著了迷。

のぼ・せる⓪【上せる】(他下一)❶提出。❷記入，寫上。

のぼり⓪【上り・登り・昇り】(名)❶上，登，升，攀。❷上坡。❸上行(列車)。❹進京。

のぼり⓪【幟】(名)幡。

のぼ・る⓪【上る・登る・昇る】(自五)❶上，登，升。☆日が~／太陽升起。☆山に~／登山。❷升級，晉升。☆地位が~／地位升高。❸進京。❹上溯。❺達到。☆千人に~／達到一千人。❻被提出。☆日程に~／被提到日程上。

のま・す②【飲ます】(他五)讓喝，給喝。

のみ(副助)只，僅，光，只是，只有。☆男子学生~はいることができる／只有男學生可以進入。

のみ②【蚤】(名)蚤，跳蚤。

のみ①【鑿】(名)鑿子。

のみあか・す⓪【飲み明かす】(他五)通宵飲酒，喝到天亮。

のみくい①【飲み食い】(名・他サ)吃喝，飲食。

のみこみ⓪【飲み込み・呑み込み】(名)理解，領會。

のみこ・む⓪【飲み込む・呑み込む】(他五)❶吞下，嚥下。❷理解，領會。

のみしろ②【飲み代】(名)酒錢。

のみほ・す⓪【飲み干す】(他五)喝乾，喝光。

のみみず②【飲み水】(名)飲水，飲用水。

のみもの②③【飲み物】(名)飲料。

のみや②【飲み屋】(名)酒館。

の・む①【飲む・呑む】(他五)❶飲，喝，吞，嚥，吃。☆水を~／喝水。❷吸(煙)。☆タバコを~／吸煙。❸接受。☆要求を~／接受要求。❹藐視，壓倒。☆敵を~／壓倒敵人。

のめ・る②(自五)向前倒，向前傾斜。

のやま①【野山】(名)山野。

のら②【野良】(名)❶田地。☆~

仕事／莊稼活兒。❷原野。

のらいぬ⓪【野良犬】(名)野狗。

のらくら①(副・自サ)遊手好閒，無所事事。

のり②【海苔】(名)紫菜。☆～巻き／紫菜卷。

のり②【糊】(名)漿糊。

のりあい⓪【乗り合い】(名)(大家)同乘。☆～自動車／公共汽車。

のりあ・げる④【乗り上げる】(自下一)擱淺，觸礁。

のりおく・れる⑤【乗り遅れる】(自下一)❶沒趕上(車、船)。❷落後於(時代)。

のりおり②【乗り降り】(名)乘降，上下車(船)。

のりかえ⓪【乗り換え】(名)換乘，改乘，換車，倒車。

のりか・える④【乗り換える】(自他下一)換乘，改乘，換車，倒車。

のりき⓪【乗り気】(名・形動)起勁，熱心，感興趣。

のりき・る③【乗り切る】(自五)❶乘…越過。❷渡過，突破，戰勝。

のりくみいん⓪【乗組員】(名)❶船員。❷機組人員。

のりこ・える④【乗り越える】(他下一)❶乘…越過。❷越過，翻過。❸渡過。☆危機を～／渡過危機。❹超過。☆先人を～／超過前人。

のりごこち③【乗り心地】(名)乘坐時的感覺。

のりこ・す③【乗り越す】(他五)坐過站。☆一駅～・してしまった／坐過了一站。

のりこ・む③【乗り込む】(自五)❶坐進，乘上。❷坐車(船)進入。❸(軍隊)開進。

のりだ・す③【乗り出す】(自五)❶開始乘。❷乘車(船)出去。❸探出(身體)。❹出馬，出頭。❺登上…舞台。

のりば⓪【乗り場】(名)車站，碼頭，乘車(船)的地方。

のりまき②【海苔巻き】(名)紫菜飯卷。

のりもの⓪【乗り物】(名)交通工具。

の・る【乗る】⓪(自五)❶乘，坐，騎。☆バスに～／坐公共汽車。☆自転車に～／騎自行車。❷登，上。☆屋根に～／上屋頂。❸參與。☆相談に～／參與磋商。❹上當。受騙。★口車に～／上花言巧語的當。❺附著。☆おしろいが～／粉擦上後不掉落。❻趁(勢)，乘(機)。☆勝ちに～・って攻めたてる／乘勝進攻。

ノルマ①【俄 norma】(名)定額。

のれん⓪【暖簾】(名)❶(印有商店字號的)門帘。❷商店的字號。

のろ・い②【鈍い】(形)❶遲鈍，笨拙。❷遲緩，緩慢。

の

のろい②⓪【**呪い**】(名)詛咒，咒罵。

のろ・う②【**呪う**】(他五)詛咒，咒罵。

のろし③【**狼煙・烽火**】(名)狼煙，烽火。

のろのろ①(**副・自サ**)遲緩，慢吞吞地。

のんき①【**暢気・呑気**】(**名・形動**)❶安閒，無憂無慮，逍遙自在。❷不慌不忙，從容不迫。❸漫不經心，馬馬虎虎。

のんびり③(**副・自サ**)舒適，悠閒，無拘無束。

のんべえ①【**飲ん兵衛**】(名)酒鬼。

ハ・は

[HA]

は(係助)❶表示敘述的主題。☆これ~本だ/這是書。❷表示特別提示某事物。☆以前より~元気だ/比以前健康了。❸表示對比。☆紅茶ならいいが、コーヒー~いやだよ/紅茶可以，咖啡我不喜歡。

は①**【歯】**(名)❶齒，牙齒。★~が浮く/牙根鬆動。牙齒發酸。(對輕佻言行)感到肉麻。★~が立たない/咬不動。敵不過。★~に合う/咬得動。對口味。★~を食いしばる/咬緊牙關。★~に衣(きぬ)着せぬ/直言不諱。❷(器物的)齒。

は⓪**【葉】**(名)葉。

は①**【刃】**(名)刃，刀刃。

は①**【派】**(名)派，派別。

は①**【覇】**(名)霸。☆~を唱える/稱霸。

ば(接助)❶(表示假定條件)如果，假如。☆読め~分かる/如果讀就能明白。❷(表示並列)既…又…。☆山も有れ~川も有る/既有山又有河。

ば⓪**【場】**(名)❶地方，場所。❷座位。❸場合，情況。❹(劇)場。❺(股票)市，盤。

はあ①(感)❶(應答聲)是。☆~そうです/是，是的。❷(驚嚇聲)嘿。☆~、すごいですね/嘿，真棒啊！❸(疑問、反問聲)啊。☆~、ほんとうですか/啊，真的嗎？❹(表示理解、領會)啊，是的。

バー①**【bar】**(名)❶酒吧。❷(跳高的)横桿。

パー①**【par】**(名)❶(外匯)平價。❷(與面額)等價。❸(高爾夫球)標準桿數。

ばあい⓪**【場合】**(名)場合，情況，時候。

はあく①⓪**【把握】**(名・他サ)掌握，把握，理解。

バーゲンセール⑤**【bargain sale】**

（名）大減價，大賤賣。

ばあさん①【祖母さん・婆さん】（名）❶祖母，奶奶，外祖母，姥姥。❷老奶奶，老太婆。

パーセンテージ⑤【percentage】（名）百分數，百分比，百分率。

パーセント③①【percent】（名）百分率，百分之…。☆5～／百分之五。

パーティー①【party】（名）晚會，招待會。

ハート①⓪【heart】（名）❶①心，心臟。❷⓪（撲克）紅桃。

ハードル⓪①【hurdle】（名）跨欄（賽跑）。

ハープ①【harp】（名）豎琴。

バーベル①⓪【barbell】（名）（舉重）槓鈴。

ハーモニー①【harmony】（名）❶調和，協調。❷和聲。

ハーモニカ⓪【harmonica】（名）口琴。

はい①（感）（應答聲）❶是，是的，可以。❷（點名時）到，有。

はい⓪【灰】（名）灰。

はい【杯・盃】［二］①（名）杯，酒杯。［二］（接尾）杯。☆ビール1～／啤酒一杯。

はい⓪①【肺】（名）肺。

ばい【倍】［一］①（名）倍，加倍。［二］（接尾）倍。☆10～／十倍。

はいあが・る⓪【這い上がる】（自五）爬上。

はいいろ⓪【灰色】（名）❶灰色。❷暗淡，陰鬱。

ばいう①【梅雨】（名）梅雨。

はいえつ⓪【拝謁】（名・自サ）拜謁，謁見。

はいえん⓪【肺炎】（名）肺炎。

バイオリン⓪【violin】（名）小提琴。

はいか①【配下】（名）部下。

ばいかい⓪【媒介】（名）媒介。

ハイカラ⓪【high collar】（名・形動）時髦，洋氣十足。

はいがん⓪【肺癌】（名）肺癌。

ばいきゃく⓪【売却】（名・他サ）賣掉。

はいきゅう⓪【配給】（名・他サ）配給，定量供應。

ばいきん⓪【黴菌】（名）細菌。

ハイキング①【hiking】（名・自サ）郊遊，徒步旅行。

はいく③①【俳句】（名）俳句。

バイク①【美bike】（名）摩托車。

はいけい①【拝啓】（名）敬啟者。

はいけい⓪【背景】（名）❶背景。❷布景。

はいけっかく③【肺結核】（名）肺結核。

はいけん⓪【拝見】（名・他サ）看，拜讀。

はいご①【背後】（名）❶背後。❷背地，暗地。

はいざら⓪【灰皿】（名）煙灰缸。

はいし⓪【廃止】（名・他サ）廢

止，廢除。

はいしゃ①【歯医者】(名)牙科醫生。

はいしゃく⓪【拝借】(名・他サ)(謙)借。

ばいしゃく⓪【媒酌】(名・他サ)做媒。☆~人/媒人。

ハイジャック③【hijack】(名・他サ)劫持飛機。

ばいしゅう⓪【買収】(名・他サ)收買。

ばいしゅん⓪【売春】(名・自サ)賣淫。☆~婦/妓女。

はいじょ①【排除】(名・他サ)排除，消除。

ばいしょう⓪【賠償】(名・他サ)賠償。☆~金/賠款。賠償費。

ばいしん⓪【陪審】(名)陪審。☆~員/陪審員。

はいすい⓪【配水】(名・自サ)供水。☆~塔/水塔。

はいすい⓪【排水】(名・自サ)排水。☆~トン☆~量/排水量。

はいすい⓪【廃水】(名)廢水，污水。

はい・する③【配する】(他サ)❶配，配合。❷配置，安置。

はい・する③【排する】(他サ)❶排除。❷推開。

はい・する③【廃する】(他サ)廢除，廢止，取消。

はいせき⓪【排斥】(名・他サ)排斥。

はいせつ⓪【排泄】(名・他サ)排泄。☆~物/排泄物。

はいせん⓪【敗戦】(名・自サ)戰敗。☆~国/戰敗國。

はいぜん⓪【配膳】(名・自サ)上飯菜。☆~室/配膳室。

はいだ・す⓪【這い出す】(他五)❶爬出。❷開始爬。

はいたつ⓪【配達】(名・他サ)發送，投遞。☆~人/投遞員。

はいち⓪【配置】(名・他サ)配置，安置，安排。

はいでん⓪【配電】(名・自サ)配電，送電。☆~所/配電站。

ばいてん⓪【売店】(名)小賣店。

はいとう⓪【配当】(名・他サ)❶分配。❷分紅，紅利。☆1割の~をする/分一成紅利。

はいどく⓪【拝読】(名・他サ)拜讀。

ばいどく①⓪【梅毒】(名)梅毒。

パイナップル③【pineapple】(名)菠蘿，鳳梨。

ばいばい①【売買】(名・他サ)買賣。☆~契約/交易合同。

はいびょう⓪【肺病】(名)肺病，肺結核。

はいひん⓪【廃品】(名)廢品。☆~回収/廢品回收。

ばいひん⓪【売品】(名)商品，出售品。

はいふ①⓪【配布】(名・他サ)分發，散發。☆ビラを~する/散發傳單。

パイプ①【pipe】(名)❶管，管子，管道。❷煙斗。

はいぶつ⓪【廃物】(名)廢物。☆〜利用／廢物利用。

バイブル①【Bible】(名)聖經。

はいぶん⓪【配分】(名・他サ)分配。

はいぼく⓪【敗北】(名・自サ)敗北。☆〜主義／失敗主義。

バイヤー①【buyer】(名)(外貿)買方。

ばいやく⓪【売薬】(名)成藥。

はいゆう⓪【俳優】(名)演員。

ハイライト③【highlight】(名)❶光線最強處。❷最精彩場面。

はいりょ①【配慮】(名・他サ)關照，照料，照顧。

はい・る①【入る・這入る】(自五)❶入，進，進入。☆へやに〜／進屋。☆梅雨に〜／進入梅雨期。☆大学に〜／入大學。❷裝，容納。☆千人〜ホール／能容納一千人的大廳。❸收入，到手。☆月に20万円は〜／每月有二十萬日元的收入。❹含有，包括在內。☆サービス料も〜っている／服務費也包括在內。❺進入(感覺器官)。☆目に〜／看到。☆耳に〜／聽到。

はいれつ⓪【配列・排列】(名・他サ)排列。

パイロット③【pilot】(名)❶飛行員，飛機駕駛員。❷領航員。❸嚮導。

は・う①【這う】(自五)❶爬，匍匐。❷(植物)爬，攀緣。❸趴下。

はえ⓪【蠅】(名)蠅，蒼蠅。

は・える②【生える】(自下一)生，長。☆草が〜／長草。

は・える②【映える】(自下一)❶照，映照。❷(顯得)漂亮，顯眼，奪目。

はおと⓪【羽音】(名)(鳥、蟲)振翅聲。

はおり⓪【羽織】(名)和服外套。

はか②【墓】(名)墳，墓。

ばか【馬鹿・莫迦】(一)①(名・形動)❶傻瓜，笨蛋，糊塗，愚蠢。☆〜だね、お前は／你真傻啊！★〜の一つ覚え／死心眼。一條腸子通到底。❷不好使，不中用。☆鼻が〜になった／鼻子不通了(嗅不出味來)。❸愚弄，輕視，看不起。☆人を〜にするな／別愚弄人。❹吃虧，不合算。★〜を見る／吃虧。上當。❺極，格外，異常。☆〜に寒い／極冷。(二)(接頭)過度，極端。☆〜まじめ／過分認真。瞎認真。

はかい⓪【破壊】(名・他サ)破壞。☆〜的／破壞性的。

はがき⓪【葉書・端書】(名)明信片。

はが・す②【剝がす】(他五)剝，揭。☆切手を〜／撕郵票。

ばか・す②【化かす】(他五)迷惑。

はかせ①【博士】(名)博士。

はかど・る③【捗る】(自五)進展。☆工事が～／工程進展。

はかな・い③【果敢無い・儚い】(形)短暫，無常，渺茫，虛幻。☆人生は～／人生如夢。

はがね⓪【鋼】(名)鋼。

はかば③【墓場】(名)墓地。

はかばかし・い⑤【捗捗しい】(形)(下接否定語)❶進展順利。☆工事が～・く進まない／工程進展不順利。❷稱心，如意。☆病気が～・くない／病情不見好轉。

ばかばかし・い⑤【馬鹿馬鹿しい】(形)❶非常愚蠢，毫無價值。❷出奇，過分。☆～大きさ／大得出奇。

はかま③②【袴】(名)和服褲裙。

はかまいり③【墓参り】(名)上墳，掃墓。

はから・う③【計らう】(他五)❶處理，處置。❷商量。☆友人に～／和朋友商量。

ばからし・い④【馬鹿らしい】(形)→ばかばかしい

はかり③【計り・量り・測り】(名)稱，量，分量。☆～がいい／分量(給的)足。

はかり③【秤】(名)秤，天平。☆～にかける／過秤。

ばかり(副助)❶淨，光。☆毎日雨～降る／每天淨下雨。❷只，僅。☆彼に～話した／只對他說了。❸大約，上下，左右。☆20人～／二十人左右。❹(用"ばかりに"的形式表示原因)只因。☆腹を立てた～に損をした／只因發怒而吃了虧。❺幾乎，快要。☆飛び上がらん～の驚きよう／嚇得幾乎要跳起來。❻(接助動詞"た"後表示)剛剛。☆来た～です／剛來。

はかりごと⑤④【謀】(名)計謀，計策，謀略。

はかりしれな・い⑤②⓪【計り知れない】(形)不可估量。

はか・る②【計る・測る・量る】(他五)❶測，量，稱。☆長さを～／量長短。☆秤で～／用秤稱。❷推測，揣測。☆人の心を～／揣測別人的心意。

はか・る②【計る・図る・謀る】(他五)❶謀求。☆利益を～／謀利益。❷企圖，圖謀。☆再起を～／企圖東山再起。

はか・る②【計る・諮る】(他五)商量。☆みんなに～／跟大家商量。

はが・れる③【剝がれる】(自下一)剝落，脫落。

はき①【破棄】(名・他サ)❶廢除，撕毀。☆約束を～する／毀約。❷取消(原判)。

はぎ②⓪【萩】(名)(植)胡枝子。

はきけ③【吐気】(名)噁心，要

吐。☆～を催す／要吐。覺得噁心。

はぎしり②【歯軋り】(名・自サ)❶咬牙。❷咬牙切齒。

はきだ・す⓪【吐き出す】(他五)❶吐出。❷冒出，湧出。❸說出，傾吐。❹拿出(錢、物)。

はきだめ⓪【掃き溜め】(名)垃圾堆。★～に鶴／鷄窩裏飛出金鳳凰。(喻)惡劣環境中出現了很優秀的人。

はきちが・える⑤【履き違える】(他下一)❶穿錯(鞋)。❷誤解，理解錯。

はきはき①(副・自サ)❶乾脆，爽快。❷活潑，有朝氣。

はきもの⓪【履物】(名)穿在腳上的鞋類。

は・く①【吐く】(他五)❶吐，吐出。☆血を～／吐血。❷冒出，噴出。❸說出，吐露。

は・く①【掃く】(他五)掃。☆ほうきで庭を～／用掃帚掃院子。

は・く⓪【穿く】(他五)穿(褲、裙)。☆ズボンを～／穿褲子。

は・く⓪【履く】(他五)穿(鞋、襪)。☆靴を～／穿鞋。

はく②⓪【箔】(名)箔。

はく【泊】(接尾)宿。☆1～旅行／住一宿的旅行。

は・ぐ①【剝ぐ】(他五)❶剝。☆皮を～／剝皮。❷剝奪。

はくあ①【白堊】(名)❶白堊。❷白牆。☆～館／(美國)白宮。

はくあい⓪【博愛】(名)博愛。

はくい①②【白衣】(名)白衣。☆～の天使／(護士的美稱)白衣天使。

ばくおん⓪【爆音】(名)❶爆炸聲。❷轟鳴聲。

ばくが⓪②【麦芽】(名)麥芽。☆～糖／麥芽糖。

はくがい⓪【迫害】(名・他サ)迫害。

はくがく⓪②【博学】(名・形動)博學。

ばくげき⓪【爆撃】(名・他サ)轟炸。☆～機／轟炸機。

はくげきほう④【迫撃砲】(名)迫擊砲。

はくさい③⓪【白菜】(名)白菜。

はくし⓪①【白紙】(名)❶白紙，空白紙。❷原狀。☆～に返す／恢復原狀。

はくし①【博士】(名)博士。

ばくし⓪【爆死】(名・自サ)炸死。

はくしゃ①【拍車】(名)馬刺。☆～をかける／加快。加速。推動。

はくじゃく⓪【薄弱】(名・形動)❶薄弱。❷軟弱。❸(理由、證據)不充分。

はくしゅ①【拍手】(名・自サ)拍手，鼓掌。

はくしょ①【白書】(名)白皮書。☆経済～／經濟白皮書。

はくじょう①②【白状】(名・自サ)坦白，交待，招供。
はくしょく⓪【白色】(名)白色。☆~人種／白色人種。
はくじん⓪【白人】(名)白種人。
はく・する③【博する】(他サ)博得，獲得。
ばくぜん⓪③【漠然】(形動)漠然，含混，曖昧。
ばくだい⓪【莫大】(形動)莫大，極大。
ばくだん⓪【爆弾】(名)炸彈。
ばくち⓪【博打】(名)賭博。
ばくちく⓪【爆竹】(名)爆竹。
はくちゅう⓪【白昼】(名)白晝。
はくちょう⓪【白鳥】(名)天鵝。☆~夢(む)／白日夢。
バクテリア③⓪【bacteria】(名)細菌。
はくねつ⓪【白熱】(名・自サ)白熱，白熾。☆~化／白熱化。☆~灯／白熾燈。
はくはつ⓪【白髪】(名)白髮。
ばくはつ⓪【爆発】(名・自サ)爆發，爆炸。☆~物／爆炸物。
ばくふ①⓪【幕府】(名)幕府。
ばくふ①【瀑布】(名)瀑布。
はくぶつかん④③【博物館】(名)博物館。
はくぼく⓪【白墨】(名)粉筆。
はくらい⓪【舶来】(名・自サ)進口(貨)。☆~品／進口貨。
はくらん⓪【博覧】(名・他サ)博覽。☆~会／博覽會。
ぱくりと②③(副)❶大口地(吃)。☆~食べる／大口吃。❷(裂開)大口。
はぐるま②【歯車】(名)齒輪。
ばくろ①【暴露】(名・自他サ)❶暴露。❷揭露。
はけ②【刷毛】(名)刷子。
はげ①【禿】(名)禿，禿頭，禿子。
はげあたま③【禿頭】(名)禿頭。
はげし・い③【激しい】(形)激烈，強烈，猛烈，劇烈。☆~変化／劇烈的變化。
バケツ⓪【bucket】(名)水桶。
はげま・す③【励ます】(他五)激勵，鼓勵，勉勵，鼓舞。
はげ・む②【励む】(自五)勤奮，努力。☆勉強に~／努力學習。
ばけもの④③【化け物】(名)妖怪，妖精。☆~屋敷／凶宅。
は・げる②【禿げる】(自下一)禿。☆~・げた山／禿山。
は・げる②【剥げる】(自下一)❶剝落，脫落。❷褪色。
ば・ける②【化ける】(自下一)❶化身，變化。☆古い木が女に~・けた／老樹變成了一個女人。❷化裝，喬裝。☆会社員に~／裝扮成公司職員。
はげわし②【禿げ鷲】(名)禿鷲。
はけん⓪【派遣】(名・他サ)派遣。
はけん⓪【覇権】(名)霸權。
ばけん⓪【馬券】(名)馬票。

はこ⓪【箱】(名)❶箱，盒，匣。❷客車車廂。

はこいりむすめ⑤【箱入り娘】(名)閨秀，千金小姐。

はこ・ぶ⓪【運ぶ】(一)(他五)❶搬，運，搬運。☆机を～/搬桌子。❷推進，進行，開展。☆仕事を～/進行工作。(二)(自五)進展。☆計画がうまく～・んだ/計劃進展利順。

はさま・る③【挟まる】(自五)(被)夾。☆歯に～/塞在牙縫裏。

はさみ③【鋏】(名)剪刀。

はさみうち③【挟み撃ち】(名)夾攻，夾擊。☆敵を～にする/夾擊敵人。

はさ・む②【挟む】(他五)❶夾。☆箸で～/用筷子夾。❷隔。☆机を～・んで座る/隔桌而坐。❸插。☆図表を～/插圖。❹懷。☆疑いを～/懷疑。

はさ・む②【鋏む・剪む】(他五)剪，鉸。

はさん⓪【破産】(名・自サ)破產，倒閉。

はし②【橋】(名)橋。☆～を渡る/過橋。

はし①【箸】(名)筷子。☆～をつける/動筷子。★～にも棒にもかからぬ/無法對付。

はし⓪【端】(名)❶端，頭。☆紐の両～/繩子的兩端。❷邊，邊緣。☆道の～/路邊。❸片斷。☆言葉の～をとらえる/挑字眼。❹起點，開端。☆～から始める/從頭開始。❺零頭。☆木の～/碎木頭。

はじ②【恥】(名)恥，恥辱，羞恥。☆～をかく/丟臉。☆～を知らない/恬不知恥。☆～をすすぐ/雪恥。

はしか③【麻疹】(名)痲疹。

はしがき⓪【端書き】(名)前言，序言。

はじきだ・す④⓪【弾き出す】(他五)❶(打算盤)算出。❷排擠。

はじ・く②【弾く】(他五)❶彈，撥弄。☆弦を～/彈弦。❷打(算盤)。☆そろばんを～/打算盤。❸防，抗，排斥。☆水を～/不滲水。

はしけ③【艀】(名)駁船，舢板。

はしご⓪【梯子】(名)梯子。

はしこ・い③(形)機靈，敏銳，敏捷。

はじしらず③【恥知らず】(名)厚臉皮，恬不知恥。

はしたな・い④【端たない】(形)❶卑鄙，下流。❷粗魯，不禮貌。

はしっこ⓪【端っこ】(名)邊，邊邊。

はじまり⓪【始まり】(名)❶開始。❷起因，起源。

はじま・る⓪【始まる】(自五)❶開始。☆試合が～・った/比賽開始了。☆そらまた～・った／瞧，又犯老毛病了！❷(用"はじまらない"的形式)沒用，白搭。☆騒いでも～・らない／鬧也白搭。

はじめ⓪【初め・始め】(名)❶開始，開頭。☆年の～／年初。❷起源，起始。☆野球の～はアメリカだ／棒球起源於美國。❸(用"…をはじめとして"的形式)以…為首，以及。☆店主を～として店員一同／店主以及全體員工。

はじめて②【初めて・始めて】(副)❶初次，第一次。☆～お目にかかります／初次見面。❷(用"…てはじめて"的形式)…之後才。★子を持って～知る親の恩／養兒方知父母恩。

はじ・める【始める】(一)⓪(他下一)❶開始。☆仕事を～／開始工作。❷開創，開辦，創辦。☆店を～／開辦商店。(二)(接尾)(接動詞、助動詞連用形後)開始。☆本を読み～／開始讀書。☆花が咲き～／開始開花。

はしゃ①【覇者】(名)❶霸王，霸主。❷冠軍。☆マラソンの～／馬拉松冠軍。

ばしゃ①【馬車】(名)馬車。

はしゃ・ぐ⓪(自五)❶乾，乾燥，風乾。❷歡鬧，喧鬧。

パジャマ①【美pajamas】(名)西式睡衣。

はしゅつ⓪【派出】(名・他サ)派出，派遣。☆～所(じょ)／派出所。

ばじゅつ①【馬術】(名)馬術。

ばしょ⓪【場所】(名)場所，地點，地方。

ばしょう⓪【芭蕉】(名)芭蕉。

はしょうふう⓪【破傷風】(名)破傷風。

はしら⓪③【柱】(名)❶柱，支柱。❷靠山，頂梁柱。❸干貝。

はしらどけい④【柱時計】(名)掛鐘。

はしりたかとび④【走り高跳】(名)跳高。

はしりはばとび④【走り幅跳】(名)跳遠。

はしりまわ・る⑤⓪【走り回る】(自五)到處跑，到處奔波。

はし・る②【走る】(自五)❶跑。☆馬が～／馬奔跑。❷逃跑。☆敵は西へ～・った／敵人向西逃竄。❸(車、船)行駛，奔馳。☆電車が～・っている／電車在行駛。❹(山脈等的)走向。☆山脈が南北に～・っている／山脈南北走向。❺偏重，傾向。☆感情に～／感情用事。

は・じる②【恥じる】(自上一)❶害羞，羞恥。❷(用否定式)不愧為…。

はす⓪【斜】(名)斜。

は

はす⓪【蓮】(名)蓮，荷。☆～の葉／荷葉。

はず⓪【筈】(名)❶道理。☆そんな～はない／沒有那種道理。❷應該，理應。☆彼なら及第する～だ／他理應及格。

バス①【bus】(名)公共汽車。

バス①【bath】(名)洗澡。☆～ルーム／洗澡間。

バス①【bass】(名)❶男低音。❷低音管樂器。❸低音大提琴。

パス①【pass】(名・自サ)❶通過，及格。☆試験に～する／考試及格。❷定期票。❸傳球。

はずかし・い④【恥ずかしい】(形)害羞，羞恥，慚愧。

はずかし・める⑤【辱める】(他下二)❶羞辱，侮辱。❷玷污。❸姦污。

バスケット③【basket】(名)❶籃子。❷籃球。☆～ボール／籃球。

はず・す⓪【外す】(他五)❶取下，摘下，解開。☆ボタンを～／解開扣子。❷避開，躲開。☆視線を～／避開視線。❸錯過，放過。☆機会を～／錯過機會。❹離（座）。☆席を～／離席。

パスポート③【passport】(名)護照。

はずみ⓪【弾み】(名)❶彈性，彈力。☆～がいい／彈性好。❷勁頭，興致。☆～がつく／起勁。❸形勢，趨勢。☆ものの～で／迫於當時的形勢。❹在…的時候，在…的一刹那。☆立ち上がった～に椅子を倒した／就在站起來的時候把椅子弄倒了。

はず・む⓪【弾む】(一)(自五)❶跳，彈，反彈。☆このボールはよく～／這個球彈力好。❷起勁，高漲。☆話が～／談得起勁。❸（氣息）急促。☆息が～／氣喘吁吁。(二)(他五)(一狠心)拿出很多錢。☆チップを～／給很多小費。

はずれ⓪【外れ】(名)❶盡頭，邊緣。☆町の～／郊區。❷未中，落空。☆今年のリンゴは～だ／今年的蘋果收成不好。

はず・れる⓪【外れる】(自下二)❶脫落，離開。☆ボタンが～・れている／扣子開了。❷未中，落空。☆予想が～／預想落空。

はそん⓪【破損】(名・自他サ)破損，損壞。

はた②【旗】(名)旗，旗幟。

はた②【機】(名)織布機。☆～を織る／織布。

はた⓪【端】(名)端，邊，旁。☆炉の～／爐旁。

はた⓪【側・傍】(名)側，旁，旁邊。☆～で見る／旁觀。

はだ①【膚・肌】(名)❶皮膚，肌膚。☆白い～／白皮膚。❷表面，表層。❸風度，氣質。

バター①【butter】(名)奶油，黃油。

パターン②【pattern】(名)→パタン

はだか⓪【裸】(名)❶裸體，赤身。❷赤裸，裸露。❸精光，身無遮物。

はたき③【叩き】(名)撣子。

はだぎ③【肌着】(名)汗衫，貼身襯衣。

はた・く②【叩く】(他五)❶撣，拍打。❷打。❸傾(囊)。

バタくさ・い④【バタ臭い】(形)洋味，洋裏洋氣。

はたけ⓪【畑・畠】(名)❶旱地，田地。❷(專業的)領域，方面。

はだ・ける③(自他下一)敞開(懷)。☆胸を～／敞開懷。

はだざわり③【肌触り】(名)❶(摸東西時的)手感。❷(交往時的)感覺。

はだし⓪【跣】(名)❶赤腳。❷趕不上，敵不過。☆くろうと～だ／行家也比不上。

はたして②【果して】(副)❶果然。❷果真。

はた・す②【果す】(他五)完成，做完。

はたち①【二十・二十歳】(名)二十歲。

ばたばた①(副・自サ)❶吧嗒吧嗒(聲)。❷順利，迅速。❸相繼，一個接一個地(倒、落貌)。

バタフライ①【butterfly】(名)(體)蝶泳。

はため⓪【傍目】(名)旁觀(者的看法)。

はたらき⓪【働き】(名)❶工作，勞動。❷作用，效力，功能。❸功勞，功績。

はたら・く⓪【働く】(一)(自五)❶工作，勞動。☆工場で～／在工廠裏工作。❷動(腦筋)。☆頭が～／動腦筋。❸起作用。☆薬が～／藥起作用。(二)(他五)做(壞事)。☆強盜を～／當強盜。

パタン①【pattern】(名)型，類型。

はち②【八】(名)八。

はち⓪【蜂】(名)蜂，蜜蜂。

はち②【鉢】(名)鉢，盆。

ばち②【罰】(名)報應。☆～が当る／遭報應。

ばち②【撥】(名)❶(撥琴弦的)撥子。❷鼓槌，鑼槌。

はちうえ④③【鉢植】(名)盆栽。

ぱちぱち①(副・自サ)❶眨眼睛。❷(拍手)啪啪。❸(爆裂聲)劈劈啪啪。

はちまき②【鉢巻】(名)(用手巾或布)纏頭，纏頭巾。

はちみつ⓪【蜂蜜】(名)蜂蜜。

はちょう⓪【波長】(名)波長。

ぱちんこ⓪(名)❶彈弓。❷彈子球。

はつ【初】(一)②(名)最初，首

次，第一次。☆～の試験／第一次考試。〔二〕(接頭)❶首次。☆～公判／首次公審。❷（一年中的）首次。☆～雪／頭一場雪。

はつ【発】(接尾)❶（車船等）發，開。☆東京～の特急／東京開的特快。❷（電報等）拍，發。☆午後10時～の電報／午後十點拍的電報。❸（子彈）發。☆5～の弾丸／五發子彈。

ばつ①**【罰】**(名)❶罰，處罰。☆～を受ける／受罰。

はついく⓪**【発育】**(名・自サ)發育，生長。

はつおん⓪**【発音】**(名・他サ)發音。☆～記号／音標。

はっか⓪**【発火】**(名・自サ)發火，起火。☆～点／燃點。

はつか⓪**【二十日】**(名)❶二十日，二十號。❷二十天。

はっかく⓪**【発覚】**(名・自サ)暴露，被發覺。

はっかん⓪**【発刊】**(名・他サ)❶發刊，創刊。❷發行，出版。

はっき①⓪**【発揮】**(名・他サ)發揮，施展。

はっきり③(副・自サ)❶清楚，清晰，明朗，明確。❷斷然，乾脆，果斷。

はっきん⓪**【白金】**(名)鉑，白金。

ばっきん⓪**【罰金】**(名)罰金，罰款。

パッキング①**【packing】**(名)❶包裝。❷填料，填充物。❸墊圈。

バック①**【back】**〔一〕(名)❶背，後背。❷背景。❸後盾，後台，靠山。〔二〕(名・自サ)後退。〔三〕(名・他サ)支援，聲援。

バッグ①**【bag】**(名)提包。

はっくつ⓪**【発掘】**(名・他サ)發掘。

はっけっきゅう③**【白血球】**(名)白血球。

はっけつびょう⓪**【白血病】**(名)白血病。

はっけん⓪**【発見】**(名・他サ)發現。

はつげん⓪**【発言】**(名・自サ)發言。

ばっこ①**【跋扈】**(名・自サ)跋扈，橫行。

はつこい⓪**【初恋】**(名)初戀。

はっこう⓪**【発行】**(名・他サ)發行。

はっこう⓪**【発効】**(名・自サ)生效。

はっこう⓪**【発酵】**(名・自サ)發酵。

ばっし⓪**【末子】**(名)小兒子。

ばっし⓪**【抜糸】**(名・自サ)（手術後）拆線。

ばっし⓪**【抜歯】**(名・自サ)拔牙。

バッジ①**【badge】**(名)徽章。☆記

念～／紀念章。

はっしゃ⓪【発車】(名・自サ)發車，開車。

はっしん⓪【発信】(名・自サ)發信，發報。☆～機／發報機。

ばっすい⓪【抜粋】(名・他サ)摘錄。

はっ・する⓪【発する】(自他サ)❶發生。❷出發。❸發出，發表。❹發源，發端。❺發射，發散。❻派遣。

ばっ・する⓪③【罰する】(他サ)懲罰，處罰，判罪。

はっせい⓪【発生】(名・自他サ)發生。

はっそう⓪【発送】(名・他サ)發送，寄送。

ばった⓪【蝗・蝗虫】(名)蝗蟲。

バッター①【batter】(名)(棒球)擊球員。

はったつ⓪【発達】(名・自サ)發達，發展，進步，增強。

ばったり③(副)突然(倒下、相遇、停止貌)。

はっちゃく⓪【発着】(名・自サ)出發和到達。

はっちゅう⓪【発注】(名・他サ)訂貨，訂購。

はってん⓪【発展】(名・自サ)❶發展，擴展。❷進步。❸放蕩。

はつでん⓪【発電】(名・自サ)❶發電。❷拍電報。

はっと①⓪(副・自サ)❶突然(想到)。❷吃驚，嚇一跳。

ぱっと①⓪㈠(副)突然，一下子。㈡(自サ)❶顯眼，引人注目。❷景氣，繁榮。

はつどう⓪【発動】(名・自他サ)❶發動。☆～機／發動機。❷行使，動用。

はっぱ⓪【葉っぱ】(名)葉子。

はつばい⓪【発売】(名・他サ)發售。

はつひので③【初日の出】(名)元旦日出。

はつびょう⓪【発病】(名・自サ)發病，生病。

はっぴょう⓪【発表】(名・他サ)發表，公布，揭曉。

はっぽう③【八方】(名)八方，四面八方。☆～美人／八面玲瓏(的人)。

はっぽう⓪【発砲】(名・自サ)放槍，放炮。

はつみみ⓪【初耳】(名)初次聽說。

はつめい⓪【発明】(名・他サ)發明。☆～家／發明家。

はつらつ⓪【潑剌】(形動)活潑，朝氣蓬勃。

はて②【果て】(名)❶邊，邊際，盡頭，止境。❷末了，最後，結局。

はで②【派手】(形動)❶華麗，艷麗，鮮艷。❷鋪張，浮華，大肆。

はてし③⓪【果てし】(名)盡頭，止境。☆～ない☆～がない／

無止境。

はでやか②【派手やか】(形動)華麗，花俏，浮華，闊綽。

はと①【鳩】(名)鴿子。☆伝書～(ばと)／信鴿。

ばとう⓪【罵倒】(名・他サ)痛罵，大罵，謾罵。

はとば⓪【波止場】(名)碼頭。

バドミントン③【badminton】(名)羽毛球。

パトロール③【patrol】(名)巡邏。☆～カー／警車。巡邏車。

パトロン①⓪【patron】(名)資助者，贊助者。

ハトロンし③【ハトロン紙】(名)牛皮紙。

バトン①【baton】(名)接力棒。

はな②【花・華】(名)❶花。☆～が咲く／花開。☆～が散る／花謝。❷櫻花。☆～を見に行く／去看櫻花。❸花道，插花。❹華麗，華美，繁華。★両手に～／雙喜臨門。★～の都／繁華都市。★～より団子／捨華求實。好看的不如好吃的。★言わぬが～／不說為妙。

はな⓪【鼻】(名)❶鼻子。★～が高い／得意洋洋。趾高氣揚。★～に掛ける／炫耀。自高自大。★～につく／厭膩。★～であしらう／冷淡對待。★～を鳴らす／撒嬌。★～もひっかけない／毫不理睬。不放在眼裏。❷鼻涕。☆～をかむ／擤鼻涕。

はながみ⓪【鼻紙】(名)手紙。

はなキャベツ③【花キャベツ】(名)菜花，花椰菜。

はなざかり③【花盛り】(名)(花)盛開。

はなさき⓪【鼻先】(名)❶鼻尖。❷眼前。

はなし③【話】(名)❶話，談話，說話。☆～が上手だ／會說話。☆～が合う／談得來。❷話題。☆～を変える／換個話題。❸商談，商量。☆～がまとまる／談妥。❹道理。☆～の分らぬ奴／不懂道理的人。❺事情，情況。☆～によっては引き受けよう／看情況，我可以承擔下來。❻故事。☆子供に～をしてやる／說故事給孩子們聽。❼(用"というはなし"的形式表示)聽說，據說。

はなしあい⓪【話し合い】(名)商量，協商，會談。

はなしあ・う⓪【話し合う】(自五)商量，商議，協商。

はなしか・ける⓪【話し掛ける】(自下一)❶搭話，打招呼。❷開始說，說到中途。

はなしごえ④【話し声】(名)說話聲。

はなしことば④【話し言葉】(名)口語。

はな・す②【話す】(他五)❶說，

講，談，告訴。❷商量，商談。

はな・す②【離す】(他五)❶放開。☆手を～／放開手。撒手。❷隔開，拉開，使…離開。☆1メートル～・して植える／隔一公尺栽種。

はな・す②【放す】(他五)放，放開。☆海に魚を～／往海裏放魚。

はなたば③②【花束】(名)花束。

はなだより③【花便り】(名)(櫻花開的消息)花信。

はなぢ⓪【鼻血】(名)鼻血。

はな・つ②【放つ】(他五)❶放。☆火を～／放火。❷派遣。❸流放，放逐。

バナナ①【banana】(名)香蕉。

はなはだ⓪【甚だ】(副)甚，很，非常，極其。

はなはだし・い⑤【甚だしい】(形)甚，很，非常，極其。

はなばなし・い⑤【華華しい】(形)❶華麗，華美。❷光輝，燦爛，壯烈。

はなび①【花火】(名)焰火。☆～を打ち上げる／放焰火。

はなびら④③【花びら・花びら】(名)花瓣。

はなみ③【花見】(名)賞花，賞櫻花。

はなみず⓪④【鼻水】(名)鼻涕。

はなみち②【花道】(名)❶(相撲力士、歌舞伎演員)出場的通道。❷風華正茂時期。

はなむこ③【花婿】(名)新郎。

はなやか②【華やか】(形動)❶華麗，美麗。❷盛大，輝煌，顯赫。

はなやさい③【花椰菜】(名)↓はなキャベツ

はなよめ②【花嫁】(名)新娘。

はなれ①【離れ】(名)(離開主房的)獨間。

はなればなれ④【離れ離れ】(名)分散，離散，失散。

はな・れる③【離れる】(自下一)❶離，離開❷相距，相隔。❸脫離，離婚，離職。

はなわ②⓪【花輪】(名)花圈，花環。

はね⓪【羽・羽根】(名)❶羽毛。❷翅膀。❸羽毛毽子。❹(器械的)翼，葉片。★～が生えたよう／(長了翅膀似的)很暢銷。

ばね①【発条】(名)❶彈簧。❷彈力，彈跳力。

はねかえ・す⓪【跳ね返す】(他五)❶撞回，推開。❷翻轉，扭轉。❸拒絕。

はねまわ・る⓪【跳ね回る】(自五)跳來跳去，亂蹦亂跳。

は・ねる②【跳ねる】(自下一)❶跳，蹦，跳躍。❷濺，飛濺。❸爆開，裂開。❹散戲，散場。❺(物價)暴漲。

は・ねる②【撥ねる】(他下一)❶撥開，彈開，撞開。☆自動車に～・ねられた／被汽車撞了。❷濺，濺起。☆泥を～／濺泥。❸淘汰，拋掉，捨棄。☆粗悪品を～／淘汰次級品。❹抽成，揩油。☆上前(うわまえ)を～／抽頭。揩油。❺(漢字寫法)撇，鈎。❻發撥音。☆～音／撥音。

は・ねる②【撥ねる・刎ねる】(他下一)砍掉。☆首を～／砍頭。

パネル①【panel】(名)❶壁板，嵌板。❷油畫板。❸配電盤。❹相框。

はは①②【母】(名)母，母親，媽媽。

はば⓪【幅】(名)❶幅，幅度，範圍。❷伸縮性。❸差價。❹勢力。★～がきく★～をきかす／有勢力。

パパ①【papa】(名)爸爸。

ははおや⓪【母親】(名)母親。

はばかり⓪【憚り】(名)❶忌憚，顧忌，客氣。❷廁所。

はばか・る⓪③【憚る】(自他五)❶怕，忌憚，顧忌。❷有出息，有權勢。★憎まれっ子世に～／討人嫌的孩子出社會反而有出息。

はば・む②【阻む】(他五)阻礙，阻撓，阻擋。

はびこ・る③【はびこる】(自五)❶蔓延，滋長。❷橫行，猖獗。

はぶ・く②【省く】(他五)省，省略，節省，從略。☆労力を～／節省勞力。

はブラシ②【歯ブラシ】(名)牙刷。

はま②【浜】(名)海邊，湖邊，河邊。

はまき⓪【葉巻】(名)雪茄。

はまべ③【浜辺】(名)海邊，湖邊。

はま・る⓪【嵌る】(自五)❶合適，吻合，正好嵌入。☆条件に～／符合條件。❷掉進，陷入。☆女色に～／沉溺女色。

はみがき②【歯磨き】(名)❶刷牙。❷牙刷，牙膏，牙粉。

はみだ・す⓪③【食み出す】(自五)❶露出。❷超出。

ハム①【ham】(名)火腿。

はめ②【羽目】(名)❶板壁。❷苦境，窘境。

は・める⓪【嵌める】(他下一)❶嵌，鑲，安上。☆戸を～／安裝門。❷戴。☆手袋を～／戴手套。❸使…陷入。☆計略に～／使其陷入圈套。

ばめん①⓪【場面】(名)場面，情景。

ハモニカ⓪【harmonica】(名)口琴。

はもの①【刃物】(名)刃具，利器。

はや①【早】(副)已經，早已。

はやあし②【早足・速足】(名)快步，快走。

はや・い②【早い・速い】(形)❶早。☆～・く起きる／早起。❷快，迅速。☆足が～／跑得快。❸急。☆流れが～／水流急。

はやおき②【早起き】(名・自サ)早起。

はやくち②【早口】(名)說得快。☆～言葉／繞口令。

はやし③【林】(名)樹林。

はやした・てる⑤【囃子立てる】(他下一)❶敲鑼打鼓。❷大吵大嚷。

はやじに④⓪【早死に】(名)早逝，夭折。

はや・す②【生やす】(他五)使…生長。☆ひげを～／留鬍鬚。

はやね②【早寝】(名・自サ)早睡。

はやびき⓪【早引き】(名・自サ)→はやびけ

はやびけ⓪【早引け】(名・自サ)早退。

はやり③【流行】(名)流行，時興。

はや・る②【流行る】(自五)❶流行，時興，盛行。❷興旺。

はら②【腹】(名)❶腹，肚子。☆～がすく／肚子餓。☆～を痛めた子／親生的孩子。❷心情。☆～が立つ☆～を立てる／發怒。生氣。❸內心。☆～が黒い／黑心腸。❹度量，器量。☆～が太い／度量大。

ばら⓪【薔薇】(名)薔薇。

はらい②【払い】(名)付款。

はら・う②【払う】(他五)❶拂，撣。☆ほこりを～／撣灰塵。❷支付。☆金を～／付款。❸驅除。☆蠅を～／趕蒼蠅。❹傾注。☆注意を～／予以注意。❺處理，賣掉。

パラソル①②【法parasol】(名)陽傘。

パラダイス③【paradise】(名)天堂，樂園。

バラック②①【barrack】(名)（臨時性的）板房，棚屋。

はらっぱ①【原っぱ】(名)空地，草地。

はらばい②⓪【腹這い】(名・自サ)❶爬，匍匐。❷俯臥。

はらはら①(副・自サ)❶非常擔心，捏一把汗。❷簌簌（而下）。

ばらばら①(副)❶散亂，七零八落。❷（雨聲）嘩啦嘩啦，（子彈聲）嗖嗖。❸（眾人）一哄（出現）。

ぱらぱら①(副)❶淅淅瀝瀝。❷稀稀落落。❸（翻書聲）嘩啦嘩啦。

はら・む②【孕む】(自他五)❶懷孕。❷孕育，包藏。

はらわた④③【腸】(名)❶腸，內臟。❷心地，心腸。❸瓜瓤。

バランス①【balance】(名)平衡，均衡。

はり①【針】(名)❶針。☆ミシンの～／縫紉機針。❷刺。☆～のある言葉／帶刺的話。

はり①【鍼】(名)針，針刺，針灸。☆～を打つ／下針。☆～医／針灸醫生。☆～麻酔／針刺麻醉。

はり⓪【張り】(名)❶拉力，張力。☆～の強い弓／拉力強的弓。❷氣力。☆～の有る声／有力的聲音。❸勁頭。☆仕事に～がある／工作有勁頭。

はりあい⓪【張り合い】(名)❶競爭。❷勁頭。

はりあ・げる④【張り上げる】(他下一)放聲，扯開嗓子。

はりがね⓪【針金】(名)鐵絲，金屬絲。

バリカン⓪【法Bariquind】(名)（理髮）推子。

ばりき⓪【馬力】(名)❶馬力。❷精力，幹勁。

はりき・る③【張り切る】(自五)❶拉緊，繃緊。❷緊張。❸精力充沛，幹勁十足。

はりこ⓪【張り子】(名)紙糊的東西。☆～の虎／紙老虎。

はりしごと③【針仕事】(名)針線活。

はりつ・ける④【張り付ける】(他下一)粘上，貼上。

は・る⓪【張る】(一)(自五)❶發出，伸展，擴張。☆芽が～／發芽。☆根が～／扎根。❷結一層。☆氷が～／結冰。❸脹，腫脹。☆腹が～／腹脹。❹緊張。☆気が～／精神緊張。❺昂貴。☆値が～／價格昂貴。❻監視。☆刑事が表で～・っている／便衣警察在門外監視。❼強烈。☆欲が～／貪婪。(二)(他五)❶張開，伸展，擴張。☆幕を～／張掛帳幕。☆勢力を～／擴張勢力。☆電線を～／架電線。❷鑲，鋪。☆タイルを～／鑲瓷磚。❸設置，佈置。☆店を～／開店舖。❹裝滿（液體）。☆桶に水を～／桶裡盛滿水。❺固執，堅持。☆意地を～／固執己見。❻毆打。☆横っ面を～／打耳光。❼裝飾。☆見えを～／擺闊氣。裝潢門面。❽對抗，爭奪。☆女を～／爭女人。❾賭。☆相場を～／投機。

は・る⓪【張る・貼る】(他五)貼，張貼。☆切手を～／貼郵票。

はる①【春】(名)❶春，春天。❷新年。❸最盛期。❹青春期。❺春情，春心。

はるか①【遙か】(副・形動)遠，遙遠，遠遠，…得多。☆～に大きい／大得多。

はるかぜ②【春風】(名)春風。

はるさめ⓪【春雨】(名)❶春雨。❷（綠豆）粉絲。

はるばる③②【遙遙】(副)遙遠，千里迢迢。

バルブ①【bulb】（名）燈泡。

パルプ①【pulp】（名）紙漿。

はるめ・く③【春めく】（自五）有春意。

はれ②①【晴れ】（名）❶晴，晴天。❷公開，正式，隆重，盛大。❸（被證明）清白無罪。

はれ⓪【腫れ】（名）腫。☆～がひく／消腫。

ばれいしょ②⓪【馬鈴薯】（名）馬鈴薯。

バレー①【法ballet】（名）芭蕾舞。

バレーボール④【volleyball】（名）排球。

はれぎ③【晴着】（名）盛裝。

はれつ⓪【破裂】（名・自サ）❶破裂。❷決裂。

はればれ③【晴れ晴れ】（副・自サ）❶晴朗。❷輕鬆愉快。

はれもの⓪【腫れ物】（名）疙瘩。

は・れる②【晴れる】（自下一）❶晴，（雨雪）停，（雲霧）散。❷（心情）舒暢，愉快。❸（凝團）消解。

は・れる⓪【腫れる】（自下一）腫。

ば・れる②【（自下一）暴露，敗露。

はん【反】（接頭）反。☆～政府／反政府。

はん【半】（一）（接頭）半。（二）（接尾）半。☆～年／半年。☆2年～／兩年半。

はん①【判】（名）❶判斷。☆～を下だす／下判斷。❷印章，圖章。☆～を押す／蓋章。❸（書籍的）開本。☆～の大きな本／開本大的書。

はん①【版】（名）版。☆～を重ねる／再版。

はん①【班】（名）班，組。

ばん⓪【晩】（名）晚，晚上。

ばん【番】（一）①（名）❶次序，順序，轉到。☆～が狂った／次序亂了。☆並んで～を待つ／排隊等候（轉到自己）。☆なかなか～が回ってこない／總也轉不到。❷值班，看守。☆荷物の～をする／看行李。

パン①【葡pão】（名）麵包。

はんい①【範囲】（名）範圍。

はんえい⓪【反映】（名・自他サ）❶反射，反照。❷反映。

はんえい⓪【繁栄】（名・自サ）繁榮。

はんか⓪①【繁華】（名・形動）繁華，熱鬧。☆～街／鬧市。繁華地區。

はんが⓪【版画】（名）版畫。

はんがく⓪【半額】（名）半價。

ハンカチ⓪①【handkerchief】（名）手帕，手絹。

はんかん⓪【反感】（名）反感。

はんき①【半期】（名）❶半期。❷半年。☆上（かみ）～／上半年。☆下（しも）～／下半年。

はんき①【半季】（名）❶半季。❷半期，半年。

はんきょう⓪【反響】（名・自サ）

❶反響，回音。❷反響，反應。
パンク⓪【puncture】(名・自サ)（輪胎）爆破，爆胎。

ばんぐみ④⓪【番組】(名)節目。

はんけい①【半径】(名)半徑。

はんげき⓪【反撃】(名・自サ)反擊，還擊，反攻。

はんけつ⓪【判決】(名・他サ)判決。

はんけん⓪【版権】(名)版權。

ばんけん⓪【番犬】(名)看家狗。

はんこう⓪【反抗】(名・自サ)反抗，對抗。

ばんごう③【番号】(名)號碼，號數。

ばんこく①【万国】(名)萬國，世界，國際。☆~博覧会／國際博覽會。

はんざい⓪【犯罪】(名)犯罪。

ばんざい⓪【万歳・万才】(名)萬歲。

はんし①【半紙】(名)（八裁）日本白紙。

はんじ①【判事】(名)法官。

ばんじ①【万事】(名)萬事。

はんしゃ⓪【反射】(名・自他サ)反射。

はんじゅく⓪【半熟】(名)半熟。

はんしょう⓪③【半鐘】(名)警鐘。

はんじょう①【繁昌・繁盛】(名・自サ)繁榮，昌盛。

ばんしょう⓪【万障】(名)萬難，一切障礙。

はんしょく⓪【繁殖】(名・自サ)繁殖，滋生。

ハンスト①⓪(名)絕食鬥爭。

はんズボン③【半ズボン】(名)短褲。

はん・する③【反する】(自サ)❶與…相反。❷違反。

はんせい⓪【反省】(名・他サ)反省。

ばんそう⓪【伴奏】(名・自サ)伴奏。

ばんそうこう⓪【絆創膏】(名)橡皮膏。

はんそく⓪【反則】(名・自サ)犯規。

パンダ①【panda】(名)熊貓。

はんたい⓪【反対】㈠(名・形動)相反，相對。☆~の方向／相反的方向。㈡(名・自サ)反對。

はんだん③①【判断】(名・他サ)判斷。

ばんち⓪【番地】(名)❶門牌號。❷住處，地址。

はんちょう①【班長】(名)班長。

パンツ①【美 pants】(名)褲裙，內褲。

バンド①【band】(名)❶帶，皮帶。❷腰帶。❸樂隊。

はんつき④【半月】(名)半個月。

はんとう⓪【半島】(名)半島。

はんどう⓪【反動】(名)❶反作用。❷反動。

ばんとう⓪【番頭】(名)掌櫃的。

はんどうたい③【半導体】(名)半導體。

はんとし④【半年】(名)半年。

ハンドル⓪【handle】(名)❶把手。❷手柄，搖柄。❸(自行車)車把，(汽車)方向盤。

はんにん①【犯人】(名)犯人。

ばんにん③【番人】(名)看守者。

はんね⓪①【半値】(名)半價。

ばんねん⓪【晩年】(名)晚年。

はんのう⓪【反応】(名・自サ)反應。

はんぱ⓪【半端】(名・形動)❶零頭，零碎，零星。☆～な時間／零星時間。❷不徹底。❸(無用的人)廢物。

ハンバーグ③【美hamburg】(名)漢堡。

はんばい⓪【販売】(名・他サ)販賣，出售，銷售。

はんぱつ⓪【反撥・反発】(名・自他サ)❶排斥，彈回。❷回升。❸反攻，反撲。❹抗拒，不接受。

はんぷく⓪【反復】(名・他サ)反復，重覆。

ばんぶつ①【万物】(名)萬物。

パンフレット④【pamphlet】(名)小冊子。

はんぶん【半分】(一)③(名)一半。☆紙を～に切る／把紙裁開。(二)(接尾)半。☆じょうだん～／半開玩笑。

ハンマー①【hammer】(名)❶錘子，鐵錘。❷鏈球。

はんめい⓪【判明】(名・形動・自サ)判明。

ばんめし⓪【晩飯】(名)晚飯。

はんらん⓪【叛乱・反乱】(名・自サ)叛亂。

はんらん⓪【氾濫】(名・自サ)泛濫，充斥。

はんりょ①【伴侶】(名)伴侶。

はんろ①【販路】(名)銷路。

はんろん⓪【反論】(名・自他サ)反駁，反對意見。

ヒ・ひ

[HI]

ひ⓪【日】(名)❶日，太陽。☆～が出た／太陽出來了。☆～が沈んだ／太陽落下去了。❷白天，晝間。☆～が暮れた／天黑了。☆～が短くなった／白天短了。❸一天。☆～に5時間／毎天五小時。☆～を改めて／改日。❹節日，紀念日。☆子供の～／兒童節。❺日期，期限。☆～を延ばす／延期。❻時代，時期。☆わかい～／青年時代。

ひ①【火】(名)❶火。☆～を起こす／生火。☆～をつける／點火。☆～に当たる／烤火。❷火災。☆～を出す／失火。☆～を消す／滅火。★～が消えたよう／冷冷清清。★～のない所に煙は立たぬ／無風不起浪。

ひ①【火・灯】(名)燈，燈光，燈火。☆～をともす／點燈。

ひ①【比】(名)❶比，比例。☆AとBの～／A和B的比。❷比較，倫比。☆私などの～ではない／我無法相比。

ひ①【非】(名)❶非，不好，不正確。❷錯誤，缺點。

ひ⓪【碑】(名)碑。☆～を建てる／立碑。

ひ【費】(接尾)費。☆交通～／交通費。

び①【美】(名)美。☆自然の～／自然美。★有終の～を飾る／有始有終。圓滿成功。

ひあい⓪【悲哀】(名)悲哀。

ひあが・る⓪③【干上がる】(自五)❶乾枯，乾涸，乾透。❷無法生活。★口が～／吃不上飯，無法糊口。

ひあし①【火脚・火足】(名)火勢蔓延（的速度）。

ひあそび②【火遊び】(名)❶玩火。❷不正當的男女關係。

ひあたり⓪④【日当り】(名)向陽，朝陽。

ピアノ⓪①【意 piano】(名)鋼琴。

ひいき①【贔屓】(名・自サ)❶照顧，關照。❷偏袒，偏愛。☆〜目(め)／偏愛的眼光。

ピーク①【peak】(名)❶山頂。❷頂峰，最高點。

ビーシージー⑤【BCG】(名)卡介苗。

ひいちにち①【日一日】(副)(多下接"と")一天天地，漸漸地。

ひい・でる③【秀でる】(自下一)優秀，卓越，擅長。☆一芸に〜／有一技之長。

ぴいぴい①(一)(副)❶(嬰兒哭聲)呱呱。❷(鳥、蟲叫聲)啾啾，唧唧。(二)(自サ)(生活)緊緊巴巴。貧窮。

ビーフ①【beef】(名)牛肉。

ピーマン①【法 piment】(名)青椒，甜椒，柿子椒。

ビール①⓪【荷bier】(名)啤酒。

ヒーロー①【hero】(名)❶英雄。❷男主人公。

ひえこ・む⓪【冷え込む】(自五)❶氣溫驟降。❷著涼，發冷。

ひ・える②【冷える】(自下一)❶變冷，變涼。❷覺得冷，覺得涼。

ピエロ①【法pierrot】(名)小丑，丑角。

ひがい①⓪【被害】(名)被害，受害，受災。☆〜者／被害人。受害人。☆〜地／災區。

ひかえ②③【控え】(名)❶備用。☆〜の選手／替補運動員。☆〜の馬／備用的馬。❷侍候。☆〜の者／侍者。❸等候。☆〜力士(りきし)／(相撲)等候上場的力士。☆〜の間(ま)／候客室。休息室。❹存根，底子，副本。☆〜を取る／留底子。

ひかえしつ③【控え室】(名)等候室，休息室。

ひかえめ④【控え目】(名・形動)謹慎，客氣，節制。☆〜に食べる／少吃。

ひがえり④⓪【日帰り】(名)當天回來。

ひか・える③【控える】(一)(他下一)❶控制，節制，抑制。☆酒を〜／節制飲酒。❷拉住，摟住。☆馬を〜／勒馬。❸(為備忘)記下。☆要点を〜／記下要點。❹臨，靠。☆山を〜／臨山。❺臨近，迫近。☆試験を間近に〜・えている／考試臨近了。(二)(自下一)❶等候。❷(在身旁)侍候。☆主人の後ろに〜／侍立老板身旁。

ひかく⓪【比較】(名・他サ)比較。

ひかく⓪②【皮革】(名)皮革。

ひかげ⓪【日陰】(名)背陰處，陰涼處。

ひかげ⓪【日影】(名)日光。

ひがさ②【日傘】(名)陽傘，旱

傘。

ひがし③【東】(名)❶東，東方。❷東風。

ひかず⓪【日数】(名)日數。

ぴかぴか②(副・自サ)閃閃發光。

ひが・む②【僻む】(自五)乖僻，彆扭，抱偏見。

ひがめ③②【僻目】(名)❶斜視，斜眼。❷看錯。❸偏見。

ひがら⓪【日柄】(名)日子的凶吉。☆よいお～／好日子。

ひから・す③【光らす】(他五)使…發光，使光亮。☆目を～／擦亮眼睛。嚴加監視。

ひかり③【光】(名)❶光，光亮，光線。☆月の～／月光。❷光明。❸光榮。❹勢力，威力。☆親の～をかさに着る／借父母的光。靠老子的勢力。

ぴかりと②③(副・自サ)(閃光貌)一閃。

ひか・る②【光る】(自五)❶發光，閃光，發亮。☆星がきらきら～／星星閃閃發光。❷出眾，出類拔萃。☆彼が一番～・っている／他最出類拔萃。

ひかん⓪【悲観】(名・自他サ)悲觀，失望。

ひがん②【彼岸】(名)❶(佛)彼岸，來世。❷彼岸，對岸。❸春分、秋分前後各加三天共七天的期間。☆～の中日(なかび)／春分。秋分。

ひき【匹・疋】(接尾)❶(獸、魚、蟲的單位)匹，頭，條，只。❷(布匹的單位)匹。

ひきあい⓪【引き合い】(名)❶互相拉。❷例證。❸見證人。❹交易，買賣，(交易前的)詢問。

ひきあ・う③【引き合う】(自五)❶互相拉。❷合算，有利，划得來。❸交易。

ひきあげ⓪【引き上げ・引き揚げ】(名)❶吊起，打撈。❷提高。❸提拔，提升。❹徹退，徹回。

ひきあ・げる④【引き上げる・引き揚げる】[一](他下一)❶吊起，打撈。☆沈没船を～／打撈沉船。❷提高。☆米価を～／抬高米價。❸提拔，提升。☆課長に～／提升為科長。❹取回。☆預けた物を～／取回寄存的東西。❺徹回。☆軍隊を～／徹回軍隊。[二](自下一)返回，撤離。☆故国へ～／返回故國。

ひきあみ⓪【引き網】(名)拖網。

ひきあわ・せる⑤【引き合わせる】(他下一)❶對起來，拉到一起。☆えりを～／把衣領合起來。❷校對，核對，對照。❸介紹，引見。

ひき・いる③【率いる】(他下一)率領，帶領。

ひきう・ける④【引き受ける】

ひ

(他下一)❶接受，承擔。☆注文を〜／接受訂貨。❷保證，擔保。☆身元を〜／保證身分。❸照料，照看。☆子供のことは〜・けた／孩子由我來照看。❹繼承。

ひきうす③⓪【碾き臼】(名)磨。

ひきおこ・す④【引き起こす】(他五)❶惹起，引起。❷扶起，拉起。

ひきかえ・す③【引き返す】(自五)折回，返回。

ひきか・える④【引き替える・引き換える】(他下一)❶交換。❷與…相反。☆去年に〜・えて／與去年相反。

ひきがえる③【蟇・蟾蜍】(名)蟾蜍。

ひきがね⓪【引き金】(名)板機。☆〜を引く／扣板機。

ひきころ・す④【轢き殺す】(他五)輾死。

ひきさ・く③【引き裂く】(他五)❶撕。❷離間。

ひきさ・げる④【引き下げる】(他下一)❶降低。☆コストを〜／降低成本。❷撤回，使…後退。

ひきざん②【引き算】(名)減法。

ひきしお⓪【引き潮】(名)退潮，落潮。

ひきしぼ・る④【引き絞る】(他五)❶用力拉。❷扯開嗓子（喊）。

ひきしま・る④【引き締まる】(自五)❶綳緊，緊閉，緊湊。❷緊張。❸（行情）堅挺。

ひきし・める④【引き締める】(他下一)❶勒緊，拉緊。☆手綱(たづな)を〜／勒緊韁繩。❷緊縮，縮減。☆家計を〜／縮減家庭開支。❸（使身體、精神等）緊張，振作。

ひきず・る⓪【引き摺る】(自他五)❶拖，拉。❷強拉硬拽。

ひきだし⓪【引き出し】(名)抽屜。

ひきだ・す③【引き出す】(他五)❶拉出，抽出。❷提出，提取。☆預金を〜／提取存款。❸發揮，調動（積極性等）。☆才能を〜／發揮才能。

ひきつ・ける④【引き付ける】〔一〕(自下一)（小兒）抽筋。〔二〕(他下一)❶拉到身邊。❷吸引，引誘，誘惑。

ひきつづき⓪【引き続き】〔一〕(名)繼續。〔二〕(副)❶繼續。❷連續。

ひきつづ・く④【引き続く】(自他五)❶繼續。❷連續。

ひきど②⓪【引戸】(名)拉門。

ひきと・める④【引き止める・引き留める】(他下一)❶制止，止住。❷留，挽留。☆客を〜／留客。

ひきと・る③【引き取る】〔一〕(自五)退出，離去，回去。〔二〕(他五)❶領取，領回。☆

ひ

荷物を～／取回行李。❷收養。☆親のない子を～／收養孤兒。❸接續。☆人の言を～／接著別人的話講。★息を～／斷氣。咽氣。

ひきにく⓪【挽き肉】(名)絞肉。

ひきぬ・く③【引き抜く】(他五)❶拔。☆大根を～／拔蘿蔔。❷選拔，挑選。❸拉攏（人才）。☆よその選手を～／拉攏其他隊的運動員。

ひきのばし⓪【引き伸ばし・引き延ばし】(名)❶延長，拖長。❷放大（照片）。

ひきのば・す④【引き伸ばす・引き延ばす】(他五)❶拉長，拖長。☆ゴムひもを～／拉長橡皮筋。❷拖延。☆返事を～／推遲答覆。❸放大。❹稀釋。

ひきょう②【卑怯】(名・形動)❶膽怯，懦弱。❷卑怯，卑鄙。

ひきよ・せる④【引き寄せる】(他下一)拉到身邊。

ひきわけ⓪【引き分け】(名)平局，不分勝負。

ひきわた・す④【引き渡す】(他五)❶拉上。☆幕を～／拉上帷幕。❷移交，交還。☆財産を～／移交財產。❸引渡。☆犯人を～／引渡犯人。

ひ・く⓪【引く】(他五)❶引，拉，牽，拖，曳。☆弓を～／拉弓。☆牛を～／牽牛。❷吸引，引，引誘。☆人目を～／引人注目。☆客を～／攬客。❸引進，安裝。☆電話を～／安電話。☆ガスを～／安煤氣。❹撥，抽。☆大根を～／拔蘿蔔。☆くじを～／抽籤。❺查（詞典）。☆字引を～／查詞典。❻引用。☆格言を～／引用格言。❼減去，扣除。☆5から2を～／五減二。☆家賃を～／扣除房租。❽繼承。☆血を～／繼承血統。❾劃（線）。☆線を～／劃線。☆眉を～／描眉。❿塗。☆薬を～／塗藥。⓫患。☆かぜを～／患感冒。⓬抽回，收回，撤回。☆兵を～／撤兵。⓭拉長，拖長。☆声を長く～／拉長聲音。

ひ・く⓪【挽く】(他五)❶拉（鋸），鋸。☆木を～／鋸木頭。❷(用旋床)旋。❸拉(車)。

ひ・く⓪【弾く】(他五)彈，拉。☆ピアノを～／彈鋼琴。☆バイオリンを～／拉小提琴。

ひ・く⓪【轢く】(他五)輾。☆電車に～・かれた／被電車輾了。

ひ・く⓪【碾く・挽く】(他五)碾，磨，絞。☆小麦を～／磨小麥。☆肉を～／絞肉。

ひ・く⓪【引く・退く】(自五)❶退，後退。☆後へ～／向後退。❷減退，消退。☆潮が～／退潮。☆熱が～／退燒。☆客足が～／顧客減少。

びく①【魚籠】(名)魚簍。

ひく・い②【低い】(形)低，矮。☆背が～／個子矮。

ひくつ⓪【卑屈】(名・形動)卑屈，卑躬屈膝，低三下四。

ピクニック①③【picnic】(名)郊遊，野遊。

ぴくぴく②(副・自サ)抽動，微動。

ひぐれ⓪【日暮れ】(名)黃昏，傍晚。

ひげ⓪【髭】(名)鬍鬚。

ひげ①【卑下】(名・自他サ)自卑。

ひげき①【悲劇】(名)悲劇。

ひけし③②【火消し】(名)❶滅火，消防。❷平息糾紛。

ひけつ⓪【否決】(名・他サ)否決。

ひけつ⓪【秘訣】(名)秘訣。

ひ・ける⓪【引ける・退ける】(自下一)下班，放學。

ひこう⓪【非行】(名)不良行為。☆～少年／阿飛。小流氓。

ひこう⓪【飛行】(名・自サ)飛行。☆～機／飛機。☆～場／飛機場。

びこう⓪【尾行】(名・自サ)尾隨，跟蹤，盯梢。

ひこうしき②【非公式】(名・形動)非正式。

ひごうほう②【非合法】(名・形動)非法，不合法。

ひこく⓪【被告】(名)被告。

ひごと①【日毎】(名)❶每天。❷一天天，日漸。

ひごろ⓪【日頃】(名)❶平時，平常。❷經常，時常。

ひざ⓪【膝】(名)膝，膝蓋。★～を進める／湊上前。★～を交える／促膝(談心)。★～をただす／端坐。

ビザ①【visa】(名)簽證。

ひさし⓪【庇・廂】(名)❶廂房。❷房檐。❸帽檐兒。

ひざし⓪【日差し】(名)日光(照射)。

ひさし・い③【久しい】(形)許久，好久。

ひさしぶり⑤⓪【久し振り】(名)隔了好久。☆お～ですね／好久沒見了！

ひざまず・く④【跪く】(自五)跪下，下跪。

ひさん⓪【悲惨】(名・形動)悲慘，凄慘。

ひし⓪【菱】(名)菱。☆～の実／菱角。

ひじ②【肘】(名)肘，胳膊肘。

ひじゅう⓪【比重】(名)比重。

びじゅつ①【美術】(名)美術。

ひじゅん⓪【批准】(名・他サ)批准。

ひしょ②【秘書】(名)❶秘書。❷秘藏的書。

ひしょ②【避暑】(名・自サ)避暑。

びじょ①【美女】(名)美女。

ひじょう⓪【非常】(名・形動)❶非常，極，很。☆～な努力／

極大的努力。❷非常，緊急。☆～の際／緊急時刻。☆～口(ぐち)／太平門。

ひじょう⓪①【非情】(名・形動)無情，冷酷。

びしょう⓪【微笑】(名・自サ)微笑。

ひじょうしき②【非常識】(名・形動)沒有常識，不合常理。

びしょびしょ①(副)濕透，濕淋淋地。

びしん⓪【微震】(名)微震。

びじん①【美人】(名)美人。

ひすい②⓪【翡翠】(名)翡翠。

ビスケット③【biscuit】(名)餅乾。

ヒステリー④③【徳 Hysterie】(名)歇斯底里。

ピストル⓪【pistol】(名)手槍。

ピストン①【piston】(名)活塞。

ひずみ⓪【歪み】(名)❶歪，斜。❷變形。❸弊病。

ひず・む⓪②【歪む】(自五)歪，斜，扭歪，變形。

びせいぶつ②【微生物】(名)微生物。

びせきぶん③【微積分】(名)微積分。

ひそか②【密か】(形動)秘密，暗中，偷偷，悄悄。

ひそ・む②【潜む】(自五)隱藏，潛藏，潛伏。

ひそ・める③【潜める】(他下一)隱藏。☆身を～／藏身。☆声を～／放低聲音。☆息を～／屏息。

ひそ・める③【顰める】(他下一)皺(眉)。☆眉を～／皺眉。

ひそやか②【密やか】(形動)❶偷偷，悄悄。❷寂靜。

ひだ①【襞】(名)(衣)褶。

ひたい⓪【額】(名)額，前額，腦門子。☆～を集める／聚首。

ひた・す②⓪【浸す】(他五)浸，泡。

ひたすら②⓪【只管・一向】(副)只顧，一味，一心一意，一個勁兒。

ビタミン⓪【vitamin】(名)維生素。

ひだり⓪【左】(名)❶左，左邊。❷左派，左翼。❸左手。

ひだりがわ⓪【左側】(名)左側。

ひだりきき③【左利き】(名)❶左撇子。❷好喝酒的人。

ひだりて⓪【左手】(名)左手。

ひた・る②⓪【浸る】(自五)❶浸，泡，淹。❷沉浸。

ぴちぴち②①(副・自サ)❶活蹦亂跳。❷活潑，朝氣蓬勃。

ひっかえ・す③【引っ返す】(自五)→ひきかえす。

ひっかか・る④【引っ掛かる】(自五)❶掛上，掛住。❷卡住。❸牽連。❹上當，受騙。

ひっか・く③【引っ搔く】(他五)搔，撓，抓。

ひっか・ける④【引っ掛ける】(他下一)❶掛上，掛起來。☆

服を釘に～／把衣服掛在釘子上。❷披。☆コートを～／披大衣。❸欺騙。☆女を～／勾引女人。❹濺。☆泥水を～／濺上泥水。❺喝。☆ビールを～／喝啤酒。

ひっき⓪【筆記】(名・他サ)筆記，記錄。

ひっきょう⓪【畢竟】(副・自サ)畢竟，究竟，總之，結局。

ひっくく・る④【引っ括る】(他五)捆，綁，扎。

びっくり③【吃驚】(名・自サ)吃驚，嚇一跳。☆～仰天(ぎょうてん)／大吃一驚。

ひっくりかえ・す⑤【引っ繰り返す】(他五)❶弄倒。☆花瓶を～／把花瓶弄倒。❷翻過來。☆札を～／把牌子翻過來。❸推翻。

ひっくりかえ・る⑤【引っ繰り返る】(自五)❶倒下，翻倒。❷翻過來，顛倒過來。

ひづけ⓪【日付】(名)日期，年月日。

びっこ①【跛】(名)❶瘸。❷不成對(雙)。

ひっこし⓪【引っ越し】(名)搬家，遷居。

ひっこ・す③【引っ越す】(他五)搬家，遷居。

ひっこ・む③【引っ込む】(自五)❶退居，隱居，閉門不出。❷退下，退出。❸凹，陷，縮進。

ひっこ・める④【引っ込める】(他下一)❶縮回。❷撤回，抽回。

ひっし⓪①【必死】(名・形動)拚命，殊死。

ひつじ⓪【羊】(名)羊，綿羊。

ひっしゃ⓪①【筆者】(名)筆者，作者。

ひつじゅ⓪【必需】(名)必需。☆～品／必需品。

ひっしゅう⓪【必修】(名)必修。☆～課目／必修課。

ひっしょう⓪【必勝】(名)必勝。

びっしょり③(副)濕透。

ひっす⓪【必須】(名)必需，必要。

ひつぜつ⓪【筆舌】(名)筆墨言詞。

ひつぜん⓪【必然】(名)必然。

ひっそり③(副・自サ)寂靜，鴉雀無聲。

ぴったり③(副・自サ)❶緊密，嚴實。❷正對，正中。☆～と当てる／猜個正着。❸恰好，正合適。☆～した上着／穿著合身的上衣。

ひっつか・む④【引っ掴む】(他五)(一下子)抓住。

ヒット①③【hit】(名・自サ)❶(棒球)安打。❷大成功，大受歡迎。

ひっぱ・る③【引っ張る】(他五)❶拉，拽。☆車を～／拉車。❷拉上，扯上，拉緊。☆綱を

ひ

〜／扯上繩子。❸強行拉走。☆警察に〜・られる／被警察強行拉走。❹拉攏，引誘。☆仲間に〜／拉入伙中。❺拉長，拖長。☆語尾を〜／拖長語尾。❻架設。☆電話線を〜／拉電話線。❼（棒球）側擊球。

ひづめ⓪①**【蹄】**(名)蹄。

ひつよう⓪**【必要】**(名・形動)必要，必需，需要。

ひてい⓪**【否定】**(名・他サ)否定。

ビデオ①**【video】**(名)錄像。☆〜カセット／盒式錄影機。☆〜テープ／錄影帶。

ひでり⓪**【日照り・旱】**(名)❶強烈日照。❷旱，乾旱。❸缺乏。

ひと⓪②**【人】**(名)❶人，人類。☆〜は火を使う／人類使用火。❷別人，他人。☆〜の物／別人的東西。❸人品。☆〜がいい／人品好。❹人材。☆〜を得る／得人。❺人手。☆〜が足りない／人手不足。

ひど・い②**【酷い】**(形)❶殘酷，無情。❷厲害，嚴重。

ひどう①**【非道】**(名・形動)殘忍，殘暴，慘無人道。

ひとえに②**【偏に】**(副)❶專心，衷心。❷完全。

ひとおじ⓪**【人怖じ】**(名・自サ)認生，怕人。

ひとかげ⓪③**【人影】**(名)人影。

ひとかた⓪**【一方】**(名)一般，普通。☆〜ならず／非常。格外。

ひとかど②⓪**【一角・一廉】**(名)❶出色，非凡，不一般。❷一份，一定程度。

ひとがら⓪**【人柄】**(名)人品，為人。☆〜がいい／人品好。

ひとくち②**【一口】**(名)❶一口。☆〜で飲み込んだ／一口吞下去了。❷一句話，三言兩語。☆〜には言えない／一言難盡。❸一份，一股。

ひとこと②**【一言】**(名)一言，一句話。☆〜も言わない／一言不發。

ひとごと⓪**【人事】**(名)別人的事。

ひとごみ⓪**【人込み】**(名)人群。

ひところし⑤⓪**【人殺し】**(名・自サ)殺人，殺人犯。

ひとさしゆび④**【人差し指】**(名)食指。

ひとし・い③**【等しい】**(形)❶相等，相同，等於。☆ほとんどないに〜／幾乎等於沒有。❷（連用形作副詞用）全部。☆全員〜・く反対した／大家全都反對。

ひとしお②**【一入】**(副)更加，格外，越發。

ひとしきり②**【一頻り】**(副)一陣。☆〜雨が降る／下了一陣雨。

ひとじち⓪【人質】(名)人質。

ひとたび②【一度】(副)❶一次，一回。❷一旦，如果。

ひとちがい③【人違い】(名・自サ)認錯人。

ひとつ②【一つ】(名)❶一個。☆~千円/一個一千日元。❷一歳。☆~違い/差一歳。❸相同，一様。☆気持ちが~になる/心情相同。❹請。☆~よろしくお願いします/請多關照。❺第一，首先，一方面。☆~、酒を飲まないこと/首先，不許喝酒。

ひとつかみ②【一掴み】(名)❶一把。❷少量。

ひとつひとつ④【一つ一つ】(副)一一，逐個，一個一個地。

ひとつまみ②③【一抓み】(名)一撮，少量。

ひとで⓪【人手】(名)❶他人。☆~に渡る/歸他人所有。★~にかかる/被人殺害。❷人手，勞力。☆~が足りない/人手不足。❸人工。☆~を加える/經人工加工。

ひとで⓪【人出】(名)外出的遊客(人數)。☆海岸は大変な~だ/海邊的遊客很多。

ひとで⓪【海星】(名)海星。

ひととおり⓪【一通り】(名)❶大概，大略。☆~読んだ/大略讀了一遍。❷普通，一般。☆心配は~ではなかった/不是一般的擔心。❸一種，一套。☆教科書を~買う/買一套教科書。

ひとどおり⓪⑤【人通り】(名)來往的行人。☆~が激しい/來往的人多。

ひととび②【一飛び・一跳び】(名)❶一跳，一躍。❷(飛機)一飛就到。

ひとなか⓪【人中】(名)❶眾人面前。☆~で恥をかく/當眾出醜。❷社會，世上。

ひとなみ⓪【人並み】(名・形動)普通，平常。

ひとなみ⓪【人波】(名)人流，人潮，人群。

ひとにぎり②③【一握り】(名)❶一把。❷一小撮。

ひとばん②⓪【一晩】(名)❶一晩上，一夜，一宿。❷某天晩上。

ひとびと②【人人】(名)❶人們。❷人人，每個人。

ひとまえ⓪【人前】(名)眾人面前。☆~を飾る/裝潢門面。

ひとまかせ③⑤【人任せ】(名)托別人，靠別人。

ひとまず②【一先ず】(副)暫且，臨時。

ひとまね⓪【人真似】(名・自サ)❶模仿別人。❷(動物)模仿人。

ひとまわり②【一回り】(名・自サ)❶一周，一圈。☆太陽を~する/繞太陽轉一圈。❷(年

齢相差十二歳）一輪。❸（物品大小相差）一圈。❹（水平相差）一等。

ひとみ②⓪【瞳】(名)瞳孔。

ひとみしり⑤③【人見知り】(名・自サ)（小孩）認生。

ひとめ②【一目】(名)❶（看）一眼。❷一眼（看穿）。

ひとめ⓪【人目】(名)世人眼目。☆～を引く／引人注目。

ひとやすみ②【一休み】(名・自サ)休息一會兒。

ひとり②【一人】(名)一人。

ひとり②【一人・独り】(名)獨自，獨身，單身，自己。☆彼はまだ～だ／他還是獨身。☆～でやる／自己做。

ひとり②【独り】(副)僅僅，只是。☆～日本だけでなく／不僅是日本。

ひどり⓪【日取り】(名)日子，日期，日程。☆結婚式の～が決まった／婚禮的日子定了。

ひとりがてん④【独り合点】(名・自サ)自己認為，自以為懂。

ひとりぎめ⑤⓪【独り決め】(名・自サ)❶獨斷，獨自決定。❷獨自堅信。

ひとりご③【独り子】(名)獨生子。

ひとりごと⑤④【独り言】(名)自言自語。

ひとりじめ⑤⓪(名・他サ)獨占。

ひとりだち⑤⓪【独り立ち】(名・自サ)自立，自食其力。

ひとりでに⓪(副)自然地，自動地。

ひとりひとり④【一人一人】(名)（也説"ひとりびとり"）❶人人，每人。❷一個人一個人地。

ひとりぼっち④【独りぼっち】(名)孤單，孤零。

ひとりまえ⓪【一人前】(名)❶一個人的份兒。❷成人。❸能頂一個人。

ひとりもの④【独り者】(名)單身（漢）。

ひとりよがり④【独り善り】(名・形動)自以為是。

ひな①【雛】(名)❶雛雞（鳥）。❷偶人。

ひなた⓪【日向】(名)向陽（處）。

ひなまつり③【雛祭り】(名)（日本三月三日陳列偶人的）女孩節。

ひなん①【非難】(名・他サ)非難，責難，譴責。

ひなん①【避難】(名・自サ)避難。☆～民／難民。

びなん①【美男】(名)美男子。

ビニール②【vinyl】(名)乙烯樹脂。☆～ハウス／塑膠棚溫室。

ひにく⓪【皮肉】(名・形動)❶挖苦，諷刺，譏諷。❷捉弄人，令人啼笑皆非。

ひにち⓪【日日】(名)❶日期。❷時日，日子。

ひにひに⓪①【日に日に】(副)日漸，逐日，一天天地。

ビニロン①(名)合成纖維。

ひにん⓪【否認】(名・他サ)否認。

ひにん⓪【避妊】(名・自サ)避孕。☆～薬／避孕藥。

ひね・る②【捻る】(他五)❶扭，擰，捻。☆髭を～／捻鬍子。❷扭轉。☆腰を～／扭轉腰。★首を～／覺得可疑。❸打敗，擊敗。☆軽く～・ってやった／輕而易舉地擊敗了他。❹推敲，苦思冥想。☆俳句を～／仔細推敲做俳句。

ひのいり⓪【日の入り】(名)日落，日沒。

ひのき⓪①【檜】(名)扁柏。

ひのくるま⓪【火の車】(名)經濟拮据。☆台所は～だ／家裏揭不開鍋。

ひのけ①②【火の気】(名)❶火。☆～に注意しなさい／要當心火。❷熱氣。☆～のない部屋／沒有熱氣的屋子。

ひのこ①【火の粉】(名)火星。

ひのて①②【火の手】(名)❶火勢。❷氣勢，氣焰。

ひので⓪【日の出】(名)日出。

ひのべ⓪【日延べ】(名・自サ)❶延期。❷延長期限。

ひのまる⓪【日の丸】(名)太陽旗，日本國旗。☆～の旗／日本國旗。

ひばし①【火箸】(名)火鉗。

ひばち①【火鉢】(名)火盆。

ひばな①【火花】(名)火花，火星。

ひばり⓪【雲雀】(名)雲雀。

ひはん①⓪【批判】(名・他サ)批判，批評。☆自己～／自我批評。

ひび②【罅】(名)❶裂紋，裂縫。❷(身體的)毛病。❸(關係發生)裂痕。

ひび②【皸】(名)皸裂。

ひびき③【響き】(名)❶聲，響，響聲。❷回聲，回音。❸反響，反應。❹影響，震動。

ひび・く②【響く】(自五)❶響。☆歌声が空に～／歌聲響徹雲霄。❷回響。☆声が山じゅうに～・きわたった／聲音在山中回響。❸震動。☆爆音が体に～／爆炸聲震動身體。❹影響。☆生活に～／影響生活。❺揚名，聞名。☆名は世界中に～・いている／名揚全球。

ひひょう⓪【批評】(名・他サ)批評，評論。☆～家／評論家。

ひふ⓪①【皮膚】(名)皮膚。

ビフテキ⓪【法bifteck】(名)牛排，牛扒。

ひま⓪【暇】(名)❶時間，工夫。☆～をつぶす／消磨時間。☆～がかかる／費工夫。❷空閒，餘暇。☆～がある／有空閒。❸假，休假。☆～を取る☆～をもらう／請假。★～を出す／給假。解雇。休妻。

ひま⓪【隙】(名)❶間隙，縫隙。❷嫌隙，隔閡。

ひまご①【曽孫】(名)曽孫，曽孫女。

ひまし⓪③【日増し】(名)日漸，逐日，一天天。☆～に大きくなる／一天天地長大。

ひまつぶし③⑤【暇潰し】(名)消遣，消磨時間。

ひまど・る③【暇取る】(自五)費事，費時間。

ひまわり②【向日葵】(名)向日葵。

ひまん⓪【肥満】(名・自サ)肥胖。☆～症／肥胖症。

ひみつ⓪【秘密】(名・形動)秘密。☆～を守る／保密。☆～が漏れる／洩密。

びみょう⓪【微妙】(形動)微妙。

ひめ①【姫】(名)❶（女子的美稱）姬，媛，小姐。❷（貴族家庭的）小姐，閨秀。

ひめい⓪【悲鳴】❶悲鳴，慘叫。❷叫苦。☆～をあげる／慘叫。叫苦。

ひ・める②【秘める】(他下一)隱藏，蘊藏。

ひめん⓪【罷免】(名・他サ)罷免。☆～権／罷免權。

ひも⓪【紐】(名)帶子，細繩。☆靴の～／鞋帶。

ひもの③【干物・乾物】(名)曬乾的魚、貝類等。

ひやか・す③【冷やかす】(他五)❶冷卻，冰鎮。❷挖苦，嘲弄，奚落。

ひゃく②【百】(名)❶百，一百。❷許多。☆～も承知だ／全都知道。

ひやく⓪【飛躍】(名・自サ)❶飛躍，跳躍。❷活躍。❸不合邏輯。

ひゃくしょう③【百姓】(名)農民，莊稼人。

ひゃくパーセント③⑤【百パーセント】(名)❶百分之百。❷完全，完滿。

ひゃくぶん⓪【百聞】(名)百聞。★～は一見に如かず／百聞不如一見。

ひゃくまん③【百万】(名)❶百萬。☆～長者（ちょうじゃ）／百萬富翁。❷許多，極多。

ひやけ⓪【日焼け】(名・自サ)曬黑。☆～した顔／曬黑了的臉。

ひや・す②【冷やす】(他五)❶使…冷卻。★胆を～／嚇破膽。❷使…冷靜。

ひゃっか①【百科】(名)百科。☆～辞典／百科詞典。

ひゃっかてん③【百貨店】(名)百貨公司。

ひやとい②【日雇い】(名)（以日薪計算的）零工。短工。

ヒヤリング①【hearing】(名)聽力。
ひゆ①【比喩】(名)比喻。
ヒューズ①【fuse】(名)保險絲。
ひょいと⓪(副)❶忽然，突然。❷輕輕地。❸無意中。
ひよう①【費用】(名)費用。
ひょう⓪【表】(名)表，表格。
ひょう①【豹】(名)豹。
ひょう①【雹】(名)雹。
ひょう①【票】(名)票，選票。
ひょう⓪【評】(名)批評，評論，評價。
びよう⓪【美容】(名)美容。☆～院／美容院。
びょう①【秒】(名)秒。
びょう①【鋲】(名)鉚釘，鞋釘，圖釘。
びょう①【廟】(名)廟。
びょういん⓪【病院】(名)醫院。
ひょうか①【評価】(名・他サ)❶定價，估價。❷評價，估計。
ひょうぎ①【評議】(名・他サ)評議，討論。
びょうき⓪【病気】(名)❶病，疾病。☆～にかかる／患病。❷毛病，缺點。
びょうきん⓪【病菌】(名)病菌。
ひょうげん③⓪【表現】(名・他サ)表現，表達。☆～力／表現力。
ひょうご⓪【標語】(名)標語。
ひょうさつ⓪【表札】(名)門牌。
ひょうざん①【氷山】(名)冰山。★～の一角／冰山之一角。整體中的一小部分。
ひょうし③⓪【拍子】(名)❶拍子。☆～を取る／打拍子。❷…的時候。
ひょうし③⓪【表紙】(名)封面，封皮，書皮。
びょうし⓪【病死】(名・自サ)病死，病故。
びょうしつ⓪【病室】(名)病房，病室。
びょうしゃ⓪【描写】(名・他サ)描寫，描繪。
びょうじゃく⓪【病弱】(名・形動)病弱。
ひょうじゅん⓪【標準】(名)標準。☆～語／(日本的)普通話。
ひょうしょう⓪【表彰】(名・他サ)表彰，表揚。
ひょうじょう⓪③【表情】(名)表情。
びょうしょう⓪【病床】(名)病床。
びょうじょう⓪【病状】(名)病情。☆～が悪化する／病情惡化。
ひょうそう⓪【表装】(名・他サ)裱，裱糊，裝裱。☆書を～する／裱字畫。
びょうそく⓪【秒速】(名)秒速。
ひょうだい⓪【表題・標題】(名)標題，題目。
ひょうたん③【瓢箪】(名)❶葫蘆。❷瓢。

ひょうてん①【氷点】(名) 冰點。

びょうとう⓪【病棟】(名) 病房。☆隔離～／隔離病房。

びょうどう⓪【平等】(名・形動) 平等。

びょうどく⓪①【病毒】(名) 病毒。

びょうにん⓪【病人】(名) 病人，患者。

ひょうばん⓪【評判】(名・他サ) ❶(社會上的)評論，評價，名聲，聲望。☆～がいい／名聲好。❷出名，聞名，受歡迎。☆いま～の映画／現在受歡迎的電影。☆～の孝行息子／有名的孝子。❸傳聞，輿論，轟動。☆大した～が立つ／引起很大轟動。

びょうぶ⓪【屏風】(名) 屏風。

びょうぼつ⓪【病没】(名・自サ) 病歿，病故。

ひょうほん⓪【標本】(名) ❶標本。❷樣品。❸典型。

ひょうめい⓪【表明】(名・他サ) 表明，表示。

ひょうめん③【表面】(名) 表面。

びょうよみ⓪【秒読み】(名) 讀秒。☆～の段階に入る／進入倒數階段。進入最後階段。

びょうれき⓪【病歴】(名) 病歷。

ひょうろん⓪【評論】(名・他サ) 評論。☆～家／評論家。

ひよけ⓪【日除け】(名) 遮陽，遮簾。

ひよこ⓪【雛】(名) ❶雛雞，雛鳥。❷黃口小兒。

ひょっこり③(副) 突然(相遇、出現)。

ひょっと①(副) 忽然，突然。☆～すると☆～したら／或許，說不定。☆～して／萬一。

ひより⓪【日和】(名) ❶天氣。❷晴天，好天。❸形勢。☆～を見て動く／觀察形勢行動。

ひよりみ⓪【日和見】(名) ❶觀察天氣。❷觀望形勢。☆～主義／機會主義。

ひょろなが・い⓪④【ひょろ長い】(形) 細長。

ひょろひょろ①(副・自サ) ❶搖晃，晃悠，蹣跚。☆～歩く／步履蹣跚。❷細長，細弱，纖細。

ひら①【平】(名) ❶平，扁平。☆手の～／手掌。☆刀の～／刀面。❷普通，一般。☆～の教員／普通教員。

びら⓪(名) 傳單，招貼。

ひらあやまり③【平謝り】(名) 低頭道歉。

ひらいしん⓪【避雷針】(名) 避雷針。

ひらおよぎ③【平泳ぎ】(名) 蛙泳。

ひらがな④③【平仮名】(名) 平假名。

ひらき③【開き】(名) ❶(門、花等)開。☆～の遅い花／開得晚的花。❷距離，差距。☆相当な～がある／有相當大的差距。

ひら・く②【開く】(一)(自五)❶開，開放。☆傘が～／傘撐開。❷開始，開張。☆銀行が～／銀行開業。❸距離拉開，差距大。☆点数が～／分數有差距。(二)(他五)❶開，打開。☆本を～／打開書。❷開，開始，開辦。☆店を～／開店。❸召開，舉辦。☆送別会を～／開歡送會。❹開發，開墾。☆土地を～／開墾土地。❺開創，開闢。☆新時代を～／開創新時代。❻拉開（距離）。☆距離を～／拉開距離。❼開方。☆平方に～／開平方。

ひら・ける③【開ける】(自下一)❶開通。☆道が～／道路開通。❷開化，進步。☆世の中が～・けた／社會進步了。❸開闊，寬敞。☆～・けた家／寬敞的房子。❹開明，開通。☆～・けた人／開明的人。❺走運。☆運が～／走運。

ひらた・い⓪【平たい】(形)❶扁，扁平。☆～石／扁石頭。❷平坦。☆～道／平坦的路。❸平易，淺顯。☆～・く言えば／簡單說來。

ひらち⓪【平地】(名)平地。

ひらひら①(副・自サ)飄飄，翩翩。

ピラミッド③【pyramid】(名)金字塔。

ひらめ⓪【鮃・平目・比目魚】(名)比目魚。

ひらめ・く③【閃く】(自五)❶閃，閃爍。☆いなずまが～／閃電。❷閃現。❸飄揚。

ひらや⓪【平屋】(名)平房。

びり①(名)末尾，最後，倒數第一。

ひりつ⓪①【比率】(名)比率。

ビリヤード③【billards】(名)撞球。

ひりょう①⓪【肥料】(名)肥料。

ひる①【干る】(自上一)❶乾。❷退潮。☆潮が～／落潮。

ひる②【昼】(名)❶白晝，白天。❷中午，正午。❸午飯。☆お～にしよう／吃午飯吧。

ひる①【蛭】(名)水蛭，螞蝗。

ビル①(名)大樓，大廈。

ひるがえ・す③【翻す】(他五)❶翻過來。❷使…飄動。

ひるがえ・る③【翻る】(自五)❶翻過來。❷飄揚，飄動。

ひるすぎ④③【昼過ぎ】(名)❶過午，剛過午。❷下午。

ビルディング①【building】(名)↓ビル

ひるね⓪【昼寝】(名・自サ)午睡。

ひるま③【昼間】(名)白晝，白天。

ひる・む②【怯む】(自五)膽怯，畏怯。

ひ

ひるめし⓪【昼飯】(名)午飯。

ひるやすみ③【昼休み】(名)午休。

ひれ⓪②【鰭】(名)鰭。

ひれい⓪【比例】(名・自サ)比例，成比例。

ひれつ⓪【卑劣】(名・形動)卑劣，卑鄙。

ひろ・い②【広い】(形)❶廣，廣闊，寬廣。☆庭が～／院子寬廣。❷廣博，廣泛。★顔が～／交際廣。❸(心胸、度量)寬廣，寬宏。

ヒロイン②【heroine】(名)❶女主人公。❷女傑，女英雄。

ひろ・う⓪【拾う】(他五)❶拾，撿。☆石を～／撿石頭。☆命を～／撿一條命。☆タクシーを～／在路上叫出租汽車。❷挑選。☆活字を～／撿字。

ひろう①【披露】(名・他サ)❶披露，公佈，宣佈，發表。☆結婚を～する／宣佈結婚。☆結婚の～宴／婚禮喜筵。❷表演。

ひろう⓪【疲労】(名・自サ)疲勞。

ビロード⓪【葡 veludo】(名)天鵝絨。

ひろが・る⓪【広がる】(自五)❶展開，舒展。☆目の前には湖が～っている／湖泊展現在眼前。❷擴大，擴展，傳開，蔓延。☆伝染病が～／傳染病蔓延。

ひろ・げる⓪【広げる】(他下一)❶打開，展開。☆包みを～／打開包。❷擴大，擴展。☆勢力を～／擴大勢力。❸擺滿，攤開。☆部屋いっぱいに資料を～／屋裏擺滿了資料。

ひろば①②【広場】(名)廣場。

ひろま①②【広間】(名)大廳。

ひろま・る③【広まる】(自五)❶擴大。❷傳播，普及，蔓延。

ひろ・める③【広める】(他下一)❶擴大。❷推廣，普及，傳播。

びわ①【琵琶】(名)琵琶。

びわ①【枇杷】(名)枇杷。

ひん⓪【品】(名)❶品格，品質。❷風度。❸品位，質量。

びん①【便】(名)❶信，書信。❷(運送、郵寄的)班次。❸方便，機會。

びん①【瓶】(名)瓶子。

ピン①【pin】(名)大頭針，別針。

ピン①【pinta】(名)開始，第一，最好的。☆～からキリまで／從開頭到末尾。從最好的到最壞的。

ひんい①【品位】(名)❶品格，體面。❷品位，成色。

ひんかく⓪【品格】(名)品格。

びんかん⓪【敏感】(名・形動)敏感。

ピンク①【pink】(名)粉紅，桃紅。

ひんけつ⓪【貧血】(名・自サ)貧

血。

ひんこう⓪【品行】(名)品行。

ひんこん⓪【貧困】(名・形動)❶貧困。❷貧乏。

ひんし⓪【品詞】(名)詞類。

ひんしつ⓪【品質】(名)質量。

ひんじゃく⓪【貧弱】(名・形動)❶貧弱，貧乏。☆～な内容／貧乏的內容。❷瘦弱。☆～な体／瘦弱的身體。❸難看，寒酸。

ひんしゅ⓪【品種】(名)品種。

びんせん⓪【便箋】(名)信箋，信紙。

ピンチ①【pinch】(名)危機，困境。

びんづめ④③【瓶詰】(名)瓶裝。

ヒント①【hint】(名)啟發，提示，暗示。

ピント⓪①【荷 punt】(名)❶焦點，焦距。☆～を合せる／對焦距。❷要點，中心。

ひんぱつ⓪【頻発】(名・自サ)頻發，多次發生。

ピンはね⓪(名・他サ)扣，抽頭，揩油。

ひんぱん⓪【頻繁】(名・形動)頻繁。

ぴんぴん①(副)❶活蹦亂跳。❷健壯，硬朗。

ひんぷ①【貧富】(名)貧富。

びんぼう①【貧乏】(名・形動・自サ)貧窮。

ピンポン①【pingpong】(名)乒乓球。

ひんもく⓪【品目】(名)品種，種類。

びんわん⓪【敏腕】(名・形動)才幹，本領，能幹。☆～家／能幹事的人。幹將。

フ・ふ

[HU]

ふ【不】(接頭)不。☆~必要／不必要。

ふ①**【府】**(名)府。☆学問の~／學府。

ふ⓪**【譜】**(名)譜，樂譜。

ふ⓪**【斑】**(名)斑，斑點。

ふ⓪**【腑】**(名)腑臟。★~に落ちない／不能理解。

ふ⓪**【歩】**(名)(日本象棋)兵，卒。☆~を取る／吃卒。

ぶ【分】〔一〕⓪(名)❶形勢，優勢。☆こっちの~が悪い／我方形勢不利。☆こちらに~がある／我方佔優勢。❷利潤。☆~がいい／利潤高。❸厚薄。☆~が厚い／厚。〔二〕(造語)❶(十分之一)成。☆7~3~に分ける／按三七開。❷(一成的十分之一)厘。☆年利7~／年利七厘。❸(一寸、一度的十分之一)分。

ぶ【部】〔一〕①⓪(名)部，部分。☆三つの~に分けてある／分為三部分。〔二〕(接尾)❶(機關、團體等的部門)部。☆編集~／編輯部。❷(書籍、雜誌等)部，冊，本。☆辞書を1~買った／買了一部詞典。

ぶ①**【武】**(名)武，武藝，武力。☆~に訴える／訴諸武力。

ぶあい⓪**【歩合】**(名)❶比率，比值，比價。❷佣金，回扣，手續費。

ファシズム②**【fascism】**(名)法西斯主義。

ファスナー①**【fastener】**(名)拉鏈。☆~をしめる／拉上拉鏈。

ぶあつ・い⓪**【分厚い】**(形)挺厚，厚厚。☆~本／厚厚的書。

ファン①**【fan】**(名)❶迷。☆野球~／棒球迷。❷風扇。

ふあん⓪**【不安】**(名・形動)不安，擔心。

ふあんない②**【不案内】**(名・形

動)不熟悉。

ふい⓪【不意】(名・形動)意外，突然，冷不防。

ブイ①【buoy】(名)❶航標，浮標。❷救生圈。

フィート①【feet】(名)英尺。

フィールド①⓪【field】(名)田賽場地。☆～競技／田賽。

ふいちょう⓪【吹聴】(名・他サ)吹噓，宣揚，宣傳。

ふいに⓪【不意に】(副)突然，意外，想不到。

フィルム①【film】(名)❶膠卷。☆カラー～／彩色膠卷。❷影片。❸薄膜。

ふう【風】(一)①(名)❶様子，風格，風度。☆こんな～に書く／這様寫。☆君子の～がある／有君子風度。☆知らない～をする／裝不知道。❷風俗，習慣。☆昔の～を守る／保持往昔的風俗。(二)(接尾)式。☆中国～の料理／中國式料理。

ふう①【封】(名)封，封上。☆手紙の～をする／封上信。

ふういん⓪【封印】(名・自サ)封印，蓋封印。

ふうがわり③【風変わり】(名・形動)古怪，奇怪，與眾不同。

ふうき①【風紀】(名)風紀。

ふうきり④⓪【封切り】(名・他サ)❶開封。❷(影片)首映。☆～館／首輪電影院。

ふうけい①【風景】(名)❶風景，景色。❷情景。

ふうこう①【風光】(名)風光。☆～明媚(めいび)／風光明媚。

ふうさ⓪①【封鎖】(名・他サ)封鎖，凍結。☆預金を～する／凍結存款。

ふうさい⓪【風采】(名)風采，相貌。

ふうし⓪【諷刺】(名・他サ)諷刺。

ふうしゅう⓪【風習】(名)風習，風俗，習慣。

ふう・じる⓪【封じる】(他上一)❶封，封閉。❷封鎖，阻止。

ふうしん⓪【風疹】(名)風疹。

ふうしんき③【風信器】(名)(氣象)風向計。

ふう・ずる⓪③【封ずる】(他サ)→ふうじる

ふうせん⓪【風船】(名)氣球。

ふうぞく①【風俗】(名)風俗。

ふうたい①【風袋】(名)❶(包裝商品的)皮，箱，袋子。袋子重量。❷外表，外觀。

ふうど①【風土】(名)風土，水土。

ふうとう⓪【封筒】(名)信封。

ふうふ①【夫婦】(名)夫婦。

ぶうぶう①(副)❶(發牢騷)嘟嘟嚷嚷。❷(琴、笛聲)嗚嗚地。

ブーム①【boom】(名)熱(潮)。☆登山～／登山熱。

ふうりゅう①【風流】(名・形動)

ふ

❶風流。❷風雅，優雅，別緻。

プール①【pool】〔一〕(名)❶游泳池。❷停放處，停車場。〔二〕(名・他サ)儲備。☆資金を～する／儲備資金。

ふうん①【不運】(名・形動)背運，不幸，倒楣，不走運。

ふえ⓪【笛】(名)❶笛子。❷哨子。

ふえいせい②【不衛生】(名・形動)不衛生。

ふえて①②【不得手】(名・形動)❶不擅長，不拿手。❷不喜歡，不愛好。☆酒は～だ／不愛喝酒。

ふ・える②【増える】(自下一)増加，増長，増多。

ふか⓪②【鱶】(名)鯊魚。☆～のひれ／魚翅。

ふか②【不可】(名)❶不可，不行。❷不及格。

ぶか①【部下】(名)部下。

ふか・い②【深い】(形)❶深。☆～秋／深秋。☆～仲／很深的交情。❷濃，茂密。☆霧が～／霧濃。☆草が～／草茂密。

ふかい②【不快】(名・形動)❶不快，不高興。❷有病，不舒服。

ふかく⓪【不覚】(名・形動)❶（由於疏忽）失敗，失策，過失。☆～を取った／由於疏忽而失敗了。❷不由得，不知不覺。☆～の涙をこぼす／不知不覺地流下眼淚。❸失去知覺。

ふかけつ②【不可欠】(名・形動)必不可少。

ふかさ②【深さ】(名)深度。

ふかっこう②【不恰好】(名・形動)不好看，不美觀。

ふかで②⓪【深手・深傷】(名)重傷。

ふかのう②【不可能】(名・形動)不可能。

ふかみ③【深み】(名)❶深度。☆～のない文章／沒有深度的文章。❷深處。☆～に落ちこむ／落入深處。

ふか・める③【深める】(他下一)加深。

ふかんぜん②【不完全】(名・形動)不完全，不完善。

ぶき①【武器】(名)武器。

ふきこ・む⓪③【吹き込む】〔一〕(自五)吹入，刮進。〔二〕(他五)❶注入，灌輸。☆悪いうわさを～／灌輸流言蜚語。❷錄音，灌製（唱片）。

ふきそく②③【不規則】(名・形動)不規則。

ふきだ・す⓪【噴き出す】(自五)❶（泉水、石油等）噴出，冒出。❷（忍不住）笑出聲來。

ふきつ⓪【不吉】(名・形動)不祥，不吉利。

ふきつ・ける⓪【吹き付ける】〔一〕(自下一)（風）猛烈吹

ふ

打。(二)(他下一)❶(嘴裏)噴出。☆酒臭い息を～／嘴裏噴出一股酒氣。❷(風等)吹到…上。☆雪を窓に～／把雪刮到窗上。❸噴上。☆塗料を～／噴上塗料。

ふきとば・す④⓪【吹き飛ばす】(他五)❶刮跑。❷吹牛，說大話。❸驅除，驅散。

ぶきみ①②【不気味】(名・形動)可怕，令人害怕。

ふきゅう⓪【普及】(名・自サ)普及。

ふきょう⓪【不況】(名)蕭條，不景氣。

ぶきよう②【不器用】(名・形動)笨，笨拙。

ぶきりょう②【不器量】(名・形動)(女人)醜，難看。

ふきん②【附近】(名)附近。

ふく【副】(接頭)副。☆～校長／副校長。

ふ・く①②【吹く】(一)(自五)刮。☆風が～／刮風。(二)(他五)❶吹。☆笛を～／吹笛子。★ほらを～／吹牛。❷鑄。☆鐘を～／鑄鐘。

ふ・く①②【吹く・噴く】(自他五)❶噴。☆血が～／噴血。☆鯨が潮を～／鯨魚噴水。❷冒，現出。☆汗が～き出る／冒汗。☆芽を～／抽芽。

ふ・く⓪【拭く】(他五)❶擦，拭。☆顔を～／擦臉。

ふ・く⓪①【葺く】(他五)補，鋪蓋。☆屋根を～／修補屋頂。

ふく②【服】(名)❶衣服。❷西服。

ふく②【福】(名)福，幸福。

ふぐ①【河豚】(名)河豚。

ふぐ①【不具】(名)殘廢。

ふくいん⓪【福音】(名)福音。

ふぐう⓪【不遇】(名・形動)不遇，不走運，不得志。

ふくえき⓪【服役】(名・自サ)❶服刑。❷服兵役。

ふくぎょう⓪【副業】(名)副業。

ふくざつ⓪【複雑】(名・形動)複雜。

ふくし⓪【副詞】(名)副詞。

ふくし②【福祉】(名)福利。

ふくじ⓪【服地】(名)衣料。

ふくしゅう⓪【復習】(名・他サ)復習。

ふくしゅう⓪【復讐】(名・自サ)復仇，報仇。

ふくじゅう⓪【服従】(名・自サ)服從。

ふくしょく⓪【副食】(名)副食。☆～物(ぶつ)／副食品。

ふくすう③【複数】(名)複數。

ふくそう⓪【服装】(名)服裝。

ふくつう⓪【腹痛】(名)腹痛。

ふくどく⓪【服毒】(名・自サ)服毒。☆～自殺／服毒自殺。

ふくびき⓪【福引き】(名)抽籤，抽彩，彩票。☆～券／彩票。獎券。

ぶくぶく①(副・自サ)❶(冒泡

ふ

貌）噗噗地，咕嘟咕嘟地。❷虛胖，肥頭大耳。

ふくみ③【含み】(名)❶包含，含有。❷含蓄。

ふく・む②【含む】(他五)❶包含，包括，含有。☆塩分を～／含有鹽分。❷含，銜。☆水を口に～／嘴裏含水。❸含，帶，壞。☆笑みを～／含笑。☆恨みを～／懷恨。

ふく・める③【含める】(他下一)包括，包含。

ふくら・む⓪【脹らむ】(自五)膨脹，鼓起。

ふく・れる⓪【脹れる】(自下一)❶脹，腫，膨大。☆腹が～／腹脹。吃飽。懷孕。❷噘嘴。

ふくろ③【袋】(名)袋，口袋。

ふくろう③②【梟】(名)梟，貓頭鷹。

ふくろこうじ④【袋小路】(名)死巷子，死路。

ぶけ⓪①【武家】(名)❶武士。❷武士門第。

ふけい②【父兄】(名)家長。☆～会／家長會。

ぶげい①【武芸】(名)武藝，武術。

ふけいき②【不景気】(名・形動)❶不景氣，蕭條。❷無精打采。❸手頭緊。

ふけいざい②【不経済】(名・形動)不經濟，浪費。

ふけつ⓪【不潔】(名・形動)❶骯髒，不清潔。❷不純潔。

ふ・ける②【老ける】(自下一)老，上年紀。☆年より～・けて見える／顯得老。

ふ・ける②【更ける・深ける】(自下一)（季節、夜晚等）深。☆夜が～／夜闌。

ふ・ける②【蒸ける・化ける】(自下一)蒸熟。☆さつま芋が～・けた／地瓜蒸熟了。

ふけ・る②【耽る】(自五)專心，埋頭，熱衷，沉溺。☆酒色に～／沉溺酒色。

ふこう②【不孝】(名・形動)不孝。☆親～／不孝敬父母。

ふこう②【不幸】(名・形動)不幸。

ふごう⓪【符号】(名)符號，記號，☆～をつける／畫記號。

ふごう⓪【富豪】(名)富豪，富翁，財主。

ふごうかく②【不合格】(名)不合格，不及格。

ふこうへい②【不公平】(名・形動)不公平，不公正。

ふごうり②【不合理】(名・形動)不合理。

ふさ②【房・総】(名)❶穗子，纓。❷串，掛。☆ひと～の葡萄／一串葡萄。

ブザー①【buzzer】(名)蜂鳴器。

ふさい②【夫妻】(名)夫妻。

ふさい⓪【負債】(名)負債。

ふざい⓪【不在】(名)不在，不在家。☆～地主／在外地主。☆

～投票／提前投票。☆～証明／證明被告當時不在現場。

ふさが・る⓪【塞がる】(自五)❶關，合，閉。❷堵，塞。❸佔，佔用。☆席が～／座位有人。

ふさく⓪【不作】(名)收成不好。

ふさ・ぐ⓪【塞ぐ】(一)(他五)❶關，合，閉。❷堵，塞，擋。❸佔，佔用。(二)(自五)鬱悶，不舒暢。☆気が～／心裏鬱悶。

ふざ・ける③【巫山戯る】(自下一)❶歡鬧，開玩笑。❷愚弄，戲弄。❸調戲，調情。

ぶさた⓪【無沙汰】(名・自サ)❶久未通信。❷少見，久違。

ぶさほう②【無作法・不作法】(名・形動)沒禮貌，沒規矩，粗野。

ふさわし・い④【相応しい】(形)適於，適合，合適，相稱。

ふさん⓪【不参】(名・自サ)不參加，不出席。

ふし②【節】(名)❶(竹、木等的)節。☆竹の～／竹節。❷關節，骨節。☆指の～／指關節。❸地方。☆怪しい～がある／有可疑的地方。❹時候。❺旋律，曲調。

ふじ⓪【藤】(名)紫藤，藤蘿。

ふじ①【不治】(名)→ふち

ふじ①【不時】(名)不時，意外，萬一。☆～に備える／以備不時之需。☆～着陸／(飛機)緊急著陸。迫降。

ぶじ⓪【無事】(名・形動)❶平安，太平無事。☆道中ご～で／祝你一路平安。❷健康。

ふしあな⓪【節穴】(名)❶(木板上的)節孔。❷(俗)睜眼瞎。

ふしあわせ②③【不仕合わせ】(名・形動)不幸。

ふしぎ⓪【不思議】(名・形動)奇怪，不可思議。

ふしぜん②【不自然】(名・形動)不自然。

ふしだら②(名・形動)❶散漫，鬆懈。❷放蕩，不檢點。

ふじちゃく⓪【不時着】(名・自サ)緊急降落。

ふしまつ②【不始末】(名・形動)❶不注意，不經心。❷不檢點，不規矩。

ふしまわし③【節回し】(名)曲調，抑揚頓挫。

ぶしゅ①【部首】(名)(漢字的)部首。

ふじゆう①【不自由】(名・形動・自サ)不自由，不方便，不如意。

ふじゅうぶん②【不十分・不充分】(名・形動)不充分，不完全。

ふしゅび②【不首尾】(名・形動)❶失敗，沒成功。❷人緣不好。

ふじゅん⓪【不順】(名・形動)❶

不順，不調，反常。❷不服從。❸不合理。

ふしょう⓪【負傷】(名・自サ)負傷，受傷。

ぶしょう②【不精】(名・形動)懶，懶惰。☆〜者(もの)／懶漢，懶骨頭。☆筆(ふで)〜／懶得動筆。

ふしょうじき②【不正直】(名・形動)不正直，不誠實。

ふしょうち②【不承知】(名・形動)不答應，不同意。

ふしょく⓪【腐食・腐蝕】(名・自他サ)腐蝕。

ぶじょく⓪【侮辱】(名・他サ)侮辱。

ふじょし②【婦女子】(名)❶婦女。❷婦女和兒童。

ふしん⓪【不振】(名・形動)不振，蕭條。

ふしん⓪【不審】(名・形動)懷疑，可疑，疑問。

ふじん⓪【夫人】(名)夫人。

ふじん⓪【婦人】(名)婦女。☆〜科／婦科。☆〜病／婦女病。☆〜服／婦女服裝。

ふしんせつ②【不親切】(名・形動)不親切，不熱情，不周到，冷淡。

ふすま③⓪【襖】(名)隔扇，拉門。

ふすま⓪【麩】(名)麩子。麥糠。

ふ・する②【付する・附する】(他サ)❶附加。☆条件を〜／附加條件。❷交付，提交。☆公判に〜／交付審判。

ふせい⓪【不正】(名・形動)❶不正當，不正派，非法。❷壞事。☆〜を働く／幹壞事。作弊。

ふぜい①⓪【風情】(名)❶風趣，情趣。❷情況，樣子。

ぶぜい①【無勢】(名)人少，力量單薄。

ふせいかく②【不正確】(名・形動)不正確。

ふせいせき②【不成績】(名・形動)成績不好。

ふせ・ぐ②【防ぐ】(他五)❶預防，防備。❷防禦，防守。

ふせつ⓪【付設・附設】(名・他サ)附設。

ふせっせい②【不摂生】(名・形動)不注意健康。

ふ・せる②【伏せる】(他下一)❶伏下，使…向下。☆目を〜／眼睛往下看。❷翻過來，扣過來。☆杯を〜／把杯子扣過來。❸蓋上，扣上。☆鶏にかごを〜／用籠子把雞扣上。❹弄倒。☆切って〜／砍倒。❺隱藏，隱瞞，埋伏。

ふせ・る②【臥せる・伏せる】(自五)❶臥，躺。❷臥床，有病。

ぶそう⓪【武装】(名・自サ)武裝。

ふそく⓪【不足】(名・形動・自サ)❶不足，不夠。❷不滿，不平。

ふぞく⓪【付属・附属】(名・自サ)附屬。

ふぞろい②【不揃い】(名・形動)不整齊，不齊全，不一致。

ふた⓪【蓋】(名)蓋，蓋子。☆～をする／蓋上蓋子。

ふだ⓪【札】(名)牌子，標簽。

ぶた⓪【豚】(名)豬。

ふたい⓪【付帯・附帯】(名・自サ)附帶。

ぶたい①【部隊】(名)部隊。

ぶたい①【舞台】(名)舞台。

ふたえ③②【二重】(名)雙重。☆～まぶた／雙眼皮。

ふたご⓪【二子・双子】(名)雙生子。

ふたことめ⑤【二言目】(名)口頭禪，一開口。☆～にはお説教だ／一開口就教訓人。

ふたしか②【不確か】(形動)不確切，不準確。

ふたたび⓪【再び・二度】(副)再，又，重。

ふたつ③【二つ】(名)❶兩個。❷兩歲。

ふだつき④⓪【札付き】(名)臭名昭著。☆～の悪党／臭名昭著的壞蛋。

ぶたにく⓪【豚肉】(名)豬肉。

ふたば⓪【二葉】(名)❶子葉。❷開端。❸幼年。

ふたり③【二人】(名)二人，兩個人。

ふたん⓪【負担】(名・自サ)❶負擔，累贅。❷負擔，承擔。

ふだん①【不断】(副)不斷。

ふだん①【不断・普段】(名)平常，平時。☆～のままの服裝／平日的服裝。

ふち②【淵】(名)淵，深淵。

ふち②【縁】(名)緣，邊，框。

ふち②①【不治】(名)不治。☆～の病(やまい)／不治之症。

ぶち①【斑】(名)斑。

ふちゅうい②【不注意】(名・形動)不注意，不小心，疏忽。

ふちょう⓪【不調】(名・形動)❶不順利，不正常。❷破裂，失敗。

ぶちょうほう②【不調法】(名・形動)❶疏忽，過失，不周到。❷笨拙。❸不會(吸煙、喝酒)。

ぶ・つ①(他五)❶打，擊，敲。❷演講。

ふつう⓪【不通】(名)不通，斷絕。☆列車～／列車不通。

ふつう⓪【普通】(名・副・形動)普通，通常，一般。

ふつか⓪【二日】(名)❶二日，二號。❷兩天。

ぶっか⓪【物価】(名)物價。

ふっかつ⓪【復活】(名・自他サ)❶復活。❷恢復，復興，復辟。

ぶつか・る⓪(自五)❶碰，撞。❷碰到，遇到。❸衝突，爭吵。❹(直接)談判，交涉。

❺趕在一起。☆祝日が日曜と～／節日適逢星期天。

ふっき①⓪【復帰】(名・自サ)恢復，復原。

ぶつぎ①②【物議】(名)物議。

ふっきゅう⓪【復旧】(名・自他サ)復舊，復原，修復。

ふっきゅう⓪【復仇】(名・自サ)復仇，報仇。

ぶっきょう③①【仏教】(名)佛教。

ぶっきらぼう③④【ぶっきら棒】(名・形動)生硬，粗魯，莽撞。

ぶつ・ける⓪(他下一)❶扔，投，打。☆犬に石を～／拿石頭打狗。❷碰，撞。☆頭を柱に～／頭撞到柱子上。

ふっこう⓪【復興】(名・自他サ)復興，重建。

ふつごう②【不都合】(名・形動)❶不便，不妥，不合適。❷不檢點，不像話，無理。

ぶっさん⓪【物産】(名)物產，產品，土特產。

ぶっし①【物資】(名)物資。

ぶっしつ⓪【物質】(名)物質。

ぶっしょう⓪【物証】(名)物證。

ぶっそう③【物騒】(名・形動)❶不安定，騷動不安。❷危險。

ぶつぞう③⓪【仏像】(名)佛像。

ぶったい⓪【物体】(名)物體。

ぶつだん⓪【仏壇】(名)佛龕。

ふってん①③【沸点】(名)沸點。

ぶつでん⓪【仏殿】(名)佛殿。

ふっとう⓪【沸騰】(名・自サ)❶沸騰。❷沸騰，熱烈，激昂。

フットボール④【football】(名)足球。

ぶっぴん⓪【物品】(名)物品。

ぶつぶつ①(副)(小聲說話、發牢騷)嘟嚷。

ぶつもん⓪【仏門】(名)佛門。

ぶつよく⓪②【物欲】(名)物欲。

ぶつり①【物理】(名)物理。

ふつりあい②【不釣り合い】(名・形動)不相稱，不相配。

ふで⓪【筆】(名)筆，毛筆。☆～が立つ／文筆好。☆～を執る／執筆。

ふてい⓪【不定】(名・形動)不定。☆住所～／住址不定。

ふてき⓪②【不敵】(名・形動)❶大膽，無畏。❷無恥，厚臉皮。

ふてきとう②【不適当】(名・形動)不適當，不合適。

ふてぎわ②【不手際】(名・形動)不精巧，不漂亮，不恰當，笨拙。

ふでさき⓪【筆先】(名)❶筆尖，筆頭。❷筆墨，寫文章。

ふでたて④③【筆立て】(名)筆筒。

ふでばこ⓪【筆箱】(名)鉛筆盒。

ふでぶしょう③【筆不精】(名・形動)懶得動筆(的人)。

ふと⓪【ふと】(副)忽然，突然，偶然。

ふと・い②【太い】(形)❶粗，

胖，肥。☆～糸／粗線。☆～声／粗聲。★肝っ玉が～／膽子大。❷無恥，厚臉皮。

ふとう⓪【不当】(形動)不當，不正當，不合理。

ふとう⓪【埠頭】(名)碼頭。

ぶとう⓪【舞踏・舞蹈】(名・自サ)舞蹈。

ぶどう⓪【葡萄】(名)葡萄。☆～酒／葡萄酒。

ふとういつ②【不統一】(名・形動)不統一。

ふとうこう②【不凍港】(名)不凍港。

ふどうさん②【不動産】(名)不動產。

ふどうとく②【不道徳】(名・形動)不道德。

ふとくい②【不得意】(名・形動)不擅長，不拿手。

ふところ⓪【懐】(名)❶懷，懷抱。❷內心，心事。☆～を見すかす／看透內心。❸手頭，腰包。★～が暖かい／手頭寬裕。★～が寂しい★～が寒い／手頭緊。

ふとどき②【不届き】(名・形動)❶不周到。❷不道德，不禮貌，不法。

ふと・る②【太る・肥る】(自五)❶胖，肥。☆～・った赤ん坊／胖娃娃。❷（財產）增多。☆財產が～／發財。

ふとん⓪【布団・蒲団】(名)被褥，鋪蓋。☆～を掛ける／蓋被。☆～を敷く／鋪被褥。☆～をたたむ／疊被褥。

ふな①【鮒】(名)鯽魚。

ぶな①【橅・山毛欅】(名)山毛櫸。

ふなか①【不仲】(名)不和。

ふなちん②【船賃】(名)船費。

ふなづみ④⓪【船積み】(名)裝船。

ふなで③⓪【船出】(名・自サ)❶開船。❷初入社會。

ふなのり②【船乗り】(名)船員，海員，水手。

ふなびん②【船便】(名)❶通船。❷船運。

ふなよい②【船酔い】(名・自サ)暈船。

ぶなん①【無難】(名・形動)❶平安無事。❷無可非議。

ふにょい②①【不如意】(名・形動)❶不如意，不隨心。❷(生活)困難，拮据。

ふにん⓪【赴任】(名・自サ)赴任。

ふにん⓪【不妊】(名)不孕。

ふね①【船・舟】(名)船，舟。

ふねっしん②【不熱心】(形動)不熱心。

ふのう⓪【不能】(名)❶不能。❷無能。

ふはい⓪【腐敗】(名・形動)❶腐敗，腐爛。❷腐敗，墮落。

ふび①【不備】(名・形動)不完備，不完善。

ふひつよう③【不必要】(名・形

動）不必要，不需要。

ぶひん⓪【部品】（名）零件。

ふぶき①【吹雪】（名）暴風雪。

ふふく⓪【不服】（名・形動）❶不服。❷不滿。

ぶぶん①【部分】（名）部分。☆～品／零件。

ふへい⓪【不平】（名・形動）不平，不滿，牢騷。☆～を並べる／發牢騷。

ふへん⓪【普遍】（名）普遍。

ふべん①【不便】（名・形動）不便，不方便。

ふべんきょう②【不勉強】（名・形動）不用功。

ふぼ①【父母】（名）父母。

ふほう⓪【不法】（名・形動）不法，非法，違法。

ふま・える③【踏まえる】（他下一）❶踏，踩。❷根據，依據。

ふまじめ②【不真面目】（名・形動）不認真，不正經。

ふまん⓪【不満】（名・形動）不滿，不滿意。

ふみきり⓪【踏み切り】（名）❶（鐵路的）道口，岔口，平交道。❷（跳遠）起跳，起跳點。

ふみき・る③【踏み切る】（他五）❶踩斷。❷起跳。❸下決心。

ふみだい⓪【踏み台】（名）❶梯凳。凳子。❷墊腳石。

ふみたお・す④【踏み倒す】（他五）賴帳。

ふみつ・ける④【踏み付ける】（他下一）❶踩住。❷踐踏，欺侮。

ふみつぶ・す④【踏み潰す】（他五）❶踩碎。❷擊潰。❸使人丟臉。

ふみはず・す④【踏み外す】（他五）踩空，失足。

ふみん⓪【不眠】（名）❶不眠。☆～不休／晝夜不息。❷失眠。☆～症／失眠症。

ふ・む⓪【踏む】（他五）❶踏，踩，蹬。☆人の足を～・んだ／踩了別人的腳。☆ミシンを～／踩縫紉機。❷遵守，遵循。☆正道を～／走正道。❸經歷，履行。☆手続きを～／履行手續。❹押（韻）。☆韻を～／押韻。❺估計，估價。☆千円と～・んでおこう／估價為一千日元吧。

ふむき①【不向き】（名・形動）不適合，不適宜。

ふめい⓪【不明】（一）（名・形動）不明，不詳。（二）（名）不才，不敏，無能。☆自らの～を恥じる／自愧不才。

ふめいよ②【不名誉】（名・形動）不名譽，不體面，不光彩。

ふめんぼく②【不面目】（名・形動）丟臉，不光彩，不體面。

ふもと③【麓】（名）山麓。

ぶもん①【部門】（名）部門。

ふやか・す③（他五）泡漲。☆大豆を～／浸泡大豆。

ふや・ける③（自下一）泡漲。

ふ

ふや・す②【殖やす】(他五)増加，繁殖。

ふゆ②【冬】(名)冬天。

ふゆかい②【不愉快】(名・形動)不愉快，不高興。

ふゆきとどき②【不行き届き】(名・形動)不周到。

ふゆごもり③【冬籠り】(名・自サ)❶越冬，過冬。❷冬眠。

ふゆもの⓪【冬物】(名)冬衣，冬裝。

ふゆやすみ③【冬休み】(名)寒假。

ふよう⓪【不用】(名・形動)❶不用。❷無用。

ふよう⓪【不要】(名・形動)不要，不需要。

ぶよう⓪【舞踊】(名)舞蹈。

ふようじょう④②【不養生】(名・形動)不講衛生，不注意建康。

フライ②⓪【fry】(名)油炸食品。☆~パン／長把平底鍋。

ぶらい⓪①【無頼】(名・形動)無賴。☆~漢／無賴漢。

ブラウス②【blouse】(名)女罩衫。

ブラウンかん⓪【ブラウン管】(名)顯像管。

プラカード③【placard】(名)標語牌。

ぶらく①【部落】(名)❶村落，村莊。❷(在日本受歧視的)部落。

プラグ①【plug】(名)(電)插頭。

プラグマチズム⑤【pragmatism】(名)(哲)實用主義。

ぶらさが・る⓪【ぶら下がる】(自五)吊，懸，垂。☆木の枝に~／懸在樹枝上。

ぶらさ・げる⓪【ぶら下げる】(他下一)❶懸掛，佩帶。❷提，拎。

ブラシ①【brush】(名)刷子。

プラス①【plus】〔一〕(名・他サ)加，加號。〔二〕(名)❶正數，正號。❷陽性。❸正極，陽級。❹有利，有好處。

フラスコ⓪【葡frasco】(名)燒瓶，長頸瓶。

プラスチック④【plastic】(名)塑料。

プラタナス③【拉platanus】(名)懸鈴木，法國梧桐。

フラッシュ②【flash】(名)閃光，閃光燈。☆~をたく／打閃光燈。

プラットホーム⑤【platform】(名)月台，站台。

ふらふら①(副・自サ)❶蹣跚，搖晃，晃蕩。☆頭が~する／頭暈。❷游移，猶豫。❸毫無目的，信步。☆~と出て行く／出去溜躂。

ぶらぶら①(副・自サ)❶搖晃，晃蕩。❷溜達，散步。❸賦閒，無所事事。

フラン②【法franc】(名)法郎。

プラン②①【plan】(名)計劃。方

ブランク②【blank】(名)空白。案。

ぶらんこ①(名)鞦韆。☆～に乗る／盪鞦韆。

ブランデー②⓪【brandy】(名)白蘭地。

プラント②【plant】(名)成套設備。

フランネル⓪【flannel】(名)法蘭絨。

ふり②【振り】(名)❶樣子，打扮。☆なり～かまわず／不修邊幅。❷裝，假裝。☆知らない～をする／裝不知道。❸陌生。☆～の客／生客。❹(戲劇、舞蹈的)動作。☆～をつける／帶動作。

ふり①【不利】(名・形動)不利。

ぶり【振り】(接尾)❶樣子，狀態，情況。☆仕事～／工作態度。❷(時間)經過，相隔。☆5年～の大雪／時隔五年的一場大雪。

ぶり①【鰤】(名)鰤。

ふりあ・げる④【振り上げる】(他下一)舉起，揮起，掄起。

ふりかえ⓪【振替】(名)❶調換。☆～がきく／可以調換。❷轉帳，過戶。☆～口座(こうざ)／轉帳戶頭。

ふりか・える④【振り替える】(他下一)❶轉換，調換。❷轉帳。

ふりかえ・る③【振り返る】(他五)❶回頭看，往後看。❷回顧。

ふりがな⓪【振り仮名】(名)注音假名。

ブリキ⓪【荷blik】(名)洋鐵，馬口鐵。

ふりき・る③【振り切る】(他五)❶甩開，甩下，掙脫。❷斷然拒絕。

ふりこ⓪【振子】(名)(鐘)擺。

ふりこ・む③【振り込む】(他五)❶撤入。❷存入，撥入。

ふりしき・る⓪④【降り頻る】(自五)不停地下(雨、雪)。

ふりす・てる④【振り捨てる】(他下一)丟棄，拋棄。

ふりだ・す③【振り出す】(他五)❶搖出，晃出。❷開(票據)。☆小切手を～／開支票。

ふりま・く③【振り撒く】(他五)❶撒。❷散佈，分發。

ふりまわ・す④【振り回す】(他五)❶揮舞，揚起。❷濫用。❸顯示，賣弄。

ふりむ・く③【振り向く】(自五)❶回頭，回頭看。❷理睬，答理。

ふりょう⓪【不良】(名・形動)不良，不好。☆消化～／消化不良。☆～少年／小流氓。

ふりょう⓪【不猟】(名)獵獲物少。

ふりょう⓪【不漁】(名)捕魚量少。

ぶりょく①【武力】(名)武力。

プリント⓪【print】(名・他サ)❶印刷，印刷品。❷油印，油印品。❸印花，印染。❹印相，照片。❺拷貝。

ふ・る⓪【振る】(他五)❶搖，揮。☆手を～／揮手。❷擲，撒。☆塩を～／撒鹽。❸甩，拒絕。☆女に～・られた／被女人甩了。❹放棄。☆試験を～／放棄考試。❺轉向，改向。☆針路を北西に～／將方向轉向西北。❻分配，分派。☆役を～／分派角色。❼開(票據)。☆小切手を～／開支票。

ふ・る①【降る】(自五)降，下。☆雨が～／下雨。

ふる【古】(接頭)舊。☆～雑誌／舊雜誌。

ぶ・る【振る】(接尾)裝作，冒充，擺…架子。☆学者～／擺學者架子。

ふる・い②【古い】(形)❶古，老，舊。☆～友人／老朋友。❷過時，落後，陳舊。❸不新鮮。

ふるい⓪【篩】(名)篩子。☆～にかける／篩。選拔。

ふる・う⓪【奮う】(自五)❶振奮，振作。❷積極，踴躍。❸興旺。

ふる・う⓪【振う・揮う】(他五)❶揮，揮動。☆筆を～／揮筆。❷振奮，振作，鼓起。☆元気を～／振奮精神。❸顯示，發揮。☆腕を～／顯示本領。

ふる・う⓪【震う・顫う】(自五)❶震動。❷顫動，發抖，哆嗦。

ふる・う⓪【篩う】(他五)篩，篩選。

ふる・える⓪【震える】(自下一)❶震動。❷發抖，哆嗦，打顫。

ふるぎ⓪【古着】(名)舊衣服。

ふるくさ・い④【古臭い】(形)陳舊，陳腐，過時。

ふるさと②①【故郷・古里】(名)故鄉。

ブルジョア⓪【法bourgeois】(名)資本家，資產階級。

ブルジョアジー④【法bourgeoisle】(名)資產階級。

ふるす⓪②【古巣】(名)❶老巢，老窩。❷舊宅，故居。

ブルドーザー③【美bulldozer】(名)推土機。

ぶるぶる①(副・自サ)發抖，哆嗦。

ふるほん⓪【古本】(名)舊書。

ふるま・う③【振舞う】(一)(自五)行動。(二)(他五)請客，款待。

ふるもの②⓪【古物】(名)舊物。☆～屋／舊物店。

ぶれい①【無礼】(名・形動)沒禮貌，失禮。☆～を働く／做不禮貌的事。

ブレーキ②【brake】(名)❶閘，制動器。☆～をかける／利車。❷制止，阻礙。

プレゼント②【pressent】(名)禮物。

ふ・れる⓪【触れる】〔一〕(自下一)❶觸，碰，接觸。☆枝が電線に～／樹枝觸到電線上。☆電気に～／觸電。❷涉及，觸及。☆その事に～／涉及到那件事。☆耳に～／聽到。☆気に～／惹惱。☆法律に～／觸犯法律。☆折に～・れて☆事に～・れて／遇機。〔二〕(他下一)❶摸，觸，碰。☆機械に手を～な／不要用手摸機器。❷通知。☆明日の停電を町内に～／通知街道居民明天停電。

ふろ②①【風呂】(名)❶浴池，澡盆。☆～に入る／洗澡。❷浴池，澡堂。☆～に行く／去洗澡。☆～場／浴室。☆～屋／澡堂。

プロ①(名)職業，專業。☆～野球／職業棒球。。

ふろう⓪【浮浪】(名・自サ)流浪。☆～児／流浪兒。

ブローカー②【broker】(名)經紀人，掮客。

ブローチ②【brooch】(名)胸針。

ふろく⓪【付録】(名・他サ)❶附錄。❷(雜誌的臨時)增刊。

プログラム③【program】(名)❶程序，程序表。❷節目，節目單。

ふろしき⓪【風呂敷】(名)包袱，包袱布巾。

ブロック②【法bloc】(名)集團，同盟。☆～経済／集團經濟。

ブロック②【block】(名)街區，地區，區域，區劃。

プロペラ⓪【propeller】(名)螺旋槳。

プロポーズ③【propose】(名・自サ)求婚。

プロレタリア④【徳Proletarier】(名)無產者。

プロレタリアート⑥【徳 Proletariat】(名)無產階級。

フロント⓪【front】(名)❶正面，前面。❷前線，戰線。❸(旅館門廳的)服務台。

ふわふわ①(副・自サ)❶輕飄飄。❷喧騰騰。❸浮躁，心神不定。

ふわりと②③(副)❶微微(飄動)。❷輕輕(蓋上)。

ふん①【分】(名)❶(時間)分。❷(角度)分。

ふん①【糞】(名)糞，屎。☆～をする／拉屎。

ぶん①【分】(名)❶份兒。☆私の～／我的份兒。❷部分。☆給料の増えた～／工資增加的部分。❸本分。☆～をつくす／盡本分。❹身分。☆～に応じて／按身分。❺情況，狀態。☆この～ならまずよかろう／看這個樣子差不多沒問題。

ぶん①【文】(名)❶句子。❷文章。❸文。☆～武両道／文武殊途。
ぶんいき③【雰囲気】(名)氣氛。
ふんか⓪【噴火】(名・自サ)(火山)噴火。
ぶんか①【文化】(名)文化。☆～財(ざい)／文物。
ぶんか①【文科】(名)文科。
ふんがい⓪【憤慨】(名・自他サ)憤慨,氣憤。
ぶんかい⓪【分解】(名・自他サ)❶拆卸,拆開。❷分解。
ぶんがく①【文学】(名)文學。☆～者／文學家。
ぶんかつ⓪【分割】(名・他サ)分割,分開。☆～払(ばら)い／分期付款。
ぶんきょう⓪【文教】(名)文教。
ぶんぎょう⓪【分業】(名・他サ)分工。☆医薬～／醫藥專業。
ぶんげい①⓪【文芸】(名)文藝。
ぶんけん⓪【文献】(名)文獻。
ぶんこ①⓪【文庫】(名)文庫。☆～本／袖珍簡裝書。
ぶんご⓪【文語】(名)❶文言。❷書面語。
ぶんこう⓪【分校】(名)分校。
ぶんごう⓪【文豪】(名)文豪。
ふんざい⓪【粉剤】(名)粉劑,粉藥。
ぶんし①【分子】(名)❶(化)分子。❷(數)分子。❸(成員)分子。
ふんしつ⓪【紛失】(名・自他サ)丟失,遺失。
ぶんしょ①【文書】(名)文書,文件。☆公～／公文。☆外交～／外交文件。
ぶんしょう①【文章】(名)文章。
ふんすい⓪【噴水】(名)❶噴泉。❷噴水池。
ぶんすう③【分数】(名)分數。
ぶんせき⓪【分析】(名・他サ)❶分析,化驗。❷分析,研究。
ふんそう⓪【紛争】(名・自サ)紛爭,糾紛。
ぶんたん⓪【分担】(名・他サ)分擔。
ぶんだん⓪【文壇】(名)文壇。
ぶんつう⓪【文通】(名・自サ)通信。
ふんとう⓪【奮闘】(名・自サ)奮鬥。
ふんどう⓪【分銅】(名)秤砣,砝碼。
ぶんどき③【分度器】(名)量角器。
ふんどし⓪【褌】(名)兜襠布。
ぶんど・る③【分捕る】(他五)❶繳獲。虜獲。❷搶奪。
ぶんぱい⓪【分配】(名・他サ)分配,分給。
ふんぱつ⓪【奮発】(名・自サ)❶奮發,發奮。❷豁出錢。
ぶんぴつ⓪【分泌】(名・自他サ)分泌。
ぶんぴつ⓪【文筆】(名)文筆,筆墨。

ぶんぷ⓪【分布】(名・自他サ)分佈。

ふんべつ①【分別】(名・他サ)辨別，判斷。☆～のある人／通達事理的人。

ぶんべつ①⓪【分別】(名・他サ)分別，區別，分類。

ぶんべん⓪【分娩】(名・他サ)分娩。

ぶんぼ①【分母】(名)分母。

ぶんぽう⓪【文法】(名)文法，語法。

ぶんぼうぐ③【文房具】(名)文具。☆～屋／文具店。

ぶんみゃく⓪【文脈】(名)文脈，文理。

ふんむき③【噴霧器】(名)噴霧器。

ぶんめい⓪【文明】(名)文明。

ぶんめん③⓪【文面】(名)字面，內容。

ぶんや①【分野】(名)領域，範圍。

ぶんり⓪【分離】(名・自他サ)分離，分開。

ぶんりょう③【分量】(名)分量，數量，重量。

ぶんるい⓪【分類】(名・他サ)分類。

ぶんれつ⓪【分裂】(名・自サ)分裂。

ふ

[HE]

へ（格助）❶（表示方向）向，往，朝。☆北～行く／向北走。❷（表示到達地點）到。☆対岸～たどりつく／到達對岸。❸（表示動作的對象）向，給。☆母～の手紙／給媽媽的信。

へ①【屁】（名）屁。☆～をひる／放屁。

ベアリング①⓪【bearing】（名）轉承。

へい①【丙】（名）丙。

へい①【兵】（名）❶軍隊。☆～を挙げる／舉兵。❷軍人。❸士兵。

へい⓪【塀】（名）圍墻。

へいい⓪【平易】（名・形動）平易，淺顯。

へいか①【陛下】（名）陛下。

べいか①【米価】（名）米價。

へいかい⓪【閉会】（名・自他サ）閉會。

へいがい⓪【弊害】（名）弊害。

へいき⓪【平気】（名・形動）❶不在乎，不當回事。☆～で嘘をつく／瞪著眼睛撒謊。❷冷靜，鎮靜。

へいき①【兵器】（名）武器。☆核～／核武器。

へいきん⓪【平均】（名・自他サ）❶平均。❷平衡，均衡。☆～台／平衡木。

へいげん⓪【平原】（名）平原。

へいこう⓪【平行】（名・自サ）❶（數）平行。☆～線／平行線。☆～棒／雙槓。❷並行。

へいこう⓪【閉口】（名・自サ）❶啞口無言。❷受不了，吃不消，沒辦法。☆この暑さは～だ／這種熱真受不了。

へいこう⓪【並行】（名・自サ）❶並行。❷同時進行。

べいこく⓪①【米穀】（名）米穀，穀物，糧食。

へいさ⓪【閉鎖】（名・他サ）封鎖，關閉。

べいさく⓪【米作】(名)稻作。

へいし①【兵士】(名)士兵。

へいじつ⓪【平日】(名)平日。

べいじゅ①【米寿】(名)八十八壽辰。

へいじょう⓪【平常】(名・副)平常，平時。

べいしょく⓪【米食】(名)吃米，以米為主食。

へいたい⓪【兵隊】(名)士兵。

へいだん⓪【兵団】(名)兵團。

へいてん⓪【閉店】(名・自サ)❶(商店)關門，上板子。❷歇業，停業，倒閉。

へいねつ⓪【平熱】(名)正常體溫。

へいねん⓪【平年】(名)❶(非閏年)平年。❷常年。☆〜作/普通年景。

へいほう①⓪【平方】(名)平方。☆〜メートル/平方米。☆〜根/平方根。

へいぼん⓪【平凡】(名・形動)平凡，普通，一般。

へいまく⓪【閉幕】(名・自サ)閉幕。

へいめん③⓪【平面】(名)平面。

へいや①【平野】(名)平原。

へいゆ①【平癒】(名・自サ)痊癒。

へいりょく①【兵力】(名)兵力。

へいれつ⓪【並列】(名・自他サ)❶並列，並排。❷(電)並聯。☆電池を〜につなぐ/把電池並聯起來。

へいわ⓪【平和】(名・形動)❶和平。❷和睦。

へえ①(感)(讚嘆、驚疑聲)欸，嘿，啊。☆〜そうですか/欸，真的嗎?

ベーコン①【bacon】(名)鹹肉，臘肉，薰肉。

ページ⓪【page】(名)頁。

ベース①【base】(名)❶基礎，基本。❷基地，根據地。❸(棒球)壘。

ベース①【bass】(名)❶男低音。❷低音部。❸低音樂器。

べからず【可からず】(連語)❶不可，不許，禁止。☆無用の者入る〜/閒人免進。❷不能，難以，無法。☆筆舌に尽くす〜/非語言所能表達。

べき【可き】(助動)應該，應當。☆彼女に謝る〜だ/應當向她道歉。

ヘクタール③【hectare】(名)公頃。

ヘゲモニー①【徳 Hegemonie】(名)主導權。☆〜を握る/掌握主導權。

へこた・れる⓪(自下一)氣餒，洩氣。

ぺこぺこ①㈠(名・形動)❶扁。☆〜のボール/扁了的球。❷很餓，餓扁。☆お中が〜だ/肚子餓扁了。㈡(副・自サ)點頭哈腰地(道歉、奉承)。

へこ・む⓪【凹む】(自五)❶凹，窪，扁。❷屈服，認輸。

へさき③⓪【舳先】(名)船頭。

ベスト①【best】(名)❶最好。☆〜セラー／最暢銷的書。❷全力。☆〜をつくす／竭盡全力。

ペスト①【pest】(名)鼠疫。

へそ⓪【臍】(名)肚臍。

へそくり④⓪【臍繰り】(名)(主婦的)私房錢。

へそまがり⑤⓪【臍曲り】(名・形動)倔強，乖僻。

へた②【下手】(名・形動)❶笨拙，拙劣，不高明。☆字が〜だ／字寫得不好。❷隨意，不慎重。

へだた・る③【隔たる】(自五)相隔，相距，距離。

へだて③【隔て】(名)❶隔開。☆〜の障子／(將房間)隔開的拉門。❷區別，差別。☆〜なく／一視同仁。❸隔閡，隔膜。☆〜ができた／產生了隔閡。

へだ・てる③【隔てる】(他下一)❶隔，隔開。❷離間。☆二人の仲を〜／挑撥兩個人的關係。

へちま⓪【糸瓜】(名)絲瓜。

べつ⓪【別】(名・形動)❶別，區別，差別。☆男女の〜なく／不分男女。❷另外，別的。☆食費は〜に払う／飯錢另付。❸例外，除外。☆外人は〜だ／外國人不在此例。❹尤其，特別。☆〜にほしい物はない／沒什麼特別想要的東西。

べつじょう⓪【別状・別条】(名)異常，毛病。

べつじん⓪【別人】(名)別人，另一個人。

べっせかい③【別世界】(名)另一個世界。

べっそう③⓪【別荘】(名)別墅。

べつだん⓪【別段】(副)特別。

べってんち③【別天地】(名)別有天地。

ベッド①【bed】(名)床。☆〜タウン／郊外住宅區。☆シングル〜／單人床。☆ダブル〜／雙人床。

べつべつ⓪【別別】(名・形動)❶分別。❷各自。

へつら・う③【諂う】(自五)奉承，拍馬。

ベテラン⓪①【veteran】(名)老手，老行家。

ぺてん⓪(名)欺騙，詐騙。☆〜師(し)／騙子。

ペナント①【pennant】(名)❶錦旗。❷隊旗。❸優勝旗。

べに①【紅】(名)❶紅色。❷紅顏料。❸口紅，胭脂。

ペニシリン⓪③【penicillin】(名)青黴素。

ベニヤいた④【ベニヤ板】(名)膠合板，三合板。

へび①【蛇】(名)蛇。

へや②【部屋】(名)屋子，房間。

へら・す⓪【減らす】(他五)減少，削減，縮減。

ぺらぺら①(副)流利，流暢。☆英語が～だ／英語很流利。

べらぼう⓪【篦棒】(名・形動)❶混蛋，混帳。❷很，非常。

ベランダ②⓪【veranda】(名)陽台，涼台。

へり②【縁】(名)緣，邊兒。☆河の～／河邊。

ヘリウム②【德 Helium】(名)氦。

ペリカン⓪【pelican】(名)鵜鶘，塘鵝。

へりくだ・る⓪④【謙る・遜る】(自五)謙虚，謙恭。

へりくつ⓪【屁理屈】(名)歪理，謬論。

ヘリコプター③【helicopter】(名)直升飛機。

へ・る①【経る】(自下一)經，過，經過。☆三か月を経ても／過了三個月也…。☆パリを経て／經由巴黎…。☆課長を経て／經課長…。

へ・る⓪【減る】(自五)減，減少。☆三キロ～った／減少了三公斤。

ベル①【bell】(名)鈴，電鈴。☆～を押す／按鈴。

ヘルツ①【德 Hertz】(名)(物)赫茲。

ベルト①【belt】(名)❶皮帶。❷腰帶。❸傳動帶。❹地帶。

ヘルメット③【helmet】(名)❶頭盔，鋼盔。❷安全帽。

ヘロイン②【德 Heroin】(名)海洛因。

へん【遍】(接尾)遍。☆三～(べん)／三遍。

へん⓪【辺】(名)❶一帶，附近。☆この～／這附近。❷程度。☆この～でやめよう／到此為止吧。❸(數)邊。

へん①【変】〔一〕(名)❶事件，事變。❷(音)降半音。〔二〕(形動)奇怪，異常。☆～な人／古怪的人。

べん①【便】(名)❶方便，便利。☆バスの～がある／有汽車通行。☆～が悪い／不方便。❷便，大便。

べん①【弁・瓣】(名)❶花瓣。❷閥門。

べん①【弁・辯】(名)❶口才，辯才。❷演說。❸口音。

ペン①【pen】(名)鋼筆。☆～先(さき)／鋼筆尖。☆～ネーム／筆名。☆～フレンド／筆友。

へんあつ⓪【変圧】(名)變壓。☆～器／變壓器。

へんか①【変化】(名・自サ)變化。

べんかい⓪【弁解】(名・自他サ)辯解，分辯。

へんかく⓪【変革】(名・自他サ)變革，改革。

べんがく⓪【勉学】(名・自他サ)學習，用功。

へんかん⓪【返還】(名・他サ) 返還，歸還。

べんぎ①【便宜】(名・形動) ❶方便，便利。❷權宜。☆～的な処置／權宜之計。

ペンキ⓪【荷 pek】(名) 油漆。

べんきょう⓪【勉強】(名・他サ) ❶學習，用功。☆受験～／考前復習。☆～家／用功的人。❷勤奮，勤勉。❸讓價，少算。

ペンギン⓪①【penguin】(名) 企鵝。

へんけん⓪【偏見】(名) 偏見。

べんご①【弁護】(名・他サ) 辯護。☆～士／律師。☆～人(にん)／辯護人。

へんこう⓪【変更】(名・他サ) 變更，改變。

へんさい⓪【返済】(名・他サ) 還，償還，償債。

べんさい⓪【弁才】(名) 辯才，口才。

へんじ③【返事】(名・自サ) ❶回答，答覆。❷回信。☆すぐ～を出す／馬上回信。

べんし①【弁士】(名) ❶辯士，有口才的人。❷演講者。❸無聲電影的解說員。

へんしゅう⓪【編集】(名・他サ) 編輯。☆～者／編者。

べんじょ③【便所】(名) 廁所。

べんしょう⓪【弁償】(名・他サ) 賠償。

べんしょうほう⓪【弁証法】(名) 辯證法。☆～的唯物論／辯證唯物論。

へんしょく⓪【変色】(名・自他サ) 變色，褪色。

へんしょく⓪【偏食】(名・自サ) 偏食。

へんしん⓪【返信】(名) 回信。

へんしん⓪【変針】(名・自サ) 改變航向。

ベンジン①【benzine】(名) 揮發油。

ペンス①【pence】(名)（英國貨幣單位）便士。

べんぜつ①⓪【弁舌】(名) 口才，口齒。☆～さわやかな人／口齒伶俐的人。

へんそう⓪【返送】(名・他サ) 退回。

へんそう⓪【変装】(名・自サ) 喬裝，裝扮。☆女に～する／化裝成女人。

ベンチ①【bench】(名) 長椅子。

ペンチ①【pinchers】(名) 鉗子，鋼絲鉗。

へんてこ⓪【変梃】(形動) 奇怪，奇特，異常。

へんどう⓪【変動】(名・自サ) ❶變動。❷（物價）波動。☆～相場制／浮動匯率制。

べんとう③【弁当】(名) 盒飯。☆～箱(ばこ)／飯盒。

へんとうせん⓪【扁桃腺】(名) 扁桃腺，扁桃體。

へんのう⓪【返納】(名・他サ) 送

回，送還，歸還。

べんぱつ⓪**【辮髪】**(名)辮子，髮辮。

へんぴ①**【辺鄙】**(名・形動)偏僻。

べんぴ①**【便秘】**(名・自サ)便秘。

へんぴん⓪**【返品】**(名・他サ)退貨，退的貨。

へんめい⓪**【変名】**(名・自サ)假名，化名，改名。

べんらん⓪**【便覧】**(名)便覽，手冊。

べんり①**【便利】**(名・形動)便利，方便。

べんろん①⓪**【弁論】**(名・自サ)辯論。☆～大会／辯論大會。

ホ・ほ

[HO]

ほ⓪①【帆】(名)帆。☆～を張って走る／揚帆行駛。

ほ①【穂】(名)穗。

ほ①【歩】(名)步。☆～を運ぶ／邁步。

ほあん⓪【保安】(名)❶保安，治安。☆～警察／治安警察。❷安全。☆～帽／安全帽。

ほいく①⓪【保育】(名・他サ)保育。☆～所(じょ)／托兒所。

ボイコット③【boycott】(名・他サ)抵制。☆授業を～する／罷課。

ボイラー①【boiler】(名)鍋爐。

ぼいん⓪【母音】(名)元音。母音。

ポイント①⓪【point】(名)❶要點，關鍵。☆～をおさえる／抓住要點。❷得分，分數。☆～をかせぐ／爭取分數。

ほう①【方】(名)❶方向。☆右の～／右方。❷方面。☆貿易の～の仕事／貿易方面的工作。❸(幾種事物中的)一方。☆もう一つの～が大きい／另一個大。

ほう⓪【法】(名)❶法律。☆～にそむく／違法。❷禮節。☆～にかなった身のこなし／合乎禮節的舉止。❸方法。❹道理。❺佛法。

ほう①⓪【報】(名)通知，消息。

ぼう⓪【棒】(名)❶棒，棍，槓。❷線。☆～を引く／劃線。

ぼう①【某】(名)某。

ほうあん⓪【法案】(名)法案。

ぼうあんき③【棒暗記】(名・他サ)死記硬背。

ほうい①【方位】(名)方位。

ほうい①【包囲】(名・他サ)包圍。

ほうえい⓪【放映】(名・他サ)放映。

ぼうえい⓪【防衛】(名・他サ)防衛，保衛。

ぼうえき⓪【防疫】(名・他サ)防

疫。

ぼうえき⓪【貿易】(名・自サ)貿易。

ぼうえんきょう⓪【望遠鏡】(名)望遠鏡。

ほうおう③【法王】(名)教皇。

ぼうおん⓪【防音】(名)防音，隔音。

ほうか⓪【放課】(名)放學。☆～後／放學後。

ほうか①【法科】(名)法科，法律系。

ぼうか⓪【防火】(名)防火。

ほうかい⓪【崩壊・崩潰】(名・自サ)崩潰，倒塌。

ほうがい①⓪【法外】(形動)分外，過分，無法無天。

ぼうがい⓪【妨害】(名・他サ)妨礙，干擾。

ほうがく⓪【方角】(名)方向，方位。

ほうがく⓪【邦楽】(名)日本傳統音樂。

ほうがく①【法学】(名)法學，法律學。

ほうがん⓪【砲丸】(名)❶炮彈。❷鉛球。☆～投げ／推鉛球。

ほうがんし③【方眼紙】(名)方格紙，座標紙。

ほうき①⓪【帚・箒】(名)帚，掃帚。掃把。

ほうき①【放棄】(名・他サ)放棄。

ほうき①【法規】(名)法規。

ほうき①【蜂起】(名・自サ)起義，暴動。

ほうきぼし③【箒星】(名)掃帚星。

ほうきゅう⓪【俸給】(名)薪俸，薪水，工資。

ぼうきょう⓪【望郷】(名)思鄉。

ぼうくう⓪【防空】(名)防空。☆～壕(ごう)／防空壕。

ほうけん⓪【封建】(名)封建。

ほうげん③【方言】(名)方言。

ぼうけん⓪【冒険】(名・自サ)冒險。☆～家／冒險家。

ほうこう⓪【方向】(名)方向。

ほうこう①【奉公】(名・自サ)❶服務，效勞。❷雇工，佣人。

ぼうこう⓪【暴行】(名・自サ)❶暴行。❷強姦。

ほうこく⓪【報告】(名・他サ)報告，匯報。

ほうさく⓪【方策】(名)方策，計策，方略。

ほうさく⓪【豊作】(名)豊收。

ぼうさつ⓪【忙殺】(名・他サ)非常忙。

ぼうさつ⓪【謀殺】(名・他サ)謀殺，謀害。

ほうし①⓪【奉仕】(名・自サ)服務。☆社会に～する／為社會服務。☆～品／廉價品。☆勤労～／義務勞動。

ほうし①【法師】(名)法師。

ほうじ⓪【法事】(名)法事，佛事。

ぼうし⓪【防止】(名・他サ)防

止。
ぼうし⓪【帽子】(名)帽子。
ほうしき⓪【方式】(名)❶方式，格式。❷手續。
ほうしゃ⓪【放射】(名・他サ)放射，輻射。☆～線／放射線。☆～能／放射能。
ほうしゅう⓪【報酬】(名)報酬。
ほう・じる⓪③【報じる】(自他上一)❶報答。☆国に～／報效國家。❷報告，報導。☆新聞の～ところ／據報紙報導。
ほうしん⓪【方針】(名)方針。
ほうじん⓪【邦人】(名)本國人。日本人。
ほうじん⓪【法人】(名)法人。
ぼうず①【坊主】(名)❶僧，和尚。❷光頭，禿頭。❸(愛稱)男孩。
ぼうすい⓪【防水】(名・他サ)防水。
ほう・ずる⓪③【報ずる】(自他サ)→ほうじる
ほうせき⓪【宝石】(名)寶石。
ぼうせき⓪【紡績】(名)紡織，紡紗。
ぼうせん⓪【傍線】(名)旁線。
ほうせんか③【疱仙花】(名)鳳仙花。
ほうそう⓪【包装】(名・他サ)包裝。☆～紙／包裝紙。
ほうそう⓪【放送】(名・他サ)廣播。☆～局／廣播電台。
ほうそう⓪【法曹】(名)法律工作者，司法界人士。☆～界／法律界。司法界。
ほうそう①【疱瘡】(名)天花。
ぼうそう⓪【暴走】(名・自サ)❶開飛車。☆～族(ぞく)／駕飛車的年輕人。❷車失控亂跑。❸(棒球)盲目跑壘。❹魯莽行事。
ほうそく⓪【法則】(名)法則，規律，定律。
ほうたい⓪【繃帯・包帯】(名)繃帶。
ほうだい【放題】(接尾)隨便，自由，毫無限制。☆食い～／隨意吃。
ぼうだい⓪【膨大・厖大】(名・形動)龐大，巨大。
ぼうだい⓪【膨大】(名・自サ)❶膨脹。❷腫脹，腫大。
ぼうたかとび④③【棒高跳び】(名)撐竿跳。
ほうちょう⓪【包丁】(名)菜刀。
ぼうちょう⓪【膨脹】(名・自サ)膨脹。
ほうてい⓪【法廷】(名)法庭。
ほうてい⓪【法定】(名)法定。
ほうていしき③【方程式】(名)方程式。
ほうてき⓪【法的】(形動)法律上的。☆～措置／法律措施。
ほうと①【方途】(名)方法，途徑。
ほうどう⓪【報道】(名・他サ)報道，報導。
ぼうとう⓪【冒頭】(名)開頭。

ぼうとう⓪【暴騰】(名・自サ)(物價)猛漲，暴漲。

ぼうどう⓪【暴動】(名)暴動。

ぼうどく⓪【防毒】(名)防毒。☆～マスク／防毒面具。

ほうねん⓪【豊年】(名)豐年。

ぼうねんかい③【忘年会】(名)新年晚會。

ぼうはてい⓪【防波堤】(名)防波堤。

ほうび⓪【褒美】(名)獎品，獎賞。☆～をもらった／得了獎品。

ぼうび①【防備】(名・他サ)防備。

ぼうびき⓪【棒引き】(名・他サ)一筆勾銷。

ほうふ①⓪【抱負】(名)抱負。

ほうふ①⓪【豊富】(名・形動)豐富。

ぼうふう③【暴風】(名)暴風。☆～雨／暴風雨。

ほうほう⓪【方法】(名)方法。

ほうぼう①【方方】(名)各處，到處，四處。

ほうむ①【法務】(名)法律事務。☆～省／法務省。司法部。

ほうむ・る③【葬る】(他五)❶埋葬。❷葬送。❸遮掩。❹拋棄。

ぼうめい⓪【亡命】(名・自サ)亡命，流亡。

ほうめん③【方面】(名)方面。

ほうもつ⓪【宝物】(名)寶物。

ほうもん⓪【訪問】(名・他サ)訪問，拜訪。

ぼうや①【坊や】(名)(對男孩的愛稱)小寶寶，小朋友。

ほうよう⓪【抱擁】(名・他サ)擁抱。

ぼうよみ⓪【棒読み】(名・他サ)照本宣科。

ぼうらく⓪【暴落】(名・自サ)暴跌。

ほうらつ①⓪【放埒】(名・形動)放蕩。

ぼうり①【暴利】(名)暴利。

ほうりだ・す④【放り出す・拋り出す】(他五)❶拋出，扔出。❷開除。❸放棄，丟開。

ほうりつ⓪【法律】(名)法律。

ぼうりゃく①⓪【謀略】(名)謀略，計策，詭計。

ほうりょう⓪【豊漁】(名)漁業豐收。

ぼうりょく①⓪【暴力】(名)暴力，武力。

ほう・る⓪【放る・拋る】(他五)❶拋，扔。❷放棄。

ほうれい⓪【法令】(名)法令。

ほうれんそう③【菠薐草】(名)菠菜。

ほうろう⓪【放浪】(名・自サ)流浪，漂泊。☆～者／流浪者。

ほうろう⓪【琺瑯】(名)琺瑯，搪瓷。

ほ・える②【吠える・吼える】(自下一)吠，吼，叫。

ほお①【頰】(名)頰，臉蛋兒。

ほお①【朴】(名)朴樹。

ボーイ【boy】(名)❶①男孩，少年。❷⓪男服務員，伙計。

ほおえ・む③【微笑む】(自五)↓ほほえむ

ホース①【hose】(名)軟管，水管。☆ゴム～／橡皮水管。

ポーズ①【pose】(名)姿勢，姿態。

ボート①【boat】(名)小船，小艇。☆救命～／救生艇。

ボーナス①【bonus】(名)獎金，紅利。

ほおば・る③【頰張る】(他五)大口吃。

ほおひげ①【頰髭】(名)絡腮鬍子。

ほおぼね①④【頰骨】(名)顴骨。

ホーム①【home】(名)❶家庭。❷故鄉。❸(棒球)本壘。☆～ラン／全壘打。❹療養院，養老院，孤兒院。☆老人～／養老院。

ボーリング①⓪【boring】(名・他サ)❶鑽孔，打洞眼。❷鑽井。

ボーリング⓪【bowling】(名)保齡球。

ホール①【hall】(名)大廳，舞廳，禮堂，會館。

ボール⓪【ball】(名)❶球。❷(棒球)壞球。

ボールペン④⓪【ballpen】(名)原子筆。

ほか⓪【外・他】(名)❶另外，其他。☆～の店／別的商店。❷除…之外。☆釣の～に道楽はない／除了釣魚之外沒別的嗜好。❸別處。☆どこか～を探そう／再另找個地方吧。

ぼか・す②【暈す】(他五)❶使顏色界線模糊。❷使…含糊，使…曖昧。

ほかならな・い④【他ならない】(連語)❶無非，不外乎，乃是。☆努力の結果に～／乃努力之結果。❷既然是。☆～あなたのことだから／既然是你的事。

ほがらか②【朗らか】(形動)❶晴朗。❷開朗，爽朗。❸嘹亮，響亮。

ほかん⓪【保管】(名・他サ)保管。

ぼき⓪①【簿記】(名)簿記。

ほきゅう⓪【補給】(名・他サ)補給，補充，供給。

ほきょう⓪【補強】(名・他サ)增強，加強，加固。

ぼきん⓪【募金】(名・自サ)募捐，捐款。

ぼく①⓪【僕】(代)(男人)我。

ほくい①②【北緯】(名)北緯。

ぼくし①⓪【牧師】(名)牧師。

ぼくじょう⓪【牧場】(名)牧場。

ボクシング①【boxing】(名)拳擊。

ほぐ・す②(他五)❶解開，拆開。❷揉，揉搓。

ぼくちく⓪【牧畜】(名)畜牧。

ほくとう⓪【北東】(名)東北。
ぼくどう⓪【牧童】(名)牧童。
ほくとせい③【北斗星】(名)北斗星。
ほくほく①(副・自サ)❶歡喜，喜悅。❷(剛蒸好的薯類)熱騰騰好吃。
ほぐ・れる③(自下一)❶解開。☆糸のもつれが～・れた／亂線解開了。❷消解，緩和。
ほくろ⓪【黒子】(名)黑痣。
ぼけ①【木瓜】(名)木瓜。
ほげい⓪【捕鯨】(名)捕鯨。
ほけつ⓪【補欠】(名)補缺。
ポケット②【pocket】(名)衣兜，衣袋，口袋。
ぼ・ける②【惚れる】(自下一)❶糊塗，昏聵。❷模糊。
ほけん⓪【保健】(名)保健。☆～所(じょ)／保健站。
ほけん⓪【保険】(名)保險。☆生命～／人壽保險。
ほこ①【矛】(名)矛，戈。
ほご①【保護】(名・他サ)保護。☆～貿易／保護貿易。
ほこう⓪【歩行】(名・自サ)步行，行走。
ぼこう①⓪【母校】(名)母校。
ぼこく①【母国】(名)祖國。☆～語／母語。
ほこらか②【誇らか】(形動)自豪，驕傲。
ほこり⓪【埃】(名)灰塵，塵土，塵埃。
ほこり⓪③【誇り】(名)自豪，驕傲。
ほこ・る②【誇る】(自五)自豪，誇耀。
ほころ・びる④【綻びる】(自上一)❶綻開。❷開線。❸微笑。
ぼさつ①【菩薩】(名)菩薩。
ほし⓪【星】(名)星。
ほし・い②【欲しい】(形)❶想要。☆水が～／想喝水。❷(用"…てほしい"的形式)希望。☆早く返して～／希望早點兒還給我。
ほしが・る③【欲しがる】(他五)想要。
ほじく・る③(他五)❶挖，摳。❷追根究底。
ほしもの②③【干し物】(名)❶晒的東西，晒乾了的東西。❷晒的衣服。
ほしゅ①【保守】(名・他サ)❶保守。☆～党／保守黨。❷保養。
ほしゅう⓪【補習】(名・他サ)補習。補課。
ほじゅう⓪【補充】(名・他サ)補充。
ぼしゅう⓪【募集】(名・他サ)募集，招募。
ほじょ①【補助】(名・他サ)補助，輔助。☆～金／補助金。
ほしょう⓪【保証】(名・他サ)保證，擔保。☆～書／保證書。☆～人／保人。
ほしょう⓪【保障】(名・他サ)保

ほしょう⓪【補償】(名・他サ) 補償，賠償。☆～金／補償費。

ほじ・る②(他五)→ほじくる

ほ・す①【干す】(他五)❶晒，晒乾，晾，晾乾。☆布団を～／晒被褥。❷弄乾。☆杯を～／喝乾。

ボス①【boss】(名)首領，頭目，工頭，老板。

ポスター①【poster】(名)廣告畫，宣傳畫。☆～カラー／廣告顏料。

ポスト①【post】(名)❶郵筒。❷信箱。❸地位，職位。

ほせい⓪【補正】(名・他サ)補充，修正。☆～予算／修正預算。

ほせん⓪【保線】(名)（鐵路）養路。

ほそ・い②【細い】(形)❶細，纖細。❷微弱，微小。❸(聲音)細小。

ほそう⓪【舗装】(名・他サ)鋪修(道路)。☆～道路／柏油路。

ほそなが・い⓪④【細長い】(形)細長。

ほそ・める③【細める】(他下一)弄細。

ほそ・る②【細る】(自五)❶變細。❷變瘦。❸變小，變少，變弱。

ほぞん⓪【保存】(名・他サ)保存。

ぼだいじゅ②【菩提樹】(名)菩提樹。

ほたてがい③【帆立貝】(名)扇貝。

ほたる①【螢】(名)螢火蟲。

ぼたん①【牡丹】(名)牡丹。☆～雪／鵝毛大雪。

ボタン⓪【葡botão】(名)❶扣子，鈕扣。❷按鈕，電鈕。

ぼち①【墓地】(名)墓地。

ホチキス①【Hotchkiss】(名)訂書機。☆～の針／訂書針。

ほちょう⓪【歩調】(名)步調。

ほちょうき②【補聴器】(名)助聽器。

ぽっかり③(副)❶(飄浮貌)輕飄飄地。❷突然裂開貌。

ほっき⓪①【発起】(名・他サ)發起。☆～人／發起人。

ほっきょく⓪【北極】(名)北極。

ホック①【hook】(名)❶子母扣，按扣。❷掛鈎。☆えりの～／領鈎，領扣。

ホッケー①【hockey】(名)曲棍球。

ぼつご①【歿後】(名)歿後。

ほっさ⓪【発作】(名)發作。

ぼっしゅう⓪【没収】(名・他サ)沒收。

ほっ・する⓪③【欲する】(他サ)欲，希望，想要。

ほっそく⓪【発足】(名・自サ)❶發足，開始。❷出發，動身。

ぼっちゃん①【坊ちゃん】(名)❶

小朋友，小寶貝。❷少爺，哥兒。

ほっと⓪(副・自サ)❶嘆氣貌。❷放心，鬆一口氣。

ぼっぱつ⓪【勃発】(名・自サ)爆發。

ほっぽう⓪【北方】(名)北方。

ぽつぽつ①(二)(名)小疙瘩。(二)(副)❶稀稀拉拉地（下雨）。❷斷斷續續地（講話）。❸（稀疏貌）稀稀拉拉，星星點點。❹漸漸，慢慢。

ホテル①【hotel】(名)飯店，旅館。

ほど【程】(一)⓪②(名)❶限度，分寸。☆冗談にも～がある／開玩笑也得有個分寸。❷程度。☆身の～を知れ／要知道自己的身分。(二)(副助)❶大約，左右。☆三日～／三天左右。❷像…那樣。☆去年～暑くない／不像去年那麼熱。❸(用"…ば…ほど"的形式)越…越…。☆早ければ早い～いい／越早越好。

ほどう⓪【歩道】(名)人行道。☆横断(おうだん)～／人行横道。

ほどう⓪【補導】(名・他サ)（收容）教育，教導。

ほど・く②【解く】(他五)解開，拆開。

ほとけ③⓪【仏】(名)❶佛，佛像。❷死者。★知らぬが～／眼不見心不煩。

ほど・ける③【解ける】(自下一)開，解開，鬆開。☆靴の紐が～・けた／鞋帶開了。

ほどこ・す③【施す】(他五)❶施，施行。☆策を～／施計。❷施，施捨。

ほととぎす③【杜鵑】(名)杜鵑。

ほどなく②③【程なく】(副)不久，不一會兒的工夫。

ほどよ・い③【程好い】(形)恰好，適當。

ほとり③⓪【辺り】(名)邊，畔。

ほとんど②【殆ど】(名・副)幾乎，差不多。

ほね②【骨】(名)❶骨，骨頭。☆～をつぐ／接骨。❷骨架。☆傘の～／傘骨。❸骨氣。☆～のある人／有骨氣的人。❹骨幹，核心。☆チームの～／隊的台柱。❺吃力，辛苦。★～が折れる／費力氣。★～を折る／賣力氣。

ほねおり④③【骨折り】(名)❶努力，辛苦。❷盡力，幫忙。

ほねおりぞん⑤【骨折り損】(名)徒勞，白費力。☆～のくたびれもうけ／徒勞無功。

ほねお・る③【骨折る】(自五)賣力氣，辛苦。

ほねぐみ④③【骨組み】(名)骨骼，骨架。

ほねぬき④③【骨抜き】(名)❶去掉骨頭。❷去掉主要部分。

ほねみ②①【骨身】(名)骨肉，身體。★～を惜しまず／不辭辛苦。★~を削る／辛辛苦苦。

ほのお②①【炎】(名)火焰，火苗。

ポピュラー①【popular】(形動)通俗。☆~ソング／通俗歌曲。

ポプラ①【poplar】(名)白楊。

ほほ①【頬】(名)→ほお

ほぼ①【略】(副)大致，大略，大體。

ほぼ①【保母】(名)保姆，保育員。

ほほえ・む③【微笑む】(自五)❶微笑。❷(花)微開，初開。

ポマード②【pomade】(名)髮蠟，髮油。

ほまれ③⓪【誉れ】(名)聲譽，榮譽，光榮。

ほ・める②【誉める】(他下一)稱讚，誇獎。

ほやほや①(副)❶剛剛出鍋，熱氣騰騰。☆~のパン／熱呼呼的麵包。❷剛剛，不久。☆新婚~／剛結婚不久。

ほゆう⓪【保有】(名・他サ)保有，擁有。

ほよう⓪【保養】(名・他サ)保養，休養，療養。☆~地／療養地。

ほら①(感)(提醒對方注意)喂，瞧。

ほら①【法螺】(名)海螺。★~を吹く／吹牛。

ほら①②【洞】(名)→ほらあな

ほらあな⓪【洞穴】(名)洞穴。

ほり②【堀】(名)❶渠，水渠。❷城壕，護城河。

ほり②【彫り】(名)雕刻。

ポリエチレン④⓪【polyethylene】(名)聚乙烯。

ほりかえ・す⓪③【掘り返す】(他五)翻掘，翻出。

ほりだしもの⓪【掘り出し物】(名)偶然弄到的珍品，偶然買到的便宜貨。

ほりだ・す⓪【掘り出す】(他五)❶掘出，挖出。❷找到。

ほりゅう⓪【保留】(名・他サ)保留。

ほりょ①【捕虜】(名)俘虜。

ほ・る①【掘る】(他五)掘，挖，刨。

ほ・る①【彫る】(他五)雕刻。

ポルカ①【polka】(名)波爾卡舞曲。

ボルト①【bolt】(名)螺栓。

ボルト①【volt】(名)(電)伏，伏特。

ホルモン①【hormone】(名)荷爾蒙，激素。

ほ・れる⓪【惚れる】(自下一)❶看中，戀慕。❷欣賞，佩服。❸出神。

ぼろ①【襤褸】(名)❶破布，破衣服，破爛。☆~車／破車。❷破綻，毛病。★~が出る／露出破綻。

ぼろ・い②(形)一本萬利。

ほろ・びる⓪③【滅びる】(自上一)滅亡，滅絕。

ほ

ほろぼ・す⓪③【滅ぼす】(他五)消滅。

ほろよい⓪【ほろ酔い】(名)微醉。

ほん①【本】(名)書，書籍。

ほん【本】(接尾)（表示細長物體的單位）根，枝，條，只，棵。

ぼん⓪【盆】(名)❶托盤。❷盂蘭盆會。

ほんあん⓪【翻案】(名・他サ)改編（小說、戲劇等）。

ほんい①【本位】(名)❶以…為主，以…為中心。☆品質～／品質第一。❷（貨幣）本位。☆金～／金本位。❸原來的位置。

ほんい①【本意】(名)❶本意，真心。❷初衷。

ほんかくてき⓪【本格的】(形動)❶正式的。❷真正的。

ほんき⓪【本気】(名・形動)認真，正經，真實。☆～で仕事をする／認真工作。

ほんぎ①③【本義】(名)本義。

ほんぎまり⓪③【本決まり】(名)正式決定。

ほんきゅう⓪【本給】(名)基本工資。

ほんきょ①【本拠】(名)根據地，大本營。

ほんぎょう①⓪【本業】(名)本行，正業，本職工作。

ほんきょく⓪【本局】(名)總局。

ほんけ①【本家】(名)❶本家，正支。❷正宗，嫡系。❸總店。

ほんごく①【本国】(名)本國。

ほんさい⓪【本妻】(名)正妻。

ぼんさい⓪【盆栽】(名)盆栽。

ほんざん①【本山】(名)❶（總寺院）本山。❷本山，本寺。❸總部，老巢。

ほんしき⓪【本式】(名・形動)正式。

ほんしつ⓪【本質】(名)本質。

ほんじつ①【本日】(名)本日，今日。

ほんしゃ①【本社】(名)❶總神社。❷總公司。❸本公司。

ほんしょう③①【本性】(名)❶本性，真相。❷知覺，意識，理智。

ぼんじん③⓪【凡人】(名)凡人，普通人。

ほんすじ⓪【本筋】(名)正題，本題。

ほんせい①【本性】(名)本性，真相。

ほんせき①⓪【本籍】(名)原籍。

ほんせん⓪【本線】(名)幹線。

ほんたて①【本立て】(名)書立，書擋。

ほんだな①【本棚】(名)書架。

ぼんち⓪【盆地】(名)盆地。

ほんちょうし③【本調子】(名)應有狀態，正常狀態。

ほんてん⓪【本店】(名)❶總店，總行。❷本店，本行。

ポンド①【pound】(名)❶英鎊。

❷磅。

ほんとう⓪【本当】（名・形動）真，真實，實在，的確，本來。☆～を言うと／說實在的。☆～にきれいだ／真漂亮。

ほんにん①【本人】（名）本人。

ほんねん①【本年】（名）本年，今年。

ほんの⓪【本の】（連体）只，僅，不過。☆～少し／一點點。

ほんのう①⓪【本能】（名）本能。

ぼんのう③⓪【煩悩】（名）煩惱。

ほんば⓪【本場】（名）❶發源地，當地。☆～仕込みの英語／在當地學的地道的英語。❷原產地，主要產地。❸（交易所）午前交易。

ほんばこ①【本箱】（名）書箱，書櫃。

ほんぶ①【本部】（名）本部，總部。

ポンプ①【荷pomp】（名）泵。

ほんぶん①【本分】（名）本分。☆～を守る／守本分。

ほんぶん①【本文】（名）本文，正文。

ぽんぽん①（副）❶砰砰，噼啪。❷不客氣地，直言不諱。

ほんみょう①【本名】（名）本名，真名。

ほんもの⓪【本物】（名）真貨，真品，真東西。

ほんもん①【本文】（名）❶本文，正文。❷原文。

ほんや①【本屋】（名）書店。

ほんやく⓪【翻訳】（名・他サ）（筆譯）翻譯。

ぼんやり③㈠㈡（名）傻，呆子。㈡（副・自サ）❶模糊，隱約。☆～見える／隱約可見。❷發呆，呆呆地，沒留神，糊里糊塗。

ほんらい①【本来】（名）❶本來，原來。❷按理，理應。☆～ならば／按道理。

ほんるい①⓪【本塁】（名）❶（棒球）本壘。☆～打／本壘打。全壘打。❷堡壘，根據地。

ほんろん①【本論】（名）本論，正文，正題。

マ・ま

[MA]

ま⓪【真】(名)真實，實在。☆冗談を~に受ける／把玩笑當真的了。

ま⓪【間】(名)❶時間，工夫，間隙。☆寝る~もない／連睡覺的工夫都沒有。☆~もなく／不久。一會兒。☆いつの~にか／不知什麼時候。不知不覺地。❷空隙，間隔。☆一メートルずつ~を置いて並べる／隔一公尺的間隔排列。❸時機，機會。☆~をうかがう／伺機。❹房間，屋子。☆茶の~／茶室。飯廳。☆八畳の~／八張榻榻米的房間。★~がいい／走運。湊巧。★~が抜ける／愚蠢。糊塗。馬虎。大意。★~がもたない／尷尬。閒得慌。★~が悪い／不走運。不湊巧。★~に合う／來得及。頂用。夠用。

ま⓪①【魔】(名)❶魔，魔鬼。☆~がさす／中魔。鬼迷心竅。❷迷，狂。★電話~／愛打電話的人。

まあ①〔一〕(感)（女性驚嘆聲）哎呀。〔二〕(副)❶先，暫且。❷還算，還可以。☆~いいだろう／還算可以吧。

マーク①【mark】〔一〕(名)❶記號，標記。❷標誌，徽章。❸商標。〔二〕(名・他サ)❶創記錄。❷監視，盯住。

マーケット①③【market】(名)商場，市場。☆スーパー~／超級市場。

マージャン⓪①【麻雀】(名)麻將。

まあたらし・い⑤【真新しい】(形)全新，嶄新。

マーチ①【march】(名)進行曲。

まい【毎】(接頭)每。☆~日曜日／每個星期天。

まい【枚】(接尾)（表示扁平物體的單位）張，片，塊，件。☆皿二~／兩個盤子。☆シャツ三～／三件襯衫。

まい⓪【舞】(名)舞，舞蹈。

まい(助動)❶（表示否定推量）不…吧。☆明日は雨は降る～／明天不會下雨吧。❷（表示否定的意志）不打算。☆二度と行く～／不打算再去。❸（表示禁止）別，不要。☆うるさく言う～ぞ／別總說。❹（用"ではあるまいし"的形式）又不是。☆子供ではある～し、ばかなまねはするな／又不是小孩子，別胡鬧。

まいあが・る④⓪【舞い上がる】(自五)飛舞，飛揚。

まいあさ①⓪【毎朝】(名)每天早晨。

まいかい⓪【毎回】(名)每回，每次。

マイク①(名)("マイクロフォン"的略語)麥克風，擴音器，話筒。

マイクロ【micro】(連語)微，微型。☆～バス／小型巴士。小包車。

まいげつ⓪【毎月】(名)↓まいつき

まいご①【迷子】(名)迷路，走失，迷路的孩子。

まいこ・む③【舞い込む】(自五)❶飛進，飄進。❷（意外地）到來，降臨。

まいしゅう⓪【毎週】(名)每週。

まいぞう⓪【埋蔵】(名・他サ)埋藏，蘊藏，儲藏。

まいつき⓪【毎月】(名)每月。

まいど⓪【毎度】(名)每次，屢次，經常。

まいとし⓪【毎年】(名)每年。

マイナス⓪【minus】(名)❶減，減號。❷負，負號。☆八～十は～二／八減十為負二。❸陰，陰極，陰性。☆～の電極／陰級。❹消極，污損。☆～の要因／消極因素。

まいにち①【毎日】(名)每天。

まいねん⓪【毎年】(名)↓まいとし

まいばん①⓪【毎晩】(名)每晚，每天晚上。

まいよ⓪①【毎夜】(名)每夜。

まい・る①【参る】(自五)❶("来る"、"行く"的自謙語)來，去。❷參拜，朝拜。☆お墓に～／掃墓。❸認輸，折服，投降。☆一本～・った／我可服了。❹迷戀。☆彼女に～・っている／迷上了她。❺受不了，吃不消。☆この暑さには～／受不了這麼熱。

マイル①【mile】(名)英里。

ま・う⓪①【舞う】(自五)❶跳舞，舞蹈。❷飄舞，飛舞。

まうえ③【真上】(名)正上方，頭頂上。

まえ【前】(一)①(名)❶前，前面。☆駅の～／火車站前。❷前，以前。☆日本へ来る～に／在來日本之前。(二)(接尾

ま

份兒。☆五人～の食事／五人份的飯。

まえあし①⓪【前足】(名)前肢。

まえいわい③【前祝い】(名)預祝。

まえうり⓪【前売り】(名・他サ)預售。☆～券／預售票。

まえおき⓪④【前置き】(名)引子，引言，開場白。

まえがき④⓪【前書き】(名)前言，序言。

まえかけ⓪【前掛け】(名)圍裙。

まえがし⓪④【前貸し】(名・他サ)預支，預付。

まえがり⓪④【前借り】(名・他サ)預支，預借。

まえきん⓪【前金】(名)預付款。

まえば①【前歯】(名)門牙。

まえばらい③【前払い】(名・他サ)預付。☆代金を～する／預付貨款。

まえぶれ④⓪【前触れ】(名)❶預告。❷預兆，前兆。

まえむき⓪【前向き】(名)❶面向前方。❷向前看，積極。☆～の姿勢／積極的態度。

まえもって③⓪【前以て】(副)預先，事先。

まがお⓪①【真顔】(名)嚴肅的面孔，一本正經的神色。

まか・す⓪【負かす】(他五)打敗，戰勝。

まか・せる③【任せる】(他下一)❶聽任，任憑。☆足に～・せて歩く／信步而行。❷委托，托付。☆店を番頭に～／把店交給老板掌管。❸盡，隨。☆力に～／盡力。☆心に～・せぬ／不隨心。

まかな・う③【賄う】(他五)❶供給，供應。❷供給伙食。❸維持。❹籌措。

まがり⓪③【間借り】(名・自サ)租房間。

まがりかど④【曲がり角】(名)❶拐角。❷轉折點。

まが・る⓪【曲がる】(自五)❶彎，彎曲。☆道が～／道路彎曲。❷拐彎，轉彎。☆右へ～／向右拐。❸歪。☆柱が～・っている／柱子歪了。❹乖僻，彆扭。☆根性が～・っている／性情乖僻。

マカロニ⓪【macaroni】(名)通心粉。

まき①【牧】(名)牧場。

まき⓪【薪】(名)劈柴。薪柴。

まき①【巻】(名)（書、畫）卷，軸。

まきあ・げる④【巻き上げる】(他下一)❶捲起。❷搶奪，勒索。

まきこ・む③【巻き込む】(他五)❶捲入，捲進。❷牽連，連累。

まきじゃく⓪【巻き尺】(名)捲尺。

まきちら・す⓪④【撒き散らす】(他五)撒，散布。

まきつ・く③【巻き付く】(自五)纏住，纏上，纏繞。

まきつ・ける④【巻き付ける】(他下一)纏上，纏住。

まきば⓪【牧場】(名)牧場。

まぎらわし・い⑤【紛らわしい】(形)容易混淆，不易分辨，模糊不清。

まぎ・れる③【紛れる】(自下一)❶混入，混進。❷混同，混淆。❸(愁悶等)消解。☆気が～／解悶。散心。❹(精力)受…的牽制。☆忙しさに～・れてその事を忘れていた／由於忙忘了這件事。

まぎわ①【間際】(名)正要…之時，快要…的時候。

ま・く⓪【巻く】(一)(自他五)打旋兒。☆うずが～☆うずを～／打旋兒。(二)(他五)❶捲。☆紙を～／捲紙。★舌を～／驚嘆不已。目瞪口呆。❷纏。☆指に包帯を～／將指頭纏上紗布。❸擰，上(弦)。☆ぜんまいを～／上發條。❹包圍。☆城を～／圍城。

ま・く①【蒔く・播く】(他五)播(種)。

ま・く【撒く】(他五)❶①洒，散發。☆水を～／洒水。☆びらを～／散發傳單。❷①⓪甩掉。☆尾行の私服を～／甩掉盯梢的便衣。

まく②【幕】(名)❶幕，帷幕。☆～が開く／開幕。❷(戲劇)幕。☆二～目／第二幕。☆一(ひと)～物／獨幕劇。❸時候，場合。☆お前の出る～じゃない／用不著你出頭。

まく②【膜】(名)膜。

マグニチュード①③【magnitude】(名)(地震)震級。

マグネシウム④【magnesium】(名)鎂。

まくら①【枕】(名)枕頭。☆～カバー／枕巾。枕套。★～をかわす／同床共枕。★～を高くする／高枕無憂。

まくらぎ③【枕木】(名)枕木。

まく・る⓪【捲る】(他五)捲，挽。☆袖を～／挽起袖子。

まくわうり⓪③【真桑瓜】(名)甜瓜，香瓜。

まぐれ①(名)偶然，僥倖。

まぐろ⓪【鮪】(名)金槍魚。

まけ⓪【負け】(名)負，輸，敗。

まげ⓪【髷】(名)髮髻。

まけおしみ⓪【負け惜しみ】(名)不服輸，不認輸，不服氣。

まけずぎらい④【負けず嫌い】(名・形動)好強，要強，好勝。

ま・ける⓪【負ける】(一)(自下一)❶負，輸，敗。☆戦争に～／戰敗。❷折服。☆いかなる困難にも～・けない／不向任何困難低頭。❸(因漆、藥物中毒而)皮膚發炎。☆漆に～／被漆咬了。❹劣，次，並於。☆外国の品物に～・けない／不次於外國貨。❺寬恕，原諒。☆子供だから～・けてやる／看你是個孩子，饒了你。〔二〕(他下二)❶讓價，減價。☆百円～／減價一百日元。❷(買東西時)送贈品。☆鉛筆一本お～・けします／附送您一支鉛筆。

ま・げる⓪【曲げる】(他下一)❶彎，弄彎。☆腰を～／彎腰。❷歪曲。☆事実を～／歪曲事實。

まご②【孫】(名)孫子，孫女，外孫，外孫女。

まご①【馬子】(名)馬夫。★～にも衣装(いしょう)／人是衣裳馬是鞍。

まごころ②【真心】(名)真心，誠心。

まごつ・く⓪(自五)❶著慌，張惶失措。❷徘徊，傍徨。

まこと⓪【誠】(名)❶誠心，誠意。❷真實，實在。

まことに⓪【誠に】(副)真，實在，誠然。

まごまご①(副・自サ)❶手忙腳亂，張惶失措。❷磨蹭，閒蕩。

まさか①(副)❶(下接否定或推量語)決不，哪能，難道，莫非。☆～本心ではないだろうね／決不會是真心吧。❷萬一，一旦。☆～に備える／以備萬一。

まさつ⓪【摩擦】(名・自他サ)❶摩擦。❷摩擦，不和。☆～を生じる／發生摩擦。

まさに①【正に】(副)❶真正，的確，確實。☆～名人だ／的確是個名人。❷正要，將要。☆～出発せんとしている／正要出發。❸應當，應該。☆～すべきことをした／做了應當做的事。

まさり【勝り】(接尾)勝過。☆親～の子／勝過父母的孩子。

まさ・る⓪②【勝る】(自五)勝過。☆健康は富に～／健康勝過財富。★～とも劣らない／有過之而無不及。

まざ・る②【交ざる・混ざる】(自五)摻雜，混雜，雜雜。

まし⓪【増し】〔一〕(名)增加。☆二割～／增加兩成。〔二〕(形動)勝過，強於。☆ないより～だ／比沒有強。

まして①⓪【況して】(副)何況，況且，更。

まじない⓪【呪い】(名)詛咒，念咒，咒語。

まじめ⓪【真面目】(名・形動)認真，正經。

まじゅつ①【魔術】(名)❶妖術。❷魔術。☆～師／魔術師。

まじ・る②【交じる・混じる】(自五)❶混雜，摻雜，夾雜。❷混入。☆群衆に～・って騒ぎ立てる／混入人群裡吵嚷。

まじわ・る③【交わる】(自五)❶相交，交叉。❷交往，交際。❸性交。

ましん⓪【麻疹】(名)痲疹。

ま・す⓪【増す・益す】(一)(自五)増加，増多。☆人数が～／人數増多。(二)(他五)増加，増多。☆速さを～／加快速度。

ます②【鱒】(名)鱒魚。

まず①【先ず】(副)❶先，首先。☆～金が必要／首先需要錢。❷姑且，暫且。❸大致，大體，差不多。

ますい⓪【麻酔】(名)痲醉。☆～薬／痲藥。痲醉劑。

まず・い②(形)❶(也寫作"不味い")不好吃，難吃。❷(也寫作"拙い")拙劣，不好。❸醜，難看。❹不合適，不恰當。☆今話すのは～／現在説不合適。

マスク①【mask】(名)❶面具，假面。❷口罩。❸防毒面具。❹容貌。

マスゲーム③【mass game】(名)團體操。

マスコット③①【mascot】(名)吉祥物。

マスコミ⓪(名)大規模宣傳，宣傳工具。

まずし・い③【貧しい】(形)❶貧窮，貧困。❷貧乏，微薄。

マスター①【master】(一)(名)❶船長。❷老板。❸碩士。(二)(名・他サ)掌握，精通。

マスト①【mast】(名)桅杆。

ますます②【益益】(副)越發，更加。

まぜこぜ⓪(名)混雜，摻雜。

ま・ぜる②【交ぜる・混ぜる】(他下一)❶摻，摻和。☆酒に水を～／往酒裏摻水。❷攪拌。

また【又】(一)②(名)另，別。☆～の機会／別的機會。☆～の日／翌日。改日。(二)⓪(副)❶又，再，還。☆～失敗だった／又失敗了。❷又，也。☆彼も～商人だ／他也是個商人。(三)⓪(接)❶又，且，同時。☆詩人であり～画家でもある／是詩人，又是畫家。❷或，或者。☆彼が来てもよい、～君でもよい／他來也行，或者你來。(四)(接頭)(接名詞前)表示間接。☆～貸(が)し／轉借。

また②【叉】(名)分岔。☆木の～／樹杈子。

また②【股】(名)股，胯。

まだ①【未だ】(副)❶尚，還，未。☆雪が～やまない／雪還沒停。❷只，僅，才。☆～一分しかたたない／才過了一分鐘。

まだい⓪【真鯛】(名)真鯛，加級魚。

まだい⓪【間代】(名)房錢。

ま

またいとこ③④【又従兄弟】(名)堂兄弟姐妹，表兄弟姐妹，雙表兄弟姐妹。

またがし⓪【又貸し】(名・他サ)轉借(出)。

またがり⓪【又借り】(名・他サ)轉借(入)。

またが・る③【跨がる・股がる】(自五)❶跨，騎。☆馬に～／騎馬。❷跨，跨越。☆三県に～／橫跨三縣。

また・ぐ②【跨ぐ】(他五)跨，跨越。☆溝を～／跨水溝。

またた・く③【瞬く】(自五)❶眨眼。☆～間(ま)に／轉瞬間。❷閃爍。

またとな・い②【又とない】(連語)難得，絕無僅有。☆～チャンス／難得的機會。

または②①【又は】(接)或者。

まだまだ①【未だ未だ】(副)還，仍，尚。

マダム①【madam】(名)❶太太，夫人。❷老板娘。

まだら⓪【斑】(名)斑，斑點，斑駁。

まち②【町】(名)❶城，鎮，城鎮。❷(行政區劃)町。❸(也寫作"街")街，大街。

まちあいしつ③【待合室】(名)候診室，候車室，候船室，候機室。

まちあわ・せる⓪【待ち合わせる】(他下一)等候，會面，碰頭。

まちいしゃ②【町医者】(名)開業醫生。

まぢか①⓪【間近】(名・形動)臨近，迫近，眼前，跟前。☆～に迫る／迫近。

まちがい③【間違い】(名)❶錯誤，過錯。☆～を犯す／犯錯誤。☆～なく／一定。❷事故，意外。☆～が起こる／發生意外。

まちが・う③【間違う】(自他五)錯，弄錯。☆計算が～・っている／計算錯了。

まちが・える④③【間違える】(他下一)弄錯，搞錯。☆答えを～／答錯。

まちかど⓪【町角・街角】(名)街口，路口。

まちか・ねる⓪【待ち兼ねる】(他下一)❶等得不耐煩。❷焦急地等候。

まちどおし・い⑤【待ち遠しい】(形)殷切盼望，望眼欲穿。

まちのぞ・む⓪④【待ち望む】(他五)期待，盼望。

まちはずれ③【町外れ】(名)市郊，郊區。

まちまち②⓪(名・形動)各式各樣，形形色色，紛紜。

まちやくば③【町役場】(名)鎮公所。

まちわ・びる⓪【待ち侘びる】(他上一)等得不耐煩，焦急地等待。

まっ【真】(接頭)真，正。☆〜四角(しかく)／正方形。

まつ【末】(接尾)末。☆学期〜／期末。

ま・つ①【待つ】(他五)❶等，等候，等待。☆バスを〜／等汽車。❷期待，盼望，寄希望。☆将来の研究に〜／寄望於將來的研究。

まつ①【松】(名)松樹。

まっか③【真っ赤】(名・形動)❶通紅，鮮紅，火紅。❷純粹，完全。

まつき①【末期】(名)末期。

まっくら③【真っ暗】(名・形動)漆黑，黑洞洞。

まっくろ③【真っ黒】(名・形動)漆黑，烏黑。

まつげ①【睫】(名)睫毛。

マッサージ③【法 massage】(名・他サ)按摩。

まっさいちゅう③【真っ最中】(名)正當中，最高潮。

まっさお③【真っ青】(名・形動)❶湛藍，蔚藍。❷(臉色)蒼白，鐵青。

まっさかさま③【真っ逆様】(形動)倒栽蔥，頭朝下。

まっさかり③【真っ盛り】(名・形動)極盛期，最高潮。

まっさき④③【真っ先】(名)❶最先，首先。❷最前頭。

まっさつ⓪【抹殺】(名・他サ)❶抹殺。❷勾銷，去掉，清除。

まっし⓪【末子】(名)小兒子。

まっしょうめん③⑤【真っ正面】(名)❶正前方，正對面。❷直截了當。

まっしろ③【真っ白】(名・形動)雪白。

まっすぐ③【真っ直ぐ】(副・形動)❶筆直。☆〜な道／筆直的路。❷直接。☆〜に家に帰る／直接回家。❸耿直，老實。☆〜な人間／耿直的人。

まったく⓪【全く】(副)❶完全，全然。☆〜正しい／完全正確。❷真，實在。☆〜驚いた／真嚇壞了。

まつたけ⓪【松茸】(名)松蘑。

まっただなか③④【真っ只中】(名)正當中，最盛期。

まったん⓪【末端】(名)❶末端，尖端。❷基層。

マッチ①【match】(名)火柴。☆〜箱(ばこ)／火柴盒。

まっぱだか③【真っ裸】(名)赤裸，一絲不掛。

まっぴるま③【真っ昼間】(名)大白天，光天化日。

まっぷたつ④【真っ二つ】(名)正兩半。

まつやに⓪【松脂】(名)松脂，松香。

まつよう⓪【末葉】(名)末葉。

まつり⓪③【祭り】(名)❶祭典，祭祀。☆先祖の〜をする／祭祀祖先。☆お〜／廟會。祭日。❷節，節目。☆雪〜／雪節。

まつり①【茉莉】(名)茉莉。

まつ・る⓪②【祭る・祀る】(他五)❶祭祀，祭奠。☆祖先を～／祭祖。❷供奉。

まで【迄】(副助)❶（時間、地點、範圍、程度）到，至。☆五日～／到五號。☆東京～／到東京。❷甚至，就連。☆子供に～ばかにされる／甚至遭小孩子的嘲弄。❸只好，只有。☆もう一度やる～だ／只好再做一次。❹(用"までもない"的形式)不必，無需，用不著。☆言う～もなく／不用說。❺(用"ないまでも"的形式)即使，即便。☆承知しない～も会ってはくれるだろう／即使不答應，也能見見面吧。

まと⓪【的】(名)❶的，靶子。☆～にあたる／中靶。❷目標，對象，要點。☆非難の～／非難的對象。☆～をつく／擊中要害。

まど①【窓】(名)窗戶。

まと・う②【纏う】(一)(自五)纏，纏，纏繞。(二)(他五)纏，裹，穿。☆ぼろを～／穿破衣服。

まど・う②【惑う】(自五)❶猶豫，拿不定主意。❷迷戀，沉溺。☆女に～／迷戀女人。

まどくち②【窓口】(名)窗口。

まとま・る⓪【纏まる】(自五)❶統一，一致。☆意見が～／意見統一。❷有條理，有系統。☆考えが～・らない／考慮不成熟。❸集中，湊齊。☆皆が～・って行く／大家集合去。❹解決，有歸結。☆話合いが～／交涉達成協議。

まと・める⓪【纏める】(他下一)❶統一。☆クラスの意見を～／統一班級的意見。❷整理，歸納。☆論文を～／整理論文。❸收拾，集中。☆荷物を～／收拾行李。❹解決，結束。☆縁談を～／談妥婚事。

まとも⓪【真面】(名・形動)❶正面。☆～にぶつかる／正面相撞。❷認真，正經。☆～な人間／正經人。

まどわ・す③【惑わす】(他五)❶擾亂，蠱惑。❷誘惑，欺騙。

まないた④⓪【組板・俎】(名)菜板。

まなこ①【眼】(名)❶眼珠。❷眼睛。

まなざし②⓪【眼差し】(名)視線，眼光，目光。

まなつ⓪【真夏】(名)盛夏。

まな・ぶ⓪【学ぶ】(他五)學，學習。

マニア①【mania】(名)狂，迷。☆切手～／集郵迷。

まにあ・う③【間に合う】(自五)❶來得及，趕得上。☆今行けば～／現在去還來得及。❷頂用，起作用。☆ふだん着で～／穿平時的衣服就可以。☆一万円あれば十分～／有一萬日元就足夠。❸夠用。☆～に使う／將就著用。

まにあわせ⓪【間に合わせ】(名)湊合，將就。

まにあわ・せる⓪⑤【間に合わせる】(他下一)❶將就，湊合。❷使…趕得上，使…來得及。☆大急ぎで縫ってやっと結婚式に～・せた／趕忙縫製總算沒耽誤婚禮穿。

まぬけ⓪【間抜け】(名・形動)愚蠢，糊塗，蠢貨，傻瓜。

まね⓪【真似】(名・自サ)❶學，裝，模仿，仿效。❷(愚蠢的)舉止，動作。☆ばかな～をするな／別幹傻事。

まねき③【招き】(名)招待，邀請。

まね・く②【招く】(他五)❶招呼。☆手で～／招手。❷邀請，聘請。☆医者を～／請醫生。❸惹，招致。☆災いを～／招致災難。

ま・ねる⓪【真似る】(他下一)學，模仿，仿效。

まのあたり③【目の当り】(一)(名)眼前，面前。(二)(副)親自，直接。

まばた・く③【瞬く】(自五)→またたく

まばゆ・い③【目映い・眩い】(形)❶耀眼，晃眼。❷輝煌，絢麗。❸害羞，難為情。

まばら⓪【疎ら】(名・形動)稀疏，稀少。

まひ①⓪【麻痺】(名・自サ)❶痲痺。❷癱瘓。

まひる⓪【真昼】(名)正午。

まぶし・い③【眩しい】(形)耀眼，炫目。

まぶた①【瞼】(名)眼瞼，眼皮。

まふゆ⓪【真冬】(名)隆冬，三九天。

マフラー①【muffler】(名)❶圍巾。❷消音器。

まほう⓪【魔法】(名)魔法。

まほうびん②【魔法瓶】(名)保溫瓶，熱水瓶。

マホメットきょう⓪【マホメット教】(名)伊斯蘭教。

まぼろし⓪②【幻】(名)夢幻，幻影。

まま②【儘】(名)❶照舊，原封不動。☆昔の～／依然如故。❷任意，隨心所欲。☆～ならぬ世／不如人意的世道。❸任憑。☆足の向く～に歩く／信步而行。

ママ①【mama】(名)❶(兒)媽媽。❷老板娘。

ままおや⓪【継親】(名)繼父母。

ままこ⓪【継子】(名)繼子。

ままごと②⓪【飯事】(名)(兒童)辦家家酒。☆～をして遊ぶ／玩辦家家酒。

ままちち⓪【継父】(名)繼父。

ままならぬ④【儘ならぬ】(連語)不如意，不隨心。
ままはは⓪【継母】(名)繼母。
まみず⓪【真水】(名)淡水。
まみれ【塗れ】(接尾)沾滿，淨是。☆血～になる／渾身是血。
まみ・れる③【塗れる】(自下一)渾身沾滿（泥、土、汗等）。★一敗地に～／一敗塗地。
まむかい②【真向い】(名)正對面。
まむし⓪【蝮】(名)蝮蛇。
まめ【豆】(一)②(名)❶豆子。❷大豆。❸（也寫作〝肉刺〟）水泡。(二)(接頭)小，小型。☆～電球／小燈泡。
まめあぶら③【豆油】(名)豆油。
まめかす③⓪【豆粕】(名)豆餅。
まめたん⓪【豆炭】(名)煤球。
まもなく②【間も無く】(副)不久，馬上，一會兒。
まも・る②【守る】(他五)❶遵守，保守。☆秘密を～／保守秘密。❷保衛，維護。☆国を～／保衛國家。❸守護，護理。☆病人を～／護理病人。
まやく⓪【麻薬】(名)痲藥。
まゆ①【眉】(名)眉毛。★～に火がつく／燃眉之急。★～につばを塗る／提高警惕。★～を読む／察言觀色。
まゆ①【繭】(名)繭，蠶繭。
まゆげ①【眉毛】(名)眉毛。
まよ・う②【迷う】(自五)❶迷。☆道に～／迷路。❷猶豫，躊躇。❸迷戀，沉溺。
まよなか②【真夜中】(名)深夜，深更半夜。
マヨネーズ③【法 mayonnaise】(名)蛋黃醬。
まよわ・す③【迷わす】(他五)迷惑，蠱惑。
マラソン⓪【marathon】(名)馬拉松。
マラリア⓪【徳 Malaria】(名)瘧疾。
まり②【毬・鞠】(名)球。
まる【丸】(一)⓪(名)❶圓，圈。❷句號。❸（俗）錢。❹整，整個。☆～のまま飲み込む／整個咽下。(二)(接尾)（接人、狗、刀、船名後）丸。☆長崎～／長崎丸。
まる・い⓪【丸い】(形)❶圓的。❷圓滑。❸圓滿。
まるがお⓪③【丸顔】(名)圓臉。
まるがかえ③【丸抱え】(名)負擔全部費用。
まるき⓪【丸木】(名)原木。☆～橋／獨木橋。
マルク①【徳 Mark】(名)馬克。
マルクスしゅぎ⑤【マルクス主義】(名)馬克思主義。
マルサスしゅぎ⑤【マルサス主義】(名)馬爾薩斯主義。
まるぞん⓪【丸損】(名)全賠。
まるた⓪【丸太】(名)圓木。
まるだし⓪【丸出し】(名・他サ)

ま

全部露出。

まるで⓪(副)❶好像，彷彿，宛如。☆～夢のようだ／宛如夢境。❷(下接否定語)完全，簡直。☆～知らなかった／一點兒也不知道。

まるのみ⓪【丸呑み】(名・他サ)❶整個吃，囫圇吞。❷囫圇吞棗，生吞活剝。

まるはだか③【丸裸】(名)❶一絲不掛，赤身露體。❷一無所有。

まるぼうず③⑤【丸坊主】(名)禿頭，光頭。

まるまる【丸丸】(副)❶⓪全部，完全。❷③胖胖，肥胖。

まるみ⓪【丸み】(名)圓形，圓潤，圓通。

まるみえ⓪【丸見え】(名)全看得見。

まるめこ・む④【丸め込む】(他五)❶揑成團塞入。❷拉攏，籠絡。

まる・める⓪【丸める】(他下一)❶團，揉成團。☆雪を～／團雪球。❷拉攏，籠絡。❸剃頭，落髮。

まるもうけ③⑤【丸儲け】(名・他サ)全部賺下。

まるやき⓪【丸焼き】(名)整個地烤。

まるやけ⓪【丸焼け】(名)燒光。

まれ②⓪【希・稀】(形動)稀少，稀奇，罕見。

まわしもの⓪【回し者】(名)間諜。

まわ・す⓪【回す】(他五)❶轉，擰，轉動。☆ねじを～／擰螺絲。❷捆，圍。☆縄を～／捆上繩子。❸傳遞，轉送。☆書類を～／傳閱文件。❹派遣，打發。☆迎えの車を～／派車去接。❺投資，貸款。☆金を会社に～／把資金投向公司。❻做得周密。★気を～／猜疑。多心。★手を～／做好部署。

まわた⓪【真綿】(名)絲棉。★～に針を包む／笑裡藏刀。

まわり【回り・周り】(一)⓪(名)❶轉動，旋轉。❷周圍，附近。❸巡訪。★年始～／拜年。❹蔓延，發作。☆火の～が早い／火蔓延得快。❺繞道，繞遠。☆いくらか～になる／有點兒繞道。(二)(接尾)❶繞過，通過。☆東京駅～／通過東京火車站。❷周，圈，輪。☆ひと～上です／(年齡)大一輪。☆ひと～大きい／大一圈。

まわりみち⓪【回り道】(名)繞道，彎路。

まわ・る⓪【回る】(自五)❶轉動，旋轉。☆月が地球を～／月亮繞地球轉。☆目が～／目眩。頭暈。❷走訪，巡視，周遊。☆得意先を～／走訪主顧。❸迂廻，繞彎。★急がば

～・れ／欲速則不達。❹轉移，轉遞，轉職，輪流。☆会計課へ～／調到會計科。❺靈活，靈敏。☆よく頭の～人／頭腦靈活的人。❻發作。☆酒が～／酒性發作。❼周到。☆気が～／周到。心細。❽（時間）過。☆もう二時を～・った／已經過兩點了。❾生利。☆一割に～／生一成利。

まん【真ん】(接頭)正。☆～まるい／圓溜溜。圓滾滾。

まん①【万】(名)萬。

まん【満】〔一〕①(名)滿歲。☆～で五歲／滿五歲。〔二〕(接頭)滿，整。☆～三年／三年整。

まんいち①【万一】(名・副)萬一。

まんいん⓪【満員】(名)客滿。

まんが⓪【漫画】(名)漫畫。

まんかい⓪【満開】(名・自サ)盛開。

マンガン①【荷 mangan】(名)錳。

まんきつ⓪【満喫】(名・他サ)飽餐，飽嘗。

まんげつ①【満月】(名)滿月，望月，圓月。

まんざい③【漫才】(名)相聲。☆～師／相聲演員。

まんざら⓪【満更】(副)（下接否定語）（並非）完全。☆～知らない仲ではない／並非素不相識。

まんじゅう③【饅頭】(名)豆包，豆沙饅頭。☆肉～／包子。

まんじょう⓪【満場】(名)全場。

まんせい⓪【慢性】(名)慢性。

まんぞく①【満足】〔一〕(名・自サ)滿足，滿意。〔二〕(形動)圓滿，完美。

まんちょう⓪【満潮】(名)滿潮。

まんてん③【満点】(名)❶滿分。❷完美無缺。

マント①【法 manteau】(名)斗篷。

マンドリン⓪【mandolin】(名)曼陀鈴。

まんなか⓪【真ん中】(名)中央，正中間。

まんねんひつ③【万年筆】(名)自來水筆。鋼筆。

まんびき④⓪【万引き】(名・他サ)（在商店裡）扒竊。

まんぷく⓪【満腹】(名・自サ)吃飽。☆もう～です／已經吃飽了。

マンホール③【manhole】(名)進入孔，工作口，升降口。

まんまと①(副)完全，巧妙。

マンモス①【mammoth】(名)❶長毛象。❷巨型，巨大。

まんゆう【漫遊】⓪(名・自サ)漫遊。

ミ・み

[MI]

み【未】（接頭）未。☆～発表／未發表。

み（接尾）（接形容詞詞幹後）表示狀態、程度。☆重～／重量。☆弱～／弱點。

み⓪【身】（名）❶身體。★～につける／穿（衣服）。攜帶。掌握。❷自身。★～から出た錆（さび）／自作自受。❸身分，處境。★～の程を知らない／不自量力。❹身心。精神。★～を入れる／專心致志。❺肉。☆魚の～／魚肉。❻（器物的）身，體。☆刀の～／刀身。

み⓪【実】（名）❶果實。❷種子。❸內容。❹湯裏的菜。

み①【箕】（名）簸箕。

みあい⓪【見合い】（名）❶相親。☆～結婚／經人介紹結婚。❷平衡，相抵。

みあ・げる⓪【見上げる】（他下一）❶仰望。❷佩服，欽佩。

みあわ・す⓪③【見合わす】（他五）→みあわせる

みあわ・せる⓪【見合わせる】（他下一）❶互相看。❷對照，比較。❸暫停，停止。

みいだ・す⓪【見出す】（他五）找到，發現，看出。

ミイラ①【葡mirra】（名）木乃伊。★～取りが～になる／去叫人的人一去不回。

みいり⓪【実入り】（名）❶（穀物）結實。❷收入。☆～がいい／收入好。

みい・る⓪【見入る】（自他五）注視，看得出神。

みう・ける⓪【見受ける】（他下一）❶看到，看見。❷看來，看起來。

みうごき②④【身動き】（名）（身體）動彈。☆～できない／動彈不得。

みうしな・う⓪【見失う】（他五）迷失，看丟。☆犯人を～・った／看丟了犯人。

みうち⓪【身内】(名)❶渾身，全身。❷親戚。❸自家人。

みえ②【見え】(名)外表，外觀。★～を張る／裝潢門面。★～を切る／亮相。

みえぼう③【見栄坊】(名)虛榮的人。

み・える②【見える】(自下一)❶看得見。☆海が～／看得見海。❷看來，好像，顯得。☆わかく～／顯得年輕。❸(〝来る〟的敬語)來，光臨。

みおくり⓪【見送り】(名・他サ)❶送行。❷(為等待好機會而)放過，擱置。

みおく・る⓪【見送る】(他五)❶目送。❷送行。❸送終。❹送葬。❺放過，觀望，擱置。☆ひと電車～・ろう／(不坐這趟)坐下趟電車吧。

みおとし⓪【見落し】(名)看漏，疏忽。

みおと・す⓪【見落す】(他五)看漏，疏忽。

みおぼえ⓪【見覚え】(名)眼熟，認識，彷彿見過。

みおろ・す⓪【見下ろす】(他五)❶俯視。❷輕視。

みかい⓪【未開】(名)❶未開化。❷未開墾。

みかぎ・る⓪【見限る】(他五)❶斷念，放棄。❷拋棄，不理睬。

みかく⓪【味覚】(名)味覺。

みが・く⓪【磨く・研く】(他五)❶刷，擦，磨。☆歯を～／刷牙。❷練，磨練，推敲。☆腕を～／練本領。❸修飾，打扮。

みかけ⓪【見掛け】(名)外表，外觀。☆～倒(だお)し／虛有其表。

みかげいし③【御影石】(名)花崗岩。

みか・ける⓪【見掛ける】(他下一)❶剛看，開始看。❷看見，看到。❸乍看，看上去。

みかた③②【見方】(名)看法，見解，觀點。

みかた⓪【味方】(一)(名)我方，伙伴，朋友。(二)(自サ)支持，幫助，援助。

みかづき⓪【三日月】(名)新月，月牙兒。

みがる⓪【身軽】(名・形動)❶身體輕，身體靈便。❷輕鬆，沒負擔。❸輕裝。

みがわり④⓪【身代り】(名)替身，代替別人。

みかん①【蜜柑】(名)桔子。

みき①【幹】(名)❶樹幹。❷骨幹。

みぎ【右】(名)❶⓪右，右方。☆～へならえ／向右看齊！★～から左へ／一手來一手去，到手就光。★～に出る者がない／無出其右。❷⓪右派，右翼。❸①(豎寫文章的)上文。☆～のとおり／如上。

みぎうで⓪【右腕】(名)❶右胳膊。❷左右手。
みぎがわ⓪【右側】(名)右側。
みぎきき⓪【右利き】(名)用右手(的人)。
ミキサー①【mixer】(名)攪拌機。
みぎて⓪【右手】(名)❶右手。❷右邊。
みき・る⓪②【見切る】(他五)❶看完。❷斷念，絕望。❸廉價甩賣。❹看清。
みきわ・める⓪【見極める】(他下二)看清，弄清，分清。
みくだ・す⓪【見下す】(他五)輕視，瞧不起。
みくび・る⓪【見縊る】(他五)輕視，小看。
みくら・べる④【見比べる】(他下二)對比，比較。
みぐるし・い④【見苦しい】(形)❶難看，骯髒，不整齊。❷丟臉，寒傖，不體面。

みこし⓪①【神輿】(名)(祭祀時人們抬著遊行的)神轎。
みこ・す⓪【見越す】(他五)❶隔著…看。❷預料，預測。
みごと①【見事】(形動)❶漂亮，好看。❷精采，出色，完全，徹底。
みこみ⓪【見込み】(名)❶希望，前途。☆~のある青年/有前途的青年。❷預計，預料，估計。☆~が立たない/無法估計。
みこ・む⓪【見込む】(他五)❶估計，預料。❷估計在內，計算在內。❸相信，信賴。❹盯上，纏住。☆蛇に~・まれた蛙/被蛇盯上了的青蛙。
みごろ③②【見頃】(名)正好看的時候。
みごろし⓪④【見殺し】(名)見死不救，坐視不救。
みこん⓪【未婚】(名)未婚。
ミサ①【拉 missa】(名)彌撒。

ミサイル②【missile】(名)飛彈。
みさお⓪【操】(名)❶貞操，貞節。☆~を破る/失身。❷節操。
みさき⓪①【岬】(名)海角。
みじか・い③【短い】(形)短。日が~/天短。★気が~/性急。
みじたく②【身支度】(名)裝束，打扮。
みじめ①【惨め】(名・形動)悲慘，淒慘。
みじゅく⓪①【未熟】(名・形動)❶(果實)生，不熟。❷不成熟，不熟練。
みし・る⓪【見知る】(他五)認識，熟悉，見過。
ミシン①【machine】(名)縫紉機。
みじん⓪【微塵】(名)❶碎，粉碎。☆玉葱を~に切る/把洋蔥切成末。❷一點點。☆~もない/絲毫沒有。
ミス①【miss】(名・自サ)錯誤，失

み

誤，失敗。

ミス①【Miss】(名)小姐，姑娘。

みず⓪【水】(名)水，涼水。★～と油／水火不相容。★～に流す／付諸東流。★～になる／化為泡影。★～を打ったよう／鴉雀無聲。★～を差す／潑冷水。挑撥離間。

みずあげ④【水揚げ】(名・他サ)❶(船)卸貨。❷漁獲量。❸(服務業)收入。❹(插花)讓花的枝幹充分吸水。❺(妓女)初次接客。

みずいらず③【水入らず】(名)沒外人，只有自家人。

みずいろ⓪【水色】(名)淺藍色。

みずうみ③【湖】(名)湖。

みずおけ③【水桶】(名)水桶。

みずがめ⓪【水瓶】(名)水缸。

みずから①【自ら】〔一〕(名)自己，自身。〔二〕(副)親自，親身。

みずぎ⓪【水着】(名)游泳衣。

みずききん④③【水飢饉】(名)缺水，水荒。

みずぎわ⓪【水際】(名)水邊。

みずくさ・い⓪④【水臭い】(形)❶水分多，味淡。❷見外。

みずぐすり③⑤【水薬】(名)藥水。

みずぐるま③【水車】(名)水車。

みずけ⓪【水気】(名)水分。

みすご・す⓪【見過ごす】(他五)❶看漏，沒看到。❷置之不理。❸饒恕。

みずさきあんない⑤【水先案内】(名)引水(員)，引航，領港。

みずしょうばい③【水商売】(名)攬客買賣，服務行業。

みずしらず①【見ず知らず】(名)素不相識。

みずたまり⓪【水溜り】(名)水坑，水窪。

みずっぽ・い④【水っぽい】(形)水分多，沒味道。

みす・てる⓪【見捨てる】(他下一)拋棄。

みずとり⓪【水鳥】(名)水鳥。

ミスプリント④【misprint】(名)印錯(的字)。

みすぼらし・い⑤①【見窄らしい】(形)難看，破舊，寒酸。

みずみずし・い⑤【瑞瑞しい】(形)水靈靈，嬌嫩。

みずわり⓪【水割り】(名・他サ)❶摻水，對水。❷摻假。☆仕事の～／偷懶。磨洋工。

みせ②【店】(名)店舖。

みせいねん②【未成年】(名)未成年。

みせかけ⓪【見せ掛け】(名)表面，外表，虛假。☆～の平和／假和平。

みせか・ける⓪【見せ掛ける】(他下一)裝，假裝，裝作。

みせさき④③【店先】(名)店頭，店前。

みせじまい③【店仕舞】(名・他

サ)❶閉店。❷停業，倒閉。

みせしめ⓪【見せしめ】(名)懲戒，儆戒。

みせつ・ける⓪【見せ付ける】(他下二)顯示，炫耀，賣弄。

みせばん⓪【店番】(名)看店的。

みせびらか・す⑤【見せびらかす】(他五)顯示，炫耀，誇示。

みせびらき③【店開き】(名・自サ)❶開門。❷開業。

みせもの④③【見世物】(名)❶雜耍，雜技。❷(成為別人的)玩物，耍物。☆～にされる／被當成玩物耍弄。

み・せる【見せる】(一)②(他下一)❶給…看，讓…看。☆親に写真を～／把照片給父母看。☆ちょっと～・せてください／請給我看看。❷顯露，顯示，使…顯得。☆姿を～／露面。☆すぐれた才能を～・せた／顯示了非凡的才能。☆背を高く～／使個子顯得高。❸假裝，裝作。☆病気のように～／裝病。(二)(補動)(用"てみせる"的形式)❶做…給別人看。☆縄をなって～／搓繩給人看。❷表示意志和決心。☆一〇〇点を取って～／非得滿分不可。

みそ①【味噌】(名)味噌。豆醬。★～も糞も一緒にする／不分好壞。★～をする／拍馬。

みぞ⓪【溝】(名)❶水溝。❷溝，槽。❸隔閡。

みぞう⓪②【未曾有】(名・形動)未曾有，空前。

みそか⓪【晦日・三十日】(名)(每月的)三十號，月底。

みそこな・う⓪【見損なう】(他五)❶看錯。❷錯過看的機會。❸看錯(人)。☆おれを～な／你別看錯了人!你別小看我!

みそしる③【味噌汁】(名)味噌湯。醬湯。

みぞれ⓪【霙】(名)雨夾雪。

みたい(助動)像，好像。☆お前～な奴／像你這樣的傢伙。

みだし⓪【見出し】(名)標題。☆～語／詞目。

みた・す②【満たす】(他五)❶充滿，填滿。❷滿足。☆条件を～／滿足條件。

みだ・す②【乱す】(他五)弄亂，擾亂。

みだら①【淫ら】(形動)淫亂，猥褻。

みだ・れる③【乱れる】(自下一)亂，雜亂，紊亂。

みち⓪【道】(名)❶道，道路。☆～にまよう／迷路。❷路上，途中。❸路程。❹手段，辦法，途徑。☆昇進の～／晉升的途徑。❺專門，領域。☆その～の達人(たつじん)／那方面的高手。❻道理，道義。☆～にかなう／合乎道義。

みち①【未知】(名)未知。

みちあんない③【道案内】(名)❶

嚮導。❷路標。

みぢか⓪【身近】(名・形動)❶身邊，身旁。❷切身。☆～な問題／切身的問題。

みちが・える⓪【見違える】(他下一)看錯，認錯。

みちくさ⓪【道草】(名)路旁的草。★～を食う／在路上閒逛。

みちしお⓪【満ち潮】(名)滿潮。

みちしるべ③⑤【道標】(名)❶路標。❷嚮導，指南。

みちすじ⓪【道筋】(名)❶(經過的)道理，路線。❷道路，條理。☆～が立たない／沒道理。

みちづれ⓪④【道連れ】(名)旅伴。

みちのり⓪【道程】(名)路程，路途，距離。

みちばた⓪【道端】(名)路旁。

みちび・く③【導く】(他五)❶帶路，領路。❷指引，引導。☆子供を～／教導孩子。❸導致，引入。☆失敗に～／導致失敗。

みちみち⓪②【道道】(副)沿途，一路上。

み・ちる②【満ちる】(自上一)❶滿，充滿。☆自信に～／充滿自信。❷(期)滿。❸(潮)滿。❹(月)圓。

みつ①【密】(名・形動)❶稠密，緊密，嚴密。❷親密。❸秘密。

みつ①【蜜】(名)蜜。

みっか⓪【三日】(名)❶(每月的)三日，三號。❷(天數)三日，三天。☆～坊主(ぼうず)／三天打魚兩天晒網(的人)。

みつか・る⓪【見付かる】(自五)被發現，被找到。

みつげつ②⓪【蜜月】(名)蜜月。☆～旅行／蜜月旅行。

みつ・ける⓪【見付ける】(他下一)❶發現，找到。❷看慣，眼熟。

みっせつ⓪【密接】(一)(名・自サ)緊連，緊挨。(二)(形動)密切，緊密。

みっともな・い⑤(形)❶醜，難看。❷不像樣，不體面。

みつばち②【蜜蜂】(名)蜜蜂。

みつぼうえき③【密貿易】(名)走私。

みつまた⓪【三叉】(名)三叉，三岔。

みつ・める⓪【見詰める】(他下一)注視，凝視。

みつもり⓪【見積り】(名)估計。☆～書／估價單。

みつも・る⓪【見積る】(他五)估計。

みつゆ⓪【密輸】(名・他サ)走私。☆～品／走私貨。

みつゆしゅつ③【密輸出】(名・他サ)走私出口。

みつゆにゅう③【密輸入】(名・他サ)走私進口。

みてい⓪【未定】(名・形動)未

定。☆～稿／未定稿。

みとおし⓪【見通し】(名)❶遠望，瞭望。☆～がきく／視野開闊。❷預料，預測。❸前途，前程。

みどころ②【見所】(名)❶精采處，值得看的地方。❷前途，前程。

みとど・ける⓪【見届ける】(他下二)看準，看清，看到(最後)。

みと・める⓪【認める】(他下二)❶看到，看見。☆人影を～／看到有人影。❷斷定，認為。☆彼を犯人と～／斷定他是犯人。❸承認。☆犯罪の事実を～／承認犯罪事實。❹同意，允許。☆あなたの発言を～／同意你發言。❺器重，賞識。☆課長に～・められる／受到科長的賞識。

みどり①【緑】(名)綠色。

みとりず③【見取り図】(名)略圖，草圖，示意圖。

みと・れる⓪【見とれる】(自下二)看迷，看得出神。

みな【皆】(一)②(名)大家，全體，各位。(二)⓪(副)皆，全，都。

みなお・す⓪【見直す】(一)(自五)(疾病、景氣等)好轉。(二)(他五)❶重看，再看。❷重新估價，重新認識。

みなぎ・る③【漲る】(自五)❶漲滿。❷充滿，洋溢，瀰漫。☆若さが～／充滿青春活力。

みなさま②【皆様】(名)(“みなさん”的敬語)→みなさん。

みなさん②【皆さん】(名)大家，各位，諸位。

みな・す⓪【見做す】(他五)看作，視為，認為。

みなと⓪【港】(名)港，港口，碼頭。

みなみ⓪【南】(名)南。

みなもと⓪【源】(名)❶水源，發源地。❷起源，根源。

みならい⓪【見習い】(名)見習，學徒。☆～工／學徒工。

みなら・う⓪【見習う】(他五)❶見習、學習。❷模仿，以…為榜樣。☆彼のやり方を～・ってやってごらん／學著他的做法試試看。

みなり①【身形】(名)衣著，服裝，打扮。

みな・れる⓪【見慣れる】(自下二)看慣。

ミニカー①【minicar】(名)小型汽車。迷你車。

みにく・い③【醜い】(形)❶醜，醜陋，難看。❷卑鄙，可恥，醜惡。

ミニスカート④【miniskirt】(名)超短裙。迷你裙。

みぬ・く⓪【見抜く】(他五)看穿，看透，識破。

みね⓪②【峰】(名)❶峰，山峰。❷刀背。

みの①【蓑】(名)蓑，蓑衣。

みのうえ④【身の上】(名)身世，經歷，境遇。

みのが・す⓪【見逃す】(他五)❶看漏。❷錯過看的機會。❸放過，放跑。☆犯人を～／放跑犯人。❹饒恕，寬恕。☆今度だけは～・してやる／這次饒了你。

みのたけ②【身の丈】(名)身高。

みのほど④⓪【身の程】(名)身分。☆～知らず／不自量力。

みのまわり⓪【身の回り】(名)❶身邊，身邊事物。❷日常生活。

みのり⓪【実り】(名)❶結實，收成，成熟。❷成果，成績。

みの・る⓪②【実る】(自五)❶（作物）結實，成熟。❷有成績，有成果。

みはな・す⓪【見離す・見放す】(他五)拋棄，放棄。

みはらし⓪【見晴し】(名)眺望，景致。☆～がきく／視野開闊。

みはら・す⓪【見晴らす】(他五)眺望。

みはり⓪【見張り】(名)看守，站崗，放哨。

みは・る⓪【見張る】(他五)❶瞪大眼睛看。★目を～／目瞪口呆。瞠目結舌。❷看守，監視，站崗。

みぶり⓪①【身振り】(名)姿勢，舉止，動作。

みぶるい②③【身震い】(名・自サ)發抖，打顫，哆嗦。

みぶん①【身分】(名)身分。☆～証明書／身分證。

みぼうじん②【未亡人】(名)寡婦。

みほ・れる⓪【見惚れる】(自下一)看得出神，看得入迷。

みほん⓪【見本】(名)❶樣本，樣品。☆～市(いち)／商品展覽會。❷例子，典型。

みまい⓪【見舞い】(名)問候，慰問，探望。☆～状／慰問信。☆～品／慰問品。

みま・う⓪【見舞う】(他五)❶問候，慰問，探望。❷遭受。☆台風に～・われる／受颱風襲擊。

みまも・る⓪【見守る】(他五)❶看守，照料，監護。❷注視。

みまわ・す⓪【見回す】(他五)環視，張望。

みまわり⓪【見回り】(名)巡視（的人）。

みまわ・る⓪【見回る】(他五)❶巡視，巡邏。❷遊覽。

みまん①【未満】(名)未滿，不足。☆十八歲～／未滿十八歲。

みみ②【耳】(名)❶耳，耳朵。☆～が遠い／耳朵聾。★～が早い／消息靈通。耳朵長。★～にする★～に入る／聽到。★～にたこができる／聽膩。❷

（器物的）耳，把。❸（物品的）邊，緣。

みみざわり③【耳障り】（名）刺耳，難聽。

みみず⓪【蚯蚓】（名）蚯蚓。

みみずく②①【木菟】（名）貓頭鷹。

みみな・れる④【耳慣れる】（自下二）聽慣，耳熟。

みみわ⓪【耳輪】（名）耳環。

みめい⓪①【未明】（名）拂曉。

みもと③⓪【身元】（名）身分，出身，來歷。

みもの③【見物】（名）值得看（的東西）。

みや⓪【宮】（名）❶皇宮。❷皇族。❸神社。

みゃく②⓪【脈】（名）❶脈，脈搏。❷希望。

みやげ⓪【土産】（名）❶土產，特產。❷禮品。☆～話（ばなし）／旅行見聞。

みやこ⓪【都】（名）❶首都。❷繁華都市。

みやぶ・る⓪【見破る】（他五）看破，識破。

みょう①【妙】（一）（名）妙，巧妙。（二）（形動）奇怪。☆～な人間／奇怪的人。

みよう②【見様】（名）看法。

みょうあさ①【明朝】（名）明晨。

みょうごにち③【明後日】（名）後天。

みょうじ①【名字・苗字】（名）姓。

みょうちょう⓪【明朝】（名）明晨。

みょうにち①【明日】（名）明天。

みょうねん⓪【明年】（名）明年。

みょうばん①【明晚】（名）明晚。

みらい①【未来】（名）未來。

ミリ【法milli】（一）（造語）毫。☆～グラム／毫克。☆～メートル／毫米。☆～バール／毫巴。☆～リットル／毫升。（二）①（名）（"ミリメートル"的略語）毫米。

みりょく⓪①【魅力】（名）魅力。

みる【見る】（一）①（他上一）❶看。☆テレビを～／看電視。❷觀賞，參觀。☆神社を～／參觀神社。❸讀。☆本を～／看書。❹照料，照看。☆老人を～／照看老人。❺品嚐。☆味を～／嚐味道。❻查閱。☆辞書で～／查閱辭典。❼估計，判斷。☆三日かかると～／估計需要三天。❽處理。☆政務を～／處理政務。❾遭受。☆ばかを～／吃虧。上當。（二）（補動）…看，…試試看。☆考えて～／想想看。

ミルク①【milk】（名）牛奶。

みるみる①【見る見る】（副）眼看著。

みれん①【未練】（名・形動）❶留戀，依戀。❷不熟悉，不成熟。

みわけ⓪【見分け】（名）辨別，識

み

別。☆〜がつく／能識別。

みわ・ける⓪【見分ける】(他下一)辨別，識別，區分。

みわた・す⓪【見渡す】(他下一)遠望，眺望。☆〜かぎりの雪げしき／一望無際的雪景。

みんえい⓪【民営】(名)民營，民辦。

みんか①【民家】(名)民房。

みんかん⓪【民間】(名)民間。

ミンク①【mink】(名)水貂。

みんげいひん⓪【民芸品】(名)民間工藝品。

みんけん⓪【民権】(名)民權。

みんしゅ①⓪【民主】(名)民主。

みんしゅう⓪【民衆】(名)民眾，群眾。

みんぞく①【民族】(名)民族。

みんな③⓪(名・副)→みな

みんよう⓪【民謡】(名)民謠。

みんわ⓪【民話】(名)民間故事。

み

ム・む

[MU]

む①【無】(名)無。★～に帰する★～になる／化為烏有。化為泡影。

むいか⓪【六日】(名)❶(毎月的)六日，六號。❷六天。★～の菖蒲(あやめ)／明日黃花。雨後送傘。

むいしき②【無意識】(名・形動)❶無意識。❷無知覺。

むいみ②【無意味】(名・形動)無意義，無價值，沒意思。

ムード①【mood】(名)氣氛，心情，情緒。

むかい⓪【向かい】(名)對面，對過，對門。

むがい①【無害】(名・形動)無害。

むか・う⓪【向かう】(自五)❶向，對，朝。☆鏡に～／對著鏡子。❷往，去。☆東京へ～／去東京。❸反抗，對抗。☆敵に～／抗敵。☆風に～／頂風。❹趨向，接近。☆快方(かいほう)に～／病情轉好。

むかえ⓪【迎え】(名)❶迎接。❷請。☆医者を～に行く／去請醫生。

むか・える⓪【迎える】(他下一)❶迎接。☆客を～／迎接客人。❷請，聘請。☆会長に～／聘為會長。❸娶。☆嫁を～／娶媳婦。❹迎合。☆意を～／迎合他人心意。❺迎擊。☆敵を～／迎敵。

むがく①【無学】(名・形動)沒文化，沒學問。

むかし⓪【昔】(名)過去，從前，往昔，古時候。

むかしばなし④【昔話】(名)❶傳說，故事。❷舊話，老話。

むかで⓪【百足】(名)蜈蚣。

むかんかく②【無感覚】(名・形動)❶沒感覺，沒知覺。❷麻木不仁，無動於衷。

むかんけい②【無関係】(名)沒關係，無關。

むかんしん②【無関心】(名)不關心。

むき【向き】(一)①(名)❶方向。☆風の～／風向。❷傾向。☆高まる～がある／有增高的傾向。❸方面。☆その～に届ける／送到有關方面。❹意思，趣旨。☆ご用の～によっては／按照您的意思。❺人。☆賛成の～も多い／贊成的人也很多。❻適合，適應。☆人にはそれぞれ～不向きがある／人各有所長。❼(多用"むきになる"的形式)當真，生氣。☆冗談に～になって怒った／把玩笑當真，生氣了。(二)(接尾)適合。☆子供～の本／兒童讀物。

むぎ①【麦】(名)麥，麥子。

むきあ・う③【向き合・う】(自五)相對，相向。

むきだし⓪【剝き出し】(名・形動)❶露出，裸露。❷露骨，不掩飾。

むぎわら③⓪【麦藁】(名)麥桿。

む・く⓪【向く】(一)(自五)❶向，面，朝。☆北に～／朝北。❷趣向，傾向。☆病気が快方に～／病情好轉。☆運が～／轉好運。❸適合。☆女性に～仕事／適合婦女幹的工作。(二)(他五)朝向，轉向。☆こっちを向いてごらん／請面向這邊。☆右～・け右／(口令)向右轉！

む・く⓪【剝く】(他五)剝，削。☆皮を～／剝皮。

むく①【無垢】(名・形動)❶純，純粹。☆金(きん)～／純金。❷純潔。☆～な少女／純潔的少女。

むく・いる⓪③【報いる】(他上一)報，報答。

むくげ⓪【木槿】(名)木槿。

むくち①【無口】(名・形動)不愛說話，沉默寡言。

むけ【向け】(接尾)向。☆海外～の放送／對海外廣播。

むげい①【無芸】(名・形動)無能，沒本事。☆～大食(たいしょく)／飯桶。★多芸(たげい)は～／樣樣通樣樣鬆。

む・ける③【向ける】(他下一)❶向，朝，對。☆顔を前に～／臉朝前。❷派遣，打發。☆代理の者を～／派代理人去。❸挪用，撥作。☆自家用に～／挪作自用。

む・ける⓪【剝ける】(自下一)剝落，脫落。

むげん⓪【無限】(名・形動)無限。

むこ①【婿】(名)❶婿，女婿。❷新郎。

むこう⓪【向こう】(名)❶前面，對面。☆～からやってくる／從前面走來。❷那邊。☆山の～／山的那邊。❸目的地。☆～へ着いたら、知らせる／到了那裡就通知你。❹對方。☆〜の言い分も聞こう／也聽聽對方的意見吧。❺今後，以後。☆三月から〜は忙しい／三月以後就忙了。

むこう⓪【無効】(名・形動)無效，失效。

むこうがわ⓪【向こう側】(名)❶對面，那邊。❷對方。

むごん⓪【無言】(名)無言，沉默。

むさぼ・る③【貪る】(他五)貪，貪圖，貪婪。

むざん①【無残・無惨】(形動)❶殘酷，殘忍。❷悽慘，悲慘。

むし⓪【虫】(名)蟲，蟲子。★〜がいい／自私自利。★〜がおさまる／消氣。息怒。★〜が知らせる／預感。★〜が好かない／覺得討厭。★〜がつく／生蟲子。(女人)有情人。★一寸の〜にも五分(ごぶ)の魂(たましい)／匹夫不可奪其志。★〜も殺さぬ／菩薩心腸。

むし①【無視】(名・他サ)無視，忽視。

むじ①【無地】(名)(布等)素色，沒花紋。

むしあつ・い④【蒸し暑い】(形)悶熱。

むしかえ・す⓪【蒸し返えす】(他五)重蒸，回籠。

むしくい⓪【虫食い】(名)蟲蛀，蟲眼。

むしくだし③【虫下し】(名)驅蟲藥。

むじな⓪③【狢・貉】(名)❶貉。★一つ穴の〜／一丘之貉。❷狸。

むしば⓪【虫歯】(名)蟲牙，齲齒。

むしば・む③【蝕む】(他五)侵蝕，腐蝕。

むじひ①②【無慈悲】(名・形動)殘忍，狠毒。

むしめがね③【虫眼鏡】(名)放大鏡。

むじゃき①【無邪気】(名・形動)天真，單純，幼稚。

むじゅん⓪【矛盾】(名・自サ)矛盾。

むじょうけん②【無条件】(名)無條件。

むしょぞく②【無所属】(名)無黨派。

むし・る⓪【毟る】(他五)揪，拔，薅。

むしろ③【蓆・莚】(名)蓆子，草蓆。

むしろ①【寧ろ】(副)❶寧可，毋寧，與其…不如…。❷倒是。☆私は〜このように考える／我倒是這樣想。

むしん⓪【無心】(一)(形動)❶天真，幼稚。❷專心致志，一心一意。(二)(名・他サ)(厚著臉皮)要(錢、物等)。

むじん⓪【無人】(名)無人。

むしんけい②【無神経】(名・形動)❶麻木不仁。❷不體諒人。

❸不知羞恥。

む・す①【蒸す】㈠(自五)悶熱。㈡(他五)蒸，熱。

むすう②【無数】(名・形動)無數。

むずかし・い⓪【難しい】(形)❶難，困難。☆～問題／難題。❷難懂。☆～理論／艱深的理論。❸難治。☆～病気／難治的病。❹麻煩，費事。☆～手續き／麻煩的手續。❺好挑剔。☆食べ物に～／吃東西挑剔。❻不高興。☆～顔をする／苦喪著臉。

むすこ⓪【息子】(名)兒子。

むすび⓪【結び】(名)❶結合，連接。❷結束，終結。❸飯糰。

むすびつ・く④【結び付く】(自五)❶結合。❷有關係，有關聯。

むすびつ・ける⑤【結び付ける】(他下一)❶繫，拴。☆荷物に名札を～／把名牌拴在行李上。❷結合，聯結。

むすびめ⓪【結び目】(名)結，扣。☆～をほどく／解扣兒。

むす・ぶ⓪【結ぶ】㈠(他五)❶繫，紮。☆ネクタイを～／繫領帶。❷連結。☆東京と大阪を～／連結東京和大阪。❸結，締結。☆縁を～／結緣。❹結束。☆文章を～／結束文章。❺結(果)，凝結。☆実を～／結果。☆露を～／結露珠。❻緊閉(嘴)，緊握(手)。㈡(自五)結。☆実が～／結果。

むすめ③【娘】(名)❶女兒。❷姑娘，少女。

むせいぶつ②【無生物】(名)無生物。

むせきにん②【無責任】(名・形動)❶沒責任。❷不負責任。

むせ・ぶ⓪【咽ぶ・噎ぶ】(自五)❶哽咽，抽泣。❷嗆，噎。

む・せる⓪【噎せる】(自下一)嗆，噎。

むせん⓪【無線】(名)無線。☆～電信／無線電通信。

むそう⓪【無双】(名)無雙，無比。☆天下～／舉世無雙。

むそう⓪【夢想】(名・他サ)夢想。

むぞうさ②【無造作】(名・形動)❶容易，簡單，輕而易舉。❷隨意，隨便，輕率。

むだ⓪【無駄】(名・形動)❶徒勞。❷浪費。☆労力を～に使う／浪費勞力。

むだづかい③【無駄遣い】(名・他サ)浪費。

むだん①⓪【無断】(名)擅自。

むち①【鞭】(名)鞭子。

むち①【無知】(名・形動)❶無知，沒知識。❷愚笨，愚蠢。

むちゃ①【無茶】(名・形動)❶無理，胡鬧。☆～なことを言うな／別瞎說。❷過分，非常。

むちゃくちゃ⓪【無茶苦茶】

(名・形動)❶亂七八糟，毫無道理。❷過分，非常。

むちゅう⓪【夢中】(名・形動)❶夢中。❷忘我，熱中，入迷，拼命。☆読書に～になる／拼命讀書。

むっつ③【六つ】(名)六，六個，六歲。

むつまじ・い④⓪【睦まじい】(形)和睦。

むてき①【無敵】(名・形動)無敵。

むてっぽう②【無鉄砲】(名・形動)魯莽，莽撞。

むでん⓪【無電】(名)無線電通信，無線電話。

むとどけ②【無届け】(名)沒報告，沒請示。☆～欠勤／曠工。☆～外出／擅自外出。

むなざんよう③【胸算用】(名)心中盤算，內心估計。

むなし・い⓪③【空しい・虛しい】(形)❶空，空虛，空洞。❷徒然，白白。

むね②【旨】(名)意思，意旨。

むね②【旨・宗】(名)宗旨。

むね②【胸】(名)❶胸。胸膛。☆～を張る／挺胸。❷心臟。☆～がどきどきしている／心裡怦怦跳。❸肺。☆～を病む／患肺病。❹胃。☆～が焼ける／燒心。胃不舒服。❺心裡，內心。☆～を打ち明ける／傾訴衷情。

むね【棟】(一)⓪②(名)屋脊，大樑。(二)(接尾)棟。☆平屋二～／兩棟平房。

むのう⓪【無能】(名・形動)無能。

むふんべつ②【無分別】(名・形動)輕率，魯莽，不知輕重。

むほん①【謀反・謀叛】(名・他サ)謀反，造反，叛變。

むやみ①【無暗・無闇】(形動)❶胡亂，隨便。❷過度，過分。

むよう①⓪【無用】(名・形動)❶無用。☆無用の長物(ちょうぶつ)／無用之物。❷無需，沒必要。☆心配ご～／無需擔心。❸無事。☆～の者入るべからず／閒人免進。❹禁止。☆天地～／切勿倒置。

むら【群・叢】(造語)群，叢。

むら⓪【斑】(名・形動)❶斑駁。❷不齊，不勻。❸易變。

むら②【村】(名)村。

むらが・る③【群がる】(自五)聚集，群集。

むらさき②【紫】(名)紫色。

むり①【無理】(名・形動)❶無理。☆～なお願い／無理要求。❷勉強，不合適，難以辦到。☆この仕事は彼には～だろう／這項工作他恐怕辦不到。❸過分，過度。☆仕事の～で病気になった／由於過度勞累，病倒了。❹強迫，硬逼。☆客に～に酒をすすめる／灌客人喝酒。

むりょう①⓪【**無料**】(名)免費。☆入場〜/免費入場。

むれ②【**群れ**】(名)群。☆〜をなす/成群。

む・れる②【**群れる**】(自下一)成群,群集。

むろん⓪【**無論**】(副)當然。

む

[ME]

め(接尾)（蔑）東西，傢伙。☆こいつ～／這小子！

め【目】(接尾)❶（表示順序）第。☆三年～／第三年。❷連接處，分界線。☆結び～／結。扣。☆割れ～／裂縫。❸（表示程度）…一些，…一點兒。☆細～の糸／細一點兒的線。

め①【目】(名)❶眼，眼睛。☆～をあける／睜眼。☆～を閉じる／閉眼。❷眼珠，眼球。☆黒い～／黑眼珠。❸眼神，目光。☆～がきつい／目光銳利。❹眼力，眼光。★～が高い／有眼力。❺（痛苦的）經歷。★ひどい～に会う／遭殃。倒楣。❻（木材）紋理。☆～のあらい板／粗紋木板。❼（網）眼，孔。❽（鋸）齒。❾（骰子）點。❿（秤、尺上的）星。

め①【芽】(名)芽。☆～が出る／發芽。

めあたらし・い⑤【目新しい】(形)新鮮，新奇，新穎。

めあて①【目当て】(名)❶目標。❷目的，企圖。

めい①【姪】(名)侄女，外甥女。

めい【名】(一)(接頭)名。☆～コーチ／名教練。(二)(接尾)❶名。☆学校～／校名。❷名，人。☆三十～／三十名。

めいあん⓪【名案】(名)妙計，好主意。

めいおうせい⓪【冥王星】(名)冥王星。

めいかく⓪【明確】(名・形動)明確。

めいげつ①【名月】(名)（中秋）明月。

めいげつ①【明月】(名)明月。

めいさく⓪【名作】(名)名作。

めいさん⓪【名産】(名)名產。

めいし⓪【名刺】(名)名片。

めいし⓪【名詞】(名)名詞。

めいしょ③⓪【名所】(名)名勝。☆～旧跡／名勝古蹟。
めいしょう⓪【名称】(名)名稱。
めい・じる⓪③【命じる】(他上一)❶命令。❷任命。❸命名。
めいしん⓪【迷信】(名)迷信。
めいじん③【名人】(名)名人。
めい・ずる⓪③【命ずる】(他サ)→めいじる
めい・ずる⓪③【銘ずる】(他サ)銘記。★肝に～／銘諸肺腑。
めいせい⓪【名声】(名)名聲，聲譽。
めいせき⓪【明断】(名・形動)明晰，清晰。
めいちゅう⓪【命中】(名・自サ)命中。☆～率／命中率。
めいちょ①【名著】(名)名著。
めいにち①【命日】(名)忌辰。
めいはく⓪【明白】(名・形動)明白，明顯。
めいび①【明媚】(名・形動)明媚。☆風光～／風光明媚。
めいぶつ①【名物】(名)❶名產。❷(因奇特、古怪而)有名，著名。
めいぼ⓪【名簿】(名)名單，名簿。
めいめい③【銘銘】(名)各自，各個。
めいもく⓪【名目】(名)名義，藉口。
めいもん⓪【名門】(名)名門，世家。
めいよ①【名誉】(名・形動)名譽，榮譽，光榮。
めいり①【名利】(名)名利。
めいりょう⓪【明瞭】(名・形動)明瞭。
めい・る②【滅入る】(他五)灰心，洩氣，消沉。
めいれい⓪【命令】(名・他サ)命令。
めいろう⓪【明朗】(形動)❶明朗。❷光明正大，公正無私。
めいわく①【迷惑】(名・形動・自サ)麻煩，為難，打擾。☆～をかける／添麻煩。
めうえ⓪③【目上】(名)❶上司，上級。❷長輩。
メーカー①【maker】(名)廠家，廠商，製造商。
メーター①【metre】(名)❶表，計，儀表。☆ガス～／煤氣表。❷米，公尺。
メーデー①【May Day】(名)五一國際勞動節。
メートル⓪【metre】(名)米，公尺。
めかけ③【妾】(名)妾。
めが・ける③【目掛ける】(他下一)對準，指向，以…為目標。
めかた⓪【目方】(名)重量，分量。
めがね①【眼鏡】(名)眼鏡。
メガホン①②【megaphone】(名)話筒，喇叭筒。
めがみ①【女神】(名)女神。
めきめき①(副)迅速，顯著。

め・く（接尾）有…傾向，有…意味。☆春～／有春意。

めぐすり②【目薬】（名）眼藥。

めぐま・れる⓪④【恵まれる】（自下一）❶幸福，幸運。❷富有…，受…的恩惠。☆天気に～／天公作美。遇上好天氣。

めぐみ⓪【恵み】（名）恩惠。

めぐ・む⓪②【恵む】（他五）施捨，救濟。

めくら③【盲】（名）瞎子，盲人。

めぐら・す⓪【巡らす・回らす】（他五）❶轉。☆首を～／轉過頭去。❷圍上。☆かきねを～／圍上籬笆。❸動腦筋。☆思案を～／想辦法。

めく・る⓪【捲る】（他五）翻，掀，揭下。☆ページを～／翻書。

めぐ・る⓪【巡る・回る】（他五）❶循環。☆また大晦日が～ってきた／又到了除夕。❷周遊。❸圍繞。


めさき③【目先】（名）❶眼前。❷當前。❸預見。❹外表，外觀。

めざ・す②【目指す】（他五）向著，指向，以…為目標。

めざと・い③【目敏い】（形）❶眼尖。❷易醒。

めざまし・い④【目覚ましい】（形）顯著，驚人。

めざましどけい⑤【目覚まし時計】（名）鬧鐘。

めざ・める③【目覚める】（自下一）❶醒，睡醒。❷醒悟，覺悟。

めざわり②【目障り】（名・形動）刺眼，礙眼。

めし②【飯】（名）飯。

めしあが・る⓪【召し上がる】（他五）（敬）吃，喝。

めした③⓪【目下】（名）❶下級。❷晚輩。

めしつかい③④【召し使い】（名）僕人，佣人。


めしべ①【雌蕊】（名）雌蕊。

メジャー①【measure】（名）卷尺。

めじるし②【目印】（名）目標，標記，記號。

めじろ⓪【目白】（名）繡眼鳥。

めじろおし⓪【目白押し】（名）❶擁擠。❷（兒童遊戲）擠香油。

めす②【雌】（名）雌，牝，母。

メス①【荷 mes】（名）手術刀。

めずらし・い④【珍しい】（形）❶稀奇，珍奇，罕見。❷新奇，新穎。❸珍貴。

めだか⓪【目高】（名）鱂。

めだ・つ②【目立つ】（自五）顯眼，引人注目。

めだま③【目玉】（名）❶眼珠，眼球。❷斥責。☆お～を食う／受申斥。

メダル①【medal】（名）奬章，紀念章。

メタン①【徳 Methan】（名）甲烷。

☆〜ガス／沼氣。

めちゃ①【目茶・滅茶】(名・形動)❶不合理。沒道理。☆〜を言うな／別蠻不講理。❷過分，荒謬。

めちゃくちゃ⓪【目茶苦茶・滅茶苦茶】(名・形動)亂七八糟。

めつき①【目付き】(名)眼神，眼光。

めっき⓪【滅金・鍍金】(名・他サ)❶鍍，鍍金。❷掩飾。

メッセージ①【message】(名)❶口信，書函。致詞。❷聲明。❸(美國總統)咨文。

めった①【滅多】(形動)任意，隨便，胡亂。

めったに①【滅多に】(副)(下接否定語)很少，不常。☆〜客が来ない／很少來客人。

めつぼう⓪【滅亡】(名・自サ)滅亡。

めっぽう③【滅法】[一](形動)不合情理。[二](副)格外，非常。

めでた・い③【目出度い】(形)❶可賀，可喜。❷幸運，圓滿，順利。❸(前加"お")有點傻氣。☆お〜人／傻瓜。

めど①【目処】(名)目標，眉目。★〜がつく／有頭緒。

メニュー①【menu】(名)菜單，菜譜。

めぬき③①【目抜き】(名)顯眼，繁華，熱鬧。

めのう②①【瑪瑙】(名)瑪瑙。

めのまえ③【目の前】(名)眼前，目前。

めばえ③②【芽生え】(名)❶發芽。❷萌芽。

めはし①【目端】(名)眼力。★〜がきく／有眼力。

めはな①【目鼻】(名)❶眼和鼻。❷相貌，五官。❸眉目，輪廓。

めぶんりょう②【目分量】(名)估計分量。

めぼし①【目星】(名)目標。★〜がつく／有線索。

めまい②【目眩】(名)目眩，頭暈。

めまぐるし・い⑤【目まぐるしい】(形)令人眼花，眼花繚亂。

めめし・い③【女女しい】(形)女人似的，懦弱。

メモ①【memo】(名・他サ)記錄，筆記，便條，備忘錄。☆〜を取る／做記錄。記筆記。

めもり③【目盛り】(名)刻度。☆〜を読む／看刻度。

めやす⓪【目安】(名)標準，目標。

メリケンこ⓪【メリケン粉】(名)麵粉。

メリヤス⓪【葡 medias】(名)針織品。

メロディー①【melody】(名)旋律，曲調。

メロン①【melon】(名)甜瓜，香瓜。

め

めん【面】(名)❶⓪面，臉。❷⓪假面具。❸⓪護面具。❹①表面。❺①方面。❻①（報紙）版面。

めん①【綿】(名)棉，棉花。

めんえき⓪【免疫】(名)❶免疫。❷習以為常。

めんかい⓪【面会】(名・自サ)會面，會見。☆～日／會客日。

めんきょ①【免許】(名・他サ)執照，許可。☆運転～証／駕駛執照。

めんじょ①【免除】(名・他サ)免，免除。

めんじょう③⓪【免状】(名)證書。

めんしょく⓪【免職】(名・他サ)免職，撤職。

メンス①(名)月經。☆～バンド／月經帶。

めん・する③【面する】(自サ)面對，面臨，面向。

めんぜい⓪【免税】(名・他サ)免税。

めんせき①【面積】(名)面積。

めんせつ⓪【面接】(名・自サ)接見，會見。☆～試験／面試。

メンタルテスト⑤【mental test】(名)智力測驗。

メンツ①【面子】(名)面子，臉面，體面。

めんどう③【面倒】(名・形動)❶麻煩，費事。☆～をかける／添麻煩。❷照顧，照料。☆～を見る／照料。

めんどうくさ・い⑥【面倒臭い】(形)很麻煩，極費事。

めんどり⓪【雌鳥】(名)母雞。

メンバー①【member】(名)成員。

めんぼく⓪【面目】(名)面目，臉面，榮譽。

めんみつ⓪【綿密】(名・形動)綿密，周密。

めんもく⓪【面目】(名)→めんぼく。

め

モ・も

[MO]

も(係助)❶也，都，連，又。☆私～行く／我也去。☆子供に～分かる／連小孩子都懂。☆今日～雨だ／今天又下雨了。☆❷（表示感嘆、加強語氣）竟，就。☆私に10万円～くれた／竟給了我十萬日元。

も⓪**【藻】**(名)藻，水藻。

も⓪**【喪】**(名)喪，喪事。☆～に服する／服喪。

もう⓪①(副)❶已經。☆～済んだ／已經完了。❷快，快要，就要。☆～すぐ終わる／馬上就結束。❸再，還，另外。☆～一度／再一次。

もう【猛】(接頭)猛，拼命。☆～勉強／拼命學習。

もうか・る③**【儲かる】**(自五)❶賺錢。❷得利，佔便宜。

もうきん⓪**【猛禽】**(名)猛禽。

もうけ③**【儲け】**(名)利，利潤，賺頭。

もう・ける③**【儲ける】**(他下一)❶賺錢，發財。❷佔便宜。❸生(子)。

もう・ける③**【設ける】**(他下一)❶設，設立，設置。☆宴を～／設宴。❷制定。☆規則を～／制定規章。

もうしあ・げる⓪**【申し上げる】**(他下一)(謙)說，講，申述。☆お礼を～／道謝。

もうしあわせ⓪**【申し合わせ】**(名)協議，公約，約定。

もうしあわ・せる⓪⑥**【申し合わせる】**(他下一)協商，商定，約定。

もうしい・れる⓪⑤**【申し入れる】**(他下一)表明，要求。☆会談を～／要求會談。

もうしか・ねる⓪**【申し兼ねる】**(他下一)難以開口，不好意思說。

もうしこみ⓪**【申し込み】**(名)❶報名，申請。☆～書／申請書。❷提議，要求。

もうしこ・む⓪【申し込む】（他五）報名，申請，提議，要求。☆結婚を～／求婚。

もうし・でる⓪【申し出る】（他下一）❶報名。❷提出，提議。

もうしぶん③【申し分】（名）❶缺點，毛病。☆～がない／沒什麼可挑剔的。❷申辯，辯解。

もうじゅう⓪【猛獣】（名）猛獸。

もうしわけ⓪【申し訳】（名）❶申辯，辯解。★～がない／抱歉。對不起。❷一點點，微不足道。☆～ばかりのお礼／一點點禮物。

もうしわた・す⓪⑤【申し渡す】（他五）宣告，宣布，宣判，通告。

もう・す【申す】㈠①（他五）（謙）說，講，叫。☆お礼を～・します／道謝。☆私は田中一郎と～・します／我叫田中一郎。㈡（接尾）構成自謙敬語。☆お願い～・します／拜託。☆ご案内～・します／給您做嚮導。

もうちょう①【盲腸】（名）盲腸，闌尾。☆～炎／闌尾炎。盲腸炎。

もう・でる⓪③【詣でる】（自下一）參拜，朝拜。

もうとう⓪【毛頭】（副）（下接否定語）絲毫。

もうどく⓪【猛毒】（名）劇毒。

もうひつ⓪【毛筆】（名）毛筆。

もうふ①【毛布】（名）毛毯，毯子。

もうもう③【濛濛・朦朦】（形動）（煙塵）滾滾，瀰漫。

もうもく⓪【盲目】（名）❶失明，盲人。❷盲目。☆～的な愛情／盲目的愛情。

もうら①【網羅】（名・他サ）網羅，包羅，收羅。

もうれつ⓪【猛烈】（形動）❶猛烈，激烈。❷非常。☆～に腹がへった／很餓。

もえあが・る④【燃え上がる】（自五）燃燒起來。

も・える⓪【萌える】（自下一）萌芽，發芽。

も・える⓪【燃える】（自下一）❶燃燒。☆家が～／房子著火。❷燃燒，充滿，洋溢。☆希望に～／充滿希望。

モーター①【motor】（名）馬達，電動機，發動機。

もが・く②【踠く】（自五）❶掙扎，折騰。❷著急，焦急。

もぎ①【模擬】（名・他サ）模擬。☆～試験／模擬考試。

も・ぐ①【捥ぐ】（他五）摘，揪下。☆リンゴを～／摘蘋果。

もくざい②⓪【木材】（名）木材。

もくさつ⓪【黙殺】（名・他サ）無視，不理睬。

もくじ⓪【目次】（名）目次，目錄。

もく・する③【黙する】（自サ）沉默。

もくせい⓪【木星】(名)木星。
もくせい③【木犀】(名)木犀，桂花。
もくせい⓪【木製】(名)木製。
もくぞう⓪【木造】(名)木造。
もくたん③【木炭】(名)木炭。
もくてき⓪【目的】(名)目的。
もくば⓪【木馬】(名)木馬。☆回転～/旋轉木馬。
もくはん⓪【木版】(名)木版。☆～画/木刻。木版畫。
もくひょう⓪【目標】(名)目標。
もくもく⓪【黙黙】(形動)默默。
もぐもぐ①(副・自サ)❶閉著嘴(嚼)。❷(説話)嗚嚕。❸蠕動，咕嚕。
もくようび③【木曜日】(名)星期四。
もぐら⓪【土竜】(名)鼴鼠。
もぐりこ・む⓪④【潜り込む】(自五)潛入。
もぐ・る②【潜る】(自五)❶潛入。☆地下に～/潛入地下。❷鑽進。
もくろく⓪【目録】(名)目錄。
もくろ・む③【目論む】(他五)計劃，策劃，謀劃，籌劃。
もけい⓪【模型】(名)模型。
もし①【若し】(副)如果，假設，萬一。
もじ①【文字】(名)文字。
もしか①【若しか】(副)假如，萬一。
もしかしたら①(副)→もしかすると
もしかすると①(副)或許，説不定。
もしくは①【若しくは】(接)或，或者。
もじどおり③【文字通り】(副)❶按字面。❷簡直，完全，的確。
もしも①【若しも】(副)→もし
もしもし①(感)喂，喂，喂。
もじもじ①(副・自サ)扭捏，忸怩。
もしや①【若しや】(副)或許。
もしょう⓪【喪章】(名)黑紗。
も・す⓪【燃す】(他五)燒，焚燒。
もぞう⓪【模造】(名・他サ)仿製，仿造。☆～品/仿製品。
もだ・える③【悶える】(自下一)❶苦惱，煩悶。❷(痛苦得)扭動身子，掙扎。
もた・げる⓪【擡げる】(他下一)抬起。☆頭を～/抬頭。
もたせか・ける⑤【凭せ掛ける】(他下一)倚，靠，搭。
もたら・す⓪③【齎す】(他五)❶帶來。❷造成。
もた・れる③【凭れる】(自下一)❶靠，倚靠。❷依靠。❸積食，消化不良。
モダン⓪【modern】(名・形動)現代，摩登，時髦。
もち②【持ち】(名)❶耐久性。☆～がいい/耐用。結實。❷負擔。☆自分～/自己負擔。❸

有。☆力～／有力氣。❹適合用。☆女～の時計／女用錶。

もち⓪【餅】(名)年糕。

もちあが・る⓪【持ち上がる】(自五)❶隆起，升起。❷發生，出現。

もちあ・げる⓪【持ち上げる】(他下一)❶拿起，舉起。❷捧，奉承。

もちあわせ⓪【持ち合わせ】(名)❶現有(的東西)。❷現錢。

もちあわ・せる⓪【持ち合わせる】(他下一)(隨身)帶有，現有。

モチーフ②【法motif】(名)❶主題。❷動機。

もち・いる⓪【用いる】(他上一)❶用，使用。★意を～／用心。留意。❷採用，任用。☆重く～／重用。

もちかえ・る⓪③【持ち帰る】(他五)拿回，帶回。

もちこ・む⓪【持ち込む】(他五)❶帶入，拿進。❷提出。☆縁談を～／提親。

もちだ・す⓪【持ち出す】(他五)❶拿出，帶出。❷提出，談起。❸盜用，挪用。❹掏腰包，分擔(部分費用)。❺開始持有。

もちつき④⓪【餅搗き】(名)搗年糕(的人)

もちなお・す⓪【持ち直す】㈠(自五)好轉，恢復。㈡(他五)換手拿。

もちぬし②【持ち主】(名)物主，所有者。

もちはこ・ぶ⓪【持ち運ぶ】(他五)❶攜帶。❷搬運。

もちまわり⓪【持ち回り】(名)轉流，傳遞。☆～閣議／將議題讓大臣傳閱，徵求意見，以此代替內閣會議。

もちもの②【持ち物】(名)攜帶物品。

もちろん②【勿論】(副)當然。

も・つ①【持つ】㈠(他五)❶拿，持。☆両手で～／用兩手拿。❷帶，攜帶。☆傘を～／帶傘。❸有，持有，抱有，具有。☆自信を～／有自信。❹擔任。☆一年生を～／擔任一年級。❺負擔。☆費用を～／負擔費用。㈡(自五)保持，維持，持久。☆この服はずいぶん長く～・った／這件衣服真結實。☆体が～・たない／身體支持不住。★～・ちつ～・たれつ／互相幫助。

もつ①(名)雜碎，下水。☆とり～／雜雜兒。

もっか①【目下】(副)目前，當前。

もっきん⓪【木琴】(名)木琴。

もったいな・い⑤【勿体ない】(形)❶可惜，浪費。☆捨てては～／扔了太可惜。❷過分，不敢當。☆～お言葉／過分的

も

誇奬。

もったいぶ・る⑤【勿体振る】(自五)擺架子，裝模作樣。

もって①【以て】(連語)❶以，用。☆書面を～通知する／用書面通知。❷因為，由於。☆老齢を～引退する／因年老而退休。

もってこい④【持って来い】(連語)恰好，正合適。☆彼には～だ／對他正合適。

もってのほか③【以ての外】(連語)❶意外，沒想到。❷毫無道理，豈有此理。

もっと①(副)更，再，還。

モットー①【motto】(名)座右銘。

もっとも③①【最も】(副)最，頂。☆～重要だ／最重要。

もっとも【尤も】(一)③①(形動)正確，合乎道理，理所當然。☆ご～です／很有道理。(二)①(接)不過，可是。

もっぱら①⓪【専ら】(副)專門，專心，淨，都。☆～輸出用だ／全都供出口。☆権力を～にする／獨攬大權。

モップ①【mop】(名)拖把，拖布。

もつ・れる⓪③【縺れる】(自下一)❶糾結。☆糸が～・れた／線亂了。❷紛亂，混亂，發生糾紛。☆感情が～／感情產生糾葛。❸(舌、腿等)不聽使喚。☆舌が～／舌頭不聽使喚。

もてあそ・ぶ⓪【弄ぶ】(他五)❶玩弄，擺弄，耍戲。☆女を～／玩弄婦女。❷欣賞，玩賞。

もてあま・す⓪【持て余す】(他五)無法對付，難以處理。☆暇を～／閒得慌。

もてな・す⓪【持て成す】(他五)❶款待，招待。❷對待。❸處理。

も・てる②【持てる】(自下一)有人緣，受歡迎。☆女に～／受女人歡迎。

モデル①【model】(名)❶模特兒。❷模範，典型。❸模型。

もと②⓪【下・許】(名)❶下部，底下。☆松の木の～／松樹下。❷身邊，跟前。☆親の～を離れる／離開父母身邊。❸家，住處。☆友人の～をたずねる／訪問朋友的家。❹手下，屬下。★勇将の～に弱卒無し／強將手下無弱卒。❺在…之下。☆…指導の～に／在…的指導下。

もと①【元・旧・故】(一)(名)原來，以前。☆～の家／舊居。★～の鞘(さや)に収まる／言歸於好。破鏡重圓。(二)(連体)原，以前。☆～首相／原首相。

もと⓪②【元・本】(名)❶起源，根源，本源。☆～をたずねる／溯本求源。❷基礎，根本。☆農は国の～／農為邦本。❸原

も

因。☆喧嘩の〜／吵架的起因。❹原料，材料。☆豆を〜にして／以大豆為原料。❺本錢，資金。☆〜がかかる／需要本錢。

もとい②【基】(名)基礎，根本。

もどかし・い④(形)著急。

もど・す②【戻す】(他五)❶使…倒退。☆自動車を〜／倒車。❷退回，返還。☆借りた金を〜／還錢。❸嘔吐。

もとづ・く③【基づく】(自五)基於，根據，按照。

もとで③⓪【元手】(名)本錢。

もと・める③【求める】(他下一)❶求，尋求。☆職を〜／找工作。❷要求，徵求。☆意見を〜／徵求意見。❸購買。☆早くお〜・めください／欲購從速。

もともと⓪【元元・本本】(一)(名)不賠不賺，不吃虧。☆失敗しても〜だ／失敗了也沒什麼。(二)(副)本來，原來，根本。☆これは〜私の本だったのだ／這本來是我的書。

もとより②①【固より】(副)❶當然，不用說。☆〜出席します／當然參加。❷本來，原來，根本。☆〜の覚悟／早有心理準備。

もと・る②【悖る】(自五)違反，違背。

もど・る②【戻る】(自五)❶返回。☆席に〜／回座位。❷恢復。

もの【物】(接頭)總覺得，總有些，非常。☆〜静か／安靜。文靜。

もの(終助)（婦女、兒童用語，表示申述理由）嘛。☆知らない〜／我不知道嘛。

もの②【者】(名)人，者。☆土地の〜／本地人。

もの②【物】(名)❶東西，物品。☆〜を粗末にする／糟蹋東西。❷事情，事物。☆〜ともしない／不當回事。★〜は相談／事情怕商量。咱們商量商量。❸品質。☆〜がいい／品質好。❹道理。☆〜の分かる人／懂道理的人。❺話。☆〜を言う／說話。起作用。❻(用〝ものがある〟的形式表示)加強語氣。☆憤慨にたえない〜がある／不勝憤慨。❼(用〝ものだ〟的形式表示)感嘆，回憶，應該，願望。☆よく行った〜だ／可真順利啊。❽(用〝もので〟的形式表示)原因。☆勧めがある〜で失敬する／因為有工作，我告辭了。

ものいり④【物要り・物入り】(名)（家庭）開銷，開支。

ものおき④③【物置】(名)堆房。儲藏室。

ものおと④③【物音】(名)聲音，聲響，動靜。

ものおぼえ③【物覚え】(名)記

性。

ものおもい③【物思い】(名)思慮，憂慮。

ものかげ③⓪【物陰】(名)隱蔽處。

ものかげ③⓪【物影】(名)影子。

ものがたり③【物語】(名)故事。

ものがた・る④【物語る】(他五)❶講，談。❷說明，表明。

ものごころ③【物心】(名)懂事。☆～がつく／(幼兒)開始懂事。

ものごと②【物事】(名)事物，事情。

ものさし④③【物差し・物指し】(名)❶尺。❷尺度，標準。

ものしり④③【物知り】(名)知識淵博(的人)。

ものずき②【物好き】(名・形動)好奇，好事。

ものすご・い④【物凄い】(形)❶可怕。☆～顔／可怕的面孔。❷非常，驚人。☆～スピード／驚人的速度。

ものたりな・い⓪⑤【物足りない】(形)不夠完美，美中不足。

もので(接助)因為，由於。

ものなら(接助)如果，萬一。

ものの⓪【物の】(連体)❶僅僅，還不到。☆～5分もたたないうちに／還不到五分鐘工夫。❷非常，確實。☆～見事に／非常出色。

ものの(接助)雖然…但是。

モノレール③【mono rail】(名)單軌電車。

ものわかれ③【物別れ】(名・自サ)決裂，破裂。

ものわすれ③【物忘れ】(名・自サ)忘事，健忘。

ものを〔一〕(終助)(表示悔恨、惋惜、不滿等)就好了。☆早く買ってくれればいい～／早點兒買給我就好了。〔二〕(接助)(表示逆接)但，卻。☆一言謝ればいい～意地を張っている／賠個禮就行了，但卻一味賭氣。

もはや①【最早】(副)已經。

もはん⓪【模範】(名)模範，示範，榜樣，典型，標準。

もみ⓪【籾】(名)❶稻穀。❷稻殼。

もみ①【樅】(名)樅樹，冷杉。

もみじ①【紅葉】(名・自サ)❶紅葉，樹葉變紅。☆～狩(がり)／賞紅葉。❷楓樹。

も・む⓪【揉む】(他五)❶揉，搓。☆手を～／搓手。❷捏，按摩。☆肩を～／按摩肩膀。❸擁擠。☆満員電車で～・まれる／在客滿的電車裡擁擠。❹鍛鍊，磨練。☆世間に出て～・まれて来い／到社會上來鍛鍊鍛鍊吧。❺爭論，爭辯。☆原案について～・みあう／對原案進行爭論。❻(用″気をもむ″的形式表示)擔心，操心。☆気を～／擔心。操心。

も・める⓪【揉める】(自下一)爭執，爭吵。
もめん⓪【木棉】(名)❶棉花。☆～糸／棉線。❷棉線。❸棉布，棉織品。
もも①【股】(名)股，大腿。
もも⓪【桃】(名)桃子。
ももいろ⓪【桃色】(名)❶桃紅色，粉紅色。❷桃色(事件)。
もや①【靄】(名)靄，薄霧。
もやし③⓪【萌やし】(名)豆芽菜。
もや・す⓪【燃やす】(他五)燒，燃燒，燃起。☆情熱を～／充滿熱情。
もよう⓪【模様】(名)❶花樣，花紋，圖案。❷情況，情形，樣子。
もよおし⓪【催し】(名)❶集會，活動。❷主辦，舉辦。
もよお・す⓪③【催す】(他五)❶主辦舉辦。☆送別会を～／舉行歡送會。❷覺得。☆眠気を～／覺得睏。
もより⓪【最寄り】(名)就近，附近。
もらいもの⓪【貰い物】(名)❶人家給的東西，禮品，禮物。
もら・う【貰う】(一)⓪(他五)❶領取，接受，取得。☆給料を～／領工資。❷承擔，接受，包下。☆そのけんか、おれが～・おう／這場架由我包下了。❸娶，收養。☆嫁を～／娶媳婦。(二)(補動)請求，承蒙。☆医者に診て～／請醫生看看。
もら・す②【漏らす】(他五)❶漏掉。❷洩漏。❸流露。❹遺尿。
モラル①【法morale】(名)道德。
もり⓪【森】(名)森林。
もり⓪【銛】(名)魚叉。
もり⓪【盛り】(名)盛，盛的份量。☆飯の～がいい／飯盛的多。
もり①【守り】(名)看守(人)，看孩子(的人)。
もりあが・る④【盛り上がる】(自五)❶凸起，隆起。❷湧起。❸高漲。
も・る⓪【盛る】(他五)❶盛。☆飯を～／盛飯。❷堆積，堆高。☆砂を～／堆沙子。❸配藥。☆毒を～／下毒藥。
も・る①【漏る】(自五)漏。
も・れる②【漏れる】(自下一)❶漏。☆ガスが～／漏煤氣。❷遺漏。❸洩漏，走漏。❹落選。
もろ・い②【脆い】(形)❶脆，易壞。❷脆弱。
もん①【門】(名)門，大門。
もん①【紋】(名)❶花紋，花樣。❷(日本的)家徽。
もんか①【門下】(名)門下，門生。☆～生／門生。
もんく①【文句】(名)❶詞句，話語。❷牢騷，意見。☆～を言

も

う／發牢騷。☆～をつける／挑毛病。

もんぜんばらい⑤【門前払い】(名)閉門羹。

もんだい⓪【問題】(名)❶題，問題。☆試験～／試題。☆社会～／社會問題。❷事件，亂子。☆～を起こす／惹亂子。

もんどう③【問答】(名・自サ)❶問答。❷商量，議論。☆～無用／無須議論。無須多言。

もんなし⓪④【文無し】(名)一文不名。

もんばん①【門番】(名)門衛，看門的。

もんぶしょう③【文部省】(名)文部省。

もんもう⓪【文盲】(名)文盲。

も

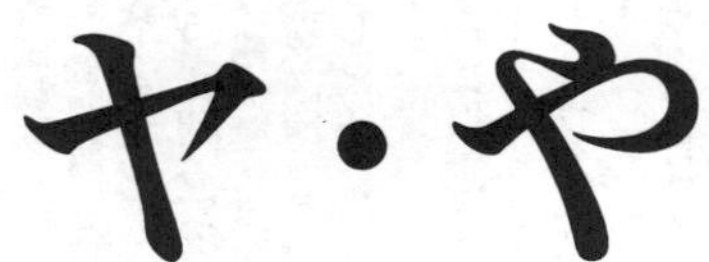

[YA]

や〔一〕(副助)（表示列舉）和，或者。☆新聞～雑誌を読む／讀報紙或雜誌。〔二〕(接助)(動詞連体形接〃や〃或〃いなや〃)一…就…。☆ベルがなる～いな～、教室を出た／鈴一響就離開了教室。〔三〕(終助)❶（接推量形後）表示勸誘。☆もう帰ろう～／該回去啦。❷表示催促、命令。☆早く行け～／快去呀！❸表示自言自語。☆難しくて分らない～／真難啊，不明白。〔四〕(間助)呼喚（晩輩）。☆花子～／花子呀。

や(接尾)（接佣人、幼兒的稱呼下）表示親暱。☆ねえ～／阿姐。☆坊～／小寶寶。

や【屋・家】(接尾)❶店，舖。☆魚～／魚店。☆薬～／藥舖。❷表示屋號、店號。☆高島～／高島屋。❸表示某種職業或特徴的人。☆政治～／政客。☆やかまし～／愛挑剔的人。☆何でも～／萬事通。

や①**【矢】**(名)矢，箭。☆～の催促／不斷催逼。★光陰～の如し／光陰似箭。

やあ①(感)❶（表示驚嘆）哎呀。❷（打招呼）喂。

やあい①(感)（嘲弄聲）欸。☆～、けちんぼう／欸，吝嗇鬼！

ヤード①**【yard】**(名)碼。

やい①(感)喂，欸。

やいば⓪**【刃】**(名)❶刀刃。❷刀，刀劍。

やえ②**【八重】**(名)八重，八層，重重。☆～桜／重瓣櫻花。

やおや⓪**【八百屋】**(名)❶蔬菜商店，賣菜的。❷萬事通。

やがい【野外】〔一〕①(名)野外。〔二〕(造語)室外，露天。☆～劇場／露天劇場。

やがく⓪**【夜学】**(名)夜校。

やがて⓪**【軈て】**(副)❶不久。❷

大約，差不多。

やかまし・い④【喧しい】(形)❶吵鬧，喧鬧。❷嚴格，嚴厲。❸議論紛紛，轟動一時。❹愛挑剔，吹毛求疵。❺嘮叨，囉嗦。❻麻煩，繁雜。

やかん①【夜間】(名)夜間。

やかん⓪【薬罐】(名)(金屬)水壺。

やぎ①【山羊】(名)山羊。

やきいも⓪【焼き芋】(名)烤地瓜。

やきつけ⓪【焼き付け】(名)印相，洗相。

やきなおし⓪【焼き直し】(名)❶重烤。❷改編，翻版。

やきはら・う④【焼き払う】(他五)燒光。

やきまし⓪【焼き増し】(名・他サ)加洗(照片)。

やきめし⓪【焼き飯】(名)炒飯。

やきもち④③【焼き餅】(名)❶烤年糕。❷嫉妒，吃醋。☆～を焼く／吃醋。

やきもの⓪【焼き物】(名)❶陶瓷器。❷燒烤的食品。

やきゅう⓪【野球】(名)棒球。

やぎょう⓪【夜業】(名・自サ)夜班。

やきん⓪【冶金】(名)冶金。

や・く⓪【焼く】(他五)❶燒。☆紙くずを～／燒廢紙。❷烤，炒。☆肉を～／烤肉。❸燒製。☆炭を～／燒炭。❹晒黑。☆背中を～／晒黑後背。❺洗相。☆写真を～／洗相片。★世話を～／照料。幫助。★手を～／棘手。★焼き餅を～／嫉妒。吃醋。

やく②【役】(名)❶職務，任務。❷角色。☆娘の～をやる／扮演姑娘的角色。❸用處，作用。★～に立つ／有用。起作用。

やく①【約】(副)約，大約。

やく①【訳】(名)譯，翻譯。

やぐ①【夜具】(名)寢具，被褥。

やくいん⓪②【役員】(名)❶幹事，董事。❷工作人員。

やくざい⓪②【薬剤】(名)藥劑。☆～師／藥劑師。

やくしゃ⓪【役者】(名)演員。

やくしゃ①【訳者】(名)譯者。

やくしょ③【役所】(名)官廳，機關。☆市～／市政府。

やく・する③【訳する】(他サ)譯，翻譯。

やくそう⓪【薬草】(名)藥草。

やくそく⓪【約束】(名・他サ)❶約，約會，約定。☆～を破る／失約。❷規章，規則。

やくだ・つ③【役立つ】(自五)有用，有益。

やくにん⓪【役人】(名)官員。

やくば③【役場】(名)(村、鎮)公所。☆村～／村公所。

やくひん⓪【薬品】(名)藥品。

やくぶつ⓪【薬物】(名)藥物。

やくめ③【役目】(名)任務，職

務，職責。

やぐら⓪【櫓】(名)❶城樓，箭樓。❷望樓。❸高台。

やくわり④⓪【役割】(名)任務，職責，作用。

やけ①【自棄】(名)自暴自棄。

やけあと⓪【焼け跡】(名)火災後的痕跡。

やけい⓪【夜景】(名)夜景。

やけいし⓪【焼け石】(名)燒熱了的石頭。★~に水／杯水車薪。

やけくそ⓪【自棄糞】(名)自暴自棄。

やけだされ⓪【焼け出され】(名)因火災而無家可歸(的人)。

やけど⓪【火傷】(名・自サ)燒傷，燙傷。

やけに①(副)太，非常，過於。

や・ける⓪【焼ける】(自下一)❶著火，燃燒。☆山が~／山著火。❷燒熱。烤熱。☆海岸の砂が~・けている／海濱的沙灘被晒得熾熱。❸燒好，烤熟。☆餅がよく~／年糕烤得很好。❹晒黑。☆日に~／被太陽晒黑。❺晒褪色。☆緑は~・けやすい色だ／綠色容易被晒褪色。❻(天空)燒紅。★世話が~／添麻煩。麻煩人。★手が~／令人操心。費事。★胸が~／燒心。

やこう⓪【夜行】(名)❶夜行。❷夜車。

やこうちゅう⓪【夜光虫】(名)夜光蟲。

やさい⓪【野菜】(名)蔬菜。

やさし・い⓪【易しい】(形)容易，簡單。

やさし・い⓪【優しい】(形)❶溫柔，溫和，溫順。❷慈祥，親切。❸優美。

やし①【椰子】(名)椰子。

やし①【野師・香具師】(名)江湖藝人，闖江湖的。

やじ①【弥次・野次】(名)奚落聲，喝倒采。☆~を飛ばす／喝倒采。

やじうま⓪【野次馬】(名)看熱鬧的人。

やしき③【屋敷】(名)❶建築用地。❷宅第，公館。

やしな・う⓪【養う】(他五)❶養活，撫養。☆家族を~／養家。❷餵養飼養。❸收養。❹保養，調養。❺培養。

やじゅう⓪【野獣】(名)野獸。

やじり①③【鏃】(名)箭頭。

やじ・る③【野次る】(他五)奚落，喝倒彩。

やじるし②【矢印】(名)箭頭(符號)。

やしろ①【社】(名)神社。

やしん①【野心】(名)野心。☆~滿滿／野心勃勃。

やす・い②【安い】(形)❶便宜。❷安靜，安穩。

やす・い②【易い】(形)容易，簡單。

やすうり⓪【安売り】(名・他サ)賤賣，甩賣。

やすっぽ・い④【安っぽい】(形)❶不值錢。❷庸俗，淺薄。

やすね②⓪【安値】(名)廉價。

やすみ③【休み】(名)❶休息。❷假日，休假。❸缺席，缺勤。❹睡覺。

やす・む②【休む】(自五)❶休息。☆～・め／(口令)稍息。❷缺席，缺勤。☆病気で学校を～／因病沒上學。❸睡覺，就寢。

やす・める③【休める】(他下一)❶使…休息，使…停歇。☆手を～／停下手來。❷使…平靜。☆心を～／安心。養神。

やすもの⓪【安物】(名)便宜貨。

やすらか②【安らか】(形動)安樂，安穩，安靜，無憂無慮。

やすり③⓪【鑢】(名)銼刀。

やせい⓪【野生】(名・自サ)野生。


やせおとろ・える⑥⑤【痩せ衰える】(自下一)消瘦。

やせがまん③【痩せ我慢】(名)硬撐，逞能，打腫臉充胖子。

や・せる⓪【痩せる】(自下一)❶瘦。❷(土地)貧瘠。

やたい①【屋台】(名)攤床，貨攤。☆～を出す／擺攤兒。

やたら⓪【矢鱈】(副・形動)❶胡亂，隨便。❷過分，非常。

やちん①【家賃】(名)房租。

やっ①(感)哎呀。

やつ①【奴】(名)小子，傢伙，東西。

やっかい①【厄介】(名・形動)❶麻煩，費事。☆～をかける／添麻煩。❷照料，照顧。☆親の～になる／由父母照顧。

やっきょく⓪【薬局】(名)藥局，藥房。

やっつ③【八つ】(名)❶八，八個。❷八歲。

やっつ・ける④(他下一)❶幹完，做完。❷狠整，幹掉，打敗。

やって・くる④【やって来る】(自カ)來，來到，走來。
やっと⓪(副)❶好容易。❷勉強，剛剛。
やっぱり③【矢っ張り】(副)→やはり
やつ・れる③【窶れる】(自下一)憔悴。
やど①【宿】(名)住處，旅館。
やといにん⓪②【雇い人】(名)佣人，雇工。
やといぬし②【雇い主】(名)雇主。
やと・う②【雇う】(他五)雇，雇用。
やとう⓪【野党】(名)在野黨。
やどや⓪【宿屋】(名)旅館。
やど・る②【宿る】(自五)❶住宿。❷存在，寓於。❸懷孕。❹映照。
やなぎ⓪【柳】(名)柳樹。

やぬし①⓪【家主】(名)房東。

やね①【屋根】(名)屋頂，房頂。

やはり②【矢張り】(副)❶仍然，還是。❷也，同樣。❸果然。❹畢竟，到底。

やはん①【夜半】(名)半夜。

やばん⓪【野蛮】(名・形動)野蠻。

やぶ⓪【藪】(名)草叢，竹叢，灌木叢。★~から棒/突如其來。出人意料。★~をつついて蛇を出す/自找麻煩。

やぶいしゃ⓪【藪医者】(名)庸醫。

やぶへび⓪【藪蛇】(名)自尋煩惱，自討苦吃。

やぶ・る②【破る】(他五)❶弄破，弄碎。☆ガラスを~/打碎玻璃。❷破壞，違反。☆例を~/破例。❸打破。☆記録を~/打破記錄。❹打敗。

やぶ・れる③【破れる】(自下一)❶破，破損。☆表紙が~・れた/書皮破了。❷破滅，破裂，決裂。

やぶ・れる③【敗れる】(自下一)敗，輸。

やぼう⓪【野望】(名)野心，奢望。

やま②【山】(名)❶山。☆山に登る/登山。❷礦山。❸堆。☆ごみの~/垃圾堆。❹突起。☆帽子の~/帽腔。❺高潮，高峰。☆事件の~に達した/事件達到了高潮。❻押寶，冒險。☆試験問題に~をかける/考前猜題。

やまい①【病】(名)病。

やまいも⓪【山芋】(名)山藥。

やまざくら③【山桜】(名)❶山裡的櫻花。❷山櫻。

やまざと②⓪【山里】(名)山村。

やまし②【山師】(名)❶探礦的人。❷騙子，投機商。

やまのぼり③【山登り】(名・自サ)登山，登山家。

やまば⓪【山場】(名)高潮，頂峰。

やまびこ⓪②【山彦】(名)回聲。

やまぶき②【山吹】(名)棠棣花。

やまみち②【山道】(名)山路。

やまもり⓪【山盛り】(名)盛得滿滿的。

やまやま【山山】〔一〕②(名)群山。〔二〕(副)❶②很多。☆~積もる話/有很多要說的話。❷⓪很想(但辦不到)。☆ほしいのは~だが/很想要，但……。

やみ②【闇】(名)❶黑暗。❷糊塗。★子ゆえの~/為子女而失去理智。❸黑市。☆~値/黑市價格。☆~屋/黑市商人。

やみいち③⓪【闇市】(名)黑市。

や・む⓪【止む】(自五)止，停住。☆雨が~・んだ/雨停了。☆~を得ず/不得已。

や・む①【病む】(他五)❶患病。

☆胸を～／患肺病。❷煩惱，憂慮。☆気に～／憂慮。

やむなく②③【已むなく】(副)不得已。

や・める⓪【止める・辞める】(他下一)❶停止，作罷。☆たばこを～／戒煙。❷辭掉，辭去。☆会社を～／辭去公司的職務。

やもう⓪【夜盲】(名)夜盲。☆～症／夜盲症。

やもめ⓪【寡婦】(名)寡婦。

やもめ⓪【鰥夫】(名)鰥夫。

やもり①【守宮】(名)壁虎。

やや①【稍】(副)稍，稍微。

ややこし・い④(形)複雜，麻煩。

ややもすれば①【動もすれば】(副)動輒，動不動，很容易。

やら(一)(副助)❶(表示列舉)…啦…啦，又…又…。☆お花～お茶～を習う／學習插花啦，茶道啦什麼的。❷表示不肯定。☆誰～笑っているぞ／有誰在笑呢。(二)(終助)表示輕微的疑問。☆どうしたの～／怎麼回事呢?

やり⓪【槍】(名)長槍，長矛。

やりかた⓪【遣り方】(名)做法，方法。

やりきれな・い④【遣り切れない】(形)❶做不完。❷受不了。☆蒸し暑くて～／悶熱得受不了。

やりくち⓪【遣り口】(名)做法，手段。

やりこ・める④【遣り込める】(他下一)駁倒，問住。

やりて⓪【遣り手】(名)❶幹的人。❷給的人。❸能手。

やりど⓪②【遣り戸】(名)拉門。

やりと・げる④【遣り遂げる】(他下一)做完，完成。

やりとり②【遣り取り】(名・他サ)❶互贈，互相。❷爭吵。❸對話，對答。❹換盞。

やりなお・す④【遣り直す】(他五)重做。

やりなげ④③【槍投げ】(名)擲標槍。

や・る【遣る】(一)⓪(他五)❶幹，做，搞。☆～だけのことは～・った／能做的全都做了。❷給。☆弟に本を～／給弟弟書。☆花に水を～／給花澆水。❸派遣，打發，送去。☆娘を大学に～／讓女兒上大學。❹玩。☆マージャンを～／打麻將。❺吃，喝。☆一杯～／喝一杯。❻生活，經營。☆料理屋を～／開飯館。❼表演，演出，舉行。☆会議は明日～／會議明天舉行。❽放。☆本はどこに～・ったか／書放到什麼地方去了?❾駕駛。☆馬を～／馭馬。☆船を～／搖船。☆車を～／開車。❿排遣。★心を～／消愁。解悶。(二)(補助)給。☆君にかして

～／借給你。

やれやれ①（感）哎呀。

やろう⓪②【**野郎**】（名）小子，傢伙。

やわらか③【**柔らか**】（形動）❶柔軟。❷柔和，溫和。

やわらか・い④【**柔らかい**】（形）❶柔軟。❷柔和，溫和。❸輕鬆。☆～話／輕鬆的話題。

やわら・ぐ③【**和らぐ**】（自五）和緩，緩和。

やんちゃ⓪（名・形動）調皮，頑皮，淘氣。

やんわり③（副・自サ）❶柔軟。❷委婉，婉轉。

や

ユ・ゆ

[YU]

ゆ①【湯】(名)❶熱水，開水。☆~を沸かす/燒水。❷溫泉。☆~の町/溫泉城。❸浴池，澡堂。☆~に行く/去洗澡。

ゆあか③【湯垢】(名)水垢。

ゆあがり②【湯上り】(名)❶剛洗完澡。❷浴巾。❸浴衣。

ゆいいつ①【唯一】(名)惟一。☆~無二/獨一無二。

ゆいごん⓪【遺言】(名・他サ)遺言，遺囑。☆~状/遺書。

ゆいしょ①⓪【由緒】(名)來歷，歷史。☆~ある家柄/名門。

ゆいしん⓪【唯心】(名)唯心。☆~論/唯心論。

ゆいび①【唯美】(名)唯美。☆~主義/唯美主義。

ゆいぶつ⓪【唯物】(名)唯物。☆~弁証法/唯物辯證法。☆~論/唯物論。

ゆ・う⓪【結う】(他五)❶繫，紮。❷梳，束。☆髪を~/束髮。

ゆう⓪【夕】(名)傍晚。☆朝に~に/朝夕。終日。整天。

ゆういぎ③【有意義】(名・形動)有意義，有價值。

ゆううつ⓪【憂鬱】(名・形動)憂鬱，鬱悶。

ゆうえき⓪【有益】(名・形動)有益。

ゆうえつ⓪【優越】(名・自サ)優越。☆~感/優越感。

ゆうえんち③【遊園地】(名)(有娛樂設施的)公園。

ゆうかい⓪【誘拐】(名・他サ)誘拐，拐騙。

ゆうがい⓪【有害】(名・形動)有害。

ゆうがた⓪【夕方】(名)傍晚。

ゆうかん⓪【夕刊】(名)晚報。

ゆうかん⓪【勇敢】(形動)勇敢。

ゆうき①【勇気】(名)勇氣。

ゆうぎ①【遊戯】(名・自サ)遊戲，遊藝。☆~室/遊藝室。

ゆうぐれ⓪【夕暮れ】(名)傍晚。

ゆうけんしゃ③【有権者】(名)有選舉權者，選民。

ゆうこう⓪【友好】(名)友好。

ゆうこう⓪【有効】(形動)有效。

ゆうこく⓪【夕刻】(名)傍晚。

ゆうごはん③【夕御飯】(名)晚飯。

ゆうしゅう⓪【優秀】(名・形動)優秀。

ゆうしょう⓪【優勝】(名・自サ)優勝，冠軍。第一名。

ゆうじょう⓪【友情】(名)友情。

ゆうしょく⓪【夕食】(名)晚飯。

ゆうじん⓪【友人】(名)友人，朋友。

ゆうすう⓪【有数】(形動)有數，屈指可數。

ゆうずう⓪【融通】(名・他サ)❶通融。☆金を～する／通融錢款。❷（頭腦）靈活，隨機應變。

ゆうすずみ③【夕涼み】(名・自サ)乘晚涼。

ゆうせい⓪【優勢】(名・形動)優勢。

ゆうぜい⓪【郵税】(名)郵資。

ゆうせん⓪【優先】(名・自サ)優先。

ゆうそう⓪【郵送】(名・他サ)郵寄。☆～料／郵費。

ゆうそう⓪【勇壮】(名・形動)雄壯。

ゆうだい⓪【雄大】(名・形動)雄偉，宏偉。

ゆうだち⓪【夕立】(名)（夏日傍晚的）降雨，雷陣雨。

ゆうとう⓪【優等】(名)優等。☆～生／優等生。

ゆうどう⓪【誘導】(名・他サ)❶誘導，引導。☆～尋問／誘供。❷（電）感應。☆静電～／靜電感應。❸（化）衍生。☆～体／衍生物。

ゆうどく⓪【有毒】(名・形動)有毒。

ユートピア③【Utopia】(名)烏托邦。

ゆうのう⓪【有能】(名・形動)有能力，有才能。

ゆうはん⓪【夕飯】(名)晚飯。

ゆうひ⓪【夕日】(名)夕陽。

ゆうびん⓪【郵便】(名)❶郵政。☆～為替(がわせ)／郵匯。☆～局／郵局。☆～車／郵車。☆～配達人／郵遞員。☆～物／郵件。☆～料金／郵費。☆外国～／國際郵件。☆航空～／航空信。❷郵件。☆～を出す／寄郵件。

ゆうべ③⓪【夕べ】(名)❶傍晚。❷晚會。

ゆうべ③【昨夜・昨夕】(名)昨晚，昨夜。

ゆうべん⓪①【雄弁】(名・形動)雄辯。

ゆうぼう⓪【有望】(形動)有望，有前途。

ゆうめい⓪【有名】(形動)有名，著名。

ゆうめし⓪【夕飯】(名)晩飯。

ユーモア①【humour】(名)幽默。

ゆうやけ⓪【夕焼け】(名)晩霞。

ゆうやみ⓪【夕闇】(名)暮色。

ゆうゆう③【悠悠】(副・形動)悠悠，悠閒，從容。

ゆうよ①【猶予】(名・自サ)❶猶豫。☆～なく／毫不猶豫地。❷延期，緩期。☆執行～／緩刑。

ゆうよう⓪【有用】(形動)有用。

ゆうらん⓪【遊覧】(名・自サ)遊覽。☆～船／遊艇。

ゆうり①【有利】(形動)有利。

ゆうり①【遊離】(名・自サ)❶（化）游離。☆～酸／游離酸。❷脫離。☆現実から～している／脫離現實。

ゆうりょう⓪【有料】(名)收費。☆～道路／收費公路。

ゆうりょく⓪【有力】(形動)有力。☆～な新聞／有影響的報紙。

ゆうれい①【幽霊】(名)鬼，妖怪，幽靈。☆～会社／皮包公司。☆～人口／虛報的人口。

ゆうれつ①⓪【優劣】(名)優劣。

ゆうわく⓪【誘惑】(名・他サ)誘惑，引誘。☆～に負ける／經不起引誘。

ゆえ【故】㊀②(名)故，緣故。☆～もなく／無故。㊁(接助)因為，所以。

ゆえに②【故に】(接)因此，所以。

ゆか⓪【床】(名)地板。

ゆかい①【愉快】(形動)❶愉快。❷有趣。❸奇怪。

ゆかた⓪【浴衣】(名)浴衣，單和服。

ゆが・む⓪【歪む】(自五)❶歪，斜。❷（心術）不正

ゆき⓪【行き】(名)開往。☆～は船、帰りは飛行機だ／去時坐船，回來坐飛機。

ゆき②【雪】(名)雪。

ゆきあ・う③【行き会う】(自五)遇見，碰見。

ゆきあたりばったり⑧【行き当りばったり】(名・形動)漫無計劃。

ゆきか・う③【行き交う】(自五)往來，來往。

ゆきかえり③⓪【行き帰り】(名)往返，來回。

ゆきがかり⓪【行き掛り】(名)❶（事情進展的）情況。❷順便，途中。

ゆきがけ⓪【行き掛け】(名)❶去的時候。❷順便，途中。

ゆきかた⓪【行き方】(名)❶（去某處的）走法。❷方法，做法。

ゆきがっせん③【雪合戦】(名)打雪仗。

ゆきき③②【行き来】(名)❶往來，過往。❷來往，交往。

ゆきぐに②【雪国】(名)多雪地帶。

ゆきげしき⓪③【雪景色】(名)雪景。

ゆきだるま③【雪達磨】(名)雪人。☆~をこしらえる／堆雪人。

ゆきちがい⓪【行き違い】(名)❶走兩岔，走岔頭。❷不睦，隔閡。

ゆきづま・る④【行き詰る】(自五)❶走不過去，走到盡頭。❷停頓，行不通，陷入僵局。

ゆきどけ④⓪【雪解け・雪融】(名)❶雪融化。❷緩和，解凍。

ゆきとど・く④【行き届く】(自五)周到。

ゆきどまり⓪【行き止まり】(名)❶死胡同，走到盡頭。❷終點，止境。

ゆきなや・む④【行き悩む】(自五)❶無法前進。❷難以進展，停頓。

ゆきわた・る④【行き渡る】(自五)普及，遍佈。☆数が少なくて皆には~・らなかった／數量少，沒能所有的人都分到。

ゆ・く【行く・往く】(一)⓪(自五)❶去，往，到。☆買物に~／去買東西。❷走，行。☆道を~／走路。❸通向。☆駅へ~道／去火車站的路。❹離去。☆~雁の群／飛去的雁群。❺進行，進展。☆うまく~／進展順利。☆合点が~☆納得が~／理解。可以理解。❻達到理想狀態。☆満足が~／感到滿意。★年端(としは)も~・かぬ／年幼。未成年。❼出嫁。☆嫁に~／出嫁。❽(用否定式)不可，不行。☆そうは~・かない／那可不行。(二)(補動)❶表示繼續進行。☆やって~／做下去。❷表示逐漸變化。☆空が明るくなって~／天漸漸亮起來。

ゆ・く⓪【逝く】(自五)❶去世，逝世。❷流逝。

ゆくえ⓪【行方】(名)去向，下落，行蹤。☆~不明／下落不明。

ゆくさき⓪【行く先】(名)❶去處，目的地。❷將來，前途。

ゆくすえ⓪【行く末】(名)將來，前途。

ゆげ①【湯気】(名)熱氣，水蒸氣。☆~が立つ／冒熱氣。

ゆけつ⓪【輸血】(名・自サ)輸血。

ゆさぶ・る⓪【揺さぶ・る】(他五)搖，搖動。

ゆしゅつ⓪【輸出】(名・他サ)輸出，出口。

ゆしゅつにゅう③【輸出入】(名)進出口。

ゆず①【柚子】(名)柚子。

ゆす・ぐ⓪【濯ぐ】(他五)❶漱。☆口を~／漱口。❷涮洗，漂洗。

ゆすぶ・る⓪【揺すぶる】(他五)

↓ゆさぶる

ゆすり⓪【強請り】(名)敲詐，勒索。☆～を働く／敲詐。

ゆずりう・ける⑤【譲り受ける】(他下一)承受(財產等)。

ゆずりわた・す⑤【譲り渡す】(他五)出讓，讓與。

ゆす・る⓪【強請る】(他五)敲詐，勒索。

ゆす・る⓪【揺する】(他五)搖，搖動。

ゆず・る⓪【譲る】(他五)❶讓，讓給，轉讓。☆席を～／讓座。❷讓步。☆一歩も～・れない／一步也不能讓。❸賣給。☆君に～・ってあげよう／轉讓給你吧。❹延期。☆明日に～／延至明天。

ゆそう⓪【輸送】(名・他サ)輸送，運輸。

ゆたか①【豊か】(形動)豐富，富裕。

ゆだ・ねる③【委ねる】(他下一)委，委托。

ゆだん⓪【油断】(名・自サ)疏忽，麻痺，大意。☆～大敵／切勿疏忽大意。

ゆたんぽ②【湯湯婆】(名)湯婆子。

ゆっくり③(副・自サ)❶慢慢，緩慢。☆どうぞご～していらっしゃい／請多坐一會兒。❷充分，充裕。

ゆったり③(副・自サ)❶寬鬆，寬敞。❷舒暢，悠閒。

ゆでたまご③④【茹で卵】(名)煮雞蛋。

ゆ・でる②【茹でる】(他下一)煮，燙。

ゆでん⓪【油田】(名)油田。

ゆとり⓪(名)寬裕，餘裕。☆家計に～がない／生活不寬裕。

ユニーク②【unique】(名)獨特。

ユニホーム③【uniform】(名)❶制服。❷式樣統一的運動服。

ゆにゅう⓪【輸入】(名・他サ)輸入，進口。

ユネスコ②【UNESCO】(名)聯合國教科文組織。

ゆのみ③【湯飲み】(名)茶碗，茶杯。

ゆび②【指】(名)指頭，腳趾。★～を折る／屈指。

ゆびさき④③⓪【指先】(名)手指尖，腳趾尖。

ゆびさ・す③【指差す】(他五)(用手)指。

ゆびわ⓪【指輪】(名)戒指。

ゆぶね①【湯船・湯槽】(名)澡盆，浴盆，浴池。

ゆみ②【弓】(名)弓，弓子。☆～を射る／射箭。☆バイオリンの～／小提琴用的弓。

ゆめ②【夢】(名)❶夢。☆～を見る／做夢。❷夢想，幻想，理想。

ゆめにも②【夢にも】(副)(下接否定語)連做夢也…，一點也，萬沒…。

ゆ

ゆゆし・い③【由由しい】(形)嚴重，重大。

ゆらい⓪【由来】(名・自サ)由來，來歷。

ゆり⓪【百合】(名)百合。

ゆる・い②【緩い】(形)❶緩慢。❷(坡)緩，不陡。❸鬆，不緊。❹不嚴。❺稀，不濃。

ゆるがせ⓪【忽せ】(名)疏忽，馬虎。

ゆるし③【許し】(名)❶允許，許可。❷寬恕，赦免。

ゆる・す②【許す】(他五)❶允許，許可。☆入学を～／允許入學。❷寬恕，饒恕。☆お～・しください／請原諒。❸赦免，免除。☆罪を～／赦罪。☆税を～／免稅。❹承認。☆自他共に～／眾所公認。❺信任。★心を～／知心。信任。☆肌を～／以身相許。❻鬆弛。★気を～／疏忽。大意。

ゆる・む②【緩む・弛む】(自五)鬆弛，鬆懈，緩和。★気が～／鬆勁兒。精神鬆懈。

ゆる・める③【緩める】(他下一)❶鬆，放鬆，鬆弛，鬆懈。★気を～／鬆勁兒。❷放慢。☆スピードを～／放慢速度。❸放寬。❹稀釋。

ゆるやか②【緩やか】(形動)❶緩，緩慢，平緩。☆～な斜面／平緩的斜面。❷寬鬆，寬大。❸舒暢。

ゆ・れる⓪【揺れる】(自下一)搖動，搖擺，震動，顛簸。

ゆわかし②【湯沸し】(名)燒水壺。☆～器／沸水器。

ゆ

ヨ・よ

[YO]

よ(終助)❶（表示告誡、提醒、叮嚀、勸誘、命令等）啊，啦，吧，呀。☆行こう〜／走吧！❷（表示感嘆）啊，呀。☆おいしい〜／真好吃啊！❸（表示責難）呀，哪。☆何言ってるの〜／你在說什麼呀！

よ①⓪【世】(名)❶世，世上，世間，社會。★〜に出る／出社會。出息。出名。★〜をわたる／生活。處世。❷時代。☆明治の〜／明治時代。❸一生。❹（佛）世。

よ①【夜】(名)夜，夜晚，夜間。☆〜が明ける／天亮。★〜を日に継ぐ／夜以繼日。

よ①【余】(名)❶餘。☆一万〜の觀衆／一萬餘觀眾。❷其餘，以外。☆〜の事／其餘的事。

よあかし②④【夜明かし】(名・自サ)通宵，徹夜。

よあけ③【夜明け】(名)天亮，拂曉。

よ・い①【良い】(形)❶好。☆品質が〜／質量好。❷漂亮，美麗。☆〜女／漂亮女人。❸合適，適宜。☆〜所へ来た／來得正好。☆初心者に〜入門書／適合初學者的入門書。❹好，行，可以。☆それで〜／那樣就可以了。★〜年をして／那麼大年紀了（居然…）。

よい⓪【宵】(名)❶傍晚。❷夜晚。

よい②①【酔い】(名)酒意，酒勁兒。☆〜がまわる／酒勁兒上來了。

よいしょ①(感)(吆喝聲)嗨喲。

よう【様】〔一〕(接尾)❶像…一樣。☆ピストル〜の物／像手槍一樣的東西。❷（多接動詞連用形後）方法。☆見〜／看法。☆やり〜／做法。〔二〕①(形動)如，像，好像，彷彿。☆氷の〜に冷たい／像冰一樣

よ

涼。☆まるで夢を見ている～だ／宛如夢境。☆遅れない～に早く行こう／快去吧，別耽誤了。

よう(助動)（接非五段動詞未然形後）❶表示意志。☆ぼくもそうし～／我也那麼辦吧。❷表示勸誘。☆さあ、食べ～／請吃吧。❸表示推量。☆容易に理解され～／容易理解吧。

よ・う①**【酔う】**(自五)❶醉。☆酒に～／醉酒。❷暈（車、船）。☆船に～／暈船。❸陶醉，沉醉。

よう①**【用】**(名)❶事情。☆～がある／有事。❷用途。☆～に立つ／有用。❸費用。☆～を節約する／節省費用。❹大小便。☆～を足す／辦完事。解手。

よう①**【要】**(名)❶要點，要領。☆簡にして～を得る／簡單扼要。❷需要，必要。☆注意の～がある／需要注意。

ようい①**【用意】**(名・自他サ)❶準備，預備。❷注意，防備。

ようい⓪**【容易】**(名・形動)容易。

ようか⓪**【八日】**(名)❶八日，八號。❷八天。

ようが⓪**【洋画】**(名)❶西洋畫。❷西方電影。

ようがさ③**【洋傘】**(名)洋傘。

ようがし③**【洋菓子】**(名)西式糕點。

ようかん①**【羊羹】**(名)羊羹。

ようかん⓪**【洋館】**(名)西式住宅。

ようき①**【容器】**(名)容器。

ようき⓪**【陽気】**㈠(名)❶陽氣。❷天氣，氣候，時令。㈡(形動)❶快樂，快活，開朗。❷熱鬧，興高采烈。

ようぎ①⓪**【容疑】**(名)嫌疑。☆～者／嫌疑犯。

ようきゅう⓪**【要求】**(名・他サ)要求。

ようぎょ①**【養魚】**(名)養魚。

ようけい⓪**【養鶏】**(名)養雞。

ようけん③⓪**【用件】**(名)事，事情。

ようけん③⓪**【要件】**(名)❶要事。❷必要條件。

ようご⓪**【用語】**(名)❶用語，措詞。☆～が不適切だ／措詞不當。❷術語。☆哲学～／哲學術語。

ようご①**【養護】**(名・他サ)護養，保育。☆～学校／弱智、殘疾兒童學校。☆～施設／孤兒院。

ようご①**【擁護】**(名・他サ)擁護，維護。

ようこう⓪**【洋行】**(名・自サ)出洋，留洋。

ようこうろ③**【熔鉱炉】**(名)熔爐，高爐。

ようこそ①(感)歡迎歡迎。

ようさい⓪**【洋裁】**(名)西式裁

よ

縫。

ようさん⓪【養蚕】(名)養蠶。

ようし⓪【用紙】(名)格式紙。☆原稿～/稿紙。

ようし①【要旨】(名)要旨，要點，重點。

ようし①【陽子】(名)質子。

ようし⓪【養子】(名)養子，繼子，贅婿。☆～縁組(えんぐみ)/過繼。過房。

ようじ①【幼児】(名)幼兒。

ようじ①【幼時】(名)幼時。

ようじ⓪【用事】(名)事情。

ようじ⓪【楊枝】(名)牙籤。

ようしき⓪【様式】(名)❶式，方式。❷格式。❸風格，格調。

ようしつ⓪【洋室】(名)西式房間。

ようしゃ①【容赦】(名・他サ)❶寬恕，原諒。❷客氣，留情。☆～なく/毫不客氣。

ようしょ⓪【要所】(名)❶要點。❷要地。

ようしょう⓪【要衝】(名)要衝。要塞。

ようじょう⓪【洋上】(名)海上。

ようじょう③【養生】(名・自サ)❶養生，保養。❷療養。

ようしょく⓪【洋食】(名)西餐。

ようしょく①⓪【容色】(名)姿色。

ようしょく⓪【養殖】(名・他サ)養殖。

ようじん①【用心】(名・自サ)注意，小心，提防，警惕。☆火の～/嚴防火災。

ようす⓪【様子】(名)❶樣子，姿態。☆楽しい～/高興的樣子。❷情況，情形。☆病人の～/病人的情況。❸跡象，徵兆。☆一雨来そうな～だ/看樣子要下雨。

ようすい⓪①【用水】(名)用水。☆～路/水渠。

よう・する③【要する】(他サ)需要。

よう・する③【擁する】(他サ)❶擁抱。❷擁有。❸率領。❹擁戴。

ようするに③【要するに】(副)總之，總而言之。

ようせい⓪【要請】(名・他サ)要求，請求。

ようせい⓪【養成】(名・他サ)培養，培訓。

ようせき①【容積】(名)容積。

ようせつ⓪【熔接】(名・他サ)熔接，焊接。☆電気～/電焊。☆～工/焊工。☆～棒/焊條。

ようそ①【要素】(名)要素。

ようそ①【沃素】(名)碘。

ようそう⓪【様相】(名)情況。

ようだい③【容態・容体】(名)❶病情，病狀。❷裝束，打扮。

ようたし④③【用足し】(名)❶辦事。❷解手。大小便。

ようだ・てる④【用立てる】(他下一)❶用，用於。❷借給，墊

よ

付。

ようち①⓪【幼稚】(名)❶年幼。☆~園/幼兒園。❷幼稚。

ようてん③【要点】(名)要點。

ようでんき③【陽電気】(名)陽電。

ようと①【用途】(名)用途。

ようとん⓪【養豚】(名)養豬。☆~場/養豬場。

ようにく⓪【羊肉】(名)羊肉。

ようにん⓪【容認】(名・他サ)容忍，容許。

ようねん⓪【幼年】(名)幼年。

ようび⓪【曜日】(名)星期。

ようひん⓪【用品】(名)用品。

ようふ⓪【養父】(名)養父。

ようふう⓪【洋風】(名)洋式。

ようふく⓪【洋服】(名)西服。

ようぶん①【養分】(名)養分，養料，營養。

ようべん③⓪【用便】(名・自サ)解手，大小便。

ようぼ⓪【養母】(名)養母。

ようほう⓪【用法】(名)用法。

ようぼう⓪【要望】(名)希望，要求。☆~にこたえて/應…的要求。

ようぼう⓪【容貌】(名)容貌。

ようま⓪【洋間】(名)西式房間。

ようむき④⓪【用向き】(名)事情。

ようめい⓪【幼名】(名)乳名。

ようめい⓪【用命】(名)❶吩咐，囑咐。❷定購。

ようもう⓪【羊毛】(名)羊毛。

ようやく⓪【漸く】(副)❶勉強，好容易。☆~合格した/好容易及格了。❷漸漸。

ようやく⓪【要約】(名・他サ)要點，概要，歸納，概括。☆論文の~/論文概要。

ようらん⓪【要覧】(名)概要，概況。

ようりょう③【要領】(名)❶要領，要點。☆~を得ない/不得要領。❷訣竅，竅門。

ようりょう③【容量】(名)❶容量。❷負載量。❸電容。

ようりょくそ④③【葉緑素】(名)葉綠素。

ようれい⓪【用例】(名)例子，例句。

ようろう⓪【養老】(名)養老。☆~院/養老院。☆~年金/養老金。

ヨード①【徳 Jod】(名)碘。☆~キンチ/碘酒。

よか①【余暇】(名)餘暇，業餘時間。

よか①【予科】(名)預科。

よかん⓪【予感】(名・他サ)預感。

よき①⓪【予期】(名・他サ)預期，預料，預測。

よぎしゃ①②【夜汽車】(名)夜行列車，夜車。

よぎな・い③【余儀ない】(形)不得已。☆~・く欠席する/不得已而缺席。

よ

よきょう⓪【余興】(名) 餘興。

よきん⓪【預金】(名・他サ) 存款，儲蓄。☆定期～／定期儲蓄。☆～通帳／存摺。☆～口座／存款戶頭。

よく【翌】(接頭) 翌。☆～三日／翌日三號。

よく①(副) ❶好好，仔細，認真。☆～考えなさい／請好好想想。❷好，漂亮。☆～やった／幹得好。❸經常，動不動很，非常。☆～かぜを引く／常感冒。❹☆父に～似ている／很像父親。

よく②【欲】(名) 慾望。☆～を言えばきりがない／慾望是無止境的。

よく①【翼】(名) ❶翼，翅膀。❷葉片。

よくあさ⓪【翌朝】(名) 次日清晨。

よくあつ⓪【抑圧】(名・他サ) 壓制，壓迫。

よくしつ⓪【浴室】(名) 浴室。

よくじつ⓪【翌日】(名) 翌日。

よくじょう⓪【浴場】(名) 浴池。☆公衆～／公共浴池。

よくじょう⓪【欲情】(名) ❶慾望。❷情慾，肉慾。

よく・する①【善くする・能くする】(他サ) ❶能，會。❷擅長。☆詩を～／擅於寫詩。

よく・する③【欲する】(自サ) ❶沐浴，洗澡。❷受，蒙受。☆恩恵に～／蒙受恩惠。

よくそう⓪【浴槽】(名) 浴盆，浴池。

よくねん⓪【翌年】(名) 翌年。

よくばり④③【欲張り】(名・形動) 貪婪(的人)。

よくば・る③【欲張る】(自五) 貪婪。

よくばん⓪【翌晚】(名) 第二天晚上。

よくふか⓪④【欲深】(名・形動) 貪得無厭(的人)。

よくぼう⓪【欲望】(名) 慾望。

よくめ③②【欲目】(名) 偏愛，偏心。☆～で見る／以偏愛的眼光看。

よくも①(副) 竟，竟能，竟敢。☆～ぼくの悪口を言ったな／竟敢說我的壞話。

よくよく⓪(副) ❶好好，仔細，認真。☆～見たら／仔細一看。❷極，特別。☆～の馬鹿だ／糊塗透頂。❸萬不得已。☆～のことだ／萬不得已的事情。

よくよく【翌翌】(接頭) 第三(日、月、年)。☆～月／下下月。

よくりゅう⓪【抑留】(名・他サ) 拘留，扣留。

よけい⓪【余計】(一)(形動) 多餘，沒必要。☆～な心配／多餘的擔心。(二)(副) ❶多。☆人より～働く／比別人多幹活。❷更加，格外。☆～見た

よ

くなる／更加想看。

よ・ける②【避ける】(他下一)❶躲，避，躲避。☆車を～／躲車。❷防，防備。☆霜を～／防霜。

よけん⓪【予見】(名・他サ)預見，預知。

よげん⓪【予言】(名・他サ)預言，預告。

よこ⓪【横】(名)❶横。☆～になる／躺下。★首を～に振る／搖頭。不同意。❷側，旁。☆～から口を出す／從旁插嘴。❸歪，斜。☆帽子を～にかぶる／歪戴著帽子。❹寬。☆～一〇センチ／寬十公分。

よこう⓪【予行】(名・他サ)預演，排練。

よこがお⓪③【横顔】(名)❶側臉。❷(事物的)側面。

よこがき⓪【横書き】(名)横寫。

よこぎ・る③【横切る】(他五)横穿，横過。

よこく⓪【予告】(名・他サ)預告，預先通知。

よこぐるま③⑤【横車】(名)★～を押す／蠻横無理。横加干涉。

よこ・す【寄越す】(一)②(他五)❶寄來，送來，派來。☆金を～／寄錢來。❷交給(我)，遞給(我)。☆ハンマーを～・せ／把錘子遞給我。(二)(補動)…來。☆電話をかけて～／打電話來。

よご・す⓪【汚す】(他五)弄髒。☆空気を～／污染空氣。

よこたわ・る④【横たわる】(自五)❶躺，臥。❷横臥，横貫。❸存在。☆前途に～困難／前途存在的困難。

よこちょう⓪【横町】(名)胡同。小巷。

よこづけ⓪【横付け】(名・他サ)靠，停靠。☆埠頭に船が～になった／船靠了碼頭。

よこっつら⓪【横っ面】(名)嘴巴，嘴巴子。☆～を張り飛ばす／打耳光。

よこづな⓪【横綱】(名)(相撲力士的最高級)横綱。

よこて⓪【横手】(名)旁邊。

よごと①⓪【夜毎】(名)每晚。

よこどり⓪④【横取り】(名・他サ)搶奪，奪取。

よこみち⓪【横道】(名)❶岔道。☆話が～にそれる／說話離題。❷邪路，歧途。

よこむき⓪【横向き】(名)❶朝向側面，側身。❷側面。

よこめ⓪【横目】(名)斜眼(看)。☆～で見る／斜眼看。

よこもじ⓪【横文字】(名)西洋文字。

よこやり⓪④【横槍】(名)★～を入れる／從旁插嘴。横加干涉。

よごれ⓪【汚れ】(名)髒，污垢。☆体の～を落す／洗掉身上的汚垢。

よご・れる⓪【汚れる】(自下一)髒。☆手が~・れた/手髒了。

よさん⓪【予算】(名)預算。

よし①(感)好，行，好啦，行啦。☆~、やろう/好，幹吧。

よし①【由】(名)❶由來，緣由，緣故。☆~もなく反対する/無緣無故地反對。❷方法，手段。☆知る~もない/無法知道。❸情況，內容。☆その~を彼に伝えてくれ/請向他轉達這一情況。❹聽說。☆お元気の~/聽說你很健康。

よし①【葦】(名)蘆葦。

よしあし①②【善し悪し】(名)善惡，是非，好壞。

よじのぼ・る⓪【攀じ登る】(自五)爬，攀登。

よしみ③⓪【誼・好】(名)友誼，情誼。

よしゅう⓪【予習】(名・他サ)預習。

よじょう⓪【余剰】(名)剩餘。☆~農産物/剩餘農產品。

よじ・る②【捩る】(他五)扭，擰。

よ・す①【止す】(他五)停止，作罷。☆仕事を~/停止工作。

よすが⓪(名)❶依靠。❷門路，線索，關係。

よせ⓪【寄席】(名)曲藝場，說書場。☆~芸人/說書藝人。

よせあつめ⓪【寄せ集め】(名)拼湊(的東西)。

よせあつ・める⑤【寄せ集める】(他下一)❶匯集，收集，召集。❷拼湊。

よせがき⓪【寄せ書き】(名)集體寫，集體畫，集體簽名。

よせなべ⓪【寄せ鍋】(名)火鍋。

よ・せる⓪【寄せる】[一](自下一)靠近，接近，逼近。☆敵が~・せて来る/敵人逼近。[二](他下一)❶挪近，使…靠近。☆テーブルを隅に~/把飯桌挪到屋角。❷集中，匯合。☆皺を~/皺眉。❸召集，招攬。☆客を~/招攬客人。❹寄，傾。☆身を~/寄居。☆心を~/傾心。☆同情を~/寄以同情。❺(用〝よせていただく〟的形式)拜訪。☆お宅にも~・せていただきます/我想到你家去拜訪。❻借，假托。☆他人のことに~・せて皮肉を言う/指桑罵槐。

よせん⓪【予選】(名・他サ)❶預選。❷預賽。

よそ②【余所・他所】(名)❶別處，別人。☆~の子/別人的孩子。❷疏遠，漠不關心。☆~にする/疏遠。漠不關心。

よそいき⓪【余所行き】(名)❶出門，外出。❷裝模作樣。

よそ・う②【装う】(他五)❶→よ

よ

そおう❷盛（飯等）。

よそう⓪【予想】（名・自サ）預想，預料，預測。

よそお・う③【装う】（他五）❶裝，假裝。☆平静を～／故作鎮靜。❷打扮，裝扮，裝飾。

よそく⓪【予測】（名・他サ）預測，預料。

よぞら①②【夜空】（名）夜空。

よだ・つ②（自五）戰慄，悚然。

よたもの⓪【与太者】（名）❶懶漢，廢物。❷惡棍，流氓，痞子。

よだれ⓪【涎】（名）口水。

よち⓪①【余地】（名）餘地。

よちよち①（副・自サ）（走路）搖搖晃晃，晃晃悠悠。

よっか⓪【四日】（名）❶四日，四號。❷四天。

よつかど⓪【四つ角】（名）十字路口。

よっきゅう⓪【欲求】（名・他サ）慾求，慾望。

よっつ③【四つ】（名）四，四個，四歲。

よって⓪【仍て】（接）因此，所以。

ヨット①【yacht】（名）快艇，帆船。☆～レース／快艇比賽。

よっぱらい⓪【酔っ払い】（名）醉漢，醉鬼。

よつんばい⓪【四つん這い】（名）匍匐，趴下。

よてい⓪【予定】（名・他サ）預定。

よとう⓪【与党】（名）執政黨。

よどおし⓪【夜通し】（副）整夜，通宵。

よどみ⓪③【淀み】（名）❶死水，積水。❷（說話）不流暢。☆～なく／流暢。

よど・む②⓪【淀む】（自五）❶（水、空氣等）停滯、不流通。❷沉澱。

よなか③【夜中】（名）半夜。

よな・れる⓪③【世慣れる・世馴れる】（自下一）通曉世故。

よねん⓪【余念】（名）別的念頭，雜念。☆～がない／專心致志。

よのなか②【世の中】（名）❶世上，世道，社會。❷時代。☆原子力の～／原子能時代。

よび①【予備】（名）預備。

よびかけ⓪【呼び掛け】（名）呼籲，號召，召喚。

よびか・ける④【呼び掛ける】（他下一）❶召喚，呼喚。❷呼籲，號召。

よびこ⓪【呼び子】（名）哨子。

よびごえ③⓪【呼び声】（名）喊聲，呼聲。

よびすて⓪【呼び捨て】（名）（不加敬稱）直呼其名。

よびだし⓪【呼び出し】（名）❶傳喚。❷喚出來，叫出來。☆～電話／傳呼電話。

よびだ・す③【呼び出す】（他五）喚出，叫出，找出。☆彼を電

よ

話口まで～・してください／請他來接電話。

よびつ・ける④【呼び付ける】(他下一)❶叫來。❷叫慣。

よびと・める④【呼び止める】(他下一)叫住。☆タクシーを～／叫住計程車。

よびな⓪【呼び名】(名)稱呼。

よびもど・す④【呼び戻す】(他五)叫回，召回。

よびもの⓪【呼び物】(名)精采節目，叫座的節目。

よびよ・せる④【呼び寄せる】(他下一)叫來。

よびりん⓪【呼び鈴】(名)電鈴，傳呼鈴。

よ・ぶ⓪【呼ぶ】(他五)❶呼，叫，喊。☆助けを～／呼救。❷請，邀請。☆医者を～／請醫生。❸博得，引起。☆人気を～／受歡迎。❹稱，稱呼。☆江戸と～・ばれる／被稱為江戶。

よふかし③【夜更かし】(名・自サ)熬夜。

よふけ③【夜更け】(名)夜深，深更半夜。

よぶん⓪【余分】(名・形動)❶剩餘，多餘。☆～の切符／剩餘的票。❷多，富餘。☆～にあげる／多給。

よほう⓪【予報】(名・他サ)預報。☆天気～／天氣預報。

よぼう⓪【予防】(名・他サ)預防，防備。☆～注射／預防注射。

よほど⓪【余程】(副)很，頗，相當。☆～の寒さ／很冷。

よみがえ・る③【蘇る・甦る】(自五)甦醒，復活，復興。

よみかき①【読み書き】(名)❶讀書寫字。❷學問，知識。

よみかた④③【読み方】(名)讀法，唸法。

よみせ⓪【夜店】(名)夜店，夜市。

よみち①【夜道】(名)夜路。

よみちがい⓪【読み違い】(名)讀錯。

よみと・る⓪【読み取る】(他五)領會。

よみもの②③【読物】(名)讀物。

よ・む①【読む】(他五)❶讀，唸，看。☆本を～／讀書。❷揣摩，推測。☆人の心を～／揣摩別人的心理。❸數，點。☆数を～／數數。☆票を～／點票數。

よ・む①【詠む】(他五)詠，作(詩歌)。☆和歌を～／作和歌。

よめ⓪【嫁】(名)新娘，媳婦。☆お～に行く／出嫁。☆娘を～にする／嫁女兒。

よやく⓪【予約】(名・他サ)預約，預訂。

よゆう⓪【余裕】(名)❶餘裕，富餘，剩餘。❷從容，沉著。

より(格助)❶從，自。☆東京駅

よ

～出発する／從東京火車站出發。❷比。☆去年～寒い／比去年冷。❸除。☆そうする～ほかにない／除此之外別無他法。只好這麼做。

より【寄り】(接尾)偏，靠。☆北～の風／偏北風。

より①(副)更，更加。☆～楽しい人生／更快樂的人生。

より⓪【寄り】(名)❶(集會時)來的人。☆今日は～が悪い／今天來的人少。❷(交易)開盤。

より②【縒り】(名)搓，捻。

よりかか・る④【寄り掛かる】(自五)❶靠，憑靠。☆壁に～／靠在牆上。❷靠，依靠。☆親に～／靠父母。

よりつ・く③【寄り付く】(自五)❶靠近，挨近，接近。❷(交易)開盤。

よりどころ⓪③【拠り所】(名)根據，依據，依靠。

よりどり⓪【選り取り】(名)隨意挑選。☆～見取(みどり)／隨意挑選。

よりぬき⓪【選り抜き】(名・他サ)選拔，精選。

よりみち⓪【寄り道】(名)❶繞道。❷順路(幹別的事)。

よりわ・ける⓪【選り分ける】(他下一)❶挑選。❷區分。

よ・る⓪【因る・由る・縁る・依る・拠る】(自五)❶因，由。☆不注意に～事故／由於不注意而引起的事故。❷根據，按照。☆天気予報に～・れば／根據天氣預報。❸依靠，依賴。☆武力に～／靠武力。

よ・る⓪【寄る】(自五)❶靠近，挨近。☆右へ～／靠右。☆波が～／浪湧上來。❷增長。☆年が～／上年紀。❸起。☆しわが～／起皺紋。❹順路到。☆本屋に～／順路到書店去。❺聚會，集聚。☆～とさわると／人們一湊到一塊兒就。☆～・ってたかって／全體一起。❻(相撲)抓住對方腰帶。❼(交易)開盤。

よ・る①【選る】(他五)挑選。

よ・る①【縒る・撚る】(他五)搓，捻，擰。

よる①【夜】(名)夜，晚上。

よろい⓪【鎧】(名)鎧甲。

よろ・ける⓪【蹌踉ける】(自下一)踉蹌，蹣跚。

よろこばし・い⑤【喜ばしい】(形)可喜的，高興的。

よろこば・す④【喜ばす】(他五)使…歡喜，令…高興。

よろこび④③【喜び・悦び】(名)❶喜悅，歡喜，高興。❷喜事。☆お～がある／有喜事。❸祝賀。☆心からお～申し上げます／衷心祝賀。

よろこ・ぶ③【喜ぶ】(自五)喜悅，歡喜，高興。

よろし・い⓪【宜しい】(形)❶

好，合適，方便。☆ご都合の～時／您方便的時候。❷好，行，可以。☆帰って～／可以回去。

よろしく⓪【宜しく】(副)❶關照。☆どうぞ～／請多關照。❷問候。☆～お伝えください／請代問候。❸適當地。☆～やる／適當處理。❹(與〃べし〃連用)應該，必須。☆～反省すべきだ／應進行反省。

よろずや⓪【万屋】(名)❶雜貨店。

よろめ・く③(自五)❶踉蹌，蹣跚。❷(俗)上當，受騙。

よろよろ①(副・自サ)踉蹌，蹣跚。

よろん①【輿論】(名)輿論。

よわ・い②【弱い】(形)❶弱，軟弱，脆弱。☆～風／弱風。☆寒さに～／怕熱。☆酒に～／不能喝酒。★気が～／懦弱。心軟。❷不擅長。☆英語に～／不擅長英語。❸不結實。☆～生地(きじ)／不結實的布料。

よわい②⓪【齢】(名)年齡。

よわき③⓪【弱気】(名・形動)❶懦弱，軟弱。❷行情看跌。

よわごし⓪②【弱腰】(名)懦弱，膽怯。

よわたり②【世渡り】(名)生活，處世。☆～がうまい／善於處世。會過日子。

よわね⓪②【弱音】(名)洩氣，示弱。☆～を吐く／說洩氣話。示弱。

よわみ③【弱み】(名)弱點。

よわむし②【弱虫】(名)膽小鬼，窩囊廢。

よわ・める③【弱める】(他下一)減弱，削弱。

よわ・る②【弱る】(自五)❶減弱，衰弱。☆体が～／體力衰弱。❷為難，困窘。☆今度ばかりは～・った／這回可難住我了。

よんどころな・い⑥【拠ん所無い】(形)不得已，無奈。

ラ・ら

[RA]

ら【等】(接尾)們，等。☆彼～／他們。☆これ～／這些。
ラード①**【lard】**(名)豬油。
ラーメン①**【老麵】**(名)(中國)湯麵。
らい【来】(一)(接頭)來，下。☆～学期／下學期。(二)(接尾)來，以來。☆二〇年～／二十年來。
らい①**【癩】**(名)痲瘋。
らいう①**【雷雨】**(名)雷雨。
ライオン⓪①**【lion】**(名)獅子。
らいが①**【来駕】**(名)光臨。
らいきゃく⓪**【来客】**(名)來客。
らいげつ①**【来月】**(名)下個月。
らいごう①⓪**【来迎】**(名・自サ)❶(佛)來迎。❷(高山)日出。
らいしゅう⓪**【来週】**(名)下週。
らいしんし③**【頼信紙】**(名)電報紙。
ライス①**【rice】**(名)❶大米。❷米飯。☆カレー～／咖哩飯。
ライター①**【lighter】**(名)打火機。
らいちょう⓪**【来朝】**(名・自サ)(外國人)來日本。
らいでん⓪**【来電】**(名)來電(報)。
ライト①**【light】**(名)❶燈。☆テール～／尾燈。☆ヘッド～／前燈。❷照明。
ライトバン③(名)客貨兩用汽車。
らいにち⓪**【来日】**(名・自サ)來日本。
らいねん⓪**【来年】**(名)來年。
らいひん⓪**【来賓】**(名)來賓。
らいほう⓪**【来訪】**(名・自サ)來訪。
らいめい⓪**【雷鳴】**(名)雷鳴。
ライラック③**【lilac】**(名)紫丁香。
らいれき⓪**【来歴】**(名)來歷。
ライン①**【line】**(名)❶線。❷航線。

ら

らく②【楽】(名・形動)❶舒服，舒適，輕鬆。☆どうぞお～に／請隨便坐吧。❷富裕，寬裕。☆暮しが～になった／生活寬裕了。❸容易，輕易。☆～に勝った／輕易地獲勝了。

らくえん⓪【楽園】(名)樂園。

らくがき⓪【落書き】(名・自サ)亂寫亂畫。

らくご⓪【落伍】(名・自サ)落伍，脫隊。

らくご⓪【落語】(名)單口相聲。

らくさつ⓪【落札】(名・自サ)得標，中標。

らくせい⓪【落成】(名・自サ)落成。☆～式／落成典禮。

らくせん⓪【落選】(名・自サ)落選。

らくだ⓪【駱駝】(名)駱駝。

らくだい⓪【落第】(名・自サ)不及格，留級，沒考上。☆～生／留級生。

らくたん⓪【落胆】(名・自サ)灰心，洩氣，氣餒。

らくちゃく⓪【落着】(名・自サ)結束，解決，了結。

らくちょう⓪【落丁】(名)缺頁。

らくてん⓪【楽天】(名)樂天，樂觀。☆～家／樂天派。☆～主義／樂觀主義。

らくのう⓪【酪農】(名)酪農。

ラグビー①【Rugby】(名)橄欖球。

らくめい⓪【落命】(名・自サ)喪命，死亡。

らくよう⓪【落葉】(名・自サ)落葉。☆～樹／落葉樹。

らくらい⓪【落雷】(名・自サ)落雷，雷，雷擊。

ラケット②【racket】(名)球拍。

らし・い〔一〕(接尾)像…似的。☆子供～／像孩子似的。☆家具～家具／像樣的傢俱。〔二〕(助動)像…似的。☆誰か来た～／好像有人來了。

らし・い②(形)(同意前文的判斷)是的，的確。☆きょうは、彼は欠席かな？—うん、～ね／〝他今天沒來嗎？〟〝嗯，是的。〟

ラジウム②【radium】(名)鐳。

ラジオ①【radio】(名)無線電，收音機。☆～体操／廣播體操。☆～ドラマ／廣播劇。

ラシャ①【葡 raxa・羅紗】(名)呢子，呢絨。

らしんばん⓪【羅針盤】(名)羅盤，指南針。

ラスト①【last】(名)最後，末尾。☆～スパート／最後衝刺。

らたい⓪【裸体】(名)裸體。

らち①【埒】(名)❶範圍，界線，段落。☆～があかない／得不到解決。沒有著落。☆～もない／無聊。無意義。雜亂無章。❷(馬場周圍的)柵欄。

らち①【拉致】(名・他サ)綁架，強行拉走。

らっか①⓪【**落下**】(名・自サ)落下。☆～傘／降落傘。
らっかせい③【**落花生**】(名)花生。
らっかん⓪【**楽観**】(名・他サ)樂觀。
ラッシュ①【**rush**】(名)擁擠。☆～アワー／上下班擁擠時間。客流高峰。
らっぱ⓪【**喇叭**】(名)喇叭。★～を吹く／吹喇叭。吹牛。
らば①【**騾馬**】(名)騾子。
ラベル①【**label**】(名)標籤。
ラムネ⓪【**lemonade**】(名)檸檬汽水。
ラリー①【**rally**】(名)❶(汽車)競賽會。❷(乒乓球、網球)連續對攻。
ら・れる(助動)(接五段動詞以外的動詞未然形後)表示被動、可能、尊敬、自發。
らん①【**蘭**】(名)蘭花。
らん①【**欄**】(名)欄。
らんざつ⓪【**乱雑**】(名・形動)雜亂。
らんし⓪①【**乱視**】(名)散光。
らんし①【**卵子**】(名)卵子。
ランチ①【**lunch**】(名)午餐，便餐。
らんちょう⓪【**乱丁**】(名)(書籍)錯頁。
ランドセル③【**荷ransel**】(名)背囊式書包。
ランニング⓪①【**running**】(名)❶跑步。❷背心。
ランプ①【**lamp**】(名)❶油燈。❷電燈。
らんぼう⓪【**乱暴**】(一)(名・形動)❶粗暴，粗魯，粗野。☆～な人／粗暴的人。❷蠻橫，蠻不講理。☆～なことを言うな／不要蠻不講理。❸胡亂，隨意。☆金を～に使う／亂花錢。
らんよう⓪【**濫用**】(名・他サ)濫用。☆職権～／濫用職權。

ら

り・り

[RI]

り⓪①【利】(名)❶利，利益。☆地の～／地利。❷便利。❸利息。

り①⓪【理】(名)理，理論，道理。☆～に落ちる／過分講道理。辯理。

リアリズム③【realism】(名)現實主義。

リーグ①【leaguer】(名)聯盟，聯合國。☆～戦／聯賽，循環賽。

リーダー①【leader】(名)領袖，首領，領導者。

リーダーシップ⑤【leadership】(名)❶領導權，領導地位。☆～をとる／掌握領導權。❷領導能力。☆～に欠ける／缺乏領導能力。

リード①【lead】(名・自他サ)❶領導，率領，帶領。❷（比賽）領先。☆二点～する／領先兩分。

りえき①【利益】(名)❶利益。❷利，利潤。

りか①【理科】(名)理科。

りかい①⓪【理解】(名・他サ)理解。☆～力／理解力。

りがい①【利害】(名)利害。

りかがく②【理化学】(名)理化。

りきがく②【力学】(名)力學。

りく⓪②【陸】(名)陸地。

りくあげ④【陸揚げ】(名・他サ)（從船上）卸貨。

リクエスト③【request】(名)點播。☆～番組／點播節目。

りくぐん②【陸軍】(名)陸軍。

りくじょう⓪【陸上】(名)陸上。☆～競技／田徑賽。

りくち⓪【陸地】(名)陸地。

りくつ⓪【理屈】(名)道理，理由。☆～に合わない／不合道理。

りこ①【利己】(名)利己，自私自利。

りこう⓪【利口】(名・形動)聰明，伶俐。☆～な子供／聰明的孩子。☆〜に立ち回る／善於鑽營。

りこん①⓪【離婚】(名・自サ)離婚。

りさい⓪【罹災】(名・自サ)受災，受害。☆〜者／災民。

りし①【利子】(名)利息。☆〜がつく／生利。

りじ①【理事】(名)理事，董事。☆〜長／理事長。

りす①【栗鼠】(名)松鼠。

リスト①【list】(名)❶名單。❷目錄，一覽表。

リズム①【rhythm】(名)節奏。

りせい⓪【理性】(名)理性，理智。

りそう⓪【理想】(名)理想。

リゾール②【徳 Lysol】(名)來蘇兒。(一種消毒防腐劑)

りそく⓪【利息】(名)利息。

りち①【理知】(名)理智。

リチウム②【徳Lithium】(名)鋰。

りちぎ③⓪【律儀】(名・形動)耿直，忠誠，規矩。☆〜者(もの)／規矩人。

りちゃくりく③【離着陸】(名)起飛和著陸。

りつ①【率】(名)率，比率。☆合格の〜がいい／及格率高。

りつあん⓪【立案】(名・他サ)擬定，起草。

りっか①【立夏】(名)立夏。

りっきょう⓪【陸橋】(名)天橋。

りっけん⓪【立憲】(名)立憲。☆〜君主制／君主立憲制。

りっこうほ③【立候補】(名・自サ)提名為候選人。☆〜を表明する／聲明參加競選。☆〜者／候選人。

りっし①⓪【立志】(名・自サ)立志。☆〜伝中の人／立志刻苦努力而成功的人。

りっしゅう⓪①【立秋】(名)立秋。

りっしゅん⓪①【立春】(名)立春。

りっしょう⓪【立証】(名・他サ)證明，證實。

りっしん①【立身】(名・自サ)發跡，出息。☆〜出世／發跡。成名。

りったい⓪【立体】(名)立體。

りっとう⓪【立冬】(名)立冬。

りつどう⓪【律動】(名・自サ)律動。

リットル①⓪【法 litre】(名)公升。

りっぱ⓪【立派】(形動)❶漂亮，美觀，華麗。☆〜な家／漂亮的房子。❷優秀，出色，卓越。☆〜な業績／卓越的成就。❸高尚，崇高。☆〜な人格／高尚的人格。❹完全，充分。☆〜な理由／充分的理由。❺合法，公正，正大光明。☆〜な処置／公正的處理。❻成名，出息。☆すっかり〜におなりだね／可真有出息。

りっぷく⓪【立腹】(名・自サ)生氣。
りっぽう⓪【立方】(名)立方。
りっぽう⓪【立法】(名)立法。☆～權／立法權。
りとく⓪【利得】(名)收益。
りはつ⓪【理髪】(名・自サ)理髮。☆～師／理髮師。☆～店／理髮店。
りふじん②【理不尽】(名・形動)無理，不講理。
リボン①【ribbon】(名)緞帶，綢帶，絲帶。
りゃくご⓪【略語】(名)略語，簡稱。
りゃくじ⓪【略字】(名)簡體字。
りゃくず⓪【略図】(名)略圖。
りゃく・する③【略する】(他サ)省略，從略，簡略。
りゅう①【竜】(名)龍。
りゅう【流】(接尾)流，式。☆日本～／日本式。
りゆう⓪【理由】(名)❶理由。❷藉口。
りゅうあん①【硫安】(名)硫銨。
りゅうい①【留意】(名・自サ)留心，注意。
りゅういき⓪【流域】(名)流域。
りゅうがく⓪【留学】(名・自サ)留學。
りゅうかん⓪【流感】(名)流行性感冒。
りゅうがん①【竜眼】(名)龍眼。
りゅうこう⓪【流行】(名・自サ)流行，時髦。☆～歌／流行歌曲。
りゅうさん⓪【硫酸】(名)硫酸。
りゅうし①【粒子】(名)❶粒子。☆素～／基本粒子。❷微粒。
りゅうせい⓪【流星】(名)流星。
りゅうせい⓪【隆盛】(名・形動)昌盛，繁榮。
りゅうち①⓪【留置】(名・他サ)拘留。
りゅうちょう①【流暢】(形動)流暢，流利。
りゅうつう⓪【流通】(名・自サ)流通。
りゅうどう⓪【流動】(名・自サ)流動。☆～資本／流動資本。☆～食／流質食物。
りゅうねん⓪【留年】(名・自サ)留級。
リューマチ⓪【荷 rheumatiek】(名)風濕病。
リュックサック④【徳 Rucksack】(名)背囊，背包。
りよう⓪【利用】(名・他サ)利用。
りょう【料】(接尾)❶料，材料。☆調味～／佐料。❷費。☆授業～／學費。
りょう【両・輛】(接尾)(火車車箱)節。☆貨車三～／貨車三節。
りょう【両】〔一〕(接頭)兩。☆～大国／兩大國。〔二〕(接尾)(古時重量單位)兩。☆金(きん)五～／黃金五兩。〔三〕❶兩。

り

☆~の手／両手。

りょう①【寮】(名)宿舍。☆~生／住宿生。☆独身~／獨身宿舍。

りょう①【量】(名)數量，重量，份量。

りょう①【涼】(名)涼。☆~を取る／乘涼。

りょう①【猟】(名)❶打獵，狩獵。❷獵獲量。

りょう①【漁】(名)❶捕魚。❷漁獲量。

りょういき⓪①【領域】(名)領域。

りょういん①⓪【両院】(名)(國會)兩院。

りょうかい⓪【了解・諒解】(名・他サ)❶了解，理解，領會。❷諒解。

りょうがえ⓪①【両替】(名・他サ)兌換(貨幣、有價證券等)。

りょうがわ⓪【両側】(名)兩側。

りょうきょく⓪【両極】(名)兩極。

りょうきん①【料金】(名)費，費用。☆電話の~／電話費。

りょうけん①【了見・了簡・料簡】(一)(名)(不好的)想法，念頭，主意。(二)(名・他サ)原諒，饒恕，寬恕。

りょうこう⓪【良好】(名・形動)良好。

りょうこく①【両国】(名)兩國。

りょうさん⓪【量産】(名・他サ)大量生產。

りょうし①【漁師】(名)漁夫。

りょうし①【猟師】(名)獵人。

りょうじ①【領事】(名)領事。☆~館／領事館。

りょうしき⓪【良識】(名)理智，明智。☆~のある人／有理智的人。

りょうしゃ①【両者】(名)兩者。

りょうしゅう⓪【領収】(名・他サ)收到。☆~書／收據。收條。

りょうしょう⓪【諒承・了承】(名・他サ)明白，知道，同意，諒解。

りょうしん①【良心】(名)良心。

りょうしん①【両親】(名)雙親，父母。

りょうせい⓪【両棲】(名)兩棲。☆~類／兩棲類。

りょうたん⓪③【両端】(名)兩端。

りょうて⓪【両手】(名)兩手。

りょうてい⓪【料亭】(名)(高級)飯館，酒家。

りょうど①【領土】(名)領土。

りょうはし⓪【両端】(名)→りょうたん

りょうほう③⓪【両方】(名)雙方。

りょうよう⓪【療養】(名・自サ)療養。

りょうよく⓪【両翼】(名)雙翼。

りょうり①【料理】(名・他サ)❶

り

菜，飯菜。❷做菜，烹調。☆～屋／飯館。

りょかく⓪**【旅客】**(名)旅客。

りょかん⓪**【旅館】**(名)(日本式)旅館。

りょきゃく⓪**【旅客】**(名)↓りょかく

りょく【力】(接尾)力。☆指導～／領導力。

りょけん⓪**【旅券】**(名)護照。

りょこう⓪**【旅行】**(名・自サ)旅行。☆～社／旅行社。

りょっか⓪**【緑化】**(名・自他サ)綠化。

りょひ⓪**【旅費】**(名)旅費。

リラ①**【法lilas】**(名)丁香。

りりく⓪**【離陸】**(名・自サ)起飛。

りりつ①⓪**【利率】**(名)利率。

リレー①**【relay】**(名)❶接力賽跑。❷繼電器。

りれき⓪**【履歴】**(名)履歴。☆～書／履歴書。

りろん①⓪**【理論】**(名)理論。

りん①**【鈴】**(名)鈴。

りん①**【燐】**(名)磷。

りんかい⓪**【臨海】**(名)臨海，沿海。☆～学校／海濱夏令營。

りんかく⓪**【輪廓】**(名)輪廓。

りんかん⓪**【林間】**(名)林間。☆～学校／夏令營。

りんぎょう⓪**【林業】**(名)林業。

りんご⓪**【林檎】**(名)蘋果。

りんごく①**【隣国】**(名)鄰國。

りんじ⓪**【臨時】**(名)臨時。

りんじゅう⓪**【臨終】**(名)臨終。

りんり①**【倫理】**(名)倫理。

りんりん⓪③**【凜凜】**(形動)凜凜。

りんりん①(副)❶(鈴、鈴聲)叮鈴。❷(蟲叫聲)唧唧。

ル・る

[RU]

るい①【累】(名)連累，牽連。

るい①【塁】(名)❶堡壘。❷(棒球)壘。☆～に出る／上壘。

るい【類】(一)①(名)一類，同類，種類，類型。★～は友を呼ぶ／物以類聚。(二)(接尾)類。☆果物～／水果類。

るいぎご③【類義語】(名)類義詞，同義詞。

るいじ⓪【類似】(名・自サ)類似，相似。

るいしょう⓪【類焼】(名・自サ)延燒。

るいじんえん③【類人猿】(名)類人猿。

るいすい⓪【類推】(名・他サ)類推。

るいせき⓪【累積】(名・自他サ)累積，積壓。

ルーズ①【loose】(名・形動)鬆懈，鬆弛，散漫。

ルート①【root】(名)(數)根，根號。

ルート①【route】(名)❶道路，路線。❷途徑，門路。

ルール①【rule】(名)規則，章程。

るす①【留守】(名)❶外出，不在家。❷看門，看家。☆～番／看家(的人)。❸忽略。☆勉強がお～になる／把學習拋在腦後。

るつぼ①【坩堝】(名)坩堝。

ルネッサンス②【法 Renaissance】(名)文藝復興。

るろう⓪【流浪】(名・自サ)流浪，漂泊。

レ・れ

[RE]

れい①【令】(名)命令。

れい①【礼】(名)❶禮節，禮貌，禮法。☆～を失する／失禮。❷敬禮，鞠躬。☆起立！～！／起立！敬禮！❸道謝，致謝。☆心からお～を申し上げる／衷心感謝。❹禮品，謝禮。☆～をする／送禮。

れい①【例】(名)❶例，例子，先例。☆～をあげる／舉例。❷常例，慣例。☆～がない／沒有慣例。❸通常，往常。☆～の如し／如往常一樣。❷(談話中雙方都知道的事物)那。☆～の件／那件事。

れい①【零】(名)零。

れい①【霊】(名)❶靈，靈魂。☆祖先の～／祖先之靈。❷精神。❸神靈。

れいか①【零下】(名)零下。

れいがい⓪【冷害】(名)凍災。

れいがい⓪【例外】(名)例外。

れいかん⓪【霊感】(名)靈感。

れいき①【冷気】(名)寒氣。

れいぎ③【礼儀】(名)禮節，禮貌。☆～正しい／有禮貌。☆～作法／禮儀。

れいきん⓪【礼金】(名)謝禮。

れいこん①【霊魂】(名)靈魂。

れいさい⓪【零細】(名・形動)零星，零碎，小規模。☆～企業／小企業。

れいし①【茘枝】(名)茘枝。

れいじ①【零時】(名)零點。

れいじょう⓪【礼状】(名)感謝信。

れいじょう⓪【令嬢】(名)令嬡。

れいすい⓪【冷水】(名)冷水。

れいせい⓪【冷静】(名・形動)冷靜，鎮靜，沉著。

れいぞう⓪【冷蔵】(名・他サ)冷藏。☆電気～庫／電冰箱。

れいたん③【冷淡】(名・形動)冷淡。

れいてん③【零点】(名)零分。

れいど①【零度】(名)零度。

れ

れいとう⓪【冷凍】(名・他サ)凍，冷凍。☆〜機／冷凍機。

れいねん⓪【例年】(名)往年。

れいの①【例の】(連体)❶（談話雙方都知道的事物）那。☆〜本／那本書。❷往常。☆〜通り／像往常一樣。

れいはい⓪【礼拝】(名・他サ)禮拜。☆〜堂／禮拜日。

れいふく⓪【礼服】(名)禮服。

れいぶん⓪【例文】(名)例句。

れいほう⓪【礼砲】(名)禮炮。

れいぼう⓪【冷房】(名)冷氣。☆〜車／冷氣車。

レーザー①【LASER】(名)激光器。

レース①【race】(名)賽，比賽。☆ボート〜／賽艇比賽。

レース①【lace】(名)❶（蕾絲）花邊。❷鈎織（的工藝品）。

レーダー①【radar】(名)雷達。

レール⓪①【rail】(名)鐵軌，鋼軌。☆〜を敷く／鋪鐵軌。

レーンコート④【raincoat】(名)雨衣。

れきし⓪【歴史】(名)歷史。

レクリエーション④【recreation】(名)休養，娛樂。

レコーダー②【recorder】(名)❶記錄員。❷記錄器。❸錄音機。

レコード②【record】(名)❶記錄。☆〜をつくる／創記錄。❷唱片。

レシーバー②【receiver】(名)❶耳機，聽筒。❷收報機。

レジャー①【leisure】(名)閒暇，業餘時間的娛樂活動。

レストラン①【法 restaurant】(名)西餐館。

レスリング①【wrestling】(名)（西洋式）摔角。

レセプション②【reception】(名)招待會，歡迎會。

れつ①【列】(名)列，隊，行，隊伍，行列。☆〜をつくる／排隊。

れっしゃ⓪【列車】(名)列車。☆急行〜／快車。

れっせき⓪【列席】(名・自サ)列席，出席，到場。

レッテル①⓪【荷 letter】(名)標籤，商標。☆裏切者の〜を貼られた／被扣上叛徒的帽子。

れっとう⓪【列島】(名)列島。

れっとう⓪【劣等】(名・形動)劣等。☆〜感／自卑感。

レベル①【level】(名)水平，標準，程度。

レポート②【report】(名)報告，報導。

レモン⓪【lemon】(名)檸檬。

れる(助動)（接五段動詞未然形後）表示被動、可能、尊敬、自發。

れんあい⓪【恋愛】(名・自サ)戀愛。

れんが①【煉瓦】(名)磚。

れんきゅう⓪【連休】(名)連休。

☆飛び石～／隔日連休。

れんげそう⓪【蓮華草】(名)紫雲英。

れんごう⓪【連合】(名・自他サ)聯合。☆～国／同盟國。☆国際～／聯合國。

れんさい⓪【連載】(名・他サ)連載。

れんざん①【連山】(名)山脈。

レンジ①【range】(名)爐灶。☆ガス～／煤氣灶。

れんじつ⓪【連日】(名)連日。

れんしゅう⓪【練習】(名・他サ)練習。

れんじゅう⓪①【連中】(名)↓れんちゅう

レンズ①【lens】(名)透鏡，鏡片。☆カメラの～／照相機鏡頭。

れんそう⓪【連想】(名・他サ)聯想。

れんぞく⓪【連続】(名・自他サ)連續，接連。

れんたい⓪【連帯】(名・自サ)連帶，團結，合作。

れんたい⓪【連隊】(名)(軍)團。☆～長／團長。

れんたん①【煉炭】(名)煤球，蜂窩煤。

れんちゅう⓪①【連中】(名)同伙，一伙，伙伴。

レントゲン③【徳Röntgen】(名)愛克斯射線。X光。

れんぽう⓪【連邦】(名)聯邦。

れんめい⓪【連盟】(名)聯盟，聯合會。

れんらく⓪【連絡】(名・自他サ)聯絡，聯繫。

れんりつ⓪【連立】(名・自サ)聯立，聯合。☆～方程式／聯立方程式。☆～内閣／聯合內閣。

ロ・ろ

[RO]

ろ⓪【炉】(名)❶爐，火爐。❷(日本式房屋的)地爐。

ろ⓪【櫓】(名)櫓。

ろう①【労】(名)❶勞苦，辛勞，辛苦。☆～をいとわない／不辭辛苦。❷勞績，功勞。

ろうあ①【聾啞】(名)聾啞。

ろうか⓪【廊下】(名)走廊。

ろうがん⓪【老眼】(名)老花眼。☆～鏡／老花眼鏡。

ろうきゅう⓪【老朽】(名・自サ)❶老朽。❷破舊。

ろうく①【労苦】(名)勞苦，辛苦。

ろうご①⓪【老後】(名)晚年。

ろうし①【労資】(名)勞資。

ろうじん③⓪【老人】(名)老人。

ろうそく④③【蠟燭】(名)蠟燭。

ろうでん⓪【漏電】(名・自サ)漏電。

ろうどう⓪【労働】(名・自サ)勞動。☆～組合／工會。☆～者／工人。

ろうどく⓪【朗読】(名・他サ)朗讀。

ろうにゃく⓪①【老若】(名)老少。☆～男女／男女老少。

ろうにん⓪【浪人】(名・自サ)❶(幕府時代)失去主子的武士。❷失業(的人)。❸(因沒升上學而)失學(的人)。

ろうねん⓪【老年】(名)老年。

ろうのう⓪【労農】(名)工農。

ろうば①【老婆】(名)老太婆。☆～心／婆心。

ろうばい⓪【狼狽】(名・自サ)狼狽，驚慌失措。

ろうひ⓪①【浪費】(名・他サ)浪費。

ろうほう⓪【朗報】(名)喜訊，好消息。

ろうや③【牢屋】(名)牢獄。

ろうりょく①【労力】(名)❶勞力。☆～を省く／節省勞力。❷勞動力。

ろうれい⓪【老齢】(名)老齡，高

ろ

齢。☆~年金／養老金。
ろうれん⓪【老練】(名・形動)老練。
ロープ①【rope】(名)繩，繩索，纜繩。☆~ウェー／空中索道。
ローマじ③⓪【ローマ字】(名)❶羅馬字，拉丁字母。❷(日語)羅馬字。
ローラー①【roller】(名)❶滾輪。☆~スケート／輪式溜冰鞋。❷壓路機。
ろく②【六】(名)六。
ろくおん⓪【録音】(名・他サ)録音。☆~機／録音機。
ろくが⓪【録画】(名・他サ)録影。
ろくがつ④【六月】(名)六月。
ろくじゅう③【六十】(名)❶六十。❷六十歲。
ろくに⓪【碌に】(副)(下接否定語)充分地，好好地。
ろくまく⓪【肋膜】(名)肋膜。
ろくろ①【轆轤】(名)❶轆轤。❷滑車，絞車。❸傘軸。
ロケット②【rocket】(名)火箭。
ろこつ⓪【露骨】(名・形動)露骨。
ろじ①【路地】(名)胡同。小巷。
ろしゅつ⓪【露出】(一)(名・自他サ)露出，裸露。(二)(名・自サ)曝光。☆~時間／曝光時間。
ロッカー①【locker】(名)帶鎖櫥櫃。
ろてん⓪【露店】(名)貨攤，攤販。
ろとう⓪【路頭】(名)街頭。
ろば①【驢馬】(名)驢。
ロビー①【lobby】(名)門廳。
ロボット②【robot】(名)機器人。
ロマン①②【法roman】(名)長篇小說。
ロマンス②【romance】(名)❶愛情故事。❷傳奇小說。❸(音)抒情小曲。
ロマンチスト④【romanticist】(名)浪漫主義者。
ロマンチック④【romantic】(形動)羅曼蒂克。
ろん①【論】(名)❶議論，爭論，討論。❷意見，見解，觀點。
ろんぎ①【論議】(名・他サ)議論，討論，辯論，爭論。
ろん・じる⓪【論じる】(他上一)論述，議論，討論。
ろんぶん⓪【論文】(名)論文。
ろんり①【論理】(名)邏輯，論理。☆~学／邏輯學。論理學。

ワ・わ

[WA]

わ(終助)❶(女性用語，表示意志、主張)啊，呀。☆知らない～／我不知道呀。❷(表示感嘆、驚訝)啊，呀。☆きれいだ～／真漂亮啊！

わ【羽】(接尾)隻。☆2～の鳥／兩隻鳥。

わ【把】(接尾)把，捆。☆葱1～／一把葱。

わ①【輪】(名)❶圈，環，箍。☆～になって坐る／坐成一圈。☆★～に～をかける／誇大其詞。變本加厲。❷車輪。

わ①【和】(名)❶和。☆2数の～を求める／求兩數之和。❷日本。

わあ①〔一〕(感)哎呀。〔二〕(副)(哭聲)哇。

わいざつ⓪【猥雜】(名・形動)猥褻而雜亂。

ワイシャツ⓪【Yシャツ】(名)襯衫。

わいせつ⓪【猥褻】(名・形動)猥褻，淫穢。

わいろ①【賄賂】(名)賄賂。

わいわい①(副・自サ)❶吵吵嚷嚷。❷吸吸不休(地催促)。

ワイン①【wine】(名)葡萄酒。

わか①【和歌】(名)和歌。

わが①【我が・吾が】(連体)我，我們。☆～国／我國。☆～子／自己的孩子。

わか・い②【若い】(形)❶年輕。☆～人／年輕人。❷(年齡)小。☆3つ～／小三歲。❸幼稚。❹(號碼)小。

わかがえ・る③【若返る】(自五)變得年輕，返老還童。

わかじに⓪④【若死に】(名・自サ)夭折。

わか・す⓪【沸かす】(自五)❶使…沸騰。☆湯を～／燒水。☆観衆を～／使観眾沸騰起來。❷使…熔化。☆鉄を～／化鐵。

わかぞう⓪【若僧】(名)小子，毛

わ

頭小子。

わか・つ②【分かつ・別つ】(他五)❶分，分開。❷區別，分辨。❸分配。❹分享。

わかば②①【若葉】(名)嫩葉。

わがまま④③【我が儘】(名・形動)任性，放肆。☆～を言う／説任性的話。

わかめ②【若布】(名)裙帶菜。

わかめ②【若芽】(名)嫩芽。

わかもの⓪④【若者】(名)年輕人，小伙子。

わがや①【我が家】(名)自己家。

わからずや⓪【分からず屋】(名)不懂道理(的人)。

わか・る②【分かる】(自五)❶懂，明白，理解。☆中国語が～／懂中文。❷知道，曉得。☆犯人が～・った／查出犯人了。

わかれ③【別れ・分れ】(名)分別，離別。☆～を告げる／告辭。

わか・れる③【別れる・分れる】(自下一)❶分別，分手，分離。❷離婚。❸分，劃分。☆道が二またに～／道路分成兩條。

わき②【脇】(名)❶腋下。❷旁邊。☆～から口を挟む／從旁插嘴。

わきた・つ③【沸き立つ】(自五)❶沸騰，滾開。❷沸騰，歡騰。☆場内が～／場内一片歡騰。

わき・でる③【湧き出る】(自下一)湧出。

わきのした③【腋の下】(名)腋下，胳肢窩。

わきばさ・む④【腋挟む】(他五)挾在腋下。

わきま・える④【弁える】(他下一)❶辨別。識別。❷知道，懂得。

わきみ③②【脇見】(名)往旁邊看。

わきみち②⓪【脇道】(名)❶岔道。❷歧途，彎路。

わきやく⓪【脇役】(名)配角。

わ・く⓪【沸く】(自五)❶沸騰。☆湯が～・いた／水開了。❷沸騰，歡騰。☆議論が～／議論紛紛。

わ・く⓪【涌く】(自五)❶湧出，冒出。☆地下水が～／地下水湧出。❷生，產生。☆蛆(うじ)が～／生蛆。☆興味が～／產生興趣。

わく②【枠】(名)❶框，框子。☆眼鏡の～／眼鏡框。❷範圍，界限，框框。

わくせい⓪【惑星】(名)行星。

ワクチン①【徳 vakzin】(名)疫苗。

わけ①【訳】(名)❶意思，内容。☆この言葉の～が分らない／不明白這個詞的意思。❷道理，條理。☆～の分らない人／不懂道理的人。❸理由，原因。☆何か～がありそうだ／好像有什麼原因。❹(用"わけない"、"わけはない"的形式表示)簡單，容易。☆～ない仕事／簡單的工作。❺(用"わけだ"的形式表示)當然，怪不得。☆それなら笑う～だ／那樣當然要笑。❻(用"わけにはいかない"的形式表示)不能。☆行く～にはいかない／不能去。

わけまえ③②【分け前】(名)(應得的)份。☆～をもらう／領一份。

わ・ける②【分ける】(他下一)❶分，分開，區分。☆2回に～・けて支払う／分兩次付款。❷分配，分發。☆遺産を～／分遺產。❸穿過。☆波を～・けて進む／破浪前進。❹排解，調停。☆喧嘩を～／勸架。

わごう⓪【和合】(名・自サ)和睦，友好。

わこうど②【若人】(名)青年人。

わゴム⓪【輪ゴム】(名)橡皮筋。

わざ②【技】(名)技術，功夫，本事。☆～を磨く／練本事。

わざ②【業】(名)事情，工作。

わざと①【態と】(副)故意，特意，有意識地。

わさび①【山葵】(名)芥末。

わざわい⓪【災い】(名)災，禍，災難。

わざわざ①【態態】(副)❶特意。❷故意。

わし⓪【鷲】(名)鷲，鵰。

わし①【和紙】(名)日本紙。

わしつ⓪【和室】(名)日本式房間。

わしょく⓪【和食】(名)日本飯菜。

わずか①【僅か】(副・形動)僅僅，稍微，一點點。

わずら・う⓪【煩う・患う】(自他五)患病。☆胸を～／患肺病。

わずらわし・い⓪⑤【煩わしい】(形)麻煩，煩瑣，繁雜。

わすれっぽ・い⓪【忘れっぽい】(形)健忘的。

わすれもの⓪【忘れ物】(名)遺忘(的東西)。☆電車に～をした／把東西忘在電車上了。

わす・れる⓪【忘れる】(他下一)❶忘，忘記。☆恩を～／忘恩。❶忘，落。☆傘を電車の中に～・れた／把傘忘在電車上了。

わた②【綿】(名)棉，棉花。

わだい⓪【話題】(名)話題。

わたいれ④【綿入れ】(名)棉衣。

わたくし⓪【私】(一)(代)我。(二)(名)私。☆～のない人／無私的人。

わたくしごと⓪【私事】(名)私事。

わたくし・する⓪【私する】(他サ)私吞。

わたげ②⓪【綿毛】(名)絨毛。
わたし⓪【私】(代)我。
わたしば⓪【渡し場】(名)渡口。
わたしぶね④【渡し船】(名)渡船，渡輪。
わた・す⓪【渡す】(他五)❶交，遞，給。☆金を～／交錢。❷擺渡。☆船で人を～／用船將人擺渡過河。❸架設。☆橋を～／架橋。
わたりどり③【渡り鳥】(名)候鳥。
わた・る⓪【亙る】(自五)❶繼續，持續。☆3時間に～会議／持續三小時的會議。❷涉及，關於。☆私事に～・って恐縮です／涉及到私事，很難為情。
わた・る⓪【渡る】(自五)❶渡，過。☆川を～／過河。❷度日，生活，處世。☆世を～／處世。❸到…手中，歸…所有。☆人手に～／到別人手中。❹（候鳥）遷徙。
ワット①【watt】(名)（電）瓦，瓦特。
わな①【罠】(名)圈套，陷阱。☆～を掛ける／設圈套。
わなげ③【輪投げ】(名)套圈（遊戲）。
わに①【鰐】(名)鱷魚。
ワニス①【varnish】(名)清漆。
わび⓪【詫び】(名)道歉，賠禮。☆～を入れる／道歉。
わびし・い③【侘びしい】(形)❶寂寞，寂靜。❷孤獨，孤寂。❸貧困，寒酸。
わ・びる⓪【詫びる】(他上一)道歉，賠禮，謝罪。
わふう⓪【和風】(名)日本式。
わふく⓪【和服】(名)和服。
わめ・く②【喚く】(自五)喊，叫，嚷。
わやく⓪【和訳】(名・他サ)譯成日文。
わよう①【和洋】(名)日本和西洋。☆～折衷（せっちゅう）／日西和璧。
わら①【藁】(名)稻草，麥稈。
わらい⓪【笑い】(名)❶笑。❷嘲笑。
わらいがお⓪【笑い顔】(名)笑臉。
わらいぐさ⓪【笑い種】(名)笑料，笑柄。
わらいごえ④⓪【笑い声】(名)笑聲。
わらいばなし④【笑い話】(名)笑話。
わら・う⓪【笑う】㈠(自五)笑。㈡(他五)嘲笑。☆陰で～／在背後嘲笑。
わらじ⓪【草鞋】(名)草鞋。
わらび①【蕨】(名)蕨。
わらべうた③【童歌】(名)童謠，兒歌。
わらわ・せる⓪【笑わせる】(他下一)❶逗笑。☆人を～／逗人笑。❷可笑極了。

わり⓪【割】(名)❶比，比例。☆3人に1人の～で合格した／以三個取一個的比例考上了。❷成。☆生徒の2～が欠席した／十分之二的學生沒來。❸合算與否。☆～がい い☆～に合う／合算。☆～を食う／吃虧。

わりあい⓪【割合】(一)(名)比，比例。☆3人に1人の～／三個人中有一個的比例。(二)(副)比較。☆～早く出来た／較快地完成了。

わりあいに⓪【割合に】(副)比較。

わりあて⓪【割り当て】(名)分配，分擔，分攤，分派。

わりあ・てる④【割り当てる】(他下一)分配，分擔，分攤，分派。

わりいん⓪【割り印】(名)騎縫印。

わりき・る③【割り切る】(他五)❶除盡，整除。❷想通，理解。

わりこ・む③【割り込む】(自五)❶擠進。❷插嘴。

わりざん②【割り算】(名)除法。

わりに⓪【割に】(一)(副)比較。☆～おいしい／比較好吃。(二)(連語)與…相比，按…而論。☆値段の～おいしい／按價錢而論，味道還不錯。

わりばし③【割り箸】(名)(一次性的)簡易筷子。衛生筷子。

わりびき⓪【割引】(名)折扣，減價。☆2～で売る／按八折出售。

わ・る⓪【割る】(他五)❶劈，切，割。☆まきを～／劈劈柴。❷打壞，弄碎。☆ガラスを～／打碎玻璃。❸分，分配。☆5人に～／分給五個人。❹擠進，插進。☆人ごみに～・ってはいる／擠進人群裏。❺除。☆6を3で～／六除以三。❻對。☆水で～／對水。❼超過，低於。☆五千人を～／超過五千人。☆10秒を～／打破十秒的記錄。★口を～／坦白。招供。★腹を～／推心置腹。

わる・い②【悪い】(形)❶壞，不好。☆成績が～／成績不好。❷有害。☆体に～／對身體不好。❸對不起。☆彼女に～／對不起她。

わるがしこ・い⑤【悪賢い】(形)刁，奸，奸猾，狡猾。

わるくち②【悪口】(名)壞話。☆人の～を言う／說別人的壞話。

わるぢえ④⓪【悪知恵】(名)壞主意。

ワルツ①【waltz】(名)華爾滋，圓舞曲。

わるび・れる④【悪びれる】(自下一)膽怯，怯場。

わるふざけ③【悪ふざけ】(名)惡

作劇。

わるもの⓪【悪者】(名)壞蛋，惡棍。

われ①【我】(一)(名)自己，自身。☆～から進んで／自告奮勇地。(二)(代)❶我。❷你。★～に帰る／甦醒。

われがちに⓪【我がちに】(副)爭先恐後。

われさきに①⓪【我先に】(副)→われがちに

われしらず①⓪【我知らず】(副)不由得，無意中，不知不覺。

われながら⓪③【我ながら】(副)連自己都。

われもの⓪【割れ物】(名)❶易碎物品。❷破碎東西。

わ・れる⓪【割れる】(自下一)❶破，碎。☆ガラスが～・れた／玻璃碎了。❷裂開，分裂。☆仲が～／關係破裂。❸洩露，敗露。★尻が～／露馬腳。

われわれ⓪【我我】(代)❶我們。❷我。

わん①【湾】(名)灣。

わん⓪【椀・碗】(名)碗。

わんしょう⓪【腕章】(名)袖章，臂章。

ワンタン③【饂飩・雲呑】(名)餛飩。

わんぱく①⓪【腕白】(名・形動)淘氣，頑皮。

ワンピース③【one-piece】(名)連衣裙。

わんりょく①⓪【腕力】(名)腕力。☆～を振るう／動武。

わんわん①(一)(名)(幼兒語)狗。(二)(感・副)❶(狗叫)汪汪。❷(哭聲)哇哇。

ヲ・を

[o]

を（格助）❶表示他動詞的賓語。☆本～読む／讀書。❷表示某些自動詞的補語。☆橋を渡る／過橋。

附録

動詞活用表

活用型	行	基本形	詞幹	未然	連用	終止	連體	假定	命令
五段	カ	書く	か	か こ	き い	く	く	け	け
	ガ	泳ぐ	およ	が ご	ぎ い	ぐ	ぐ	げ	げ
	サ	押す	お	さ そ	し	す	す	せ	せ
	タ	勝つ	か	た と	ち っ	つ	つ	て	て
	ナ	死ぬ	し	な の	に ん	ぬ	ぬ	ね	ね
	バ	飛ぶ	と	ば ぼ	び ん	ぶ	ぶ	べ	べ
	マ	飲む	の	ま も	み ん	む	む	め	め
	ラ	乗る	の	ら ろ	り っ	る	る	れ	れ
	ワ	買う	か	わ お	い っ	う	う	え	え

活用型	行	基本形	詞幹	未然	連用	終止	連體	假定	命令
上一段	ア	居る		い	い	いる	いる	いれ	いろ いよ
	カ	着る		き	き	きる	きる	きれ	きろ きよ
	ガ	過ぎる	す	ぎ	ぎ	ぎる	ぎる	ぎれ	ぎろ ぎよ
	サ	察しる	さっ	し	し	しる	しる	しれ	しろ しよ
	ザ	減じる	げん	じ	じ	じる	じる	じれ	じろ じよ
	タ	落ちる	お	ち	ち	ちる	ちる	ちれ	ちろ ちよ
	ナ	似る		に	に	にる	にる	にれ	にろ によ
	ハ	干る		ひ	ひ	ひる	ひる	ひれ	ひろ ひよ
	バ	延びる	の	び	び	びる	びる	びれ	びろ びよ
	マ	見る		み	み	みる	みる	みれ	みろ みよ
	ラ	降りる	お	り	り	りる	りる	りれ	りろ りよ

活用型	行	基本形	詞幹	未然	連用	終止	連體	假定	命令
下一段	ア	得る		え	え	える	える	えれ	えろ えよ
	カ	受ける	う	け	け	ける	ける	けれ	けろ けよ
	ガ	投げる	な	げ	げ	げる	げる	げれ	げろ げよ
	サ	乗せる	の	せ	せ	せる	せる	せれ	せろ せよ
	ザ	混ぜる	ま	ぜ	ぜ	ぜる	ぜる	ぜれ	ぜろ ぜよ
	タ	捨てる	す	て	て	てる	てる	てれ	てろ てよ
	ダ	撫でる	な	で	で	でる	でる	でれ	でろ でよ
	ナ	尋ねる	たず	ね	ね	ねる	ねる	ねれ	ねろ ねよ
	ハ	経る		へ	へ	へる	へる	へれ	へろ へよ
	バ	比べる	くら	べ	べ	べる	べる	べれ	べろ べよ
	マ	改める	あらた	め	め	める	める	めれ	めろ めよ
	ラ	流れる	な	れ	れ	れる	れる	れれ	れろ れよ

活用型	行	基本形	詞幹	未然	連用	終止	連體	假定	命令
カ変	か	来る		こ	き	くる	くる	くれ	こい
サ変	サ	為る		さ し せ	し	する	する	すれ	しろ せよ
	ザ	減ずる	げん	じ ぜ	じ	ずる	ずる	ずれ	じろ ぜよ

助動詞活用表

種類	使役		被動		可能敬語	
基本形	せる	させる	れる	られる	れる	られる
未然	せ	させ	れ	られ	れ	られ
連用	せ	させ	れ	られ	れ	られ
終止	せる	させる	れる	られる	れる	られる
連體	せる	させる	れる	られる	れる	られる
假定	せれ	させれ	れれ	られれ	れれ	られれ
命令	せろ せよ	させろ させよ	れろ れよ	られろ られよ		
接續法	五段、サ變未然形	一段、カ變未然形	五段未然形	五段外的未然形	五段未然形	五段外的未然形

種類	断定		否定		過去	敬體	願望	
基本形	だ	です	ない	ぬ(ん)	た	ます	たい	たがる
未然	だろ	でしょ	なかろ		たろ	ませ ましょ	たかろ	たがら たがろ
連用	だっ で に	でし	なかっ なく	ず		まし	たかっ たく	たがり たがっ
終止	だ	です	ない	ぬ(ん)	た	ます	たい	たがる
連體	な		ない	ぬ(ん)	た	ます	たい	たがる
假定	なら		なけれ	ね	たら	ますれ	たけれ	たがれ
命令						まし ませ		
接續法	體言、助詞、副詞	體言、助詞、副詞、動詞、形容詞連體形	動詞未然形、形容詞連用形	動詞未然形	動詞、形容詞連用形	動詞連用形	動詞連用形	

種類		基本形	未然	連用	終止	連體	假定	命令	接續法
推量		う			う	う			五段未然形
		よう			よう	よう			五段外未然形
		らしい		らしく らしかっ	らしい	らしい			體言、形容動詞詞幹、動詞和形容詞終止形
		まい			まい	まい			五段終止形五段外未然形
傳聞		そうだ		そうで	そうだ				用言終止形
様態		そうだ	そうだろ	そうだっ そうで そうに	そうだ	そうな	そうなら		動詞連用形、形容詞、形容動詞詞幹
比況		ようだ	ようだろ	ようだっ ようで ように	ようだ	ような	ようなら		連體形、助詞〃の〃

形容詞活用表

基本形	詞幹	未然	連用	終止	連體	假定	命令
赤い	あか	かろ	く かっ	い	い	けれ	
楽しい	たのし	かろ	く かっ	い	い	けれ	

形容動詞活用表

基本形	詞幹	未然	連用	終止	連體	假定	命令
賑やかだ	にぎやか	だろ	だっ で に	だ	な	なら	

日語常用漢字檢字表

說　明

1．本檢字表按漢字筆畫數順序排列。筆畫數相同的漢字按起筆「橫、豎、點、撇、折」的順序排列。

2．每個漢字分別標出其音讀和訓讀讀法，音讀在前用片假名書寫，訓讀在後用平假名書寫，中間用「／」號隔開。沒有訓讀的漢字只標其音讀，沒有音讀的漢字只標其訓讀。一個漢字有兩種或兩種以上音讀或訓讀時，分別寫出其不同的音讀或訓讀，中間用「、」號隔開。

3．本表可兼作音讀漢字詞索引使用。為減少《漢字詞索引》的篇幅，漢字全為音讀的單詞在《漢字詞索引》表中不收入。

漢字全為音讀的單詞，可在本表中分別查出每個漢字的音讀讀法，然後拼出單詞的讀法。如「満潮」一詞，在本表中可分別查出〃満〃字的音讀為〃まん〃，〃潮〃字的音讀為〃ちょう〃，〃満潮〃的讀音即為〃まんちょう〃。再如〃発する〃一詞，在本表中查出〃発〃字的讀音為〃はつ〃，〃発する〃的讀音為〃はっする〃。

如果一個常用漢字有兩種或兩種以上音讀讀法，可先用第一個讀音拼讀，當查找不到時，再用第二個讀音拼讀。依此類推。

一画

一 イチ、イツ／ひと、ひとつ
乙 オツ

二画

二 ニ／ふた、ふたつ
丁 チョウ、テイ
十 ジュウ、ジッ／とお、と
七 シチ／なな、ななつ、なの
人 ジン、ニン／ひと
入 ニュウ／いる、いれる、はいる
八 ハチ／や、やつ、やっつ、よう
九 キュウ、ク／ここの、ここのつ
刀 トウ／かたな
了 リョウ
又 また
力 リョク、リキ／ちから

三画

三 サン／み、みつ、みっつ
下 カ、ゲ／した、しも、もと、さげる、さがる、くだる、くだす、くださる、おろす、おりる
干 カン／ほす、ひる
工 コウ、ク
万 マン、バン
土 ド、ト／つち
士 シ
大 ダイ、タイ／おお、おおきい、おおいに
寸 スン
丈 ジョウ／たけ
才 サイ
上 ジョウ、ショウ／うえ、うわ、かみ、あげる、あがる、のぼる、のぼせる、のぼす
山 サン／やま
小 ショウ／ちいさい、こ、お
口 コウ、ク／くち
亡 ボウ、モウ／ない
川 セン／かわ
凡 ボン、ハン
及 キュウ／およぶ、および、およぼす
丸 ガン／まる、まるい、まるめる
千 セン／ち
勺 シャク
久 キュウ、ク／ひさしい
夕 セキ／ゆう
刃 ジン／は
己 コ、キ／おのれ
弓 キュウ／ゆみ
子 シ、ス／こ
女 ジョ、ニョ、ニョウ／おんな、め
与 ヨ／あたえる

四画

天 テン／あめ、あま

王 オウ
不 フ、ブ
元 ゲン、ガン／もと
五 ゴ／いつ、いつつ
互 ゴ／たがい
戸 コ／と
厄 ヤク
区 ク
反 ハン、ホン、タン／そる、そらす
匹 ヒツ／ひき
木 ボク、モク／き、こ
支 シ／ささえる
太 タイ、タ／ふとい、ふとる
友 ユウ／とも
犬 ケン／いぬ
夫 フ、フウ／おっと
井 セイ、ショウ／い
切 セツ、サイ／きる、きれる
比 ヒ／くらべる
内 ナイ、ダイ／うち
円 エン／まるい
日 ニチ、ジツ／ひ、か

中 チュウ／なか
水 スイ／みず
少 ショウ／すくない、すこし
止 シ／とまる、とめる
六 ロク／む、むつ、むっつ、むい
文 ブン、モン／ふみ
方 ホウ／かた
斗 ト
火 カ／ひ、ほ
心 シン／こころ
冗 ジョウ
月 ゲツ、ガツ／つき
片 ヘン／かた
手 シュ／て、た
毛 モウ／け
乏 ボウ／とぼしい
今 コン、キン／いま
分 ブン、フン、ブ／わける、わかれる、わかる、わかつ
公 コウ／おおやけ
介 カイ
父 フ／ちち

化 カ、ケ／ばける、ばかす
仏 ブツ／ほとけ
仁 ジン、ニ
升 ショウ／ます
牛 ギュウ／うし
欠 ケツ／かける、かく
午 ゴ
斤 キン
氏 シ／うじ
匁 もんめ
屯 トン
丹 タン
刈 かる
凶 キョウ
尺 シャク
予 ヨ
弔 チョウ／とむらう
引 イン／ひく、ひける
孔 コウ
双 ソウ／ふた
収 シュウ／おさめる、おさまる
幻 ゲン／まぼろし

五画

正 セイ、ショウ／ただしい、ただす、まさ
玉 ギョク／たま
平 ヘイ、ビョウ／たいら、ひら
石 セキ、シャク、コク／いし
可 カ
示 ジ、シ／しめす
丙 ヘイ
圧 アツ
巨 キョ
刊 カン
功 コウ、ク
巧 コウ／たくみ
北 ホク／きた
古 コ／ふるい、ふるす
去 キョ、コ／さる
打 ダ／うつ
払 フツ／はらう
左 サ／ひだり

右 ウ、ユウ／みぎ
布 フ／ぬの
本 ホン／もと
世 セイ、セ／よ
未 ミ
末 マツ、バツ／すえ
甘 カン／あまい、あまえる、あまやかす
旧 キュウ
目 モク、ボク／め、ま
田 デン／た
凹 オウ
四 シ／よ、よつ、よっつ、よん
囚 シュウ
甲 コウ、カン
由 ユ、ユウ、ユイ／よし
且 かつ
皿 さら
号 ゴウ
兄 ケイ、キョウ／あに
占 セン／しめる、うらなう
以 イ

央 オウ
史 シ
凸 トツ
氷 ヒョウ／こおり、ひ
出 シュツ、スイ／でる、だす
申 シン／もうす
主 シュ、ス／ぬし、おも
市 シ／いち
玄 ゲン
立 リツ、リュウ／たつ、たてる
広 コウ／ひろい、ひろまる、ひろめる、ひろがる、ひろげる
庁 チョウ
礼 レイ、ライ
永 エイ／ながい
穴 ケツ／あな
汁 ジュウ／しる
半 ハン／なかば
必 ヒツ／かならず
写 シャ／うつす、うつる
用 ヨウ／もちいる

皮 ヒ／かわ
令 レイ
代 ダイ、タイ／かわる、かえる、よ、しろ
他 タ
付 フ／つける、つく
仕 シ、ジ／つかえる
仙 セン
句 ク
包 ホウ／つつむ
白 ハク、ビャク／しろ、しら、しろい
生 セイ、ショウ／いきる、いかす、いける、うまれる、うむ、おう、はえる、はやす、き、なま
斥 セキ
矢 シ／や
失 シツ／うしなう
冬 トウ／ふゆ
丘 キュウ／おか
処 ショ
外 ガイ、ゲ／そと、ほか、はずす、はずれる
犯 ハン／おかす
込 こむ、こめる
司 シ
民 ミン／たみ
尼 ニ／あま
召 ショウ／めす
矛 ム／ほこ
辺 ヘン／あたり、べ
加 カ／くわえる、くわわる
台 ダイ、タイ
弁 ベン
幼 ヨウ／おさない
奴 ド
母 ボ／はは

六画

至 シ／いたる
両 リョウ
耳 ジ／みみ
百 ヒャク
西 セイ、サイ／にし
死 シ／しぬ
再 サイ、サ／ふたたび
匠 ショウ
灰 カイ／はい
刑 ケイ
列 レツ
寺 ジ／てら
老 ロウ／おいる、ふける
吉 キチ、キツ
考 コウ／かんがえる
芝 しば
芋 いも
共 キョウ／とも
扱 あつかう
机 キ／つくえ
朴 ボク
朽 キュウ／くちる
地 チ、ジ
有 ユウ、ウ／ある
在 ザイ／ある
存 ソン、ゾン
成 セイ、ジョウ／なる、なす
吏 り

式　シキ
弐　ニ
同　ドウ／おなじ
肉　ニク
回　カイ、エ／まわる、まわす
因　イン／よる
団　ダン、トン
曲　キョク／まがる、まげる
吸　キュウ／すう
叫　キョウ／さけぶ
吐　ト／はく
灯　トウ／ひ
当　トウ／あたる、あてる
光　コウ／ひかる、ひかり
早　ソウ／はやい、はやまる、はやめる
虫　チュウ／むし
壮　ソウ
帆　ハン／ほ
交　コウ／まじわる、まじえる、まじる、まざる、まぜる、かう、かわす
充　ジュウ／あてる

妄　モウ、ボウ
衣　イ／ころも
宅　タク
守　シュ、ス／まもる、もり
安　アン／やすい
宇　ウ
字　ジ／あざ
次　ジ、シ／つぐ、つぎ
江　コウ／え
池　チ／いけ
汗　カン／あせ
汚　オ／けがす、けがれる、けがらわしい、よごす、よごれる、きたない
州　シュウ／す
忙　ボウ／いそがしい
米　ベイ、マイ／こめ
羊　ヨウ／ひつじ
肌　はだ
兆　チョウ／きざす、きざし
仲　チュウ／なか
伏　フク／ふせる、ふす
休　キュウ／やすむ、やすまる、やすめる

仮　カ、ケ／かり
任　ニン／まかせる、まかす
仰　ギョウ、コウ／あおぐ、おおせ
伝　デン／つたわる、つたえる、つたう
件　ケン
伐　バツ
行　コウ、ギョウ、アン／いく、ゆく、おこなう
会　カイ、エ／あう
合　ゴウ、ガッ、カッ／あう、あわす、あわせる
全　ゼン／まったく
企　キ／くわだてる
竹　チク／たけ
争　ソウ／あらそう
血　ケツ／ち
多　タ／おおい
危　キ／あぶない、あやうい、あやぶむ
缶　カン

舌　ゼツ／した
旬　ジュン
先　セン／さき
年　ネン／とし
気　キ、ケ
向　コウ／むく、むける、むかう、むこう
舟　シュウ／ふね、ふな
色　ショク、シキ／いろ
朱　シュ
毎　マイ
自　ジ、シ／みずから
名　メイ、ミョウ／な
后　コウ
各　カク／おのおの
印　イン／しるし
旨　シ／むね
羽　ウ／は、はね
系　シ／いと
巡　ジュン／めぐる
如　ジョ、ニョ
好　コウ／このむ、すく
妃　ヒ
尽　ジン／つくす、つきる、つかす
迅　ジン
劣　レツ／おとる

七画

亜　ア
更　コウ／さら、ふける、ふかす
否　ヒ／いな
豆　トウ、ズ／まめ
戻　レイ／もどす、もどる
医　イ
臣　シン、ジン
励　レイ／はげむ、はげます
攻　コウ／せめる
形　ケイ、ギョウ／かた、かたち
返　ヘン／かえす、かえる
壱　イチ
克　コク
売　バイ／うる、うれる
志　シ／こころざす、こころざし
走　ソウ／はしる
声　セイ、ショウ／こえ、こわ
赤　セキ、シャク／あか、あかい、あからむ、あからめる
孝　コウ
把　ハ
抄　ショウ
投　トウ／なげる
抗　コウ
抜　バツ／ぬく、ぬける、ぬかす、ぬかる
批　ヒ
抑　ヨク／おさえる
折　セツ／おる、おり、おれる
択　タク
扶　フ
技　ギ／わざ
村　ソン／むら
材　ザイ
杉　すぎ
坊　ボウ、ボッ

均　キン
坂　ハン／さか
坑　コウ
却　キャク
戒　カイ／いましめる
求　キュウ／もとめる
花　カ／はな
芳　ホウ／かんばしい
芸　ゲイ
麦　バク／むぎ
来　ライ／くる、きたる、きたす
束　ソク／たば
寿　ジュ／ことぶき
車　シャ／くるま
邦　ホウ
囲　イ／かこむ、かこう
困　コン／こまる
図　ズ、ト／はかる
助　ジョ／たすける、たすかる、すけ
児　ジ、ニ
里　リ／さと

貝　かい
見　ケン／みる、みえる、みせる
岐　キ
吹　スイ／ふく
吟　ギン
呈　テイ
足　ソク／あし、たりる、たる、たす
呉　ゴ
別　ベツ／わかれる
町　チョウ／まち
男　ダン、ナン／おとこ
肖　ショウ
言　ゲン、ゴン／いう、こと
辛　シン／からい
忘　ボウ／わすれる
序　ジョ
床　ショウ／とこ、ゆか
応　オウ
完　カン
究　キュウ／きわめる
良　リョウ／よい

弟　テイ、ダイ、デ／おとうと
労　ロウ
社　シャ／やしろ
初　ショ／はじめ、はじめて、はつ、うい、そめる
冷　レイ／つめたい、ひえる、ひや、ひやす、ひやかす、さめる、さます
状　ジョウ
汽　キ
決　ケツ／きめる、きまる
沖　チュウ／おき
沢　タク／さわ
沈　チン／しずむ、しずめる
没　ボツ
対　タイ、ツイ
快　カイ／こころよい
判　ハン、バン
肝　カン／きも
系　ケイ
秀　シュウ／ひいでる
妥　ダ
含　カン／ふくむ、ふくめる

余　ヨ／あまる、あます
谷　コク／たに
何　カ／なに、なん
佐　サ
位　イ／くらい
作　サク、サ／つくる
体　タイ、テイ／からだ
似　ジ／にる
伯　ハク
低　テイ／ひくい、ひくめる、ひくまる
住　ジュウ／すむ、すまう
伺　シ／うかがう
但　ただし
伸　シン／のびる、のばす
伴　ハン、バン／ともなう
役　ヤク、エキ
身　シン／み
条　ジョウ
角　カク／かど、つの
告　コク／つげる
私　シ／わたくし
兵　ヘイ、ヒョウ

我　ガ／われ、わ
利　リ／きく
乱　ラン／みだれる、みだす
卵　ラン／たまご
近　キン／ちかい
迎　ゲイ／むかえる
廷　テイ
狂　キョウ／くるう、くるおしい
希　キ
局　キョク
君　クン／きみ
忍　ニン／しのぶ、しのばせる
尾　ビ／お
忌　キ／いむ、いまわしい
尿　ニョウ
改　カイ／あらためる、あらたまる
即　ソク
防　ボウ／ふせぐ
災　サイ／わざわい
妨　ボウ／さまたげる
妙　ミョウ

妊　ニン
努　ド／つとめる

八画

雨　ウ／あめ、あま
画　ガ、カク
肩　ケン／かた
房　ボウ／ふさ
殴　オウ／なぐる
欧　オウ
取　シュ／とる
到　トウ
邪　ジャ
武　ブ、ム
抵　テイ
拒　キョ／こばむ
担　タン／かつぐ、になう
拡　カク
押　オウ／おす、おさえる
拠　キョ、コ
拝　ハイ／おがむ
抽　チュウ

拘　コウ
拍　ハク、ヒョウ
招　ショウ／まねく
拓　タク
抹　マツ
披　ヒ
拙　セツ
抱　ホウ／だく、いだく、かかえる
拐　カイ
坪　つぼ
林　リン／はやし
枝　シ／えだ
枚　マイ
杯　ハイ／さかずき
松　ショウ／まつ
板　ハン、バン／いた
析　セキ
枠　わく
枢　スウ
苦　ク／くるしい、くるしむ、くるしめる、にがい、にがる

若　ジャク、ニャク／わかい、もしくは
茎　ケイ／くき
英　エイ
茂　モ／しげる
芽　ガ／め
苗　ビョウ／なえ、なわ
刺　シ／さす、ささる
幸　コウ／さいわい、さち、しあわせ
直　チョク、ジキ／ただちに、なおす、なおる
者　シャ／もの
奇　キ
奔　ホン
昔　セキ、シャク／むかし
協　キョウ
青　セイ、ショウ／あお、あおい
表　ヒョウ／おもて、あらわす、あらわれる
毒　ドク
妻　サイ／つま

事　ジ、ズ／こと
東　トウ／ひがし
奉　ホウ、ブ／たてまつる
述　ジュツ／のべる
門　モン／かど
周　シュウ／まわり
固　コ／かためる、かたまる、かたい
国　コク／くに
昇　ショウ／のぼる
易　エキ、イ／やさしい
昆　コン
具　グ
果　カ／はたす、はてる、はて
典　テン
忠　チュウ
明　メイ、ミョウ／あかり、あかるい、あかるむ、あからむ、あきらか、あける、あく、あくる、あかす
呼　コ／よぶ
味　ミ／あじ、あじわう
岩　ガン／いわ

岸 ガン／きし
岬 みさき
卓 タク
叔 シュク
歩 ホ、ブ、フ／あるく、あゆむ
尚 ショウ
肯 コウ
育 イク／そだつ、そだてる
京 キョウ、ケイ
卒 ソツ
夜 ヤ／よ、よる
盲 モウ
享 キョウ
斉 セイ
店 テン／みせ
府 フ
定 テイ、ジョウ／さだめる、さだまる、さだか
空 クウ／そら、あく、あける、から
宝 ホウ／たから
実 ジツ／み、みのる

官 カン
突 トツ／つく
宗 シュウ、ソウ
宜 ギ
宙 チュウ
刻 コク／きざむ
効 コウ／きく
劾 ガイ
放 ホウ／はなす、はなつ、はなれる
祉 シ
祈 キ／いのる
治 ジ、チ／おさめる、おさまる、なおる、なおす
法 ホウ、ハッ、ホッ
油 ユ／あぶら
況 キョウ
波 ハ／なみ
河 カ／かわ
泊 ハク／とまる、とめる
泳 エイ／およぐ
泣 キュウ／なく
注 チュウ／そそぐ

泥 デイ／どろ
沿 エン／そう
沼 ショウ／ぬま
泌 ヒツ、ヒ
沸 フツ／わく、わかす
泡 ホウ／あわ
性 セイ、ショウ
怖 フ／こわい
怪 カイ／あやしい、あやしむ
炊 スイ／たく
炉 ロ
炎 エン／ほのお
学 ガク／まなぶ
並 ヘイ／なみ、ならべる、ならぶ、ならびに
巻 ケン
版 ハン
委 イ
季 キ
垂 スイ／たれる、たらす
岳 ガク／たけ
服 フク
肥 ヒ／こえる、こえ、こやす、

こやし

肢 シ
防 ボウ
非 ヒ
金 キン、コン／かね、かな
念 ネン
命 メイ、ミョウ／いのち
舎 シャ
例 レイ／たとえる
使 シ／つかう
供 キョウ、ク／そなえる、とも
価 カ／あたい
併 ヘイ／あわせる
依 イ、エ
侮 ブ／あなどる
侍 ジ／さむらい
佳 カ
彼 ヒ／かれ、かの
征 セイ
径 ケイ
往 オウ
物 ブツ、モツ／もの

和 ワ、オ／やわらぐ、やわらげる、なごむ、なごやか
知 チ／しる
制 セイ
牧 ボク／まき
受 ジュ／うける、うかる
乳 ニュウ／ちち、ち
免 メン／まぬかれる
所 ショ／ところ
的 テキ／まと
邸 テイ
迭 テツ
迫 ハク／せまる
延 エン／のびる、のべる、のばす
屈 クツ
居 キョ／いる
届 とどける、とどく
承 ショウ／うけたまわる
弦 ゲン／つる
附 フ
阻 ソ／はばむ
始 シ／はじめる、はじまる

姓 セイ、ショウ
妹 マイ／いもうと
姉 シ／あね
参 サン／まいる

九画

要 ヨウ／いる
面 メン／おも、おもて、つら
厘 リン
厚 コウ／あつい
長 チョウ／ながい
政 セイ、ショウ
型 ケイ／かた
耐 タイ／たえる
珍 チン／めずらしい
研 ケン／とぐ
砕 サイ／くだく、くだける
砂 サ、シャ／すな
皆 カイ／みな
威 イ
持 ジ／もつ
指 シ／ゆび、さす

挾 キョウ／はさむ、はさまる
拾 シュウ、ジュウ／ひろう
括 カツ
拷 ゴウ
垣 かき
城 ジョウ／しろ
枯 コ／かれる、からす
柳 リュウ／やなぎ
柄 ヘイ／がら、え
柱 チュウ／はしら
相 ソウ、ショウ／あい
茶 チャ、サ
草 ソウ／くさ
荘 ソウ
荒 コウ／あらい、あれる、あらす
革 カク／かわ
赴 フ／おもむく
故 コ／ゆえ
封 フウ、ホウ
南 ナン、ナ／みなみ
査 サ
契 ケイ／ちぎる

軌 キ
勅 チョク
某 ボウ
衷 チュウ
奏 ソウ／かなでる
春 シュン／はる
専 セン／もっぱら
甚 ジン／はなはだ、はなはだしい
昨 サク
昭 ショウ
映 エイ／うつる、うつす、はえる
界 カイ
思 シ／おもう
胃 イ
星 セイ、ショウ
是 ゼ
冒 ボウ／おかす
品 ヒン／しな
則 ソク
県 ケン
点 テン

貞 テイ
虐 ギャク／しいたげる
峡 キョウ
峠 とうげ
炭 タン／すみ
幽 ユウ
省 セイ、ショウ／かえりみる、はぶく
背 ハイ／せ、せい、そむく、そむける
削 サク／けずる
変 ヘン／かわる、かえる
音 オン、イン／おと、ね
哀 アイ／あわれ、あわれむ
帝 テイ
亭 テイ
度 ド、ト、タク／たび
疫 エキ、ヤク
窃 セツ
室 シツ／むろ
宣 セン
客 キャク、カク
前 ゼン／まえ

美 ビ／うつくしい
首 シュ／くび
単 タン
栄 エイ／さかえる、はえ、はえる
祝 シュク、シュウ／いわう
神 シン、ジン／かみ、かん、こう
祖 ソ
郎 ロウ
郊 コウ
施 シ、セ／ほどこす
姿 シ／すがた
為 イ
洞 ドウ／ほら
津 シン／つ
洋 ヨウ
派 ハ
洪 コウ
浄 ジョウ
海 カイ／うみ
活 カツ
洗 セン／あらう

浅 セン／あさい
染 セン／そめる、そまる、しみる、しみ
計 ケイ／はかる、はからう
訂 テイ
恨 コン／うらむ、うらめしい
悔 カイ／くいる、くやむ、くやしい
恒 コウ
畑 はた、はたけ
巻 カン／まく、まき
送 ソウ／おくる
逆 ギャク／さか、さからう
迷 メイ／まよう
冠 カン／かんむり
軍 グン
重 ジュウ、チョウ／え、おもい、かさねる、かさなる
乗 ジョウ／のる、のせる
看 カン
香 コウ、キョウ／か、かおり、かおる
盾 ジュン／たて

肺 ハイ
胞 ホウ
胆 タン
胎 タイ
風 フウ、フ／かぜ、かざ
盆 ボン
食 ショク、ジキ／くう、くらう、たべる
信 シン
便 ベン、ビン／たより
保 ホ／たもつ
侵 シン／おかす
俗 ゾク
促 ソク／うながす
係 ケイ／かかる、かかり
侯 コウ
俊 シュン
律 リツ、リチ
待 タイ／まつ
後 ゴ、コウ／のち、うしろ、あと、おくれる
皇 コウ、オウ
泉 セン／いずみ

臭　シュウ／くさい
卑　ヒ／いやしい、いやしむ、いやしめる
急　キュウ／いそぐ
負　フ／まける、まかす、おう
卸　おろす、おろし
帥　スイ
段　ダン
牲　セイ
秋　シュウ／あき
科　カ
秒　ビョウ
叙　ジョ
峡　キョウ／せまい、せばめる、せばまる
独　ドク／ひとり
狩　シュ／かる、かり
追　ツイ／おう
逃　トウ／にげる、にがす、のがす、のがれる
屋　オク／や
昼　チュウ／ひる
勇　ユウ／いさむ

柔　ジュウ、ニュウ／やわらか、やわらかい
孤　コ
弧　コ
限　ゲン／かぎる
退　タイ／しりぞく、しりぞける
級　キュウ
約　ヤク
紀　キ
紅　コウ、ク／べに、くれない
糾　キュウ
姻　イン
怒　ド／いかる、おこる
架　カ／かける、かかる
建　ケン、コン／たてる、たつ
発　ハツ、ホツ
怠　タイ／おこたる、なまける
飛　ヒ／とぶ、とばす

十画

夏　カ、ゲ／なつ

匿　トク
原　ゲン／はら
貢　コウ、ク／みつぐ
扇　セン／おうぎ
唇　シン／くちびる
辱　ジョク／はずかしめる
馬　バ／うま、ま
致　チ／いたす
烈　レツ
破　ハ／やぶる、やぶれる
砲　ホウ
珠　シュ
斑　ハン
恥　チ／はじる、はじ、はじらう、はずかしい
配　ハイ／くばる
残　ザン／のこる、のこす
殊　シュ／こと
殉　ジュン
恐　キョウ／おそれる、おそろしい
酌　シャク／くむ
振　シン／ふる、ふるう

捕	ホ／とらえる、とらわれる、とる、つかまえる、つかまる
挿	ソウ／さす
捜	ソウ／さがす
挑	チョウ／いどむ
哲	テツ
埋	マイ／うめる、うまる、うもれる
校	コウ
格	カク、コウ
桜	オウ／さくら
梅	バイ／うめ
桃	トウ／もも
核	カク
株	かぶ
栓	セン
桟	サン
根	コン／ね
栽	サイ
荷	カ／に
華	カ、ケ／はな
恭	キョウ／うやうやしい
帯	タイ／おびる、おび
真	シン／ま
起	キ／おきる、おこる、おこす
恵	ケイ、エ／めぐむ
素	ソ、ス
泰	タイ
軒	ケン／のき
耗	モウ、コウ
耕	コウ／たがやす
速	ソク／はやい、はやめる、すみやか
連	レン／つらなる、つらねる、つれる
逐	チク
逝	セイ／ゆく
剛	ゴウ
眠	ミン／ねむる、ねむい
畔	ハン
将	ショウ
帰	キ／かえる、かえす
峰	ホウ／みね
唆	サ／そそのかす
員	イン
恩	オン
財	ザイ、サイ
時	ジ／とき
蚊	か
骨	コツ／ほね
党	トウ
高	コウ／たかい、たか、たかまる、たかめる
恋	レン／こう、こい、こいしい
竜	リュウ／たつ
畜	チク
衰	スイ／おとろえる
庭	テイ／にわ
座	ザ／すわる
唐	トウ／から
席	セキ
庫	コ、ク
病	ビョウ、ヘイ／やむ、やまい
疲	ヒ／つかれる、つからす
疾	シツ

症　ショウ
家　カ、ケ／いえ、や
容　ヨウ
案　アン
害　ガイ
宴　エン
宮　キュウ、グウ、ク／みや
宵　ショウ／よい
宰　サイ
旅　リョ／たび
剖　ボウ
畝　せ、うね
剤　ザイ
祥　ショウ
被　ヒ／こうむる
朗　ロウ／ほがらか
記　キ／しるす
討　トウ／うつ
託　タク
訓　クン
涙　ルイ／なみだ
流　リュウ、ル／ながれる、ながす

浮　フ／うく、うかれる、うかぶ、うかべる
浴　ヨク／あびる、あびせる
酒　シュ／さけ、さか
浦　ホ／うら
浸　シン／ひたす、ひたる
消　ショウ／きえる、けす
浪　ロウ
浜　ヒン／はま
悩　ノウ／なやむ、なやます
悟　ゴ／さとる
悦　エツ
兼　ケン／かねる
益　テキ、ヤク
差　サ／さす
挙　キョ／あげる、あがる
準　ジュン
凍　トウ／こおる、こごえる
料　リョウ
粉　フン／こ、こな
粋　スイ
蚕　サン／かいこ
胴　ドウ

朕　チン
脈　ミャク
脂　シ／あぶら
胸　キョウ／むね、むな
翁　オウ
倉　ソウ／くら
借　シャク／かりる
修　シュウ、シュ／おさめる、おさまる
倹　ケン
値　チ／ね、あたい
個　コ
候　コウ／そうろう
倍　バイ
俳　ハイ
倫　リン
俵　ヒョウ／たわら
倒　トウ／たおれる、たおす
俸　ホウ
倣　ホウ／ならう
隻　セキ
徐　ジョ
従　ジュウ、ショウ、ジュ／し

たがう、したがえる
徒 ト
鬼 キ／おに
息 ソク／いき
敏 ビン
特 トク
称 ショウ
秩 チツ
租 ソ
秘 ヒ／ひめる
勉 ベン
射 シャ／いる
般 コウ
航 コウ
留 リュウ、ル／とめる、とまる
笑 ショウ／わらう、えむ
島 トウ／しま
師 シ
飢 キ／うえる
剣 ケン／つるぎ
針 シン／はり
造 ゾウ／つくる
途 ト
透 トウ／すく、すかす、すける
逓 テイ
展 テン
陛 ヘイ
陥 カン／おちいる、おとしいれる
除 ジョ、ジ／のぞく
降 コウ／おりる、おろす、ふる
陣 ジン
院 イン
純 ジュン
紋 モン
紡 ボウ／つむぐ
紙 シ／かみ
紛 フン／まぎれる、まぎらす、まぎらわす、まぎらわしい
納 ノウ、ナッ、ナ、ナン、トウ／おさめる、おさまる
娘 むすめ
姫 ひめ
娠 シン
娯 ゴ
既 キ／すでに
孫 ソン／まご
弱 ジャク／よわい、よわる、よわまる、よわめる
郡 グン
桑 ソウ／くわ
脅 キョウ／おびやかす、おどす、おどかす
書 ショ／かく
能 ノウ
通 ツウ、ツ／とおる、とおす、かよう

十一画

雪 セツ／ゆき
悪 アク、オ／わるい
票 ヒョウ
頂 チョウ／いただく、いただき
副 フク

酔　スイ／よう
啓　ケイ
理　リ
球　キュウ／たま
現　ゲン／あらわれる、あらわす
推　スイ／おす
採　サイ／とる
控　コウ／ひかえる
掃　ソウ／はく
描　ビョウ／えがく
接　セツ／つぐ
排　ハイ
掛　かける、かかる、かかり
掲　ケイ／かかげる
措　ソ
掘　クツ／ほる
捨　シャ／すてる
据　すえる、すわる
探　タン／さぐる、さがす
授　ジュ／さずける、さずかる
培　バイ／つちかう
堀　ほり

域　イキ
械　カイ
著　チョ／あらわす、いちじるしい
菌　キン
菓　カ
菊　キク
菜　サイ／な
黄　コウ、オウ／き、こ
基　キ／もと、もとい
赦　シャ
執　シツ、シュウ／とる
殻　カク／から
教　キョウ／おしえる、おそわる
都　ト、ツ／みやこ
乾　カン／かわく、かわかす
救　キュウ／すくう
規　キ
責　セキ／せめる
軟　ナン／やわらか、やわらかい
転　テン／ころがる、ころげる、ころがす、ころぶ

曹　ソウ
勘　カン
盛　セイ、ジョウ／もる、さかる、さかん
問　モン／とう、とい、とん
閉　ヘイ／とじる、とざす、しめる、しまる
眼　ガン、ゲン／まなこ
眺　チョウ／ながめる
敗　ハイ／やぶれる
販　ハン
累　ルイ
異　イ／こと
黒　コク／くろ、くろい
略　リャク
野　ヤ／の
唱　ショウ／となえる
喝　カツ
唯　ユイ、イ
蛇　ジャ、ダ／へび
帳　チョウ
崩　ホウ／くずれる、くずす

崇　スウ
崎　さき
常　ジョウ／つね、とこ
堂　ドウ
虚　キョ、コ
患　カン／わずらう
産　サン／うむ、うまれる、うぶ
章　ショウ
商　ショウ／あきなう
率　ソツ、リツ／ひきいる
斎　サイ
麻　マ／あさ
康　コウ
庶　ショ
庸　ヨウ
宿　シュク／やど、やどる、やどす
密　ミツ
窓　ソウ／まど
寄　キ／よる、よせる
窒　チツ
蛍　ケイ／ほたる

寂　ジャク、セキ／さび、さびしい、さびれる
婆　バ
混　コン／まじる、まざる、まぜる
淡　タン／あわい
液　エキ
渉　ショウ
渋　ジュウ／しぶ、しぶい、しぶる
深　シン／ふかい、ふかまる、ふかめる
渓　ケイ
済　サイ／すむ、すます
渇　カツ／かわく
涯　ガイ
清　セイ、ショウ／きよい、きよまる、きよめる
添　テン／そえる、そう
涼　リョウ／すずしい、すずむ
淑　シュク
盗　トウ／ぬすむ
訪　ホウ／おとずれる、たずねる

訳　ヤク／わけ
設　セツ／もうける
許　キョ／ゆるす
訟　ショウ
情　ジョウ、セイ／なさけ
惜　セキ／おしい、おしむ
悼　トウ／いたむ
惨　サン、ザン／みじめ
郭　カク
部　ブ
族　ゾク
旋　セン
望　ボウ、モウ／のぞむ
視　シ
瓶　ビン
巣　ソウ／す
粗　ソ／あらい
粘　ネン／ねばる
粒　リュウ／つぶ
断　ダン／たつ、ことわる
彫　チョウ／ほる
脱　ダツ／ぬぐ、ぬげる

豚　トン／ぶた
脚　キャク／あし
脳　ノウ
貧　ヒン、ビン／まずしい
偏　ヘン／かたよる
偶　グウ
偵　テイ
偽　ギ／いつわる、にせ
停　テイ
貨　カ
悠　ユウ
側　ソク／かわ
袋　タイ／ふくろ
健　ケン／すこやか
得　トク／える、うる
術　ジュツ
符　フ
第　ダイ
笛　テキ／ふえ
鳥　チョウ／とり
船　セン／ふね、ふな
舶　ハク
動　ドウ／うごく、うごかす

剰　ジョウ
郵　ユウ
魚　ギョ／うお、さかな
釣　チョウ／つる
斜　シャ／ななめ
移　イ／うつる、うつす
祭　サイ／まつる、まつり
欲　ヨク／ほっする、ほしい
釈　シャク
彩　サイ／いろどる
猛　モウ
猟　リョウ
猫　ビョウ／ねこ
週　シュウ
進　シン／すすむ、すすめる
逸　イツ
翌　ヨク
習　シュウ／ならう
尉　イ
務　ム／つとめる
張　チョウ／はる
陵　リョウ／みささぎ
陰　イン／かげ、かげる

陪　バイ
隆　リュウ
陶　トウ
陳　チン
険　ケン／けわしい
陸　リク
終　シュウ／おわる、おえる
経　ケイ、キョウ／へる
紹　ショウ
紳　シン
細　サイ／ほそい、ほそる、こまか、こまかい
組　ソ／くむ、くみ
紺　コン
婦　フ
婚　コン
粛　シュク
郷　キョウ
強　キョウ、ゴウ／つよい、つよまる、つよめる、しいる
逮　タイ
貫　カン／つらぬく

十二画

雲　ウン／くも
雰　フン
雇　コ／やとう
扉　ヒ／とびら
硬　コウ／かたい
硫　リュウ
硝　ショウ
敢　カン
堅　ケン／かたい
裂　レツ／さく、さける
琴　キン／こと
項　コウ
殖　ショク／ふえる、ふやす
提　テイ／さげる
揚　ヨウ／あげる、あがる
援　エン
搭　トウ
揮　キ
換　カン／かえる、かわる
揺　ヨウ／ゆれる、ゆる、ゆれぐ、ゆるぐ、ゆする、ゆさぶる、ゆすぶる
握　アク／にぎる
場　ジョウ／ば
塔　トウ
堪　カン／たえる
堤　テイ／つつみ
塚　つか
塀　ヘイ
棒　ボウ
植　ショク／うえる、うわる
棋　キ
棚　たな
棺　カン
棟　トウ／むね、むな
検　ケン
極　キョク、ゴク／きわめる、きわまる、きわみ
募　ボ／つのる
落　ラク／おちる、おとす
葉　ヨウ／は
葬　ソウ／ほうむる
勤　キン、ゴン／つとめる、つとまる
喪　ソウ／も
煮　シャ／にる、にえる、にやす
喜　キ／よろこぶ
朝　チョウ／あさ
款　カン
越　エツ／こす、こえる
超　チョウ／こえる、こす
裁　サイ／たつ、さばく
報　ホウ／むくいる
博　ハク、バク
軸　ジク
軽　ケイ／かるい、かろやか
散　サン／ちる、ちらす、ちらかす、ちらかる
敬　ケイ／うやまう
雄　ユウ／お、おす
欺　キ／あざむく
期　キ、ゴ
惑　ワク／まどう
森　シン／もり
替　タイ／かえる、かわる

達 タツ
間 カン、ケン／あいだ、ま
開 カイ／ひらく、ひらける、あく、あける
閑 カン
圈 ケン
暑 ショ／あつい
量 リョウ／はかる
景 ケイ
最 サイ／もっとも
晶 ショウ
畳 ジョウ／たたむ、たたみ
塁 ルイ
買 バイ／かう
貯 チョ
帽 ボウ
幅 フク／はば
喚 カン
喫 キツ
暁 ギョウ／あかつき
晩 バン
晴 セイ／はれる、はらす
距 キョ

掌 ショウ
歯 シ／は
装 ソウ、ショウ／よそおう
悲 ヒ／かなしい、かなしむ
紫 シ／むらさき
貴 キ／たっとい、とうとい、たっとぶ、とうとぶ
遇 グウ
過 カ／すぎる、すごす、あやまつ、あやまち
童 ドウ／わらべ
蛮 バン
廃 ハイ／すたれる、すたる
廊 ロウ
痛 ツウ／いたい、いたむ、いためる
痢 リ
痘 トウ
富 フ、フウ／とむ、とみ
寒 カン／さむい
割 カツ／わる、わり、われる、さく
尊 ソン／たっとい、とうとい、たっとぶ、とうとぶ

着 チャク、ジャク／きる、きせる、つく、つける
惰 ダ
愉 ユ
慌 コウ／あわてる、あわただしい
減 ゲン／へる、へらす
湾 ワン
満 マン／みちる、みたす
湯 トウ／ゆ
湿 シツ／しめる、しめす
滋 ジ
湖 コ／みずうみ
渦 カ／うず
測 ソク／はかる
港 コウ／みなと
温 オン／あたたか、あたたかい、あたたまる、あたためる
渡 ト／わたる、わたす
詐 サ
詠 エイ／よむ

詞	シ
評	ヒョウ
訴	ソ／うったえる
詔	ショウ／みことのり
診	シン／みる
証	ショウ
就	シュウ、ジュ／つく、つける
補	ホ／おぎなう
裕	ユウ
営	エイ／いとなむ
覚	カク／おぼえる、さます、さめる
焼	ショウ／やく、やける
粧	ショウ
遍	ヘン
遊	ユウ、ユ／あそぶ
道	ドウ、トウ／みち
遂	スイ／とげる
運	ウン／はこぶ
番	バン
順	ジュン
腕	ワン／うで

勝	ショウ／かつ、まさる
脹	チョウ
傘	サン／かさ
偉	イ／えらい
備	ビ／そなえる、そなわる
傍	ボウ／かたわら
焦	ショウ／こげる、こがす、こがれる、あせる
集	シュウ／あつまる、あつめる、つどう
御	ギョ、ゴ／おん
復	フク
循	ジュン
街	ガイ、カイ／まち
鈍	ドン／にぶい、にぶる
飲	イン／のむ
飯	ハン／めし
創	ソウ
然	ゼン、ネン
衆	シュウ、シュ
程	テイ／ほど
税	ゼイ
貸	タイ／かす

象	ショウ、ゾウ
短	タン／みじかい
奥	オウ／おく
貿	ボウ
筆	ヒツ／ふで
筋	キン／すじ
筒	トウ／つつ
答	トウ／こたえる、こたえ
等	トウ／ひとしい
猶	ユウ
属	ゾク
尋	ジン／たずねる
遅	チ／おくれる、おくらす、おそい
登	トウ、ト／のぼる
弾	ダン／ひく、はずむ、たま
疎	ソ／うとい、うとむ
随	ズイ
階	カイ
隊	タイ
陽	ヨウ
隅	グウ／すみ
堕	ダ

絞 コウ／しぼる、しめる、しまる
結 ケツ／むすぶ、ゆう、ゆわえる
絵 カイ、エ
統 トウ／すべる
給 キュウ
絡 ラク／からむ、からまる
絶 ゼツ／たえる、たやす、たつ
幾 キ／いく
媒 バイ
婿 セイ／むこ
賀 ガ
費 ヒ／ついやす、ついえる

十三画

電 デン
雷 ライ／かみなり
零 レイ
頑 ガン
酬 シュウ
酪 ラク
聖 セイ
雅 ガ
感 カン
搬 ハン
摂 セツ
損 ソン／そこなう、そこねる
携 ケイ／たずさえる、たずさわる
塊 カイ／かたまり
塩 エン／しお
楼 ロウ
禁 キン
想 ソウ、ソ
夢 ム／ゆめ
墓 ボ／はか
蓄 チク／たくわえる
蒸 ジョウ／むす、むれる、むらす
載 サイ／のせる、のる
献 ケン、コン
幹 カン／みき
勢 セイ／いきおい
鼓 コ／つづみ
靴 カ／くつ
遠 エン、オン／とおい
園 エン／その
愚 グ／おろか
置 チ／おく
罪 ザイ／つみ
署 ショ
農 ノウ
豊 ホウ／ゆたか
嗣 シ
嘆 タン／なげく、なげかわしい
跳 チョウ／はねる、とぶ
路 ロ／じ
践 セン
跡 セキ／あと
暗 アン／くらい
暖 ダン／あたたか、あたたかい、あたたまる、あたためる
照 ショウ／てる、てらす、てれる

暇 カ／ひま
盟 メイ
睡 スイ
賊 ゾク
賄 ワイ／まかなう
虞 おそれ
虜 リョ
歳 サイ、セイ
督 トク
業 ギョウ、ゴウ／わざ
較 カク
奨 ショウ
遣 ケン／つかう、つかわす
意 イ
裏 リ／うら
棄 キ
廉 レン
痴 チ
寝 シン／ねる、ねかす
寛 カン
新 シン／あたらしい、あらた、にい
福 フク

禍 カ
禅 ゼン
褐 カツ
裸 ラ／はだか
義 ぎ
慈 ジ／いつくしむ
塑 ソ
誉 ヨ／ほまれ
戦 セン／いくさ、たたかう
該 ガイ
誠 セイ／まこと
話 ワ／はなす、はなし
詩 シ
誇 コ／ほこる
試 シ／こころみる、ためす
詳 ショウ／くわしい
詰 キツ／つめる、つまる、つむ
資 シ
漢 カン
溝 コウ／みぞ
滑 カツ／すべる、なめらか
滞 タイ／とどこおる

源 ゲン／みなもと
溶 ヨウ／とける、とかす、とく
滝 たき
滅 メツ／ほろびる、ほろぼす
漠 バク
準 ジュン
塗 ト／ぬる
楽 ガク、ラク／たのしい、たのしむ
煙 エン／けむる、けむり、けむい
煩 ハン、ボン／わずらう、わずらわす
数 スウ、ス／かず、かぞえる
慎 シン／つつしむ
概 ガイ
愛 アイ
腰 ヨウ／こし
腹 フク／はら
腸 チョウ
傷 ショウ／きず、いたむ、いためる

傾 ケイ／かたむく、かたむける
債 サイ
働 ドウ／はたらく
僧 ソウ
傑 ケツ
催 サイ／もよおす
賃 チン
微 ビ
飽 ホウ／あまる、あかす
飼 シ／かう
飾 ショク／かざる
鉄 テツ
鉛 エン／なまり
鉱 コウ
鈴 レイ、リン／すず
鉢 ハチ、ハツ
頒 ハン
稚 チ
触 ショク／ふれる、さわる
解 カイ、ゲ／とく、とかす、とける
愁 シュウ／うれえる、うれい
辞 ジ／やめる
勧 カン／すすめる
節 セツ、セチ／ふし
艇 テイ
猿 エン／さる
隔 カク／へだてる、へだたる
群 グン／むれる、むれ、むらがる
殿 デン、テン／との、どの
預 ヨ／あずける、あずかる
続 ゾク／つづく、つづける
絹 ケン／きぬ
練 レン／ねる
継 ケイ／つぐ
嫁 カ／よめ、とつぐ
嫌 ケン、ゲン／きらう、いや
違 イ／ちがう、ちがえる

十四画

需 ジュ
酵 コウ
酷 コク
酸 サン／すい
歴 レキ
暦 レキ／こよみ
駄 ダ
駆 ク／かける、かる
駅 エキ
魂 コン／たましい
歌 カ／うた、うたう
磁 ジ
碑 ヒ
髪 ハツ／かみ
摘 テキ／つむ
誓 セイ／ちかう
境 キョウ、ケイ／さかい
増 ゾウ／ます、ふえる、ふやす
模 モ、ボ
構 コウ／かまえる、かまう
様 ヨウ／さま
概 ガイ
暮 ボ／くれる、くらす
慕 ボ／したう
奪 ダツ／うばう

穀　コク
静　セイ、ジョウ／しず、しずか、しずまる、しずめる
遭　ソウ／あう
聞　ブン、モン／きく、きこえる
関　カン／せき
閣　カク
閥　バツ
罰　バツ、バチ
墨　ボク／すみ
鳴　メイ／なく、なる、ならす
踊　ヨウ／おどる、おどり
雌　シ／め、めす
豪　ゴウ
腐　フ／くさる、くされる、くさらす
寡　カ
寧　ネイ
塾　ジュク
彰　ショウ
旗　キ／はた
端　タン／はし、は、はた

複　フク
滴　テキ／しずく、したたる
漬　つける、つかる
演　エン
漁　ギョ、リョウ
漸　ゼン／ようやく
漏　ロウ／もる、もれる、もらす
漂　ヒョウ／ただよう
漫　マン
漆　シツ／うるし
説　セツ、ゼイ／とく
認　ニン／みとめる
読　ドク、トク、トウ／よむ
誤　ゴ／あやまる
語　ゴ／かたる、かたらう
誘　ユウ／さそう
誌　シ
憎　ゾウ／にくむ、にくい、にくらしい、にくしみ
慣　カン／なれる、ならす
慢　マン
精　セイ、ショウ

適　テキ
遮　シャ／さえぎる
膜　マク
僕　ボク
像　ゾウ
僚　リョウ
徳　トク
徴　チョウ
鼻　ビ／はな
製　セイ
種　シュ／たね
稲　トウ／いね、いな
銘　メイ
銭　セン／ぜに
銅　ドウ
銑　セン
銀　ギン
銃　ジュウ
領　リョウ
算　サン
管　カン／くだ
箇　カ
雑　ザツ、ゾウ

疑 ギ／うたがう
獄 ゴク
層 ソウ
障 ショウ／さわる
際 サイ／きわ
隠 イン／かくす、かくれる
緑 リョク、ロク／みどり
綱 コウ／つな
維 イ
綿 メン／わた
網 モウ／あみ
緒 ショ、チョ／お
総 ソウ
嫡 チャク
態 タイ

十五画

憂 ユウ／うれえる、うれい、うい
震 シン／ふるう、ふるえる
霊 レイ、リョウ／たま
確 カク／たしか、たしかめる

駐 チュウ
緊 キン
監 カン
撲 ボク
撤 テツ
墳 フン
権 ケン、ゴン
標 ヒョウ
横 オウ／よこ
槽 ソウ
熱 ネツ／あつい
趣 シュ／おもむき
蔵 ゾウ／くら
輪 リン／わ
暫 ザン
撃 ゲキ／うつ
賛 サン
敷 フ／しく
遷 セン
閲 エツ
膚 フ
慮 リョ
劇 ゲキ

戯 ギ／たわむれる
賞 ショウ
輝 キ／かがやく
弊 ヘイ
幣 ヘイ
暴 ボウ、バク／あばく、あばれる
罷 ヒ
器 キ／うつわ
嘱 ショク
噴 フン／ふく
踏 トウ／ふむ、ふまえる
賠 バイ
賦 フ
賜 シ／たまわる
影 エイ／かげ
黙 モク／だまる
輩 ハイ
遺 イ、ユイ
褒 ホウ／ほめる
摩 マ
慶 ケイ
賓 ヒン

寮　リョウ
審　シン
窮　キュウ／きわめる、きわまる
窯　ヨウ／かま
敵　テキ／かたき
熟　ジュク／うれる
課　カ
談　ダン
諸　ショ
請　セイ、シン／こう、うける
論　ロン
調　チョウ／しらべる、ととのう、ととのえる
誕　タン
諾　ダク
謁　エツ
潔　ケツ／いさぎよい
潮　チョウ／しお
潜　セン／ひそむ、もぐる
潤　ジュン／うるおう、うるおす、うるむ
澄　チョウ／すむ、すます

潟　かた
憤　フン／いきどおる
養　ヨウ／やしなう
導　ドウ／みちびく
遵　ジュン
億　オク
儀　ギ
徹　テツ
衝　ショウ
稼　カ／かせぐ
穂　スイ／ほ
稿　コウ
範　ハン
箱　はこ
舞　ブ／まう、まい
質　シツ、シチ、チ
魅　ミ
盤　バン
勲　クン
歓　カン
鋳　チュウ／いる
鋭　エイ／するどい
餓　ガ

舗　ホ
履　リ／はく
慰　イ／なぐさめる、なぐさむ
選　セン／えらぶ
墜　ツイ
編　ヘン／あむ
締　テイ／しまる、しめる
線　セン
縁　エン／ふち
縄　ジョウ／なわ
緩　カン／ゆるい、ゆるやか、ゆるむ、ゆるめる

十六画

頭　トウ、ズ、ト／あたま、かしら
融　ユウ
賢　ケン／かしこい
操　ソウ／みさお、あやつる
擁　ヨウ
壇　ダン、タン
壌　ジョウ

壊　カイ／こわす、こわれる
樹　ジュ
機　キ／はた
橋　キョウ／はし
薬　ヤク／くすり
薪　シン／たきぎ
薄　ハク／うすい、うすめる、うすまる、うすらぐ、うすれる
薫　クン／かおる
薦　セン／すすめる
隷　レイ
奮　フン／ふるう
輸　ユ
整　セイ／ととのえる、ととのう
頼　ライ／たのむ、たのもしい、たよる
曇　ドン／くもる
還　カン
磨　マ／みがく
憲　ケン
親　シン／おや、したしい、したしむ
謡　ヨウ／うたい、うたう
謀　ボウ、ム／はかる
諭　ユ／さとす
諮　シ／はかる
激　ゲキ／はげしい
濁　ダク／にごる、にごす
濃　ノウ／こい
憾　カン
懐　カイ／ふところ、なつかしい、なつかしむ、なつく、なつける
憶　オク
獣　ジュウ／けもの
凝　ギョウ／こる、こらす
燃　ネン／もえる、もやす、もす
糖　トウ
膨　ボウ／ふくらむ、ふくれる
儒　ジュ
衛　エイ
衡　コウ
積　セキ／つむ、つもる
穏　オン／おだやか
鋼　コウ／はがね
録　ロク
錘　スイ／つむ
錬　レン
錠　ジョウ
館　カン
篤　トク
築　チク／きずく
憩　ケイ／いこい、いこう
墾　コン
繁　ハン
興　コウ、キョウ／おこる、おこす
矯　キョウ／ためる
獲　カク／える
縦　ジュウ／たて
縫　ホウ／ぬう
縛　バク／しばる
緯　イ
壌　ジョウ
隣　リン／となる、となり
壁　ヘキ／かべ

避　ヒ／さける

十七画

霜　ソウ／しも
醜　シュウ／みにくい
覧　ラン
環　カン
聴　チョウ／きく
礁　ショウ
擬　ギ
轄　カツ
嚇　カク
購　コウ
齢　レイ
頻　ヒン
療　リョウ
講　コウ
謝　シャ／あやまる
謹　キン／つつしむ
謙　ケン
濯　タク
厳　ゲン、ゴン／おごそか、きびしい
燥　ソウ
謄　トウ
優　ユウ／やさしい、すぐれる
償　ショウ／つぐなう
鮮　セン／あざやか
犠　ギ
懇　コン／ねんごろ
爵　シャク
鍛　タン／きたえる
翼　ヨク／つばさ
績　セキ
繊　セン
縮　シュク／ちぢむ、ちぢまる、ちぢめる、ちぢれる、ちぢらす

十八画

覆　フク／おおう、くつがえす、くつがえる
職　ショク
臨　リン／のぞむ
礎　ソ／いしずえ
験　ケン、ゲン
騎　キ
騒　ソウ／さわぐ
難　ナン／かたい、むずかしい
藩　ハン
繭　ケン／まゆ
闘　トウ／たたかう
曜　ヨウ
瞬　シュン／またたく
顕　ケン
題　ダイ
贈　ゾウ、ソウ／おくる
癖　ヘキ／くせ
癒　ユ
顔　ガン／かお
額　ガク／ひたい
襟　キン／えり
濫　ラン
糧　リョウ、ロウ／かて
類　ルイ
簡　カン
懲　チョウ／こりる、こらす、

こらしめる
翻　ホン／ひるがえる、ひるがえす
穫　カク
観　カン
鎮　チン／しずめる、しずまる
鎖　サ／くさり
織　ショク、シキ／おる
繕　ゼン／つくろう

十九画

霧　ム／きり
覇　ハ
璽　ジ
麗　レイ／うるわしい
願　ガン／ねがう
藻　ソウ／も
警　ケイ
髄　ズイ
羅　ラ
離　リ／はなれる、はなす
韻　イン
識　シキ
譜　フ
瀬　せ
爆　バク
臓　ゾウ
鯨　ゲイ／くじら
鶏　ケイ／にわとり
簿　ボ
鏡　キョウ／かがみ
繰　くる

二十画

醸　ジョウ／かもす
欄　ラン
懸　ケン、ケ／かける、かかる
議　ギ
護　ゴ
譲　ジョウ／ゆずる
競　キョウ、ケイ／きそう、せる
騰　トウ
籍　セキ
鐘　ショウ／かね
響　キョウ／ひびく
露　ロ、ロウ／つゆ
顧　コ／かえりみる
躍　ヤク／おどる
魔　マ
艦　カン

二十二画

驚　キョウ／おどろく、おどろかす
襲　シュウ／おそう

二十三画

鑑　カン

漢字詞索引

說明

1. 本索引按漢字筆畫數順序排列。筆畫數相同的漢字按起筆〃橫、豎、點、撇、折〃的順序排列。第一字相同者按第二字筆畫數排列。

2. 為減少索引的篇幅，一個詞的漢字全為常用漢字，且這些常用漢字又全為音讀時，不收入本索引內。這種詞可通過常用漢字表查找，請參閱常用漢字表說明。

一画

一つ　ひとつ
一つ一つ　ひとつひとつ
一人　ひとり
一人一人　ひとりひとり
一人前　ひとりまえ
一入　ひとしお
一口　ひとくち
一寸　ちょっと
一日　ついたち
一方　ひとかた
一目　ひとめ
一回り　ひとまわり
一向　ひたすら
一休み　ひとやすみ
一先ず　ひとまず
一言　ひとこと
一足飛び　いっそくとび
一抓み　ひとつまみ
一角　ひとかど
一里塚　いちりづか
一度　ひとたび
一昨日　おととい
一昨年　おととし
一昨昨日　さきおととい
一昨昨年　さきおととし
一飛び　ひととび
一時に　いちどきに
一通り　ひととおり
一晩　ひとばん
一跳び　ひととび
一握り　ひとにぎり
一廉　ひとかど
一揆　いっき
一摑み　ひとつかみ
一頻　ひとしきり
乙女　おとめ

二画

入口　いりぐち
入日　いりひ
入歯　いれば
入道雲　にゅうどうぐも
刀　かたな
力　ちから
力ずく　ちからずく
力一杯　ちからいっぱい
力付ける　ちからづける
力仕事　ちからしごと
力持ち　ちからもち
力強い　ちからづよい
力添え　ちからぞえ
又　また
又は　または
又従兄弟　またいとこ
又貸し　またがし
又借り　またがり
了見　りょうけん
了簡　りょうけん
乃至　ないし
人　ひと
人人　ひとびと
人中　ひとなか
人手　ひとで
人目　ひとめ
人出　ひとで
人込み　ひとごみ
人任せ　ひとまかせ

人見知り　ひとみしり
人波　ひとなみ
人並　ひとなみ
人参　にんじん
人事　ひとごと
人怖じ　ひとおじ
人柄　ひとがら
人前　ひとまえ
人殺し　ひとごろし
人差し指　ひとさしゆび
人真似　ひとまね
人通り　ひとどおり
人違い　ひとちがい
人影　ひとかげ
人質　ひとじち
八つ　やっつ
八日　ようか
八百屋　やおや
八重　やえ
入り　いり
入る　いる、はいる
入り用　いりよう
入れる　いれる
入れ物　いれもの
入れ替え　いれかえ
入れ替える　いれかえる
入れ替わる　いれかわる
入れ換え　いれかえ
入れ換える　いれかえる
入れ換わる　いれかわる
入れ違う　いれちがう
二つ　ふたつ
二の舞　にのまい
二十　はたち
二十日　はつか
二十歳　はたち
二人　ふたり
二子　ふたご
二日　ふつか
二言目　ふたことめ
二枚目　にまいめ
二度　ふたたび
二重　ふたえ
二葉　ふたば
丁目　ちょうめ
十　とお
十人十色　じゅうにんといろ
十人並　じゅうにんなみ
十日　とおか
十重二十重　とえはたえ
十露盤　そろばん
七　なな
七つ　ななつ
七夕　たなばた
七日　なぬか、なのか
七宝焼　しっぽうやき
九つ　ここのつ
九日　ここのか
又とない　またとない

三画

三又　みつまた
三十日　みそか
三日　みっか
三日月　みかづき
三和土　たたき
三味線　しゃみせん
三段跳び　さんだんとび

下　した、しも、もと
下がり　さがり
下がる　さがる
下げる　さげる
下さい　ください
下さる　くださる
下す　くだす
下らない　くだらない
下り　くだり
下りる　おりる
下り坂　くだりざか
下る　くだる
下ろす　おろす
下手　へた
下半期　しもはんき
下地　したじ
下回る　したまわる
下図　したず
下町　したまち
下書き　したがき
下着　したぎ
下駄　げた
下読み　したよみ

下調べ　したしらべ
下請け　したうけ
下準備　したじゅんび
下積み　したづみ
工夫　くふう
工合　ぐあい
工面　くめん
工場　こうば
干す　ほす
干る　ひる
干し物　ほしもの
干上がる　ひあがる
干物　ひもの
天辺　てっぺん
万引　まんびき
万屋　よろずや
上　うえ、かみ
上がる　あがる
上げる　あげる
上せる　のぼせる
上り　のぼり
上る　のぼる
上下　うえした

上手　じょうず
上戸　じょうご
上辺　うわべ
上出来　じょうでき
上半期　かみはんき
上向き　うわむき
上回る　うわまわる
上役　うわやく
上座　かみざ
上着　うわぎ
丈　たけ、だけ
土　つち
土手　どて
土左衛門　どざえもん
土砂降り　どしゃぶり
土俵　どひょう
土俵入り　どひょういり
土俵際　どひょうぎわ
土竜　もぐら
土産　みやげ
土間　どま
土壇場　どたんば
土饅頭　どまんじゅう

大　おお
大いに　おおいに
大きい　おおきい
大きさ　おおきさ
大きな　おおきな
大まか　おおまか
大人　おとな
大人しい　おとなしい
大入り　おおいり
大口　おおぐち
大巾　おおはば
大凡　おおよそ
大手　おおて、おおで
大水　おおみず
大文字　おおもじ
大方　おおかた
大目　おおめ
大目玉　おおめだま
大穴　おおあな
大写し　おおうつし
大好き　だいすき
大安売り　おおやすうり
大当り　おおあたり

大掃除　おおそうじ
大声　おおごえ
大麦　おおむぎ
大昔　おおむかし
大売出し　おおうりだし
大形　おおがた
大豆　だいず
大空　おおぞら
大雨　おおあめ
大型　おおがた
大食い　おおぐい
大柄　おおがら
大風　おおかぜ
大威張り　おおいばり
大笑い　おおわらい
大通り　おおどおり
大晦日　おおみそか
大掛り　おおがかり
大袈裟　おおげさ
大雪　おおゆき
大黒柱　だいこくばしら
大幅　おおはば
大童　おおわらわ

大筋　おおすじ
大喜び　おおよろこび
大間違い　おおまちがい
大蒜　にんにく
大勢　おおぜい
大蔵　おおくら
大騒ぎ　おおさわぎ
山　やま
山山　やまやま
山毛欅　ぶな
山芋　やまいも
山羊　やぎ
山里　やまざと
山吹　やまぶき
山査子　さんざし
山彦　やまびこ
山桜　やまざくら
山師　やまし
山盛り　やまもり
山道　やまみち
山登り　やまのぼり
山葵　わさび
山場　やまば

山麓　さんろく
小　こ、お
小さい　ちいさい
小さな　ちいさな
小人　こびと
小刀　こがたな
小口　こぐち
小川　おがわ
小切手　こぎって
小母　おば
小石　こいし
小包　こづつみ
小田原評定　おだわらひょうじょう
小倅　こせがれ
小売　こうり
小作　こさく
小声　こごえ
小麦　こむぎ
小言　こごと
小豆　あずき
小利口　こりこう
小判　こばん

小児　しょうに
小波　さざなみ
小雨　こさめ
小使　こづかい
小奇麗　こぎれい
小首　こくび
小柄　こがら
小形　こがた
小型　こがた
小屋　こや
小指　こゆび
小馬　こうま
小荷物　こにもつ
小高い　こだかい
小鳥　ことり
小遣　こづかい
小僧　こぞう
小舅　こじゅうと
小銭　こぜに
口　くち
口口　くちぐち
口火　くちび
口出し　くちだし

口先　くちさき
口汚い　くちぎたない
口車　くちぐるま
口金　くちがね
口紅　くちべに
口真似　くちまね
口振り　くちぶり
口惜しい　くちおしい、くやしい
口笛　くちぶえ
口答え　くちごたえ
口喧嘩　くちげんか
口裏　くちうら
口数　くちかず
口説く　くどく
口調　くちょう
口癖　くちぐせ
巾着　きんちゃく
亡くす　なくす
亡くなる　なくなる
亡骸　なきがら
凡そ　およそ
凡て　すべて

川　かわ
川下　かわしも
川上　かわかみ
川辺　かわべ
川岸　かわぎし
川原　かわら
千切る　ちぎる
千切れる　ちぎれる
千代　ちよ
千鳥　ちどり
夕　ゆう
夕べ　ゆうべ
夕方　ゆうがた
夕日　ゆうひ
夕立　ゆうだち
夕刊　ゆうかん
夕刻　ゆうこく
夕食　ゆうしょく
夕涼み　ゆうすずみ
夕飯　ゆうはん、ゆうめし
夕焼　ゆうやけ
夕御飯　ゆうごはん
夕暮　ゆうぐれ

夕闇　ゆうやみ
久しい　ひさしい
久し振り　ひさしぶり
乞　こい
乞う　こう
乞食　こじき
丸　まる
丸い　まるい
丸み　まるみ
丸める　まるめる
丸め込む　まるめこむ
丸丸　まるまる
丸太　まるた
丸木　まるき
丸出し　まるだし
丸見え　まるみえ
丸呑み　まるのみ
丸坊主　まるぼうず
丸抱え　まるがかえ
丸焼き　まるやき
丸焼け　まるやけ
丸損　まるぞん
丸裸　まるはだか

丸儲け　まるもうけ
丸顔　まるがお
刃　は、やいば
刃物　はもの
尸　しかばね
弓　ゆみ
子　こ、ね
子分　こぶん
子守　こもり
子供　こども
子煩悩　こぼんのう
已むなく　やむなく
己れ　おのれ
己惚れる　うぬぼれる
也　なり
叉　また
女　おんな
女らしい　おんならしい
女女しい　めめしい
女房　にょうぼう
女神　めがみ
与える　あたえる
与る　あずかる

与太者　よたもの

四　画

王様　おうさま
五つ　いつつ
五日　いつか
五月雨　さみだれ
五月蠅い　うるさい
天の川　あまのがわ
天井　てんじょう
天王星　てんのうせい
天狗　てんぐ
天皇　てんのう
天草　てんぐさ
天秤　てんびん
天道虫　てんとうむし
不手際　ふてぎわ
不仕合せ　ふしあわせ
不仲　ふなか
不如意　ふにょい
不向き　ふむき
不行届　ふゆきとどき

不届き　ふとどき
不知不識　しらずしらず
不恰好　ぶかっこう
不真面目　ふまじめ
不釣合　ふつりあい
不得手　ふえて
不揃い　ふぞろい
不精　ぶしょう
不確か　ふたしか
瓦　かわら
瓦落　がら
互い　たがい
互いに　たがいに
互い違い　たがいちがい
戸　と
戸板　といた
戸棚　とだな
戸締り　とじまり
元　もと
元元　もともと
元手　もとで
区区　まちまち
区切る　くぎる

匹　ひき
厄介　やっかい
木　き
木の葉　このは
木戸　きど
木立　こだち
木瓜　ぼけ
木耳　きくらげ
木枯し　こがらし
木偶　でく
木偶の坊　でくのぼう
木陰　こかげ
木菟　みみずく
木犀　もくせい
木琴　もっきん
木登り　きのぼり
木棉　もめん
木槿　むくげ
木霊　こだま
木曜日　もくようび
支え　ささえ
支える　ささえる、つかえる
支払い　しはらい

支払う　しはらう
支度　したく
太い　ふとい
太る　ふとる
太刀打ち　たちうち
太刀魚　たちうお
太鼓判　たいこばん
太鼓腹　たいこばら
太鼓橋　たいこばし
友　とも
友達　ともだち
夫　おっと
夫婦　ふうふ
犬　いぬ
井　い
井戸　いど
尤も　もっとも
布　きれ
切ない　せつない
切なる　せつなる
切り　きり
切る　きる
切れ　きれ

切れる　きれる
切っ掛け　きっかけ
切り上げる　きりあげる
切り下げる　きりさげる
切り出す　きりだす
切り付ける　きりつける
切り回す　きりまわす
切り抜き　きりぬき
切り抜く　きりぬく
切り抜ける　きりぬけ
切り売り　きりうり
切り取る　きりとる
切り刻む　きりきざむ
切り殺す　きりころす
切り捨てる　きりすてる
切り盛り　きりもり
切り崩す　きりくずす
切り開く　きりひらく
切り換える　きりかえる
切り落とす　きりおとす
切り詰める　きりつめる
切り離す　きりはなす
切り放す　きりはなす

切れ目　きれめ
切れ味　きれあじ
切れ端　きれはし
切手　きって
切札　きりふだ
切羽詰まる　せっぱつまる
切株　きりかぶ
切紙　きりがみ
切符　きっぷ
比べ　くらべ
比べる　くらべる
比べ物　くらべもの
比目魚　ひらめ
比喩　ひゆ
中　じゅう、なか
中でも　なかでも
中中　なかなか
中古　ちゅうぶる
中休み　なかやすみ
中身　なかみ
中味　なかみ
中指　なかゆび
中値　なかね

中庭　なかにわ
中将　ちゅうじょう
中途半端　ちゅうとはんぱ
中頃　なかごろ
中程　なかほど
日　ひ
日に日に　ひにひに
日の入り　ひのいり
日の丸　ひのまる
日の出　ひので
日一日　ひいちにち
日日　ひにち
日付　ひづけ
日当り　ひあたり
日向　ひなた
日延べ　ひのべ
日毎　ひごと
日取り　ひどり
日和　ひより
日和見　ひよりみ
日柄　ひがら
日差し　ひざし
日除け　ひよけ

日頃　ひごろ
日帰り　ひがえり
日陰　ひかげ
日雇い　ひやとい
日傘　ひがさ
日焼け　ひやけ
日数　ひかず
日照り　ひでり
日増し　ひまし
日影　ひかげ
日暮れ　ひぐれ
内　うち
内気　うちき
内側　うちがわ
内訳　うちわけ
内緒　ないしょ
内証　ないしょ
内輪　うちわ
水　みず
水っぽい　みずっぽい
水入らず　みずいらず
水母　くらげ
水先案内　みずさきあんない

水色　みずいろ
水気　みずけ
水車　みずぐるま
水臭い　みずくさい
水飢饉　みずききん
水瓶　みずがめ
水着　みずき
水鳥　みずとり
水商売　みずしょうばい
水桶　みずおけ
水割り　みずわり
水溜り　みずたまり
水揚げ　みずあげ
水際　みずぎわ
水薬　みずぐすり
水曜日　すいようび
少し　すこし
少しも　すこしも
少ない　すくない
少なからず　すくなからず
少なくとも　すくなくとも
少女　おとめ
止す　よす

止まる　とまる、とどまる
止む　やむ
止める　とめる、とどめる、やめる
止まり　とまり
止め処　とめど
止金　とめがね
六つ　むっつ
六日　むいか
文字　もじ
文字通り　もじどおり
文無し　もんなし
方　かた、がた
方方　かたがた
火　ひ
火の手　ひのて
火の車　ひのくるま
火の気　ひのけ
火の粉　ひのこ
火力　かりょく
火花　ひばな
火消し　ひけし
火足　ひあし

火脚　ひあし
火遊び　ひあそび
火傷　やけど
火鉢　ひばち
火箸　ひばし
火燵　こたつ
火曜日　かようび
心　こころ
心ならずも　こころならずも
心中　しんじゅう
心地　ここち
心安い　こころやすい
心当り　こころあたり
心持ち　こころもち
心変り　こころがわり
心残り　こころのこり
心強い　こころづよい
心細い　こころぼそい
心掛け　こころがけ
心掛ける　こころがける
心得　こころえ
心得る　こころえる
心覚え　こころおぼえ

心無い　こころない
心置き無く　こころおきなく
心構え　こころがまえ
手　て
手ずから　てずから
手ぶら　てぶら
手もなく　てもなく
手っ取り早い　てっとりばやい
手に手に　てにてに
手の内　てのうち
手の甲　てのこう
手の裏　てのうら
手入れ　ていれ
手下　てした
手口　てぐち
手不足　てぶそく
手元　てもと
手分け　てわけ
手切れ　てぎれ
手心　てごころ
手引き　てびき
手本　てほん
手出し　てだし

手立て　てだて
手付かず　てつかず
手付き　てつき
手付け　てつけ
手仕事　てしごと
手加減　てかげん
手当　てあて
手当り次第　てあたりしだい
手早い　てばやい
手回し　てまわし
手回り品　てまわりひん
手先　てさき
手合わせ　てあわせ
手向う　てむかう
手向ける　たむける
手伝い　てつだい
手伝う　てつだう
手抜かり　てぬかり
手足　てあし
手形　てがた
手助け　てだすけ
手初め　てはじめ
手近　てぢか

手始め　てはじめ
手取り　てどり
手直し　てなおし
手押し　ておし
手招き　てまねき
手拍子　てびょうし
手明き　てあき
手空き　てあき
手放し　てばなし
手放す　てばなす
手並　てなみ
手厚い　てあつい
手荒い　てあらい
手相　てそう
手拭　てぬぐい
手持ち　てもち
手枷　てかせ
手柄　てがら
手桎　てかせ
手垢　てあか
手品　てじな
手洗　てあらい
手前　てまえ

手前味噌　てまえみそ
手首　てくび
手狭　てぜま
手後れ　ておくれ
手負い　ておい
手配　てはい
手配り　てくばり
手真似　てまね
手荷物　てにもつ
手振り　てぶり
手料理　てりょうり
手紙　てがみ
手械　てかせ
手透き　てすき
手掛り　てがかり
手探り　てさぐり
手桶　ておけ
手帳　てちょう
手袋　てぶくろ
手頃　てごろ
手強い　てごわい
手習い　てならい
手細工　てざいく

手間　てま
手間取る　てまどる
手間賃　てまちん
手堅い　てがたい
手渡す　てわたす
手軽　てがる
手落ち　ておち
手提げ　てさげ
手植え　てうえ
手焙り　てあぶり
手痛い　ていたい
手筈　てはず
手筋　てすじ
手短　てみじか
手順　てじゅん
手遅れ　ておくれ
手隙　てすき
手詰り　てづまり
手解き　てほどき
手続き　てつづき
手違い　てちがい
手酷い　てひどい
手蔓　てづる

手塩　てしお
手摑み　てづかみ
手摺　てすり
手際　てぎわ
手数　てすう、てかず
手旗　てばた
手触り　てざわり
手管　てくだ
手製　てせい
手鼻　てばな
手綱　たづな
手慣れる　てなれる
手箱　てばこ
手緩い　てぬるい
手編み　てあみ
手薄　てうす
手錠　てじょう
手厳しい　てきびしい
手癖　てくせ
手離れ　てばなれ
手籠　てかご
手繰る　たぐる
月　つき

月月　つきづき
月日　つきひ
月末　つきずえ
月払い　つきばらい
月見　つきみ
月見草　つきみそう
月初め　つきはじめ
月夜　つきよ
片　かた
片っ端　かたっぱし
片手　かたて
片方　かたほう
片付く　かたづく
片付ける　かたづける
片田舎　かたいなか
片仮名　かたかな
片言　かたこと
片面　かためん
片思い　かたおもい
片栗粉　かたくりこ
片側　かたがわ
片道　かたみち
片腕　かたうで

勿れ　なかれ
勿体ない　もったいない
勿体振る　もったいぶる
勿論　もちろん
匂い　におい
匂う　におう
刈り取る　かりとる
刈り入れる　かりいれる
刈る　かる
引く　ひく
引き上げ　ひきあげ
引き上げる　ひきあげる
引き下げる　ひきさげる
引き止める　ひきとめる
引き分け　ひきわけ
引き出し　ひきだし
引き出す　ひきだす
引き付ける　ひきつける
引き合う　ひきあう
引き合わせる　ひきあわせる
引き伸ばし　ひきのばし
引き延ばし　ひきのばし
引き伸ばす　ひきのばす

引き延ばす　ひきのばす
引き抜く　ひきぬく
引き返す　ひきかえす
引き取る　ひきとる
引き受ける　ひきうける
引き起こす　ひきおこす
引き留める　ひきとめる
引き寄せる　ひきよせる
引き裂く　ひきさく
引き替える　ひきかえる
引き換える　ひきかえる
引き揚げ　ひきあげ
引き揚げる　ひきあげる
引き続く　ひきつづく
引き絞る　ひきしぼる
引き摺る　ひきずる
引き網　ひきあみ
引き締まる　ひきしまる
引き締める　ひきしめる
引く　ひく
引ける　ひける
引っ込む　ひっこむ
引っ込める　ひっこめる

引っ返す　ひっかえす
引っ括る　ひっくくる
引っ掛かる　ひっかかる
引っ掛ける　ひっかける
引っ越し　ひっこし
引っ越す　ひっこす
引っ張る　ひっぱる
引っ掻く　ひっかく
引っ摑む　ひっつかむ
引っ繰り返す　ひっくりかえす
引っ繰り返る　ひっくりかえる
引き戸　ひきど
引き合い　ひきあい
引き金　ひきがね
引き続き　ひきつづき
引き算　ひきざん
引き潮　ひきしお
孔　あな
孔雀　くじゃく
弔う　とむらう
双子　ふたご
予て　かねて
予め　あらかじめ

収まる　おさまる
収める　おさめる
幻　まぼろし

五　画

正しい　ただしい
正す　ただす
正に　まさに
正札　しょうふだ
正面　しょうめん
平　ひら
平たい　ひらたい
平ら　たいら
平らげる　たいらげる
平目　ひらめ
平地　ひらち
平仮名　ひらがな
平泳ぎ　ひらおよぎ
平屋　ひらや
平謝り　ひらあやまり
玉突き　たまつき
玉　たま

玉葱　たまねぎ
玉蜀黍　とうもろこし
可からず　べからず
可き　べき
可哀そう　かわいそう
可笑しい　おかしい
可愛い　かわいい
可愛がる　かわいがる
可愛らしい　かわいらしい
示す　しめす
石　いし
石段　いしだん
石膏　せっこう
石榴　ざくろ
石鹸　せっけん
牙　きば
亙る　わたる
古　いにしえ、ふる
古い　ふるい
古本　ふるほん
古物　ふるもの
古臭い　ふるくさい
古巣　ふるす

古着　ふるぎ
去る　さる
布　ぬの
布地　ぬのじ
右　みぎ
右手　みぎて
右利き　みぎきき
右派　うは
右側　みぎがわ
右腕　みぎうで
左　ひだり
左手　ひだりて
左利き　ひだりきき
左側　ひだりがわ
左様　さよう
世　よ
世の中　よのなか
世知辛い　せちがらい
世帯　しょたい
世渡り　よわたり
世慣れる　よなれる
世馴れる　よなれる
本　もと

本の　ほんの
本本　もともと
本立て　ほんたて
本決り　ほんぎまり
本物　ほんもの
本屋　ほんや
本棚　ほんだな
本場　ほんば
本筋　ほんすじ
本箱　ほんばこ
末　すえ
末っ子　すえっこ
末だ　まだ
末だに　いまだに
末だ末だ　まだまだ
未曽有　みぞう
甘い　あまい、うまみ
甘える　あまえる
甘やかす　あまやかす
甘味　あまみ、うまみ
甘庶　かんしょ
甘薯　かんしょ
丼　どんぶり

払い　はらい
払う　はらう
打　ダース
打つ　うつ
打ち上げ　うちあげ
打ち上げる　うちあげる
打ち切る　うちきる
打ち水　うちみず
打ち出す　うちだす
打ち立てる　うちたてる
打ち込む　うちこむ
打ち合わせ　うちあわせ
打ち合わせる　うちあわせる
打ち明ける　うちあける
打ち砕く　うちくだく
打ち破る　うちやぶる
打ち消す　うちけす
打ち消し　うちけし
打ち殺す　うちころす
打ち倒す　うちたおす
打ち寄せる　うちよせる
打ち勝つ　うちかつ
打ち落とす　うちおとす

打ち解ける　うちとける
打ち鳴らす　うちならす
札　ふだ
札付き　ふだつき
巧み　たくみ
辻　つじ
辻棲　つじつま
旧　もと
目　め
目まぐるしい　めまぐるしい
目の当り　まのあたり
目の前　めのまえ
目上　めうえ
目下　めした、もっか
目方　めかた
目分量　めぶんりょう
目玉　めだま
目出度い　めでたい
目白　めじろ
目白押し　めじろおし
目付き　めつき
目処　めど
目印　めじるし

目立つ　めだつ
目当て　めあて
目安　めやす
目先　めさき
目抜き　めぬき
目星　めぼし
目茶　めちゃ
目茶目茶　めちゃめちゃ
目茶苦茶　めちゃくちゃ
目指す　めざす
目映い　まばゆい
目眩　めまい
目高　めだか
目敏い　めざとい
目盛り　めもり
目覚しい　めざましい
目覚める　めざめる
目覚まし時計　めざましどけい
目掛ける　めがける
目新しい　めあたらしい
目鼻　めはな
目障り　めざわり
目端　めはし

目論む　もくろむ
目薬　めぐすり
田　た
田虫　たむし
田舎　いなか
田畑　たはた
田圃　たんぼ
田植え　たうえ
田螺　たにし
四つ　よっつ
四つ角　よつかど
四日　よっか
由　よし
由る　よる
由由しい　ゆゆしい
由緒　ゆいしょ
且つ　かつ
甲　かぶと
甲斐　かい
兄　あに
兄さん　にいさん
兄弟　きょうだい
叱る　しかる

皿　さら
申す　もうす
申し入れる　もうしいれる
申し上げる　もうしあげる
申し分　もうしぶん
申し込み　もうしこみ
申し込む　もうしこむ
申し出る　もうしでる
申し合わせ　もうしあわせ
申し合わせる　もうしあわせる
申し兼ねる　もうしかねる
申し訳　もうしわけ
申し渡す　もうしわたす
占い　うらない
占う　うらなう
占める　しめる
旦那　だんな
只　ただ
只今　ただいま
只者　ただもの
只乗り　ただのり
只事　ただごと
只管　ひたすら

叩き　たたき、はたき
叩く　たたく、はたく
叩き上げる　たたきあげる
叩き売り　たたきうり
叩き起こす　たたきおこす
叫び　さけび
叫ぶ　さけぶ
叶う　かなう
叶える　かなえる
叺　かます
氷　こおり
氷柱　つらら
出　で
出くわす　でくわす
出す　だす
出る　でる
出し入れ　だしいれ
出し物　だしもの
出し渋る　だししぶる
出っ張る　でっぱる
出入り　でいり、ではいり
出口　でぐち
出方　でかた

出出し　でだし
出回る　でまわる
出足　であし
出会う　であう
出任せ　でまかせ
出先　でさき
出向く　でむく
出迎え　でむかえ
出好き　でずき
出迎える　でむかえる
出来　でき
出来る　できる
出来上がる　できあがる
出来心　できごころ
出来立て　できたて
出来合い　できあい
出来事　できごと
出来物　できぶつ、できもの
出前　でまえ
出来映え　できばえ
出来栄え　できばえ
出来高　できだか
出来損い　できそこない

出店　でみせ
出直す　でなおす
出納　すいとう
出掛ける　でかける
出盛る　でさかる
出揃う　でそろう
出過ぎる　ですぎる
出稼ぎ　でかせぎ
出藍　しゅつらん
出鱈目　でたらめ
北　きた
凸凹　でこぼこ
立て　たて
立つ　たつ
立てる　たてる
立ち入る　たちいる
立ち上がる　たちあがる
立ち上ぼる　たちのぼる
立ち小便　たちしょうべん
立ち止まる　たちどまる
立ち去る　たちさる
立ち回り　たちまわり
立ち行く　たちゆく

立ち向かう　たちむかう
立ち会う　たちあう
立ち売り　たちうり
立ち返る　たちかえる
立ち泳ぎ　たちおよぎ
立ち並ぶ　たちならぶ
立ち居　たちい
立ち退く　たちのく
立ち後れる　たちおくれる
立ち寄る　たちよる
立ち塞がる　たちふさがる
立ち遅れる　たちおくれる
立ち稽古　たちげいこ
立ち籠める　たちこめる
立つ瀬　たつせ
立て込む　たてこむ
立て掛ける　たてかける
立て替え　たてかえ
立て替える　たてかえる
立て籠る　たてこもる
立て札　たてふだ
立ち往生　たちおうじょう
立場　たちば

立ち聞き　たちぎき
主　あるじ、おも、ぬし
主に　おもに
市　いち
市立　しりつ
市場　いちば
玄人　くろうと
広い　ひろい
広がる　ひろがる
広げる　ひろげる
広まる　ひろまる
広める　ひろめる
広場　ひろば
広間　ひろま
穴　あな
半ズボン　はんズボン
半ば　なかば
半月　はんつき
半年　はんとし
半値　はんね
半端　はんぱ
汁　しる
必ず　かならず

必ずしも　かならずしも
写し　うつし
写す　うつす
写る　うつる
用いる　もちいる
用立てる　ようだてる
用向き　ようむき
用足し　ようたし
凧　たこ
皮　かわ
皮算用　かわざんよう
代える　かえる
代り　かわり
代わり合う　かわりあう
代わる　かわる
代わる代わる　かわるがわる
代物　しろもの
仕える　つかえる
仕込み　しこみ
仕入れる　しいれる
仕上がる　しあがる
仕上げ　しあげ
仕上げる　しあげる

仕切り　しきり
仕切る　しきる
仕方　しかた
仕分け　しわけ
仕立て　したて
仕立てる　したてる
仕付け　しつけ
仕向ける　しむける
仕合わせ　しあわせ
仕込む　しこむ
仕来たり　しきたり
仕返し　しかえし
仕事　しごと
仕草　しぐさ
仕度　したく
仕送り　しおくり
仕留める　しとめる
仕掛け　しかけ
仕掛ける　しかける
仕組み　しくみ
仕組む　しくむ
仕訳　しわけ
仕種　しぐさ

仕業　しわざ
仕舞　しまい
仕舞う　しまう
付き　つき
付く　つく
付け　つけ、づけ
付ける　つける
付する　ふする
付き合い　つきあい
付き合う　つきあう
付き物　つきもの
付き添う　つきそう
付き添い　つきそい
付け上がる　つけあがる
付け込む　つけこむ
付け加える　つけくわえる
付け足す　つけたす
他　ほか
他ならない　ほかならない
他所　よそ
他所行き　よそいき
矢　や
矢印　やじるし

矢張り　やっぱり、やはり
矢鱈　やたら
失う　うしなう
丘　おか
生　き、なま
生える　はえる
生かす　いかす
生き　いき
生きる　いきる
生ける　いける
生じる　しょうじる
生す　なす
生フィルム　なまフィルム
生まれ　うまれ
生まれつき　うまれつき
生まれる　うまれる
生みの　うみの
生む　うむ
生やす　はやす
生り　なり
生る　なる
生き生き　いきいき
生き写し　いきうつし

生き甲斐　いきがい
生き返える　いきかえる
生き物　いきもの
生き残る　いきのこる
生一本　きいっぽん
生子　なまこ
生水　なまみず
生半可　なまはんか
生地　きじ
生糸　きいと
生け花　いけばな
生卵　なまたまご
生兵法　なまびょうほう
生返事　なまへんじ
生易しい　なまやさしい
生放送　なまほうそう
生け垣　いけがき
生臭い　なまぐさい
生姜　しょうが
生真面目　きまじめ
生け捕る　いけどる
生っ粋　きっすい
生娘　きむすめ

生煮え　なまにえ
生温い　なまぬるい
生意気　なまいき
生憎　あいにく
生噛り　なまかじり
四つん這い　よつんばい
印　しるし
印す　しるす
瓜　うり
込み合う　こみあう
込む　こむ
込める　こめる
句切る　くぎる
包み　つつみ
包む　つつむ
白　しろ
白い　しろい
白ける　しらける
白っぽい　しろっぽい
白白しい　しらじらしい
白目　しろめ
白身　しろみ
白味　しろみ

白粉　おしろい
白紙　しらかみ
白樺　しらかば
白髪　しらが
白鷺　しらさぎ
外　そと、ほか
外す　はずす
外れ　はずれ
外れる　はずれる
外回り　そとまわり
外見　そとみ
外套　がいとう
外側　そとがわ
冬　ふゆ
冬至　とうじ
冬瓜　とうがん
冬休み　ふゆやすみ
冬物　ふゆもの
冬籠り　ふゆごもり
孕む　はらむ
犯す　おかす
司る　つかさどる
民　たみ

尼　あま
疋　ひき
召し上がる　めしあがる
召し使い　めしつかい
矛　ほこ
尻　しり
尻込み　しりごみ
尻尾　しっぽ
尻押し　しりおし
加える　くわえる
加わる　くわわる
辺り　ほとり
辺り　あたり
辺鄙　へんぴ
台所　だいどころ
台秤　だいばかり
台詞　せりふ
台無し　だいなし
弁える　わきまえる
以て　もって
以ての外　もってのほか
幼い　おさない
幼馴染　おさななじみ

奴　やつ
母　はは
母さん　かあさん
母親　ははおや
凹む　へこむ

六　画

西　にし
西日　にしび
西方　さいほう
西瓜　すいか
西風　にしかぜ
西側　にしがわ
死ぬ　しぬ
死に目　しにめ
死に物狂い　しにものぐるい
死骸　しがい
而も　しかも
耳　みみ
耳障り　みみざわり
耳慣れる　みみなれる
耳輪　みみわ

再び　ふたたび
再来月　さらいげつ
再来年　さらいねん
再来週　さらいしゅう
百合　ゆり
百足　むかで
両手　りょうて
両側　りょうがわ
両替　りょうがえ
両棲　りょうせい
両端　りょうはし
至る　いたる
至れり尽くせり　いたれりつくせり
　せり
灰　はい
灰皿　はいざら
灰色　はいいろ
灰燼　かいじん
寺　てら
寺銭　てらせん
老ける　ふける
老い　おい
老いる　おいる

老麵　ラーメン
考え・かんがえ
考える　かんがえる
考え方　かんがえかた
考え出す　かんがえだす
考え付く　かんがえつく
考え込む　かんがえこむ
考え直す　かんがえなおす
考え事　かんがえごと
考え物　かんがえもの
考え違い　かんがえちがい
共　とも、ども
共に　ともに
共共　ともども
共食い　ともぐい
共倒れ　ともだおれ
共稼ぎ　ともかせぎ
有りったけ　ありったけ
有る　ある
有らん限り　あらんかぎり
有りの儘　ありのまま
有り合わせ　ありあわせ
有り余る　ありあまる

有り触れる　ありふれる
有る限り　あるかぎり
有耶無耶　うやむや
有り様　ありさま
有り難い　ありがたい
有り難う　ありがとう
在る　ある
在り方　ありかた
在り処　ありか
芋　いも
芝　しば
芝生　しばふ
芝居　しばい
芒　すすき
地元　じもと
地引き網　じびきあみ
地主　じぬし
地団太　じだんだ
地団駄　じだんだ
地均し　じならし
地道　じみち
地響き　じひびき
扨　さて

朴　ほお
成す　なす
成る　なる
成り下がる　なりさがる
成り上がり　なりあがり
成り立ち　なりたち
成り立つ　なりたつ
成り行き　なりゆき
成金　なりきん
成就　じょうじゅ
成る程　なるほど
存じ　ぞんじ
存知　ぞんじ
戎克　ジャンク
其の　その
其れ　それ
其の上　そのうえ
其の日暮し　そのひぐらし
其の内　そのうち
其の外　そのほか
其の代り　そのかわり
其の他　そのた
其の辺　そのへん

其の実　そのじつ
其の物　そのもの
其の後　そのご
其の道　そのみち
其の場　そのば
其の癖　そのくせ
其の儘　そのまま
其れ丈　それだけ
其方ら　そちら
迂回　うかい
肉饅頭　にくまんじゅう
同じ　おなじ
同士討ち　どうしうち
同棲　どうせい
同勢　どうぜい
団栗　どんぐり
団扇　うちわ
団欒　だんらん
回す　まわす
回らす　めぐらす
回り　まわり
回る　まわる、めぐる
回し者　まわしもの

回り道　まわりみち
因に　ちなみに
因む　ちなむ
因る　よる
因縁　いんねん
曲がる　まがる
曲げる　まげる
曲がり角　まがりかど
曲者　くせもの
早　はや
早い　はやい
早口　はやくち
早引き　はやびき
早引け　はやびけ
早死に　はやじに
早足　はやあし
早起き　はやおき
早速　さっそく
早寝　はやね
吊るす　つるす
吊る　つる
吊り糸　つりいと
吊り革　つりかわ

吊り輪　つりわ
吊り橋　つりばし
吊り環　つりわ
吊り鐘　つりがね
吊り鐘草　つりがねそう
吃り　どもり
吃る　どもる
吃驚　びっくり
吸う　すう
吸い上げる　すいあげる
吸い付く　すいつく
吸い付ける　すいつける
吸い込む　すいこむ
吸い取る　すいとる
吸い口　すいくち
吸い取り紙　すいとりがみ
吸い殻　すいがら
吐かす　ぬかす
吐く　はく、つく
吐き出す　はきだす
吐き気　はきけ
吐息　といき
帆　ほ

帆立て貝　ほたてがい
光　ひかり
光らす　ひからす
光る　ひかる
当たり　あたり
当たる　あたる
当て　あて
当てる　あてる
当て先　あてさき
当て名　あてな
当て嵌まる　あてはまる
当て嵌める　あてはめる
当たり前　あたりまえ
当籤　とうせん
劣る　おとる
尖らす　とがらす
尖る　とがる
机　つくえ
屹度　きっと
虫　むし
虫下し　むしくだし
虫食い　むしくい
虫歯　むしば

虫眼鏡　むしめがね
此れ　これ
此れから　これから
此の　この
此の上　このうえ
此の方　このかた
此の辺　このへん
此の頃　このごろ
此の間　このあいだ、このかん
此の儘　このまま
此れ丈　これだけ
此れ迄　これまで
此れ程　これほど
此方　こちら、こっち、こなた
此処　ここ
此位　これぐらい
此処ら　ここら
辿る　たどる
辿り着く　たどりつく
辿辿しい　たどたどしい
衣裳　いしょう
充て　あて
交ざる　まざる

交じる　まじる
交わす　かわす
交ぜる　まぜる
交わる　まじわる
安い　やすい
安っぽい　やすっぽい
安らか　やすらか
安売り　やすうり
安物　やすもの
安値　やすね
空　そら、から
空色　そらいろ
空似　そらに
空豆　そらまめ
空空しい　そらぞらしい
空模様　そらもよう
守り　もり
守る　まもる
守宮　やもり
字引　じびき
羊　ひつじ
羊肉　ようにく
羊歯　しだ

羊羹　ようかん
次いで　ついで
次ぎ　つぎ
次ぐ　つぐ
次に　つぎに
次次　つぎつぎ
汚い　きたない
汚す　よごす
汚らしい　きたならしい
汚れ　よごれ
汚れる　よごれる
汗　あせ
汲む　くむ
池　いけ
米　こめ
忙しい　いそがしい、せわしい
灯　ひ、ともし、び
灯る　ともる
灯し火　ともしび
灯籠　とうろう
舌　した
肌　はだ
肌着　はだぎ

肌触り　はだざわり
肋膜　ろくまく
肋骨　あばらぼね
凪　なぎ
凪ぐ　なぐ
凩　こがらし
会う　あう
会わせる　あわせる
会釈　えしゃく
合う　あう
合わせて　あわせて
合わせる　あわせる
合羽　かっぱ
合図　あいず
合点　がてん
合間　あいま
合憎　あいにく
合歓木　ねむのき
企てる　くわだてる
企む　たくらむ
全く　まったく
伝　つて
伝い　づたい

伝う　つたう
伝える　つたえる
伝わる　つたわる
伝手　つて
伝播　でんぱ
供える　そなえる
仲　なか
仲人　なこうど
仲良し　なかよし
仲見世　なかみせ
仲直り　なかなおり
仲買　なかがい
仲間　なかま
仲間入り　なかまいり
仲間外れ　なかまはずれ
仲間割れ　なかまわれ
休み　やすみ
休む　やすむ
休める　やすめる
任せる　まかせる
伏せる　ふせる
伐る　きる
仮　かり

仮に　かりに
仮にも・かりにも
仮令　たとえ
仮名　かな
仮病　けびょう
仮縫い　かりぬい
仰ぐ　あおぐ
仰せ　おおせ
仰むけ　あおむけ
仰しゃる　おっしゃる
仰仰しい　ぎょうぎょうしい
伜　せがれ
行い　おこない
行う　おこなう
行き　いき、ゆき
行く　いく、ゆく
行き方　ゆきかた
行き止まり　ゆきどまり
行き会う　ゆきあう
行き交う　ゆきかう
行き当りばったり　ゆきあたりばったり
行き来　ゆきき

行き届く　ゆきとどく
行き悩む　ゆきなやむ
行き帰り　いきかえり、ゆきかえり
行き掛け　ゆきがけ
行き掛り　ゆきがかり
行き渡る　いきわたる、ゆきわたる
行き詰る　ゆきづまる
行き違い　いきちがい、ゆきちがい
行く末　ゆくすえ
行く先　ゆくさき
行方　ゆくえ
毎　ごと
毎に　ごとに
毎月　まいつき
毎年　まいとし
毎夜　まいよ
毎朝　まいあさ
刎ねる　はねる
竹　たけ
竹の子　たけのこ

竹輪　ちくわ
多芸　たげい
自ら　みずから
自棄　やけ
自棄糞　やけくそ
自惚れる　うぬぼれる
自ずから　おのずから、みずから
名　な
名ばかり　なばかり
名札　なふだ
名付ける　なづける
名宛て　なあて
名前　なまえ
名乗る　なのる
名高い　なだかい
名残　なごり
先　さき、さっき
先ず　まず
先だって　せんだって
先立つ　さきだつ
先払い　さきばらい
先頃　さきごろ

先程　さきほど
先棒　さきぼう
向い　むかい
向かう　むかう
向き　むき
向く　むく
向け　むけ
向ける　むける
向こう　むこう
向こう側　むこうがわ
向き合う　むきあう
向日葵　ひまわり
舟　ふね
血　ち
血止め　ちどめ
血目　ちまなこ
血迷う　ちまよう
血眼　ちまなこ
血筋　ちすじ
血達磨　ちだるま
血塗れ　ちまみれ
血腥い　ちなまぐさい
年　とし

年がら年中　ねんがらねんじゅう
年の瀬　としのせ
年下　とした
年上　としうえ
年中　ねんじゅう
年月　としつき
年老いる　としおいる
年取る　としとる
年寄　としより
年頃　としごろ
年越し　としこし
年魚　あゆ
朱鷺　とき
各　おのおの
各各　おのおの
色　いろ
色っぽい　いろっぽい
色んな　いろんな
色色　いろいろ
色眼鏡　いろめがね
危ない　あぶない
危なく　あぶなく

多い　おおい
多く　おおく
争い　あらそい
争う　あらそう
臼　うす
后　きさき
缶詰め　かんづめ
気さく　きさく
気まずい　きまずい
気に入り　きにいり
気に入る　きにいる
気の毒　きのどく
気心　きごころ
気付く　きづく
気付け　きつけ、きづけ
気立て　きだて
気早　きばや
気安い　きやすい
気休め　きやすめ
気色　けしき
気抜け　きぬけ
気位　きぐらい
気取る　きどる

気長　きなが
気受け　きうけ
気苦労　きぐろう
気持ち　きもち
気後れ　きおくれ
気怠い　けだるい
気前　きまえ
気兼ね　きがね
気骨　きぼね
気高い　けだかい
気弱　きよわ
気紛れ　きまぐれ
気掛り　きがかり
気移り　きうつり
気強い　きづよい
気晴らし　きばらし
気軽　きがる
気短　きみじか
気詰り　きづまり
気触れる　かぶれる
気違い　きちがい
気遣う　きづかう
気褄　きづま

気質　かたぎ
気障　きざ
気難しい　きむずかしい
気儘　きまま
兆　きざし
旨　むね
旨い　うまい
旨味　うまみ
遷る　うつる
迄　まで
羽　はね、わ
羽目　はめ
羽音　はおと
羽根　はね
羽織　はおり
尽きる　つきる
尽く　ことごとく
尽す　つくす
弛む　たゆむ、たるむ、ゆるむ
如き　ごとき
如何　いかが、いかん、どう
如何なる　いかなる
如何に　いかに

如何にも　いかにも
如雨露　じょうろ
糸　いと
糸口　いとぐち
糸瓜　へちま
巡らす　めぐらす
巡る　めぐる
好　よしみ
好い　いい、よい
好き　すき
好く　すく
好ましい　このましい
好み　このみ
好む　このむ
好んで　このんで
好い加減　いいかげん
好い仲　いいなか
好い気　いいき
好き好き　すきずき
好き好む　すきこのむ
好き勝手　すきかって
好き嫌い　すききらい

七　画

更ける　ふける
更に　さらに
豆　まめ
豆油　まめあぶら
豆炭　まめたん
豆粕　まめかす
否　いな、いなや、いや
否む　いなむ
否否　いやいや
酉　とり
吾が　わが
弄ぶ　もてあそぶ
弄る　いじる
巫山戯る　ふざける
辰　たつ
戻す　もどす
戻る　もどる
形　かた、かたち、なり
形而上学　けいじじょうがく
形見　かたみ

形作る　かたちづくる
形振り　なりふり
攻める　せめる
励ます　はげます
励む　はげむ
技　わざ
抜かす　ぬかす
抜かる　ぬかる
抜きんでる　ぬきんでる
抜く　ぬく
抜ける　ぬける
抜き出す　ぬきだす
抜き取る　ぬきとる
抜き書き　ぬきがき
抜け出す　ぬけだす
抜け目　ぬけめ
抜き打ち　ぬきうち
抜糸　ばっし
抜粋　ばっすい
抜け道　ぬけみち
抜歯　ばっし
抓み　つまみ
抓む　つまむ

抓る　つねる
拋る　ほうる
拋り出す　ほうりだす
折から　おりから
折り　おり
折る　おる
折れる　おれる
折り返す　おりかえす
折折　おりおり
折り紙　おりがみ
抑も　そもそも
抑える　おさえる
扱い　あつかい
扱う　あつかう
投げる　なげる
投げ出す　なげだす
投げ付ける　なげつける
投げ込む　なげこむ
投げ捨てる　なげすてる
投げ棄てる　なげすてる
投網　とあみ
投擲　とうてき
把　わ

抉る　えぐる、こじる
村　むら
杉　すぎ
杓子　しゃくし
杓文字　しゃもじ
杖　つえ
杜絶　とぜつ
杜絶える　とだえる
杜鵑　ほととぎす
坊ちゃん　ぼっちゃん
坊や　ぼうや
坊主　ぼうず
坂　さか
坂道　さかみち
均す　ならす
李　すもも
杏　あんず
志　こころざし
志す　こころざす
声　こえ
走る　はしる
走り回る　はしりまわる
走り高跳　はしりたかとび

走り幅跳　はしりはばとび
赤　あか
赤い　あかい
赤ちゃん　あかちゃん
赤ん坊　あかんぼう
赤字　あかじ
赤赤と　あかあかと
赤味　あかみ
赤蜻蛉　あかとんぼ
売る　うる
売れる　うれる
売り手　うりて
売り切れ　うりきれ
売り切れる　うりきれる
売り出す　うりだす
売り付ける　うりつける
売り払う　うりはらう
売り込む　うりこむ
売り声　うりごえ
売り物　うりもの
売り高　うりだか
売り捌く　うりさばく
売り掛け　うりかけ

売り場　うりば
売り渡す　うりわたす
売り買い　うりかい
売れ行き　うれゆき
売れ残り　うれのこり
売り子　うりこ
売り上げ　うりあげ
却って　かえって
花　はな
花キャベツ　はなキャベツ
花火　はなび
花片　はなびら
花弁　はなびら
花束　はなたば
花見　はなみ
花便り　はなだより
花道　はなみち
花盛り　はなざかり
花崗岩　かこうがん
花椰菜　はなやさい
花嫁　はなよめ
花婿　はなむこ
花輪　はなわ

芳しい　かんばしい
芥子　からし
芥　ごみ
芭蕉　ばしょう
芦　あし
芯　しん
束　たば
束ねる　たばねる
来たす　きたす
来る　きたる、くる
来迎　らいごう
来駕　らいが
車　くるま
車海老　くるまえび
車蝦　くるまえび
麦　むぎ
麦藁　むぎわら
寿司　すし
求める　もとめる
戒める　いましめる
児　こ
困る　こまる
困難　こんなん

図る　はかる
図図しい　ずうずうしい
図柄　ずがら
囲い　かこい
囲う　かこう
囲む　かこむ
見え　みえ
見える　みえる
見せしめ　みせしめ
見せびらかす　みせびらかす
見せる　みせる
見る　みる
見ず知らず　みずしらず
見せ付ける　みせつける
見せ掛け　みせかけ
見せ掛ける　みせかける
見る見る　みるみる
見入る　みいる
見下す　みくだす
見下ろす　みおろす
見上げる　みあげる
見切る　みきる
見比べる　みくらべる

見方　みかた
見分け　みわけ
見分ける　みわける
見世物　みせもの
見付かる　みつかる
見付ける　みつける
見本　みほん
見出し　みだし
見出す　みいだす
見失う　みうしなう
見込み　みこみ
見込む　みこむ
見合い　みあい
見合わす　みあわす
見合わせる　みあわせる
見回す　みまわす
見回り　みまわり
見回る　みまわる
見守る　みまもる
見抜く　みぬく
見取り図　みとりず
見事　みごと
見直す　みなおす

見苦しい　みぐるしい
見放す　みはなす
見物　みもの
見受ける　みうける
見知る　みしる
見所　みどころ
見届ける　みとどける
見送り　みおくり
見送る　みおくる
見栄坊　まえぼう
見限る　みかぎる
見逃す　みのがす
見破る　みやぶる
見殺し　みごろし
見窄らしい　みすぼらしい
見通し　みとおし
見掛け　みかけ
見掛ける　みかける
見捨てる　みすてる
見習い　みならい
見習う　みならう
見張り　みはり
見張る　みはる

見做す　みなす
見頃　みごろ
見惚れる　みほれる
見落し　みおとし
見落す　みおとす
見晴し　みはらし
見晴らす　みはらす
見極める　みきわめる
見渡す　みわたす
見覚え　みおぼえ
見過ごす　みすごす
見越す　みこす
見様　みよう
見損う　みそこなう
見詰める　みつめる
見違える　みちがえる
見慣れる　みなれる
見舞い　みまい
見舞う　みまう
見蕩　みとれる
見積り　みつもり
見積る　みつもる
見離す　みはなす

見縊る　みくびる
貝　かい
貝柱　かいばしら
貝殻　かいがら
貝塚　かいづか
男　おとこ
男男しい　おおしい
旱　ひでり
旱魃　かんばつ
足　あし
足し　たし
足す　たす
足らず　たらず
足りる　たりる
足る　たる
足下　あしもと
足元　あしもと
足並み　あしなみ
足音　あしおと
足許　あしもと
足袋　たび
足場　あしば
足跡　あしあと

足し算　たしざん
足踏み　あしぶみ
呆れる　あきれる
呆気　あっけ
里　さと
里芋　さといも
町　まち
町外れ　まちはずれ
町役場　まちやくば
町角　まちかど
町医者　まちいしゃ
呉れる　くれる
呉れ呉れ　くれぐれ
吹く　ふく
吹き付ける　ふきつける
吹き込む　ふきこむ
吹き飛ばす　ふきとばす
吹雪　ふぶき
吹聴　ふいちょう
吠える　ほえる
吼える　ほえる
別つ　わかつ
別れ　わかれ

別れる　わかれる
助かる　たすかる
助け　たすけ
助ける　たすける
助け船　たすけぶね
串　くし
迚も　とても
言う　いう
言える　いえる
言わば　いわば
言い方　いいかた
言い分　いいぶん
言い付け　いいつけ
言い付かる　いいつかる
言い付ける　いいつける
言い合う　いいあう
言い伝え　いいつたえ
言い伝える　いいつたえる
言い出す　いいだす
言い返す　いいかえす
言い表す　いいあらわす
言い直す　いいなおす
言い残す　いいのこす

言い兼ねる　いいかねる
言い訳　いいわけ
言い張る　いいはる
言い替える　いいかえる
言い落とす　いいおとす
言い渡す　いいわたす
言い様　いいよう
言い置く　いいおく
言い聞かせる　いいきかせる
言い付け　ことづけ
言い付ける　ことづける
言伝　ことづて
言葉　ことば
言葉遣い　ことばづかい
辛い　からい、つらい、づらい
辛うじて　かろうじて
辛党　からとう
忘れっぽい　わすれっぽい
忘れる　わすれる
忘れ物　わすれもの
弟　おとうと
兌換　だかん
労る　いたわる

応える　こたえる
序で　ついで
序でに　ついでに
序の口　じょのくち
庇　ひさし
庇う　かばう
床　とこ、ゆか
床の間　とこのま
床屋　とこや
究める　きわめる
牢屋　ろうや
良い　いい、よい
冷える　ひえる
冷やかす　ひやかす
冷たい　つめたい
冷ます　さます
冷める　さめる
冷やす　ひやす
冷え込む　ひえこむ
冶金　やきん
冴える　さえる
沢庵　たくあん
沙蚕　ごかい

沖　おき
沈む　しずむ
沈める　しずめる
沈丁花　ちんちょうげ
決まる　きまる
決める　きめる
決まり　きまり
沃素　ようそ
沁沁　しみじみ
社　やしろ
祀る　まつる
初　はつ
初め　はじめ
初めて　はじめて
初日の出　はつひので
初初しい　ういういしい
初耳　はつみみ
快い　こころよい
秀でる　ひいでる
禿　はげ
禿げる　はげる
禿頭　はげあたま
禿鷹　はげわし

呑む　のむ
呑み込み　のみこみ
呑み込む　のみこむ
呑気　のんき
兎　うさぎ
兵　つわもの
含み　ふくみ
含む　ふくむ
含める　ふくめる
余す　あます
余り　あまり
余る　あまる
余所　よそ
余程　よほど
余儀ない　よぎない
谷　たに
谷川　たにがわ
谷底　たにそこ
谷間　たにま
肝　きも
肝っ玉　きもったま
肝心　かんじん
肝煎　きもいり

肝腎　かんじん
肘　ひじ
体　からだ
体たらく　ていたらく
体よく　ていよく
体付き　からだつき
体裁　ていさい
何　なに、なん
何か　なにか、なんか
何しろ　なにしろ
何だか　なんだか
何で　なんで
何でも　なんでも
何と　なんと
何とか　なんとか
何となく　なんとなく
何となれば　なんとなれば
何とも　なんとも
何なら　なんなら
何なりと　なんなりと
何にも　なんにも
何の　どの
何も　なにも

何やら　なにやら
何より　なにより
何れ　いずれ
何か月　なんかげつ
何とは無しに　なんとはなしに
何も彼も　なにもかも
何人　なんにん、なにびと
何方　どなた
何日　なんにち
何月　なんがつ
何分　なにぶん
何処　どこ
何処か　どこか
何処と無く　どことなく
何年　なんねん
何気無い　なにげない
何位　どのくらい
何卒　なにとぞ
何者　なにもの
何物　なにもの
何事　なにごと
何彼と　なにかと
何故　なぜ、なにゆえ

何故か　なぜか
何故ならば　なぜならば
何度　なんど
何時　いつ、なんじ
何時か　いつか
何時しか　いつしか
何時でも　いつでも
何時までも　いつまでも
何時も　いつも
何等　なんら
何程　なにほど
伸ばす　のばす
伸び　のび
伸びる　のびる
伸べる　のべる
伸び上がる　のびあがる
伸び伸び　のびのび
伸び縮み　のびちぢみ
位　くらい、ぐらい
住みよい　すみよい
住む　すむ
住み込む　すみこむ
住み着く　すみつく

住み難い　すみにくい
住み処　すみか
住居　すまい
住家　すみか
伴　とも
伴う　ともなう
伴侶　はんりょ
佇む　たたずむ
伯父　おじ
伯父さん　おじさん
伯母　おば
作り　つくり
作る　つくる
作り上げる　つくりあげる
作り声　つくりごえ
作り物　つくりもの
作り替える　つくりかえる
作り話　つくりばなし
作柄　さくがら
低い　ひくい
伺う　うかがう
但し　ただし
但し書　ただしがき

似せる　にせる
似る　にる
似合う　にあう
役目　やくめ
役立つ　やくだつ
役割　やくわり
役場　やくば
我　われ
我が　わが
我がちに　われがちに
我ながら　われながら
我が家　わがや
我が儘　わがまま
我先に　われさきに
我我　われわれ
我知らず　われしらず
私　わたし、わたくし
私する　わたくしする
私事　わたくしごと
牡　お
牡丹　ぼたん
牡蠣　かき
告げる　つげる

利く　きく
利き目　ききめ
角　かど、すみ、つの
角砂糖　かくざとう
角張る　かくばる
乱す　みだす
乱れる　みだれる
身　み
身の丈　みのたけ
身の上　みのうえ
身の回り　みのまわり
身の程　みのほど
身上　しんしょう
身元　みもと
身内　みうち
身分　みぶん
身支度　みじたく
身代り　みがわり
身形　みなり
身近　みぢか
身体　からだ
身振り　みぶり
身動き　みうごき

身軽　みがる
身震い　みぶるい
卵　たまご
希　まれ
狂う　くるう
近い　ちかい
近く　ちかく
近目　ちかめ
近付き　ちかづき
近付く　ちかづく
近付ける　ちかづける
近近　ちかぢか
近頃　ちかごろ
近寄る　ちかよる
近道　ちかみち
迎え　むかえ
迎える　むかえる
返す　かえす
返る　かえる
返す返す　かえすがえす
忍ぶ　しのぶ
屁　へ
屁理屈　へりくつ

君　きみ
尾　お
忌む　いむ
忌忌しい　いまいましい
改めて　あらためて
改まる　あらたまる
改める　あらためる
即ち　すなわち
即刻　そっこく
防ぐ　ふせぐ
災　わざわい
災害　さいがい
妙　みょう
妨げる　さまたげる
努めて　つとめて
努める　つとめる
糺す　ただす

八画

雨　あめ
雨上がり　あめあがり
雨戸　あまど

雨合羽　あまがっぱ
雨具　あまぐ
雨垂れ　あまだれ
雨宿り　あまやどり
雨模様　あまもよう、あめもよう
雨傘　あまがさ
画鋲　がびょう
房　ふさ
肩　かた
肩身　かたみ
肩書き　かたがき
肩掛け　かたかけ
盂蘭盆　うらぼん
長い　ながい
長ける　たける
長さ　ながさ
長らく　ながらく
長引く　ながびく
長生き　ながいき
長年　ながねん
長居　ながい
長長　ながなが

長屋　ながや
長持ち　ながもち
長椅子　ながいす
長閑　のどか
長靴　ながぐつ
殴り付ける　なぐりつける
殴る　なぐる
玩具　おもちゃ
歿後　ぼつご
取っとき　とっとき
取る　とる
取れる　とれる
取って置き　とっておき
取っ手　とって
取っ付き　とっつき
取りも直さず　とりもなおさず
取り入る　とりいる
取り入れ　とりいれ
取り入れる　とりいれる
取り上げる　とりあげる
取り止める　とりやめる
取り出す　とりだす
取立て　とりたて

取り立てる　とりたてる
取り付ける　とりつける
取り外す　とりはずす
取り次ぎ　とりつぎ
取り次ぐ　とりつぐ
取り交わす　とりかわす
取り合う　とりあう
取り合わせ　とりあわせ
取り合わせる　とりあわせる
取り交ぜる　とりまぜる
取り戻す　とりもどす
取り扱い　とりあつかい
取り扱う　とりあつかう
取り囲む　とりかこむ
取り決める　とりきめる
取り返す　とりかえす
取り取り　とりどり
取り持つ　とりもつ
取り急ぎ　とりいそぎ
取り計らう　とりはからう
取り巻く　とりまく
取り消し　とりけし
取り消す　とりけす

取り除く　とりのぞく
取り除ける　とりのける
取り留める　とりとめる
取り掛かる　とりかかる
取り寄せる　とりよせる
取り混ぜる　とりまぜる
取り組む　とりくむ
取り敢えず　とりあえず
取り極める　とりきめる
取り越す　とりこす
取り替え　とりかえ
取り替える　とりかえる
取り換え　とりかえ
取り換える　とりかえる
取り集める　とりあつめる
取り調べる　とりしらべる
取り締まる　とりしまる
取り縋る　とりすがる
取り壊す　とりこわす
取り分け　とりわけ
取り引き　とりひき
取り返し　とりかえし
取り柄　とりえ

取り組み　とりくみ
取り締まり　とりしまり
取り調べ　とりしらべ
幸　さち
幸い　さいわい
幸せ　しあわせ
者　もの
其処　そこ
其処で　そこで
其処ら　そこら
其処此処　そこここ
其奴　そいつ
直ぐ　すぐ
直す　なおす
直ちに　ただちに
直に　じかに
苦しい　くるしい
苦しみ　くるしみ
苦しむ　くるしむ
苦しめる　くるしめる
苦手　にがて
苦汁　にがり
苦味　にがみ

苦塩　にがり
若い　わかい
若し　もし
若しか　もしか
若しくは　もしくは
若しも　もしも
若しや　もしや
若人　わこうど
若布　わかめ
若死に　わかじに
若返る　わかがえる
若芽　わかめ
若者　わかもの
若葉　わかば
若僧　わかぞう
茂み　しげみ
茂る　しげる
芽　め
芽生え　めばえ
茉莉　まつり
苗　なえ
苗木　なえぎ
苗代　なわしろ

苗床　なえどこ
茄子　なす
茎　くき
苺　いちご
苟も　いやしくも
苔　こけ
苫　とま
苛める　いじめる
苛立つ　いらだつ
苛苛　いらいら
昔　むかし
昔話　むかしばなし
拒む　こばむ
拝む　おがむ
抽籤　ちゅうせん
担う　になう
担ぐ　かつぐ
押さえる　おさえる
押す　おす
押さえ付ける　おさえつける
押し入れ　おしいれ
押し切り　おしきり
押し切る　おしきる

押し付ける　おしつける
押し込む　おしこむ
押し込める　おしこめる
押し合う　おしあう
押し売り　おしうり
押し寄せる　おしよせる
押し釦　おしボタン
押収　おうしゅう
拉致　らち
拠る　よる
拠り所　よりどころ
拠ん所無い　よんどころない
拘る　こだわる
拘わらず　かかわらず
拘わる　かかわる
招き　まねき
招く　まねく
抱える　かかえる
抱く　いだく、だく
抱き上げる　だきあげる
抱き込む　だきこむ
抱き合う　だきあう
抱き合わせ　だきあわせ

抱き着く　だきつく
抱き締める　だきしめる
拗れる　こじれる
林　はやし
林檎　りんご
枝　えだ
杯　さかずき
杭　くい
枕　まくら
枕木　まくらぎ
板　いた
松　まつ
松明　たいまつ
松茸　まつたけ
松脂　まつやに
杵　きね
杵柄　きねづか
枠　わく
枇杷　びわ
坪　つぼ
坩堝　るつぼ
青　あお
青い　あおい

青二才　あおにさい
青白い　あおじろい
青青と　あおあおと
青味　あおみ
青空　あおぞら
青物　あおもの
表　おもて
表す　あらわす
表立つ　おもてだつ
表向き　おもてむき
表通り　おもてどおり
毒虫　どくむし
毒蛇　どくへび
妻　つま
妻子　さいし、つまこ
事　こと
事の序で　ことのついで
事毎に　ことごとに
事柄　ことがら
東　ひがし
東西　とうざい
刺　とげ
刺さる　ささる

刺す　さす
刺身　さしみ
刺し殺す　さしころす
刺繡　ししゅう
軋む　きしむ
奈落　ならく
刳り貫く　くりぬく
或いは　あるいは
或る　ある
述べる　のべる
岡　おか
国　くに
固い　かたい
固まり　かたまり
固まる　かたまる
固める　かためる
固より　もとより
門口　かどぐち
門前払い　もんぜんばらい
具合　ぐあい
昇り　のぼり
昇る　のぼる
昆布　こぶ、こんぶ

易い　やすい
易しい　やさしい
果して　はたして
果たす　はたす
果て　はて
果てし　はてし
果物　くだもの
果敢ない　はかない
明かす　あかす
明き　あき
明く　あく
明くる　あくる
明ける　あける
明らか　あきらか
明かり　あかり
明るい　あかるい
明るみ　あかるみ
明け方　あけがた
明けっ放し　あけっぱなし
明日　あした、あす
明明と　あかあかと
明明後日　しあさって
明後日　あさって

明朝　みょうあさ
明晰　めいせき
明媚　めいび
明瞭　めいりょう
呼ぶ　よぶ
呼び子　よびこ
呼び名　よびな
呼び声　よびごえ
呼び物　よびもの
呼び掛け　よびかけ
呼び掛ける　よびかける
呼び寄せる　よびよせる
呼び鈴　よびりん
呼び止める　よびとめる
呼び出し　よびだし
呼び出す　よびだす
呼び付ける　よびつける
呼び戻す　よびもどす
呼び捨て　よびすて
味　あじ
味わい　あじわい
味わう　あじわう
味方　みかた

味噌　みそ
味噌汁　みそしる
呻く　うめく
咄嗟　とっさ
呟く　つぶやく
呪い　のろい、まじない
呪う　のろう
歩　ふ
歩く　あるく
歩み　あゆみ
歩む　あゆむ
歩合　ぶあい
岩　いわ
岸　きし
岬　みさき
尚　なお
尚更　なおさら
毟る　むしる
卓袱台　ちゃぶだい
虎　とら
虎の子　とらのこ
虎の巻　とらのまき
叔父　おじ

叔父さん　おじさん
叔母　おば
些か　いささか
些細　ささい
夜　よ、よる
夜中　よなか
夜更かし　よふかし
夜更け　よふけ
夜汽車　よぎしゃ
夜毎　よごと
夜明け　よあけ
夜明かし　よあかし
夜店　よみせ
夜空　よぞら
夜通し　よどおし
夜道　よみち
育ち　そだち
育つ　そだつ
育てる　そだてる
盲　めくら
妾　しょう、めかけ
底　そこ
底力　そこぢから

底抜け　そこぬけ
底冷え　そこびえ
底値　そこね
底意　そこい
底意地　そこいじ
底翳　そこひ
店　みせ
店仕舞い　みせじまい
店先　みせさき
店番　みせばん
店開き　みせびらき
突く　つく
突き止める　つきとめる
突き出す　つきだす
突き出る　つきでる
突き付ける　つきつける
突き当たり　つきあたり
突き当たる　つきあたる
突き返す　つきかえす
突き刺す　つきさす
突き飛ばす　つきとばす
突き破る　つきやぶる
突き通す　つきとおす

突き落す　つきおとす
突き詰める　つきつめる
突っ切る　つっきる
突っ立つ　つったつ
突っ込む　つっこむ
突っ返す　つっかえす
突っ掛かる　つっかかる
突っ掛ける　つっかける
突っ張る　つっぱる
突っ慳貪　つっけんどん
宗　むね
空　から、そら
空かす　すかす
空き　あき、すき
空く　あく、すく
空ける　あける
空しい　むなしい
空っぽ　からっぽ
空手　からて
空地　あきち
空回り　からまわり
空威張り　からいばり
空家　あきや

空梅雨　からつゆ
実　さね、み
実り　みいり、みのり
実る　みのる
定まる　さだまる
定めし　さだめし
定める　さだめる
宙返り　ちゅうがえり
宛　あて、ずつ
宛て先　あてさき
宛て名　あてな
宜しい　よろしい
宜しく　よろしく
宝　たから
刻む　きざむ
並　なみ
並び　ならび
並びに　ならびに
並ぶ　ならぶ
並べる　ならべる
並大抵　なみたいてい
並木　なみき
並外れる　なみはずれる

並並　なみなみ
学ぶ　まなぶ
河　かわ
河岸　かし
河原　かわら
河豚　ふぐ
河童　かっぱ
法螺　ほら
油　あぶら
油っ濃い　あぶらっこい
油虫　あぶらむし
油菜　あぶらな
油絵　あぶらえ
油揚げ　あぶらあげ
況して　まして
況や　いわんや
注ぐ　そそぐ、つぐ
注す　さす
注ぎ込む　つぎこむ
泣き　なき
泣く　なく
泣き出す　なきだす
泣き叫ぶ　なきさけぶ

泣き付く　なきつく
泣き声　なきごえ
泣き言　なきごと
泣き顔　なきがお
泳ぐ　およぐ
波　なみ
波止場　はとば
波打つ　なみうつ
波立つ　なみだつ
波風　なみかぜ
波路　なみじ
波頭　なみがしら
泊まり　とまり
泊まる　とまる
泊める　とめる
泊まり込む　とまりこむ
泡　あわ
沿い　ぞい
沿う　そう
沼　ぬま
泥　どろ
泥坊　どろぼう
泥塗れ　どろまみれ

泥棒　どろぼう
泥濘　ぬかるみ
泥鰌　どじょう
沸かす　わかす
沸く　わく
沸き立つ　わきたつ
治す　なおす
治まる　おさまる
治める　おさめる
治る　なおる
放す　はなす
放つ　はなつ
放る　ほうる
放り出す　ほうりだす
放埓　ほうらつ
効く　きく
効き目　ききめ
於ける　おける
於て　おいて
祈り　いのり
祈る　いのる
炎　ほのお
炬火　たいまつ

炊く　たく
炒める　いためる
炒る　いる
怯む　ひるむ
怖い　こわい
怖がる　こわがる
怖じける　おじける
怖じ気　おじけ
怖怖　こわごわ
性懲り　しょうこり
怪しい　あやしい
怪しからん　けしからん
怪しむ　あやしむ
怪我　けが
垂らす　たらす
垂れ　たれ
垂れる　たれる
委ねる　ゆだねる
忝ない　かたじけない
兎角　とかく
兎に角　とにかく
兎も角　ともかく
兎や角　とやかく

周り　まわり
股　また、もも
股がる　またがる
肥　こえ
肥える　こえる
肥やし　こやし
肥やす　こやす
命　いのち
命懸け　いのちがけ
金　かね
金目　かねめ
金色　こんじき
金具　かなぐ
金物　かなもの
金持ち　かねもち
金棒　かなぼう
金歯　きんば
金貸し　かねかし
金槌　かなづち
金遣い　かねづかい
金詰り　かねづまり
金網　かなあみ
金蔓　かねづる

金儲け　かねもうけ
念入り　ねんいり
供　とも
使い　つかい
使いで　つかいで
使う　つかう
使える　つかえる
使い手　つかいて
使い分ける　つかいわける
使い込む　つかいこむ
使い先　つかいさき
使い走り　つかいはしり
使い物　つかいもの
使い捨て　つかいすて
使い道　つかいみち
使い慣れる　つかいなれる
侍　さむらい
価　あたい
例えば　たとえば
例し　ためし
併し　しかし
併し乍ら　しかしながら
侘しい　わびしい

依る　よる
依怙贔屓　えこひいき
依頼　いらい
侮る　あなどる
凭れる　もたれる
凭せ掛ける　もたせかける
往く　ゆく
往生　おうじょう
彼　かれ
彼の　あの
彼れ　あれ
彼女　かのじょ
彼方　あちら、あっち、あのかた、かなた
彼奴　あいつ
彼処　あそこ
彼此　かれこれ
彼是　あれこれ
彼等　かれら
受かる　うかる
受け　うけ
受ける　うける
受け入れる　うけいれる

受け止める　うけとめる
受け付ける　うけつける
受け合う　うけあう
受け取る　うけとる
受け持ち　うけもち
受け持つ　うけもつ
受け継ぐ　うけつぐ
受付　うけつけ
受け身　うけみ
受取　うけとり
知らず知らず　しらずしらず
知らせ　しらせ
知らせる　しらせる
知る　しる
知れる　しれる
知らん振り　しらんぷり
知らん顔　しらんかお
知り合い　しりあい
知り合う　しりあう
知れ渡る　しれわたる
知力　ちりょく
物　もの
物の　ものの

物入り　ものいり
物心　ものごころ
物好き　ものずき
物忘れ　ものわすれ
物足りない　ものたりない
物別れ　ものわかれ
物知り　ものしり
物事　ものごと
物思い　ものおもい
物音　ものおと
物要り　ものいり
物差し　ものさし
物指し　ものさし
物凄い　ものすごい
物覚え　ものおぼえ
物置　ものおき
物語　ものがたり
物語る　ものがたる
物陰　ものかげ
物影　ものかげ
所　とこ、ところ、どころ
所が　ところが
所で　ところで

所所　ところどころ
所為　せい
所書き　ところがき
所得顔　ところえがお
所番地　ところばんち
所詮　しょせん
所謂　いわゆる
乳　ちち
乳母　うば
乳房　ちぶさ
乳首　ちくび、ちちくび
乳臭い　ちちくさい
乳離れ　ちばなれ
牧　まき
牧場　まきば
的　まと
和む　なごむ
和やか　なごやか
和らぐ　やわらぐ
和尚　おしょう
和洋　わよう
忽せ　ゆるがせ
忽ち　たちまち

斧　おの
釆　さい
咎める　とがめる
炙る　あぶる
延ばす　のばす
延び　のび
延びる　のびる
延べ　のべ
延び延び　のびのび
延べる　のべる
迫る　せまる
狙い　ねらい
狙う　ねらう
肴　さかな
刹那　せつな
居ながらに　いながらに
居る　いる、おる
居合わせる　いあわせる
居残る　いのこる
居眠り　いねむり
居酒屋　いざかや
居間　いま
届く　とどく

届け　とどけ
届ける　とどける
届け出る　とどけでる
届け先　とどけさき
屈む　かがむ
帚　ほうき
刷る　する
刷り物　すりもの
刷毛　はけ
姉　あね
姉さん　ねえさん
姉妹　しまい
妹　いもうと
姐さん　ねえさん
始まり　はじまり
始まる　はじまる
始め　はじめ
始めて　はじめて
始める　はじめる
始終　しじゅう
姑　しゅうと、しゅうとめ
妬む　ねたむ
承る　うけたまわる

参る　まいる
虱　しらみ
阿呆　あほう
阿房　あほう
附ける　つける
附する　ふする
阻む　はばむ
弦　つる

九画

要　かなめ
要る　いる
面　つら
面の皮　つらのかわ
面白い　おもしろい
面当て　つらあて
面倒臭い　めんどうくさい
面皰　にきび
面影　おもかげ
歪　いびつ
歪み　ひずみ
歪む　ひずむ、ゆがむ

盃　はい
厚い　あつい
厚さ　あつさ
厚み　あつみ
厚手　あつで
厚着　あつぎ
型　かた、がた
型紙　かたがみ
珊瑚　さんご
珍しい　めずらしい
臥せる　ふせる
馬　うま
研く　みがく
研ぐ　とぐ
砕く　くだく
砕ける　くだける
砂　すな
砂浜　すなはま
耐える　たえる
殆ど　ほとんど
持ち　もち
持つ　もつ
持てる　もてる

持ち上がる　もちあがる
持ち上げる　もちあげる
持ち出す　もちだす
持ち込む　もちこむ
持ち回り　もちまわり
持ち合わせ　もちあわせ
持ち合わせる　もちあわせる
持ち直す　もちなおす
持ち帰る　もちかえる
持ち運ぶ　もちはこぶ
持って来い　もってこい
持て成す　もてなす
持て余す　もてあます
持ち主　もちぬし
持ち物　もちもの
拵える　こしらえる
挟まる　はさまる
挟む　はさむ
挟み撃ち　はさみうち
括る　くくる
拭う　ぬぐう
拭く　ふく
指　ゆび

指す　さす
指先　ゆびさき
指図　さしず
指差す　ゆびさす
指輪　ゆびわ
按配　あんばい
拾う　ひろう
挑む　いどむ
柄　え、がら、つか
柘榴　ざくろ
柵　さく
柿　かき
柚子　ゆず
柏　かしわ
柳　やなぎ
柱　はしら
柱時計　はしらどけい
枯　からす・こ・か（らす）
枯れる　かれる
枯れ葉　かれは
枯れ木　かれき
枯れ草　かれくさ
相手　あいて

相次ぐ　あいつぐ
相応しい　ふさわしい
相変わらず　あいかわらず
相容れない　あいいれない
相棒　あいぼう
相場　そうば
相撲　すもう
垣　かき
垣根　かきね
城　しろ
垢　あか
皆　みな
皆さん　みなさん
皆様　みなさま
南　みなみ
南瓜　かぼちゃ
故　もと、ゆえ
故に　ゆえに
故郷　ふるさと
胡弓　こきゅう
胡瓜　きゅうり
胡桃　くるみ
胡座　あぐら

胡麻　ごま
胡椒　こしょう
封切り　ふうきり
勃発　ぼっぱつ
赴く　おもむく
茹だる　うだる
茹でる　ゆでる
茹で卵　ゆでたまご
茸　きのこ
茨　いばら
荊　いばら
草　くさ
草木　くさき
草花　くさばな
草取り　くさとり
草原　くさはら
草臥れる　くたびれる
草鞋　わらじ
草履　ぞうり
荒い　あらい
荒らす　あらす
荒れ　あれ
荒れる　あれる

荒屋　あばらや
荒家　あばらや
荒浪　あらなみ
茘枝　れいし
茶の間　ちゃのま
茶目　ちゃめ
茶色　ちゃいろ
茶筒　ちゃづつ
巷　ちまた
革　かわ
甚だ　はなはだ
甚だしい　はなはだしい
威かす　おどかす
威す　おどす
威張る　いばる
威厳　いげん
契る　ちぎる
春　はる
春めく　はるめく
春雨　はるさめ
春風　はるかぜ
専ら　もっぱら
奏でる　かなでる

閂　かんぬき
思い　おもい
思いがけない　おもいがけない
思う　おもう
思わず　おもわず
思いの外　おもいのほか
思い切って　おもいきって
思い切り　おもいきり
思い切る　おもいきる
思い出　おもいで
思い出す　おもいだす
思い立つ　おもいたつ
思い付く　おもいつく
思い付き　おもいつき
思い込む　おもいこむ
思い違い　おもいちがい
思い遣り　おもいやり
思い残す　おもいのこす
思う存分　おもうぞんぶん
思惑　おもわく
畏まる　かしこまる
星　ほし
是が非でも　ぜがひでも

冒す　おかす
胃袋　いぶくろ
胃潰瘍　いかいよう
胃癌　いがん
冑　かぶと
映える　はえる
映す　うつす
映る　うつる
昨夕　ゆうべ
昨日　きのう
昨夜　ゆうべ
咳　せき
咽ぶ　むせぶ
咲く　さく
品　しな
品切れ　しなぎれ
品物　しなもの
虹　にじ
虻　あぶ
削ぐ　そぐ
削る　けずる
炭　すみ
炭火　すみび

炭団　たどん
峠　とうげ
背　せ、せい
背く　そむく
背ける　そむける
背丈　せたけ
背中　せなか
背広　せびろ
背負う　しょう、せおう
背骨　せぼね
背筋　せすじ
虐げる　しいたげる
点く　つく
点ける　つける
点す　ともす
点てる　たてる
点る　ともる
点取り虫　てんとりむし
省く　はぶく
幽か　かすか
変える　かえる
変わり　かわり
変わる　かわる

変わり者　かわりもの
変わり種　かわりだね
変梃　へんてこ
音　おと、ね
音沙汰　おとさた
哀れみ　あわれみ
哀れむ　あわれむ
度　たび
度い　たい
度合い　どあい
度肝　どぎも
度度　たびたび
度重なる　たびかさなる
度胆　どぎも
疣　いぼ
客足　きゃくあし
客間　きゃくま
哀れ　あわれ
穿く　はく
穿鑿　せんさく
宥める　なだめる
宮　みや
美しい　うつくしい

美味しい　おいしい
首　くび、こうべ
首切り　くびきり
首斬り　くびきり
首飾り　くびかざり
前　まえ
前以て　まえもって
前払い　まえばらい
前向き　まえむき
前売り　まえうり
前足　まえあし
前金　まえきん
前祝い　まえいわい
前借り　まえがり
前掛け　まえかけ
前書き　まえがき
前歯　まえば
前貸し　まえがし
前置き　まえおき
前触れ　まえぶれ
栄える　さかえる
剃る　そる
剃刀　かみそり

計らう　はからう
計る　はかる
計り知れない　はかりしれない
洒落　しゃれ
洒落る　しゃれる
洪水　こうずい
浅い　あさい
浅ましい　あさましい
浅瀬　あさせ
洞　ほら
洞穴　ほらあな
洞窟　どうくつ
洋間　ようま
洋傘　ようがさ
派手　はで
派手やか　はでやか
活かす　いかす
活きる　いきる
海　うみ
海女　あま
海月　くらげ
海辺　うみべ
海老　えび

海苔　のり
海苔巻き　のりまき
海星　ひとで
海胆　うに
海豹　あざらし
海鼠　なまこ
海鳴り　うみなり
洲　しゅう、す
洗う　あらう
津　つ
津波　つなみ
姿　すがた
姿見　すがたみ
染まる　そまる
染み　しみ
染みる　しみる、じみる
染める　そめる
染み込む　しみこむ
染め物　そめもの
祖母さん　ばあさん
神　かみ
神主　かんぬし
神神しい　こうごうしい

神棚　かみだな
神様　かみさま
神頼み　かみだのみ
神輿　みこし
祝い　いわい
祝う　いわう
袂　たもと
衿　えり
施す　ほどこす
為　ため
為さる　なさる
為す　なす
為る　する、なる
為し遂げる　なしとげる
為替　かわせ
為遂げる　しとげる
為損う　しそこなう
巻　まき
巻く　まく
巻き上げる　まきあげる
巻き付く　まきつく
巻き付ける　まきつける
巻き込む　まきこむ

巻き尺　まきじゃく
送る　おくる
送り出す　おくりだす
送り仮名　おくりがな
送り返す　おくりかえす
送り届ける　おくりとどける
逆さ　さかさ
逆らう　さからう
逆上せる　のぼせる
逆戻り　ぎゃくもどり
逆様　さかさま
迷う　まよう
迷わす　まよわす
迷子　まいご
畑　はたけ
叛乱　はんらん
籾　もみ
軍　いくさ
冠　かんむり
恨み　うらみ
恨む　うらむ
恨めしい　うらめしい
悔いる　くいる

悔い　くい
悔しい　くやしい
悔やむ　くやむ
恍ける　とぼける
恍惚　こうこつ
恰も　あたかも
恰好　かっこう
重　え
重い　おもい
重さ　おもさ
重たい　おもたい
重なる　かさなる
重ねて　かさねて
重ねる　かさねる
重み　おもみ
重り　おもり
重んじる　おもんじる
重ね重ね　かさねがさね
重苦しい　おもくるしい
重重しい　おもおもしい
香り　かおり
香る　かおる
香具師　やし

乗せる　のせる
乗る　のる
乗っ取る　のっとる
乗り上げる　のりあげる
乗り切る　のりきる
乗り出す　のりだす
乗り込む　のりこむ
乗り気　のりき
乗り降り　のりおり
乗り換える　のりかえる
乗り越える　のりこえる
乗り越す　のりこす
乗り遅れる　のりおくれる
乗り心地　のりごこち
乗り合い　のりあい
乗り物　のりもの
乗組員　のりくみいん
乗り換え　のりかえ
乗り場　のりば
扁桃腺　へんとうせん
胆　きも
胆嚢　たんのう
風　かぜ

風呂　ふろ
風呂敷　ふろしき
風当り　かぜあたり
風向き　かざむき、かぜむき
風采　ふうさい
風邪　かぜ
風邪薬　かぜぐすり
風変わり　ふうがわり
風通し　かぜとおし
風情　ふぜい
食いしばる　くいしばる
食う　くう
食えない　くえない
食える　くえる
食わす　くわす
食わせる　くわせる
食べる　たべる
食いしん坊　くいしんぼう
食い切る　くいきる
食い止める　くいとめる
食い付く　くいつく
食い物　くいもの
食い道楽　くいどうらく

食い意地　くいいじ
食い違う　くいちがう
食べ物　たべもの
食べ頃　たべごろ
食べ盛り　たべざかり
食べ過ぎ　たべすぎ
食み出す　はみだす
食膳　しょくぜん
係　かかり
係わる　かかわる
侵す　おかす
修行　しゅぎょう
修める　おさめる
信仰　しんこう
便り　たより
侯爵　こうしゃく
促す　うながす
俄か　にわか
俄か雨　にわかあめ
保つ　たもつ
後　あと、のち
後れる　おくれる
後ろ　うしろ

後の祭り　あとのまつり
後ろ向き　うしろむき
後ろ盾　うしろだて
後ろ影　うしろかげ
後片付け　あとかたづけ
後回し　あとまわし
後先　あとさき
後戻り　あともどり
後始末　あとしまつ
後後　のちのち
後程　のちほど
待つ　まつ
待ち合わせる　まちあわせる
待ち侘びる　まちわびる
待ち兼ねる　まちかねる
待ち望む　まちのぞむ
待ち遠しい　まちどおしい
待合室　まちあいしつ
急かす　せかす
急かせる　せかせる
急く　せく
急ぐ　いそぐ
急き立てる　せきたてる

急き込む　せきこむ
急拵え　きゅうごしらえ
急場　きゅうば
竿　さお
科白　せりふ
秒読み　びょうよみ
秋　あき
秋刀魚　さんま
秋風　あきかぜ
秋晴れ　あきばれ
卑しい　いやしい
卑しめる　いやしめる
卑怯　ひきょう
泉　いずみ
皇太后　こうたいごう
皇后　こうごう
臭い　におい
臭う　におう
怨み　うらみ
怨む　うらむ
卸す　おろす
卸し売り　おろしうり
段取り　だんどり

盾　たて
俎　まないた
俎板　まないた
追う　おう
追い払う　おいはらう
追い出す　おいだす
追い付く　おいつく
追い抜く　おいぬく
追っ掛ける　おっかける
追い掛ける　おいかける
追い越す　おいこす
追い詰める　おいつめる
追憶　ついおく
狭い　せまい
狭苦しい　せまくるしい
狡い　こすい、ずるい
狡猾　こうかつ
狢　むじな
狩　かり
狩る　かる
狩人　かりゅうど
狐　きつね
独り　ひとり

独りぼっち　ひとりぼっち
独り子　ひとりご
独り占め　ひとりじめ
独り立ち　ひとりだち
独り決め　ひとりぎめ
独り言　ひとりごと
独り者　ひとりもの
独り善り　ひとりよがり
独活　うど
独り合点　ひとりがてん
独楽　こま
逃がす　にがす、のがす
逃げる　にげる
逃れる　のがれる
逃げ口上　にげこうじょう
逃げ出す　にげだす
逃げ込む　にげこむ
逃げ回る　にげまわる
逃げ道　にげみち
屋　や
屋台　やたい
屋根　やね
屋敷　やしき

屍　しかばね
屏風　びょうぶ
眉　まゆ
眉毛　まゆげ
負う　おう
負かす　まかす
負け　まけ
負ける　まける
負けず嫌い　まけずぎらい
負け惜しみ　まけおしみ
昼　ひる
昼休み　ひるやすみ
昼飯　ひるめし
昼間　ひるま
昼過ぎ　ひるすぎ
昼寝　ひるね
費やす　ついやす
勇ましい　いさましい
勇む　いさむ
柔らか　やわらか
柔らかい　やわらかい
架ける　かける
限り　かぎり

限りない　かぎりない
限る　かぎる
発く　あばく
発条　ぜんまい、ばね
怠ける　なまける
怠る　おこたる
怠け者　なまけもの
怠惰　だいだ
姦通　かんつう
姪　めい
姥　うば
怒り　いかり
怒りっぽい　おこりっぽい
怒る　いかる、おこる
怒鳴る　どなる
紅　べに
紅葉　もみじ
退かす　どかす
退く　しりぞく、どく、のく、ひく
退ける　しりぞける、どける、のける、ひける
建つ　たつ

建て　だて
建てる　たてる
建て売り　たてうり
建て直し　たてなおし
建て坪　たてつぼ
建具　たてぐ
建物　たてもの
建て前　たてまえ
飛ばす　とばす
飛ぶ　とぶ
飛び入り　とびいり
飛び上がる　とびあがる
飛び下りる　とびおりる
飛び石　とびいし
飛び出す　とびだす
飛び立つ　とびだつ
飛び出る　とびでる
飛び付く　とびつく
飛び込み　とびこみ
飛び込む　とびこむ
飛び回る　とびまわる
飛び板　とびいた
飛び歩く　とびあるく

飛び乗る　とびのる
飛び起きる　とびおきる
飛び掛かる　とびかかる
飛び降りる　とびおりる
飛び越す　とびこす
飛び越える　とびこえる
飛び散る　とびちる
飛び離れる　とびはなれる
飛び火　とびひ
飛礫　つぶて

十画

夏　なつ
夏休み　なつやすみ
夏物　なつもの
夏蜜柑　なつみかん
夏負け　なつまけ
夏痩せ　なつやせ
扇　おうぎ
扇ぐ　あおぐ
栗　くり
栗鼠　りす

馬子　まご

馬鹿　ばか

馬鹿らしい　ばからしい

馬鹿馬鹿しい　ばかばかしい

馬鈴薯　ばれいしょ

原っぱ　はらっぱ

原来　がんらい

唇　くちびる

辱しめる　はずかしめる

配る　くばる

配膳　はいぜん

恥　はじ

恥しい　はずかしい

恥じる　はじる

恥知らず　はじしらず

致す　いたす

致し方　いたしかた

恐い　こわい

恐がる　こわがる

恐ろしい　おそろしい

恐れる　おそれる

恐れ入る　おそれいる

恐れ　おそれ

恐らく　おそらく

殊に　ことに

殊の外　ことのほか

殊更　ことさら

砥石　といし

珠　たま

残す　のこす

残らず　のこらず

残り　のこり

残る　のこる

残り火　のこりび

残り物　のこりもの

破る　やぶる

破れる　やぶれる

珪素　けいそ

耽る　ふける

耽読　たんどく

栞　しおり

振う　ふるう

振り　ふり、ぶり

振る　ふる、ぶる

振り上げる　ふりあげる

振り切る　ふりきる

振り出す　ふりだす

振り込む　ふりこむ

振り回す　ふりまわす

振り向く　ふりむく

振り仮名　ふりがな

振り返る　ふりかえる

振り捨てる　ふりすてる

振り替える　ふりかえる

振り撒く　ふりまく

振り子　ふりこ

振り替え　ふりかえ

振る舞う　ふるまう

挿す　さす

挿絵　さしえ

捜す　さがす

捕える　とらえる

捕まえる　つかまえる

捕る　とる

挫く　くじく

挫ける　くじける

挨拶　あいさつ

捌く　さばく

挺　ちょう

捏ねる　こねる、つくねる
捗る　はかどる
捗捗しい　はかばかしい
埋まる　うずまる、うまる
埋める　うずめる、うめる
埋もれる　うもれる
埋れる　うずもれる
埋め立てる　うめたてる
埋め合わせる　うめあわせる
埒　らち
埃　ほこり
桜　さくら
桜ん坊　さくらんぼう
桜桃　さくらんぼう
根　ね
根っから　ねっから
根元　ねもと
根強い　ねづよい
根深い　ねぶかい
根無し　ねなし
株　かぶ
株主　かぶぬし
株式　かぶしき

株価　かぶか
株券　かぶけん
核　さね
梅雨　つゆ
梅雨入り　つゆいり
梅雨明け　つゆあけ
桃　もも
桃色　ももいろ
桂　かつら
桐　きり
桐油　とうゆ
栓抜き　せんぬき
桁　けた
真　ま、まっ、まん
真二つ　まっぷたつ
真上　まうえ
真心　まごころ
真水　まみず
真ん中　まんなか
真っ正面　まっしょうめん
真っ只中　まっただなか
真っ白　まっしろ
真冬　まふゆ

真向い　まむかい
真っ先　まっさき
真似　まね
真似る　まねる
真っ赤　まっか
真っ青　まっさお
真夜中　まよなか
真っ直ぐ　まっすぐ
真面目　まじめ
真昼　まひる
真っ逆様　まっさかさま
真紅　しんく
真夏　まなつ
真桑瓜　まくわうり
真っ黒　まっくろ
真っ盛り　まっさかり
真っ昼間　まっぴるま
真っ最中　まっさいちゅう
真新しい　まあたらしい
真っ裸　まっぱだか
真っ暗　まっくら
真綿　まわた
真鍮　しんちゅう

真顔　まがお
真鯛　まだい
索麵　そうめん
起きる　おきる
起こす　おこす
起こり　おこり
起こる　おこる
起き上がる　おきあがる
華　はな
華やか　はなやか
華華しい　はなばなしい
荷　に
荷主　にぬし
荷札　にふだ
荷作り　にづくり
荷受け　にうけ
荷物　にもつ
荷送り　におくり
荷造り　にづくり
荷揚げ　にあげ
莓　いちご
莢　さや
莫迦　ばか

莚　むしろ
茣蓙　ござ
恭しい　うやうやしい
帯　おび
帯びる　おびる
耕す　たがやす
軒　のき
恵まれる　めぐまれる
恵み　めぐみ
恵む　めぐむ
恵比須顔　えびすがお
素人　しろうと
素手　すで
素肌　すはだ
素姓　すじょう
素性　すじょう
素直　すなお
素振り　そぶり
素通り　すどおり
素晴らしい　すばらしい
素膚　すはだ
素敵　すてき
素顔　すがお

素麵　そうめん
逐う　おう
連なる　つらなる
連ねる　つらねる
連れ　つれ、づれ
連れて　つれて
連れる　つれる
連れ子　つれこ
連中　れんじゅう
逝く　ゆく
逝去　せいきょ
速い　はやい
速やか　すみやか
速足　はやあし
閃く　ひらめく
帰す　かえす
帰り　かえり
帰りがけ　かえりがけ
帰る　かえる
帰依　きえ
骨　ほね
骨折り　ほねおり
骨折る　ほねおる

骨折り損　ほねおりぞん
骨抜き　ほねぬき
骨身　ほねみ
骨組　ほねぐみ
嵩ずる　こうずる
祟る　たたる
峰　みね
恩返し　おんがえし
恩知らず　おんしらず
畢竟　ひっきょう
罠　わな
畔　あぜ
時　とき
時たま　ときたま
時として　ときとして
時ならぬ　ときならぬ
時に　ときに
時には　ときには
時化　しけ
時折　ときおり
時雨　しぐれ
時計　とけい
時時　ときどき

晦日　みそか
晒す　さらす
眠い　ねむい
眠たい　ねむたい
眠り　ねむり
眠る　ねむる
眠気　ねむけ
眩い　まばゆい
眩しい　まぶしい
眩む　くらむ
唆す　そそのかす
剔出　てきしゅつ
蚊　か
蚊取り線香　かとりせんこう
蚊帳　かや
逞しい　たくましい
柴　しば
高　たか、だか
高い　たかい
高さ　たかさ
高ぶる　たかぶる
高まる　たかまる
高み　たかみ

高める　たかめる
高台　たかだい
高低　たかひく
高飛び　たかとび
高飛車　たかびしゃ
高高　たかだか
高値　たかね
高跳び　たかとび
高粱　コウリャン
高潮　たかしお
高嶺　たかね
恋　こい
恋しい　こいしい
恋人　こいびと
恋文　こいぶみ
衰える　おとろえる
旁　かたがた
竜　たつ
竜の落し子　たつのおとしご
畜牲　ちくしょう
座り　すわり
座る　すわる
座布団　ざぶとん

座蒲団　ざぶとん
座敷　ざしき
庭　にわ
唐辛子　とうがらし
唐松　からまつ
唐傘　からかさ
唐黍　とうきび
庫　くら
病　やまい
病む　やむ
疲れ　つかれ
疲れる　つかれる
疾う　とう
疾うに　とうに
疾っく　とっく
疱瘡　ほうそう
疼く　うずく
家　いえ、うち、や
家出　いえで
家主　やぬし
家柄　いえがら
家賃　やちん
家鴨　あひる

容易い　たやすい
容貌　ようぼう
案山子　かかし
害する　がいする
害虫　がいちゅう
宴会　えんかい
窄む　つぼむ
窄める　すぼめる
宵　よい
冥王星　めいおうせい
兼ねる　かねる
益益　ますます
差す　さす
差し入る　さしいる
差し入れる　さしいれる
差し上げる　さしあげる
差し支える　さしつかえる
差し止める　さしとめる
差し引き　さしひき
差し引く　さしひく
差し出す　さしだす
差し込む　さしこむ
差し当たり　さしあたり

差し伸べる　さしのべる
差し延べる　さしのべる
差し押える　さしおさえる
差し迫る　さしせまる
差し控える　さしひかえる
差し障り　さしさわり
差し支え　さしつかえ
差出人　さしだしにん
益す　ます
瓶　かめ
瓶詰め　びんづめ
朔　ついたち
挙げる　あげる
挙げ句　あげく
拳　こぶし
拳骨　げんこつ
拳銃　けんじゅう
拳闘　けんとう
記す　しるす
討つ　うつ
討ち死に　うちじに
旅　たび
旅人　たびびと

旅立つ　たびだつ
袖　そで
袖の下　そでのした
袖口　そでぐち
袖無し　そでなし
被う　おおう
被せる　かぶせる
被る　かぶる、こうむる
畝　うね
朗らか　ほがらか
凍える　こごえる
凍みる　しみる
凍る　こおる
凍り付く　こおりつく
凍瘡　とうそう
凋む　しぼむ
凌ぐ　しのぐ
凄い　すごい
凄まじい　すさまじい
流し　ながし
流す　ながす
流れ　ながれ
流れる　ながれる

流れ作業　ながれさぎょう
流れ星　ながれぼし
流れ弾　ながれだま
流石　さすが
流行　りゅうこう
流行る　はやる
流浪　るろう
流暢　りゅうちょう
涌く　わく
浜　はま
浜辺　はまべ
涙　なみだ
涙ぐむ　なみだぐむ
浴びる　あびる
浴衣　ゆかた
消える　きえる
消しゴム　けしゴム
消す　けす
消印　けしいん
浮かぶ　うかぶ
浮かべる　うかべる
浮く　うく
浮き上がる　うきあがる

浮き世　うきよ
浮き出す　うきだす
浮き浮き　うきうき
浮き袋　うきぶくろ
浮き彫り　うきぼり
浮き雲　うきぐも
浮き名　うきな
浮気　うわき
浸かる　つかる
浸ける　つける
浸す　ひたす
浸る　ひたる
酒　さけ
酒屋　さかや
酒盛り　さかもり
酒場　さかば
酒飲み　さけのみ
浬　かいり
浪路　なみじ
浚う　さらう
這う　はう
這い上がる　はいあがる
這い出す　はいだす

這入る　はいる
粋　いき
粉　こ、こな
粉ミルク　こなミルク
粉粉　こなごな
料簡　りょうけん
烟　けむり
悟る　さとる
悩ましい　なやましい
悩ます　なやます
悩み　なやみ
悩む　なやむ
悦び　よろこび
悖る　もとる
蚕　かいこ
脂　あぶら
脂っ濃い　あぶらっこい
胼胝　たこ
胸　むね
胸算用　むなざんよう
脆い　もろい
胴着　どうぎ
胴震い　どうぶるい

脇　わき
脇見　わきみ
脇役　わきやく
脇道　わきみち
値　あたい、ね
値する　あたいする
値下がり　ねさがり
値下け　ねさげ
値上がり　ねあがり
値上げ　ねあげ
値切る　ねぎる
値引き　ねびき
値打ち　ねうち
値段　ねだん
倒す　たおす
倒れる　たおれる
倒潰　とうかい
倹しい　つましい
倣う　ならう
俵　たわら
俺　おれ
借り　かり
借りる　かりる

借り入れる　かりいれる
借り切る　かりきる
借り出す　かりだす
借家　しゃくや
倦む　うむ
俯く　うつむく
俯ける　うつむける
俯せる　うつぶせる
徒ならぬ　ただならぬ
徒ら　いたずら
徒者　ただもの
徒事　ただごと
従う　したがう
従える　したがえる
従って　したがって
従兄弟　いとこ
姉妹妹　いとこ
倉　くら
釜　かま
翁　おきな
剣　つるぎ
飢え　うえ
飢える　うえる

飢え死に　うえじに
飢饉　ききん
針　はり
針仕事　はりしごと
針金　はりがね
針灸　しんきゅう
釘　くぎ
釘付け　くぎづけ
笑い　わらい
笑う　わらう
笑む　えむ
笑わせる　わらわせる
笑い声　わらいごえ
笑い話　わらいばなし
笑い種　わらいぐさ
笑い顔　わらいがお
笑顔　えがお
笊　ざる
烏　からす
烏賊　いか
島　しま
島国　しまぐに
島島　しまじま

島嶼　とうしょ
鬼　おに
鬼ごっこ　おにごっこ
畠　はたけ
息　いき
息子　むすこ
息吹　いぶき
息苦しい　いきぐるしい
臭い　くさい
臭み　くさみ
射す　さす
射る　いる
射殺る　いころす
矩形　くけい
舐める　なめる
留まる　とどまる、とまる
留める　とどめる、とめる
留まり　とまり
留守　るす
称える　たたえる、となえる
秤　はかり
秘める　ひめる
秘訣　ひけつ

師走　しわす
豹　ひょう
逢う　あう
逢瀬　おうせ
途轍もない　とてつもない
造り　つくり
造詣　ぞうけい
透かす　すかす
透き　すき
透く　すく
透き通る　すきとおる
脊椎　せきつい
脊髄　せきずい
狼　おおかみ
狼狽　ろうばい
狼狽える　うろたえる
狼煙　のろし
狸　たぬき
殺ぐ　そぐ
殺す　ころす
屑　くず
屑屋　くずや
屑鉄　くずてつ

屑籠　くずかご
弱い　よわい
弱み　よわみ
弱める　よわめる
弱る　よわる
弱虫　よわむし
弱気　よわき
弱音　よわね
弱腰　よわごし
通い　かよい
通う　かよう
通し　どおし
通す　とおす
通り　とおり、どおり
通る　とおる
通り一遍　とおりいっぺん
通り抜ける　とおりぬける
通り雨　とおりあめ
通り掛かり　とおりがかり
通り掛かる　とおりかかる
通り掛け　とおりがけ
通り道　とおりみち
通り過ぎる　とおりすぎる

通り越す　とおりこす
通夜　つや
通牒　つうちょう
桑　くわ
脅かす　おどかす、おびやかす
脅す　おどす
蚤　のみ
既に　すでに
除く　のぞく
除ける　のける
除け者　のけもの
降す　くだす
降りる　おりる
降る　ふる
降ろす　おろす
降り頻る　ふりしきる
陥れる　おとしいれる
陥る　おちいる
孫　まご
書く　かく
書き入れる　かきいれる
書き上げる　かきあげる
書き出す　かきだす

書き写す　かきうつす
書き付け　かきつけ
書き付ける　かきつける
書き込む　かきこむ
書き抜く　かきぬく
書き言葉　かきことば
書き取り　かきとり
書き取る　かきとる
書き表す　かきあらわす
書き直す　かきなおす
書き物　かきもの
書き残す　かきのこす
書き留める　かきとめる
書き替える　かきかえる
書き損う　かきそこなう
書留　かきとめ
書き置き　かきおき
書翰　しょかん
能くする　よくする
娘　むすめ
娯楽　ごらく
姫　ひめ
紙　かみ

紙切れ　かみきれ
紙包み　かみづつみ
紙芝居　かみしばい
紙屑　かみくず
紙鑢　かみやすり
納まる　おさまる
納める　おさめる
納屋　なや
紛れる　まぎれる
紛わしい　まぎらわしい
紐　ひも
紡ぐ　つむぐ
剝がす　はがす
剝く　むく
剝ぐ　はぐ
剝ける　むける
剝げる　はげる
剝れる　はがれる
剝き出し　むきだし

十一画

悪い　わるい
悪びれる　わるびれる
悪ふざけ　わるふざけ
悪口　わるくち
悪者　わるもの
悪知恵　わるぢえ
悪戯　いたずら
悪賢い　わるがしこい
雪　ゆき
雪ぐ　すすぐ、そそぐ
雪合戦　ゆきがっせん
雪国　ゆきぐに
雪崩　なだれ
雪崩込む　なだれこむ
雪景色　ゆきげしき
雪達磨　ゆきだるま
雪解け　ゆきどけ
雪融　ゆきどけ
雫　しずく
厠　かわや
現す　あらわす
現われ　あらわれ
現われる　あらわれる
球　たま
酔い　よい
酔う　よう
酔っ払い　よっぱらい
副う　そう
頂　いただき
頂く　いただく
頂戴　ちょうだい
掛　かかり、がけ
掛け　かけ
掛ける　かける
掛かり　かかり
掛かる　かかる
掛け合う　かけあう
掛け替え　かけがえ
掛かり合い　かかりあい
掛け布団　かけぶとん
掛け声　かけごえ
掛け売り　かけうり
掛け金　かけがね
掛け図　かけず
掛け取り　かけとり
掛け物　かけもの
掛け持ち　かけもち

掛け時計　かけどけい
掛け値　かけね
掛け軸　かけじく
掛け算　かけざん
掛け橋　かけはし
描く　えがく
掩護　えんご
措く　おく
捺印　なついん
捧げる　ささげる
捩じる　ねじる、よじる
捩じれる　ねじれる
捩じ込む　ねじこむ
掲げる　かかげる
捥ぐ　もぐ
探る　さぐる
控え　ひかえ
控える　ひかえる
控え目　ひかえめ
控え室　ひかえしつ
接ぐ　つぐ
接ぎ木　つぎき
掠める　かすめる

掠る　かする
挽く　ひく
挽き肉　ひきにく
捨てる　すてる
捨て値　すてね
捻る　ひねる
掬う　すくう
掏る　する
掏摸　すり
採る　とる
推す　おす
推し量る　おしはかる
排泄　はいせつ
授かる　さずかる
授ける　さずける
掃く　はく
掃き溜め　はきだめ
掘る　ほる
掘り出し物　ほりだしもの
掘り出す　ほりだす
掘り返す　ほりかえす
据える　すえる
据え付ける　すえつける

梢　こずえ
梲　うだつ
梯子　はしご
梯団　ていだん
梯形　ていけい
梳かす　とかす
梳く　すく
梅　うめ
梅干　うめぼし
梔　くちなし
梃　てこ
梃子　てこ
桶　おけ
埠頭　ふとう
培う　つちかう
堀　ほり
堆積　たいせき
乾かす　かわかす
乾く　かわく
乾物　ひもの
執る　とる
殼　から、がら
教え　おしえ

教える　おしえる
教わる　おそわる
教え子　おしえご
都　みやこ
都合　つごう
都度　つど
奢侈　しゃし
著しい　いちじるしい
著す　あらわす
菱　ひし
菫　すみれ
菖蒲　あやめ
菌　きん
萌える　もえる
萌やし　もやし
菩提樹　ぼだいじゅ
菩薩　ぼさつ
落書き　らくがき
菠薐草　ほうれんそう
萎びる　しなびる
萎む　しぼむ
萎れる　しおれる
菊　きく

菜　な
菜っ葉　なっぱ
菜の花　なのはな
菜種　なたね
黄　き
黄ばむ　きばむ
黄色　きいろ
黄色い　きいろい
黄身　きみ
黄味　きみ
黄金　おうごん、こがね
黄昏　たそがれ
爽やか　さわやか
救う　すくう
救ける　たすける
救い主　すくいぬし
盛り　さかり、もり
盛る　もる
盛ん　さかん
盛り上がる　もりあがる
盛り場　さかりば
責め　せめ
責める　せめる

基　もとい
基づく　もとづく
舂く　つく
斬る　きる
転がす　ころがす
転がる　ころがる
転げる　ころげる
転ぶ　ころぶ
転た寝　うたたね
勘所　かんどころ
勘定高い　かんじょうだかい
勘違い　かんちがい
彗星　すいせい
問い　とい
問う　とう
問い合わせる　といあわせる
問い返す　といかえす
問屋　とんや
問い掛ける　といかける
問い質す　といただす
問い詰める　といつめる
問い合わせ　といあわせ
閉ざす　とざす

閉じる　とじる
閉まる　しまる
閉める　しめる
閉じ込める　とじこめる
閉じ籠もる　とじこもる
崖　がけ
崩す　くずす
崩れる　くずれる
崇める　あがめる
雀　すずめ
雀斑　そばかす
虚しい　むなしい
常　つね
常に　つねに
常夏　とこなつ
堂堂回り　どうどうめぐり
堂堂巡り　どうどうめぐり
黒　くろ
黒い　くろい
黒ずむ　くろずむ
黒ん坊　くろんぼう
黒子　ほくろ
黒字　くろじ

黒松　くろまつ
黒砂糖　くろざとう
黒潮　くろしお
異なる　ことなる
眼　まなこ
眼差し　まなざし
眼鏡　めがね
眺め　ながめ
眺める　ながめる
略　ほぼ
畦　あぜ、うね
唖　おし
唱える　となえる
喝采　かっさい
唾　つば、つばき
唯　ただ
唯事　ただごと
唸る　うなる
啄木鳥　きつつき
啜る　すする
敗れる　やぶれる
貶す　けなす
野　の

野山　のやま
野天　のてん
野火　のび
野次　やじ
野次る　やじる
野次馬　やじうま
野良　のら
野良犬　のらいぬ
野兎　のうさぎ
野原　のはら
野師　やし
匙　さじ
砦　とりで
蚯蚓　みみず
蛆　うじ
蛇　へび
蛇口　じゃぐち
蛇行　だこう
患う　わずらう
率いる　ひきいる
産む　うむ
麻　あさ
麻疹　はしか、ましん

麻雀　マージャン
麻痺　まひ
鹿　しか
痒い　かゆい
疵物　きずもの
密か　ひそか
密やか　ひそやか
寅　とら
寄せる　よせる
寄り　より
寄る　よる
寄り付く　よりつく
寄り掛かる　よりかかる
寄り道　よりみち
寄せ書き　よせがき
寄席　よせ
寄せ集め　よせあつめ
寄せ集める　よせあつめる
寄越す　よこす
寄せ鍋　よせなべ
寂しい　さびしい
寂れる　さびれる
寂寞　せきばく

窓　まど
窓口　まどぐち
宿　やど
宿る　やどる
宿屋　やどや
剪む　はさむ
営む　いとなむ
営業　えいぎょう
巣　す
巣くう　すくう
巣立つ　すだつ
巣窟　そうくつ
淫ら　みだら
淫売　いんばい
液　えき
液体　えきたい
淘汰　とうた
涎　よだれ
済まない　すまない
済ます　すます
済み　ずみ
済みません　すみません
済む　すむ

淑やか　しとやか
渋い　しぶい
渋る　しぶる
渋味　しぶみ
清い　きよい
清める　きよめる
清らか　きよらか
清水　しみず
清清しい　すがすがしい
淀み　よどみ
淀む　よどむ
淡い　あわい
渇く　かわく
涸らす　からす
涸れる　かれる
添える　そえる
添う　そう
添え物　そえもの
深い　ふかい
深ける　ふける
深さ　ふかさ
深み　ふかみ
深める　ふかめる

深手　ふかで
深紅　しんく
深傷　ふかで
淋しい　さびしい
混ざる　まざる
混じる　まじる
混ぜる　まぜる
混む　こむ
涼しい　すずしい
涼む　すずむ
涼風　すずかぜ
淵　ふち
婆さん　ばあさん
盗み　ぬすみ
盗む　ぬすむ
盗人　ぬすびと
旋毛　つむじ
旋風　つむじかぜ
許　もと
許し　ゆるし
許す　ゆるす
許嫁　いいなずけ
訪ねる　たずねる

訪れ　おとずれ
訪れる　おとずれる
訛　なまり
訛る　なまる
設ける　もうける
訳　わけ
訝しい　いぶかしい
部屋　へや
孰れ　いずれ
望ましい　のぞましい
望み　のぞみ
望む　のぞむ
袴　はかま
袷　あわせ
粘り　ねばり
粘る　ねばる
粘り強い　ねばりづよい
粘土　ねんど
粘粘　ねばねば
粕　かす
粒　つぶ
粒揃い　つぶぞろい
粒選り　つぶより

粗い　あらい
粗方　あらかた
粗品　そしな
粗筋　あらすじ
烽火　のろし
断つ　たつ
断る　ことわる
断崖　だんがい
惜しい　おしい
惜しむ　おしむ
惨め　みじめ
惨憺　さんたん
情　なさけ
情深い　なさけぶかい
情無い　なさけない
悼む　いたむ
惚ける　とぼける、ぼける
惚れる　ほれる
悉く　ことごとく
豚　ぶた
豚カツ　とんカツ
豚肉　ぶたにく
脛　すね

脳味噌　のうみそう
脳溢血　のういっけつ
脱ぐ　ぬぐ
脱げる　ぬげる
脱ぎ捨てる　ぬぎすてる
脚　あし
脚気　かっけ
彫り　ほり
彫る　ほる
側　かわ、がわ、そば、はた
側杖　そばづえ
偽　にせ
偽り　いつわり
偽る　いつわる
偽物　にせもの
偶　たまたま
偶偶　たまたま
偖　さて
偏に　ひとえに
偏る　かたよる
健気　けなげ
偲ぶ　しのぶ
停まる　とまる

停める　とめる
袋　ふくろ
袋小路　ふくろこうじ
得る　うる、える
得手　えて
得難い　えがたい
術　すべ
衒う　てらう
貧しい　まずしい
貪る　むさぼる
貪欲　どんよく
笛　ふえ
笠　かさ
笹　ささ
魚　うお、さかな
魚籠　びく
亀　かめ
移す　うつす
移る　うつる
移り気　うつりぎ
移り変り　うつりかわり
欲しい　ほしい
欲しがる　ほしがる

欲する　ほっする
欲目　よくめ
欲張り　よくばり
欲張る　よくばる
欲深　よくふか
鳥　とり
鳥小屋　とりごや
鳥打帽　とりうちぼう
鳥肌　とりはだ
鳥居　とりい
鳥瞰　ちょうかん
鳥籠　とりかご
梟　ふくろう
斜　はす
斜め　ななめ
動かす　うごかす
動き　うごき
動く　うごく
動もすれば　ややもすれば
釣　つり
釣る　つる
釣り合い　つりあい
釣り合う　つりあう

釣り糸　つりいと
釣り竿　つりざお
釣り針　つりばり
釣瓶　つるべ
釣り銭　つりせん
鈴り鐘　つりがね
船　ふね
船出　ふなで
船便　ふなびん
船乗り　ふなのり
船酔　ふなよい
船賃　ふなちん
船積み　ふなづみ
舵　かじ
舵取り　かじとり
舳先　へさき
祭り　まつり
祭る　まつる
梨　なし
彩る　いろどる
甜菜　てんさい
毬　まり
兜　かぶと

猫　ねこ
猫要らず　ねこいらず
猫背　ねこぜ
猪　いのしし
猛猛しい　たけだけしい
猛禽　もうきん
進む　すすむ
進める　すすめる
進捗　しんちょく
逸する　いっする
逸らす　そらす
逸れる　それる
蛋白　たんぱく
屠蘇　とそ
習う　ならう
習わし　ならわし
翌朝　よくあさ
強い　つよい
強いて　しいて
強いる　しいる
強がり　つよがり
強さ　つよさ
強まる　つよまる

強み　つよみ
強める　つよめる
強火　つよび
強気　つよき
強姦　ごうかん
強腰　つよごし
強請　ゆすり
強請る　ねだる、ゆする
張り　はり
張る　はる
張り上げる　はりあげる
張り切る　はりきる
張り付ける　はりつける
張り子　はりこ
張り合い　はりあい
陰　かげ
陰口　かげぐち
陰気　いんき
陰謀　いんぼう
陶冶　とうや
険しい　けわしい
陸揚げ　りくあげ
陪審　ばいしん

務め　つとめ
務める　つとめる
袈裟　けさ
婉曲　えんきょく
組　くみ
組む　くむ
組み立て　くみたて
組み立てる　くみたてる
組み合う　くみあう
組合　くみあい
組み合わせ　くみあわせ
組み合わせる　くみあわせる
経つ　たつ
経る　へる
経緯　いきさつ
終い　しまい
終う　しまう
終える　おえる
終わり　おわり
終わる　おわる
絆　きずな
絆創膏　ばんそうこう
細い　ほそい

細か　こまか
細かい　こまかい
細める　ほそめる
細やか　ささやか
細る　ほそる
細長い　ほそながい
細波　さざなみ
細胞　さいぼう
細細　こまごま
紲　きずな
貫く　つらぬく
貫禄　かんろく

十二画

雲　くも
雲丹　うに
雲呑　ワンタン
雲泥　うんでい
雲雀　ひばり
粟　あわ
扉　とびら
雇う　やとう

雇い人　やといにん
雇い主　やといぬし
雁　かり、がん
裂く　さく
裂ける　さける
硬い　かたい
甦る　よみがえる
敢えて　あえて
殖やす　ふやす
酢　す
琴　こと
琵琶　びわ
斑　ふ、ぶち、まだら、むら
琺瑯　ほうろう
項　こう
項垂れる　うなだれる
堅い　かたい
堅苦しい　かたくるしい
硯　すずり
疎ら　まばら
揚げる　あげる
揚げ句　あげく
握る　にぎる

握り締める　にぎりしめる
握り飯　にぎりめし
提灯　ちょうちん
揃い　そろい、ぞろい
揃う　そろう
揃える　そろえる
揮う　ふるう
換える　かえる
捲る　まくる、めくる
掻く　かく
掻い摘む　かいつまむ
掻き回す　かきまわす
掻き交ぜる　かきまぜる
掻き集める　かきあつめる
掻っ払う　かっぱらう
揉む　もむ
揉める　もめる
堪える　こたえる、こらえる、たえる
堪らない　たまらない
堪る　たまる
堪え忍ぶ　たえしのぶ
堪え性　こらえしょう

堪え難い　たえがたい
堪り兼ねる　たまりかねる
堪能　たんのう
堰　せき
堤　つつみ
場　ば
場合　ばあい
場所　ばしょ
場面　ばめん
塚　つか
森　もり
焚く　たく
焚き付ける　たきつける
焚き火　たきび
棲む　すむ
椅子　いす
棟　むね
植える　うえる
植木　うえき
棒引き　ぼうびき
棒高跳び　ぼうたかとび
棒読み　ぼうよみ
桟橋　さんばし

椀　わん
棺桶　かんおけ
棕櫚　しゅろ
椎茸　しいたけ
検べる　しらべる
棚　たな
棚上げ　たなあげ
棚機　たなばた
極まる　きまる、きわまる
極めて　きわめて
極める　きわめる
極まり　きまり
惑う　まどう
惑わす　まどわす
喪　も
喪章　もしょう
葉　は
葉っぱ　はっぱ
葉巻　はまき
葉書　はがき
韮　にら
萩　はぎ
葬る　ほうむる

落ちる　おちる
落ちぶれる　おちぶれる
落とす　おとす
落とし主　おとしぬし
落とし穴　おとしあな
落ち合う　おちあう
落とし物　おとしもの
落ち度　おちど
落ち着き　おちつき
落ち着く　おちつく
落葉松　からまつ
葺く　ふく
葱　ねぎ
葛　つづら
募る　つのる
葡萄　ぶどう
萵苣　ちしゃ
奢り　おごり
奢る　おごる
煮える　にえる
煮る　にる
煮え切らない　にえきらない
煮え立つ　にえたつ

煮え返る　にえかえる
壺　つぼ
喜ばしい　よろこばしい
喜ばす　よろこばす
喜び　よろこび
喜ぶ　よろこぶ
博士　はかせ
博打　ばくち
朝　あさ
朝日　あさひ
朝晩　あさばん
朝飯　あさはん、あさめし
朝寝　あさね
朝顔　あさがお
報いる　むくいる
裁く　さばく
裁つ　たつ
越える　こえる
越し　ごし
越す　こす
超す　こす
雄　お、おす
雄雄しい　おおしい

雄蕊　おしべ
欺く　あざむく
敬う　うやまう
散らかす　ちらかす
散らかる　ちらかる
散らす　ちらす
散らばる　ちらばる
散る　ちる
散り散り　ちりぢり
散り蓮華　ちりれんげ
勤まる　つとまる
勤め　つとめ
勤める　つとめる
勤め先　つとめさき
棗　なつめ
棘　いばら、とげ
貰う　もらう
貰い物　もらいもの
替える　かえる
替わり　かわり
替え玉　かえだま
斯う　こう
斯かる　かかる

斯く　かく
斯様　かよう
軽い　かるい
軽んじる　かろんじる
軽軽しい　かるがるしい
軽軽と　かるがると
軽業　かるわざ
軸受け　じくうけ
軸承け　じくうけ
軸物　じくもの
逼る　せまる
達　たち
達磨　だるま
開き　ひらき
開く　あく、ひらく
開ける　あける、ひらける
開けっ放し　あけっぱなし
開闢　かいびゃく
間　あいだ、ま
間に合う　まにあう
間に合わせ　まにあわせ
間に合わせる　まにあわせる
間も無く　まもなく

間代　まだい
間抜け　まぬけ
間近　まぢか
間柄　あいだがら
間借り　まがり
間際　まぎわ
間違い　まちがい
間違う　まちがう
間違える　まちがえる
悶える　もだえる
閏　うるう
歯　は
歯ブラシ　はブラシ
歯車　はぐるま
歯医者　はいしゃ
歯軋り　はぎしり
歯磨き　はみがき
掌　てのひら
掌る　つかさどる
嵐　あらし
嵌める　はめる
嵌る　はまる
凱旋　がいせん

幅　はば
買う　かう
買い入れる　かいいれる
買い手　かいて
買い出し　かいだし
買い付け　かいつけ
買い占める　かいしめる
買い込む　かいこむ
買い物　かいもの
買い戻す　かいもどす
買い溜め　かいだめ
買い主　かいぬし
買い得　かいどく
最も　いとも、もっとも
最中　さなか
最早　もはや
最寄り　もより
景色　けしき
量り　はかり
量る　はかる
暑い　あつい
暑さ　あつさ
暑苦しい　あつくるしい

畳　たたみ
畳む　たたむ
貴い　たっとい、とうとい
貴ぶ　たっとぶ
貴方　あなた
晴れ　はれ
晴れる　はれる
晴れ晴れ　はればれ
晴れ着　はれぎ
暁　あかつき
晩飯　ばんめし
喧しい　やかましい
喧嘩　けんか
喚く　わめく
喘息　ぜんそく
喉　のど
喋る　しゃべる
喇叭　らっぱ
啼く　なく
喩え　たとえ
喩える　たとえる
跛　ちんば、びっこ
跋扈　ばっこ

貼る　はる
貯え　たくわえ
貯える　たくわえる
蛙　かえる、かわず
蛭　ひる
蛞蝓　なめくじ
悲しい　かなしい
悲しみ　かなしみ
悲しむ　かなしむ
装う　よそう、よそおう
紫　むらさき
遇う　あう
過ぎ　すぎ
過ぎる　すぎる
過ごす　すごす
過ち　あやまち
童歌　わらべうた
廂　ひさし
廃れる　すたれる
痛い　いたい
痛み　いたみ
痛む　いたむ
痛める　いためる

痞える　つかえる
痘痕　あばた
痘瘡　とうそう
富　とみ
富む　とむ
寒い　さむい
寒がり　さむがり
寓話　ぐうわ
就いて　ついて
就いては　ついては
就き　つき
就く　つく
就ける　つける
就中　なかんずく
割　わり
割く　さく
割に　わりに
割る　わる
割れる　われる
割り切る　わりきる
割り込む　わりこむ
割れ物　われもの
割引　わりびき

割り印　わりいん
割合　わりあい
割合に　わりあいに
割り当て　わりあて
割り当てる　わりあてる
割烹　かっぽう
割愛　かつあい
割り箸　わりばし
割り算　わりざん
訴え　うったえ
訴える　うったえる
詠む　よむ
補う　おぎなう
善くする　よくする
善し悪し　よしあし
着く　つく
着ける　つける
着せる　きせる
着る　きる
着物　きもの
着替え　きがえ
着替える　きかえる
着道楽　きどうらく

着飾る　きかざる
尊い　たっとい、とうとい
尊ぶ　たっとぶ
羨ましい　うらやましい
覚え　おぼえ
覚える　おぼえる
覚ます　さます
覚める　さめる
覚え書き　おぼえがき
覚束無い　おぼつかない
満たす　みたす
満ちる　みちる
満ち潮　みちしお
湛える　たたえる
湖　みずうみ
港　みなと
渫　さらう
減らす　へらす
減る　へる
測り　はかり
測る　はかる
湯　ゆ
湯上がり　ゆあがり

湯気　ゆげ
湯沸し　ゆわかし
湯垢　ゆあか
湯船　ゆぶね
湯湯婆　ゆたんぽ
湯飲み　ゆのみ
湯槽　ゆぶね
温い　ぬるい
温かい　あたたかい
温まる　あたたまる
温む　ぬるむ
温める　あたためる
湿す　しめす
湿っぽい　しめっぽい
湿り　しめり
湿る　しめる
湿り気　しめりけ
渦　うず
渦巻き　うずまき
渦巻く　うずまく
渡す　わたす
渡る　わたる
渡し船　わたしぶね

渡し場　わたしば
渡り鳥　わたりどり
滋養　じよう
涌き出る　わきでる
遊ばす　あそばす
遊び　あそび
遊ぶ　あそぶ
運ぶ　はこぶ
道　みち
道草　みちくさ
道連れ　みちづれ
道案内　みちあんない
道道　みちみち
道程　みちのり
道筋　みちすじ
道標　みちしるべ
遂げる　とげる
遂に　ついに
焼く　やく
焼ける　やける
焼き払う　やきはらう
焼け出され　やけだされ
焼け石　やけいし

焼き付け　やきつけ
焼き芋　やきいも
焼き直し　やきなおし
焼き物　やきもの
焼酎　しょうちゅう
焼き飯　やきめし
焼け跡　やけあと
焼き餅　やきもち
焼き増し　やきまし
焜炉　こんろ
慌しい　あわただしい
慌てる　あわてる
慌て者　あわてもの
番う　つがう
番組　ばんぐみ
黍　きび
脹らむ　ふくらむ
脹れる　ふくれる
腕　うで
腕比べ　うでくらべ
腕前　うでまえ
腕時計　うでどけい
腕組み　うでぐみ

腋の下　わきのした
腋挟む　わきばさむ
腑　ふ
勝ち　かち、がち
勝つ　かつ
勝り　まさり
勝る　まさる
勝れる　すぐれる
勝手　かって
勝ち気　かちき
勝ち抜き　かちぬき
勝ち取る　かちとる
勝ち負け　かちまけ
傘　かさ
曽て　かつて
曽孫　ひまご
貸し　かし
貸す　かす
貸し切り　かしきり
貸し方　かしかた
貸し出す　かしだす
貸し室　かししつ
貸し借り　かしかり

貸し間　かしま
貸し付け　かしつけ
貸し売り　かしうり
貸家　かしや
備え　そなえ
備える　そなえる
備わる　そなわる
備え付ける　そなえつける
僅か　わずか
傍　そば、はた
傍ら　かたわら
傍目　はため
焦がす　こがす
焦げる　こげる
焦る　あせる
焦れったい　じれったい
焦れる　こがれる、じれる
焦げ付く　こげつく
焦茶　こげちゃ
焦眉　しょうび
偉い　えらい
集い　つどい
集う　つどう

集まり　あつまり
集まる　あつまる
集める　あつめる
復仇　ふっきゅう
復習う　さらう
復讎　ふくしゅう
御　お、おん
御中　おんちゅう
御方　おかた
御宅　おたく
御存じ　ごぞんじ
御存知　ごぞんじ
御座います　ございます
御無沙汰　ごぶさた
御馳走　ごちそう
御殿　ごてん
御影石　みかげいし
街角　まちかど
飲ます　のます
飲み干す　のみほす
飲み代　のみしろ
飲み込み　のみこみ
飲み込む　のみこむ

飲み明かす　のみあかす
飲み食い　のみくい
飲み水　のみみず
飲ん兵衛　のんべえ
飲み物　のみもの
飲み屋　のみや
飯　めし
飯事　ままごと
鈍い　にぶい、のろい
鈍る　にぶる
犂　すき
短い　みじかい
智力　ちりょく
稀　まれ
程　ほど
程なく　ほどなく
程好い　ほどよい
稍　やや
無い　ない
無くす　なくす
無くなる　なくなる
無し　なし
無口　むくち

無花果　いちじく
無沙汰　ぶさた
無届け　むとどけ
無垢　むく
無暗　むやみ
無駄遣い　むだづかい
無闇　むやみ
象牙　ぞうげ
甥　おい
然し　しかし
然して　そうして
然る　さる
然し乍ら　しかしながら
然様　さよう
筍　たけのこ
筈　はず
答え　こたえ
答える　こたえる
筋　すじ
筋向い　すじむかい
筋書き　すじがき
筋道　すじみち
等　ら

等しい　ひとしい
筆　ふで
筆不精　ふでぶしょう
筆立て　ふでたて
筆先　ふでさき
筆箱　ふでばこ
筒　つつ
筒抜け　つつぬけ
猶　なお
猥雑　わいざつ
猥褻　わいせつ
遅い　おそい
遅かれ早かれ　おそかれはやかれ
遅れる　おくれる
尋ねる　たずねる
覗く　のぞく
弾　たま
弾く　はじく、ひく
弾み　はずみ
弾む　はずむ
弾き出す　はじきだす
隅　すみ

隅っこ　すみっこ
隅隅　すみずみ
賀正　がせい
粥　かゆ
疎い　うとい
疎か　おろそか
隈無く　くまなく
登り　のぼり
登る　のぼる
媚びる　こびる
婿　むこ
幾　いく
幾つ　いくつ
幾ら　いくら
幾らか　いくらか
幾分　いくぶん
幾多　いくた
幾何　きか
幾重　いくえ
結う　ゆう
結び　むすび
結ぶ　むすぶ
結び目　むすびめ

結び付く　むすびつく
結び付ける　むすびつける
絨毯　じゅうたん
絞める　しめる
絞る　しぼる
絣　かすり
絡まる　からまる
絡む　からむ
絡み付く　からみつく
絶えず　たえず
絶える　たえる
絶つ　たつ
絶やす　たやす
絶え間　たえま
絶え絶え　たえだえ
絵かき　えかき
絵の具　えのぐ
絵葉書　えはがき

十三画

雷　かみなり
雹　ひょう
零す　こぼす
零れる　こぼれる
瑞瑞しい　みずみずしい
碇　いかり
碌に　ろくに
碗　わん
馴らす　ならす
馴れる　なれる
馴れ馴れしい　なれなれしい
馴れ合う　なれあう
馴れ初め　なれそめ
馴染　なじみ
馴染む　なじむ
馴鹿　トナカイ
頑な　かたくな
頑張る　がんばる
腎臓　じんぞう
損なう　そこなう
損ねる　そこねる
搾る　しぼる
搗く　つく
揺さぶる　ゆさぶる
揺すぶる　ゆすぶる
揺する　ゆする
揺れる　ゆれる
携える　たずさえる
携わる　たずさわる
搦み　がらみ
椰子　やし
楕円　だえん
椿　つばき
椿事　ちんじ
楔　くさび
楠　くすのき
楊枝　ようじ
榊　さかき
楢　なら
槌　つち
楓　かえで
塊　かたまり
塒　ねぐら
塩　しお
塩水　しおみず
塩加減　しおかげん
塩辛い　しおからい
塩梅　あんばい

鼓　つづみ
幹　みき
勢い　いきおい
献立　こんだて
蓮　はす
蓮華草　れんげそう
蓋　ふた
蓋し　けだし
墓　はか
墓参り　はかまいり
墓場　はかば
蒔く　まく
夢　ゆめ
夢にも　ゆめにも
蒙る　こうむる
蒲公英　たんぽぽ
蒲鉾　かまぼこ
蓄え　たくわえ
蓄える　たくわえる
蓑　みの
蓆　むしろ
蒼穹　そうきゅう
葦　あし、よし

蒸ける　ふける
蒸す　むす
蒸し返えす　むしかえす
蒸し暑い　むしあつい
靴　くつ
靴下　くつした
感じる　かんじる
感じ易い　かんじやすい
遠い　とおい
遠からず　とおからず
遠く　とおく
遠ざかる　とおざかる
遠ざける　とおざける
遠出　とおで
遠回し　とおまわし
遠回り　とおまわり
遠浅　とおあさ
遠縁　とおえん
嵩　かさ
嵩む　かさむ
虜　とりこ
虞　おそれ
歳　とし

歳暮　せいぼ
業　わざ
奨める　すすめる
豊か　ゆたか
愚か　おろか
罪　つみ
罪人　つみびと
罪深い　つみぶかい
置き　おき
置く　おく
置き処　おきどころ
置き忘れる　おきわすれる
置き換える　おきかえる
置き所　おきどころ
置物　おきもの
置き時計　おきどけい
暈す　ぼかす
鼎　かなえ
跨がる　またがる
跨ぐ　またぐ
路端　みちばた
跳ねる　はねる
跳ぶ　とぶ

跳ね回る　はねまわる
跳ね返す　はねかえす
跳び箱　とびばこ
跡　あと
跡切れる　とぎれる
跡切れ跡切れ　とぎれとぎれ
跡絶える　とだえる
跪　ひざまずく
跣　はだし
睫　まつげ
睦まじい　むつまじい
睨む　にらむ
睨み合う　にらみあう
賄う　まかなう
賄賂　わいろ
暗い　くらい
暗闇　くらやみ
暇　ひま
暇取る　ひまどる
暇潰し　ひまつぶし
暖かい　あたたかい
暖まる　あたたまる
暖める　あたためる

暖簾　のれん
照らす　てらす
照り　てり
照る　てる
照れる　てれる
照らし合わせる　てらしあわせる
照り付ける　てりつける
照り返す　てりかえす
照る照る坊主　てるてるぼうず
照れ屋　てれや
離れ臭い　てれくさい
照れ隠し　てれかくし
嗄れる　しゃがれる
嘆く　なげく
嗜み　たしなみ
嗜む　たしなむ
嗅ぐ　かぐ
嗅ぎ付ける　かぎつける
蛸　たこ
蛾　が
蜂　はち
蜂起　ほうき

蜂蜜　はちみつ
蛹　さなぎ
遣る　やる
遣い先　つかいさき
遣り口　やりくち
遣り方　やりかた
遣り切れない　やりきれない
遣り戸　やりど
遣り込める　やりこめる
遣り取り　やりとり
遣り直す　やりなおす
遣り遂げる　やりとげる
遣り手　やりて
意地悪　いじわる
意気込み　いきごみ
意気込む　いきごむ
意気地　いくじ
裏　うら
裏口　うらぐち
裏切り　うらぎり
裏切る　うらぎる
裏付ける　うらづける
裏返す　うらがえす

裏門　うらもん
裏書き　うらがき
裏通り　うらどおり
痼　しこり
痰　たん
寝　ね
寝かす　ねかす
寝そべる　ねそべる
寝る　ねる
寝入る　ねいる
寝小便　ねしょうべん
寝不足　ねぶそく
寝付き　ねつき
寝付く　ねつく
寝込む　ねこむ
寝汗　ねあせ
寝坊　ねぼう
寝床　ねどこ
寝冷え　ねびえ
寝言　ねごと
寝返る　ねがえる
寝巻　ねまき
寝起き　ねおき

寝椅子　ねいす
寝転ぶ　ねころぶ
寝惚ける　ねぼける
寝静まる　ねしずまる
寝覚め　ねざめ
寝過ごす　ねすごす
寛ぐ　くつろぐ
塞がる　ふさがる
塞ぐ　ふさぐ
煎る　いる
煎餅　せんべい
誉める　ほめる
誉れ　ほまれ
詰め　づめ
詰まり　つまり
詰まる　つまる
詰める　つめる
詰る　なじる
詰まる所　つまるところ
詰め込み主義　つめこみしゅぎ
詰め込む　つめこむ
詰め合わせ　つめあわせ
詰め襟　つめえり

試し　ためし
試す　ためす
試み　こころみ
試みる　こころみる
試合　しあい
誇らか　ほこらか
誇り　ほこり
誇る　ほこる
誠　まこと
誠に　まことに
詫び　わび
詫びる　わびる
誂え　あつらえ
誂える　あつらえる
詳しい　くわしい
詣でる　もうでる
話　はなし
話す　はなす
話し合う　はなしあう
話し声　はなしごえ
話し言葉　はなしことば
話し掛ける　はなしかける
話し合い　はなしあい

新しい　あたらしい
新た　あらた
新芽　しんめ
新妻　にいづま
新顔　しんがお
福引き　ふくびき
裸　はだか
裾　すそ
裾野　すその
漣　さざなみ
溝　どぶ、みぞ
源　みなもと
滅びる　ほろびる
滅ぼす　ほろぼす
滅入る　めいる
滅金　めっき
滅茶　めちゃ
滅茶苦茶　めちゃくちゃ
滅茶滅茶　めちゃめちゃ
滑らか　なめらか
滑る　すべる
滑り台　すべりだい
滑石　かっせき

滑走　かっそう
滑車　かっしゃ
滑稽　こっけい
滝　たき
溶かす　とかす
溶く　とく
溶ける　とける
溶け込む　とけこむ
滓　かす
遡る　さかのぼる
溢れる　あふれる
滔滔　とうとう
溜める　ためる
溜まり　たまり
溜まる　たまる
溜息　ためいき
溺れる　おぼれる
溺死　できし
溺愛　できあい
塗り　ぬり
塗る　ぬる
塗れ　まみれ
塗れる　まみれる

塗り立てる　ぬりたてる
塗り替える　ぬりかえる
塗り潰す　ぬりつぶす
楽しい　たのしい
楽しみ　たのしみ
楽しむ　たのしむ
楽譜　がくふ
煩い　うるさい
煩う　わずらう
煩わしい　わずらわしい
煩悩　ぼんのう
煙　けむり
煙い　けむい
煙たがる　けむたがる
煙る　けむる
煤　すす
煉る　ねる
煉瓦　れんが
煉炭　れんたん
煌く　きらめく
戦　いくさ
戦い　たたかい
戦う　たたかう

戦ぐ　そよぐ
数　かず
数える　かぞえる
数え年　かぞえどし
数の子　かずのこ
数珠　じゅず
数数　かずかず
遡る　さかのぼる
慎み　つつしみ
慎む　つつしむ
慎み深い　つつしみぶかい
腰　こし
腰抜け　こしぬけ
腰掛け　こしかけ
腰掛ける　こしかける
腸　はらわた
腸詰め　ちょうづめ
腹　はら
腹這い　はらばい
腫れ　はれ
腫れる　はれる
腫れ物　はれもの
佝僂　せむし

傲り　おごり
傲る　おごる
傲慢　ごうまん
催し　もよおし
催す　もよおす
僧侶　そうりょ
働き　はたらき
働く　はたらく
傷　きず
傷み　いたみ
傷む　いたむ
傷める　いためる
傷口　きずぐち
傷付く　きずつく
傷付ける　きずつける
傷物　きずもの
傾き　かたむき
傾く　かたむく
傾ける　かたむける
賃上げ　ちんあげ
賃下げ　ちんさげ
微か　かすか
微風　そよかぜ

微笑む　ほおえむ、ほほえむ
微温湯　ぬるまゆ
微塵　みじん
奥　おく
奥の手　おくのて
奥行き　おくゆき
奥床しい　おくゆかしい
奥底　おくそこ
奥深い　おくぶかい
奥歯　おくば
奥様　おくさま
触る　さわる
触れる　ふれる
解かす　とかす
解く　とく、ほどく
解ける　とける、ほどける
艀　はしけ
辞める　やめる
毀れる　こわれる
雉　きじ
躲す　かわす
貉　むじな
勧める　すすめる

鼠　ねずみ
舅　しゅうと
節　ふし
節穴　ふしあな
節回し　ふしまわし
飴め　あめ
飽き　あき
飽きる　あきる
飽く迄　あくまで
飾り　かざり
飾る　かざる
飾り気　かざりけ
飾り窓　かざりまど
飼う　かう
鉢　はち
鉢巻き　はちまき
鉢植　はちうえ
鉋　かんな
鈴　すず
鈴虫　すずむし
鈴蘭　すずらん
鉄砲玉　てっぽうだま
鉄兜　てつかぶと

鉄槌　てっつい
鉛　なまり
鉉　つる
鉤　かぎ
獅子　しし
猿　さる
鳩　はと
頓に　とみに
遙か　はるか
遙遙　はるばる
殿　との、どの
預る　あずかる
預ける　あずける
群　むら
群がる　むらがる
群れ　むれ
群れる　むれる
隔たる　へだたる
隔て　へだて
隔てる　へだてる
隙　すき、ひま
隙間　すきま
違い　ちがい

違いない　ちがいない
違う　ちがう
違える　ちがえる
媾和　こうわ
嫁　よめ
嫁ぐ　とつぐ
嫌い　きらい
嫌う　きらう
嫉妬　しっと
継ぎ　つぎ
継ぐ　つぐ
継ぎ合わせる　つぎあわせる
継ぎ足す　つぎたす
継子　ままこ
継父　ままちち
継目　つぎめ
継母　ままはは
継親　ままおや
続き　つづき
続く　つづく
続ける　つづける
続け様　つづけざま
絹　きぬ

遜る　へりくだる

十四画

暦　こよみ
厭う　いとう
厭き　あき
厭きる　あきる
厭厭　いやいや
駆ける　かける
駆る　かる
駆け出し　かけだし
駆け出す　かけだす
駆け付ける　かけつける
駆け込む　かけこむ
駆け回る　かけまわる
駆け寄る　かけよる
駆け引き　かけひき
駆け足　かけあし
駄目　だめ
駄駄っ児　だだっこ
歌　うた
歌う　うたう
歌声　うたごえ
歌舞伎　かぶき
歌劇　かげき
瑪瑙　めのう
瑣細　ささい
酸っぱい　すっぱい
酷い　ひどい
竪琴　たてごと
摘む　つまむ、つむ
摑ませる　つかませる
摑まえる　つかまえる
摑まる　つかまる
摑む　つかむ
摑み合い　つかみあい
摑み掛かる　つかみかかる
誓い　ちかい
誓う　ちかう
構う　かまう
構え　かまえ
構える　かまえる
様　さま
様様　さまざま
槍　やり
槍投げ　やりなげ
概ね　おおむね
樋　とい
截つ　たつ
截る　きる
境　さかい
境内　けいだい
増える　ふえる
増し　まし
増す　ます
斡旋　あっせん
奪う　うばう
暮らし　くらし
暮らす　くらす
暮れ　くれ
暮れる　くれる
暮し向き　くらしむき
蔑ろ　ないがしろ
慕う　したう
蔓　つる
蔓延る　はびこる
蔓草　つるくさ
蔦　つた

静か　しずか
静けさ　しずけさ
静まる　しずまる
静める　しずめる
鳶　とび、とんび
鞄　かばん
遭う　あう
聞こえる　きこえる
聞かせる　きかせる
聞く　きく
聞き入る　ききいる
聞き入れる　ききいれる
聞け分け　ききわけ
聞き分ける　ききわける
聞き手　ききて
聞き付ける　ききつける
聞き込み　ききこみ
聞き込む　ききこむ
聞き合わせる　ききあわせる
聞き伝える　ききつたえる
聞き返す　ききかえす
聞き物　ききもの
聞き苦しい　ききぐるしい

聞き流す　ききながす
聞き捨て　ききずて
聞き違い　ききちがい
聞き違える　ききちがえる
聞き漏らす　ききもらす
関わる　かかわる
関の山　せきのやま
嘗める　なめる
墨　すみ
墨絵　すみえ
骰子　さい
嗽　うがい
嗄らす　からす
嗄れる　かれる
嘘　うそ
嘘つき　うそつき
鳴く　なく
鳴らす　ならす
鳴り　なり
鳴る　なる
鳴き声　なきごえ
鳴り物　なりもの
暢気　のんき

夥しい　おびただしい
踊り　おどり
踊る　おどる
踊り上がる　おどりあがる
賑やか　にぎやか
賑わい　にぎわい
賑わう　にぎわう
蜻蛉　とんぼ
蜻蛉返り　とんぼがえり
蜘蛛　くも
蜥蜴　とかげ
雌　めす
雌鳥　めんどり
雌蕊　めしべ
翡翠　ひすい
豪い　えらい
豪奢　ごうしゃ
膏肓　こうこう
塵　ごみ、ちり
塵取り　ちりとり
塵紙　ちりがみ
腐らす　くさらす
腐る　くさる

瘦せる　やせる
瘦せ我慢　やせがまん
瘦せ衰える　やせおとろえる
痺れる　しびれる
寡婦　やもめ
蜜柑　みかん
蜜蜂　みつばち
寧ろ　むしろ
窪む　くぼむ
端　はし、はた
端たない　はしたない
端っこ　はしっこ
端午　たんご
端書　はがき、はしがき
旗　はた
魂　たましい
敲き　たたき
敲く　たたく
颯と　さっと
颯爽　さっそう
語る　かたる
読む　よむ
読み方　よみかた

読み取る　よみとる
読み書き　よみかき
読み違い　よみちがい
読物　よみもの
誤り　あやまり
誤る　あやまる
誤魔化す　ごまかす
説く　とく
誑す　たらす
誘い　さそい
誘う　さそう
誘拐　ゆうかい
誘惑　ゆうわく
誘導　ゆうどう
認める　みとめる
褪せる　あせる
褪める　さめる
褌　ふんどし
漬かる　つかる
漬ける　つける
漬け物　つけもの
漱ぐ　すすぐ
漉す　こす

漆　うるし
漕ぐ　こぐ
漸く　ようやく
漂う　ただよう
滾る　たぎる
滴る　したたる
漁　りょう
漁師　りょうし
漏らす　もらす
漏る　もる
漏れる　もれる
漏斗　じょうご
漲る　みなぎる
滲む　にじむ
遮る　さえぎる
適う　かなう
適える　かなえる
煽ぐ　あおぐ
煽てる　おだてる
煽る　あおる
煽動　せんどう
熔かす　とかす
熔ける　とける

熔接　ようせつ
熔鉱炉　ようこうろ
粽　ちまき
憎い　にくい
憎む　にくむ
憎らしい　にくらしい
慣らす　ならす
慣れ　なれ
慣れる　なれる
慣わし　ならわし
鳳仙花　ほうせんか
膃肭臍　おっとせい
徴　しるし
銜える　くわえる
種　たね
種蒔　たねまき
稲　いね
稲光　いなびかり
稲作　いなさく
稲妻　いなずま
鼻　はな
鼻水　はなみず
鼻先　はなさき

鼻血　はなぢ
鼻紙　はながみ
孵す　かえす
孵る　かえる
惣菜　そうざい
算盤　そろばん
箕　み
箇　こ
箇箇　ここ
箔　はく
箸　はし
箆棒　べらぼう
管　くだ
箒　ほうき
箒星　ほうきぼし
餌　え、えさ
蝕む　むしばむ
餃子　ギョーザ
餅　もち
餅搗き　もちつき
銭　ぜに
銅鑼　どら
銚子　ちょうし

銛　もり
銀杏　いちょう
疑い　うたがい
疑う　うたがう
疑わしい　うたがわしい
疑い深い　うたがいぶかい
雑木　ぞうき
雑煮　ぞうに
屢　しばしば
障る　さわる
隠す　かくす
隠れる　かくれる
隠れん坊　かくれんぼう
際　きわ
際どい　きわどい
際立つ　きわだつ
頗る　すこぶる
皹　ひび
態と　わざと
態態　わざわざ
熊　くま
熊手　くまで
緒　お、いえぐち

練る　ねる
練り歩く　ねりあるく
練り歯磨　ねりはみがき
網　あみ
綱　つな
綱引き　つなひき
綱渡り　つなわたり
綻びる　ほころびる
総　ふさ
総すかん　そうすかん
総て　すべて
総毛立つ　そうけだつ
総出　そうで
総当り　そうあたり
総高　そうだか
総崩れ　そうくずれ
総嘗め　そうなめ
綿　わた
綿入れ　わたいれ
綿毛　わたげ
綯う　なう
綴じる　とじる
綴る　つづる

緑　みどり

十五画

震う　ふるう
震える　ふるえる
憂い　うれい
憂え　うれえ
憂える　うれえる
憂き目　うきめ
憂鬱　ゆううつ
醋　す
駒　こま
鴉　からす
確か　たしか
確かめる　たしかめる
確り　しっかり
碾く　ひく
碾き臼　ひきうす
撒く　まく
撒き散らす　まきちらす
撓う　しなう
撮む　つまむ

撮る　とる
撞く　つく
撞球　どうきゅう
撞着　どうちゃく
播く　まく
撚る　よる
撫でる　なでる
撫で付ける　なでつける
撫子　なでしこ
撥　ばち
撥ねる　はねる
標　しるし
横　よこ
横たわる　よこたわる
横っ面　よこっつら
横切る　よこぎる
横文字　よこもじ
横手　よこて
横目　よこめ
横付け　よこづけ
横向き　よこむき
横車　よこぐるま
横町　よこちょう

横取り　よこどり
横書き　よこがき
横道　よこみち
横槍　よこやり
横綱　よこづな
横顔　よこがお
樟　くすのき
樅　もみ
熱い　あつい
熱さ　あつさ
趣　おもむき
趣く　おもむく
蕈　きのこ
蔵　くら
蕨　わらび
蕩尽　とうじん
蕊　しべ
蕎麦　そば
蕪　かぶ
鞍　くら
鞍馬　あんば
輪　わ
輪ゴム　わゴム

輪投げ　わなげ
輪廓　りんかく
暫く　しばらく
撃つ　うつ
撃ち殺す　うちころす
敷く　しく
敷布　しきふ
敷布団　しきぶとん
敷地　しきち
敷物　しきもの
敷居　しきい
膚　はだ
戯ける　たわける
戯れる　じゃれる、たわれる
幟　のぼり
輝かしい　かがやかしい
輝かす　かがやかす
輝く　かがやく
暴く　あばく
罷免　ひめん
黙り込む　だまりこむ
黙る　だまる
影　かげ

影法師　かげぼうし
賎しい　いやしい
賎しめる　いやしめる
賜る　たまわる
賜物　たまもの
蝶番　ちょうつがい
蝶結び　ちょうむすび
蝶鮫　ちょうざめ
蝸牛　かたつむり
蝙蝠　こうもり
蝮　まむし
蝗　いなご、ばった
蝗虫　ばった
蝦　えび
蝦蟇　がま
蝦蟇口　がまぐち
瞑る　つぶる
嘲る　あざける
噴く　ふく
噴き出す　ふきだす
噎せる　むせる
噎ぶ　むせぶ
噂　うわさ

嘸　さぞ
器　うつわ
踏える　ふまえる
踏む　ふむ
踏み切る　ふみきる
踏み付ける　ふみつける
踏み外す　ふみはずす
踏み倒す　ふみたおす
踏み潰す　ふみつぶす
踏切　ふみきり
踏み台　ふみだい
踠く　もがく
遺言　ゆいごん
摩る　さする、する
摩れる　すれる
廟　びょう
瘡毒　そうどく
瘤　こぶ
窮まる　きわまる
窮める　きわめる
窯　かま
敵　かたき
敵う　かなう

敵わない　かなわない
敵愾心　てきがいしん
養う　やしなう
請い　こい
請う　こう
請け合う　うけあう
請負　うけおい
請け負う　うけおう
請取　うけとり
熟　つらつら
熟む　うむ
熟れる　うれる、なれる
調う　ととのう
調える　ととのえる
調べ　しらべ
調べる　しらべる
諂う　へつらう
誰　だれ
誼　よしみ
導く　みちびく
凜凜　りんりん
潜む　ひそむ
潜める　ひそめる

潜る　くぐる、もぐる
潜り込む　もぐりこむ
憧憬　どうけい
潮　しお
潮干　しおひ
潮水　しおみず
潮時　しおどき
潔い　いさぎよい
潰す　つぶす
潰れる　つぶれる
潰瘍　かいよう
潤い　うるおい
潤う　うるおう
潤す　うるおす
溌剌　はつらつ
澄ます　すます
澄む　すむ
澄み渡る　すみわたる
糊　のり
憚り　はばかり
憚る　はばかる
憧れる　あこがれる
膝　ひざ

膠　にかわ
儚い　はかない
億劫　おっくう
儀仗　ぎじょう
僻む　ひがむ
僻目　ひがめ
衝く　つく
衝立て　ついたて
稽古　けいこ
稼ぎ　かせぎ
稼ぐ　かせぐ
穂　ほ
稷　きび
皺　しわ
艘　そう
舞　まい
舞う　まう
舞い上がる　まいあがる
舞い込む　まいこむ
質　たち
質す　ただす
箱　はこ
箱入り娘　はこいりむすめ

鋏　はさみ
鋏む　はさむ
鋭い　するどい
鋲　びょう
鋤　すき
鋤く　すく
鋤焼　すきやき
鴇　とき
履く　はく
履き違える　はきちがえる
履物　はきもの
慰める　なぐさめる
選ぶ　えらぶ
選る　よる
選り分ける　よりわける
選り抜き　よりぬき
選り取り　よりどり
駕籠　かご
嬉しい　うれしい
縄　なわ
縄飛び　なわとび
縄跳び　なわとび
締まる　しまる

締める　しめる
締まり　しまり
締め切る　しめきる
締め付ける　しめつける
締め括る　しめくくる
締め切り　しめきり
編む　あむ
編み物　あみもの
編み棒　あみぼう
緞子　どんす
縋る　すがる
緩い　ゆるい
緩む　ゆるむ
緩める　ゆるめる
緩やか　ゆるやか
縁　ふち、べり、よすが
縁る　よる
縁側　えんがわ

十六画

霙　みぞれ
頭　あたま、かしら、こうべ

頭取り　とうどり
醒ます　さます
醒める　さめる
髪　かみ
髪の毛　かみのけ
髪切り虫　かみきりむし
髷　まげ
髭　ひげ
融ける　とける
融通　ゆうずう
瓢箪　ひょうたん
賢い　かしこい
頤　おとがい
駱駝　らくだ
頸　くび、こうべ
操　みさお
操る　あやつる
擽ったい　くすぐったい
擽る　くすぐる
樫　かし
樹　き
樽　たる
橋　はし

橇　そり
樵　きこり
橅　ぶな
橙　だいだい
機　はた
壊す　こわす
壊れる　こわれる
薔薇　ばら
蕾　つぼみ
蕾む　つぼむ
蟇蛙　ひきがえる
薯　いも
薪　たきぎ、まき
薄　すすき
薄い　うすい
薄らぐ　うすらぐ
薄める　うすめる
薄れる　うすれる
薄手　うすで
薄気味悪い　うすきみわるい
薄着　うすぎ
薄暗い　うすぐらい
薬　くすり

薬指　くすりゆび
薬罐　やかん
燕　つばめ
鞘　さや
奮う　ふるう
頬　ほお、ほほ
頬骨　ほおぼね
頬張る　ほおばる
頬髭　ほおひげ
頼み　たのみ
頼む　たのむ
頼もしい　たのもしい
頼り　たより
頼りない　たよりない
頼る　たよる
麩　ふすま
整う　ととのう
整える　ととのえる
罹かる　かかる
罹災　りさい
曇り　くもり
曇る　くもる
罵る　ののしる

罵倒　ばとう
鴨　かも
鴨居　かもい
賭け　かけ
賭ける　かける
賭け事　かけごと
賭場　とば
賭博　とばく
踵　かかと、きびす
蹄　ひづめ
噤む　つぐむ
嘴　くちばし
噯気　おくび
還す　かえす
還る　かえる
磨ガラス　すりガラス
磨く　みがく
磨ぐ　とぐ
窶れる　やつれる
窺う　うかがう
親　おや
親子　おやこ
親しい　したしい

親しみ　したしみ
親しむ　したしむ
親思い　おやおもい
親指　おやゆび
親譲り　おやゆずり
凝らす　こらす
凝る　こごる、こる
濛濛　もうもう
濁す　にごす
濁る　にごる
濃い　こい
激しい　はげしい
澱粉　でんぷん
滲る　しみる
謀　はかりごと
謀る　はかる
謀反　むほん
謀叛　むほん
諫める　いさめる
諦める　あきらめる
謂れ　いわれ
諺　ことわざ
諮る　はかる

諮問　しもん
諢名　あだな
謎　なぞ
謎謎　なぞなぞ
諷刺　ふうし
諭す　さとす
襁褓　おしめ
獣　けだもの、けもの
燗　かん
熾す　おこす
熾る　おこる
螢　ほたる
燃える　もえる
燃す　もす
燃やす　もやす
燃え上がる　もえあがる
燃料　ねんりょう
燃焼　ねんしょう
憾み　うらみ
懐　ふところ
懐かしい　なつかしい
懐かしむ　なつかしむ
懐く　なつく

膳　ぜん
膾　なます
錨　いかり
錆　さび
錆びる　さびる
錆び付く　さびつく
鋼　はがね
錫　すず
錐　きり
錦　にしき
錘　おもり
鋸　のこぎり
餡　あん
餡こ　あんこ
餞別　せんべつ
頷く　うなずく
鮃　ひらめ
鮎　あゆ
鮒　ふな
鮓　すし
鮑　あわび
鴕鳥　だちょう
積み　つみ

積む　つむ
積もる　つもる
積もり　つもり
積み上げる　つみあげる
積み木　つみき
積み立てる　つみたてる
積み出す　つみだす
積み込む　つみこむ
積み重なる　つみかさなる
積み重ねる　つみかさねる
積み降し　つみおろし
穏やか　おだやか
躾　しつけ
繁み　しげみ
繁る　しげる
鴛鴦　おしどり
篤学　とくがく
築く　きずく
築き上げる　きずきあげる
築山　つきやま
篝火　かがりび
篩い　ふるい
篩う　ふるう

興す　おこす
興る　おこる
興醒まし　きょうざまし
興醒め　きょうざめ
興醒める　きょうざめる
盥　たらい
獲物　えもの
壁　かべ
壁新聞　かべしんぶん
避ける　さける、よける
隣　となり
隣り合わせ　となりあわせ
隣近所　となりきんじょ
縛る　しばる
縺れる　もつれる
縕袍　どてら
縞　しま
縞馬　しまうま
縦　たて
縦令　たとえ
縦書き　たてがき
縒り　より
縒る　よる

縫い　ぬい
縫いぐるみ　ぬいぐるみ
縫う　ぬう
縫い目　ぬいめ
縫い糸　ぬいいと
縫い取り　ぬいとり
縫い物　ぬいもの
縫い針　ぬいばり

十七画

霜　しも
霜焼け　しもやけ
霞　かすみ
霞む　かすむ
聡い　さとい
聡明　そうめい
醜い　みにくい
翳す　かざす
擡げる　もたげる
擱く　おく
擦る　かする、こする、さする、する
擦れる　すれる
擦り切れる　すりきれる
擦り替える　すりかえる
擦れ違う　すれちがう
擤む　かむ
檀那　だんな
檀家　だんか
櫛　くし
檜　ひのき
薹　とう
薩摩芋　さつまいも
藁　わら
薦める　すすめる
薺　なずな
薫り　かおり
薫る　かおる
鞠　まり
戴く　いただく
戴冠　たいかん
趨勢　すうせい
麹　こうじ
贅沢　ぜいたく
繫がり　つながり
繫がる　つながる
繫ぐ　つなぐ
闇　やみ
闇市　やみいち
齢　よわい
頻りに　しきりに
瞳　ひとみ
曖昧　あいまい
蹌踉ける　よろける
嚔　くしゃみ
嚇かす　おどかす
嚇す　おどす
嬶　かかあ
雖も　いえども
嬲る　なぶる
嬲り物　なぶりもの
螺　にし
螺子　ねじ
螺子回し　ねじまわし
螺子釘　ねじくぎ
螻蛄　けら
蟋蟀　こおろぎ
癇　かん

癇癪　かんしゃく
癌　がん
賽　さい
厳か　おごそか
厳しい　きびしい
厳めしい　いかめしい
謹み　つつしみ
謹む　つつしむ
謹んで　つつしんで
謙る　へりくだる
謙遜　けんそん
謝る　あやまる
襖　ふすま
濡らす　ぬらす
濡れる　ぬれる
濡れ衣　ぬれぎぬ
濡れ鼠　ぬれねずみ
濯ぐ　すすぐ、そそぐ、ゆすぐ
燐　りん
糞　くそ、ふん
糟　かす
糠　ぬか
糠雨　ぬかあめ

糠味噌　ぬかみそ
曚曚　もうもう
膿　うみ
膿む　うむ
臆面　おくめん
臆病　おくびょう
優しい　やさしい
優れる　すぐれる
儘　まま
儘ならぬ　ままならぬ
償う　つぐなう
儲かる　もうかる
儲け　もうけ
儲ける　もうける
聳える　そびえる
鮭　さけ
鮪　まぐろ
鮨　すし
鮨詰め　すしづめ
鮫　さめ
鮮やか　あざやか
錬る　ねる
鍼　はり

鍼灸　しんきゅう
鍋　なべ
鍔　つば
鍍金　めっき
鎹　かすがい
鍛冶屋　かじや
鍛える　きたえる
鍬　くわ
罅　ひび
鍵　かぎ
矯める　ためる
鼾　いびき
懇ろ　ねんごろ
輿論　よろん
螽斯　きりぎりす
彌次　やじ
翼　つばさ
鴇　とき
繃帯　ほうたい
縮まる　ちぢまる
縮む　ちぢむ
縮める　ちぢめる
縮緬　ちりめん

十八画

覆い　おおい
覆う　おおう
覆す　くつがえす
覆る　くつがえる
職場　しょくば
鬆す・
臨む　のぞむ
騒がしい　さわがしい
騒がす　さわがす
騒がせる　さわがせる
騒ぎ　さわぎ
騒ぐ　さわぐ
礎　いしずえ
櫂　かい
藪　やぶ
藪医者　やぶいしゃ
藪蛇　やぶへび
繭　まゆ
藤　ふじ
難い　かたい、がたい、にくい

難しい　むずかしい
難無く　なんなく
鞭　むち
轆轤　ろくろ
叢　くさむら、むら
叢書　そうしょ
瞼　まぶた
瞬く　またたく、まばたく
曜日　ようび
贈る　おくる
贈り物　おくりもの
顎　あご
噛む　かむ
噛み切る　かみきる
噛み付く　かみつく
噛み砕く　かみくだく
噛み締める　かみしめる
蟬　せみ
醤油　しょうゆ
癖　くせ
癜　なまず
顔　かお
顔立ち　かおだち

顔付き　かおつき
顔色　かおいろ
顔見知り　かおみしり
顔馴染　かおなじみ
顔触れ　かおぶれ
離す　はなす
離れ　はなれ
離れる　はなれる
離れ離れ　はなればなれ
襟　えり
額　ひたい
額縁　がくぶち
鵜　う
鵜呑み　うのみ
瀑布　ばくふ
濾す　こす
燻る　くすぶる
糧　かて
類　たぐい
臑　すね
臍　へそ
臍曲がり　へそまがり
臍繰り　へそくり

懲らしめる　こらしめる
懲らす　こらす
懲りる　こりる
懲り懲り　こりごり
鵞鳥　がちょう
饂飩　うどん、ワンタン
鎮まる　しずまる
鎮める　しずめる
鎧　よろい
鎖　くさり
鎖す　さす、とざす
鎌　かま
鯉　こい
鯉幟　こいのぼり
簞笥　たんす
観音　かんのん
翻す　ひるがえす
翻る　ひるがえる
鼬　いたち
雛　ひな、ひよこ
雛祭り　ひなまつり
織る　おる
織り姫　おりひめ
織物　おりもの
繕う　つくろう

十九画

霧　きり
霧吹き　きりふき
贋　にせ
贋物　にせもの
騙す　だます
騙る　かたる
麗らか　うららか
麗しい　うるわしい
願い　ねがい
願う　ねがう
願い出る　ねがいでる
檻　おり
櫓　やぐら、ろ
攀じ登る　よじのぼる
蘆　あし
麓　ふもと
藻　も
蘇る　よみがえる
蘇鉄　そてつ
轍　てつ
蹴る　ける
蹴飛ばす　けとばす
蹲る　うずくまる
髄　ずい
艶　つや
蟷螂　かまきり
蟻　あり
蟾蜍　ひきがえる
蠅　はえ
靡く　なびく
寵児　ちょうじ
寵愛　ちょうあい
鶉　うずら
麒麟　きりん
襦袢　ジバン、ジュバン
瀬　せ
瀬戸引き　せとびき
瀬戸物　せともの
瀬戸際　せとぎわ
饅頭　まんじゅう
鏃　やじり

鏝　こて
鏡　かがみ
鏤める　ちりばめる
鯖　さば
鯡　にしん
鯛　たい
鯨　くじら
鯰　なまず
蟹　かに
鶏　にわとり
鶏冠　とさか
簾　すだれ
襞　ひだ
繰り入れる　くりいれる
繰り上げる　くりあげる
繰り広げる　くりひろげる
繰り合わせる　くりあわせる
繰り返す　くりかえす
繰り延べる　くりのべる

二十画

霰　あられ
醸す　かもす
礫　つぶて
蘭　らん
鹹い　からい
齣　こま
罌粟　けし
懸ける　かける
懸かる　かかる
懸念　けねん
蠕動　ぜんどう
譲る　ゆずる
譲り受ける　ゆずりうける
譲り渡す　ゆずりわたす
競う　きそう
競り　せり
辮髪　べんぱつ
瓣　べん
襤褸　ぼろ
灌木　かんぼく
懺悔　ざんげ
朧　おぼろ
騰貴　とうき
鰆　さわら
鰊　にしん
鰈　かれい
鰓　えら
鰐　わに
饒舌　じょうぜつ
饐える　すえる
鐘　かね
譬え　たとえ
譬える　たとえる
響き　ひびき
響く　ひびく

二十一画

露　つゆ
露草　つゆくさ
騾馬　らば
鬘　かつら
顧みる　かえりみる
轟く　とどろく
轟轟　ごうごう
蠢かす　うごめかす
蠢く　うごめく

齧る　かじる
齧り付く　かじりつく
贔屓　ひいき
蠟燭　ろうそく
囁く　ささやく
囀る　さえずる
囃し立てる　はやしたてる
躊躇　ちゅうちょ
躊躇う　ためらう
躍り上がる　おどりあがる
齎す　もたらす
麝香　じゃこう
癩　らい
癪　しゃく
竈　かま、かまど
辯　べん
灘　なだ
鶴　つる
鶴嘴　つるはし
鶯　うぐいす
爛れる　ただれる
鰭　ひれ
鰥夫　やもめ

鰤　ぶり
鰯　いわし
籐椅子　とういす
纏う　まとう
纏まる　まとまる
纏める　まとめる

二十二画以上

靄　もや
靨　えくぼ
魘される　うなされる
鷗　かもめ
驕る　おごる
驕り　おごり
驢馬　ろば
驚かす　おどろかす
驚く　おどろく
覿面　てきめん
鬱陶しい　うっとうしい
鬱蒼　うっそう
轢く　ひく
轢き殺す　ひきころす

攫う　さらう
顰める　しかめる、ひそめる
鼈　すっぽん
鑿　のみ
躑躅　つつじ
躓く　つまずく
鷺　さぎ
鷹　たか
鷹派　たかは
癲癇　てんかん
顫う　ふるう
聾　つんぼ
聾唖　ろうあ
襲う　おそう
鷲　わし
襷　たすき
鱈　たら
鱈腹　たらふく
鰹　かつお
鰹節　かつおぶし
鰻　うなぎ
鱸　すずき
鱗　うろこ

物品數量單位

油豆腐	あぶらげ	一枚(いちまい)
雨傘	雨(あま)がさ	一本(いっぽん)・一張(ひとはり)
遮雨板窗	雨戸(あまど)	一枚(いちまい)
網	網(あみ)	一(ひと)ひねり・一統(いっとう)
照像冊	アルバム	一冊(いっさつ)
家	家(いえ)	一軒(いっけん)・一戸(いっこ)
		一(ひと)むね
烏賊	いか	一(いっ)ぱい
遺骨	遺骨(いこつ)	一体(いったい)
椅子	いす	一脚(いっきゃく)
板子	板(いた)	一枚(いちまい)
線	糸(いと)	一(ひと)まき・一(ひと)かせ
靈牌	位(い)はい	一柱(ひとはしら)
花木	植木(うえき)	一株(ひとかぶ)
兔子	うさぎ	一羽(いちわ)・一(いっ)ぴき
牛	牛(うし)	一頭(いっとう)・一(いっ)ぴき
團扇	うちわ	一本(いっぽん)
馬	馬(うま)	一頭(いっとう)・一(いっ)ぴき
電影	映画(えいが)	一本(いっぽん)・一巻(いっかん)
鉛筆	鉛筆(えんぴつ)	一本(いっぽん)
		一(いち)ダース(十二本(じゅうにほん))
扇子	おうぎ	一本(いっぽん)
		一対(いっつい)(二本(にほん))
摩托車	オートバイ	一台(いちだい)
		一(いち)りょう
桶子	おけ	一荷(いっか)(二個(にこ))
斧	おの	一(いっ)ちょう

帶子	帯(おび)	一本(いっぽん)・一筋(ひとすじ)・一条(いちじょう)
食物盒子	折(お)り詰(づ)め	一折(ひとおり)
紡織品	織物(おりもの)	一(いっ)ぴき・一反(いったん)
鏡子	鏡(かがみ)	一面(いちめん)
大年糕	鏡(かがみ)もち	一重(ひとかさ)ね
畫額	額(がく)	一面(いちめん)・一架(いっか)
掛軸	掛(か)け軸(じく)	一幅(いっぷく)・一軸(いちじく)・一対(いっつい)
轎子	かご(乗(の)り物(もの))	一(いっ)ちょう
傘	かさ	一本(いっぽん)・一張(ひとはり)
點心	菓子(かし)	一折(ひとおり)・一袋(ひとふくろ)・一箱(ひとはこ)・一(ひと)かん
貨車	貨車(かしゃ)	一両(いちりょう)
刀	刀(かたな)	一口(いっこう)・一(ひと)ふり
鐘	鐘(かね)	一口(いっこう)
花瓶	花(か)びん	一口(いっこう)・一(ひと)びん

鎌刀	かま(農具(のうぐ))	一丁(いっちょう)
爐竈	かまど	一台(いちだい)・一基(いっき)
魚漿塊	かまぼこ	一枚(いちまい)・一本(いっぽん)
紙	紙(かみ)	一枚(いちまい)・一葉(いちよう)
剃刀	かみそり	一丁(いっちょう)
照像機	カメラ	一台(いちだい)
蚊帳	かや	一張(ひとはり)・一(ひと)たれ・一条(いちじょう)
紙牌	かるた	一組(ひとくみ)
鉋刀	かんな	一(いっ)ちょう
招牌	看板(かんばん)	一枚(いちまい)
樹	木(き)	一本(いっぽん)・一(いち)だ・一株(ひとかぶ)
機械	機械(きかい)	一台(いちだい)・一基(いっき)
輪船	汽船(きせん)	一隻(いっせき)・一船団(いちせんだん)
吉他	ギター	一(いっ)ちょう
狐狸	きつね	一(いっ)ぴき

中文	日文	量詞
絹	絹(きぬ)	一(いっ)ぴき(二反(にたん))
記念碑	記念碑(きねんひ)	一基(いっき)
化粧台	鏡台(きょうだい)	一台(いちだい)・一基(いっき)
草花	草花(くさばな)	一束(ひとたば)・一(ひと)はち
		一本(いっぽん)・一輪(いちりん)
梳子	くし	一本(いっぽん)・一枚(いちまい)
藥	薬(くすり)	一服(いっぷく)・一包(ひとつつみ)・一錠(いちじょう)
鞋	くつ	一足(いっそく)・片足(かたあし)
倉庫	倉(くら)	一(ひと)むね
鋤頭	くわ	一丁(いっちょう)
木屐	げた	一足(いっそく)・片足(かたあし)
獸	けだもの	一(いっ)ぴき・一頭(いっとう)
小刀	小刀(こがたな)	一本(いっぽん)・一(いっ)ちょう
杯子	コップ	一個(いっこ)
古琴	琴(こと)	一張(ひとはり)・一面(いちめん)
圍棋(日本棋)	碁(ご)(将棋(しょうぎ))の勝負(しょうぶ)	一局(いっきょく)・一番(いちばん)
棋盤	碁盤(ごばん)	一面(いちめん)
蒟蒻	こんにゃく	一丁(いっちょう)・一枚(いちまい)
		一本(いっぽん)
海帶	こんぶ	一枚(いちまい)・一連(いちれん)
汽水	サイダー	一本(いっぽん)
		一(いち)ダース(十二本(じゅうにほん))
酒杯	さかずき	一組(ひとくみ)
魚	さかな	一(いっ)ぴき・一尾(いちび)
		一本(いっぽん)
日本酒	酒(さけ)	一本(いっぽん)・一(ひと)たる
生魚片	さしみ	一(ひと)さら・一人前(いちにんまえ)
雜誌	雑誌(ざっし)	一冊(いっさつ)・一部(いちぶ)
盤碟	さら	一枚(いちまい)・一組(ひとくみ)
日本涼麵	ざるそば	一枚(いちまい)
詩	詩(し)	一(いっ)ぺん・一絶(いちぜつ)
		一(いち)れん

床單	敷布(しきふ)	一枚(いちまい)
事件	事件(じけん)	一件(いっけん)
汽車	自動車(じどうしゃ)	一台(いちだい)
照片	写真(しゃしん)	一枚(いちまい)・一葉(いちよう)
襯衫	シャツ	一着(いっちゃく)・一枚(いちまい)
三絃琴	しゃみせん	一(いっ)ちょう
		一(ひと)さお
疊層方盒	重箱(じゅうばこ)	一重(ひとかさ)ね・一組(ひとくみ)
念珠	じゅず	一具(いちぐ)・一連(いちれん)
		一(ひと)ぬき
日本棋盤	将棋盤(しょうぎばん)	一面(いちめん)
書籍	書籍(しょせき)	一冊(いっさつ)・一巻(いっかん)
		一部(いちぶ)・一(いっ)ちつ
文件	書類(しょるい)	一通(いっつう)
神社	神社(じんじゃ)	一座(いちざ)・一社(いっしゃ)
報紙	新聞(しんぶん)	一枚(いちまい)・一部(いちぶ)

硯	すずり	一面(いちめん)
簾子	すだれ	一張(ひとはり)・一連(いちれん)
櫃台	スタンド	一台(いちだい)
木炭	炭(すみ)	一俵(いっぴょう)
墨	墨(すみ)	一丁(いっちょう)・一本(いっぽん)
相撲	すもう	一番(いちばん)
扇子	せんす	一本(いっぽん)
		一対(いっつい)(二本(にほん))
風扇	扇風機(せんぷうき)	一台(いちだい)
算盤	そろばん	一面(いちめん)
		一(いっ)ちょう
田	田(た)	一面(いちめん)・一枚(いちまい)
大砲	大砲(たいほう)	一門(いちもん)
薪柴	たきぎ	一(いち)わ・一束(ひとたば)
章魚	たこ(動物(どうぶつ))	一(いっ)ぱい
榻榻米	畳(たたみ)	一枚(いちまい)・一畳(いちじょう)

香煙	たばこ	一本(いっぽん)・一袋(ひとふくろ) 一箱(ひとはこ)
日式布襪	たび	一足(いっそく)・片足(かたあし)
日本詩歌	短歌(たんか)	一首(いっしゅ)
衣櫥	たんす	一本(いっぽん)・一(ひと)さお
布匹	反物(たんもの)	一反(いったん)
地圖	地図(ちず)	一枚(いちまい)
茶杯・碗	茶(ちゃ)わん	一個(いっこ)・一口(いっこう) 一組(ひとくみ)
燈籠	ちょうちん	一張(ひとはり)
桌子	机(つくえ)	一脚(いっきゃく)
包裹	つづみ	一丁(いっちょう)・一張(ひとはり)
壺	つぼ	一個(いっこ)・一口(いっこう)
信	手紙(てがみ)	一本(いっぽん)・一通(いっつう) 一封(いっぷう)
槍砲	鉄砲(てっぽう)	一(いっ)ちょう・一口(いっこう)

毛巾	手拭(てぬぐい)	一枚(いちまい)・一条(いちじょう) 一本(いっぽん)・一筋(ひとすじ)
手套	手袋(てぶくろ)	一足(いっそく)
寺廟	寺(てら)	一寺(いちじ)・一宇(いちう)
電視	テレビ	一台(いちだい)
電話	電話機(でんわき)	一台(いちだい)
門	ドア	一枚(いちまい)
磨刀石	と石(いし)	一(いっ)ちょう・一枚(いちまい)
豆腐	豆腐(とうふ)	一丁(いっちょう)
燈籠	灯(とう)ろう	一張(ひとはり)・一基(いっき)
鐘錶	時計(とけい)	一個(いっこ)
撲克牌	トランプ	一組(ひとくみ)
鳥	鳥(とり)	一羽(いちわ) 一(ひと)つがい(雌雄(めすおす)二羽(にわ))
牌坊	鳥居(とりい)	一基(いっき)
行李	荷物(にもつ)	一個(いっこ)・一点(いってん)

中文	日文	量詞
針	縫い針	一包(二十五本) 一ぴき(五十本)
領帯	ネクタイ	一本
能樂面具	能面	一面
筆記	ノート	一冊
鋸子	のこぎり	一ちょう
海苔	のり(食物)	一枚 一じょう(十枚)
口琴	ハーモニカ	一本
小提琴	バイオリン	一ちょう
日本短詩	俳句	一句
墓	墓	一基
明信片	はがき	一枚・一葉
剪刀	はさみ	一丁
筷子	はし	一本・一ぜん 一そろえ

中文	日文	量詞
旗子	旗	一本・一りゅう
花	花	一本・一束・一輪 一枝
鋼琴	ピアノ	一台
飛機	飛行機	一機
人	人	ひとり・一方
屛風	びょうぶ	一面 一架
琵琶	びわ	一面・一そろえ
笛子	笛	一本・一管
紙門	ふすま	一領・一枚
佛像	仏像	一体
毛筆	筆	一本
葡萄	ぶどう	一粒・一ふさ
棉被	ふとん	一枚・一重ね 一組

船	船(ふね)	一隻(いっせき)・一そう(いっ)
文章	文章(ぶんしょう)	一ぺん(いっ)・一文(いちぶん)
房間	へや	一へや(ひと)・一間(ひとま)
菜刀	包丁(ほうちょう)	一本(いっぽん)・一丁(いっちょう)
書	本(ほん)	一冊(いっさつ)
盤	盆(ぼん)	一枚(いちまい)
卷軸	巻き物(まきもの)	一巻(いっかん)・一軸(いちじく)
幕	幕(まく)	一たれ(ひと)・一張(ひとはり)
鋼筆	万年筆(まんねんひつ)	一本(いっぽん)
眼鏡	めがね	一個(いっこ)
馬達	モーター	一基(いっき)
箭	矢(や)	一本(いっぽん)・一条(いちじょう)・一筋(ひとすじ)
長鎗	やり	一本(いっぽん)・一条(いちじょう)・一筋(ひとすじ)
弓	弓(ゆみ)	一張(ひとはり)
羊羹	ようかん	一さお(ひと)・一本(いっぽん)
西服	洋服(ようふく)	一そろえ(ひと)・一着(いっちゃく)

鎧甲	よろい	一領(いちりょう)
收音機	ラジオ	一台(いちだい)
菜餚	料理(りょうり)	一さら(ひと)・一人前(いちにんまえ)
		一品(ひとしな)
履歴表	履歴書(りれきしょ)	一通(いっつう)
唱片	レコード	一枚(いちまい)
蠟燭	ろうそく	一本(いっぽん)・一箱(ひとはこ)
日本詩歌	和歌(わか)	一首(いっしゅ)

計量単位と換算表（けいりょうたんいとかんさんひょう）

長さ

メートル（m）

センチメートル（cm）＝0.01 m

ミリメートル（mm）＝0.001 m

ミクロン＝100万分の1 m

キロメートル（km）＝1000 m

海里（かいり）（M）＝1852 m　　尺（しゃく）＝$\frac{10}{33}$ m＝0.303030 m

丈（じょう）＝10尺　　寸（すん）＝0.1尺　　分（ぶ）＝0.01尺

厘（りん）＝0.001尺　　毛（もう）＝0.0001尺　　間（けん）＝6尺

町（ちょう）＝360尺　　里（り）＝1,2960尺＝3927 m

ヤード（yd）＝0.9144 m

インチ（in）＝$\frac{1}{36}$yd＝0.025399 m

フート（ft）＝$\frac{1}{3}$yd＝0.304794 m

マイル＝1760yd＝1609.31 m

面積

平方メートル（m^2）

平方センチメートル（cm^2）＝0.0001 m^2

平方キロメートル（km^2）＝100,0000 m^2

アール（a）＝100 m^2

ヘクタール（ha）＝100a＝10000 m^2

坪（つぼ）（歩（ぶ））＝$\frac{400}{121}$ m^2＝3.305785 m^2

合（ごう）＝0.1歩　　勺（しゃく）＝0.01歩　　畝（せ）＝30歩

反（たん）＝300歩＝10畝　　町＝3000歩＝10反

体　積

立方メートル(m^3)

立方センチメートル(cm^3)＝0.000001m^3

リットル(ℓ)＝1000cm^3　デシリットル($d\ell$)＝0.1ℓ

ミリリットル($m\ell$)＝0.001ℓ

キロリットル($k\ell$)＝1000ℓ

升(しょう)＝1.8039ℓ＝0.001803m^3

合＝0.1升　勺＝0.01升　石(こく)＝100升

ガロン(gal) { (米)0.003785m^3 / (英)0.004545m^3 }

質　重

グラム(g)4℃の水1cm^3の重さ

ミリグラム(mg)＝0.001g

キログラム(kg)＝1000g

トン(t)1000kg＝100,0000g

カラット(ct)＝200mg＝0.2g

貫(かん)＝3.75kg＝3750g　匁(もんめ)＝0.001貫　分＝0.0001貫

厘(りん)＝0.00001貫　毛＝0.1厘　斤(きん)＝0.16貫＝600g

ポンド(1b)＝453.59243g

オンス(oz)＝$\frac{1}{16}$1b＝28.3495g

時間　時(h)＝60分　分(min)＝60秒(s)

温度　セ氏度(℃)　カ氏度(°F)　°F＝$\frac{9}{5}$℃＋32

速度　メートル毎秒(m/s)　ノット(kt)　1時間に1海里

工率　ワット(W)キロワット(kW)

熱量　カロリー(cal)

角度　度(°)分(′)秒(″)　1°＝60′　1′＝60″

メモ

メモ

日本人必說 15000 字！：日文單字快記辭典 /
胡傳乃編著. -- 4 版. -- 臺北市：笛藤，2019.04
面； 公分
ISBN 978-957-710-755-8(平裝)
1. 日語 2. 詞彙
803.12 108005049

日本人必說 15000字！日文單字快記辭典

2020 年 11 月 24 日 4 版第 2 刷 定價 320 元

編著	胡傳乃
主審	周傳之
編輯	劉育秀・鄭雅綺
封面設計	王舒玗
總編輯	賴巧凌
編輯企劃	笛藤出版
發行所	八方出版股份有限公司
發行人	林建仲
地址	台北市中山區長安東路二段 171 號 3 樓 3 室
電話	(02) 2777-3682
傳真	(02) 2777-3672
總經銷	聯合發行股份有限公司
地址	新北市新店區寶橋路 235 巷 6 弄 6 號 2 樓
電話	(02)2917-8022・(02)2917-8042
製版廠	造極彩色印刷製版股份有限公司
地址	新北市中和區中山路 2 段 380 巷 7 號 1 樓
電話	(02)2240-0333・(02)2248-3904
郵撥帳戶	八方出版股份有限公司
郵撥帳號	19809050